KB201973

18세기
정치·사회 변동과
시가사

18세기 정치·사회 변동과 시가사

최재남

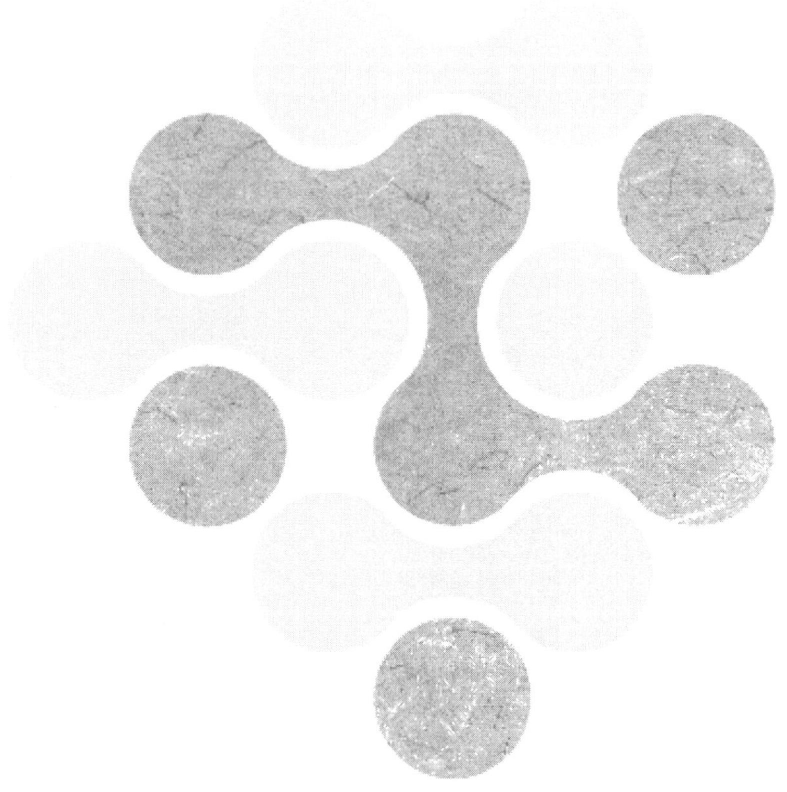

보고사
BOGOSA

책머리에

마음속에 넣어두려고 했던 18세기 시가사를 정리하여 세상에 내놓는다. 18세기 임금과 지배 집단에 대한 기존의 긍정적 평가에 선뜻 동의하지 못한 데서 출발한 것이 사실이고 보면 새로운 대안이 있어야 할 터인데, 19세기를 맞이하는 시점에 당국한 사람들의 태도가 새로운 전망이 아니라 절망이 되고 말았으니, 독서를 통하여 오랜 기간 인재를 양성하고 그들이 진정 나라와 백성을 위해 경륜을 펼칠 수 있도록 돕는 일이 순리일 것이라고 대안의 방향을 조심스럽게 제시할 수 있을 것이다.

18세기는 환국에서 탕평으로 정책을 전환한 것이 특징이고 외면보다 이면이 크게 작동하였다고 이해할 수 있을 터인데, 이면에 대한 명확한 이해가 매우 중요하다는 점을 실감하게 되었다. 실록을 정독하면서 느낀 바는 정도(正道)를 걸으면서 불의(不義)와 타협하지 않고 나라와 백성을 위해 올바른 방향을 제기하는 소수의 몇몇 분을 제외하면, 벌떼처럼 당파를 위한 상소를 올리고 무조건 반대 당파를 배척하는 모습을 보면서 차마 사문(斯文)이라고 할 수 있을 것인지 의심이 든 적이 한두 번이 아니었다. 영조 5년(1729)에 전주의 건지산을 옹주방에 절수하려 한 계획에 반대하며 상소를 올린 이광덕, "기습이 거칠기는 하지만 당직하다."라고 임금이 평가하면서 "깊이 생각하고 널리 염려하여 일을 맡아 효과를 이룩하며, 비록 외임에 있어도 백성들로 하여금 국가가 있음을 알게 하는 사람은 경이 아니고 누구이겠는가?"라고 그 말의 절실함을 인정한 바와 같이 직언을 서슴지 않았던 박문수 등 몇몇 분이 기억에 남을 따름인데, 결국 이들은 당파 때문에 정승의 자리에 올라 경륜을 펼 기회를 얻지 못하였다. 한편 임금의 태도도 시비의 대상이 되었는데, 영조 8년(1732)에 교리 권혁이 상소하여 "인군이 스스로 성군으로 여기며, 남의 말을 듣지 않고 자기 생각대로 하며, 경연에서는 입으로 몇 마디 읽다가 파하고, 아랫사람의 사기를 꺾고 얽어매어서 곤궁한 지경에 내버려두고, 출척은 옳고 그름을 추구하지 않고 이쪽저쪽 번갈아 기용하는 일만 힘쓰고 있다."라고 한 것이 임금의 태도에 정곡을 찌른 것인데도, 대정현감으로 전보되고 말았다. 그리고 영조 32년(1756)에 임금이 관작을 경화의 문벌로만 하지 말고 재주 있는 사람으로 쓰라고 하자, 이조참판이 "만약 경화의 자제를 먼저 쓰지 않는다면 온 세상이 놀랄 것이고 어떻게 이 직임에 보존할 수 있겠습니까?"라고 한 진술에서 경화 문벌 중심 사회의 문제점이 적나라하게 드러나고 있다. 한정된 벼슬자리 때문에 당파의 이익을 좇아야 안정된 지위를 유지할 수 있으리라는 현실적 이유가 있었을지도 모르지만, 그러한 태도가 오늘날 우리의 현실에서도 그대로 반복되고 있어서 도돌이표 역사의 수레바퀴라는 생각을 지울 수 없다.

생부 사도세자에 대한 그리움을 안고 보위에 오른 정조는 세손 시절 자신을 궁지로 몰았던 척리를 배제하고 규장각을 설치하면서 마음에 드는 각신들을 가까이하면서 정사를 펼치고자 하였으나, 홍국영과 정동준의 사례에서 보듯 지나친 대우가 도리어 화를 불렀다. 권력이 한 당파에 지나치게 치우친 것을 보완하느라 남인 채제공 등을 등용하여 경륜을 펼 수 있도록 할 때마다 다른 당파의 끊임없는 반대를 무릅써야 했다. 정조 임금은 8년(1784)에 "내가 김종수를 아주 싫어하는 것은 근본을 되돌리고 의리를 밝히려는 나의 마음을 몸 받지 않고 이처럼 어긋나게 행동하기 때문이다."라고 하면서도 모든 정보가 김종수로 집결되는 노론의 영수 자리를 인정하지 않을 수 없었고, 김종수의 뒤를 이은 심환지에게 20년(1796)에 공식적으로 "경의 손을 통하여 임명된 대각은 다 말을 하기만 하면 죄를 짓게 되는 무리"라고 비판하면서도, 이면으로 비밀 편지를 보내서 내밀한 정사를 논의한 것도 같은 사정이라고 할 수 있다.

돌이켜보면 『사림의 향촌생활과 시가문학』(1997) 이후 『서정 시가의 인식과 미학』(2003), 『노래와 시의 울림과 그 내면』(2015), 『17세기 전반 정치·사회 변동과 시가사』(2018), 『17세기 후반 정치·사회 변동과 시가사』(2021)를 거쳐 현재 이 저서에 이르기까지, 『중종실록』부터 『순조실록』 초반까지 실록의 기록을 읽으면서 요약하고, 『한국문집총간』과 『한국문집총간 속』에 수록된 시가 자료를 추출하여 정리하는 과정에, 실록에 없는 경우 『승정원일기』와 『일성록』 등에서 확인하기도 했는데, 놓치고 있던 새로운 작품을 확인하고 그 의미를 되새기는 보람과 함께, 많은 품이 들면서도 그 이면을 파악할 수 있는 기쁨도 누렸다. 『사림의 향촌생활과 시가문학』 이후 10여 년 동안 두 분 선생님과 함께 『역주 목은시고』 1~12(2000~2007)에 골몰하기도 하였는데, 그때의 공부가 『17세기 전반 정치·사회 변동과 시가사』 준비와 진행에 밑바탕이 되었다고 할 수 있다.

18세기 시가사에서 주목해야 할 인물로 우선 김창업, 김시민, 김천택, 김수장, 최성대, 권만, 신광수, 마성린, 위백규, 홍대용 등을 들 수 있을 것이다. 이전의 작품 중에서 〈도산십이곡〉, 〈고산구곡가〉, 〈관동별곡〉, 〈사미인곡〉 등이 여전히 영향을 끼치고 있었고, 〈오늘이〉와 중대엽이 하나의 준거로 작동하고 있었으며, 신번·신성의 유행에도 불구하고 고조를 지키는 태도를 볼 수도 있다. 17세기에서 18세기를 이어주는 고리 역할을 한 김창업, 조정만, 김시보를 주목할 수 있고, 권익륭, 조명리, 이유 등의 시가 작품의 산생에 큰 역할을 한 김시민을 기억해야 할 것이다. 김천택의 『청구영언』과 김수장의 『해동가요』 등은 18세기 시가사의 보배라고 할 수 있다. 그리고 권만의 기록과 같이 〈청석령가〉는 소현세자의 몫으로 돌려주어서 인조의 〈작구가〉와 견주어야 할 것인데, 아울러 효종의 작품으로 전승된 맥락도 함께 주목해야 할 것이다. 최성대가 〈산유화여가〉와 〈소홀음잡절〉 등에서 민요의 본질을 통찰하고, 〈신성염곡〉의 사랑 노래에서 색채와 소리의 대비, 시간과 상황의 추이에 따라 다르게 형상화한 점은 민요의 서정에 근간을 둔 서정적 인식으로 볼 수 있어서 높이 평가해야 할 것이다. 가문 중심의 시가 향유는 17세기에 이어서 18세기의 한 특성으로 지적할 수 있는데, 연안이씨, 의령남씨 집안을 주목할 수 있다. 그리고 개별 작가로서 신광수의 가유 여정, 위백규의 사강회와 〈농가〉,

이유의 〈자규삼첩〉, 김인겸의 〈일동장유가〉, 김익의 〈단가〉 6수 등을 중요하게 인식할 수 있다. 이와 함께 풍류 악인의 시가 향유로 서평 공자와 송실솔, 이정보와 계섬, 심용과 이세춘 등의 활동이 가진 의의를 평가하고, 〈백화당가〉에서 정치의 뒷마당을 살피며, 위항 중인 마성린의 관심을 통하여 가객들과 교유하고 시조를 한역한 일을 주목할 수 있고, 홍대용이 서양금을 만나서 정률을 마련하고, 풍금을 통하여 음률의 청탁과 고저를 맞추고, 대소 장단에 따라 음률을 다르게 하는 방법을 터득한 일은 새로운 전환에 해당하는 것이다.

일주일에 한 차례씩 배낭을 메고 산에 오르면서 일상을 지킬 수 있도록 노력했는데, 문수봉, 의상봉, 원효봉, 백운대, 도봉산, 수락산, 불암산, 검단산, 예봉산, 운길산, 천보산, 천마산, 백운봉 등에 올라서 주변을 조망하기도 하고 노천 찻집에서 화갯골 햇차를 마시면서 마음을 따뜻하게 할 수 있었다. 문수봉, 백운대 등에서 장안을 돌아보고, 도봉산과 수락산에서 상대성을 배우며, 운길산을 오르내리면서 〈운길산하노인가〉의 정체를 추정하고, 천마산 주변에서 마악노초가 천마산 주변에서 지내는 늙은 나무꾼이라는 뜻을 확인한 것은 산행에서 덤으로 얻은 셈이다.

이 저서를 정리하면서 멋진 손자 호범, 예쁜 공주 윤우, 장한 손자 호연을 특별히 기념하고자 한다. 호범과 윤우는 지난해 같이 반장을 맡으면서 건강하게 자라고 있고, 유치원생 호연은 서가에 꽂힌 실록의 기록을 찾는 일에 동참하기도 하였다.

이제 큰 농사의 마무리까지 흔쾌한 마음으로 연구 성과를 출간해 주시는 보고사의 김흥국 사장님께 감사드리고, 기획과 편집에 애쓰신 박현정 님과 김태희 님께 고마운 마음을 전하고자 한다.

을사년 정월

최재남

차례

I

서론

1. 연구 목표와 연구 방향

본 저술의 목표는 18세기에 해당하는 숙종 후반기[숙종 26(1700)~숙종 46(1720)]와 경종(1720~1724), 영조(1724~1776), 정조(1776~1800)]가 집권한 시기의 정치·사회 변동을 살피면서 시가사의 추이를 통시적이고 공시적인 측면에서 서술하고자 하는 것이다.

이러한 목표를 달성하기 위하여 본 저술에서 다루고자 하는 내용은 17세기 전반과 17세기 후반에 걸쳐서 정치·사회 변동에 연계하여 시가사의 추이를 정리한 결과[1]를 바탕으로 지속, 변화, 새로운 시각을 제시하면서 논의를 심화하고 그 방향성을 마련하고자 한다.

정치·사회 변동의 특성과 변화가 크다고 본 17세기는 전반과 후반으로 나누어 그 추이를 살폈는데, 18세기는 변화보다 비슷한 추이로 지속되었다고 판단하여 한데 묶어서 다루고자 한다. 18세기 100년을 이해하기 위하여 정치·사회 변동에 대한 비판적 이해가 필요한데, 『숙종실록』, 『숙종실록보궐정오』, 『경종실록』, 『경종수정실록』, 『영조실록』, 『정조실록』, 『승정원일기』, 『일성록』, 『순조실록』(일부)에 대한 정밀한 독서와 함께 이면에 대한 이해를 심화해야 할 것이다. 1800년 정조 임금의 급작스러운 승하와 함께 뒷일이 어떻게 진행되고 있는지 확인하기 위하여 『순조실록』(일부)에 대한 정독도 포함되었다. 당시에 활동했던 사람들의 개별 문집 자료를 통한 상호 검증은 『한국문집총간』의 자료를 중심으로 살피는 과정이 더욱 필요할 것이다. 경향분기가 굳어지고, 표면적으로 탕평책을 지향하고 있음에도 불구하고 실제로는 핵심 당파를 중심으로 한 집단 정서가 공고하게 굳어지고 있었던 점도 유의해서 살펴야 할 것이다.

18세기는 『청구영언』과 『해동가요』, 『고금가곡』을 비롯한 많은 가집

---

1 최재남, 『17세기 전반 정치·사회 변동과 시가사』(보고사, 2018), 최재남, 『17세기 후반 정치·사회 변동과 시가사』(보고사, 2021).

이 엮어지면서 가곡의 전반적인 흐름과 가곡 레퍼토리의 다양한 표준이 마련되었고, 변주를 통해서 새로운 감흥을 추구한 신번(新飜), 신성(新聲)이 일반화되면서 이를 담당하는 전문적인 가창자가 자리를 확보하게 되었고, 각자 새로운 레퍼토리의 수립이라는 악곡의 분화가 가속화되었다. 그리고 관변과 왕족 등에 한정하지 않고 풍류 악인 또는 풍류 예인이 크게 활동한 것[2]으로 확인되는데, 이정보의 경우처럼 여러 악인이 한자리에 모여 풍류를 즐기기도 하고 심용이 주관한 것처럼 지역을 옮기면서 가악 활동을 펼치기도 하였다. 그리고 신광수가 각 지역을 돌아다니면서 노래를 향유하거나 레퍼토리를 전파하기도 한 것을 가유(歌遊)라고 부를 수 있을 것이다. 그러므로 담당층의 저변 확대와 환경의 변화를 반영한 시가사의 추이를 마련해야 할 것이다.

이러한 추이의 다른 이면에는 채제공이 "신성별조(新聲別調)"[3]에 대하여 부정적인 입장을 보인다거나, 이민보가 시조 8수를 한역하면서 "산거야취"와 "경세성속"[4]을 지향하고 있으며, 김양근이 시조 한역인 〈동조〉에서 오륜에서 고의에 이르기까지 "아속의 부동"에도 "권징에 일조"[5]가 있는 것에 관심을 두고 있다는 점을 주목할 필요가 있다. 거문고 곡으로 따지자면 금곡이나 금조의 유행에도 불구하고 고조를 지키자는 묵묵한 흐름을 간과할 수 없다는 것이다. 실제 가집에서 노랫말의 곡조 배치 경향

---

2 허경진 편역, 『악인열전』(한길사, 2005).

3 채제공, 「書耳溪洪尙書良浩燕雲雜詠後」, "이러한 까닭에 내가 이와 같이 씀으로써, 신림(神林)의 음침하고 괴이한 언어를 쓰는 데 주력하면서 함부로 그것을 '신성별조'라고 여기지만 스스로 말세의 음란한 지경에 빠지는 줄도 모르는, 요즘 세상의 글 짓는 선비들을 경계하는 바이다.(余故書之如此, 以戒夫今世操觚之士務爲神林幽怪之語, 妄以爲新聲別調而不知其自歸於季葉淫哇者)", 『樊巖先生集』, 卷之五十六, 『한국문집총간』 236, 546면.

4 이민보, 〈余愛聽歌曲, 言多合山居野趣, 亦足警世醒俗, 惜其方言俚辭樂府無傳, 漫演其語成八章〉, 『豊墅集』 卷之三, 『한국문집총간』 232, 341면.

5 김양근, 〈東調〉, 『東埜集』 卷之四 『한국문집총간』 속 94, 72면. 中日閱東人雜調, 以爲禦眠遣懷之資, 雖其作者命意, 各有雅俗之不同, 而風謠被絃, 亦不害爲勸懲之一助矣.

을 점검할 필요가 제기되고, 변화와 다양함이 바른 방향이었나에 대한 성찰도 필요할 것으로 보인다.

담당층이 다양화하고 각각의 지향이 여러 방향으로 바뀌면서 현상에 대한 이해와 방향에 대한 평가를 어떻게 할 것인가 고민해야 할 것이다. 호오와 시비에 대한 평정이 필요한 시기이기도 하다. 자료의 실상에 대한 이해도 중요하지만, 그 자료를 해석하는 방향도 아울러 쟁점화할 수 있다. 그러므로 18세기 시가사의 추이는 단선적인 시각으로 접근하기 어려울 것으로 보인다. 지역, 시기, 향유층 등에서 다양한 편차가 드러나고 있는 점을 고려한 방법론적 모색이 요청된다고 할 것이다.

구체적인 작가와 작품에 대한 면밀한 검토는 동시에 진행되어야 할 것인데, 각 갈래가 갈래의 기본 특성을 표현하는 방향과 함께 갈래 상호 간의 교섭 현상을 보이는 점을 섬세하게 관찰하여 서로 만날 수 있는 지점과 각 갈래의 본질적인 특성을 살펴서 시적 정서의 구현 내용을 살펴야 할 것이다.

생산 주체인 농민의 내면이 일을 통해 드러나는 민요를 주목해야 할 것이다. 한시에서도 그 정서의 밑바탕을 민요에서 찾으려고 노력하고 있었던 점[6]을 고려하면, 시가에서 신번과 신성을 통하여 수용자의 흥미와 귀를 즐겁게 하는 방향으로 속화되었던 점을 반추해야 할 것이다.

그리고 서학이라는 이름으로 유입된 천주학이 새로운 이념으로 등장하는 과정을 주목해야 한다. 정조 임금은 이들의 근거에 패관 소품이 있고 정학(正學)과 사학(邪學)의 대립에서 정학을 바르게 하면 사학은 절로 약해질 수 있다고 했지만, 현실에서는 호락호락하지 않았고 실제 시가사에서는 강이천의 〈한경사〉[7], 김려의 「사유악부」[8] 등에서 보듯 악부 등을

---

6 최재남, 「조선후기 민요의 실상과 한시의 민풍 수용」, 『장르교섭과 고전시가』(월인, 1999), 최재남 외, 『조선후기 민요자료 정리와 분류』(보고사, 2008).

7 강이천, 〈漢京詞 百六首〉 『重菴稿』 冊一, 『한국문집총간』 속 111, 443면.

8 김려, 〈問汝何所思〉, 『藫庭遺藁』 卷之五·六, 「思牖樂府」, 『한국문집총간』 289, 448~

통한 현실 반응으로 나타나고 있어서 그 추이를 주목해야 할 것이다.

단계별 목표는 다음과 같이 설정한다.

첫째, 18세기 정치·사회 변동에 대한 비판적 이해와 시각을 마련하는 방편으로 『숙종실록』, 『숙종실록보궐정오』, 『경종실록』, 『경종수정실록』, 『영조실록』, 『정조실록』, 『승정원일기』, 『일성록』, 『순조실록』(일부)을 정독하면서 통시적 측면에서 정치·사회 변동에 대한 이해를 심화하도록 한다. 실록의 기록이 당파의 이해에 따라 왜곡된 측면이 있을 수 있으므로, 『승정원일기』와 『일성록』 등의 기록과 함께 살피는 일이 중요한 과제이기도 하다. 『한국문집총간』과 『한국문집총간 속』에 수록된 해당 시기 개별 문집을 독해하면서 당파성을 띠거나 중립적 입장을 견지한 개별 인물이 정치적 국면에 동참하거나 연계되면서 보여준 실천이나 내면화한 반응 등을 공시적인 측면에서 확인하면서, 18세기에 중요하게 다루거나 점검해야 할 대상 작품의 목록을 마련하도록 한다.

18세기 정치·사회 변동을 파악하는 방향으로 1) 18세기 초반의 정치·사회 변화, 2) 이이명 독대의 파장과 이후의 국면 변화, 3) 정통성 시비 우려와 탕평책으로의 전환, 4) 외면과 이면의 차이와 본령 파악의 중요성, 5) 균역법 시행과 시민에 대한 인식 변화, 그리고 6) 정조 시대의 정치·사회 변동을 다시 몇 항목으로 나누되 (1) 생부 사도세자에 대한 그리움과 현륭원 안장, (2) 『명의록』과 『속명의록』의 의리, (3) 제도 개혁과 바른 임금의 길, (4) 장시의 점검과 농구 정비, (5) 채제공의 등용과 대동·태화의 정치, (6) 정학과 사학의 구별, (7) 비밀 편지를 통한 국면의 전환 등을 살피고, 이어서 7) 18세기의 마무리와 19세기로의 전환 등을 핵심 과제로 제시하고자 한다.

둘째, 18세기의 성격을 진단하고 이를 바탕으로 시가사를 이해하기 위하여, Ⅱ-1. 18세기 사회 진단에서는 1. 존주의 의리와 경복궁 중건 논의

467면.

과정, 2. 환국에서 탕평으로의 국면 전환과 그 이면, 3. 경화세족 중심 사회의 특성과 문제점, 4. 위항 중인의 성장과 절절의 의리, 5. 천주당 관람을 통한 인식의 전환 등으로 나누어 살피고, Ⅱ-2. 18세기 시가사 이해의 방향으로 1. 정치 국면의 변화와 노래의 반응, 2. 가집을 통한 기준과 규범의 확립, 3. 민요의 본질에 대한 인식과 수용과 채시, 4. 노래의 지역 전파와 노래 레퍼토리의 선별, 5. 작품의 의미 강화와 정치의 득실에 활용, 6. 아회와 시사를 통한 정서의 집단 향유, 7. 소품 지향의 의미와 악부를 통한 현실 반영 등을 설정하고자 한다.

셋째, 시가사의 지속과 영향이라는 측면에서 17세기 후반과 연계될 수 있는 내용은 1. 풍간풍류의 성격과 17세기에서 18세기로의 전환, 2. 한역을 통한 전승의 변화와 공간 환기와 기억 확장, 3. 연행과 동사의 노래 레퍼토리, 4. 가기에서 가객 또는 가자로, 5. 고조와 금조의 갈림과 금사·금객의 역할 등을 살피고자 한다.

넷째, 18세기 시가사의 구체적 양상은 시가사 흐름의 이해, 가집 편찬과 시가사의 관심 사항, 가문 중심의 시가 향유, 정서 공감의 교유와 시가 향유, 주요 인물들의 시가 활동 등으로 나누어 살피도록 한다. Ⅳ-1. 시가사 흐름의 이해와 관련하여, 1. 논농사 노래의 실상과 〈산유화가〉의 전파, 2. 신번과 신성의 노래와 곡조의 변화, 3. 공간 환기와 시가 향유의 양상, 4. 시가 작품의 등장인물과 현실 반응 등을, Ⅳ-2. 가집 편찬과 시가사의 관심 사항으로, 1.『청구영언』 편찬의 도움과 가집의 위상, 2.『청구영언』(장서각본)의 성격, 3.『해동가요』의 편찬 과정과 작품 수록의 차이, 4.『청구가요』와 가객 작가, 5. 이한진 편『청구영언』과 악하풍류, 6.『고금가곡』의 성격, 7.『병와가곡집』의 특성 등을, Ⅳ-3. 가문 중심의 시가 향유 양상에 대하여, 1. 연안이씨 문화의 특성, 2, 의령남씨 집안의 가곡 향유, 3. 조명리의 노래와 김광욱·김성최 풍류의 전승, 4. 이진유-이광명·이광사-이긍익·이영익의 시가 향유 등을, Ⅳ-4. 정서 공감의 교유와 시가 향유에 대하여, 1. 이형상과 이만부의 교유와 악부와 가곡 논의, 2. 신유한과 최성대의 만남과 시적 정서 교류, 3. 풍류 악인의 시가 향유, 4. 여항 예인과의 교유 등을, Ⅳ-5. 주요 인물들의 시가 활동에서는 1. 신광수의 가유 여정, 2. 위백규의 향촌 시가 활동, 3. 이유의 〈자규삼첩〉과 금가 풍류, 4. 김인겸의 〈일동장유가〉, 5. 김익이 향유한 시가 범주 등으로 나누어 검토하도록 한다.

다섯째, 18세기 시가사에서 주목할 수 있는 새로운 변화의 양상으로 1. 문답 시가를 통한 주체적 태도 표현, 2. 천주학에 대한 믿음과 배척, 3. 〈백화당가〉의 실상과 정치의 뒷마당, 4. 마성린의 가우 교유와 시조 한역, 5. 염곡에 대한 새로운 주목과 그 양상, 6. 노래를 그림과 함께 향유하기, 7. 우리말 노래 선언과 유득공의 〈동인지가〉, 8. 서양금과 풍금을 통해 본 새로운 음악 세계 등을 주목하여 살피고자 한다.

여섯째, 18세기 시가사가 지닌 성격을 종합적으로 정리하고 미진한 부분이나 새로운 관심의 방향을 제시하고자 한다.

2. 18세기 정치·사회 변동에 대한 비판적 이해

이 저서와 관련하여 18세기 정치·사회 변동을 어떻게 이해할 것인가의 문제가 핵심으로 떠오른다. 정치·사회 변동의 큰 흐름이라는 틀과 연관하여 시가사의 추이를 살피고자 하기 때문이다.

정치·사회 변동의 큰 줄기는 환국(換局)에서 탕평(蕩平)으로의 전환으로 규정할 수 있을 것이다. 18세기 초반에 몇 차례 환국에 해당하는 변동이 있었지만 큰 흐름은 환국에서 탕평으로의 전환으로 볼 수 있다.

여러 차례 환국을 거치면서 정치의 주도권을 가지고자 했던 숙종이 결국은 자신과 뒤를 이을 임금이 기대야 할 세력의 기반으로 병신 처분(1716)과 이이명 독대(1717) 등에서 보인 입장과 같이 노론으로 생각하고 있었고, 이러한 숙종의 태도가 경종이 보위에 오른 뒤에 신축년(1721)과 임인년(1722)의 환국으로 갈등이 표면화되었다고 할 수 있다.

그러나 경종이 일찍 세상을 떠나고 영조가 보위에 오르면서 숙종의 속마음대로 되었다고 할 수 있지만, 영조의 출생을 포함하여 여러 가지 정통성 시비가 잠복하고 있었으므로, 영조는 탕평으로 정책을 완전히 전환하게 되었다. 환국으로 정치적 해결을 시도하려고 할 경우 임금 자신이 그 소용돌이에 휘말릴지도 모른다는 두려움이 숨어 있었을 것이다. 그러나 영조의 탕평은 엄밀히 말해서 모든 당파의 인재를 고루 등용하는 것이 아니라, 기본적으로 노론을 중심에 두고 있었다. 숙종의 병신 처분을 완화하고자 한 노력도 포함되어 있다.

영조의 정통성 시비는 실제로 무신란(1728)으로 표출되었다고 할 수 있고, 이때 반란 세력 쪽에서 소현세자의 증손자인 밀풍군 이탄(1688~1729)을 추대하고 나선 것도 영조에게는 마음에 큰 부담이 되었다고 할 수 있다. 생모 숙빈 최씨를 육상궁까지 추존하면서 부단히 섬겼지만, 끝까지 신하들의 절대적인 호응을 얻지 못하였고, 자녀들에 대한 차별과 치우친 사랑이 임오년(1762)의 화변으로 나타나기도 하고, 아들은 지나치게 미워하면서 손자는 지나치게 사랑하는 모순된 사랑을 이어갔으며, 몇몇 옹주에 대한 무조건적인 사랑이 뒤를 잇기로 한 세손의 자리까지 위태롭게 하면서 다시 정조에게 큰 부담을 안겨주기도 했다. 영조가 뒤늦게 맞은 계비 김씨와 그 집안사람들은 정조가 세손을 거쳐 보위에 오르는 과정에 커다란 장애로 작용했고, 어린 순조의 즉위와 함께 계비 김씨가 수렴청정을 맡으면서 정조가 공들여 마련한 개혁의 틀과 인재들을 숙청하는 참사까지 만들고 말았다. 영조와 정조가 마련한 탕평의 노력이 환국의 국면으로 바뀌고 만 셈이다.

18세기 후반에 정조가 보위에 오르고 초반에는 자신의 보위를 지키게 해 준 서명선·홍국영·정민시 등과 원년 12월 3일에 동덕회(同德會)[9]라는 모임을 이어가며 호의적인 자세를 보였지만, 시간이 흐르면서 노론과 대척점에 있는 기호 남인 채제공을 정승에 임용하여 정사를 펼치면서 노론 중심의 정치판을 바꾸려고 노력하기도 했다. 그러나 『정조어찰첩』에서 확인할 수 있는 바와 같이 노론의 주류 세력들과 밀접한 연락을 하였고, 결국 후사를 이을 세자의 배필을 노론 집안에서 맞으면서 현실 정치를 인정하지 않을 수 없었던 것으로 보인다.

다음으로 주목할 수 있는 것은 외면으로 탕평을 내세우면서도 실제로 노론 인물을 등용한 탓에, 이른바 경화세족(京華世族) 또는 경화거족이라고 하는 이들 서울의 노론 집안이 18세기 전 시기에 걸쳐 정치·사회 변동의 주도 세력이 되었고, 이들이 대를 이어가면서 이들 중심의 문화가 시가사의 추이와 맞물리게 되었다. 임금이 금지옥엽이 더 중요하다고 했지만, 실제로는 역부족이었다. 게다가 영조의 탕평 정책이 이면적으로 자신을 보호하고자 하는 데에 있었다고 보면, 출생의 한계가 있는 임금으로서 부왕 숙종의 비인 인경왕후 김씨와 인현왕후 민씨에 대한 존숭을 표면화하지 않을 수 없었다. 결국 어떠한 잘못에도 광산김씨 집안과 여흥민씨

---

9 『정조실록』 4권, 정조 1년 12월 3일(을미), 『국역 정조실록』 3, 165~166면.

집안은 사건 당시에는 배제하기는 했지만 끝내 내칠 수 없는 모순에 빠졌으며, 이들 집안사람들은 이런 사정을 파악하고 임금을 돕는 일보다 자신들의 가문과 당파를 지키는 노론의 중심 역할을 자임하고 있었다. 금지옥엽이 미약한 것을 인식한 임금으로서 척리에 기대야 하는 현실적 어려움이 생겼고, 척리들 사이의 갈등이 표면화되기도 했으며, 결국 19세기에 들어가면서 외척이 중심이 되는 세도(勢道)의 시대로 탈바꿈하였다.

그리고 경제적 기반을 뒷받침하는 집단은 시민(市民), 공인(貢人)이라고 할 수 있을 터인데, 영조가 이들을 서울의 핵심이라고 강조하면서 공인을 자주 면담한 데서도 확인할 수 있다. 특히 사회 변동과 연계하여 생산량의 증가, 물화와 재화의 이동 등이 큰 역할을 했던 것인데, 이러한 과정에서 생기는 이익을 정치·사회 변동의 주도 세력이 차지하는 경향이 강했다고 할 수 있다.

그러므로 숙종·영조·정조로 이어지는 18세기를 중세의 르네상스라고 고평하는 시각은 당대에 특정 집단을 중심으로 안정과 풍요를 누릴 수는 있었지만, 이어지는 다음 시대에 새로운 전망을 제시하지 못했다는 점에서 재고해야 할 것이다. 다시 검토해야 한다고 보는 입장은 당시의 노론 경화세족이 제시한 철학이나 경륜이 오늘날까지 주목할 만한 내용으로 확인되는지 되새기는 과제를 제기하는 셈이다.

18세기를 이해하기 위하여 겉으로 드러난 것이 빙산의 일각이라는 격언을 새삼스럽게 되돌아볼 필요가 있다. 다양한 변화가 나타나고 그 기록도 풍성하게 전승되고 있어서 그 실체를 온전하게 파악할 수 있을 것 같기도 한데, 실제로는 놓치고 있는 부분이 많이 있었던 것이 아닌지 반추할 필요가 있다. 눈에 보이는 외면만 좇다가 가려진 이면을 온전히 이해하기 위한 노력이 부족했을 수도 있다. 외면은 표면과 통할 수 있고 이면은 내면과 비슷하다고 할 수 있다. 실제로 『영조실록』과 『정조실록』의 기사에서 외면, 이면이라는 말이 많이 등장하고 있어서 외면과 이면의 차이를 살피면서 본령을 파악할 수 있도록 균형 잡힌 시각을 마련해야 할 것이다.

더욱이 정조가 심환지에게 보낸 비밀 편지[10]를 비롯하여 개인에게 보낸 편지에서 다양한 내용이 드러나고 있고, 여기에서 정조의 알려진 외면과는 다른 이면의 모습을 확인할 수 있어서 실제 18세기 후반 정치·사회 변동에 대한 궁금증을 자아내기도 한다.

한편 『청구영언』과 『해동가요』라는 소중한 자료[11]를 가지게 된 18세기 시가사의 실상을 살피는 데에, 『청구영언』과 『해동가요』의 기록을 어느 정도까지 신뢰해야 하는지 진지하게 고민할 필요가 있을 것이다. 얼핏 생각하기에 『청구영언』을 엮은 김천택은 주변을 돌아보는 조심성이 있었다고 할 수 있고, 『해동가요』를 엮은 김수장은 자신을 중심으로 무언가를 드러내고자 하는 욕망이 강했던 것으로 보인다. 김천택이 「만횡청류」를 『청구영언』 말미에 수록하면서 보였던 태도의 일단과 함께, 무명씨 자료의 수록 과정에 고심하였을 내막을 이해할 필요가 있고, 김수장이 『해동가요』에서 연행 현장과 관련한 자신의 작품을 스스럼없이 노출시켰던 태도를 주목하면서 주의를 기울여 살필 필요가 있다. 그런 점에서 드러난 외면과 함께 가려진 이면까지 아울러 살필 때 실상에 온전하게 접근할 수 있을 것으로 기대한다. 김천택이 엮은 『청구영언』(1728)과 김수장이 엮은 『해동가요』(1756)가 마련된 뒤에도 같은 이름으로 여러 이본이 지속적으로 마련된 것도 크게 관심을 가져야 할 대목이다.

외면과 이면의 거리를 확인하고 내면의 본령까지 확인하면서 18세기 시가사를 살피는 작업이 중요한 과제가 되었다. 18세기를 이끌어갔던 지배 집단은 정치·사회 변동에서 자기 집단이 지속적으로 중심을 차지할

---

10 성균관대 동아시아학술원, 『정조어찰첩』(성균관대학교출판부, 2009), 박철상 외, 『정조의 비밀어찰 정조가 그의 시대를 말하다』(푸른역사, 2011).

11 근래에 이들 자료의 영인과 주해가 이루어져 그 실상을 온전하게 파악할 수 있게 된 점은 자료 정리와 주해에 공력을 기울인 분들 덕분이라 고마울 따름이다. 김천택 편, 『청구영언』(국립한글박물관, 2017), 권순회 외, 『청구영언 주해편』(국립한글박물관, 2017), 권순회·이상원 주해, 『청구영언 장서각본』(한국학중앙연구원출판부, 2021).

수 있도록 도모하면서, 개인이나 자기들끼리는 정서적 유대를 마련하고자 애썼던 것으로 보이기 때문이다. 18세기를 이끈 임금과 지배 집단이 백성들을 위한 미래를 제대로 준비했더라면, 19세기 이후 사회에 대한 전망도 아울러 제대로 기대할 수 있을 것인데, 실제 그러한 노력은 매우 부족했던 것 같다.

1) 18세기 초반의 정치 · 사회 변화

18세기는 숙종 후반(26년~46년, 1700~1720), 경종(1720~1724), 영조(1724~1776), 정조(1776~1800) 시대에 해당한다. 17세기를 전반과 후반으로 나누어 살핀 예[12]에 견주어 볼 때, 18세기는 큰 흐름에서 같은 방향성을 보이는 것으로 판단하여 전반과 후반으로 나누지 않기로 하였다. 숙종에 이어 숙종의 두 아들인 경종과 영조가 보위에 오르고, 영조의 손자인 정조가 보위를 이은 시기여서 무난하게 한데 묶을 수 있는 이점이 있다. 이 중에서 18세기 초반은 숙종 후반 시기와 경종을 거쳐 영조로 이어지는 시기가 해당하고, 다음으로 영조 시대가 50년 이상 이어지며, 18세기 후반은 정조 시대에 해당한다. 그러므로 18세기의 시작은 숙종 만년을 점검하면서 출발하고, 18세기의 마무리는 정조 시대를 중심으로 정리하도록 하면서, 영조 시대를 18세기의 중심 기간으로 삼아서 살피는 것이 가능할 것이다.

18세기가 시작되는 숙종 26년(1700) 정월에 숙종 임금은 홍문관 관리들이 올린 잠(箴)을 받으면서 한 세기를 맞고 있었다.

> 교리 남정중·수찬 오명준이 상소하였다. 인하여 '날마다 새롭게 하며[日新], 뜻을 세우며[立志], 마음을 바르게 하며[正心], 와서 간하게 하며[來

---

12 최재남, 『17세기 전반 정치·사회 변동과 시가사』(보고사, 2018), 최재남, 『17세기 후반 정치·사회 변동과 시가사』(보고사, 2021) 참조.

諫], 검소함을 숭상하는[崇儉]' 다섯 가지 잠(箴)을 올리니, 임금이 아름답게 여겨 받아들였다.[13]

그런데 정월 20일에 기묘년(1699) 증광시[14] 부정[15]에 대한 공초[16]에서, 이선의 아들 이성휘, 박세채의 손자 박필위를 비롯한 대가의 자제들이 관련되어 있다고 하였다. 출방하던 처음에 "어사화냐? 금은화냐?"라는 노래[17]가 불리고, "백지로 낸 시험지에 홍패지가 나오니, 머리에 어사화 꽂고 길에서 쳐다보는 이에게 으스대네. 도적의 소굴에서 밤중에 휘파람 소리 들리니, 이 무리들 또한 청렴하다 말할까?"[18]라는 시가 전송되기도 하였다. 과거를 통하여 공정하게 인재를 선발해야 하는데도 대가 집안을 중심으로 과거 합격자가 정해지면서 이들이 정치의 주도권을 놓지 않으려고 애쓰고 있다는 사실을 반증하고 있다. 실제 과거의 폐해에 대한 지적은 18세기 내내 이어졌고, 이 내막을 파악한 임금은 소극적인 대응을 하고 있었다.

숙종은 17세기 후반에 여러 차례 환국을 통해 정치적 위기를 모면하려 했지만 18세기 초반에도 여전히 그 영향이 남아 있었다. 숙종 27년(1701) 8월에 복위된 민씨가 승하하고, 9월에 장희재를 처형한 뒤에 후궁 장씨에게 자진하라는 비망기를 내렸지만, 이러한 문제의 근본 원인이 지존으로서 총애를 분별하지 못한 데에 있다는 인식을 끝내 보이지 않았다.

---

13 『숙종실록』 34권, 숙종 26년 1월 1일(을미), 『국역 숙종실록』 18, 5면.

14 『국조 문과방목』 권13, 숙종 기묘증광방, 『국조 문과방목』 2, 949~952면.

15 김유는 〈聞罷科偶吟一絶 庚辰〉에서 "可笑南柯一夢驚, 蹔將紅紙許題名. 已知榮辱皆天定, 悔向崎嶇役此生."(『儉齋集』 卷之三, 『한국문집총간』 속 50, 51면)이라고 읊고 있다.

16 『숙종실록』 권34 상, 숙종 26년 1월 20일(갑인), 『국역 숙종실록』 18, 21~22면.

17 『숙종실록』 권34 상, 숙종 26년 1월 20일(갑인), 『국역 숙종실록』 18, 21~22면, 御賜花耶, 金銀花耶.

18 『숙종실록』 권34 상, 숙종 26년 1월 20일(갑인), 『국역 숙종실록』 18, 21~22면, 白地生紅紙, 頭花詑路瞻. 綠林聞夜嘯, 此輩亦云廉.

장씨의 자진에 숙빈 최씨가 몰래 고변하였다는 외전(外傳)이 앞으로 이어질 변화를 예고하는 것이기도 했다.

> 이때 이르러 무고(巫蠱)의 사건이 과연 발각되니, 외간에서는 혹 전하기를, "숙빈 최씨가 평상시에 왕비가 베푼 은혜를 추모하여, 통곡하는 마음을 이기지 못하고 임금에게 몰래 고하였다." 하였다.[19]

그 이후 숙종은 백두산 정계[20]를 마련하고, 북한산성을 축조[21]하는 등 강역의 경계를 정하고 외세에 대한 대비를 강화한 것도 사실이다.

그런데 숙종 대 후반으로 가면서 갑술년(1694)에 "거센 신하의 흉악한 잔당으로서 감히 국본을 동요하는 일이 있는 자(는) … 역률로 논할 것"[22]이라고 했던 하교를 스스로 부정하듯이, 장씨 소생인 세자가 보위에 오르게 되면 생길 수 있는 문제점을 포함하여 왕권을 지키기 위하여 기대야 할 정치 집단에 대하여 고민하지 않을 수 없었던 것으로 보인다.

한편으로 숙종 32년(1706) 9월에 이잠(1660~1706)이 상소를 올려 김춘택과 이이명 등에 대해 경고했지만, 오히려 친국을 받다가 장폐당하고 말았다. 뒷날 일어난 일들은 이잠의 예견과 들어맞게 되었다고 할 수 있다. 18세기 막바지 이가환의 일은 이 일과 연계되어 있다고 볼 수 있다.

> 세자를 세울 때 경망하게 의논한 자가 한둘뿐만이 아니었고, '감히 강신·흉얼로서 세자를 동요하는 자가 있으면 역률로 논한다.'는 것이 전하께서 내리신 갑술년의 비망기이니, 그렇다면 어찌 이것으로 문득 진언한 선비를 형벌할 수 있겠습니까? 이사명의 아우인 이이명은 이미 복합하였을 때 감

19 『숙종실록』 35권, 숙종 27년 9월 23일(정미), 『국역 숙종실록』 19, 34~35면.
20 『숙종실록』 51권, 숙종 38년 5월 23일(을사), 『국역 숙종실록』 27, 39면.
21 『숙종실록』 52권, 숙종 38년 10월 8일(무오), 『국역 숙종실록』 27, 167면.
22 『숙종실록』 26권, 숙종 20년 4월 1일(무진), 『국역 숙종실록』 13, 329면.

히 이합이라는 말로 천총을 어지럽혔으므로 죄가 주살을 면할 수 없는데, 또 국청을 설치하였을 때 당돌하게 임부의 상소에 연명한 자를 죄다 나문하기를 청하였으니, 이것은 모두 도륙하여 사사로운 원수를 마음대로 갚으려는 것이었습니다. 김창집이 스스로 상소한 것은 오히려 삼가고 두려워하는 뜻이 있으니, 이것은 용서할 만하나, 이이명으로 말하자면 갈수록 더욱 심해져서 죽어도 뉘우칠 줄 모르니, 어찌 이른바 호종(怙終)이라는 것이 아니겠습니까? 김춘택은 이미 능히 일세를 위세로 제압했고 이이명은 실로 좌지우지하였으니, 신의 어리석은 생각으로는 김춘택을 죽이지 않고 이이명을 귀양 보내지 않으면 나라가 망하지 않을는지 알 수 없습니다. 바라옵건대, 전하께서는 하늘의 강단을 몸 받고 아울러 가엾게 여기는 마음도 지키시어 그 우두머리는 죽이고 나머지에게는 다 죄를 묻지 마시며 옛 허물을 씻어 스스로 새로워질 수 있게 하소서. 그러면 종사가 다행하겠습니다.[23]

숙종 39년(1713) 3월에 즉위 40년에 즈음한 교서를 발표하고, 4월에는 어용을 그리게 한다. 12월 이후로 임금의 환후가 나빠지면서 여러 약방을 마련하기도 하지만, 날로 악화되고 있었다.

숙종 43년(1717) 7월[24]에 이이명의 독대가 이루어지고 세자에게 청정하게 하는 절목을 마련하였다. 세자빈 심씨가 세상을 떠나고, 다시 어씨를 세자빈으로 삼았다. 한편 숙종 44년(1718) 12월에 세자의 어머니인 희빈 장씨를 천장[25]하여 예장하게 하였는데, 이듬해 3월에 천장할 때 세자와 세자빈이 망곡례를 행하도록 하였다. 숙종이 세자를 위해 배려한 것으로 이해할 수 있다.

숙종이 승하하고 경종이 보위에 오른 즉위년 7월에 유학 조중우가 상소하여, 경종의 생모 희빈의 명호를 정할 것을 아뢰었다가[26] 유배의 길에

23 『숙종실록』 44권, 숙종 32년 9월 17일(임신), 『국역 숙종실록』 24, 45~46면.
24 『숙종실록』 60권, 숙종 43년 7월 19일(신미), 『국역 숙종실록』 30, 144~145면.
25 『숙종실록』 62권, 숙종 44년 12월 23일(병인), 『국역 숙종실록』 31, 255~256면.

오르기도 하였으나, 경종 1년(1721) 12월에 조중우의 일에 연좌된 사람들을 석방하고, 경종 2년 1월에는 장씨의 사당을 따로 세우고 칭호를 정하게 하며, 이어서 사친을 추보하는 일을 의논하게 한다. 경종 2년 19월에 장씨를 옥산부대빈[27]으로 추존하였다.

2) 이이명 독대의 파장과 이후의 국면 변화

숙종의 뒤를 이어 경종이 보위에 오르게 되었지만 소론과 노론의 갈등이 점차 두드러지게 되었고, 신축년인 경종 1년(1721)과 임인년인 경종 2년(1722)에 걸쳐 신임사화가 일어나면서 일단 소론 중심의 정계 개편이 이루어졌다. 그러나 경종이 재위 4년 만에 승하하고 영조가 보위에 오르면서 정국은 다시 노론 쪽으로 기울게 되었다.

그런데 영조의 등극을 못마땅하게 생각하는 사람들이 중심이 되어 영조 4년(1728) 무신년에 전국적으로 반란을 일으켰다. 이 변란을 수습한 뒤에 영조는 믿을 만한 사람들을 중심으로 정국을 운영하는 방향을 잡게 되었다고 할 수 있다. 환국을 통한 인위적 정계 개편에서 탕평이라는 이름으로 한 당파를 중심에 두고 다른 세력까지 포괄하는 방향으로 전환하게 된 것이다.

그런데 이에 앞서 숙종 43년(1717) 7월에 왕이 이이명을 독대하고 국본에 대한 논의를 한 것[28]이 큰 파장을 일으키고 있었다. 숙종은 여러 차례 환국을 통하여 자신의 정치적 경륜을 드러냈다고 자부하였지만, 18세기에 들면서 장씨를 자진하게 하고, 장씨의 아들인 세자에게 보위를 넘겨야 할 것인지에 대하여 심각한 고민을 했던 것으로 보인다. 결국 왕이 기댈 수 있는 세력의 기반을 노론에 두는 방향으로 태도를 바꾸었다고 평가

---

26 『경종실록』 1권, 경종 즉위년 7월 21일(병술), 『국역 경종실록』 1, 45~46면.

27 『경종실록』 10권, 경종 2년 10월 10일(임술), 『국역 경종실록』 2, 19면.

28 『숙종실록보궐정오』 60권, 숙종 43년 7월 19일(신미), 『국역 숙종실록』 30, 311~313면.

할 수 있다.

숙종 43년(1717) 7월에 임금이 좌의정 이이명을 희정당으로 부를 때, 승지 등이 있었으나 이이명 혼자만 입시하여 독대하면서, 승지와 사관이 참석하지 않은 상황에서 기록조차 남지 않게 한 것이다. 그날 신시에 숙종은 다시 희정당에서 신하들을 불러서 임금의 안질과 세자 청정 등을 논의하게 된다. 이때 김창집의 발언에서 "지극히 중대한 성교"[29]라고 한 것을 보면 국본과 관련된 밀약이었던 것으로 추정할 수 있다. 그런데 보통의 경우라면 청정이 부당하다고 간쟁하는 것이 순리일 터인데, 노론 계열의 신하들은 도리어 긍정적인 입장을 보인다. 이어서 세자에게 청정하게 한다는 하교가 내려진다.

그런데 7월 28일에 영중추부사 윤지완이 시골에서 도성으로 들어와 상소를 올려서 청정의 경우 간쟁하여 명령을 환수하도록 해야 하는데 도리의 결단을 하게 한 것과 독대의 잘못을 지적하면서, "임금이 정승을 사인으로 삼고, 대신은 정승의 지위를 사신으로 만들었다."라고 숙종과 이이명을 함께 비판하였다. 실제로는 세자에게 대리청정하게 한 뒤에 능력을 검증하고 혹여 실수가 있으면 이를 빌미로 다른 계책을 내려는 노론의 이면이 있었던 것으로 볼 수 있다.

영중추부사 윤지완이 시골에서 도성으로 들어와서 상소하기를,

"… 그날 등대했던 대신은 진실로 이치에 의거하여 간쟁함으로써 기어이 명령을 환수하게 했어야 하는데도 계획은 이에서 나오지 않고 도리어 참여하여 결단하게 할 것을 청하였으니, 신은 삼가 애석하게 여깁니다. 원임대신이 명초를 어긴 것은 진실로 사기와 경중을 알아야 한다는 원칙에 부족함이 있습니다. 그리고 독대한 일에 이르러서는 상하가 서로 잘못했다는 것을 면할 수 없습니다. 전하께서 어떻게 상국을 사인으로 삼을 수가 있으

29 『숙종실록』 60권, 숙종 43년 7월 19일(신미), 『국역 숙종실록』 30, 146면.

며 대신도 또한 어떻게 여러 사람이 바라보는 정승의 지위를 임금의 사신으로 만들 수가 있겠습니까?"[30]

이어서 왕세자의 대리청정이 시작되었고, 숙종 46년(1720) 6월 숙종이 승하하고 경종이 보위에 오른 뒤에 펼쳐진 정치적 격돌에서 실제로 이 독대의 내막이 드러났다고 할 수 있다.

경종을 지원하고 있던 소론과는 달리 숙종의 속마음과 함께 다른 생각을 품고 있었던 노론은, 경종이 아들이 없고 병이 많다는 것을 이유로 연잉군을 왕세제로 정하고[31] 이어서 왕세제에게 청정하게 하자고 하자, 경종은 대리청정의 명을 내렸다가 철회[32]하기도 하였다. 이러한 일련의 사태는 정국의 주도권을 잡겠다는 권력의 작동이라 할 수 있는데, 결국 신축년과 임인년에 사화가 일어나면서 이이명을 비롯한 노론 4대신이 사약을 받게 되었다.

숙종과 이이명의 독대에 대하여 『숙종실록』에서 사신은 다음과 같이 적고 있다.

부자 사이는 다른 사람이 말하기 어려운 것이 있는데, 당일 입대한 여러 신하들은 번갈아 아뢰면서 극력 쟁론하여 정성을 다하여 광구하였으니, 춘궁을 사랑하여 추대하는 마음과 주상의 마음을 감동시켜 깨우친 공로가 옛사람에 견주어도 부끄러울 것이 없으며 후세에도 할 말이 있다고 할 수가 있다. 그런데 저 기뻐하지 않는 사람들의 말은 사람을 의심해서는 안 될 곳까지 의심하여 기필코 죄벌의 함정에 몰아넣으려 하였으니, 아! 또한 심한 처사이다.[33]

---

30 『숙종실록』 60권, 숙종 43년 7월 28일(경진), 『국역 숙종실록』 30, 175~178면.
31 『경종실록』 4권, 경종 1년 8월 20일(무인), 『국역 경종실록』 1, 240~241면.
32 『경종실록』 5권, 경종 1년 10월 10일(정묘), 『국역 경종실록』 1, 267면.
33 『숙종실록』 60권, 숙종 43년 7월 19일(신미), 『국역 숙종실록』 30, 150~151면.

그런데 『숙종실록보궐정오』에서는 이날의 독대가 30년 빚어온 흉심을 부리려고 한 것으로 적고 있어서 흥미롭다.

> 이미 불러서 의논했다면 김창집의 경우는 또한 마땅히 이런 마음을 두지 말고 자애하여 사이가 가깝게 하는 의리로써 천륜을 개도하여 피눈물을 흘리면서 정성스럽게 간해서 성의를 확연히 깨우치게 했어야 했는데도 끝내 한마디도 이에 대한 언급이 없이 서둘러 청정시켜 대리하게 하자는 청을 하였으니, 이것이 어찌 참으로 춘궁을 애대(愛戴)하여 영문(令聞)을 드러내어 밝히려는 뜻에서 나온 것이라고 할 수 있겠는가? 아니면 거듭 마음을 떠보면서 천천히 도모하려는 의도가 아니었겠는가? 다행히 천충(天衷)이 뉘우쳐 덕음이 내려짐을 힘입어 국본이 영원히 공고하여졌고, 인심이 아주 결정되어 사직은 끝내 반드시 영장이 해와 달이 일식·월식에서 다시 밝아오는 것을 힘입을 수 있게 되었다. 한 가닥 안개와 음산한 무지개가 어떻게 회식시킬 수 있겠는가? 그러나 30년 동안 빚어온 흉심을 이때 마음껏 부릴 뻔하였는데 임인년의 옥사에서 그 전모가 다 드러났으니, 그 거괴를 따져보면 이이명이 앞잡이인 것이다. 백대 뒤에 이것을 가지고 시종 화기가 은밀히 싹터 나오고 흉악한 계획이 크게 발현된 것을 살펴본다면 그 한 맥락이 관통될 뿐만이 아니었으니, 이루 다 주벌할 수가 있겠으며 이루 다 주벌할 수가 있겠는가?[34]

『숙종실록』 편찬을 맡은 사람들[35]과 『보궐정오』의 편찬을 맡은 사람들[36]이 달라서 이런 상반된 평가가 내려진 것으로 보인다. 경종 2년(1722)

---

34 『숙종실록보궐정오』 60권, 숙종 43년 7월 19일(신미), 『국역 숙종실록』 30, 312~313면.

35 노론의 김창집이 총재관을 맡았다가 신임사화로 소론 조태구가 새로 총재관이 되었으며, 영조 즉위 후에 다시 노론이 실록을 편찬하였고, 정미환국(1727) 이후 소론이 정권을 잡았으나 실록이 거의 완성 단계에 이르러 더 이상의 수정이 불가능해졌다.

36 정미환국 이후 정권을 잡은 소론이 『보궐정오』를 통해 자신들의 입장을 드러내었다.

에 숙종의 묘정에 배향하는 공신으로 남구만·윤지완·박세채·최석정 네 사람으로 완권하였다.[37]

경종이 후사가 없이 일찍 승하하자 세제인 연잉군이 보위에 올라, 임인년에 사사된 4대신의 관작을 회복[38]시켰다.

그러나 실제로는 이것으로 독대 사건이 일단락된 것이 아니라 그 뒤에 영조 4년 무신년의 변란으로 연결되고 이를 수습한다는 명목으로 탕평정책으로 전환한 것으로 볼 수 있다.

영조 4년 3월 14일(갑자)에 봉조하 최규서가 급변[39]을 올리면서 변란이 일어났다는 사실을 조정에서 알게 되었는데, 이 반란은 실제로 남태징·남태적이 서울의 일을 하고, 서울은 이유익이 주장하고 영남은 정희량이 하며, 그 나머지 김홍수 등 6, 7인이 돕기로 했으며, 이인좌가 거사를 하되 선봉으로 양성의 정중복, 중군은 이배, 부장은 정행민, 진용 도위는 목함경·이의형 등으로 배분하였다. 3월 15일에 이인좌 등이 청주성을 함락하고 안성, 죽산을 거쳐 서울로 진격하였고, 정희량 등은 안음, 거창[40], 함양 등으로 진격하였다. 그러나 오명항이 안성에서 크게 이기고[41] 이인좌 등을 잡으면서[42] 반란군의 기세가 꺾이게 되었고, 이어서 선산부사 박필건이 정희량 등의 목을 베면서[43] 거의 평정하게 되었다.

난이 평정된 뒤에 영조가 내린 비망기에서,

> 만일 잘 다스려지기를 도모하려 한다면 그 요점은 인재를 임용하는 데 있는 것이다. 근래 사람을 임용하는 방법이 오로지 문벌만을 숭상하고 그

---

37 『경종실록』 8권, 경종 2년 5월 6일(경인), 『국역 경종실록』 2, 158면.

38 『영조실록』 4권, 영조 1년 3월 2일(경자), 『국역 영조실록』 2, 157면.

39 『영조실록』 16권, 영조 4년 3월 14일(갑자), 『국역 영조실록』 6, 86~87면.

40 『영조실록』 16권, 영조 4년 3월 27일(정축), 『국역 영조실록』 6, 165~166면.

41 『영조실록』 16권, 영조 4년 3월 23일(계유), 『국역 영조실록』 6, 136~139면.

42 『영조실록』 16권, 영조 4년 3월 24일(갑술), 『국역 영조실록』 6, 143면.

43 『영조실록』 17권, 영조 4년 4월 2일(임오), 『국역 영조실록』 6, 190면.

재능은 돌아보지 않고 있으며 대관·소관을 막론하고 경력만을 근본으로 삼을 뿐이고 재용은 뽑지 않고 있다. 이렇게 하고서도 나라가 잘 다스려질 수가 있겠는가? 지금부터는 마땅히 그 재능의 적당에 따라서 뽑아야 할 것이요 다시는 경력을 일삼지 않아야 한다. 삼공과 양전(兩銓)의 신하들은 나의 오늘 이 하교를 본받도록 하라. 무릇 사람을 천거하고 주의할 즈음에는 단지 인재의 합당한 것만을 뽑음으로써 마지못해서 천거하고 주의하는 잘못된 습관을 속히 제거한다면 이것도 또한 막힌 운수를 태평한 운수로 전환시키는 데 있어 한 가지 도움이 될 것이다.[44]

라고 하여 민심을 수습하고 인재 등용의 방법을 바꾸겠다고 한 것은 난역의 원인(遠因)을 파악한 것이라 할 수 있는데, 실제 제대로 운영되었다고 보기는 어렵다. 박문수를 영남감사로 이종성을 영남 어사로 파견하여 민심을 수습하려고 노력한 것도 참조할 내용이다. 무신란에서 반란 세력들이 소현세자의 증손자인 밀풍군 이탄을 보위에 옹립하겠다고 내세웠다는 사실은 효종 → 현종 → 숙종 → 영조로 이어지는 이른바 삼종의 정통성을 인정하지 않으려는 집단의 내면을 드러낸 것으로 볼 수 있어서, 정치·사회 변동의 중요한 계제가 되었다. 이인좌·이웅보·박필현·이사성·정희량·박필몽·남태징·민관효·이유익·심유현 등 10명을 역괴[45]로 규정하였는데, 이 또한 세심하게 살펴야 할 내용이다. 공초에서 나온 중요 발언들을 들면 다음과 같다.

신광원에게 1차 형신을 하니, 신광원이 공술하기를,

"… 그 밖의 남태징·남태적·이정 등은 모두 밀풍군을 추대하고자 한다.' 라고 하였습니다.[46]

---

44 『영조실록』 17권, 영조 4년 4월 22일(임인), 『국역 영조실록』 6, 260면.

45 『영조실록』 17권, 영조 4년 4월 14일(갑오), 『국역 영조실록』 6, 228면.

46 『영조실록』 16권, 영조 4년 3월 18일(무진), 『국역 영조실록』 6, 113면.

이인좌가 공초하기를,

…

내응은 신으로 하여금 군사를 일으키게 하여 만약 영남·호남에서 군사를 동원하면 연곡의 친병이 마땅히 모두 출정하게 될 것이니, 남태징·남태적이 서울의 일을 하되, 서울은 이유익이 주장하고 영남은 정희량이 하며, 그 나머지 김홍수 등 6, 7인이 돕기로 했습니다. 정희량은 동계의 후손인데, 1백 20명을 모아 이 일을 하고자 하였습니다. 신의 선봉 정중복은 양성에 살며, 중군 이배, 부장 정행민, 진용 도위 목함경·이의형이 하였습니다. 이유익·한세홍이 항상 밀풍군이 인망이 있다고 말했기 때문에 이유익이 가서 보고 말하였더니, 밀풍군은 대답을 하지 않았다고 합니다.[47]

무신란 이후 영조 임금의 진술에서 드러난 바와 같이 영남 사람들이 '노론이 경종에 대해 장심을 가지고 있다.'라고 믿은 연원과 이러한 독대의 내막에 대한 의심이 연관되어 있었던 것으로 이해할 수 있다.

임금이 이르기를,

"내가 무신년의 일을 겪으면서도 동요된 적이 없었다. … 신축년·임인년 이후 세도가 괴이해진 것이 많아서 군부를 농락하여 핍박하고 모욕하는 변이 있기에 이르렀는데, 그 본원을 따져 본면 기사년에 영남 사람들이 매양, '노론이 경종에 대해 장심이 있다.'라고 한 데에서 연유된 것이다. … 기사년 이래로 조신들이 서로 시기하고 의심하다가 완전히 전환되어 무신년의 변란이 야기되었는데, 그가 이를 빙자하여 기화로 삼으려고 하고 있지만, 위에 있는 사람이 어찌 이 때문에 살육하는 길을 열 수 있겠는가? 나라를 다스리는 방법은 마땅히 만전을 기하도록 힘써야 하는 것이다. 이제 아래 조항은 버려두고 위 조항을 다스려야 하겠는데, 여러 신하의 의향

47 『영조실록』 16권, 영조 4년 3월 26일(병자), 『국역 영조실록』 6, 158면.

은 어떠한가?"[48]

얼마 뒤에 의정부에서 공식적인 입장을 표명하였는데, 봉조하와 시임 대신과 서울에 있는 원임 대신의 뜻이 다 중외에 통고하여 이 통쾌한 뜻을 같이하려 하므로 연중에서 아뢰고 글을 보내어 통고하는 것이라고 하였다.[49]

3) 정통성 시비의 우려와 탕평책으로의 전환

숙종이 환국을 통하여 정치적 어려움을 타개하려고 했던 것과는 달리 영조는 탕평책으로 전환하는 정책의 변화를 꾀했다. 외면으로는 능력과 재주를 갖춘 인재를 골고루 등용하여 당파를 넘어서겠다는 것이지만, 실제로는 환국 정책을 쓰게 되면 그 과정에 영조 자신의 책임이나 정통성 문제가 거론될지도 모르니까 이를 막고자 하는 마음이 잠복되어 있었고, 아울러 자신을 보위에 오르게 한 외척과 노론에 대한 보답의 성격을 지닌 것이었다. 이렇게 평가할 수 있는 것은 탕평 정책이 모든 인재를 골고루 등용하는 정책으로 나아가지 못하고 노론을 중심에 두고 다른 당파도 일부 포함하는 데에 머무르고 말았기 때문이다.

영조 34년(1758) 7월 사신의 기록이 그 내막을 잘 지적하고 있다.

> 성상께서 탕평의 정치를 힘써 시행하여 노론·소론·남인·북인의 당을 다 같이 하나로 돌아가게 하였다. 그러나 세도 정치의 책임은 오로지 노론에 있었다.[50]

결과적으로 숙종의 이이명 독대 이후 신축·임인년을 거치면서 그 관련

---

48 『영조실록』 42권, 영조 12년 7월 14일(병오), 『국역 영조실록』 14, 123면.
49 『영조실록』 18권, 영조 4년 6월 1일(경진), 『국역 영조실록』 6, 324~327면.
50 『영조실록』 92권, 영조 34년 7월 9일(계사), 『국역 영조실록』 28, 14면.

의 핵심에 임금 자신이 있음을 깨달은 영민한 영조가 탕평이라는 이름으로 갈등을 조제하면서 임금 중심의 정사를 펼칠 수 있도록 기획한 것이 탕평 정책인 셈이다. 자신이 임금이 된 이상, 임금의 자리에 오르는 과정을 따지는 일은 정통성을 훼손하는 일이 되는 것이고, 또 다른 한쪽에서는 여전히 영조가 임금 자리에 오르는 과정에 부당함이 있었다고 보면서 무신란을 비롯하여 을해년(1755)의 역모 사건까지 끊임없이 이어지게 된 셈이다. 실제로 탕평 정책은 송인명(1689~1746)과 조현명(1690~1752)이 주도적인 역할을 했고, 김재로(1682~1759)도 동참함으로써 영조가 재임하는 동안 30년 이상 겉으로는 평온이 유지될 수 있었다.

무신란은 경종 임금이 재위하는 기간 동안 권력을 잡았던 소론이 영조 임금이 즉위하면서 소외되자 남인 등과 연계하여 일으킨 반란이라 할 수 있는데, 실제로는 이른바 삼종의 혈맥이라고 할 수 있는 인조-효종-현종-숙종-영조로 이어지는 정통성을 인정하지 않고, 인조의 세자였다가 볼모에서 풀려난 뒤 갑자기 죽은 소현세자의 후손인 밀풍군 이탄을 내세운 것이어서, 정통성에서 마음의 빚을 지고 있던 영조에게 큰 충격으로 다가섰다고 할 수 있고, 임금은 법에 따라서 온건한 방식으로 평정하려고 노력한 점[51]을 확인할 수 있다.

무신란 이후에 영남의 민심을 다독이면서 인재를 등용하고자 하는 영조의 하교가 계속되었는데, 영조 25년(1749) 8월에 영남 사람 권상일을 이조참의로 삼으면서, 김상로와 정우량이, "영남 사람으로 이조참의가 된 것은 이에서 비롯되었으니, 이는 실로 탕평의 극진한 공입니다."[52]라고 하였다. 그러나 며칠 뒤에 정언 송형중이 상소하여 "전하께서 전법을 폐지하고 침체된 자를 소통시켰다는 것이 바로 용잔한 권상일을 구차하게 자리에 충당한 것"이라고 지적하자, 임금은 "이조참의의 벼슬을 조령

51 『영조실록』 17권, 영조 4년 4월 22일(임인), 『국역 영조실록』 6, 257~263면.

52 『영조실록』 70권, 영조 25년 8월 10일(병자), 『국역 영조실록』 22, 268면.

너머 사람에게 주는 것이 어찌 이와 같이 놀랍도록 괴이한가?"[53]라고 하면서 소장을 돌려주기도 하였다. 임금의 탕평 노력에도 탕평 정책에 반대하는 노론 당파의 상소는 끊임없이 이어졌다. 이조참의는 3품 당상관으로 판서와 참판을 도와 업무를 관장하는 자리인데, 국가의 주요한 정책과 인사에 관여하는 중요한 자리로 인식하고 있으며, 권상일에 대한 비판은 인사에 참여할 수 있는 자리를 남인이 주를 이루는 영남 사람에게 줄 수 없다는 내심이 깔린 것이다.

그런데 영조 31년(1755)의 역모 사건은 무신란으로 죄를 지은 사람들의 후손이나 연계된 사람들이 원망하는 마음을 가지고 괘서나 진술 등을 통해서 임금을 공격하고 있었다는 점에서 임금에게는 더욱 충격으로 다가왔을 것이다. 영조 31년 2월에 나주 괘서 사건이 발생했는데 소론 윤취상의 아들 윤지가 주동자로 그를 친국하는 과정에 이광사, 윤상백, 조동정, 신치운 등 여러 사람이 연계되었음을 확인하고 국문하였다. 또 심성연의 동생 심정연이 과거 답안지에 난언패설을 제출했고[54], 신치운은 공초에서 "신은 갑진년(1724)부터 게장을 먹지 않았다."[55]라고 하면서 스스로 역심을 밝히고 있어서, 경종의 죽음에 영조가 게장을 올려서 그렇다는 암시까지 하고 있다.

한편 이 무렵에 집의 박홍준이 상소를 올려 "양궁 사이의 유통"[56]을 말하자, 임금은 세자와 소통이 원활하지 못한 책임을 임금에게 돌린다고 섬으로 유배하기도 하였다.

이러한 원망과 역심에 대하여 임금은 분노를 느끼고 있으면서도, "신치운을 승지로 삼아서 내 곁에서 시중들도록 하였는데도 오히려 흉심을 품었으니, 지금에 이르러서 생각해 보아도 내가 실로 마음이 떨린다. 심

---

53 『영조실록』 70권, 영조 25년 8월 15일(신묘), 『국역 영조실록』 22, 273면.
54 『영조실록』 84권, 영조 31년 5월 2일(을해), 『국역 영조실록』 26, 120면.
55 『영조실록』 84권, 영조 31년 5월 20일(계사), 『국역 영조실록』 26, 143면.
56 『영조실록』 84권, 영조 31년 5월 22일(을미), 『국역 영조실록』 26, 152면.

악과 심정연이 서로 이어 나왔으니, 이 무리들이 반드시 많을 것이어서 신치운의 마음으로 나를 보는 자들이 몇 사람이나 될지 몰라 내가 실로 마음이 아프다."[57]라고 하면서 약간의 두려운 마음까지 보였다.

그 사이 원경하 부자의 제의로 이를 수습하기 위한 책자를 만드는 찬수청을 설치하고 준비하고 있었는데, 원경하의 뜻으로 우의정 조재호가 "올해에 역적으로 죽은 자가 5백여 명인데, 만약 찬수함으로 인해서 또 폐족이 생기면 참으로 불행하니, 모름지기 신축년·임인년의 일은 다시는 제기하지 말아서 연루되어 막히지 않도록 분명한 효유를 내려 반측하는 무리들이 스스로 편안하게 해야 합니다."[58]라고 하였는데, 실상 이때 찬수청에 이미 도제거를 설치하여 김재로가 서문을 지으면서 기사년 이후 역론의 원위를 두루 서술하고, 당상 홍계희가 흉당의 소장 사실을 아주 자세하게 찬집하고 있었다. 원경하의 아들 원인손이 이때 낭관으로서 홍계희와 쟁론하여 맞지 않아 이에 이르러 조재호가 원경하의 말로써 아뢴 것이다. 조재호가 조정을 안정시키려는 뜻이어서 임금도 옳게 여겼다.[59]

그러나 이견이 쉽게 좁혀지지 않자 임금은 "내가 4당으로 하여금 살육을 하지 않게 하고자 하였으나 이번 봄 역옥은 이미 큰 살육의 움직임이 있었는데, 또 서문을 지어서 살육을 열려고 하니 무슨 마음인가? 이제 노론이 없어진 연후에야 나라가 편안하게 된다. 남인은 흉역을 범한 자 이외에는 편벽된 논의가 없는데, 유독 노론만이 굳게 고집하여 즐겨 중지하지 않았다. 내가 어찌 바람이 없는 데도 풍랑을 일으킨 것이겠는가? 유 판부사는 누워서 일어나지 않으면서 노론의 영수가 되고 있다."[60]라고 하면서 찬수청을 혁파하라고 하고, "『가례원류』는 지금에 이르러 생각해도 실로 마음이 아프다. 노론이라 하여 어찌 유독 흉역이 없었기에 이처럼

57 『영조실록』 85권, 영조 31년 9월 14일(을유), 『국역 영조실록』 26, 218면.
58 『영조실록』 85권, 영조 31년 9월 14일(을유), 『국역 영조실록』 26, 219면.
59 『영조실록』 85권, 영조 31년 9월 14일(을유), 『국역 영조실록』 26, 219면.
60 『영조실록』 85권, 영조 31년 9월 21일(임진), 『국역 영조실록』 26, 227면.

코를 높이고 거리낌 없이 말하는가? 노론의 진신들이 만약 다시는 당론을 하지 않겠다고 진소하여 스스로 고백하면 내가 마땅히 진전에 아뢰겠다. 나랏일을 위하지 않음이 참으로 이와 같다면 노론이 어찌 역신을 면하겠는가? 오늘날은 바로 노론 사람들의 죽고 사는 관문이다."[61]라고 하면서 노론을 힐책하였다. 결국 영의정 이천보 이하 조신 70여 명이 혹은 홀로 상소하기도 하고, 혹은 연명 상소하여 모두 당론을 하지 않겠다고 스스로 고백하였는데 모두 노론이었다. 다시 찬수청을 설치하여 11월에 『천의소감』이 완성[62]되었다.

『천의소감』은 경종의 승하에 대한 임금의 다음과 같은 하유에 바탕을 두고 있다.

> "아! … 대략을 조목조목 다음에 나열하여 찬수하는 신하에게 붙인다. 아! 우리 황형의 지효는 7세에 성후를 섬김에 있어 이른 아침이나 깊은 밤에도 곁을 떠나지 않았다. 성후께서 고 판서 민진후 형제가 입시하였을 때, '세자가 나를 섬김은 소생보다 낫다.'는 하교까지 계셨고, 임오년에 미쳐서는 이와 같은 지극한 효성으로 자성을 섬겼으니, 자성의 지극한 사랑과 황형의 지극한 효성으로 화기가 금중에 가득하여 좌우에서 모시는 사람들이 모두 존경하고 칭송하였으니, 이는 바로 사람들이 헐뜯고 이간할 수 없는 경우인 것이다. 아! 슬프다. 역적 김일경이 폐일·석천의 마음을 품고 교문 가운데 감히 음참하고 망측한 행배 등의 말로써 무신년의 역란을 빚어냈으니, 이는 옛날에도 없었던 대역이다. 그리고 금번의 역적 신치운의 게장[蟹醬]에 관한 초사에 있어서는 더욱이 가슴이 선득하고 뼈가 시려서 차마 들을 수가 없으니, 아! 슬프다. 이는 역적 김일경의 교문에 비길 일이 아닌데, 이 일은 전혀 알지 못하였었다. 그러므로 신치운을 정형

---

61 『영조실록』 85권, 영조 31년 9월 21일(임진), 『국역 영조실록』 26, 228면.

62 『영조실록』 86권, 영조 31년 11월 26일(을미), 『국역 영조실록』 26, 261면.

에 처한 뒤에 울며 우리 자성께 아뢰었는데, 자성의 하교를 듣고서야 그때 황형께서 (게장을) 진어한 것이 동조에서 보낸 것이 아니요, 곧 어주에서 공진한 것임을 알았다. 우리 황형의 예척은 그 후 5일 만에 있었는데, '무식한 시인이 지나치게 진어하였다.'는 말로써 효경의 무리가 고의로 사실을 숨기고 바꾸어 조작하여 말이 감히 말할 수 없는 자리에까지 핍박하였다. 이천해가 앞에서 창론하였고 신치운이 뒤에서 결말을 지었으니, 금번의 일이 아니었으면 어찌 이를 알았겠는가? 아! 비단 나의 마음만이 아픈 것이 아니라, 우리 황형도 반드시 저승에서 송구해하고 슬퍼하실 것이다. 지금 분명히 말하지 않으면 과연 사람의 자식이 된 도리라 하겠으며 사람의 아우가 된 도리라고 할 수 있겠는가? 아! 황형이 어찌 한갓 우리 두 성후께만 지효로 섬기셨겠는가? 계술하는 효성은 백왕을 뛰어넘었다. 아! 경자년 이전은 불령의 무리가 소인의 마음으로써 성인의 마음을 억측하여 감히 '그 시기가 있다.'고 하였는데, 경자년 이후 우리 황형께서는 선왕의 뜻과 일을 계술하여 정사나 명령에 하나도 변경한 것이 없었으니, 지극하고 위대하시다. 그리고 초년의 세초에 부첨한 것은 황형이 뜻을 두었던 바가 아니라 옛날에도 이런 일은 있었는데, 그때 고집스럽게 다투는 일이 있었으므로 감히 역적 박상검으로 인하여 '빨리 정지하라, 번거롭게 하지 말라.'는 하교를 얻어내려 하였는데, 이는 박상검이 필정과 교결하기 전의 일이었으므로 그 계획이 이루어질 수 없었던 것이다. 이는 바로 공성께서 '서리를 밟으면 단단한 얼음이 이를 것이다.[履霜堅氷至]'라고 한 바로서, 이는 내가 역적 박상검의 말을 몸소 들은 것이다. 이들은 효경의 마음을 참지 못하고, 박상검·필정과 은밀히 체결하여 먼저 윤지술을 제거하였다. 아! 우리 황형의 지인 성덕으로서 결코 이를 하지 않았을 것이니, 바로 가정 황제가 '황형의 본뜻이 아니다.'라고 한 하교와 같은 것이다. 계획이 이루어지지 않고 (황형께서) 승하하시니, 못하는 짓이 없는 효경의 마음으로써 우리 황형의 계술하는 대효를 은밀히 가리고는 감히 우리 자성께서 언문 교지로 국책을 결정하신 일을 원망하고 망측한 말을 조작하여 전하고

> 또 전해서, 신치운은 그 부도의 말을 토로하였고 심악은 그 부도의 마음을 드러내었으니, 분통함을 금할 수 있겠는가 분통함을 금할 수 있겠는가? 불러 쓰는 일이 이에 이르니, 마음이 무너지는 것 같다. 이 두 조목은 30년 동안 하유하려다가 차마 하지 못한 일이다. 여러 신하가 나를 위하여 분명히 밝히려고 하는데 내가 만약 차마 못하는 마음만을 지켜서 찬수가 끝나기 전에 하유하지 못한다면, 그 무슨 낯으로 삼조에 우리 자성을 뵈오며, 또한 무슨 낯으로 우리 황형께 돌아가 뵙겠는가? 지금 이 하유는 간략하고 곡진한 것이니, 아! 찬수하는 신하들은 윤문하여 이루도록 하라.[63]

그러나 "군부를 농락하여 핍박하고 모욕하는 변"이 지속되는 것은 영조의 다음과 같은 진술에서 보듯 당파에 따른 입장과 서로에 대한 불신이 크게 작용하고 있었던 데서 말미암는다고 보았다.

> 임금이 이르기를,
>
> "내가 무신년의 일을 겪으면서도 동요된 적이 없었다. … 신축년 ·임인년 이후 세도가 괴이해진 것이 많아서 군부를 농락하여 핍박하고 모욕하는 변이 있기에 이르렀는데, 그 본원을 따져 본면 기사년에 영남 사람들이 매양, '노론이 경종에 대해 장심(將心)이 있다.'라고 한 데에서 연유된 것이다. 이것이 바로 뒷사람이 한기에게 미치지 못하는 것이고, 이해에 동요됨을 면치 못하게 된 까닭일 뿐이다."[64]

그리고 영조 44년(1768) 8월에 무신년의 수습이 이광좌의 공이라고 하면서 최석항·이광좌에게 직첩을 돌려주고, 조태억에게 직첩을 돌려주고 서용하게 하라는 명을 내렸다가, 김치인 등이 입시하여 문제를 지적하자,

---

63 『영조실록』 86권, 영조 31년 10월 9일(기유), 『국역 영조실록』 26, 239~241면.
64 『영조실록』 42권, 영조 12년 7월 14일(병오), 『국역 영조실록』 14, 123~124면.

전교를 환수하기도 하였다.[65]

이러한 지속적인 노력에도 불구하고 편사의 당론은 수그러들지 않고 새로운 당이 나타나는 등 영조 후반에 이르러 탕평의 실효가 거의 없어지고 말았다. 영조 48년(1772) 3월에 대사성의 망에 3명을 통청한 일이 생기면서, 김치인, 윤시동, 정존겸, 한광회, 유강, 유항주, 김종수, 이명식 등에 대한 처분을 시행하였다.

하교하기를,

"몇십 년 동안 탕평하느라 고심했는데 하루아침에 깡그리 없어졌으니, 임금은 임금대로이고 신하는 신하대로라고 말할 수 있겠다. 한번 양세의 원보와 몇 대의 훈척이 임금과 선조를 배반하고 달가운 마음으로 당에 몸을 던진 후부터 금옥 같은 사람들을 참으로 믿기 어렵게 되었다. 일전 이범제 후에는 시종 역시 장차 누구를 믿겠는가?"

하고, 또 하교하기를,

"임금과 아버지는 비록 다르기는 하나 충효가 어찌 두 가지이겠는가? 오늘의 신하들은 그의 아버지가 만약 성심으로 고사한다면, 뜻에 따라야 옳은가 다투어 이겨야만 옳은가? 내가 만약 다시 크게 일을 벌이면 장차 어떤 지경에 이르겠는가? 그 할아버지를 아는 자는 오직 충자(冲子)일 뿐이다. 좌상을 소견했더니 종용하였다고 할 수 있는데, 고심하는 것을 보았다면 신하인 자가 관을 벗고 고두하는 것이 옳겠는가?"

하고, 또 하교하기를,

"내 마음은 바로 갑술년의 마음이고, 충자가 감히 청하지 못하고 있는 것은 정축년에 그의 할아버지가 자성께서 몸 받아 양지한 것을 본받은 것이다. 오늘날 신하들이 모두 임금의 뜻을 환히 알고 있다고 한다면 마땅히 회가하겠다."

---

65 『영조실록』 111권, 영조 44년 8월 18일(계유), 『국역 영조실록』 32, 230~232면.

하였다.[66]

그리고 김관주, 김귀주 등이 홍봉한을 배척하는 상소를 올려 척리 사이의 갈등을 드러내고, 당론이 점점 심하다는 것을 깨달은 뒤에는 탕제까지 물리치면서 다음과 같이 말하고 있다.

> 탕평은 어떻게 해야 하는가? 당은 나로 말미암아서 성하게 되어 지극히 마음이 아프니, 어떻게 감당하겠는가? 나에게 충성하고 황형에게 불충한 자가 어찌 있겠으며, 나에게 불충하고 황형에게 충성한다는 것 역시 어찌 말이 되는가? 의약청을 설하지 않았다는 것은 잘못이다. 내가 세제로서 청하지 않은 것을 유독 이광좌에게만 죄를 돌리는가?[67]

이러한 결과는 처음부터 탕평책이 공정한 인사 관리에 있었다기보다 임금의 정통성에 대한 우려를 불식시키면서 감당하기 어려운 핵심적이고 본질적인 문제가 제기될 것을 대비하는 차원에서, 임금을 보위에 오르게 하는 데에 결정적인 역할을 한 노론을 중심에 둔 정책이었기 때문일 것이다.

4) 외면과 이면의 차이와 본령 파악의 중요성

18세기를 이해하는 기본적인 시각으로 영·정조 시대의 문화가 지닌 특성을 내세우고 있기도 하다. 중세의 르네상스에 해당한다고 하거나, 근대의 맹아라는 시각까지 다양하게 제시되기도 한다. 새로운 변화가 일어나고 있다는 것은 분명하게 확인할 수 있는데, 이것이 근본 문제를 제대로 짚고 있는 것인지, 진정 다수 백성을 위한 방향인지, 그리고 다음 시대

---

66 『영조실록』 119권, 영조 48년 7월 4일(정유), 『국역 영조실록』 34, 211~212면.
67 『영조실록』 119권, 영조 48년 8월 17일(기묘), 『국역 영조실록』 34, 255면.

에 대한 전망을 제시하고 있는 것인지 되새길 필요가 있다.

한편으로 곰곰 생각하면 이러한 평가는 18세기 영·정조 시대를 긍정적으로 바라보는 시각이 자리하고 있다. 왕위 계승을 둘러싼 갈등이 해소된 뒤에 특정 정치 집단이 정치·사회 변동의 주도적인 역할을 하면서 그들이 내세운 이념과 실제 운용이 연계되어 있기 때문으로 보인다.

18세기 사회를 비판적으로 이해하는 시각으로 외면과 이면의 차이를 변별하면서 내면의 본질을 파악할 수 있도록 다면적 접근을 시도할 필요가 있다. 『숙종실록』과 『숙종실록보궐정오』에서 보듯 실록 편찬 과정에 당파의 시각이 다르게 드러나고 있으므로 그 차이를 통하여 공정하고 비판적인 이해를 시도해야 하는데, 다른 실록들과는 달리 『영조실록』과 『정조실록』의 기사에서 상소의 내용이나 정책 결정에서 외면, 이면 등의 표현[68]이 여러 차례 등장하고 있는 점을 주목할 수 있다. 외면, 이면 등의 표현은 이 시기에 문제를 이해하고 해결하는 과정에 많은 사람들이 외면과 이면의 관계와 차이 등에 대해서 인지하고 있었고, 실제로 주류에 선 사람들이 이면을 따라 움직이고 있었다고 평가할 수 있기 때문이다.

『경종실록』, 『영조실록』, 『정조실록』에서 외면과 이면 등의 표현이 나타나는 기록을 살펴보도록 한다다.

① 지상궁에 관한 한 부분은 이면(裏面)의 일을 깊이 알 수는 없지만, 이른바 '소급수'란 곧 독약을 쓰는 것입니다.

『경종실록』 7권, 경종 2년 4월 12일(병인)

---

68 外面, 裏面, 表面, 內面 등의 용어가 실록의 원문에서 사용된 사례를 살피면, 外面은 원문 363회 중에서 영조 69회, 정조 104회로 나타나고, 裏面은 원문 119회 중에서 영조 28회, 정조 40회로 나타나며, 表面은 원문 1회 중 영조 1회로, 內面은 원문 61회 중 세종 15회, 선조 7회, 숙종 5회, 영조 2회, 정조 1회로 나타나고 있어서, 18세기에 해당하는 영조와 정조 시대에 外面과 裏面이 큰 비중을 차지하면서 주로 사용되고 있음을 확인할 수 있다.

② 그리고 백망이 아는 것은 단지 외면(外面)의 일이고, 그 이면의 일은 정우관의 초사에 상세히 갖추어 있으며, 그 징험이 되는 곳은 박상검·문유도의 옥사에 모두 드러났으니, 여러 역적들이 안팎으로 화답하고 호응한 것이 환하여 엄폐할 수 없습니다.

『영조실록』 4권, 영조 1년 3월 12일(경술)

③ 비록 노론으로 명칭하는 사람들도 그저 범연히 무옥이라고 일컬을 뿐이고 실제로 이면의 일은 몰랐다가 목호룡의 형인 목시룡이 국문을 받을 때의 공초에서 '목호룡이 남의 사주를 받아 상변했는데 사행의 성부를 관망하고 있었다.'고 하였으니, 이것이 사행이 일을 마쳤다는 말을 듣고 난 다음날 고발하게 된 이유인 것이다.

『영조실록』 6권, 영조 1년 5월 13일(경술)

④ 이이명·김창집의 무리의 처지가 과연 어떠했는지 알 수 있는 것입니다. 저들이 과연 성후를 성심으로 우려했다면 으레 약을 의논하고 보호하는 절차에 대해 마음을 다했어야 하는데, 처음에는 한 번도 보호에 대해 언급한 적이 없이 혹은 사람을 사주하여 딴 일을 빌어 속마음을 떠보기도 하고 혹은 정청을 하여 책임을 메우기도 했으며, 연차가 올라오자마자 또 다시 사람을 따라 들어가서 반한할 것을 청하는 등 이면과 표면에 농간을 부리는 데에 온갖 심술을 다 허비했으니, 그들의 마음이 충성[忠]에서 나온 것이 아니고 반역[逆]에서 나온 것임을 알 수가 있습니다.

『영조실록』 13권, 영조 3년 9월 18일(신미)

⑤ 그리고 등록을 맡은 여러 낭청들을 꾸짖으며 심지어 '이 무리들은 일개 서역을 담당한 관원에 불과하니, 사국(史局)의 이면은 감히 알 바가 아니다.'라고 하였습니다. 『영조실록』 21권, 영조 5년 3월 25일(기사)

⑥ 갑술년 이후 소론이 노론을 의심하였고, 신축년의 일은 상례와 달라서 이면의 사항을 추측할 수 없었습니다. 그래서 소론이 선견지명이 있다고 자처하면서 떼 지어 일어나 공격했었는데,

『영조실록』 23권, 영조 5년 8월 18일(경신)

⑦ '우리들의 일 처리가 직분을 다하지 못한 데가 많았음을 알게 되었다.'고 했었더니, 그의 대답이 '그동안에 전연 김일경과 박필몽의 이면 사항을 알지 못하여 일 처리가 진실로 미진한 데가 많았음을 비로소 알게 되었다.'고 했었습니다. 『영조실록』 24권, 영조 5년 9월 10일(신사)

⑧ 선왕께서 마침 구언의 하교를 내리매, 역적 김일경이 직접 소를 초하여 전일 함께 일하던 사람들에게 연명하여 성지에 응하기를 요구하였는데, 이 몸이 다만 그 외면을 보니 사절할 의의가 없기에 서명하고 따라 참여하였으나, 그 이면에 어떠한 기관이 있는지는 막연히 알지 못하였습니다. … 저 두 신하는 모두 노성하고 충절이 있는 신하인데, 어찌 역적 김일경의 음험한 일을 알면서 함께 일을 했겠습니까? 다만 외면만 보고 이면을 알지 못한 것은 박태항과 심수현도 이 몸과 마찬가지이며, 이 몸도 또한 박태항·심수현과 마찬가지입니다. 『영조실록』 26권, 영조 6년 5월 5일(임신)

⑨ 그 때 하교가 신하[臣隣]들에게 반시된 것은 단지 '피차에 모두 불령의 무리가 있다.'고 말씀하신 것에 지나지 않으며, 이면의 상실한 하교는 들은 자가 있지 않았습니다. 비록 김한철과 신만의 상소로써 살펴보더라도 모두가 '듣지 못하였다.'고 말을 하였습니다. 진실로 만일 알았다면 감히 이와 같이 못할 것이 분명합니다. 아! 군신을 바르게 하고 난역을 엄중히 하는 대처분을 단지 두세 명의 신료와 더불어 반야의 전석에서 조용히 논의하고 다만 외정에서 혹시라도 알게 될까 두려워하는 공언(公言)의 의리가 아닌 점이 있습니다. 『영조실록』 38권, 영조 10년 4월 25일(경오)

⑩ 아! 당습을 외면으로 관찰하면 엉기어 모인 듯하지만, 거듭 이면을 구명해 보면 옛날 그대로 얼음과 숯 같으니, 이것은 내가 몸소 가르치지 못한 과실이다. 『영조실록』 53권, 영조 17년 1월 26일(임진)

⑪ 신은 그 이면의 일은 분명하게 알지 못합니다.
『영조실록』 53권, 영조 17년 5월 23일(병술)

⑫ 지난번에 이광의를 국문할 때 천로가 진첩하였으니 이면은 알 수 없으나 드디어 단소를 초하여 스스로 헌규하는 의미를 나타내었습니다.
『영조실록』 54권, 영조 17년 7월 21일(계미)

⑬ 아! 오늘에 있어 조정에 있는 여러 신하들도 그 국안의 이면을 알지 못하는 자가 많은데, 더구나 소원한 서사이겠는가? 그들의 의도는 전적으로 저위를 무함하여 핍박하고 종사를 모해하고 위태롭게 하는 데 있었으니 그 흉악한 심장은 차마 똑바로 쳐다볼 수가 없다.
『영조실록』 54권, 영조 17년 9월 24일(병술)

⑭ "듣건대, 조영순이 대간의 벼슬을 체차하기를 청한 일 때문에 서로 힐문하기에 이르렀다고 하는데, 이면에 대해서는 신은 진실로 알지 못합니다." 『영조실록』 82권, 영조 30년 12월 2일(병오)

⑮ 그리고 신이 술을 잘 마셨기 때문에 이 무리들이 술에 취하여 말하는 즈음에 그것을 누설시킬까 염려하여 늘 외면적으로 대우하였고 이면의 일은 말하지 않았습니다.
『영조실록』 83권, 영조 31년 3월 14일(정해)

⑯ 홍계희의 말이 단단한 혈성[血忱]에서 나온 것이긴 하지만 실제로 이

면을 모르기 때문에 그의 말이 이와 같은 것입니다.

『영조실록』 97권, 영조 37년 4월 20일(기축)

⑰ 왜냐하면 외면으로 논하건대, 실결의 총수가 모자람이 재결을 가분한 증거가 되는 것 같지만 이면은 그렇지가 않습니다. 해마다 진전과 기경전이 일정치 않고 때에 따라 남거나 모자람이 균일하지 않아서 재결은 그대로 재결이고 실결은 그대로 실결이니, 그 더하거나 감하는 것을 반드시 서로 기인할 수 없으므로 아무리 실결의 총계가 부족하다 하더라도 본래 실결을 덜어다 재결에 보탠 것은 아닙니다.

『영조실록』 98권, 영조 37년 12월 25일(기축)

⑱ 아! 외면은 이처럼 쾌히 나은 듯하나 만약 이면을 말한다면 바로 한 걸음도 기동하지 못하고 숟가락도 남의 손을 빌려서 먹으니, 어찌 고민스럽지 아니하겠는가? 『영조실록』 107권, 영조 42년 4월 13일(임자)

㉠ 공술하기를,
"조지를 보고서 알게 되었으나, 이면을 알지 못했기 때문에 그런 어구가 있게 되었습니다." 『정조실록』 1권, 정조 즉위년 6월 23일(임술)

㉡ 대개 신이 조위하는 조정의 체례에 관한 일이 아니면 일찍이 한 번도 그의 문에 나아가지 않았기 때문에 소만하게 여기는 것으로 돌리어 가증스럽다고 지목하게 된 것이고, 무릇 언론을 상하하는 사이에 있어서도 일찍이 한 번도 그의 뜻에 부응하지 않았기 때문에 허담한 것으로 돌리어 무미하다고 지척하게 된 것이니, 물색에 있어서는 마치 서로 친근한 것 같으면서도 이면으로는 갈수록 더욱 서로 멀어졌던 것입니다. … 신이 일찍이 언책의 소임을 띠고 있지 않았기 때문에 특별히 논단하는 행적이 없게 되었던 것인데, 그가 궁도에 몰리어 협조가 적어진 참이라 이에 신을 얽어

매려고 했던 것이고, 내면에는 비록 허다한 문제가 있었는데도 표현으로는 사소한 권모술수를 부려, 번번이 허례를 가지고 헛대우를 하며 남들을 향하여 반드시 연예(延譽)하는 짓을 하였으므로, 속을 알지 못하는 사람들이 보기에는 진실로 마치 서로 친근한 것 같았지만, 조금이라도 사정을 알고 있는 사람들은 남몰래 비웃지 않는 이가 없었습니다.

『정조실록』 1권, 정조 즉위년 7월 16일(을유)

㉢ 임금이 말하기를,

"김귀주의 상소가 이미 나온 뒤에 이면을 알지 못하는 자가 봉조하를 공박한 것은 진실로 괴이할 것이 없고, 정이환이 진실로 신자의 분의를 알았다면 감히 전교의 내리고 내리지 않을 것을 청할 수 있겠는가?"

『정조실록』 2권, 정조 즉위년 9월 11일(기묘)

㉣ 그가 말한 융구를 보수하고 패국을 위해 힘써 일했다는 것에 대해 신은 무슨 물건을 보수하고 무슨 일을 힘써 일했는지 모르겠으며, 재화를 흩어 이익을 증식시키고 스스로 공적인 일을 위해 설시하려는 마음이었다고 했습니다만, 문부를 살펴보며 사실은 상고해 보니 한갓 사욕에 따라 농간을 부린 자취만 드러났습니다. 이제 신이 용납하여 비호해 준 것이 없었던 것에 대해 노하여 곧바로 '전혀 이면을 무시하였다.'고 하면서 신이 지나치게 까다롭게 적발한 것으로 의심하고 있습니다. 또 '갑자기 겉만 보았다.'고 하면서 말이 '의사(疑似)'·'심마(甚麼)' 등의 제목에서 나오기에 이르러서는 신의 서계를 은연중에 모호하여 불분명한 바탕에 귀결시키고 있으니, 아! 어쩌면 그리도 미혹스럽습니까?

『정조실록』 6권, 정조 2년 7월 30일(정사)

㉤ 홍국영이 나라를 위할 때를 당해서는 조정에 함께 있던 사람이 그 누가 서로 친하게 지내지 않았었습니까? 그런데도 신이 연석에서 아뢴 내용

가운데 가인이란 글귀를 점출하여 신에게 무욕을 가하였습니다만, 그 이면을 따져보면 실은 사심을 품고 유감을 풀려는 데서 나온 것입니다.

『정조실록』 13권, 정조 6년 1월 19일(병진)

ⓑ 이에 신이 말하기를, "'상소의 좋고 나쁨을 물론하고 듣거나 보려고 하지 않는 것은 평소의 경계가 매우 엄중하니, 절대 꺼내지 말라.'고 하였더니 소매 속에 도로 넣으면서 말하기를, '이 상소는 다른 것이 아니라 저위를 일찍 정하기를 청하는 상소이다.'라고 하므로, 신이 듣고서 매우 놀라 속히 나가라고 꾸짖었습니다. 이미 소초를 보지 못한 만큼 그 이면은 전혀 알지 못합니다."

『정조실록』 23권, 정조 11년 1월 24일(계사)

ⓢ 이면을 제대로 모르고 하는 비방의 말이어서 죄로 삼을 만한 것이 없다.

『정조실록』 29권, 정조 14년 3월 14일(갑오)

ⓞ 다만 조정 신하들은 북면하고 나를 섬겨 발걸음이 뜸하지 않아서 그 이면을 아는 자들인데, 이에 대하여 만약 털끝만큼이라도 나에게 극진히 처분하지 않아서 을해년 이전의 주토와 같다고 하는 자가 있다면 난적·역신이 아니겠는가.

『정조실록』 35권, 정조 16년 5월 22일(기미)

ⓙ 지금 이 하교에서 비록 깊은 이면을 말하여 색사에 드러내고자 하지는 않으나, 그 관계된 바로 말하자면 곧 지극히 정미한 큰 의리이며, 임금을 높이고 백성을 보호하는 큰 강령인 것이다.

『정조실록』 48권, 정조 22년 6월 21일(계축)

외면, 이면 등의 표현이 드러나는 실록의 기사를 추출한 것인데, 공술, 상소, 하교 등에 두루 나타나고 있다. ①~⑱은 『경종실록』과 『영조실록』의 기록이고, ㉠~㉨은 『정조실록』의 기록이다. ①, ②는 경종을 시해하고

자 하는 이른바 삼급수와 관련된 것이라, 실제로 모의에 참여한 사람들만 알 수 있는 내막에 해당한다. ③은 삼급수 등의 일이 목호룡의 상변을 단순한 무옥 정도로 이해했다가 목시룡의 공초를 통해 이면을 알게 되었다는 내용이다. ④, ⑥은 김창집·이이명 등이 경종의 병환 실상을 알면서도 이면과 외면을 다르게 하면서 농간을 부렸다고 보는 시각이고, 당파에 따라 받아들이는 태도가 다를 수 있음을 드러내는 내용이다. 실제 외면과 이면의 차이를 살피면서 그 내막을 정확하게 파악하는 일이 중요함을 시사하는 대목이다. 실제로 이이명 독대, 연잉군의 세제 책봉, 대리청정 요청, 신축년과 임인년의 의리 등에 대하여 외면과 이면 사이의 차이가 너무 커서 무신란을 초래했던 것으로 볼 수 있다. 이 사이에 영조가 사건 당사자로 지목되고 있는 점도 간과할 수 없다. 실제 사신의 논평에서, "대개 임금이 신축년·임인년의 의리에 본래 자혐(自嫌)하는 뜻이 있는 데다, 또 흉한 무리의 협박을 받아 드디어 양쪽을 다스리고 양쪽을 풀어주어 탕평하는 정책을 삼았기 때문에, 김일경과 목호룡이 참형을 당하고 이의연이 장형을 맞다 죽었으며 이천해가 주벌되고 방만규는 대벽을 당했으니, 성덕에 누됨이 많다."[69]라고 한 지적을 반추할 필요가 있다. 영조 31년(1755)에야 『천의소감』이 마련되어 18세기 전반에 일어났던 정치·사회 변동의 외면과 이면을 영조의 입장에서 정리하기는 했지만, 그 사이 30여 년 동안 갈등을 수습하는 과정에 어려움이 있었고 풀리지 않은 갈등은 여전히 남아 있었다고 할 수 있다. 정조가 즉위하면서 『명의록』을 마련한 일과 견줄 수 있을 것이다.

⑨의 상소에서 지적한 바의 내용은 임금이 이면의 정확한 내용을 설명하지 않음으로써 오히려 당습을 초래하게 되었다는 것인데, "군신을 바르게 하고 난역을 엄중히 하는 대처분을 단지 두세 명의 신료와 더불어 반야의 전석에서 조용히 논의하고 다만 외정에서 혹시라도 알게 될까 봐

69 『영조실록』 3권, 영조 1년 1월 17일(병진), 『국역 영조실록』 2, 84면.

두려워하는 공언의 의리가 아닌 점이 있습니다."라는 지적은 외면과 이면의 괴리가 빚어낼 수 있는 여러 가지 후유증을 미리 제기한 셈이다.

그리고 ⑯의 경우 사도세자와 관련하여 이면이 있음을 홍봉한이 실토한 대목이라, ㉢에서 홍봉한을 배척하는 김귀주 등의 상소와도 연계될 수 있어서 척리 사이의 권력 투쟁이라는 맥락에 해당한다고 할 수 있다.

이와는 달리 ⑭, ⑰, ⑱, ㉣의 경우는 구체적인 사례나 사실에 관한 것이라 일상적인 의미의 영역에서 이해할 수 있을 것이다.

한편 ⑩, ⑬, ⑱과 ㉢, ㉦, ㉧, ㉨의 임금의 하교에서도 이면이 있음을 인정하고 있어서, 이면을 알고 있는 임금과 소수의 입장과 이를 명확하게 파악하지 못하는 사람들 사이에 정보 공유가 이루어지지 않은 측면이 있게 되었을 것이므로, 이면을 제대로 파악하는 일이 18세기 정치·사회 변동을 비판적으로 이해하는 데에 긴요한 준거가 될 수 있음을 알 수 있다.

5) 균역법 시행과 시민에 대한 인식 변화

(1) 양역의 폐단과 균역법의 시행

양역의 폐단은 지속적으로 지적된 것인데, 숙종 임술년(1682)에 신역의 편중이 고질적인 폐단이라고 인식하고 균역이 필요하므로 호포법을 시행해야 한다고 하였다.

> 임술년에 … 이때 여러 신하들이 백골(白骨)·인족(隣族)·아약(兒弱)에게 군포를 징수하는 폐단을 많이 말하여 호포를 시행하기를 청하였는데, 의논이 오랫동안 결정되지 않으니, 대신·비당·삼사로 하여금 회의하게 하였다. 왕이 말하기를, '지금 신역의 편중이 가장 고질적인 폐단이 되어 있으니, 균역으로 폐단을 구제하는 것으로 진실로 호포법만한 것이 없다. 그런데 절목이 결정되기도 전에 듣는 사람들이 먼저 놀라고, 민정이 소란스러우며 조의가 떠들썩하니, 아무리 양법·미정이 있더라도 형세상 과단성 있게 시행할 수가 없다. 지금 우선 정지하여 부의를 눌러 민심을 안정시키는 바탕으로

삼고, 연사를 천천히 보아서 조용히 다시 의논하도록 하라.' 하였다.[70]

그리고 숙종 26년(1700)에 교리 이관명이 상소하여 "호포의 설과 균역의 법으로써 일찍이 전하께 아뢴 자가 있었다."라고 하면서, 백성들의 위급한 상황을 타개할 수 있는 방법을 모색해 달라고 하였고, 숙종 30년(1704)에 이정청에서 또 군포·균역과 해서의 수군을 변통하는 절목을 올리기도 하였다.

영조 3년(1727) 11월에 우윤 이정제가 양역의 폐단을 구제할 수 있는 방법으로 균역을 제시하는 등 지속적인 논의와 문제 제기가 있었으며, 영조 9년(1733) 12월에 대신과 비국 당상을 소견하여 양역의 변통과 폐단에 대하여 논의하였다.

영조 25년(1749) 8월 7일(계미)에 충청감사 홍계희가 소매 속에서 책자를 올렸는데, 임금이 양역 때문에 근심하는 것을 보고 그의 사사로운 지혜로써 제도의 변경을 논한 초본이었다. 홍계희가 장차 양역 변통법(良役變通法)을 올리려고 할 때 그 법이 양민의 수역이 치우치게 괴로웠기 때문에 유포의 제도를 제정할 것을 행하면서 과거를 설치하여 널리 3천여 인을 취하게 하고 그중에 합격하지 못한 자에게는 출포의 책임을 지워 양역에 충당케 하자는 것이었는데, 초안이 이루어지자 사사로이 사관 이의철에게 이를 보인 바 이의철이 말하기를, "이것은 나라를 망하게 할 술책이다. 어디로부터 이러한 의견이 나왔는가? 지금 국가가 유지해 가는 것은 오직 명분을 정하고 유학을 숭상하는 데에 힘입고 있는 것인데, 만약 이와 같이 한다면 명분이 무너지고 수치스러움과 원망을 부르는 결과가 될 것이니 진실로 행할 수가 없다. 그리고 모든 유생이 빈궁한 자가 많은데, 베를 바치지 않는 자는 반드시 가두어서 하민과 같이 형벌을 가하겠다는 말인가? 이와 같이 한다면 비록 베 천만 필을 얻는다고 하더라

70 『숙종실록』 65권, 「숙종대왕행장」, 『국역 숙종실록』 32, 210~211면.

도 유교를 무너뜨리고 국가의 명맥을 해치는 화를 구원하지 못할 것이다."라고 하였다.[71] 빈궁한 유생에게 유익하지 않은 제도라고 비판받게 되었다.

영조 26년(1750) 5월에 비국 당상을 인견하여 균역에 관한 일을 의논[72]하였다. 6월 22일에 헌납 김양택이 상서하여 양역의 절목은 새해를 기다려 반포하자고 아뢰었으나, 이때 임금이 균역에 심력을 경주하고 있었으며, 영의정 조현명이 힘써 찬성하고 홍계희가 그 일을 주관하고 있었다. 7월 2일에 임금이 10조목의 양역 절목을 가져다 보았다.

> 이날 임금이 양역 절목을 가져다 보았다. 절목에는 10개 조목이 있었는데, 첫째, 설청(設廳)[옛 수어청을 균역청으로 이름을 바꾸어 비축하고 충급하는 장소로 삼는다.] 둘째, 결미(結米)[서북 양도 이외의 6도 전결에 대하여 매 결에 쌀 2두 혹은 돈 5전씩을 걷기로 정한다.] 셋째, 여결(餘結)[관북 이외의 7도에서 보고된 여결의 숫자는 총 2만여 결이 되는데, 경오 조부터 본청에 납세하여 양포의 반절을 감한 수량에 충당한다.] 넷째, 해세(海稅)[제도의 어염세로 균세사 및 감사에게 분정한다.] 다섯째, 군관(軍官)[양민으로 교생이나 관에 투입한 자를 따로 군관으로 만들어 베를 받아 감축된 베의 수량에 충당한다.] 여섯째, 이획(移劃)[군포를 감축한 뒤에 선혜청의 저치미와 해서의 상정미 합 1만 석을 잘라 저치하고 본청에 이획하여 감축된 베의 대상으로 보태어 준다.] 일곱째, 감혁(減革)[군문과 제사의 구제에 약간의 변통을 가하고 외방의 영읍진의 각종 명목에 형편대로 재감을 더 하여 감축된 베의 수량에 대신한다.] 여덟째, 급대(給代)[대신해 줄 수량을 죽 나열하여 기록하고 정식하여 해마다 예를 살려서 거행하게 한다.] 아홉째, 수용(需用)[본청의 쌀과 무명은 대신 줄 것 이외

71 『영조실록』 70권, 영조 25년 8월 7일(계미), 『국역 영조실록』 22, 266면.

72 『영조실록』 71권, 영조 26년 5월 19일(경신), 『국역 영조실록』 23, 60~61면.

에는 조금도 다른 곳에 쓸 수 없기 때문에 낭관은 실직이 있는 사람으로 겸하게 하고 이예도 본료로 낮추어서 이차한다.] 열째, 회록(會錄)[1년 동안 대신 주고 남은 수량은 각도로 하여금 받아 두게 하고 연말에 개록하여 본청에 보고하여 흉년에 진휼의 양자로 비축한다.] 등이었다.[73]

다음날 홍화문에 나아가 양역에 대해 하유하면서 유생 등의 의견[74]을 들었다. 7월 9일에 양역의 절반을 감하라고 하고, 7월 11일에 전의감에 청을 만들어 균역청이라 이름하고, 예조판서 신만, 이조판서 김상로, 사직 조영국·홍계희를 당상으로 삼았다.[75]

영조 27년 6월에 홍계희가 상소하여 균역의 일을 자세하게 아뢰었는데, 균역 절목의 변통에 관한 내용을 중심으로 자세하게 설명하고 있다. 그중에서 중요하다고 생각하는 부분을 예시하면 다음과 같다.

그 균역 절목의 변통 사의는 이러합니다. '신의 소견과 좌상의 논한 바를 가지고서 참호 상량하여 수삼조의 변통책을 만들었는데,

제1조는 결전을 매결마다 돈 5전씩을 거두는 것입니다. … 우리나라 양역의 폐단은 단지 전지가 없는 자가 많은 수효를 차지한다는 데 있습니다.

---

73 『영조실록』 71권, 영조 26년 7월 2일(임인), 『국역 영조실록』 23, 80면.

74 『영조실록』 71권, 영조 26년 7월 3일(계묘), 『국역 영조실록』 23, 84~85면. 이때 사신이, "임금이 재차 궐문에 임하여 폐단을 바룰 대책을 널리 물었으나, 여러 신하들 가운데 한 사람도 묘책을 내어 임금의 걱정을 덜어주는 사람이 없었고 오직 윤광찬만이 내탕의 혁파를 청하였다. 내탕이라는 것은 대내의 사사로운 비용을 맡은 곳이다. 이렇듯 크게 변통할 때를 당하여 과연 이 일을 유사에게 내맡기면 성덕의 사심 없음을 보일 수 있을 텐데, 대신된 사람이 혁파를 청하지도 못했으면서 도리어 소속된 자들의 돌아갈 곳이 없음을 말하니, 그렇다면 이문성이 선묘에게 혁파하기를 청한 것은 과연 오늘날의 대신만 못해서 그랬겠는가? 대신이 이러하니, 어떻게 나라 일을 도모하겠는가? 균역이란 동쪽에서 쪼개서 서쪽에 보태주는 것인데 근본은 버리고 끝만 취하니 경장의 이름만 있고 경장의 실속이 없어 돌아서기도 전에 폐단만이 매우 컸으니, 슬픈 일이다."라고 평한 바와 같이 당시에 반대의 여론이 만만치 않았다.

75 『영조실록』 71권, 영조 26년 7월 11일(신해), 『국역 영조실록』 23, 92면.

…선무 군관은 근래에 양역의 폐단이 날로 심하기 때문에 간민의 계책도 날로 심각해져 갑니다. 진실로 조금의 저축만 있으면 반드시 온갖 계책으로 면하기를 도모하여 혹은 교생이나 원생이 되기도 하고 혹은 장관이나 군관이 되기도 하며, 아울러 그 자손들까지 면하게 합니다. … 신은 생각건대, 지금 이 균역을 시행하는 것은 오로지 군보를 위하여 출발된 것입니다. 이미 종전에 납부하던 1필을 감면하였으니, 이제 결의 납부하는 바로써 비록 1냥을 지난다 하더라도 마땅히 원통함을 호소하지도 않을 것입니다. 가령 전지가 많아서 납부하는 바가 많다면, 이것은 부유한 백성입니다. 군포는 비록 조금 풍년이 들었다고 해서 그들로 하여금 추가로 납부하게 할 수는 없지만, 전지로써 돈을 거두어 빈졸로 하여금 공통으로 혜택을 입도록 하는 것이 바로 균역을 하는 까닭이니, 무엇이 불가할 것이 있겠습니까? 그러므로 신이 결전 1냥의 의논에 대해서도 또한 취한 바가 없지 않아 별도로 마련을 하였던 것이니, 이것이 바로 제2조의 결전을 매결마다 돈 1냥씩을 거둔다는 것입니다.' … 제3조는 대신이 진달한 바 책자 가운데의 두 가지 일을 논하였습니다. … 또 고 사인 유형원의 책자 가운데서는 주현을 합병하는 것의 합당한 점을 대단하게 논의하였으며, 심지어는 어느 고을은 마땅히 어디에 분속시키고 어느 고을은 마땅히 합쳐서 하나로 만들어야 된다고까지 말하여 지획이 분명하니, 지금 만일 취하여 상고한다면 반드시 채용할 수 있는 점이 있을 것입니다. …

균역에 관한 모든 일은 (금년) 신미조는 바야흐로 현재 완성된 절목으로써 시행하고 있습니다.[76]

(2) 시민에 대한 인식 변화와 공시인에 대한 배려

영조 임금은 양역의 폐단을 해결하는 방향의 하나로 저자 백성의 삶에 관심이 높았는데 그중에서도 공시인(貢市人)에 대해 세심한 배려를 하였

---

76 『영조실록』 74권, 영조 27년 6월 2일(정유), 『국역 영조실록』 23, 256~274면.

던 것으로 확인된다. 공시인은 공계원(貢契員)인 공인(貢人)과 시전의 상인인 시인(市人)을 합해서 이르는 말이다.

영조 44년(1768) 12월에 임금이 대신과 비국 당상을 인견한 자리에서, 서울의 근본이 되는 백성으로 시민과 공인을 지목하고 있다.

> 어제 서울과 지방의 백성에게 이미 하교하였는데, 도하의 근본이 되는 백성으로 하나는 상인[市民]이고 하나는 공인(貢人)이다. 혜청에서 응하할 것과 기조의 고가를 곧 차하[上下]하게 하라.[77]

영조는 17년(1741) 7월에 공시인의 폐단을 해방에서 불러다 물어보고 아뢰도록[78] 한 것을 비롯하여, 비국 당상을 인견한 자리에서 비국으로 하여금 공시인의 옛날 적체되어 있는 물건을 헤아려 감하라고 하기도 하였다.

> 임금이 드디어 하교하기를,
>
> "우리 백성들의 곤궁 가운데 양역보다 더한 것이 없다. 인족을 침해하고, 백골에게 징수함이 날로 더욱 심해지고 있다. 밤중에 일어나 생각하니 먹는 것과 휴식함이 어찌 편안하겠는가? 아! 여러 도신들은 삼가 이런 뜻을 본받아 모든 수령을 고적할 때 인족을 침해하고 백골·황구를 충정함이 있는지 없는지를 근만으로 삼아 만약 이런 폐단이 있으면 세말마다 전최 이외에 초계해 엄중히 치죄하여야 할 것이며, 도신 중 사사로운 정에 이끌려 알리지 않는 자는 내가 마땅히 엄하게 징벌하겠다."
>
> 하고, 또 중외의 정채 폐단을 금하라고 신칙하였다. 인하여 비국으로 하여금 공시인의 옛날 적체되어 있는 물건을 헤아려 감하라고 하였다. 송인명이 염근리를 초계하기를 청하니, 임금이 윤허하였다.[79]

---

77 『영조실록』 111권, 영조 44년 12월 18일(임신), 『국역 영조실록』 32, 315면, 都下根本之民, 一則市民, 一則貢人.

78 『영조실록』 54권, 영조 17년 7월 7일(기사), 『국역 영조실록』 17, 254면.

한편 『공시인폐막이정책자(貢市人弊瘼瘼釐正冊子)』를 내리면서 갑자년(1744)의 절목이 정해진 뒤에도 경조에서는 난전을 받아들여 시행한 일이 있다 하니, 일의 한심함이 이보다 심할 수 없다고 지적하고, 경조의 해당 당상을 모두 파직하고 서용하지 말라고 하였다.[80]

공인과 시인을 만나서 폐단과 질고를 물었는데, 공시인을 부르기도 하고 연화문 등에 나가서 묻기도 하였다.[81] 공시당상 등을 불러서 그들의 사정을 확인[82]하기도 하였다.

> 임금이 공인·시인을 소견하여 폐단을 물었다.[83]

이와 함께 영조 45년(1769) 2월에 왕손과 외척이 시전 상인에게 외상을 진 내막을 확인하고 엄하게 살피라고 하교하였다.

> 임금이 … 전설사에 나아가 향민을 불러 농사 형편을 물어 보고 공시인을 불러 폐막을 물어 본 다음 하교하기를,
>
> "전인을 불러서 물어보았더니, (외상을 진 것이) 낙창군이 1천 2백 냥이고, 청성위가 1천 1백 냥이며, 홍자가 2천 5백 냥이고, 송낙휴가 1천 5백 냥이라고 하는데, 일의 한심스러움이 이보다 심할 수가 없다. 나의 백성들이 어떻게 감당하겠는가? 이익광·홍자·송낙휴는 아울러 잡아다 처리하고, 공시당상은 파직하여 서용하지 말며, 낭청은 태거한 후 잡아다 추문하도록 하라."[84]

---

79 『영조실록』 61권, 영조 21년 1월 18일(경인), 『국역 영조실록』 20, 17면.

80 『영조실록』 80권, 영조 29년 7월 19일(임신), 『국역 영조실록』 25, 12면.

81 『영조실록』 82권, 영조 30년 11월 26일(신축), 『영조실록』 116권, 영조 47년 1월 26일(무진), 『영조실록』 116권, 영조 47년 4월 21일(신묘), 『영조실록』 121권, 영조 49년 11월 7일(임술).

82 『영조실록』 93권, 영조 35년 1월 14일(병신), 『국역 영조실록』 28, 96면.

83 『영조실록』 82권, 영조 30년 11월 26일(신축), 『국역 영조실록』 25, 300면.

84 『영조실록』 112권, 영조 45년 2월 21일(갑술), 『국역 영조실록』 33, 31~32면.

하교하기를,

"한결같이 마음이 불안한 것은 오로지 백성들에게 있는데, 공시인의 폐막을 바로잡은 후 공인·시인들은 거의 어깨를 쉴 수 있게 되었으나, 이번의 일은 한심하다고 할 수 있다. 지금은 6천 냥을 과연 죄다 본전방에 갚았다고 하니, 이미 갚았다고 한다면 오래 가두어 둘 수가 없다. … 아! 시민의 6천 냥 물화가 죄다 세가에 들어갔는데도 만약 엄중히 신칙하지 않는다면, 임금이 임금답고 나라가 나라답다고 말할 수 있겠는가? 서용하지 않는 법은 너무 가벼우니, 공시당상 김시묵·김종정에게 빨리 삭직의 형률을 시행하도록 하라. 아! 오늘날의 대신들이 비록 귀가 먹었다 하더라도 이와 같이 입을 다물고 있을 수 있겠는가? 나는 이것도 또한 나라가 나라답지 못한 한 단서라고 할 수 있으니, 또한 어떻게 신칙하지 않을 수 있겠는가? 올봄 이후로 이목지관이 되었던 자들은 한결같이 서용하지 않는 법을 아울러 시행해서 귀머거리로 하여금 듣게 하고 벙어리로 하여금 말할 수 있게 하라. 이것은 해서의 낭청이 담당할 수 있는 것이 아니니, 태거하라는 명을 그만두고, 해서의 제조는 봉급 1등을 감하며, 세 낭청은 제서불응위공률(制書不應爲公律)로 감처하여 내치도록 하라."[85]

송의손은 곧 은언군 이인(李䄉)의 처조부이고, 홍자는 곧 은신군 이진(李禛)의 처조부이며, 심정지는 곧 청성위 심능건의 아버지이고, 이익광은 낙창군의 아들인데, 이들 왕손과 외척 등 세가에서 공시인에게 외상을 하면서 피해를 끼치고 있었으므로, 이들 외상을 갚게 하여 피해를 줄이고자 하였다.

공시인에 대한 관심과 배려는 정조 임금 시대에도 이어졌다. 정조 8년(1784) 3월에 임금이 선정문에 나아가 공시민을 불러서 폐막과 화폐 유통의 편부 등을 묻기도 하였다.

---

85 위와 같은 곳.

선정문에 나아가 공시민을 불러다 폐막과 화폐 유통의 편부를 묻고, 임금이 이르기를,

"… 그리고 이번에 발매하는 곡식을 1순을 더 지급하게 하였고 공시인에게 대궐문에 나아와 부순하게 된 것 또한 선왕의 유업을 계승하는 뜻에서 나온 것이다. … 그러니 전황은 어떻게 하여야 구제할 수 있으며, 물가는 어떻게 하여야 공평하게 할 수 있고, 가대하는 정사는 어떤 것이 온편하며 거두고 펴는 술책은 어떤 방법이라야 적당하겠는가? 혹시라도 스스로 어렵게 여기지 말고 숨김없이 모두 진달하도록 하라."

하자, 시민들이 말하기를,

"…만약 10만 냥의 가대하는 은혜를 입게 된다면 거의 억조의 백성이 살아갈 방도가 될 것입니다."

하니, 하교하기를,

… 그 이식을 없애고 그 구전을 금지시켜 골고루 나누어 주는 밑거리로 삼도록 하라. 대체로 공인과 군병 역시 도하의 백성이다. 그러니 화천의 유통에 있어 여기에 있거나 저기에 있거나 논할 것 없이 그것이 도하에 골고루 미치는 은혜의 이로움이 되어야 하기에는 마찬가지이다. 이와 같이 한다면 정말 흉년으로 기아에 허덕이는 백성을 구제하는 실질적이 효과가 있을 수 있겠는가?

하자, 백성들이 모두 백 번 절을 하고 머리를 조아렸다. … 전인들이 모두 본전으로 환납하기를 원하니, 임금이 말하기를,

"백성들의 마음은 이미 은으로 환산하는 것을 어렵게 여기니, 그들이 원하지 않는 것을 억지로 할 필요는 없다. 그리고 또 오늘 대궐문에 나아온 것은 단지 나누어 대여해 주는 정사를 위해서만이 아니고 역시 민간의 질고를 알려고 해서이니, 너희들은 각기 폐막을 진술하도록 하라."[86]

86 『정조실록』 17권, 정조 8년 3월 20일(을사), 『국역 정조실록』 9, 323~327면.

6) 정조 시대의 정치 · 사회 변동

(1) 생부 사도세자에 대한 그리움과 현륭원 안장

정조가 생부 사도세자에 대해 가지는 안타까움과 그리움은 이루 다 말하기 어려웠을 것으로 보인다. 사도세자를 영결하는 자리에서 "한 번 곡하고 영결하는 것도 허락하지 않아 지극한 정리를 조금도 펴지 못한"[87] 데에서도 그 절절함을 짐작할 수 있다.

대리청정을 하는 과정에서 상소를 올려 가슴속의 아픔을 말하고 『정원일기』에 기록된 임오년의 화변 내용을 지워달라고 한 데서 아픔의 실상과 새롭게 불거질 문제를 미리 방지하려는 고심을 읽을 수 있다.

> 이제 일의 기회가 생김에 따라 불안한 마음이 더욱 격렬하여 스스로 누르지 못하니, 말하려 하여도 소리가 먼저 삼켜지고 글을 쓰려하여도 눈물이 먼저 쏟아집니다. 아! 이것은 전하께서 차마 듣지 못하실 일이고 소자가 차마 말할 수 없는 일입니다마는, 끝내 말하지 않는다면 이는 인애하고 복육하시는 천은을 스스로 거절하는 것이고 신의 사정은 영구히 드러낼 날이 없어질 것입니다. 그래서 크게 소리 내어 외치고 피눈물을 흘리며 간절한 마음을 아뢰니, 전하께서는 가엾이 여겨 굽어 살피시기 바랍니다.
>
> …
>
> 『후원일기』로 말하면 그때의 사실이 죄다 실려 있으므로 모르는 사람이 없고 못 본 사람이 없으며 본 자는 전하고 들은 자는 의논하여 세상에 퍼지고 사람들의 이목을 더럽히니, 신의 사심이 애통하여 거의 곤궁한 사람이 돌아갈 데가 없는 것과 같습니다. 신이 어리석더라도 이 한 가지 없어지지 않는 마음이 있는데, 지금은 이극에 높이 있어 엄연히 백료를 대하니, 어찌 마음에 아픈 것이 없겠으며 어찌 이마에 땀이 나지 않겠습니까? 신이 애통하게 여기는 것이 전하의 처분에 대하여 방해되는 것이 있다고 한다면 그

87 『영조실록』 100권, 영조 38년 7월 13일(계유), 『국역 영조실록』 29, 317면.

> 것은 그렇지 않습니다. 대개 전하의 처분은 처분이고 애통한 것은 애통한 것이기 때문이니, 참으로 이른바 병행하여도 어그러지지 않고 양존하여도 손상이 없다는 것입니다. 또 일기가 없으면 처분에 대하여 진실을 밝힐 수 없을 것이라고 한다면 이것도 그렇지 않습니다. 대저 국조의 전고는 모두 간첩에 실려 있는데, 금궤·석실에 넣어 명산에 감추어서 천추 만대가 지나도 옮길 수 없으니, 또한 일기를 어디에 쓰겠습니까?[88]

그리고 보위에 오르던 날에 "나는 사도의 아들이다."라고 선언하면서도 추숭 등의 논의를 막음으로써 할아버지 영조가 정한 불이본(不貳本)의 약속을 지키려고 애쓰는 내면이 그 핵심이라고 할 수 있다. 이러한 배경에는 영조 40년(1764) 2월의 이른바 갑신 처분[89]으로 효장세자의 후사로 정해졌기 때문에 생부 사도세자와는 사친(私親)의 인연만 남게 되었기 때문일 것이다.

보위에 오른 정조는 사도세자의 존호를 장헌으로, 수은묘의 봉호는 영우원으로, 사당은 경모궁이라 하였다. 한 글자도 바꾸지 말라고 했던 영조의 뜻에서 불이본(不貳本)의 예는 엄격하게 지키면서 인정의 차원에서 대접하고자 한 것이다.

즉위년 8월에 영남 유생 이응원 등이 상소하여 사도세자를 죽음에 이르게 한 흉역을 징토할 것을 요구했으나, 이응원을 친히 국문하면서 내쳤다.[90]

오랜 준비를 거쳐 정조 13년(1789) 7월 박명원의 상소로 영우원을 수원으로 천장하는 결정을 내렸다. 이때 가슴속에 담아 두었던 내심을 털어놓았다. 가슴속으로 울음을 삼키면서 사도세자를 신원할 수 있는 기회를 보고 있었다고 할 수 있다.

---

88 『영조실록』 127권, 영조 52년 2월 4일(병오), 『국역 영조실록』 36, 125~126면.
89 『영조실록』 103권, 영조 40년 2월 20일(임인), 『국역 영조실록』 30, 221~225면.
90 『정조실록』 2권, 정조 즉위년 8월 6일(을사), 『국역 정조실록』 2, 10~24면.

"어리석게도 지금까지 밤낮으로 가슴속에 담아 두고 답답해하기만 하였는데 경의 요청이 이런 때 이르렀으니 대신과 여러 신하들에게 물어 결정하겠다."

…

"나는 본래 가슴이 막히는 증세가 있는데 지금 도위의 소를 보고 또 본원에 대해 언급하는 경들의 아룀을 들으니 가슴이 막히고 숨이 가빠지는 것을 스스로 금할 수 없다. 갑자기 말을 하기가 어려우니 계속 진달하지 말고 나의 기운이 조금 내리기를 기다리라."

…

"만약 화복의 설에 현혹되어 갑자기 오래된 묘를 옮기는 것이라면 비록 여항의 서인의 집이라 하더라도 오히려 불가하다고 할 수 있는데 하물며 국가의 막중하고 막대한 일이겠는가. 지금 내가 이 말을 하는 것이 어찌 한 도위의 소로 인해서 그러는 것이겠는가. 나의 심정이 정상인으로 자처하고자 하지 않는 것은 경들도 아는 바일 것이다. 수십 년 동안 지극한 슬픔이 가슴속에 맺혀 있는데, 만약 흙이 시신에 가까이 닿아있다[土親膚]고 말한다면 나의 망극한 마음이 다시 어떠하겠는가. 지하의 체백이 편안하지 못하다는 것은 오렴 운운하는 말을 기다리지 않고도 판단할 수 있다.

…

도위도 병신년에 옮겨 모시자는 의논이 있었다고 하였거니와, 대체로 즉위한 처음부터 간절한 나의 일념이 오직 이 일에 있었다. 그 때 과연 상하가 말을 주고받은 적이 있었고, 기유년이란 세 글자를 이미 그때 연교에서 언급했었다. 내가 즉위한 이후로 14년 동안에 오직 금년만이 연운·산운·원소 본인의 명운이 상길함이 되기 때문에 나의 마음이 더욱더 안정을 찾지 못했다. 그런데 지금 도위의 소를 보고 여러 경들의 말을 듣건대 숙원을 이룰 수 있겠으니 어찌 하늘의 뜻이 아니겠는가.

…

대체로 그 형국으로 말하면 비록 범인의 안목으로도 판단할 수 있다. 유두 아래 평탄한 곳에 재혈하고 작은 언덕을 안대해서 좌향을 놓으면 바로 이른바 구슬을 안대한다는 것이다. 구슬을 안대하려면 두 봉우리 사이 빈 곳으로 안이 가는데, 이것이 또 이른바 구슬을 안대하면 빈 곳으로 향이 간다는 것이다. 그리고 분금도 이렇게 재혈하고 이렇게 좌향을 놓고 이렇게 안대할 것으로 결정하는 것이 마땅하다. 나의 뜻은 이미 수원으로 결정하였다. 지금 경 등을 대하여 속에 쌓아 두었던 말을 하게 되었으니, 이것이 하늘의 뜻이 음으로 돕고 신명이 묵묵히 도운 것이 아니겠는가."

…

이어 경기 관찰사 조정진과 수원부사 김노영을 내직으로 옮기고, 서유방을 경기 관찰사로, 조심태를 수원부사로 삼았다. 그리고 상이 이르기를, "천장해 모시는 일은 사체가 막중하므로, 본원의 제사 의식도 태묘에 버금가는 것으로 대부의 예를 사용해서 제사할 것이니 총호사를 차출하는 것이 마땅하다. 이런 때는 삼공을 의당 갖추어야 할 것이다. 총호사의 임무는 으레 영의정이 관장하는 것이니, 좌상과 우상은 복상한 뒤에 가서 봉심하라." 하였다.[91]

사전 준비는 이미 수원에 묏자리를 마련하고 경기 관찰사 조정진과 수원부사 김노영을 내직으로 옮기고, 서유방을 경기 관찰사로, 조심태를 수원부사로 삼으며서 실무적인 지원을 맡도록 했고, 실질적인 총책임은 반대 당파의 끈질긴 반대를 무릅쓰고 임명한 우의정 채제공이었다. 그해 9월에 채제공을 좌의정으로 승진시키고, 10월 7일(기미) 해시에 현궁을 내리면서 새 원소를 현륭원이라 하게 되었다.

정조 16년(1792) 윤4월에 경상도 유학 이우 등 만여 명이 상소하여 선세자의 무함을 변명[92]하도록 하자, 임금이 직접 이들을 만나보고 비답을

---

91 『정조실록』 27권, 정조 13년 7월 11일(을미), 정조 12년 이후는 조선왕조실록(sillok.history.go.kr)에서 확인하고 일자만 표시한다.

92 『정조실록』 34권, 정조 16년 윤4월 27일(을미).

내려주었다.

정조 17년(1793) 1월에 수원부를 화성으로 바꾸고, 좌의정에서 삭탈관직하여 문외출송했다가 석방하여 직첩을 돌려준 채제공을 수원부 유수로 삼아 뒷일을 마무리하게 하였다.

정조 17년(1793) 5월에 채제공을 영의정에 임명하자, 채제공이 "선세자에 대한 무함이 깨끗이 씻겨서 징계와 토죄가 크게 시행되기 이전에 신이 만일 다시 관복을 찾아 입고 반열의 한가운데에 선다면 이는 의리를 잊어버리고 부귀를 탐하는 것이라는 것이었습니다. 전하가 신을 영의정에 발탁시킨 뜻이 어찌 신을 부귀하게 해 주려고 그런 것이겠습니까. 그것은 반드시 신으로 하여금 의리로써 마음을 가지고 의리로써 임금을 섬겨 온 세상을 의리의 테두리 안으로 들어가게 하도록 하려고 하신 것입니다. 그렇다면 신이 전하를 섬기는 일 가운데서 이 큰 의리를 버려두고 다시 어디에다 손을 쓰겠습니까."[93]라고 상소를 하면서 사도세자의 무함을 씻고 징계와 토죄가 이루어져야 한다고 하자, 임금은 "그런데 첫째의 일은 바로 차마 들을 수 없고 차마 말할 수 없는 말이었다. 지난 해 이달 22일의 구교를 내릴 적에 눈물 섞인 먹물에 붓을 적시고 통곡을 삼키며 입으로 부르다가 한참 동안 숨이 막혔다가 겨우 소생했던 일을 경은 앞자리에 있으면서 목격했었다. 대저 그때 한번 하유한 것은 본의를 밝게 보이려는 것이 아니었고 이렇게 한 다음에야 천하 만세에 길이 할 말이 남을 수 있기 때문이었다. 그때 한 번도 오히려 감당할 수 없는 일을 한 것이요 차마 할 수 없는 일을 한 것인데, 나같이 어리석은 사람으로 그 일을 오늘날 다시 제기할 수 있겠는가. 경도 그 뒤로는 감히 다시 꺼내지 않았던 것은 곧 몰랐던 것을 알고 깨닫지 못했던 바를 깨달아 나의 마음을 경의 마음으로 삼았기 때문이었다."라고 비답을 내린다. 속으로는 반가운 상소라고 할지라도 "차마 들을 수 없고 차마 말할 수 없는 말"이기 때

93 『정조실록』 37권, 정조 17년 5월 28일(기미).

문에 이 문제를 다시 꺼내지 않겠다고 한 선대왕과의 약속을 떠올리게 된 셈이다.

노론의 영수라고 할 수 있는 좌의정 김종수가 상소를 올려 문제를 제기하자, 정조 17년(1793) 6월 4일에 영의정과 좌의정을 파직시켰다.

그리고 8월에 김종수를 소견하여, "다만 전 영상이 차마 제기할 수 없고 감히 말할 수 없는 내용을 혼자서 말한 데에는 대체로 그 이유가 있는 것이다. 선대왕께서 휘령전에 친림했을 적에 전 영상이 도승지로 입시하였었는데 사관을 문밖으로 물러가게 한 다음 선대왕께서 한 통의 글을 주면서 신위 밑에 있는 요의 꿰맨 솔기를 뜯고 그 안에 넣어두게 하였던 바 그것이 바로 금등 문서였던 것이다. 내 그 내용을 반포하는 것이 막중한 관계가 있고 또 시급한 일이라는 것을 모르는 바 아니었으나 아픔을 참고 억울함을 간직한 채 오늘까지 끌어온 것은 오로지 차마 말할 수 없었기 때문이었다. 그러나 문녀의 처분에 관한 전교를 내리면서는 그 속에 약간의 언급이 있었던 것이다. 전 영상의 상소문 가운데 즉 자 이하는 바로 아무 해 이전의 흉도들이 한 흉악한 말이었는데 아무 해 이후에 선대왕께서 즉각 이를 깨닫고 이 금등의 글을 내렸던 것이고 전 영상만이 그 사실을 알고 있었기 때문에 그 혼자서만 이를 말하게 된 것이다."[94]라고 채제공 상소의 내막을 설명하기도 하였다.

정조 19년 (1795) 1월에 채제공을 다시 우의정을 삼고, 윤2월 9일에 혜경궁을 모시고 현륭원에 행행하였다. 윤2월 23일에 봉수당에 나아가 혜경궁을 위해 연회를 베풀었는데, 회갑 잔치였다.

(2) 『명의록』과 『속명의록』의 의리

정조 임금은 학문을 체계적으로 연구할 뿐만 아니라 모든 일들을 기록으로 정리하여 후세의 거울로 삼으려 했던 군주라 할 수 있다. 『홍재전

94 『정조실록』 38권, 정조 17년 8월 9일(기사).

서』와 『일성록』이 대표적이라 할 수 있으며, 새로운 제도를 마련하거나 규범을 제정할 때도 반드시 절목 등을 마련했다. 서류소통 절목, 모세 절목, 원점 절목 등이 정조 원년 한 해에 이루어진 것들이다.

그런데 정조가 세손 시절에 척리들로부터 배척의 위기를 겪었고, 즉위한 이후에는 대내에서 직접 모해하려는 위기를 맞기도 했다. 앞의 일은 『명의록』으로, 뒤의 일은 『속명의록』으로 정리하여 의리를 밝히게 하였다. 『명의록』의 편찬 동기는 정조의 대리청정을 반대한 홍인한·정후겸 등을 역적으로 사사하고 정조를 옹위한 홍국영·정민시·서명선의 충절을 선양한 뒤 이 사건의 전말을 공표하기 위한 것이었다.

정조가 보위에 오른 즉위년 8월에 좌참찬 황경원의 상소를 받아들여 『명의록』을 찬술하기로 하고, 11월에 김종수를 공조참판으로 발탁한 뒤에 소견하여 임금이 세손 시절부터 자신이 겪은 일을 자세하게 기록한 『존현각일기』를 내보이면서 교정을 가해서 반시하도록 하였다. 영조가 무신란(1728)과 을해 역옥(1755)을 겪고 난 뒤에 『천의소감』을 마련한 것에 견주면, 정조의 『명의록』은 보위에 오른 초반에 역죄의 실상을 밝히고 척리를 물리칠 수 있는 정사의 기준을 마련했다는 점에서 큰 의의를 지닌다. 홍인한과 관련하여 자궁의 동의를 구했다고 밝혔고, 권력의 세 축 중에서 두 축은 정리한 셈이다. 다만 김귀주로 대표되는 한 축인 자전의 집안은 김귀주를 귀양보내기는 했으나 여전히 갈등이 잠복된 상태로 남게 되었다. 김귀주가 크게 의존한 당숙 김한록(1722~1790)이 뒤에 숨어서 조정한 내막을 제대로 알지 못했던 측면과 자전(정순왕후)과 자궁(혜경궁)의 마음을 위로해야 한다는 정조의 신념 때문이기도 했다.

> 『명의록』을 찬술하였다. … 여러 대신이 모두 마땅히 한 통의 문서를 만들어 징토의 대의를 밝혀야 한다는 것으로써 아뢰니, 이에 이르러 하교하기를,
>
> "전각에 임하여 포고하는 것은 중외의 신민으로 하여금 모두 난역의 근원을 알아서 기만과 유혹에 빠지지 않게 하려고 하는 것인데, 그 수미와 원류를

교문에 모두 말할 수는 없다. 대신이 이미 연석에서 아뢴이 있었는데 그 의리를 밝히는 방도에 있어서는 하나의 문서를 편집하여 후인에게 밝게 보이지 않을 수 없으니, 사국을 열어 편집하도록 하라."

하고, 또 하교하기를,

"『천의소감』을 편집할 때 도제조는 개정하여 의망을 갖추어서 낙점한 규례가 『승정원일기』에 밝고 환하게 실려 있으니, 정관을 패초하여 개정하여서 찬집 도제조를 의망하여 들이도록 하라." 하였다.[95]

공조참판 김종수를 소견하고 내장된 『존현각일기』를 내보였다. 임금이 말하기를,

"예로부터 척리의 화변과 흉역의 역모는 이루 한정할 수 없지만 내가 겪은 것은 지난 사첩에서 찾아보아도 어찌 비길 만한 것이 있겠는가?" 하니, …

임금이 말하기를,

"흉도들이 무단히 의구심을 자아내어 혹 꾀면서 협박하기도 하고 혹 위태롭게 만들어 핍박하기도 했는데, 마침내 화기가 점점 급박하여지기에 이르러서는 기필코 먼저 궁료를 제거한 다음 나를 모해하려고 했으니, 지금 생각하여도 두려움이 아직 가슴에 남아 있다." 하니, …

임금이 말하기를,

"이 일기를 보면 온 세상 사람들이 사건의 전말을 알 수 있을 것이다. 그런데 손 가는 대로 기재했기 때문에 어의가 통달되지 못했으니 대략 교정을 가해야 반시할 수 있을 것이다." 하였다.[96]

그리고 즉위년 12월 26일(계해)에 『존현각일기』를 『명의록』 찬집청에 내려서 그 내용을 포함하도록 하였다.

---

95 『정조실록』 2권, 정조 즉위년 8월 24일(계해), 『국역 정조실록』 2, 54~55면.

96 『정조실록』 2권, 정조 즉위년 11월 18일(병술), 『국역 정조실록』 2, 152~153면.

『존현각일기』를 『명의록』 찬집청에 내렸다. (일기를 『명의록』에 기재하기 위해서였다.) 하교하기를,

"내하한 일기를 이제 이미 반하하였으니, 곧 개간하게 될 것이다. 대저 책을 만드는 방법은 근엄하게 하는 것을 귀하게 여기는 것이다. 그리고 신하된 사람의 이름이 한 번 그 속에 들어가게 되면 곧 하나의 귀관두가 되는 것이니, 삼가지 않을 수 있겠는가? 더구나 이미 조감할 전례가 있고 또한 선조의 성헌이 있으니, 『정원일기』 가운데 기재된 소차에 논한 사람으로서 국옥에 관련되었거나 역적의 공초에 긴히 거론된 사람이 아니면 일체 기록하지 말도록 하라. 이렇게 하여 너그러움과 준엄함을 중도에 맞게 하였다는 것을 영원히 보여 이 1부 책으로 하여금 만세의 법전을 삼도록 하라." 하였다.[97]

정조 1년 3월 29일(을미)에 『명의록』이 완성되었다. 총재 대신 봉조하 김치인 등이 차자를 갖추어 진달하고, 홍국영이 평일에 품고 있던 마음을 하나의 소장으로 진달하여 본심을 밝혔는데, 정조가 보위에 오르는 데 자신의 공을 스스로 과시한 것이다. 간인을 끝내고 나서 총재관 김상철 등이 전문을 갖추어 올리자, 규장각과 다섯 곳의 사고에 나누어 저장하게 하였다.[98]

그런데 정조 1년(1778) 7월 28일(신묘)에 임금이 거처하는 대내 존현각에 도둑[99]이 들어서, 8월 6일에 임금이 창덕궁으로 이어[100]한 뒤에, 8월 11일에 도적을 잡고 보니 전흥문이었다. 홍술해의 아들 홍상범이 사사(死士)를 양성하여 반역하려고 전흥문 등을 이용한 것이었다. 여러 사람을 국문한 결과 홍계능이 성궁을 모해하고 사도세자의 서자 찬을 추대하려

97 『정조실록』 2권, 정조 즉위년 12월 26일(계해), 『국역 정조실록』 2, 183면.
98 『정조실록』 3권, 정조 1년 3월 29일(을미), 『국역 정조실록』 2, 252~262면.
99 『정조실록』 4권, 정조 1년 7월 28일(신묘), 『국역 정조실록』 3, 43~44면.
100 『정조실록』 4권, 정조 1년 8월 6일(기해), 『국역 정조실록』 3, 52면.

고 했다는 것[101]이었다. 찬을 가두었다가, 사사하였다. 8월 18일에 관학 유생 김이익이 역적들을 토죄하는 상소를 하고, 홍봉한을 토죄했는데, 그 내용이 김귀주의 상소 내용과 같았다. 흑산도에 가극한 김귀주를 사사하게 했다가 도로 귀양을 보내는 일이 연속으로 일어났다. 홍술해는 홍계희의 아들이고, 홍계능은 홍계희의 팔촌이라 8월 23일에 홍계희의 관작을 추탈하였다.

이어서 정조 2년 1월 6일에 대사간 서유방이, "청컨대 『속명의록』을 한결같이 원편의 준례에 따라 진서와 언문으로 인출해 반포하여, 제도의 도신들로 하여금 방방곡곡에 선포하게 하소서." 하니, 그대로 따랐다.[102] 정조 2년 2월에 『속명의록』이 완성되었다. 『속명의록』이 이루어지자, 봉조하 김치인 등이 차자를 곁들여 올렸다. 이에 임금은 다음과 같이 비답하였다.

> "차자의 말 내용에 '앞서의 역적을 이미 서치하고 나자 다음의 역적이 더욱 참혹하고, 원편을 막 올리고서 속편을 다시 이루었다.'고 한 구절은 더욱 경들의 피가 흘러서 얼굴을 씻은 듯하고 눈물을 머금게 된 뜻을 볼 수 있는 것이다. 아! 어찌 차마 말할 수 있는 것이겠는가? 부덕하고 암매한 몸이기에 진실로 귀극과 회극을 바랄 수는 없지마는, 변란 때의 적자들은 또한 장차 이 글에서 힘입는 바가 있게 될 것이니, 올린 『속명의록』을 즉시 간인하여 오래 전해지도록 하라." 하였다.[103]

그 이후에 정조는 자신을 위기에서 구해 준 홍국영 등에게 크게 의존하고 홍국영의 누이를 원빈으로 맞기도 했는데, 원빈이 죽자, 정조 3년(1779) 9월에 30대 초반의 홍국영을 내치면서 홍국영이 주도하고자 한

---

101 『정조실록』 4권, 정조 1년 8월 11일(갑진), 『국역 정조실록』 3, 56~82면.
102 『정조실록』 5권, 정조 2년 1월 6일(정묘), 『국역 정조실록』 3, 189면.
103 『정조실록』 5권, 정조 2년 2월 27일(무오), 『국역 정조실록』 3, 261면.

세도를 멈추게 하였다.[104] 이어서 4년(1780) 1월에 홍국영의 큰아버지인 홍낙순까지 삭탈하고 문외출송[105]하였다. 이로써 정조의 친정 체제가 마련되었다고 할 수 있다. 빚을 지고 보위에 오르게 되면서 빚어진 사정이라 할 수 있다. 실제 홍국영은 왕족 인(裀)의 아들 준(濬)을 여동생인 원빈의 양자로 삼아 완풍군(完豐君)이라 부르면서 근본을 옮기려는 계책[106]까지 세웠다고 한다. 왕가의 본향인 완산의 완과 자신의 본향인 풍산의 풍을 따서 지은 것이라고 하니, 권력에 따르는 무서운 욕심을 짐작할 수 있다.

사신은 다음과 같이 기술하고 있다.

> 당초 홍국영이 쫓겨날 때 일이 뜻밖에 일어났으므로 조신들은 홍국영의 죄악이 나타난 것을 잘 모르고 그 세력이 드센 것을 두려워하여 말을 같이하여 만류하기를 청하였으나 영의정 서명선만이 한마디도 말하지 않은 것을 홍국영이 매우 원망하였다. 홍낙순이 정승으로 들어가자 권병을 잡으려고 수상 자리를 노렸고 홍국영도 문형 자리를 차지하려고 도모하여 치사를 피할 계제로 삼았으나, 대제학 서명응이 굳게 응하지 않았다. 그래서 두 원한이 한꺼번에 일어나 이보행 등을 부추겨 번갈아 상소하여 서명응 형제를 논하게 하였는데, 이때 이르러 처분이 명백하였으므로 조정이 비로소 맑아졌다.[107]

(3) 제도 개혁과 바른 임금의 길

정조는 즉위년 8월에 창덕궁 금원의 북쪽에 규장각[108]을 세우고 제학, 직제학, 직각, 대교 등의 관원을 두었다. 규장각 설치에 대하여 정조는 다

---

104 『정조실록』 8권, 정조 3년 9월 26일(정미), 『국역 정조실록』 5, 66면 이하.
105 『정조실록』 9권, 정조 4년 1월 8일(정해), 『국역 정조실록』 5, 176~178면.
106 『정조실록』 10권, 정조 4년 8월 15일(신유), 『국역 정조실록』 6, 48면.
107 『정조실록』 9권, 정조 4년 1월 8일(정해), 『국역 정조실록』 5, 178면.
108 『정조실록』 2권, 정조 즉위년 8월 12일(신해), 『국역 정조실록』 2, 29면.

음과 같이 말하고 있다.

> 우리나라의 모든 일은 모두 송제를 모방하였는데 열성조의 어제는 아직 봉안할 곳이 없었다. 이에 후원에 규장각을 세우고 이미 어제를 봉안하였으니 관장하는 관원이 없을 수 없다. 당나라 이상은 학사의 명칭이 세워지지 않았으므로 승여가 있는 곳에 다만 문사나 경학의 선비로 별원에 숙직하게 하고 가끔 불러서 제서를 초안하게 하였으니, 대개 관제를 세우고 직무를 분담하여 점차로 형세를 갖추어지는 것은 형세가 그런 것이다. 선조에서 편차하는 사람을 설시하여 오로지 어제를 관장하였는데, 그 일만 있고 관직은 없었으니 또한 이를 말미암은 것이다. 그런데 이제 열성조 어제의 존봉을 위하여 송나라의 구제를 모방하여 한 전각을 창건하였으니, 관원을 명하여 전수하게 하되 편차한 사람의 이름으로 그 직위를 채우는 것은 진실로 점차 갖추어 가는 의의에도 합치되는 것이다. 우리나라의 제학은 곧 송나라의 학사이고 직제학은 곧 송나라의 직학사이다. 또 당하에 직각·대교를 둔 것은 송나라의 직각과 대제를 모방한 것이니 실시한 것에 근거가 있고 변통에 모두 편의를 얻었는데, 경 등은 그 편부를 진달하라.[109]

그리고 황경원과 이복원을 규장학 제학으로, 홍국영과 유언호를 규장각 직제학으로 삼았다.[110]

이듬해에는 서얼소통의 방도를 강구하게 하여 이조에서 절목을 마련하였다. 그 내용은 다음과 같다.

> 1. 문관의 분관과 무관의 시천은 전대로 교서관이나 수부천에 의하여 시행한다.
> 1. 요직을 허통시키는 것은 곧 문관의 참상인 것으로 호조·형조·공조를 말

109 『정조실록』 2권, 정조 즉위년 8월 12일(신해), 『국역 정조실록』 2, 105면.
110 위와 같은 곳.

한다. 음관·무관은 응당 논할 것이 없으며 해사 판관 이하의 자리는 음관·무관이라도 응당 구애되는 것이 없게 하되 능·전·묘·사·종부시 이 다섯 상사의 낭관·감찰·금도 등의 자리도 논할 것이 없다.

1. 문관·무관의 당하관은 부사를 상한선으로 한정하고 당상관은 목사로 한정한다. 음관의 생원·진사 출신은 군수를 허락하며 그 가운데 치적이 있는 자는 부사를 허락한다. 생원·진사와 인의 출신이 아닌 자는 현령으로 한정하며 그 가운데 치적이 있는 자는 군수를 허락한다.
1. 문신의 분관은 운각으로 한정하는데 직강 이하의 자리는 아울러 구애받지 않는다. 무신으로서 도총부와 훈련원 부정은 거론하는 것이 부당하지만 중추부는 구애받지 않는다.
1. 오위장은 문관·무관·음관의 당상은 아울러 구애 받지 않으며, 무신으로서 우후를 지낸 사람은 같은 예로 대우한다.
1. 지금 여기에 조열한 것은 상례와 항규에 의거하는 것을 말한 것이다. 그 가운데 문식과 행의가 뛰어난 자와 재기와 정적이 드러난 자는 의당 상례에서 벗어나 기용하는 방도가 있어야 하는데 이는 반드시 일세의 공의가 허여하기를 기다린 연후에 묘당과 전관의 품지를 거쳐 시행한다.
1. 우리나라는 사람을 기용함에 있어 문벌을 숭상하고 있으므로 똑같은 서류이니 분별할 것이 없다고 하는 것은 신중히 하는 뜻이 아니다. 따라서 그의 본종의 가세에 따라 차등을 두는 방안을 마련한다.
1. 서얼이 점차 사로로 나온 뒤에 혹 적파가 잔약하게 된 것으로 인하여 명분을 괴란시키는 죄를 저지를 경우에는 서얼이 적자를 능멸한 율로 다스린다.
1. 외방의 향임인 경우 수임 이외 여러 직임은 감당할 만한 사람을 가려서 참용시킬 것을 허락한다. 만일 무지하여 분수를 범한 무리들이 이를 빙자하여 야료를 부리는 폐단이 발생할 경우에는 해도에서 드러나는 대로 엄중한 법으로 용서 없이 다스린다.[111]

---

111 『정조실록』 3권, 정조 원년 3월 21일(정해), 『국역 정조실록』 2, 249~251면.

(4) 장시의 점검과 농구 정비

정조 7년(1783) 6월에 정존겸이 영의정을 맡은 뒤에, 7월에 가뭄을 계기로 구언하는 교서를 내리자 많은 사람이 상소 등을 통해 주장을 제시하였는데, 이조판서 서호수가 수거와 용미거 등의 농구 사용을 건의[112]하자, 수거는 반포하여 사용하였고, 용미거는 만들기만 했다. 이어서 정언 홍성연이 금란법[113]에 대해, 좌참찬 김화진이 균역청에서 받아들이는 세전[114]에 대해 건의하자, 금란법은 받아들이고, 세전은 묘당에서 불편하게 여겨 정지되고 말았다.

정조는 장시를 비롯하여 시민들의 이해가 얽히고 있는 곳의 제도를 정비[115]하고 이익이 한곳으로 몰리는 현상을 완화[116]하고자 하였고, 수거와 용미거 등의 농구를 정비하여 편리하게 농사지을 수 있도록 배려하였으며, 수레를 사용하여 운송의 편의를 도모하고자 하였다.

그리고 공시민을 직접 불러 화폐 유통을 포함한 폐막을 묻고, 도성 주민들에게 화천이 유통되도록 하였다. 임금이 물은 질문의 요체는 전황을 구제하고, 물가를 공평하게 하며, 가대하는 정사에서 온편하며 거두고 펴는 방법의 적당함 등[117]이었다. 임금 앞이라 겁이 나서 말하려다 머뭇거리기는 했지만, 그래도 전인들은 대여한 것을 은으로 환산하는 것보다 본전으로 환납하기를 원한다[118]라고 하였다. 이들이 진달한 폐막이 구체적으로 기술되어 있지 않지만, 임금의 하교에서 해결책과 대안을 제시하고

---

112 『정조실록』 16권, 정조 7년 7월 4일(계사), 『국역 정조실록』 9, 21~24면.

113 『정조실록』 16권, 정조 7년 7월 4일(계사), 『국역 정조실록』 9, 25~26면.

114 『정조실록』 16권, 정조 7년 7월 4일(계사), 『국역 정조실록』 9, 31~32면.

115 『정조실록』 16권, 정조 7년 10월 14일(임신), 『국역 정조실록』 9, 137~138면. 彎府의 後市 革罷.

116 『정조실록』 16권, 정조 7년 9월 1일(기축), 『국역 정조실록』 9, 97~98면. 都賈의 도거리.

117 『정조실록』 17, 정조 8년 3월 20일(을유), 『국역 정조실록』 9, 323~324면.

118 『정조실록』 17, 정조 8년 3월 20일(을유), 『국역 정조실록』 9, 326면.

있다. 굶주리는 도성의 빈민을 위하여 대여하되, 이식을 없애고 구전을 금지[119]하게 하였다. 오늘날에도 여전히 문제가 되는 이자와 수수료 문제를 해결하려는 정책으로 이해할 수 있다.

(5) 채제공의 등용과 대동과 태화의 정치

정조의 치세 중에 채제공의 등용은 중요한 의미를 지닌다. 즉위 초에 국장도감 제조로 임명[120]하고, 찬집청 당상[121] 등의 일을 맡겼다. 임금은 김상로의 관작을 추탈하는 자리에서 채제공에게 정축년(1757)의 일[122]을 물으면서, 임오년(1762)의 일까지 언급하고 있다.

정조 6년 무렵에 김재찬, 이명식, 홍낙성 등이 여러 차례 채제공을 탄핵하는 상소가 있어도 정조는 오히려 탕평의 뜻으로 대응하였다. 그리고 정조 8년에는 역절, 패설, 군부의 원수 등의 비난에도 정조는 채제공을 옹호하고 있다.

> 좌의정 홍낙성이 채제공의 죄를 성대하게 논하니, 임금이 말하기를, "내가 바야흐로 탕평의 정치를 하기 위해 모든 용사에 있어 색목을 마음속에 두지 않고 있다. 옛날에도 금은 동철을 뒤섞어 하나의 그릇을 만든다는 말이 있는데, 지금의 조상은 각각 하나의 그릇을 만들고 있으니 당초 논할 수도 없는 것임은 물론, 뒤섞어 하나로 만든다는 것은 또한 기대조차 할 수 없게 되었다. 이것이 기필코 조제하여 온전히 보존시키려는 이유인 것이다. 더구나 이 일은 곧 내가 차마 들을 수 없는 것으로 어쩌다 기주를 열람하다가 병신년 봄의 국안과 그해 가을의 흉소에 이르게 되면 심신이 아뜩한데, 근심과 비통함을 머금은 마음이 어찌 일이 지나갔다 하여 혹시라도 늦추어

119 위와 같은 곳.
120 『정조실록』 1권, 정조 즉위년 3월 10일(신사), 『국역 정조실록』 1, 15면.
121 『정조실록』 1권, 정조 즉위년 3월 11일(임오), 『국역 정조실록』 1, 16면.
122 『정조실록』 1권, 정조 즉위년 3월 30일(신축), 『국역 정조실록』 1, 38~39면.

질 수가 있겠는가? 정신이 만일 나의 마음으로 자신의 마음을 삼는다면, 어떻게 차마 이 이야기를 다시 거론하여 거듭 나의 마음을 슬프게 할 수 있겠는가? 내가 윤허를 아끼는 것은 중신 한 사람을 위해서 그러는 것이 아니다. 나의 뜻은 몹시 확고하니, 경은 양지하기 바란다." 하였다.[123]

정존겸이 말하기를,

"문자의 죄는 본래 큰 것이 아니나, 이제 채제공이 평소 범한 것은 또 이처럼 패만한 말이 있기 때문에 여론이 더욱 울분해하고 있습니다."

하니, 임금이 말하기를,

"조정의 일이 참으로 가소롭다. 병신년부터 지금까지 9년이 지난 후에 비로소 이 일을 가지고 말하는가? 내가 이 일을 한번 제기하여 말하고 나면 오장이 슬퍼져 막히는데, 경들은 어찌 그리 어렵지 않게 말하는가?"

… 임금이 말하기를,

"채제공에게 참으로 죄가 있다면 한 대신만으로도 성토하기에 족한데, 오늘의 거조는 어찌 지나치지 않은가?"

… 임금이 말하기를,

"경이 비록 스스로 인피하더라도 채제공은 결코 죄를 주기가 어렵다. 대신이 인피하고 떠나는 것이 작은 일이 아니나, 나라의 형정을 어찌 전도되게 하랴?"

… 임금이 말하기를,

"첫째 건은 지금에 이르러서 말할 수 없고, 두 번째 건의 일은 이 판부사가 3년 후에야 비로소 말하였으니, 어찌 진짜 죄안이라고 하겠는가? 그 이른바 찬축한 자는 홍낙빈인데, 홍낙빈이 찬축된 후에 대신이 어떻게 수작할 수 있었겠는가? 오늘날 경들 역시 마땅히 그의 자질에게 가서 채제공의 일을 물어보았는가? 만약 그렇게 하면 도리어 이 판부사에게 손상이 되는

123 『정조실록』 13권, 정조 6년 1월 30일(정묘), 『국역 정조실록』 7, 257~258면.

데, 경들은 유독 이것을 생각하지 않으니 역시 불인하다."

… 김익이 말하기를,

"그때 채제공의 장주가 말이 두려웠는데, 대신은 담기가 본디 적기 때문에 주대함이 그러하였습니다."

하니, 임금이 말하기를,

"그대 또한 말을 잘못한 것이다. 대신이 어찌 채제공에게 겁을 먹어서이겠는가?"

… 예조판서 서유방은 말하기를,

"채제공의 역절과 패설은 한마디로 말해서 군부의 원수이니, 전형을 분명하게 보이지 않을 수 없습니다."

하니, 임금이 말하기를,

"왜 군부의 원수인가?"

하니, 김익이 말하기를,

"재신이 이른바 군부의 원수라고 말한 것이 과연 옳은데, 지금 처분을 내리지 않고 아울러서 호오를 분명히 하는 전교 역시 선포하지 않으시니, 오직 빨리 견책당하기만을 소원합니다. 비록 신들의 사분으로 말하더라도 군부의 원수를 갚지 못하면 어찌 사람이라 할 수 있겠습니까?" 하였다.[124]

지속적인 탄핵과 비판에 대하여 채제공을 외직에 보임하는 등 여러 가지로 대응하다가 정조 11년 다시 서용하게 된다. 그리고 규장각에서 저술을 바치는 자리에서 채제공이 선대인 영조 대에 이어서 정조 대에도 편차를 맡게 된 것에 의미를 부여하고 있다.

채제공을 소견하였다. 임금이 말하기를,

"경이 관의 먼지를 털고 조정에 나오게 된 것은 조정에서 경에게 보답을

124 『정조실록』 17권, 정조 8년 6월 20일(계묘), 『국역 정조실록』 9, 401~405면.

한 것이라고 할 수 있다."

하니, 채제공이 말하기를,

"고인이 항상 천지간에 다시 살려주신 은혜라고 일컬으나 소신의 경우는 만 번 살려준 은혜를 입었으니, 갚아야 할 덕은 넓은 하늘과 같아서 끝이 없습니다."

하였다. 임금이 말하기를,

"이른바 '세 건의 일'에 대하여 애당초 문자로 소포된 것이 없었기에 전교로써 소석할 수가 없었다. 때문에 연화에서 꺼낸 것인데, 군주를 증인으로 세웠으니, 옛날에도 이런 일이 있었는가, 없었는가? 조정에서 경을 공격하는 자들이 홍국영과 서로 친했다고 말을 하는데, '집안 사람……' 운운하는 말을 경이 상소에서 언급했는가, 하지 않았는가?"

하니, 채제공이 말하기를,

"이 판부사가 연주에서 신이 홍국영과 친하다는 말을 홍국영의 집안사람에게서 들었다고 하였기 때문에 그때 신의 상소에서 말하기를, '홍국영의 집안 사람을 사람들이 만나면 머리털이 모두 솟구치는데, 이모는 싫어하지 않고 말을 서로 통하니, 참으로 남을 모함하는 데 급한 나머지 스스로가 빠지는 줄을 알지 못한다.'라고 하였습니다."

하니, 임금이 말하기를,

"지금부터는 모름지기 세상에 용납되는 도리를 생각하라. 이때 불러온 뜻이 어찌 단순하겠는가? 지금의 때는 이열치열하지 않을 수 없다. 내가 요즈음 마음을 써서 상량하여 경을 명백하게 흠이 없는 처지에 두었으니, 경도 역시 보답하는 방도를 생각해야 할 것이다."

하니, 채제공이 눈물을 흘리면서 사례하였다. 인하여 관서의 도시에 대한 일을 제기하여 아뢰니, 승지 김노순이 말하기를,

"채제공이 감히 다른 말을 쓸데없이 언급하니, 참으로 외람됩니다."

하니, 임금이 말하기를,

"이 승선이 노패한데도 오히려 경을 곤란하게 하니, 경도 역시 힘들겠

다." 하였다.[125]

"원임인 제학 서명응·채제공은 선조에서 편차를 맡고 내가 즉위하여 또 이 직임을 맡았으니 희귀한 일이라 하겠다. 두 각신의 집에 해조를 시켜 먹을 것을 날라 보내게 하라."[126]

정조 12년(1788)에는 친필로 우의정을 제수하고 다음과 같이 하유하였다. 여러 신하들이 반대의 뜻을 드러내자 오래도록 준비한 것임을 밝히기도 하였다.

지금 경을 정승의 직에 제수하는 것이 내가 어찌 경을 개인적으로 좋아하여 이런 거조가 있는 것이겠는가. 평소부터 말이 충성스럽고 행실이 독실하였으니 또한 늦었다고 하겠다. 경은 모름지기 나의 허저의 뜻을 본받아 즉시 숙배하여 부족하고 어두운 나를 도와 널리 시사를 구제하라.

정승을 임명하는 것이 얼마나 중한 일인데 어찌 일호인들 허술하게 헤아렸겠는가. 오늘의 거조는 이미 여러 해 전부터 마음속으로 등용하기로 결정했던 일이다. … 내가 대동(大同)과 태화(太和)의 정치를 하고자 하는 일념으로 자나 깨나 마음에 맺혀 있는 것은 제신들도 일찍이 알고 있는 바이고, 더구나 이 대신을 끝내 불우하게 할 수 없다는 것을 제신들도 모르는 바가 아니다. 그렇다면 오늘 정원과 옥당의 일이 어찌 형식에 가깝지 않은가. 근래 풍속이 너무 성급하여 조정의 체통과 일의 체면을 모르니 이와 같이 유시하지 않을 수 없다. 이는 바로 법으로 선포한다는 뜻이고 미리 경계시키는 것이다.[127]

---

125 『정조실록』 23권, 정조 11년 1월 5일(갑술), 『국역 정조실록』 12, 116~117면.
126 『정조실록』 24권, 정조 11년 8월 29일(갑자), 『국역 정조실록』 12, 328면.
127 『정조실록』 25권, 정조 12년 2월 11일(갑진).

그리고 정조 13년(1789) 9월에 채제공을 좌의정으로 승진시켰다. 이후 정조 14년(1790) 1월에 특지로 다시 좌의정에 임명하였다가, 정조 17년(1793) 5월에는 영의정에 임명하였다.

(6) 정학과 사학의 구별

정조가 정학과 사학을 구별한 것도 주목할 일이다. 세자 시절부터 익힌 정학(正學)에 대한 신념과 연경을 통하여 유입되기 시작한 새로운 학문에 대하여 우바새 또는 사학(邪學)이라고 지칭하면서 교화를 통해 정학으로 돌릴 수 있을 것으로 기대하였다. 그러나 천주학(天主學)으로 대표되는 새로운 학문은 요원의 불길처럼 퍼져서 정학을 통한 교화만으로는 해결할 수 없는 지경에 이르렀고, 정조 사후 권세를 장악한 세력들에게 도리어 정적을 제거하는 방향으로 흐르고 말았다. 실록에 기록된 내용을 제시하는 것만으로도 추이를 짐작할 수 있는데, 비판과 검증은 18세기 후반의 안목으로는 쉽게 설명하기 어려운 부분이 있기도 하다.

> 내가 일찍이 연신에게 이르기를 '서양학을 금지하려면 먼저 패관잡기부터 금지해야 하고 패관잡기를 금지하려면 먼저 명말 청초의 문집들부터 금지시켜야 한다.' 하였다. 대체로 그 근본을 바르게 하는 것은 오활하고 느슨한 것 같아도 힘을 쓰기가 쉽고, 그 말단을 바로잡는 것은 비록 지극히 절실한 것 같아도 공을 이루기가 어려운 것이다. 지금 내가 금지하려는 것이 근본을 바르게 하는 데에 하나의 도움이 안 되지는 않을 것이다. 만약 공자가 지위를 얻어서 도를 행하여 제자백가의 설들이 경전과 함께 행세할 수 없었더라면 맹자가 무엇 때문에 그처럼 많은 이야기를 해서 당시 사람들에게 논변을 좋아한다는 비평을 받았겠는가.[128]

---

128 『정조실록』 33권, 정조 15년 10월 24일(을축).

이가환을 특별히 충주목사에 보임하였다. 가환이 정리소 의궤 당상으로서 누차 소명을 어겼기 때문에 이렇게 명한 것이었다. 이때 호서 지방 대부분이 점점 사학에 물들어가고 있었는데 충주가 가장 심했으므로 특별히 가환을 그곳의 수령으로 삼고, 또 정약용을 금정찰방으로 삼은 뒤 각각 속죄하는 실효를 거두도록 한 것이었다.[129]

이승훈을 예산현으로 정배하였다. 하교하였다.

"상을 주고 벌을 주는 것이야말로 나라를 다스림에 있어 사람을 고무시키고 사람을 단속시키는 하나의 방법이라고 할 것이니 어찌 상만 주고 벌은 안줄 수가 있겠는가. 그렇게 되면 바른 이를 들어 쓰기만 하고 잘못된 이를 내치지 않는 것과 무엇이 다르겠는가. 이 도리에 대해서 우상이 일찍이 연석에서 아뢰었는데 그래서 지금 이를 기꺼이 듣고 조치하는 즈음에 짐작해서 행하는 것이다.

현재 소란스럽게 된 사태에 대해서 말하더라도 그렇다. 서양의 서적이 우리나라에 출현한 지가 벌써 수백 년도 더 된다. 그런 관계로 사고와 옥당에 예전부터 소장해 오던 것 속에도 모두 들어 있었는데 그 숫자가 몇 십 편질 정도만 되는 것이 아니었다. 그래서 연전에 특명으로 이것들을 모두 거두어서 내다 버리라고 하였는데 이것만 보아도 서양의 책을 구입해 온 것이 오늘날에 비로소 시작된 것이 아니라는 것을 알 수 있을 것이다.

그런데 고 상 충문공의 문집 속에도 서양인 소림대(蘇霖戴)와 왕복하면서 그 법서를 구해 본 일이 적혀 있는데, 이에 대해서 말하기를 '상제와 대면한 가운데 자신의 온전한 성품을 회복하려 하는 점에서는 애당초 우리 유학과 다를 것이 없는 것 같다. 그러니 청정을 주장하는 황·로나 적멸을 주장하는 구담과 같은 차원에서 논할 수는 없다. 그러나 이익만을 꾀하는 삶을 방불케 하고 보응에 관한 주장을 거꾸로 취하고 있는데 이런 식으로

---

129 『정조실록』 43권, 정조 19년 7월 25일(갑술).

천하를 바꾼다는 것은 어려운 것이다.' 하였으니, 고 상의 말이 그 이면까지 상세히 변론했다고 할 만하다. 그런데 간혹 순전히 공격하며 배척한 경우도 있었는데, 고 찰방 이서의 시를 보면 심지어 '야만인이 전한 이상한 학술 도덕을 해칠까 두려워지네.(夷人傳異學 恐爲道德寇)'라고까지 하였다.

대저 근일 이전에도 박아한 인사들이 미상불 한 마디씩 평가하는 말을 하였지만 완만하게 하든 준열하게 하든 간에 그 당시에는 별로 영향을 주는 일이 없었다. 그런데 지금은 정학이 밝혀지지 않고 있기 때문에 그 폐해가 사설보다도 심하고 맹수보다도 더 커지고 있는 실정이다. 따라서 오늘날 폐단을 바로잡는 방도에 있어서는 정학을 더욱 밝히는 것보다 나은 것이 없을 것이다. 그리고 세상 사람들에 대해서도 특별히 착한 일을 표창하고 악한 일을 징계하는 정사를 펼친 뒤에야 그런대로 효과를 거둘 수 있게 될 것이다. 습속을 바로잡는 데에 형륙의 방법을 쓰는 것은 가장 차원이 낮은 것인데, 더구나 그 학술에 대해서야 더 말해 무엇하겠는가."[130]

승지 정약용이 상소하기를,

"신이 이른바 서양의 사설에 대하여 일찍이 그 글을 보고 기뻐하면서 사모하였고 거론하며 여러 사람에게 자랑하였으니, 그 본원인 심술의 바탕에 있어서는 대체로 기름이 퍼짐에 물이 오염되고 부리가 견고함에 가지가 얽히는 것과 같은데도 스스로 깨닫지 못하였습니다. 대저 이미 한번 이와 같이 되었으니 이는 바로 맹자 문하에 묵자인 격이며 정자 문하에 선파인 격으로 큰 바탕이 이지러졌으며 본령이 그릇된 것으로, 그 빠졌던 정도의 천심이나 변했던 정도의 지속은 논할 것도 없는 것입니다. 비록 그렇기는 하지만 증자가 이르기를 '내가 올바른 것을 얻고서 죽겠다.'고 하였으니, 신 또한 올바른 것을 얻고서 죽으려 합니다.

신이 이 책을 얻어다 본 것은 대체로 약관의 초기였습니다. 이때는 원래

---

130 『정조실록』 43권, 정조 19년 7월 26일(을해).

일종의 풍기가 있었는데, 천문·역상 분야, 농정·수리에 관한 기구, 측량하고 실험하는 방법 등에 대하여 잘 말하는 자가 있었으며, 유속에서 서로 전하면서 해박하다고 했으므로 신이 어린 나이에 마음속으로 이를 사모하였습니다. 그러나 성질이 조급하고 경솔하여 무릇 어렵고 교묘한 데 속하는 글들을 세심하게 연구하고 탐색할 수 없었기 때문에 그 찌꺼기나 비슷한 것마저 얻은 바가 없이, 도리어 생사에 관한 설에 얽히고 남을 이기려 하거나 자랑하지 말라는 경계에 쏠리고 지리·기이·달변·해박한 글에 미혹되었습니다. 그리하여 그것을 유문의 별파나 되는 것으로 인식하고 문원의 기이한 구경거리나 되는 것으로 보아 다른 사람과 담론하면서 꺼리지 않았고 다른 사람의 비난이나 배격을 당하면 그의 문견이 적고 비루한가 의심하였으니, 그 근본 뜻을 캐어보면 대체로 이문을 넓히려는 것이었습니다."[131]

차대를 행하였다. 상이 이르기를,

"근일에 선비들의 추향이 바르지 않은 것은 대체로 소품의 글에서 말미암았으니, 이른바 소품의 글이란 곧 명·청 문체의 지류이다. 오늘날에 와서 바로잡는 방도는 그 도를 한 번 변화시킴에 달려 있으니 또한 지나치게 사교를 허비할 필요도 없다. 다만 마땅히 그 사람을 평상적인 사람이 되게 하고 그 글을 불태우기만 하면 될 뿐이다. 가정에서는 부형이 조정에서는 담당 관원이 효박함을 돌이켜 순박함으로 돌아오게 하는 방도를 생각하여 능히 이 도에서 나가면 노예로 삼고 이 도(道)로 들어오면 주인으로 삼는 정사를 쓰면 그 풍속이 변화하지 않고 선비가 바르게 되지 않음을 걱정할 것이 뭐가 있겠는가." 하였다.[132]

---

131 『정조실록』 46권, 정조 21년 6월 21일(경인).

132 『정조실록』 47권, 정조 21년 11월 8일(계유).

(7) 비밀 편지를 통한 국면의 전환

정조는 스스로 기록을 중요하게 생각하며 체계적인 기록을 남기기도 했지만, 신하들과의 사신(私信)을 통해 어려운 정국을 타개하기도 하였다. 이른바 비밀 편지라고 하는 사신은 채제공[133], 심환지[134] 등에게 보낸 것이라, 당시 정치에서 핵심적인 역할을 맡고 있던 사람들과 막후에서 이면의 정치를 하고 있었다고 평가할 수 있다. 공식적인 기록인 『정조실록』에서는 채제공과 오랜 신뢰를 바탕으로 정조와 뜻을 같이하고 있었다는 내용으로 기술되어 있는 점이 놀라운 일이 아니지만, 정치적 입장을 달리했던 심환지(1730~1802)와는 그렇게 호의적인 관계가 아닌 것으로 나타나는 것이 사실이다. 그런데 이러한 심환지와 사신을 통해 정조가 노론 벽파의 입장을 중심에 두고 있다거나, 세세한 정치 일정까지 의논하면서 조율하고 있는 것으로 밝혀지고 있어서 많은 관심을 불러일으킬 만하다.

심환지와 주고받은 편지는 정조 20년(1796) 8월 20일부터 정조가 승하하기 직전인 24년(1800) 6월 15일까지이다. 심환지에게 보낸 편지에서 "작년 봄"[135], "을묘년 이후"[136] 등을 자주 언급하고 있어서 주목할 필요가 있다. 을묘년(1795) 봄의 일이란 권유가 상소를 올려서 농간을 부리는 귀근(貴近)에 대해 대각과 논사의 위치에 있는 사람들이 아무 말을 하지 않고 있다고 지적하면서 귀근을 벌주어야 한다고 한 일[137]을 가리킨다. 이

---

133 정조 12년(1788) 2월에 채제공을 우의정으로 임명하면서 어필로 하교한 일(『정조실록』 25권, 정조 12년 2월 11일(갑진))을 포함하여, 『번암 채제공 가문 기증유물 특별전』(수원화성홍보관 개관 기념, 수원시 화성사업소, 2007), 임재완 편역, 『정조대왕의 편지글』(삼성문화재단, 2004).

134 성균관대 동아시아학술원, 『정조어찰첩』(성균관대학교출판부, 2009), 박철상 외, 『정조의 비밀어찰 정조가 그의 시대를 말하다』(푸른역사, 2011).

135 『정조실록』 45권, 정조 20년 11월 20일(신유).

136 〈무오년 4월 6일에 받은 편지〉, 『정조어찰첩』, 172면, 〈기미년 5월 24일에 받은 편지〉, 『정조어찰첩』, 359면, 〈기미년 11월 23일 아침에 받은 편지〉, 『정조어찰첩』, 430면.

137 『정조실록』 42권, 정조 19년 1월 11일(갑오), 『정조실록』 42권, 정조 19년 1월 22일(을사).

상소로 귀근으로 지목된 정동준은 자결하였고, 임금은 정동준에게 내린 직첩을 거두어 불사르면서 문제를 수습하고자 하였다. 그 이후에 이병모의 발언처럼 "조정이 청명해질 기회"라고 생각했는데, 실제로는 큰 변화가 없었다고 보고 있다.

그런데 실제로 을묘년에는 예식이 준비되어 있었던 것인데, 정동준 사건으로 정치적 국면에 변화가 야기되었다. 그럼에도 임금은, 1월에 왕대비와 혜경궁에게 존호를 올리고, 경모궁에 가서 책문과 인장을 올렸으며, 윤2월에 혜경궁을 모시고 현륭원에 나아가 참배한 후 봉수당에서 혜경궁의 회갑연을 열고, 이어서 낙남헌에서 양로연을 베풀었으며, 3월에 세심대에 올라 꽃을 감상하고, 내원에서 꽃 구경을 하며 외척을 멀리하고 신하들을 가까이하게 된 것을 말했으며, 다음 날 읍청루에 거둥하여 수군 훈련을 하면서 강화도에 유배된 서제 은언군을 도성으로 들어오게 한 뒤에 잔치에 참여하게 하고, 6월에 자궁에게 음식상을 차려 올리는 등 봄날 같은 일을 진행하였다.

규장각 각신에 대한 지나친 신뢰가 도리어 정치의 위기를 초래하면서 도리어 정치가 청명해질 기회이기를 기대한 을묘년(1795) 이후에, 인사를 통하여 진정한 의미의 탕평을 이루고자 하는 정치적 목표를 수행하기 위하여 심환지 등에게 사신을 보내어 의견을 조율하고 정치적 현안을 해결하고자 한 것으로 볼 수 있다.

정조는 19년(1795) 6월에 영의정 홍낙성과 좌의정 채제공을 해면하고, 7월에 이가환을 충주목사로, 정약용을 금정찰방으로 보낸 뒤에, 이승훈은 예산에 정배하였다. 12월에 윤시동을 우의정으로 채제공을 다시 좌의정으로 승진하였다가 20년 2월에 채제공을 파직하였다. 20년(1796) 7월 2일에 정치에서 물러난 김종수가 내각에 편지를 보내 호남에 흉언이 돌고 있다고 하였는데. 임금은 대수롭지 않게 여기고 있었다.

그런데 심환지는 정조 19년(1795) 3월에 병조판서와 규장각 제학의 직분을 띠고 있으면서 임금이 강루에 나가 강화에 유배된 서제를 만난 일과 금조를 환수하라는 것에 대해 상소하였는데, 임금은 "그러나 경이기 때문에 이렇게 온유한 비답을 내리는 것이니, 이는 경이 다른 사람들은 말하기 어려워하는 것을 말하면서 진실된 속마음을 스스로 드러내었기 때문이다. 경 이외에 다시 너절한 말들을 주워 모아 상소하는 자들에 대해서는 금령대로 시행할 것이다."[138]라고 한 바 있다. 심환지는 9월에 사헌부 대사헌, 지경연사, 예조판서 등을 거쳐 10월에 탕평의 인사를 담당하는 이조판서에 임명되었다. 20년(1796) 1월에 예문관 제학을 맡았고, 3월에 임금이 경모궁에 전배하고, 장헌세자를 세자로 책봉한 해와 달이 거듭 돌아온 데에 슬픈 마음이 들어서 장차 15일에 다시 전성의 예를 펴고자 하면서, 김흥경 등의 후손을 녹용하게 하자, 심환지가 "제방이 한 번 무너지면 의리가 장차 어두워지게 되니, 성교가 비록 이와 같으나 신들은 감히 받들 수가 없습니다."[139]라고 하였다. 4월에 13년간 금고되어 있는 이노춘의 죄명을 삭제하라고 하자, "고 지사 이정은 바로 이노춘의 조부입니다. 그의 스스로 목숨을 끊은 절의는 표창하는 전례를 적용해도 합당한데 아직까지 시행하지 않고 있습니다. 지금 그와 관련된 일이 언급되었기에 감히 아룁니다."[140]라고 하였다. 5월에 지경연사, 6월에 형조판서, 7월 3일에는 임금이 윤시동·심환지를 불러 김종수의 편지에 신경 쓸 바 없다고 일렀다. 며칠 뒤인 13일에 임금이 우의정 윤시동에게, "경이 지평이었을 때 아뢴 말은 지금에 와서 봐도 별로 과격한 말이 없었는데도 낭패를 면치 못하였다. 훌륭한 말이 날마다 진달될 때도 오히려 이와 같았는데 오늘날 말하는 자들은 전혀 법을 두려워하지 않아 필경에는 스스로 구덩이에 빠지고 마니 어찌 세신의 복이겠는가. 또한 옛날에는 말의 시비와 득실을 막론하고 조정의 말과 의논에는 자연 주장하는 사람과 공공의 논의가 있었다. 그러나 요즘에는 암암리에 번갈아 말하여 산만하게 계통과 기강이 없어서 그

138 『정조실록』 42권, 정조 19년 3월 25일(병자).
139 『정조실록』 44권, 정조 20년 3월 1일(정미).
140 『정조실록』 44권, 정조 20년 4월 4일(기묘).

단서를 추측하기 어렵고 그 형세를 막기 어려우니, 이것이 과연 어떠한 모양이며 어떠한 모습이란 말인가. 최근 마음에 들어 등용한 신하 가운데 심환지와 같은 사람도 허명을 무릅쓰다가 실화를 받았다고 할 만하니, 내 일찍이 그를 위하여 가슴 아파하였다. 경에게 물어봄에 경이 모른다고 말하고 심환지에게 물어봄에 환지도 모른다고 하니 누가 다시 아는 자인가. 나는 실로 개탄스럽다. 작년 이후로 조정의 분위기 가운데 변화되어 사람들의 마음을 감복하게 할 만한 것이 무엇이 있었는가."[141] 하였다.

그리고 정조 임금이 8월 20일부터 심환지에게 편지[142]를 보내고 있다. 9월 3일과 9월 15일에도 편지를 보내고, 9월 19일에 심환지를 이조판서에 다시 임명하고, 10월 17일에 편지를 보내며, 11월 20일에 심환지가 이조판서를 사직하는 상소를 올리자, 임금은 "그러나 내 입장에서는 경이 어떤 정사를 알맞게 하고 어떤 일을 사람들이 두려워 복종하게 했는지 알 수 없다. 경의 손을 통해서 임명된 대각은 다 말을 하기만 하면 죄를 짓게 되는 무리이니, 이것이 과연 경은 바른말을 하는 선비를 등용하였는데 내가 도리어 남의 말을 듣지 않으려고 해서 그런 것이겠는가? 진실로 그렇지 않다면 경이 밤낮으로 근심하고 두려워하던 것을 저버림이 얼마나 크겠는가. 어찌 사람들이 이러쿵저러쿵 하기를 기다릴 것이 있겠는가. 지금 바른말을 하는 사람이 전혀 없는 상황에서, 대사간의 고루하고 평범한 말은 의도하는 바가 있는 것으로 보인다. 아침에 접견했을 때 한 하교를 듣고서도 서둘러 시행할 방도를 생각하지 않고 있다. 만약 한 사람이 모두 전적으로 주도한다는 데에 협의하여 경 등이 말을 해야 할 데에서 말하지 않고 물러나 입을 다물고 있다면, 경의 낭패는 그만두고라도 이것은 작년 봄 이전의 모양 그대로이니 경등의 죄를 어떻게 처벌해야 마땅하겠는가."[143]라고 비답한다.

---

141 『정조실록』 45권, 정조 20년 7월 13일(병진).

142 〈병진년 8월 20일에 받은 편지〉, 『정조어찰첩』, 14면.

143 『정조실록』 45권, 정조 20년 11월 20일(신유).

심환지는 정조 21년(1797) 1월 5일(병오)에 이조판서에서 물러나고, 2월 18일에 윤시동이 졸하였다. 정조 22년(1798) 8월 28일(기미)에 심환지를 우의정에 제배하고, 몇 차례 사직 상소를 올린 뒤에 10월 28일(무오)에 우의정 심환지를 소견하였다. 정조가 심환지에게 사신을 보내면서, 빈번하게 "시사"를 알려달라고 요청하고 있다. 세상 돌아가는 형편이나 여론의 방향을 제대로 알아야 그에 대처할 방안을 모색할 수 있다고 생각한 것이다. 그리고 "작년 봄", "을묘년"을 말하고 있거니와, 정치를 개혁할 수 있는 좋은 기회인데 그렇게 진행되지 않고 있는 상황에 대한 불만과 김종수를 대신하여 노론 벽파의 지도자로서 당파의 우두머리 역할을 잘 수행하여 탕평의 목표를 이루기를 바라는 마음이 깔려 있다고 할 수 있다. 김종수가 현직에서 물러난 뒤라 "두합은 경들보다 나을지도 모르지만 직임이 시임이 아닌 데다 너무 늙고 병들었으니"[144]라고 한다거나, "일전에 몽상을 만났더니 그의 지론이 느슨하기가 내 말과 똑같았다."[145]고 지적하고 있고, "대저 경은 근래 자벽이 전혀 견고하지 않고 추기를 조심하지 않으며 기개가 엄정하지 않다. 두합의 친지들조차 남몰래 탄식하지 않은 적이 없다고 한다."[146], "몽상은 도리어 시론 중에서 완론에 속한 사람이 되었는데, 경은 자기 편에서도 경시당할 뿐만 아니라 소론에게 거슬리고 남인에게 미움받고 있다."[147]라고 하면서 심환지의 약점을 지적하고 맹렬히 노력하기를 다그치기도 한다. 김종수가 죽은 뒤에는 "몽합이 죽은 뒤로는 경이 주인의 자리를 양보해서는 안 된다. 일이 『명의록』의 의리와 관련되니, 차라리 지나칠지언정 미치지 못해서는 안 된다."[148]라고 한 것으로 보아, 『명의록』의 의리를 지키게 한 김종수의 뒤를 이어 심환

144 〈정사년 1월 17일 아침에 받은 편지〉, 『정조어찰첩』, 27면.

145 〈정사년 1월 26일에 받은 편지〉, 『정조어찰첩』, 34면.

146 〈정사년 1월 17일 초경에 받은 편지〉, 『정조어찰첩』, 28면.

147 〈날짜 미상의 편지 4〉, 『정조어찰첩』, 165면.

148 〈기미년 3월 6일 저녁에 받은 편지〉, 『정조어찰첩』, 324면.

지의 역할을 기대한 것이다. 그러나 한편으로는 "추기(樞機)"와 "이면(裏面)"이 드러나지 않도록 하라고 빈번하게 당부하고 있고, 심환지의 처신에 "의심"이 많다는 것까지 지적하면서 긴장을 늦추지 않게 하고 있다. 심환지에게 사신을 보내면서 찢거나 불태우라고 하든지, 세초하라고 한 것도 이러한 "의심"과 연계된 것으로 볼 수 있는데, 이에 대하여 심환지는 이러한 사신을 고이 간직한 것으로 볼 때 정조의 지적이나 당부를 곧이곧대로 받아들였다고 할 수 없고, 정치적 현안에 대해서는 동의하면서 수행한 경우가 많지만, 정조 사후에 정순왕후와 뜻을 같이하면서 실행한 내용으로 보아 정조의 입장과는 다른 심환지 나름의 이면의 태도를 지니고 있었던 것으로 보인다. 젊은 시절 김귀주와 맺은 개인적 연고와 김씨 집안과의 결탁이 숨어 있었던 셈이다. 정조는 이 이면을 제대로 파악하지 못한 것일 수도 있다. 정조와 주고받은 심환지의 편지도 있었을 터인데 정조의 편지만 공개한 점이나, 심환지의 문집이 전승되지 않은 점은 여전히 이면의 문제로 남아 있다.

정조가 심환지에게 사신을 보낸 또 다른 중요한 이유는 인사에 관한 것이라 할 수 있다. 심환지가 이조판서를 맡아서 인사를 책임진 적도 있지만, 심환지가 이조판서를 맡기 이전이나 뒤에 우의정을 맡고 노론 벽파의 우두머리 자리를 차지하면서 정조의 뜻에 부합하는 인사를 통하여 탕평의 실효를 기대한 것으로 볼 수 있다. 정조는 이조판서의 인사는 물론이지만 이조참의에 대하여 매우 예민한 관심을 보이고 있다.

심환지가 이조판서를 맡기 전에는 "신임 이조판서[김재찬]"[149]에 대하여 가까이 해서는 안 된다고 하거나, "이조참의[김조순]를 중비한 것"[150]은 여론을 잠재우기 위한 것이며, "이조판서[김재찬]는 필시 견문이 고루할 것이니, 경과 같은 사람으로서는 그가 제멋대로 망쳐놓게 내버려두어

149 〈정사년 1월 11일에 받은 편지〉, 『정조어찰첩』, 23면.

150 〈정사년 6월 12일 저녁에 받은 편지〉, 『정조어찰첩』, 73면.

서는 안 된다."[151]라고 하거나, "이조판서[김재찬]의 정사 초본에 대해서는 과연 다시 물은 적이 있는가?"[152]라고 하여 적극적인 간여를 요청하고 있다. 그리고 "새로 제수된 이조판서[민종현]의 첫 정사는 탕평의 정사를 하고자 했던 것 같지만"[153]이라고 하면서 정도에 맞는지 걱정하기도 하며, 심환지가 이조판서를 맡았을 때는 "이번 정사는 오직 두루 인재를 등용하고 탕평을 하여 내 뜻을 널리 알리는 단서로 삼는 것이 좋겠다."[154]라고 하거나, "도목 정사가 잘 되었다고 하니 무척 다행이다."[155]라고 하며 탕평 인사의 중요성을 강조하고 있다.

때로 "이익모를 이조참의에 임명하는 것은 내 마음에 차지 않는다."[156]라고 노골적으로 불만은 표현하기도 하고, "이조판서[서용보]의 첫 정사를 과연 어떻게 보며 여론은 어떠한지 다음 편지에 자세히 알려주는 것이 어떠한가?"[157]라고 여론의 향방을 묻기도 하고, "이조판서[서용보]의 정사는 이렇게 하건 저렇게 하건, 요컨대 인정에 맞아 좋은 평판을 얻을 것이다."[158]라고 호평을 하기도 한다.

그리고 다른 한편으로 정치적 현안에 대하여 막후 조정을 통하여 심환지에게 상소하게 하거나, 적극적인 행동을 요구하기도 하였다. 혜경궁과 관련된 정리곡[159]과 사도세자의 추념을 고려한 임위의 증직[160]과 같은 문

---

151 〈정사년 7월 6일 저녁에 받은 편지〉, 『정조어찰첩』, 81면.

152 〈정사년 7월 9일에 받은 편지〉, 『정조어찰첩』, 90면.

153 〈정사년 7월 15일에 받은 편지〉, 『정조어찰첩』, 98면.

154 〈정사년 12월 19일 밤에 받은 편지〉, 『정조어찰첩』, 142면.

155 〈정사년 12월 21일 저녁에 받은 편지〉, 『정조어찰첩』, 143면.

156 〈기미년 1월 20일에 받은 편지〉, 『정조어찰첩』, 303면.

157 위와 같은 곳.

158 〈기미년 12월 19일 오후에 받은 편지〉, 『정조어찰첩』, 442면.

159 〈정사년 10월 5일에 받은 편지〉, 『정조어찰첩』, 116면, 〈정미년 10월 6일 밤에 받은 편지〉, 『정조어찰첩』, 119면, 〈정미년 10월 15일에 받은 편지〉, 『정조어찰첩』, 120면.

160 〈무오년 10월 14일 동튼 뒤에 받은 편지〉, 『정조어찰첩』, 256면, 〈무오년 10월 14일에 받은 편지〉, 『정조어찰첩』, 258면, 〈무오년 10월 27일 저녁에 받은 편지〉, 『정조어찰첩』, 270면.

제에는 심환지가 일단 수용하여 상소를 올려 현안을 해결하기도 한다. 한편 당시의 시폐와 임금의 잘못 등을 비판한 이명연의 상소[161]에 대응하는 방식에서는 당파적 입장에서 어떻게 대처할 것인지 하루에도 여러 차례에 걸쳐 매우 구체적으로 편지를 주고받거나, 여러 날에 걸쳐서 문제로 인식하면서 대응하고 있는 것이 흥미롭다. 이명연의 상소에 대해 임금은 1월 17일 아침에 "칭찬할 만한 일"[162]이라고 하면서도 "법도가 부족"하다고 지적하였고, 저녁에는 "온 세상 사람들이 어려운 일이라고 말할 것"[163]이라고 하였으며, 초경에는 "서용보에게 편지를 보내어 근심하고 탄식한다는 뜻"[164]을 알리라고 하고, 삼경에는 박재순이 상소하고자 하면 "적용할 법률의 명목을 신중"[165]히 하라고 하며, 1월 19일에는 유생들의 통문을 막으라[166]고 하고, 1월 21일에는 이명연의 집에서 혹시 탐문해 온 소식[167]을 확인하기도 하며, 1월 26일에는 "지금의 계책으로는 이명연의 상소보다 만 배나 더 큰 의리를 주장하는 상소를 올린 뒤에야 저들과 대적할 수 있을 것"[168]이라고 하며, 2월 5일에는 "이명연을 성토하는 일을 말하더라도 지론이 엄하지 않아서는 안 되지만 곧장 역적으로 몰아서도 안 된다."[169]라고 지침을 내리고 있다. 외면으로는 이명연의 상소를 칭찬하

---

161 〈정사년 1월 17일 아침에 받은 편지〉, 『정조어찰첩』, 25면, 〈정사년 1월 17일 저녁에 받은 편지〉, 『정조어찰첩』, 26면, 〈정사년 1월 17일 초경에 받은 편지〉, 『정조어찰첩』, 29면, 〈정사년 1월 17일 삼경에 받은 편지〉, 『정조어찰첩』, 30면, 〈정사년 1월 19일에 받은 편지〉, 『정조어찰첩』, 31면, 〈정사년 1월 21일 저녁에 받은 편지〉, 『정조어찰첩』, 32면, 〈정사년 1월 26일에 받은 편지〉, 『정조어찰첩』, 34면, 〈정사년 2월 5일 저녁에 받은 편지〉, 『정조어찰첩』, 37면.

162 『정조어찰첩』, 25면.

163 『정조어찰첩』, 26면.

164 『정조어찰첩』, 29면.

165 『정조어찰첩』, 30면.

166 『정조어찰첩』, 31면.

167 『정조어찰첩』, 32면.

168 『정조어찰첩』, 34면.

169 『정조어찰첩』, 37면.

면서도 이면으로는 불편한 기색으로 반박할 궁리를 지속한 셈이다. 사헌부 집의로 상소를 올렸던 이명연은 끊임없는 탄핵을 받다가, 영흥부사로 나갔으며, 조신들의 반대로 내직에 들어오지 못하였다. 당파를 이용한 정조의 이면 정치의 실상이라 할 수 있다.

7) 18세기의 마무리와 19세기로의 전환

18세기의 시작과 달리 18세기의 마무리는 정치·사회 변동의 중심을 지키던 임금과 인물의 퇴장과 함께 예상할 수 없었던 전혀 새로운 다른 방향의 19세기로 넘어가게 되었다. 이른바 외척 세력이 주도하는 국면으로 전환되면서 세도 정치라는 상황이 전개된 것이다.

이민보와 김종수, 채제공 등이 세상을 떠났고, 정치의 중심 축을 조정하고 있던 정조 임금(1752~1800, 재위 1776~1800)이 홍서했다.

18세기 전 시기에 탕평의 기치를 내세우기는 했지만 현실 정치가 전제 군주 국가임에도 왕실의 위상을 강화하는 방향으로 나아가는 일이 쉽지 않았고, 확고한 기반을 가진 노론 세력들과 타협하거나 휘둘릴 수밖에 없었다. 정조는 결국 후대 임금이 왕실을 지킬 수 있도록 노론 집안을 배후 세력으로 받아들여야 했고, 이는 결국 세도 정치라는 질곡으로 빠지고 말았다. 현상 유지를 위한 선택이 위리안치와 같은 가시울타리가 되고 만 것이다. 세도(世道) 정치가 지닌 원래의 긍정적 의미와는 달리 척신 또는 중신이 강력한 권세를 잡고 전권을 휘두르는 부정적 정치 형태가 되면서 세도(勢道) 정치로 변질되고 만 것이다. 정조 시대에 홍국영 같은 인물이 전초적인 역할을 했다고 할 수 있는데, 정조 사후 19세기에 안동김씨에서 풍양조씨로 다시 안동김씨로 이어졌고, 대원군 이후 여흥민씨가 중심을 차지하는 식으로 움직이고 있었다.

정조 23년(1799) 이후의 상황을 살펴보도록 한다.

정조 22년(1798) 12월에 우의정인 심환지를 호위대장[170]에 임명하였다. 대신과 장신 중에서 훈척에 속하는 사람을 임명하는 관례에 따라 대신을 임명한 것이다.

우의정 심환지를 호위대장으로 삼았다. 정원이 아뢰기를,

"호위대장의 자리가 비어있는데, 대신과 장신들 가운데서 훈척에 속하는 자로 임명한다는 것이 법전에 실려 있습니다. 현재 대신들 가운데에는 훈척에 속하는 사람이 없고, 장신 중에는 호위대장이 있으나, 근래 장용영 도제조를 겸임하고 있는 관계로, 관제로 보아 서로 겸임하기 어려울 듯합니다. 그리고 군사를 거느리고 있는 중한 직책 역시 잠시도 비워두어서는 안 됩니다. 어떻게 하면 좋겠습니까?"

하니, 전교하기를,

"우의정을 호위대장으로 삼으라."

하였다.

정조 23년(1799) 1월에 이민보와 김종수가 세상을 떠나고, 이어서 채제공도 세상을 떠났다. 북경에 간 사신이 청나라 태상황제의 붕어를 알려왔다. 2월에 홍낙성, 김종수, 채제공에게 시호를 내리고, 3월에는 정처의 죄명을 없애고 용서하라는 명을 내리자 여러 신하의 반대에 부딪히게 된다. 4월에는 이시수를 우의정으로 삼고, 5월에는 서학과 이가환의 집에 증직하는 문제로 이병모와 차대하였다.

차대를 하였다. 좌의정 이병모가 아뢰기를,

"신은 이가환의 집에 증직하는 일에 대하여 속으로 염려스럽고 탄식스러운 마음이 있습니다.

근년 이래로 불순한 학문이 날로 성하게 번지고 있습니다. 이른바 권일신의 무리는 지금 이미 죽었으나 그 이웃 마을에 점점 물이 드는 것은 오히

---

170 『정조실록』 50권, 정조 22년 12월 30일(기미).

려 다시 이전과 같으며, 호남까지도 선동될 우려가 있다고 합니다. 이것은 대개 그 뿌리를 파내지 않고 그 말단만을 다스렸기 때문에 이러한 폐단이 생기게 된 것입니다.

일전의 하교에 대해서 신이 성상의 뜻이 어디에 있는지를 모르지 않습니다. 그러나, 신의 집안은 선대로부터 일찍이 사사로이 당파를 짓는 의논을 한 적이 없고 신과 가환의 사이에는 지난날에도 노여움을 품은 적이 없으며 오늘날에도 원수를 진 일이 없는데 어찌 감히 털끝만큼이라도 잡된 생각을 품겠습니까만, 근래에 불순한 학설의 피해가 점차 더욱 넓어지고 있으니, 이런 생각을 하면 간담이 서늘합니다.

이른바 죽은 뒤에 벼슬을 추증하는 일은 출세하여 이름을 날려 부모를 드러내는 일인데, 가환 같은 자는 곧 불순한 학문을 주장하는 세력의 괴수로서 제사를 폐지하여 윤리를 끊어지게까지 하였으니 그의 할아비와 아비에게 죄를 지은 자입니다. 그의 할아비와 아비도 어찌 추증하는 벼슬을 편안히 받으려고 하겠습니까. 신의 생각으로는, 벼슬을 추증하는 일을 시행하지 말도록 하는 명을 속히 내려야 한다고 봅니다."

하니, 상이 이르기를,

"경의 말이 비록 이러하나 내 생각은 그렇지 않다. 설령 가환에게 참으로 그러한 죄를 범한 형적이 있다고 하더라도, 이미 스스로 새 사람이 되도록 허락하였고 보면, 굳이 이것으로 죄를 삼을 일이 아니다. 그리고 그가 외방인 호남의 고을에 수령으로 있을 때 불순한 학문을 하는 자들을 적형으로 다스렸고 그전에 또 상소를 하여 스스로를 해명한 일도 있었다. 이러한 자들로 하여금 서로 단속하고 깨우치게 해서 그것으로 그 허물을 속죄하도록 한다면 불순한 학설을 물리치는 효과가 필시 다른 사람들보다 나을 것이다. 그런데 지금 지난 일을 뒤미쳐 논란하니, 새사람이 되기를 바라는 소망을 끊어버리는 일이 아니겠는가." 하였다.

… 상이 이르기를,

"지난 일을 지금 와서 다스린다면 도리어 효과 없는 임시방편에 가까울 것이니, 차라리 바른 학문을 크게 밝혀 불순한 학설이 절로 수그러들도록 하는 것이 낫지 않겠는가."[171]

이가환 집안의 일은 이잠이 숙종 32년(1706)에 이이명과 김춘택 등을 비판하다가 장폐된 뒤에, 이잠을 추증하는 일에 시비를 건 것인데, 이이명과 김춘택의 당파에 속하거나 그 후예들이 애써 탄핵하려 나선 것이다. 채제공의 뒤를 이어 이가환이 당국(當局)할지도 모른다는 두려움이 작동한 이면의 공격이라고 할 수 있다.

그리고 단경왕후를 복위한 뒤에 거창을 부로 승격시키고, 김정과 박상에게 제사를 지내게 하였다. 7월에는 볼모로 갔던 소현세자 등을 모욕하던 정명수를 처결하려다가 도리어 죽임을 당한 정뇌경의 절개를 기리도록 전교하였다. 9월에는 심환지를 좌의정으로, 11월에는 원자가 『맹자』 제1권의 강을 마쳤다.

정조 24년(1800) 1월에 이병모를 영의정으로 삼고, 원자를 왕세자로 삼았다. 2월에 관례와 책봉례를 행하였다. 이어서 김조순의 딸을 세자빈으로 간택하였다.

정조 24년(1800) 6월에 임금이 열흘 전부터 종기가 나 붙이는 약을 계속 올렸으나 여러 날이 지나도 효과가 없으므로 내의원 제조 서용보를 편전으로 불러 접견하였다.[172] 그 이후 계속 병이 더치는 바람에 이런저런 약을 조제하고 시험하였으나 병이 더욱 중해져서, 6월 28일에 궁성을 호위하고 대보를 왕세자에게 넘긴 뒤에 창경궁 영춘헌에서 승하하였다.

왕세자가 보위를 이었으나 7월 4일 수렴청정반교문[173]을 내리고 정순왕후가 섭정하게 되었다. 심환지를 영의정으로 이시수를 좌의정으로 서용보를 우의정으로 삼았다.

171 『정조실록』 51권, 정조 23년 5월 5일(임술).

172 『정조실록』 54권, 정조 24년 6월 14일(을축).

173 『순조실록』 1권, 순조 즉위년 7월 4일(갑신), 『국역 순조실록』 1, 13~15면.

19세기에 들어서면서 정순왕후가 섭정하게 되자 영의정 심환지의 적극적인 주도로 김귀주를 비롯한 친정붙이들의 복권을 꾀하고 김관주 등을 권력의 중심에 앉히기도 하였고, 사학을 물리친다는 명목으로 홍씨 집안과 채제공 일파들을 제거하고 정조의 정책을 파기하는 등 역사의 수레바퀴가 뒷걸음치도록 조장하였으며, 순조 5년(1805) 1월에 정순왕후가 죽은 뒤에 순조가 친정을 하면서 할머니 혜경궁의 친정에 대한 숙원[174]을 풀어주기는 했으나, 정조가 후사의 보위가 안정되기를 기대하면서 의지하고자 했던 외척의 손으로 권력이 넘어가면서 세도(世道)는 무너지고 세도(勢道)가 펼쳐지게 되고, 정치·사회는 나락으로 떨어지고 말았다. 이러한 현실은 이미 18세기 초반부터 임금이 특정한 한 당파에 크게 의존하면서 예고되어 있었던 셈이다.

17세기 후반은 이른바 이항 대립으로 선명한 시각을 마련할 수 있었는데, 18세기는 실제로 간단하게 정리하기 어려운 면이 있다. 오랑캐가 세운 나라에서는 서학을 인정하고 천주당을 세우는 등 새로운 변화를 시도하고 있는데, 오랑캐에 종속된 18세기 조선은 존주의 의리를 지키면서 서학을 배척하고 나라의 동량이 될 만한 인재들을 보호하지 못하고 죽음으로 내몰고 있었는데도, 역사에서는 훌륭한 임금으로 칭송하고 있다.

그리고 각자 군자의 당이라고 하면서 상대 당을 소인 또는 역적으로 몰아붙이고, 임금도 한쪽 편을 들면서 스스로 정당한 논쟁과 정책을 통하여 정당성을 확보할 길을 막아버렸다. 사실 임금이 그 논쟁의 중심에 있었기 때문에 스스로 보전하려는 방법을 터득하려 했기 때문일 것이다.

환국에서 탕평으로 정책을 전환해도 당파에 마음을 기울인 신하들이 쉽게 동의하지 않았고, 외면의 논의를 바탕으로 정책을 펼쳐야 할 텐데 오히려 이면의 밀약을 통해 위기를 넘기려 하기도 했다. 서학을 사학으로

---

174 정치·사회 변동과 관련하여 혜경궁이 남편인 사도세자가 죽은 지 33년이 지난 61세(1795) 이후에 쓴 『한중록』을 읽게 되면, 혜경궁이 나라를 걱정하거나 남편 사도세자를 이해하려는 태도보다는 친정과 친정붙이의 안위에 골몰하고 있음을 살필 수 있다.

배척해도 현실의 해악이 없었다고 보면 정학이라고 생각했던 성현의 학문이 현실에 준 바가 별로 없었으니 더욱 혼란스러운 면이 있다.

결국 임금이 그 당파의 우두머리들을 문묘에 종사하면서 최종으로 기대고자 했던 당파는 탕평의 노력을 와해하듯, 환국의 방식으로 깊은 학문으로 준비한 인재들을 죽음으로 몰고 갔다. 서학을 사학으로 배척했던 임금의 뜻을 따른다면서 친정붙이들을 챙기려고 섭정에 나섰던 영조의 계비 김씨의 무모한 역사 흔들기로 이해할 수 있다.

18세기 사회는 이항 대립으로 선명하게 설명하기 어렵고, 랑그와 빠롤의 구조로 파악하기도 쉽지 않다. 그 하나의 원인이 무능한 임금은 아니어도 똑똑한 척했던 임금들 탓인지도 모른다.

가학의 전통을 이어서 축적된 학문으로 준비된 이가환 같은 사람이 19세기 초반에 당국했더라면, 세도 정치가 자리를 잡지 못하고, 서학을 사학으로 몰지 않으면서 국제 사회에서도 고립되지 않았다고 장담할 수 있을까?

사행을 통하여 천주당을 목격하고 변화를 실감했던 한발 물러선 노론 집안 사람들이 서학 옹호에 적극적으로 나서지 않았던 이유는 또 어떻게 이해해야 할까? 역시 그들도 노론이 차린 밥상을 누리면서 상대 당파를 배척하는 데에는 힘을 합했던 것으로 보아야 하는 것일까?

18세기의 다양한 변화를 한 고리로 꿸 수는 없는 일이지만 여러 가지 질문을 지속적으로 제기하고 하나씩 답을 내리고 다시 문제를 제기하면서 정치·사회 변동에 연계된 시가사의 추이를 점검해야 할 것이다.

3. 연구 방법과 진행 절차

본 저술의 연구 방법은 다음과 같이 정리할 수 있다.

첫째, 18세기의 정치·사회 변동에 대한 비판적 이해를 위하여 『숙종실록』, 『숙종실록보궐정오』, 『경종실록』, 『경종수정실록』, 『영조실록』, 『정조실록』, 『승정원일기』, 『일성록』, 『순조실록』(일부)을 정독하면서 정치· 사회의 변동과 아울러 주도 세력들 사이의 내부 갈등의 양상이 두드러지게 나타나는 현상을 비판적으로 읽을 수 있는 안목을 마련한다. 특히 18세기는 영조나 정조처럼 학문적·문화적 역량이 뛰어난 임금이 정책을 주도한 시기라 임금의 입장과 외부의 새로운 문화의 유입과 관련한 태도의 변화를 주목하면서 관찬 자료를 독해하도록 한다.

둘째, 이러한 안목을 마련하는 과정에 역사학을 비롯한 인접 학문 분야의 연구 성과를 활용하는 일이 크게 도움이 될 수 있다. 특히 외면에 드러난 진술을 정리하면서 이면에 숨겨진 진실까지 아울러 살필 수 있는 안목을 마련해야 하기 때문이다.

셋째, 본 과제의 연구 대상에 포함하는 인물들의 문집 자료 등을 검토하면서 정치·사회 변동과 연계된 양상을 계열화하도록 한다. 이 과정에는 시가사의 추이를 반영하는 작품을 남기거나 그러한 추이에 주도적인 역할을 담당한 인물들을 중심으로 점검하는 일이 중요한 과정이 될 것이다. 각 정치적 국면마다 노래, 민요, 가사 등이 등장하여 정치적 입지를 드러내거나 내면의 불만을 토로하는 경우가 빈번하게 나타나고 있어서 이러한 현상을 정치·사회의 변동과 연계하여 이해하는 방향과 개별 작품으로 해석하는 방향 사이의 의미 차이를 설정하도록 한다. 그런데 정치·사회 변동의 국면에서 많은 기록을 남겼을 것으로 추정되는 여러 사람의 문집 자료가 전하지 않아서 아쉬운 부분이 있다. 이우신, 김재로, 이정보, 김상숙, 심환지 등이 그들이다.

넷째, 이들 담당층의 시가 향유 양상과 그 성격을 지속, 변화, 새로운 변화의 관점에서 정리하도록 한다. 18세기에 두드러지게 나타나는 현상은 정치적 입장을 공유하는 집단적 교유라고 할 수 있고, 이들이 아회 등을 결성하여 시가를 향유하는 내용을 정리할 것이다. 집단적 향유 못지않게 개별 작가의 시가 향유도 주목해야 할 것이다. 이때 정치·사회 변동과 일정한 거리를 둔 개인적 양상까지 아울러 정리하여 시가 향유 양상을 범주화할 수 있도록 한다.

다섯째, 시가사의 추이를 각 갈래별로 또는 갈래와의 연관 속에서 통시적, 공시적으로 체계화하여 정리하도록 한다.

서론의 세부 내용으로 18세기 정치·사회 변동에 대한 비판적 이해를 위하여, 정치·사회 변동을 파악하는 방향으로 1) 18세기 초반의 정치·사회 변화, 2) 이이명 독대의 파장과 이후의 국면 변화, 3) 정통성 시비의 우려와 탕평책으로의 전환, 4) 외면과 이면의 차이와 본령 파악의 중요성, 5) 균역법 시행과 시민에 대한 인식 변화, 그리고 6) 정조 시대의 정치·사회 변동으로 (1) 생부 사도세자에 대한 그리움과 현륭원 안장, (2) 『명의록』과 『속명의록』의 의리, (3) 제도 개혁과 바른 임금의 길, (4) 장시의 점검과 농구 정비, (5) 채제공의 등용과 대동·태화의 정치, (6) 정학과 사학의 구별, (7) 비밀 편지를 통한 국면의 전환, 이어서 7) 18세기의 마무리와 19세기로의 전환 등을 핵심 과제로 삼아 실록에서 정리한 내용과 문집 자료 등을 통해 확인한 구체적 항목까지 살피도록 한다.

Ⅱ부에서는 18세기 성격과 시가사 이해의 방향을 사회 성격의 변화와 시가사 이해의 방향으로 나누어서 그 목표를 설정하도록 한다. Ⅱ-1. 사회 성격의 변화에서는 1. 존주의 의리와 경복궁 중건 논의 과정, 2. 환국에서 탕평으로의 국면 전환과 그 이면, 3. 경화세족 중심 사회의 특성과 문제점, 4. 위항 중인의 성장과 절절의 의리, 5. 천주당 관람을 통한 인식의 전환 등으로 나누어 살피고, Ⅱ-2. 시가사 이해의 방향으로 1. 정치 국면의 변화와 노래의 반응, 2. 가집을 통한 기준과 규범의 확립, 3. 민요의 본질에 대한 인식과 수용과 채시, 4. 노래의 지역 전파와 노래 레퍼토

리의 선별, 5. 작품의 의미 강화와 정치의 득실에 활용, 6. 아회와 시사를 통한 정서의 집단 향유, 7. 소품 지향의 의미와 악부를 통한 현실 반영 등을 설정하고자 한다.

Ⅲ부에서는 17세기 시가 향유가 18세기에 어떻게 지속되고 영향을 끼치는지 확인하면서 살피도록 한다. 18세기 시가사와 17세기 시가사의 연계를 확인할 수 있는 대목이기 때문이다. 구체적 내용은 1. 풍간풍류의 성격과 17세기에서 18세기로의 전환, 2. 한역을 통한 전승의 변화와 공간 환기와 기억 확장, 3. 연행과 동사의 노래 레퍼토리, 4. 가기에서 가객 또는 가자로, 5. 고조와 금조의 갈림과 금사·금객의 역할 등으로 나누어 점검할 것이다.

Ⅳ부에서는 18세기 시가 향유의 양상을 구체적으로 정리하려고 하는데, 크게 시가사 흐름의 이해, 가집 편찬과 시가사의 관심 사항, 가문 중심의 시가 향유, 정서 공감의 교유와 시가 향유, 주요 인물들의 시가 활동 등으로 구별하여 살피고자 한다. 구체적인 내용은 Ⅳ-1. 시가사 흐름의 이해와 관련하여, 1. 논농사 노래의 실상과 〈산유화가〉의 전파, 2. 신번과 신성의 노래와 곡조의 변화, 3. 공간 환기와 시가 향유의 양상, 4. 시가 작품의 등장인물과 현실 반응 등을, Ⅳ-2. 가집 편찬과 시가사의 관심 사항으로, 1. 『청구영언』 편찬의 도움과 가집 위상, 2. 『청구영언』(장서각본)의 성격, 3. 『해동가요』의 편찬 과정과 작품 수록의 차이, 4. 『청구가요』와 가객 작가, 5. 이한진 편 『청구영언』과 악하풍류, 6. 『고금가곡』의 성격, 7. 『병와가곡집』의 특성 등을, Ⅳ-3. 가문 중심의 시가 향유 양상에 대하여, 1. 연안이씨 문화의 특성, 2, 의령남씨 집안의 가곡 향유, 3. 조명리의 노래와 김광욱·김성최 풍류의 전승, 4. 이진유–이광명·이광사–이긍익·이영익의 시가 향유 등을, Ⅳ-4. 정서 공감의 교유와 시가 향유에 대하여, 1. 이형상과 이만부의 교유와 악부와 가곡 논의, 2. 신유한과 최성대의 만남과 시적 정서 교류, 3. 풍류 악인의 시가 향유, 4. 여항 예인과의 교유 등을, Ⅳ-5. 주요 인물들의 시가 활동에서는 1. 신광수의 가유 여정, 2.

위백규의 향촌 시가 활동, 3. 이유의 〈자규삼첩〉과 금가 풍류, 4. 김인겸의 〈일동장유가〉, 5. 김익이 향유한 시가 범주 등을 중심으로 살피고자 한다.

Ⅴ부는 18세기 시가사의 새로운 변화 양상을 주목하고자 하는 것인데, 관심의 우선순위를, 1. 문답 시가를 통한 주체적 태도 표현, 2. 천주학에 대한 믿음과 배척, 3. 〈백화당가〉의 실상과 정치의 뒷마당, 4. 마성린의 가우 교유와 시조 한역, 5. 염곡에 대한 새로운 주목과 그 양상, 6. 노래를 그림과 함께 향유하기, 7. 우리말 노래 선언과 유득공의 〈동인지가〉, 8. 서양금과 풍금을 통해 본 새로운 음악 세계 등에 두면서 18세기 전반의 양상과 달라지는 18세기 후반의 양상에 초점을 맞추고자 한다.

그리고 Ⅵ부의 결론에서는 18세기 시가사의 연구 성과를 정리하면서 17세기와 변별될 수 있는 부분을 확인하고, 19세기를 포함한 다음 시기 시가사 이해를 위한 과제가 무엇인지 성찰한 내용을 제시하고자 한다.

본 저술 결과의 활용과 기대 효과는 다음과 같이 정리할 수 있다.

첫째, 18세기 정치·사회의 변동을 파악하여 시가사의 추이와 연관시켜 이해하고 설명하는 방법은 이미 간행한 『17세기 전반 정치·사회의 변동과 시가사』와 『17세기 후반 정치·사회의 변동과 시가사』의 연구 성과와 연계하면서 18세기 이후 시가사의 구체적인 실상을 정리하는 연속성을 지니고 있으면서, 지금까지 18세기에 지나치게 긍정적인 시선을 보였던 것과 달리 외면과 이면의 특성을 아울러 밝히면서 정치·사회 변동에 대한 비판과 시가사의 추이를 적극적으로 해석할 수 있는 과정으로 설득력을 확보할 수 있을 것이다.

둘째, 환국이라는 이름으로 정치적 국면을 해결하려고 했던 17세기 후반과 달리 탕평이라는 명분으로 정치적 현실을 수용하려는 18세기는 숙종-영조-정조로 이어지는 왕권을 뒷받침하는 주도 세력이 노론이라는 정치 집단이고, 이들 집단이 정치·사회의 주된 담당층이면서 시가사에서도 비슷한 역할을 했을 것으로 추정할 수 있다. 이들의 집단적 교유에 주목하면서 구체적인 실상과 새로운 변화에 대한 기대도 확인할 수 있을 것이다.

셋째, 18세기의 정치적 변화에 못지않게 외부의 영향으로 일어난 큰 변화는 이른바 서학이라는 이름으로 유입된 천주학과 새로운 이념의 등장이라고 할 수 있다. 집권 주도 세력은 정학과 사학의 대립으로 보아 정학을 바르게 하면 사학은 절로 약해질 수 있다고 했지만, 실제로는 그렇게 호락호락한 상황이 아니었다. 온건한 입장을 보이면서 보호했다고 할 수 있는 정조나 채제공이 세상을 떠난 뒤에 19세기에 들어서면서 이들을 탄압하는 일이 벌어진 것도 이면에 정치적 보복이 자리하고 있기도 하지만, 실상은 자신들의 정치적 기반을 지키려고 하는 내심이 작동하고 있었을 것이다. 실제 시가사에서 천주가사와 벽위 가사가 대립을 보이거나 풍금을 통해 새로운 음악에 주목하는 현상은 새로운 시대가 멀지 않았음을 알리는 신호라고 할 수 있다. 그러나 그러한 변화를 제대로 인식하고 본질이 무엇인지 진지하게 토론하면서 적극적으로 준비하는 주류 집단을 찾아볼 수 없었다는 사실은 슬픈 역사를 예감하게 하는 것이다.

넷째, 17세기 이후 음악의 촉박과 함께 곡조의 분화와 레퍼토리의 다양화를 초래한 내용을 확인하였는데, 18세기에 『청구영언』과 『해동가요』를 비롯한 가집이 엮어지면서 가곡의 규범을 정리하고 악곡의 변화를 반영하는 과정을 보여주기도 하고, 그 과정에서 작가가 와전되거나 작품을 수록하는 과정의 미묘한 변화 등을 감지할 수 있기도 하다. 그리고 악곡에 대한 임금의 지대한 관심에도 불구하고 음악의 현실이 다양하게 변화하는 상황에서 기존의 규범과 연계된 새로운 규범을 마련하는 일이 쉽지 않았음을 실록의 기록과 개인의 기록 등에서 확인하기도 하는데, 이런 과정에 대한 구체적인 실상을 정리하는 일도 중요한 과제에 해당한다.

다섯째, 19세기 이후 시가사의 추이에 대한 관심과 전망을 어떻게 제시할 것인지에 대한 진지한 성찰이 필요할 것으로 기대한다. 현상을 추수적으로 정리하는 데에 그칠 것인지, 비판적이고 반성적으로 점검하면서 새로운 대안을 제시할 것인지 깊은 탐구와 내적 고민이 이어져야 할 것이다. 18세기 정치·사회 변동이 환국에서 탕평으로 정리되고 있지만 정상적인 환류를 통한 탕평이 아니라 특정 집단이 주도적인 정치 세력으로 자리를 차지하고 다른 세력은 소외되는 현상으로 나타나면서 이른바 세도(勢道) 정치의 시대로 치닫게 된 사정을 설명할 수 있는 고리를 제시할 수 있을 것이다. 실제로 18세기 이후 공시민(貢市民)의 역할과 재화에 대한 관심이 증대되는 과정에 이익이 한쪽으로 쏠리고 있었던 현상을 정치가 해결하지 못하면서 새로운 시대에 대한 전망보다 질곡의 시대로 접어든 것이 아닌지 반추할 필요가 있다. 토대가 바뀌는 과정에 권력의 독점이 다양한 담당층의 위축을 초래했을 것이고 이어서 시가사에서도 새로운 지남(指南)을 제대로 마련하기는 어려웠을 것이기 때문이다. 민요에 큰 관심을 두면서도 신성을 고려한 최성대의 시에서 새로운 전환을 기대하는 가능성이 보인다. 정당한 해석을 위한 시가사의 전망을 이론과 실천 양면에서 제시하는 길을 마련하는 과정이 중요하게 인식되는 지점이다.

II

18세기의 성격과 시가사 이해의 방향

Ⅱ-1. 18세기 사회 성격의 변화

1. 존주의 의리와 경복궁 중건 논의 과정

1) 존주의 의리와 하청에 대한 기대

임진왜란 때 재조의 은혜를 베푼 명나라에 보답해야 한다는 마음은 명나라가 망한 뒤에도 계속되었는데, 18세기에도 여전하였다.

> 시독관 권상유, 승지 조태채 등이 임진왜란 때 (명나라가) 재조해 준 은혜와, 『춘추』의 복수 설치하는 의리를 자세히 진달하니, 임금이 말하기를, "우리나라는 군사가 적고 힘이 약하여 비록 부득이한 병자년의 난이 있었으나, 신종 황제가 번방을 재조해 준 것은 죽은 것을 살려 준 은혜이니, 자나 깨나 어찌 잊겠는가? 듣자니, 그때 조선의 일로써 들어가 아뢰면 비록 밤중이라도 반드시 일어나 행하였다 하니, 지성으로 구휼해 준 일은 지금까지 전해 오고 있다. 유신이 진달한 것은 참으로 매우 격렬하고도 절실하다." 하였다.[1]

그런데 18세기 초반의 민심은 이러한 명나라를 잊어버린 듯 청나라 사신에 대한 호기심으로 나타나기도 했다. 숙종 35년(1709) 청나라 사신이 왔을 때의 일이다.

> 임금이 돌아와서 인정전에 나아가 오랑캐의 칙서를 받고 이어 노사를 접견했다. 수민이란 사람은 의술을 조금 알았는데, 유식하다는 조사들이

---

1 『숙종실록』 36권, 숙종 28년 1월 19일(신축), 『국역 숙종실록』 20, 13면.

모두 아들을 보내어 약방문을 묻자, 사람들이 모두 그대로 따라 하며 수치스러운 줄을 알지 못하였다. 이때 병자년과 정축년이 지난 지가 오래되어 존주의 의리가 점점 어두워졌는데, 노사가 도성에 들어오는 날은 사대부의 여자들이 거개 길 곁의 집들을 차지하고서 경쟁하여 관광을 했고, 또한 부칙사가 글씨를 조금 잘 쓰므로 사대부들이 역관들을 통하여 그의 필적을 구하려는 경우가 또한 많았으므로 식견 있는 사람들이 해괴하게 여기고 한탄했다.[2]

존주의 의리를 구체적으로 실천하는 일은 관왕묘와 선무사 치제[3], 신종 황제 대보단 제사[4], 망배례[5], 명나라 사람 자손 등용[6] 등을 들 수 있는데, 존주와 관련된 실천이 계속 이어졌다.

그리고 영조가 즉위하면서 송시열의 존주에 감명받아 화양서원에 치제[7]하게 하기도 하고, 송시열이 존주의 일념으로 효종을 보필한 것을 들어서 옹호[8]하는 상소를 올리기도 하면서, 결국 영조 32년(1756) 문묘에 종사[9]하여 그 의리를 보상해 주었다.

그리고 영조의 「행장」에서도,

일찍이 『대명집례』를 보고 특별히 하교하기를, '이제부터 태묘에 친향 때 서계는 백관이 황조의 예와 같이 정전에서 행하고 소홀히 하지 말라.' 하셨다. 장릉을 옮겨 모신 뒤에 효종께서 손수 심으신 측백나무의 씨를 옛

2 『숙종실록』 47권, 숙종 35년 5월 11일(신사), 『국역 숙종실록』 25, 225면.
3 『영조실록』 4권, 영조 1년 3월 24일(임술), 『국역 영조실록』 2, 211~212면.
4 『영조실록』 69권, 영조 25년 3월 14일(임술), 『국역 영조실록』 22, 191~193면.
5 『영조실록』 74권, 영조 27년 7월 21일(을유), 『국역 영조실록』 23, 289~290면.
6 『영조실록』 51권, 영조 16년 1월 20일(임술), 『국역 영조실록』 16, 222면.
7 『영조실록』 8권, 영조 1년 12월 15일(무인), 『국역 영조실록』 3, 326면.
8 『영조실록』 51권, 영조 16년 2월 25일(병신), 『국역 영조실록』 16, 238면.
9 『영조실록』 87권, 영조 32년 2월 1일(기해), 『국역 영조실록』 26, 298면.

능에서 가져다 뿌려 심고 '대개 영릉의 효성을 나타내려는 것이다.' 하셨으니, 또한 성효가 끝이 없음을 알 수 있다. 왕께서는 더욱이 존주의 대의를 중히 여기고 열성의 가법을 따르셨다. 늘 영릉의 '날은 저물고 길은 멀다.'는 하교를 잊지 않고 마음에 두어 여러 번 연석에서 말씀하셨고, 알릉하는 길에 남성에 거둥하여 서장대에 나아가 하교하기를, '내가 잠저 때부터 황조께서 존왕하신 의리와 성고께서 계술하신 뜻을 늘 추모하였는데, 이 대에 오르니 자연히 감창하게 된다. 추모하는 마음이 이러하더라도 황조의 의리와 성고의 뜻을 계술하고서야 추모가 될 것이다.' 하셨다.[10]

라고 하여 존주의 대의를 중히 여겼다고 밝히고 있다.

그리고 정조 20년(1796) 3월 20일에는 존주의 뜻을 붙이는 책 『존주록』을 편찬하도록 하였다.

어제 황단에 망배하였는데, 이제 책 하나를 편찬하여 존주의 뜻을 붙이고자 한다. 맨 첫머리에 열성조의 윤음 및 어제 시문 가운데서 춘추 대의를 나타낸 것을 게재하고, 그 다음에는 그 당시 충신·지사의 의리를 천명한 작품으로 소장이나 시문을 막론하고 아울러 편입하며, 충절로 정포를 입은 자에 이르러서는 사원의 소재 및 사적의 본말을 하나하나 갖추어 실을 것이다. 이 책이 완성되면 거의 천하에 대의를 밝힐 수가 있을 것이다. 그 사실을 미덥게 하는 방도에 있어 사적을 의당 실록에서 상고해 내야 하니, 한림과 동춘추가 함께 예문관에 가서 자세히 초록해서 편집하는 것이 좋겠다.[11]

이와는 다른 방식으로 존주의 의리를 피력한 것이 있는데 그것은 '황하의 물이 맑아지기[河淸]'를 바라는 영조의 염원이었다. 이는 오랑캐가

---

10 『영조실록』 127권, 영조 대왕 묘지문[誌文], 『국역 영조실록』 36, 187면.

11 『정조실록』 44권, 정조 20년 3월 20일(병인).

세운 청나라가 망하고 황하에 근거를 두었던 한족이 발흥하는 것을 비유한 표현으로 이해할 수 있다. 영조 32년(1756) 어름부터 영조 40년(1764) 어름까지 하청을 바라는 염원이 집중되어 있다. 병자호란의 2주갑이 되는 시점부터 명나라가 망한 지 2주갑이 되는 시점에 해당한다. 병자년과 정축년의 치욕을 떨치고 충신들을 포장하면서, '날은 저물고 갈 길은 멀다.'라고 한 효종의 비답을 계승하고, 존주의 의리를 지키면서 오랑캐가 세운 청나라가 빨리 망하기를 바라는 마음을 드러낸 것이다.

영조 32년(1756) 11월에 동지사를 보내는 자리에서 "경 등이 돌아올 적에 만약 하청의 소식을 듣는다면, 거의 내 마음을 위로할 수 있을 것이다."[12]라고 하면서 강개하면서 오열했는 기사를 비롯하여, 청나라로 사신이 떠날 때나 돌아오게 되면 늘 하청의 소식을 기대하였다.

다음은 선무사에서 읍례와 작헌례를 한 뒤에 음복을 하면서 한 말이다. 선무사는 명나라 병부 상서 형개와 도어사 양호를 제향하는 사당이다. 명나라 사람이 후손들에게도 술잔을 내려주었다.

> 임금이 선무사에 나아가 작헌례를 행하고, 이어서 의소묘에 거둥하고, 지나는 길에 남관왕묘에 나아갔다. 임금이 선무사에 이르러 읍례와 작헌례를 행하고, 이를 마치자 수위의 술잔을 가져다 임금이 먼저 마시고, 이어서 승지와 시위한 여러 신하들에게 내려 주어 차례로 마시도록 하였다. 또 부위의 술잔을 가져 오게 하여 충신의 후손 및 명나라 사람의 후손에게 내려 주도록 명하고, 임금이 수심에 잠겨 말하기를,
>
> "황하가 맑지 못하여 세상 사람들의 마음이 모두 흐리니, 오늘 제주로 그런 마음을 씻으려는 것일 뿐이다." 하였다.[13]

한편 『시경』을 강하거나, 『주례』, 『한사』를 읽을 때나, 〈출사표〉 등을

12 『영조실록』 88권, 영조 32년 11월 2일(을미), 『국역 영조실록』 27, 60면.

13 『영조실록』 89권, 영조 33년 2월 2일(갑자), 『국역 영조실록』 27, 82면.

읽을 때도 이런 감흥을 내비치고 있다. 『시경』을 읽는 자리에서 효종이 복수를 위하는 마음에 '날은 저물고 갈 길은 멀다.'라고 했다는 비답을 떠올리면서, 황하가 맑아지는 기약이 없다고 탄식하고, 『주례』를 읽으면서 병자년(1636)에서 2주갑이 지났는데도, 아직 청나라가 망하지 않고 있다고 통한스럽다고 하였다. 영조 39년(1763)에는 〈출사표〉를 읽으면서 명나라가 망한 지 2주갑이 되는 갑신년이 다가오는데도 황화는 맑아지지 않고, 게다가 청나라 칙서가 도착하니, 효종의 '날은 저물고 갈 길은 멀다.'의 비답이 떠오른다고 하였다.

> 유신을 불러 『시경』 〈비풍〉 장과 〈하천〉 장을 읽게 하고, 임금이 말하기를,
> "매번 날은 저물고 갈 길은 멀다는 비답을 생각하면, 스스로 모르는 사이에 밤중에 자리에서 일어나게 되는데, 소주의 진씨 학설은 거짓인 듯하다. 정말 그의 말과 같다면 황하가 맑아지는 경우가 어찌 이와 같이 기약이 없단 말인가?" 하였다.[14]

> 임금이 거려청에 나아가서 유신을 소견하고, 『주례』를 읽으라 명하였다. 임금이 말하기를,
> "병자년의 난리는 저들이 진실로 우리를 두려워하여 온 것이고, 우리를 업신여겨서 온 것이 아니다. 애석하다! 우리 나라에 계책이 없어서 저들로 하여금 무인지경같이 들어오게 하였으니, 어찌 통한스럽지 아니한가? 지금은 2갑이 이미 지났고, 황하가 다시 맑아지지 아니하니, 나는 마침내 불충불효한 사람이 될 것이다. 내가 일찍이 시를 짓기를, '어느 때 한나라 의관을 다시 볼 것인가?[何時復覩漢衣冠]'라고 하였는데, 지난날에 저 사람들의 의관을 보고 마주 대하여 스스로 부끄러워하였다. 저들이 비록 망할지라도 몽고가 할 것 같으니, 몽고는 곧 원나라 종족이다. 내가 일찍이 시를 짓기를,

---

14 『영조실록』 89권, 영조 33년 2월 3일(을축), 『국역 영조실록』 27, 82~83면.

'모름지기 홍라의 한 각단을 볼 것이다[須見紅羅一角端]'라고 하였는데, 대저 각단은 일이 다르다. 원나라가 마땅히 다시 들어올 것이다."

하였다.[15]

유신에게 『한사』를 읽으라고 명하였다.

"지금 내가 멀리 중주를 바라보건대 황하수가 맑지 못하고, 세도를 돌아보건대 인심이 날로 저하되어 있으니, 대관으로부터 미관 말직에 이르기까지 모든 관원이 만약 마음을 다하여 공무를 받들게 되면 나의 병은 약을 먹지 않아도 저절로 나을 것이다."[16]

소대를 행하였다. 임금이 〈출사표〉를 읽고 나서 길게 탄식하며 말하기를,

"내년이 (명나라가 망한 지 2주갑이 되는) 갑신년인데, 황하가 맑아졌다는 소리는 들리지 않고 북쪽의 칙서가 또 도착하였다. 이를 읽노라니 애오라지 날은 저물고 갈 길은 멀다는 감회를 북돋운다."

하고, 오래도록 감탄하였다.[17]

또한 명나라가 망한 갑신년을 앞두고 느낀 감회는 다음과 같다. 황단의 제사에 친행하지 못하는 아쉬움까지 담아서 홍화문에서 향을 지영하겠다고 밝히고 있다.

임금이 사현합에 나아가니, 예조판서가 입시하였다. 임금이 말하기를,

"(명나라가 망한) 갑신년이 멀지 않은데 황하는 맑아지지 않으니, 멀리 중주를 바라보노라면 마음이 무너져 내리는 듯하다. 이번 황단의 제사에는 단지 정성이 얕은 것을 연우하여 생각 밖에 섭행하도록 명하였으니, 그것

15 『영조실록』 91권, 영조 34년 2월 12일(무진), 『국역 영조실록』 27, 290~291면.

16 『영조실록』 98권, 영조 37년 12월 16일(경진), 『국역 영조실록』 29, 204면.

17 『영조실록』 102권, 영조 39년 7월 18일(계유), 『국역 영조실록』 30, 122면.

이 어찌 우리 황제에게 정성을 다한 것이겠는가? 비록 친행은 못한다 하더라도 어찌 감히 스스로 편하게 지낼 수 있겠는가? 내일 홍화문에서 향을 지영하겠다."

하고, 이어서 소차에 머물렀으며, 이튿날 아침에 봉심할 승지를 들어오게 하여 인견하였다.[18]

사신을 보내는 자리에서는 더욱 구체적으로 청나라가 망할 조짐이나 소식을 기다리고 있다. 청나라에 가는 사신을 보내는 자리에서 청나라가 망하기를 바라는 마음을 드러낸 셈이다.

임금이 고부사 안집·김상중 및 의주부윤 이사관을 인견하였다. 안집 등이 나아가 부복하니 임금이 구부려 한참 동안 곡하다가 그치고 말하기를, "매번 사신을 보내면서 반드시 황하가 맑아졌음을 알려 줄 것이라고 말을 했었다. 비록 이러한 때를 당하기는 하였지만 어찌 중국에 대하여 무심할 수 있겠는가?" 하였다.[19]

임금이 희정당에 나아가 동지 삼사신을 소견하였다. 임금이 말하기를, "하청의 보고를 듣고자 하였으나 아득히 소식이 없고, 저 삼전도를 바라다보니 가슴이 내려앉는 것만 같다." 하였다.[20]

동지정사 함계군 이훈과 부사 이규채가 청나라에서 돌아오니, 임금이 소견하여 위로하였다. 이어 중국의 사정을 묻고 연신을 돌아보며 이르기를, "황하의 물이 맑아질 소식은 가망이 없구나." 하였다.[21]

---

18 『영조실록』 97권, 영조 37년 3월 4일(계묘), 『국역 영조실록』 29, 32면.
19 『영조실록』 89권, 영조 33년 4월 11일(임신), 『국역 영조실록』 27, 113면.
20 『영조실록』 94권, 영조 35년 10월 27일(갑진), 『국역 영조실록』 28, 218면.
21 『영조실록』 101권, 영조 39년 4월 12일(기해), 『국역 영조실록』 30, 71면.

그리고 정축년(1637) 남한산성이 무너질 때의 기록인 『하성일기』를 읽으면서 정축년을 잊지 않고 황하가 맑아지기를 바라는 마음을 다독이기도 하였다.

정축년 『하성일기』를 들여오도록 명하여, 승지로 하여금 독주하게 하였다. 임금이 말하기를,

"어제는 계해년 『반정일기』를 읽도록 하였고 오늘은 정축년 『하성일기』를 읽도록 하여, 대신으로 하여금 그것을 듣게 하는 것은 대체로 깊은 의미가 있어서이다. 이미 반정을 하였고 또 하성을 하였으니, 성조에게는 날은 저물고 갈 길은 멀다는 탄식이 있었을 것이다. 그러니 오늘날에 있어서 의당 정축년의 사건을 잊지 않고 오직 황하가 맑아지기를 바랐었지만 장차 초목과 마찬가지로 썩어버리는 존재가 될 터인데, 이런 상태로 국사와 민심을 다시 앞으로 어떻게 하겠는가? 임금과 신하가 스스로 힘써야 마땅하다." 하였다.[22]

황하가 맑아지기를 바라는 염원은 명나라가 망한 지 2주갑이 되는 갑신년(1764)을 앞두고 정축년(1637)의 신하들의 충절을 되새기고자 충량과라는 과거까지 마련하게 했다. 그리고 응시 자격도 '현절사와 충렬사에 배향된 사람의 후손과 명나라 사람의 후예'로 제한하였다.[23]

그리고 영조 40년(1764) 3월에 세손에게 내린 하교에서도 황하가 맑아지는 시기를 확인하기는 어렵지만 존주의 뜻을 지켜나가기를 바라는 뜻을 강조하고 있다.

또 하교하기를,

"중국의 문물을 고증할 곳이 없으나 유독 우리 나라에만 기·송을 고증할

---

22 『영조실록』 97권, 영조 37년 4월 6일(을해), 『국역 영조실록』 29, 46면.
23 『영조실록』 103권, 영조 40년 1월 20일(임신), 『국역 영조실록』 30, 210면.

수가 있어 한 조각 건정지가 오직 황단에 있다. 황하가 맑아지는 시기는 점칠 수 없으나, 우리 나라의 삼단은 만세를 지나도록 길이 남을 것이니, 너도 의당 이러한 뜻을 알아야 할 것이다."[24]

2) 경복궁 중건 논의의 경과와 복원 논의 과정

조선의 법궁인 경복궁이 임진왜란에 소실된 뒤에 경복궁을 복원하여 조선 왕조의 위용을 세우는 일이 논의되고 진행되리라 기대할 수 있는데, 이를 위한 논의와 실천이 제대로 진행되지 않은 이유가 궁금해진다. 실제로 중건 논의가 제대로 이루어지지 않았는지 아니면 다른 현실적인 이유로 논의가 외면된 것인지도 다시 생각할 일이다. 가장 기본적으로 물력이 부족하여 조성을 논의하기 어렵다는 것이 일차적 이유에 해당한다고 할 수 있지만 그 이면에 다른 이유가 있을 수도 있다는 의심이 생길 수도 있다. 왜냐하면 숙종 시절에 북한산성을 축조하는 일을 진행하는데, 실제 북한산성 축조가 시급한 일인지 경복궁 중건이 시급한 일인지 따질 필요가 있고, 북한산성을 축조할 수 있는 물력이 있었는데 경복궁을 중건할 물력이 부족했다고 하면 이것은 앞뒤가 맞지 않는 것일 수도 있다.

일례로 숙종 6년(1680) 8월에 김수항·민정중과 함께 경복궁 옛터에 들른 숙종이 황폐한 모습을 보고 개탄하자, 민정중은 "금일의 중흥할 책임은 오로지 전하"에게 있다고 한 반면에, 김수항은 "… 그러나 어찌 법궁만이 그러하겠습니까? 조종의 훌륭한 법과 아름다운 정치가 또한 모두 폐지되거나 허물어져서 시행되지 아니하니, 이것이 더욱 성상께서 경계하셔야 합니다."[25]라고 말하면서 법궁보다 훌륭한 법과 아름다운 정치가 우선이라고 한 점을 주목할 필요가 있다. 그리고 뒷날 김수항의 아들인 김

---

24 『영조실록』 103권, 영조 40년 3월 13일(갑자), 『국역 영조실록』 30, 236면.

25 『숙종실록』 10권, 숙종 6년 8월 29일(을유), 『국역 숙종실록』 5, 38면, 祖宗積德累仁, 創基垂後, 而自經壬辰以來, 法宮荒廢, 今至百年, 始爲親臨, 自上宜切感慨之懷矣. 然豈惟法宮爲然? 祖宗良法美政, 亦皆廢壞不行, 此尤聖上所宜惕念者也.

창협이 「선부군 행장」을 쓰면서 이날의 발언을 사실대로 기록하지 아니하고 "역대 임금들이 덕과 인을 쌓아 이 궁궐이 있게 되었습니다. 성상께서 오늘 이곳에 오셨으니 처음 창업할 때의 수고로움을 유념하소서."[26]라고 하여 "그러나 어찌 법궁만이 그러하겠습니까?(然豈惟法宮爲然)" 이하 부분을 생략하거나 바꾸어 기록하고 있는 점도 가볍게 보기 어려운 대목이다. 일반 사람들이 실록의 기록은 접할 수 없고, 문집의 기록은 볼 수 있었을 터이니 김창협의 수정이 끼친 영향과 반향을 생각할 필요가 있다.

이보다 앞서 선조 39년(1606) 9월에 경복궁 터의 박석을 가져다가 새 궁궐에 사용하기도 한 것으로 보면 임진왜란과 정유재란이 끝난 뒤에 법궁에 대한 인식을 짐작할 수 있다.

> 궁궐 영건도감이 아뢰기를,
>
> "이제 정원이 도감에서 감결을 받아 경복궁의 땅에 배설한 박석 2백 엽을 가져다 대내를 수리하는 곳에 쓴다 합니다. 경복궁은 지금 중건 중인데, 이른바 땅에 배설한 박석은 근정전 뜰에만 있을 뿐입니다. 배설한 옛 모양이 완연하므로 헐어서 옮겨 쓰기가 미안하고, 시어소 수리에 쓸 박석은 유사가 달리 장만해 낼 수 있으니, 전정의 박석은 쓰지 않는 것이 마땅하겠습니다. 감히 아룁니다."
>
> 하니, 전교하기를,
>
> "정전 뜰에만 있지는 않을 듯하나, 그처럼 모자라는 것이라면 아뢴 대로 하라." 하였다.[27]

그리고 광해군 9년(1617) 1월에는, 경복궁 중건이 큰 공사이기 때문에 당시의 물력으로는 어려운 일이라고 하였다. 그리고 이궁으로서 인경궁

---

26 김창협, 「先府君行狀」 上, 『농암속집』 卷上, 『한국문집총간』 162, 443면, 祖宗積德累仁, 以有此法宮. 聖上今日來臨, 宜念刱始之勤.

27 『선조실록』 203권, 선조 39년 9월 5일(신미).

을 마련하자고 한 것이 큰 공사로 확대되고 말았다.

> 선수 도감이 아뢰기를,
> "비망기로 '현재 쓰고 있는 법궁에 혹 사고가 있을 경우 옮겨갈 곳을 미리 강정해 두는 것이 옳다. 경복궁은 공사가 아주 커서 오늘날의 물력을 가지고는 결단코 쉽사리 조성을 의논하기가 어렵다. 그러니 인왕산 아래에다 잘 요리해서 지나치게 높고 크게 하지 말고 시원하고 깔끔하게 짓는다면 편리할 듯하다. 속히 긴 담장을 쌓고 남아 있는 재목을 가지고 조하를 받을 정전을 짓기만 한 다음 다시 형세를 살펴서 다 짓는 것이 더욱 좋을 듯하다. 선수도감으로 하여금 상세히 살펴서 하게 하라.' 하셨습니다.
> 도감의 제조인 호조판서 이충, 예조판서 심돈, 병조참판 이병이 모두 정고 중에 있어서 좌기할 수가 없습니다. 제조인 이충·심돈·이병을 명초하여 출사시켜서 그들로 하여금 같이 의논하여 처치하게 하소서."
> 하니, 윤허한다고 전교하였다. [이것이 인경궁의 역사를 일으키는 시초였는데, 당초에는 단지 이궁만 짓도록 명한 것이었다.][28]

그 이후 경복궁과 인경궁을 잇는다는 소문이 나기도 했고, 실제 광해군 11년(1619)에 왕이 세자와 함께 경복궁 옛터에 거둥[29]하기도 하였다.

그리고 현종 8년(1667) 윤4월에 임금이 자전을 위하여 경복궁 터에 자그마한 궁을 짓겠다는 논의[30]를 꺼내기도 하였으나, 신하들의 반대에 부딪혔다.

숙종 6년(1680) 8월에 임금은 김수항·민정중과 함께 경복궁 중건을 논의하였는데, 이때 중흥의 책임이 임금의 결정에 달린 것이라고 본 민정중과 달리 경복궁 터 뒤쪽에서 살고 있던 김수항이 보인 부정적인 태도를

---

28 『광해군일기』[중초본] 111권, 광해 9년 1월 18일(갑신).
29 『광해군일기』[중초본] 150권, 광해 12년 3월 26일(갑진).
30 『현종실록』 13권, 현종 8년 윤4월 18일(임진), 『국역 현종실록』 6, 32면.

환기할 필요가 있다. 김수항이 직접 경복궁의 규모를 본 적이 없었으니 잘못 이해했을 수도 있지만, 규모가 가장 큰 법궁인 경복궁에 대해 "다른 대궐에 비하여 진실로 협착하고 막힌 듯하고, … 또 지대와 원유의 좋은 경치가 없었습니다."라고 아뢴 것은 아무래도 사실대로 말한 것인지 의심할 수밖에 없다.

> 오시에 임금이 회맹제소로 나아갔다. 궁궐을 나가서 경복궁의 옛 터를 지나서 사정전 터의 막차로 나아가 대신 김수항 등을 인견하였다. 임금이 말하기를,
>
> "선왕의 법궁이 황폐하여 이 지경이 되었구나. 이를 보니, 개탄스러울 뿐이로다."
>
> 하니, 김수항이 아뢰기를,
>
> "조종께서 덕을 쌓고 인을 쌓아서 기업을 창건하여 후대에 물려주었는데, 임진왜란을 겪은 이래로 법궁이 황폐하여진 지가 지금 1백 년이 되어서야 비로소 친림하시니, 주상께서는 의당 감개스러운 마음이 간절하실 것입니다. 그러나 어찌 법궁만이 그러하겠습니까? 조종의 훌륭한 법과 아름다운 정치가 또한 모두 폐지되거나 허물어져서 시행되지 아니하니, 이것이 더욱 성상께서 경계하셔야 합니다."
>
> 하였다. 민정중이 아뢰기를,
>
> "조종의 옛 터를 보시고, 조종의 남기신 은택을 생각하신다면, 금일의 중흥할 책임은 오로지 전하에게 있습니다."
>
> 하였다. 김수항이 이어서 아뢰기를,
>
> "이것이 바로 사정전의 기지이고, 이 궁전의 뒷면이 곧 강녕전으로 바로 침전이었습니다. 동문을 일화문이라고 하고, 서문을 월화문이라고 하였는데, 세자궁은 곧 그 바깥에 있었습니다. 빈 터로 보면 다른 대궐에 비하여 진실로 협착하고 막힌 듯하고, 제각사가 모두 동·서로 포치되었으며, 또 지대와 원유의 좋은 경치가 없었습니다. 북문 밖은 곧 회맹단으로 그곳이

삼청동에서 멀지 않은데도 이것이 모두 후원에 들어가지 않았으니, 조종의 검소한 덕을 생각할 수가 있으며, 비록 황란한 연산군도 또한 감히 개척하지 못하였습니다."

하였다.[31]

경복궁 중건에 관한 논의는 숙종 7년(1681) 1월에 울산의 생원 김방한이 경복궁 영건을 청하는 상소를 올렸으나 받아들여지지 않았다.

울산 생원 김방한이 상소하여 경복궁을 영건하도록 청하기를,

"한양의 용혈로 참되고 바른 곳은 경복궁의 터보다 뛰어난 것이 없습니다. 성조께서 창업하시고 신손께서 지켜 오신 지 2백 년 동안에 사방의 경계가 안연해져서 물자가 풍족해지고 백성이 편안하였는데, 불행하게도 임진년의 변란으로 잿더미로 변하였습니다. 엎드려 원하건대, 전하께서는 국가의 장구한 계책을 생각하시고, 유업을 이어받는 큰 책임을 생각하셔서 아래로 지국을 진압하시고, 위로 천원에 합하소서."

하였는데, 소장을 비국에 내리고 받아들여 거행하지 아니하였다.[32]

그리고 18세기에 이르러서는 숙종 26년(1700)에는 경복궁 안의 기와, 돌, 벽돌 등을 왕자의 저택을 짓는 데 가져다 쓰는 일이 생기기도 하였다.

지평 이덕영이 상소하였는데, 맨 먼저 무과·소과의 파방에 관한 일을 정계한 잘못을 논하고, 또 말하기를,

"… 그리고 삼가 듣건대, 근래 왕자의 저택을 짓는 일로 해서 기와·돌·벽돌 등의 물건들을 경복궁 안에서 가져다 쓴다고 합니다. 경복궁은 곧 조종

31 『숙종실록』 10권, 숙종 6년 8월 29일(을유), 『국역 숙종실록』 5, 38면.

32 『숙종실록』 11권, 숙종 7년 1월 22일(병자), 『국역 숙종실록』 5, 246면.

의 법전이므로, 아무리 하찮은 물건일지라도 함부로 움직여서는 안됩니다. 만약 감독하는 사람이 사사로이 가져다 썼다면 더욱 그 사람은 벌을 내려서 금지하여야 합니다."

하니, 임금이 답하기를,

"상소의 말이 반드시 다 옳지는 않으나, 마음속에 생각이 있으면 반드시 진달하는 것이 무엇이 해롭겠는가? 기와와 돌을 가져다 쓰는 일은 오늘 처음 있는 일이 아니다." 하였다.[33]

한편 숙종 30년(1704) 5월에는 적성 사람 이상격이 상소하여 경복궁을 수리하여 이어하기를 청하기도 하였다.

적성 사람 이상격이 상소하여 경복궁을 수리해 이어하기를 청하니, 답하기를,

"법궁을 중영하는 것은 누군들 그런 마음이 없겠는가만, 때는 궁하고 할 일은 남았으니, 어느 겨를에 토목의 역을 생각할 수 있겠는가?" 하였다.[34]

그 뒤에는 근정전의 옛터를 과거 시험 장소[35]로 활용하기도 하였다. 영조 11년(1735) 5월에 영조가 화평옹주의 제택을 수리하면서 경복궁 옛터의 소나무를 베게 했는데, 좌의정 서명균을 비롯한 여러 사람이 문제를 제기하자, 마른나무와 바람에 쓰러진 것이며 땔나무를 취한 것에 불과하다고 변명하였다. 임금이 법궁의 소나무를 벨 수 있다고 생각하는 것도 기이하거니와 어느 신하도 법궁의 문제를 제기하지 않고 있다. 말라 버린 소나무처럼 조선이 말라가고 있는 것으로 이해할 수 있다.

실제 경복궁의 중건은 19세기 중반 이후 고종 때가 되어서야 시행되었

---

33 『숙종실록』 34권, 숙종 26년 6월 8일(기사), 『국역 숙종실록』 18, 76면.

34 『숙종실록』 39권, 숙종 30년 5월 30일(무진), 『국역 숙종실록』 21, 271면.

35 『영조실록』 124권, 영조 51년 5월 25일(신미), 『국역 영조실록』 35, 287면.

다. 고종 2년(1865) 4월에 대왕대비의 전교로 시행하는 형식을 갖추었다.

대왕대비가 전교하기를,

"경복궁은 우리 왕조에서 수도를 세울 때 맨 처음으로 지은 정궁이다. 규모가 바르고 크며 위치가 정제하고 엄숙한 것을 통하여 성인의 심법을 우러러볼 수 있거니와 정령과 시책이 다 바른 것에서 나와 팔도의 백성들이 하나같이 복을 받은 것도 이 궁전으로부터 시작되었다. 그러나 불행하게도 전란에 의하여 불타버리고 난 다음에 미처 다시 짓지 못한 관계로 오랫동안 뜻있는 선비들의 개탄을 자아내었다.

지금 정부의 중수로 인하여 왕조가 번창하던 시기에 백성들이 번성하고 물산이 풍부하며 훌륭한 신하들도 많이 등용되었던 것을 늘 생각하면 사모하는 동시에 추모하는 마음이 더욱 간절해진다. 돌이켜보면, 익종께서 정사를 대리하면서도 여러 번 옛 대궐에 행차하여 옛터를 두루 돌아보면서 개연히 다시 지으려는 뜻을 두었으나 미처 착수하지 못하였고, 헌종께서도 그 뜻을 이어 여러 번 공사를 하려다가 역시 시작하지 못하고 말았다.

아! 마치 오늘을 기다리느라고 그랬던 것 같다. 우리 주상은 왕위에 오르기 이전부터 옛터로 돌아다니면서 구경하였고 근일에 이르러서는 조종조께서 이 궁전을 사용하던 그 당시의 태평한 모습을 그리면서 왜 지금은 옛날처럼 못 되는가 하고 때 없이 한탄한다. 이것은 비단 조상의 사업을 계승한다는 성의일 뿐만 아니라 넓고도 큰 도량까지 엿볼 수 있는 것이니, 이것은 백성들의 복이며 국운의 무궁할 터전도 실로 여기에 기초할 것이다. 내 마음은 경사와 행복을 이기지 못하겠다. 이 궁전을 다시 지어 중흥의 큰 업적을 이루려면 여러 대신들과 함께 타산해보지 않을 수 없으니 내일 음식을 내린 다음에도 시임 대신과 원임 대신들은 머물러서 기다리라." 하였다.[36]

36 『고종실록』 2권, 고종 2년 4월 2일(병인).

익종(1827~1830)과 헌종(1834~1849)이 경복궁 중건에 뜻을 두었다고 하였고, 중건의 의의를 "규모가 바르고 크며 위치가 정제하고 엄숙한 것을 통하여 성인의 심법을 우러러볼 수 있거니와 정령과 시책이 다 바른 것에서 나와 팔도의 백성들이 하나같이 복을 받은 것도 이 궁전으로부터 시작"되었다고 한 데서 알 수 있다. 숙종에게 "다른 대궐에 비하여 진실로 협착하고 막힌 듯하고, … 또 지대와 원유의 좋은 경치가 없었습니다."라고 아뢴 김수항의 태도와는 판이하게 다른 인식이라고 할 수 있다.

2. 환국에서 탕평으로의 국면 전환과 그 이면

1) 탕평을 통한 붕당 해소와 시기별 특성

18세기 정치·사회 변화의 핵심은 환국에서 탕평으로의 전환이라고 할 수 있다. 환국은 살육과 같은 극단적인 방법을 사용하지만 탕평의 국면에서는 살육을 막으면서 조제를 중요한 수단으로 활용한다.

그러나 겉으로 드러난 일은 큰 사건을 중심으로 그 성격을 살필 수 있지만 실제로 이면에서 주도 세력 사이의 다툼을 어떻게 조정하고 안정을 꾀할 것인지 고심한 내용을 점검할 필요가 있다.

간단하게 요약하기는 어렵지만, 여러 차례 환국으로 정국을 주도했던 숙종의 태도가 18세기 초반에 이르러 환국만으로 문제를 해결할 수 없다는 방향으로 바뀐 것으로 보이고, 병신 처분으로 최종적으로 기댈 정치 집단을 노론 쪽으로 잡았으며, 이이명과 독대를 통하여 후사에 대한 고심을 털어놓으면서 이해 집단 사이에 오해를 초래했던 것으로 볼 수 있다.

송시열이 편벽된 논의[37]까지 일으키면서 일찍 세자로 정했던 경종이 결국 보위에 오르면서 경종을 보호하려는 세력과 경종에 장심(將心)[38]을 품은 세력들 사이에 충돌이 빚어지게 된 것이다. 노론은 연잉군(영조)을

---

37 『숙종실록』 20권, 숙종 15년 2월 1일(기해), 『국역 숙종실록』 11, 186~192면, 희빈 장씨의 아들을 원자로 정한 뒤에 소를 올렸는데, 이에 대해 "일전에 제신들에게 순문한 것은 종사의 큰 계책이었다. 그리고 명호가 이미 정해졌으니, 임금과 신하의 분의를 다시 논하는 것은 부당하거늘, 봉조하 송시열이 정호한 일을 소에서 말하기를, '송의 철종은 열 살이 되도록 번왕으로 있었다.'고 하여, 은연중에 오늘날의 일을 너무 이르다고 하였다. 하지만 대명 황제는 황자를 낳은 지 넉 달만에 봉호한 일이 있었는데, 송시열이 이와 같이 말한 것은 무슨 뜻이냐?"라고 한 기사가 있다. 이것이 기사환국(1689)으로 확대되고, '노론이 경종에게 장심을 지니고 있다.'라는 평가를 받게 되었다.

38 『영조실록』 42권, 영조 12년 7월 14일(병오), 『국역 영조실록』 14, 123면, 신축년·임인년 이후 세도가 괴이해진 것이 많아서 군부를 농락하여 핍박하고 모욕하는 변이 있기에 이르렀는데, 그 본원을 따져 본면 기사년에 영남 사람들이 매양, '노론이 경종에 대해 장심이 있다.'라고 한 데에서 연유된 것이다.

세제로 삼아 대리청정까지 요구하였고, 소론은 이를 이이명 독대와 연계시키면서 신축년과 임인년의 일이 터졌다.

경종이 일찍 승하하고 영조가 보위에 오르면서 정통성 문제가 불거졌다. 게장에 연관된 경종의 죽음에 세제인 연잉군이 관련되었을 것이라는 소론의 의심이 있었고, 노론 중심의 정계 개편에서 소외된 소론 쪽의 사람들이 무신란을 일으켰다. 영조는 자혐의 뜻도 있어서 동요되지 않고 살육을 막는 방식으로 문제를 해결하려고 탕평으로 국면을 전환했던 것으로 짐작할 수 있다. 그러나 신축년과 임인년의 일에 대한 명확한 평가를 내리지 않으면서 탕평의 조제만으로 이끌다가 을해년(1755)에 역옥이 터지고 나서야 『천의소감』을 마련했다. 그리고 척리에 대해 "내가 만일 민창수를 법으로 처치한다면 법이야 행해지겠지만 장차 무슨 낯으로 성모를 대하겠는가?"[39]라고 한 바와 같이 인경왕후의 광산김씨, 인현왕후의 여흥민씨 집안에 대한 미지근한 처리에다 영조의 계비로 뒤에 궁금에 들어온 정순왕후의 경주김씨 집안까지 정치적 결정에 깊이 간여하면서 척리 문제가 겹치고 말았다.

즉위 초반에 내린 영조의 전교는 매우 절박한 것으로 평가할 수 있다. 인사에서 당습을 버리고 공평하기에 힘쓰라는 것이 핵심인데, 한편으로 그 책임을 당인들에게 넘기고 있다는 인상을 지울 수 없다. 더 중요한 문제가 무엇인지 고민하지 않은 한계가 내포되어 있다.

> 아! 임금과 신하는 부자와 같으니, 아비에게는 여러 아들이 있어 서로 시기하고 의심해 저쪽은 억제하고 이쪽만을 취한다면 그 마음이 편안하겠는가, 불안하겠는가? 공경과 서료들은 모두 대대로 녹을 먹은 신하들인데, 공효를 보답할 도리를 생각하지 않고 목인의 의리를 생각하지 않으면서, 한 조정 가운데서 공격을 일삼고 한 집안에서 싸움만을 서로 계속하고 있

---

39 『영조실록』 55권, 영조 18년 1월 27일(정해), 『국역 영조실록』 18, 20~27면.

으니, 이러면 나라가 장차 어떻게 되겠는가? 지금 해가 거듭 바뀌어서 새 해가 다시금 돌아왔는데, 하늘과 사람은 한 가지이니, 어찌 옛것을 개혁하고 새것을 힘써 새 봄을 맞이한 뜻과 같이 하지 않겠는가? 저 귀양을 간 사람들은 금오로 하여금 그 경중을 참작해 대신과 더불어 등대하여 소석하고, 전조에서는 탕평하게 거두어 쓰라.

아! 지금 나의 이 말은 위로는 종사를 위하고 아래로는 조정의 기상을 진정시키기 위해서이다. 만일 혹시라도 의심을 일으키거나 혹은 기회를 삼아서 상소해 경알하면 종신토록 금고시켜 나라와 함께 하지 못할 뜻을 보이겠다. 너희 여러 신하들은 내가 자수함이 없다고 여겨 소홀히 하지 말고 성인께서 잘못한 자를 바로잡는 뜻을 따라 당습을 버리고 공평하기에 힘쓰라. 그렇게 하면 어찌 비단 나라를 위하는 것뿐이겠는가? 또한 너희들 조상의 풍도를 떨어뜨리지 않을 것이니, 어찌 아름답지 않으랴? 정승의 자리에 있는 사람은 소하가 조참을 천거한 뜻을 본받고 전형하는 데에서는 이윤이 저자에서 매를 맞는 것처럼 여긴 뜻을 배워야 한다. 내 말을 공손히 듣고 우리 방가를 보존하라.[40]

영조는 탕평의 목적을 달성하기 위하여, "이따금 일에 따라 몹시 노하여 혹 합문을 닫고 조정에 나오지 않거나 음식을 물리치고 먹지 않으며 문득 시상을 거론"하거나, 때때로 "전위한다는 명"[41]을 내리기도 하였다.

그리고 탕평을 위하여 영조가 강조하거나 자주 하교한 태도는 몇 가지로 정리할 수 있는데, 첫째, 예방 차원에서 '태아검'을 내세우고 있는 점, 둘째, 노론에 의지하면서도 탕평에 걸림돌이 되는 노론에 대해 강한 불만을 드러내고 있는 점, 셋째, 척신을 동원하여 정사를 펼치면서도 척리에 대한 불신을 말하고 있는 점 등이다.

---

40 『영조실록』 3권, 영조 1년 1월 3일(임인), 『국역 영조실록』 3, 15~17면.

41 『영조실록』 55권, 영조 18년 1월 27일(정해), 『국역 영조실록』 18, 20~27면.

첫째의 경우 조제를 통해 인재를 고르게 등용하려고 하는데, 당론을 내세우거나 당습에 젖어 있는 경우 '태아검'을 위엄으로 삼아 응징하겠다는 태도를 보인다. 50년 이상의 재위 기간에 실제로 태아검을 사용하지 않았다는 점에서 살육을 막고 조제로 나간 정책이 의미를 지니는 것으로 평가할 수 있다.

> 그대가 이 일을 가지고 임금을 조종하려고 하는가? 내가 마땅히 태아검으로 그대를 베어 죽일 것이다."[42]

> 태아검이 내 손에 있으니, 내가 또한 죽일 수가 있다. 편당이 필봉으로 사람을 괴롭힘이 창이나 칼로 하는 것보다 더 심하다.[43]

> 오늘날의 광경을 보건대 단지 영수만 알고 있을 뿐 군부는 알지 못한다. 60세 늘그막에 태아검이 손에 있으니, 정원은 잘 알라.[44]

> 내가 비록 노쇠했으나 태아검이 손에 있으니 어찌 이런 무리들의 제재를 받겠는가? 아! 세도가 이러한데 83세의 임금이 어느 때 강개한 직언을 듣겠는가? 굽어보고 우러러보며 길게 탄식하는 이 마음을 어디에 비유하겠는가? 내 마음을 아는 것은 오직 저 높고 높은 푸른 하늘뿐이다.[45]

둘째, 노론이 중심이라는 점을 인지하면서도 노론이 탕평 정책을 반대한 경우가 많았으므로, 탕평에 걸림돌이 되는 노론에 대해 강한 불만을 드러내고 있다는 점이다.

---

42 『영조실록』 33권, 영조 9년 1월 14일(병신), 『국역 영조실록』 11, 17면.
43 『영조실록』 45권, 영조 13년 8월 8일(갑자), 『국역 영조실록』 15, 75면.
44 『영조실록』 85권, 영조 31년 9월 21일(임진), 『국역 영조실록』 26, 229면.
45 『영조실록』 126권, 영조 51년 12월 3일(병오), 『국역 영조실록』 36, 16면.

편벽된 논의가 참으로 송시열에게서 나온 것이 아닌가?[46]

이조참의의 벼슬을 조령 넘어 사람에게 주는 것이 어찌 이와 같이 놀랍도록 괴이한가?[47]

이제 노론이 없어진 연후에야 나라가 편안하게 된다. 남인은 흉역을 범한 자 이외에는 편벽된 논의가 없는데, 유독 노론만이 굳게 고집하여 즐겨 중지하지 않았다. 내가 어찌 바람이 없는 데도 풍랑을 일으킨 것이겠는가? 유 판부사는 누워서 일어나지 않으면서 노론의 영수가 되고 있다.[48]

노론이라 하여 어찌 유독 흉역이 없었기에 이처럼 코를 높이고 거리낌없이 말을 하는가?[49]

셋째, 외가나 척신을 동원하여 정사를 펼치면서도 척리에 대한 불신을 말하고 있는 점을 간과할 수 없다. 정통성에서 당당하지 못했던 영조가 자초한 측면도 있다고 보아야 할 것이다.

광성의 집에 남은 사람이 몇 사람이나 되는가? 여양의 후손이 남북으로 귀양 간 나머지 지금 또 이렇게 상소를 하였다. 나는 선후의 국양하신 은혜를 입었는데, 지금 민창수는 비록 여양의 적장손은 아니라도 그 대수가 멀지 않으니, 내가 불러 보고 처분하려 한다.

…

내가 만일 민창수를 법으로 처치한다면 법이야 행해지겠지만 장차 무슨

---

46 『영조실록』 45권, 영조 13년 8월 10일(병인), 『국역 영조실록』 15, 81~83면.

47 『영조실록』 70권, 영조 25년 8월 15일(신묘), 『국역 영조실록』 22, 270~274면.

48 『영조실록』 85권, 영조 31년 9월 21일(임진), 『국역 영조실록』 26, 227면.

49 『영조실록』 85권, 영조 31년 9월 21일(임진), 『국역 영조실록』 26, 228면.

낯으로 성모를 대하겠는가?[50]

광성 국구의 집안에 단지 그대 한 사람만 있는데, 어떻게 차마 이런 당습을 하는가?[51]

이후에는 척신인 자는 영원히 이조의 삼망과 병판, 오군문의 대장, 삼사의 장관, 국자장의 망을 금하라.[52]

이와 달리 정조는 척리를 배격하고 규장각을 중심으로 친근한 인물을 등용하면서 의리를 앞세우는 한편 당파들과의 소통과 이면 정치로 탕평의 길을 모색했는데, 영조가 경종의 죽음에 연관된 의혹이 있음에도 30여 년의 세월이 흐른 뒤에 『천의소감』을 마련한 것과는 달리, 정조는 보위에 오르자마자 『명의록』의 의리를 내세움으로써 영조의 탕평 정책과는 차별되는 양상을 보인다. 정조는 시간이 흐르면서 노론 중에서도 벽파들과의 관계 설정 등에서 외면과 이면의 조화를 꾀했다는 측면도 간과할 수 없다.

정조는 세손으로 대리청정하는 과정부터 험난한 시련을 겪었다. 보위에 오를 수 있도록 도와준 서명선, 홍국영, 정민시 등과 동덕회를 이어간 것도 고마움의 표현일 수 있으며, 홍국영이 과도한 욕심으로 물러난 뒤에는, 규장각의 각신 등과 친밀하게 정사를 펼친 것으로 이해할 수 있다. 특히 규장각에 대하여 "어진 신하를 내 편으로 하고 척리는 배척해야 한다는 의리를 깊이 알고 있었다. 그래서 즉위 초에 맨 먼저 내각을 세웠던 것이니, 이는 문치 위주로 장식하려 해서가 아니라, 대체로 아침저녁으로 가까이 있게 함으로써 나를 계발하고 좋은 말을 듣게 되는 유익함이 있게끔 하려는 뜻에서였을 뿐이었다. 그리하여 좋은 작위로 잡아매 두고 예우

50 『영조실록』 55권, 영조 18년 1월 27일(정해), 『국역 영조실록』 18, 20~27면.

51 『영조실록』 65권, 영조 23년 3월 22일(임자).

52 『영조실록』 119권, 영조 48년 7월 22일(을묘), 『국역 영조실록』 34, 238면.

하여 대접"[53]한 것이라고 밝힌 점을 주목할 수 있다.

특히 정조는 채제공을 비롯한 남인을 등용하여 정사의 균형을 이루려고 한 점이 있고, 다수를 차지하고 있는 노론 벽파들과는 긴장과 이완의 관계를 유지했던 것으로 평가할 수 있다.

더욱이 다음 사례에서 보듯 공정한 인사를 실행하지 않고 당습에 치우치게 되면 그 책임자에게 문책하는 방법을 사용하였다. 앞의 한 건은 김종수에게 내린 문책이고 뒤의 한 건은 심환지에게 내린 문책이다.

> 어찌하여 경 등이 전조에 자리잡은 뒤로부터 조정이 소란스럽고 의리가 도리어 어두워져, 유악주와 같은 무리들이 종종 튀어나오게 되었는가? 심환지의 상소가 또 나오자, 경 등은 비록 경 등이 알 바가 아니라고 하지만, 경 등이 들어온 뒤에 이 무리들이 감히 제멋대로 날뛰고 있으니, 어찌 경 등이 시킨 것이 아니겠는가? 도승지는 살아서는 이 일을 행하다가, 죽어서는 저승으로 돌아갈 생각을 하겠지만, 경은 내가 한번 타이르지 않는다면, 또한 시종 곡진히 보전하는 뜻이 아닌 까닭에 이처럼 거듭 언급하는 것이다.[54]

> 경의 손을 통해서 임명된 대각은 다 말을 하기만 하면 죄를 짓게 되는 무리이니, 이것이 과연 경은 바른말을 하는 선비를 등용하였는데 내가 도리어 남의 말을 듣지 않으려고 해서 그런 것이겠는가? 진실로 그렇지 않다면 경이 밤낮으로 근심하고 두려워하던 것을 저버림이 얼마나 크겠는가. 어찌 사람들이 이러쿵저러쿵 하기를 기다릴 것이 있겠는가. 지금 바른말을 하는 사람이 전혀 없는 상황에서, 대사간의 고루하고 평범한 말은 의도하는 바가 있는 것으로 보인다.[55]

---

53 『정조실록』 42권, 정조 19년 3월 10일(신유).

54 『정조실록』 18권, 8년 12월 3일(갑신), 『국역 정조실록』 10, 158~159면.

55 『정조실록』 45권, 정조 20년 11월 20일(신유).

2) 탕평을 위한 노력과 비판의 태도

영조의 탕평 정책의 핵심이 당습을 타파하고 공정한 인사 정책을 펴는 것이라고 할 때, 임금이 전교를 내려 기본적인 방향을 제시하거나, 상소와 구체적인 사안의 처리 과정에서 당론에 치우치지 않게 처리하는 일이 중요하다고 할 수 있을 것이다.

탕평으로의 전환에 대해 신하들이 처음부터 우호적인 입장을 보인 것은 아니었다. 지속적인 반대와 비판이 이어졌고, 실제로 탕평책의 성과도 그렇게 두드러지지 않았다고 할 수 있다.

영조 1년(1725) 4월에 영조가 제시한 방향은 탕평의 일반론에 해당하는 것으로 볼 수 있다.

> 당파가 습성을 이룬 뒤부터 말이 조금이라도 시의와 다르면 비록 중도를 얻은 말이라 해도 곧장 경알하는 데로 돌려 버리니, 이는 당파 없는 탕평의 뜻에 어긋나는 것이다. 아, 처분하는 권한은 위에 있는 법이고, 내가 이미 시비를 분명히 알고 있으니, 그 사이에 무슨 의혹됨이 있겠는가? 처분이 정해진 후에 불량한 무리들이 혹시라도 다시 일어날 것 같으면 중률로 다스린들 무엇이 불가할 바가 있겠는가?[56]

그러나 병신 처분 이후 신축년과 임인년의 일을 겪으면서 더욱 두드러지게 된 노론과 소론의 갈등은 이러한 일반론으로 해결될 수 있는 일이 아니었다. 서로가 상대방을 인정하지 않거나 역적으로 몰고 있는 상황에서 당파를 뛰어넘는 탕평을 실현하기란 쉬운 일이 아니었다. 영조가 몇 차례 인현왕후의 동생이며 노론의 영수 민진원과 이항복의 현손인 소론의 영수 이광좌의 손을 잡고 화해시키려 했지만 쉬운 일이 아니었다.

영조 6년(1730) 4월에 궁궐에 방화하고 임금이 피어하면 궁궐을 점령

---

56 『영조실록』 5권, 영조 1년 4월 10일(정축), 『국역 영조실록』 2, 271면.

하겠다는 역모 사건이 발생하여, 이광좌와 민진원이 친국에 참여하였는데, 친국 자리에서 임금이 두 사람을 화해시키려고 하였다.[57]

영조 9년(1733) 1월 19일에도 소론의 이광좌와 노론의 민진원을 함께 들어오게 하여, 신축년 이후의 일을 자세하게 하교하면서 오른손으로 이광좌의 손을 잡고 왼손으로 민진원의 손을 잡고 머물러 있기를 권하였다. 이른바 '19일의 하교'가 내려진 것이다. 그런데 이 하교가 공론이 되지 못하고 두 사람에게만 내린 것이라, 조정의 모든 신하가 알 수 있는 것은 아니었다. 『천의소감』을 미리 마련하여 공표하지 못하고 미적미적하는 바람에 불신이 커지고 있었던 셈이다. 자세한 사정을 설명한 것이라 길지만 인용하도록 한다.

"… 노론은 스스로 나를 위한다고 하고, 소론은 스스로 무신년의 추대한 사람을 위한다고 하고, 남인은 스스로 낙산을 위한다고 한다. 그러나 그것이 어찌 색목에 든 사람이 다 역심이 있어서 그러했겠는가?

…

옛날에 남인·소론들은 박상검을 통하여 궁중의 일을 서로 알아내었다. 이것이 내가 장세상에게 한계를 엄격히 한 까닭이었다. 경술년에 최필웅도 그러한 나머지 습관을 주워 모은 것이었다. 통탄스럽다! 내가 비록 민첩하지는 못하지만 부형에 대한 의리는 대략 알고 있다. 선왕의 혈맥은 황형과 나뿐인데, 환득 환실하는 무리가 우리 형제 사이에 있으면서 고금에 없던 일을 만들어냈으니, 어찌 대단히 상심하지 않겠는가? 다만 이런 마음을 가지고 옛날 우리 선왕을 섬기던 정성을 다하여 우리 황형을 섬기려고 하였는데, 갑자기 갑진년의 일을 당하였으니, 너무도 갑작스러운 일이어서 하늘을 우러러보고 땅을 치며 통곡을 하면서 진실로 죽고 싶은 심정이었다. 민 판부사가 나의 이런 말을 듣고서도 또다시 차마 스스로 그의 당을 옳게

57 『영조실록』 25권, 영조 6년 4월 26일(계해), 『국역 영조실록』 8, 342~348면.

여기는 마음을 가질 수가 있겠는가? 경은 만약에 저사를 세울 때 주고받은 것을 광명하다고 생각한다면 괜찮겠지만, 신하의 행위로서는 다시 무어라 할 말이 없을 것이다. 이런 것을 알지 못하고서 스스로 의리라고 생각하여 나를 거의 불의에 빠지게 한다면, 어찌 잘못이 아니겠는가? 소론들도 역시 잘못이다.

신축년과 임인년의 일도 곡절이 있었으니, 내가 또한 자세히 말하겠다. 아! 김일경·박필몽의 무리가 필정·박상검의 무리를 얻어 밖으로는 조정 신하를 모함하고 안에서는 외부와 통하여 함정을 파고 있었다. 그래서 신축년의 김일경이 올린 상소를 가지고 박상검이 동궁의 상소라고 하였으니, 그 말이 어찌 간사하고 흉악스럽지 않은가? 역적 박상검은 곧 남인 심익창의 제자로서 그의 뜻은 먼저 소론을 선봉으로 삼아 반드시 폐족들을 쓰려고 하는 의도였는데, 스스로 나에게 그 마음을 드러낸 것이다.

…

아! 소론들은 이런 줄도 모르고 도리어 남인의 길잡이가 되었으니, 어찌 웃을 일이 아닌가? 잘못된 것은 항상 노론의 마음을 불편하게 여기면서 스스로 그 당을 옳게 여기는 것이다. … 아! 노론은 기사년 이후로부터 모두가 경종에 대해 불안한 마음을 가졌고, 소론은 병신년 이후로 모두 '저들은 반드시 이심을 갖고 있다.'고 하며, 그런 남을 해치려는 마음을 미루어 노론 중에는 김제겸의 무리를 꾸며내고, 소론 중에는 마침내 김일경·박필몽의 무리가 있었는데, 노론은 오히려 그의 당을 비호하다가 스스로 김제겸의 무리와 결과가 같은 것을 면치 못하게 되었고, 소론은 스스로 옳다고 여기다가 역시 자신도 모르게 김일경·박필몽과 구별이 없게 되었다.

나의 견해로 보건대, … 지금 가장 중요한 방법은 재능이 있는 사람이면 등용하는 것뿐이다. 그러면 임금과 신하 사이에는 비록 올바르지 못한 무리가 있을지라도 저절로 마음을 고칠 수가 있을 것이니, 조정이 공고해지고 나라의 형편도 자연히 굳혀질 것이다. 원컨대 경 등은 모름지기 옛 버릇을 잊어버리고 한마음을 아주 결백하게 가지도록 하라."

하였다. 하교를 마친 뒤 약방에서 탕제를 올리겠다고 거듭 청하니, 임금이 비로소 윤허하고 가져오라고 명하였다. 그리고서 임금이 오른손으로는 이광좌의 손을 잡고 왼손으로는 민진원의 손을 잡고서 이대로 머물러 있고 가지 말라고 권하였다.[58]

탕평의 정책을 실행하는 데에는 송인명과 조현명이 주도적인 역할을 했고, 김재로도 동참함으로써 영조가 재임하는 동안 30년 이상 겉으로는 평온이 유지될 수 있었던 것으로 보인다.

그런데 당론에 익숙하거나 다른 당에 잘못이 있다고 생각하는 쪽에서는 탕평에 선뜻 동의하지 않았던 것이 사실이다. 노론 민진원의 다음과 같은 태도가 그 대표라고 할 수 있다. 자기들이 주인이고 상대를 적으로 보아 자기들의 주장대로 국시가 정해지고 상대에서 그 선을 따르게 되면 탕평이 실현될 것으로 보는 시각이 중심이다.

우의정 민진원이 아뢰기를,

"전하께서 무옥을 단련하는 일에 대하여 신원하고 삭훈하시는 것은 조금도 망설이지 않으시는데, 이외에는 반드시 피차의 당인들을 섞어 등용하시려 하고 피차의 의논을 채납하시려 하여 탕평의 의논을 넓히려고 힘쓰시니, 성의는 참으로 아름다우시지만 마침내 아울러 등용하여 서로 구제될 리가 없습니다. 주자께서 적변과 주인변의 말이 있는데, 주인 쪽과 도둑 쪽을 반드시 변별한 뒤에 국시가 정해지고 나서 세월이 좀 지나고 우리의 원기가 저절로 강장되면, 저들도 얼굴빛을 바꾸고 선을 따를 것입니다. 그런 뒤에 재주를 따라 등용하면 함께 대도에 이를 것이니, 이것이 바로 탕평의 대요입니다."[59]

---

58 『영조실록』 33권, 영조 9년 1월 19일(신축), 『국역 영조실록』 11, 23~31면.
59 『영조실록』 5권, 영조 1년 4월 13일(경진), 『국역 영조실록』 2, 279면.

그리고 노론의 이재는 "저 여러 소인의 무리들은… 다만 부귀를 탐하여 자기 속셈을 자행하는 일로써 다만 쌓인 울분을 보복하지 못하고 사사로운 욕심을 만족하지 못할까 염려할 뿐… 전하께서 진실로 능히 시비를 분석하여 전형을 소상히 보여서 나쁜 짓을 하면 부끄러워하고 착한 짓을 하면 사모하는 줄을 알게 한다면 저들도 장차 옛일을 뉘우치고 새로운 것을 도모하여 탕평의 영역에 함께 가게 될 것입니다."[60]라고 하여, 상대를 소인으로 몰고 있고, 노론의 정호도 "전하께서 탕평의 도를 한다고 하심은 한갓 색목의 가증스러움만 아시고 훈유의 합하기 어려움은 생각지 못하셔서 피차를 모두 임용하고 시비를 모두 옳다 함으로써 족히 신감을 조제하고 동이를 보합했다고 여긴 것이 아니신지요? … 바라건대, 성상께서는 돌이켜 성찰하시어 그러한 점이 있으면 고치시고 없으면 더욱 힘써 피차 색목에 대한 말은 일체 쓸어버리시고, 다만 그 사람의 사정과 일의 시비만을 살펴보아서 바르고 옳은 것은 취하고 간사하고 그른 것은 버리시어 한결같이 의리로 단정하고 사의가 서로 얽히지 못하게 하여, 취사·출척이 광명정대에서 나옴이 마치 순이 사흉을 베고 팔신을 등용함과 같이 한 후에야 비로소 탕평의 사업을 참으로 이루어 천심도 즐겁게 하고 민우도 풀 수가 있을 것입니다."[61]라고 하여 같은 당파의 입장에서 벗어나지 않고 있다.

그런 점에서는 소론인 이광좌의 다음과 같은 진술도 상대 당을 '고질이 된 사람'으로 보고 있어서 영조가 생각한 탕평에 대해서는 비판의 입장을 드러내고 있다.

> 그러나 반드시 재단하여 처치하기를 진실로 천리에 맞게 하고 조지하기를 깊이 요도에 맞게 하되, 영구히 엄중하게 한 다음에야 바야흐로 고질이

---

60 『영조실록』 7권, 영조 1년 8월 16일(신사), 『국역 영조실록』 3, 202면.

61 『영조실록』 28권, 영조 6년 10월 9일(갑진), 『국역 영조실록』 9, 159~160면.

된 사람들의 마음을 변화시켜 탕평하는 실효를 거둘 수 있고, 또한 천지에 세워 놓아도 어그러지지 않고 후세에 전해져도 할 말이 있을 수 있을 것입니다. … 신이 지난해에 경연에서 아뢴 말은 한때 입에서 나오는 대로 뱉은 것이 아니라, 실로 정밀하게 조제와 요량을 더하여 국가를 위한 만세의 계책에서 나온 것이었습니다. 비록 이 때문에 온 세상의 원망을 입어 겨우 죽음을 면한다 하더라도 소중한 바가 있으므로, 신은 감히 후회하지 않겠습니다. 가령 탑전의 자리에 참여하더라도 신이 어찌 감히 털끝만큼이라도 마음을 속여 형편에 따라 변할 수 있겠습니까? 국가의 큰 기강이 세워지지 못하고 큰 권징이 시행되지 않는다면, 나라 꼴이 될 수 있겠습니까? 군상이 중정의 도를 세워 온 나라를 통솔해 가면 신민들이 따르는 것은 천리인 것입니다. 군상이 만세토록 임금은 임금답고 신하는 신하다워야 할 의리를 세워 놓았는데, 신하들이 명령을 따르지 아니하여 다시 낮추어 굽혀서 고친다면 어떻게 되겠습니까? 이렇게 되면 국가의 정령이 다시는 신하들에게 시행될 수 없을 것입니다. 이 두어 가지 조항은 진실로 대체와 관계가 있는 것이니, 성상께서 깊이 유의하신다면 진실로 국가의 복이 될 것입니다.[62]

그리고 남인 나학천의 주장[63]도 탕평의 현실적 문제점을 미리 지적한 것이라 할 수 있다.

한편 편당에 기대어 상소를 올리는 풍습이 계속 이어져서 탕평을 비판하고 조정의 신하들을 배척하며 임금을 기롱하기까지 했다. 영조 5년(1729) 이양신의 상소에 이어서 7월 1일에 민진원의 아들인 민형수, 7월 28일에 윤섭, 윤7월 5일에 이흡, 윤7월 16일에 김성희, 윤7월 24일에 정홍상, 8월 6일에 정익하 등의 상소가 그것이다.

영조 5년(1729) 9월에 이광좌를 머물러 있게 하고, 정호에게 직첩을

---

62 『영조실록』 23권, 영조 5년 8월 18일(경신), 『국역 영조실록』 8, 62~63면.

63 『영조실록』 25권, 영조 6년 1월 12일(신사), 『국역 영조실록』 8, 261~262면.

두고 민진원을 서용하게 했다. 9월 4일 수찬 유겸명이 상소하여 이광좌를 비난하자 임금이 입대시키고 여러 가지를 물었는데, "국가와 당의 경중을 말할 수 없으며, 이광좌는 소인이고 자신들이 군자이며 제배들 사이의 공론"[64]이라고 하자, 상소를 불태우기도 하였다.

결국 탕평책의 성격에 대하여 영조 34년(1758) 7월의 사신의 기록이 그 내막을 잘 지적하고 있다.

> 성상께서 탕평의 정치를 힘써 시행하여 노론·소론·남인·북인의 당을 다 같이 하나로 돌아가게 하였다. 그러나 세도 정치의 책임은 오로지 노론에 있었다.[65]

그러나 영조가 이광좌와 민진원을 화해시키려는 데 대하여 다음 사신의 평에서 보듯, 탕평 정책은 다른 시각을 가진 당파의 마음을 설득하는 데 큰 효험이 없었다.

> 사신은 논한다. "임금이 지난해에는 합문을 폐쇄하였고 이번에는 약을 중지시켰는데, 이는 다른 의견을 억지로 합쳐서 탕평을 단단히 이루려는 뜻이었으나 옳고 그른 것이 모두 뒤섞이고 의리가 마침내 명백해지지 아니하여, 다만 임금의 위엄만 날로 위에서 손상되고 성의는 아래로 먹혀들지 않았다. 그리고 한밤중에 전석에서 눈물을 흘리며 은밀하게 말한 것은 대개 두 정승을 개도하기 위한 것이었는데, 사람으로 하여금 미혹함을 깨닫게 한 말은 별로 없고, 심지어는 벼슬을 그만두는 것을 모두 윤허했으니, 이는 또 애써 불러온 뜻도 없는 것이다. 더구나 주서에게 붓을 멈추게 하고 여러 신하에게 발설하지 못하게 했으니, 무릇 밖에 있는 사람이야 그 누가

64 『영조실록』 24권, 영조 5년 9월 4일(을해), 『국역 영조실록』 8, 116~129면.
65 『영조실록』 92권, 영조 34년 7월 9일(계사), 『국역 영조실록』 28, 14면.

다시 이 일을 알겠는가? 그런데 그 후 상소에 다시 이 일을 주달하는 것 중에 만약에 임금의 마음에 맞지 않는 것이 있으면 문득 말하기를, '19일 하교한 뒤에 신하된 자가 어찌 감히 이렇게 할 수 있느냐?'라고 하여 의혹을 면하지 못하게 했으니, 온 세상에서 보고 듣는 자와 식견이 있는 이들이 남몰래 탄식하는 것이 어떠했겠는가?"[66]

그리고 영조 12년(1736) 11월에 민진원이 죽고, 영조 16년(1740)에 이광좌가 죽으면서 노론과 소론 영수들 사이의 화해는 이루어지지 않았다.

한편 영조 25년(1749) 8월에 영남 사람 권상일을 이조참의로 삼자, 노론의 반발이 심했는데, 임금은 "이조참의의 벼슬을 조령 너머 사람에게 주는 것이 어찌 이와 같이 놀랍도록 괴이한가?"라고 하였다.

영조 31년(1755) 2월에 나주 객사에 흉서가 걸린 변고가 일어나서 을해 역옥이 발생했는데, 친국을 마무리한 뒤에 경종의 승하와 관련된 내용을 정리한 『천의소감』을 완성하였다.

이이명 독대, 왕세제 청정, 경종의 승하 등과 관련하여 노론과 소론 사이에 서로를 의심하는 입장이 팽배해 있었는데, 영조가 보위에 오르면서 바로 명쾌하게 해명하지 못하고, 무신란(1728), 을해 역옥(1755) 등을 겪으면서 30여 년의 세월이 지난 뒤에 겨우 정리한 것이라 할 수 있다. 『천의소감』을 찬집하는 과정에도 노론과 소론의 입장이 갈라져서, 임금이 노론의 조신들에게 당론을 하지 않겠다는 다짐을 받기도 하였다.

이에 비해 정조는 보위에 오르면서 『명의록』을 찬집하여 의리를 마련함으로써 영조의 탕평 정책과는 차별되는 양상을 보인다.

---

66 『영조실록』 33권, 영조 9년 1월 19일(신축), 『국역 영조실록』 11, 31면.

3. 경화세족 중심 사회의 특성과 문제점

1) 경화세족 중심 사회의 인재 등용과 대응 양상

18세기는 경화세족 중심 사회라고 규정할 수 있다. 환국을 통한 주도 세력의 교체가 거의 이루어지지 않고 탕평이란 이름으로 미세한 변화만 일어나는 경화의 문벌 중심의 사회가 지속되고 있었기 때문이다.

경화세족은 서울에 근간을 두고 대대로 높은 벼슬을 누린 집안을 가리키는 말이다. 실제로 공정한 과거와 인재 등용을 통하여 경향의 인재가 조정에서 벼슬을 한 뒤에 각자의 지취에 따라 다시 경향으로 흩어져 살면서 각자의 문화를 이어가던 조선 전기와 달리, 서울과 향촌 사이에 정치·경제·문화적 격차가 심화되는 경향분기(京鄕分岐)의 흐름 속에서 18세기에 서울 사람들이 향촌 사람을 낮추어 보는 시각에서 경화사족 또는 경화거족, 경화세족이라는 용어를 사용하게 되었고 실제 이들은 혼맥과 벼슬을 통하여 굳건한 기반을 가지게 되었다. 경화세족은 실제로 수십 가문에 해당한다고 할 수 있지만 당쟁을 통하여 이들이 차지한 권력과 벼슬은 엄청난 것이어서 임금이라도 쉽게 어쩔 수 없는 집단으로 자리를 잡았다고 할 수 있다.

일찍부터 경복궁 서쪽에 자리하고 대대로 문벌을 지켜온 안동김씨, 월사 이정구 이후 지속적인 문화를 지킨 연안이씨, 숙종과 혼인을 한 광산김씨, 여흥민씨, 그리고 영조와 혼인을 한 경주김씨, 정조의 외가인 풍산홍씨, 이외에도 청풍김씨, 청송심씨 등의 가문이 여기에 해당한다고 할 수 있다. 이들 집안에서 왕비가 배출되면서 외척이 되기도 하고 비슷한 세족들과의 혼사를 통하여 문벌을 지켜갔다.

영조 28년(1752) 이후 영의정을 맡은 김재로(청풍), 이종성(경주), 이천보(연안), 김상로(청풍), 홍봉한(풍산), 김치인(청풍), 김상철(강릉), 서명선(달성), 이병모(덕수) 등이 대부분 이들 세족에 해당하고 채제공(평강)만 조금 사정이 달랐던 것으로 보인다.

경화세족의 삶은 다음과 같이 요약할 수 있을 것이다. 조정만이 연행을 떠나는 김창업을 보내면서 지은 글인데, 이들 경화세족의 일상생활이 17세기 후반부터 이어지고 있음을 밝히고 있다.

> 우리 마을의 김대유(金大有)는 기이한 선비이다. 나와 더불어 같은 마을에서, 대대로 그 좋아하는 것을 익히며 해마다 서로 가지런했다. 총죽으로 말을 타던 시절부터 높고 뛰어남이 무리에서 달랐다. 그가 좋아하는 것은 글을 읽고 시를 배우는 데에 오로지하지 않고, 사이사이 술을 마시고 바둑을 두거나 어려운 사람을 도와주어서 격구와 투계의 놀이까지 이르렀다. 점점 자라면서 산수를 매우 좋아하였는데, 우리 동네는 본래 이름난 구역이 많아서, 북악의 대은암, 필운대의 청풍계 등을 오고가지 않은 날이 없었다. 나의 집도 송죽과 계당이 빼어나 홍이 일면 문득 이르렀다가 아득히 돌아갈 것을 잊었다. 또 뜻이 맞는 몇 사람과 시사의 모임을 맺어서 사귀면서, 간혹 날마다 수레를 굴리며 강을 열고 경적을 토론하고 혹 밤을 정하여 시를 짓고 꽃과 달을 읊조렸는데, 그 지은 시는 맑고 그윽하며 빼어남이 펼쳐서 매우 풍격이 있었다.[67]

같은 마을에서 대대로 좋아하는 것을 익히며, 글을 읽고 시를 배우는 데에 오로지하고, 뜻이 맞는 사람들과 시사의 모임을 맺는 등 풍류를 즐기며 사는 집단이다.

이들 경화세족이 능력을 갖추고 엄정한 도덕적 가치를 발현하면서 사회의 발전을 이루는 집단으로 활동하였다면 역사에서 긍정적 평가를 받

67 조정만, 「送金大有燕行序」, 『寤齋集』 卷三, 『한국문집총간』 속 51, 516면, 吾黨有金大有者奇士也. 與余同里閈, 世講其好, 年且相等, 自慈竹游, 卓犖不羣, 其所好不專在於讀書學詩, 間嘗飮博任俠, 至爲擊毬鬪鷄之戲, 稍長酷愛山水. 吾洞素多名區, 北岳之隱巖, 弼雲之楓溪, 靡日不來往. 余家亦有松竹溪堂之勝, 有興輒到, 悠然忘返. 又與同志數人, 結爲詩社之交, 或輪日設講, 討論經籍, 或卜夜賦詩, 吟哢花月, 其爲詩也淸幽逸發, 極有風格.

기에 충분할 터인데, 실제로는 자신들 문벌이나 당파의 이익을 추구하고 심지어 왕권까지도 마음대로 제어하면서 일반 백성들의 삶을 제대로 돌아보지 않았다는 것이 18세기 경화세족 중심 사회가 지닌 문제점이라고 할 수 있다.

경화거족이라는 표현은 이미 15세기 성현의 『용재총화』에서 안생을 가리킬 때도 나타나고 있다.[68]

경화세족은 서울의 문벌 집안으로 임금도 기본적으로 인정하고 존중하던 대상이었다. 영조가 직접 쓴 「풍릉부원군조문명치제문」의 일부이다.

아아, 경은	嗚呼惟卿
대대로 서울의 고관 집안으로	京華世族
관직이 정승에 있으면서	職在台司
의리로 기쁨과 근심을 함께 했네	義共休戚
온 세상이 분주하게 벼슬을 다투어도	擧世奔競
경은 홀로 물들지 않았고	卿獨不染
온 세상이 경박해도	擧世嘵薄
경은 홀로 흠결이 없었네	卿獨無玷[69]

한편 영남 사람의 곤궁함에 견주어 경화벌열을 바라보는 시각도 있었다.

길게 울부짖고 다시 길게 울부짖노니	長嘯復長嘯
근래 영남의 운기가 어찌 그리 궁한가.	邇來嶺中運氣何其窮
큰 덕을 가진 선배들이 차례로 돌아가시니	先輩長德次第歿
지금 또 우리 경현재 어른을 위해 통곡하네.	今又哭我弦齋翁
어른은 서울의 벌열 가문으로	翁是京華閥閱家

68 성현, 『용재총화』 권5, 有安生者, 京華巨族也.

69 『열성어제』 제23권, 영종대왕(英宗大王), 「豊陵府院君趙文命致祭文」.

높은 벼슬과 빛나는 영광은 짝할 이 없네.	冠冕奕舃無與同
대대로 과거 급제함이 턱 밑 수염 뽑듯 하니	代取黃甲如摘頷下髭
명공거경이 많이 배출되어 조종이 되었네.	名公巨卿錯落爲祖宗[70]

실제로 17세기 후반부터 경화세족이 벼슬자리를 독차지하는 경향이 두드러졌고 임금도 이러한 문제를 해결하는 방안을 제시하기도 하였다.

임금이 하교하기를,
"… 요사이 처음으로 서사하는 사람들이 대부분 경화의 자제들이고 먼 지방 사람들은 끼지 못하고 있으니, 먼 데 사람을 빠뜨리지 않고 미천한 사람도 등용하는 도리가 못되게 된다. 영남으로 말하면 본래부터 인재의 부고라는 곳으로서 조종조 이래 뛰어난 선비와 명현이 찬란하게 배출되었었다. 세상이 퇴보되고 풍속이 나빠져 비록 옛날처럼 우뚝하게 일어나지는 못할지라도 그 가운데 어찌 한 가지 재주나 한 가지 능력이라도 있는 선비가 없겠느냐? 수습하여 임용하라는 명을 여러 차례 내렸는데도 받들어 거행한 효과는 아득하기만 하다. 이번은 친림하여 계칙하게 된 때이니, 끝까지 망각해 버리는 지경에 두게 되어서는 안 될 것이다.[71]

그런데 인재 등용에서 이들 경화 사족을 등용하면서 이들이 시상(時象)에 관련된 것만 듣고 보면서 이기기를 힘쓰는 마음이 습관이 되었다. 영조 12년(1736)의 기록이다.

상이 이르기를,
"우리나라에서 인재를 취할 적에 매양 경화 사족을 등용하므로 저들은

70 정종로, 〈輓警弦齋姜公 世晉〉, 『입재집』 별집 제1권, 『한국문집총간』 254, 349면.
71 『숙종실록』 18권, 숙종 13년 12월 25일(기사), 『국역 숙종실록』 10, 321~322면.

어렸을 때부터 들어서 안다. 귀로 듣고 눈으로 본 것이 모두 시상에 관련된 것이다. 게다가 사대부의 마음은 몹시 교만하니, 이기기를 힘쓰는 마음을 필경 서로 본받으므로 더욱더 습관이 되어 해로움이 이 지경에 이르렀다. 오늘날의 해로움은 당나라 우승유와 이종민의 당에 견주어 봐도 더 심하니, 어찌 매우 유감스럽지 않겠는가." 하였다.[72]

영조 13년(1738)에 윤광의는 서울과 시골의 구분 없이 인재를 골고루 등용해야 한다고 상소를 올렸다.

부수찬 윤광의가 상소하기를,

"… 하늘이 인재를 내는 것은 서울과 시골의 구분 없이 하나이니, 어찌 하늘이 유독 경화의 벌열한 가문에 인재를 내고 유독 시골구석에는 내지 않겠습니까. 혹시 인재는 모두 경화의 사대부에서 나오고 시골구석에서는 나온 적이 없다고 한다면, 이 말은 크게 그렇지 않으니 어리석은 것이 아니면 속이는 말입니다. 나라에서 인재를 쓰는 것은 비유컨대 장인이 재목을 쓰는 것과 같으니, 취사를 어떻게 할지 살필 따름입니다. 지역이 외지고 멀다고 해서 재목이 없는 경우는 없습니다. 궁벽지고 깊은 산골짜기에 사람의 발자취가 거의 이르지 않은 곳에 늙어 죽도록 쓰이지 않은 수많은 거목을 어찌 이루 다 헤아릴 수 있겠습니까. 신이 굳이 멀리 고사를 인용할 필요 없이, 선묘 이후의 일을 가지고 말씀드리겠습니다. 석유와 명신이 대부분 궁벽진 시골에서 나왔습니다. 커다란 공과 빛나는 계책은 뚜렷하게 지금껏 사람들의 이목을 비추고 있으니, 손가락으로 꼽을 수 없습니다. 어찌 성대하지 않으며, 어찌 아름답지 않습니까. 지금은 크게 그렇지 않습니다. 아득히 먼 곳의 선비가 어려서부터 학문을 하여 장차 나라에서 빛을

72 『승정원일기』 825책(탈초본 45책) 영조 12년 5월 8일(신축), 『숙종실록』 51권, 숙종 38년 2월 30일(계미), 『국역 숙종실록』 26, 394면 참조.

보고 세상에 쓰이게 되면 크게는 그 뜻을 펼칠 수 있고 작게는 그 몸에 광영이 될 수 있지만, 과거에 급제하여 벼슬길에 오르는 것이 진실로 매우 어렵고 또 드뭅니다.[73]

그런데 경화세족에 속한 고관들은 임금의 지적이나 경화세족의 자제들이 좋은 자리를 차지하는 현실의 문제점을 인정하면서 오히려 변명하거나 현실론으로 받아들이고 있었다.

민진원이 아뢰기를,

"… 대개 이조의 정사는, 학문과 행실을 갖춘 경화자제로 갖추어 의망하면 보는 사람들이 불만하다고 여기는 반면, 간혹 외방에서 천거된 사람을 직임에 제수하면 보는 사람들이 도리어 사정을 두었나 의심하는데, 그 형세가 어쩔 수 없이 그렇습니다. 신의 생각에는, 외방의 향천과 예조에서 효행으로 직질을 제수한 부류, 어사의 별천 및 연석에서 결정하여 직임을 제수하여 승전한 부류와 지난날 별천되었다가 수용되지 못한 자들, 전함 가운데 쓸 만한 자들은 해당 조로 하여금 모두 뽑아내게 하여 묘당에서 의논하여 다시 정밀하게 가리고, 그렇게 한 뒤에 자리가 나는 대로 의망하여 그 사람들을 모두 조용한 뒤에 다시 별천의 당부를 의논해야 할 것 같습니다만, 어떨지 모르겠습니다." 하였다.[74]

상이 이르기를,

"'오로지 남양 사람만 써서는 안 된다.'라는 말은 참으로 좋다. 근래 오로지 경화 사람만 쓰는 것은 실로 잘못되었다."

하자, 유건기가 아뢰기를,

---

73 『승정원일기』 858책(탈초본 47책) 영조 13년 윤9월 9일(갑자).

74 『승정원일기』 602책(탈초본 32책), 영조 1년 10월 5일(기사).

"'오로지 남양 사람만 써서는 안 된다.'라고 한 것은 문벌을 가리켜서 한 말이 아닙니다. 경화의 자제는 늘 시골 사람보다 낫습니다. 그러므로 근래 경화의 자제를 많이 쓰는 것은 실로 이 때문입니다. 만약 그 가운데 참으로 불초한 자가 있다면 어찌 문벌에 구애되어 그를 쓸 수 있겠습니까. 여기에서 남양 사람이라고 한 것은 향당의 오랜 친구를 가리켜서 말한 것입니다."

하니, 상이 이르기를,

"시골 사람 가운데 어찌 관직을 맡을 만한 사람이 없겠는가. 그러나 지금은 그렇게 하지 않으니, 이조나 문형의 자손이 아니고 또 현재 등용된 사람의 자손이 아니면 모두 등용되지 못한다."

…

상이 이르기를,

"전에 내가 '장령을 돌려 가며 한다.'라고 하교하였더니 봉조하 민진원은 크게 잘못되었다고 하였다. 그러나 이는 나의 뜻을 알지 못한 것이다. '장령을 돌려 가며 한다.'라고 한 것은 속담으로 인하여 풍속을 개탄하는 말을 한 것이지 진정으로 장령을 가벼이 여긴 것은 아니다." 하였다.[75]

이조판서 정휘량과 참판 남태제를 불러 하교하기를,

"비와 이슬은 땅을 가려 내리지 않는 법이다. 임금은 하늘의 도를 몸받아 정사를 행하니 관작을 어찌 반드시 경화의 문벌로만 하게 하랴? 이제부터 재주가 있으면 쓸 것이고, 먼 지방임에 구애하지 말라."

하였다. 남태제는 말하기를,

"신 등이 만약 경화의 자제를 먼저 쓰지 않는다면, 온 세상이 놀랄 것이니, 어떻게 이 직임을 보존할 수 있겠습니까?"

하고, 정휘량은 말하기를,

"시골 사람이 벼슬에 있을 경우 거개 불미스런 일이 많아 경화의 자제에

---

75 『승정원일기』 802책(탈초본 44책), 영조 11년 6월 11일(기묘).

미치지 못합니다."

하니, 임금이 따로 관안(官案)을 작성해 먼 지방 사람으로 침체된 자를 기록해 들이도록 하라고 명하였다.[76]

이렇듯 좋은 벼슬자리를 경화세족들이 차지하면서 경화세족 자제들의 대응도 여러 가지로 나타나는데, 성균관에 들어가지 않거나 평소에 글공부를 하지 않다가 차술 등으로 과거에 급제하기도 하였다.

대사성 최창대가 상소하여 반중의 일로서 변통할 것 몇 조목을 논하여 말하기를,

"근래에 경화 문벌의 자제가 반궁에 들어가지 않는 것을 고치로 삼으니, 이로 말미암아 몸이 장보가 되어서 평생에 종적이 성묘에 이르지 않다가 그대로 과거에 뽑히어 조정에 오르기에 이르는 자가 흔히 있습니다. 마땅히 이제부터 법을 마련하여 서울에 사는 생원·진사는 석전에 참례하기 두 번이고 식당이 12점에 차야만 바야흐로 부거를 허락하되 대개 한 달 붙이어 먹는 것이 1점이 되며, 그 생원·진사가 아직 되지 않았을 때 이미 석전에 참여함이 두 차례인 자 및 새로 소과를 얻고서 아직 1기에 차지 못한 자는 논할 것 없고, 서울에 사는 유학도 또한 석전에 참여함이 두 차례인 뒤에야 대과에 나아감을 허락하도록 하여야 합니다."[77]

"근래 재상가의 자제들은 다만 살진 말을 타고 좋은 옷을 입을 뿐이요, 글 한 자 읽은 적이 없는데도 재상들은 도리어 세력으로써 먼 지방의 글 잘하는 사람을 불러들여 그의 자제로 하여금 차술케 하여 등제시킨 뒤에 한림·교리 등 좋은 자리를 역임하지 않음이 없으니, 비루합니다. 발신이

---

76 『영조실록』 88권, 영조 32년 윤 9월 5일(경자), 『국역 영조실록』 27, 43면.

77 『숙종실록』 51권, 숙종 38년 2월 7일(경신), 『국역 숙종실록』 26, 375~376면.

이와 같으니 다른 것이야 어찌 논할 것이 있겠습니까? 원하건대 전하께서는 새 급제자의 방목이 나오면 여러 사람을 전하의 앞에 불러 면전에서 표·부·책 세 과목을 시험하여 만약 능히 하지 못하는 자가 있다면 모두 임금을 속인 율로 다스려 조금도 용서하지 않는다면 사대부들이 점차 글을 읽게 될 것이며 근본이 바로 이루어질 것입니다."[78]

다른 한편 소수의 관리나 유생들이 상소를 통하여 문제를 지적하고 있어도 현실 정치에서 반영되지는 못하였다.

부수찬 한광근이 상소하기를,

"… 초야에 묻혀 있는 인재를 발탁해 쓰는 것은 향천의 한 길에 지나지 않고 상서에서 인재를 배양하는 것은 단지 과시의 4등에 그칠 뿐입니다. 큰 도의 감사와 큰 고을의 수령은 오직 이력의 다소에 따라서 임명되고, 맑은 벼슬과 아름다운 직책은 단지 문벌이 좋은 자제들만 임명합니다. 비록 남보다 뛰어난 재능과 행실이 있더라도 과거나 세족이 아니면 초야에서 볼품없이 살다가 죽을 뿐이고, 파격적으로 발탁하여 포용한다는 말은 듣지 못하였으니, 사람을 등용하는 길이 넓지 않은 것은 이미 고질적인 폐단이 되었습니다. … 삼가 바라건대, 전하께서는 등용하고 버릴 때 먼저 소외된 처지에 있는 사람들을 찾아보고 승진시키고 물리칠 때도 편역되고 사사로운 처사를 제거하여 조그만한 재능을 가진 사람이라도 각각 그 능력을 다 펼 수 있게 하소서. …"

하니, 비답하기를,

"그대가 열 가지 일 가운데 두 가지 조항을 들어서 간곡하게 말하였는데 어찌 사정과 거리가 멀다고 할 수 있겠는가? 매우 절실하고 긴요하다. 아무튼 묘당에 문의하여 실효를 책임지우고자 한다."

---

78 『영조실록』 69권, 영조 25년 1월 17일(병인), 『국역 영조실록』 22, 143~144면.

하였다.[79]

이 상소에 대하여 임금은 "묘당에 물어 실효가 있도록 하고자"[80] 한다고 하였으나, 실제로 시행되지는 않았다.

한편 향시의 정원을 늘려서 경화세족의 자제들만 차지하는 벼슬을 넓혀 달라고 요구하는 유학의 상소에서도 저간의 사정을 짐작할 수 있다.

> 경기 유학 오봉만 등이 상소하기를,
>
> "…
>
> 아, 경화 자제 대부분은 젊은 나이에 과거에 합격하는데 시골에 사는 유생은 모두 머리가 하얗게 세도록 합격하지 못하는 것이 어찌 그 독서와 작문 공부가 시골이 서울만 못하여 그런 것이겠습니까. 서울과 시골의 응시자는 형세상 맞수가 되지 않고, 기구가 같지 않고, 원근에 차이가 있고, 수고롭고 편안한 것이 현격히 다르기 때문입니다.
>
> 지금 서울에서 나고 자란 권문귀족이 어찌 일찍이 수고롭게 고생하며 독서하는 공을 들였겠습니까. 겨우 갓을 쓸 수 있는 나이가 되자마자 우뚝하니 갑과와 을과를 차지하고 '어(魚)' 자와 '노(魯)' 자도 분변하지 못하는 자가 마구 합격자의 인원 수를 축내니, 발탁해 줄 힘도 없고 촉탁할 연줄도 없어 종신토록 억울함을 품고 비틀대며 뜻을 얻지 못해 탄식만 하는 시골의 선비와 비교하면 형세가 맞먹지 않는 것이 어떠합니까."[81]

그런데 왕족이 이들 경화세족에게 밀리는 형국이 되면서, 임금이 '금지옥엽'을 특별히 대접해야 한다는 교지[82]를 내리기도 하고, 영조 9년

---

79 『정조실록』 10권, 정조 4년 10월 22일(정묘), 『국역 정조실록』 6, 101~103면.

80 『일성록』, 정조 4년(1780) 10월 22일(정묘), 『국역 일성록』 정조 22, 133면.

81 『승정원일기』 632책(탈초본 34책) 영조 3년 2월 3일(경신).

82 『영조실록』 22권, 영조 5년 5월 4일(기묘), 『국역 영조실록』 7, 247면.

(1734)에 대신과 종친 사이에 갈등[83]이 생기자 임금이 종친의 편을 들었다가 박문수의 지적을 받기도 하였다.

영조 17년(1741) 4월에 이조 낭청을 통청하는 법과 한림을 회천하는 규례를 혁파하여 한림소시법과 새로운 이조 낭관 선발 방법을 시행하면서, 편당의 폐해를 해소하는 탕평의 효과는 이룰 수 있었으나, 경화세족 중심의 벼슬자리를 고루 나눌 수 있는 것은 아니었다.

그리고 41년(1765) 9월에 한림 권점과 이조 낭관 제수 문제와 관련한 승정원의 진계에 임금은 경화 거족에게 흔들리지 않겠다고 비답한다.

> 서울의 자제로서 집강을 삼는 것이 대전에 실려 있는가 수교에 있는가? 비록 먼 외방의 한미한 자라 할지라도 그 조상을 물으면 누구인가? 이 때문에 여기에 협잡을 한다. 아! 한림 권점과 이조 낭관의 제수 문제로써 서울 자제들이 울분하게 여긴 지 이미 오래이나, 그 시행함이 이미 오래되었고 나의 뜻이 이미 굳은 때문에 감히 꾀를 부리지 못하고 단지 여기에 거론하는 것이다. 아! 흰머리 늙은 나이에 경화 거족에게 흔들리게 된다면, 장차 어떻게 인군이 되겠는가? 아! 이들의 마음이 울분하게 여기고 있으니, 또한 어찌 의혹을 초래하지 않겠는가? 이것도 오히려 이와 같은데, 몇 년 동안 울분한 마음이야 더욱 어떠하겠는가? 이번에 하교한 가운데 어떤 빌미가 어느 곳엔가 도사리고 있다는 것은 바로 이를 가리킨 것이다. 아! 경들은 세세한 일에 이처럼 하지 말라. 큰 일에 대하여 어찌 걱정할 것이 없겠는가? 모름지기 각기 힘쓰도록 하라.[84]

이러한 상황에서 18세기 후반의 윤기(1741~1826)[85]의 경험과 시 작품은 성균관 생활과 과거 급제 그리고 관직을 포함한 경화세족의 문제점을

83 『영조실록』 36권, 영조 9년 11월 5(임오), 『국역 영조실록』 12, 32~41면.
84 『영조실록』 106권, 영조 41년 9월 21일(갑오), 『국역 영조실록』 31, 100~101면.
85 윤기에 대하여 김병건, 『무명자 윤기 연구』(성균관대학교출판부, 2012) 참조.

매우 사실적으로 다루고 있다. 경화세족에 속하지 않은 윤기는 23세인 영조 39년(1763)에 과거에 응시했다가 낙방한 경험 등을 적고 있다. 몰락한 집안으로 과거를 통한 발신을 기대하고 있었던 절실함이 배어 있으며, 이미 아버지는 앞 해인 임오년에 회갑[86]을 지낸 터이었다.

지난 해에 회시에 두 번을 떨어지고	兩會去年俱潦倒
금년에는 오장(五場)에서 다시 미끄러졌네.	五場今歲又蹉跎
누가 선뜻 천금을 주고 비를 사랴?	誰人肯買千金帚
세상은 오직 눈썹을 반쯤 그린 미인을 좋아하네.	當世惟憐半額娥
실의 속에 술에 취해 번민할 것 없으니	中酒不須眊矂打
시를 읊으며 부끄러이 달도가를 짓네.	吟詩羞作怛忉歌
여강의 모생의 즐거움에 가장 부끄럽나니	廬江最愧毛生喜
어느새 백발 되신 어버이를 어이할까?	奈此高堂鶴髮何[87]

계사년(1763)에 사마시[88]에 올라 성균관 경험을 하게 된 윤기는 〈반중잡영 220수〉[89]와 같은 작품을 남기고 있는데 성균관 생활을 매우 생생하게 그리고 있다. 그중에서 219번째 다음과 같은 시가 성균관에서부터 굳어버린 시폐를 말하고 있다. 성균관에 재학 중인 인원 중에서 하재의 4칸을 제외하면 노론이 1/2인 6칸, 다른 1/2 중에서 남인이 4칸, 북인이 1칸, 소론이 1칸을 차지하고 있다는 것이다.[90]

---

86 윤기, 〈壬午十一月初吉, 卽家君周甲日也. 敬伏藁以效忭祝之誠〉, 『無名子集』 詩稿 冊一, 『한국문집총간』 256, 8면.

87 윤기, 〈下第後寫懷〉, 『無名子集』 詩稿 冊一, 『한국문집총간』 256, 8면.

88 윤기, 〈參司馬榜述懷 癸巳〉, 『無名子集』 詩稿 冊一, 『한국문집총간』 256, 19면.

89 윤기, 〈泮中雜詠 二百二十首〉, 『無名子集』 詩稿 冊二, 『한국문집총간』 256, 27면.

90 〈반중잡영〉 43 〈儒生游居之所〉의 설명에서 "동재·서재는 방 하나가 두 칸씩이다. 동재의 첫째 방을 약방이라 하고, 그 다음을 '오른쪽 첫째 방[右第一房]'이라 하며, 그 다음을 장의방이라 하고, 그 다음을 진사칸[進士間]이라 하며, 그 다음을 '아래 첫 방[下一房]'이라 하고, 그 다음을 '아래 끝 방[下終房]'이라 하며, 그 다음을 하재라

서재에 온통 노론이 북적이는데 西齋老論摠紛紛
유독 동재에는 세 당색이 나누었네. 獨也東齋三色分
약방과 진사방엔 남인이 아래 한 방엔 북인이 藥進南人下一北
아래 끝 방에는 소론이 절로 무리를 이루었네. 下終少論自成羣[91]

윤기는 이른바 경화의 자제들과 그렇지 않은 응시자들 사이에 부정과 불법이 만연한 과거의 폐단에 대하여 비판하고 있다. 과업을 닦지도 않았는데 합격 방에 이름[92]을 올리고, 시험관이나 채점관에게 "세력과 돈"으로 사사로이 부탁[私囑][93]하기도 하며, "첫 구절 베껴서 서찰로 알려 주거나, 밖에서 지어들이거나 봉투째 바꾸며, 대리 시험이며 문제 유출" 등 시험장에서 농간[94]을 부리는 상황에 대해서도 고발하고 있다.

과업을 닦지도 않았는데 합격 방에 이름을 올린 자들이 많은 상황을 다음과 같이 읊고 있다.

책 읽기 싫어하고 유람 즐기며 한 해를 보내다가 厭讀耽遊送歲年
과거 때가 되면 다른 사람이 가엾게 봐주기 바라네. 科時每乞別人憐
가난한 사람은 궁한 계책 내어 힘을 다 짜내고 貧生窮計求餘力
부자들은 음모를 꾸며 많은 돈 믿네. 富釀陰謀倚夥錢
밤낮으로 달려감은 도깨비와 다름없고 晨夜奔馳如鬼魅
말마다 거짓말로 권모술수 부리네. 語言騙賺弄機權
합격 방에 이름 올린 자가 많으니 榜中多得懸名字

고 한다. 서재의 첫째 방은 '서재 첫 방[西一房]'이라 하고, 그 다음부터는 모두 동재와 명칭이 같다. 재실에 들어오는 사람은 반드시 자신과 친한 사람을 찾아 함께 거처한다. 어떤 유생은 반촌이나 향관청으로 나가 거처하기도 한다."라고 하였다.

91 윤기, 〈반중잡영〉 219, 傷歎之辭, 『無名子集』 詩稿 冊二, 『한국문집총간』 256, 37면.
92 윤기, 〈詠不修業而科時奔走者〉, 『無名子集』 詩稿 冊六, 『한국문집총간』 256, 139면.
93 윤기, 〈又詠科擧私囑〉, 『無名子集』 詩稿 冊六, 『한국문집총간』 256, 139면.
94 윤기, 〈又詠科場弄奸〉, 『無名子集』 詩稿 冊六, 『한국문집총간』 256, 139면.

반딧불 창 아래 많은 공부한 자보다 낫네 勝似螢窓抱蠹編[95]

이런 상황에서 이옥(1780~1815)의 〈유광억전〉처럼 과거 응시생에게 답안지를 팔아서 응시생은 합격하게 하면서도 정작 자신은 합격하지 못하는 상황이 발생하기도 하는 것이다.

그런데 시골 출신의 교활한 사람들이 경화사족과 어울리면서 향임 자리를 차지하는 일도 일어나는데, 위백규가 올린 봉서에서 "시골구석의 교활한 자들은 더러 권모술수를 부리거나 뇌물을 바치고 서울의 경화사족과 놀면서 살피다가 향임 자리를 차지하려고 합니다."[96]라고 한 지적이 그 사례이다.

2) 신분 변동의 어려움과 하층민에 대한 인식

벼슬을 통한 신분 상승의 욕구는 어느 시대에다 자연스러운 현상이라고 할 수 있는데, 18세기는 사회의 다양성이 커진 가운데에서도 실제로 신분 상승이 쉽지 않았던 것으로 보인다. 자산의 증식을 통한 부의 축적은 가능할 수 있지만, 벼슬살이를 통한 신분 상승의 길은 경화세족이라고 할 수 있는 특정 집단이 독식하는 바람에 그 집단에 속하지 못하는 사람들은 여의치 않았던 것으로 보인다.

유한준(1732~1811)의 다음 글에서는 경화의 사대부나 경상의 자제들과 삼남이나 양서의 선비 사이에 청관 미직에 차이가 있음을 지적하고 있다. 명경과에 합격하고 정주로 돌아가는 임상채에게 주는 글이다. 제술로 급제한 경화의 사대부와 경상의 자제가 할 수 있는 벼슬과 삼남이나 양서의 선비가 맡을 수 있는 벼슬이 처음부터 달랐다고 설명하고 있다.

---

95 윤기, 〈詠不修業而科時奔走者〉, 『無名子集』 詩稿 冊六, 『한국문집총간』 256, 139면.

96 위백규, 「封事 代黃司諫榦」, 『存齋集』 卷之三, 『한국문집총간』 243, 37면, 其九鄕曲狡譎者, 或挾術法, 或齎錢賂, 遊諦京華, 干冒鄕任.

> 경화의 사대부나 경상의 자제는 제술로 진사가 되어 급제하여, 청관미직에 하고자 하는 뜻이 있으면, 밟지 않는 곳이 없으나, 삼남과 양서의 선비는 재물이 적거나 처지가 막히거나 세력이 없으면, 혹 10년이나 20년 동안, 주역, 시경, 서경, 논어, 맹자, 중용, 대학을 익히느라 늙어서 입으로는 성인의 말을 동이의 물을 세우듯 외워서, 애(厓)의 현토에서 지(之)자에 가지만, 분석하면 가을 터럭과 같다. 그러나 경전 중의 말로 시험하면 좌우를 돌아보고 아득히 한 마디도 하지 못하고, 요행히 입이 열려서 순통이라 일컬으며 입격을 허락하여 출신이 되면 박사 학유의 사이에 허둥거리며 한 번 옮겨서 낭서가 되고 두 번 옮겨서 수령이 되어 평생의 바람이 끝나게 된다.[97]

경화세족 중심으로 고착화된 18세기 사회에 대한 비판이나 고발을 시로 형상화한 작품이 다양하게 나타나기도 하지만, 그렇다고 경화세족 중심의 사회가 크게 변화하는 것은 아니었다.

윤기의 사례를 보도록 한다.

> 내가 문과에 급제한 임자년(1792)의 문과 급제자는 59명이었다. 그중에 정승 집과 재상집 자제들은 발표 뒤에 즉시 규장각과 홍문관의 자리에 제수되었고, 서울 명문가 출신의 젊은이들은 모두 초계 문신에 들었다. 초계 문신은 최고로 촉망받는 인재들로만 구성되는데, 녹봉 말고도 하사받는 물품이 줄줄이 이어지고 교외로 나갈 때면 가마와 말을 타고 각 고을에서 편의를 제공받는다.

---

97 유한준, 「送林象彩歸定州序 丁亥」, 『自著』 卷之十六, 『한국문집총간』 249, 276면, 京華士大夫卿相之子弟, 以製述爲進士及第, 淸官美職意所欲, 無所不踐. 而三南兩西之士, 少資地窮而無勢者, 或十年或二十年, 老於易詩書論孟庸學, 口能誦聖人之言如建瓴水, 於厓之吐, 之於之字, 析之如秋毫矣. 而試以問經中之意則左右顧, 茫然不能措一辭, 僥倖口順矣. 稱純通, 許爲入格, 及出身, 棲遑乎博士學諭之間, 一轉而爲郎署, 再轉而爲守令, 而平生之願畢矣.

그밖에 노쇠하고 가세가 없는 사람들, 명경과로 합격한 시골 사람들은 녹봉을 받는 벼슬은 고사하고 삼관에 배치되는 것[分館]조차 기약 없이 미루어졌다. 그래서 내가 또 우스갯소리를 하였다.

"쉰 아홉 모두가 재능으로 뽑혔건만, 정승 재상 자제들은 곧바로 학사되고 용모 고운 청년들은 역말 타고 다니는데, 누구인가 침체된 자, 권세 없는 늙은이들이네.(五十九 惟才取 卿相子 直學士 美少者 乘馹馬 誰沈滯 老無勢)"[98]

신분 상승의 욕구에 어울리는 신분 변동의 어려움이 비단 한두 가지 원인에서 말미암은 것은 아니지만, 권세[勢]와 돈[錢]의 두 가지가 중요한 요소라고 할 수 있다. 경화세족의 자제들이 자라면서 화직을 비롯하여 여러 자리를 차지할 수 있지만 향족이나 서얼은 이러한 길이 제한되면서 다양한 문제가 발생하는 것으로 이해할 수 있다.

한편 돈에 관한 내용은 그것이 경제적인 이해뿐만 아니라 권세와도 직결되는 것으로 볼 수 있다. 윤기가 오십 운으로 된 〈돈(錢)〉이라는 시에서 "세도가 날로 무너져, 이욕에 스스로 얽매이네. 백성을 꾸짖어 무엇하랴, 달관도 모두 마찬가지인데. 사람들 가장 좋아하는 것은, 태수 자리가 제일이네. 태수가 가장 좋아하는 것은, 억만금을 거두는 것이라네. 호화로운 의복과 음식으로, 오락과 가무의 잔치를 벌이며, 별장에 이름난 정원 꾸미고, 비옥한 들에 좋은 농토를 차지하여, 꽃구경하며 술잔을 돌리고, 친구를 불러 호수에 뱃놀이하니, 이 모두가 돈의 힘이니, 어찌 침 흘리지 않으랴."[99]라고 하여 벼슬이 돈과 연계되어 있음을 말하고 있으며, 다음의 시에서 돈이 온갖 일을 해결할 수 있다고 하였다.

---

98 윤기, 「戱語合識」, 『無名子集』 文稿 冊三, 『한국문집총간』 256, 216면.

99 윤기, 〈錢 五十韻〉, 『無名子集』 詩稿 冊六, 『한국문집총간』 256, 134면, 世道日陷溺, 利慾自糾纏. 細民何足責, 達官莫不然. 人間何所好, 太守最所先. 太守何所好, 得錢萬億千. 奢華輕肥資, 娛樂歌舞筵. 別墅粧名園, 沃野占良田. 賞花飛瓊盃, 邀客共湖船. 是皆錢之爲, 那得不流涎.

염치를 내팽개치고 예의도 가벼이 여기니 廉恥抛來禮義輕
세상 사람들 오직 돈만 사랑할 줄 아네. 世人只識愛錢兄
앉아서 과거 시험 뒤바꾸기 뜻대로 하고 坐占歪科惟意欲
선 채로 송사를 뒤집기는 어렵지 않네. 立翻曲訟不勞成
혼맥으로 연결되어 권세는 허·사와 대등하고 婚媾結連爭許史
고을 자리 차지하려 전형가로 달려가네. 州藩兜攬走銓衡
얼핏 돈 냄새를 난초 향기처럼 여겨 乍聞銅臭如蘭臭
너와 함께 생사를 같이 하리라 생각하네. 與爾皆思共死生[100]

한편 경상의 후손[101]이라 하더라도 시명(時命)이 어긋나서 몰락의 길을 걸어서 신분이 변동되어 상업에 종사하는 경우를 신광수의 〈권국진을 보내는 노래〉에서 확인할 수 있다. 한때 경상의 후손인 권국진이 몰락하여 상업에 종사하느라 전국을 떠도는 내막을 기술하고 있다. 7언 장편 1수, 7언 율시 2수, 7언 절구 1수, 5언 절구 1수로 되어 있는데, 7언 장편을 보도록 한다. 경상의 후손이기는 하지만 시명이 어긋나면서 스무 살에 낙백의 신분이 되어서 이곳저곳 떠돌면서 상업에 종사하게 된 사정을 기술하고 있다. 특히 '장안 자제/권생'의 대비를 통하여 권국진의 삶을 그리고 있다는 점에서 경화세족 중심의 사회가 빚어낸 한 단면을 읽을 수 있다.

세모에 북풍이 불고 하늘에는 눈비가 내리는데 歲暮北風天雨雪

---

100 윤기, 〈詠有錢者百事勝人〉, 『無名子集』 詩稿 冊六, 『한국문집총간』 256, 136면.

101 『영조실록』 81권, 영조 30년 2월 7일(정해), 『국역 영조실록』 25, 127면. 임금이 회가할 때 하교하기를, "삼문 밖의 옛 경상의 집이 이제 다 파괴되어 혹 섶으로 문짝을 만든 것도 있으니, 내가 매우 슬프다. 고 상신 조현명이 일찍이 이 일을 말하였고, 고 판서 조상경도 말하기를, '그 할아비가 한 일을 그 손자가 어찌 알 수 있겠습니까?' 하였는데, 이것은 참으로 착한 사람의 말이다. 이를테면 물이 오래 막히면 반드시 터지는 것과 같으니, 어찌 조금 새게 하여 터지지 않도록 하는 것만 하겠는가? 전조로 하여금 특별히 거두어 조용하게 하라." 하였다. 대개 남인이 형세가 기울어서 삼문 바깥에 많이 살았기 때문이다.

산의 다리와 들판 가게에는 길 가는 사람 끊어졌네.	山橋野店行人絕
장안의 자제들은 몸에 두터운 갖옷을 입고	長安子弟身重裘
그윽한 방에서 큰 화로가 괴로이 덥다고 하네.	洪爐密室苦稱熱
드나드는 달마는 집보다 높고	出入㺚馬高於屋
은빛 안장은 저자를 비추고 번갯불처럼 끄네.	銀鞍照市電光掣
이때 권생은 떨어진 옷을 입고	此時權生破衣裳
말 한 필과 종 하나로 채찍이 백 번 꺾이네.	一馬一奴鞭百折
장차 남제후를 만난다고 나에게 이르기를	告我將見南諸侯
종을 속바치고 돈으로 달아난 물건을 보상했다네.	贖奴持錢償逋物
권생은 옛날에 경상의 후손으로	權生舊日卿相孫
젊은 시절에는 뛰어나서 준일하다고 일컬었네.	少年落落稱俊逸
아, 시대의 운명이 일신을 꾀하지 못하고	嗚呼時命不謀身
스무 살에 마침내 낙백한 사람이 되었네.	二十遂爲落魄人
다섯 해 동안 남해 가에서 떠돌고	五年流離南海上
물고기와 소금을 팔아서 부지런히 어버이를 봉양했네.	賣魚販塩勤養親
서관으로 말을 몰면서 누런 먼지를 밟고	驅馬西關蹋黃塵
동래에서 자리를 걸고 붉은 해를 엿보았네.	掛席東萊窺赤日[102]

경화세족 중심의 정치 구도가 지속되거나 강화되는 상황에서도 다른 계층의 변화는 꾸준히 일어나고 있었던 것이 18세기의 사회 현실이었다.

그리고 김양근(1734~1799)의 〈여점의 중노미 노래〉 등에서 객점의 중노미를 바라보는 경화인의 시각을 확인할 수 있다. 중노미는 주막에서 허드렛일이나 손님의 신변 보호 등을 책임졌던 남자 종이다. 일반 사람들이 중노미(中奴)가 나쁘다고 말하는데, 중노미의 실상을 제대로 알고 보면 그렇지 않다고 보고 있는 점이 특이하다. 나그네, 중노미, 주인과의 관계

---

102 신광수, 「送權國珍歌」, 『石北集』 권1, 『한국문집총간』 231, 225면.

에서 중노미의 사정에 관심을 기울이고 있다는 점을 주목할 수 있다. 중국에서는 소이(小二)라고 하며, 우리나라에서도 소이(小二)라는 말[103]을 쓰기도 하였다.

나그네가 늘 중노미가 나쁘다고 말하는데	行人常說中奴惡
중노미가 나쁜 게 아니라 나그네가 나쁘다네.	中奴非惡行人惡
주인이 깊이 있어서 어찌 밖을 보랴?	店主深居那見外
행인이 오고 가는 것을 중노미가 안다네.	行人去來中奴識
행인이 조목조목 설명한들 어찌 안에 통하랴?	行人分疏那通內
중간에 시키고 부름은 중노미의 책임이네.	中間使喚奴之責
해저물녘 갈림길에 동행이 떨어지고	日暮歧頭落同行
드센 바람과 빠른 비에 추위와 더위가 혹독하네.	饕風驟雨寒暑酷
말은 앓고 종은 지쳐서 기댈 곳을 잃었는데	馬瘏僕痡迷所托
멀리 불빛이 빛나는 것을 보면 문을 두드리네.	遙看火耿門剝啄
이때는 이미 인경 종소리도 오래되어	是時已久人定鍾
설령 집으로 돌아가려 해도 종이 기뻐하지 않네.	縱使歸家奴不悅
오직 중노미가 응대하는 목소리로 마주하는데	惟有中奴應聲對
웃기도 하고 기뻐하기도 하며 감히 어김이 없네.	且笑且慶無敢咈
거리에 닿아 손으로 일시에 시끄러움을 부르면	當街手招一時騷
오히려 혹시 뒤에 그들이 집에 들어올까 봐 두렵네.	猶恐或後渠家入
먼저 가지런히 기다림을 기약하고 때에 따라 응접하고	先期等待趁時接
집과 방을 깨끗하게 치우고 마구간에 미치네.	堂室淨掃皁櫪及
자리를 깨끗이 하고 작은 화로로 막 인사를 하고	潔席小爐初人事
가루 같은 가는 겨와 꼴을 쌓아 두네.	細糠如粉蒭茭積

103 신좌모, 〈敬次大老石坡下示韻〉, 『澹人集』 卷之八, 『한국문집총간』 309, 373면, 抵柒院店, 店小二細說大監午炊進飯事甚悉.

무엇이 없고 무엇이 있는지 매사에 묻고	何亡何有每事問
나그네가 군색한 곳에 편하게 구획하네.	行人窘處便區畫
푸른 등을 벽에 걸고 소반 앞에 들고	靑燈掛壁擧案前
그림을 그린 그릇에 따뜻한 물을 잠자리 옆에 두네.	畫器水溫當寢側
깊은 밤에 잠들지 못하여 새벽에 뒤척이면	深宵不眠凌曉動
이른지 늦은지 마음이 두려워지네.	適早適晚心惕惕
상원은 편안히 앉아 담배를 피우고	上員安坐惟吸草
하인은 밥을 먹고 간혹 눕기도 하네.	下人飯訖或偃息
방이 따뜻하면 손님은 추위를 부르는 소리가 없고	房溫客無呼寒聲
즙에 물린 말은 구유에 오르는 기색이 있네.	瀋飽馬有騰槽色
나그네가 이러함이 있음은 모두 중노미라	行人有此皆中奴
중노미의 수고로움을 누가 값으로 보상하랴?	中奴之勞誰賞直
중노미가 돈을 찾음이 비록 서로 어긋나나	中奴索錢雖戞戞
찾는 것이 또한 온통 먹기 위한 것이 아니라네.	所索亦非渠全食
구분(九分)은 객점의 주인의 쌀과 반찬으로 돌아가고	九分店主米饌歸
떨어지는 것이 다만 기름 물에서 얻는다네.	零星只是油水獲
입고 먹는 것이 그 안에 있으니	而衣而食於其中
생애가 영락함을 진실로 슬퍼할 만하네.	生涯冷落誠可惻
저가 흙과 나무의 형해가 아니라	渠非土木之形骸
저 또한 부모의 혈육이라.	渠亦父母之血肉
성내지 않고 부끄러워하지 않음을 어떤 연유로 알랴?	不慍不怍知何故
반쯤 이지러진 공방(孔方)이 저의 마음과 눈이네.	半缺孔方渠心目
그렇지 않으면 저는 사람들의 노비가 아닌데	不然渠非人人奴
어찌 아침저녁으로 노역을 잊으랴?	焉得日夕忘勞役
설령 하나에 쓰고 두텁게 꾸짖는다면	設有費單而責厚
나는 용서할 수 있으나 따질 수는 없으리.	吾見可恕不足詰
얼굴을 돌리면 비록 다르나 마주하면 간절하니	背面雖異當面懇

한 번 보매 친구 같고 그 말은 조용하네.	一見似故其言密
중노미에게 기쁘게 응접함이 없게 한다면	使無中奴欣然接
어느 곳에서 나그네가 평온하게 사귀고 묵으랴?	何處行人穩接宿
우리 집에 대대로 일을 주간하는 종은	吾家世世斡事奴
그 어미와 그 아비가 호구와 호적에 밝다네.	渠母渠父昭口籍
마치 말 앞에서 부지런히 애를 쓰는 것과 같아	猶以馬前多勤苦
술과 풀이 곳곳에 일찍이 아까워함이 없었네.	酒草處處曾無惜
한두 푼의 돈에 어찌 득실이 있으랴?	一二文錢胡得失
어지러워지면 주인과 나그네가 끝내 서로 발끈하네.	紛然主客終相艴
중노미 중노미야 진실로 슬퍼할 만하네.	中奴中奴誠可惻
다만 바라나니 나그네는 작은 득실을 꾀하지 마시라.	且願行人勿計些得失[104]

104 김양근, 〈旅店中奴歌〉, 『東埜集』 卷之三, 『한국문집총간』 속 94, 64면.

4. 위항 중인의 성장과 절절의 의리

중인은 협의의 개념과 광의의 개념으로 이해할 수 있는데 서울의 중심가에 살던 역관·의관·산관·율관·음양관·사자관·화원·역관 등 기술관을 총칭하는 협의의 중인과 서얼·서리·향리·장교·방외한산인 등 광범한 신분을 포함한 광의의 개념이 그것이다.

이들이 서울의 청계천의 육교[廣橋] 부근의 조시 근처에 머물러 살게 하여 생활의 편리[生理]를 도모하게 한 데서 중로(中路), 즉 중인이라는 명칭이 유래되었으며, 조선 초 이래로 의·역·서화 등의 기술직 종사자들이 살기 시작하여 기술관들의 집중적인 거주지가 되었는데 17세기 전후의 시기로 추정한다.

1) 사대부들과의 교유를 통한 시와 가곡의 향유

위항 중인은 실무 행정관으로 전문적인 업무에 종사하면서 사대부들의 풍류를 좇아서 시사를 구성하는 등 시에서 명성을 드러내기도 하였는데, 『육가잡영』(1666)에 이어서 18세기에 홍세태의 『해동유주』(1712)가 발간되고, 시사의 구성원들이 『소대풍요』(1737), 『풍요속선』(1797) 등을 엮었고, 19세기에는 『풍요삼선』(1857)을 펴내기도 하였다.

이들은 사대부들과의 교유를 통하여 사대부 사회의 인정을 받는 과정을 거쳤다고 할 수 있는데, 김창협(1651~1708), 신정하(1680~1715) 등과의 교유를 주목할 수 있다. 18세기에 사대부들의 인정을 받은 대표적 위항 시인으로 홍세태(1653~1725), 정내교(1681~1757), 정민교(1697~1731) 등을 들 수 있다.

홍세태는 김석주, 이항 등에게는 개인적인 지원을 받았고, 김창협, 김창흡 형제는 그의 재주를 평가하였다.[105] 영조 임금도 홍세태의 명성을

105 성대중, 「洪世泰」, 『青城雜記』 卷之三, 『국역 청성잡기』(민족문화추진회, 2006), 145면.

알고 있었고, 직접 시를 살피기도 하였다. 궁금에 들어오기 전의 일화로 보인다.

> 임금이 예조판서 홍상한에게 이르기를,
>
> "홍세태는 노예라는 이름이 있었으나, 문장은 고귀하다고 내가 어렸을 적에 그 이름을 들은 적이 있어서, 사람을 시켜서 그의 시를 받아오게 하였었다. 그러나 내가 일찍이 몸을 삼가고 조심하여 여리의 사람들과 교제를 하지 아니하였기 때문에 그의 면목을 알지는 못한다." 하였다.[106]

김종수가 정내교의 호를 설명하면서 "완암이라고 한 것은 현옹이 일찍이 임인사화 때 가족을 이끌고 충청도의 계룡산에 들어가 살았기 때문"[107]이라 한 데서, 42세 무렵인 임인년(1722)에 서울에서의 정치적 위기를 피하려고 했던 것으로 추정할 수 있고, 김천택이 『청구영언』(1728)을 엮던 시기에는 서울에서 지낸 것으로 보이며, 『승정원일기』에는 영조 12년(1736) 6월에 이문학관[108]으로 등장하고 있다.

위항 중인 중에서 사대부들의 유년 시절 스승의 역할을 맡은 경우도 확인할 수 있는데, 홍봉한[109], 김종후[110]·김종수 형제[111] 등이 정내교에게 시를 배우기도 하고 글자를 익히기도 한 것이 대표적이다. 정내교는 16세

---

106 『영조실록』 92권, 영조 34년 10월 7일(경신), 『국역 영조실록』 28, 61면.

107 김종수, 「浣巖集序」, 『夢梧集』 卷之四, 『한국문집총간』 245, 539면, 其曰浣巖者, 翁嘗於壬寅士禍時, 挈家入湖右之鷄龍山居焉.

108 『승정원일기』 827책(탈초본 46책) 영조 12년 6월 13일(병자).

109 홍봉한, 「浣巖集跋」, 『浣巖集』, 『한국문집총간』 197, 573면, 記余幼少時, 問字於玄翁, 首尾數十年, 受益於玄翁者多矣.

110 김종후, 「浣巖鄭翁來僑墓誌銘*幷序」, 『本庵集』 卷八, 『한국문집총간』 237, 482면, 淸風金鍾厚以告學士洪君樂命, 訂正而序之, 又托以墓表曰, 吾與子非童稚時學於翁者耶, 洪君乃不辭, 仍以誌屬鍾厚, 鍾厚亦不敢辭.

111 김종수, 「浣巖集序」, 『夢梧集』 卷之四, 『한국문집총간』 245, 539면, 始余童子時, 受唐詩玄翁, 翁已老白首, 文章有名當世, 時從箱篋間, 得其所著詩文而誦焉.

가 되는 김종수에게 이실(而實)이라는 자를 지어주면서 자설[112]을 쓰고 있고, 김종수가 밝히고 있듯이, 정내교가 "누추한 여항에서 불쑥 나오기는 했지만, 석호 신공[申汝拭]에게서 얻은 것이 많았다."[113]라고 한 것은 뒷날 신여식의 손자인 신정하와의 교유와 연계하여 신여식 → 신완 → 신정하에 이르기까지 대를 이어서 사대부와 위항 중인의 밀접한 교유를 확인하게 한다.

사대부 중에서 경상의 지위에 오른 홍봉한, 김종수 등이 정내교에게 수학한 사실을 비롯하여 위항 중인들이 사대부가의 자제들을 가르치면서 신뢰를 쌓은 것이 위항 중인들이 시선집을 엮을 때 서문 등에서 격려하기도 하고, 시와 관련하여 아울러 천기[114] 등을 주장하면서 적극 동조하게 된 바탕이 되었을 것이다.

위항 중인과 사대부들의 교유는 시를 통한 교유뿐만 아니라 가곡을 향유하는 교유로 이어지기도 하였다. 정내교의 문집 서문에서 이천보가 진술한 내용에서 가곡을 향유하면서 즐긴 내용을 확인할 수 있다.

> 대저 시는 천기이다. 천기가 사람에게 머무르다가 일찍이 그 처지를 가리지 아니하고, 사물의 묶임에 담박한 사람이 얻을 수 있다. 위항의 선비들은 궁박하고 신분이 낮다. 그러므로 세상의 이른바 공명과 영리는 그 바깥에 휘는 바와 그 가운데에 빠지는 바가 없이 하늘을 온전하게 하면서 바뀌게 되고, 그리고 일 삼는 바를 즐기고 오로지하면 그 형세가 그렇게 된다.

---

112 정내교, 「金而實鍾秀字說」, 『浣巖集』 卷之四, 『한국문집총간』 197, 558면.

113 김종수, 「浣巖集序」, 『夢梧集』 卷之四, 『한국문집총간』 245, 539면, 翁於文章有神解, 而其得之石湖申公者爲多, … 翁特起委巷之中, 能自力爲文辭.

114 홍세태, 「與恕菴書」, 『柳下集』 卷之九, 『한국문집총간』 167, 470면, 竊嘗謂足下之於文, 天機自得, 이천보, 「浣巖集序」, 『浣巖集』, 『한국문집총간』 197, 487면, 余以爲潤卿之詩與文, 一出於天機而已. 何必論長短也哉. 오광운, 「昭代風謠序」, 『藥山漫稿』 卷之十五, 『한국문집총간』 211, 47면, 惟我國閭井之人, 限於國制, 科擧無所累其心, 生於京華, 又無方外孤絶之病, 得以遊閑詩社, 歌詠文化, 大者能追步古作者, 蔚然爲家數, 小者亦能嫋娜成腔調, 要之乎全其天性, 發之天機, 咨嗟詠歎, 不能自已.

근세 시인 창랑 홍도장과 같은 사람이 그런 사람이고, 그리고 도장을 이어서, 또 완암 정윤경이 있어서, 이름은 내교인데, 당세의 학사대부와 친히 사귀면서 이름을 부르지 않고 자를 부른다. 간혹 집으로 불러서 그 자제를 가르친다. 그 사람됨이 여윈 학처럼 맑아서 그의 눈썹 근처를 바라보면, 시인임을 알 수 있다. 그러나 매우 가난하여 집은 다만 사벽뿐이고, 시사의 여러 사람들이 좋은 술이 있으면 반드시 부르는데, 윤경이 그 양만큼 실컷 마시고 흥건하여 기분이 풀리면 그런 뒤에 운자를 내어서 높이 앉아 먼저 부르면 그 시를 지음이 확 트이고 일렁거려서 시인의 태도를 얻게 된다. 그리고 이따금 성조가 강개하여 연조의 축을 두드리는 선비와 같음이 있어서 상하가 달리고 좇는다. 대개 그 연원이 온 바는 도장에게서 나와서 천기를 얻은 것이 많다. 그 가슴속에 진실로 외물에게 유혹된 것이 있어도 좋아하거나 오로지하지 않으니, 곧 그 성취가 능히 이와 같으랴?

윤경은 비단 시에만 공교로운 것이 아니라 그 문도 잘 부앙절선하여 자못 작자의 풍치가 있어서, 논하는 사람들이 간혹 문이 시보다 낫다고 하는데, 나는 윤경의 시와 문이 한가지로 천기에서 나왔을 따름이라고 생각한다. 어찌 반드시 장단을 논할 것인가?

윤경은 금조에도 두루 열려 있어서 또 기쁘면 긴 노래를 하는데, 모두 그 묘함이 지극하다. 술이 반쯤 취하면 문득 스스로 거문고를 타면서 스스로 화답하는데, 넓고 넓어서 거의 어느 것이 거문고이고 어느 것이 노래인지 잊어버린다. 듣는 사람에게 좇아서 평을 하면 하나는 공교롭고 하나는 서투르다고 하면 반드시 윤경의 웃음을 사게 된다. 세상에서 윤경의 시문을 논하는 사람도 이와 같다.[115]

---

115 이천보, 「浣巖集序」, 『浣巖集』, 『한국문집총간』 197, 487면, 夫詩者, 天機也. 天機之寓於人, 未嘗擇其地, 而澹於物累者能得之. 委巷之士惟其窮而賤焉. 故世所謂功名榮利, 無所撓其外而汩其中, 易乎全其天, 而於所業嗜而且專, 其勢然也. 近世詩人如滄浪洪道長卽其人, 而繼道長, 又有浣巖鄭潤卿者, 名來僑, 當世之學士大夫與之交狎, 不名而字之. 或致之家, 訓其子弟, 其爲人淸脩如癯鶴, 望其眉宇, 可知爲詩人. 而甚貧窶, 家徒四壁, 詩社諸君有佳釀則必邀之. 潤卿痛飮盡其量, 淋灕酣暢, 然後始出韻. 高踞先

다음은 정내교가 김천택의 『청구영언』에 쓴 서문이다.

> 김군 백함이 노래를 잘하는 것으로 나라 안에 이름이 나서, 능히 스스로 신성을 지으면, 맑고 밝아서 들을 만하고, 또 신곡 수십 결을 지어서 세상에 전한다. 내가 그 노랫말을 보니 모두 맑고 고우며 이치에 맞고, 음조와 마디의 가락이 음률에 맞아서 가히 송강의 신번 과 앞뒤를 다투어 달릴 것 같다. 백함은 비단 노래에만 능한 것이 아니라 문에서도 그 능함을 볼 수 있다. 아, 오늘의 세상에서 관풍을 잘 하는 사람은 반드시 이 노랫말을 채록하여 악관에 펼치면 다만 이항가요가 되어 그치는 것이 아닌데, 어찌 다만 백함으로 하여금 연조의 슬프고 탄식의 음이 되게 하여 그 불평한 마음을 울리랴? 또 이 노래는 강호 산림 방랑 은둔의 말을 끌어서 반복하여 차탄하여 마지않으니, 그 또한 쇠약한 세대의 뜻인가?[116]

한편 김천택은 『청구영언』을 엮으면서 왕족인 마악노초 이정섭(1688~1744)에게 자문을 받고 발문까지 받았는데, 이 과정 또한 주목할 수 있다.

唱, 其爲詩也踈宕演漾, 得詩人之態度, 而往往聲調慷慨, 有若與燕趙擊筑之士, 上下而馳逐. 蓋其淵源所自, 出於道長, 而其得之天機者多, 其胸中苟有所誘於外物而不嗜不專, 則其成就能如是乎. 潤卿非獨工於詩, 其文善俯仰折旋, 頗有作者風致. 論者或曰文勝於詩, 余以爲潤卿之詩與文, 一出於天機而已, 何必論長短也哉. 潤卿旁解琴操, 且喜爲長歌, 皆極其妙, 酒半輒自彈而自和之, 浩浩然殆忘其孰爲琴而孰爲歌也. 使聽之者從而評之曰, 一工而一拙, 則必爲潤卿所笑, 世之論潤卿之詩文者, 亦若是矣. 余之交潤卿, 粤自弱冠, 而及余之領槐院, 潤卿方食製述官祿, 潤卿以目疾辭. 余曰, 潤卿今之張籍, 不盲於心者也. 閉眼口呼. 足以了院中文事, 竟不許焉. 或以公事造余, 余命僮扶而升堂, 叩其有詩. 則潤卿引喉朗誦, 至得意處, 不覺脫帽狂叫, 余於是知潤卿老且病, 而其氣不衰也. 潤卿既死, 洪學士子順抄其詩文, 洪尚書翼汝捐財, 將印行於世. 余不可無一言, 遂爲之序. 六化居士李宜叔書.

116 정내교, 「金生天澤歌譜序」, 『浣巖集』 卷之四, 『한국문집총간』 197, 546면, 金君伯涵以善唱名國中, 能自爲新聲, 瀏亮可聽, 又製新曲數十闋以傳於世. 余觀其詞, 皆淸麗有理致, 音調節腔皆中律, 可與松江新飜後先方駕矣. 伯涵非特能於歌, 亦見其能於文也. 嗚呼, 使今之世有善觀風者, 必采是詞而列於樂官, 不但爲里巷歌謠而止爾. 奈何徒使伯涵爲燕趙悲慨之音, 以鳴其不平也. 且是歌也, 多引江湖山林放浪隱遯之語, 反覆嗟歎而不已, 其亦衰世之意歟.

실제로 『청구영언』을 엮는 과정에 김천택이 자료를 수집하는 일을 주도했지만, 이정섭과 정내교 등이 추천하거나 소개한 작품도 포함하였을 가능성이 있으므로 왕족에서 위항 중인에 이르기까지 진폭이 넓어질 수 있었을 것이다. 정내교가 사대부와 위항 중인을 잇는 연결 고리의 역할을 맡았고, 이정섭이 친분이 있는 사대부들을 안내하기도 한 셈이다.

정민교는 영조 1년(1725)에 진사가 되어 성균관에 들어갔으나 곧 그만두고 여항시인으로 행세하였다. 형에게 글을 배우다가 홍세태의 문하로 들어갔으며 당시 여항과 사대부 사이에서 시를 잘 짓기로 이름이 났다. 기실이라는 벼슬을 지냈으며, 평안도 관찰사 홍석보가 그의 재능을 아껴 서기로 삼았고, 영남 관찰사 조현명이 그를 곁에 두고 함께 시를 수창하는 한편 자제 교육을 맡기기도 하였다.

2) 다양한 구성원들과의 교유와 절절의 의리

위항 중인들과 모임을 가지면서 시를 향유한 서얼 중에서 김도수(1699~1742)를 주목할 수 있다. 김도수는 청풍부원군 김우명의 서손으로, 음보로 예빈시 주부, 공조정랑, 지례현감, 통천군수를 역임하였다.

김도수는 이하곤, 이병연 등 당대 대표적인 시인들과 시로 교유하는 것은 물론이거니와 홍세태[117]와 시를 주고받거나 그의 죽음을 맞아 애도하는 시를 지었으며, 또 다른 사람들과 함께 정내교[118]와 어울리거나, 서얼 문사들과 어울렸다. 이매, 홍서기, 박사유, 송재복, 송재희 등이 그들이다.

홍서기[119], 이매[120] 등과 따로 모이거나 시를 주고받았으며, 또 백중날

117 김도수, 〈寄詩滄浪子洪道長*世泰 兼送白秋露〉, 『春洲遺稿』 卷之一, 『한국문집총간』 219, 10면, 〈夜坐有懷, 寄滄浪子〉, 11면, 〈悼滄浪子〉, 13면.

118 김도수, 〈雨後, 李平叔*彥衡, 宋永受, 洪翼汝*鳳漢, 鄭潤卿來訪, 對菊呼韻〉, 『春洲遺稿』 卷之一, 『한국문집총간』 219, 27면, 〈臨津船上, 口占奉寄宋百順, 兼示鄭潤卿〉, 27면.

119 김도수, 〈秋夜, 聞序卿洞簫〉, 『春洲遺稿』 卷之一, 『한국문집총간』 219, 12면, 〈朝日乘興, 與伯春, 尋源歸見序卿, 自城中來, 作一絶以待. 遂次其韻〉, 219, 12면.

밤에 두 사람과 함께 동산에 올라 마음대로 읊기도 하였다.

홍군의 옥소 소리는 맑고 고아한데	洪君玉簫淸且雅
좌중에는 또한 노래를 잘하는 사람이 있네.	座中亦有高歌者
만 골짜기를 울리는 노래소리가 격월하고	歌聲激越動萬壑
먼 들로부터 학 한 마리가 날면서 우네.	一鶴飛鳴自遠野
내가 생각하나니, 가을 물이 넓고	我所思兮秋水濶
아득한 밤에 가슴속 회포에 아득하여 토하기 어렵네.	遙夜襟懷杳難寫
풍류의 소동파는 지금 어디에 있는가?	風流蘇子今安在
유독 정신이 이 달에 머무르네.	獨有精神留此月
내가 지금 술을 잡고 달에게 따르면서	我今把酒酹月
거듭 그대에게 권하니	仍勸君
다시 옥소를 불면서 몇 곡을 노래하세.	更吹玉簫歌數闋[121]

그리고 이매에게 보낸 편지에서는 여러 사람을 만나서 수창하라는 권고에 대하여 김도수는 다음과 같이 자신의 생각을 정리하고 있다.

내가 태어나서 열세 살에 배워서 시를 지은 지 지금 십사 년이네. 내가 비록 재주가 없어도 어찌 사람들에게 보일 만한 것이 한두 편이 없겠는가? 그러나 문득 깊이 감추고 세상에 내지 않았으니, 그것은 소문을 내는 사람이 있을까 저어하기 때문이네. 진실로 이름으로 지낼 수 없다고 하면 비방이 이로 말미암아 생기기 때문이네. 또 내가 스무살 이후에, 깊은 산속이나

120 김도수, 〈與李伯春*梅飮話〉『春洲遺稿』 卷之一, 『한국문집총간』 219, 10면, 〈山棲, 和李伯春〉 219, 11면, 〈鐘巖書齋, 與伯春同賦〉 219, 11면, 〈水閣和伯春〉, 219, 13면, 〈和伯春〉 219, 15면, 「與李伯春」 219, 17면.

121 김도수, 〈七月十五日夜, 與洪序卿*叙箕, 李伯春, 登東山放吟〉, 『春洲遺稿』 卷之一, 『한국문집총간』 219, 11~12면.

> 적막한 물가에서 살면서 함께 노닌 사람은 모두 산의 중이나 짐승을 기르는 더벅머리였네. 그리고 때로 노래하고 읊어서 시를 이루어도, 흥취가 그치면 문득 잊어서, 이와 같을 뿐이라네. 누가 다시 세속의 말기로 억지로 분분하게 하겠는가?[122]

김도수는 신해년(1731) 중구에 송재복·송재희 형제와 함께 이언형의 집에서 모임을 가졌는데, 이 모임에 정내교를 초청하였고, 정내교가 〈오자지가〉를 윈 것으로 기록하고 있다.

송재복 형제는 송상기의 손자이며 송필환의 아들이다. 송재복은 부인이 광산 김씨[123]로 장인이 김용택이고 대재, 원재, 회재가 처남인데, 장인과 대재가 임인년(1722)에 연루되어서, 신해년 무렵에 편안한 마음이 아니었던 것으로 볼 수 있다.

이언형은 장인이 홍현보이고 홍봉한은 처남이 된다. 영조 32년 병자(1756) 2월에 승지를 맡았고, 강원도 감사, 호조참판 등을 역임했으며, 정조 1년(1777)에 아들 이택수가 모역에 동참했으나 이언형의 아내가 자궁의 지친이라고 지정불고(知情不告)[124]로 정법하기도 하였다.

> 신해년 9월 초아흐레에 송백순 형제가 나와 송현의 이평숙 집에서 만나기로 약속했다. 평숙은 고아한 선비로, 가시를 좋아하였다. 현와 정윤경을 초대하였는데, 윤경은 젊은 시절에 나이 많은 사람들과 놀았는데, 비록 노쇠하나 풍운이 있다. 밤에 주인이 작은 술자리를 열고, 술이 예닐곱 번 돌자, 윤경이 젓가락을 들고 소반을 두드리며 상서의 〈오자지가〉를 외웠는

---

122 김도수, 「答李伯春書」, 『春洲遺稿』 卷之二, 『한국문집총간』 219, 42면, 僕生十三, 學爲詩于今十四年矣. 僕雖庸才, 豈無一二篇可示於人者. 然輒深藏而不出之, 惟恐其有聞者. 誠以名不可居, 謗由是生故也. 且僕自二十以後, 棲息於窮山寂寞之濱, 所與遊者, 皆山僧牧豎. 而有時或謳吟成詩, 興已則輒忘, 如斯而已. 誰復以世俗末技, 强紛紛爲也.

123 이재, 「孺人完山李氏墓誌」, 『도암집』 권45, 『한국문집총간』 195, 435면.

124 『정조실록』 4권, 정조 1년 8월 11일(갑진), 『국역 정조실록』 3, 81면.

데, 그 소리가 맑고 비장했다.[125]

그리고 김도수는 홍봉한을 포함하여 이언형, 송재희, 정내교 등과 어울리기도 하였다.

서풍에 성긴 비가 차가운 숲을 건너는데 西風踈雨度寒林
산 새가 울 때 찾아오는 손님이 있네. 山鳥啼時有客尋
해가 작은 담을 구르니 가을이 더욱 가볍고 日轉矮墻秋更薄
구름이 빈 걸상에서 생기니 앉은 자리가 도리어 깊네. 雲生虛榻坐還深
벽오동 창 아래에서 새 구절을 지으니 碧梧窗下題新句
누런 국화 술동이 앞에서 옛 마음을 보네. 黃菊樽前見古心
몇 사람이 사양하지 않고 오늘 밤에 마시며 數子不辭今夜飮
또 밝은 달과 함께 그대를 위하여 읊네. 且將明月爲君吟[126]

홍봉한이 이들과 어울린 일을 주목하여 살필 필요가 있다. 홍봉한은 영안위 홍주원(1606~1672)의 현손으로 홍주원 → 홍만용 → 홍중기 → 홍현보 → 홍봉한으로 이어지는데, 영안위 가문의 풍류[127]가 연면히 이어지는 집안의 분위기를 짐작할 수 있거니와, 어린 시절에 정내교에게 글자를 배우기 시작하여 오랜 기간 교유를 이어간 것이 큰 작용을 한 것으로 볼 수 있다. 그런데 영조 11년(1735)에 성균관 진사의 기록이 있으나 식점이 너무 적어서 5년 동안 정거의 명[128]이 있었으므로 이 기간에 위항인들과

125 김도수,「松峴夜集序」,『春洲遺稿』卷之二,『한국문집총간』219, 30면, 辛亥九月九日, 宋百順兄弟, 約余同會于松峴李平叔第. 平叔雅士, 喜歌詩, 邀玄窩鄭潤卿, 潤卿少也遊長者間, 雖老衰多風韻. 夜主人設小酌, 酒行六七巡, 潤卿擧筯拍盤, 誦尙書五子之歌, 其聲瀏亮悲壯.

126 김도수,〈雨後, 李平叔*彦衡, 宋永受, 洪翼汝*鳳漢, 鄭潤卿來訪, 對菊呼韻〉,『春洲遺稿』卷之一,『한국문집총간』219, 27면.

127 최재남,『17세기 후반 정치·사회 변동과 시가사』(보고사, 2021), 328~335면.

어울리면서 지낸 것으로 추정할 수 있다. 영조 19년(1743)에 딸이 세자빈에 간택되면서 9품관인 세마에서 출육하였고, 이듬해에 과거에 급제하였다. 그러므로 30세 이전에 위항 중인이나 서얼들과 어울리는 과정에 정내교, 김도수 등과 연계 고리가 마련되었다고 할 수 있다.

뒷날 홍봉한이 집안의 홍양호 등과 시회의 자리[129]를 마련한 것은 영안위 가문의 풍류를 다시 이은 것으로 이해할 수 있을 것이다.

정내교를 스승으로 모시거나 시를 배우는 등 매우 호의적인 입장에서 교유를 지속한 경우도 있지만, 사대부들 사이에서는 이들 위항 중인을 모두 받아들이거나 포용한 것은 아니었다.

정내교가 신정하에게 동료 시인의 추천을 요구하자 사대부들 입장에서 홍세태 등 3인 이외에 그 능력은 인정하면서도 다른 사람들까지 전부 용납할 수 있을 것인지에 대하여 고민을 드러내기도 하였다.

> 김생의 시는 이미 상세히 보았습니다. 종전에 윤경씨에게 그 명성이 고아하다는 것으로 인하여 지금 그 지은 것을 보니, 위항에서 쉽게 얻을 수 있는 것이 아닐 뿐만 아니라 비록 우리들 사이에서 구하더라도 거의 많이 있지 않을 것이니 진실로 두려워 칭찬할 만합니다. 윤경씨가 또 일찍이 그 사람이 더욱 그 시보다 높다고 하여서, 늘 그 사람을 한 번 사귀고자 했으나 얻지 못했습니다. 만약 윤경씨로 인하여 자리에 모시게 된다면 얼마나 다행스럽겠습니까? 다만 이 사람은 불행하게도 포의의 높음을 얻지 못하였으니, 당세의 고아한 선비가 이를 이용함에 싫어하고 깔보아서 달아나고 보지 못하게 될까 걱정입니다.[130]

---

128 『영조실록』 40권, 영조 11년 11월 3일(무술), 『국역 영조실록』 13, 335면, 태학 유생들의 식점(食點)이 너무 적다고 하여, 임금이 유시를 내려 그들을 책망하였다. 반점(半點)인 자는 2년 동안 정거하게 되어 있는데, 이규보와 홍봉한은 그 이름이 반점에 있었으므로 특별히 5년 동안 정거하게 하였다.

129 홍양호, 〈翼翼齋夜集, 謹次族兄相公*鳳漢韻〉, 『耳溪集』 卷八, 『한국문집총간』 241, 136면.

이렇듯 신정하가 정내교와의 교유를 인식하면서 정내교를 비롯한 여항인에 대해 내리는 평가가 서울에 기반을 둔 문벌 가문의 인식을 극명하게 대변하는 것으로 볼 수 있다. 정내교가 어려운 형편 등을 들어 신방에게 편지를 보내어 도움을 요청하고, 신방은 이 문제를 신정하와 의논한 듯한데, 신정하가 조카 방에게 보낸 편지에서 정내교를 홍세태와 비교하여 매우 진지하게 기술하면서 분수를 지키면서 어려움을 이겨내기를 바라고 있다. 실제로 김부현·김만최뿐만 아니라 이하곤에 대한 평가도 포함하고 있으며, 특히 위항인과의 교유뿐만 아니라 사부들 사이의 교류에 있어서 의리의 중요성을 강조하고 있다. 한편 위항인 중에서 홍세태, 정내교, 정민교 등 세 사람[131] 정도만 인식하고 나머지 인물에 대해서는 크게 주목하지 않고 있다는 사실을 간과할 수 없다.

> 보여준 것이 다 갖추어져서, 종전에 늘 윤경의 사람됨이 창랑보다 훨씬 낫다고 말했는데, 오늘 비로소 그렇지 않음을 알았다. 저 창랑의 사람됨은 비록 가볍고 방정맞은 병폐는 있지만, 그러나 또한 그루를 지키면서 한 방에서 글을 읽으면서 삼십 년 동안 추위와 배고픔을 참고 얻었다. 윤경은 우리들이 기대하는 바인데, 창랑의 분주함과는 같지 않으나 그러나 도리어 창랑이 할 수 있었던 것은 할 수 없으니 어떻게 된 것인가? 윤경의 형세에 대하여 나 또한 그가 십분 지탱하기 어려운 지경에 있음을 알고, 그리고 의원과 역관에 이르러서는 오히려 간혹 그럴 수 있을 것이다. 만약 가죽으로 군복을 만드는 일은 특히 얻을 수 없을 뿐만 아니라 또한 장차 감당하기 어려우니 즉 곧 분수에 맞지 않은 것이다. 한 번 견디지 못하여 문득 분수에

---

130 신정하, 「答鄭來僑」, 『恕菴集』 卷之九, 『한국문집총간』 197, 348면, 金生詩紙, 已得熟看, 從前因潤卿聞其名雅矣. 今觀其所作, 非特委巷之不易得, 雖求之吾輩間, 殆不多有, 殊可畏歎. 潤卿又嘗言其人更高於其詩, 每欲一識其人而未獲, 若得因潤卿致之座上, 何幸如之. 但此漢不幸不得保布衣之高, 深恐當世高士用此厭薄, 遁逃不得見爾.

131 신정하, 「贈鄭生來僑序」, 『恕菴集』 卷之十, 『한국문집총간』 197, 354면, 委巷士之以詩名世而從吾遊者有三人焉, 曰滄浪洪道長, 鄭惠卿, 鄭潤卿.

맞지 않은 것을 구하는 일에 뜻이 생기면 어찌 평소 우리들을 좇아서 노닐던 사람이 바라던 바이겠는가? 이것이 아재비가 늘 남들의 좋은 점을 들레는 것을 기뻐하고, 종전에 사람을 대하면 몇 번이나 윤경의 재지가 높고 문사가 아름답다고 설명했던가? 만약 접때 나의 설명을 들은 사람으로 하여금 윤경의 금일 구하는 바를 알게 한다면, 곧 비단 윤경이 그 끝없는 비난을 받을 뿐만 아니라, 이 아재비의 입도 이로부터 붕우 사이에서 믿음을 얻지 못할 것이다. 종전에 늘 윤경이 그 가난함을 걱정하는 것을 들어도, 그러나 분수에 맞지 않은 것을 구하는 데에 뜻이 있음을 보지 못했는데, 오늘 갑자기 이와 같은 것은 반드시 이 아재비가 윤경을 존경하며 믿고 돌아갈 곳으로 생각한 데서 말미암을 것이다. 그 본마음을 지키지 못하고 명리의 분기점에 드나든다면, 윤경의 뜻은 한 편으로 이것이 불가함이 없다고 생각하는 것이고 다른 하나는 이것이 비록 불가하다고 할지라도 저것이 사부가 명예로 삼는 것이니 또한 이미 벗어날 수 없는 것이다. 그렇다면 나에게 어찌 반드시 깊이 따지랴? 이와 같이 생각하니 생각이 점점 괴롭고, 아직 한 번 넘어져서 이를 거론함을 벗어나지 못하니, 이 아재비의 허물이 아님이 없다.

김부현과 김만최와 같은 사람은 어찌 이런 뜻을 듣지 못했는가? 또한 재대[이하곤]의 사람됨이 매우 높다. 그러므로 좇아 노니는 사람들이 비록 하류에 있어도 모두 스스로 아낄 줄 알아서 이러한 분수에 맞지 않은 마음이 싹트는 것을 생각하지 않았다. 그러나 유독 이 아재비가 이와 같이 명리의 뜻에 빠지니 그러므로 좇아 노니는 사람들이 각각 그 부류로서 하는 것이 그러한 것이다. 윤경은 반드시 집안일이 이에 이르러 그러나, 한 편으로 편안히 앉아서 글을 읽으며, 한 말의 녹봉을 얻어서 어버이를 봉양하지 못하면 이것은 불효가 된다고 이를 것이다. 그러나 설령 윤경이 혹의의 임무를 맡더라도, 그 꼿꼿한 몸은 반드시 그 임무를 감당하지 못할 것이다. 감당하지 못하는 것보다 낭패의 죄를 얻어서 도리어 어버이를 근심하게 할 것이다. 누가 만약 임시로 굶주림을 견디고 업을 지켜서 콩을 먹고 물을 마시며 그 즐거움을 다하여 얻을 수 있을까? 옛 성현이 가난하여 벼슬에 나아간 뜻은 아마도 이것을 가리킨 것이 아니다. 지금 녹을 받기 위해 벼슬하는 뜻이 있는 사람은 어버이를 위한다고 말하지 않음이 없다. 그러나 이 아재비는 이것 또한 의리와 경중에서 구별이 있어야 한다고 생각한다. 만약 이에 분별이 없이, 다만 어버이를 위한다[爲親]는 두 글자만 생각한다면 사람들의 용서를 바라는 욕심이다. 곧 이 위친 두 글자는 녹봉을 낚시하고 벼슬을 만드는 이술이라, 어찌 서로 천리에 크게 위배되지 않겠는가? 이것은 비단 윤경을 위해서 말하는 것이 아니라 이 사람이 본래 세도를 위하여 매우 개탄하는 것이다.

옛날에 안연이 죽자 곽이 없었는데 그 아버지 안로가 부자에게 태울 수레를 청하였는데, 곧 안연의 가난은 대개 상이 나도 곽을 들어 올릴 수 없는 데에 이르렀다. 그러나 안연은 안빈낙도할 수 있었고, 녹을 받기 위해 벼슬하는 뜻을 끊었다. 지금 만약에 과연 윤경이 말한 바와 같다면 곧 누항단표는 안자가 불효함이 아님이 없다. 나의 조카들이 이 말을 어떻게 생각할지 알 수 없지만, 지금 윤경이 의리에 있어서 하고자 하는 바의 해로움이 이와 같으니, 일부러 다만 이에 언급한 것이고, 그 문사에 이르러, 포기하는 것이 아깝고, 하고자 하는 바가 얻기 어렵고, 모두 미칠 겨를이 없다. 윤경이 편지를 보내고 아직 각 폭에 대한 겨를이 없으니 모름지기 불러서 이를 읽고, 다시 헤아리게 한다면, 윤경 한 사람을 아끼는 것이 지나쳐서 이와 같이 많은 말을 한 것이니, 또한 이 아재비가 일이 많음을 볼 수 있을 것이다.[132]

132 신정하, 「答昉」『恕菴集』卷之七, 『한국문집총간』197, 302면, 所示備悉, 從前每言潤卿爲人, 則遠勝滄浪, 今而始知不然也. 彼滄浪者爲人, 雖有輕佻之病, 然亦能株守一室讀書, 忍得三十年寒餓. 潤卿吾輩所期待, 不如滄浪之草草, 而反不能滄浪之所能, 何也. 潤卿形勢, 吾亦知其在十分難支之境, 而至於醫譯, 猶或可也. 如韎韋跗注之任, 非特難得, 亦將不堪, 則乃是非分之物也. 以一不忍而輒生意於非分之求者, 豈是所望於平日從吾遊者耶. 此叔每喜揚人之美, 從前對人, 幾番說潤卿才志之高文辭之美, 若使向之聞吾說者, 知潤卿今日之所求, 則非獨潤卿受其無限唾鄙, 此叔之口, 自此將不見信於朋友矣. 從前每聞潤卿之憂其貧, 而未見生意於非分之求, 今遽如此者, 必由於如此叔之爲潤卿所敬信而以爲歸焉者不能保其素心, 出入於名利關頭, 故潤卿之意, 一以爲此

이 문제와 관련하여 신방은 정내교에게 편지[133]를 보내어 의리를 강조하고 있다.

이렇듯 위항 중인과 사대부, 위항 중인과 서얼 사이의 교유와 그 반향에 대하여 보다 많은 사례를 확인하여 살필 필요가 있다. 교유에서 발생하는 문제를 확인하고 그들이 어떤 방향으로 해결하려고 했는지 면밀하게 검토하면서, 18세기 사회 변동의 큰 흐름을 짚어내는 동시에 개별 교유를 통하여 이룬 성취도 아울러 살펴야 할 것이다.

無不可, 一以爲此雖不可. 而彼以士夫爲名者, 亦旣不免, 則在我何必深責, 如此思之, 思之漸苦, 未免一蹉跌而爲此擧, 此無非此叔之過也. 如金富賢金萬最者, 何不聞有此志也. 抑載大爲人甚高, 故從遊者, 雖在下流, 皆知自好, 不以此等非分萌心, 而獨此叔之汨志名利如此, 故從遊者, 各以其類而然耶. 潤卿必曰家事至此, 而一向讀書安坐, 不得斗祿以養親, 則是爲不孝云. 而設使潤卿得黑衣之任, 其骨體必不堪當是任, 與其不能堪當而得罪狼狽, 反爲親憂, 孰若姑且忍飢守業, 啜菽飮水, 盡其歡之爲得哉. 古聖賢爲貧仕之意, 恐不指此也. 今之有意祿仕者, 莫不以爲親爲言, 而此叔則以爲此亦當有義利輕重之別, 若不於此有分別, 而只以爲親二字, 欲望人之有恕, 則是爲親二字, 爲釣祿做官之利術, 豈不大相違背於天理乎. 此則不但爲潤卿道, 此漢之素爲世道深慨者也. 昔顔淵死而無槨, 其父顔路請夫子所乘之車, 則顔淵之貧, 盖至於喪不擧矣. 然顔淵能安貧樂道, 絶意於祿仕. 今若果如潤卿所言, 則陋巷簞瓢, 無非顔子之不孝也. 未知吾姪以此言爲如何. 今潤卿所欲之害於義理者如此, 故只及此, 而至其文辭, 抛棄之可惜, 所欲之難得, 都不暇及爾. 潤卿有書而未暇爲各幅, 須邀來讀此, 使更商爲, 可惜一潤卿之甚而多言如此, 亦可見此叔之多事也.

133 신방, 「答鄭來僑書」『屯菴集』卷之四, 『한국문집총간』속 66, 489면.

5. 천주당 관람을 통한 인식의 전환

1) 천주당 관람과 새로운 믿음 세계

17세기 후반과 18세기 전반에 사행 길에 북경에서 마주친 천주당은 전혀 새로운 국면에 해당하는 것이었다. 소문으로만 듣던 천주당 건물을 보는 것도 그렇지만 그 안에서 지내는 서양 사람과의 만남은 새로운 경험이었을 터이고, 천주와 관련하여 믿음 체계에 혼동을 줄 수 있는 것이어서 더욱 그랬을 것이다. 병자호란 때 볼모로 잡혀갔던 소현세자가 서양인 신부 아담 샬을 만나서 교유하고 귀국할 때 천주교 교리를 포함한 서학 서적을 가져왔다고 했으니, 17세기 중반에 천주(天主)와의 만남이 이루어진 셈이다. 뒷날 정학과 사학, 사문과 이단의 대립으로 표출되면서 박해와 희생을 몰고 오기도 한 것은 진지한 토론이 수반되지 못한 탓일 것이다.

북경의 천주당은 동당, 서당, 남당, 북당의 네 군데로 동당은 명말에 선교사에 의해 세워졌으나 청조가 들어오면서 훼손되었다가 순치제 12년(1673)에 땅을 하사하였고, 서당은 옹정제 3년(1725)에 세웠으며, 남당은 마테오 리치가 만력제 33년(1605)에 세웠으며, 북당은 강희제 43년(1703)에 세워진 것으로 알려져 있다. 동당은 홍대용의 『연기』에 자세하게 기록되어 있고, 남당은 옥하관과 가까워 김창업, 홍대용, 박지원 등이 들렀으며, 북당은 이승훈이 세례를 받은 곳이다.

김창업은 숙종 38년(1712)에 연행을 출발하여 파주 객사에서 홍우정을 만나, 숙종 21년(1695)에 그의 숙부 홍수주를 따라 연경에 간 기억에서 '오룡정(五龍亭)이나 천주당(天主堂) 같은 데는 우리나라 사람들이 가보기 어려운 곳인데, 볼 수가 있었다.'라고 한 내용[134]을 싣고 있어서 17세기 후반부터 18세기 초반에 천주당 구경은 새로운 경험이 되었다고 할 수 있다.

---

134 김창업, 『연행일기』 제1권, 임진년(1712) 11월 4일.

그리고 이기지(1690~1722)가 경종 즉위년(1720)에 아버지인 고부 정사 이이명의 자제 군관으로 북경에 가서 여러 차례 서양인을 만나고 천주당을 방문하였다. 공식적으로 천주당의 벽화를 보고 쓴「서양화기」와 혼천의에 대하여 기록한「혼의기」 등을 남기고 있으며, 이와 별도로『일암연기』에서는 경자년(1720) 9월 20일부터, 9월 27일, 10월 8일, 10월 10일, 10월 16일, 10월 22일에 동천주당, 26일에 남천주당, 28일에 서천주당, 30일에 동천주당을 방문한 기록[135]을 남기고 있다.

「서양화기」에서 천주당 내부의 그림과 장식에 대하여 다음과 같이 자세하게 묘사하고 있다.

천주당의 벽에는 천주의 형상을 그렸는데, 한 사람은 붉은 옷을 입고 구름 속에 서 있고 곁의 여섯 사람은 구름 기운 사이에서 나왔다가 사라졌다가 하면서 혹은 전신을 드러내기도 하고 혹은 반신을 드러내기도 한다. 간혹 구름을 헤치고 얼굴을 드러내는데 또한 몸에는 두 날개가 나 있고, 눈썹과 눈, 수염과 털은 바로 산 사람과 같다. 코는 높고 입은 들어갔으며, 손과 다리는 언덕처럼 볼록하고, 옷을 접고 드리워서 더위잡고 꺾을 듯하였다. 구름 기운이 거칠게 펴짐은 솜을 튕기는 것 같고, 그리고 구름을 헤치고 얼굴을 드러낸 것은 여러 길 같이 깊었다.

처음에 당 안으로 들어가서 얼굴을 우러러 잠시 보면 벽에 큰 감실이 있는데, 감실에 구름 기운이 가득하고 구름 속에 대여섯 사람이 서 있으며, 아득하고 황홀하여, 신선과 귀신이 허깨비로 바뀐 것 같은데, 자세히 살피면 벽에 붙인 그림일 따름이다. 사람의 공력으로 이렇게 이르렀다고 설명할 수 없다. 또 천주당의 용마루와 들보의 그림은 서로 섞여서 가리고 비치니, 높은 깊이와 곧은 뿔은 몸을 숨길 수 있도록 곁으로 움직이고, 모여 선 둥근

135 이기지,『일암연기』 권2~권4,『일암연기』(원문편)(한국학중앙연구원출판부, 2016), 103~194면.

기둥은 가운데가 높고 가장자리를 베어서 둥근 모양이 분명하여 어루만지고 안을 수 있을 것 같다. 천주 곁에 구름 위에 누워서 손으로 큰 구슬을 어루만지는 그림은 살쩍과 털이 거칠고, 눈빛이 사람을 비추는데, 그 구슬의 크기가 사람 머리와 같고 푸른색으로 영롱하게 밝아서 유리와 수정과 같다. 한 쪽 가를 투시하면 무늬를 베풂이 신기하여 이해하기 어렵다.

천신의 발이 한 귀신을 밟고 있는 그림은 네 모서리의 철창으로 그 머리를 찧어서 목과 눈동자가 땅에 쏘고, 팔딱거리며 살아 있는 듯한데, 몸이 벽에 붙지 않고 창 모서리가 언덕처럼 높아서 칼날이 바깥을 향하고 있는 것 같다. 금수와 곤충과 물고기를 그린 것은 물물마다 살아 있는 것과 매우 닮았다. 비록 미세한 물생이라도 나비와 벌의 무리는 모두 수십 종류를 그렸는데, 분접(粉蝶), 수접(繡蝶), 호봉(壺蜂), 밀봉(蜜蜂)의 부류가 각 종의 형색이 같고 다름이 터럭을 나누듯 다투니, 그 부류의 수를 반드시 궁구하여, 부리와 눈, 털과 눈썹의 그 모양을 다하여, 비록 이름을 적지 않아도 한 번 보면 그것이 어떤 벌레이고 어떤 짐승인지 알 수 있다. 갑자기 쇠뇌를 열면 벌레와 물고기가 꿈틀거리고 움직여서 날아가고, 손으로 움켜쥘 것 같다.

성읍과 인가를 그린 것은 그림이 겨우 한두 자인데, 높은 곳에 올라가 굽어보는 것 같다. 성에 가득 사람의 집이 다만 그 집의 용마루만 보인다. 대개 먹으로 농담과 심천을 나타내고, 명암과 은현의 색을 만들어서 사람으로 하여금 고저와 원근의 형상을 만든 것을 보게 한다.

탁상의 곁에 둥근 목판을 세웠는데, 다섯 가지로 뒤섞어 발라서, 가로세로로 흩어지고 어지러운데, 어떤 것은 새 머리 비슷한 것도 있고, 새 날개 비슷한 것도 있으며 겨우 이름을 가리킬 수 있을 따름이다. 목판과 세 자쯤 떨어져 가로 서 있는 것은, 원통의 머리 하나가 수정에 붙어서 여러 개의 곧은 모서리를 만들었고, 머리 하나에 바늘구멍과 같은 네 개의 작은 구멍이 있는 것은 눈이 작은 구멍에서 드러나 있다. 수정을 뚫고 판화를 보면 곧 지난번의 흩어지고 어지러웠던 것이 모두 모여서 일물을 이룬다. 어떤 것은 학이 소나무 가지를 쪼고, 어떤 것은 비오리와 자원앙새가 물에 뜨고, 하나하나가 살아 있는 물생이 날아서 움직인다. 그리고 판상의 그림은 어느 것이 머리이고, 어느 것이 발인지 끝내 변별할 수 없다. 대개 수정의 곧은 모서리는 사람이 보는 사물을 떼었다 붙였다 하고, 그러므로 그 이합의 형세에 따라서 한 판의 점화가 모여 합하여 완전한 그림을 이루게 된다. 장인의 마음이 기묘하여, 신의 공교로움을 뺏을 수 있다.

북벽의 문을 열면 개가 드러난 시문이 있는데, 목덜미를 당기고 바깥을 엿보면, 살펴면 원래 문이 없는 것이다. 다만 벽에 사립문을 그려서 반만 연 모양을 만들고 그 아래에 개를 그리되, 붓으로 그리고 진흙으로 발랐는데 매우 자세하지 않아서, 가까이 보면 그림이요, 열 걸음 물러나 서서 보면 곧 분명하게 살아있는 개다. 그리고 사립문 안은 매우 깊이가 깊숙하여 만약 한 벽을 비추어보면 더욱 기이하다.[136]

---

136 이기지, 「西洋畵記」, 『一菴集』 卷之二, 『한국문집총간』 속 70, 289면, 天主堂壁上, 畵天主像, 一人朱衣, 立雲中, 旁有六人, 出沒雲氣中, 或露全身, 或露半身. 或披雲露面, 亦有身生兩翼者, 眉目鬚髮, 直如生人, 鼻高口陷, 手脚墳凸, 衣摺而垂, 若可攀拗. 雲氣敷鬆如彈綿, 而披雲露面者, 深若數丈. 初入堂中, 仰面乍見, 壁上有大龕, 龕中滿雲氣, 雲中立五六人, 渺渺恍惚, 若仙鬼變幻, 而審視則貼壁之畵耳. 不謂人工之能至此也. 又畵天主堂棟梁, 交錯掩映, 高深廉角, 側轉如可隱身, 圓柱簇立, 中高邊殺, 而圓體分明, 如可捫抱. 畵天主側臥雲上手撫大珠狀, 鬢髮鬆然, 眼光照人, 其珠大如人頭而青色, 炯然玲瓏, 若琉璃水晶. 透見一邊, 設彩之神奇不可解矣. 畵天神足踏一鬼, 以四稜鐵槍舂其頭, 目睛射地, 勃勃若生. 身不貼壁而槍稜墳高 如刀刃向外. 其畵禽獸虫魚者, 物物酷肖生者, 雖微細之物, 如蝶蜂之屬, 皆畵數十種, 粉蝶, 繡蝶, 壺蜂, 蜜蜂之類, 種種形色, 爭毫分異同, 而必窮其類之數, 嘴眼鬢眉, 各極其態, 雖不書名, 一見可知其爲某虫某獸, 猝然開卷. 虫魚蠢動飛走, 如可手掬. 畵城邑人家者, 畵僅一二尺, 而若登高俯視, 滿城人家, 但見其屋甍. 蓋以墨之濃淡淺深. 作明暗隱見之色, 能令人看作高低遠近之狀也. 卓上側立圓木板. 以五采雜抹, 縱橫散亂. 漫無條理. 或有似鳥頭者, 或有似鳥翼者, 僅可指名而已. 離木板三尺許橫立, 圓筒一頭帖水晶而多作廉稜, 一頭有四小孔僅如針竅, 以眼著小孔. 透水晶而視板畵, 則向之散亂者, 皆湊成一物. 或鶴啄松枝, 或鸂鶒浮水, 箇箇如生物飛動, 而板上之畵, 終莫辨何者爲頭, 何者爲足. 蓋水晶廉稜, 能離合人視物, 故隨其離合之勢, 而湊合一板之點畵. 以成完畵. 匠心之妙, 可奪神巧. 北壁門開, 而有狗露面門扉, 引頸窺外, 諦視則元無門焉. 但畵門扇於壁, 作半開狀而畵狗其下, 筆畫塗抹, 甚不精細, 而近視則畵也, 却立十步外觀之, 則分明是生狗. 而門扇之內, 甚爲深邃, 若暎見一壁, 尤可異也.

한편 『일암연기』에서는 구체적 일정과 함께 여러 곳의 천주당을 방문한 내용을 상세하게 기록하고 있다. 아버지 이이명을 따라 연경에 간 목적이 천주당 방문에 있다고 할 정도로 천주당과 서양 문물에 관심을 드러내고 있다. 9월 18일 북경에 들어간 뒤에 9월 20일부터 돌아오기 직전인 11월 19일까지 천주당을 방문하거나 방문할 계획을 세우고 있어서 이기지의 관심은 주목할 만하다. 특히 그림에 대한 관심이 많아서 벽화와 서양화에 대하여 직접 관찰한 내용을 자세히 적고 있다.

한편 조상경(1681~1746)은 영조 7년(1731) 연행에서 천주당을 다음과 같이 읊고 있다. 호기심이 가득한 긍정적인 시각으로 살피고 있다.

금벽이 빛나게 한 다락을 비추는데	金碧輝煌暎一樓
물을 뿌리듯 살아있는 그림이 사람의 시름을 깨네.	淋漓活畵破人愁
벽에 가득한 여러 신선이 빽빽하게 서로 움직이고	羣仙滿壁森相動
공중에 헤매는 상서로운 놀은 색이 떠오르는 듯.	瑞靄迷空色欲浮
후령이 날개로 바뀌는 것을 따름이 아닐까?	緱嶺得非隨羽化
봉래산은 곧 신들의 놀이로 두루 펴졌네.	蓬山無乃遍神遊
당의 이름이 단청의 이치에 맞지 않는데	堂名不合丹青理
굽어 야소로 하여금 묘법이 머물게 하네.	枉使耶穌妙法留[137]

그리고 이의현(1669~1745)이 영조 8년(1732)에 사은정사로 북경에 가서 천주당을 보고 지은 시는 다음과 같다. 그림 자체에는 호기심을 보이되 이단의 가르침을 경계하면서 부정적인 시선을 보이기도 한다.

듣자 하니 천주당이	聞有天主堂
바로 가까운 거리에 있다네.	乃在隣近衕

137 조상경, 〈天主堂〉, 『鶴塘遺稿』 冊二, 燕槎錄, 『한국문집총간』 속 63, 57면.

…

문으로 들어가 여기저기 구경하니	淸晝命駕出
기둥들 어지러이 많기도 하여라.	微塵拂長鞚
전하기를 옛날 강희제가	云昔康熙主
창설하여 현란하게 만들었다 하네	創設爲瓌弄
이는 서양의 도에서 나왔으니	盖出西洋道
사람을 현혹하는 것이 환몽과 같네.	誕謾如幻夢
푸른 눈에 코가 높은 서양인이	碧眼高鼻人
문을 열고 다정하게 맞이하고 전송하네.	開軒勤迓送
나에게 정당을 보여주었는데	要我看正室
붉은 칠에 아름다운 봉황을 그려놓았네	丹雘爛彩鳳
날아오를 듯한 두공은 공중에 닿을 듯하니	飛栱上磨空
시원함이 구름 속을 나는 것 같네.	飄若雲中狂
세속에 사는 사람들 돌아보니	回視俗間居
거의 작은 독에 엎드려 있는 듯하네.	殆同伏小甕
이단의 가르침 막 치성해지니	異教方熾蔓
굽어보고 우러러봄에 개탄만 더하누나.	俯仰增慨痛
우리 유자가 물리쳐야 할 이단이니	吾儒所宜闢
시를 읊어 풍자하는 뜻을 붙이노라.	哦詩寓曉諷[138]

한편 이덕무는 박제가와 함께 정조 2년(1778) 3월부터 7월까지 사은 진주사의 일원으로 북경을 다녀왔는데 천주당이 불타고 난 뒤에 새로 지은 곳에 갔지만 주인이 없다고 제대로 살피지 못하고 온 기록을 남겼다.[139]

홍대용(1743~1783)은 영조 41년(1765) 겨울에 동지사의 서장관인 숙

---

138 이의현, 〈往觀天主堂六疊〉, 『도곡집』 권3, 『한국문집총간』 180, 385면.

139 이덕무, 「入燕記」[下] [正祖二年六月], 『靑莊館全書』 卷之六十七, 『한국문집총간』 259, 225면.

부 홍억의 자제 군관으로 연행에 참여하여 한문으로『연기(燕記)』와 한글로『을병연행록』을 남겼는데, 이 중에서 천주당을 방문한 기록을 여럿 남겼다.『을병연행록』에서는 천주당을 거의 한 달에 걸쳐서 다섯 차례 방문한 것으로 되어 있다. 1766년 1월 9일, 1월 13일, 1월 19일, 1월 24일, 2월 2일에 천주당을 방문했는데, 직접 관찰하여 기록하기도 하고, 방문만 하고 내부에는 들어가지 못하기도 하였다.

1월 9일 처음 관찰한 내용은 다음과 같다.

> 뒷문으로 드니 좌우에 쳡쳡ᄒᆞᆫ 집이 잇고, 뜰흘 건너 두어층 셤을 올나 남향ᄒᆞᆫ 큰 집으로 드러가니, 이곳은 손 대졉ᄒᆞᄂᆞᆫ 졍당이라. 국편의 쥬벽ᄒᆞ야 발나마 네모진 병풍을 세워시니, 슈묵으로 산슈를 긔이히 그렷고, 그 압흐로 탁ᄌᆞ ᄒᆞ나흘 노하시ᄃᆡ 제양은 년엽 모양이오, 옷칠 우ᄒᆡ 니금으로 화초를 그렷고, 외다리를 셰우고, 아ᄅᆡ 네 굽으로 ᄃᆞ라시ᄃᆡ 죠고만 사김과 ᄎᆡᄉᆡᆨ이 이샹ᄒᆞ고 탁ᄌᆞ 좌우로 세 빵 교위를 노코 교위 압흐로 죠고만 그ᄅᆞ시 등겨를 ᄀᆞ득이 담아 각각 노하시니, 이ᄂᆞᆫ 춤 밧긔 ᄒᆞᆫ 거시오. 좌우 바람의 샨슈와 화초 인물을 ᄀᆞ득히 그려시ᄃᆡ 다 진짓 형상이오, 공듕에 드러나니 수 보를 물너나면 죵시 그림인 쥴을 밋디 못ᄒᆞᆯ디라. 사ᄅᆞᆷ의 ᄉᆡᆼ기와 안뎡이 산 사ᄅᆞᆷ의 거동이라 ᄎᆞ마 갓가이 가디 못ᄒᆞᆯ 듯ᄒᆞ고, …
>
> 동편 쳠하로 북으로 썻거 두 번을 드니, 이거ᄉᆞᆫ 텬쥬 위한 묘당이라. 그 안히 남북은 여ᄅᆞ믄 간이오, 동셔ᄂᆞᆫ 오뉵 간이오, 놉픠ᄂᆞᆫ 칠팔 댱이라. ᄉᆞ벽과 반ᄌᆞ를 다 벽당으로 무고 나모 ᄒᆞᆫ 가지 드린 곳이 업ᄉᆞ니, 이믜 그 이샹ᄒᆞᆫ 졔도를 짐작ᄒᆞᆯ 거시오, 북편 벽우ᄒᆡ 당듕ᄒᆞ야 ᄒᆞᆫ 사ᄅᆞᆷ으 화샹을 그려시니 계집의 의샹이오, 머리를 푸러 좌우로 드리우고 눈을 찡긔여 먼 ᄃᆡ를 ᄇᆞ라보니 무ᄒᆞᆫᄒᆞᆫ ᄉᆡᆨ과 근심ᄒᆞᄂᆞᆫ 긔ᄉᆡᆨ이라. 이거시 곧 텬쥬라 ᄒᆞᄂᆞᆫ 사ᄅᆞᆷ이니 형톄와 의복이 다 공듕의 셧ᄂᆞᆫ 모양이오, 션 곳은 깁흔 감실 ᄀᆞᆺᄒᆞ니, 첫 번 볼 제ᄂᆞᆫ 소샹만 넉엿더니 갓가이 간 후에 그림인 쥴을 ᄭᆡ치나, 안졍이 사ᄅᆞᆷ을 보ᄂᆞᆫ 듯ᄒᆞ니 텬하의 이샹ᄒᆞᆫ 화격이오, 동셔 벽의 각각 여ᄅᆞ믄 화샹을

그려시되, 다 머리털을 드리오고 당삼 곳흔 긴 오슬 닙어시니 이는 셔양국 의복 제된가 시브고, 화샹 우흐로 각각 칭호를 뻐시니 다 셔양 사람의 텬쥬 흑문을 슝샹흐고 명망이 놉흐니라. 니마두, 탕약망 두 사름 밧긔는 아디 못흔너라. 텬쥬 화샹 아릐로 십여 빵 쏫꼬즌 병과 온갖 긔이흔 긔물을 버려 노하시되, 다 셔양국 화긔와 긔묘흔 졔양이라 니랄 긔록디 못흘 거시오.[140]

1월 13일에는 천주당에 갔으나 유대인이 일이 있어서 흠천감에 갔으므로 19일이나 20일에 오라는 안내[141]를 받고, 다른 곳에서 거문고를 배우기도 하였다.

1월 19일에 다시 천주당에 가서 천주 학문에 대하여 유송령(劉松齡)의 설명을 듣고 질문을 하였으며, 관상감, 망원경 등에 대한 설명도 들었다. 유송령은 독일계 선교사 어거스틴 할레르슈타인(Ferdinand Augustin Hallerstein, 1703~1774)을 가리킨다.

1월 24일에 몽고관에 들렀다가 동천주당에 들렀는데, 공식적인 기록이라 할 수 있는 『연기』의 내용과 『을병연행록』의 내용에 약간의 인식 차이가 드러나기도 한다.

천상대(天象臺)

성 안에 흠천·관상·관성·천상 등 관측대가 네 곳이 있는데, 대마다 의기들이 있어 구경꾼들이 더러 찾아가곤 한다.

1월 24일

몽고관에서 북옥하교를 지나 대궐 담을 따라 북쪽으로 백여 보를 가서 동으로 꺾어 큰길로 나왔다. 거기서 또 북쪽으로 1리쯤 가서 다시 꺾어 동

---

140 소재영 외 교주, 『주해 을병연행록』(태학사, 1997), 281~285면. 이어서 풍금에 대한 자세한 설명이 있는데 본서 V부의 6. 「서양금과 풍금을 통해 본 새로운 음악 세계」 참조.

141 소재영 외 교주, 『주해 을병연행록』(태학사, 1997), 322면.

으로 백여 보를 오니 길 남쪽으로 이상한 기와지붕이 보이는데, 기괴함이 서양 집임을 알 수 있었다. 지키는 사람은 왕씨 성을 가진 연산역인이었다. 스스로 말하기를,

"조선 사람들이 자기 집에 항상 주인을 정하므로 조선 사람을 보면 고향 사람 같은 기분이 든다."

했다. 조금도 어려워하는 기색이 없이 반겨 맞아 주었다. 그렇다고 무슨 생색을 내는 것도 아니었다. 안으로 들어가 보니 기물의 사치스러운 점은 서당만 못했으나 벽화의 신기하고 교묘함은 보다 훌륭했다. 북쪽 벽에도 화상 한 폭이 있었는데, 삼삼한 머리털이 꼭 살아있는 사람 같았다. 앞에 두 사람이 모시고 서 있었다. 처음 문에서 들어오며 바라볼 때는 벽 중간에 채색 감실[龕]을 만들어 세 소상을 모셔둔 것으로 알았다. 속으로 이상하게 여겨 소상의 기교는 불가에서 미치지 못하겠다 했는데, 막상 가까이 와서 만져 보니 감실도 아니고 소상도 아닌 벽화였다. 참으로 화요(畫妖)였다. 또 하나의 초상이 있는데, 머리엔 동파립 같은 것을 쓰고 눈을 감고 서 있었다. 옆에 갓을 넣어둔 궤가 있는데, 높이가 거의 들보에 이르렀고 검은색 누른색이 반반이었다. 옷은 붉은 비단에 금실로 무늬를 짠 것이라 하는데 조회 때 입는다고 했다. 안에 자명종루가 있는데 서당에 있는 것과 비슷했다. 누 아래로 해시계[日晷石] 한 쌍이 있었다.

서쪽으로 문을 나오면 두어 길 되는 대가 있다. 이것이 관성대이다. 대 위로 집이 셋 있는데, 복판 집에 여러 가지 의기들이 들어 있고 쇠가 채워져 열 수 없었다.

창구멍을 뚫고 들여다보니 혼의와 망원경 등 여러 기계들이 보이긴 하는데 똑똑지가 않았다. 물받이[屋霤] 남쪽으로 두어 치 넓이의 구멍이 처마까지 통해져 있고, 그 위를 구리 기와로 그 길이만큼 덮어 두었는데, 매일 밤 측후를 할 때면 그걸 열고 북극성[中星]을 본다 한다. 대 아래 수십 묘(畝) 넓이의 마당에는 벽돌로 쌓은 기둥이 한 길 남짓한데 맨 위로 십자형으로 구멍이 뚫려 있다. 마당에 널려 있는 것이 무려 백 개나 되었는데,

봄·여름으로 대나무를 걸쳐 두고 포도덩굴을 올린 것이다. 기둥 옆으로 군데군데 무덤처럼 흙을 모아둔 것은 포도를 묻어둔 것이라 하였다.

동쪽 편에 집이 두어 칸 서 있고, 한가운데 우물이 있었다. 위로 녹로(轆轤, 두레박틀)를 세우고 옆으로 횡치목을 붙여 톱니바퀴가 맷돌처럼 반듯이 돌아가도록 되어 있고 벽에는 버드나무 통이 수십 개 달려 있었다. 왕씨 말이, 봄여름으로 물을 길어 포도에 주는데, 기계가 한 번 돌기 시작하면 수십 개의 물박이 비늘을 달 듯이 차례로 물을 담아 올리기 때문에, 힘 하나 안 들이고 물을 뜰에 가득히 흘려 마당에 차게 하므로 여름 더울 때는 새파랗게 짙은 그늘이 겹겹으로 구슬 장막을 친 것 같고, 가을에 익을 때면 1만 송이가 주렁주렁 매달린 것이 실로 도회지의 좋은 구경거리가 된다고 했다. 또 술을 빚는 데도 서양식이 따로 있어 냄새와 독하기가 말할 수 없으므로 이렇게 애써 가꾸는 것도 다 술을 빚는 데 쓰기 위해서라 한다.[142]

『을병연행록』이라 불리는 『담헌연행록』 병술년(1766) 정월 이십사일 기록에서는 「몽고관과 동천주당에 가다」로 적고 있으며, 벽화에 그려진 내용에 대하여 부정적인 입장을 보이고 있다.

---

142 홍대용, 「天象臺」, 『湛軒書』 外集 卷九, 「燕記」, 『한국문집총간』 248, 292면, 城內, 有欽天, 觀象, 觀星, 天象臺凡四處, 而皆有儀器, 故遊觀者, 或往焉. 正月二十四日, 由蒙古舘, 過北玉河橋, 循宮墻而北百餘步, 折而東出大路, 又北行里許, 復折而東百餘步, 道南見屋甍怪奇, 可知其爲西制也. 守者王姓連山驛人, 自言朝鮮人累主于其家, 是以見朝鮮人, 如故人云, 歡迎無難色, 亦不面皮. 入堂, 其器物之奢, 遜於西堂, 而壁畫之神巧過之. 北壁亦有一畫像, 毛髮森森如生人, 前有兩人立侍, 始入門望見, 半壁設彩龕, 安三塑像, 心異之, 以爲塑像之妙, 非佛家所及. 及至其下而摸之, 則非龕非塑, 乃壁畫, 眞畫妖也. 又有一像, 頭戴如東坡笠, 目瞑而立, 傍有櫃貯冠, 高幾梁玄黃參半, 衣是紅緞, 以金絲織紋, 而云是臨朝時着也. 堂有自鳴鐘樓, 與西堂之制大同, 樓下有日晷石一雙. 西出門, 有數丈之臺, 曰觀星臺. 上建三屋, 中屋藏各種儀器, 門鎖不可開, 穴窓而窺之, 略見渾儀遠鏡等諸器而不可詳也. 屋霤之南, 通穴至簷, 廣數寸, 掩以銅瓦如其長, 每夜測候, 啓而窺中星云. 臺下庭廣十數畝, 築甎爲柱, 長丈餘, 上有十字通穴, 遍庭無慮百數, 盖春夏上施竹木, 爲葡萄架, 柱傍往往聚土如墳者, 葡萄之收藏也. 庭東有屋數間, 中有井, 井上設轆轤, 傍施横齒木牙輪, 平轉如磨, 壁有柳罐數十, 王姓言春夏汲水, 以漑葡萄, 機輪一轉, 數十灑子鱗次上水, 人不勞而水遍於溝坎, 滿庭, 每夏熱, 濃翠厚蔭, 如張重帟珠帳, 秋熟纍纍萬顆, 實爲都下勝賞, 釀酒有西法, 香烈絶異, 其護養之勤, 專爲釀酒用云.

"문을 드니 북벽의 텬쥬화상과 좌우로 버린 즙물이 디강 한 모양이오, 바람의 가득흔 그림은 더욱 니샹ᄒᆞ야 인물과 왼갓 물샹이 두어 모롤 물너 시면 아모리 보아도 그림인 쥴을 씨치지 못흘너라. 동편 벽의는 층층흔 누각을 그리고 여러 ᄉᆞ람이 안ᄌᆞ시되, 아릭 긔치와 의장을 만히 버려시니 왕자의 위의를 갓고, 셔편 벽의는 죽은 ᄉᆞ롬을 관 우의 언저 노코 좌우의 ᄉᆞᆫ 아히와 계집이 혹 셔고 혹 업드려셔 우는 모양을 그려시니 소견이 아니ᄭᅩ아 춤아 바로 보지 못흘너라. 왕가다려 그 곡졀을 므르니, 왕가 니르딕 '니는 쳔쥬의 쥭은 거동을 그렷다. ᄒᆞ더라, 이외예 고이흔 형샹과 니샹흔 화격이 무수ᄒᆞ딕 다 긔록지 못흘너라"[143]

2월 2일의 천주당 방문에서는 유송녕과 필담을 나누고 있다.

박지원은 정조 4년(1780) 『열하일기』에서 먼저 다녀온 홍대용의 기억과 함께 자신의 경험을 기술하고 있다.

내 친구 홍덕보가 일찍이 서양 사람들의 기교를 논하면서,

"우리나라의 선배들로 김가재와 이일암 같은 이들은 모두 식견이 탁월하여 후세 사람들로서는 따를 수 없는 바요, 더구나 중국을 옳게 본 데도 쳐줄 바가 없지 않다. 그러나 그들의 천주당에 대한 기록들은 약간의 유감이 없지 않다. 이는 다름이 아니라 사람의 생각으로는 잘 미칠 수 없는 것이고, 또 갑자기 얼핏 보아서는 알아낼 수도 없었던 것이다. 뒷날 계속해서 간 사람들에게 이르러서는 역시 천주당을 먼저 보지 않을 자가 없지마는 황홀난측하여 도리어 괴물 같이 알고 이를 배척하였으니, 이는 그들의 안중에 아무것도 보지를 못한 까닭이다. 가재는 건물이나 그림에만 상세하였고, 일암은 더욱이 그림과 천문 관측의 기계에 자세하였으나 풍금(風琴) 이야기에는 미치지 못했다. 대체로 이 두 분이 음률에 이르러는 그리 밝질 못했

143 소재영 외 역주, 『주해 을병연행록』(태학사, 1997), 403~404면.

으므로 잘 분별하지 못 했던 것이다. 내가 비록 귀로 소리를 밝게 들었고 눈으로 그 만든 솜씨를 살폈다 하더라도 이를 다시금 글로써 그 오묘한 곳을 다 옮길 수는 없고 보니 정말 이것이 유감스러운 일로 되었던 것이다."

하면서, 곧 가재의 기록을 끄집어내어 나와 함께 보았다.

"방안 동편 벽에는 두 층계의 붉은 문이 달렸는데 위에는 두 짝이요, 아래에는 네 짝이다. 순차로 열리면서 그 속에는 기둥이나 서까래처럼 생긴 통(筒)이 총총하게 섰는데, 크기가 같지 않았다. 모두 금은 빛으로 섞어 칠을 발랐고, 그 위에는 철판을 가로 놓고 그 한쪽 가에는 수없이 구멍을 뚫고 다른 한쪽 가에는 부채 형상으로 되어 있는데, 방위와 12시(時)의 이름을 새겼다. 잠시 보니, 해 그림자가 그 방위에 이른즉 대 위에 놓인 크고 작은 종이 각각 네 번씩 울고 복판에 있는 큰 종은 여섯 번을 쳤다. 종소리가 잠시 그치자 동쪽 변두리 홍예문 속에서 갑자기 바람 소리가 쏴 하면서 여러 개의 바퀴를 돌리는 것 같았는데 계속해서 관·현·사·죽 등의 별별 음악 소리가 들렸다. 어디로부터 이 소리가 나는지 알 수 없다. 통관이 말하기를, '이것은 중국 음악입니다.' 한다. 얼마 아니 되어서 소리는 그치고 또 다른 소리가 나는데 조회 때 들은 음악 소리와 같이 들렸다. 이는 '만주 음악입니다.' 한다. 조금 있다가 이 소리도 그치고 또 다시 다른 곡조가 들리는데 음절이 촉급하였으니, '이는 몽고 음악입니다.' 한다. 음악 소리가 뚝 그치고는 여섯 짝 문이 저절로 닫혔다. 이는 서양 사신 서일승(敍日昇)이 만든 것이라 한다." 가재의 기록이 여기에 이르러서 그쳤다.

덕보는 다 읽고 나서 한바탕 크게 웃으면서,

"이야말로 이야기는 하면서도 자세하진 못하다는 말이구료. 속에 기둥이나 서까래처럼 생겼다는 통은 유기로 만들었는데 제일 큰 통은 기둥이나 서까래만큼씩 하여 크고 작게 총총하게 섰는데 이는 생황(生黃) 소리를 내기 위하여 크게 한 것이다. 크기가 같지 않은 것은 다음 틀을 취하여 곱절로 더 보태고 8율(律)씩 띄어 곧장 상생(相生)케 하여 8괘(卦)가 변하여

64괘(卦)가 되는 것과 같다. 금은 빛을 섞어 바른 것은 거죽을 곱게 보이기 위함이요, 갑자기 한 줄기 바람 소리가 여러 개 바퀴를 돌리는 소리같이 난다는 것은 땅 골로부터 구불구불 서로 마주 통한 데서 풀무질하여 입으로 바람을 불 듯이 바람 기운을 보내는 것이요, '연방 음악 소리가 났다.'는 것은 바람이 땅 골을 통하여 들면 바퀴들이 핑핑 재빨리 돌아 생황 앞이 저절로 열리면서 뭇 구멍에서 소리가 나게 된다. 풀무 바람을 내는 법식은 다섯 마리의 쇠가죽을 마주 붙여서, 부드럽기는 비단 전대처럼 만들고, 굵은 밧줄로 들보 위에 큰 종처럼 달아매어서 두 사람이 바를 붙잡고는 몸을 치솟아 배 돛대를 달듯 몸뚱이가 매달려 발로 풀무 전대를 밟으면 풀무는 점차 내려앉으면서 바람주머니배는 팽창되어 공기가 꽉 들어찬다. 이것이 땅골로 치밀려 들면서 이때야 틀에 맞추어 구멍을 가리면 어디고 바람은 새지 않고 있다가 쇠 호드기 혀를 부딪쳐서 순차로 혀는 떨려 열리면서 여러 소리를 내게 되는 것이다. 이제 내가 대강 이렇게 말할 수 있으나 역시 그 오묘한 데를 다 말할 수는 없다. 만일에 국가에서 돈을 내어 이것을 만들라고 명령을 내린다면 될 법도 하지." 덕보의 이야기는 여기에서 끝났다.

하였다. 이제 내가 중국에 들어와서 풍금 만드는 법식을 생각할 때마다 언제나 마음속에 잊히지 않았다. 이미 열하로부터 북경으로 돌아와 즉시로 선무문 안 천주당을 찾았다. 동쪽으로 바라다 본즉 지붕 머리가 종처럼 생겨 여염 위로 우뚝 솟아 보이는 것이 곧 천주당이었다. 성내 사방에서는 다 한 집씩 있는데 이 집은 서편 천주당이다. 천주라는 말은 천황씨니 반고씨니 하는 말과 같다. 이 사람들은 역서를 잘 꾸미며 자기 나라의 제도로써 집을 지어 사는데, 그들의 학설은 부화함과 거짓을 버리고 성실을 귀하게 여겨 하느님을 밝게 섬김으로써 으뜸을 삼으며, 충효와 자애로써 의무를 삼고, 허물을 고치고 선을 닦는 것으로써 입문을 삼으며, 사람이 죽고 사는 큰일에 준비를 갖추어 걱정을 없애는 것을 궁극의 목적으로 삼고 있다. 저들로서는 근본되는 학문의 이치를 찾아내었다고 자칭하고 있으나 뜻한 것이 너무 고원하고 이론이 교묘한 데로 쏠리어 도리어 하늘을 빙자하여 사람을 속이는 죄를 범하여 제 자신이 저절로 의리를 배반하고 윤상을 해치는 구렁으로 빠지고 있는 것을 모르고 있다. 천주당 높이는 일곱 길은 되고 무려 수백 칸인데 쇠를 부어 만들거나 흙을 구워 놓은 것만 같았다. 명의 만력 29년(1601) 2월에 천진감세(天津監稅) 마당(馬堂)이 서양 사람 이마두(利瑪竇)의 방물과 천주 여상(女像)을 바쳤더니 예부에서 이르기를,

“대서양이란 회전에 실려 있지 않으므로 참인지 거짓인지 알 길이 없으니, 적당히 참작해서 의관을 내려주어 본국으로 돌아가게 하고, 몰래 북경에 숨어 있지 못하도록 하라.”

하고는, 황제에게는 보고하지도 않았다. 그리하여 서양이 중국과 서로 통한 것은 대체로 이마두부터 시작되었다. 건륭 기축년(1769)에 천주당이 헐렸으므로 소위 풍금이란 것은 남은 것이 없었고, 다락 위의 망원경과 또 여러 가지 표본기들은 창졸간에 연구할 수 없으므로, 여기 기록하지 않는다. 이제 덕보의 풍금 제도에 관한 이야기를 추억하면서 서글픈 심정으로 이 글을 쓴다.[144]

---

144 박지원, 「풍금」, 『燕巖集』 卷之十五, 「熱河日記」 黄圖紀畧, 『한국문집총간』 252, 306면, 余友洪德保嘗論西洋人之巧曰, 我東先輩若金稼齋, 李一菴, 皆見識卓越, 後人之所不可及, 尤在於善觀中原, 然其記天主堂, 則猶有憾焉. 此無他, 非人思慮所到, 亦非驟看所可領略. 至若後人之繼至者, 亦無不先觀天主堂, 然恍忽難測, 反斥幽怪, 是眼中都無所見者也. 稼齋詳于堂屋畵圖, 而一菴尤詳于畵圖儀器, 然不及風琴, 蓋二公之于音律, 不甚曉解, 故莫能彷彿也. 余雖耳審其聲, 目察其制, 然又文不能盡其妙, 是爲大恨也. 因出稼齋所記共觀焉. 堂之東壁, 有二層朱門, 而上二扉下四扉, 次第開之, 其中有筒如柱如椽者簇立, 大小不一而皆金銀雜塗之, 其上横置鐵板, 其一邊鎖穴無數, 一邊如扇形, 刻方位及十二時, 俄見日影到其方位, 則臺上大小鍾, 各撾四聲, 中央大鍾, 撾六聲, 鍾聲纔止. 東邊虹門內, 忽有一陣風聲, 如轉衆輪, 繼以樂作, 絲竹管絃之聲, 不識從何而來, 通官言此中華之樂, 良久而止. 又出他聲, 如朝賀時所聽, 曰, 此滿州之樂也. 良久而止, 又出他曲, 音節急促, 曰, 此蒙古之樂也. 樂聲旣止, 六扉自掩, 西洋使臣徐日昇所造云. 稼齋記止此. 德保讀已大笑曰, 是所謂語焉而不詳也. 中有筒如柱如椽者, 鍮鑞爲管, 其最大之管如柱椽, 簇立參差, 此演笙簧而大之也. 小大不一者, 取次律而加倍之, 隔八相生如八卦之變, 而爲六十四卦也. 金銀雜塗者, 侈其外也. 忽有一陣風聲如轉衆輪者, 爲地道宛轉相通而鼓橐以達氣如口吹也. 繼以樂作者, 風入城道, 輪囷輥輾而簧葉自開, 衆竅嗷噪也. 其鼓橐之法, 聯五牛之皮, 柔滑如錦袋, 以大絨索懸之樑上如大

2) 『천주실의』에 대한 이해와 그 반향

경종 즉위년(1720) 고부 정사로 연경에 간 이이명은 9월 27일에 직접 천주당을 방문[145]하여 서양인 신부를 만나고 10월 13일에 소림(蘇霖)이라 의역한 포르투갈인 신부 사우레즈(Joseph Saurez)와 대진현(戴進賢)이라 의역한 독일인 신부 쾨글러(Ignaz Kögler, 1680~1746)에게 편지[146]를 보내어, 천주, 역상, 분야, 지구 등 궁금한 내용에 대해 질의하면서 실용에 활용할 수 있는 서양의 법서(法書)를 알려주기를 바란다고 하였다. 이 중에서 천주(天主)에 관한 내용은 논의를 계속할 수 없다고 하였고, 법서에 대하여 알려달라고 하면서 "천주의 어짊(天主之仁)"이라고 했으니 인의 개념으로 천주를 포괄하려고 한 셈이다. 이이명은 편지에서 천주가 내려왔다는 것과 지옥의 설, 역상의 학문, 분야의 설, 땅이 둥글다는 것, 감석의 술법, 종이 절로 울리는 제도, 혼천의 등에 대해 질문하면서 회신을 바란다고 하였다.

삼가 선당의 문을 두드리니 옛 친구처럼 환영해 주셔서 도리어 은혜를

鐘, 兩人握索奮躍, 懸身若掛帆狀, 以足蹋橐, 橐漸蹲伏, 而其腹澎漲, 虛氣充滿, 驅納地道, 於是按律掩竅, 則無所發洩, 乃激金舌, 次第振開, 所以成衆樂也. 今吾略能言之, 而亦不能盡其妙. 如蒙國家發帑命造, 則庶幾能之云. *德保所談止此. 今吾入中國, 每思風琴之制, 日常憧憧于中也. 旣自熱河還入燕京, 卽尋天主堂, 宣武門內, 東面而望, 有屋頭圓如鐵鐘, 聳出閭閻者, 乃天主堂也. 城內四方, 皆有一堂, 此堂乃西天主也. 天主者, 猶言天皇氏盤古氏之稱也. 但其人善治曆, 以其國之制, 造屋以居, 其術絶浮僞, 貴誠信, 昭事上帝爲宗地, 忠孝慈愛爲工務, 遷善改過爲入門, 生死大事, 有備無患爲究竟, 自謂窮原溯本之學, 然立志過高, 爲說偏巧, 不知返歸於矯天誣人之科, 而自陷于悖義傷倫之臼也. 堂高七仞, 無慮數百間, 而有似鐵鑄土陶, 皇明萬曆二十九年二月, 天津監稅馬堂, 進西洋人利瑪竇方物及天主女像, 禮部言, 大西洋不載會典, 其眞僞不可知, 宜量給衣冠, 令還本土, 勿得潛住京師, 不報. 西洋之通中國, 蓋自利瑪竇始也. 堂燬于乾隆己丑, 所謂風琴無存者, 樓上遠鏡及諸儀器, 非倉卒可究, 故不錄. 追思德保所論風琴之制, 悵然爲記.

145 이기지, 『일암연기』 권3, 〈9월 27일〉, 『일암연기』(원문편)(한국학중앙연구원출판부, 2016), 119~122면.

146 이기지, 『일암연기』 권3, 〈10월 3일〉, 『일암연기』(원문편)(한국학중앙연구원출판부, 2016), 128면.

입고 돌아보니 거듭 아름다운 선물을 주시니 동서 십만 리나 떨어진 사람이 이런 기이한 인연을 이룬 것은 참으로 기이한 일입니다. 뜻이 좋고 사랑함은 참으로 기대 밖입니다. 스스로 보잘것없음을 돌아보건대 어떻게 이런 기회를 얻겠습니까? 마음이 고맙고 부끄러워 며칠을 잠을 이루지 못했습니다. 그윽이 듣건대 백여 년 사이에 그대 나라의 뜻있는 선비들이 만 번 죽음을 무릅쓰고 대해를 나서서 중국에 들어와 돌아가지 않은 사람이 발꿈치를 서로 이었다고 합니다. 곰곰 생각하니 반드시 하고자 하는 것을 바라는 바가 살기를 좋아하는 것보다 더한 것 같습니다. 어제 매우 존중하며 전각을 우러르니, 금벽이 밝게 빛나고, 기이한 형상이 높이 걸렸으며, 탁자에는 향촉이 있어서 석자의 가람과 비슷한 것이 아닌가 의아해했습니다. 가로 쓴 글씨가 작은 글자와 용마루에 가득한 첨축이 또한 범패의 문서와 같았습니다. 처음 보매 놀라고 의아하고 아득하여 무슨 까닭인지를 알지 못하겠습니다. 보여주신 이애(利艾)의 여러 선생의 글을 보고서야, 개략적으로 그 경개를 터득하게 되었습니다. 아, 세상의 도를 즐기는 선비가 발원이 모두 그대 나라의 선비와 같다면 천고의 성현의 학문이 어찌 전하지 않음을 걱정하겠습니까? 그 애쓰는 마음은 귀신도 감동시킬 수 있을 것입니다. 대개 그 대월의 상제가 처음에 성을 돌아오게 면려함은 우리 유학의 법문과 비슷하고 심한 이동이 없으니, 황노의 청정과 구담의 적멸과 같은 날에 논할 수 없습니다. 또 일찍이 윤리를 끊고 도리를 배반하여 충효의 길을 막지 않으니 해내에서 복희의 글과 주공의 말을 외는 자가 누가 듣기를 즐거워하지 않겠습니까?

…

혼천의는 중국에서 역대로 많이 만들어서 이래로 기륜을 설치하고 물로 부딪히게 하는 법인데, 우리나라에는 전해지지 않았습니다. 그대 나라에서는 혹여 문자로 그 만드는 법을 적은 것이 있습니까? 우리나라 사람은 이러한 일에 대하여 매우 거칠어서 무릇 지혜로 어리석음을 깨우친다면 먼저 깨달은 사람이 뒤에 깨달을 사람을 깨우치는 것이니 또한 어찌 천주의 어찌 아니겠습니까? 혹여 그 법서를 보여주실 수 있겠습니까? 막힌 견해로 고명한 분에게 질의하고자 하니 이에 머물지 마시고 번거로울 것이 두렵지만 가르치는 회신을 주십시오. 천만분의 일도 펴지 못하고 다만 명답을 내려 주셔서 어둡게 덮인 것을 열어주시기를 빕니다.[147]

이이명과 이기지가 북경의 천주당에서 서양인 신부를 만나고 관소로 초대하는 등 후의로 대접하면서 『천주실의』와 서양 천문서를 비롯한 많은 서적[148]과 그림 등 여러 가지 선물을 받기도 했는데, 그 과정에서 10월 28일의 만남에서 탕상현(湯尙賢)이 역관 정태현에게 "우리들이 조선으로 나가서 천주당을 짓고 천주의 가르침을 먼 곳까지 펴고자 하는데 괜찮겠습니까"[149]라고 한 내용이 주목을 끈다. 이이명 부자와 천주당 신부들 사이에 오갔던 호의적 교유를 생각할 때, 만일 이이명과 이기지가 경종 2년(1722)에 죽지 않고, 경륜을 펴는 자리에 있었다면 천주의 가르침이 공식적인 자리에서 인정될 수 있는 계기가 마련될 수도 있었을 가능성을 생각하게 한다.

실제 『천주실의』는 예수회 선교사인 마테오 리치(利瑪竇, Matteo Ricci,

---

147 이이명, 「與西洋人蘇霖戴進賢 庚子」, 『疎齋集』 卷之十九, 『한국문집총간』 172, 461면. 冒叩仙堂, 歡迎若舊, 旋蒙臨顧, 重以嘉貺, 東西十萬里之人, 成此奇緣, 眞是異事, 情好款曲, 寔出望外, 自顧薄劣, 何以獲此, 中心感愧, 耿耿數日. 竊聞百餘年來, 貴邦有志之士, 出萬死浮大海, 入中國而未歸者, 踵相接也. 謂必有所願欲甚於好生者矣. 昨瞻殿閣崇深, 金碧炫晃, 異像高掛, 香燭在卓, 疑若釋子之伽籃, 橫書細字, 籤軸充棟, 又似梵唄之文書, 刱見驚疑茫然, 不知何故. 及讀所示利艾諸先生之書, 略得其梗槩矣. 噫, 使世間樂道之士, 發願皆如貴邦之士, 千古聖賢之學, 何患乎不傳, 其苦心可以感鬼神也. … 渾天儀, 中國歷代多造, 而下設機輪, 以水激之之法, 不傳於東國, 貴邦或有文字記其制法歟. 東人於此等事, 甚鹵莽, 凡以智曉愚, 以先覺覺後覺, 亦豈非天主之仁也. 或可示其法書否. 茅塞之見, 欲質高明者, 不止于此, 恐煩回教, 千萬不宣. 只乞明答所稟, 以啓昏蒙.

148 이기지, 『일암연기』 권4, 〈10월 24일〉, 〈10월 28일〉, 『일암연기』(원문편)(한국학중앙연구원출판부, 2016), 179, 190면.

149 이기지, 『일암연기』 권4, 〈10월 28일〉, 『일암연기』(원문편)(한국학중앙연구원출판부, 2016), 186~187면. 吾們欲出往朝鮮 作天主堂 使天主之教 無遠不行 可乎.

1552~1610)가 저술한 책으로, 서양인들의 우정에 대한 개념을 간결한 대화체로 서술한 것이다. 1603년 북경에서 이지조 등과 함께 간행하였는데, 이수광이 이것을 가지고 들어와 소개하였으며, 『지봉유설』에서도 언급하고 있다.

이익이 쓴 「『천주실의』의 발문」 중에서 일부를 인용하도록 한다.

『천주실의』는 이마두(利瑪竇, Matteo Ricci)가 저술한 것이다. 이마두는 바로 구라파 사람인데, 그곳은 중국에서 8만여 리나 떨어져 있어서 개벽한 이래로 통교한 적이 없다. 명나라 만력 연간에 야소회 동료인 양마락(陽瑪諾, Diaz Emmanuel), 애유략(艾儒略, Giulio Aleni), 필방제(畢方濟, Sambiasi Franciscus), 웅삼발(熊三拔, Sabbathin de Ursis), 방적아(龐迪我, Didace de Pantoja) 등 몇 사람과 함께 배를 타고 찾아와 3년 만에 비로소 도착하였다. 그 학문은 오로지 천주를 지존로 삼는데, 천주란 곧 유가의 상제와 같지만 공경히 섬기고 두려워하며 믿는 것으로 말하자면 불가의 석가와 같다. 천당과 지옥으로 권선징악을 삼고 널리 인도하여 구제하는 것으로 야소(耶蘇)라 하니, 야소는 서방 나라의 세상을 구원하는 자의 칭호이다. 스스로 야소라는 이름을 말한 것은 또한 중고 때부터이다. 순박한 이들이 점차 물들고 성현이 죽고 떠나자 욕심을 따르는 이는 날로 많아지고 이치를 따르는 이는 날로 적어졌다. 이에 천주가 크게 자비를 베풀어 직접 와서 세상을 구원하고자 정녀를 택하여 어미로 삼아서 남녀의 교감 없이 동정녀의 태(胎)를 빌려 여덕아국(如德亞國, Judea)에서 태어났는데, 이름을 야소라고 하였다. 몸소 가르침을 세워서 서토에 교화를 널리 편 지 33년 만에 다시 승천하여 돌아갔는데, 그 가르침이 마침내 구라파 여러 나라까지 유포되었다. 대개 천하의 대륙이 5개인데 중간에 아세아가 있고 서쪽에 구라파가 있으니, 지금 중국은 아세아 중 10분의 1을 차지하고 있고, 유태(猶太)는 또한 아시아 서쪽 나라 중의 하나이다.

야소의 세상에서 1603년이 지난 뒤에 이마두가 중국에 이르렀는데, 그

동료들은 모두 코가 높고 눈이 푸른색이며 네모진 두건에 푸른 옷을 입고 동자의 몸을 지키어 혼인을 한 적이 없었다. 조정이 벼슬을 주어도 배례하지 않았으며 오직 날마다 대관의 봉록을 지급 받고 중국어를 익히고 중국 책을 읽었다. 그들이 저술한 책이 수십 종이나 되었는데, 천문과 지리를 관찰하고 역법을 계산해 내는 오묘함은 중국에 일찍이 없던 것이다. 저가 머나먼 지역의 외신으로서 먼 바다를 건너와 중국의 학사 대부들과 교유하였는데, 학사 대부들이 모두 옷깃을 여미고 높여 받들며 선생이라고 칭하고 감히 맞서지 않았으니, 그 또한 호걸스런 인물이다. 그러나 그가 불교의 가르침을 극도로 배척하면서 자신들도 결국은 똑같이 황당무계한 데로 귀결된다는 것을 도리어 깨닫지 못하였다. 그 책에 이르기를, "옛날 서국의 폐타와랄(閉他臥剌)이라는 자가, 백성들이 거리낌 없이 악을 행하는 것을 통탄하여 윤회설을 만들어내었는데, 군자가 단정하기를 '그 뜻은 좋지만 그 말은 하자가 없지 않다.'라고 하니, 그 설이 마침내 없어졌다. 그때 이 설이 홀연히 외국으로 누설되었는데 석가가 새로운 문호를 세울 것을 도모하면서 이 윤회설을 계승하였다. 한 명제가 서방에 가르침이 있다는 말을 듣고 사신을 보내 가서 구하게 하였는데, 사신이 중도에 인도로 잘못 도착하여 그 설을 가져다 중국에 전하였다. 사람들이 더러 전세의 일을 기억할 수 있는 것은 마귀가 사람을 속인 소치이니, 이는 불교가 중국에 들어온 이후에 나타난 일일 뿐이다. 세계 만방의 생사는 고금이 다 같은데 석가 외에는 전생의 일을 한 가지도 기억하는 이가 없다." 하였다.

…

대개 중국은 그 실제 자취만을 말하여서 자취가 사라지자 어리석은 백성이 믿지 않게 되었는데, 서국은 그 허황한 자취를 말하여 자취가 허황될수록 미혹된 자가 더더욱 미혹되니, 그 형세가 그런 것이다. 마귀가 이렇게 하는 까닭 또한 천주교가 이미 인심을 병들게 했기 때문이니, 마치 불법이 중국에 들어온 연후에 죽었다가 다시 살아난 자들이 천당과 지옥 및 전생의 일을 기억할 수 있게 된 것과 같다. 저 서양은 무슨 이치든 궁구하지 않은 것이 없고 깊은 이치도 통달하지 않은 것이 없는데 오히려 고착된 관념에 빠져 벗어나지 못하니, 안타깝다.[150]

한편 남한조(1744~1806)는 이익의 「천주실의 발문」에 대하여 본인의 입장을 강화한 글[151]을 쓰기도 하였다.

150 이익, 「跋天主實義」, 『星湖先生全集』 卷之五十五, 『한국문집총간』 199, 516면, 天主實義者, 利瑪竇之所述也. 瑪竇卽歐羅巴人. 距中國八萬餘里, 自丑闢以來未之與通也. 皇明萬曆年間, 與耶蘇會朋友陽瑪諾, 艾儒略, 畢方濟, 熊三拔, 龐迪我等數人, 航海來賓, 三年始達. 其學專以天主爲尊. 天主者, 卽儒家之上帝, 而其敬事畏信則如佛氏之釋迦也. 以天堂地獄爲懲勸, 以周流導化爲耶蘇. 耶蘇者西國救世之稱也. 自言耶蘇之名, 亦自中古起, 淳樸漸灕, 聖賢化去, 從欲日衆, 循理日稀, 於是天主大發慈悲, 親來救世, 擇貞女爲母, 無所交感, 託胎降生於如德亞國, 名爲耶蘇, 躬自立訓. 弘化于西土三十三年, 復昇歸天, 其敎遂流及歐羅巴諸國. 蓋天下之大州五, 中有亞細亞, 西有歐羅巴, 卽今中國乃亞細亞中十分居一, 而如德亞亦其西邊一國也. 耶蘇之世, 上距一千有六百有三年, 而瑪竇至中國, 其朋友皆高準碧瞳, 方巾靑袍, 初守童身, 不曾有婚, 朝廷官之不拜, 惟日給大官之俸, 習中國語, 讀中國書, 至著書數十種, 其仰觀俯察, 推筭授時之妙, 中國未始有也. 彼絶域外臣, 越溟海, 而與學士大夫遊, 學士大夫莫不斂衽崇奉稱先生而不敢抗, 其亦豪傑之士也. 然其所以斥竺乾之敎者至矣. 猶未覺畢竟同歸於幻妄也. 其書云西國古有閉他臥剌者, 痛細民爲惡無忌, 作爲輪回之說, 君子斷之曰其意美, 其爲言未免玷缺, 其說遂泯, 彼時此語忽漏外國, 釋氏圖立新門, 承此輪回, 漢明帝聞西方有敎, 遣使往求, 使者半道, 誤致身毒之國, 取傳中華, 其或有能記前世事者, 魔鬼誑人之致, 是因佛敎入中國之後耳. 萬方生死, 古今所同, 而佛氏之外, 未有記前世一事也. … 蓋中國言其實迹, 迹泯而愚者不信, 西國言其幻迹, 迹眩而迷者愈惑, 其勢然也. 惟魔鬼之所以如此者, 亦由天主之敎, 已痼人心故也. 如佛法入中國, 然後中國之死而復生者, 能記天堂地獄及前世之事者也. 彼西士之無理不窮, 無幽不通, 而尙不離於膠漆盆. 惜哉.

151 남한조, 「李星湖*瀷天主實義跋辨疑」, 『損齋先生文集』 卷之十二, 『한국문집총간』 속 99, 651면.

Ⅱ-2. 18세기 시가사 이해의 방향

1. 정치 국면의 변화와 노래의 반응

노래와 민요를 포함하는 시가가 정치적 변화를 예견하거나 상황을 빗대어 말하는 경우는 빈번하다. 노래가 참이라고 하는 노래의 성격 때문으로 이해할 수도 있고, 직설적인 정치적 발화를 공인하지 않고 있는 상황에 대한 반박의 특성으로 이해할 수도 있을 것이다.

18세기에 이러한 현상이 두드러지게 나타난 것은 특정 정치 세력을 중심으로 은밀한 정치가 이어지기도 하고, 동궁과 왕위를 둘러싼 갈등이 자주 드러나기도 하며, 무신란과 같은 변란이 발생하면서 당파의 갈등이 오래도록 지속되어서, 이에 정치적 목적을 이루기 위한 사족이나 일반 백성이 소문이나 반발을 동요, 민요, 가사 등의 이름으로 노래로 부르면서 개인이나 집단의 내면을 노래 속에 투영시킨 것이라 할 수 있다.

구체적으로 과거의 부정과 조정의 권력층을 비판하는 데에 관련되거나 동궁의 즉위나 위협에 관련된 내용, 때로 노래를 궁중에 유입시켜 정치에 혼란을 부추기거나 국면을 전환하게 하고자 하는 경우, 신축년과 임인년의 사화를 겪은 뒤에 무신란과 관련한 내용, 백성들의 신고와 세태에 대한 비판과 연계된 것 등이 확인되고 있다. 그리고 조정의 정령을 비방하거나 탕평의 정책을 시비하는 내용도 있다. 한편 18세기 후반 남포에서 주자의 영당을 건립하는 과정에 불만을 가진 사람들이 가요를 지어 유생을 조롱하는 사건[152]이 발생하기도 하였고, 향랑의 〈산유화가〉는 열녀와 관련한 일반 백성의 어려움이 드러나고 있으며, 어사의 계사에 언문

152 윤기, 「以歌謠事因營題更報」, 『無名子集』 文稿 冊四, 『한국문집총간』 256, 228면.

가사를 첨부하는 일은 백성들의 형편을 제대로 전달하려는 태도와 관련되어 있기도 하다. 그리고 임금의 교화나 정책이 일정한 성취를 이루면, 악장이나 가사를 지어서 그 성과를 강조하게 되는데, 이러한 내용도 정치 국면의 변화에 대한 반응으로 아울러 살피도록 한다.

자료의 내용을 도표로 정리하면 다음과 같다.

연도	제목	작가	비고
숙종26(1700)	어사화냐? 금은화냐?	동요	과거 부정
숙종35(1709)	화로장사(禍老張死)	동요	동궁 즉위 관련
숙종37(1711)	남휘가 지휘하고 권설이 소란한다	동요	이진해 공초
숙종38(1712)	백두산에서 노래	장교와 통관	백두산 정계
숙종38(1712)	긴 노래	노론	과거 관련
경종2(1722)	언문 가사	이희지	궁중 유입
경종2(1722)	매화점	김용택	홍의인 개입
영조3(1727)	〈속사미인곡〉	이진유	섬 유배
영조4(1728)	비무신(非無信)	안정	무신란
영조4(1728)	그 상(相)을 보면 느린데 성(性)은 어찌 급한가?	동요	무신란
영조4(1728)	한유(韓柳)의 석상(席上)에 한 그루 송(松)	동요	무신란
영조9(1733)	왕소군에 대한 노래		국청
영조10(1734)	청루(靑樓)의 남은 꿈이 용문(龍門)에 올랐다[靑樓餘夢登龍門]'	민요	조진희 등제
영조10(1734)	연잉군(延礽君)이 정궁(正宮)을 박대하고 주색(酒色)에 빠져 있는데, 지금 만약 그를 책립(策立)한다면 반드시 기사년의 일이 다시 일어날 것이다.	유언비어	동궁 위협
영조13(1737)	수통과부(水桶寡婦)	동요	술을 팔아 치부
영조14(1738)	박색(縛色)이 맹렬하게 들어왔다	동요	이인좌의 난 관련

영조15(1739)	가사	장익호	조정 위협
영조15(1739)	가사 일야청청	노광석	
영조17(1741)	시가를 읊조리며 세월을 보냄	무반	임금이 구성임에게 지적
영조17(1741)	액례 등이 창녀를 끼고 음악을 베풀고 놂	액례	궁중
영조18(1742)	『악학궤범』 서문	어제	장악원 역할
영조19(1743)	〈하황은〉 3장	어제	
영조20(1744)	가사(조정의 정령(政令)에 대한 득실을 방자하게 비방)	미상	남문에 걺
영조21(1745)	탕평	동요	탕평과 가학
영조22(1746)	가시 풍송	홍계희 발언	동궁과 고시
영조22(1746)	〈지로행〉	어제	이황의 〈권의지로가〉와 비교
영조30(1754)	가사	영조 친제	무신년 공신 사찬
영조30(1754)	가시	항간	연안이씨 비난
영조30(1754)	산유화가	민요	선산의 향랑
영조41(1765)	대풍가	악장	영조 어제
영조43(1767)	〈용비어천가〉	악장	의견 수렴
영조46(1770)	망국동 망정승	동요	사도세자 관련
영조49(1773)	기로연회가	악장	영조 어제 〈대풍가〉 비의
영조52(1776)	언서 가요	안관제	관서어사 입계
정조7(1783)	농요	이가원	속어 가사
정조14(1790)	아흑로백(鴉黑鷺白)	이양원(1526-1592)	노량진 정자 이건
정조19(1795)	장락장	어제	혜경궁 환갑연
정조19(1795)	관화장	어제	혜경궁 환갑연

정조19(1795)	화일곡	채제공	화성 양로연
정조19(1795)	노래의 악장	어제	혜경궁 생일
정조19(1795)	만년장 악장	어제	혜경궁 생일
정조21(1797)	남포 가요 전파	김응천 등	무명자집 권4

1) 과거의 폐단과 조정 정책에 대한 비판

인재를 등용하는 관문으로 과거 제도는 매우 중요한 일인데, 실제로는 공정하지 못한 방법으로 권문의 자제들이 많이 합격하는 일이 빈번했다. 숙종 26년(1700) 과거의 부정을 고발하는 동요가 등장하고 있다. 과거 시험이 공정하지 못하고, 이미 권력자들을 중심으로 합격자가 내정되어 있었다는 것을 비판한 내용이라 할 수 있다.

> 출방하던 처음에 동요(童謠)에 이르기를, '어사화냐? 금은화냐?[御賜花耶 金銀花耶]' 하는 노래가 있었는데, 이때 이르러 백금(白金)의 말이 여러 공초에 어지럽게 있었으니 그 말이 과연 맞게 되었다. 또 사람들이 시를 지어 말하기를, '백지로 낸 시험지에 홍패지 나오니, 머리에 어사화 꽂고 길에서 쳐다보는 이에게 으시대네. 도적의 소굴에서 밤중에 휘파람 소리 들리니, 이 무리들 또한 청렴하다 말할까?' 하였으니, 한때 전송되었다.[153]

숙종 38년(1712) 과거에서 과장이 모양을 갖추지 못하고 방목에 대가의 자제들이 많이 포함되자 불만을 가진 쪽에서 노래를 퍼뜨려서 임금을 격노하게 한 내용이다.

> 이에 감정을 품었던 무리들이 날뛰고 온갖 괴물들이 허풍을 떨며 요망한 노래를 [임인년 역적의 공초에, '노론이 임진년의 과거를 가지고 긴 노래

153 『숙종실록』 권34 상, 숙종 26년 1월 20일(갑인), 『국역 숙종실록』 18, 21~22면.

를 지어 어린 궁녀들을 시켜 희미하게 창밖에서 부르며 지나가게 했는데, 임금께서 하문하여 매를 맞은 다음에야 고백했다.'고 했다.] 퍼뜨려 임금의 의심을 일으키고, 대관의 말을 빌려 임금의 노여움을 격발시키면서 지나친 형벌로 거짓 자복을 받아냈다.[154]

다음 조흡의 공초에서도 과거와 관련한 내용의 가사를 지어서 궁금에 들어가게 하고, 이것을 임금이 듣게 하여 마음을 바꾸게 하였다는 내용을 말하고 있다.

[이정식이] 또 말하기를, '지난해 남소동 이 판서의 과옥 때 우리들이 가사(歌詞)를 지어서 연소한 시녀에게 가르쳐 주고, 선대왕께서 병을 앓고 계실 때 장지 밖에서 어렴풋이 부르며 지나가게 하였더니, 선대왕께서 들으시고 그 시녀를 불러 물으셨다. 그 시녀가 처음에는 은휘하는 척하다가 매질을 당한 뒤에 비로소 고하기를, '병든 어미를 보려고 밖에 나갔더니, 새로 가사가 있었으므로 과연 외었습니다.' 하니, 선대왕께서 한 편 전체를 다 외라고 명하셨는데 이로부터 이 판서의 옥사가 꺾였었다.' 하였습니다. 대개 이정식은 곧 이건명의 서사촌이고, 김운택의 오촌 조카이며, 이만성의 절족인데, 권문에 드나들고 궁금과 체결하여 정우관·서덕수·김창도의 무리와 더불어 언제나 장태를 일컬었으니, 장태는 곧 장세장의 칭호였고, 정우관은 장세상의 집에서 사는 사람이었습니다.[155]

다음은 가사를 지어서 조정에 대해 불만을 토로하거나 불측한 마음을 표출하는 경우를 살필 수 있다.

---

154 『숙종실록보궐정오』 52권, 숙종 38년 12월 2일(신해), 『국역 숙종실록』 27, 230~234면.

155 『경종실록』 7권, 경종 2년 4월 20일(갑술), 『국역 경종실록』 2, 119~120면. 조흡의 공초.

영조 15년(1739)에 청안의 양시박이 상변하여 족속 중에 나라에 부도한 정상을 고하자, 족속들은 체포되어 복법되고 양시박은 가자되었는데, 족속들이 원망하여 양시박을 죽인 뒤에 묻은 일이 발각된 뒤에 나문에서 "수모자 장익호가 일찍이 가사를 지었는데 조정을 언급한 것이 매우 불측하였"으며,[156] 이 죄인들을 안핵하는 과정에서도, "노[광석]·김[정위] 두 놈의 가사 중에 '일양 청청(一楊靑靑)' 등의 말이 있었는데, 양시박을 비웃는 듯하지만 모두 나라를 원망하는 부도한 말"[157]이라고 하였고, 노광석을 친국하면서, "네가 하찮은 시골의 개미나 이 같은 무리로서 역적을 감쌀 뿐더러 여러 가사에 올려서 초부·목동이 다 외우니, 네 마음은 양취도가 고한 것보다 더하다."라고 하였고, 여러 사람에게 물은 결과, 가사는 노광석이 지은 것이라고 공초하였다. 끝내 노광석은 악역을 돌보고 감싸느라 가요를 지었다고 지만하였다.[158]

이와 함께 영조 20년(1744) 3월에는 가사를 지어 남문에 내거는 일이 발생했는데, "조정의 정령에 대한 득실을 방자하게 비방"[159]한 내용이었으나, 익명서라고 들이지 말라고 하였다.

한편 탕평 정책에 대한 비판을 담은 민요는 조정의 정책을 못마땅하게 생각하는 입장을 표명한 것이다.

> 송인명이 그의 할아버지 송광연을 포증한 것을 사례하고, 인하여 말하기를,
>
> "신의 할아비가 일찍이 선정신 박세채의 소에 의해 형조판서에 의망되었으니, 신의 탕평은 실로 가학에서 말미암은 바요, 조문명 형제와 김약로 형제 역시 모두 선정의 연원입니다."

---

156 『영조실록』 50권, 영조 15년 8월 11일(을유), 『국역 영조실록』 16, 146~147면.
157 『영조실록』 50권, 영조 15년 9월 7일(신해), 『국역 영조실록』 16, 160면.
158 『영조실록』 50권, 영조 15년 9월 11일(을묘), 『국역 영조실록』 16, 162~163면.
159 『영조실록』 59권, 영조 20년 3월 5일(계미), 『국역 영조실록』 19, 142면.

하고, 원경하가 말하기를,

"선정은 바로 신의 고조 원두추의 사위인데, '붕당을 깬다[破朋黨]'는 세 글자는 본래 신의 가정의 견해입니다."

하니, 임금이 말하기를,

"지난번 조징의 옥사 때 죄인의 초사에 걸핏하면 탕평을 미워하는 말을 했었다. 탕평이란 본래 오 황극의 말이었는데, 지금은 동요가 되어 버렸다. 경들 역시 가학이라 하는가?"[160]

한편 46년(1770) 3월에는 한유가 홍봉한 등을 비난하는 상소를 올렸는데, '망국동 망정승'의 동요를 이루었다고 하였다.

한유가 말하기를,

"영신을 탄핵한 상소입니다."

하였다. 임금이 승지에게 그 상소를 읽으라 명하였는데, 첫째로 나라를 위하여 목숨을 바칠 것을 팔뚝에 새기고 도끼를 짊어지고 죽음을 맹세하였음을 말하였으며, 주운을 끌어대어 자신에게 견주기까지 하였다. 이어 홍봉한의 부자 형제가 차례로 과시를 차지하여 모두 요로를 점거하였으며, 권력을 탐하여 마음대로 휘두름으로써 나라를 그르친 죄를 극언하고, 그 아들 홍낙인은 교활하고 광패하며, 그 아우 홍인한은 호번에서 탐학하여 사람들이 그 고기를 먹으려 한다고 하였다. 또 말하기를, "망국동(亡國洞)의 망정승(亡政丞)은 이미 동요를 이루었습니다." 하였는데, 대개 홍봉한이 안국동(安國洞)에 거주하기 때문이었다.[161]

---

160 『영조실록』 61권, 영조 21년 4월 5일(정미), 『국역 영조실록』 20, 73면.

161 『영조실록』 114권, 영조 46년 3월 22일(기해), 『국역 영조실록』 33, 200면.

2) 동궁과 궁금에 관한 내용

동궁을 포함하여 궁금에 관한 내용은 희빈 장씨가 자진한 뒤에 세자로 있는 희빈의 아들이 보위에 오르게 되면 반대 당파에 불안한 마음이 생긴다는 것, 희빈의 아들인 경종이 보위에 오른 뒤에 연잉군을 세제로 정하면서 생긴 갈등 등에 관한 것이다. 노래를 퍼뜨려 위험을 예고하거나 기대하는 목적을 이루려는 내면이 포함된 것인데, 때로 유언비어로 부르기도 한다.

우선 이식의 공초 내용에서는 〈화로장사(禍老張死)〉라는 동요를 말하고 있다. '화로장사(火爐匠士)'에서 화로장사로 이어지게 연상한 것이다. 장씨 소생인 동궁이 왕위에 오르면 이를 지지하지 않는 당파에게 피해가 생길 것이라는 암시로 이해할 수 있는 것이다.

> 동궁이 왕위를 얻게 되면 우리들은 장차 모두 죽게 될 것이다. 바로 지금의 〈화로장사(禍老張死)〉라는 동요는 (그때 항간의 아이들이 어떤 짓을 하다가 되지 않으면, 그때마다 '화로장사(火爐匠士)'라고 했기 때문에, 서로 전파하여 이런 말을 했던 것이다.) 진실로 몹시 두렵기만 하고, 31글자로 된 천참도 진실로 우연한 일이 아니다. 형의 의견에는 과연 어떻게 생각하는가?' 하기에, 문자로 답하기를, '겨레여 망령된 소리 말라. 이런 짓을 차마 한다면 무슨 짓인들 차마 못할 것이 있겠는가?(族矣無妄言, 是可忍, 孰不可忍也)'라고 했습니다.[162]

다음은 연잉군(뒤의 영조)이 세제가 되었을 때 연잉군을 비방하는 당시의 소문에 대하여 영조 11년(1735) 10월에 영조가 전언한 내용이다.

> 임금이 말하기를,

162 『숙종실록』 47권, 숙종 35년 10월 9일(병오), 『국역 숙종실록』 25, 275~277면.

"당시에 유언비어가 있었는데, 대비전[東朝]을 위험한 말로 두렵게 하던 자가 말하기를, '연잉군이 정궁(正宮)을 박대하고 주색에 빠져 있는데, 지금 만약 그를 책립한다면 반드시 기사년의 일이 다시 일어날 것이다.'라고 하였었다."[163]

3) 신임사화와 무신란 등에 관련한 내용

신축년과 임인년에 일어난 사화는 동궁의 문제와 이어진 것으로 노론과 소론의 갈등이 첨예하게 되어 여러 사람이 죽었고, 무신란 등에 관련한 내용은 경종이 일찍 승하하고 영조가 즉위한 뒤에 영조의 즉위에 불만을 가진 쪽에서 지속적인 불만과 반대의 뜻을 노래 속에 포함시켰다.

임인년의 공초 과정에서 노론계의 성균관 유생 이희지(1681~1722)가 언문 가사를 지어서 궁중에 유입시키려 했다는 내용이다. 경종을 무고하고 헐뜯는 말을 만들어 폐출을 모의한 것으로 이른바 삼급수 중에서 소급수(小急手)라는 것이다.

이른바 '혹은 칼로써 한다.'는 것은 김용택이 보검을 백망에게 주어 선왕의 국애 때 담장을 넘어서 궁궐로 들어가 대급수를 행하려고 하는 것이고, '혹 약으로써 한다.'는 것은 이기지·정인중·이희지·김용택·이천기·홍의인·홍철인이 은을 지 상궁에게 주고, 그로 하여금 약을 타게 하여 흉악한 일을 행하는 것이니, 이것은 경자년에 반 년 동안 경영한 일이었습니다. 이른바 소급수란 폐출을 모의하는 것으로서 이희지가 언문으로 가사를 지어 궁중에 유입시키려 하였는데, 모두 성궁을 무고하고 헐뜯는 말이었습니다.[164]

이어지는 내용은 매화점과 관련된 것이다.

---

163 『영조실록』 40권, 영조 11년 2월 10일(신해), 『국역 영조실록』 13, 235~238면.
164 『경종실록』 6권, 경종 2년 3월 27일(임자), 『국역 경종실록』 2, 44~51면.

이른바, '만 번 죽더라도 한 번 살 것을 돌아보지 아니하는 데에서 나왔다.'고 하는 것은 매화점(梅花點)이란 말과 일관된 일입니다. 홍의인이란 자는 스스로 공명을 얻을 수 있는 기회라 생각하여 이천기를 통해 그 가운데 들어가 은밀한 일을 모의하는 데 참여하였는데, 김용택은 성질이 본래 성급하고 편협하였기 때문에 언제나 크게 화를 내며, '우리들이 만 번 죽더라도 한 번 살 것을 돌아보지 아니하며 이런 좋은 일을 만들어 내었는데, 저 홍은 어떠한 사람이길래 이미 아무 공로도 없으면서 감히 들어와 매화점이 되는가?'라고 하였습니다. 대개 매화점이란 매화 다섯 점 가운데 또 중앙의 점이 있으므로, 홍의인은 중앙에 더 찍은 점이 된다고 생각한 것이고, 그 무리 다섯 사람 가운데에 홍의인을 들이는 것을 꺼림칙한 일로 여겼기 때문이었습니다.[165]

이에 앞서 숙종 37년(1711) 4월 30일(무자)에 연은문에 괘서 사건[166]이 발생했는데, 이와 관련하여 이진해를 공초하는 과정에서 동요가 언급되고 있다.

이진해의 공사에 대략 이르기를,

"5월 초순에 봉상판관 홍순연의 집에 갔다가 말이 흉서에 미쳐서 이르기를, '이것이 과연 다른 나라의 글이냐?' 하였더니, 홍순연이 이르기를, '이것은 경성 과유의 뛰어난 작품이다.' 하였습니다. 제가 대답하기를, '근일의 동요에 남휘(南徽)가 지휘하고 권설(權卨)이 소란[騷屑]하게 한다.'는 말이 있고, 또 향유가 국문하기를 소청한 일이 [홍이범의 상소 가운데에 권설의 일을 논란한 까닭이다.] 있었으니, 바로 죽음 속에서 삶을 구하는 자의 소위가 아니겠느냐?' 하니, 홍순연이 이르기를, '붙잡을 수 있게 하겠

165 위와 같은 곳.

166 『숙종실록』 50권, 숙종 37년 4월 30일(무자), 『국역 숙종실록』 26, 188~193면.

느냐?'고 하였습니다. 이에 대답하기를, '만약 금군장과 조사 위장을 얻는다면 계략을 설정하여 정탐해 잡을 수도 있다.' 하였습니다. 그 뒤에 다시 홍순연을 보고 물었더니, 말하기를, '요즈음 사람의 기색을 보니 우리들이 요량하는 바가 요동시라고 이를 만하다.' 하여, 이로써 더욱 단연히 치의하였습니다."[167]

그런데 여기에서 언급된 권설은 뒷날 무신년의 이인좌 등과 함께 괘서 사건과도 관련이 된 것[168]으로 밝혀져 정배되었고, 남휘는 〈승가〉[169]와 관련된 인물로 볼 수 있어서 관심을 끈다.

다음은 영조 4년 3월에 무신란이 일어나고, 4월에 호산군 이정과 이일 등을 문초하는 과정에서 나온 안정의 노래에 관한 것이다. '믿음이 없는 것은 아니다[非無信]'라는 가사를 반복해서 불렀다고 한 대목을 주목할 수 있다.

해가 저물 때 안정이 신에게 돈을 보내면서 '이것으로 술을 사고 너희 집에 닭이나 개가 있으면 이를 잡아 호산군의 집에 모이자.'고 하였으니, 신은 그 기색이 수상함을 보고서 두려워 떨림을 견디지 못하였습니다. 술을 사고 닭을 잡아 호산군의 집으로 갔더니, 호산군이 아들·사위 및 안정과 같이 앉아 노래를 불렀는데, 안정의 가사 중에 '믿음이 없는 것은 아니

---

167 『숙종실록』 50권, 숙종 37년 7월 9일(병신), 『국역 숙종실록』 26, 238면.

168 『영조실록』 26권, 영조 6년 6월 12일(기유), 『국역 영조실록』 9, 48면. 진영은 두 차례 신문을 받고 형장을 친 지 4도 만에 바른 대로 공초하기를, "괘서는 신이 이인좌·권설·나만치·나만서·나만규와 더불어 함께 의논하여 착수하기로 결정하고 좋은 장지에 써서 나만치가 청주로 가지고 갔습니다. 이인좌의 말에는 '이 방서를 걸어 놓으면 사방 사람들이 바람 쓸리듯 할 것이다.' 하였는데, 글의 내용은 신이 언뜻 보았으므로 지금은 기억할 수가 없습니다. 이인좌가 권설에게 말하기를, '우리들이 어찌 경종의 신하가 아니겠는가?' 하였으니, 괘서의 대지는 이에게 벗어나지 않을 것입니다." 하였다.

169 본서 V부의 1. 중 2) 「여승을 향한 구애와 반응」 참조.

다[非無信]'라는 한 구절을 여러 번 불렀으나, 기억하지 못하며 닭이 운 뒤에야 모임을 파하였습니다.[170]

다음 영조 4년(1728) 6월에 고변한 심성연을 공초하는 과정에서 확인되는 두 편의 동요는 이른바 거사를 준비하는 과정에서 은어의 역할을 맡은 것으로 볼 수 있다. 배를 살 때 '강아지씨혼사간선(江阿只氏婚事看選)'이라는 암호를 사용한 것도 같은 맥락이다.

심성연이 공초하기를,

"… 심상관의 어미가 신에게 말하기를, '여릉군이 그 형이 하는 짓을 한탄하여 가슴을 치고 소리 내어 울었고 여흥의 아내도 그 모의를 알고 울부짖었다.' 하였습니다. 그들이 스스로 동요를 지어 '그 상을 보면 느린데 성은 어찌 급한가?(觀其相則緩, 而性則何急也)'라고 하였는데 상(相)은 심상관을 가리키고 성(性)은 이사성을 가리킵니다. 또 동요를 지어 '한유의 석상에 한 그루 송(韓柳席上一株松)'이라 하였는데, 한은 한유(韓游) 등이고 유는 유내(柳徠)이고 송은 청송 심가(青松沈哥)입니다. … 배를 살 때 '강아지씨혼사간선(江阿只氏婚事看選)'이라고 암호를 지었고 공모한 사람은 다 시골의 미천한 선비로서 전곡이 조금 있는 자이고 나타난 사대부와 조사가 없습니다."[171]

한편 영조 즉위 이후 섬으로 유배되었던 이진유가 지은 가사 〈속사미인곡〉에 대해서도 "가요를 전파시켜 도하에 흘러들어 듣게 한 것은 정상이 매우 요악하다."라고 보고 있기도 하다. 영조 5년(1729)의 기록이다.

---

170 『영조실록』 17권, 영조 4년 4월 6일(병술), 『국역 영조실록』 6, 203~204면. 그런데 이진망의 〈離闊多日, 夜坐有吟〉(『陶雲遺集』 冊一, 『한국문집총간』 186, 13면)에 "非無信字報平安, 豈若朝朝自省顔. 獨坐萬山昏黑裏, 夜深矯首白雲間"이라는 내용이 있다.

171 『영조실록』 18권, 영조 4년 6월 29일(무신), 『국역 영조실록』 6, 354~355면.

… 저 역적 이진유는 … 섬에서 지은 가사가 진실로 임금을 사랑하는 정성에서 나오고 조만정을 잡아 바친 것이 족히 스스로 변명할 단서가 된다고 여기시는 것인지요? 그가 가요를 전파시켜 도하에까지 흘러들어 듣게 한 것은 정상이 매우 요악합니다. 더욱이 그 체포하여 바친 것이 또 역적 박필현의 군사가 궤란된 뒤에 있었으니, 스스로 흉계가 성사되지 못할 줄을 알고 또 조만정을 팔아 스스로 모면할 계책으로 삼았음이 더욱 명백합니다.[172]

영조 19년(1743) 7월에 신명직을 친국하는 과정에 나온 동요도 무신란 이후의 민심과 연계되어 있다.

임금이 인정문에 나아가 신명직을 친국하였는데, 공술하기를,

"양시박은 과연 신의 종매부입니다. 나이 18세에 매부의 집에 가서 있었을 적에 양민익이 와서 말하기를, '이인좌의 일은 명정 언순한 것이었다.' 하자, 양민후가 화를 내어 쫓아내려고 하는 실상을 보았습니다. 양취도 부자가 흰 옷을 만들어 적쉬와 교통했었는데, 그때 증천리에서는 '박색(縛色)이 맹렬하게 들어왔다.'는 말이 문득 동요(童謠)를 이루었으니, 대개 '박색'이란 우리 동방 풍속이 천연두 자국을 가리켜 얽었다고 하기 때문입니다."[173]

4) 백성들의 어려움과 세태 비판

백성들이 어려운 상황에 놓이거나 억울한 일을 당하는 경우, 부당한 방법으로 권력을 이용하여 출세하는 경우 이러한 세태를 비판하는 노래가 나오기도 하였다. 선산의 향랑과 관련된 숙종 30년의 〈산유화가〉가

---

172 『영조실록』 21권, 영조 5년 2월 28일(계묘), 『국역 영조실록』 7, 217면.
173 『영조실록』 47권, 영조 14년 7월 3일(계축), 『국역 영조실록』 15, 294면.

백성의 어려운 사정과 관련된 민요이고, 조진희가 젊은 날에 청루에 출입하다가 등제하자 이를 비판하는 영조 10년의 민요와 김취로가 술을 팔아 재물을 모은 과부와 간통하고, 그의 양자를 장교로 삼자 〈수통과부〉라는 동요가 유행한 것은 세태에 대한 비판을 담은 민요라 할 수 있다.

선산의 열녀 향랑에게 정문을 내렸다. 향랑은 민가의 여자인데, 그의 지아비가 성행이 괴팍하여 까닭없이 미워하면서 욕을 하고 구타하여 못할 짓이 없었다. 향량이 참고 수년을 지내다가 끝내 스스로 용납하지 못하고 아비의 집으로 돌아갔는데, 아비에게 후처가 있어 매우 사나와 아침 저녁으로 욕하기를, '너는 이미 시집을 갔다가 다시 왔는데 어찌 먹여 살리겠느냐?' 하였다. 다시 그의 작은 아비에게 가 의탁하였는데, 그의 작은 아비는 그녀의 뜻을 빼앗고자 하므로 향랑은 부득이 다시 시집으로 갔다. 시아비가 말하기를, '내 아들의 뜻은 이미 돌릴 수 없으니, 문권을 만들어 주어 너의 개가를 허락하겠다.' 하였다. 갈 곳이 없게 된 향랑은 물에 빠져 죽으려고 통곡하면서 낙동강 아래 지주연으로 달려갔는데, 거기서 나무하는 한 여자 아이를 만나 그의 손을 잡고 말하기를, … 이어 〈산유화가〉를 지어 한 번 곡(哭)하고 한 번 부르고, 인하여 그 아이에게 그 노래를 가르쳐 주고. …[174]

조진희는 젊었을 때부터 언행이 비루하고 패려하였으며 창루에 출입하였다. 등제한 초기에 '청루의 남은 꿈이 용문에 올랐다(靑樓餘夢登龍門)' 라는 민요가 있었는데, 언론을 변환하며 동서에 분주하였다.[175]

여염의 과부가 술을 팔아 부자가 되었는데 김취로는 재물이 많음을 이롭

---

174 『숙종실록』 권39, 30년 6월 5일(계유), 『국역 숙종실록』 21, 278~279면.
175 『영조실록』 38권, 영조 10년 4월 9일(갑인), 『국역 영조실록』 13, 10~11면.

게 여겨 간통하였으며, 그의 양자를 뽑아 장교로 삼았고, 역환의 호숫가 정자를 억지로 사들였으며, 고양의 옥토 15석의 세를 백급해 '수통과부(水桶寡婦)'라는 이름이 이미 동요가 되었습니다.[176]

한편 고을의 여러 사정을 담은 노래를 공문서에 포함시키는 일이 나타나는데, 이러한 현상도 세태를 비판하는 한 방법이라 할 수 있다. 영조 52년(1776) 2월에 관서 어사 안관제가 백성의 가요를 언서로 서계 가운데 포함시킨 것이다. 언서로 입계한 일을 문제로 삼았지만 어사의 입장에서는 백성의 불만이나 어려움을 제대로 전달하고 싶었을 것으로 짐작된다.

하령하기를,
"어사가 가요를 써 넣은 것은 매우 괴이한 일이다."
하매, 이양정이 말하기를,
"언서로 입계하려 한 것은 매우 놀랍습니다."
하였다. 하령하기를,
"무슨 까닭으로 양사에 통하지 못하였는가?"
하매, 이양정이 말하기를,
"유봉휘의 손자와 혼인을 맺었으므로 통청하지 못하였을 뿐이 아니고 바로 국자 분관이었습니다."
하였다. 이때 안관제가 관서 어사이었는데, 백성의 가요를 언서로 서계 가운데에 써 넣었다.[177]

5) 악장과 가사를 통한 성과 강조

임금의 교화나 정책이 일정한 성취를 이루면, 악장이나 가사를 지어서

---

176 『영조실록』 45권, 영조 13년 9월 20일(을사), 『국역 영조실록』 15, 128~129면.
177 『영조실록』 127권, 영조 52년 2월 27일(기사), 『국역 영조실록』 36, 148면.

그 성과를 강조하게 된다. 악장이 정치적 목적을 가진 갈래라는 점도 작용하는 것이다. 영조 18년(1742)에 어제로 『악학궤범』의 서문을 마련하면서 장악원의 역할을 강조한 것도 음악을 통한 통치의 효용을 염두에 둔 것으로 볼 수 있다.

영조 19년(1743)에 〈하황은〉 3장을 지어서 내연에 쓰도록 하였다. 기존에 있던 〈하황은〉은 세종 때 변계량이 지은 것인데 세월이 흐르면서 부적합하다고 판단한 것이다. 어제의 서문에서, "국조를 개창하고 황상에게 조선의 명호를 받았고, 중엽에 이르러서는 다시 우리 황상에게 은혜를 입었으므로, 새로 사장을 지어서 황은을 길이 전하노라."라고 하였다. 둘째 장을 보도록 한다.

번방을 재조하였으니,	再造藩邦兮
크게 황은을 받았도다.	景受皇恩
높이 우러러 조현하고자,	朝宗屹然兮
멀리 오색 구름을 향하여 절하였나이다.	遙拜五雲
새로 사장을 지으니,	新製其章兮
속편이 문조에 응하도다.	續編應文[178]

그리고 장악원에 명하여 〈하황은〉 3장을 특별히 『악학궤범』의 서문 아래에 넣어 간행하도록 하였으니, 대개 존주하고 옛날을 사모하는 성의를 붙인 것이었다.[179]

한편 영조 22년(1746)에는 〈지로행〉을 지어 이황의 〈권의지로가〉와 비교하면서 이황의 서원에 치제[180]하게 했는데, 확인한 결과, "〈지로가〉는 단지 여항 사이에 서로 전할 뿐이어서 선정이 지은 시인지 분명히 알

178 『영조실록』 58권, 영조 19년 7월 29일(기유), 『국역 영조실록』 19, 44~45면.
179 『영조실록』 58권, 영조 19년 9월 11일(경인), 『국역 영조실록』 19, 69면.
180 『영조실록』 63권, 영조 22년 6월 24일(무자), 『국역 영조실록』 20, 284~285면.

수 없으니, 조정의 거조를 신중히 하고 상세히 하지 않을 수 없습니다."[181] 라고 하자 탐문하라고 하였다.

그리고 영조 30년(1754)에는 무신년의 공신과 훈신들에게 음식을 내리면서 가사를 지어서 공훈을 기억하고 지속적인 충심을 기대하였다.

훈신을 얻어 마음이 일치하니	得勳契合兮
나라를 편안하게 하였도다.	寧邦國
임금과 신하가 함께 늙으니	君臣俱老兮
오늘에 모이게 되었도다.	會此日
거에 있었을 때를 잊지 않으니	毋忘在莒兮
〈나라가〉 앞으로 반석처럼 튼튼하리라.	將磐石[182]

한편 영조 41년(1765)에는 육상궁에 나아가 풍패의 고사를 환기하면서 〈대풍가〉 2장을 지었다.

옛 잠저에 오니,	來故邸兮
황홀함이 전날과 같구나.	恍若前
부족한 덕으로 (왕위를) 이어받으니,	涼德纘承兮
조심스런 마음뿐이다.	臨深淵
한결같은 마음은 백성에게 있으니,	一心在民兮
풍년이 들기만 바라노라.	願豐年

망팔의 나이가 되매	望八來兮
옛날을 돌이켜본다.	憶昔年

181 『영조실록』 63권, 영조 22년 6월 26일(경인), 『국역 영조실록』 20, 285면.
182 『영조실록』 81권, 영조 30년 6월 2일(경술), 『국역 영조실록』 25, 202면.

특별히 뭇 노인들을 불러　特召群老兮
모두들 앞에 모였는데,　咸聚前
음식을 내리는 것이　仍爲賜饌兮
어찌 우연한 일이겠는가?　豈偶然[183]

그리고 영조 43년(1767)에는 〈용비어천가〉를 가지고 들어오게 하여 의견을 수렴하기도 하였다.

영조 49년(1773) 윤3월에 금상문에 나아가 양로연을 행하였는데, 임금이 왕세손을 앞으로 나오게 하여 손을 잡고 〈기로연회가〉 6구를 적으라고 명하면서, 〈대풍가〉를 본뜬 것이라고 하였다.[184]

한편 정조는 정조 19년(1795) 혜경궁의 회갑을 맞아 수원의 봉수당에서 연회를 열면서 〈장락장〉과 〈관화장〉을 지었는데, 〈장락장〉을 보도록 한다.

성대한 연회는 태평 시대에나 있는 법,　嘉會屬昇平
오늘날 태평 시대의 기상이 넘쳐 흐르도다.　昇平今有象
그 기상을 묻노니 어떤 것인가.　厥象問如何
노인성이 중천에 떠 밝게 빛나네.　老人中天朗
봄철 장락궁에 노인들 모여들고,　含飴駐我長樂春
화봉인처럼 축하하러 부인들 참석했네.　祝聖徠女華封人
긴긴 봄날 장락궁에서 술잔 올리며,　春長長樂酌斗
세 차례나 축원을 올리옵니다.　華祝至三
자손에게 끼쳐주신 어머님 은혜,　壽母翼子詒孫
그 무엇이 이보다 높으오리까.　功何嵬穰穰

183 『영조실록』 106권, 영조 41년 11월 5일(병자), 『국역 영조실록』 31, 123면.
184 『영조실록』 120권, 영조 49년 윤3월 3일(임술), 『국역 영조실록』 35, 41면.

복록이 풍성하게 넘쳐 흐르며 찬란하게 빛나옵니다. 福祿光輝
함지의 북소리에 운문의 거문고, 咸池皷 雲門琴
신선주 따라 올리면서 해마다 축원하오리다. 玉漿瓊液年年斟[185]

그리고 다음날 낙남헌에서 베푼 양로연에서 채제공은 〈화일곡〉을 지었다.[186]

한편 혜경궁의 생일을 맞아 〈노래의〉 악장과 〈만년장〉 악장을 지어 바쳤다.[187]

185 『정조실록』 42권, 정조 19년 윤2월 13일(을미).

186 『정조실록』 42권, 정조 19년 윤2월 14일(병신).

187 『정조실록』 42권, 정조 19년 6월 18일(정유).

2. 가집을 통한 기준과 규범의 확립

18세기 시가사의 중요한 특징으로 가집 편찬을 들 수 있다. 김천택의 『청구영언』(1728)부터 편자 미상의 『병와가곡집』에 이르기까지 여러 가집이 엮어졌다. 『청구영언』도 여러 차례 추가와 보충을 통해 여러 이본이 나왔고, 그 사이 18세기 중반에 김수장이 『해동가요』를 여러 차례에 걸쳐 엮기도 하였다. 김수장이 엮은 것으로 추정되는 가객들의 작품을 모은 『청구가요』도 나타났다. 이와 함께 송계연월옹이라는 분이 자작 시조를 포함하여 『고금가곡』을 엮었고, 이한진은 『청구영언』(연민본)을 마련하기도 하였으며, 『병와가곡집』에는 1,100여 수의 작품을 수록하였다. 이외에도 필요에 따라서 여러 가집이 엮어졌는데, 18세기를 가집 전성시대라고 부를 정도로 풍성한 성과가 나타났다. 개별 가집에 대한 정밀한 분석은 개별 가집의 특성을 밝히는 방향으로 진행하고 있으며, 이 장에서는 사회 변동에 연계하여 이해하기 위해 다음 몇 가지 사항에 중점을 두고자 한다.

첫째, 가집 편찬은 작품의 수집과 정리라는 일차적인 목표가 있기도 하지만, 편찬자의 의도가 내포되어 있다고 할 수 있다. 『청구영언』과 『해동가요』처럼 위항 중인 신분의 전문 가자가 주도적 역할을 하는 경우를 기본으로 설정할 수 있지만 다른 담당층도 참여하고 있어서 세심한 변별과 내면의 목표를 살펴야 할 것이다. 18세기 가집 편찬이 시가사와 연관되는 고리를 파악하면서 살피는 일이 중요하게 제기된다.

둘째, 가집 편찬에 주도적 역할을 한 편찬자는 물론이고 여러 방향에서 자료 수집에 도움을 주거나 함께 참여한 사람들의 성격을 파악할 필요가 있다. 서문과 발문을 쓰면서 관심을 가진 사람들도 아울러 살펴야 할 것이다. 노래로 전승되고 있던 상황에 곡조에 따른 배열의 경우 곡조에 대한 이해를 갖춘 전문가가 중요하지만, 작품의 맥락이나 작가 비정의 경우 반드시 조력자가 있어야 가집의 체제를 온전하게 할 수 있기 때문이다. 가집에 따라서 이름이 전하지 않거나 잘못 전해지는 경우가 있는 부분도 결국 도움을 제대로 받지 못하거나 잘못 받았을 가능성이 있기 때문이다.

셋째, 가집의 체제를 살피면서 가곡의 현실성과 노랫말의 작품성을 이해하는 준거를 확인해야 할 것이고, 이러한 이해가 18세기 시가사 이해의 방향과 맞물려 있다고 볼 수 있다. 곡조에 따라 분류하고 있는 『청구영언』(1728)의 경우에도 무명씨 항목에서는 개별 작품을 몇 작품씩 묶어서 강호, 산림, 한적 등의 내용별 분류를 하고 있다거나, 『고금가곡』의 경우 상하로 나눈 뒤에 처음부터 주제별로 분류한 점을 주목하면서 각각 어떤 의미를 지니는 것인지 시가사 이해의 방향에 연관하여 살펴야 할 것이다. 시대에 따른 곡조의 변화를 감지하고 작가의 편년에 따라 배열하는 경우 전체적 흐름을 파악하는 데에는 유리할 수 있고, 처음부터 주제별 분류를 하는 경우는 비슷한 내용이나 주제에 따른 노랫말의 이해에는 도움이 되지만, 시대의 변화와 흐름을 파악하는 데에는 다소 어려움이 있을 수 있다. 18세기에 엮은 가집이 초반에는 전문 가자가 중심이 되어 곡조 중심의 배열을 진행하다가 후반에 이르러 사대부를 비롯한 다른 담당층이 참여하면서 노랫말의 내용을 중심으로 배열하고 있다는 변화를 감지할 수 있다.

넷째, 『청구영언』(1728)과 『해동가요』와 같은 가집이 엮인 다음에 빠진 작품을 보충하거나 시간의 흐름에 따라 새로 출현한 작품을 추가하는 일이 빈번하게 일어나고, '청구영언', '해동가요'를 개별 가집으로 바라보기보다는 우리나라의 노래집 정도로 이해하는 시각에서 같은 이름이나 비슷한 명칭의 가집이 출현하는 현상도 아울러 파악해야 하고, 18세기에 다양하게 엮어진 개별 가집들을 다른 가집과 견주면서 그 차별성을 살피고 개별 가집이 가지는 의미를 자리매김해야 할 것이다.

1) 『청구영언』의 위상과 그 성격

김천택이 엮은 『청구영언』(1728)은 체제 면에서 곡조에 따른 분류와 작가에 따른 분류를 아울러 제시하고 있어서 그 이후 가집 편찬에 하나의 규범이 되었다고 할 수 있다.

우선 가집의 처음과 끝에 서문과 발문을 싣고 있는데, 서문은 정내교, 발문은 김천택의 발문과 마악노초 이정섭의 후발이 그것이다. 정내교는 위항 중인에 속하지만 이정섭은 왕족이라는 점에서 노래와 노랫말에 대한 다른 담당층의 관심과 협조를 주목할 수 있다.

곡조의 체제는 초중대엽(1), 이중대엽(1), 삼중대엽(1), 북전(1), 이북전(1), 초삭대엽(1), 이삭대엽(391, 7~397), 삼삭대엽(55, 398~452), 낙시조(10, 453~462)에 이어 장진주사(1), 맹상군가(1), 만횡청류(116, 465~580)를 배열하고 있으며, 작가는 이삭대엽에 여말, 본조, 열성어제, 여항 육인, 규수 삼인, 연대흠고, 무명씨 순으로 배치하고 있다. 곡조로 보아 이삭대엽이 가장 큰 비중을 차지하고, 삼삭대엽이 김천택 당대에 유행하고 있었음을 짐작할 수 있다.

『청구영언』의 첫머리에 수록하고 있는 초중대엽 '오늘이~'는 이미 오랜 연원을 가진 것으로 17세기 초반에 이귀의 첩인 가자가 잘 불렀다는 일화[188]를 확인할 수 있거니와, 숙종 42년(1716) 봄에 김창업이 김시보와 함께한 자리에서 〈금일곡〉을 타거나[189], 김시보가 아들 숙행과 함께 거문고로 〈중대엽〉을 타고 있어서, 『청구영언』 편찬 과정에서도 가장 규범적인 노래로 채택할 수 있었을 것이다.

만대엽, 중대엽, 삭대엽 등 대엽을 심방곡이라 부른다고 한 기록도 있고, 양덕수의 『양금신보』에 중대엽을 속칭심방곡이라 하면서 〈금일곡〉이라 일컫는 '오늘이'를 싣고 있다.

한편 낙시조는 이미 조경남이 임진왜란 이전에 가곡의 낙시조에 대해 설명[190]하고 있고, 이익은 『성호사설』에서 "속악에는 낙시조(樂時調)·하

---

188 이이명, 「만록」, 『소재집』 권12, 『한국문집총간』 172, 306면, 최재남, 『17세기 전반 정치·사회 변동과 시가사』(보고사, 2018), 302면 참조.

189 김창업, 〈士敬至〉, 『老稼齋集』 卷之五, 『한국문집총간』 175, 93면, "내 거문고로 어떤 곡을 연주할까? '오늘이'가 느린 소리이네.(吾琴奏何曲, 今日有緩聲)*'오늘이'는 곡명이다.(今日曲名)"

190 조경남, 『난중잡록』 1, 『국역 대동야승』 VI, 298면, "당시 가곡에는 낙시조(樂時調)가

림(河臨)·최자(嗺子)·탁목(啄木) 등 곡조가 있다."[191]라고 기록하였으며, 이규경은 이익의 견해를 그대로 인용[192]하고 있다. 한편 위백규는 "옛날에 낙시조인 만대엽이 있었는데, 중대엽이 더 빠르다."[193]고 하여 낙시조와 만대엽을 같은 것으로 보고 있기도 하다. 세종 시대에는 '낮은 조'라는 의미로 낙시조(樂始調)로 표기하기도 하였는데 '높은 조'인 우조에 대가 되는 말이다.

김천택은 노래를 잘하고, 성률에 정통하며, 신번도 잘하였는데, 또한 거문고를 잘 타는 전만제와 아양지계를 이루었다.

그리고 작가 여항 육인 중에서 주의식의 작품을 수집하는 과정에는 변문성의 도움을 받았고, 김성기[194]의 악보는 김성기의 지기인 서호 김중려(金重呂, ?~1731)[195]의 도움으로 전편을 확보하였으며, 김유기의 작품은

있었는데 그 소리가 처량하며, 모양인즉 머리를 내젓고 뒷덜미를 놀리곤 하여 부끄러움도 없이 몸을 움직인다.(又有樂時調, 其聲流連悽楚, 其狀搖頭遊項, 動身無恥)"

191 이익, 『성호사설』 제5권, 「속악(俗樂)」.

192 이규경, 「俗樂辨證說」, 『오주연문장전산고』 경사편 1.

193 위백규, 「사물」, 『存齋集』 卷之十三, 「格物說」, 『한국문집총간』 243, 274면.

194 김창업이 정사년(1677)에 종가에서 김성기를 만나고 40년이 지난 뒤에 행주로 가는 뱃놀이에서 68세의 김성기를 다시 만났다고 했으니, 이 시를 지은 시점인 병신년(1716)에서 기산하면 김성기가 1649년에 태어난 것으로 추정할 수 있다.(김창업, 〈金聖器, 京城樂師也…〉, 『노가재집』 권5) 이 기록에서 사경(士敬)의 시가 있어서 차운한다고 했으므로 김시보의 참여를 확인하는 일이 필요하다. 김시보에게 화답하는 시의 본문에서는 30년이라고 밝히고 있어서 조금 편차가 있을 수 있다. 그리고 정내교의 기록에서는 목호룡이 경종 2년(1722)에 고변한 뒤에 잔치 자리에서 김성기를 부를 때 김성기가 나아가지 않고 스스로 자신의 나이가 70이라고 했으니, 1653년 이전에 태어난 것으로 볼 수 있다.(정내교, 「김성기전」, 『완암집』 권4)

195 김중려에 대하여 『청구영언 주해편』(국립한글박물관, 2017), 152면, 어은(漁隱) 주석에서 자가 대여(大汝)이고 호가 백헌(栢軒)인 학자(1675~1716)로 소개하고 있으나, 김천택이 서호(西湖)라고 하고 있고 김성기와 십수 년을 강호에서 교유했다고 했으니, 실록과 『승정원일기』 등을 확인할 때 옹진부사(1711), 칠곡부사(1717), 황해수사(1724), 행 부호군(1725), 경원부사(1727), 겸사복장(1728.2), 공주영장(1728.3.15, 구전정사), 겸사복장(1728.12), 충청병사(1729), 부호군(1731) 등을 지내고 1731년에 졸한 무신(?~1731)으로 추정된다. 홍양호가 쓴 김응해(金應海, 1588~1666)의 「어영대장김공묘지명」에 따르면, 김응해는 김응하 장군의 동생으로, 본관이 안동이고 아들 극련이 있는데 극련에게 세장(世章), 세언(世彦), 세익(世翊)의 세

병신년(1716)에 직접 찾아가서 김유기가 지은 신번을 찾았다. 그리고 이정섭의 발문은 영조 3년(1727) 6월에 받은 것이다.

그런데 『청구영언』에 수록된 기명 작가들 중에는 시가사에서 꼭 언급해야 할 작가들이 빠져 있다는 것을 쉽게 알 수 있다. 우선 이이의 〈고산구곡가〉가 보이지 않고, 윤선도의 작품이 빠져 있다. 이어서 몇 가지 특성을 살피면 다음과 같이 정리할 수 있을 것이다.

이색과 정몽주를 제외한 고려 말의 작가를 밝히고 있지 않다. 작가가 없다고 인식한 것인지 살펴야 할 내용이다. 성삼문의 작품은 수록하면서 다른 사육신의 작품은 수록하고 있지 않다. 그리고 김장생, 김상용, 김상헌, 송시열 등 17세기에 정치적 비중이 높았던 사람들의 작품이 명기되지 않고 있다. 왕족 중에서 최락당 이간의 작품은 수록하고 있는데, 다른 왕족 작가는 소개하지 않고 있다.

그리고 정철의 경우 〈훈민가〉 작품을 따로 명기하지 않고 있다. 〈어부가〉, 〈도산육곡〉, 〈호아곡〉, 〈율리유곡〉 등을 명기한 것과 견줄 수 있다.

그런데 뒷날 『해동가요』에는 이름으로 기록하고 있으며, 박팽년, 박영, 이언적, 송순, 이후백, 이양원, 이이, 서익, 임제, 권필, 이안눌, 김류, 김상헌, 김응정, 구인후, 윤선도, 인평대군, 송시열 등이 밝혀져 있다.[196]

이런 점에서 보면 김천택이 『청구영언』(1728)을 엮는 과정에 작가 선정이나 작품 선정에 매우 신중했던 것으로 평가할 수 있다. 전대와 당대의 정치적 상황을 매우 조심스럽게 고려하여 선정했을 것이라는 추정이 가능하다. 이러한 추정은 바로 무명씨 항목에서 해결의 실마리를 찾을 수 있을 것으로 기대한다.

아들이 있으며, 세익이 총융사를 지냈다. 세장에게 병사를 지낸 중구(重九), 병마절도사를 지낸 중려(重呂)가 있으며, 중구에게 준(浚), 광(洸)이 중려에게 통제사를 지낸 윤(潤)이 있다.

196 김용철, 「『진청』 〈무씨명〉의 분류체계와 시조사적 의의」, 『고전문학연구』 16집(한국고전문학회, 1999), 성무경, 「주제별 분류 가곡 가집, 『고금가곡』의 문화도상 탐색」, 윤덕진·성무경 주해, 『고금가곡』(보고사, 2007), 71면, 주 45) 참조.

2) 『청구영언』(장서각본)의 성격

장서각본 『청구영언』은 서문이 없이 평조, 우조 등의 조격(調格)을 수록하고 있다.

본문은 초중대엽(1), 이중대엽(1), 삼중대엽(1), 북전(1), 이북전(1), 초삭대엽(1)에 이어서 이삭대엽 열성어제로 태종(1), 효종(5), 숙종(1), 여말, 본조, 여항산인, 연대흠고, 해동명기, 실명씨, 삼삭대엽, 낙희조, 만횡 순으로 배열하고 있다.

『청구영언』(장서각본)에 작가가 기명된 내용을 도표로 정리하면 다음과 같다. 『청구영언』(1728)에서 호를 내세우고 있는 것과는 달리 바로 이름을 밝히고 있다.

시기	기명(괄호 안은 작품 수)	작품 수	비고
열성어제	태종(1), 효종(5), 숙종(1)	7	
여말	이색(1), 정몽주(1), 맹사성(8)	10	
본조	김종서(2), 성삼문(2), 박팽년(1), 왕방연(1), 이현보(7), 서경덕(1), 이언적(1), 조식(2), 홍섬(1), 이황(12), 송순(1), 송인(2), 정철(0), 이이(10, 역시), 이양원(1), 김현성(1), 이순신(1), 이제신(1), 서익(1), 홍적(1), 임제(2), 이항복(2), 이덕형(2), 유자신(1), 신흠(16), 조존성(4), 이정구(1), 장만(1), 홍서봉(1), 권필(1), 김류(1), 조찬한(1), 김상헌(2), 김광욱(10), 이안눌(1), 구인후(1), 정태화(1), 채유후(1), 정두경(2), 윤선도(1), 조한영(2), 김육(1), 강백년(1), 이완(1), 허강(1), 인평대군(1), 적성군(1), 낭원군(7), 송시열(1), 남구만(1), 유혁연(1), 이화진(2), 박태보(1), 이택(1), 구지정(1), 김최성(김성최, 3), 유천군 정(1), 김창업(3), 윤두서(1), 신정하(2), 유숭(2), 장붕익(1), 이유(3), 운길산하노인가(1)	213	〈강호사시가〉, 〈사시가〉, 〈어부가〉, 〈도산육곡〉, 〈호아곡〉, 〈율리유곡〉

여항산인	박인로(2), 주의식(7), 장현(1), 김삼현(4), 김성기(3), 김유기(6)	21	
연대흠고	임진(1), 이중집(1), 박명현(1), 김응정(1), 서호주인(1)	5	
해동명기	진이(4), 소백주(1), 매화(1), 소춘풍(1), 한우(1), 구지(1), 송이(1), 평매(1)	11	

그리고 『청구영언』(장서각본)에는 『청구영언』(1728)에 수록하지 않았던 박팽년의 작품(1)을 포함하여, 이언적, 조식, 홍섬의 작품을 수록하고 있으며 그 순서에도 차이가 있다.

『청구영언』(장서각본)의 또 다른 특징은 이이의 〈고산구곡가〉를 수록하면서 송시열을 포함하여 서인 계열의 인물들이 옮긴 역시를 각각 2편 모두 수록하고 있다는 점이다. 거기에다 이하조가 옮긴 역시 10수를 개별 작품에 수록하고 있어서 이 가집의 편찬과 이하조와 관련이 있는 인물이 일정한 연관이 있는 것은 아닌지 궁금하게 한다.

이에 비해 정철의 행적은 간략하게 서술한 뒤에 『송강가사』에 관동별곡과 합하여 실어놓았기 때문에 이곳에는 싣지 않는다[197]고 하고 한 수도 수록하지 않고 있다. 『송강가사』에 실린 작품을 참고하라는 뜻으로 이해된다.

그리고 윤선도의 작품은 '송간석실에~' 1수를 수록하고 있다.

한편 신정하의 작품은 2수를 수록하면서 『청구영언』(1728)에 석호의 이름으로 수록한 "간사한 박파주야~"는 수록하지 않고 있다.

그리고 장붕익의 작품 1수를 수록하고 있으며, 장붕익 다음으로 이유의 〈자규삼첩〉을 수록한 뒤에, '소정에 그물 시를제'라고 시작하는 〈운길산하노인가〉 1수를 수록하고 있어서 주목을 끈다. 다음 항목에 여항산인으

---

197 송강가사에 관동별곡과 합하여 붙였기 때문에 기록하지 않는다.(松江歌辭關東別曲合付, 故不書)

로 박인로의 작품을 수록하고 있으므로, 박인로의 앞에 〈운길산하노인가〉를 수록한 점이 흥미롭다. 박인로는 여항산인의 항목에 포함하여 2수를 수록하고 있다. 여항산인에는 박인로를 포함하여 주의식, 장현, 김성기, 김유기의 작품을 수록하고 있고, 김천택의 작품은 수록하고 있지 않다.

『청구영언』(장서각본)은 '청구영언'이라는 표제를 달고 있으나 실제로 『해동가요』(박씨본)에 더 가까운 구성으로 보아야 할 것 같다.

그런데 『청구영언』(장서각본)의 구성을 전반부, 중반부, 후반부로 나눌 수 있는데, 중반부와 후반부가 전반부보다 후대에 이루어진 것으로 볼 수 있다.

3) 『해동가요』의 편찬 과정과 작품 수록의 차이

(1) 『해동가요』(박씨본)

『해동가요』(박씨본)는 한유신이 엮은 『영언선』이 뒤에 수록된 가집으로 김수장이 엮은 『해동가요』 중에서 시기가 앞서는 것으로 추정된다.

『해동가요』(박씨본)는 『청구영언』(1728)의 체제와 작가를 기본으로 삼고 있으며, 편자 김수장을 하한선으로 하고 있다.

『해동가요』(박씨본)의 체제는 우선 갑술년(1754) 여름 십주(十洲)와 을축년(1745) 중춘의 화사자(花史子)의 서문을 싣고 있다. 갑술년 서문은 김천택이 『청구영언』 뒤에 쓴 후발을 이름과 날짜만 바꾸고 그대로 옮긴 것이고, 을축년 서문은 『청구영언』의 「만횡청류서」와 김천택의 『해동가요록』에 쓴 기록을 가져오되 480여 자의 새로운 내용을 추가한 것이 특징이다. 이미 세상에 전하는 김천택의 가집을 크게 참조하고 있다는 반증이다.

서문 다음으로 평조, 우조 등의 조격을 수록하고 있는데, 『청구영언』(1728)에는 없던 것으로, 후대의 『청구영언』(가람본)에는 수록되어 있다.

가집 본문에는 우선 초중대엽(1), 이중대엽(1), 삼중대엽(1), 북전 후정화(1), 이북전(1), 초삭대엽(1)을 배치하고 다음으로 열성어제로 태종

(1), 성종(1), 효종(4), 숙종(1)을 수록하였으며, 이어서 여말, 본조, 명기 팔인의 순으로 배열하고 있는데, 본조에서 김유기의 작품까지 배치한 뒤에 명기 팔인을 배열하고 다음으로 임진, 박명현, 김응정, 이중집, 허강의 작품을 수록한 뒤에 김천택, 김수장의 순으로 싣고 있다.

김수장의 작품 뒤에 을해년(1755) 맹하에 쓴 십주 김수장이 쓴 발문을 싣고 있다.

시기	기명(괄호 안은 작품 수)	작품 수	비고
열성어제	태종(1), 성종(1), 효종(4), 숙종(1)	7	
여말	이색(1), 정몽주(1), 맹사성(4)	6	
본조	김종서(2), 성삼문(2), 박팽년(1), 왕방연(1), 이현보(8), 서경덕(1), 이언적(1), 조식(2), 홍섬(1), 이황(12), 송순(1), 송인(3), 이후백(1), 이양원(1), 정철(21), 이이(10, 역시), 김현성(1), 서익(2), 홍적(1), 이덕형(1), 이항복(3), 임제(2), 이제신(1), 유자신(1), 신흠(20), 이정구(1), 조찬한(2), 권필(1), 이안눌(1), 김류(1), 홍서봉(1), 이순신(1), 김상헌(1), 조존성(4), 김광욱(15), 구인후(1), 정태화(1), 채유후(1), 윤선도(23), 정두경(2), 강백년(1), 조한영(2), 김육(1), 이완(1), 적성군(1), 인평대군(1), 낭원군(8), 이화진(2), 이귀진(1) 허정(2), 송시열(2), 남구만(1), 이택(2), 유혁연(1), 박태보(1), 구지정(1), 김성최(2), 신정하(3), 김창업(3),유천군 정(1), 윤두서(1), 유숭(2), 윤유(2), 윤순(1), 이유(3), 박인로(4), 장현(1), 주의식(12), 김삼현(5), 김성기(5), 김유기(8)	213	〈강호사시가〉, 〈어부가〉, 〈도산육곡〉, 〈호아곡〉, 〈율리유곡〉
명기팔인	진이(4), 홍장(1), 소춘풍(3), 소백주(1), 한우(1), 구지(1), 송이(1), 매화(1)	13	
	임진(1), 박명현(1), 김응정(1), 이중집(1), 허강(1), 김천택(21), 김수장(16)		

『해동가요』(박씨본)에는 유숭, 윤유, 윤순 등을 소개하면서 금상(今上)으로 밝히고 있어서 이 가집이 영조 시대에 이루어진 것임을 확인할 수 있다. 김천택이 엮은 『청구영언』(1728)과 달리 유숭(2), 윤유(2), 윤순(1) 등의 영조 시대 작가가 추가되었음을 알 수 있다. 금상 표시가 없어도 이유의 〈자규삼첩〉도 수록하고 있다.

그리고 이이의 〈고산구곡가〉를 수록하면서 각 편에 대하여 우암과 정해진 사람의 역시까지 포함하고 있는 것이 특징이다. 이와 아울러 송시열의 작품도 2수를 수록하고 있어서 『청구영언』(1728)과는 다른 편성이다.

『청구영언』(1728)에는 박인로를 이덕형의 앞에 배치하고, 이덕형의 후손 이윤문(1646~1717)의 발문을 수록하였는데, 『해동가요』(박씨본)에는 박인로를 이덕형과 구별하여 이유의 작품 뒤에 수록하고 이윤문의 발문은 그대로 싣고 있다. 박인로의 작품 수록과 배치가 가집 편찬 과정에서 매우 조심스러운 문제로 인식되었던 것으로 보인다.

『청구영언』(1728)이 편자 김천택의 작품까지 수록하고 있는 것에 비해서, 『해동가요』(박씨본)는 김천택에 이어 김수장의 작품까지 수록하고 있다.

그리고 장현(1), 주의식(12), 김삼현(5), 김성기(5), 김유기(8) 등은 본조의 항목에 수록하고 있는데, 김천택(21), 김수장(16)은 명기 팔인 항목이 끝나고 임진(1), 박명현(1), 김응정(1), 이중집(1), 허강(1) 뒤에 수록하고 있다.

『해동가요』(주씨본)와 견줄 때 조현명(1), 이재(1), 조명리(4), 이정보(82) 등의 작품은 수습하지 않고 있다.

(2) 『해동가요』(주씨본)

『해동가요』(주씨본)에 작가가 기명된 내용을 도표로 정리하면 다음과 같다. 『청구영언』(1728)에서 호를 내세우고 있는 것과는 달리 바로 이름을 밝히고 있다.

시기	기명(괄호 안은 작품 수)	작품 수	비고
열성어제	태종(1), 성종(1), 효종(5), 숙종(1)	8	
여말	이색(1), 정몽주(1), 맹사성(4)	6	
본조	김종서(1), 성삼문?(2), 박팽년(1), 왕방연(1), 어부(5), 서경덕(1), 박영(1), 이언적(1), 조식(2), 홍섬(1), 이황(12), 송순(1), 송인(3), 이후백(1), 이양원(1), 김현성(1), 정철(21), 이이(10, 역시), 서익(2), 홍적(1), 이덕형(1), 이항복(3), 임제(2), 이제신(1), 유자신(1), 신흠(20), 이정구(1), 조찬한(2), 권필(1), 이안눌(1), 김류(1), 홍서봉(1), 이순신(1), 김상헌(1), 조존성(4)	213	〈강호사시가〉, 〈사시가〉, 〈어부가〉, 〈도산육곡〉, 〈호아곡〉, 〈율리유곡〉
명기구인	진이(3), 홍장(1), 소춘풍(3), 소백주(1), 한우(1), 구지(1), 송이(1), 매화(1), 다복(1)		
본조 연속	박명현(1), 임진(1), 김응정(1), 이중집(1), 김광욱(14), 구인후(1), 정태화(1), 채유후(1), 윤선도(52), 정두경(2), 강백년(1), 조한영(2), 김육(1), 이완(1), 적성군(1), 인평대군(1), 낭원군(8), 이화진(2), 이귀진(1), 허정(2), 송시열(2), 남구만(1), 이택(2), 유혁연(1), 박태보(1), 구지정(1), 김성최(2), 신정하(3), 김창업(3), 유천군(1), 윤두서(1), 유숭(2), 이정섭(2), 박인로(3), 장현(1), 주의식(14), 김삼현(5), 허강(1), 김유기(7), 김성기(5), 조현명(1), 이재(1), 이유(3), 윤유(2), 윤순1), 조명리(4), 이정보(82), 김천택(57), 김수장(117)		

『청구영언』(1728)의 후발을 쓴 이정섭의 작품을 2수 수록하고, 그 다음에 박인로의 작품을 수록하고 있다.

영조 시대의 인물로 조현명(1), 이재(1), 이유(3), 윤유(2), 윤순(1), 조명리(4), 이정보(82) 등의 작품을 수록하고 있어서, 이유, 윤유, 윤순 등은

『해동가요』(박씨본)와 공통이지만, 이재, 조명리, 이정보 등은 새롭게 등장하는 셈이다.

그리고 『해동가요』(주씨본)에는 말미에 「고금창가제씨」라는 창가자 명단을 수록하고 있어서 가객들의 정보를 확인하는 데에 중요한 자료이다.

4) 『청구가요』의 가객 작가

가집 『청구가요』는 김수장이 엮은 것으로 추정되는 가집으로 당대 가객들의 작품만 모은 것인데, 김삼불이 『해동가요』를 교주하면서 부록[198]으로 수록하였다. 가객의 작품 뒤에 김수장이 기록한 내용을 통해서 볼 때 『해동가요』를 엮고 이를 수정·보완하는 과정에 영조 40년(1764)과 영조 45년(1769) 사이에 가객들의 작품을 중심으로 새롭게 정리한 것으로 보인다.

수록한 작가와 작품[199]은 김우규 11수, 김태석 4수, 박희석 3수, 김진태 26수, 문수빈 1수, 이덕함 3수, 김묵수 6수, 김중열 3수, 김두성 2수, 박문욱 17수, 무명씨의 〈맹상군가〉 1수 등 77수이다.

수록된 작가 열 명 중에서 김우규, 문수빈, 박문욱, 김중열, 김묵수 등 다섯 사람이 김수장의 「고금창가제씨」(『해동가요』)에 이름이 올랐다. 그리고 김우규가 박상건에게 노래를 배웠다고 하고, 김수장이 탁주한, 이차상을 흠모하였다고 하였으며, 김묵수는 김수장의 친구인 김성후의 아들이고 김중열도 김정희의 아들이라, 대를 이어 가객으로 명성을 높였던 것으로 볼 수 있다. 그리고 김중열은 김성기에게 거문고와 통소를 배웠다고 하였다.

『청구가요』에 김수장이 기록한 내용을 가객의 행적을 보도록 한다.

---

198 김삼불 교주, 『해동가요』(부 『청구가요』)(정음사, 1950), 126~135면.

199 최동원, 「『청구가요』의 수록작가에 대한 고찰」, 『고시조논고』(삼영사, 1990), 112~125면.

김우규

김성백 군은 나와 사귐이 매우 긴밀한데, 성백은 젊은 시절부터 운기가 호방하고, 박상건 군에게 노래를 배웠는데 한 해가 지나지 않아서 본떠서 상객을 눌렀다. 또 수놓고 꾸미는 모습은 세상에서 모두 이름을 날린다고 생각했다. 나 또한 가벽이 있어서 탁대재[주한] 군과 이순경[차상] 군에 늘 공경하고 부러워하였다. 지나가는 손님처럼 빛과 그림자 사이에 이 사람들이 이미 죽고, 다만 성백과 나만 있다. 성백의 나이는 신미생이고 나는 경오생이다. 해가 저녁에 가깝고, 남은 빛이 많지 않아 참으로 마음이 차가워진다. 하루는 성백이 스스로 지은 11장을 나에게 보여주었는데, 두루 보니, 말의 뜻이 몰래 가득하여 황권에 부록으로 실어서 뒤에 없어지지 않게 전한다. 갑신년(1764) 섣달 매화의 계절에 노가재 김수장이 쓰다.[200]

김태석

김덕이 군은 성품이 본래 떠들썩하고 우아하며 풍경을 좋아하고 붕우들과 즐기며, 경능의 필법을 익히 알았다.[201]

김진태

내가 늙어서 매우 한가하나 본래 가벽은 오래되었다. 고금 작가와 뭇 어진 이들과 명기와 무명씨의 작품을 수집하고, 스스로 지은 장·단가 100여 장을 고쳐서 가요를 만들 때, 김군현의 작품을 얻어보니, 의지가 초월하고 향운이 청절하여 속태에 물들지 않았다. 무협의 스산하고 기이한 말과 아

---

200 김삼불 교주, 『해동가요』(부 『청구가요』)(정음사, 1950), 127면, 金友奎. 金君聖伯, 與我交道甚密. 聖伯自小韻氣豪放, 學歌於朴君尙建, 未過一歲能摸抑客. 又有繡飾之態, 世皆謂名揚矣. 我亦有歌癖, 而卓君大哉, 李君舜卿之歌, 每於欽羨矣. 過客光陰之間, 此輩已沒, 只有聖伯與我矣. 聖伯年令辛未我庚午, 日迫桑楡, 餘暉無多, 良可寒心. 一日聖伯自家所製十一章示余, 歷觀之, 辭志竊實, 附載黃卷, 傳後不滅. 甲申臘梅之節, 老歌齋金壽長書.

201 김삼불 교주, 『해동가요』(부 『청구가요』)(정음사, 1950), 127면, 金台錫. 金君德而, 性本騷雅, 好風景, 樂朋友, 熟知景能筆法.

름다운 글, 봉래와 영주의 신선의 풍이었다. 일찍이 서로 알지 못한 것이 안타깝다. 병진년 여름 6월, 일흔 일곱의 늙은이 노가재 김수장이 쓰다.[202]

김묵수

위의 시경은 옛 친구 이숙[聖垕]의 아들이다. 젊은 날에 배움이 높아서, 뜻과 기개가 호매하고, 노래를 잘하고 글씨를 잘 쓰며, 장·단가 6장을 지었는데, 음조와 절강이 극히 호방하고 시원하여 내가 이로써 아끼고 공경한다. 계미년 유두절에 노가재가 쓰다.[203]

김중열

위의 사순은 곧 옛 친구 김자빈[鼎熙] 군의 아들이다. 어려서부터 남들보다 총명하고, 지기가 호방하고 웅대하였으며, 거문고를 어은[김성기]에게 듣고 퉁소도 어은에게 들어서, 옛날 뭇 어진 이들의 이름난 거문고 뒤에 산수의 곡이 처음 나왔으며, 평·우조 여러 곡을 타면 풀이 모인 중에 유란이요, 새들 중에서 봉황이다. 내가 비록 음률의 청탁과 고하를 알지 못하나, 젊은 시절에 꿈을 푸는 의치는 있어서, 그러므로 반드시 그냥 지나치지는 않았다. 내가 가보를 개·수정할 때 사순이 지은 단가 3장을 얻어 보니 곧 속태는 숨어서 없고 신선의 자취는 눈에 밝으니 어찌 기이한 재주가 아니리오? 사순은 일찍이 노래를 배우고 익힌 적이 없는데 노래를 잘하니 범상하지 않은 조인이다. 곧 소년 시절에 노래하면 곧 노년에 열매를 맺고, 진애 사이에 호걸 군자가 되는 것이다. 아, 세속의 사람은 욕망에 유혹되고

202 김삼불 교주, 『해동가요』(부 『청구가요』)(정음사, 1950), 131면, 金振泰. 余年老深閑, 素有歌癖者久矣. 裒集古今作家群賢輩及名妓無名氏, 自製長短歌百餘章, 釐爲歌謠之際, 得見金君君獻之作, 意旨超越, 響韻淸絶, 不染俗態, 巫峽之蕭森琦語瓊辭, 蓬瀛之仙語, 恨不曾相識也. 歲丙辰夏六月, 七七翁老歌齋金壽長書.

203 김삼불 교주, 『해동가요』(부 『청구가요』)(정음사, 1950), 132면, 金默壽. 右始慶者, 卽故人爾淑之子也. 年少學高 志氣豪邁, 善歌能筆, 作長短歌六章, 音調節腔, 極其豪爽, 吾以此愛敬焉. 歲癸未流頭之節, 老歌齋書.

사물에 물들어 절로 농고가 되는데, 이런 사람이 있다는 것을 알지 못함은 극히 개연한 일이다. 기축년(1769) 행화지절에 여든의 늙은이 노가재가 쓰다.[204]

박문욱

위의 박여대 군은 나의 옛 친구이다. 내가 평소에 가벽이 있어서 가보를 중수할 때 여대의 가보를 얻어보니 곧 뜻이 크고 트이며, 말이 순실하고, 간혹 노래하면 강개하고 간혹 노래하면 청수하고 간혹 노래하면 허랑하며 간혹 노래하면 사람을 감발하게 하여, 이 사람의 국량이 남명에 끝이 없는 것과 같다. 아, 박군은 세상에 살면서 가난하여 바탕하여 살 수 없었으나 그 뜻은 가난에 굴복하지 않아서, 짓는 마음은 길이 호화에 있었다. 평소에 술이 큰 고래의 양이었고, 영탄하면 반드시 사람을 놀라게 하는 구절이 있었으니, 이는 실로 진세간 호걸 군자이다. 진술한 여러 곡 중에 중과 비구니가 다리를 걸치는 노래는 천고의 일담이라, 내가 이로써 서로 경정산과 마주한다. 기축년 행화지절에 여든의 늙은이 노가재 김수장이 쓰다.[205]

그런데 이에 앞서 김삼불이 교주한『해동가요』의 말미에 김수장의 작

---

204 김삼불 교주,『해동가요』(부『청구가요』)(정음사, 1950), 132면, 金重說. 右士淳卽故人金君子彬之子也. 幼聰明過人, 志氣豪雄, 琴聽於漁隱, 洞簫於漁隱. 古昔群賢, 名琴之後, 山水之曲初出, 平羽調諸曲之彈則, 叢草之幽蘭, 鳥中鵠鳳凰. 余雖不知音律淸濁高下, 小有解夢之致, 故不必爲放過矣. 余歌譜改修正時, 得見士淳之所製短歌三章, 則俗態沒隱, 仙跡明眼, 豈不奇哉. 士淳曾無學歌唱習而能唱, 非常之調人, 則少年歌則老成實, 爲塵埃間豪傑君子也. 噫, 世俗之人, 惑於慾染於物, 自成聾瞽, 不知有此人, 誠極慨然也. 歲己丑杏花之節, 八十翁老歌齋書.

205 김삼불 교주,『해동가요』(부『청구가요』)(정음사, 1950), 135면, [朴文郁] 右朴君汝大卽余故人也. 余平生有歌癖, 故歌譜重修之際, 得見汝大之譜, 則意之浩闊, 言之純實, 或歌慷慨, 或歌淸秀, 或歌虛浪, 或歌則使人感發, 此人之局量, 南溟之無涯. 噫, 朴君之處世貧不能資生, 而志不屈於貧, 賦心長在於豪華, 平生酒有巨鯨量, 咏嘆必有驚人句, 此誠塵世間豪傑君子也. 所述諸曲中, 僧尼交脚之歌, 千古一談, 吾以此相對敬亭山. 歲己丑杏花之節, 八十翁老歌齋金壽長書.

품 3수를 수록하면서 『청구가요』에서 가져온 것이라 밝히고 있어서, 실제로 이것까지 합하면 『청구가요』에는 최소한 80수가 수록되어 있었던 것으로 추정할 수 있다. 결국 『청구가요』에 수록한 작가도 김수장을 포함하여 11명이 되는 것이다.

5) 이한진 편 『청구영언』과 악하풍류

이한진(1732~?)이 편찬한 『청구영언』(연민본)은 기존의 『청구영언』 계열과 차이가 있으며, 백악(白岳)을 중심으로 한 악하풍류의 산물이라는 점과 새로운 정보를 많이 담고 있는 것이 특징이다. 반치(半癡)로 소개하고 있는 이태명, 악하풍류의 좌상이라고 할 수 있는 김용겸, 당시의 풍속화가 김홍도, 그리고 편찬자인 이한진의 작품을 주목할 수 있다. 그러나 작가 비정에 착오가 나타나고, 표면적으로 편찬의 준거를 쉽게 파악하기 어려운 단점이 있기는 하다.

그런데 별다른 기준이 없이 수록한 듯한 작품을 기존의 가집과 견주면 그래도 곡조에 따른 배열을 시도하고 있음을 파악할 수 있다. 그 중에서도 『청구영언』(장서각본) 후반부에 실린 곡조별 배치와 견주면 그 유사성을 확인할 수 있다.

그리고 『청구영언단』으로 『청구영언』이 끝나고 난 뒤에 추가로, 효효선생 김용겸, 김홍도 등의 작품을 수록하고 있기도 하다.

작가의 착종이 많아서 도표로 작성하는 것이 의미가 없을 정도이나, 일단 기명(記名)하고 있는 작가를 들도록 한다.

이한진 편, 『청구영언』 기명 작가 일람

작가	비고
진이(5, 6, 147, 227)	
조남명(7, 8, 9, 66)	7은 구용(具容)
율곡선생(10)	10은 이황의 〈도산십이곡〉
우계선생(11)	11은 이색

반치(16, 37, 80, 151, 159, 162, 186, 226)	
노가재(18, 52)	
삼연선생(19, 139)	19는 김삼현(金三賢) 139는 조명리
나인(21)	
백호(35, 39, 83, 93, 179)	
효묘(53, 54)	
송강(59, 61, 69, 70, 133, 134, 181, 202, 204)	
동명(74, 92)	
송용세(76)	
퇴계(105)	
창성위 황인점(127)	
청음선생(132)	
민성천(136)	
송강첩(171)	
정포은(173)	
문경공(201)	
북헌(209)	

이한진 편,『청구영언』추가 작품 일람

작가	비고
효효재 김용겸(233, 234)	
미상(235~261)	이한진
속어부가	
경산옹속어부가서	
미상(243, 244)	
김홍도(244, 245)	
미상(246~255)	
송강(256)	256은 이항복
미상(257)	

6)『고금가곡』의 구성과 레퍼토리

『고금가곡』은 표지에 '일학송계 일리연월초 실제사본*고금가곡(一壑松桂一里烟月抄 失題寫本*古今歌曲)'으로 되어 있으며, 송계연월옹이 갑신년에 엮은 가집인데, 상하로 나누고, 주제별로 분류하고 있다. 상은 가사부이고 하는 가곡부로 되어 있다.『고금가곡』의 명칭은 자작 가운데 "고금 가곡을 모도와 쓰는 뜻은"에서 따온 것이라고 한다.

그리고 말미에 자작(自作)이라고 하여 14수를 수록하고 있다. 이들 작품에서 자신의 행적과 가집을 엮는 이유를 말하고 이어서 〈북변삼쾌〉, 〈서새삼쾌〉, 〈평생삼쾌〉 등을 기록하여 편자의 행적을 환기하게 하고 있다.

한편 연군의 051(압록강 히 다 져믄 날의~)의 작품 아래에 "회곡남공 이수 병자(晦谷南公二首 丙子)"라고 밝히고 있어서, 051과 052가 회곡 남선(南銑, 1582~1654)의 작품임을 밝히고 있는 점은 주목을 끈다.『청구영언』(1728)에 051 작품은 장현이 지은 것으로 수록하고 있기 때문이다. 이미『청구영언』(1728) 이전의 여러 기록에서 〈압강낙일가(鴨江落日歌)〉로 언급되고 있던 점을『고금가곡』이 바로잡은 것이라 할 수 있다.

『고금가곡』을 통하여 검토해야 할 내용은 다음과 같다.

첫째, 가사부와 가곡부를 통하여 노래로 부르는 레퍼토리의 체계에 대한 정리가 필요할 것으로 보인다. 가곡부에는 이른바 가곡만 수록하고 있지만, 가사부에는 사부인 〈귀거래사〉를 비롯하여 사(詞)로서 〈억진아〉, 허균의 〈여랑요란송추천〉과 이재, 김창흡의 작품, 권익륭의 〈풍아별곡〉, 〈감군은〉, 〈관동별곡〉에서 〈춘면곡〉까지의 가사 등을 포괄하고 있어서 이를 가창 갈래로서 체계화할 수 있는 준거를 설정해야 할 것이다.

둘째, 가사부에 수록한 권익륭의 〈풍아별곡〉에 대한 검토가 〈겸가〉, 「풍아별곡서」 등과 연계하여 이루어져야 할 것이다. 「풍아별곡서」에 김창흡의 발문이 있고, 〈풍아별곡〉의 바로 앞에 김창흡의 〈와념소유언〉을 수록하고 있는 점을 주목할 수 있다.

셋째, 자작 작품 14수와 〈북변삼쾌〉, 〈서새삼쾌〉, 〈평생삼쾌〉에 서종순(徐宗順)[206]으로 기록하고 있는 점을 주목하여 편자인 송계연월옹과 어떤 관계인지 밝히는 일이 중요한 과제가 될 것으로 보인다.

7) 『병와가곡집』의 배열과 작품 범주

『병와가곡집』은 병와 이형상의 후손 집안에서 발견된 가집으로 『악학습령』으로 부르기도 했으며, 영조의 시호는 등장하는데 정조의 시호가 나타나지 않은 점 등을 들어서 18세기 후반에 엮은 것으로 추정되고 실제로 '병와가장가곡집'으로 부르는 것이 타당하다는 견해[207]가 제시되었으며, 그 뒤에 『악학습령』이라는 이름으로 주해[208]가 나오기도 했다.

『병와가곡집』은 가집 중에서 가장 많은 1,109수의 작품을 수록하고 있어서 더욱 주목할 수 있는데 다음과 같은 몇 가지 특성을 살필 수 있다.

첫째, 수록된 곡조와 작품 수는 초중대엽(7수), 이중대엽(5수), 삼중대엽(5수), 북전(4수), 이북전(1수), 초삭대엽(11수), 이삭대엽(763수), 삼삭대엽(32수), 삭대엽(18수), 소용(5수), 만횡(114수), 낙희조(104수), 편삭대엽(40수) 등이다.

둘째, 작가 목록에 어제(태종, 효종, 숙종)와 왕족(인평대군, 적성군, 낭원군, 유천군)을 비롯하여 설총, 최충, 곽여 등부터 유세신까지, 그리고 기녀로 황진부터 계섬까지 모두 175명의 작가를 기명하고 있다. 설총, 최충 등의 작품을 신뢰할 수 있을까하는 문제와 선행 가집에서는 나오지 않았던 작가들이 많이 등장하고 있는 점을 주목할 수 있다. 김우규, 문수빈, 김태석, 이덕함, 김기성, 박희서[209], 김중열, 김진태, 김수장, 박문욱, 김묵

---

206 실제로 '徐愼順'으로 기록한 것을 徐宗順으로 읽었다고 했으니, 착오가 없는지 확인할 필요가 있다. 徐宗順에 대한 기록은 『승정원일기』에 영조 16년(1740) 이후 봉성통관, 대통관으로 등장하고, 徐宗淳, 徐宗舜, 徐宗純 등의 이름이 나오기도 한다.

207 김용찬, 『교주 병와가곡집』(월인, 2001), 14면.

208 이정옥, 『주해 악학습령』(경진, 2017).

209 朴熙瑞는 『청구가요』에 朴熙錫으로 기록되었는데, 朴熙錫은 확인하기 어렵고, 朴熙瑞는 숙종 45년(1719)에 肄習, 영조 15년(1739)에 부호군, 영조 22년(1746)에 충장

수 등은 『청구가요』에 수록된 작품을 참조한 것으로 볼 수 있다.

셋째, 선행 가집에서는 무명씨로 수록한 것을 작가를 비정하는 과정에 신뢰성을 확보할 수 있는 인물을 제시하고 있는지 검증이 필요하고, 김삼현(金三賢)의 삼현(三賢)을 삼연(三淵)으로 잘못 이해하여 김창흡(金昌翕)을 작가로 표기하는 경우 등 작가 비정에 문제가 노출되고 있으므로, 엄정한 검증을 통하여 작가를 다시 비정해야 할 것이다.

넷째, 『병와가곡집』의 수록 곡조가 대체로 『해동가요』(주씨본)와 유사한 면모[210]를 보인다는 점을 고려하면, 기본적으로 『해동가요』(주씨본)에 『청구가요』를 합친 것을 기본으로 삼고, 새로 등장하는 306수는 선행 가집에 포함되지 않거나 민간에 전승되는 작품들을 다양하게 수습했을 것으로 볼 수 있다.

다섯째, 김두성(金斗性)을 김기성(金箕性)으로 개명한 기록이 정조 14년(1790)의 기록에서 나타난 것[211]을 준거로 『병와가곡집』이 정조 14년(1790) 이후[212]에 이루어진 것이라 했으나, 실제로 영조 41년(1765) 윤2월에 청연 군주를 김두성과 정혼시키고 광은부위[213]로 호를 삼았다고 했으며, 개명한 김기성이 등장하는 기록은 정조 12년(1788) 12월[214]에 이미 나타나고 있고, 광은부위 김기성(김두성)이 가객 김두성과 같은 인물인지 다시 확인할 필요가 있을 것이다. 『병와가곡집』 목록에서 김기성에서 17세에 지은 것이라고 한 것도 검토할 일이다.

장, 영조 23년(1747)에 충장위장, 정조 1년에 사자관(1777) 등의 기록을 확인할 수 있다.

210 김용찬, 『교주 병와가곡집』(월인, 2001), 37면.

211 최동원, 「『청구가요』의 수록작가에 대한 고찰」, 『고시조논고』(삼영사, 1990), 112~125면.

212 김용찬, 『교주 병와가곡집』(월인, 2001), 16면.

213 『영조실록』 105권, 영조 41년 윤2월 2일(정미), 『국역 영조실록』 31, 29~30면.

214 『승정원일기』 1642책(탈초본 87책), 정조 12년 5월 24일(을유).

3. 민요의 본질에 대한 인식과 수용과 채시

1) 민요에 대한 인식의 추이

'이바구[이야기]는 거짓이고 노래는 참'이라는 구연 현장의 발언을 수용할 때, 민심의 실상을 제대로 드러내고 있다고 믿는 민요를 지속해서 들으면서 정치의 치란과 득실을 가늠하는 일은 올바른 방향이었다고 할 수 있다. 더구나 꾸미지 않고 내면의 울림이 절로 우러나는 것이 민요라고 받아들이면, 민요에의 관심을 증대시키고 민요를 통해 내면의 울림을 제대로 파악하고자 노력하는 일은 그 시대의 실상을 온전하게 이해하는 바른길이 될 것이다.

농사일을 하면서 진실한 내면을 드러내는 민요 정서의 본바탕을 살피는 일이 중요하다. 18세기에 생산 주체인 농민들이 이앙을 하면서 실제로 〈모내기노래〉가 다양화하고 있는 데 비해 나라에서는 이앙에 대한 금령을 내리고 있기도 하고, 영조 임금이 『시경』 강의를 통하여 「풍」에 대한 인식을 새롭게 하고, 여러 차례 「빈풍」 〈칠월편〉을 강조한 뒤에 영조 40년(1763) 11월에 각 지역의 풍속을 채집하고 백성의 고통을 살피면서 시를 지어 올리도록 하교[215]를 내리면서 각 지역 노래에 관심이 급속도로 확대되었다. 그리고 〈산유화〉에 대하여 신유한과 최성대가 지역에 따른 차이를 인정하면서도 정서의 교유를 시도하고 있었던 점은 더욱 관심을 가져야 할 일이다. 이러한 상황에서 민간의 노래를 채시하는 일과 함께 한시에서도 그 정서의 밑바탕을 민요에서 찾으려고 노력하고 있었던 점[216]을 고려하면, 시가에서 신번과 신성을 통하여 수용자의 흥미와 귀를

---

215 『영조실록』 104권, 영조 40년 11월 9일(병진), 『국역 영조실록』 30, 360면. 임금이 『시경』 빈풍(豳風)의 칠월장(七月章)을 강하다가 여러 도로 하여금 그곳 백성의 풍속을 채집하고 백성의 고통을 살펴보게 한 다음 모시(毛詩)의 예를 모방하여 시를 지어 올리도록 명하였다.

216 최재남, 「조선후기 민요의 실상과 한시의 민풍 수용」, 『장르교섭과 고전시가』(월인, 1999), 최재남 외, 『조선후기 민요자료 정리와 분류』(보고사, 2008).

즐겁게 하는 방향으로 속화되었던 점을 반추해야 할 것이다. 한쪽은 수용자나 향유하는 쪽으로 눈을 돌리고 있고, 다른 한쪽은 근본과 본질에 관심을 집중하는 것으로 이해할 수 있다.

18세기 정치 국면의 변화에 동요, 민요가 여러 차례 등장하고 있어서 노래의 내면을 통하여 정치적 목적을 이루려고 하는 움직임을 확인[217]한 바 있는데, 일찍이 『시경』의 「풍」에서 그 유래를 살필 수 있으며, 일반적으로 민간의 가요를 지칭하는 민요라는 개념과 생산 주체가 부르는 일노래로서 민요를 아우르면서 18세기 시가사 이해를 위한 발판을 마련해야 할 것이다.

18세기 민요의 변화는 매우 적극적인 입장에서 민요를 채록하거나 민요를 수용하여 한시를 짓는 것으로 파악할 수 있고, 모내기노래와 김매기[논매기] 노래가 이 시기에 등장한다는 점[218]을 주목해야 한다.

18세기를 전후한 시기에 민요에 대한 인식은 '백성들의 즐거움과 슬픔'을 드러내는 것으로 확인이 된다. 17세기 후반 허목의 「호서관찰사증행서」에서 목민관으로 떠나는 사람에게, 당나라 육지의 예를 들어서 "민요를 들어서 백성들이 슬퍼하는지 즐거워하는지를 살피고"[219]라고 한 데서나, 정조 19년(1795) 수원에서 혜경궁의 회갑연을 치르고 돌아오는 길에 채제공이 지은 〈시흥 관소에서 목청껏 노래하다〉에서, "밤에도 끊이지 않는 관리와 서민의 노랫소리, 상이 특별히 세금과 부역 모두 감면해 주었나니."[220]라고 한 부분에서 이민(吏民)의 구요(謳謠)가 모두 정치의

217 본서 Ⅱ-2.의 1.「정치 국면의 변화와 노래의 반응」 참조.

218 최재남, 「조선후기 민요의 실상과 한시의 민풍 수용」, 『장르교섭과 고전시가』(월인, 1999), 186~187면 참조.

219 허목, 「湖西觀察使贈行序」, 『記言』 卷之四十七, 『한국문집총간』 98, 325면, 聽民謠, 審其哀樂.

220 채제공, 〈始興舘放歌〉, 『樊巖先生集』 卷之十八, 『한국문집총간』 235, 349면, 吏謳民謠夜不絶, 蠲徭賜復皆恩旨. 한편 정조 20년 병진(1796) 2월 11일(정해)에 정리소에서 올린 절목에서, "매번 봄에서 여름으로 넘어가는 때가 되면 사방에서 농요(農謠)를 불러 우리 현륭원이 사람들에게 끼쳐 준 은택과 선대의 사업을 계승한 우리 성상의

득실과 연계되어 있고 실제 정사를 맡은 쪽에서는 그러한 내용이 궁금했던 것일 수 있다. 그리고 함경감사 이병모가 올린 장계에서 논열한 내용에 "북청부사 유지양은… 영농을 권장할 때는 임금께 충성하고 어버이에게 효도하는 내용의 노래를 지어 백성들로 하여금 서로 권면하는 민요를 만들게 하였으며"[221]라고 한 기록에서 유지양이 농사 일을 할 때 권면의 뜻을 지닌 민요를 마련한 사실을 확인할 수도 있다.

이진망이 갑오년(1714)에 충청우도 어사로 파견되어 지은 〈야좌서회〉에서 한나라 때 수의어사 폭승지(暴勝之)가 부월을 쥐고서 도적 떼를 일망타진했던 고사를 떠올리며 백성들의 노래를 들으면서 어사의 임무를 살피겠다고 다짐하고 있다.

북쪽으로 바라보니 임금과 어버이 멀어지고	北望君親隔
남쪽으로 오니 고을들이 아득하네.	南行郡縣遙
긴 밤에 외로운 마을에 앉았노라니	孤村坐永夜
공중에는 서늘한 달빛이 엄숙하네.	凉月肅層宵
한 마디 마음이 다만 끊어지고	一寸心徒切
천 줄기 살쩍이 시들려 하네.	千莖鬢欲凋
길이 폭공자를 생각하면서	長懷暴公子
도끼를 들고 민요를 들으리.	持斧聽民謠[222]

한편 이병연이 삼척부사로 있던 시절인 영조 11년(1735)에 지은 〈을묘년 늦봄 28일에 강릉에 번고하러 갔다가 4월 초하루에 돌아오다〉의 둘째 수에서,

---

덕을 노래하지 않는 사람이 없었다."(『일성록』)라고 한 내용도 같은 맥락이다.

221 『일성록』, 정조 14년 6월 28일(정축), 『국역 일성록』 정조 90, 312~313면.

222 이진망, 〈夜坐書懷〉, 『陶雲遺集』 冊一, 『한국문집총간』 186, 46면.

서쪽으로 지는 해에 해오라기가 날아가고	西日飛飛鷺
동쪽에서 부는 바람에 부들이 한들거리네.	東風獵獵蒲
관우를 만나 시를 짓고	題詩逢舘宇
강호를 마주하여 말을 쉬네.	歇馬對江湖
어점에는 비스듬한 길이 많은데	漁店多斜路
역참의 사람은 멀리 부르는 것을 잘하네.	郵人善遠呼
민요를 채록하는 것을 견디며	民謠堪採錄
애오라지 가는 길을 늦추네.	聊得緩征途[223]

라고 하여 민요를 채록하여 창고를 조사한 내용을 제대로 보고해야 하는 공무와 시인으로서 눈앞에 펼쳐지는 풍광을 감상하느라고 늦어지는 걸음을 대비하고 있다.

이렇듯 민요는 백성들의 즐거움과 슬픔을 드러내는 것이라는 기본 인식이 깔려 있다. 이를 채집하여 민심의 방향을 확인할 수 있고, 때로는 선정을 베풀면서 백성들의 마음을 즐거움 쪽으로 돌리려는 노력도 아끼지 않고 있다.

2) 농요의 특성과 그 분류

농요 또는 농가는 일하면서 부르는 노래이다. 민요가 민간의 노래라는 포괄적 의미라면 농요는 실제 일을 하면서 부르는 노래를 가리킨다.

이상정이 유관현의 행장에서 "공이 관직에 있을 때, 큰 상에 가득 차린 음식을 대하고는 '고향의 물고기 삶은 것보다 못하다.'라고 하였고, 기생의 노래를 듣고는 '밭둑에서 농요를 듣는 것보다 못하다.'라고 하였다."[224]

---

223 이병연, 〈乙卯暮春念八, 往江陵反庫, 淸和初吉還〉, 『槎川詩抄』 卷下, 『한국문집총간』 속 57, 269면.

224 이상정, 「通政大夫刑曹參議陽坡柳公行狀」, 『大山先生文集』 卷之五十一, 『한국문집총간』 227, 513면, 其在官, 對方丈曰, 不如鄕園鯲魚煮耳, 聽妓歌曰, 不如聽隴畝農謳耳.

라고 기록한 내용에서 목민관으로서 생산 주체인 농민의 일노래에 관심을 기울일 것을 강조한 것이라 할 수 있다.

김려의 〈황성이곡〉에서는 비가 내리면서 농사일이 분주해지자 농요를 듣게 된 사정을 말하고 있다.

가문 나머지 단비에 농요를 듣고 旱餘甘澍聽農謠
봇도랑 물이 찰찰 흐르니 자가 반쯤 높아지네. 溝水瀺瀺尺半高
바야흐로 쟁기 하나를 얻어 밤 사이에 윤택함을 보태니 剛得一犁添夜潤
필향 둑 서쪽으로 거룻배도 들겠네. 筆香堤西可容舠

* 필향은 둑이다. 고을의 동북에 식한면에 있는데, 둘레가 760척이다.(筆香堤, 在縣東北食汗面, 周回七百六十尺)[225]

그리고 농가(農歌), 농구(農謳) 등도 같은 의미로 이해할 수 있다.

김상정(1722~1788)의 〈농가단장〉[226] 6수는 〈서쪽 두둑의 봄〉, 〈나에게 따비가 있어〉, 〈소몰이〉[227], 〈모내기〉, 〈풀을 뽑다〉, 〈이슬이 옷을 적시네〉로 구성되어 있어서 계절에 따라 해야 할 일의 순서와 내용을 읊고 있다.

정약용의 〈장기농가 10장〉[228]을 비롯하여 〈탐진농가 10수〉, 이학규의 〈강창농가〉[229] 같은 것이 농가의 예이고, 이형상의 〈차농구〉[230]나 신경준의 〈농구〉[231]와 같은 것이 농구의 예이다.

---

225 김려, 〈黃城俚曲〉, 『藫庭遺藁』 卷之二, 『한국문집총간』 289, 408면.

226 김상정, 〈農歌短長, 爲觀稼兒作. 六首〉, 『石堂遺稿』 卷之四, 『한국문집총간』 속 85, 94면.

227 홍양호의 「북새잡요」에도 〈叱牛〉가 있다. 『耳溪集』 卷二, 「北塞雜謠」, 『한국문집총간』 241, 20면.

228 정약용, 〈長鬐農歌十章〉, 『여유당전서』 第一集 詩文集 第四卷, 『한국문집총간』 281, 77면.

229 이학규, 〈江滄農歌 並小序〉, 『洛下生集』 冊四, 『한국문집총간』 290, 281면.

230 이형상, 〈次農謳〉, 『瓶窩先生文集』 卷之三, 『한국문집총간』 164, 245면.

231 신경준, 〈農謳 己酉〉, 『旅菴遺稿』 卷之一, 『한국문집총간』 231, 14면.

정약용의 〈장기농가〉 중에서 앞의 두 장을 보도록 한다. 보릿고개, 대감, 모노래, 아가 등 농사 현장에서 일 철에 따라 부르는 노래와 노랫말을 그대로 활용하고 있음을 알 수 있다.

보릿고개 험한 고개 태산같이 험한 고개	麥嶺崎嶇似太行
단오명절 지나야만 가을이 시작되지.	天中過後始登場

* 사월이면 민간에 식량이 달려 시속에서는 그때를 일러 보릿고개라고 한다.(四月民間艱食, 俗謂之麥嶺)

풋보리죽 한 사발을 그 누가 들고 가서	誰將一椀熬靑麨
주사의 대감에게 맛보라고 나눠줄까.	分與籌司大監嘗

* 방언으로 재상(宰相)을 대감이라고 한다.(方言宰相曰大監)

모노래는 애절하고 논에 물은 넘실대는데	秧歌哀婉水如油
아가가 유별나게 수줍다고 야단이네.	嗔怪兒哥別樣羞

* 방언에, 새 며느리를 아가라고 부른다.(方言新婦曰兒哥)

하얀 모시 새 적삼에 노란 모시 치마를	白苧新襦黃苧帔
장롱 속에 길이 간직 추석 오기만 기다린다네.	籠中十襲待中秋

* 노란 모시베는 경주(慶州)에서 난다.(黃紵布出慶州)[232]

〈농구〉의 경우는 농사일에 연관된 내용을 담고 있으며, 이미 강희맹의 선례[233]가 있어서 오랜 전통을 가진 것으로 볼 수 있다. 이형상은 14수로 강희맹의 운을 따서 짓고, 신경준은 12수로 지었다.

한편 농요가 호답(互答), 호응(呼應) 등의 방식으로 부르는 특성을 이용하여 다른 목적으로 이용하는 사례도 나타나게 되었다. 정조 7년(1783)에 조재항이 거짓으로 농요를 만들어 여론을 조작한 내용[234]이 바로 그러

---

232 정약용, 〈長鬐農歌十章〉, 『여유당전서』 第一集 詩文集 第四卷, 『한국문집총간』 281, 77면.

233 강희맹, 〈選農謳〉, 『私淑齋集』 卷之十一, 『한국문집총간』 12, 152면.

한 예에 해당한다. 일부러 농요를 몇 곡 지어서 마을의 부녀자들에게 부르게 하여 마치 노래 속의 내용이 사실인 것처럼 받아들이게 한 셈이다. 민요가 "천기 중에서 나온 것(天機中出來)"이라는 인식에 바탕을 두고 '노래는 참'이라는 믿음을 잘못 활용한 사례에 해당한다고 할 수 있다.

> 가장 극악한 것은 바로 농요 사건인데, 그가 계획한 시초를 생각해 보면 많은 사람들을 미혹시킬 방도를 미리 계획한 것으로서, 속요를 만들어 몰래 촌부에게 가르쳐서 한 사람이 부르면 열 사람이 화답하여 들판에서도 부르고 혹은 길에서도 유행시켜, 감영과 고을의 염탐하는 사람들이나 길 가는 길손들로 하여금 물어보고는 슬퍼하고 사실인 양 인정하게 하니, 모두들 "윤 여인의 원한이 노래로까지 불린다."고 하였다. 바로 이 한 대목이 그의 단안이다. 그러나 하층민의 음악도 원래는 심오한 천기 중에서 나온 것이니, 산화야곡도 흥(興)과 같고 비(比)와 같아서 왕왕 이해할 듯하면서도 이해하기 어려운 점이 있는 것이다.[235]

한편 18세기에 확인되는 자료를 살필 때 농요의 종류는 농가, 어가, 초가로 나눌 수 있고, 농가는 다시 보리타작 노래, 모내기 노래, 김매기 노래 등으로 나눌 수 있다. 실제로 정약용의 〈장기농가〉, 〈탐진농가〉, 〈탐진어가〉, 〈탐진촌요〉와 이학규의 〈강창농가〉, 〈남호어가〉, 〈상동초가〉에서 보듯 농가, 어가, 초가로 인식하여 정리한 것이 농요의 종류와 분류를 가능하게 한다.

---

234 『정조실록』 15권, 정조 7년 6월 3일(계해), 『국역 정조실록』 8, 253면, 『弘齋全書』 卷百三十八, 『審理錄』 四, 黃海道白川郡趙載恒獄 因其弟載鼎擊錚, 刑曹回啓. 『한국문집총간』 266, 245면.

235 위와 같은 곳, 最可痛惡者, 卽農謳一事也. 想渠設計之初, 預圖惑衆之方, 作爲俚詞, 暗敎村女, 一人唱之, 十人和之, 或在于田, 或在于路, 要使營邑廉探之人, 道途過去之客, 聞而惻然, 認爲實事. 擧云尹女之冤, 至登謳謠, 卽此一節, 於渠斷案, 然下里腔詞, 原從天機中出來, 山花野曲, 如興如比, 往往有似解而難解者.

이와 함께 홍대용이 「대동풍요서」에서 초가와 농구 등을 들어서 천진이 드러나고 자연에서 나온 것을 소중하게 다루고자 한 것을 참조할 수도 있다.

> 노래란 그 정을 말하는 것이다. 정이 말에 움직이고 말이 글에 이루어지는 것을 노래라 한다. 교졸을 버리고 선악을 잊으며 자연을 따르고 천기(天機)를 발하는 것은 노래의 우수한 것이다. 그런 까닭에 시경의 국풍은 허다히 이항의 가요를 따랐으므로 혹은 덕성을 함양하는 교화가 있고 또 아름답지 못함을 풍자하는 뜻도 있다. 그러니 진선진미한 강구요에 비하면 비록 손색은 있으나 진실로 모두가 그 당시의 성정에서 나온 것이다.
>
> …
>
> 오직 그 입에서 나오는 대로 노래가 이루어진다 하더라도 말이 마음에서 우러나오고, 혹 곡조에 알맞게 되지 못했다 하더라도 천진(天眞)이 드러나면 초동과 농부의 노래라 할지라도 또한 자연에서 나온 것이니, 말은 비록 옛 것이니 그 천기를 깎아 없앤 사대부로서 이것저것 주워 모아 애써 지은 것보다는 도리어 나을 것이다. 진실로 잘 관찰하는 자가 자취에 구애하지 않고 뜻으로써 미루어 간다면 그 사람으로 하여금 기뻐하고 감발하여 결국 백성답게 되고 풍속을 이룸에 돌아가도록 하는 의의는 애당초 고금이 다르지 않은 것이다.[236]

농가 가운데 모내기노래의 경우는 윤동야의 〈앙가 9절〉과 이학규의 〈앙가 5장〉을 통하여 18세기 민요 가운데 모내기노래의 내용과 특성을

---

236 홍대용, 「大東風謠序」, 『湛軒書』 內集 卷三, 『한국문집총간』 248, 72면, 歌者言其情也. 情動於言, 言成於文, 謂之歌, 舍巧拙忘善惡, 依乎自然, 發乎天機, 歌之善也. 故詩之國風, 多從里歌巷謠, 或囿涵泳之化, 亦有諷刺之意, 雖有遜於康衢謠之盡善盡美, 固皆出於當世性情之正也. … 惟其信口成腔而言出衷曲, 不容安排, 而天眞呈露, 則樵歌農謳, 亦出於自然者, 反復勝於士大夫之點竄敲推言則古昔而適足以斲喪其天機也. 苟善觀者不泥於迹而以意逆志, 則其使人歡欣感發而要歸於作民成俗之義者, 初無古今之殊焉.

살필 수 있다. 이 중에서 윤동야의 〈앙가 9절〉은 모내기의 과정과 실제 일을 하는 현장의 모습을 형상화하고 있다. 엄밀한 의미에서 보면 '모내기노래'라고 하기보다 '모내기에 관한 노래'로 볼 수 있다. 셋째 수와 넷째 수, 그리고 아홉째 수를 보도록 한다. 고조, 시성, 모시옷, 모내기 등에서 모내기 현장의 상황과 그 현장에서 불리는 노래의 특성까지 아울러 말하고 있는 셈이다.

중년 부인은 고조에 능하고	中婦能古調
젊은 아낙은 시성을 잘하네.	小娃善時聲
농서를 누가 다시 가리랴?	農書誰復採
빈송은 절로 이루어졌네.	邠頌自然成
꽃부리에 흰 모시옷을 입은 낭자가	花房白苧娘
쪽을 높게 하고 패옥을 울리네.	高髻鳴環佩
젊은 시절에 손가락을 움직이지 않다가	靑春不動指
늘그막에 바야흐로 스스로 뉘우치리.	老來方自悔
그대 모는 언제 심으려는가?	君秧欲何日
우리 모는 내일 꽂으려 하네.	我秧明將揷
이웃 농가가 서로 거리끼지 않으니	隣農不相妨
이 일에 자못 법도가 있네.	此事頗有法[237]

3) 〈산유화〉의 특성과 농가·초가로의 전승

그리고 "산에는 꽃이 있네."로 시작하는 〈산유화〉는 백제 노래로 알려

237 윤동야, 〈秧歌九絶〉, 『弦窩集』 卷之一, 『한국문집총간』 속 105, 30면, 최재남, 『노래와 시의 울림과 그 내면』(보고사, 2015), 123~125면 참조.

져서 연원이 오래된 것인데, 18세기에 선산의 향랑 이야기와 연계되면서 새로운 악부로 포함된 것이라 할 수 있다. 각 지역에 따라서 그 선율이 달라서 노래의 성격도 다르게 인식된 것으로 볼 수 있다.

18세기 이전에도 〈산유화〉는 곡조가 알려져서 그 곡조에 맞추어 노랫말을 만들기도 하였다. 유몽인의 〈산유화곡〉은 두류산을 유람하는 과정에 접한 〈산유화〉가 산에 울려 퍼지고 시냇물 소리와 어우러진다고 하였는데, 메나리토리의 성격을 띤 것으로 이해할 수 있다.

> 〈산유화〉 곡이 산에 울려 퍼지고 골짜기에 메아리치며 시냇물 소리와 어우러지니 즐길 만하였다.[238]

17세기에 이동표는 백마강을 유람하고 지은 글에서 〈고유란〉, 〈산유화〉 등의 노래를 백제의 노래[239]로 이해하고 있으며, 임영은 백제의 노래인 〈산유화〉가 소리[音]만 남고 가사[詞]가 없어져서 〈억진아〉 사체로 본떠 지었다고 한 데서 〈산유화〉의 연원과 특성을 살필 수 있다.

강에 뜬 구름 사라지고	江雲絶
슬픈 노랫소리 달빛 어린 황폐한 성에 끊겨라.	哀歌唱斷荒城月
달빛 어린 황폐한 성이여,	荒城月
천년의 옛 나라에	千年古國
꽃 지는 시절이로다.	落花時節

---

238 유몽인, 「遊頭流山錄」, 『於于集』 後集 卷之六, 『한국문집총간』 63, 588면.

239 이동표, 「遊白馬江錄」, 『懶隱先生文集』 卷之五, 『한국문집총간』 속 47, 86면, 余既爲白馬遊, 南還宿雞龍山北孔巖書院, 見士人言元山亭勝致加詳, 其主人有好風度, 客至必爲盡懽, 以故亭特名於湖海之間, 今老且病, 亭以是廢不治云, 及還到家, 又聞之人, 皐蘭寺南巖上, 有蘭草數莖, 當時歌曲有皐有蘭山有花等曲, 至今遺民歌之. 落花巖東南嶺上, 有蘇將軍勝戰碑, 世傳顔太師魯國公眞卿所書, 余時皆不得知, 不能問而見之, 令人嚮風馳懷者久之.

조룡대 앞 물가에 차가운 물결 밀려오고	釣龍臺畔寒潮沒
저물녘 고란사에 은은한 종소리 그치네.	皐蘭暮寺微鍾歇
은은한 종소리 그치니	微鍾歇
물빛과 산색이	水光山色
석양 속에 명멸하누나.	夕陽明滅[240]

18세기에 조유수는 〈고란사〉[241]에서 〈산유화〉를 백제의 멸망에 연계된 노래로 파악하고 있으며 어가(漁歌)에 화답한다고 하였다. 강필신도 〈산유화〉를 낙화암과 연계하여 백제의 노래[242]로 이해하고 있다.

한편 신광수가 가유하면서 지은 〈금마별가〉에서도 〈산유화〉[243]가 곳곳에 퍼져 있다고 말하고 있는데, 옛 백제 지역에서 〈산유화〉가 널리 불리고 있다는 반증이다.

그리고 황윤석이 서연의 행장[244]에서 말하고 있는 〈산융화(山戎和)〉는 군악으로 〈산유화〉를 가리키는데 백제의 옛노래[245]라고 하였다.

박준원은 〈고란사〉에서 부소의 옛노래[246]로 보았고, 김재찬의 〈소양사〉[247]에서도 백제의 노래로 보고 있으며, 〈오경〉[248]에서는 남녀가 같이

---

240 임영, 〈山有花, 百濟舊曲也. 有音而無詞, 戱效憶秦娥體爲之〉, 『滄溪先生集』 卷之一, 『한국문집총간』 159, 28면.

241 조유수, 〈皐蘭寺〉, 『后溪集』 卷之一, 『한국문집총간』 속 55, 12면, 惆悵山有花. 遺音和漁者.

242 강필신, 〈落花巖感古, 次皐蘭寺板上韻〉, 『慕軒集』 卷之三, 『한국문집총간』 속 68, 54면, 半巖花落千年事, 村女猶歌山有花.

243 신광수, 〈金馬別歌〉, 『石北先生文集』 卷之四, 其十六, 『한국문집총간』 231, 276면, 處處山有花, 齊發翠禾中, 欣然謂農夫, 善哉勤用功.

244 황윤석, 「承仕郎行興德縣訓導忠孝齋徐公行狀」, 『頤齋遺藁』 卷之十九, 『한국문집총간』 246, 416면, 山戎和古者所作軍樂也. 軍樂尙不可擧, 琴瑟其可擧乎. 當此之時, 戒酒匪懈, 去樂勵節, 此臣子之職分也.

245 황윤석, 「承仕郎行興德縣訓導忠孝齋徐公行狀」, 『頤齋遺藁』 卷之十九, 『한국문집총간』 246, 416면, 山戎和, 卽山有花, 世傳百濟舊歌流來者.

246 박준원, 〈皐蘭寺〉, 『錦石集』 卷之二, 『한국문집총간』 255, 34면, 山有花歌世所悲, 扶蘇遺曲問誰知.

부르는 〈산유화〉를 말하고 있다.

이런 가운데 권헌은 〈산유화〉와 〈고유란〉 등의 노래가 뒤섞여 있어서, 〈산화사〉로 고친다고 하였다. 〈산유화〉 몇 첩을 노래하는데 소리는 느린데 노랫말은 빠르고 사이사이 쓸쓸한 가락[凄調]이 곡조의 마디를 이루고, 그 소리는 애상이 지나치다고 보았다.

> 내가 기양에서 지낼 때 농사짓는 할미와 강 가의 아이가 둥글게 모여서 소매를 올리고 〈산유화〉 몇 첩을 노래하는데, 느린 소리에 빠른 사설로 사이사이 쓸쓸한 가락이 그 곡조의 마디를 이루고 그 소리는 애상이 매우 지나쳐 비록 정음에 맞지 않아도 마디에 안배하여 격앙하여, 죽지의 아득한 생각이 있었다. 다만 그 옛 곡이 전하는 바는 〈산유화〉, 〈고유란〉 등 몇 곡에 지나지 않고 여항의 무람없는 소리에 섞여서 번거롭게 헝클어지고 문란하게 약하여 또한 그 변화를 보기에 넉넉하지 못하다. 마침내 〈산유사〉 열다섯 첩을 지어서 마을의 남녀 여나문 남짓에게 노래하게 하여 그 음을 바르게 하니, 대개 듣는 데에 맞는 것을 얻고자 하는 것일 따름이다.[249]

한편 김창흡은 〈죽림정십영〉의 〈남무농구(南畝農謳)〉에서,

황매우가 새로 그치니	黃梅雨新歇
집집마다 흙북 소리가 펼쳐지네.	土鼓發家家
농요 천백 종에서	田謠千百種

247 김재찬, 〈韶陽詞 八関〉, 『海石遺稿』 卷之一, 『한국문집총간』 259, 340면.

248 김재찬, 〈午畊〉, 『海石遺稿』 卷之一, 『한국문집총간』 259, 345면, 山有花歌男女行

249 권헌, 〈山花詞 並序〉, 『震溟集』 卷之四, 『한국문집총간』 속 80, 501면, 予居岐陽, 農婆江童, 結團揚袂, 歌山有花數疊, 緩聲促辭, 間以凄調節其曲, 其聲哀傷過甚, 雖不協正音, 而按節激仰, 有竹枝縹緲之思, 但其舊曲所傳, 不過山有花皐有蘭等數曲, 而雜以閭巷媟音, 繁蔓傖儜, 亦不足以觀其變焉. 遂作山花詞十五疊, 使里中男女十數輩唱之, 以正其音, 蓋欲取適於聽聆云爾.

〈산유화〉를 아껴서 듣네. 愛聽山有花

* 위는 〈남무농구〉이다.(右南畝農謳)[250]

라고 하여 수많은 농요 중에서 〈산유화〉를 즐겨 듣는다고 하였다. 〈산유화〉가 농요로 널리 불리고 있다는 것을 보여주는 사례이다.

한편 〈산유화〉가 새로운 전기를 맞게 된 것은 숙종 30년 (1704) 6월에 향랑에게 정문을 내리면서 향랑 이야기와 연관된 〈산유화〉가 널리 알려지게 되고, 많은 사람의 관심을 가지게 된 데에 있다.

선산의 열녀 향랑에게 정문을 내렸다. 향랑은 민가의 여자인데, 그의 지아비가 성행이 괴팍하여 까닭없이 미워하면서 욕을 하고 구타하여 못할 짓이 없었다. 향량이 참고 수년을 지내다가 끝내 스스로 용납하지 못하고 아비의 집으로 돌아갔는데, 아비에게 후처가 있어 매우 사나워 아침저녁으로 욕하기를, '너는 이미 시집을 갔다가 다시 왔는데 어찌 먹여 살리겠느냐?' 하였다. 다시 그의 작은 아비에게 가 의탁하였는데, 그의 작은 아비는 그녀의 뜻을 빼앗고자 하므로 향랑은 부득이 다시 시집으로 갔다. 시아비가 말하기를, '내 아들의 뜻은 이미 돌릴 수 없으니, 문권을 만들어 주어 너의 개가를 허락하겠다.' 하였다. 갈 곳이 없게 된 향랑은 물에 빠져 죽으려고 통곡하면서 낙동강 아래 지주연(砥柱淵)으로 달려갔는데, 거기서 나무하는 한 여자아이를 만나 그의 손을 잡고 말하기를,

"네가 남자라면 내가 너와 말하는 것이 옳지 않고, 네가 만약 어른이라면 마땅히 나의 죽음을 만류할 것인데, 지금 너는 나이가 어리고 또 영리하니 나의 말을 전해주기에 족할 것이며, 나의 죽음을 말리지 못하는 것도 또한 이 하늘의 뜻이다."

하고, 전후에 당한 궁액의 정상을 일일이 말하고는 또 말하기를,

---

250 김창흡, 〈竹林亭十詠〉, 『삼연집 습유』 권2, 『한국문집총간』 166, 233면.

"내가 비록 시집가서 부부의 도는 없었으나, 이미 몸을 허락하였으니 어찌 개가할 수 있겠는가? 내가 만약 아무 신표 없이 죽으면, 부모와 구고가 반드시 몰래 도망하여 남을 따라간 것으로 생각할 것이니, 어찌 매우 억울하지 않겠는가?"

하고, 그의 다리[髢]와 짚신을 묶어 주면서 부탁하기를,

"이것을 나의 아버지에게 전해 주어, 나의 종적을 분명하게 해달라."

하고, 또 말하기를,

"나는 부모에 대한 죄인이니, 비록 와서 내 시체를 찾더라도 나는 나타날 면목이 없다."

하였다. 이어 〈산유화가〉를 지어 한 번 곡하고 한 번 부르고, 인하여 그 아이에게 그 노래를 가르쳐 주고는 말하기를,

"네가 이 노래를 이 물가에 와서 부르면 내가 마땅히 나와서 들을 것이니, 너는 파도치는 곳을 보면 그것이 나의 혼백인 것으로 알라."

하고, 저고리를 벗어 얼굴을 가리고는 물에 뛰어들어 죽고 말았는데, 그 아이가 다리[髢]와 신을 가지고 돌아와 그녀의 아비에게 전하였다. 아비가 가서 시체를 찾았으나 14일이 되도록 찾지 못하였는데, 아비가 돌아가자마자 시체가 즉시 떠올랐다.[251]

이렇게 선산 지방의 민요로 자리 잡게 된 〈산유화〉는 여러 사람의 관심을 받으며 여러 곳으로 전파되었다. 그중에서 서울 출신의 최성대가 고운 가락으로 〈산유화여가〉[252]를 지은 뒤에 영남 출신의 신유한이 이에 대하여 〈산유화곡〉[253]을 마련한 것은 지역에 따른 정서의 차별성을 보여주고 있어서 크게 주목할 수 있다. 한편 최성대의 〈산유화여가〉에 대하여 권두경이 관심을 보인 것[254]도 주목할 만하다.

---

251 『숙종실록』 39권, 숙종 30년 6월 5일(계유), 『국역 숙종실록』 21, 278~279면.

252 최성대, 〈山有花女歌〉, 『杜機詩集』 卷之一, 『한국문집총간』 속 70, 514면.

253 신유한, 〈山有花曲〉, 『青泉集』 卷之二, 『한국문집총간』 200, 246면.

이외에도 유득공은 〈산유화〉를 전가의 노래[255]로 이해하고 있으며, 김려는 장원경의 아내 심씨를 위하여 지은 〈고시〉[256]에서 10세에 짧은 노래 〈산유화〉를 익혔다고 하였다. 권정침은 농사 현장에서 여창으로 부르는 〈산유화〉[257]를 소개하고 있다.

한편 강준흠은 〈조산농가〉[258]가 〈산유화〉라고 하였고, 연행 길에 고려보에서 김매기 노래를 들으면서 〈산유화〉와 비슷하다[259]고 하였다. 고려보는 병자호란 때 오랑캐에게 잡혀간 사람들이 모여 살던 곳이라 논도 있고 김매기를 하는 것이 우리나라와 같았다고 하였다. 〈산유화〉가 중국까지 퍼져 나간 것이다.

한편 김이만은 술에 취한 초부[260]가 〈산유화〉를 부른다고 하였는데, 어부가 〈창랑가〉를 부르는 것에 견주기도 한다. 그리고 19세기에 조인영은 〈초부가〉[261]로서 〈산유화〉를 말하고 있다.

---

254 권두경, 〈題崔生士集*成大山有花歌後〉, 『蒼雪齋先生文集』 卷之七, 『한국문집총간』 169, 125면, 세 수는 다음과 같다. 巧伶奏横篴, 繁吹蕩人心. 朱絃淸廟瑟, 三歎有遺音. 荊山璞蘊珍, 虹光中夜起. 玉人過不顧, 誰信連城市. 桑濮衆耳傾, 石獻梧臺野. 師襄與卞和, 千載何爲者.

255 유득공, 〈松山道中 二首〉, 『泠齋集』 卷之二, 『한국문집총간』 260, 34면, 溪女朝朝挑菜去, 溪風溪雨鬢參沙. 白巾抹額怕人見, 也唱一聲山有花.*山有花, 田家曲名.

256 김려, 〈古詩爲張遠卿妻沈氏作〉, 『藫庭遺藁』 卷之十二, 『한국문집총간』 289, 562면, 十歲曉歌詞, 短闋山有花.

257 권정침, 〈觀稼〉, 『平庵先生文集』 卷之一, 『한국문집총간』 속 79, 346면, 墟里烟生晩雨斜, 田家處處繞桑麻. 數聲南野吁農曲, 齊唱女娘山有花.

258 강준흠, 〈造山農歌 五首〉, 『三溟詩集』 八編, 『한국문집총간』 속 110, 328면, 殷栗縣前有造山坪, 農者齊聲唱山有花曲, 辭甚俚淺, 想古皇華折楊下里巴人, 汚不至此, 彼蚩蚩者豈知有十二國風, 而其詞往往自合於比興遺旨. 豈詞曲出自性情, 天機所動, 無古今殊歟. 余於閑中譯而成文, 以俟采詩者.

259 강준흠, 〈高麗堡*丙丁被虜高麗人所居, 且有水田, 其耕耘一如我國, 而市賣高麗餠〉, 『三溟詩集』 三編, 『한국문집총간』 속 110, 211면, 水田處處耘謌起, 聲似東方山有花.

260 김이만, 〈醉樵歌〉, 『鶴皐先生文集』 卷之三, 『한국문집총간』 속 65, 68면, 漁父莫歌滄浪歌, 醉樵自歌山有花.

261 조인영, 〈樵夫〉, 『雲石遺稿』 卷之三 『한국문집총간』 299, 55면, 長鎌三尺草多露, 短笛一龢山有花.

이상에서 개괄적으로 살핀 바와 같이 〈산유화〉는 처음에는 백제의 유민들이 부른 노래로 추정되는데, 이것을 초부들이 부르면서 메나리토리의 〈초부가〉로 널리 전승되었을 것이다. 이와 더불어 〈산유화〉가 농사 현장에서 일노래로도 널리 불렸는데, 메나리토리의 성격을 띠고 있었을 것으로 추정한다. 그런데 18세기에 선산의 향랑 전설과 연결되면서 〈산유화〉는 새로운 모습으로 인식되었을 것이며, 최성대의 〈산유화여가〉와 신유한의 〈산유화곡〉을 통하여 각 지역 정서의 차이를 반영하는 노래로 전국적으로 확산되었을 것이다. 중국에 사신으로 가는 사람들이 노정에서 〈산유화〉 비슷한 노래를 들었다고 자주 언급한 것도 이런 전승의 힘 때문일 것이다. 〈산유화〉는 18세기 초반에 향랑에게 정려를 내리면서 고란사의 노래, 선산의 노래에 한정되지 않고 전국적인 영향을 끼친 것으로 평가할 수 있는 것이다.

농가 가운데 어가, 초가 등을 포함하여 아이들이 부르는 동요에 이르기까지 18세기 민요의 양상에 대하여 구체적 작품을 대상으로 논의를 심화시키는 일이 과제로 제기된다.

4. 노래의 지역 전파와 노래 레퍼토리의 선별

18세기에 풍류 악인 또는 풍류 예인이 크게 활동한 것[262]으로 확인되는데, 이정보의 경우처럼 서울에서 여러 악인이 한자리에 모여 풍류를 즐기기도 하고 심용이 주관한 것처럼 여러 사람이 집단을 이루어 서울뿐만 아니라 지역을 옮기면서 가악 활동을 펼치기도 하는데, 이세춘과 같은 사람들은 여주와 평양 지역에서 활동한 사례가 확인된다. 그리고 가객 중에서 김유기는 달성 지역으로 가서 지역 사람들과 함께 가악 활동을 하기도 하였다. 한편 신광수는 각 지역을 돌아다니면서 지역의 노래를 향유하거나 레퍼토리를 전파하기도 하였는데, 이를 가유(歌遊)라고 부를 수 있다. 또한 이하곤은 호남을 기행한 내용을 묶은 「남행록」에서 〈춘면곡〉[263]이 향유되는 상황을 보고하기도 하였다. 이렇듯 한 지역의 레퍼토리나 곡을 다른 지역에 전파하거나 각 지역을 다니면서 그 지역에서 전승되는 노래에 깊은 관심을 가지기도 한다.

다른 한편 관아의 연회 자리에서 기존에 관습처럼 전해지거나 불리는 노래를 그대로 답습하지 않고 새로운 노래로 대치하면서 변화를 꾀하거나, 오랜 전승을 가진 노래를 새롭게 주목하면서 시대에 대응하는 모습을 보이는 경우를 정간(1692~1757)에게서 확인할 수 있고, 한 지역에서 머무르면서 그곳을 찾는 관리가 지은 노래에 관심을 보이거나 그 지역에서 일어나는 주요한 일을 대상으로 노래를 짓기도 하는데 밀양에 연고를 둔 신국빈(1724~1799)의 경우에서 살필 수 있다. 이를 레퍼토리의 선택 또

---

262 허경진 편역, 『악인열전』(한길사, 2005).

263 이하곤, 「南遊錄」, 『頭陀草』, 『한국문집총간』 191, 540면. 경종 2년(1722) 10월 23일 기록에, "이때 병영의 진무사에 〈춘면곡〉을 잘 부르는 사람이 마침 이곳에 왔기에, 자리를 주고 노래하게 하니, 이는 곧 강진의 진사 이희징이 지은 것이다. 그 소리가 매우 슬퍼서 듣는 사람이 모두 눈물을 흘리게 되었으며, 남쪽 사람들이 또한 시조별곡이라 일컫는다.(時兵營鎭撫有善歌春眠曲者適來此, 賜坐歌之, 此乃康津進士李喜徵所作也. 其聲哀甚, 聞者至於涕下, 南人又稱爲時調別曲)"라는 내용이 있다.

는 선별이라 할 수 있을 것이다.

정간은 관아에서 손님을 즐겁게 하는 자리에서 가기가 '화류의 무람없이 업신여기는 말[花柳褻慢之語]'이 아니면 '한묵의 화려한 말[翰墨靡麗之辭]'만 부르는 것을 못마땅하게 생각하여 〈어부가〉 9장을 언문으로 옮겨서 부르게 하거나 〈감군은〉을 타게 하였으며, 이에 비해 동료들과의 모임에서는 〈별리곡〉, 〈상사곡〉, 〈장상사〉 등을 부르기도 하면서 레퍼토리의 선별을 통한 노래의 향유를 이끌어갔다.

그리고 신국빈은 밀양 지역에 근거를 두고 일반적으로 가사(歌詞)로 일컬어지던 것을 '사가(詞歌)'로 분류하여 〈단오악사〉, 〈조은사〉, 〈금당춘〉, 〈백서사〉, 〈자야오가〉, 〈백두산가〉 등을 마련하고, 관찰사가 순행할 때 지은 〈영남루가〉를 주목하였으며, 이를 밀양 지역의 시가 전통과 연계하여 김종직의 〈응천죽지곡〉에서 연원을 찾으면서 〈응천교방죽지사〉를 짓고, 조창과 관련하여 〈삼랑발선요〉와 〈발선요후전〉 등을 마련하기도 하였다.

1) 가유를 통한 노래의 지역 전파

(1) 이세춘의 가악 활동

신광수가 여주에서 공언(公言)[264]에게 부친 시에서 전날 가자를 이끌고 숲속으로 찾아준 데에 고마움을 표하고 있는데, 가자가 바로 다음에 나오는 이세춘이다.

서울의 가객이 가을바람을 띠고	洛陽歌客帶秋風
가을날에 와서 노래하니 그대와 더불어 같네.	秋日來歌與子同
간드러지게 슬픔이 골짜기에 진동함을 처음 듣고	裊裊初聞哀動壑

264 公言은 鄭忠으로 李秀逸, 金汴光, 金光岳, 權世橚, 李宗延과 함께 湖中六君子로 칭하던 인물이다. 정범조, 「同副承旨李公墓誌銘」, 『海左先生文集』 卷之三十一, 『한국문집총간』 240, 41면 참조.

의의하게 멀리 공중에 뜸을 이미 깨닫네.	依依已覺遠浮空
서쪽 못 위의 푸른 풀에 잠시 머물다가	少留碧草西池上
홀로 곧 수풀 속의 단풍으로 보내네.	獨送丹楓萬樹中
내일 신륵사에 이끌고 오르면	明日携登神勒寺
우성이 강에 가득한 기러기에서 날아오르리.	羽聲飛起滿江鴻[265]

당세의 호협의 가객 이세춘은	當世歌豪李世春
십 년 동안 한양 사람들을 경도시켰네.	十年傾倒漢陽人
청루에서는 호협의 소년들이 노래를 전할 수 있고	青樓俠少能傳唱
강호에서는 흰 머리로 신을 움직이게 여네.	白首江湖解動神
구월의 황화를 벽사에서 보면서	九日黃花看甓寺
외 배의 옥피리로 섬강 나루에 오르네.	孤舟玉笛上蟾津
동유가 참으로 내 시에 넉넉하게 얻으리니	東游定得吾詩足
이번에 가면 명성이 또 진에 가득하리.	此去聲名又滿秦[266]

다음 평양에서의 이세춘에 대한 기억은 다음과 같다.

처음 노래는 모두 태진을 말하는 것을 듣는데	初唱聞皆說太眞
오늘까지 마외의 티끌을 원망하는 듯하네.	至今如恨馬嵬塵
일반으로 시조에 장단을 배치하는 것은	一般時調排長短
장안에서 온 이세춘이라네.	來自長安李世春

265 신광수, 〈寄公彦, 謝昨日携歌者見訪林中〉, 『石北先生文集』 卷之五, 驪江錄[上], 『한국문집총간』 231, 306면.

266 신광수, 〈贈歌者, 李應泰〉, 『石北先生文集』 卷之五, 驪江錄[上] 並序, 『한국문집총간』 231, 306면.

(2) 한유신의 달성 지역 활동과 『영언선』

한유신(1690?~1765)은 달성 지역에서 활동한 가곡 창자인데, 숙종 41년(1715)에 한양에서 내려온 김유기에게 노래를 배우고, 김유기가 전해준 노래를 중심으로 『영언선』(1762)을 엮었다.

『영언선』 뒤에는 신륵, 김치묵, 김복현, 사벌산인, 이현, 박사후[267], 용산행인 오 등 당시 영남 지역에서 활동하거나 관직에 있던 사람들이 쓴 후·발문이 있어서, 관심도와 교유했던 인물들의 성격을 살필 수 있다. 그리고 『영언선』에 한유신의 작품 11수가 수록되어 있어서 작가로서 한유신의 위상도 확인할 수 있다.

한유신이 영조 38년에 쓴 서문에 따르면 숙종 41년 한양에서 김유기가 달성으로 내려와서 한유신 등에게 가곡을 가르쳤으며, 김천택의 『해동가곡』 등을 확인하고, 『영언선』을 엮었는데 11수의 작품을 수록하고 있다. 그 이후 김치묵 등의 후·발을 받아서 엮은 것으로 보인다.

김유기는 한양에서 이름난 가객으로 김천택이 적은 기록에 따르면 김천택이 숙종 42년(1716)에 김유기를 방문하고 작품을 확인하여 『청구영언』(1728)에 10수의 작품을 수록하였으며, 『해동가요』(박씨본)에는 8수가 수록되었다.

2) 지역 노래 레퍼토리의 선별

(1) 정간의 자리에 따른 노래 선별

정간은 무장현감, 보령현감, 청양군수, 동래부사, 경주부윤 등의 외직을 지냈는데, 관아의 잔치 자리에서 가기가 부르는 노래의 내용이 '화류

---

267 박사후는 관심을 가질 인물인데, 『영언선』에 '취성과객(鷲城過客) 박사후'로 기록되어 있다. 그리고 김귀주와 교유한 것으로 확인되고 있다. 김귀주, 〈訪南巖朴丈*師厚不遇, 歸賦一律以呈〉, 『可庵遺稿』 卷之一, 『한국문집총간』 속 98, 16면, 〈奉贐靈山使君*朴師厚〉, 『可庵遺稿』 卷之二, 〈朴靈山*師厚宅, 會岳丈, 賦得東字〉, 〈朴靈山*師厚輓〉, 『可庵遺稿』 卷之四 등이 그 사례이다.

의 무람없이 업신여기는 말'이 아니면 '한묵의 화려한 말'이라 못마땅하여 〈어부가〉로 대체하게 하였다는 것이다. 강호에서 그윽한 흥취 속으로 빠져들 수 있도록 한다는 것이다. 그런데 기존에 부르던 노래를 구체적으로 제시하지는 않고 있다.

> 고을에 노래 부르는 아이가 두셋 있는데 매번 손님을 즐겁게 하는 때를 맞으면 그 노래하는 것이 '화류가 무람없이 업신여기는 말'이 아니면 곧 '한묵의 화려한 말'이어서, 마침내 〈어부가〉 9장을 우리말로 옮겨서 익혀서 노래하게 하여, 때때로 궤석에 기대어 들으면 누런 당과 푸른 발에 빠르게 강호의 아득한 흥취가 있고, 또 이 몸이 문득 장부와 문서가 모인 속에 있는 것 같았다. 옛날에 우리 퇴도 선생이 풍기 고을을 지킬 때 일찍이 이 노래를 베끼고 곧 발어를 지어 동파가 나무랄 것이라 하였는데, 조시에서 그리워하는 무리가 산림을 나서서 홀로 갈 말이라고 하였는데, 아무개를 일컫는 것이다. 그 또한 소자의 오늘을 미리 얻은 것인가? 아, 명계의 남쪽이 나의 낡은 오두막이고, 샛바람이 불고 서쪽에 해가 걸릴 때 버드나무가 이끼 낀 낚시터를 가리고, 밤이 고요하고 물이 차가울 때 달빛이 흐르고 꽃이 일렁이면 노를 두드리고 길게 노래하며, 때를 만났네, 때를 만났네. 아득한 나의 생각은, 날개가 없는데 어찌 날랴?

쓸쓸한 동각에 살쩍에 눈이 내린 늙은이가	東閣蕭蕭雪鬢翁
〈어부가〉를 옮겨서 마른 오동나무에 씌우네.	漁歌飜出被枯桐
저자와 조정이 어찌 산림의 일에 맞으랴?	市朝豈合山林事
풍어(諷語)가 소장공[소동파]에게 많이 부끄럽네.	諷語多慚蘇長公[268]

268 정간, 〈縣衙聽漁父歌 幷小序〉, 『鳴皐先生文集』 卷之二, 『한국문집총간』 속 71, 385면, 縣有歌兒數三, 每當娛賓, 其所永言者, 非花柳褻慢之語, 卽翰墨靡麗之辭, 遂諺飜漁父歌九章, 俾習而歌之, 時時憑几而聽之, 黃堂綠簾, 儵然有江湖幽遠之趣, 而此身却在簿書叢裏. 昔我退陶先生守豐基, 嘗手寫此歌, 仍題跋語云東坡所譏, 以朝市眷戀之徒, 出

다른 한편 정간은 용강산인 강적후 등과 금사와 가기를 불러서 〈감군은〉을 타면서 〈어부가〉를 읊기도 하는 등[269] 풍류를 이어갔다. 강적후와의 풍류에는 강적후의 〈별리곡〉에 화운하면서 〈상사〉의 노래, 〈장상사〉, 〈상사곡〉[270], 〈산수곡〉[271] 등을 향유하고 있고, 〈감군은〉을 타면서 강적후의 시에 차운하기도 하였다. 특히 〈정과정〉을 들으면서 조상인 정서에 대한 느꺼움을 드러내기도 하였다.

〈별리곡〉에 화운한 내용은 다음과 같다.

서로 헤어지면	相別離
새로 아는 것이 옛날 아는 것이고,	新知是舊知
하루를 보지 못하면 일기와 같네.	一日不見如一期
매각에는 사람이 없고 다만 거문고만 있어서	梅閣無人但有琴
그대를 위하여 〈상사〉의 노래를 타네.	爲君一彈相思詞
말은 슬프고 뜻은 심원한데 거문고 소리는 괴롭고	詞悲意遠琴聲苦
소리마다 모두 〈장상사〉로다	聲聲揚是長相思
상사별곡을 바꾸어 고산유수곡을 만들고	相思曲變作山水曲
그대를 청하나니 달 밝은 밤에 지팡이를 짚고 오게나.	請君扶笻來聽月明時[272]

山林獨往之語者, 某之謂矣. 其亦先獲小子之今日乎. 噫鳴溪之陽, 是吾弊廬, 東風西日, 柳掩苔磯, 夜靜水寒, 月流花浪, 扣枻長歌, 時哉時哉, 悠悠我思, 匪翰曷飛.

269 정간, 〈五月十二日, 察眉樓欄檻窓壁俱完. 康君*迪後適至, 族弟*栩子羽, 金壻*緻士精, 朴壻*思澈景涵亦在坐. 遂招琴兒二歌兒二, 彈感君恩詠漁父詞, 飮酒哦詩, 至夜深, 時旱甚, 余曰古人亭成得雨, 揭扁以志喜, 此際若得甘霈, 則名斯樓以喜雨亦可矣. 越翌日乙未夜, 果大雨達曙不止, 喜吟一絶〉, 『鳴皐先生文集』 卷之二, 『한국문집총간』 속 71, 386면.

270 〈상사곡〉은 신광수의 〈贈綠璧弟子月蟾〉, 『石北先生文集』 卷之七, 『한국문집총간』 231, 342면, "蘇小家中學舞娘, 隨孃送客到橫塘, 津亭落 相思曲, 不待明朝已斷腸."의 협주에서 "섬진의 기녀가 이때 〈상사별곡〉을 불렀다.(蟾妓時唱相思別曲)"라고 한 것으로 보아 〈상사별곡〉을 가리킨다.

271 산수곡은 〈고산유수〉이다.

272 정간, 〈和康君別離曲〉, 『鳴皐先生文集』 卷之二, 『한국문집총간』 속 71, 386면.

한편 〈감군은〉으로 강적후의 노래에 차운[273]하기도 하였다.

(2) 신국빈의 밀양 지역 노래 확장

신국빈(1724~1799)은 행장에서 "젊을 때는 시와 사로 세상에 이름이 알려지고, 풍격과 격조가 오로지 성당에 가까웠으며, 공령과 가언에 이르러서는 고악부와 가행체를 쓰는 경우가 많았고, 문에 있어서는 더욱이 내뿜고 치달리면서 굴레를 받아들이지 않아서 그 누로 공거에 실패한 것이 이 때문이다."[274]라고 기록하고 있어서 고악부와 가행체에 큰 관심을 가졌던 것으로 볼 수 있다.

신국빈은 일반적으로 가사(歌詞)로 일컬어지던 것을 '사가(詞歌)'[275]로 분류하여 〈단오악사〉, 〈조은사〉, 〈금당춘〉, 〈백서사〉, 〈자야오가〉, 〈백두산가〉, 〈응천교방죽지사〉, 〈관찰사춘순영남루가〉, 〈삼랑발선요〉, 〈발선요후전〉, 〈만어석가〉, 〈오뇌곡〉 등을 싣고 있다. 작품의 말미에 소서를 수록하고 있어서 작품의 성격과 연계를 살필 수 있다.

〈응천교방죽지곡〉은 표암의 〈수주죽지곡〉 8절의 운을 따서 지은 것으로, 김종직이 양왜에게 준 〈응천죽지곡〉을 따른다고 하였다.

〈영남루가〉는 관찰사가 조창의 발선을 앞두고 밀양 지역으로 춘순할 때 홍이건이 지은 것으로 '응천악부' 중의 신번이라고 하면서, 김종직의 전하지 않은 조(調)에 해당하는 것으로 보았다.[276] 그리고 〈삼랑발선요〉, 〈발선요후전〉 등과 함께 연계하여 살펴야 할 것으로 보인다.

---

273 정간, 〈感君恩次康君〉, 『鳴皐先生文集』 卷之二, 『한국문집총간』 속 71, 386면.

274 신국빈, 「行狀」, 『太乙菴文集』 卷之七, 『한국문집총간』 속 88, 133면, 少以詩詞名於世, 風調格力, 專逼盛唐, 至於功令家言, 多用古樂府歌行體製, 於文尤噴放馳驟, 不肯受羈勒, 其累躓公車以是也.

275 『太乙菴文集』 권2의 〈단오악사〉에서 〈오뇌곡〉까지 12제를 詞歌의 항목으로 설정하여 수록하고 있다.

276 신국빈, 「書黃岡督郵洪*履健嶺南樓歌後」, 『太乙菴文集』 卷之五, 『한국문집총간』 속 88, 108면.

신국빈의 〈응천교방죽지사〉 8장은 밀양의 교방에서 부르는 노래로, 민간의 풍속을 소상하게 기술하고 있으며, 김종직의 〈응천죽지사〉까지 소급하고 있다. 후주에서 내막을 소개하고 있는 작품을 중심으로, 〈성동별곡〉을 언급한 둘째 수, 운심의 검무를 말한 셋째 수와 넷째 수, 의녀 선발을 다룬 일곱째 수, 운심의 익사를 다룬 여덟째 수를 예시한다.

내가 남산 골짜기에 우거하면서 우연히 표옹의 시 중에서 〈수주죽지곡〉 절구 8수를 보고 멋대로 그 운을 따서 〈응천교방죽지사〉를 만들었다. 대개 죽지사는 오초에서 시작하여 애원이 많은데, 일명 소진왕이라고 부르며 하통이 이른바 동오의 토지 사이의 노래이다. 내가 늙은 두타에 입정하여 그 향기가 나는 말을 삼아서 거의 송나라 광평의 철간과 빙신에서 토출한 〈매화부〉의 향염에는 가깝지 않은 것인가? 깨끗하게 베끼기 전에 마침 등불 아래에서 고읍지 중에 〈응천교방죽지사〉 절구 8수가 있는 것을 보았는데 곧 필옹이 지어서 양왜에게 준 것이다. 하물며 황태사의 가라역 몽중 고사와 같은 것인가? 이에 웃으며 근후한 사람이 또한 다시 있게 되는 것인가라고 말하였다.

향기 엉긴 다락과 두둑에는 봄에 온갖 꽃이 피었는데 凝香樓畔百花春
발을 걷은 청루에는 월하인이네. 簾捲青樓月下人
예로부터 양진사의 별곡이 전하는데 別曲古傳梁進士
거문고 곡조를 새로 배운 이는 이명신이네. 琴調新學李明臣

* 옛날에 양진사가 성 동쪽에 살았는데 자질에 귀여워함이 있어서 〈성동별곡〉을 지었으며, 근래에 이명신이 거문고를 잘 타서 교방에서 많이 배웠다.(古有梁進士居城東, 材有所眄, 作城東別曲, 近有李明臣善琴, 敎坊多學之)

호남 상인의 모시베가 눈과 같이 흰데 湖商苧布白如雪
송경 나그네의 운라는 여러 금의 값이네. 松客雲羅直幾金

취하여 전두에게 주어도 또한 아깝지 않은데 醉與纏頭也不惜
운심[277]의 검무와 옥랑의 거문고이네. 雲心劒舞玉娘琴

* 운심의 검무와 옥랑의 거문고와 노래가 함께 한 시대에 이름을 떨치고 있다.(雲心劒舞玉娘琴歌, 俱擅名一代)

연아가 스무 살에 장안에 들어가 煙兒二十入長安
가을 연꽃 같이 한 번 춤을 추매 만 눈이 서늘하네. 一舞秋蓮萬目寒
청루에 안마가 모인 설명을 듣노라니 見說青樓簇鞍馬
오릉의 연소한 사람은 일찍이 들이지 않았다네. 五陵年少不曾開

* 운심의 다른 이름이 연아이다.(雲心一名煙兒)

관인이 누가 서방이 되기를 바라는가? 官人誰願作書房
얼굴을 알고 이름을 알면 또한 상서롭지 못하네. 知面知名也不祥
지난해에 누이가 의녀에 선발되어 前年阿姊選醫女
울면서 어머니와 헤어지고 서울로 갔다네. 啼別孃孃上洛陽

* 벼슬아치의 수레가 지나가매 귀여워함이 있어서 잊지 못하는데, 많이 서울의 벼슬아치에게 부탁하여 의녀, 식자, 침선비에 뽑혀서 서울로 가니 그 폐해가 심하다.(冠盖之經過, 有所眄而不能忘者, 多囑京司, 選入於醫女食子針線婢而上京, 其弊甚矣)

호수 위에 가을에 흰 개구리밥 물결이 생기는데 秋生湖上白蘋波
다 떨어진 섬 주변에 붉은 콩꽃이 피네. 落盡洲邊紅豆花
계수나무 노로 여울을 거슬러 물을 건너며 노래하고 桂棹泝灘歌競渡
상신일 맑은 밤에 연아를 조상하네. 上辛清夜弔蓮娥

* 예로부터 가을 상신일에 배를 타지 않는다고 이르니, 왕년에 기생을 싣고 용탄에 올랐는데, 배가 뒤집혀 꽃이 떨어지는 참화가 있었다. 연아는 가장 어린 명기로 물에 빠졌

---

277 박지원의 〈광문자전〉에 검무를 잘하는 운심이 소개되고 있고, 성대중의 『청성잡기』에서 운심이 밀양 출신이라고 밝히고 있다. 이덕무의 『청장관전서』에도 밀양 기생 운심의 노년에 대한 일화를 소개하면서 절도사 이은춘이 영변의 수재로 있으면서 자기 아버지가 사랑한 기생이라고 데려왔다고 하였다.

다. 호수 위의 사람들이 지금까지 슬퍼한다. 대개 그날은 마침 칠월 상신일이다.(古云秋上辛不乘舟, 往年有載妓上龍灘, 覆舟有落花之慘, 蓮娥以最少名妓而溺焉. 湖上人至今悲之, 盖其日適是七月上辛也)[278]

다음은 관찰사가 봄에 순력할 때 지은 〈영남루가〉 10장 중에서 첫째, 다섯째, 여섯째, 여덟째, 아홉째를 보도록 한다.

옛날에 지방관이 시를 지을 때 민풍을 관찰하고 이항의 부녀자들의 노래를 아울러 모두 채록하여 얻어서 향당과 방국에 썼으니, 시 삼백 편 중에서 여러 나라의 풍이 이것이다. 토원의 야부가 순선의 위의가 성대함을 우러러 바라보고 곧바로 노래로 읊으면서 순수하게 속된 말을 쓰면서, 감히 시를 채록할 수 있는 것이 아니라고 하면, 대개 〈감당〉에서 소백을 송미한 것이 성왕의 새로운 교화를 기쁘게 얻고, 강한의 남쪽에 미치게 하는 것이다.

무성한 봄보리를 비가 살찌게 하니	芃芃春麥雨膏之
경상감사가 순력하는 때이네	慶尙監司巡歷時
천 년 전에 한나라 관리가 고삐를 잡은 뜻은	漢吏千年攬轡意
삼월에 조창에서 배를 띄우기를 약속했다네.	漕倉三月發船期
군노의 호령이 사람 중의 범이요	軍奴號令人中虎
비장의 위의가 말 위의 신선이라.	裨將威儀馬上仙
쌍교에 편안히 앉은 순찰사는	安坐雙轎巡察使

278 신국빈, 〈凝川教坊竹枝詞八章 並小叙〉, 『太乙菴文集』 卷之二, 『한국문집총간』 속 88, 45면, 余寓南山谷中, 偶閱豹翁詩, 有愁州竹枝曲八絶, 謾次其韻, 爲凝川教坊竹枝詞. 蓋竹枝始於吳楚, 而多哀怨, 一名小秦王, 夏統所謂東吳土地間曲也. 余猶入定老頭陀, 爲爾馨語, 不幾於宋廣平鐵肝氷心吐出梅花賦香艶耶. 未及淨寫. 而適於燈下, 見古邑誌中有凝川教坊竹枝詞八絶, 卽畢翁之題贈梁娃者也. 怳如黃太史歌羅驛夢中故事, 仍笑曰謹厚者亦復有之耶.

짧은 장막을 만 곳에 차 연기가 일어나네. 襜帷捲處起茶煙

제일문 앞에서 하마의 포를 울리니 第一門前下馬砲
영남루 위에 비단 자리가 펼쳐지네. 嶺南樓上錦筵鋪
삼반의 예수가 옮기는 때를 마치니 三班禮數移時畢
바쁘게 문전에서 문서를 기다리는 무리를 부르네 催喚門前等狀徒

북궐에서 근심을 나누는 데 이천 석을 배분했는데 分憂北闕二千石
명을 맡은 남쪽 변방은 일흔 고을이네, 司命南藩七十州
밤이 되면 물고기와 용이 불화살에 놀라는데 入夜魚龍驚火箭
오늘까지 닭과 개가 정추를 겁내네. 至今鷄犬怯丁秋

* 정해년(1767) 봄 순행 때 사람을 물리치고 관광하지 못했는데 닭과 개를 금하는 데에는 범하면 무거운 벌을 내렸다. 이 순행을 당하고부터 읍의 사람들이 모두 닭과 개를 가두었다.(丁亥春巡時, 辟人不得觀光, 至禁鷄犬, 犯則重杖. 自是當巡時, 邑人皆囚鷄犬)

차비의 붉은 미녀는 열여섯인데 差備紅娥二八年
몰래 성내는 행수 때문에 얼굴을 찡그리네. 暗嗔行首故含嚬
밀양에 기녀가 많아도 나 같은 이 없는데 密陽多妓如無我
오늘밤 사또가 홀로 잘 수 있을까? 使道今宵可獨眠[279]

그리고 황강 도독 홍이건의 〈영남루가〉 뒤에 쓴 글은 다음과 같다.

옛날에 우리 점필재 문충공이 〈응천죽지사〉 팔첩을 지어서 양왜에게 주었는데, 혹여 그 삼가고 두터이 하는 자가 또한 다시 한 것인지 의아하다.

279 신국빈, 〈觀察使春巡嶺南樓歌十章 *幷序〉, 『太乙菴文集』 卷之二, 『한국문집총간』 속 88, 46면, 古者方岳陳詩, 以觀民風, 里巷婦孺之謠, 幷皆採取, 用之於鄕黨邦國. 詩三百篇中列國之風是已, 兎園野夫, 仰瞻旬宣威儀之盛, 卽事永言, 純用俚語, 匪敢曰詩可以採, 盖甘棠之頌美召伯者, 喜得見聖王新化, 及於江漢之南云爾.

참으로 미공이 이른바 도인이 지은 풍정화이고 선옹이 안중에 물이 방울지고 애가 끊어지는 눈물과 비슷하다. 영웅이 침상에서 상사의 꿈을 만들고, 그리고 내가 몰래 송나라 광평의 〈매화부〉를 만든 것과 같아서, 쇠 같은 창자에 부드러운 말이 방해되지 않는다. 지금 홍독수의 〈영남루가〉를 보면 배치와 분포 건너고 빠지는 조목의 진술이 향산노자의 〈비파행〉이나 〈장한가〉 두 시가 합한 것이다. 세차게 흘러서 한 덩어리를 온전하게 하고 옛 색과 새로운 울림을 아울렀으며 비단 무늬에 생화를 보탠 것으로, 참으로 '응천악부' 중에서 신번(新飜)이라 이를 만하고, 또한 필옹의 〈죽지사〉의 전하지 않은 곡조라 이를 만하다. 날마다 정자 안에서 읊으며 황태사의 가라역 옛 꿈이 없음을 얻은 것인가? 다만 이 곡이 북방에 흘러 전할 것을 생각하니, 북방의 사람들은 응파의 달빛만 알고, 아직 응파의 달빛이 홍독수가 지은 붉은빛을 지키는 연꽃으로 될 수 있음을 알지 못하니, 시험삼아 이 말로써 응파의 달빛에 물어보노라.[280]

그리고 조창이 있는 삼랑진에서 배를 띄울 때 부르는 노래 〈발선요〉는 전부 9수인데, 첫째 수와 넷째 수, 그리고 일곱째 수와 여덟째 수를 보도록 한다.

삼랑진에 조창이 있는데, 곧 현동의 명부 김인대[281]가 밀양 사람에게 길이 은혜를 베푸는 사람이 되었다. 이에 앞서 마산에 조창을 설치하여 밀양 사람이 속하게 하였다. 밀양의 동쪽 골짜기는 마산 포구와 거의 이백리 거

---

280 신국빈, 「書黃岡督郵洪*履健嶺南樓歌後」, 『太乙菴文集』 卷之五, 『한국문집총간』 속 88, 108면, 昔我佔畢文忠公, 作凝川竹枝詞八疊贈梁娃, 或疑其謹厚者亦復爲之, 政是眉公所謂道人作風情話, 猶仙翁眼中滴斷腸淚, 英雄枕上做相思夢, 而愚竊以爲宋廣平梅花賦, 鐵腸軟語故不妨. 今見洪督郵嶺南樓歌, 其排鋪歷落條暢, 合香山老子琵琶行長恨歌二詩, 滾全一團, 而古色兼新響, 錦紋添生花, 眞可謂凝川樂府中新翻, 亦可謂畢翁竹枝詞不傳之調, 日哦亭中, 得無黃太史歌羅驛古夢耶. 第念此曲流傳北方, 北方之人, 知有凝波月, 未知凝波月能爲洪督郵作守紅荷耶. 試以此語問諸凝波月.

281 김인대는 고을 원으로 조엄의 『해사일기』에 밀양 원으로 소개되고 있다.

리이다. 정장이 장정에서 넘어지고, 말과 소가 진창에 빠지니, 늙고 약하며 외로운 과부들이 해 저무는 나룻길에서 완연히 구르며 울부짖는 소리가 서로 이어지니, 광경이 참혹하였다. 김후가 수레에서 내려서 슬퍼하면서 밀양 사람들의 폐해를 자신의 근심으로 생각하고 삼랑진에 조창을 설치하려고 감영에 왕복하여 올라가기를 예닐곱 차례에 이르렀다. 마침 김해의 관부에서 빼앗아 산산에 설치하려는 계획을 하자, 감영에 가서 좌우가 자못 김해의 땅이 되므로 김후가 다투어 김해와 창원은 땅이 잇닿은 같은 진이므로 곧 마산과 산산은 집 위에 상을 겹치는 것이므로 좌우에 이미 두 개의 조창이 있는데, 어찌 강좌에 유독 마땅히 한 개의 조창도 둘 수 없겠습니까? 하물며 삼랑진은 강좌의 이름난 도회로 어염을 위탁하여 나르는 곳이므로 큰 배들이 모여서 머무르고 봄물에 조수가 생기면 그 물이 얕을 것을 걱정하지 않고 작기(鵲磯)의 안에 자리하여 잔도가 십 리이니 하늘이 준 험지로 금성탕지이다. 불행하게도 백 천년 뒤에 설령 전쟁의 경계가 있더라도 창고의 쌀은 가져가거나 곡식을 훔치는 근심이 없을 것이니, 나라를 위하거나 백성을 위하여 이곳으로 바꾸는 것이 없어야 할 것이다. 의연히 쟁집하여 빼앗아 가지 못하게 하였다. 이에 현풍, 창녕, 영산의 세 고을에서 모두 밀양에 속하기를 바랐는데, 대개 세 고을이 큰 강의 상류에 있어서 그러므로 가벼운 배를 물에 내리면 아침에 출발하여 저녁이면 도착할 따름이다. 이에 호수 가에 창고를 세워서 오늘에 이르기까지 그 혜택을 입고 있다. 내가 아직 지나간 해를 생각하니 후께서 일찍이 나를 불러서 배를 같이 타고 응천에서 물을 따라 호수에 이르렀는데 때는 봄물이 한창 살아 나서 하늘 위에 앉은 것 같았고, 물 가운데서 나를 돌아보며 말하기를 '그대가 일찍이 손랑의 말과 자미의 시를 끌어서 나에게 권하여 증좌로 삼으며 지금 시원하지 않겠는가?' 술잔을 들고 서로 권하고 마쳤는데, 홀연히 이미 12년이 되었다. 외 배로 호수로 내려가서 닻줄을 매고 누에 올라 호수와 산으로 눈을 드니 풍경은 끊어지지 않으나 떠난 이를 생각하는 감회를 금할 수 없어서 읊어서 〈발선요〉 약간 운을 이루니, 요컨대 뱃사공으로 하여금 뱃전을 두드리며 노래하게 하다.

삼월 삼랑진에서 배를 띄울 때	三浪三月發船時
샛바람에 오량기가 가볍게 일렁이네.	輕颺東風五兩旗
항구는 큰 배가 이동하는 것을 시름하지 아니하고	港口不愁移巨艦
해마다 조창의 비가 매번 기약한 듯하네.	年年漕雨每如期

* 매번 배를 띄울 때가 되면 반드시 큰 비가 내려 강물이 넘치는데, 그러므로 고을 사람들이 삼월 초순에 내리를 비를 '발선우'라고 한다.(每當發船時, 必大雨江漲, 故州人以三月初旬雨, 謂發船雨)

봄 호수가 알 빛이라 하늘처럼 푸른데	春湖卵色碧如天
길일에 향을 사르면 자색 연기가 피어나네.	吉日燒香生紫煙
피리와 북소리가 하늘에 가득하면 사공이 기뻐하고	笳鼓滿空舟子喜
손장군의 말을 소무가 전하네	孫將軍語小巫傳

* 배를 띄우기 전에 무악을 크게 펼쳐서 손장군의 사당에 빌고 맞는다.(發船前, 大張巫樂, 迎禱孫將軍廟)

주막머리 장사하는 여인은 술기운이 올랐는데	壚頭商女酒氛氳
어떻게 지나가는 사람에게 한 두루미를 권할까?	那爲行人勸一罇
몰래 호방을 불러 진중하게 가서	暗喚戶房珍重去
떠나는 배가 오늘 밤에 어느 마을에서 머무는가?	征帆今夜宿何村

돌아오는 배에 쌍대석을 평평하게 실었는데	準載歸船雙大石
조창의 문밖에 서서 쓰네.	漕倉門外立而書
강과 산의 덕택은 김명부인데	河山德澤金明府
낭묘의 경륜은 조판서[282]이네.	廊廟經綸趙判書[283]

282 조판서는 조엄을 가리킨다. 영조 36년(1760)에 관찰사 조엄의 장계에 의해 설치되고,

〈발선요〉가 배를 띄울 때 부르는 노래인 데에 비해, 〈발선요후전〉 2장은 배가 출발한 뒤의 감회를 노래로 부르는 것으로 〈연미정〉이라고 명명할 수 있으며 후전조(後殿調)[284]의 분위기가 고조된 노래로 볼 수 있다.

> 근래 선상의 사람들이 도성에 가까워지면 〈연미정〉을 노래하는데, 그 노랫말에 "바람이 차고 달이 밝은데, 밤이 길어도 잠을 이루지 못하고, 만리 푸른 물결에 몸은 잘 가네. 이제 가면 어느 때 돌아오랴?"라는 말이 있다. 이제 이 속된 말을 옮겨서 운어를 이루고 〈발선요후전〉으로 삼는다.

주막 머리 장사하는 여자가 백옥 항아리로	商女壚頭白玉甁
끝없는 내 낀 물결에 정을 보내고 남기네.	煙波無限去留情
술동이를 떠나도 금천주는 다하지 않는데	離樽不盡金泉酒

삼랑진의 후조창은 영조 41년(1765)에 우참찬 이익보가 건의하여 설치하였다.

283 신국빈, 〈三浪發船謠九章 並小叙〉, 『太乙菴文集 卷之二, 『한국문집총간』 속 88, 47면, 三浪之有漕倉, 卽賢洞金明府*仁大爲密人永世惠者也. 先是設馬山漕倉, 而令密人屬焉. 密之東峽, 距馬浦殆二百里, 丁壯頓於長亭, 馬牛陷於泥淖, 老弱孤寡宛轉啼呼於日暮津途者聲相續, 光景慘然. 金侯下車, 慨然以密人之弊爲己憂, 以設倉三浪, 往復上營, 至於六七. 適金海官爲掠設蒜山計, 上營左右頗爲金海地, 金侯爭之曰金海昌原, 同鎭接壤, 則馬浦蒜山架屋疊床, 江右旣有兩漕倉, 豈以江左而獨不當置一漕倉耶. 況三浪江左名都會, 魚塩之所委輸, 舸艦之所湊泊, 春水潮生, 不患其水淺, 而處於鵲磯之內, 棧道十里, 天險金湯, 不幸百千年後, 設有煙塵之警, 倉米可無齎盜粮之患, 爲國爲民, 無以易此. 毅然爭執, 不爲撓奪, 於是玄昌靈三邑皆願屬於密, 蓋三邑在大江上流, 故下灘輕舟朝發夕至耳. 仍築倉於湖上, 而至今賴其惠焉. 不佞尙憶往年, 侯嘗邀余同舟, 自凝川順流至湖, 時春水方生, 如坐天上. 中流顧謂不佞曰子嘗引孫郎語子美詩勸我爲證左, 今不爽矣. 擧酒相屬而罷, 忽已一紀矣. 孤舟下湖, 繫纜登樓, 擧目湖山, 風景不殊, 而不禁去思之感, 吟成發船謠若干韻, 要使黃帽郎扣舷而歌之.

284 이익의 『성호사설』 곡보에, "우리나라의 곡보에는 평조·우조·후전조가 있다. 상고컨대 『문선』의 주에, '비파에는 세 가지 조가 있으니, 즉 평조·청조·측조이다. 그 〈군자행〉은 평조가 되고, 〈고한행〉은 청조가 되고, 〈상가행〉은 측조가 된다.' 하였다. 생각건대, 오성 중에 우가 가장 맑은 것이 될진대, 우조가 청조가 되는 것인 듯싶다. 우리나라 후전의 곡은 음절이 격앙하여 평조와 상반되는 것을 보면, 아마 옛날의 이른바 측조일 것이다.(我東曲譜, 有平調羽調後殿調, 按文選註云, 瑟有三調平調淸調側調也, 其君子行爲平調, 苦寒行爲淸調, 傷歌行爲側調, 意者, 五聲羽爲最淸則羽調爲淸調也, 我國後殿之曲, 音節激昻, 與平調相反, 疑古所謂側調也)"라고 한 내용이 있다.

이어서 별곡으로 〈연미정〉[285]을 노래하네. 別曲仍歌鷰尾亭

연미정 앞에 연미탄이 있는데 鷰尾亭前鷰尾灘
밤은 길고 달은 흰데 또 바람이 차네. 夜長月白又風寒
만 리 푸른 물결에 몸이 잘 가니 萬里滄波身好去
그대에게 묻나니 이제 가면 어느 때 돌아오랴. 問君今去幾時還[286]

한편 신국빈은 남녀 간의 사랑이 좌절되어 고뇌하는 내용을 담은 장편의 〈오뇌곡〉[287]을 남기기도 하였다. 친구이면서 빈번하게 교유하던 박윤시가 단랑을 첩으로 삼았으나, 집안 사람의 다그침에 참을 수 없어서 돌려보내자, 단랑이 산으로 들어가 머리를 깎고 비구니가 되었다는 이야기를 듣고 친구 편에서 기술한 것이다. 서에 해당하는 부분만 들고 노래는 장편이라 싣지 않는다.

> 오뇌는 곧 오농의 소리가 전성된 것으로 위진 악부 중의 한 곡조이다. 근래에 대제촌에 단랑이라는 여자가 자색이 있었는데, 일찍이 두렁 위에서 뽕을 따는 것을 박순칙 군이 보고 기뻐하여 마침내 돈을 주고 맞이하였다. 이윽고 집안 사람이 다그치는 바가 되어 참고 견딜 수가 없어서 몇 곳을 옮겼으나 이루지 못하고 곧 대제촌의 그 어머니 집으로 돌려보내고 소식을 끊고 왕래하지 않았다. 그 어머니가 뜻을 빼앗고자 하였으나 단랑이 어

---

285 김려, 「牛海異魚譜」, 『藫庭遺藁』 卷之八, 『한국문집총간』 289, 513면에 "燕尾亭頭集小艚, 辰時末站海潮高. 皾人布箔潛相語, 囊柁今年注石牢."가 있다.

286 신국빈, 〈發船謠後殿 二章〉, 『太乙菴文集』 卷之二, 『한국문집총간』 속 88, 48면, 近來船上人, 都唱鷰尾亭, 其辭曰風寒月明, 夜長無眠, 萬里滄波身好去, 今去幾時還云. 今以俚語翻成韻語, 爲發船謠後殿.

287 〈오뇌곡(懊惱曲)〉은 남녀 간의 사랑이 좌절되어 고뇌하는 내용의 노래로, 본디 악부(樂府)의 오성(吳聲) 가곡 이름이다. 오뇌가·오농곡(懊儂曲)·오농곡(懊憹曲)이라고도 한다. 이 작품은 임형택 편, 『이조시대 서사시』 하(창작과비평사, 1992), 160~181면에 소개되어 있다.

느 날 밤에 달아나서 석골산으로 들어가 머리를 자르고 비구니가 되었다. 이때 내가 마마를 피하여 우령의 절집에 있었는데, 그 이야기를 듣고 슬퍼서 옛 노래를 모방하여 이 노래를 지었는데, 순칙의 회포를 펴는 것이라 이를 뿐이다.[288]

한편 정조 9년(1785)에 순상공이 통영에 도착하여 열세 고을의 태수가 따라 모여서 안사가 4운으로 선창하자 열 세 고을의 태수가 화운하였는데, 신국빈이 이를 바탕으로 화운[289]하기도 하였다.

이상에서 살펴본바 신국빈의 밀양 지역 노래 확장은 15세기 김종직의 〈응천죽지곡〉에서 18세기 당대의 〈발선요〉와 〈오뇌곡〉에 이르기까지 밀양 지역의 다양한 노래를 아울러 확인한 것이라 밀양 지역 시가의 정리라고 할 수 있을 것이다.

---

288 신국빈, 〈懊惱曲*並小叙〉, 『太乙菴文集』 卷之二, 『한국문집총간』 속 88, 49면, 懊惱, 卽懊儂之聲轉者, 魏晉樂府中一曲也. 近有大堤村女名丹娘者有姿色, 嘗採桑陌上, 朴君順則見而悅之, 遂買畜焉. 俄而爲室中所迫, 不能堪耐, 移置幾處而不得, 則歸之大堤其母家, 絶不往來. 其母欲奪志, 丹娘一夜逃去, 入石骨山剃頭爲尼, 時余避痘在牛嶺之僧舍, 聞而悲之, 倣古作此詞, 以舒順則之懷云耳.

289 신국빈, 〈奉和巡相公巡到統營韻*幷小叙○乙巳〉, 『太乙菴文集』 卷之一, 『한국문집총간』 속 88, 24면.

5. 작품의 의미 강화와 정치의 득실에 활용

개별 작품의 산생이 정치·사회 변동과 연계되어 있는 점을 주목하면서 시가사의 추이를 살필 수 있지만, 이와 함께 이미 세상에 알려진 작품의 의미를 새롭게 주목하여 그 의미를 특정한 방향으로 강화하고 정치의 득실에 활용하는 경우를 새삼 주목할 수 있을 것이다.

이미 17세기에 백사 이항복이 유배의 길에 철령을 넘을 때 부른 〈철령가〉가 임금에 대한 강직한 신하의 마음을 내장한 것으로 널리 알려졌는데, 18세기에도 철령을 넘을 때 〈철령가〉, 〈백운가〉 등으로 부르면서 계속해서 그 의미를 강화하고 있다.

이와 함께 송강 정철의 몇 작품이 임금을 향한 마음을 강조하면서 계속 불리고 있고, 포은 정몽주의 〈단심가〉를 비롯하여 작자 미상의 〈만월대가〉는 개경에 들른 사람들이 지난 왕조를 회고하면서 자주 부르는 것이며, 한편으로 〈감군은〉은 기존에 있던 노래에다 신사를 마련하여 그 시대 상황에 부합하도록 조정하고 있고, 또 청나라에 사신으로 가는 길에 효종이 봉림대군으로 청나라에 볼모로 갔을 때 청석령이나 초하구를 지나면서 지었다는 '청석령~'이라는 노래를 환기하면서 쇄치(刷恥)를 다짐하기도 하였다.

이렇듯 전승되는 노래를 다시 부르거나 환기하면서 노래가 지닌 의미를 강화하거나 때로 정치 국면의 이해득실과 연계시키는 경우를 주목하여 정리할 필요가 있다.

1) 〈단심가〉의 충심과 〈만월대가〉의 회고

지난 왕조의 도읍지인 송도에 들러서 정몽주의 〈단심가〉와 작자 미상[290]의 〈만월대가〉를 환기하면서 충절의 의미와 회고의 감회를 드러내

---

290 〈만월대가〉는 『청구영언』 363에 작자 미상으로 수록되었는데, 뒷날 다른 가집에서

는 일이 18세기에도 지속되고 있었다.

이유원(1814~1888)이 『임하필기』에서 인평위 정제현의 말을 빌려 "효종께서 달빛이 밝은 밤이면 정몽주의 〈단심가〉를 읊조리면서, 비분강개하여 절조를 맞추고 눈물을 흘렸다."[291]라고 한 바와 같이, "이 몸이 주거주거 일백 번 고쳐 주거~"(『청구영언』 8)로 시작되는 정몽주의 〈단심가〉는 충절의 상징으로 알려졌고, "흥망이 유수하니 만월대도 추초ㅣ로다. 오백년 왕업이 목적에 부쳐시니, 석양에 지나는 객이 눈물겨워 ᄒᆞ노라."(『청구영언』 363)라는 〈만월대가〉는 회고의 노래로서 두 작품 모두 고려를 떠올리는 작품으로 인식하고 있었다.

만월대는 고려의 왕궁터로 고려를 상징하는 말로 사용되고, 〈만월대가〉는 바로 고려 왕조에 대한 회고의 정을 드러낸 것이다.

이하조는 〈성내의 고적을 찾다〉의 둘째 수에서, "지는 해에 시내 머리에는 물이 절로 물결을 이루고, 성에 가득한 가을빛은 누구를 위해 많은가? 흥망은 천년의 한을 다하지 못하는데, 다만 앞마을에 더벅머리 목동의 노래가 있네."[292]라고 하여, "추색", "흥망", "천년", "목수가" 등 〈만월대가〉에 있는 내용을 포함하고 있고, 첫째 수에서도 "추초(秋草)"가 등장하고 있다.

이어서 홍세태, 최창대, 이의현, 홍태유, 신광수, 채제공, 정범조 등도 만월대를 찾아서 〈만월대가〉를 환기하고 지난 왕조의 변화를 떠올리거나 흥망을 생각하는 회고의 내면을 드러내고 있다.

홍세태가 송도의 만월대에 들른 시[293]에서, "추초(秋草)", "흥망(興亡)", "초목(樵牧)" 등의 시어를 사용하여 〈만월대가〉를 환기하고 있다. 마무리

원천석의 작품으로 수록되기도 하였다.

291 이유원, 『임하필기』 제17권, 〈孝廟誦圃隱詩〉.

292 이하조, 〈訪城內古跡〉, 『三秀軒稿』 卷之一, 『한국문집총간』 속 55, 508면, 落日溪頭水自波, 滿城秋色爲誰多. 興亡不盡千年恨, 但有前村牧竪歌.

293 홍세태, 〈伏聞車駕幸齊陵, 路過松都滿月臺, 駐輦登覽, 謹此賦詩, 以代應制〉, 『柳下集』 卷之二, 『한국문집총간』 167, 332면, 睿覽徵文物, 宸心戒禍胎.

부분에서 “밝은 살핌은 문물을 부르고, 하늘의 마음은 재앙의 배태를 경계하네.”라고 하여, 회고와 동시에 성찰의 내면까지 밝히고 있다.

최창대의 〈만월대가〉는 만월대를 찾아 지난날 번화로웠던 시절을 떠올리면서, 지금은 거칠어진 언덕에 쑥과 명아주만 가득한 적막한 광경을 마주하고 있다. 그래도 변함없이 떠 있는 달을 보면서 술잔을 기울이는 회고의 정이 드러나고 있다.

옛날 곡령 아래를 찾아서　訪古鵠嶺下
서쪽으로 만월대에 오르네.　西登滿月臺
슬픈 바람은 사방에서 일어나고　悲風四面起
참담함에 누런 먼지가 생기네.　慘淡生黃埃
대 앞의 송악은 부질없이 높은데　臺前松岳空崔嵬
대 위의 번화는 어디에 있는가?　臺上繁華安在哉
흰 옥과 밝은 구슬은 무지개가 두르고　白璧明珠暈虹霓
시끄럽고 빠른 음악이 구름과 우레에 시끄럽네.　繁絃急管喧雲雷
호사스런 의기는 다시 어디에 있는가?　豪奢意氣更何有
거친 언덕은 적막하여 오직 쑥과 명아주이네.　荒墟寂寞惟蒿萊
다만 강 위의 달을 보노라니　但見江上月
옛날처럼 하늘로부터 오네.　依舊從天來
옛사람은 달을 보며 기쁨을 다하지 않는데　昔人見月驩不極
오늘날 사람은 달을 보며 다만 슬퍼하네.　今人見月徒悲哀
백대의 흥망에 눈물이 가슴에 가득하고　興亡百代淚盈臆
뜻 없는 밝은 달은 돌면서 가고 오네.　明月無情往復廻
칼을 두드리는 슬픈 노래는 소리가 격렬한데　扣劍悲歌聲激烈
날새는 가지 않고 구름이 배회하네.　飛鳥不去雲徘徊
높은 곳에 올라 흥취가 감개할 필요는 없지만　不必登高興感慨
또 마땅히 달빛을 마주하여 금 술독을 기울이리.　且須對月傾金罍[294]

이의현의 〈만월대가〉[295]에서는 "비가(悲歌)"가 지난 왕조를 떠올리게 한다고 하면서 "오백 년"의 번화가 지금은 쓸쓸하게 되었다고 확인하고, "시든 풀(衰草)"과 "들불(野火)"만 남은 눈앞의 광경을 제시한 뒤에, 밝은 달을 통해 내면을 토로하고 있으며, 홍태유의 〈만월대〉[296] 전·결구에서는 "오백 년 번화했던 소식이, 오직 봄바람에 더벅머리 목동의 노래에 있네." 라고 하여 "오백 년", "더벅머리 목동"으로 〈만월대가〉를 환기하고 있다.

그리고 채제공의 〈만월대가〉[297] 19~22구에서도 "흐르는 흥망을 어찌 할 수 있으랴? 오백 년 세월이 물 흐르듯 하네. 종을 거는 틀이 남쪽으로 옮겨 시장과 조정이 비었는데, 쓸쓸한 거친 대에는 추초만 가렸네."라고 하여 "흥망", "오백 년", "추초" 등에서 〈만월대가〉의 노래를 떠올리게 한다. 정범조의 〈만월대가〉[298] 마지막 두 구에서는 "초동이 어찌 망국의 한을 알랴? 괴이하게도 어찌 초가가 늘 오열하는가?"로 맺고 있다.

또한 신광수의 〈말 위에서 송도를 바라보다〉[299]에서는 경련의 바깥 구에서 "말 위에서 슬프게 〈만월대〉를 노래하네."라고 하였고, 〈한식날에 신우의 묘에 들르다〉[300]의 둘째 수의 미련에서 "일찍이 만월대 터를 지나던 나그네가, 다시 가을 풀 석양 앞을 노래하네."라고 하여 첫째 수에서 정몽주의 〈백사가〉를 환기했던 것과 견주고 있는 셈이다.

〈단심가〉와 관련하여 신후담(1702~1761)이 개경에 들른 길에 "발길을

---

294 최창대, 〈滿月臺歌〉, 『昆侖集』 卷之二, 『한국문집총간』 183, 36면.

295 이의현, 〈滿月臺歌〉, 『陶谷集』 卷之三, 『한국문집총간』 180, 395면.

296 홍태유, 〈滿月臺〉, 『耐齋集』 卷之一, 『한국문집총간』 187, 13면, 繁華五百年消息, 惟有春風牧竪歌.

297 채제공, 〈滿月臺歌〉, 『樊巖先生集』 卷之十, 『한국문집총간』 235, 199면, 興亡滾滾可奈何, 五百年光如水逝. 鍾簴南遷市朝空, 荒臺寂寂秋草翳.

298 정범조, 〈만월대가〉, 『海左先生文集』 卷之九, 『한국문집총간』 239, 192면, 樵童豈知亡國恨, 怪底樵歌每嗚咽.

299 신광수, 〈馬上望松都〉, 『石北先生文集』 卷之二, 『한국문집총간』 231, 233면, 馬上悲歌滿月臺.

300 신광수, 〈寒食日, 過辛禑墓〉, 『石北先生文集』 卷之二, 『한국문집총간』 231, 327면, 滿月臺墟曾過客, 更歌秋草夕陽前.

옮겨 선죽교에 이르러서는 포은 선생의 〈단심가〉의 뜻을 새기고 노래로 읊었다."[301]라는 기록을 포함하여, 〈단심가〉로 명명한 사례는 최성대, 성해응 등이고, 〈백사가〉로 명명한 사례는 오광운, 이광사, 조유선, 이영익, 홍직필 등을 확인할 수 있다. 〈단심가〉는 달리 〈백사가〉[302]라고 부르기도 한다. "일백 번 고쳐 죽어"에서 따온 것이라 할 수 있다.

최창대는 〈송도유감〉에서 "한 곡 〈단심〉을 슬프게 부르지 말라, 듣기를 마친 유민이 주룩주룩 운다네."[303]라고 하여 〈단심가〉가 눈물을 유발한다고 하였고, 성해응은 〈정포은의 단심가에 쓰다〉에서, "공의 몸이 죽고 죽어, 천만 겁 윤회해도, 방촌도 갈라지지 않고, 서로 따름이 어찌 티끌이랴? 해와 달은 이름이 여전히 걸리고, 산과 물은 기운이 꺾이지 않네. 인을 이룸은 얻는 것이 아니라, 성조의 슬픔을 돌아 일으키네."[304]라고 하여 그 의미를 자세하게 풀이하고 있다.

홍직필의 〈선죽교〉[305]에서는 "단심"을 말하면서 아울러 〈백사가〉까지 언급하고 있다.

한편 〈백사가〉라는 명명으로 수록한 것은 오광운의 「해동악부」, 이광사의 「동국악부」, 이영익의 「동국악부」와 성해응의 「잡시」 등이다. 오광운의 〈백사가〉는 "충신지사가 천고에 눈물을 어루만지게 한다."[306]라고 하면서 노래를 한역하여 싣고 있고, 이광사의 〈백사가〉[307]는 이방원의 〈하여

301 이만도, 「成均進士河濱愼公行狀」, 『響山文集』 卷之十六, 『한국문집총간』 속 144, 480면.

302 〈백사가〉는 오광운의 「해동악부」를 비롯하여 다른 악부 등에 같은 이름으로 수록되어 있다.

303 최성대, 〈松都有感〉, 『杜機詩集』 卷之一, 『한국문집총간』 속 70, 533면, 一曲丹心休唱悲, 遺民聽罷泣垂垂.

304 성해응, 〈書鄭圃隱丹心歌〉, 『硏經齋全集』 卷之五, 『한국문집총간』 273, 96면, 公身死復死, 千萬刦輪迴. 不泐惟方寸, 相隨豈壒埃. 日月名猶挂, 山河氣未摧. 成仁非獲已, 旋起聖朝哀.

305 홍직필, 〈讟竹橋 二首〉, 『梅山先生文集』 卷之二, 『한국문집총간』 295, 75면.

306 오광운, 〈百死歌〉, 『藥山漫稿』 卷之五, 「海東樂府」, 『한국문집총간』 210, 434면.

307 이광사, 〈百死歌〉, 『圓嶠集選』 卷第一, 「東國樂府」, 『한국문집총간』 221, 440면.

가〉와 같은 자리에서 노래로 부른 상황을 제시하면서 국문으로 된 노래 원문을 먼저 제시하고 이어서 한역시를 아울러 수록하고 있다.

> 고려 시중 포은선생 정몽주가 하늘의 뜻과 인심이 이미 우리 태조에게 돌아감을 알고, 문병을 칭탁하고 가서 살피니, 태종이 사람을 시켜서 술자리에서 노래를 부르게 했는데, 이런들 어떠하며 저런들 어떠하랴? 만수산 드렁칡이 얽혀진들 어떠하리. 우리도 이렇게 있다가 백년 산들 어떠하리. 포은이 화답하여 이르기를, 이몸이 죽어죽어 일백 번 고쳐 죽어 백골이 진토되어 넋이라도 있고없고, 님향한 일편단심이야 가실 줄이 이시랴. 돌아가는 길에 옛 주막에 들어가니 섬돌 위에 온갖 꽃이 흐드러지게 피어 있었다. 술을 불러서 실컷 마시고 꽃 사이에서 일어나 춤을 추면서 말하기를, "오늘의 풍색은 매우 나쁘고 매우 나쁘다. 마침내 곧바로 대궐로 가서 상변하려고 선죽교에 이르러 조영규가 쇠망치를 가지고 다리 아래에 엎드렸다가 망치로 죽였다. 지금 임금이 송도에 거둥하여 직접 글을 써서 다리 옆에 비석을 세웠다.[308]

이영익의 〈백사가〉[309]는 이광사가 수록한 내용과 비슷한데, 실제 작품은 한역가를 수록하였으며 〈하여가〉의 한역 내용은 "如此如何, 如彼如何, 萬壽山蔓葛, 縈糾如何, 吾徒亦如此, 在百年生何如."이고 〈백사가〉의 한역 내용은 "此身死死, 一百番更死, 白骨爲塵土, 魂魄有也未, 嚮主一片丹心, 寧有變改所"이다. 그리고 이영익이 자신의 뜻을 드러낸 내용

---

308 위와 같은 곳, 高麗侍中 圃隱先生鄭夢周 知天意人心已歸我太祖, 託問疾往察之, 太宗使人歌於酒席曰, 이런들 엇더ᄒᆞ리 뎌런들 엇더ᄒᆞ리. 萬壽山 드렁츩이 얼거딘들 엇더ᄒᆞ리. 우리도 이리코 잇다가 百年산들 엇더ᄒᆞ리. 圃隱和之曰 이몸 죽어죽어 一百番 고텨죽어, 白骨이 塵土되여 넉시라도 잇고업고, 님向ᄒᆞᆫ 一片丹心이야 가실줄이 이시랴. 歸路入舊酒家, 階上百花爛開, 呼酒極飮, 起舞花間曰, 今日風色, 甚惡甚惡. 遂欲直造闕上變, 行至善竹橋, 趙英珪持鐵椎伏橋下椎殺之. 今上幸松都, 手書立碑於橋邊.

309 이영익, 〈百死歌〉, 『信齋集』 冊一, 「東國樂府」, 『한국문집총간』 252, 412면.

은 다음과 같다.

백년을 살면 어떠하며	百年生如何
이와 같지 않으면 어떠하랴?	如何不如此
인심은 이미 돌아감이 있고	人心已有歸
하늘의 뜻을 나도 헤아리네.	天意我亦揣
즐겁게 하는 것은 내가 스스로 있고,	爲樂我自有
충성은 의와 더불어 있네.	有忠與義耳
지금 조정과 서로 결별하면	今朝相訣別
춤추는 소매가 어지럽게 일어나리.	舞袖紛紛起
어지러운 뜻이 아직 끝나지 않았으니	紛紛意未已
어느 집의 술맛이 좋으랴?	何家酒味美
꽃 바닥에 술과 술독이니	花底樽與罍
안배하면 매우 이치가 있네.	安排甚有理
오늘 풍색이 나쁘니	今日風色惡
술이 있으면 마땅히 이에 미치리.	有酒當及是
어찌 백년을 살 수 있으랴?	安能百年生
일백 번이라도 죽고 죽으리.	一百番死死

그리고 성해응의 〈백사가〉[310]는 잡시 항에 수록하고 있는데, 〈하여가〉를 〈피차지가(彼此之歌)〉로 〈백사가〉를 〈백사지가(百死之歌)〉로 명명하였다.

2) 〈철령가〉를 통한 동당의 결속

광해군 10년(1618) 북청으로 유배의 길에 올랐던 이항복이 철령을 넘으면서 부른 〈철령가〉는 당시에 이정구가 선비의 기상이 저상[311]되었다

310 성해응, 〈百死歌〉, 『研經齋全集』 卷之一, 「雜詩」, 『한국문집총간』 273, 14면.

고 아쉬워한 이후, 비가(悲歌)의 전통이나 외로운 신하의 내면을 드러낸 것으로 이해했는데, 17세기 후반에 송시열이 「백사의 〈철령가〉 뒤에 쓰다」에서 공의 충정과 어짊으로 이해해야 한다는 견해를 피력하면서 정치적 국면에 연계하여 이해[312]하려는 변화가 일어나기도 했다. 심지어 이기홍(1641~1708)[313]은 이항복보다 송시열을 앞세워 설명하기도 하였다. 〈철령가〉를 통하여 동당의 결속을 꾀하는 방향으로 전승된 것으로 볼 수 있으며, 이러한 태도는 송주익, 김창흡, 남정중으로 이어지고 있다.

이와 함께 18세기에 이르러서도 〈철령가〉에 대한 관심이 여전히 지속되고 있다. 김진상, 조관빈, 송덕상, 김이곤, 오원, 서영보, 이지수 등이 그들이다. 한편 철령을 넘으면서 이항복의 〈철령가〉와는 관계없이 고개를 넘는 어려움을 토로한 〈철령의 노래〉도 유전되고 있었는데, 이헌경, 이복원, 유찬 등이 그것이다.

우선 광산 김씨인 김진상(1684~1755)은 철령을 넘으면서 한유가 조주에 유배되었을 때 조카에게 준 시와 백사가 북천 때 지은 시에 차운하고 있다. 한편 김시찬이 고원으로 유배 가는 길에 지은 〈차백사운〉과 〈번백사가〉를 보고 화운하기도 하였다. 김시찬(1700~1767)은 김상용의 현손이다. 〈번백사가〉에 화운에서, "그 나라를 떠날 때의 슬픔을 상상하니, 임금을 그리워하는 시름을 거의 내가 다시 당하고 있는 것 같다.(想像其去國之悲, 戀君之愁, 殆若身復當之也)"라고 하면서 노래의 성격을 '임금을 그리워하는 시름'으로 인식하고 있다.

외로운 신하의 눈물이 돌아가는 구름을 따르는데	孤臣淚逐歸雲下
필마로 슬픈 노래를 부르며 더디게 고개를 넘네.	匹馬悲歌度嶺遲
오늘 시를 보니 어제 일과 같은데	今日見詩如昨日

311 최재남, 『17세기 전반 정치·사회 변동과 시가사』(보고사, 2018), 392~405면.

312 위의 책, 154~159면.

313 위의 책, 157면.

소슬한 북풍에 살쩍이 실처럼 날리네. 北風蕭瑟鬢邊絲[314]

조관빈(1691~1757)의 〈철령가〉에서도 자신의 유배와 이항복의 〈철령가〉의 말을 연계시키면서, "세신의 의리", "구름 덮인 대궐", "충효" 등을 강조하고 있다. 이때 조관빈은 삼수로 유배를 가던 중이었다.

철령이 높고 철령이 높아 鐵嶺高鐵嶺高
벼랑에 걸린 기운 길을 원숭이도 시름하네. 懸崖仄徑愁猿猱
하늘의 베풂은 남과 북을 경계로 삼음이 분명한데 天設分明限南北
인력으로 빗장을 막을 것을 바라지 않네. 不須人力關阨牢
귀양 길은 길고 귀양 길은 길어서 謫路長謫路長
내가 이곳을 넘어 궁박하고 거친 곳에 닿으려 하네. 吾將踰此抵窮荒
아홉 번 죽더라도 어찌 세신의 의리를 잊으랴? 九死寧忘世臣義
구름 덮인 대궐로 머리를 돌리니 이미 아득하네. 回首雲闕已杳茫
슬픈 노래에 목이 메고 슬픈 노래에 목이 메는데 悲歌咽悲歌咽
노래가 소리를 이루지 못해도 눈물에 피가 솟네. 歌不成聲淚迸血
비록 살아 돌아가 하늘이 버리게 되더라도 縱使生還天所廢
충효가 모두 이지러지면 인간의 도리도 끊어지리. 忠孝兩虧人理絶[315]

송시열의 고손인 송덕상(1710~1783)은 〈철령술회〉에서 고조부 송시열이 숙종 1년(1675)에 덕원으로 유배를 갈 때 철령에서 지은 시를 떠올리면서 회포를 서술하고 있다. 송덕상이 삼수로 유배 갈 때 철령을 지나면서 지은 것으로 알려져 있다.

---

314 김진상, 〈金稺明*時粲謫高原, 投示其踰嶺時所次白沙韻一律及飜白沙歌一絶, 要余和之, 余嘗於北遷時, 亦有次是韻, 飜是歌之作, 今得稺明之詩, 諷詠再三, 想像其去國之悲, 戀君之愁, 殆若身復當之也. 遂次韻以寄, 其間稺明, 已宥還湖中矣〉, 『退漁堂遺稿』 卷之三, 『한국문집총간』 속 66, 183면.

315 조관빈, 〈鐵嶺歌〉, 『悔軒集』 卷之八, 『한국문집총간』 211, 307면.

걷고 걸어서 고개 꼭대기에 오르면	行行登嶺巓
하늘의 바람이 불어서 쉬지 않네.	天風吹不歇
내 몸은 잎처럼 가벼운데	我身輕似葉
내 마음은 쇠처럼 굳세네.	我心堅如鐵
평소에 나라를 근본으로 삼는 근심이	平生宗國憂
단단하게 가락에 가득한 피이네.	斷斷滿腔血
막고 저지함이 누구의 꾀인가?	沮遏誰爲計
차례로 또 무슨 말을 하랴?	次第又何說
몇 줄의 사어 사이에	數行辭語間
아름다운 뜻이 달빛처럼 밝네.	旨義皎如月
위아래의 구절을 터서 찢으면서	決裂上下句
있는 것처럼 얽으면 얼마나 참절한가?	構捏何慘切
온 세상이 멋대로 다급하여	擧世縱刼刼
공변된 의논이 어찌 끝내 잠기랴?	公議豈終沒
천감이 밝지 않은 것이 아니나	天鑑非不昭
어두운 구름이 간혹 욕되게 덮네.	陰雲或蔽衊
하루아침에 조짐이 다 덮으나	一朝氛翳盡
해와 별이 본래 밝고 깨끗하다네.	日星本明潔[316]

을해 역옥을 처리한 뒤에 영조 32년(1756) 2월에 송시열을 문묘에 종사[317]하였는데, 영조 때 경연관으로 뽑히기도 하고 이조판서까지 오른 송덕상은 홍국영을 옹호하다가 정조 5년(1781)에 안치의 명을 받았다. 이에 고조부 송시열의 〈철령〉 시를 환기하면서 "쇠처럼 굳은 마음", "나라를 근본으로 삼는 근심" 등을 내세우면서 세상의 일부 부정적 평가에 대

316 송덕상, 〈鐵嶺述懷〉, 『果菴先生文集』 卷一, 『한국문집총간』 229, 7면, 高祖考謫北時, 登鐵嶺有作, 今行竊欲奉次, 而詩韻不能記憶, 別以古體述懷.

317 『영조실록』 87권, 영조 32년 2월 1일(기해), 『국역 영조실록』 26, 298면.

응한 것으로 보인다. 이항복의 〈철령가〉에서 비롯된 충정의 내면과는 다른 송시열의 정치적 행적을 바탕으로 자신의 처지를 변명하는 태도를 보이는 셈이다.

김상용의 후손인 김이곤(1712~1774)도 〈철령가〉에서 백사의 가곡이 아직 전한다고 하였다. 이최중(1715~1784)을 북백으로 보낸 뒤에 지은 것이다.

철령이 하늘에 가로놓여 새 길도 아득한데	鐵嶺橫天鳥道賖
행인이 이곳에 이르면 긴 탄식이 일어나네	行人到此起長嗟
꼭대기의 외로운 구름이 지금은 어떠할까	孤雲絶頂今何似
이백사의 가곡이 아직도 전하네	歌曲猶傳李白沙[318]

이렇게 정치적 이해를 강화하는 특정 당파를 중심으로 이항복의 임금에 대한 한결같은 마음을 강조하는 〈철령가〉가 계속 향유되면서, 〈철령가〉의 의미를 강화하고 있다고 할 수 있다.

이런 과정에 정조 임금도 그 '충의'에 감동받는다고 하였다.

〈철령가〉 중에서, "누가 고신의 원통한 눈물을 가져다가 구중 궁궐에 뿌려줄까.(誰將孤臣怨淚 灑入九重宮闕)"라고 한 구절은 들을 때마다 나도 모르게 눈물을 쏟게 한다. 참으로 충의가 탁월한 사람이 아니라면 어떻게 백 년이 지난 뒤에도 사람을 감동시킬 수 있겠는가.[319]

서영보(1759~1816)의 〈북관삼절구〉 중에서 둘째 수가 〈철령가〉를 읊

---

318 김이곤, 〈鐵嶺歌〉, 『鳳麓集』 卷之三, 『한국문집총간』 속 80, 239면.

319 정조, 「人物, 李白沙」, 『弘齋全書』 卷百七十一, 「日得錄」 十一, 『한국문집총간』 267, 356면, 如鐵嶺歌中誰將孤臣怨淚, 灑入九重宮闕云云, 聽來不覺濟然, 苟非忠義之卓越, 何能感人於百載之下也.

고 있다.

〈철령가〉의 구름에 누가 눈물 흘리지 않나　鐵嶺歌雲誰不涕
녹록하여 볼 것 없는 그대들이 우습구나.　碌碌庸庸笑爾曹
가련하게도 청해로 사묘가 돌아오니　可憐靑海還祠廟
유상에 재배하니 엄숙하고 청고하네.　再拜遺像肅淸高[320]

김려(1766~1821)의 〈문여하소사(問汝何所思)〉에서도 〈철령가〉에 대해 언급하고 있다. 이 작품은 정조 21년(1797) 부령으로 유배되어 지은 작품인데, 노론 벌열에 속한 작가가 이항복의 〈철령가〉를 통하여 자신의 유배와의 동질성을 당파의 입장을 견지하고 있다고 할 것이다.

그대에게 묻나니 생각하는 것이 무엇인가　問汝何所思
생각하는 것이 북쪽 바다 물가이네.　所思北海湄
혁혁한 어진 신하 이승상이　赫赫賢臣李丞相
충언과 직절로 고금에 뛰어났네.　忠言直節邁古上
헤아리는 계책은 한나라 조정의 장자방이요　籌策漢庭張子房
훈업은 당나라 조정의 곽분양이네.　勳業唐朝郭汾陽
하물며 또 연국공과 허국공과 같은 대문장이요　況復燕許大手筆
빛과 불꽃을 불어 내는 문장은 만 길이나 길어라.　噓出光燄萬丈長
계축년 일은 오히려 그릇됨이 없으니　癸丑之事尙無訛
북쪽 사람들이 여전히 〈철령가〉를 전하네.　北人猶傳鐵嶺歌
빈 산에 나뭇잎 떨어지고 쓸쓸하게 비가 내리면　空山落木蕭蕭雨
행인이 사묘를 지나며 눈물을 펴붓네.　行人過廟淚滂沱

* 문충공 이항복이 계축년에 북청으로 유배되었다가 죽었는데, 〈철령가〉가 있다. 권필이 그 사당을 지나며, '빈 산에 잎 떨어진 나무'라는 구절을 지었다.(李文忠恒福, 癸丑竄

320 서영보, 〈北關三絶句〉, 『竹石館遺集』 冊一, 『한국문집총간』 269, 329면.

北靑而卒, 有鐵嶺歌, 權韠過其廟, 有空山落木絶句)[321]

그리고 시대가 지나 월사 이정구의 후손인 이지수(1779~1842)는 〈의대와 향촉을 바치러 가는 북관을 모시고 철령에 오른 감회〉에서 이항복의 〈철령가〉와 송시열의 〈철령〉을 아울러 말하고 있다.

길이 북관 근처의 철령에 오르니	行登鐵嶺北關陲
눈에 가득한 것은 평평한 교회의 큰 바다 가이네.	極目平郊大海湄
가을 선비 어슬렁거리며 다시 옛날에 느꺼워하는데	秋士徘徊更感古
백사의 가곡에 우암의 시이네.	白沙歌曲尤菴詩

* 백사가 북청에 유배를 갔을 때 〈철령가〉를 지었는데, "철령 높은 봉에 쉬어 넘는 저 구름아, 고신원루를 비 삼아 띄워다가, 님 계신 구중 궁궐에 뿌려볼까 하노라."라고 하였고, 우암이 덕원에 유배되어서, 〈철령〉 시를 지었는데, "길이 철령 꼭대기에 올랐는데, 나의 마음은 도리어 쇠와 같네. 비록 기지의 정성은 부족하나, 문득 서산의 혈은 견디네. 머리를 돌려 서방을 바라보니, 어두운 구름이 가려서 걷히지 않네. 바라나니 서방의 사람은, 붉은 놀로 밝은 달을 차기를."이다. 모두 절조로 세상에 이름이 났다. 두 노인은 시사를 당하여 차마 말하지 않는 사람이 있지만 그러나 외로운 신하가 나라를 떠나면서 임금을 그리워하는 정성을 천 년 뒤에도 눈물을 당길 수 있다. 길이 이 땅에 이르러, 깨닫지 못하는 사이에 감탄하여, 스스로 붓과 혀로 형용한다.(白沙謫北靑時, 有鐵嶺歌曰, 鐵嶺高處宿雲飛, 飛飛何處歸, 願帶孤臣數行淚, 作雨去向終南白岳間, 霑灑瓊樓玉欄干. 尤翁謫德源, 有鐵嶺作曰, 行登鐵嶺巓, 我心還如鐵, 縱乏器之誠, 却耐西山血, 回首望西方, 陰雲擁不決, 願言西方人, 丹霞佩明月. 俱以絶調名於世, 二老當時事, 有不忍言者, 而孤臣去國戀主之誠, 千載可以挹淚也. 行到此地, 不覺感嘆, 自形於筆舌云)[322]

철령을 지나는 길에 이항복의 〈철령가〉와 송시열의 〈철령〉을 환기하면서 서인에서 노론으로 이어지는 자기 당파의 시각을 이으려는 동질의

---

321 김려, 〈問汝何所思〉, 『藫庭遺藁』 卷之六, 「思牖樂府[下]」, 『한국문집총간』 289, 467면.
322 이지수, 〈陪北關衣襨香燭行, 登鐵嶺感懷〉, 『重山齋集』 卷之一, 『한국문집총간』 속 116, 286면.

태도를 김진상에서 이지수에 이르기까지 확인하였다. 〈철령가〉의 의미를 강화하면서 당파의 이해에 활용하는 것이라 할 수 있을 것이다.

다른 한편 이러한 당파의 시각에 동의하지 않는 사람들이 철령을 지날 때 대부분 철령에 오르는 힘겨움을 말하고 있다.

3) 〈청석령가〉 환기와 부끄러움 씻기

『청구영언』 217에 "청석령 지나거냐 초하구ㅣ 어디메냐~"가 효종의 작품으로 수록되어 있다. 청나라에 볼모로 가던 봉림대군 시절에 지은 것이라는 것이다. 그러나 이 작품은 함께 볼모로 갔던 소현세자[323]가 짓고, 부왕 인조가 부른 〈작구가〉와 함께 존재한 것으로 보는 것이 타당하다.

그러나 볼모로 갔던 소현세자가 돌아온 뒤에 곧 세상을 떠나자, 인조의 결정으로 봉림대군이 세자가 되어 보위에 오르게 되면서 상황이 달라지고 말았다. 그런데 효종이 보위에 있던 시절에는 거의 언급이 없던 노래가, 효종의 북벌 계획이 밝혀진 뒤에 효종의 정책을 존주의 의리와 연계시켜 받아들인 사람들을 중심으로 효종(봉림대군)의 노래로 받아들이고, 비가의 전통으로 이해하다가, 숙종 38년(1712)에 백형 김창집을 모시고 연행을 떠나는 김창업에게 형 김창흡이 〈청석령가〉를 "와신상담의 초심"으로 해석하면서 사행에 참여한 사신들이 이러한 해석에 동조하게 된 것이다.[324]

조정만(1656~1739)의 「연행을 가는 김대유를 보내는 서문」에서 "만

323 權萬, 〈又爲長聲作最後殿〉, 『江左先生文集』 卷之三, 『한국문집총간』 209, 101면, 青石嶺頭望玉河, 胡風淫雨瀋中多, 龍樓寂寂銅車遠, 膓斷空巢毳㲉歌. 世傳昭顯世子瀋陽之行, 有歌曰, 青石嶺已過, 玉河關何許. 胡風寒復寒, 淫雨是何事. 誰描我行色, 傳之美人所. 仁廟歌曰, 雀㲉毳羽未成㲉, 忍說瀋陽道上去, 輾轉去匍匐去, 渠何得到抵, 母鳥空巢悄獨坐. 淚下不自禦, 臣萬旣爲長聲後殿, 又敢翻出青石雀㲉二歌謹附之, 至是而謀臣師臣之罪自著矣. 嗚呼可勝言哉. 최재남, 「〈청석령가〉와 〈작구가〉의 통합적 이해」, 『어문연구』 49권 제4호, 통권 192호(한국어문교육연구회, 2021), 109~133면.

324 최재남, 위의 논문, 121~126면 참조.

리를 지적으로 이름난 선조의 눈 덮인 움막에서의 절조를 사모하면서 곧 복수를 도모할 방법을 생각하고 선왕의 〈청석의 노래〉에 눈물을 흘리고 부끄러움을 씻을 계책의 방법을 생각하며"[325]라고 한 데서도 김창흡이 동생 김창업에게 "와신상담의 초심"을 환기했던 것과 같은 부탁을 하는 것으로 이해할 수 있다.

이의현(1669~1745)은 경종 즉위년(1720) 7월에 동지 정사가 되었고, 영조 6년(1730) 8월에는 정사의 임무를 사양하였으며, 영조 8년(1732) 7월에 사은 정사가 되었는데, 영조 8년의 사행에서, 〈초하구를 지나며 느낌이 있어, 공경스럽게 효모의 사곡을 옮기고 이어서 노래하다〉라는 시제에서 다음과 같이 읊고 있다. 볼모로 지내는 동안 "근심하며 보내"고, "원대한 계획을 넓히"며, "무제가 낫다."라고 한 점을 환기하며, "중국 산천을 깨끗이 소탕할 수 있었을 것"이라고 아쉬워하고 있다. 그런데 정작 〈청석령〉에서는 월사 이정구의 시에 차운하고 있다.

청석령 지나거다,	青石嶺過去否
초하구는 어디메오?	草河溝何處在
호풍은 차도찰샤	胡風寒又寒
궂은 비는 무스 일고	冷雨何事霏霏洒
그 누가 이 행색 그려내어,	阿誰畵出此行色
구중궁궐에 올릴까?	九重宮闕奉八彩

듣건대 이것은 효종대왕께서 지으신 노래라 하니	恭聞此是孝廟御製曲
눈물 흘리며 엄숙히 읊으며 늘 격렬하게 슬퍼하네.	流涕莊誦恒激慨
신이 지금 이곳을 지나며 옛일을 생각하니	臣今過此想舊事

325 조정만, 「送金大有燕行序」, 『寤齋集』 卷三, 『한국문집총간』 속 51, 516면, 萬里咫尺, 慕名祖雪窖之節, 則思所以復讐之圖, 泣先王青石之歌, 則思所以刷耻之策.

눈앞의 경치는 여전히 바뀌지 않았다네.	眼前景色猶不改
강어의 해에 국운이 기울었으니	强圉之歲國步蹶
관과 신이 뒤바뀌어 천지가 어두워졌네.	冠屨倒置乾坤晦
함양의 포의를 어찌 차마 말하랴?	咸陽布衣尙忍言
심양관에서 몇 해를 근심하며 보내셨던가.	瀋館淹恤幾年載
깊은 근심 더해짐에 원대한 계획 넓히셨고	殷憂增益遠圖恢
대의가 밝아짐에 성상의 의지 더욱 단련되셨네.	大義昭明睿志淬
옛사람을 논하며 무제가 낫다 하신 말씀 따지지 말라	毋論尙論武帝勝
이 노래를 한번 들어 보면 비장함이 곱절이나 되네.	試聆此歌悲壯倍
만약 하늘이 순한 자를 도울 뜻이 있었다면	如令天意有助順
한 번에 중국 산천을 깨끗이 소탕할 수 있었으리.	一擧可以淸海岱
영안궁에서 유조를 내셨고	永安宮中遺詔出
덕이 같은 옛 신하도 곤경을 당하였네.	同德舊臣亦困殢
아, 오늘의 형세를 어이하랴?	嗚呼今日可奈何
의리가 점점 어두워지고 있네.	義理漸漸歸黮昧
조정에서는 선악의 말에 얼굴빛 바뀌니	朝廷動色善惡言
쫓겨난 신하가 갑자기 사행을 맡았다네.	放臣忽此充使价
지나는 길에 감회가 일어 짧은 글로 노래를 이으니	經途感懷續短章
근심 구름은 막막하고 요동 바다는 아득하네.	愁雲漠漠迷遼海[326]

한편 이의현이 김창흡의 운을 따서 지은 〈사행술회〉의 열한 번째 작품 〈초하구〉[327]에서는 〈영릉가〉의 격렬함을 말하고, "십 년의 와신상담"을 강조한 뒤에, 지사와 충신의 "분발"을 촉구하고 있다.

---

326 이의현, 〈過草河溝有感, 敬翻孝廟詞曲, 續以歌〉, 『陶谷集』 卷之三, 『한국문집총간』 180, 380면.

327 이의현, 〈紀行述懷, 次三淵韻, 其十一 草河溝〉, 『陶谷集』 卷之三, 『한국문집총간』 180, 388면, 尙憶寧陵歌激烈, 至今山河悲恨結. 咸陽布衣困殢多, 虎口終幸金軀脫. 薪膽十載壯圖空, 志士忠臣增奮發.

그리고 신광수의 〈또 부사가 남겨 준 시의 운에 답하다〉의 둘째 수에서는 "고려 사신의 기개가 무지개 같은데, 이번에 가면 연남에 술집이 비리. 비바람에 슬픈 노래 〈청석령〉은, 효종의 남긴 한이 요동에 가득하리."[328] 라고 읊고 있어서, 효종의 〈청석령가〉가 지닌 의미를 강조하고 있다.

그런데 소현세자의 〈청석령가〉가 봉림대군의 노래로 전승되게 된 사정에는 소현세자의 죽음과 봉림대군이 세자가 되어 보위에 오르고 10년 동안 북벌의 계획을 세웠던 사정과 연계하여 이해할 수도 있지만, 다른 한편 병자호란 당시에 북쪽으로 가는 세자를 호위했던 남선(1582~1654)의 행적을 자세히 살피지 않은 소홀함이 있다. 소현세자가 북쪽으로 갈 때 남선을 평안도 감사로 천거하자 바로 달려가 개경의 청석동에서 세자의 행차를 만나고, 볼모로 잡아가던 사람들을 1,000명이나 속환시켰으며, 세자를 압록강 너머 구련성까지 따라가 배웅하고 돌아왔다.[329] 그런데 남선의 종손(從孫) 남용익이 쓴 「남선의 묘지명」에서는 세자를 배웅하고 압록강 가에 앉아서 〈압강낙일지곡(鴨江落日之曲)〉을 지었다고 기록하고 있다.[330]

여기서 〈압강낙일지곡〉은 『청구영언』 221에 장현을 작자로 수록하고 있는 "압록강 히진 후에~"로 시작하는 작품이다. 그리고 남선이 청석동에서 세자를 만나고 구련성까지 따라가서 배웅한 점을 고려하면, 이 어름에 소현세자의 〈청석령가〉가 지어진 것으로 추정할 수 있다. 그래서 앞서 제시한 바와 같이 이 노래가 인조 임금에게 전해지고 인조가 답한 〈작구가〉가 등장하게 된 것으로 볼 수 있다. 그리고 〈청석령가〉의 초기 수습으로 추정할 수 있는 남구만(1629~1711)의 「번방곡」에서 〈청석령〉을 수록하면서 첫 줄을 "청석령 지나거냐, 구련성 어드메오?"[331] 로 기록하고 있

328 신광수, 〈又答副使留贈韻〉, 『石北先生文集』 卷之六, 『한국문집총간』 231, 319면, 高麗使者氣如虹, 此去燕南酒肆空. 風雨悲歌青石嶺, 孝宗遺恨滿遼東.

329 김육, 「이조판서남공신도비명」, 『잠곡유고』 제13권, 『한국문집총간』 86, 250~252면.

330 남용익, 「예조판서남공묘지명*병서」, 『호곡집』 권7, 『한국문집총간』 131, 367면.

331 남구만, 「번방곡」, 『약천집』 제1, 『한국문집총간』 131, 430면, 青石嶺已過 九連城何許.

으며, 숙종 20년(1694)에 사행에 참여했던 오도일(1645~1703)도 '청석령'-'구련성'의 구성을 말하고 있다. 그러나 소현세자를 탈락시키고 봉림대군(효종)을 작가로 내세우면서, 이 노래의 무대도 중국 대륙의 청석령과 옥하관, 초하구 등으로 교체된 것으로 볼 수 있다.

이렇듯 정치적 목적에 부합하도록 하거나 자기 당파의 이해를 생각하여 노래의 작가를 바꾸거나 노래가 지닌 의미를 다르게 해석하면서 그 의미를 강화하고자 하는 움직임이 18세기 정치·사회의 변동과 함께 일어나고 있었던 사실을 주목하면서 작가 비정이나 작품 해석에 주의를 기울여야 할 것이다. 『청구영언』을 비롯한 가집의 작가 비정에 이러한 태도가 작동하고 있는지 확인하고, 특히 무명씨로 수록하고 있는 작품들의 전승에도 관심을 가질 필요가 있다. 소현세자와 남선의 작품을 본래의 작가에게 돌려주는 일이 상식에 속하는 일이라는 것을 자각하는 과정이 중요한 과제가 될 것이다. 그런 점에서 『고금가곡』에서 〈압강낙일지곡〉을 남선의 작품으로 소개하고 있는 점도 새삼 주목할 필요가 있으며, 혹여 『고금가곡』를 엮은 송계연월옹의 실체를 추정하는 데에 참조할 수 있을 것이다.

4) 〈감군은〉을 통한 보답의 마음

〈감군은〉은 상진(1493~1564)이 지은 노래[332]로 알려진 것인데, 4장으로 구성되어 매 장마다 "역군은이샷다"의 관습적 표현을 쓰고 있고, 『악장가사』에 수록되었으며, 거문고 곡으로 널리 알려진 것이다.

실제로는 이에 앞서 김안국(1478~1543)이 이천에서 지내면서 거문고 곡으로 〈감군은〉[333]을 타는 것을 들었다고 하였으니 오랜 연원을 지닌 것으로 볼 수 있다.

---

332 상진, 〈感君恩曲 四章〉, 『泛虛亭集』 卷之五, 『한국문집총간』 26, 87면.

333 김안국, 〈琴者彈感君恩曲, 醉中感而有作〉, 『慕齋先生集』 卷之七, 『한국문집총간』 20, 132면, 玄琴一曲感君恩, 白首孤臣舞袖飜. 漢北迢迢空有夢, 年年湖海醉壺尊. 최재남, 「김안국의 향촌 생활과 시가 향유」, 『사림의 향촌생활과 시가문학』(국학자료원, 1997), 120~128면 참조.

그리고 이이(1536~1584)는 〈수미음〉 절구 4수를 지어서 〈감군은〉[334]이라 부르기도 하였고, 정철(1536~1594)도 〈감군은곡〉을 지었는데 〈백구사〉가 그것[335]이라고 하였다. 유숙(1564~1636)은 〈감군은〉 이십 운[336]을 지어서 원손의 경사와 임금의 천수를 기원하였다. 한편 이시발(1569~1629)은 노친에게 수작(壽酌)을 올리면서 〈감군은〉으로 표현[337]하기도 하였는데, 〈감군은〉의 주제가 군은에서 효친으로 때로 자경[338]으로 확대된 것으로 볼 수 있다.

17세기에는 〈감군은〉의 새로운 노랫말을 만들어서, 군은이나 수연 등에서 부르기도 하였는데, 남정중(1653~1704)의 〈감군은삼첩사〉, 이우의 〈감군은〉, 이은상이 영안공주의 수친연에서 새로 마련한 〈감군은〉, 이삼(1677~1753)의 〈감군은〉과 〈개시세〉 등이 그것이다.[339]

최석정(1646~1715)이 숙종 10년(1684)에 종실 평원령이 군으로 오른 것을 축하하는 자리에서 지은 〈하종실평원령유효수작승군〉에서 새로운 악보의 〈감군은〉을 말하고 있다.

선릉 사대의 왕손이 있는데	宣陵四代有王孫
흐린 세상에 의젓하게 풍모가 있네.	濁世翩翩器宇存

---

334 이이, 〈乞退蒙允, 感著首尾吟四絶, 名之曰感君恩. 癸酉〉, 『율곡선생전서』 卷之二, 『한국문집총간』 44, 32면.

335 이유원, 〈思美人曲〉, 『임하필기』 제38권, 「海東樂府」, 송강의 적거시에, "담쟁이도 드문 높은 산에서 생애를 보낸다.(生涯薜罕嶺)"라는 말이 있고, 〈감군은곡〉을 지었는데, 바로 지금의 〈백구사〉인 것이다.

336 유숙, 〈感君恩 二十韻〉, 『醉吃集』 卷之四, 『한국문집총간』 71, 76면.

337 이시발, 〈而闔帥遠來榮餞, 仍獻壽酌于老親, 余感于情, 作感君恩一曲〉, 『碧梧先生遺稿』 卷之一, 『한국문집총간』 74, 401면, 感君恩感君恩, 君恩幷天地, 世人孰無母, 世人孰無子, 君恩及母子, 今日獨我耳. 酒酣耳熱共起舞, 萬壽尊前三節度, 傳與南人作好語, 六年榮養今歸去.

338 이수광, 〈又次韻, 專及感君恩之意, 終之以自警〉, 『芝峯先生集』 卷之十七, 『한국문집총간』 66, 165면.

339 최재남, 『17세기 후반 정치·사회 변동과 시가사』(보고사, 2021), 160~167, 316~317면 참조.

수를 얻고 이미 주강의 고을을 넘겼는데　得壽已踰周絳縣
봉호를 받음은 이미 조평원을 깨뜨렸네.　疏封仍裂趙平原
높은 나이에 직질에 나아가니 금란이 비끼고　高年進秩橫金爛
노래자가 즐거움을 이어서 채색옷 입고 춤추네.　萊子承歡舞彩翻
하간의 새 악보를 듣노라니　聽說河間新樂譜
한 곡조 〈감군은〉을 타네.　一腔彈出感君恩[340]

이와 함께 채팽윤(1669~1731)의 〈감은가〉를 주목할 수 있는데, 숙종 17년(1691)[341]에 옥당의 여러 신하를 불러서 선온을 베푸는 자리에서 임금이 채팽윤이 지은 "평생에 임금 얼굴 모르고 지냈는데, 지척에서 옥지에 둘려 있는 꿈 꾸었네.(平生不識君王面, 一夢尋常繞玉墀)"라는 구절을 환기하면서, 야대에 특별히 부른 것은 바로 집안에서 부자와 같은 것이라고 하자, 채팽윤이 불세은광(不世恩光)을 입은 것이라 감읍하여, 〈감은가〉[342]로 표현한 것이다. 채팽윤의 〈감은가〉는 영조 24년(1748)에 종손(從孫) 채제공이 새로운 제도인 한림소시법에 따라 한림에 제배되면서 같은 영광[343]으로 이어졌다고 할 수 있다.

18세기의 〈감군은〉도 기존의 전통을 수용하면서 군은에 감사하고, 어제시까지 포함하여 시첩으로 엮기도 하고, 자신의 벼슬의 행적과 관련하여 모든 일을 기록하는 방향으로 확대되었다.

숙종 37년(1711)에 임금이 임상덕(1683~1719) 등을 불러서 어제를 내리고 시를 짓게 한 자리에서, 임상덕이 수석을 차지하여 초피(貂皮) 등을 받았는데, 군은에 감동하고 임금의 어제시까지 포함하여 〈신묘지희첩〉[344]

---

340 최석정, 〈賀宗室平原令惟敎壽爵陞君〉, 『明谷集』 卷之二, 『한국문집총간』 153, 451면.
341 『숙종실록』 23권, 숙종 17년 10월 11일(임신), 『국역 숙종실록』 13, 98면.
342 채팽윤, 〈感恩歌〉, 『希菴先生集』 卷之三, 『한국문집총간』 182, 49면.
343 채제공, 〈戊辰臘月, 拜翰林〉, 『樊巖先生集』 卷之二, 『한국문집총간』 235, 61면, 其三, 平康家世冠瓊班, 翰苑題名是祖孫 是祖孫. 鮫頰千行中夜淚, 百年重唱感君恩. *從祖希菴公以一夢之句, 蒙肅考特賜引對, 作感恩歌.

을 엮은 일을 살필 수 있다.

임상덕 등이 대신의 차자 때문에 인혐하여 나오지 않았다. 임금이 하교하여 추고하도록 특별히 명하고 다시 패초하니, 두 사람이 비로소 명을 받들고 와서 모였다. '친히 장차 전연(澶淵)에 행차한다.'는 시로 어제를 내어, 20운 배율을 지어 올리도록 명하고, 이어서 대제학 김진규를 불러 등급을 매겨 상을 차등 있게 내려주었다.[345]

임상덕이 지은 〈감군은〉의 내용은 다음과 같다.

운한이 회자를 밝히는데	雲漢昭回字
인간세상에는 만금의 보배이네.	人間寶萬金
상자를 열고 어기에 놀라는데	開函驚御氣
그림을 완상하며 천심을 보네.	玩畫見天心
도깨비를 보통 보호하고	鬼物尋常護
용안이 지척에 임하셨네.	威顔咫尺臨
소신은 복묘에 차탄하는데	小臣嗟福眇
지키면서 맡기 어려울까 두렵네.	持守恐難任[346]

그런데 〈감군은〉은 나아가 〈감황은〉과 연계하여 이해할 수 있을 터인데, 존주의 의리를 내세우면서 재조의 은혜를 베푼 명나라에 대하여 영조 16년(1740)에 〈감황은〉을 지어서 그 고마움을 드러내기도 한 것이 그 사례이다.[347] 영조 26년(1750)에도 대보단에 제를 올리면서 〈감황은〉

344 임상덕, 「辛卯志喜帖後跋 辛卯」, 『老村集』 卷之三, 『한국문집총간』 206, 64면.
345 『숙종실록』 50권, 숙종 37년 1월 6일(을미), 『국역 숙종실록』 26, 131면.
346 임상덕, 〈感君恩詩 辛卯〉, 『老村集』 卷之一, 『한국문집총간』 206, 16면.
347 『영조실록』 51권, 영조 16년 3월 12일(계축), 『국역 영조실록』 16, 249면.

30운[348]을 지어 내리기도 하였고, 영조 49년(1773)에는 세손과 함께 경봉각에 나아가 예를 행하면서 〈감황은송〉[349]을 받아쓰게 하였다.

한편 자신의 벼슬 행적을 기술하면서 모든 일을 〈감군은〉으로 정리한 경우를 조태억(1675~1728)의 〈전감군은 20수〉(1707)[350], 〈후감군은 70수〉(1726)[351], 〈추부 1수〉[352](1726)에서 살필 수 있다. 개별 작품마다 몽은(蒙恩)이나 승품(陞品) 등의 내용을 자세하게 기록하고 있어서, "정해년 이후의 20년 동안에 두루 거친 직책과 삼조에서 성대하게 지우를 받음과 아울러 천신이 일생 동안 충애의 정성"이 모두 군은의 덕분이라는 점을 망라함으로써 임금의 은혜에 감사하는 마음을 밝히고 있는 셈이다. 숙종과 경종 임금을 거치고 영조 임금에 이르기까지 정치적 격변을 겪으면서 자신의 삶을 돌아보는 기회로 삼은 것이기도 하다.

〈전감군은〉 스무 번째 내용과 〈후감군은〉 첫 번째 내용을 보도록 한다.

횃불로 어찌 태양을 도울 수 있으랴?	爝火那能助太陽
단심으로 다만 군왕을 사랑함을 안다네.	丹心只解愛君王
해마다 여름 부채와 겨울 책력은	年年夏扇兼冬曆
열 습을 보배롭게 간직하고 은혜와 영광을 자랑하네.	十襲珍藏詑寵光

* 오른쪽은 임금의 하사 영예이다.(右 榮君賜)

지난날 일찍이 〈감군은〉을 지었는데	昔年曾賦感君恩
하사하신 부채를 봉하여 적은 것이 상자 안에 있네.	賜扇題封篋裡存
이십 년 동안 은혜가 더욱 두터우니	二十年來恩益厚

348 『영조실록』 71권, 영조 26년 3월 5일(무신), 『국역 영조실록』 23, 33면.

349 『영조실록』 120권, 영조 49년 윤3월 19일(무인), 『국역 영조실록』 35, 48면.

350 조태억, 〈前感君恩 二十首 丁亥〉, 『謙齋集』 卷之二十二, 『한국문집총간』 189, 375면.

351 조태억, 〈後感君恩 七十首〉, 『謙齋集』 卷之二十二, 『한국문집총간』 189, 377면, 歷叙丁亥以後廿載踐歷之職, 三朝知遇之盛, 兼志賤臣一生忠愛之忱.

352 조태억, 〈其七十一 追賦〉, 『謙齋集』 卷之二十二, 『한국문집총간』 189, 377면.

새로운 작품으로 앞의 말을 이음이 없어야 되겠는가? 可無新作續前言

한편 권만(1688~1749)이 집안의 조카에게 보낸 글에서는 〈감군은〉 등을 익히는 방법에 대하여 밝히기도 하였다.[353]

그리고 정조 14년(1790) 4월 7일(정사)에 어사 최현중이 보고한 내용에서, "요즈음에는 촌락에서 또 〈감군은〉의 노래가 지어져 도처에 전파되었는데, 그들이 감격하여 보답할 것을 도모하여 험난함도 피하지 않으려는 뜻이 있습니다."[354]라고 한 것으로 보아, 민간에서도 〈감군은〉을 노래하면서 임금의 덕을 칭송하고 있음을 알 수 있다.

그리고 황윤석(1729~1791)이 영조 52년(1776)에 쓴 장석(1687~1764)의 행장[355]에서 장석이 방언으로 〈감군은〉 5편을 지었다고 하였다.

이외에도 강박(1690~1742)의 〈감군은 삼장〉[356], 이철보(1691~1770)의 〈감군은 삼첩〉[357], 이헌락의 〈태평감은가〉[358] 등을 들 수 있다.

이상에서 살펴본 바와 같이 〈감군은〉은 임금을 향한 발화라고 할 수 있는 "역군은"의 관습을 활용하여, 임금의 은혜에 감격하는 내면을 드러낸 것으로, 군은에서 효친으로 또 자경(自警)으로 또 역천(歷踐)에 이르기까지 다양하게 나타나며, 김구가 중종을 모신 자리에서 불렀던 노래 "나온다 금일이야~"[359]와 같은 맥락에 놓이며 옥당에서 임금의 절대적인 인정을 받는 상황을 기본으로 설정할 수 있는 노래라 할 수 있을 것이다.

---

353 권만, 「與族姪通卿」, 『江左先生文集』 卷之六, 『한국문집총간』 209, 176면.

354 『정조실록』 30권, 정조 14년 4월 7일(정사).

355 황윤석, 「嘉善大夫同知中樞府事樂窩張公行狀」 丙申, 『頤齋遺藁』 卷之十七, 『한국문집총간』 246, 385면.

356 강박, 〈감군은 삼장〉, 『菊圃先生集』 卷之二, 『한국문집총간』 속 70, 28면.

357 이철보, 〈感君恩 三疊〉, 『止庵遺稿』 冊二, 『한국문집총간』 속 71, 53면.

358 李樹仁, 〈和藥南翁[李憲洛]太平感恩歌 并序〉, 『懼庵先生文集』 卷之一, 『한국문집총간』 속 96, 30면.

359 최재남, 「김구의 남해 생활과 〈화전별곡〉」, 『사림의 향촌생활과 시가문학』(국학자료원, 1997), 163~168면.

6. 아회와 시사를 통한 정서의 집단 향유

1) 서원아집에 대한 기대

18세기 시가사를 이해하기 위하여 점검해야 할 사항은 뜻이 맞은 사람들이 함께 모여서 아회(雅會)를 베풀거나, 시사(詩社)를 결성하여 정서의 집단적인 향유를 중요하게 인식하고 있는 점이다. 탕평책에도 불구하고 같은 당파에 속한 사람들끼리 모이거나, 스승과 문하가 모임을 이어가는 경우, 대를 이어서 아버지에서 자식으로 이어지면서 모이는 경우, 비슷한 연배의 사람들이 모이는 경우, 신분의 차이에 따라 따로 모이는 경우 등을 주목할 수 있다.

18세기 문인들은 청나라에 드나들면서 연경에서 「서호아집화첩(西湖雅集畫帖)」 등을 구입하여 그 내용을 보면서 아집에 대한 기대를 키웠던 것으로 볼 수 있다. 이세백이 연경에서 구해 온 것을 그의 아들 이의현이 권상하에게 제발을 부탁하고 이를 다시 정호(1648~1737)에게 부탁하여 1706년 「서호아집화첩발」[360]을 작성한 데서 그 경과를 읽을 수 있다. 서호아집은 서원아집(西園雅集)을 가리키는 것인데, 송나라의 소식, 황정견, 진관 등 명사 16명이 모여서 연회를 베푼 것을 가리킨다. 이러한 추세로 뒷날 김홍도가 상상으로 〈서원아집도〉를 그리기도 하였다.

2) 종암수창과 동원아집 등

18세기에 몇몇 뜻이 통하는 사람들이 모여서 시를 짓고 시권을 마련한 경우를 우선 종암수창[361]에서 볼 수 있는데 영조 13년(1737)에 남유용, 오원, 이천보 등이 오원의 종암 별서에서 『종암수창록』을 마련한 것이다. 남유용의 『뇌연집』 권13에 「오백옥*원의 유종암시권의 뒤에 쓰다」와 「종

---

360 정호, 「西湖雅集畫帖跋」, 『丈巖先生集』 卷之二十五, 『한국문집총간』 157, 557면.

361 이천보, 「題鐘巖酬唱錄後」, 『晉菴集』 卷之七, 『한국문집총간』 218, 255면, 남유용, 「鐘巖詩卷跋」, 『雷淵集』 卷之十三, 『한국문집총간』 217, 287면.

암시권의 발문」이 있고, 이천보의 『진암집』 권1에 〈종암문회에서 덕재·백옥과 함께 짓다〉 20수가 실려 있으며, 권7에 『종암수창록 뒤에 쓰다」가 있다.

영조 44년(1768)의 동원아집(東園雅集)[362]은 이유수(1721~1771)의 동원 군자정에서 11명이 모임을 가진 것으로 「동원아집도」[363]까지 만들었는데, 영조 말년에 탕평책에 반대한 이른바 노론 청류에 속하는 인사들이 이유수의 동원(東園)에서 가진 모임을 그린 그림이다. 이유수를 비롯하여, 남유용, 윤급, 조돈, 윤시동, 이득배, 심이지, 김상묵, 김광묵, 송재경, 민종현, 유언호, 정일 등이 참석했다. 당파적 성격을 지향하는 모임이라 할 수 있다.

그리고 영조 14년(1738)에 조현명(1691~1752), 유엄이 중심이 되어 기린각에서 모임을 가지고 정내교를 초대[364]한 사례가 있고, 다른 날에도 조현명이 기린각에서 잔치[365]를 베풀기도 하였다.

풍암아집[366]은 정조 3년(1779) 정월에 풍고자 유광익(1713~1780)이 잔치 자리를 베풀고 오래도록 만나지 못한 14명을 초대하여 마련한 모임으로, 이수봉, 강세황 등이 참석하여 "친구들이 서로 아끼는 회포(親朋相愛之懷)"와 "좋은 날 함께 즐기는 흥취(良辰同樂之興)"를 편 것이다.

3) 종남사와 일기회

채제공은 영조 34년(1758) 경에 약봉 오광운이 관장하던 약봉의 풍단(楓壇)에 교예지회(較藝之會)[367]를 결성하였는데, 이 모임은 채팽윤의 동

---

362 유언호, 「東園雅集記*戊子」, 『燕石』 冊二, 『한국문집총간』 247, 20면.

363 남공철, 「李尙書東園雅集圖記」, 『金陵集』 卷之十二, 『한국문집총간』 272, 234면.

364 정내교, 〈元夜. 豐原趙相公與菁陽柳公*儼同會麒麟閣, 遣騎相邀, 拈韻共賦. *戊午〉, 『浣巖集』 卷之二, 『한국문집총간』 197, 518면.

365 박지원, 「서광문전후」, 『燕巖集』 卷之八, 「放璚閣外傳」, 『한국문집총간』 252, 121면.

366 신경준, 「楓巖雅集序」, 『旅菴遺稿』 卷之三, 『한국문집총간』 231, 44면.

367 채제공, 〈送五沙李公會按廉湖西〉, 『樊巖先生集』 卷之十八, 『한국문집총간』 235, 352

벽단시단(東壁壇詩壇)[368]과 오광운의 약봉시회(藥峯詩會)를 잇는 모임이라 할 수 있다. 약봉 풍단의 모임에는 "경사와 도의를 말할 수 없거나, 시를 할 수 없거나, 바둑과 거문고를 할 수 없거나, 산수와 연하를 평할 수 없으면 단에 오르지 못하도록"[369] 벽에 써놓았다고 한다.

이어서 채제공 등이 영조 49년(1773) 경에 결성한 시사인 종남사(終南社)[370]는 『정원록』[371]을 남기고 있어서 정원시사(貞元詩社)라고도 할 수 있는데, 그 구성원은 오대익, 유항주, 이정운, 족제 우공 형제, 조카 이유경, 종형 이수일, 조카 이주명 형제, 목만중, 심복, 강침, 유하원, 족질 홍리, 조시겸, 이종영, 목조수, 심경석, 최훤, 이수발, 이동욱, 한광전, 윤지승, 이익운, 이종섭, 이경, 우경모, 우석모, 이시수, 정범조 등이다. 그리고 백여 년이 지난 뒤에 이수일의 후손이 경자년에 시사를 이으면서 『속정원록』[372]을 만들기도 하였다.

채제공은 시사의 모임에서 일기회(一器會)[373]를 따로 만들었는데, 모일

면, 千尋藥峀護神京, 培得壇楓化國楨, 已是此身皆聖渥, 居然方岳又門生. 車前雨與東君協,*是日適立春 樓上心隨北斗明, 素月紅爐他夜會, 白頭吟望若爲情. *往年藥峯楓壇較藝之會. 公會㝡善鳴, 故篇內云. 「藥峯楓壇記」, 『樊巖先生集』 卷之三十四, 『한국문집총간』 236, 94면.

368 채팽윤, 〈東壁壇*爲諸生築詩壇於壁之東, 因以名之〉, 『希菴先生集』 卷之八, 『한국문집총간』 182, 157면.

369 채제공, 「藥峯楓壇記」, 『樊巖先生集』 卷之三十四, 『한국문집총간』 236, 94면, 不能譚經史說道義不宜上, 不能詩不宜上, 不能棋不能琴不宜上, 不能評騭山水煙霞不宜上.

370 채제공, 〈寄贈舊錦伯李公會謫赴康津〉, 『樊巖先生集』 卷之十九, 『한국문집총간』 235, 360면, 신광수, 〈得缶翁書, 報明發東歸, 致意鄭重, 感悵雜詠却寄〉, 『石北先生文集』 卷之四, 『한국문집총간』 231, 270면, 其四 臘月悲歌出漢京, 桐江立馬笑平生, 至今猶憶終南社, 垂老空慚海內名. 但使一人知己在, 無妨十畒與兒耕, 忠州更北原州近, 法正朱絃萬里情.*朱絃, 一作風流. 참조.

371 채제공, 「貞元錄序」, 『樊巖先生集』 卷之十一, 『한국문집총가』 235, 212면, 이남규, 「貞元錄跋」, 『修堂遺集』 冊七, 『한국문집총간』 349, 524면.

372 이남규, 「續貞元錄序」, 『修堂遺集』 冊六, 『한국문집총간』 349, 497면.

373 채제공, 〈社中以一器會爲令, 會者權尙書公著, 侍郞姪士逑, 尹侍郞彝仲, 李侍郞公會季受兄弟, 家具一器饌, 率歌妓卜夜以至, 余亦以一器與焉. 實風流雅會也〉, 『樊巖先生集』 卷之十九, 『한국문집총간』 235, 366, 一器誠眞率, 羣賢此會同, 白頭俄頃黑, 華燭

때 찬거리를 한 그릇씩 준비하여 참석하도록 하는 것이다. 음식과 함께 가기까지 대동하면서 풍류라고 하였다.

한편 〈십이월 십오일 밤에, 여러 사람과 아울러 모여서 운을 짚다〉의 아홉째 수에서,

높은 누각은 멀리 북쪽 성을 마주했는데	高閣迢迢對北城
흰 구름 걷히자 골목 문이 말쑥하네.	白雲分作巷門淸
새봄 울루로 상서를 내려 주길 재촉하고	新春鬱壘催頒瑞
납일의 은혜로운 환약은 또한 이름이 있네.	臘日恩丸亦有名
강호에 노닐려는 우리 도는 심히 아득한데	吾道江湖殊杳杳
천기는 매화와 버들에서 생생하게 넘쳐 나네.	天機梅柳欲生生
기풍이 쉬이 옮겨 감을 지금에야 알겠거니	如今始覺移風易
하내의 곳곳에서 노랫소리 들려오네.	河內謳傳幾處聲

* 당시에 젊은 사람들이 각각 시사(詩社)를 만들어서 그 숫자가 이루 말할 수 없이 많았으므로, 장난삼아 언급한 것이다.(時, 年少輩各結詩社, 不勝其多, 故戲及之)[374]

라고 하여, 당시에 젊은 사람들이 시사를 만드는 일이 많아서 그 숫자를 이루 말할 수 없음을 지적하고 있다.

4) 동음이호회와 〈사미인곡〉 한역

한편 김상숙(1717~1792)과 성대중이 중심이 되어 영조 49년(1773)~영조 50년(1774) 무렵에 동음(洞陰)[375]에서 시작한 모임이 경신년(1800)을 지나 순조 2년(1802) 이동병사(梨洞丙舍)의 모임까지 이어지면서 김

五更紅. 酒氣凌初雪, 歌聲裊細風, 笑君猶絆俗, 明日未央宮.

374 채제공, 〈十二月十五夜, 諸子並集拈韻〉, 『樊巖集』 卷之十一, 『한국문집총간』 235, 220면.

375 성해응, 「送金時明[箕常]序」, 『研經齋全集』 卷之十三, 『한국문집총간』 273, 303면, 「書梨湖丙舍志後」, 『研經齋全集』 卷之十一, 『한국문집총간』 273, 244면.

상숙의 아들인 김기상, 김기서와 성대중의 아들인 성해응까지 참여한 사례도 확인할 수 있다. 이들 모임의 이름을 동음이호회(洞陰梨湖會)[376]라 할 수 있을 것이다. 경신년 모임에는 이한진, 김홍도까지 참여하였다. 그리고 김상숙은 사부체로 〈사미인곡〉을 한역[377]하였으며, 성해응은 잡가요체[378]로 〈사미인곡〉을 한역하였다. 그리고 성해응이 김상숙의 한역을 보고 쓴 감회의 시 3수 중에서 첫째와 셋째를 들면 다음과 같다.

송강의 의리를 본받기 위하여	爲慕松江義
부녀자의 말을 버리고 옮겨서 이루었네.	翻成棄婦辭
노래로 읊으니 지방의 말이 섞이고	謳吟雜方語
고쳐 새롭게 하니 떳떳한 도리가 펼쳐지네.	點化發民彛
절절함은 상담의 울림이요	切切湘潭響
쓸쓸함은 초야의 생각이네.	凄凄草野思
선자가 지은 것을 공손하게 쓰니	恭書先子著
멀리 따르며 또한 임금을 슬퍼하네.	追遠亦君悲

우리나라 곡에는 가락과 조가 없어서	東曲無腔調
어찌 좋은 말을 펼 수 있으랴?	那能發好辭
번역하여 옮기니 곧 우아한 말인데	譯翻仍雅語
감격함은 곧 뜻이 같아지네.	感激卽同彛
글자가 고름은 남의 견해를 따름이요	字順從人見
시름이 깊음은 자기 생각이네.	憂深以己思
천추에 음과 절조가 멀어지니	千秋音節遠

376 洞陰梨湖會는 김상숙과 성대중이 중심이 된 동음의 모임에서 김기서와 성해응이 주축을 이룬 이호의 모임까지 2대에 걸친 모임이다.

377 성대중, 「書坯窩所譯思美人曲後」, 『青城集』 卷之八, 『한국문집총간』 248, 511면.

378 성해응, 「思美人曲解」, 『研經齋全集」 卷之一, 『한국문집총간』 273, 18면.

충성스런 뜻으로 이 슬픔을 함께 하네. 忠志共斯悲[379]

5) 악하풍류와 대은아집

악하풍류는 북악 아래에서 시회를 하면서 풍류를 즐긴 것을 가리키는 말로 김용겸(1702~1789)[380]을 주축으로 이루어진 모임이며, 이병연이 세상을 떠나면서 쇠퇴하게 되었다.

대은아집은 대은암을 중심으로 한 모임으로 남곤·박은을 거쳐 중엽에 신응시가 주관을 했으며 다음 시기에 김창협·김창흡이 주관했고 이병연이 뒤를 이은 악하의 풍류가 이병연(1671~1751)이 세상을 떠나면서 쇠퇴하게 되었다.

박지원이 영조 34년(1759)에 이구영, 이희천의 족숙부인 이서영, 한문홍 등과 창수[381]하였으며, 신해년(1791)에 대은암에 9인이 모여서 시를 짓고 모임을 가지기도 하였는데, 이한진과 성대중[382]이 중심 역할을 했다. 악하풍류와 대은아집 등을 통하여 이한진은 『청구영언』(연민본)을 엮어서 이곳에서 함께 활동한 사람들의 작품을 수록하기도 하였다.

비성아집[383]은 신해년(1791)에 박지원, 이한진, 서배수, 홍원섭, 이시원, 이명연, 이홍상, 이덕무, 성대중 등이 교서관을 가리키는 비성에서 풍류를 즐긴 것으로, 이때 오재순이 내각의 제학이었다.

그리고 송원아집[384]은 이명원(1745~1841)이 임진년(1772) 여름에 반수의 벽송정에서 가자, 소자, 금자, 화자 등과 함께 모인 것인데, 이홍상이

---

379 성해응, 〈謹題坯窩金公*相肅翻思美人曲〉, 『研經齋全集』 卷之五, 『한국문집총간』 273, 96면.

380 성해응, 「金用謙」, 『研經齋全集』 卷之四十九, 『한국문집총간』 275, 30면.

381 박지원, 「大隱菴唱酬詩序」, 『燕巖集』 卷之三, 『한국문집총간』 252, 61면.

382 성대중, 『大隱雅集帖跋』, 『青城集』 卷之八, 『한국문집총간』 248, 499면.

383 성대중, 「秘書贊屛記」, 『青城集』 卷之七, 『한국문집총간』 248, 473면, 홍원섭, 〈秘省雅集, 疊前韻〉, 『太湖集』 卷之二, 『한국문집총간』 속 100, 397면, 燕巖朴美仲, 李懋官, 朴次修, 柳惠甫, 王流弟, 青城及余會者七人.

384 이명원, 「송원아집첩」, 『耕窩稿』 권4, 『延李文庫』 6, 65면.

추가로 화운하였고, 이민보(1720~1799)의 비평이 있다.

그리고 홍대용의 집 유춘오에서 모인 유춘오악회[385]는 홍대용이 세상을 떠난 정조 7년(1783) 이전에 이루어진 것으로 '악회(樂會)'라는 이름을 쓰고 있으며, 홍대용을 비롯하여 홍경성, 이한진, 김억, 보안, 유학중, 김용겸, 홍원섭, 성대중 등이 참여하였다. 박지원도 「하야연기」[386]에서 국옹(이한진?), 풍무(김억) 등과 홍대용 집의 모임에 참석하였다고 기록하고 있으며, 이덕무, 거문고 고수 연익성에 대해서도 언급하고 있다.

6) 죽란시사

죽란시사[387]는 정약용과 채홍원(1762~?) 등이 1791년[388] 또는 1794년[389]에 맺은 시사로 이들보다 4년 많은 사람으로부터 4년 적은 사람까지만 모임을 가졌으며, 모두 15인인데, 이유수, 홍시제, 이석하, 이치훈, 이주석, 한치응, 유원명, 심규로, 윤지눌, 신성모, 한백원, 이중련, 정약전 정약용 형제, 그리고 채홍원 등이다. 그리고 모이는 시기에 대하여 "살구꽃이 처음 피면 한 번 모이고, 복숭아꽃이 처음 피면 한 번 모이고, 한여름에 외가 익으면 한 번 모이고, 초가을 서늘할 때 서지(西池)에서 연꽃 구경을 위해 한 번 모이고, 국화가 피면 한 번 모이고, 겨울철 큰 눈이 내리면 한 번 모이고, 세모에 분매가 피면 한 번 모이되, 모임 때마다 술·안주·붓·벼루 등을 설비하여 술 마시며 시 읊는 데에 이바지한다. 모임은 나이 적은 사람부터 먼저 모임을 마련하여 나이 많은 사람에 이르되, 한 차례 돌면 다시

---

385 성대중, 「記留春塢樂會」, 『青城集』 卷之六, 『한국문집총간』 248, 466면, 홍원섭, 「題湛軒留春塢, 塢在永禧殿北垣之外」, 『太湖集』 卷之三, 『한국문집총간』 100, 411면.

386 박지원, 「夏夜讌記」, 『燕巖集』 卷之三, 『한국문집총간』 252, 62면.

387 정약용, 「竹欄詩社帖序」, 『여유당전서』 第一集 詩文集 第十三卷, 『한국문집총간』 281, 275면.

388 강지혜, 「새로 발굴된 한문학 시가 자료의 동향과 전망」, 『문화와 융합』 38(5)(한국문화융합학회, 2016), 325~356면.

389 안대회, 「다산 정약용의 竹欄詩社 결성과 활동양상 – 새로 찾은 竹欄詩社帖을 중심으로」, 『대동문화연구』 83(성대 대동문화연구원, 2013), 93~130면.

그렇게 한다. 아들을 낳은 사람이 있으면 모임을 마련하고, 수령으로 나가는 사람이 있으면 마련하고, 품계가 승진된 사람이 있으면 마련하고, 자제 중에 과거에 급제한 사람이 있으면 마련한다."라고 약속하였으며, 채제공이 이 일을 듣고 크게 감탄하기를, "훌륭하다, 이 모임이여! 내가 젊었을 때 어찌 이런 모임이 있을 수 있었으랴. 이는 모두 우리 성상께서 20년 동안 선비를 기르고 성취시키신 효과이다. 늘 모일 적마다 성상의 은택을 읊어서 보답할 방법을 생각해야지, 한갓 곤드레만드레하여 떠드는 것만 일삼지 말라."라고 한 점 등으로 보아, 남인들의 정치적 결사의 하나였다고 할 수 있다. 그리고 한백원이 소장한「익찬공서치계첩」[390]에는 구성원의 서치(序齒)와 사약(社約)이 수록되어 있다.

7) 모임을 그림으로

북동아회[391]는 오재순(1727~1792)이 영조 20년(1744)에 북산 아래에서 독서할 때 8명이 모인 모임으로 뒷날 이인상이 그림으로 그린 것을 정조 16년(1792) 봄에 아이들이 구해서 보여준 것이다. 김순택, 오찬, 이윤영, 이인상, 오재순, 오재유, 오재륜, 이원대 등이 참석하였다.

그리고 강세황(1713~1791) 등이 영조 36년(1759)에 해유(海遊)를 하면서 마련한 해산아집[392]은 하포(蝦浦)에서 모여서 출발한 것인데, 서임보 등이 안산에서 왔으며, 각각 오언 율시 한 수씩을 짓고 그림으로도 그렸다.

그리고 1791년의 세검정아집[393]은 서유구가 이면백, 이의준, 이덕무 등과 함께 참석하고 김홍도가「세검정아집도」를 그렸다. 정자 바깥에 6명, 정자 안에 5명이 있으며, 정자 안의 시 다섯 수는 금릉자(金陵子), 홀원자

390 위와 같은 곳.

391 오재순,「北洞雅會圖後識」,『醇庵集』 卷之六,『한국문집총간』 242, 484면.

392 강세황, 〈海山雅集〉,『豹菴稿』 卷之三,『한국문집총간』 속 80, 362면,「書海山雅集帖」,『豹菴稿』 卷之五,『한국문집총간』 속 80, 393면.

393 서유구,「題洗劒亭雅集圖」,『楓石鼓篋集』 卷第六,『한국문집총간』 288, 288면.

(笏園子[서노수]), 우초자(雨蕉子[박시수])와 한생, 이생이 지은 것이다.

아회와 시사의 모임을 그림으로 남기는 일은 모임을 기념하고 뒷날 회고하기 위한 일로, 앞에서 노론 청류들의 모임에서 동원아집도를 마련한 사례도 참조할 수 있다.

8) 위항 중인들의 시사

다음 위항 중인들이 모여서 시를 지은 옥계아집[394]은 옥계시사 또는 송석원시사의 모임을 가리키는데, 위항 중인인 천수경이 정조 10년(1786)에 자신의 집인 송석원[395]에서 송석원시사를 결성하였다. 이외에도 서사(西社), 서원시사(西園詩社) 등으로도 불린다. 이들은 시사에서 시를 지을 뿐만 아니라 위항 시인들의 시선집을 엮어서 정조 21년(1797)에 『풍요속선』을 엮었는데, 홍양호, 정창순, 이가환의 서문과 정이조, 이시선, 홍의영, 이덕함의 발문을 수록하고 있다.

---

394 장혼, 「玉溪雅集帖序」, 『而已广集』 卷之十一, 『한국문집총간』 270, 542면.

395 박윤묵, 「松石園記」, 『存齋集』 卷之二十三, 『한국문집총간』 292, 457면.

7. 소품 지향의 의미와 악부를 통한 현실 반영

1) 소품의 의의와 그 성격

정조 15년(1791)에 양사에서 이단을 비난하는 상소를 올리자 좌의정 채제공이 홍낙안의 편지를 근거로 "엄하게 대처하고 밝게 살피시어 어느 한쪽으로 치우치지 않는 정치를 밝히"라는 차자를 올리자, 정조 임금은 "서양학을 금지하려면 먼저 패관잡기부터 금지해야 하고 패관잡기를 금지하려면 먼저 명말 청초의 문집들부터 금지시켜야 한다."[396]라고 비답을 내렸는데, 여기서 패관잡기는 이른바 '패관 소품'을 가리키는 것이라 할 수 있다.

패관 소품은 대체로 깊은 내용을 여러 가지로 쉽고 잡다하게 표현하며, 간혹 생동감 있게 사실을 기술하거나 감정을 그려낸 짧은 산문 형식을 가리키는데, 박지원(1737~1805)이 남공철(1760~1840)에게 보낸 편지에서 그 자세한 내막을 알 수 있다.

> 게다가 본성마저 게으르고 산만해서 수습하고 단속할 줄 몰라, 자기도 모르는 사이에 화로(畵蘆)·조충(雕蟲) 따위의 잔재주가 이미 자신을 그르치고 또한 남까지 그르쳤으며, 부부(覆瓿)·호롱(糊籠)에나 알맞은 글로 하여금 혹은 잘못된 내용이 전파됨에 따라 더욱 잘못되도록 만들었습니다. 차츰차츰 패관 소품으로 빠져든 것은 저도 모르게 그렇게 된 것이요 이리저리 굴러다니다가 위항에서 흠모를 받게 된 것도 그러길 바라지 않았는데 그렇게 되고 만 것이었습니다. 문풍이 이로 말미암아 진작되지 못하고 선비의 풍습이 이로 말미암아 날로 퇴폐하여진다면, 이는 진실로 임금의 교화를 해치는 재앙스러운 백성이요 문단의 폐물이라, 현명한 군주가 통치하는 시대에 형벌을 면함만도 다행이라 하겠지요.

---

396 『정조실록』 33권, 정조 15년 10월 24일(을축).

제 자신은 웅대하고 전중한 문체를 거역하면서 후생들이 고문의 법도를 계승하려 하지 않음을 탄식하고, 벌레 울고 새 지저귀는 소리나 좋아하면서 '옛사람들은 듣지도 못한 것이다.'라고 말했으니, 이로 말하자면 나나 그대나 마찬가지로 죄가 있다 하겠소. 지금에 와서는 도깨비가 요술을 못 부리고 상곡(桑穀)의 재앙이 저절로 소멸되게 되었으니, 그 본심을 따져 보건대 비록 잔재주에 놀아난 결과이기는 하지만 이는 진실로 무슨 심보였던가요? 스스로 종아리를 치며 단단히 기억을 해야겠소.[397]

사실 이러한 편지를 쓰게 된 이유는 임금의 명을 받고 남공철이 박지원에게 편지를 보냈기 때문이다.

어제 경연에서 천신에게 하교하시기를,

"요즈음 문풍이 이와 같이 된 것은 그 근본을 따져 보면 모두 박 아무개의 죄이다. 『열하일기』는 내 이미 익히 보았으니 어찌 감히 속이고 숨길 수 있겠느냐? 이자는 바로 법망에서 빠져나간 거물이다. 『열하일기』가 세상에 유행한 뒤에 문체가 이와 같이 되었으니 당연히 결자해지하게 해야 한다."

하시고, 천신에게 이런 뜻으로 집사에게 편지를 쓰도록 명령하시면서,

"신속히 순수하고 바른 글 한 편을 지어 급히 올려 보냄으로써 『열하일기』의 죗값을 치르도록 하라. 그러면 비록 남행 문임이라도 주기를 어찌 아까워하겠는가? 그렇지 않으면 마땅히 중죄가 내릴 것이다."

하시며, 이로써 곧 편지를 보내라는 일로 하교하셨습니다.[398]

결국 박지원의 『열하일기』가 패관 소품의 주범으로 인식된 것이고, 정

397 박지원, 「答南直閣*公轍書」, 『燕巖集』 卷之二, 『한국문집총간』 252, 35면.
398 위와 같은 곳, 「原書附」.

조의 문체 반정에 대척하는 지점에 이러한 패관 소품이 놓여 있으며, 정조는 명말 청초의 이러한 소품체가 서양학과 동궤라고 판단한 것이다.

박지원은 어떤 사람에게 보낸 편지에서, 소품이 지닌 특성을 다음과 같이 말하고 있다.

> 평소 문학에 있어서는 비평 소품을 보기 좋아하여 애써 찾는 것은 오직 오묘한 지혜의 깨달음이요, 자세히 음미하는 것은 모두 신랄하기 짝이 없는 어휘들인데, 이런 것들은 비록 젊은 시절 한때의 기호이기는 하지만 차츰 노숙해지면 저절로 없어지게 마련이므로, 심각하게 말할 것까지는 없네.
>
> 그러나 대체로 이런 문체는 전혀 법칙이 없고 그다지 고상하지 못한 것이네. 명나라 말의 문식만 성행하고 실질은 피폐해진 시대에 오·초 지역의 잔재주는 있으나 덕이 부족한 문사들이 기괴한 설을 짓기에 힘써, 한 문단의 풍치나 한 글자의 참신한 말이 없는 것은 아니지만, 내용이 빈곤하고 자질구레해서 원기라고는 찾아볼 곳이 없는 것이네. 그런즉 예부터 내려오는 오·초 지역 촌뜨기들의 괴벽스러운 짓거리요 추잡스러운 말투이니, 어찌 본받을 만한 가치가 있겠는가.[399]

그리고 정조 16년(1792) 10월에 내린 전교에서 초계문신 남공철의 대책에서 패관 문자를 인용한 사실을 지적하면서 가훈을 어기고 임금의 명령도 저버렸다고 말하고 있다. 이보다 앞서 정조 11년(1787) 연간에 이상황과 김조순이 예문관에서 함께 반직(伴直)하면서 당나라와 송나라 때의 수많은 문장가들의 소설과 『평산냉연』 등의 서적을 가져다 보면서 한가롭게 시간을 보냈는데, 임금이 주서를 통해 확인하고 이 서적들을 불태웠

---

399 박지원, 「與人」, 『燕巖集』 卷之三, 『한국문집총간』 252, 75면, 平日於文學好看, 批評小品, 探索者, 惟是妙慧之解, 深味者, 無非尖酸之語, 此等雖年少一時之嗜好, 漸到老實, 則自然刊落, 不必深言, 而大抵此等文體, 全無典刑, 不甚爾雅, 明末文勝質弊之時, 吳楚間小才薄德之士, 務爲吊詭, 非無一段風致隻字新語, 而瘦貧破碎元氣消削, 則古來吳傖楚儂之畸蹤竊跡, 齉唾淫咳, 何足步武哉.

으며, 이때 남공철이 지은 대책에 소품의 어투를 인용한 것으로 인해 마침내 이상황에게 함사를 보내어 그 대답을 보고하도록 명하였던 것이다.

> 승정원이 서학 교수 이상황에게 함사를 보내어 받은 대답을 아뢰니, 전교하기를,
> "일전에 초계 문신 남공철의 대책을 보니 패관 문자를 인용하였고, 상재생 이옥(李鈺)이 지은 표문은 순전히 소품의 체재를 본받고 있었다. 이옥이야 보잘것없는 일개 유생이니 심하게 꾸짖을 것까지는 없었지만 그래도 대사성을 특별히 신칙해서 승상(陞庠)의 시부까지도 이렇게 바르지 않는 문체는 엄히 금하게 하였다. 그런데 명색이 각신이고 문청공(文淸公, 남유용)의 아들이라는 자가 가훈을 어기고 임금의 명령도 저버린 채 이처럼 금령을 범하는 짓을 하였으니 어찌 통탄스럽고 놀랍지 않겠는가."[400]

서장관으로 연행에 참여했던 김조순의 함사까지 받고 내린 비답이다.

> 내각이 동지 서장관 김조순의 함사를 아뢰니, 비답하기를,
> "어느 누군들 허물이 없겠는가. 허물을 고치는 것이 중요하다. 정자와 장자는 대현인데도 사냥하는 이를 보면 사냥하고 싶은 생각을 끊지 못하였고, 어린 시절에 손자와 오기의 병서를 좋아하였다. 대체로 학자들은 자질이 훌륭하면 심원한 것에 힘쓰고 재주가 뛰어나면 딴 데로 내달리는 법이니, 그르다는 것을 알아 고치는 것을 꺼리지 않고, 고쳤다면 차후에 그런 잘못을 다시 범하지 않으면 되는 것이다. 이 함사를 보니, 문체가 바르고 의미가 풍부하여 자못 무한한 뜻이 있음을 알았다. 그리하여 촛불을 밝히게 하고 밤이 깊도록 반복하여 읽으면서 무릎을 치곤 하였다. 저 흐물흐물하여 도리어 졸렬해진 남공철의 대답이나 번지르르하여 듣기에만 좋은 이상황의 말

400 『정조실록』 36권, 정조 16년 10월 24일(기축).

이나 꺼칠꺼칠하여 이해하기 어려운 심상규의 공초는 특히 모두 입에 발린 소리로 자기를 변명하기 위해 억지로 한 말이다. 하지만 김조순 이 사람만은 할 것은 하겠다고 하고 하지 않을 것은 하지 않겠다고 하였으니, 자신을 속이거나 나를 속이려고 함이 없음을 분명히 알겠다. 이 판부를 급히 역마를 보내 알려서 그로 하여금 마음 놓고 길을 떠나 더 나아진 모습으로 돌아오게 하라." 하였다.[401]

한편 정조 16년 임자(1792) 11월에 이동직의 상소에 대한 비답에서,

먼저 이가환의 문제부터 말하는 것이 좋겠다. 그대는 가환의 문체가 경전을 쓸모없는 것으로 여긴다는 말로 얘기를 삼았는데 그것이 바로 내가 한마디 하고 싶으면서도 못하고 있던 문제였다. 그런데 그대가 그 말을 하니 참으로 이른바 가려운 곳을 긁어주는 격이다.

대체로 우리나라가 비록 작으나 많은 백성이 팔역에 살고 있다. 그들을 다스리는 방법은 불과해야 나는 것들은 나는 것대로 물속에 잠겨 사는 것들은 잠겨 사는 대로 그들의 본성을 거스르지 않게 하고 모난 것은 모난 대로 둥근 것은 둥근 대로 기량에 따라 쓰면 그뿐인 것이다. 그것이 바로 형편에 따라 잘 이용하는 방법인 것이다. 주 부자의 문장은 하늘 같고 땅 같고 바람 같고 구름 같으며, 권도와 정도를 적절하게 쓰고 천지의 기운을 닫았다 열었다 할 수 있는 큰 역량을 소유하여 오계의 누추함을 완전히 씻어버리고, 천 명의 대군을 깨끗이 물리치며, 그 맛이란 고기를 씹는 맛이요, 그 용도는 베나 비단처럼 쓰여져, 그 글을 읽노라면 마음이 상쾌해지고 맑아져서 마치 증점의 비파 소리와 안자의 거문고 소리를 듣는 듯하다. 그리하여 한 번 책을 펼쳐 들면 종묘와 백관을 본 듯이 훌륭하고 장엄한 것이다. 그러나 왕양명은 유도에 가까운 자품을 타고났으면서도 너무 지나친 데가 있어

401 『정조실록』 36권, 정조 16년 11월 8일(계묘).

오로지 양지에만 전력하고 반약만을 힘쓰면서 문학이라곤 아예 덮어두었다. 태원에서 뛰놀던 말이 그 높은 총령 사이를 내닫고 어디에서 온 새 깃발이 개울가 보루에 이채를 보이는 듯하였으나 끝내 성인의 문에서 버림을 당하지 않았던가.

더군다나 그 밑으로 내려와서 비속하고 음란하면서도 그럴싸한 맛을 지닌 자질구레한 패관 소품들을 입 가진 사람이면 한 마디씩 해보지만, 그것은 가령 귀자(龜玆)나 부여(夫餘) 같이 작은 나라들이 제각기 제 나름대로의 모양을 갖추고 있는 듯이 보이지만 모기 눈썹이나 달팽이 뿔 정도로 보잘것없는 것과 같다. 그런데 그것을 집집마다 찾아가서 그 오류를 바로잡고 사람사람 다 만나서 그 틀린 점을 일정하게 고쳐주기로 들면 그 윗사람이 된 자가 너무 힘들지 않겠는가.

◇

저 가환으로 말하면 일찍이 좋은 가문의 사람이 아닌 것도 아니었지만 백 년 동안 벼슬길에서 밀려나 수레바퀴나 깎고 염주 알이나 꿰면서 떠돌이나 시골에 묻혀 지내는 백성으로 자처하였던 것이다. 그러자니 나오는 소리는 비분강개한 내용일 것이고 어울리는 자들이라곤 우스갯소리나 하고 괴벽한 짓이나 하는 무리일 것 아닌가. 주위가 외로우면 외로울수록 말은 더욱 편파했을 것이고 말이 편파적일수록 문장도 더욱 괴벽했을 것이다. 그리하여 오채(五采)로 수놓은 고운 문장은 당대에 빛을 보고 사는 자들에게 양보해 버리고 이소경이나 구가를 흉내냈던 것인데 그것이 어찌 가환이 좋아서 한 짓이었겠는가. 조정이 그를 그렇게 만든 것이다.

◇◇

마침내 내가 복을 모아 백성들에게 나누어 준다는 기자의 홍범을 길잡이로 하고 거룩한 공적과 신비로운 교화를 남기신 선왕의 뒤를 이어 침전에다 특별히 탕탕평평실이라는 편액을 달고 정구 팔황(庭衢八荒) 네 글자를 크게 써서 여덟 개의 창문 위에다 죽 걸어 두고는 아침저녁 눈여겨보면서 나의 끝없는 교훈으로 삼아오고 있다. 그리하여 한미한 집안의 누더기를 걸친 자들을 초야에서 뽑아 올렸는데 가환은 그 가운데 한 사람인 것이다. 그대는 가환에 대해 말하지 말라. 가환은 지금 골짜기에서 교목으로 날아 오른 것이고 썩은 두엄에서 새롭게 변화한 것이다. 그의 심중을 통해 나오는 소리가 왜 점차 훌륭한 경지로 들어가지 못할 것이라고 근심하는가. 설사 가환이 재주가 둔하여 사흘 동안에 괄목할 만한 성장이 없다손 치더라도 그의 아들이나 손자가 또 어찌 번번이 양보만 하고 스스로 자신의 목소리를 훌륭하게 내지 않겠는가.

맹단에 올라 주도권을 잡고 긴긴밤 흐리멍텅한 꿈 속에서 대일통(大一統)의 권한을 다시 밝히는 것을 자기 책임으로 삼으리라고 나는 생각하고 있다. 준수한 백성도 있고 우둔한 백성도 있어 먼저 깨닫고 늦게 깨닫는 차이는 있으나 일단 깨닫고 나면 같은 것이다. 설사 혹 아둔하여 탈을 벗지 못하는 자가 그 사이에 끼어 있다 하더라도 그것은 단지 태양 앞에 횃불이며, 군자에게 있어 소인이고, 고니에게 있어 땅 속의 벌레인 것이니 주인은 주인 노릇하고 손은 손 노릇하면 그것으로 족한 것이다.

그래서 공자가 『시경』 3백 11편을 편집하면서 상간·복상의 시를 법도에 맞고 의미심장한 대아 사이에 함께 끼워 넣었던 것이다. 오늘 이 정성이 담긴 깨우침을 들은 자들이 상대를 이해하려고 하는 마음에 느낌을 받고 구비하기를 바라는 것에 대해 경계하여 저도 모르는 사이 날로 선한 데로 옮아가 집집마다 듣기 좋은 소리가 있게 된다면 나는 그것이 나라의 운명을 영원하도록 하늘에 비는 근본이라고 말할 것이다.[402]

그런데 『일성록』에는 ◇와 ◇◇에 다음과 같은 내용이 추가되어 있다.

◇

내가 근일에 치세에 관한 좋은 소리를 듣고자 해서 맨 먼저 젊은 한두

402 『정조실록』 36권, 정조 16년 11월 6일(신축).

문신들을 등용하여 일깨우고 경계시키도록 하였다. 이들은 대대로 사륜을 관장해 온 남공철과 집안에서 유학의 예교를 전수 받아 온 김조순과 서연에 참여했던 옛 궁료의 아들인 이상황과 심상규이다. 이들이 무젖어 있는 것은 높은 벼슬을 얻기 위한 작품들이고 외우고 익혀 온 것은 빙문할 때 응대하는 문체이니, 너무 앞서는 자는 조금 낮추고 모자라는 자는 좀 더 노력해서 참으로 각각 자신의 재능을 발휘했어야 한다. 만에 하나라도 송나라를 버리고 월나라에 가거나 중화의 문물을 오랑캐의 풍속으로 변화시킴으로써 정도를 말미암지 않고 본말을 전도시키는 것이 있었다면 문교를 펴는 데에 해가 되고 그 선대의 사업을 욕되게 한 셈이니, 어찌 다만 뜻하지 않은 작은 과오이겠는가. 그들은 명문가의 자제로서 눈 깜짝할 사이에 성균관 대사성과 홍문관, 예문관의 제학을 쉽게 차지할 것이다. 과거를 주관할 때 많은 선비들을 그르치고 글을 윤색할 때 왕언을 욕되게 하는 것은, 이것이 이른바 훌륭한 악기로 비속한 노래를 연주하고 좋은 술을 토기에 붓는다는 것이다. 성균관과 관각의 높은 자리를 한결같이 이들에게 맡겼다가 잘못되게 한다면 이들을 북쪽 변방에 정배하더라도 어찌 족히 속죄할 수 있겠는가.

◇◇

성대중과 오정근이 공경히 올바른 길에 나아간 것을 내가 평소에 좋아해서 점수를 이중으로 똑같이 주고 포상하는 뜻으로 윤음을 내렸으며, 박제가와 이덕무로 말하면 많은 단점을 버리고 장점을 써서 또한 양지로 향하는 창문을 열어 주었다. 성대중과 박제가와 같은 무리들은 그만두고라도 요행히 이름을 드날린 자로 그 사이에 최립 같은 사람들이 있는데 이들도 얻기 어려운 사람이라고 한다. 하늘이 인재를 낼 때 지위를 한정하지 않으니, 어찌 또한 최필공이 자신을 그르치고 그의 무리들까지 무수히 그르쳐 놓은 것을 돌이켜 살피지 않는 것인가. 이는 모두 이른바 그 본성을 거스르지 않고 각기 그 기량에 적합하게 해 줌으로써 그들이 함께 황극에 회귀할 것을 기약하는 묘책인 것이다.[403]

정조 임금은 패관 소품이 명말 청초의 문집에서 비롯된 것이며 결국 서양학과 연계되는 것이므로 이단이나 사학에 해당하는 것으로 판단하고, 이러한 소품에 물든 이상황, 김조순, 남공철, 심상규, 박지원 등에게 가학의 전통을 강조하면서 벼슬자리를 주어서 반성하는 글을 쓰게 하면서까지 경전을 중시하는 문풍을 진작하는 방향으로 유도했다.

그러나 시대가 바뀌고 있는 흐름을 읽으면서 현실에 대처하는 데에 지혜를 발휘하지 못한 것이 아닌가 하는 아쉬움이 있다. 명말 청초에 소품의 문체가 중국에서 크게 유행하고 있었고, 서양인을 통해 천주학이 들어와서 천주당을 세우고 역법을 중심으로 서양학이 크게 퍼지고 있었던 시기이기 때문이다. 정조는 스스로 독서를 통하여 익힌 학문을 바탕으로 모든 문제에 있어서 신하들보다 더 알고 있다는 자신(自信)이 문제 해결을 어렵게 한 것일 수도 있다. 가학을 바탕으로 박학했던 이가환이 서학에 관심을 가지게 된 연유를 되새겨 보았으면 좋았을 것이다.

2) 악부를 통한 현실 반영

정조 21년(1797) 11월에 강이천(1769~1801) 등이 천안에 있으면서 해랑(海浪)의 적들의 소설(騷屑)스러운 말로 시골 사람을 속여 의혹시키고 있다는 소문으로 조사하게 하였는데, 임금은 다음과 같이 이른다.

> 이 일은 진실로 한 번 웃음거리도 되지 못한다. 강이천은 내가 일찍이 여러 차례 보았는데, 경박하고 행검이 없는 무리에 지나지 않았다. 재예가 조금 있어 때로 반시(泮試)에 참여하였는데, 그 문체를 보니 슬프고 가냘프며 들뜨고 경박한 것이 전적으로 소품이었다. 그래서 연전에 중신 이병정에게 위임하여 상사(庠舍)에 두고 6, 7명의 유생과 경전의 문자를 교습하게 하였는데, 그 뒤 응제에 한 번도 참방된 적이 없었다.[404]

---

403 『일성록』, 정조 16년 11월 6일(신축), 『국역 일성록』 정조 108, 126~127면.

그리고 형조에서 신문을 한 뒤에 김건순은 김상헌의 후손이라고 죄를 면하게 하고, 강이천, 김려(1766~1822) 등을 유배지로 보낸다.

그런데 정조 23년(1799)에 대사간 신헌조가 아뢰는 말을 들으면 이미 불순한 무리로 이가환, 권철신, 정약종을 지목하면서 김려와 강이천을 두고 "취향은 다르나 길을 같이하고 얼굴은 다르나 배짱은 맞는 자"라고 공격하고 있다. 당파는 다르지만 서학에 물든 것은 같다고 본 셈이다.

대사간 신헌조가 아뢰기를,

"비록 성상께서는 모든 사람들을 포용하여 기르려는 어진 마음으로 반드시 불순한 무리들을 교화시켜 올바른 백성으로 만들고자 하더라도, 저 인륜을 끊어버린 무리들은 이미 군신 부자의 윤리를 모르니, 어찌 마음을 고쳐먹고 생각을 바꾸어 모두 새롭게 하는 교화에 따르려고 하겠습니까.

간혹 불순한 학문을 공격하는 자라고 하는 자가 있기는 하나 겨우 이존창 한 사람을 대충 거론하여 책임이나 면하는 데에 지나지 않습니다. 말이 성실하지 못한데 사람들이 누가 두려워하겠습니까.

그 소굴 속에 누구나 다 아는 사람을 말하자면, 조정의 벼슬아치로는 이가환이 있고 경기에는 권철신과 정약종 같은 무리들이 있습니다. 이로써 본다면 이존창 같은 자가 한두 사람만 있는 것이 아닙니다. 더구나 김려와 강이천 같은 무리들은 취향은 다르나 길을 같이하고 얼굴은 다르나 배짱은 맞는 자들로서 빈틈없이 일을 해나가는 것이 지극히 흉악하고 헤아리기 어려우니, 그들에 대한 근심 걱정이 이루 말할 수가 없습니다."

하였는데, 미처 다 아뢰기도 전에 상이 이르기를,

"중신이야 본디 사람들의 지목을 받고 있는 사람이다마는, 그 밖의 많은 사람들에 대해서 또 이름을 지적해 가며 논열하여 아랫 조항의 말 뜻이 점점 더 과격해지고 있으니, 장차 세상의 절반을 들어서 강이천이나 김려

404 『정조실록』 47권, 정조 21년 11월 11일(병자).

의 무리라고 몰아부칠 작정인가? 이와 같이 과격한 것은 한갓 조정이 안정되지 못할 단서만 열어놓을 것이니, 대사간의 일은 참으로 생각이 모자라는 것이라고 하겠다."[405]

순조 1년(1801)에 강이천은 주문모와 서학(西學)에 연계되었다고 처형되었으나, 김려는 진해로 이배되었다가 순조 6년(1806)에 풀려나게 된다. 강이천은 강세황(1713~1791)의 손자이고, 김려는 노론 명문의 후손이다.

임금이 문체가 소품[406]이라고 지적한 강이천[407]과 김려[408]의 작품을 통하여 소품의 특성과 악부를 지향하는 의의 등을 살펴보도록 한다.

강이천의 작품은 임금이 지적한 바와 같이 "슬프고 가냘프며 들뜨고 경박한 것"을 특징으로 삼고 있다고 할 것이다. 남주로(南柱老)가 시고 두 권을 보낸 데에 편지로 쓴 시에서, 남주로의 시에 "시속과 이항의 말(時俗里巷之談)"을 인용한 것이 많다고 하고 있으며, 강이천의 시에서는 시대의 병폐를 말하면서 시요물태(時謠物態)를 말하고 있다. 5~12구를 보도록 한다.

말세에 일종의 표절하는 무리들이	叔季一種剽竊輩
사화(纚花)와 투엽(鬪葉)을 다만 일로 삼네.	纚花鬪葉徒爲事
어금니 뒤로 간혹 지혜로우나 간혹 가짜 얼굴이니	或慧牙後或假容
기쁨이 없이 억지로 웃고 눈물 없이 곡을 하네.	强笑無歡哭無淚
우리 당의 장인께서 문장이 기이하여	吾黨丈人文章奇
오늘에 살면서 곧바로 옛 처마와 수레와 같네.	居今直與古軒輊

405 『정조실록』 51권, 정조 23년 5월 25일(임오).

406 김영진, 「조선 후기의 明淸小品 수용과 小品文의 전개 양상」(고려대 박사학위논문, 2003) 참조.

407 강경훈, 「중암 강이천 문학 연구」(동국대 박사학위논문, 2003) 참조.

408 홍진옥, 「담정 김려 문학연구」(서울대 박사학위논문, 2021) 참조.

눈이 머문 것을 정경으로 삼아 말로 펴니, 目寓爲景發之辭
때때로 물태를 노래하며 장부의 기록을 나르네. 時謠物態輸簿記[409]

그리고 여성의 생활 모습을 형상화한 작품을 남기고 있어서 관심의 방향을 짐작할 수 있다. 그중에서 〈순한 명가의 여자〉[410]는 서숙모가 친모의 생일을 맞아 정갈하고 풍성하게 반찬을 갖추어 보내는 것을 보고 지은 것이고, 〈사부편〉[411]은 남편이 떠난 지 10년이 되어도 돌아오지 않는다고 며느리 입장에서 서술하고 있다.

한편 〈마을 백성의 아내 일을 적다〉[412]는 내외가 소와 말을 타고 친정으로 가는 길에 도적을 만나 남편을 잃게 되자, 아내가 도적의 환심을 산 뒤에 기지를 발휘하여 도적을 죽인 이야기로 아주 짤막하게 기술하고 있어서 이른바 소품의 묘미를 보여주고 있다고 할 수 있다.

그리고 〈한경사〉[413] 106수는 서울의 풍속과 경물을 읊은 것으로 산세, 종묘 제악, 궁중 무악, 무예, 과거, 시정 주변의 유랑예능인, 전기수, 도박꾼 등을 노래하고 있다.

동쪽 어영청의 건장한 장교는 신수가 좋은데 東營健校好身手
방울을 흔들면서 장차 명을 받드네. 鈴索搖掀將令承
마침 손님을 맞는 행사가 오늘 낮이라 趁得迎賓今日午
이름이 알려진 선기를 거느리고 오겠네. 知名選妓領來能

이원에서 악을 익힌 지 12신인데 肄樂梨園二六辰

---

409 강이천, 〈簡南丈*柱老, 南丈寄示其詩稿二卷, 大抵多引用時俗里巷之談〉, 『重菴稿』 冊一, 『한국문집총간』 속 111, 424면.

410 강이천, 〈婉婉名家女*小序〉, 『重菴稿』 冊一, 『한국문집총간』 속 111, 426면.

411 강이천, 〈思婦篇〉, 『重菴稿』 冊一, 『한국문집총간』 속 111, 442면.

412 강이천, 〈書村民婦事〉, 『重菴稿』 冊三, 『한국문집총간』 속 111, 509면.

413 강이천, 〈漢京詞 百六首〉, 『重菴稿』 冊一, 『한국문집총간』 속 111, 443면.

오늘 아침에 특별히 여자 영인을 부르네. 今朝別喚女伶人
버들이 늘어진 담 가에 사람이 안개 같은데 垂楊墻角人如霧
모두 화방의 적에 오른 몸이네. 摠是花房簿籍身

좋은 곡조와 연지분에 헝클어진 머리를 매만지며 善調臙粉理鬖髿
날마다 부귀한 집안의 젊은이를 맞이하네. 日入迎郎富貴家
꽃을 수놓은 무거운 이불에 붉은 밀납 촛불에 花繡重茵紅蠟燭
부용 향 속에서 세월을 보내네. 芙蓉香裡度年華

경강에는 남쪽 쌀이 만 척의 배에 오는데 京江南米萬艘來
호부의 상서가 점검하고 돌아가네. 戶部尙書點檢回
치자와 석류와 동백나무는 梔子石榴冬柏樹
분재로 나뉘어 좋은 다락이 있는 집으로 들어가네. 種盆分入好樓臺

창덕궁 동쪽 어영청에서의 영빈 잔치, 이원의 음악 익히기, 좋은 곡조를 부르는 예인, 부잣집으로 들어가는 남도의 분재 등을 다룬 작품이다.

김려는 김희(金憙)의 손자로 노론 명문가 집안 출신인데, 부령으로 유배되어 그곳의 부사 유상량(柳相亮)과 대립하기도 하였다. 〈주막의 이씨 할멈을 애도하다〉[414]에서 첫째 수와 둘째 수, 여덟째 수를 보도록 한다.

옥 같은 용모에 눈 같은 창자 玉爲容貌雪爲腸
허연 머리 쓸쓸하고 웃음소리 향기롭네. 蒜髮蕭然笑語香
풍류가 모두 다 끊어졌다고 말하지 말라 莫道風流渾斷盡
오히려 두추낭을 생각나게 하네. 令人猶憶杜秋娘

414 김려, 〈哀李酒媼 十首〉, 『藫庭遺藁』 卷之一, 『한국문집총간』 289, 405면.

어둑한 모난 눈동자에 눈물이 실과 같은데 方瞳暗暗淚如絲
익숙하게 양평의 부귀를 말하네. 慣說陽平富貴時
연시의 붉은 비단 서른 필 燕市緞紅三十匹
한밤중에 상의원의 여아에게 고루 내리셨네. 夜深齊賜尙衣兒

신무문 앞에 꽃이 안개와 같고 神武門前花似霧
광통교 아래에는 달이 서리와 같네. 廣通橋下月如霜
향기로운 넋과 옥 같은 뼈가 어느 곳으로 돌아가는가? 香魂玉骨歸何處
다만 나는 까마귀가 오래된 버들에 가득하네. 只有飛鴉滿老楊

그리고 〈황성이곡〉[415]과 〈상원이곡〉[416]은 모두 이곡(俚曲)이라는 표제를 달고 있다. 특히 〈상원이곡〉은 상원의 풍속을 읊으면서 이안중(1752~1791)의 시체를 본받아서 유자범에게 보낸다고 하였다. 김려는 이안중과 친밀하게 지내면서 이안중의 시권[417]과 악부[418]에 제후를 쓰기도 하였다.

'묻나니 그대는 무엇을 그리워하는가'로 시작하는 〈문여하소사(問汝何所思)〉[419]는 「사유악부」라는 이름으로 유배 생활의 신고와 지역의 풍물을 다루고 있다. 「사유악부서」에서 다음과 같이 기술하고 있어서 그 의미를 새길 수 있다.

사유는 담정 노인이 빌린 집의 오른쪽 문의 넓적한 곳이다. 노인이 북쪽에 있을 때 남쪽을 그리워하지 않은 날이 없었고, 남쪽으로 오매 또 북쪽을

415 김려, 〈黃城俚曲〉, 『藫庭遺藁』 卷之二, 『한국문집총간』 289, 408면.
416 김려, 〈上元俚曲. 斅李玄同體二十五首, 走筆簡雲樓俞子範〉, 『藫庭遺藁』 卷之二, 『한국문집총간』 289, 420면.
417 김려, 「題玄同詩稿卷後」, 『藫庭遺藁』 卷之十, 『한국문집총간』 289, 540면.
418 김려, 「題丹丘子樂府卷後」, 『藫庭遺藁』 卷之十, 『한국문집총간』 289, 540면.
419 김려, 「問汝何所思」, 『藫庭遺藁』 卷之六, 「思牖樂府」, 『한국문집총간』 289, 467면.

그리워하지 않은 날이 없다. 그리움은 때 따라 바뀌는데, 그러나 그 괴로움이 더욱 심하다. 그 바라지의 이름이 이에서 시작하여, 깨끗한 종이를 접어서 가낭선의 시를 베껴서 바라지 위에 붙이고 이르기를, "나그네 집에서 고을을 어울리며 이미 십 년인데, 밤낮으로 돌아갈 마음은 함양을 떠올리네. 상건수를 다시 건널 단서가 없으니, 문득 고을과 어울리며 이곳이 고향이라네."라 하였으니, 이것이 내가 북쪽을 그리워하는 뜻이다. 대저 그리움에는 즐거워하면서 그리워하는 것과 슬퍼하면서 그리워하는 것이 있으니, 내가 그리워하는 것은 어디에 속하는가? 서도 그립고 앉아도 그립고, 걷거나 누워도 그립고, 간혹 잠시 그립기도 하고 간혹 오래 그립기도 하니, 간혹 더욱 오래도록 그리워하기도 하고 오래도록 잊기도 하는데 그렇다면 나의 그리움은 어디에 속하는가? 그리워함의 느끼는 바는 소리가 없어서는 안 되고 소리를 따라 운이 되고 이로써 시가 되니 비록 음조가 비루하고 속되어서 관현에 올리기가 모자라도 그러나 오의 노래와 채의 노래에 견줄 수 있고, 또한 그 그리워하는 바를 스스로 울릴 수 있어서, 무릇 시 약간 수를 이에 더하여 깨끗이 베껴서 이름하여 '사유악부'라고 이름한다. 가경 6년(1801) 늦은 겨울 정사 망일에 담원유자가 서하다.[420]

강이천과 김려를 통하여 소품이라는 비판을 받으면서도 소품의 의의를 인식하고 악부를 통하여 민간의 풍속과 사람살이의 세세한 부분까지 관심을 집중하고 있는 태도는 새롭게 주목해야 할 방향이다. 특히 이들과 교유한 사람들로 관심을 확장시키는 일도 새로운 과제가 될 것이다.

---

420 김려, 「思牖樂府序」, 『藫庭遺藁』 卷之六, 『한국문집총간』 289, 485면, 思牖, 藫叟僦舍右戶之扁也. 叟之在北, 無日不思南, 及其南也, 又無日不思北, 思固隨時而變, 然其困苦益甚, 其牖之名始此, 摺淨紙寫賈浪仙詩, 黏牖上, 曰客舍并州已十霜, 歸心日夜憶咸陽. 無端更渡桑乾水, 却望并州是故鄕. 盖余思北之意也. 夫思有樂而思, 有哀而思, 余思也何居. 立亦思坐亦思, 步臥亦思, 或暫思或久思, 或思之愈久而愈不忘, 然則余思也何居. 思之所感, 不能無聲, 聲隨而韻, 是以爲詩, 雖音調鄙俚, 不足以被之管絃, 然譬諸吳歈蔡謳, 亦可自鳴其所思, 詩凡若干首, 玆加敹寫, 名曰思牖樂府. 嘉慶六年(1801)季冬丁巳望日, 藫園纍子序.

17세기 시가 향유의 지속과 영향

필자는 선행 연구에서 17세기를 전반과 후반으로 나누어 시가 향유의 양상을 살펴보았는데, 17세기 전반은 정치·사회 변동과 시가 향유층의 성격을 1. 중앙 기반 세력의 연회 전통과 시가 향유, 2. 정치 참여와 부침에 대한 반응과 그 이면, 3. 무반의 위상 변화와 시가 향유, 4. 사행 역관의 위상과 가객으로의 전환, 5. 가기와 악공의 계보와 레퍼토리의 전승으로 나누어 살핀 뒤에, 시가 향유의 양상과 그 의미를 1. 서로의 풍류와 노래의 전파, 2. 노래 문화의 전통과 레퍼토리의 확산, 3. 애정과 풍류의 주제에 대한 주목, 4. 기상의 저상에 대한 경계와 상시·우국의 태도, 5. 풍류의 지역 안배와 속편 가사의 성격 등으로 나누어 정리[1]하였으며, 17세기 후반 시기는 17세기 전반 시가 향유의 지속과 영향을 1. 사행과 서로 풍류의 전이와 그 반향, 2. 무반 시가 향유의 변화 양상과 서울의 풍류, 3. 시가 향유를 통한 사부와 동당에 대한 배려, 4. 노래 레퍼토리의 확대와 갈래 사이의 관련, 5. 가기시첩과 노래를 위한 사의 레퍼토리, 6. 〈청석령가〉의 수용과 대청 의식 등으로 정리한 뒤에, 17세기 후반의 시가 향유 양상을 서울의 시가 향유와 향촌의 시가 향유로 대별한 뒤에, 서울 사족의 시가 향유는 1. 조계별업의 풍류와 그 변모, 2. 금옥계의 성격과 시가 활동, 3. 무신낙회와 종남수계, 4. 낭원군 이간의 『영언』과 이하조의 역할, 5. 정명공주 수연과 가곡 향유, 6. 낙동 창수의 모임과 이서우의 역할 등으로 나누어 살피고, 향촌 사족의 시가 향유를 1. 〈어부가〉 전승과 현장 흥취의 후대 수용, 2. 육가의 후대 수용 양상, 3. 〈전가팔곡〉과 〈고산별곡〉, 4. 지역 선비에 대한 권면과 가사의 내면, 5. 여성 작가의 등장과 노래 전승의 과정 등으로 나누어 살핀 뒤에, 17세기 후반 시가사의 새로운 변화 양상을 1. 시민의 성장과 시가 담당층의 성격 변화, 2. 출처와 현실 인식의 변모, 3. 음악의 촉박과 노래 레퍼토리의 변화, 4. 칠정의 표출과 관련한 주

---

1 최재남, 『17세기 전반 정치·사회 변동과 시가사』(보고사, 2018), 161~452면, Ⅲ. 「정치·사회 변동과 시가 향유층의 성격」, Ⅳ. 「17세기 전반 시가 향유층의 양상과 그 의미」.

제와 표현, 5. 노래의 한역과 그 전승, 6.『청구영언』 무명씨 작품 수록의 의미 등으로 나누어 정리[2]하였다.

이제 18세기 시가 향유의 구체적 양상과 새로운 변화의 내용을 점검하기 위하여 17세기 시가 향유의 양상이 18세기에 어떻게 지속되고 또 영향을 끼치고 있는지 몇 항목으로 나누어 살피도록 한다. 1. 풍간풍류의 성격과 17세기에서 18세기로의 전환, 2. 한역을 통한 전승의 변화와 공간 환기와 기억 확장, 3. 연행과 동사의 노래 레퍼토리, 4. 가기에서 가객 또는 가자로, 5. 고조와 금조의 갈림과 금사·금객의 역할 등의 순서로 진행하도록 한다.

2 최재남, 17세기 후반 정치·사회 변동과 시가사(보고사, 2021), 103~520면, Ⅲ.「17세기 전반 시가 향유의 지속과 영향」, Ⅳ-1.「서울 사족 시가 향유의 양상」, Ⅳ-2.「향촌 사족 시가 향유의 양상」, Ⅴ.「17세기 후반 시가사의 새로운 변화 양상」.

1. 풍간풍류의 성격과 17세기에서 18세기로의 전환

17세기 후반에서 18세기 전반에 걸쳐서 활동했던 인물 중에서 우선 김창업(1658~1721)을 주목하여 살필 수 있는데, 안동 김씨로 아버지가 김수항이고, 형님으로 김창집, 김창협 등이 있어서 정치적으로 큰 비중을 차지하고 있을 뿐만 아니라, 백형을 따라 연경을 다녀와서 『연행일기』를 남기고 있고, 가곡을 짓고 향유하기도 하여 17세기 후반에서 18세기로의 지속과 변모를 확인할 수 있는 특징적인 인물이다.

김창업이 활동한 인왕산 동쪽의 청풍계를 중심으로 한 지역은 도성에서 가장 빼어난 명당이라고 할 수 있는데 김상용 대에 이르러 청풍계(淸楓溪)라고 널리 알려지고 김창협·김창흡 시대에 이르러 이들 집안이 대은암 지역까지 관장하였고, 19세기 이후에는 안동김씨 세도 정치의 산실이 된 곳이다. 17세기 후반에서 18세기 초반에 김창업의 8촌 형인 김성달(金盛達), 김성적(金盛迪)과 족질인 김시걸(金時傑), 김시보(金時保) 형제들이 이곳에서 살았다.

김창업은 청풍계와 세심대 사이에서 술자리를 마련하고 거문고를 타며 시를 짓는 모임을 가졌는데, 집안이 기사년(1689)에 환국으로 좌절되었다가 갑술년(1694)에 다시 회복하였으나, 부친 김수항이 환국으로 세상을 떠난 뒤라 전농(田農) 사이에 죽겠다고 다짐하고, 칼을 치며 슬프게 노래하였다고 한다. 그리고 김창업은 경종 2년(1722) 백형 김창집이 사사되는 것을 보기 전에 세상을 떠났으므로 이 시점까지 전환기로 잡고자 한다.

풍간(楓澗)은 청풍계의 시냇물이라는 뜻으로 풍류의 공간이라 할 수 있다. 김시보의 〈거문고를 타면서 가재를 애도하다〉에서 청풍각과 세심대가 있는 풍계의 시내에서 마음대로 거문고를 타던 풍류를 환기하고 있다.

풍계의 가을에 그대가 조롱하던 일을 생각하노라니	憶君弄操楓溪秋
시냇물과 솔바람 소리가 누각에 가득했지.	澗水松風聲滿樓

기묘한 궁성과 상성에는 변화무쌍함이 많았는데	竗妙宮商多變態
배워도 터득하지 못하여 사람을 시름겹게 하네.	學之不得使人愁[3]

이 가운데 김창업은 김시보(1658~1734), 조정만(1656~1739)[4] 등과 함께 풍간풍류의 주요 인물이 된다. 물론 이들보다 더 핵심 인물로 김창업의 형인 김창협(1651~1708), 김창흡(1753~1722)을 들 수 있지만 김창협·김창흡은 한문학에서 비중 있게 다룰 수 있으므로 시가사에서 17세기에서 18세기로의 전환을 다루는 데에 김창업이 더 중요한 역할을 했다고 보는 것이다. 김시보는 김상용의 후손으로 김번-김생해-김극효-김상용-김광현-김수인-김성우-김시보로 이어지는 가계이고, 김창업은 생부가 김상관이나 김상헌에 입계되었으며 김극효-김상헌-김광찬-김수항-김창업으로 이어진 가계이다. 그러므로 김시보에게 김창업은 삼종숙 9촌이 된다. 김창업과 김시보는 동갑이고 조정만은 두 살이 많다. 조정만은 김창협·김창흡 형제와 임영 등이 거유로 지목했던 조성기의 종질이다. 조정만의 할머니가 김시보의 증조부인 김광현(金光炫)의 따님[5]이다. 그러므로 조정만과 김시보는 같은 항렬[6]인 셈이다.

김성기 등의 금사(琴師)와 어울리는 고금(鼓琴)의 풍류와 시가사의 중요한 작품인 〈만월대가〉, 〈관동별곡〉, 〈금일곡〉 등을 향유하고 있으며, 숙종 38년(1712)에 김창업이 백형 김창집을 따라 연행을 떠나는 길에 김창협이 〈청석령가〉를 환기하면서 와신상담의 초심이라고 하면서 쇄치(刷

---

3 김시보, 〈彈琴悼稼齋〉, 『茅洲集』 卷之八, 『한국문집총간』 속 52, 394면.

4 조정만은 졸수재 조성기의 종질이다. 〈陪再從叔拙修齋*聖期 與諸益同賦〉, 『오재집』 권1, 『한국문집총간』 속 51, 414면.

5 김상헌, 「大司憲金公神道碑銘*幷序」, 『淸陰先生集』 卷之二十九, 『한국문집총간』 77, 405면, 故大司憲金君光炫, 字晦汝, 我伯氏議政公第三子也. … 有四男五女, 長夭, 次壽仁, 甑山縣令. 次壽民, 次壽賓, 長女壻洗馬趙錫馨.

6 조정만, 〈金青松士敬挽〉, 『寤齋集』 卷二, 『한국문집총간』 속 51, 486면, 重是中表弟, 竹巖同曾祖.

恥)의 의지를 강조하고 있어서 더욱 시대 전환의 의미를 주목할 수 있다. 이때 조정만도 비슷한 부탁[7]을 하고 있다.

김창업은 『연행일기』로 집약할 수 있는 18세기 초반 연행 체험을 통하여 그 자신의 외연을 확장하였을 뿐만 아니라 이후의 다른 연행 참가자나 연행에는 참여하지 않았으나 연경을 포함한 외부 세계에 관심이 많았던 사람들에게 큰 반향을 끼쳤으며, 〈청석령가〉 환기에서 드러낸 태도는 당파를 중심으로 한 결속에도 큰 영향을 끼쳤다고 할 수 있다. 소현세자를 중심으로 한 체험일 가능성이 큰 볼모의 행적을 모두 봉림대군에게 귀속시키면서 효종-숙종-영조로 이어지는 왕통의 연결과 그 바탕에 자신들의 집안과 당파가 중심 역할을 했다는 자부심을 결부시킨 것이라 할 수 있다. 김상용-김상헌-송시열-김수항 등이 그러한 역할을 맡았다는 인식이 중심을 이루는 것이다. 김상용의 순절, 김상헌의 척화, 송시열의 북벌, 김수항의 남인 배척 등을 그러한 행적으로 받아들이고 있는 셈이다.

1) 김창업의 『연행일기』와 그 반향

김창업이 백형 김창집을 따라 연경을 다녀온 기록인 『노가재연행일기』는 18세기 초반 연행 체험의 중심을 차지하면서 연행 체험이 그 자신의 외연을 확장하였을 뿐만 아니라 이후의 다른 연행 참가자에게도 큰 영향을 끼쳤다. 연행을 떠나는 사람들이 선행 연행 기록을 지참하여 출발하는데, 김창업의 『노가재연행일기』가 큰 반향을 끼치는 자료로서의 위상을 지니고 있다. 뒷날 홍대용(1731~1783)의 『담헌연기』와 『을병연행록』[8], 박지원(1737~1805)의 『열하일기』 등과 함께 연행 기록에서 중요한 역할을 한 것으로 평가하며, 이기지(1690~1722)의 『일암연기』[9]까지 포함하여 그 반향을 살펴야 할 것이다.

---

7 조정만, 「送金大有燕行序」, 『寤齋集』 卷三, 『한국문집총간』 속 51, 516면.

8 홍대용 저, 소재영 외 주해, 『주해 을병연행록』(태학사, 1997).

9 이기지, 『일암연기』(원문편, 역주편)(한국학중앙연구원, 2016).

백형을 따라 연행을 떠나는 김창업에게 중형 김창협이 효종의 가곡인 〈청석령가〉를 언급하면서 "와신상담의 초심"이라고 말하면서 그 정신을 내세우고 있고, 조정만이 "쇄치(刷恥)의 명분"[10]을 강조하고 있는데, 정작 『노가재연행일기』에서는 〈청석령가〉에 대하여 특별한 언급이 없다. 더구나 김창업은 돌아오는 길에 청석령이 있는 곳에서 정식 여정을 택하지 않고 천산(千山) 유람에 마음을 쏟고 있다는 점이다.

연경으로 가는 길에 청석령을 지나는 대목에서는 다음과 같이 기술하고 있다.

> 12월 2일, … 서남간에 석탑 하나가 산기슭에 있는데, 이른바 호랑곡을 이 길로 간다. 낭자산도 이 길로 갈 수 있는데, 20리를 우회한다. 하나 길이 평탄하여 무거운 수레로 청석령을 피하려는 자는 모두 이 길로 해서 간다고 한다.[11]

> 12월 3일, 조반 후에 찰원을 떠나 1~2리를 가다가 서쪽 산을 바라보았더니, 산꼭대기 가까이로 절벽이 가로 펼쳐 병풍처럼 되어 있었다. 넓이는 약 백 보이며 상하로 5층인데 한 층의 높이가 두어 길이고, 그 빛이 단청을 입힌 듯하여 장관이었다. 이 산은 대개 청석령의 산록이었다. 6~7리를 올라가니 재에 닿았다. 높기가 회령령 다음은 되고, 동쪽은 평탄하고 서쪽은

---

10 조정만, 「送金大有燕行序」, 『寤齋集』 卷三, 『한국문집총간』 속 51, 516면, 大有今將行矣, 余乃執盞而祝曰, 在家而君雖善病, 在途而須加餐自衛, 車塵不驚, 馬足無蹶, 朔雪釀寒, 大被生暖,壎篪迭唱, 萬里咫尺, 慕名祖雪窖之節, 則思所以復讐之圖, 泣先王青石之歌, 則思所以刷耻之策, 臨易水而笑荊卿釖術之疎, 過西山而挹夷齊採薇之風, 若何而蹴長城而摺居庸也, 若何而掃腥穢而靖區宇也. 細而詗虜中之虛實, 遠而探江南之消息, 其於城池之疏密, 道路之遠邇, 人心之情僞, 或筆以畵之, 或文以記之, 無或踈略, 萬一有事於遼薊, 大有於是乎出而左右, 以其目擊而心會者, 爲他日燭照龜契之資, 庶幾追先王而繼名祖, 以無媿於尊周室蹈東海之義, 則其所得力, 視諸馬援之聚米爲山, 諸葛之指圖定計, 果如何也. 夫然後大有此行, 始可以有辭於天下, 而不復爲俗士所敢論矣. 未知大有以爲如何, 遂書此以贈行, 且解說者之疑云爾.

11 김창업, 『연행일기』, 『연행록선집』 Ⅳ(민족문화추진회, 1983), 77면.

험준하였다.[12]

한편 돌아오는 길은 천산 유람을 하는 바람에 가는 길과 여정이 달라졌다.

> 3월 9일, … 무릇 30여리를 걸어 영 하나를 지나니 그 곳은 청석령의 뒷줄기였는데, 길은 평탄하여 석령의 험준한 것과는 비교해 말할 수 없었다. 돌아가도 역시 10여리에 불과하였는데 일행의 짐이 이 길을 경유하지 않고 반드시 석령을 넘어갔다.[13]

김창흡이 〈백씨를 따라 연경에 가는 대유를 보내다〉의 열한 번째 작품에서 읊은 내용은 다음과 같다. 김창집(金昌集)이 숙종 38년(1712)에 사은 정사로 가는데 아우 김창업이 사신 일행의 모든 기구를 감수하는 역할의 타각(打角)으로 동행하게 되자, 동생을 위하여 지은 것이다.

청석령 마루에 삭풍이 맵고	青石嶺頭朔風烈
초하구 위에는 길이 얼음이 맺으리.	草河溝上長氷結
이 중의 행색이 가장 힘들 터인데	此中行色最間關
역졸은 말발굽이 빠져서 떨어지는 것을 가리키리.	驛卒指墮馬蹄脫
시험 삼아 영릉의 노래 한 곡을 외노라니	試誦寧陵歌一闋
와신상담의 초심이 여기에서 편 것이리.	薪膽初心自玆發

* 초하구이다.(草河溝)[14]

김창협은 사행에 참여하지도 않았고 실제 청석령과 초하구에 들른 적

12 김창업, 『연행일기』, 『연행록선집』 Ⅳ, 78면.
13 김창업, 『연행일기』, 『연행록선집』 Ⅳ, 559~560면.
14 김창흡, 〈送大有隨伯氏赴燕〉, 『三淵集』 卷之十一, 『한국문집총간』 165, 229면.

도 없었는데 〈청석령가〉를 환기하고 효종의 '와신상담'이 여기에서 출발했을 것이라 평가한 것이다. 병자호란으로 볼모로 갈 때에 봉림대군은 세자도 아니었으니 왕이 된다는 상상조차 할 수 없던 시점이므로, 정치에 직접 참여할 수 없는 대군의 와신상담은 아직 상정할 수 있는 대목이 아니라고 할 수 있다. 그럼에도 김창협은 〈청석령가〉를 봉림대군에게 귀속시키고 봉림대군의 미래의 의도까지 추론하고 있는 것이다. 이러한 추론은 김상용에서 김상헌으로 이어지는 가문에서 정신의 맥락을 이곳에다 적용한 것으로 보아야 할 것이다.

김창협의 시가 당파를 중심으로 한 결속에 큰 영향을 끼쳤다고 할 수 있다. 이들의 결속은 매우 큰 이념적 지향을 가졌다고 할 수 있는데, 소현세자를 중심으로 한 체험일 가능성이 큰 볼모의 행적을 대부분 봉림대군에게 귀속시키면서 효종-숙종-영조로 이어지는 왕통의 연결을 정통으로 자리를 확고하게 하는 과정에 대대로 이어지는 집안의 역할과 송시열로 대표되는 자신들의 당파가 중심을 차지하고 있다는 인식과 닿아 있는 것으로 볼 수 있다.

심양에서 머물면서 적은 다음과 같은 기록이 그 사례가 될 수 있다.

> 전하는 말에, 효묘가 심양관에 있을 적에 여기에 정자를 지었다고 한다. 전에 본 『시강원일기』에 '호인이 세자에게 야판전을 주어서 채소를 심게 했다.'고 하였는데, 그곳이 바로 이곳이다.[15]

서술 방식에서 "전하는 말에", "~라고 한다." 등이 확실한 근거에 바탕을 둔 것이 아닐 수 있고, 실제 『시강원일기』는 소현세자가 세자인 세자시강원에서 작성한 일기이고, 채소를 심은 곳과 정자를 지은 사실의 연계가 자연스럽지 못한 것이다.

---

15 김창업, 『연행일기』, 『연행록선집』 Ⅳ, 88면.

한편 김창업은 연행하는 과정에서 역관에 대해 매우 부정적인 시각을 보였다. 역관의 경우에 한어도 제대로 하지 못하면서 이익을 챙기는 데는 매우 민감함을 누누이 지적하고 있다. 이들이 매매를 통하여 사적 이익을 챙기는 저자의 백성과 같다고 판단하고 있다.

이 중에서 서장관의 마두 직산이라는 인물을 주목할 수 있는데, 정주의 관노인 직산이 호가(胡歌)를 비롯하여 금수의 소리와 잡가, 우스운 놀이를 잘한다고 기록하고 있다. 특히 의주 상인의 행적 등을 소재로 한 〈만상별곡(灣上別曲)〉은 연행에서 주목할 수 있는 작품이다. 그 내용도 자세하게 기술하고 있다.

> 듣건대, 서장관의 마두 직산(直山)이 제반 금수의 소리와 잡가, 우스운 놀이를 잘한다고 하여 불러서 시켜 보았더니, 호가(胡歌)를 부르는데 매우 비슷하여 듣는 사람들이 포복절도하였다. 〈만상별곡(灣上別曲)〉을 노래하였다. 이 노래는 의주의 상인이 가는 곳마다 실패한 뒤에, 여비를 빌어서 북경에 들어갔다가 또 손해를 보고, 은을 다 잃고서 의주로 나오니, 그 처자는 관가의 종이 되고 형벌을 받으며 귀양간다는 말들을 역력히 서술하는데, 도로를 왕래할 때 어렵고 군색스럽던 모습을 마치 눈으로 보는 듯이 그려 내고, 호인들과 문답하는 말은 한어를 섞어 써서 그 모습이 더욱 완연하였다.
>
> 또 정주의 아객이 기생에게 홀려서 작별을 못 하는 것을 묘사했다. 그러나 기생은 아객을 싫어하여 쫓아 보내지 못함을 괴로워하다가 쫓아 버리고 발걸음을 돌리며 기뻐서 노래하는 모습을, 가늘고 높은[頑] 소리를 내는 것이 계집과 다를 바 없다. 직산을 정주의 역관들과 정주의 기생들이 자기들의 허물을 들춰냈기 때문에 매수해서 죽이려고 한다고 한다.
>
> 또 병방 군관의 형용을 하는데, 병방 군관이 앞서서 먼저 객사 앞에 이르면 반드시 얼굴을 쳐들고 의기양양하며, 맞이하는 기생을 보려고 마상에서 좌우를 기웃거리며 기뻐하는 모습을 흡사하게 모방해 냈다. 김중화는 병방

군관이라, 싫어하여 정지시키려 하나, 적막해지면 문득 하도록 시켰다.

직산은 서장관이 앉은 수레를 잘 끌어, 매번 사행을 따라 들어왔다. 갑신년에 연동 이승상이 여기 왔을 때 세 사신이 매일 직산을 불러서 각색 놀이를 시켰다. 이 승상은 그를 부를 때 직산이라 하지 않고 문득,

"서장관 별실아 오너라."

라고 하였는데, 그가 여자의 노래를 잘하였기 때문이다. 서장관인 이명준은 옹졸한 사람이었으므로, 이 말을 듣고 부끄럽게 여겼다고 역관배들이 전한다.[16]

김창업은 이른 시기부터 가곡에 대한 많은 관심을 보이고 있는데, 곳곳에서 여러 작품을 언급하고 있고, 『청구영언』에 3수의 작품이 수록되어 있다.

숙종 17년(1691)에 지은 〈새벽에 쌍곡을 출발하다〉[17]에서 단가 〈동령백〉을 떠올리고 있는데, '동창이 밝았느냐?'[18]로 시작하는 남구만의 가곡을 가리키는 것으로 보인다.

한편 숙종 28년(1702)에 지은 〈추가로 조정이가 연광정에서 보여 준 운을 따다〉[19]에서는 교방의 밝은 달밤에 모두 사군의 사를 신번(新飜)으로 부른다고 하였다.

그리고 연행에서 다녀온 뒤에 숙종 42년(1716)에 김시보와 함께 행호선유(杏湖仙遊)를 할 때에는 거문고로 '오늘이~'로 시작하는 〈금일곡〉을 탄다고 하였다.

---

16 김창업, 『연행일기』, 『연행록선집』 Ⅳ, 247~248면.

17 김창업, 〈曉發雙谷〉, 『老稼齋集』 卷之一, 『한국문집총간』 175, 20면, 曉月發雙谷, 天寒伴儷孤, 主人還掩戶, 疲馬戀殘芻. 今日潘生鬢, 平生阮籍途. 短歌東嶺白, 數處起棲烏.

18 『청구영언』 203에 남구만의 작품으로 수록되어 있다.

19 김창업, 〈追次趙定而練光亭所示韻〉, 『老稼齋集』 卷之二, 『한국문집총간』 175, 36면, 故人官況亦清奇, 日對床書餘不知, 惟有教坊明月夜, 新翻皆唱使君詞.

밤이 깊어서 그대가 막 도착하니	夜深君始至
서리와 이슬이 옷깃과 갓에 가득하네.	霜露滿襟纓
묻나니 왜 이렇게 늦었는가?	借問何以晩
답으로 밝은 달빛을 탔다네.	答云乘月明
닭과 기장밥은 아직 나오지 않았는데	雞黍未及進
시문이 이미 종횡무진이네.	篇翰已縱橫
내 거문고로 무슨 곡을 연주할까?	吾琴奏何曲
'오늘이'는 느린 소리이네.	今日有緩聲

* '오늘이'는 곡조 이름이다.(今日曲名)[20]

그리고 조정만은 김창업이 행호선유에서 때때로 〈감군은〉[21]을 탄다고 하였다.

또한 신정하를 애도하는 시에서는 신정하의 〈산수곡〉[22]을 말하고 있어서, 『청구영언』에 수록된 신정하의 작품을 지목하는 것으로 볼 수 있다.

그리고 『청구영언』에는 석교(石郊)라는 호로 3수의 작품이 수록되어 있는데, 김창업의 작품으로 추정할 수 있다.

거문고 술ᄭ자 노코 호젓이 낫즘 든제
시문견폐성에 반가온 벗 오도괴야
아희야 점심도 ᄒᆞ려니와 외자탁주 내여라 『청구』 209

20 김창업, 〈士敬至〉, 『老稼齋集』 卷之五, 『한국문집총간』 175, 93면.

21 조정만, 〈老稼齋示杏湖錄, 走次其長句一篇〉, 『寤齋集』 卷二, 『한국문집총간』 속 51, 456면, 床頭復置一張琴, 感君恩曲有時彈.

22 김창업, 〈申正甫挽〉, 『老稼齋集』 卷之五, 『한국문집총간』 175, 97면, 其十 惻惻申學士, 稼齋綠綺停. 平生山水曲, 已矣無人聽. 〈산수곡〉은 〈고산유수곡〉을 가리키는 것이 보통이나, 여기에서는 『청구영언』 212에 석호라는 호로 수록된 "벼슬이 귀타ᄒᆞᆫ들~"을 가리키는 것으로 보인다.

자나믄 보라매를 엇그제 ᄀᆞᆺ 손 ᄯᅧ혀
ᄲᅢ짓체 방울ᄃᆞ라 석양에 밧고나니
장부의 평생득의는 잇분인가 ᄒᆞ노라 『청구』 210

벼슬을 저마다 ᄒᆞ면 농부ᄒᆞ리 뉘 이시며
의원이 병 고치면 북망산이 져려ᄒᆞ랴
아ᄒᆡ야 잔 ᄀᆞ득 부어라 내뜻대로 ᄒᆞ리라 『청구』 211

왜냐하면 석교는 '동교의 송계(東郊之松溪)'라고 일컫던 김창업의 별서를 가리키는 것으로, 『청구영언』에 수록하고 있는 3수가 김원행이 지은 「노가재행장」에서 "갑술년 경화에 조가에서 문충공의 원통함을 씻게 하고 곧 공에게 내시교관을 명하였으나, 응하지 않고 곧 송계의 옛 별서로 가서 지냈다. 그 집에 노가(老稼)라는 액자를 걸고 스스로 호를 삼았다. 다시 당세의 일에 대하여 묻지 아니하였다. 이때 나부인이 서울 집에 있었는데, 공이 이로써 때때로 도성에 들어가서 뵈었다. 그러나 일이 있지 않으면 또한 오래도록 머무르지 않고, 매번 전간에 있으면서 늘 문을 닫고 머리를 풀어서 아이들로 하여금 농사에 힘을 쏟도록 부과하고, 또 주자의 고사를 본떠서 사창을 설치하여 한 마을의 이로움으로 삼았다. 때때로 마을의 부로들과 서로 불러서, 거문고를 타고 시를 지으면서, 매를 불러 사냥을 나가는 것을 즐거움으로 삼았다."[23]라고 한 내용에 대응되고 있다.

23 김원행, 「從祖老稼齋公行狀」, 『渼湖集』 卷之十九, 『한국문집총간』 220, 373면, 甲戌更化, 朝家命雪文忠公寃, 仍授公內侍敎官, 不應, 卽松溪舊墅而居焉. 扁其齋曰老稼, 因以自號, 不復問當世事. 時羅夫人在京第, 公以此時入城覲之, 然非有事則亦不久淹, 每在田間, 常閉門散髮, 課僮指益力於農圃. 又倣朱子故事, 設社倉以爲一村利, 時時與村父老相招呼, 彈琴賦詩, 呼鷹出獵以爲樂.

2) 조정만의 가곡 향유와 배 띄우는 노래

조정만은 김창업 형제들과 매우 가깝게 지내면서 김시보와 마음을 통하며 지낸 것으로 확인된다. 이희조(1655~1724)의 증언[24]에 따르면 광나루에서 현석 박세채(1631~1695)의 소개로 이희조가 젊은 학사 조정만과 김시보를 만났다고 하였다.

〈백설〉, 〈양춘곡〉 등을 비롯하여 당나라 일사 남채화가 불렀다는 〈답답가〉[25]를 듣는다고 하였고, 박견선(1649~?)을 유별하면서 지은 〈봉래가〉에서는 〈보허곡〉[26]을 언급하고 있다.

한편 우리말 노래에 대한 관심도 유별나서 〈포옹 가곡〉[27], 〈관동별곡〉[28], 〈조천가〉로 추정되는 〈행주가곡(行舟歌曲)〉[29], 〈감군은〉[30] 등을 제시하고 있다.

이 중에서 〈행주가곡〉은 배를 띄우면서 부르는 노래로 〈조천가〉로 추정되는데, 17세기와 18세기를 연계하여 살피는 데 중요한 작품이다. 〈조천가〉는 〈선리곡〉 또는 〈선리악가(船離樂歌)〉[31]라고도 하는데, 〈선리곡〉은 오윤겸(1559~1636)이 지은 노래로 "닻 들어라, 배 떠난다. 이제 가면 언제 오리. 만경창파에 가듯이 돌아오소서."[32]라는 구절이 있다. 존주의

---

24 이희조, 「題寤齋詩卷」, 『寤齋集』 「題跋」, 『한국문집총간』 속 51, 549면, 抑余嘗拜玄石於廣灘, 謂近有新學者二人, 余問誰某, 卽擧定而及金士敬時保爲對, 余固已心識之, 及後與定而, 士敬相往來, 竊覵其所爲, 乃反以吟哦翰墨爲事, 豈不欲高自標致故耶.

25 조정만, 〈寄尹濟仲〉, 『寤齋集』 卷一, 『한국문집총간』 속 51, 418면, 同里同心得切磋, 近緣同病斷經過, 君如張籍醫雙眼, 我似昌黎落一牙. 晴日有風花發盡, 小庭無客草生多, 可憐佳節看看去, 臥聽城南踏踏歌.

26 조정만, 〈蓬萊歌, 留別朴益卿〉, 『寤齋集』 卷一, 『한국문집총간』 속 51, 423면.

27 조정만, 〈滿月臺〉, 『寤齋集』 卷二, 『한국문집총간』 속 51, 462면, 松岳烟霞依舊在, 圃翁歌曲至今傳.

28 조정만, 〈聽關東別曲〉, 『寤齋集』 卷一, 『한국문집총간』 속 51, 432면, 〈蓬萊內外山圖行, 謝鄭元伯*敾〉, 『寤齋集』 卷二, 『한국문집총간』 속 51, 479면.

29 조정만, 〈鳳凰臺, 乃昔年朝天時候風處也. 感而賦之〉, 『寤齋集』 卷一, 『한국문집총간』 속 51, 426면, 鳳凰臺下海連天, 此去中原路幾千, 莫唱行舟舊歌曲, 不堪重憶大明年.

30 조정만, 〈老稼齋示杏湖錄, 走次其長句一篇〉, 『寤齋集』 卷二, 『한국문집총간』 속 51, 456면.

31 이만용, 〈離船樂歌〉, 『東樊集』 卷二, 『한국문집총간』 303, 536면.

의리를 포함하면서 연경으로 가는 조천(朝天)의 길이 막히면서 뱃길을 통하여 조천할 수 밖에 없었던 시절에 대한 기억이 새롭기 때문이다. 명과 후금이 치열하게 다툴 때 광해군 13년(1621)부터 인조 14년(1636)까지 수로를 통하여 명나라에 조천하게 되었던 것이다.

봉황대 아래의 바다가 하늘에 이었는데	鳳凰臺下海連天
이곳에서 중원을 가면 길이 몇 천 리인가?	此去中原路幾千
배를 띄우면서 옛 가곡을 부르지 말라.	莫唱行舟舊歌曲
대명의 시대를 거듭 기억하기를 견디기 어렵네.	不堪重憶大明年

〈조천곡〉과 관련한 기록은 송광연(1638~1695)의 시에서 말하는 최주악의 〈조천곡〉이 수로로 조천할 때의 노래이고, 심육(1685~1753)이 경인년(1710)에 말하는 〈조천곡〉이 이에 해당하는 것으로 볼 수 있다.

용 배가 가는 곳에 봉황의 피리를 부는데	龍舟行處鳳笙吹
괴이해라 선사에서 좌상이 옮김이.	怪底僊槎座上移
한 사신의 조천은 두 번 얻기 어려운데	一介朝天難再得
부질없이 가곡만 남아 사람을 슬프게 하네.	空留歌曲使人悲[33]

동으로 흐르는 한 줄기 물이 가로로 비껴 가는데	東流一水去橫斜
이 땅에 부질없이 중국 가는 사신의 배가 남았네.	此地空餘漢客槎
오늘에도 아직 〈조천곡〉이 있으니	秪今猶有朝天曲
어지러운 물결에 몇 첩의 노래이네.	撩亂烟波數疊歌[34]

---

32 강위, 〈塔山望海〉, 『古歡堂收艸』 詩稿 卷之十二, 『한국문집총간』 318, 442면, 碇擧兮船離, 此時去兮何時來, 萬頃滄波, 去也似回.

33 송광연, 〈次丹城宰崔擎天*柱岳詠朝天曲韻〉, 『泛虛亭集』 卷之一, 『한국문집총간』 속 43, 278면.

18세기에 이운영(1722~1794)은 가사로 〈수로조천행선곡〉[35]을 지어서 수로로 조천하는 신고를 세월이 흐른 뒤에 기술하고 있다.

그리고 순조 29년(1829) 연행에 참가한 박사호가 쓴 『연계기정』에서는 황주에 머무르면서 풍악을 베풀 때 〈배따라기곡〉을 부른다고 하였다. 그리고 이운영의 〈수로조천행선곡〉까지 언급하고 있어서 참조가 된다.

> 그중에 또 〈선악유기곡(仙樂維其曲, 배따라기곡)〉이 있는데, 방언으로 '배 떠난다.[船離]'라고 하는 것과 같다. 수로로 조천할 때에 비로소 나온 것이다. 그림배[畫船]를 자리(즉 무대) 위에 놓고 동기 한 쌍을 뽑아 소교(小校)로 분장시켜 붉은 갓, 패영(貝纓)에 범의 수염을 꽂고, 붉은 철릭[天翼]에 흰 화살[羽箭], 왼손은 활 끝을 잡고, 오른손은 채찍을 쥐고 앞에서 군례를 한다. 초취를 불면 헌두(軒頭)에 나가 서고, 바라를 마주 치며 두 번 올렸다 내리면 대취타를 하고 뜰 가운데서는 고각을 울리며 기녀의 무리는 다 깁 적삼에 수놓는 치마를 입고 배를 에워싸고 닻줄 푸는 노래를 일제히 제창한다. 또 이취, 삼취를 불고 그것이 그치면, 한 동기가 소교로 분장하고, 홍의(紅衣), 우립(羽笠)으로 배 위에 서서 거정포(擧碇砲)를 부르며 뜰 가운데서 대포를 한 번 쏘면 곧 닻을 거두고 돛을 올려 배는 전축(轉軸)을 하여 천천히 돌아 배가 가는[行船] 모양을 짓는다. 기생의 무리들은 다시 배를 둘러싸고 일제히 노래 부르고 또 축원하는데, 그 곡조가 처량하고 구슬퍼 사람의 애를 끊게 한다. 그 노래에 이르기를,
>
> 닻 들어라, 배 떠난다. 碇擧兮船離
> 이제 가면 언제 오리. 此時去兮 何時來

34 심육, 〈碧漢浮槎〉, 『樗村先生遺稿』 卷之三, 關西錄[一] 庚寅夏, 『한국문집총간』 207, 51면.

35 신현웅, 「옥국재 이운영 가사의 특성과 의미」(서울대 석사학위논문, 2010), 56~62면 참조.

만경창파를	萬頃滄波兮
소반에 담은 물을 가듯이	平盤貯水
돌아오소서.	去似廻

하였다. 옛날 세마 이영운(李英運)[36]이 〈수로조천가〉를 지었는데, 가사의 뜻이 슬프고 가락이 유량하다. 이희현(李羲玄) 어른이 이 고을의 원으로 있을 때에 이 노래를 새로 번역하여 여러 기녀들에게 가르쳤으므로 지금 황강의 해람곡(解纜曲)이 홀로 다른 곳의 것과 다르다. 대개 뱃길로 조천하러 가는 것은 살아서 멀리 이별하는 것이라 사람들이 눈물을 흘리는 곳인데 게다가 애를 끊는 가사를 첨가하였으니, 그때의 광경을 생각할 제 저도 모르게 마음을 아프게 한다. 죽루에 앉아 어린 기생을 시켜 '죽루기(竹樓記)'를 외게 하였다.[37]

그리고 연행을 떠나는 김창업에게 선조가 눈 속에서 고통을 겪었던 일을 생각하면서 복수할 계책을 마련하고, 〈청석령가〉를 통해 부끄러움을 씻는 방법[38]을 마련해야 한다고 강조하고 있다.

그리고 새롭게 주목할 수 있는 것은 김창업에게 매를 보내면서 지은 시이다. 매를 받은 김창업이 매사냥을 하면서 『청구영언』 210과 같은 작품을 지은 것으로 보인다.

가재의 소식이 근래 어떠한가?	稼齋消息近如何
같은 병에 같은 마음으로 옛 뜻이 많으리.	同病同心故意多
비수의 연하에 시름을 홀로 기리고	沸水烟霞愁獨賞

---

36 이영운은 이운영(李運永, 1722~1794)의 잘못이다.

37 박사호, 『심전고』 제1권, 「연계기정」 순조 29년(1829) 3월 26일.

38 조정만, 「送金大有燕行序」, 『寤齋集』 卷三, 『한국문집총간』 속 51, 516면, 慕名祖雪窖之節, 則思所以復讐之圖, 泣先王青石之歌, 則思所以刷耻之策.

패강의 누관에 일찍이 들른 것을 기억하네.	浿江樓觀憶曾過
창가의 매화가 봄 꽃받침에 앞섬을 반드시 사례하고	窓梅定謝先春萼
섬돌의 대는 눈 덮인 가지를 먼 데서 아끼네.	砌竹遙憐覆雪柯
상쾌한 말과 호방한 매를 앞뒤로 보내니	快馬豪鷹前後贈
달리며 사냥하고 비가 한 곡조를 그대에게 맡기네.	任君馳獵一悲歌[39]

조정만은 김창업이 세상을 떠나고 이어서 만형 김창집이 사사된 뒤에, 유년부터 노년까지 김창업과 공유했던 경험을 20수로 기록하면서 넋을 위로하고 있다. 그중에서 풍계시회와 안보탄금[40]을 보도록 한다.

서림의 사객이 구름처럼 난만한데	西林詞客爛如雲
그윽히 담박한 시를 지음에 누가 그대와 비슷하랴?	幽淡爲詩孰似君
바람을 머금은 난초와 혜초가 작은 향기를 띠고	蘭蕙含風帶微馥
이슬을 당긴 부용이 기이한 향기를 토하네.	芙蓉挹露吐奇芬
남들은 여러 시가 모두 예스러움을 넘었다고 말하나	人言諸作皆超古
나는 높은 재주가 유독 무리 중에서 빼어남을 아끼네.	我愛高才獨出羣
대개 우리들이 문회를 성대하게 함은	大抵吾儕盛文會
설루[41] 이후에 아직 듣지 못했네.	雪樓之後未曾聞
	楓溪詩會

일찍이 금보를 좇아 고요한 가운데 보는데	琴譜曾從靜裡看
고조를 찾아서 스스로 탈 수 있네.	尋來古調自能彈

39 조정만, 〈寄鷹稼齋〉, 『寤齋集』 卷二, 『한국문집총간』 51, 450면.

40 조정만, 〈稼齋金大有之歿, 値時事大變, 旣未操文而哭, 又失臨壙而訣, 玆就其交契之自幼至老, 遊賞之會心難忘者, 隨其韻序, 分占二十章長律, 用慰長逝之魂, 且洩斷絃之悲〉, 『寤齋集』 卷二, 『한국문집총간』 속 51, 466면.

41 설루는 백설루로 명의 후칠자의 영수인 이반룡(李攀龍)이 관직에서 물러난 후 은거하여 친구들을 만나고 책을 읽던 누각이다.

일고 거르는 샘물 소리가 줄 가운데에 쏟아지고	泉聲淅瀝絃中瀉
맑고 차가운 소나무 통소가 손가락 아래에 차갑네.	松籟淸冷指下寒
양정재 깊은 곳에 사람들이 모두 조는데	養正齋深人盡睡
산금헌이 고요하니 밤이 장차 새려 하네.	散襟軒靜夜將闌
이 때에 홀로 앉아 아양의 뜻을	此時獨坐峨洋意
종자기가 있지 않아도 마침 어렵게 얻네.	不有鍾期會得難
	按譜彈琴

그리고 조정만은 권섭(1671~1759)의 「기승첩(奇勝帖)」[42]의 뒤에 쓰면서, 권섭의 노래를 들은 기억까지 기록하고 있다. 권섭은 〈황강구곡가〉 등[43]을 남기고 있다.

3) 김시보의 거문고와 중대엽

김시보가 『노가재집』의 발문[44]에서 김창업 형제들과 청풍각과 세심대 사이에서 여러 차례 모임을 가지면서 술과 음식을 준비하고 거문고를 타며 시를 지은 것을 즐거움으로 삼았으며, 시에는 "칼을 치며 슬퍼하는 노래의 뜻이 있고, 시인들의 표절과 답습하는 것에 견줄 수 있겠으며, 주자의 「고금삼변설」을 참조할 수 있겠는가?"라고 하였다.

김시보는 청풍각과 세심대 사이에서 지내면서 또 홍주에 근거지를 두고 있어서 홍주를 오가는 사이에 〈산유화〉의 하나인 〈고유란〉[45]을 듣기도 하고, 한편 평안도 창성에서는 악부로 〈폐문요〉[46]를 짓기도 하였다.

---

42 조정만, 「題權調元奇勝帖後」, 『寤齋集』 卷四, 『한국문집총간』 속 51, 524면, 往往月明之夜, 幼晦又乘興而唱一歌, 其聲淸越可聽, 屈指玆遊, 居然三十年光陰, 亦一夢耳. … 復有以聽其歌而說此懷, 亦不可得矣.

43 권섭에 대하여, 박요순, 『옥소 권섭의 시가 연구』(탐구당, 1987) 참조.

44 김시보, 「老稼齋集跋」, 『老稼齋集』 跋, 『한국문집총간』 175, 114면.

45 김시보, 〈落花巖〉, 『茅洲集』 卷之一, 『한국문집총간』 속 52, 238면, 舟子猶傳皐有蘭.

46 김시보, 〈閉門謠, 昌城有此事, 一時多作樂府〉, 『茅洲集』 卷之一, 『한국문집총간』 속 52,

문을 닫았다 다시 문을 여는데	閉門復開門
아침저녁으로 큰 북을 두드리네.	朝暮擊大鼓
문을 열 때 얼마나 엄한가?	開門一何嚴
문을 닫을 때 얼마나 단단한가?	閉門一何固
노씨 집의 열다섯 예쁜 여자가	盧家十五姝
그 사이에서 정숙하다네.	窈窕在其間
누런 새매 새끼처럼 날고 날아서	飛飛黃鷂子
서로 갔다가 또 돌아오네.	交交往復還
아득한 만리 길에	悠哉萬里道
내 걸음에는 신고가 많네.	我行多苦辛

그리고 갈산의 누각에서 소객(簫客) 박첨지를 만나서 준 시[47]에서는 스무 해 전에 만났던 기억을 환기하면서, 보령 서쪽 모도에서 박첨지가 옥소를 불던 일을 기술하고 있다.

한편 장편으로 여러 편의 노래를 지었는데, 〈임강가〉[48]는 어떤 사람에게 주는 것으로 무부가 강가에서 절사를 노래한 것이다. 특히 강도에서 적선을 막기 위해 축성을 했던 일과 남한산성의 일까지 언급하고 있는 것으로 보아, 선조 김상용을 염두에 둔 것으로 이해할 수 있다. 가아와 두 소년에게 준 〈서산가〉[49]에서는 "나아간 가운데 정숙한 두 소년이, 나를 위하여 춤을 일으키며 즐거움으로 삼네, 소매는 길고 바람은 높아 기세가 처마 끝 하늘에 닿는데, 통소와 피리의 변화무쌍한 곡조가 또 서로 빨라지네."라는 부분이 돋보인다.

235면.

47 김시보, 〈贈朴僉知 簫客〉, 『茅洲集』 卷之一, 『한국문집총간』 속 52, 241면.

48 김시보, 〈臨江歌贈人〉, 『茅洲集』 卷之四, 『한국문집총간』 속 52, 308면, 就中窈窕兩少年, 爲我起舞以爲樂. 袖長風高勢軒空, 簫管變調更相促.

49 김시보, 〈西山歌, 示家兒及兩少年〉, 『茅洲集』 卷之五, 『한국문집총간』 속 52, 340면.

김시보에게 가장 중요하게 지적할 수 있는 것은 김시보가 구체적인 가곡의 이름을 제시하지 않고 있지만, 중대엽을 애호하고 있다는 사실이다. 아들 숙행(肅行)과 함께 거문고를 타면서 지은 시이다. 본인이 타는 중대엽을 숙행은 북전조로 받아들이고 있다고 하면서, 격월한 북전보다 느린 중대엽을 더 좋아한다고 밝히고 있다.

내가 중대엽을 타는데	我弄中大葉
너는 북전조로 받아들이네.	爾受北殿操
북전은 비록 격월하지만	北殿雖激越
느린 소리가 좋은 것만 못하네.	不如緩聲好[50]

김창업이 김시보와 함께 행호선유를 떠나기 전에 김시보가 온 날에 거문고로 〈금일곡〉을 타던 것과 대비되는 것으로, 김창업과 김시보 모두 거문고로 타는 중대엽을 애호하고 있음을 알 수 있는 대목이다.

그리고 〈아모탄〉[51]에서도 지난해에 중대엽을 들었던 기억을 말하면서, 궁상을 따로 익히지 않고도 곡조를 고를 수 있었던 아이에 대한 마음을 밝히고 있는데, 〈아모탄〉은 아이의 어머니를 탄식하는 노래이다.

앓다가 일어나 아이의 어미를 만났는데	病起逢兒母
두 그루에 매화가 하얗네.	雙樹梅花白
매화는 오히려 촛불을 켜고 볼 수 있는데	梅花尙可秉燭看
외로운 거문고로 차마 〈청상곡〉을 타네.	孤琴忍奏淸商曲
아, 너의 어미와 아들은	嗟爾母與子
늘 내 거문고의 크고 작은 뜻을 따졌지.	每論吾琴大小旨

---

50 김시보, 〈與肅也鼓琴〉, 『茅洲集』 卷之七, 『한국문집총간』 속 52, 387면.

51 김시보, 〈兒母歎〉, 『茅洲集』 卷之八, 『한국문집총간』 속 52, 394면.

아이는 지금 어디로 가고 어미만 홀로 오는가? 兒今何去母獨來
생각하니 나로 하여금 마음이 불타게 하네. 念之使我心如燬
아이가 나서 상·작무를 출 나이에 이르지 않아 兒生未及舞象勺
나를 사랑하여 길이 정허각을 따랐네. 愛我長隨靜虛閣
지난 해에 나에게 중대엽을 들었는데 去年聞我中大葉
문득 궁상을 익히지 않고도 골랐네. 却調宮商不待習

한편 〈손님이 흩어지다〉에서는 중대엽을 중엽[52]이라 부르기도 한다.

대한의 바람과 색깔이 완고한 그늘을 깨뜨리고 大寒風色破頑陰
물에 비친 달의 흐르는 빛이 옛 거문고를 비추네. 水月流光照古琴
손님이 흩어진 뒤에 중대엽 소리가 길어지면 中葉聲長客散後
매화 바깥에 눈꽃이 나는 것을 알지 못하네. 不知梅外雪花深[53]

그리고 숙종 38년(1712) 김시보가 양구로 떠날 때에 마련한 전별연[54]은 마침 김창업이 연행을 떠나는 것을 환송하는 자리를 겸하고 있어서, 여러 사람이 참석하여 많은 작품을 지었는데, 〈연시비가(燕市悲歌)〉, 〈격호가(擊壺歌)〉 등이 언급되고 있다. 김창업, 조정만 등 여러 사람이 참석하고 김창흡도 나중에 이르렀다고 하였다.

그리고 김시보는 〈풍아별곡〉을 지은 권익륭과 오랜 기간 노래를 부르며 교유[55]하였다고 밝히고 있어서, 김창업과 함께 권익륭과의 교유가 끼

---

52 김시보, 〈客散〉, 『茅洲集』 卷之八, 『한국문집총가』 속 52, 400면.

53 김시보, 〈兒母歎〉, 『茅洲集』 卷之八, 『한국문집총간』 속 52, 394면.

54 김시보, 〈洗心臺別席 壬辰〉, 『茅洲集』 卷之五, 『한국문집총간』 속 52, 326면, 是會也, 盖餞余楊溝之行, 主翁叔亦將出塞, 計于役之遠近, 未知孰宜餞行也. 酒酣感慨, 使純兒抽韻, 韻至輒應, 篇章遂多. 寤齋趙兄, 蘭溪閔友, 密齋安友, 少輩七八人偕焉. 壬辰八月六日也. 三淵追至.

55 김시보, 〈雲根亭. 贈水城宰權大叔*益隆〉, 『茅洲集』 卷之四, 『한국문집총간』 속 52,

친 영향을 주목할 수 있다.

이상에서 살펴본 바와 같이 김시보는 특정한 가곡 레퍼토리를 내세우지는 않으면서, 거문고로 느린 곡조인 중대엽을 타는 것을 즐겼던 것으로 확인이 되어 김창업의 추향과 공통점을 지니는 것으로 볼 수 있다.

316면, 三十年前永保亭, 狂歌縱酒兩忘形.

2. 한역을 통한 전승의 변화와 공간 환기와 기억 확장

1) 한역을 통한 전승의 변화 모색

노랫말보다 노래에 초점을 맞춘 연행을 고려할 때 곡조에 바탕을 두고 노랫말이 구전되는 사정을 이해할 수 있는데, 그 중에서 노랫말이 지닌 의미를 되새기게 되면 언사(諺詞)로 전해지는 노랫말을 문자(文字)로 바꾸려는 시도가 빈번하게 일어날 수 있다. 우리말의 언사보다 한문의 문자로 고치면 격조가 더 오를 수 있다고 생각하거나, 때로 중국 사신을 배려한 노력도 포함하기도 한다.

16세기 이황의 〈도산십이곡〉, 이이의 〈고산구곡가〉, 정철의 〈관동별곡〉, 〈장진주사〉, 17세기 이항복의 〈철령가〉, 소현세자의 〈청석령가〉, 인조의 〈작구가〉 등이 대표적인 한역 사례이고, 가곡의 한역도 꾸준히 진행되고 있어서, 이황, 박순, 김인후의 작품을 한역하거나, 신수이가 지은 시조를 자식이 한역하여 문집에 수록하거나 이민보가 시조 8수를 한역한 것, 김양근이 시조 64수를 〈동조〉라는 표제 아래 번역하여 주제별로 묶은 것이 그것이다.

이황의 〈도산십이곡〉은 「도산십이곡발」에서 한시와 우리말 노래의 차이를 선명하게 설명하고 있어서 그 뒤로 육가의 수용이라는 점에서 다양한 육가 작품이 산출되기는 해도 한역한 사례를 찾기 어려운데, 이익(1681~1763)이 권상일에게 보낸 편지에서 숙종 43년(1717) 무렵에 자신이 번역했다고 밝히고 있다.

> 우연히 해묵은 책 상자를 뒤지다가 번역된 〈도산십이곡〉을 발견하였는데, 이것은 제가 30년 전에 멋대로 끼적거려 본 것입니다. 언문으로 쓴 것을 책상 위에 높이 올려놓고 보관하기에는 보기가 좋지 않아 한문으로 번역한 것으로서, 퇴계 선생에게 죄가 됨은 저도 잘 알고 있습니다. 하지만 한문으로 이미 써 놓은 것이라 가숙에서라도 전할까 하였으나 어세가 매우 어긋나서

혹 본래의 뜻을 잃기도 하였습니다. 부디 여러 번 자세히 따져서 잘못된 자구를 고쳐서 돌려 주시기 바랍니다. 그렇게 해 주신다면 앞으로는 여행이나 하면서 자연을 노래하고 음악을 연주하면서 교교(嘐嘐)하게 제 생애를 마칠까 합니다. 만약 제가 해 놓은 말이 세세한 것까지 모두 어긋난다고 하신다면 반드시 제 손가락을 깨물고 그 종이를 찢어 버릴 것이니, 더 이상 변명을 하지 않겠습니다. 부디 그대는 저의 단점을 잘 보완해 주시고 가볍게 손을 떼지 마십시오.[56]

이이의 〈고산구곡가〉 한역은 17세기 후반에 송시열이 중심이 되어 〈고산구곡가〉 판본을 만들고 〈고산구곡도〉를 그릴 계획을 세우고, 이를 종합하여 『고산구곡첩』을 제작하려고 하였으며, 20여 년이 지난 숙종 35년(1709) 무렵에 완성되었다.[57]

그 뒤에 김유(1653~1719)가 숙종 42년(1716)에 〈고산구곡가〉를 각 5언 6구의 〈번율곡선생고산구곡가〉[58] 10수로 한역하였다. 병신 처분이 이루어지고 얼마 지나지 않은 시점이다. 박세채의 고제로 송시열이 중심이 되어 〈고산구곡가〉를 한역하는 일에 참여하지 못하고, 자기 스스로 전 작품을 한역한 셈이다.

정철의 작품은 〈훈민가〉 보급을 포함하여 여러 사람의 관심에 올랐고, 노래는 역시 송강이라는 인식이 이어지고 있었던 것으로 확인된다.

---

56 이익, 「答權台仲 丁卯」, 『星湖先生全集』 卷之十四, 『한국문집총간』 198, 298면, 偶閱陳箱, 得翻譯陶山十二曲者, 此瀷三十年前 妄筆方言諺字, 恐防於丌上尊閣, 不免換轉爲之, 瀷自知罪也. 然文字旣成, 欲傳與家塾, 語勢甚覺齟齬, 或失本旨. 惟乞三四細譯, 改字易句, 還以見教焉. 逝將曳履歌詠, 金石八律, 嘐嘐然終吾生爾, 若曰見成底說, 一毫皆僭, 則亦必嚙指毁箋, 不復敢遁辭, 惟吾丈曲爲之護短, 無輕出手也.

57 이상원, 「조선후기 〈고산구곡가〉 수용 양상과 그 의미」, 『조선시대 시가사의 구도와 시각』(보고사, 2004), 233~258면, 최재남, 「〈고산구곡가〉 한역 과정과 참여자」, 『17세기 후반 정치·사회 변동과 시가사』(보고사, 2021), 142~148면 참조.

58 김유, 〈翻栗谷先生高山九曲歌 十首〉, 『儉齋集』 卷之四, 『한국문집총간』 속 50, 79면, 丙申(1716).

정철의 〈장진주사〉 한역[59]은 김춘택(1670~1717)이 친구이자 정철의 5대 손인 정진하(鄭鎭河, 1667~1710)가 〈장진주사〉를 노래하면서 속언(俗諺)으로 된 것을 안타까워하면서 문자로 옮겨달라고 하자 허락은 하고 이루지 못하다가, 정진하가 죽은 뒤에 5·7언 고체로 한역하여 그의 아들 정로(鄭櫓, 1694~1748)에게 준 것이다. 김춘택은 정철의 〈사미인곡〉과 〈속미인곡〉에 화답하여 〈별사미인곡〉[60]을 짓기도 하였다.

〈관동별곡〉 한역은 이전에 노래로 부르는 것을 듣던 것과 차원을 달리하면서 새로운 전승의 계기를 마련하는 것이라고 할 수 있다. 〈관동별곡〉 중에서 일정한 지소와 관련하여 해당 부분을 인용하면서 번역한 경우도 있고 전편을 번역한 사례도 있다.

17세기에 이경석(1595~1671)은 〈철원으로 가는 김학사 만균에게 주다〉[61]의 둘째 수에서 "〈관동별곡〉의 북관정에서, 북쪽을 바라보며 금정(禁庭)을 사모함을 어찌 견디랴?"라고 하여, 〈관동별곡〉의 '북관정' 대목을 인용하고 있다.

심유(1620~1688)는 〈학림 이행하 사군에게 부치다〉[62]에서 〈관동별곡〉 중의 말이라고 하면서 "은하수는 금란굴로 통하고, 백옥루에는 총석의 기둥이 남았네."라고 읊고 있는데, 해당 대목은 "금란굴 도라드러 총석정의 올라ᄒᆞ니 백옥루 남은 기둥 다만 네히 서 있고야"를 가리킨다. 그리고 마

---

59 김춘택, 〈翻鄭松江將進酒辭〉, 『北軒居士集』 卷之四, 『한국문집총간』 185, 62면.

60 김춘택, 〈又用前韻, 別思美人詞者, 吾所製, 而以諺爲之. 盖追和松江前後思美人詞也. 三詞皆以君臣取譬男女, 盖託於離騷之遺意者, 而然賤臣之與松江, 又有不同, 故別詞. 大旨, 以爲彼娘子猶嘗薦枕承恩, 雖遭放棄, 可無永傷, 惟此娘子, 無因緣而有別離, 此爲可恨云爾〉, 『北軒居士集』 卷之三, 囚海錄 詩, 『한국문집총간』 185, 52면, 新詞不要錦纏頭, 但願陽暉解燭幽. 未識君臣時會樂, 還同男女別來愁. 江潭綠草香堪折, 閶闔陰雲莽自浮. 千載瀛洲傳樂府, 幾教嫠婦泣孤舟.

61 이경석, 〈贈金學士*萬均鐵原之行〉, 『白軒先生集』 卷之十三, 『한국문집총간』 95, 561면, 關東曲裏北寬亭, 北望那堪戀禁庭.

62 심유, 〈寄鶴林李使君*行夏〉, 『梧灘集』 卷之十二, 『한국문집총간』 속 34, 392면, 銀河水通金蘭窟, 白玉樓餘叢石柱. 白鷗沙邊海棠雨.

지막 구절인 "모래 가에 백구가 날고, 해당화에 비가 내리다."는 해당 대목의 앞 부분인 "명사길 니근말이 취선을 빗기시러, 바다ᄒᆞᆯ 겻틔두고 해당화로 드러가니, 백구야 ᄂᆞ디마라 네벗인줄 엇디아ᄂᆞᆫ"을 가리키는 것이다.

한편 이서(1662~1723)는 화천에 이르러 〈관동별곡〉 중에서 화천을 말한 대목[63]을 환기하고 있는데, 해당 구절은 "화천 시내길히 풍악으로 버더잇다"이다.

김익(1723~1790)의 〈철원〉에서는 옛날 동주였던 철원에 들러서 정철의 북관정을 보면서 〈관동별곡〉을 환기하고 동주와 관련된 부분인 "동주 밤 계오 새와 북관정의 올나ᄒᆞ니 삼각산 제일봉이 ᄒᆞ마면 뵈리로다"[64]를 한역해서 옮기고 있다. 김익은 동주 작이라고 하여, "山窓(산창)이 寂寞(적막)ᄒᆞ니 夕陽(석양)이 거의로다 松杉(송삼) 깁흔 골의 伐木聲(벌목성)이 丁丁(정정)ᄒᆞ니 이곳의 隱君子(은군자) 잇ᄂᆞᆫ야 ᄎᆞᄌᆞ 볼가 ᄒᆞ노라."[65]라는 단가를 짓기도 하였다.

한편 신위(1769~1845)는 〈관동을 관찰하러 가는 경산각학을 보내다〉[66]의 첫째 수에서 〈관동별곡〉의 "옥절이 알픠 있네(有玉節前之)"를 들고 있고, 임천상(1754~?)은 〈관동별곡〉의 "명사길 니근믈이 취선을 빗기시러 바다ᄒᆞᆯ 겻틔두고 해당화로 드러가니"를 "십리명사해당화홍자(十里鳴沙海棠花紅者)"라고 하였다.

그런데 〈관동별곡〉의 해당 부분을 인용하여 한역하는 데에 그치지 않고 전편을 한역하기도 하였다. 박창원(1683~1753)은 〈관동별곡〉은 우리나라 사람이면 부녀자들도 모두 익혀서 외는데, 중국 사신이 노래를 듣고

---

63 이서, 「東遊錄」, 『弘道先生遺稿』 卷之五, 『한국문집총간』 속 54, 132면, 到花川, 忽憶關東別曲中語, 乃作一詩以記之. 詩曰, 曾見關東曲, 分明說花川, 今來踏此地, 此曲還依然.

64 김익, 〈鐵原〉, 『竹下集』 卷之三, 『한국문집총간』 240, 279면, 松江關東別曲, 有東州夜纔過, 北寬亭登臨, 三角山第一峯, 庶幾乎可見之辭.

65 김익, 「단가」, 『竹下集』 卷之四, 『한국문집총간』 240, 298면.

66 신위, 〈送經山閣學觀察關東 二首〉, 『警修堂全藁』 冊十三, 『한국문집총간』 291, 301면.

노랫말을 구하자 6언 230구로 한역하여 바친다[67]라고 하였다. 우리 노래의 중국 전파에 해당하는 것이다.

이 중에서 특별히 주목할 수 있는 것은 서명서(1711~1795)의 「제정송강관동별곡후」[68]이다. 김상헌, 권필의 시나 칠언 장편으로 한역한 사례에도 모두 그 경개만 말하고 있으므로, 〈관동별곡〉을 "구절을 따라 자세하게 논[逐節細論]"하겠다고 밝히면서, 크게 연군지의와 제세지의로 나누어 각 구절을 예시하고 있다.

우선 고신거국("고신거국에 백발도 하도할샤")에서 삼각산 제일봉("삼각산 제일봉이 ᄒᆞ마면 뵈리로다")까지, 일출("일출을 보리라 밤듕만 니러ᄒᆞ니")에서 근처("아마도 녈 구름이 근쳐의 머믈셰라")까지, 오십천("진주관 죽서루 오십천 ᄂᆞ린믈이")에서 목멱산("ᄎᆞᆯ하리 한강의 목멱의 다히고져")까지 등의 구절은 연군(戀君)의 뜻으로 보고 있고, 만이천봉("만이천봉을 역력히 혀여ᄒᆞ니")에서 형용체세("형용도 그지 업고 체세도 하도 ᄒᆞᆯ샤")까지, 천년 노룡("천년 노룡이 구ᄇᆡ구ᄇᆡ 셔려이셔")에서 음애("음애예 이은 풀을 다 살와 내여ᄉᆞ라")까지, 강릉대도호("강릉 대도호 풍속이 됴흘시고")에서 비옥가봉("비옥가봉이 이제도 잇다ᄒᆞᆯ다")까지, 백련화 한 가지("백련화 ᄒᆞᆫ가지를 뉘라셔 보내신고")에서 세계("일이 됴흔 세계 ᄂᆞᆷ대되 다뵈고져")까지, 사해("이 술 가져다가 사해에 고로ᄂᆞᆫ화")에서 억만창생("억만창생을 다 취케 ᄆᆡᆼ근후의")까지 등의 구절은 제세(濟世)의 뜻이라고 하였다. 작품론의 입장에서 다룬 사례라는 점에서 중요하게 인식해야 할 것이다.

〈사미인곡〉의 경우에도 이전에는 부르는 노래를 들은 기록이 대부분이었는데, 18세기 이후에는 한역하는 사례가 나타나고 있다. 그리고 한역의 방법에서도 여러 가지 시체를 사용한다고 밝혔는데, 가사가 지닌 갈래의 성격을 고려한 번역이라고 할 수 있다. 김상숙(1717~1792)은 사부

---

67 박창원, 〈關東別曲 嘐嘐子金濟大曰題上當有翻字〉, 『朴澹翁集』 中, 詞, 『한국문집총간』 속 64, 545면.

68 서명서, 「題鄭松江關東別曲後」, 『晩翁集』 卷二, 『한국문집총간』 속 79, 563면.

체로 〈사미인곡〉을 한역[69]하였으며, 뒷날 성해응(1769~1839)은 잡가요체[70]로 〈사미인곡〉을 한역하였다. 그리고 성해응은 김상숙의 한역을 보고 감회의 시 3수[71]를 짓기도 하였다.

이덕무(1741~1793)는 「관독일기」[72]에서 정철의 〈사미인곡〉을 읽으면서 김춘택이 한 말을 환기하고, 〈사미인곡〉 하단의 "출하리 싀여디여 범나븨 되오리라. 곳나모 가지마다 간ᄃᆡ족족 안니다가, 향므든 ᄂᆞᆯ애로 님의 오ᄉᆡ 올므미라. 님이야 날인줄 모ᄅᆞ셔도 내님조ᄎᆞ려 ᄒᆞ노라."를 한역하여 제시하면서 김춘택의 의견에 동의한다고 밝히고 있다.

소현세자의 〈청석령가〉와 인조의 〈작구가〉[73]는 권만(1688~1749)이 기록한 것으로 작가 문제를 포함하여 〈청석령가〉의 수용과 관련해 매우 중요한 정보를 제공하고 있다. 소현세자의 작품을 봉림대군의 작품으로 전환시킨 이면과, 인조의 내면을 이해하는 데에 긴요한 작품이라 할 수 있다. 소현세자의 〈청석령가〉와 인조가 지은 〈작구가〉의 내용은 다음과 같다.

청석령 지나거다 옥하관 어디메오　　青石嶺已過 玉河關何許
호풍도 차도 찰사 궂은 비는 무스 일고　　胡風寒復寒 淫雨是何事
아무나 이 행색 그려내어 님 계신 곳 전하랴?　　誰描我行色 傳之美人所

---

69 성대중, 「書坯窩所譯思美人曲後」, 『青城集』 卷之八, 『한국문집총간』 248, 511면, 김상숙 한역, 「思美人曲帖」(규장각 소장, 가람 고811.05-J462sm).

70 성해응, 「思美人曲解」, 『研經齋全集」 卷之一, 『한국문집총간』 273, 18면, 鄭松江竄江界作此詞, 盖寓戀君之心也. 淸陰金先生愛誦之, 朝夕輒歌咏, 其家兒童亦皆傳誦. 坯窩金公以詞賦體譯之, 有楚辭九章之音. 余又因之以雜歌謠體翻之. 然東人歌曲, 素無腔調, 若和方音讀之, 得其悽惋感傷之意, 雖婦人孺子, 亦能解其旨意, 若翻以雅語則殊覺索漠, 不能動人, 盖枘之不相合, 而亦余藻思之蕪也.

71 성해응, 〈謹題坯窩金公*相肅翻思美人曲〉, 『研經齋全集』 卷之五, 『한국문집총간』 273, 96면.

72 이덕무, 「觀讀日記 起九月初九日, 止十一月初一日」, 『青莊館全書』 卷之六, 『한국문집총간』 257, 107면, 寧死爲花蝶, 花樹枝枝坐, 願以香翅掣君衣. 君雖不知吾, 但願長隨君.

73 권만, 〈又爲長聲作最後殿〉, 『江左先生文集』 卷之三, 『한국문집총간』 209, 101면.

참새 새끼의 솜털 깃이 아직 자라지 않았는데	雀鷇毳羽未成鷇
심양 길 위를 간다고 차마 말하네.	忍說瀋陽道上去
뒤척이면서 가고 기면서 갈 터인데	輾轉去 匍匐去
네가 어떻게 다다르랴?	渠何得到抵
어미 새는 빈 둥지에서 근심스레 홀로 앉아	母鳥空巢悄獨坐
눈물이 흐르는 것을 막을 수가 없네.	淚下不自禦

청나라에 볼모로 갈 당시에 소현세자는 봉서를 비국에 내려서 성에서 나가겠다[74]라고 하였다. 〈작구가〉 중의 "심양 길 위를 간다고 차마 말하네.(忍說瀋陽道上去)"는 이 일을 환기하는 것으로 이해할 수 있다.

이와 함께 가곡의 한역은 계속되고 있다. 남유용(1698~1773)은 밤에 이웃집에서 부르는 노래를 듣고 그 소리[聲]로 인하여 장난 삼아 새로운 노래[新詞] 3결[75]을 짓는다고 하면서, 이황의 "청량산 육육봉을~", 박순의 "풍파에 놀란 사공~", 김인후의 "삼동의 베옷 입고~"를 제시하고 있다. 이웃집에서 부르는 노래가 이황, 박순, 김인후의 작품이라고 단정 짓기는 어렵지만, 그 노래 곡조를 듣고 거기에 얹어 부를 수 있는 새로운 노랫말을 이황, 박순, 김인후의 가곡에서 따온 것으로 볼 수 있다. 그러자 실제로 이 작품들은 모두 작가 미상이거나 다른 사람의 이름으로 전승되고 있어서 왜 이황, 박순, 김인후를 거론하고 있는지 관심이 필요한 부분이다.

이민보(1717~1799)가 세전하는 가곡 8수를 연성(演成)한 것은 '산거야취'와 '경세성속'이라는 주제를 지닌 것으로, "방언과 속된 말로 악부에 전하지 못하는 것"을 안타까워하면서 만연(漫演)[76]하였다고 하였다. 8수

---

74 『인조실록』 34권, 인조 15년 1월 22일(임술), 세자가 봉서를 비국에 내렸다. "태산이 이미 새알[鳥卵] 위에 드리워졌는데, 국가의 운명을 누가 경돌[磬石]처럼 굳건하게 하겠는가. 일이 너무도 급박해졌다. 나에게는 일단 동생이 있고 또 아들도 하나 있으니, 역시 종사(宗社)를 받들 수 있다. 내가 적에게 죽는다 하더라도 무슨 유감이 있겠는가. 내가 성에서 나가겠다는 뜻을 말하라."

75 남유용, 〈夜聞鄰歌, 倚其聲戱爲新詞三闋〉, 『雷淵集』 卷之八, 『한국문집총간』 217, 188면.

모두 『청구영언』에 수록되어 있으며, 4수는 김삼현, 장만, 김광욱, 김성최와 같이 작가가 밝혀졌고, 나머지 4수는 무명씨에 속한 것이다. 그러나 다른 가집에서는 한호, 이택, 월산대군, 인평대군 등으로 작가를 밝히기도 하였다. 첫째, 둘째, 다섯째, 여섯째, 일곱째 작품이 '산거야취'에 해당하고, 셋째, 넷째, 일곱째 작품이 '경세성속'에 해당한다고 할 수 있다. 첫째, 셋째, 다섯째, 일곱째 작품을 보도록 한다.

짚방석 내지마라 낙엽엔들 못안즈랴 客來勿布茵 落葉亦可藉
솔불 혀지마라 어졔 진달 도다온다 何必吹松火 月回如昨夜
아희야 박추산채ㄹ만정 업다말고 ᄂᆡ여라 蔬醪誠薄劣 續具毋徑罷

무명씨, 『청구』 319

감장새 작다 ᄒᆞ고 대붕아 웃지마라 鷦鷯信幺麽 大鵬何揚揚
구만리장천을 너도 ᄂᆞᆯ고 저도 ᄂᆞᆫ다 長天九萬里 汝翔渠亦翔
두어라 일반비조ㅣ니 네오 긔오 다르랴 同是一飛禽 小大竟誰詳

무명씨, 『청구』 446

세버들 가지 것거 낙근 고기 쒸여들고 手折細柳枝 穿得新釣魚
주가를 ᄎᆞ즈려 단교로 건너가니 行將訪酒家 短橋橫淸渠
왼 골에 행화 져 빠히니 갈 길 몰라 ᄒᆞ노라 村深杏花亂 指點迷所如

김광욱, 『청구』 160

추강에 밤이 드니 물결이 ᄎᆞ노ᄆᆡ라 秋江夜已深 洲虛波正寒
낙시 드리치니 고기 아니 무노ᄆᆡ라 投餌與潛魚 終不上釣竿
무심ᄒᆞᆫ ᄃᆞᆯ빗만 싯고 뷘 ᄇᆡ 저어 오노라 蘆花霜淅瀝 空船載月還

무명씨(월산대군), 『청구』 308

---

76 이민보, 〈余愛聽歌曲, 其言多合山居野趣, 亦足警世醒俗, 惜其方言俚辭樂府無傳, 漫演其語成八章〉, 『豐墅集』 卷之三, 『한국문집총간』 232, 341면.

신수이(1688~1768)의 시조는 본래 언문으로 지은 것으로, 아들 의명(義明)이 번역하여 부록으로 가사의 항목에 수록[77]하고 있다. 〈호탄가〉 1수, 〈사생가〉 3수, 〈자경가〉 1수, 〈충신가〉 1수 등 모두 6수이다.

한편 김양근(1734~1799)은 〈동조〉[78]라는 이름으로 가곡 64수를 한역하여 수록하고 있다. 오륜(12), 우애(2), 도학(4), 희경(3), 제우(1), 서일(7), 한적(13), 호상(3), 감상(5), 회상(1), 이별(2), 행역(1), 경치(7), 풍유(2), 고의(1) 등으로 나누어 배치하고 있다.

이와 함께 민요를 한역한 것도 중요하게 다루어야 한다. 민요에의 관심 증가가 결국 서정의 본질에 대한 탐색으로 연결되기 때문이다. 박준원(1739~1807)이 아이들이 부르는 〈풍혜요〉[79]를 번역한 경우이다. 짧으면서도 그 뜻이 절실하여, 참으로 부모를 사랑하는 뜻이 넘치는 것으로 보았다. 시경에서 〈요아(蓼莪)〉의 아래에 놓이지 않을 것이라고 보았다.

바람아 불지 마라 나뭇잎이 떨어진다.	風兮莫吹木葉落
세월아 가지 마라 부모가 늙어간다.	日月莫逝父母老
잎은 떨어져도 내년 봄에 다시 날 수 있지만	葉落猶可明春生
부모는 한 번 늙으면 다시 젊지 못하리.	父母一老不復少

77 신수이, 〈浩歎歌 登高作〉, 『黃皐集』 卷之二, 「附 歌辭 本諺錄. 子義明翻文」, 『한국문집총간』 속 69, 271면.

78 김양근, 〈東調〉, 『東埜集』 卷之四, 「樂府」, 『한국문집총간』 속 94, 72면, 間中日閱東人雜調, 以爲禦眠遣懷之資, 雖其作者命意, 各有雅俗之不同, 而風謠被絃, 亦不害爲勸懲之一助矣. 余於樂府素蔑裂, 而只效郭敬言之入洛聽歌, 雖不解曲, 亦能言佳引喉, 一唱三歎不足, 又輒逐一飜成, 凡詩百八十首, 口義之端的承接, 語法之委曲周旋, 固不無彼此之可議, 而如以九方歅相馬之術, 則猶可以彷想其萬一, 眞所謂格外步也. 聊此錄付書簏云.

79 박준원, 〈翻風兮謠*幷序〉, 『錦石集』 卷之三, 『한국문집총간』 255, 64면, 余閒居, 有里中兒歌風兮之謠, 其辭短而其志切, 眞情愛父母之意, 藹乎溢矣. 夫閭巷小兒, 豈知愛日之義, 而自然發於謳謠者如此, 民之性善, 其可誣乎. 此若出於聖人刪詩之時, 則其必採入於風雅, 而不在蓼莪之下者無疑矣. 余聞而深有所感, 乃翻其語爲句, 其下又以己意衍之爲句, 庶幾使覽者, 三復而詠歎云.

2) 시가 환기의 공간과 기억의 확장

시가 작품을 산생한 공간 또는 지소는 작품 자체의 성격을 분명하게 할 뿐만 아니라 시간이 흐른 뒤에도 다른 사람들에 의해 당시의 감흥을 되새기거나 재인식하게 한다. 개인적 인연으로 인한 수용의 경우도 있을 수 있지만, 정치·사회의 변동과 연계하여 역사적 함의를 내포하고 있는 경우에 더욱 그렇다고 볼 수 있다.

시가 환기의 공간으로 선죽교, 철령, 청석령, 옥류당 등을 상정할 수 있다. 개경의 선죽교에 들러서 정몽주의 행적을 살피고 정몽주의 〈단심가〉 혹은 〈백사가〉를 떠올리는 것이나, 17세기 초반에 이항복이 철령을 넘으면서 지은 〈철령가〉가 〈백운곡〉 등의 이름으로 불리면서 험준한 고개인 철령을 넘는 사람들에게 백사 이항복의 내면을 투영하는 것, 그리고 병자호란에 볼모로 잡혀가면서 소현세자가 지은 것으로 추정[80]되지만 봉림대군이 지은 것으로 널리 알려진 〈청석령가〉를 통해 사객(使客)의 신고를 자주 언급하게 되는 것이다. 그리고 낭원군 이간이 지낸 최락당이나 옥류동에 들러서 낭원군을 환기하는 경우도 살필 수 있고, 낙화암에서 백제 유민의 노래라고 하는 〈산유화〉, 〈고유란〉을 떠올리는 것도 해당할 수 있다. 이를 시가 환기의 공간이라고 한다면 특히 18세기에 이러한 양상이 두드러지고 이를 통해 기억을 되새기거나 확산시키는 계기로 삼기도 한다.

〈철령가〉의 경우 가곡으로 전해지는 노래는 슬픔의 눈물이 드러나고 있는데, 실제 이항복이 삼수로 유배되는 명을 받았다가 북청으로 바뀐 것을 두고 철령을 넘으면서 지은 시에서는 기쁜 마음이 드러나고 있다는 점을 환기할 필요가 있다. 시와 노래가 지닌 차이점이 드러난 것인지, 작시와 작가의 지향이 다른 때문인지 변별이 필요하다.

---

80 최재남, 「〈청석령가〉와 〈작구가〉의 통합적 이해」, 『어문연구』 49권 제4호, 통권 192호(한국어문교육연구회, 2021), 109~133면.

고신은 제인관을 건너지 못하였는데 孤臣不度濟人關
일월은 밝디밝고 우주는 넓기만 하네. 日月昭昭宇宙寬
푸른 바다의 성낸 소리는 바람의 기세이고 靑海怒聲風氣勢
백산의 외로운 그림자는 높은 산의 눈이네. 白山孤影雪孱顔
은혜가 보태니 변새의 얼음이 먼저 녹고 恩加沙塞氷先泮
마음이 든든하니 관하의 길도 어렵지 않네. 心健關河路不難
오직 천리 밖에서 임금 사모하는 꿈이 있어 唯有憶君千里夢
새벽에 달빛을 따라 조반으로 달려가네. 曉隨殘月趁朝班[81]

우선 개경의 선죽교에 들러서 정몽주의 혈흔이 남은 행적을 살피고 정몽주가 불렀다고 하는 〈단심가〉 혹은 〈백사가〉를 떠올리는 경우를 살피도록 한다. 만월대에 올라서 부르는 〈만월대가〉도 같은 맥락이다. 구체적 지소에서 구체적 작품을 연계시켜 기억을 확산시키는 셈이다.

홍세태(1653~1725)의 〈선죽교 병술〉[82]에서는 "선죽교의 슬픈 노래"라고 하여 선죽교와 비가를 바로 말하고 있다.

송도의 술을 울면서 마시고 痛飮松都酒
선죽교의 슬픈 노래를 부르네. 悲歌善竹橋
거친 터에서 지는 해를 보고 荒墟看落日
짧은 비석에서 지난 왕조를 어루만지네. 短碣撫前朝
천지는 일찍이 번복되었나니 天地曾飜覆
산하는 마침내 쓸쓸하네. 山河遂寂寥
샛바람에 피리를 부는 나그네의 뜻은 東風吹客意
평평하고 푸른 빛이 한결같이 아득하네. 平綠一迢迢

81 이항복, 〈始有三水之命, 命改北靑, 路踰鐵嶺, 喜而有作〉, 『白沙先生集』 卷之一, 『한국문집총간』 62, 182면.

82 홍세태, 〈善竹橋 丙戌〉, 『柳下集』 卷之四, 『한국문집총간』 167, 373면.

김원행(1702~1772)이 홍재(1707~1781)에게 보낸 편지[83]에서, 송도에 도착하여 박연폭포 등의 승지를 둘러본 뒤에, 만월대, 숭양묘, 선죽교의 순서로 찾았는데, 선죽교에서 혈흔을 보고 눈물을 흘리고, 함께 노니는 사람에게 선생이 남긴 노래 몇 곡[先生遺詞數闋]을 부르게 했는데, 듣는 사람들이 흐느끼게 되었으며, 충의가 사람의 마음을 움직이게 하는 것이 이와 같다고 하였다.

채제공((1720~1799)이 〈만월대가〉에서 읊은 내용 중에서 만월대와 선죽교와 관련된 부분이다. 〈만월대가〉와 직접 관련된 내용으로 "흥망", "오백 년", "황대", "추초" 등을 그대로 사용하고 있고, 선죽교에서는 〈단심가〉를 구체적으로 환기하지 않고 피의 흔적만 제시하고 있어서 차이가 있다.

흥망이 세차게 흐름을 어찌할거나	興亡滾滾可奈何
오백 년 세월이 흘러가는 물과 같았네.	五百年光如水逝
종거를 남으로 옮기니 저잣거리가 텅 비었고	鍾簴南遷市朝空
황량한 만월대엔 쓸쓸히 가을 풀만 우거졌네.	荒臺寂寂秋草翳
선죽교는 무너져 푸른 피가 말랐고	善竹橋傾碧血乾
추운 현절릉엔 은빛 바다가 막혔네.	顯節陵寒銀海閉
자손들이 만약 대대로 덕을 닦았다면	子孫若能世修德
패업이 어찌 하늘의 버림을 받았으랴?	覇業寧爲天所廢[84]

홍대용(1731~1783)의 〈미상기문〉은 영조 29년(1753)에 선죽교에 들러서 과음하고 〈임사의 노래〉를 부르게 하면서 강개하여 눈물을 흘린 사례이다.

계유년 봄에 선생이 서유할 때에 문생 김일묵이 따랐다. 이때 중종조가

---

83 김원행, 「與洪養之」, 『渼湖集』 卷之四, 『한국문집총간』 220, 92면, 仍尋善竹橋, 觀所謂血痕處, 又爲之流涕, 令伴遊者, 唱先生遺詞數闋, 聽者無不歔欷欲絶, 忠義之動人如是耶.

84 채제공, 〈滿月臺歌〉, 『樊巖先生集』 卷之十, 『한국문집총간』 235, 199면.

송경의 유수로 있었는데, 선생이 선죽교에 이르러 어슬렁거리며 옛일을 느꺼워하며 평소보다 술을 많이 마시고 일묵에게 포은의 〈임사의 노래〉를 부르게 하고 강개하여 눈물 흘리며 돌아왔다. 종조가 듣고 규계하기를,

"그대가 술이 취해서 노래를 부르며 후생을 이끌었으니 어찌 유폐가 없겠는가?"

하니, 선생이 웃고 대하기를,

"노래를 배우면서 이곳에서 노래하지 않고 장차 어느 곳에서 노래할 것이며, 마시는 일을 배우면서 이곳에서 마시지 않으면 장차 어느 때에 마시겠습니까?" 하였다.[85]

낭원군 이간의 계당인 옥류당도 시가 공간으로 주목할 수 있다. 실제 이간의 작품에서 옥류당을 지적하고 있기 때문이다.

천보산 ᄂᆞ린 물을 금곡촌에 흘러 두고
옥류당 지은 뜻을 아ᄂᆞᆫ다 모로ᄂᆞᆫ다
진실로 이 뜻을 알면 날인 줄을 알리라 『청구』 178

옥류당 됴탓 말 듯고 금곡촌의 드러가니
천보산하에 옥류수ㅣ ㅅ분이로다
두어라 요산요수를 알 니 업서 ᄒᆞ노라 『청구』 179

이질인 이하조(1640~1699)가 〈낭원공자의 옥류당에 제하다〉[86]에서 옥류당에 대하여 자세하게 읊고 있다. 옥류당은 양주 천보산 아래에 마련한

85 홍대용, 「渼上記聞」, 『湛軒書』「內集」 卷一, 『한국문집총간』 248, 32면, 癸酉春, 先生作西遊, 門生金一默從焉. 仲從祖時留守松京, 先生至善竹橋, 徘徊感古, 飮酒過於平日, 命一默歌圃隱臨死之歌, 慷慨泣下而歸. 從祖聞而規之曰, 君以酣歌引後生, 豈無流弊耶. 先生笑而對曰, 學歌而不歌於此, 將歌於何處. 學飮而不飮於此, 將飮於何時乎.

86 이하조, 〈題朗原公子玉流堂 甲戌〉, 『三秀軒稿』 卷之二, 『한국문집총간』 속 55, 524면.

것[87]이다.

공자의 계당이 이미 낙성되었는데	公子溪堂已落成
구슬같이 차가운 샘이 섬돌을 두르고 우네.	寒泉如玉遶階鳴
때때로 너럭바위에 와서 쌍으로 발을 드리우고	時來磐石雙垂足
간혹 외로운 소나무 밖에서 홀로 갓끈을 씻네.	或傍孤松獨濯纓
벽 위의 도서는 응당 절로 윤이 나고	壁上圖書應自潤
병 속의 마음의 운은 같은 맑음을 요하네.	壺中襟韻要同淸
밤낮으로 내리느라 쉴 틈이 없으니	泠泠日夜無休歇
길이 여러 분이 외고 읽은 소리에 화답하리.	長和諸郎誦讀聲

이서구(1754~1825)는 〈가을밤에 옥류당에서 묵다〉[88]에서 가을날 옥류당 주변의 풍경과 낭원군의 인품에 대해 말하고 있다.

매번 국화가 막 필 때를 좇아서 그윽히 찾으면	幽尋每趁菊花初
이곳이 우리 가문의 옛날 물러난 뒤의 오두막이네.	爲是吾宗舊退廬
창 바깥의 푸른 산은 길이 꼿꼿하고	戶外靑山長偃蹇
마을 주변의 누런 잎은 날로 쓸쓸해지네.	村邊黃葉日蕭踈
고인이 또한 아끼는 것은 가을과 겨울 사이인데	古人亦愛秋冬際
명사는 원래 나무와 돌에서 사는 것이 마땅하네.	名士元宜木石居
문득 우는 샘이 뜻에 맞을 수 있으니	却有鳴泉能會意
밤새도록 콸콸 흐르며 절로 섬돌을 도네.	終宵瀄瀄自循除

87 이재, 「朗原君墓碣」, 『陶菴先生集』 卷三十三, 『한국문집총간』 195, 175면. 性喜山水, 屢入楓岳, 徜徉忘返, 楊州天寶山下有谿壑之勝, 寘小築於其間, 筍輿獨往, 風致蕭然. 歿而仍葬于屋後.

88 이서구, 〈秋夜宿玉流堂〉, 『惕齋集』 卷之三, 『한국문집총간』 270, 60면.

3. 연행과 동사의 노래 레퍼토리

18세기 연행(燕行)을 통한 중국 여행과 동사(東槎)를 통한 일본 여행은 국제 정세의 변화에 대응하는 태도와 함께 위로와 연향의 자리에서 새로운 노래 레퍼토리를 확보하기도 하였다.

17세기 후반의 중국 사행은 청나라가 조선에 대한 불신을 감추지 않고 대군이나 왕족을 사신에 포함하도록 하였는데, 인평대군을 비롯하여 그 아들들인 이정, 이남, 이연 등이 사행에 참여하였고, 그 뒤에는 낭선군 이우, 낭원군 이간 등도 사행에 참여[89]하게 되었다. 그러나 경신년(1680) 정국의 변화로 인평대군의 아들들이 밀려나자 사정이 달라지기도 했다. 그럼에도 왕족을 사신에 포함하는 일은 18세기에 이르러서도 이어졌다. 이혼, 이훤, 이방, 이집, 이진, 이탄, 이요를 비롯한 왕족이 18세기 초반에서 후반에 이르기까지 정사로 사행에 참여하였다.

17세기 후반 이후에 사행의 노정에서 초하구와 청석령을 지나게 되면서 〈청석령가〉를 환기하면서 봉림대군이 겪은 고난을 떠올리고 사행의 신고를 함께 드러내기도 하였는데, 남구만, 남용익, 신정, 유상운, 오도일, 이세백 등이 〈청석령가〉와 관련하여 자신의 태도[90]를 표명하고 있다. 그런데 숙종 38년(1712) 김창업이 백형 김창집을 따라 연행할 때에 중형 김창협이 김창업에게 〈청석령가〉를 '와신상담의 초심'으로 해석하는 시를 보내면서 〈청석령가〉 해석의 의미를 새롭게 하였는데, 이의현 등이 이런 태도를 옹호하고 나섰다. 〈청석령가〉에 대하여 비가로 인식하는 것은 공통적이라 할 수 있다.

중국 사행에서 이른바 삼사라고 하는 정사, 부사, 서장관의 기록에서 중요한 정보를 얻을 수 있지만, 이들은 공식적으로 보고해야 했기 때문에

---

89 최재남, 『17세기 후반 정치·사회 변동과 시가사』(보고사, 2021), 107면.

90 최재남, 「〈청석령가〉의 수용과 대청 의식」, 『17세기 후반 정치·사회 변동과 시가사』(보고사, 2021), 212~220면.

개인적인 술회를 포함하는 일이 쉽지 않았을 것으로 추정된다. 이에 비해 이들 삼사의 수행원 자격으로 참여하게 된 같은 집안의 사람들이 적은 기록에서 보다 풍성한 내용을 확인할 수 있게 된다. 숙종 38년(1712) 11월에 정사 김창집[91]을 따라 연행에 참여한 김창업의 기록인 『노가재연행일기』, 경종 즉위년(1720) 6월에 이이명을 주청 정사[92]로 삼고 9월에는 이이명 등이 심양에 이르렀는데 이때 아버지를 따라 연행에 참여한 아들 이기지의 『일암연기』, 영조 41년(1765) 11월에 서장관[93]으로 떠나는 홍억(1722~1809)을 따라 연행에 참여한 조카 홍대용의 『을병연행록』, 정조 4년(1780)에 청나라 황제의 칠순을 맞아 하례 정사로 가는 박명원[94]의 사행에 참여한 재종제 박지원의 『열하일기』 등이 대표적이라 할 것이다.

이 중에서 홍대용이 참여한 사행은 악공이 동행했다는 특징이 있고, 박지원이 참여한 사행은 열하에 있는 청나라 황제를 만나기 위하여 갑자기 열하로 떠나야 했던 어려움[95]이 있었는데, 새롭고 독특한 경험이 박지

91 『숙종실록』 52권, 숙종 38년 11월 3일(임오), 『국역 숙종실록』 27, 187면, 동지사 겸사은사 김창집·부사 윤지인 등이 사폐하니, 인견을 명했다.

92 『경종실록』 1권, 경종 즉위년 6월 13일(무신), 『국역 경종실록』 1, 19면, 이이명을 고부 청시 승습 상사로, 이조를 부사로, 박성로를 서장관으로 삼았다.

93 『영조실록』 106권, 영조 41년 11월 2일(계유), 『국역 영조실록』 31, 121면, 동지사 순의군 이훤(李烜)과 김선행·홍억 등이 하직 인사를 하니, 임금이 소견하여 어찬을 내리고 사언시 각 2구를 몸소 써서 하사하여 그 사행을 영예롭게 하였다. 우리 나라의 당금(唐琴)·생황(笙簧)이 소리를 잘 이루지 못한다 하여 악공으로서 연행에 수행하는 자에게 그 음을 배워 오도록 명하였다.

94 『정조실록』 9권, 정조 4년 3월 20일(기해), 『국역 정조실록』 5, 243면, 박명원을 진하 겸 사은 정사로, 정원시를 부사로 삼았다. 한광근을 서장관으로 삼았는데, 곧 병으로 체차되고 조정진으로 대신하였다.

95 『정조실록』 10권, 정조 4년 9월 17일(임진), 『국역 정조실록』 6, 61~65면, 진하 겸사은 정사 박명원과 부사 정원시가 장계에 이르기를, "… 황제가 이미 5월 초 9일에 남경에서 어가를 돌려 22일에 열하로 행행하여 아직도 북경에 돌아오지 않았습니다. 그래서 성절 진하는 단지 어가를 수행한 문무 백관만 열하에서 하례를 거행하게 되었고 북경에 머물러 있는 신하들은 마땅히 망하례를 거행해야 하는데, 신 등도 참여할 예정입니다. 그런데 초4일 2경에 대사 장문금이 예부에서 통지하는 문서를 가지고 와서 보이며 말하기를, '조선의 정사·부사는 열하에 와서 하례를 행하라는 칙지를 받았으니, 데리고 갈 수행 관원과 수행인들의 성명을 모두 보고 단자에 기록하라.

원의 『열하일기』 같은 기록을 남기게 되었다고 할 수 있다.

한편 통신 사행을 가리키는 동사(東槎)는 정기적으로 떠나는 것이 아니라, 효종 6년(1655)에 조형이 정사로 떠난 사행, 숙종 8년(1682)에 윤지완이 정사로 다녀온 사행에 이어서, 숙종 37년(1711)에 조태억이 정사로 다녀온 사행, 숙종 45년(1719)에 홍치중이 정사로 참여한 사행, 영조 24년(1748)년 홍계희가 정사로 다녀온 사행, 그리고 영조 39년(1763) 조엄이 정사로 다녀온 계미사행 등이 통신사 사행의 경과라 할 수 있다. 그런데 통신 사행에는 제술관이라고 하는 직책이 있어서 일본 사람들과 글을 통한 교유를 담당하고 있었던 점을 주목할 수 있다.

1) 연행의 기록과 노래 레퍼토리

연행의 기록을 보면 연행의 노정에서 국내에서는 현지의 관리들이 사행을 떠나는 사람들과 사행에서 돌아오는 사람들을 위로하기 위한 연회를 베풀었는데, 이 자리에서 여러 가지 노래가 불렸다. 구체적인 노래 이름은 일일이 거론되지 않아도 다양한 노래가 불린 것으로 확인할 수 있다.

숙종 38년(1712) 김창업의 『연행일기』에서 주목할 수 있는 레퍼토리로 우선 잡가와 〈만상별곡〉을 들 수 있다. 이를 연행한 사람은 서장관의 마두로 참여한 직산[96]이라는 인물인데, 호가(胡歌)를 비롯하여 금수의 소리와 잡가, 우스운 놀이를 잘한다고 기록하고 있다. 이 중에서 의주 상인의 행적을 소재로 한 〈만상별곡〉을 노래로 부르고 있어서, 사행의 신고와 이해에 관련된 구체적 실상을 확인할 수 있다. 노래에 포함된 내용도 자

내일 사시에 출발할 것이다.'고 하였습니다."

96 稷山은 直山으로 기록되기도 하는데, 김창업과 함께 연행에 참여했던 부사군관 최덕중의 연행록인 『동행록』 에서 역하인으로 삼방서자 정주인 직산을 기록하고 있으며(최덕중, 『燕行錄』, 『同行錄』), 조태채가 정사 이정신이 부사로 참여한 경종 1년(1721) 연행록에서 삼방중방의 書者로 정주의 直山을 들고(이정신, 『櫟翁遺稿』 卷之七, 『연행록』 「員額」, 『한국문집총간』 속 53, 91면) 있어서 여러 차례 연행에 참여한 인물임을 알 수 있다.

세하게 기술하고 있다. 짐승 소리 흉내, 잡가, 호가, 〈만상별곡〉, '정주 아객', '병방 군관' 등의 레퍼토리를 연행한 것으로 확인된다. 모두 사행을 수행하는 과정에서 일어나는 일과 인물들의 일화를 노래로 부르고 있어서 유능한 예인이라고 할 수 있다.

> 듣건대, 서장관의 마두 직산이 제반 금수의 소리와 잡가, 우스운 놀이를 잘한다고 하여 불러서 시켜 보았더니, 호가(胡歌)를 부르는데 매우 비슷하여 듣는 사람들이 포복절도하였다. 〈만상별곡〉을 노래하였다. 이 노래는 의주의 상인이 가는 곳마다 실패한 뒤에, 여비를 빌어서 북경에 들어갔다가 또 손해를 보고, 은을 다 잃고서 의주로 나오니, 그 처자는 관가의 종이 되고 형벌을 받으며 귀양간다는 말들을 역력히 서술하는데, 도로를 왕래할 때 어렵고 군색스럽던 모습을 마치 눈으로 보는 듯이 그려 내고, 호인들과 문답하는 말은 한어를 섞어 써서 그 모습이 더욱 완연하였다.[97]

부기(府妓)를 포함한 가기들의 노래는 사행을 떠나는 사람들을 위한 위로의 잔치에서 중요한 역할을 하는데 구체적인 노래 레퍼토리를 밝히지 않은 경우가 많다.

> 비가 오다가 늦게 개어 바람이 불었다. 평야에 머물렀다.
>
> … 부기 사금(四金)은 노래를 잘 부르는 기생이라 하여 불려 왔는데, 목이 아프다는 핑계로 두어 곡만 부르고 말았다.[98]

> 잠시 후에 주장이 중씨를 모시고 함께 왔고 같은 성씨 수십 명과 더불어 풍악을 크게 벌여서 기생이 거의 60명은 넘었으나 곱게 생긴 여자는 하나

97 김창업, 『연행일기』 1월 11일, 『연행록선집』 Ⅳ, 247~248면.

98 김창업, 『연행일기』 11월 12일(신묘), 『연행록선집』 Ⅳ, 52면.

도 없었다. 그러나 노래와 거문고 솜씨는 다른 도보다 나았다.[99]

낙포선이 와서 기다렸으나 나는 불러 보지 않았으니, 대개 그가 상사 앞에서 노래 부른 것을 꺼렸기 때문이었다. 역 기생 혜색은 일찍이 귀여워했던 자이므로 와서 뵈었다.[100]

용천 기생 낙포선은 겨우 20세인데 노래와 미색이 모두 관서에서 으뜸으로 불렸다. 지난해 가어사를 따라 의주에 갔다가, 의주부윤에게 심문하는 곤장을 맞고 거의 죽었다가 다시 살아나 걸음이 아직도 절뚝거렸다. 그리하여 사신에게 수청을 들 수가 없었다. 그런데 내가 이날 특별히 불러 노래를 시켰더니, 목소리가 맑고 낭랑하여 대들보가 진동하였다.[101]

수청기 득례는 노래를 잘 불렀는데, 백씨는 강계가 그를 보고 싶어한다는 말을 듣고 보낸 것이었다. 나는 연당으로 돌아와 그 기생을 불러다 노래를 듣다가 밤이 깊어 돌려보냈다.[102]

사행 도중에 중국인들이 사신 일행의 노래를 듣고 싶어 할 경우에는 마지못하여 일행 중에서 노래를 부르기도 하였다. 사행에 참여한 사람들이 누구나 나서서 노래를 부를 수 있을 정도로 레퍼토리를 준비하고 있었다고 할 수 있다.

차 한 잔씩 돌린 뒤에 심부름하는 호인이 탁자 2개를 들고 와서 앞에 놓고, 또 한 사람은 소채 몇 접시를 놓았다. 각자 앞에 작은 접시 하나, 수

---

99 최덕중, 『연행록』 11월 13일, 『연행록선집』 Ⅲ(민족문화추진회, 1983), 183면.
100 최덕중, 『연행록』 3월 16일, 『연행록선집』 Ⅲ, 292면.
101 김창업, 『연행일기』 3월 16일, 『연행록선집』 Ⅳ, 574면.
102 김창업, 『연행일기』 3월 22일, 『연행록선집』 Ⅳ, 581면.

저 한 벌씩을 놓았다. 주전자에 술을 데워 따랐다. 술이 몇 순배 돌고 나서 주인이 노래를 듣고 싶다고 하였다. 노 선전관이 두 곡을 부르고, 가산 역노에게 다시 잇게 하였다. 주인은 탁자를 쳐 가면서 좋다고 하고, 스스로 비파를 가져와 뜯기도 하였다.[103]

그리고 도중에 중국의 악생을 만나 직접 생(笙)을 연주하는 것을 듣기도 하였다.

그 방에는 생(笙)이 탁상에 있기에, 내가 붓을 찾아 탁자 위에 쓰기를,
"이것은 무엇이라고 하는가?"
하니, 답하기를,
"생입니다."
하였다. 한 번 불기를 청하니, 소년이 즉시 한 곡조를 불었다. 소리가 맑고도 고와서 들을 만하였다. 작은 책 한 권을 꺼내어 나에게 보여 주는데, 바로 천지단(天地壇)과 일월단(日月壇)에 소용되는 악장이다. 그 글은 넉 자씩이며 한 줄에 네 구절을 썼는데, 작은 글자로 그 곁에 '사합'이니 '이합'이니 적혀 있다. 이것은 음악을 익히는 사람이 음절을 표시한 것인 듯하다. 소년이 1장씩 연주하고 나면 바로 손으로 시작하는 곳과 그치는 곳을 가리켰고, 또 그 다음 장을 연주하여 책 한 권을 모두 연주하고서 끝냈다. 다만 천지단에 초헌할 때만 연주가 없었으므로 까닭을 물으니, 초헌은 황제가 행하는 것이므로 취주할 수 없다고 한다.[104]

이렇듯 사행의 노정에서 마련한 전별과 위로의 잔치에서 기녀가 부르는 노래가 있었지만, 구체적인 노래 레퍼토리는 제시되지 않고, 오히려

103 김창업, 『연행일기』 1월 25일, 『연행록선집』 Ⅳ, 302면.
104 김창업, 『연행일기』 1월 25일(계묘), 『연행록선집』 Ⅳ, 282~283면.

사신을 수행하는 사람들이 부르는 노래가 소개되고 있다.

이에 비해 경종 즉위년(1720)에 고부사로 떠나는 이이명을 따라 연행에 참여했던 이기지는 북경에서 풍악을 포함한 노래를 베풀려고 하자 상중[105]이라고 배척하고 있다.

한편 조태채(1660~1722)는 경종 즉위년(1720)의 사행에서 청석령을 지나면서 효종의 가곡[106]이 신하의 마음을 슬프게 한다고 하였다.

유척기(1691~1767)는 경종 1년(1721)에 서장관으로 사행에 참여하면서 청석령[107]에 이르러 부사 조태억에게 드리는 시에서 〈단가〉를 언급하고 있다.

그리고 권이진(1668~1734)은 경종 3년(1723)에 부사로 연행에 참여하는 과정에 초하구[108]를 지나면서 숙종 21년(1695)에 부사로 연행에 참여한 홍수주의 운을 따서 효종의 가곡을 말하고 있다.

조상경(1681~1746)은 영조 7년(1731) 부사로 연행에 참여하여 청석령에서 느낌을 적은 시[109]에서 성조(聖祖)가 이곳을 지나며 비가를 불렀다고 하였으며, 첨부한 서장관 이일제의 시에서도 '청석령가'를 언급하고 있다.

---

105 이기지, 『일암연기』(한국학중앙연구원 출판부, 2016), 212면, 食後, 甲軍楊哥與彈箏唱歌人入坐, 坐便彈之 余言, 吾輩服喪來, 不可聽樂, 須勿彈也. 楊哥强之, 急引一二聲, 使萬億驅出其人, 則却要扇子, 盖爲得面皮而來也.

106 조태채, 〈青石嶺〉, 『二憂堂集』 卷之一, 『한국문집총간』 176, 9면, 崎嶇嶺路過逶迤, 雪裏胡風冷逼肌. 悵望草河何處是, 聖君歌曲小臣悲.

107 유척기, 〈青石嶺, 志感呈副使〉, 『知守齋集』 卷之一, 『한국문집총간』 213, 214면, 橫空大嶺石陂陀, 直北脩程萬里賖. 今日微臣偏感慨, 當年聖祖此經過. 中途遺恨虛神算, 後代流傳尙短歌. 冠蓋年年長結轍, 淸風羞濯古灤河.

108 권이진, 〈草河溝, *洪甥示其爺壺隱公到草河溝韻, 故仍次之〉, 『有懷堂先生集』 卷之二, 『한국문집총간』 속 56, 182면, 翠華何日過河溝, 痛哭當季羑里謳. 大業中途猶未半, 此中風雨不勝愁. *孝廟過此溝. 有謌曲云.

109 조상경, 〈青石嶺志感〉, 『鶴塘遺稿』 冊二, 『한국문집총간』 속 63, 46면, 聖祖何年過此嶺, 悲歌一曲出燕關. 叢林亂石千回路, 虐雪陰風萬疊山. 行李至今懷歷歷, 東民誰不涕潸潸. 春秋大義無人解, 中夜沉吟鬢欲斑. 그리고 서장관으로 참여했던 이일제의 시도 첨부하고 있다. 附[君敬] 氷轅雪窖當年恨, 聖祖龍潛北出關. 去國衣冠淹日月, 凝情笳皷杳江山. 遼城宮毁懷何及, 石嶺歌悲涕欲潸. 所賴吾東遺烈在, 春秋一部暎斑斑. 君敬.

영조 8년(1732) 사행에서 이의현은 가사를 잘하는 12세의 기생에게 〈애강남부〉[110]를 부르게 하였는데, 간드러진 소리가 들을 만하다고 하였고, 초하구를 지나면서 효종의 〈청석령가〉를 번역하고 속가[111]를 짓기도 하였다. 돌아오는 길에 개경의 만월대에서는 〈만월대가〉[112]를 떠올리기도 하였다.

한편 숙종 10년(1734) 서장관으로 참여한 황재의 기록에서는 〈적벽부〉 등을 불렀다는 기록이 나온다.

> 동틀 무렵 서둘러 아침밥을 먹고 증산, 강서의 사또들과 함께 누선에 올라 성이 끝나는 곳까지 거슬러 올라가 보았다. 처음에는 부벽루와 영명사에 올라가고자 장경문으로 들어가려 하였으나 두 사또가 굳이 만류하는 바람에 그만두었다. 기생 몇이 따라 갔는데 〈적벽부〉를 외는 이가 있기에 피리 부는 사람을 불러다 함께 부르게 하였다.[113]

이상에서 검토한 바 1730년 어름까지는 김창협이 강조했던 〈청석령가〉의 '와신상담의 초심'은 언급조차 없고 김창업은 청석령과 초하구를 지나면서도 전혀 느꺼움을 드러내지 않고 있다.

2) 동사의 기억과 문화 차이

임란 이후 통신사의 파견은 대마도가 중심이 되어서 여러 가지 이해관계를 해소하는 일종의 국교 정상화의 성격을 띠었는데, 정기적인 일은

---

110 이의현, 〈有十二歲妓善爲歌詞, 使唱哀江南賦, 裊娜可聽〉, 『陶谷集』 卷之三, 『한국문집총간』 180, 377면, 蕭瑟平生庾子山, 十年淪落舊儒冠, 青娥尙得江關響, 唱斷遺詞月欲殘.

111 이의현, 〈過草河溝有感, 敬翻孝廟詞曲, 續以歌〉, 『陶谷集』 卷之三, 『한국문집총간』 180, 380면, 青石嶺過去否, 草河溝何處在. 胡風寒又寒, 冷雨何事霏霏洒. 阿誰畫出此行色, 九重宮闕奉八彩.

112 이의현, 〈滿月臺歌〉, 『陶谷集』 卷之三, 『한국문집총간』 180, 395면, 앞의 4구를 들면, 客登滿月臺, 悲歌憶前朝. 前朝繁華五百年, 只今遺跡空蕭條.

113 황재, 『갑인연행록』 권1, 영조 10년 7월 13일(병술).

아니지만 17세기에 7차례, 18세기에 4차례, 19세기에 1차례 이루어졌다.

17세기 후반에는 효종 6년(1655)에 조형이 정사, 유창이 부사, 남용익이 종사관으로 참여하였고, 숙종 8년(1682)에는 윤지완이 정사, 이언강이 부사, 박경후가 종사관, 성완이 제술관으로 참여하였다.

18세기에 들어서 숙종 37년(1711) 조태억이 정사, 임수간이 부사, 이방언이 종사관, 이현이 제술관으로 참여하였고, 숙종 45년(1719)에 홍치중이 정사, 황선이 부사, 이명언이 종사관, 신유한이 제술관으로 참여하였고, 영조 24년(1748)에 홍계희가 정사, 남태기가 부사, 조명채가 종사관, 박경행이 제술관으로 떠났으며, 영조 40년(1764)에는 조엄이 정사, 이인배가 부사, 김상익이 종사관, 남옥이 제술관이었다. 연행에서 삼사신 외에 수행했던 김창업, 이기지, 홍대용, 박지원 등이 중요한 기록을 남긴 것처럼, 통신 사행에서는 제술관으로 참여한 신유한, 남옥 등이 중요한 기록을 남겼고, 특히 계미사행이라고 부르는 영조 40년(1764) 통신사 일행에는 성대중, 원중거, 김인겸이 서기로 참여하였는데, 성대중과 원중거가 사행의 기록을 남기고 김인겸이 〈일동장유가〉를 지었으며, 역관으로 참여한 이언진이 시를 비롯하여 여러 기록을 남겼다. 숙종 37년(1711) 통신사 사행에서 17세기 후반의 전례를 따라 충주·안동·경주의 연향을 정지하고, 동래에서만 설연[114]하도록 하였다. 그러나 실제로 임수간의 『동사일기』에 따르면, 안동[115], 의성, 경주 등에서 풍악을 베풀었다고 기록하고 있다.

연행의 기록이 『연행록선집』으로 묶인 것에 견주어 동사의 기록은 『해행총재』로 묶어서 발간되었는데, 그중에서 중요하게 살필 기록은 다음과 같다.

---

114 『숙종실록』 50권, 숙종 37년 1월 25일(갑인), 『국역 숙종실록』 26, 140~141면.

115 임수간, 『동사일기』 건, 숙종 37년(1711) 5월 25일, 『해행총재』 Ⅸ, 156~157면. 안동에 묵으면서 정사와 주인 여휴경 필용으로 더불어 진남루에 가 마상재(馬上才)를 보았는데, 외지로부터 구경하기 위해 온 사민들이 무려 수천 명이었다. 이어 기악을 베풀다가, 강무당으로 옮겨 가 활쏘기를 구경했다. 일행이 한자리에 모여 풍악을 베풀고 술을 마시다가 날이 저물어서야 헤어져 돌아왔다.

연도	저자	제목	출전	비고
효종6(1655)	남용익	부상록	해행총재Ⅴ	종사관
숙종37(1711)	임수간	동사일기	해행총재Ⅸ	부사
숙종45(1719)	신유한	해유록	해행총재Ⅰ·Ⅱ	제술관
영조24(1748)	조명채	봉사일본시문견론	해행총재Ⅹ	종사관
영조40(1764)	조엄	해사일기	해행총재Ⅶ	정사

17세기 후반에 해당하는 효종 6년(1655)에 사행의 종사관으로 참여한 남용익의 기록에서는 통신 사행에 참여한 일행 중에서 파적거리로 '소 등의 곡조', '병아리 소리' 등을 부른 내용이 확인된다. 부사도 노래를 부르기도 하였다.

어두운 뒤에 두 사신이 와서 모였다. 뜰에 달이 한창 좋은데 파적할 거리가 없어 세 사신이 데리고 온 소동들을 불러 모아 각각 노래를 부르게 하였더니, 머뭇거리고 부끄러워서 혹은 '소 등[牛背]의 곡조'를 하고 혹은 '병아리 소리'를 하니 매우 우스웠다.[116]

상사와 더불어 부사의 방에서 담화를 하다가 침실에 돌아온 뒤에 문득 술 생각이 나서 독축관과 같이 석 잔을 마시고 부사도 또한 그 편비와 더불어 두어 잔 마시고 벽을 사이에 두고 시를 외우더니, 연거푸 사람을 보내어 청하므로 독축관과 함께 가서 한가지로 큰 잔으로 다섯 잔을 마시고, 남득정·정철선 및 소동으로 하여금 노래를 부르게 하고 부사 자신도 또한 노래를 부르다가 닭이 운 뒤에 크게 취하여 헤어졌다. 참으로 객사에 한 가지 즐거움인데 대개 무료 불평한 데서 나온 것이었다.[117]

116 남용익, 『부상일록』, 9월 8일(기축), 『해행총재』 Ⅴ, 478면, 招集三行小童, 各令唱歌, 逡巡愧縮, 或作牛背之調, 或作雞兒之聲, 已極可笑.

117 남용익, 『부상일록』, 하, 병신년 1월 25일(갑진), 『해행총재』 Ⅴ, 637면.

그런데 부사인 유창은 다음 시[118]에서 악포(鰐浦)의 판상 위에서 설의립이 비파를 타고, 김몽술과 장일춘이 피리를 불며, 문성삼이 퉁소를 타고, 막비 중에서 노래를 할 줄 아는 사람이 노래를 부르면서 망향의 마음을 달랜 내용을 말하고 있다.

다음은 숙종 37년(1711)의 통신 사행에서 부사로 참여한 임수간의 기록인데, 고향을 그리는 노래를 부르는 광경과 관백이 베푼 연례에서 악곡의 레퍼토리를 하나하나 소개하고 있다.

> 밤에 일행이 해안에 임하고 있는 관사 앞에 모여 앉아 하늘에 걸린 달을 바라보니, 나그네의 시름은 더욱 쓸쓸하여 온 좌중은 수심에 잠겼다. 영인을 시켜 피리를 불게 했다. 편비 중에 노래하는 자 몇 사람의 그 음조가 처절하였으니 모두 고국을 그리는 곡조였다. 두어 순배 술을 들다가 헤어졌다.[119]

> 뜰에는 무대를 설치했는데 서너 칸 정도나 되며, 붉은 난간과 금빛 장식에 높이는 두어 자[尺]나 되었다. 남북에는 판제를 설치했고, 밑의 정원에는 푸른 비단 장막에 수술[流蘇]을 나열해 드리웠다. 그리고 위에는 칠판을 깔고 비단 돛자리를 설치했으며, 곁에는 두 개의 큰 북이 있는데 직경이 거의 5~6척이나 되는 것을 시렁에다 달았다. 그 북의 몸통은 둥글고 위는 뾰족하여 모양이 마치 불꽃과 같으며, 사면에는 용봉과 구름을 새기고 금은으로 칠했다.
>
> …

118 유창, 〈一自渡海以來, 戀闕思親, 了無興况, 行中雖有伶人, 未嘗一聽音樂. 及到馬島以後, 續聞家國平安之報, 離索雖甚, 憂念少弛, 昨日回泊鰐浦, 壺谷來會, 携手共登板屋之上, 仍要翠屛移船相對. 令樂工薛義立彈琵琶, 金夢述, 張一春吹笛, 文省三吹洞簫, 幕裨解歌者, 並喉而唱, 于時山月未落, 海濤無聲, 前後樓舡, 燈燭如星, 擧酒相屬, 以慰望鄕之思, 亦一樂事也. 聊述短章以記之. 時維二月初六日也〉, 『秋潭集』 卷之元, 『한국문집총간』 속 33, 93면, 鱷浦三更月, 篷窓萬里人. 琵琶傳法曲, 楊柳怨芳春. 誰是潯陽客, 翻疑呂洞賓. 聽終還寂寞, 滄海濶無津.

119 임수간, 『동사일기』 건, 8월 15일, 『해행총재』 Ⅸ, 179면.

붉은 수의를 입고 봉시관을 쓴 자 6인이 각각 금모를 잡고 나와 빠른 몸짓으로 돌며 춤을 추는데 그 반주가 화평하고도 조용했다. 이렇게 세 차례를 교대하여 나오는데 복색은 각각 달랐다. 원여가 곁에 있다가 악보의 뜻을 적어 보이는데, 이는 곧 천황이 개벽한 공덕을 형용하는 악으로서 일명 〈언무악(偃武樂)〉이라 하며, 모든 곡에 반드시 먼저 이 춤을 춘다고 한다.

다음은 〈삼삼대염(三三臺鹽)〉을 연주하는데, 봉관에 붉은 옷 입은 자 6인이 줄을 갈라서 춤을 추니 바로 옛 악부의 〈석석염(昔昔鹽)〉 같은 종류라고 하며, 다음에는 〈장보악(長保樂)〉을 연주하는데, 봉관에 푸른 옷 입은 자 6인이 와서 춤을 추니 이는 고려의 악부라 하며, 다음은 〈앙궁악(央宮樂)〉을 연주하는데, 붉은 옷에다 권각모를 쓴 다음 모자 위에는 꽃을 꽂고 빈변에는 초미를 꽂은 자 4인이 곡조에 맞추되 옹용한 기상이 약간 모자라고 음악 역시 처량한 듯하니 곧 본국의 악이라 하며, … 다음은 〈임가(林歌)〉를 연주했는데, 엷은 녹색 옷에 황백서를 수놓고 꽃 옷자락을 끌고 봉관을 쓴 자 4인으로서 역시 고려부(高麗部)라 하며, … 그리고 피리[籥]를 잡고 춤을 추니 이것 역시 고려악이다. 무릇 고려악을 하는 자 중에는 혹 고려 사람의 자손이 있다고 한다.

이를 이미 파하고 〈장경자곡(長慶子曲)〉을 연주하여 끝내니, 이는 춤이 없고 곡으로 마치는 것이다.[120]

다음 숙종 45년(1719)에 제술관으로 참여한 신유한의 기록에서는 부산에서 좌수사가 베푼 잔치를 간략하게 기술하고 있다.

일찍이 출발하여 부산에 도착하였다. 좌수사 신공 명인이 객사에서 잔치를 베풀었는데, 세 사신이 흑단령을 갖추어 입고 수사와 마주 앉고, 일행의 원역 및 군관·서기가 차례로 좌석을 정하여 화상대찬을 받았다. 사신이 내

120 임수간, 『동사일기』 건, 11월 3일, 『해행총재』 IX, 215~218면.

가 도착한 것을 듣고 곧 공복을 갖추고 들어와 참석하게 하므로, 또한 자리에 들어가 접대를 받았다. 보니 경주·동래·밀양 고을 기생들이 음악에 맞추어 번갈아 춤을 추었다. 집이 떠나갈 듯한 웅장한 음악소리에 많은 구경꾼이 성안을 가득 메웠다. 밤중이 되어서야 파하고 성 밖 민가에서 유숙하였다.[121]

한편 대판에 이르러서 청루 기생들의 외설한 형상을 〈낭화여아곡〉으로 소개하고 있는데, 일본의 풍속과 문화를 바라보는 시각을 읽을 수 있다. 외설한 형상이 매우 추하여 입에 담을 수가 없지만 정욕이란 인간의 근본에 해당하는 것이므로 왜인의 신악부로 30수를 마련하였다고 하였다.

〈낭화여아곡(浪華女兒曲)〉 소서는 다음과 같다.

내가 사신을 따라 대판에 이르러 보니 가옥·시가·남녀 의복의 찬란함은 자못 천하의 기이한 풍경이었다. 대저 바다 오랑캐의 모든 구역 중에서 하나의 커다란 도회지였다. 그러나 그 풍요와 습속에 있어서는 추하여서 기록할 만한 것이 없었다. 간간이 관에 있는 통역의 말을 들어서 소위 청루 기생들의 외설한 모든 형상을 알고 보니 심히 추하여 입에 담을 수가 없었다. 그러나 예로부터 정욕의 근원은 남녀보다 깊은 것이 없으므로 향기로운 골방 속의 어여쁜 웃음이 거리의 민요가 되어, 바람처럼 움직이고 불[火]처럼 달려서 사지로 말 달리듯 한다. 그러므로 성왕의 정치 교화가 있는 것은 예를 만들어 백성을 감화시켜 금수에 이르지 않게 하기 위한 것이다. 그렇지 않다면, 중국에서도 정풍과 위풍이 있었는데 먼 만 리 밖 혜복의 지방에서 이무기[蛟] 창자에 새[鳥]의 말을 지저귀고 형제가 한 여인을 데리고 살고, 남녀가 목욕을 함께하는 자들을 어찌 논할 수 있겠는가.

… 나는 비록 시사(詩詞)에 익숙하지 못하나 자못 통역의 말을 취하여 운을 붙여서, 왜인의 신악부로 만든 것이 무릇 30장이나 된다. 이것은 다른

121 신유한, 『해유록』 상, 5월 13일(을유), 『해행총재』 Ⅰ, 370~371면.

날 돌아가 조정에 고하여, 풍요를 채집하는 군자로 하여금 이것을 참고할 수 있게 하기 위한 것이다.[122]

〈낭화여아곡〉은 우리로 치면 염곡에 해당하는 것인데, 30장 중에서 몇 장을 들어보도록 한다. 셋째, 아홉째, 열다섯 번째, 서른 번째 작품이다.

나의 집 칠보 등은 儂家七寶燈
밤마다 날을 샌다네. 夜夜達天曙
새 낭군이 누각에서 오면 新人從閣來
옛 서방은 문 열어주고 떠나네. 故人開門去

낭군은 님이 박정하다고 말하지만 郎言歡薄情
박정하기는 그대 같은 이도 없구려. 薄情無如汝
매번 한 번 즐길 때마다 십 금만을 주고서 十金每一歡
백금은 또 누구에게 주려나? 百金誰復與

낭군님 오실 때면 나는 술을 마시고 郎來儂飮酒
스스로 바보처럼 취했다고 말을 하네. 自言醉如癡
낭군님 가실 제는 나는 국수를 먹고 郎去儂食麪
스스로 뱃속에 뒤엉킨 실이 있다고 말하네. 自言膓有絲

천금 재산을 모으려 하지 말고 莫作千金産
나의 백년 사랑을 사세요. 買儂百年歡
풍신씨의 옛 궁전에도 豐臣舊宮殿
들풀이 돋아 미인을 묻었다네. 野草埋粧鬟

122 신유한, 『해유록』 상, 9월 9일(무인), 『해행총재』 Ⅰ, 485~486면.

그리고 창루의 기녀뿐만 아니라 남창도 있어서 어른이 소년을 사모하는 것을 그들의 본정이라고 보아 〈남창사〉 10장도 지었다. 첫째 수와 아홉째 수를 보도록 한다.

희롱 삼아 왜인의 말을 인용하여 남창사(男娼詞)를 지었다.

일본의 풍속이 음란함을 좋아한다. 내가 이미 청루 남녀에 대한 시를 지었는데, 또 남창의 요망스럽고 아리따움이 여자보다도 더 곱고 그 풍속이 음황을 탐하고 그것에 빠지는 것이 여자보다도 배나 더하였다. 나이 13, 14에서 28세가 된 미남자들이 향기 나는 기름을 머리에 발라서 감아 윤택한 것이 옻칠한 것과 같게 하고, 눈썹을 그리고 분을 바르고, 온갖 채색으로 그림을 그린 옷을 입고, 부채를 안고서 있는 것은 참으로 일종의 아름다운 꽃이었다. 왕공 귀인으로부터 부상 대호에 이르기까지 재물을 아끼지 않고 그들을 기르지 않은 이가 없어, 낮과 밤으로 함께 출입하여 서로 따르게 한다. 심지어 질투로 사람을 죽이는 자가 있기까지 하니 풍속의 해괴함이 이와 같았다. 이것은 정욕 중에도 특이한 경지로서 정·위의 세상에서도 듣지 못하던 것이니, 한나라 애제가 동현에게 하던 짓을 역사에 나무란 것이 곧 이것이던가? 나는 다시 통역의 말을 취하여 신사(新詞) 10장을 지어서 앞의 시편과 함께 전한다. 청루의 경우는 계집이 사내를 사모한 것이요, 남창의 경우는 어른이 소년을 사모한 것이니, 역시 그들의 본정이다.[123]

남경의 그림 비단 조선의 모시	南京畫錦朝鮮苧
그림 박은 경대가 팔촌이 넘네.	蒔薈粧奩八寸餘
청루에 가서 춘색을 취하지 않고	不向青樓貯春色
그대의 눈썹과 볼에 비추어 그대의 옷을 짓네.	照君眉頰製君裾

123 신유한, 『해유록』 상, 9월 9일(무인), 『해행총재』 Ⅰ, 492~493면.

계림의 사신이 하늘에서 내려오니	鷄林使者青霄下
찬란한 의관이 신선과 같네.	燁燁衣冠似衆仙
너에게 권하노니 수중의 부채를 뽑아	勸爾懷中抽畫扇
자리 앞에 꿇어앉아 시를 부탁하네.	錦茵前跪乞詩篇

대마도에서는 잡희를 구경하기도 하는데, 노래하는 자가 책을 앞에 놓고 책을 펴보면서 부르는 것이 마치 글을 읽는 것과 같고 그 소리는 범패[124]와 같았고, 잡희는 우리의 꼭두각시놀음과 같다고 하였다.

그리고 영조 24년(1748)에 통신사의 부사로 참여하는 남태기가 신유한에게 숙종 45년(1719) 통신 사행에서 제술관으로 참여하여 지은 기행시편을 요청하자, 신유한이 〈일동죽지사〉 34수[125]를 보내기도 하였다. 선행 동사 체험이 뒤에 통신사로 떠나는 사람들에게는 하나의 지남이 될 수 있다는 인식을 읽을 수 있다.

둘째 수와 다섯째 수, 서른네 번째 수이다.

굽고 굽은 항구에는 구름 물결이 돌고	彎碕曲港匝雲波
동쪽으로 종산을 가리키며 태수의 별장이라네.	東指鍾山太守窩
검은 깃의 높은 깃대에 붉게 칠한 우산이요	黑羽高旗紅漆傘
큰 거룻배로 맞이하는 것이 종씨의 왜이네.	大艑迎揖是宗倭

복강에서 십 리면 박다 나루인데	福崗十里博多津
신라의 한 옛 충신이네.	新羅一箇古忠臣

124 신유한, 『해유록』 상, 10월 9일(무신), 『해행총재』 Ⅰ, 539~540면.

125 신유한, 〈通信副使竹裏南公泰耆, 方乘月槎歷扶桑, 謂余曾有偸桃之緣, 願得紀行詩篇, 替作指南車, 余今鬅髮星星矣, 十洲佳處, 杳然如夢, 强草日東竹枝詞七言三十四首, 以佐櫂謳, 且曰珍重愼行李, 必以所得於彼者, 遆歌而和之也〉, 『青泉集』 卷之二, 『한국문집총간』 200, 265면.

포은 노인이 남긴 향기를 어느 곳에서 물으랴? 圃老遺芬何處問
돛 바깥의 그윽한 대숲에는 달이 반쯤 둥그네. 帆外幽篁月半輪

옥설 같은 부용에서 맵시 있는 모습을 보는데 芙蓉玉雪見容姿
왕왕 동남이 시를 풀고 짓네. 往往童男解賦詩
조옥의 젊은 낭자는 나이가 열다섯인데 粟屋小娘年十五
귀운(歸雲) 두 글자의 붓 힘이 얼마나 기이한가? 歸雲二字筆何奇

그리고 영조 24년(1748) 사행에 종사관으로 참여한 조명채의 기록에는 2월 16일 악포 항구에서 풍악을 울리는 것과 3월 16일의 왜인들의 〈나홍곡〉, 6월 6일에 무대를 설치하고 산대놀음이나 야류와 같은 잡희를 하는 광경 등을 기록하고 있다.

재판이 역관에게 청하여 옮겨서 고하기를,
"이곳 마을 사람이 사행의 광림을 뵐 수 있음을 더없는 영행으로 여깁니다. 풍악 소리를 들려주시기 바랍니다.…"
하기에, 곧 공인에게 명하여 각각 선미에서 삼현을 연주하게 하니, 모여와서 구경하는 왜인이 매우 많았는데, 다들 몹시 놀라고 기뻐하는 모양이었다. 처음에는 그들 남녀를 가릴 수 없었으나, 그 묶어 올려 깎지 않은 머리와 웃을 때면 보이는 검은 이를 찬찬히 보고서야 비로소 알았다.[126]

땅거미가 진 뒤에 태수가 현교를 타고 나오는데, 길가에 밝힌 등촉이 마치 우리나라의 횃불을 세워 놓은 것 같다. 선창에 이르러 채주에 타고 우리 배 곁을 스쳐 지날 때에 왜인들이 일제히 〈나홍곡(囉嗊曲)〉을 부르는데, 그들의 이른바 뱃노래라는 것이다. 한 사람이 먼저 부르면 5~6인이 화창하

126 조명채, 『봉사일본시견문록』 건, 영조 24년(1748) 2월 16일, 『해행총재』 X, 21면.

는데, 그 곡조가 도리의 축원 소리 같아서, 또한 맑은 것이 들을 만하다.[127]

앞뜰에 판각 3~4간을 설치하고 뒤에는 면포 휘장을 둘렀으며, 왜인 두 사람이 기다란 큰 농 하나를 어깨에 메어다가 뜰에 놓아둔다. 뜰 가운데 기둥 나무 네 개를 세우고 사면에 그물을 친 다음, 농문을 열어 공작 한 마리를 내어다가 그물 속에 넣어둔다. 공작의 머리는 꿩 같고 위에 빳빳이 선 털[竪毛]이 있으며, 털과 깃이 약간 푸르고 그다지 찬란하지는 않다. 대저, 그 모양은 그림에서 본 것과 다름이 없다. 몸집이 크기는 하나 학에 비하면 작고 다리가 길기는 하나 학에 비하면 짧다. 긴 꼬리가 매우 많고 길이는 3척이 넘는다. 그 울음소리는 늙은 닭소리 같다. 왜인 하나가 손에 흰 닭을 쥐고 그물 밖에서 보이며 그의 노기를 돋운 다음, 그물 속으로 던져 넣으니, 갑자기 마치 비바람이 몰아치는 소리가 났다. 공작이 성이 나 그 꼬리를 펴서 머리를 감싸는 것을 보니 흡사 큰 일산이 거꾸로 펴진 것 같아 한 번 기관거리가 됨직하였다. 공작의 소종래를 물었더니, 남경에서 나왔다고 한다. 시장 사람이 기르는데 물에 담근 밭벼의 쌀로 사육하고 또 빙당(氷糖)·수박 따위를 먹이는데, 일시 빌려다 구경하는 대가가 50민이라 한다.

모신 왜인이 과일과 술 등속을 연달아 올렸다. 조금 뒤에 보니, 새로 지은 판각 위에 희자의 제구를 설치하였는데, 대체로는 우리나라 산디 놀음[山臺]하는 사람이 야유를 설치하는 것과 같다. 작은 북, 짧은 장고에 그 소리는 언[凍] 것 같아 마치 우리나라 아이들이 하돈고(河豚鼓)와도 같으며, 칠적(漆笛)은 단소하여 음절이 이어지지 않으며, 해금·비파에 이르러서도 줄이 서넛 밖에 안 되어 더욱 소리가 되지 않았는데, 다만 만듦새가 정교할 뿐이다. 책을 가진 자 7~8인이 차례로 벌여 앉았으니 곧 이른바 가인이다. 책을 펴놓고 합창을 하는데, 처음에는 늙은 중이 염불하는 것 같다가, 다시 장님의 경외는 소리 같더니, 차츰 고함소리를 내고 목청을 한껏 돋우어 소리를

127 조명채, 『봉사일본시견문록』 건, 영조 24년(1748) 3월 16일, 『해행총재』 X, 63면.

내어 붉은 기운이 온 얼굴에 오르고 목줄기가 불끈 솟으며, 머리 흔들고 입 놀리는 해괴한 형상은 다 기록할 수 없다. 잡희를 잇따라 올린 것이 또 몇십 차인지 모를 정도였다. 그런데 그들이 이른바, '꽃이 비처럼 떨어지고(花落如雨)' '불이 일어나서 재가 된다.(火起灰成)'라 한 것은 환법(幻法), 마술이 아니고 모두 졸기여서 그다지 볼만한 게 못되고, 오직 뜰 구석 자갈 위를 보니 몇 사람의 왜인이 종일 꿇어앉아 잡인을 금지하는데, 고개를 숙이거나 무릎 앞을 내려다볼 뿐 한 번도 희자의 연극장으로 눈을 돌리지 않으며, 또 시끄럽게 떠들며 마구 나오는 자가 하나도 없어 그 엄정함이 이와 같으니, 볼 만한 것은 기율뿐이었다.[128]

다음 조엄을 정사로 출발한 계미(1763) 사행은 제술관 남옥을 비롯하여 서기로 성대중, 원중거, 김인겸을 동행하고 이언진은 역관으로 참여하여 다른 어느 때보다 풍성한 기록을 남기게 되었다. 이 중에서 남옥, 성대중은 서류 중의 인재라고 추천[129]을 받은 바 있다.

이상에서 17세기에서 18세기에 이어지는 시기에 연행과 동사의 노정에서 어떤 노래 레퍼토리를 부르고 있는지 확인하면서, 국내와 견주어질 수 있는 해외여행 체험에서 위로와 연향의 자리에서 노래가 지닌 의미를 살펴보았다.

18세기에 집중적으로 이루어지는 연행과 동사의 양상과 그 과정에서 확인되는 노래 레퍼토리는 다른 양상들과 함께 계속해서 살펴야 할 것이다.

---

128 조명채, 『봉사일본시문견록』 곤, 영조 24, 6월 6일(기미), 『해행총재』 X, 182~183면.

129 『영조실록』 105권, 영조 41년 6월 18일(임술), 『국역 영조실록』 31, 78면, 홍봉한이 또 이봉환·남옥·성대중은 서류 중에 인재라고 하여 추천하고 차례에 따라 조용하기를 청하니, 임금이 윤허하였다.

4. 가기에서 가객 또는 가자로

17세기 전반에 석개 → 칠이 → 아옥 등으로 이어지는 가기의 계보가 있어서 여러 레퍼토리를 담당했던 중요한 축이 가기[130]였는데, 17세기 후반에는 가기의 활동이 많이 위축되었던 것으로 나타난다. 17세기 후반에 풍류의 모임이 줄어들면서 가기의 활동이 위축되었고, 지역의 가기들이 선상기로 뽑히면서 가곡을 연마하는 일보다 개인 연회에 동원되고 있었고, 사대부들의 측실이 되었다가 방축되는 등 가기의 역할을 잃기도 하였다. 물론 관아에 소속되었던 가기들은 연회의 자리에서 공식적인 레퍼토리를 부르면서 가기 또는 가아의 역할을 수행하고 있었던 것은 일상적인 일이라고 할 수 있다.[131]

이와는 달리 함경도의 함산에서 추향 → 추성개 → 가련으로 이어지는 가기의 가계가 있어서 17세기 후반과 18세기까지 그 맥락을 확인할 수 있다.

1) 가기의 역할과 레퍼토리

가기들이 동원되어 노래를 부르는 일은 이미 17세기 후반에 민종도의 경우에서 확인할 수 있는데, 숙종 1년(1675)의 기록[132]에서 관서에서 기녀를 동원하여 노래를 부르게 하거나, 아버지의 집에서 연회를 베풀 때에 노래하는 기생을 가려 뽑아 보내기도 하였으며, 숙부 민암이 함경감사로 부임하자 양계 사이에서 기생과 풍악을 겨루기로 하였으나 실행하지 못했다고 하였다.

이러한 폐단이 숙종 6년(1680) 환국으로 일단 멈추기는 했지만, 숙종 8년(1683) 정명공주 잔치 마당에서 기녀이면서 장희재의 첩인 숙정이 노

---

130 최재남, 『17세기 전반 정치·사회 변동과 시가사』(보고사, 2018), 163~173면, 189~192면.

131 최재남, 『17세기 후반 정치·사회 변동과 시가사』(보고사, 2021), 161~169면.

132 『숙종실록』 4권, 숙종 1년 윤5월 12일(기해), 『국역 숙종실록』 2, 25면.

래를 잘했다[133]라고 하며, 그 이후에도 계속해서 거족이 관기를 첩으로 삼아 관기를 쇄환하는 법[134]이 엄중하지 못하다는 지적도 나왔다.

이러한 와중에 영조 45년(1769)에는 선상기를 데리고 사는 것을 금하면서 수탐[135]하기도 하였다.

이러한 가운데 관기 중에서 노래를 전문으로 부르는 가기에 대한 정보도 확인할 수 있는데, 서종태(1652~1719)가 동지사로 가면서 안주에서 만난 가기 효아에 대해 읊은 〈효아가〉[136]에서 안릉의 가기 효아가 노래로 이름이 알려졌다고 하면서, 서울에는 노래를 잘하는 사람들이 백 단위보다 많다고 하였다. 서종태는 숙종 28년(1702) 3월에 홍문관 제학으로 북도에 가서 별과를 설시하였고, 숙종 29년(1703) 8월에 동지사를 사양하다가, 10월에 동지 정사가 되어 부사 조태동과 서장관 김재와 사행에 올랐다.

안릉의 효아가 노래로 울리는데	安陵孝娥以歌鳴
한 시대에 이름이 봄 꾀꼬리처럼 지저귀네.	一時名侔囀春鶯
서울에는 노래를 잘하는 사람이 백 단위보다 많지만	京國善歌多百數
모두 하풍에 있어서 목이 잠기어 명성이 없네.	皆在下風喑無聲
…	
객 자리에 드물게 나아가도 이름은 여전히 성대하고	客筵稀進名猶盛
성대한 목에는 금석의 소리이네.	喉吻鬱鬱金石音

133 『숙종실록』 17권, 숙종 12년 12월 10일(경신), 『국역 숙종실록』 10, 155~156면.

134 『숙종실록』 41권, 숙종 31년 4월 13일(병자), 『국역 숙종실록』 22, 257~258면, 관기를 쇄환하는 법을 거듭 엄중히 하지 않은 것이 아닌데, 거실로서 관기를 솔축한 자들이 잠깐 보냈다가 갑자기 데려가 국법을 무서워하는 마음이 전혀 없으니, 이미 매우 놀라운 일입니다. 북로의 한 기녀가 외출함에 있어서는 방백의 내행과 길에서 서로 싸우기까지 하여 도로가 왁자하게 떠들썩하여서 낭자할 뿐만이 아니었다 하니, 정말 기강이 있다면 그대로 놓아둘 수 없습니다.

135 『영조실록』 112권, 영조 45년 4월 16일(무진), 『국역 영조실록』 33, 55면.

136 최석정의 아들인 최창대가 숙종 30년(1704) 서종태에게 글을 올리면서 〈효아가〉를 언급하고 있다. 최창대, 「上徐判書*甲申」, 『昆侖集』 卷之十一, 『한국문집총간』 183, 197면.

계문으로 가는 사자가 가는 수레를 멈추고	薊門使者駐征車
속된 노래로 벌레 우는 소리처럼 지저귀네.	俚謠啁哳同蟲唫
이름을 사모하여 불러서 나이를 물으니	慕名招來使之年
나이가 무창의 피리부는 노인과 짝한다네.	年與武昌笛老對
꽃다운 모습은 시들어도 말소리는 좋은데	容華凋落語音好
오히려 비단 입은 옛 풍모를 알겠네.	尙識綺羅舊風態
비로소 몇 곡조를 펴니 갑자기 청월하여	試發數調倏淸越
자리에 가득한 가기들의 기운을 뺏으려 하네.	滿筵歌妓氣欲奪
깊고 깊은 화관에 참으로 달이 희미한데	華館深深政微月
남은 소리가 들보를 감고 가는 구름을 막네.	餘音繞梁行雲遏
오묘한 〈양아〉는 〈황과〉를 쓸어내고	陽阿要妙掃皇荂
나그네의 많은 시름의 실마리를 풀어내네.	賴解征人愁緖多
심양의 강가의 노래와 비슷하여	髣髴潯陽江上曲
바람을 붙들고 역 속의 노래가 처참하네.	慘悽扶風驛裏歌
그대는 지금 궁하고 늙어서 소리의 기세 약해졌으나	爾今窮老聲氣微
여전히 빼어난 울림을 안고 곧 그대로 인정하리.	猶抱絶響乃爾爲
이름 아래 허무한 것이 없다고 어찌 다만 선비랴?	名下無虛豈但士
그대의 성대한 시절의 노래를 듣지 못함이 안타깝네.	恨不聽爾盛年時
사람이 살면서 예능 한 가지는 하늘에서 얻는 것인데	人生一藝皆天得
그대의 소리는 절로 사죽을 기울이네.	爾音自然傾絲竹
아, 효아가 얼마나 늙었는가?	嗟爾孝娥奈老何
세상에 천리마가 구유에 누운 것을 어찌 제한하랴?	世間何限驥伏櫪[137]

한편 남정중(1653~1704)이 강릉 사군 이희무가 아들의 문희연과 어버이의 수친연을 겸한 잔치 자리에서 축하하는 시를 짓자 사군이 가기로

---

137 서종태, 〈安州館. 因副使語, 戱作孝娥歌, 走草〉, 『晩靜堂集』 第四, 『한국문집총간』 163, 68면.

하여금 거문고 곡조에 새로 편입[新飜][138]하게 했다. 가기가 시를 곡으로 바꾸게 한 것으로 이해할 수 있다.

홍중성(1668~1735)은 숙종 29년(1703)에 진안의 동쪽 의암에서 뱃놀이를 하면서 여광주, 이진검 등과 함께 시를 지었는데, 금기와 가기 4인, 퉁소를 부는 사람 1인이 참여한 것을 기록[139]하고 있다. 갑자기 비가 내려서 잠시 자리를 옮겼다가 날이 개자 다시 나아가서 〈적벽부〉를 부르고 퉁소를 부는 사람이 화답하게 했다.

최창대(1669~1720)는 술자리에서 도잠의 〈귀거래사〉를 창하는 가기를 언급[140]하면서 느꺼움을 드러내고 있다.

그런데 정간(1692~1757)은 고을에 소속된 가아가 손님을 대접하는 자리에서 부르는 레퍼토리에 불만을 가지고 〈어부사〉 9장을 언문으로 번역[141]하여 익혀서 부르게 하였다. 노래 내용에 있어서 가기가 기존의 관습적인 레퍼토리에 따르는 데 대한 불만을 드러낸 것으로 볼 수 있다.

조귀명(1693~1737)은 영조 12년(1736)에 금강산을 기행하는 여정에 해산정에서 묵으면서 가기[142]에게 몇 곡을 연주하게 했는데, 노랫소리가 사나워진다고 하였다.

오원(1700~1740)의 풍악 기행에도 태수가 가기[143]와 거문고, 피리 등을 보냈다고 하였다.

---

138 남정중, 〈臨瀛使君李茂卿, 追設其胤持平君*坦聞喜筵, 兼設壽親之宴, 余以舊要赴其招, 有志賀詩, 使君令歌妓翻入琴曲, 同坐諸人均賦〉, 『碁峯集』 卷之一, 『한국문집총간』 속 51, 14면.

139 홍중성, 〈衣巖泛舟, 與呂師仲*光周, 李仲約*眞儉共賦. 幷序〉, 『芸窩集』 卷之一, 『한국문집총간』 속 57, 13면.

140 최창대, 〈酒席. 聞歌妓唱陶詞, 感而賦之〉, 『昆侖集』 卷之五, 『한국문집총간』 183, 93면.

141 정간, 〈縣衙聽漁父歌*幷小序〉, 『鳴皐先生文集』 卷之二, 『한국문집총간』 속 71, 385면.

142 조귀명, 〈記話 丙辰〉, 『東谿集』 卷之七, 『한국문집총간』 215, 153면, 四月望日, 宿海山亭, 海雲蔽月, 命歌妓於東欄, 奏數曲, 歌聲漸厲,而風起雲開, 月輪湧上, 望七星峰, 爛如銀佛.

143 오원, 「遊楓嶽日記」, 『月谷集』 卷之十, 『한국문집총간』 218, 492면, 太守送歌妓琴簫之屬, 且載酒具盛饌.

한편 김익(1723~1790)은 염체로 가기와 문답하는 시를 짓기도 하였다.

예에 따라 다리 위에서 손님을 보내고 돌아가는데	隨例橋頭送客歸
고운 노래 지은 뜻은 이별의 노래를 부르는 것이네.	纖歌作意唱離詞
관풍정 아래에 늘어진 버들은	觀風亭下垂垂柳
누가 길 떠나는 사람을 위하여 한 가지 꺾을까?	誰爲征人折一枝

* 가기에게 묻는 것이다.(右問歌妓)

하늘 끝에서 나그네를 보내며 애가 끊어지는데	送客天涯自斷腸
고당의 운우몽을 어찌 바라랴?	何須雲雨夢高唐
예에 따라 이별을 안타까워하는 노래를 한 번 바꾸니	一飜隨例傷離曲
이를 두고 정이 없거나 또 정이 있다고 말하네.	道是無情也有情

* 가기가 답한 것이다.(右歌妓答)[144]

한편 김귀주(1740~1786)는 정해년(1767)의 〈동유기〉[145]에서 고을의 수령이 가기들로 하여금 송강의 〈관동별곡〉과 〈어부사〉 등을 부르게 하였다.

이렇듯 각 지역의 가기는 공식적인 잔치의 자리나 사행을 떠나는 사람들을 위해서 또는 각 지역의 명소를 유람하는 사람들을 위하여 위안의 노래를 부르는 일을 주로 담당한 것으로 확인된다. 때로 신번을 마련하거나 여러 레퍼토리를 부르기는 하지만 독창적인 연행을 펼쳤다고 보기는 어렵다.

---

144 김익, 〈酒泉道上, 用稼亭別席事, 成艶體二絶, 寄上松桂軒, 以供一哂, 松桂軒, 醴泉官閣扁額〉, 『竹下集』 卷之二, 『한국문집총간』 240, 256면.

145 김귀주, 「東遊記」, 『可庵遺稿』 卷之十七, 『한국문집총간』 속 98, 302면, 時近晌午, 風靜日朗, 只使歌妓數輩儲于從舡, 唱松江別曲, 漁父詞, 泛泛去來.

2) 북유의 여정과 가기 가련

북유(北遊)는 관북 지역 즉 함경도 지역을 여행하는 것인데, 가장 험한 지역이라서 유람의 성격보다 공무나 유배 등으로 인한 갖가지 신고가 드러나고 있다. 북유의 여정에서 가기를 통한 소통의 계기가 마련되기도 한다. 덕원의 기녀 월중매와 함산의 기녀 가련의 경우가 그 사례이다. 사랑한다고 말한 상대가 떠나고 난 뒤에 마음이 바뀌는 월중매의 경우와 한결같은 마음을 이어가는 가련의 경우를 견줄 수 있다.

이헌경(1719~1791)이 홍중효가 북평사로 가서 노래를 잘 부르는 덕원기 월중매[146]에게 시를 지어주었고, 이헌경이 북쪽으로 유람하게 되자 노래를 잘하던 것을 기억하여 그 시를 찾아서 화운하여 보내기를 바랐는데, 이헌경이 그곳을 찾아가자 시는 이미 잃어버리고 월중매의 마음도 이미 저버렸다고 하였다. 그리고 홍중효가 증시를 한 주성의 기녀 도애(桃愛)와 초영(初英)[147]에 대해서도 관심을 가지고 있다.

이와는 달리 북유의 여정 중에 17세기 초반에서 18세기에 걸쳐서 함산 지역을 중심으로 추향과 그 손녀인 추성개 그리고 추성개의 손녀인 가련으로 이어지는 가계를 중심으로 가기의 전승과 그들이 부르는 노래 레퍼토리를 살필 수 있다.

추향은 17세기 전반에 장유를 비롯한 문인들의 증시가 있었는데, 장유는 금기[148]라고 하였고, 이명한은 추향이 영외의 늙은 기생으로 〈만정방〉을 다투어 부른다[149]라고 하였으며, 강백년은 추향에게 준 시에서 〈금루

---

146 이헌경, 〈嘲德源妓月中梅〉, 『艮翁先生文集』 卷之一, 『한국문집총간』 234, 20면, 栢西洪學士以評事過德源, 以詩贈歌妓月中梅, 及余之北遊也, 囑余往搜其詩, 和韻以贈. 盖愛其善歌也. 余來訪之則詩已失矣. 梅花負心, 可堪一笑. 遂題一絶以嘲之. 洪厓仙子舊題詩, 掛得寒梅半老枝. 客到尋梅詩不見, 梅神眞似負情兒.

147 이헌경, 〈贈姝城妓初英〉, 『艮翁先生文集』 卷之一, 『한국문집총간』 234, 20면.

148 장유, 〈次卷首韻, 贈鰲山琴妓*秋香〉, 『谿谷先生集』 卷之三十一, 『한국문집총간』 92, 522면.

149 이명한, 〈書長城妓秋香詩帖〉, 『白洲集』 卷之二, 『한국문집총간』 97, 252면, 南來爭唱滿庭芳.

곡〉[150]을 부르지 말라고 하였다. 추향이 〈만정방〉과 〈금루곡〉 등의 레퍼토리를 향유하고 있었음을 확인할 수 있다.

17세기 후반에는 추향의 손녀인 추성개에 대한 조종저(1631~1690)의 증시[151]가 확인되고 있다.

18세기 초반에는 오도일(1645~1703)이 추향에서 손녀인 추성개로 다시 추성개의 손녀인 가련으로 이어지는 가계와 가련에 대해 기록을 남기고 있다. 오도일이 숙종 28년(1702)에 가계를 설명하면서 32세의 가련에 대해 쓴 시에서 〈강남곡〉을 연주한다고 하였다. 둘째 수이다.

뺨을 두른 붉은 빛은 곧 취한 선녀인데	暈頰紅潮卽醉僊
어여쁘고 고운 모습은 절로 집안에서 전한 것이네	嬋姸艶態自家傳
거문고로 〈강남곡〉을 한 번 연주하니	瑤琴一奏江南曲
열 손가락 가녀린 손이 더욱 가련하네.	十指纖蔥更可憐[152]

이현조(1654~1710)는 함흥기 가련이 성천정이 준 시를 구송[153]하고 있다고 하며 자신도 차운하여 시를 주고 있다.

그런데 18세기 중반이 되면서 노기 가련(1671~1759)에 대한 관심이 새롭게 여러 사람에게 부각되고 있다.

이광덕(1690~1748)은 〈제증함흥노기시축〉[154]에서 가련이 〈전출사표〉

150 강백년, 〈端陽日, 贈歌妓秋香〉, 『雪峯遺稿』 卷之十, 『한국문집총간』 103, 95면, 秋娘且莫歌金縷.

151 조종저, 〈贈長城琴妓秋香女孫*丁巳〉, 『南岳集』 卷一, 『한국문집총간』 속 39, 514면, 〈戲贈長城琴妓秋聲介〉, 『南岳集』 卷一, 『한국문집총간』 속 39, 527면.

152 오도일, 〈長坡妓秋香, 能詩善琴歌, 名冠妓籍, 谿谷張太學士首爲詩以贈, 後來薦紳學士名能文辭者, 以次續和, 遂成卷軸香之名播於國中. 香今死矣, 其孫秋聲介已老矣. 而操琴一彈, 尙有嫋嫋家聲, 介之孫名可憐者, 有姿色且善琴, 余槩于是邑, 於妓籍中訊之, 認爲秋香之後孫, 而吟二絶贈, 其祖若孫用爲千古風流話本云爾〉, 『西坡集』 卷之八, 『한국문집총간』 152, 169면.

153 이현조, 〈咸興妓可憐口誦成天挺所贈詩, 仍次韻以贈〉, 『景淵堂先生詩集』 卷之四, 『한국문집총간』 168, 465면.

와 〈후출사표〉를 노래하여 '삼고초려' 대목에 이르면 맑은 눈물이 줄줄 흐른다고 하였다.

조현명(1691~1752)은 이광덕의 운을 따서 일흔에 천 리를 달려온 마음[155]을 읊고 있어서 가련이 일흔이 넘어서 조현명의 초청으로 송도를 유람한 시기로 추정되고 있다.

이헌경은 영조 29년(1753)에 함경에서 가련을 만나 〈출사표〉, 〈진정표〉, 〈오자지가〉 등을 외우고, 지나온 삶을 이야기하다가 헤어지면서 "만약 반쯤 늙은 몸이 먼저 죽었다면, 이학사를 만나볼 수 있었으랴? 여든셋의 나이에, 우연히 서로 만나서, 기쁘게 옛 일을 새로운 듯 말하니, 눈물을 이길 수 없네."라는 신번 1결을 지어서 노래[156]로 부르기도 했다.

이종성(1692~1759)은 영조 5년(1729)에 함산 기녀 가련의 시첩인 「가련첩」[157]에 대하여 글을 보내고 있다.

영조 30년(1754)에 북평사로 부임한 적이 있는 채제공은 가련이 84세에도 〈출사표〉[158]를 창하며 옛 사람의 시문을 글자 한 자 틀리지 않고 외

---

154 이광덕, 〈題贈咸興老妓詩軸 二首〉, 『冠陽詩集』 卷之一, 『한국문집총간』 209, 347면, 咸關女俠滿頭綠, 醉後高歌兩出師. 唱到草廬三顧語, 逐臣淸淚萬行垂.

155 조현명, 〈次李聖賴韻, 贈咸興老妓可憐〉, 『歸鹿集』 卷之三, 『한국문집총간』 212, 124면, 七十走千里, 〈又次可憐, 使之乞詩槎川〉, 〈臥雲瀑, 又贈可憐〉, 〈甁蓮下, 又贈可憐〉, 『歸鹿集』 卷之三, 『한국문집총간』 212, 124면.

156 이헌경, 〈咸京滯雨, 遇老妓可憐, 賦贈五絶〉, 『艮翁先生文集』 卷之一, 『한국문집총간』 234, 20면, 可憐年八十三, 歷叙疇昔, 意氣慨然. 夜深爲余誦孔明兩出師表, 李令伯陳情表, 五子之歌, 轂觫章, 其聲嗚咽怨訴, 令人隕淚. 自言少也, 爲成豐川傷所眄, 後事權按使歆, 誓不適他. 按使死, 仍守貞多年, 忽爲强暴所奪, 居常羞憤, 求死不得. 性本聰慧, 於書一覽輒記, 長於辭令, 應對捷給, 七十後赴歸鹿趙相國之召, 仍往觀高麗故都, 望朴淵瀑布而歸. 凡前後搢紳章甫之贈詩, 悉粧軸以藏之, 聞余之來, 匍匐相訪於逆旅, 劇談數夜, 自恨相見之晩, 臨別爲製新飜一闋歌以送之曰, 若使半老身先死, 可得相見李學士. 八十三春, 邂逅相逢, 歡然道故事如新, 不勝淚. 余遂賦五絶句, 以謝其意. 〈咸京滯雨, 贈別可憐婆〉, 『艮翁先生文集』 卷之四, 『한국문집총간』 234, 87면.

157 이종성, 〈走書咸山妓可憐帖〉, 『梧川先生集』 卷之一, 『한국문집총간』 214, 7면.

158 채제공, 〈咸興老妓可憐, 年八十有四, 唱出師表, 誦古人詩什不錯字, 間以譚諧皆理勝, 足令人警省, 薦紳士以女俠稱之, 固也. 然余所以賞愛可憐, 蓋有所感者存焉. 此則當憐與余知之爾〉, 『樊巖先生集』 卷之八, 『한국문집총간』 235, 164면.

며, 여협으로 일컬어지는 것을 말하면서 자신과 가련은 특별한 인연이 있다고 하면서 두 사람만이 아는 일이라고 하였다.

이에 앞서 이철보(1691~1770)는 「정묘연행록」(1747)에서 노기 가련에게 7언 절구 6수[159]를 주면서 〈출사표〉 등을 언급하고 있고, 이복원(1719~1792)은 가련이 여러 차례 찾아와서 시를 요구[160]한다고 하였다.

그런데 19세기에 이르러 박영원(1791~1854)이 가련에 대한 평가를 여기에서 여협(女俠)으로 일컬으면서, 철종 1년(1850)에 「가련첩」[161]의 전승에 대한 기록을 남기고 있다. 가련의 인품에 대하여 기개와 의리를 숭상하여 억지로 따르는 법이 없고 을묘년(1735)에 나라에 홍류(虹流)의 경사가 있을 때에 〈하청가(河淸歌)〉를 짓기도 하고, 〈출사표〉 외는 것을 좋아하였으며, 함산에 들르는 관리들에게 증시를 받아서 「가련첩」을 만들었다고 하였다.

3) 거문고와 함께하는 가자 또는 선창자

『청구영언』에서 선가(善歌), 선창(善唱), 가자(歌者)라고 하는 사람이

---

159 이철보, 〈贈老妓可憐〉, 『止庵遺稿』 冊二, 「정묘연행록」, 『한국문집총간』 속 71, 48면.

160 이복원, 〈老妓可憐屢來求詩, 書與一絶〉, 『雙溪遺稿』 卷之一, 『한국문집총간』 237, 5면.

161 박영원, 「可憐帖跋*庚戌」, 『梧墅集』 冊十三, 『한국문집총간』 302, 500면, 可憐者, 咸山女俠也. 其名雖編妓籍, 有志操, 尙氣義, 故以女俠稱. 憐素無裙釵態, 能知爲國忠, 慮嘗慨恨於己巳諸臣, 不能如三忠之盡分. 一按使欲令薦寢, 憐意有不屑, 死不從, 旣而使之歌, 歌半, 攙入數句譏諷語. 乙卯[1735]國家有虹流之慶, 作河淸歌以誦之. 善皷琹, 喜誦武侯出師表, 亦托意也. 臨死遺囑以表殉. 始憐之名, 膾炙都下, 冠盖過咸, 皆有贈詩, 旣老三入京洛, 遍謁名公鉅卿而求詩. 詩旣盈篋, 彙而粧之, 是曰可憐帖. 歲己丑[1829], 余過咸, 求所謂可憐帖, 府人曰, 不知所在, 窮搜而始得於老妓家, 已云多軼, 而尙九帖也. 塵煤渝凝, 然璚瑰珠玉, 琳瑯而璀璨也. 托通判曰, 善藏之, 俾芳烈與古蹟有傳也. 後二十年, 按玆營, 又索其帖, 皆已散失, 所餘只十七幅而已. 冠陽李太史[이광덕]再贈詩曰, 咸關女俠滿頭絲, 醉後高歌兩出師. 唱到草廬三顧語, 逐臣淸淚萬行垂. 世號此時爲壓軸, 而亦不在於斷爛中, 惜哉. 余喟然嘆曰, 古有髥婦之稱謂丈夫而無志氣, 猶女子也. 若女子而有丈夫之志氣, 况賤流而識君子之道者, 閱百世而幾希也. 其踈宕抗爽之風流節槩, 卽諸公詩而可見, 今其零金片羽之幸而得存者, 豈宜泯沒之哉. 遂令補綴而改粧, 置之樂府, 載之書籍. 憐生於辛亥(1671), 八十九歲而死. 府東雲田社, 有其塚, 書之石曰咸山女俠可憐之墓, 其陰有名, 憐生時所預治云. 搨其文, 登之帖.

나 『해동가요』의 「고금창가제씨」에 56인의 창가자들이 기록되어 있는데 이들은 노래를 전문적으로 잘하는 사람들이라고 할 수 있다.

이들 창가자 이외에도 문집의 기록을 통하여 박□, 김만언, 조창적, 학산수, 정홍철, 조원, 박세절 등이 가자로 활동하고 있음을 확인할 수 있고, 한편으로 이름은 확인되지 않지만, 거문고 등의 연주와 함께 노래를 담당하는 가자가 참여한 풍류의 자리를 여러 곳에서 검증할 수 있다.

이렇듯 금사와 함께 어우러지는 가자의 풍류는 다음의 사례에서 살필 수 있듯이, 서울에서 활동하고 있는 가자도 있고 지역에서 활동하고 있는 가자도 있으며, 서울에서 활동하다가 지역으로 옮긴 경우도 있다.

우선 서울에서 활동하고 있는 가자는 홍세태(1653~1725)가 경종 3년(1723)에 정내교를 비롯한 여러 사람들과 강씨정(康氏亭)에서 술을 마시는 자리에 금사와 가자가 모두 참석했다[162]라고 한 사례를 확인할 수 있다. 이 자리에서 정내교가 노래를 부른 것으로 보면 일반적인 가자보다 전문적인 가자로 볼 가능성이 크다.

맑은 못의 고목에 파란 사초가 비치는데	古木淸池映綠莎
주인이 손님을 머물게 하여 동쪽 언덕에 앉았네.	主人留客坐東坡
거문고 속에 범상한 말이 없음을 스스로 깨닫고	琴中自覺無凡語
술 마신 뒤에 한 번 멋대로 노래함을 누가 말리랴?	酒後誰禁一放歌
이는 전원에서 천호 등이 있으니	有是田園千戶等
거마가 온갖 근심이 많은 다른 곳을 보는 것이네.	看他車馬百憂多
금곡에 풍류가 있는 줄 일찍 알았거니와	早知金谷風流在
만 그루 나무에 꽃이 피면 다시 들르시게나.	萬樹花開許更過

---

162 홍세태, 〈康氏亭. 與鄭潤卿諸人飮, 時琴師歌者皆至〉, 『柳下集』 卷之十三, 『한국문집총간』 167, 545면.

그리고 신정하(1681~1716)가 홍세태에게 답한 편지에서는 〈출새곡〉 십수 편을 지어서 노래를 잘하는 사람에게 주겠다[163]고 하였다.

조문명(1680~1746)은 중흥사에서 달빛을 받으며 걷고 있는데 노래하는 사람이 있어서 운을 부른다[164]고 하였는데, 이때 가자는 일반적으로 노래하는 사람을 가리킨다고 할 것이다. 그리고 동성의 술자리에서 만난 가자[165]는 시를 요청했으며, 조문명은 가자를 이구년(李龜年)에 견주고 있다.

김이만(1683~1758)은 손님 중에 노래를 잘하는 사람[166]이 있어서 몇 곡을 불렀다고 밝히고 있다.

심육(1685~1753)은 자신의 주갑을 맞아 동생 방(防)이 술자리를 마련하고 가자를 불러서 즐거움을 도운 일[167]을 기록하고 있고, 유덕휘가 와서 거문고를 타자 가자도 함께 왔다[168]고 하였다. 수연의 자리에 가자가 참석하고, 금사와 가자가 함께 참석하고 있다.

또 강박(1690~1742)은 〈증가자조원〉[169]에서 가자 조원을 언급하고 있다.

오원(1700~1740)이 탕춘대에서 노닌 뒤에 집으로 돌아와 놀이[170]를 할

---

163 신정하, 〈答洪世泰〉, 『恕菴集』 卷之九, 『한국문집총간』 197, 348면, 欲作塞下曲數十篇, 以授諸姬善歌者, 而方患未有材力, 今此寄惠十絶, 篇篇皆佳, 恰有盛唐氣格, 方以此出授歌者, 僕當不復勞措筆矣.

164 조문명, 〈中興寺步月, 有歌者, 呼韻〉, 『鶴巖集』 冊一, 『한국문집총간』 192, 398면, 隨處層岩數疊歌, 晚來風急水聲多.

165 조문명, 〈東城酒席, 歌者請詩甚懇, 卒占一絶以贈〉, 『鶴巖集』 冊一, 『한국문집총간』 192, 418면, 風流爾自李龜年, 逢處尋常詩酒筵. 一曲淸歌鸚鵡杓, 吾能醉倒菊花天. *時行鸚鵡盃故云.

166 김이만, 〈客有善歌者歌數闋〉, 『鶴皐先生文集』 卷之四, 『한국문집총간』 속 65, 83면, 高歌一曲響靑天, 入耳誰能不灑然. 莫怪夜深雷雨動, 也應驚起老龍眠.

167 심육, 〈防弟以吾周甲設小酌, 以悅慈意, 吾不能止之. 酒至, 呼歌者助歡〉, 『樗村先生遺稿』 卷之十, 『한국문집총간』 207, 151면.

168 심육, 〈德輝又來皷琴, 歌者隨來〉, 『樗村先生遺稿』 卷之二十二, 『한국문집총간』 207, 350면. 유덕휘는 거문고를 타면서 신번 여러 가락을 얻었다고 하였다. 〈德輝彈琴, 自謂得新飜數調〉, 『樗村先生遺稿』 卷之十四, 『한국문집총간』 207, 204면.

169 강박, 〈贈歌者趙源, 得情字〉, 『菊圃先生集』 卷之二, 『한국문집총간』 속 70, 47면.

170 오원, 〈蕩春遊後, 又約同遊諸公卜夜于敝軒, 申周伯*維翰亦至, 客有鼓琴, 而歌者和之, 余又賦詩以佐其樂〉, 『월곡집』 권2, 『한국문집총간』 218, 330면.

때에 신유한도 참여하여 놀이를 베풀었는데, 객이 거문고를 타고 가자가 노래하고 자신은 시를 짓는다고 하였다. 금사와 시인과 가자가 한데 어울려서 거문고를 타고 노래를 부르고 시를 짓는 풍류의 자리를 가리킨다.

이삼환(1729~1813)이 무인년(1758) 봄에 한광전 등과 배를 타고 골짜기를 거슬러 오르면서 주행 연구로 지은 시[171]에서 신광수와 강세황이 마호에서 가자가 노래하는 것을 함께 다루고 있다.

그리고 박지원(1737~1805)은 「형언도필첩서」[172]에서 왕족으로 추정되는 학산수가 나라에서 알려진 선가자라 하였다. 그리고 학산수가 도적을 만나 노래로 감화시킨 일화까지 소개하고 있다.

한편 홍낙인(1740~1777)은 「읍청정소집서」[173]에서 가자 정내교와 김광택과 교유한 내용을 적고 있다.

---

171 이삼환, 〈戊寅春, 與韓景善*光傳陪烟客許丈乘舟溯峽. 共次洪致卿昆弟舟行聯句百韻, 沿江上下, 多名區勝蹟, 帆船所到, 隨境紀述. 但趁韻排次, 語多牽强, 覽者幸毋以聲病約之也〉, 『少眉山房藏』 卷之一, 『한국문집총간』 속 92, 7면, 記昔申石北, 姜豹菴諸名勝, 汎舟遊於麻湖之上, 歌者唱歌, 有奈之何可憐王孫歸不歸之辭. 石北擊節嗟賞, 豹菴曰, 何語奈之何歸不歸, 不成語勢. 石北曰然, 吾愛其聲調凄惋.

172 박지원, 「炯言挑筆帖序」, 『燕巖集』 卷之七, 「鍾北小選」, 『한국문집총간』 252, 110면, 鶴山守通國之善歌者也. 入山肄, 每一闋, 拾沙投屐, 滿屐乃歸, 嘗遇盜將殺之, 倚風而歌, 群盜莫不感激泣下者. 此所謂死生不入於心.

173 홍낙인, 「挹淸亭小集序」, 『安窩遺稿』 卷之五, 『한국문집총간』 속 99, 78면, 余性甚懶, 不樂與世人交, 獨喜從玄翁遊. 而平居呻佔之外, 好聽琴與歌, 每於胸中壹鬱之時, 用此而寫之. 時七夕之翌, 與玄翁逍遙於三淸之上, 白蓮峯之下, 金生亦從焉. 余所嘗愛者也. 有所謂挹淸亭者, 相携而入, 亭高地僻, 景物亦可意, 顧而樂之, 滃然而出者泉也, 翛然而來者風也, 於是客有琴者, 又有歌者, 相和而皷而唱之, 琴與泉而競淸, 歌隨風而益厲, 舒者如融雪春和, 急者如驟雨落葉, 聽之隱然有薄外慕遺世俗之意. 方其時也, 玄翁凭几而坐, 擊節而三歎, 劇飮大呼, 不知更有何物之爲可樂. 金生亦拂袖而舞, 左右回旋, 俯仰蹲蹲, 傍若無人者. 嗟夫, 玄翁, 文章之士, 旣老且死, 困苦益甚, 而意氣不衰. 金生以善大字名, 又有氣節, 彷彿燕趙士之風, 而世無知者, 故二人者無所用其心, 往往從酒所詩席, 發此簡傲不恭之態, 忼慨悲憤之習, 宜乎琴與歌不平者好之也. 若余者, 固非不平者, 且今之琴也歌也, 非古樂也, 宜若無可取, 而好之與二人無異者, 何也. 蓋其爲聲亦淸遠激越, 能感發人性情, 則余之好之也亦宜. 雖然, 余之好之也, 非爲其琴爲其歌也, 特好與二人遊, 故其好之也亦如是耶. 遂相與一笑而罷. 玄翁姓鄭, 名來僑, 金生名光澤.

나는 본성이 매우 게을러서 세상 사람들과 사귀는 것을 즐겨하지 않고 유독 현옹을 좇아 노는 것을 기뻐하고, 평소에 끙끙거리며 엿보는 외에는 거문고와 노래를 듣는 것을 좋아하여 늘 가슴속이 한결같이 막힐 때에는 이를 써서 없앴다. 때는 칠석 다음날에 현옹과 삼청의 위와 백련봉 아래에서 놀았는데 김생이 또한 따랐는데, 내가 일찍이 아끼던 사람이다. 이른바 읍청정이라는 것이 있는데, 서로 손을 잡고 들어가면 정은 높고 땅은 후미져서 경물은 뜻을 알 수 있고 돌아보고 즐기노라면 용솟음치면서 나오는 것이 샘이고 빠르게 오는 것이 바람이다. 이에 손님 중에 금사가 있고 또 가자가 있어서 서로 화답하면서 타고 노래하면 거문고와 샘이 맑음을 다투고, 노래는 바람을 따라 더욱 사나워져서 열리는 것이 눈이 녹고 봄이 따뜻해지는 것 같고, 빠른 것이 장마비에 잎이 떨어지는 것 같다. 듣노라면 은연 중에 희미하게 곁으로 세속을 떠난 뜻을 그리워하게 된다. 바야흐로 그 때에 현옹이 안석에 기대어 앉아 무릎을 치며 세 번 감탄하고 실컷 마시고 크게 소리치면 다시 어떤 것이 즐길 만한지 알지 못하고, 김생이 또한 소매를 떨치며 춤을 추면서 좌우로 돌면서 구부렸다 우러렀다 움츠렸다 하면 곁에 사람이 없는 것 같다. 아, 현옹은 문장의 선비인데 이미 늙어서 장차 죽게 되었으니 괴로움이 더욱 심하나 의기는 쇠하지 않았고, 김생은 큰 글씨를 잘 쓰는 것으로 이름이 나고 또 기절이 있어서 연조의 선비의 풍모와 비슷하다. 그러나 세상에 알아주는 사람이 없어서 그러므로 이 두 사람은 세상에 그 마음을 씀이 없으니 그러나 세상에 알아주는 사람이 없어서 그러므로 이 두 사람은 세상에 그 마음을 씀이 없으니 왕왕 술을 좇아서 시를 짓는 자리에서 이러한 대쪽같이 오만하고 공순하지 못한 태도와 강개하고 비분한 버릇을 펴니, 거문고와 노래가 불평하는 사람이 좋아하는 데에 마땅한 것인가? 나와 같은 사람은 진실로 불평하는 사람이 아니지만 또 오늘날의 거문고요 노래이니, 고악이 아니면 마땅히 취할 만한 것이 없는 것 같고, 두 사람과 더불어 다름이 없는 자를 좋아하니 어떤 일인가? 대개 그 소리됨은 또한 청원격렬하여 사람의 성정을 감발하게 할 수 있으니 곧 내가 좋아하는 것이 또한 마땅하다. 비록 그러하나 내가 좋아하는 것은 그 거문고와 그 노래가 아니라 특별히 두 사람과 노니는 것을 좋아하니, 그러므로 그 좋아하는 것이 또한 이와 같다. 마침내 서로 한바탕 웃고 파하다. 현옹은 성이 정씨이고 이름이 내교이며, 김생은 이름이 광택이다.

또 신위(1769~1841)는 쉰 살의 생일[174]에 가자 김억(1746~?)을 소개하고 있는데, 김억은 도화선(桃花仙)의 스승으로 이원악 일부와 함께 축하의 자리에 참석하였다. 김억은 홍대용의 집에서 풍류를 즐긴 박지원의 「하야연기」에 호가 풍무로 소개된 금사이자 가객이다.

이렇듯 서울에서 활동하고 있는 가자는 정내교, 학산수, 조원, 김억 등이 거론되고 있으며, 이름을 알 수 없는 가자들도 금사와 함께 어울리며 풍류의 자리를 펼치고 있다.

한편 각 지역에서 가자가 활동하고 있는 경우는 지역의 명소를 유람하는 과정에 고을에서 제공하는 배려가 내포되어 있다. 한편 홍대용과 성대중의 경우에서 보듯 해외 사행에서 가자의 역할도 주목할 수 있다.

임홍량(1634~1707)은 숙종 14년(1688)의 「관동기행」[175]에서 적공 응룡, 가자 2인, 금자 2인이 사전에 준비하여 동행한 내용을 말하고 있다.

권구(1658~1730)는 「풍아별곡후」[176]에서 권익륭(1660~?)이 지은 〈풍아별곡〉을 가자로 하여금 연주하게 하고 들었다고 하였다.

이해조(1660~1711)는 제주의 〈정방연〉[177]에서 적공이 몇 곡을 타고, 노

---

174 신위, 〈五十生朝口號*幷序〉, 『警修堂全藁』 冊五, 『한국문집총간』 291, 103면.

175 임홍량, 「關東記行」, 『敝帚遺稿』 卷之三, 『한국문집총간』 속 40, 585면, 聞笛工應龍, 卽本郡官隷也. 招使吹笛, 笛聲寥亮. 俄頃, 歌者琴者五六人繼至. 日已西矣, 月又東矣, 琴歌互答, 舞影蹁躚, 目寓耳得, 無非絶奇. … 躕躇間遙見湖之南岸, 有數人聯喉並唱, 歌聲淸徹湖心, 其人卽海山亭月夜琴歌者也. 盖吾輩自南江來此時, 使之隨來故也. 卽使彩船移泊南岸, 載與俱來, 歌者二琴者二, 進茶者一也. 余使應龍吹笛相和, 俯而視之, 則眞佳冶媚娬之觀也.

176 권구, 「題風雅別曲後」, 『灘村先生遺稿』 卷之一, 『한국문집총간』 속 52, 84면.

177 이해조, 〈正方淵*一名鷲鷺淵〉, 『鳴巖集』 卷之三, 『한국문집총간』 175, 498면, 時携

래를 잘하는 사람[善歌者]이 소나무에 기대어 화답한다고 하였다. 적공과 가자가 어우러진 풍류를 말하고 있다.

호탕한 바람과 물결이 눈앞에 가득한데 浩蕩風濤滿眼前
천 자의 옛 누대가 푸르게 섰네. 古臺千尺立蒼然
산을 꺾어 두르지 않아도 세 섬을 나누는데 不周山折分三島
은하수의 물결이 기울어 구천에 떨어지네. 銀漢波傾落九天
전복을 캐고 고기 잡는 표주박으로 멀리 배를 띄우고 採鰒漁瓠遙泛泛
소나무에 기댄 구름 덮개에 나부끼듯 앉았네. 倚松雲盖坐翩翩
강가의 성에서 피리로 〈매화곡〉 한 곡조를 부는데 梅花一曲江城笛
하늘 끝에서 시름을 죽이는 이적선이네. 愁殺天涯李謫仙

그리고 남유용(1698~1773)이 영조 11년(1735)에 제천의 정방사를 기행하고 쓴 「정백기」[178]에서는 금사 이원태와 동행하면서 가자 김만언을 소개하고 있다. 이원태가 거문고를 타고, 자신이 화답하여 노래하며, 유언유와 유성기가 참여하고 가자 김만언 등이 모두 제천 사람으로 참석하였다. 「유동음화악기」[179]에서는 고을의 박재성과 아객 김만언이 따라나섰다고 하였다.

윤봉조(1681~1761)는 영암에서 서울에 사는 박씨 성의 노래 잘하는 사람을 만났는데, 일찍이 박권의 집에서 본 적이 있다[180]고 하였다. 김유기, 이세춘 등과 같이 서울의 가객이 지역에서 활동한 경우에 해당한다.

서명응은 영조 42년(1766) 6월 14일에 연지봉에서 백두산 위에 이르

一笛工, 快弄數曲於瀑巖上, 幕屬有善歌者, 倚松而和之, 海天空闊, 淸音寥亮, 飄散於雲霄之間, 怳然緱嶺上, 簫聲也.

178 남유용, 「淨白記」, 『雷淵集』 卷之十四, 『한국문집총간』 217, 314면.

179 남유용, 「遊洞陰華嶽記」, 『雷淵集』 卷之十四, 『한국문집총간』 217, 300면.

180 윤봉조, 〈靈巖, 遇京居朴姓善謳者, 忘其名, 曾於故朴尙書*權家一見者也. 命歌終夜而別〉, 『圃巖集』 卷之三, 『한국문집총간』 193, 150면.

는 「백두산기」[181]에서 피리를 부는 사람, 해금을 타는 사람이 서너 곡을 탄 뒤에 가자가 화답하면서 속세를 떠난 듯한 느낌을 받기도 하였다.

이광려(1720~1783)는 전택량의 묘지명인 「동뢰옹묘지명」[182]에서 풍악 기행에서 부기 초영(楚英)이 노래를 잘한다고 기록하고 있으며, 나라 안에 이름이 알려졌다고 하였다.

장흥에 기반을 둔 위백규(1727~1798)는 열 살 무렵에 경보(京譜)를 익힌 박세절(1667?~?)을 소개하고 있는데, 중대엽과 평우조, 고조의 〈영산회상〉 등을 잘했다고 하였다.[183]

홍대용(1731~1783)이 연행의 기록인 「연로기략」[184]에서 생황을 잘 부는 승려에 견주어 노래를 조금 아는 역관에게 화답하게 한 일을 기록하고 있고, 다른 기록에서는 북경에서 피로인의 후손인 오상(吳商)을 만나 직접 가곡을 들으면서 거문고로 화답하였다고 적고 있다.

> 오가 상인[烏商]은 오림보의 동생으로, 그는 조선말을 약간 통하며, 가곡도 대강 할 줄을 안다. 대개 통관들은, 우리나라 사람으로서 포로가 된 이들의, 후손들이었다.
>
> 오가 상인이 일찍이 나를 찾아왔기에, 내가
>
> "그대의 가계는 본래 조선인이니, 우리들을 만날 적에 친구를 만난 듯이 기쁜가?"

---

181 서명응, 「遊白頭山記」, 『保晩齋集』 卷第八, 『한국문집총간』 233, 220면, 皆會于臙脂峯前止宿處, 少歇移時, 行四十里, 至泉水宿焉. 山空夜凉, 月色如水, 使吹篴彈嵇琴者, 弄三四曲而歌者和之, 翛然有出塵之意, 泉水卽去時午炊之地. 不能測北極, 是夜測之, 則去地亦四十二度小强.

182 이광려, 「東瀨翁墓誌銘」, 『李參奉集』 卷三, 『한국문집총간』 237, 277면.

183 위백규, 「格物說」, 『存齋集』 卷之十三, 『한국문집총간』 243, 274면, 余年十餘歲時, 有老人朴世節年七十餘, 爲人謹厚篤實, 少時學習京譜, 能唱中大葉平羽調, 其聲寬緩遲重, 聽者心夷氣暢. 每來過家君, 必命不肖聽之曰此是古調, 今人不喜, 此老死後, 此譜亡矣可惜. 余幼雖不識節族, 然聽之不知倦. … 世節又善古調靈山會上, 比近調甚遲緩安舒.

184 홍대용, 「沿路記略」, 『湛軒書』 外集 卷八, 「燕記」, 『한국문집총간』 248, 273면.

하니, 오가 상인이 조선말로 대답하기를,

"나는 조선 사람을 만나면 부모를 본 듯하여 슬픕니다."

하였다. 내가 말하기를,

"당신들은 몸소 상국에 들어와 살고 있으니, 우리들처럼 적막하지 않을 터인데, 어찌해서 슬프다 하는가?"

하니, 오가 상인이 머리를 어루만지면서 말하기를,

"이 때문에 더 슬픕니다."

하였다. 이때부터 자주 내왕하였다. 일찍이 그에게 노래를 청하여 두어 곡을 불렀는데, 악보에 대략 맞았다. 그도 나에게 거문고로 화창할 것을 청하였었다.

…

상원 이튿날 밤에, 사행이 관등을 하고 돌아와 관문밖에 이르니, 오가 상인도 와서 구경하였다. 부사는 그가 노래를 부를 줄 안다는 것을 듣고 사람을 시켜 (한 번 부르기를) 권하고, 통관 서종현도 옆에 있다가 조선말로 농을 하며 재촉하니, 오가 상인이 여러 번 사양하다가 마지못하여 겨우 한 장을 부르고는 여러 사람 틈을 헤치고 도망쳐 나갔다.[185]

성대중(1732~1809)이 통신 사행에 참여하면서 쓴 시[186]에서는 부사의 배에 소속된 조창적이 노래를 잘한다고 하였다.

이렇듯 지역의 가자는 김만언, 박□, 초영, 박세절 등과 같이 이름이

---

185 홍대용, 「舖商」, 『湛軒書』 外集 卷七, 『한국문집총간』 248, 258면, 烏商通官, 烏林哺之弟也, 略通朝鮮語, 且解歌曲. 諸通官, 皆我國被虜人後也. 烏商嘗來見余, 余謂君家本係東人, 見我輩如逢故人乎. 烏商以東語對曰, 我見朝鮮人, 如見父母, 悲哉. 余曰, 身入上國, 不如我輩之寂寞, 寧可悲也. 烏商撫其首曰, 惟此可悲, 從此往來不絶, 嘗請其唱歌, 唱數闋, 略成腔曲, 請余琴以和之. … 上元翌夜, 使行觀燈而歸, 到舘門外, 烏商亦來觀, 副使聞其解唱, 使人勸之, 通官徐宗顯在傍, 戲以東語促之, 烏商累辭不得, 纔唱一章, 排衆而逃去.

186 성대중, 〈續次張文昌韻〉, 『靑城集』 卷之一, 『한국문집총간』 248, 339면, 其五, 新羅絃管恨悠悠, 明月幽篁海外秋. 界面調歌堪快聽, 客歸惟許趙君留. *副使船趙昌迪善歌者.

밝혀진 경우도 있지만, 대부분 이름을 기록하지 않고 가자, 금사 등이 한데 어울리는 내용을 말하고 있다. 아울러 사행이나 동사에서 만난 가자의 활동도 주목할 수 있다.

이와 함께 시주의 놀이를 함께 한 기록이나 가자가 노래를 알선하기 때문에 가락에 잘 어울린다는 내용도 확인할 수 있다.

이만수(1752~1820)는 과정(過庭)의 여음(餘陰)에서 따온 〈정음축〉[187]에서 가자 정흥철과 금자 이덕현과 적인 임흥일 등을 비롯한 여러 사람들과 강호에서 시주의 놀이를 함께한 내용을 적고 있다.

한편 이만부(1664~1732)가 이형상에게 답한 편지에서 행용가곡의 속가에서 속가가 가락에 잘 어울리는 것은 가자가 노래를 부르면서 알선(斡旋)[188]하는 데에 있다고 하였다. 알선을 가자가 주관적 입장에서 스스로 조정하고 변화를 주는 것으로 볼 수 있다.

4) 전문 가객의 역할과 지역 활동

정내교가 「청구영언서」에서 김천택을 '노래를 잘한다[善歌]'라고 하였고, 『청구영언』의 여항 육인에서 김유기를 설명하는 대목에서 '노래를 잘한다.'라고 하였으며, 김천택을 설명하는 대목에서는 '노래를 잘 부른다[善唱]'라고 하고, 마악노초는 김천택에 대하여 '노래하는 자[歌者]'만은 아니라고 하였다. 이렇듯 선가, 선창, 가자 등이 우리가 주목하는 노래를 전문적으로 부르는 전문 예인에 해당하는 사람들이라 할 수 있는데, 18세기 초반에 당시에 세상에서 노래를 전문적으로 하는 사람들이 널리 활동하고 있었음을 알 수 있다.

---

187 이만수, 〈庭陰軸〉, 『屐園遺稿』 卷之一, 『한국문집총간』 268, 25면, 歌者鄭興哲, 琴者李德顯, 篴人林興一偕焉.

188 이만부, 「答甁窩」, 『息山先生文集』 卷之四, 『한국문집총간』 178, 120면, 今世行用歌曲俗歌之諧調, 多在歌者之唱喝斡旋, 而樂之和者, 隨而變其調焉. 如所謂村居樂, 意雖平坦, 而唱者苟低仰振激, 可諧於界面, 所謂三閭寃語極凄切, 而苟宛轉沖和, 可諧於平調, 向所謂唱異故響異者, 正謂此也.

그리고 김수장의 『해동가요』에는 「고금창가제씨」 항목에 가자 또는 가객의 명단이 수록되어 있는데, 승지 허정, 역관 장현, 지사 탁주한, 박상건 등을 포함하여 56인이 등장한다. 이들 56인은 김수장 이전부터 김수장 당대까지 활동했거나 활동하고 있는 노래를 전문으로 하는 사람을 가리키는 것으로 볼 수 있다. 이 중에서 허정(1621~1678)과 장현(1613~?) 등이 17세기에 활동한 인물이고, 그 다음에 수록된 사람들은 17세기에서 18세기에 걸쳐 활동한 인물이라고 할 수 있고, 뒤쪽에 기록된 사람들은 『해동가요』를 엮을 당시에 활동하던 창가자로 볼 수 있다. 그리고 『해동가요』에 부록 형태로 수록되어 있는 『청구가요』에는 가자라고 할 수 있는 십여 명의 작품을 수록하면서, 몇몇 사람에 대한 행적과 특성을 기술하고 있기도 하다.

신광수는 가자 이응태(이세춘)가 여주에서 활동하고 있는 것[189]을 언급하고, 〈관서악부〉[190]에서는 평양에서 활동하고 있는 것을 말하고 있다.

당세의 가호 이세춘은	當世歌豪李世春
십 년 동안 한양 사람을 경도시켰네.	十年傾倒漢陽人
청루에서 유협 소년이 노래를 전하고	靑樓俠少能傳唱
강호에서는 백발의 머리로 마음을 일렁이게 하네.	白首江湖解動神
구일에 벽사에서 황화를 보노라니	九日黃花看甓寺
섬강으로 오르는 외로운 배에서 옥피리 소리가 나네.	孤舟玉笛上蟾津
동쪽에서 노닒에 참으로 내 시가 넉넉함을 얻으리니	東游定得吾詩足
이번 걸음에 성대한 이름이 또 도성에 가득하리.	此去聲名又滿秦

그리고 이세춘을 가자 또는 가객[191]이라 부르기도 하였다.

189 신광수, 〈贈歌者, 李應泰〉, 『石北先生文集』 卷之五, 『한국문집총간』 231, 306면.

190 신광수, 〈關西樂府*幷序〉, 『石北先生文集』 卷之十, 『한국문집총간』 231, 397면, 其十五, 初唱聞皆說太眞, 至今如恨馬嵬塵. 一般時調排長短, 來自長安李世春.

그리고 박지원이 말하는 학산수와 김억 등도 서울의 중요한 가자로 살펴야 할 것이고, 윤봉조가 영암에서 만난 박□의 경우도 서울에서 박권의 집에서 본 적이 있다고 했으니 혹여 알려진 가객일 수 있으므로, 별도로 살펴야 할 것이다.

한편 달성 지역의 가곡 창자로 한유신(1690~1765)을 주목할 수 있는데, 한유신의 「영언선서」[192]에 따르면 숙종 41년(1715)에 서울에서 내려온 김유기에게 동료 몇 사람과 노래를 배우고, 김천택의 『해동가곡』 등을 확인한 뒤에, 영조 38년(1762) 가을에 『영언선』을 엮었으며, 이 가집에 자신의 작품 11수를 수록하였다.

그리고 18세기 후반에는 가자, 금사 등이 그룹을 이루어 전문적인 예인 집단을 형성한 경우가 있다.

심용(1711~1788)이 중심이 되어 거문고의 김철석, 가객 이세춘, 가기 추월·매월·계섬 등이 한 그룹을 이루어 전문적인 예인 활동을 한 것이다. 『청구야담』 권1 「유패영풍류성사(遊浿營風流盛事)」에 평양감사의 잔치와 관련한 일화가 실려 있고, 심노숭의 「계섬전」에서도 심용과 관련한 일화를 살필 수 있는데, 실제 심노숭이 계섬을 만나서 나눈 내용이 포함되어 있어서 신빙성을 지닌다.

자세한 내용은 다른 장에서 다루도록 한다.

---

191 신광수, 〈寄公彦, 謝昨日携歌者見訪林中〉, 『石北先生文集』 卷之五, 『한국문집총간』 231, 306면, 洛陽歌客帶秋風, 秋日來歌與子同.

192 한유신, 「영언선서」, 『해동가요』(박씨본)(규장문화사, 1979), 110~113면.

5. 고조와 금조의 갈림과 금사·금객의 역할

1) 신성·신번의 유행과 그 반향

17세기 후반에 세태의 변화와 함께 악곡의 변화가 크게 일어나고 있었던 사실을 환기하면 신성·신번의 유행이 가장 두드러진 특성[193]이라 할 수 있고, 18세기에도 이러한 유행이 지속되었음을 확인할 수 있다.

신성·신번은 변주를 통하여 새로운 감흥을 일으키게 한다는 점에서 시대의 요구를 반영하는 셈이다. 악곡의 변화는 시대의 변화와 밀접하게 연관을 가진 것으로 빠른 음을 지향하는 시대적 특성과 맞물려 새로운 곡조 또는 새로운 레퍼토리를 즐기고 애호하는 경향이 두드러지게 되었다. 효종 9년(1658) 11월에 경연에서 송준길이 "온화하고 느린 곡은 고조라 하고 짧고 빠른 음은 금조라 하니, 이에서도 속상이 변한 것을 볼 수 있습니다."[194]라고 한 지적에서도 고조에서 금조로의 변화가 시대의 요구에 의한 것임을 알 수 있다.

17세기 전반에 고조를 좋아하는 사람이 소수에 그치고 대부분의 사람들이 번성(繁聲)이나 음란한 소리[哇音]를 좋아하는 경향을 확인할 수 있다. 그 와중에도 신흠이 "빠른 소리가 사람의 귀를 기쁘게 하지만, 음란한 소리는 내가 공경하는 것이 아니라네."[195]라고 한 것이나, 이명준이 "고조는 담박하여 맛이 없는데, 오늘날의 음악은 빠른 소리가 많네. 누가 맛이 없는 것을 좋아할 수 있으랴? 빠른 소리가 많게 된 까닭이네."[196], "말에

---

193 최재남, 「음악의 촉박과 노래 레퍼토리의 변화」, 『17세기 후반 정치·사회 변동과 시가사』(보고사, 2021), 474~494면.

194 송준길, 『동춘당집』 별집 제3권, 「경연일기」 효종 9년 11월 21일. 최재남, 위의 책, 477~478면.

195 신흠, 〈和郭主簿〉, 『상촌선생집』 제21권, 『한국문집총간』 72, 374면. 繁聲悅人耳, 哇音匪台欽.

196 이명준, 〈贈淸之〉, 『潛窩遺稿』 卷之二, 『한국문집총간』 속 17, 371면, 古調淡無味, 今樂多繁聲. 誰能嗜無味, 所以多繁聲.

맛이 없다고 탄식하지 말라, 내 마음은 흰 눈처럼 깨끗하네. 외로운 거문고로 한 곡조를 타니, 이밖에 어찌 배우려 할까?"[197]라고 한 진술에서 고조를 지키는 태도를 읽을 수 있다.

17세기 후반에 이은상이 정명공주 수연에서 가곡신번(歌曲新飜)으로 성은에 감사한다고 했는데, 실제로 수연을 주관했다고 할 수 있는 이은상이 사곡(詞曲)을 신번에 활용함으로써 신번이 이원의 레퍼토리로 확산되었다고 할 수 있고, 경성판관에게 지어 보낸 〈장상사〉 소령의 마지막 두 구절에서 "신번으로 〈막수가〉 한 곡을 부치나니, 먼 데서 〈이주가〉를 노래할 것을 생각하네."[198]라고 한 데서 〈막수가〉, 〈이주가〉 등을 신번으로 인식하고 있음을 알 수 있다. 그리고 신성(新聲)에 대해서는 악부신성(樂府新聲)이라고 하여 원자운(元字韻)의 〈오첩〉에서 "악부신성을 몇 번 옮김에 견줄까?"[199]라고 하여, 이수광, 신흠, 정두경 등이 말한 악부신성의 전승을 받아들이고 있다.

이와 연관하여 이은상의 시에 차운한 심유가 "가곡 신번으로 백설장을 읊네."[200]라고 하면서, 이은상이 '새로운 노랫말을 옮겨서 관기에게 노래하게 했다.(李翻其新詞, 令官妓歌之)'라고 한 데서 고아한 노래인 〈백설〉을 신번으로 부르는 계기가 되었던 것을 알 수 있다. 이와 함께 심유는 〈장추곡〉[201], 〈임강선〉[202], 〈장봉곡〉[203], 〈청옥안〉[204] 등을 신번으로 언급하

---

197 이명준, 〈次安淸之*澤韻〉, 『潛窩遺稿』 卷之一, 『한국문집총간』 속 17, 357면, 莫嗟言無味, 吾心淨雪白. 孤琴彈一曲, 此外寧肯學.

198 이은상, 〈鏡城判官有書, 謝寄長相思小令〉, 『東里集』 卷之四, 『한국문집총간』 122, 433면, 一曲新翻寄莫愁, 遙想唱伊州.

199 이은상, 〈五疊〉, 『東里集』 卷之九, 『한국문집총간』 122, 498면, 樂府新聲較幾飜.

200 심유, 〈次李侍郎長卿韻〉, 『梧灘集』 卷之八, 『한국문집총간』 속 34, 296면, 歌曲新飜詠雪章.

201 심유, 〈淸明日, 與戒休及兒輩宿水鏡堂, 信筆題句〉, 『梧灘集』 卷之三, 『한국문집총간』 속 34, 200면.

202 심유, 〈三疊奉酬泛翁, 梅澗, 起之〉, 『梧灘集』 卷之八, 『한국문집총간』 속 34, 310면.

203 심유, 〈尹承旨*攀挽〉, 『梧灘集』 卷之十, 『한국문집총간』 속 34, 348면, 〈沈三宰門老

고 있다. 사곡을 신번으로 활용하여 기존의 틀을 벗어나는 변화를 꾀한 것이다. 신번을 통한 변화는 심유가 〈시름을 풀다〉에서, "내가 스스로 영욕을 잊는데, 남들이 누가 애증을 기억하랴? … 평소에 쾌락을 생각하여, 오직 민수 같은 술이라네."[205]라고 하여 영욕을 잊고 쾌락을 추구한 태도와 연계된 것으로 이해할 수도 있다. 그런데 심유가 신번을 통하여 새로운 감흥을 일으킬 수 있도록 한 것이 한 개인에게 한정된 것이 아니라 서호에서 홍주국, 허정, 이은상, 이익상 등과 공유한 것이라, 17세기 후반에 신번을 통한 변주가 큰 흐름으로 나타난 것이다.

이하진(1628~1682)은 〈취하여 백상루에 짓다〉에서 "가희가 머무는 손님의 뜻을 공교롭게 이해하여, 천천히 신성에서 옛 가락으로 바꾸네."[206]라고 하여, 가희가 도리어 신성에서 옛 가락[舊腔]으로 바꾸어가는 상황을 기술하고 있다. 머무는 손님이 신성을 좋아하지 않는다고 판단했을 가능성이 있다.

17세기 후반에 이어 18세기에도 신성·신번이 크게 유행한 것을 확인할 수 있다. 그리고 신성·신번은 고정된 것이 아니라 변주가 가능하여 여러 가지 가락으로 표현할 수 있어서 악곡의 분화에 크게 기여했던 것으로 볼 수 있다.

김진규(1658~1726)가 〈반곡후구가〉에서 "아 여덟 번째 노래에 신성이 섞였네."[207]라고 한 데서, 신성이 유행하고 있음을 알 수 있고, 채팽윤(1669~1731)의 〈오산고금가〉에서는 "상간에 떠돌면서 신성을 연주하니,

---

*諮挽, 十八韻〉, 『梧灘集』 卷之十一, 『한국문집총간』 속 34, 359면.

204 심유, 〈永安公主第, 賜宴慶壽, 洪大諫伯涵傳示梅澗席上韻求和, 次呈〉, 『梧灘集』 卷之九, 『한국문집총간』 속 34, 329면.

205 심유, 〈解愁〉, 『梧灘集』 卷之五, 『한국문집총간』 속 34, 226면, 我自忘榮辱, 人誰記愛憎. … 平生思快樂, 唯是酒如澠.

206 이하진, 〈醉題百祥樓. 追得失藁〉, 『六寓堂遺稿』 冊三, 『한국문집총간』 속 39, 131면, 歌姬巧解留賓意, 徐轉新聲變舊腔.

207 김진규, 〈盤谷後九歌〉, 『竹泉集』 卷之四, 『한국문집총간』 174, 51면, 嗚呼八歌兮雜新聲.

고인은 듣지 아니하고 이제 사람들이 듣네."[208]라고 하여 화려하고 음탕한 음악을 연주하는 상간에서 거문고로 신성을 연주하고 있음을 지적하였다. 신성이 화려하고 음탕한 내용을 포함하고 있음을 지적한 것이다.

조태억은 당형의 회갑을 맞은 자리에서, "시골 노인들의 즐거운 강론에는 옛날의 아는 것이 많은데, 술을 권하는 마을의 가락은 곧 신성이네."[209]라고 하였고, 다른 사람을 송별하는 자리에서는 "배를 타는 옛 자취는 벼슬의 노정이 익숙하고, 변새로 나서는 신성은 악부로 바꾸네."[210]라고 하여 악부로 변화시키는 신성을 말하고 있다.

이하곤(1677~1724)이 호남 지역을 기행하면서 들은 〈춘면곡〉[211]은 새로운 곡조로 기생들이 신번을 익혔다고 하고, 병영에서도 노래를 잘하는 사람이 있어서 해당 지역에서 '당시의 가락 중에서 특별한 노래'라는 뜻의 '시조별곡(時調別曲)'[212]이라고 일컫기도 하였다. 신번이 새로운 변주라면 시조는 당시의 가락 또는 곡조이고 별곡은 특별한 가락을 지닌 노래라는 뜻으로 이해했을 것이다.

남쪽 고을의 번화한 곳으로 이 고을을 말하는데	南土繁華說此鄕
기이한 재주는 또 이가랑이 있네.	奇才更有李家郞
기생이 신번의 곡조를 배워서 익히니	妓生學得新飜曲

208 채팽윤, 〈烏山古琴謌〉, 『希菴先生集』 卷之二, 『한국문집총간』 182, 42면, 流落桑間奏新聲, 古人不聽今人聽.

209 조태억, 〈庚子二月四日, 卽堂兄素軒公回甲生辰也. 季堂兄金浦守及余往拜于霞谷別墅, 盡日團欒, 經宿而歸〉, 『謙齋集』 卷之十五, 『한국문집총간』 189, 261면, 野老講歡多舊識, 村腔侑酒卽新聲.

210 조태억, 〈追次駱邨聯句韻, 寄江界金使君晦叔令公. 前冬, 二十人會于晦令家, 聯句爲二十韻, 諸公各次其韻以贐之〉, 『謙齋集』 卷之十五, 『한국문집총간』 189, 262면, 乘槎舊躅官程熟, 出塞新聲樂府翻.

211 이하곤, 〈康津雜詩〉, 『頭陀草』 冊十, 『한국문집총간』 191, 374면.

212 이하곤, 「南遊錄」, 『頭陀草』 冊十八, 『한국문집총간』 191, 540면, 時兵營鎭撫有善歌春眠曲者適來此, 賜坐歌之. 此乃康津進士李喜徵所作也. 其聲哀甚, 聞者至於涕下, 南人又稱爲時調別曲.

〈춘면곡〉 한 곡에 눈물이 만 줄기이네. 一闋春眠淚萬行

* 〈춘면곡〉은 진사 이희징이 지은 것인데 소리가 매우 구슬퍼서, 듣는 사람들이 모두 눈물을 흘린다.(春眠曲, 是進士李喜徵所作. 聲甚悽楚, 聞者皆下淚)

한편 정내교는 『청구영언』을 엮은 김천택이 노래를 잘할 뿐만 아니라 신곡 수십 결을 지은 것이 정철의 신번과 선후를 다툴 만하다[213]고 하였다. 정철의 작품을 신번으로 이해하면서 새로운 변주가 시대마다 이어지고 있음을 말한 셈이다. 그리고 김천택과 김성기 등을 두고 스스로 신성을 만든다고 기록하고 있다.

그런데 심육(1685~1753)이 〈덕휘가 거문고를 타면서 스스로 신번 여러 가락을 얻었다고 하다〉 다섯 수에서, 유덕휘가 거문고를 타면서 신번이 탄생하는 과정을 설명하고 있는 대목을 주목할 수 있다. 각각 시점[時]을 기준으로 다섯 가지를 말하고 있는데, 앉았을[坐來] 때, 마음에 맞을[會心] 때, 오고 갈[去來] 때, 오뚝하게 앉았을[兀坐] 때, 뜻이 맞을[意適] 때 등이 그 시점인데, 이 앞에 각각 그 상황을 제시하고 있어서 제시한 상황의 변화에 맞은 곡을 신번으로 표현하게 된다는 것이다. 비가 갠 뒤에 외딴집, 콸콸하는 폭포 소리, 마음이 속리산에 걸림, 빠르게 바위 위에 오름, 쌀을 씻는 물 소리 등이 바로 설정한 상황이다. 처음에 졸졸[泠泠] 흐르는 소리로 시작해서, 때로 콸콸[切切] 흐르는 폭포 소리에도 맞추고, 산에 매달려 오르며 느낌도 드러내며, 돌 위에 오뚝하게 앉아서 물소리와 어울리게 하고, 쌀은 씻은 물이 흐르는 듯한 거문고 소리가 폭포와 산수가 어울리듯 마음을 자맥질하는 순서로 이어간다는 것이다. 이러한 상황에 맞도록 변주를 꾀하는 과정에 신번이 필요하고 또 실제로 신번을 만들었다고 하는 것이다. 〈아양곡〉에서 다시 〈아양곡〉으로 돌아가듯, 빼어난 연주 솜씨가 바로 신번을 터득할 수 있는 기반으로 인식할 수 있다.

---

213 정내교, 「金生天澤歌譜序」, 『浣巖集』 卷之四, 『한국문집총간』 197, 546면.

비가 갠 뒤 외딴집에 앉아서	孤齋雨歇坐來時
〈아양곡〉을 타노라니 울림이 매우 진기하네.	彈出峩洋響絶奇
오직 졸졸 소리가 줄 위에 퍼지는 것을 깨닫나니	秖覺泠泠絃上遍
종자기 떠난 뒤에 누가 알랴?	鍾期去後有誰知
콸콸하는 폭포 소리가 마음에 맞을 때	瀑聲切切會心時
손으로 신번을 타노라면 다만 절로 기이하네.	手弄新飜秪自奇
산수의 중간에서 뜻을 따라 즐기나니	山水中間隨意樂
그윽한 회포를 남과 더불어 알게 하지 않네.	不敎幽抱與人知
마음이 속리산에 매달려 오고 갈 때	心懸離嶽去來時
우아함이 산 놀이에 있어서 한 조각 기이하네.	雅有游山一段奇
책상의 앞머리에서 분수를 따라 취하나니	几案前頭隨分取
문득 세간에서 아는 것을 싫어하네.	却嫌與□世間知
바위 위에 빠르게 오뚝하게 앉을 때	石上翛然兀坐時
장차 어떤 일로 기이함과 견주어 견디랴?	堪將底事較稱奇
거문고 소리가 완연히 굴러서 흐르는 물과 어울리니	琴聲宛轉和流水
〈아양곡〉에 이르지 않으면 참으로 알지 못하네.	不到峩洋定不知
쌀을 씻는 소리가 거문고에서 나니	淅瀝琴生韻
높이 읊조리면 뜻이 때에 맞네.	高吟意適時
폭포 소리가 격렬하고	瀑泉聲激烈
산과 물을 깨끗하게 기이함을 깨닫네.	山水覺淸奇
고조를 사람이 누가 이해하랴?	調古人誰解
마음이 잠기면 그대가 홀로 아네.	心潛爾獨知
창연히 좋은 뜻이 많으니	蒼然多好意

얕디얕게 자주 술잔을 부르네. 淺淺屢呼巵[214]

이와 함께 최성대(1691~1762)의 〈신성염곡〉[215]은 염곡을 새로운 분위기에 맞게 지은 것이라 할 수 있고, 앞에서 살핀 함산의 노기 가련이 이헌경(1719~1791)에게 이별하면서 준 노래[216]도 신번이라고 하였다.

이와 같이 고조가 어느 정도 관념적으로 고정되어 있는 개념이라면 신성, 신번은 악곡이 변하는 시대의 추이를 따르는 상대적인 개념이라고 할 수 있고, 상황이나 여정 등의 현장의 분위기를 배려하거나 기녀들이 연행하는 과정에서 점점 곡조가 바뀌고 분화되었던 것으로 이해할 수 있다.

2) 고조 옹호와 지향의 태도

이러한 시대의 변화에도 일군의 선비들은 고조를 옹호하면서 지향하는 태도를 바꾸지 않았다. 고조를 지킨다는 것은 시류에 흔들리지 않고 일정한 기준을 바탕으로 마음의 평정을 찾기 위한 방법이라고 할 수 있다. 〈중대엽〉, 〈심방곡〉 등을 통하여 '오늘이'를 옹호하는 태도가 그러한 태도 중의 하나이다.

고조가 지닌 특성과 분위기에 대하여 몇몇 사람이 남긴 시를 살피도록 한다.

어유봉(1672~1744)은 고조[217]의 의취가 더욱 아득하여 심원하다고 하면서 아이들에게 보여 준다고 하였다. 고조의 분위기를 졸졸 흐르는 돌

---

214 심육, 〈德輝彈琴, 自謂得新飜數調〉, 『樗村先生遺稿』 卷之十四, 『한국문집총간』 207, 204면, 최재남, 앞의 책, 482~483면 재인용. 맨 뒤의 작품은 5언 절구 2수가 아니라 5언 율시 1수로 바로잡고, 번역도 부분적으로 수정하도록 한다.

215 최성대, 〈新聲豔曲十篇〉, 『杜機詩集』 卷之一, 『한국문집총간』 속 70, 519면.

216 이헌경, 〈咸京滯雨, 遇老妓可憐, 賦贈五絶〉, 『艮翁先生文集』 卷之一, 『한국문집총간』 234, 20면, 臨別爲製新飜一闋歌以送之曰, 若使半老身先死, 可得相見李學士. 八十三春, 邂逅相逢, 歡然道故事如新, 不勝淚.

217 어유봉, 〈時樂性兄弟, 携琹歌者, 來待余行. 夜深, 琴師彈古調, 意趣益悠遠, 口占示兒輩〉, 『杞園集』 卷之七, 『한국문집총간』 183, 521면.

여울에 비기고 있다.

졸졸 흐르는 돌 여울이 울리는데　　泠泠石瀨響
달이 지니 산은 더욱 깊네.　　月落山更深
하물며 높은 누대에 손님이 있어서　　況有高樓客
요금으로 옛 음을 타네.　　瑤琴彈古音

권상일(1679~1759)은 회옹의 시에서 운을 나누어서, 거문고를 타는 흥취를, "아직 옛 곡조를 타지는 못하지만, 오히려 내 마음이 맑음을 깨닫네."[218]라고 하고, 또 거문고 소리를 듣고 거문고를 잘 타는 금사 홍순석에게 준 시에서는 다음과 같이 진술하고 있다. 〈보허곡〉 타는 소리를 들으면서, 신선이 사는 곳에 든 듯한 황홀함을 느낀다고 하고, 고조를 지켜서 신성·신번의 음란한 함정에 빠지지 말라고 당부하고 있다.

한 번 〈보허곡〉을 듣노라니　　一聽步虛曲
황홀함이 봉래의 경지이고　　怳惚蓬壺境
바탕의 성품이 음을 이해하지 못하지만　　素性不解音
다만 마음이 담박하고 고요해짐을 깨닫네.　　只覺心澹靜
바라건대 고조를 좇아서　　願言遵古調
음란한 함정에 떨어지지 마시라.　　無落淫哇穽
거듭 청대의 돌을 기약하노라니　　重期淸臺石
꽃과 달이 시내의 그림자를 머금네.　　華月涵溪影[219]

그리고 남유용(1698~1773)의 〈탄금〉에서도 "바위 밑에 그윽한 샘물이

---

218 권상일, 〈讀晦翁詩, 有琴書寫塵慮, 菽水怡親顔之句, 有感于衷, 分字押韻, 成十絶〉, 『淸臺先生文集』 卷之一, 『한국문집총간』 속 61, 225면, 未能彈古曲, 猶覺淸吾心.

219 권상일, 〈聽琴贈洪君淳錫〉, 『淸臺先生文集』 卷之一, 『한국문집총간』 속 61, 223면.

방울지고, 소나무 사이에 달이 외롭게 비치네."라고 하여, 어유봉이 제시한 분위기와 비슷하게 기술하고 있다.

나는 신성을 배우지 못하여	吾不學新聲
손가락을 움직이면 모두 고조이네.	動指皆古調
혼자 타면서 스스로 즐기고	獨彈以自娛
지음이 적음을 안타까워하지 않네.	不恨知音少
바위 밑에는 그윽한 샘물이 방울지고	巖底幽泉滴
소나무 사이에는 달이 외롭게 비추네.	松間月孤照
기묘한 곳을 누구와 더불어 말하랴?	妙處與誰言
곡을 마치자 다시 휘파람을 한차례 부네.	曲罷復一嘯[220]

그리고 거문고로 고조를 탈 때 언급되는 레퍼토리는 〈보허사〉, 〈정과정〉, 〈감군은〉, 〈금일곡〉, 〈영산회상(영산보불은)〉 등이다.

이 중에서 김창업(1658~1721)이 기다리던 김시보가 도착하자 거문고로 '오늘이'로 시작하는 〈금일곡〉을 탄다고 한 내용은 18세기 초반 거문고 연주에서 중요한 의미를 지니는 것이다.

밤이 깊어 그대가 비로소 도착하니	夜深君始至
서리와 이슬이 옷깃과 갓끈에 가득하네.	霜露滿襟纓
왜 이렇게 늦었느냐 물으니	借問何以晩
밝은 달을 타고 왔다고 하네.	答云乘月明
닭고기와 기장밥은 아직 준비하지 않았는데	雞黍未及進
시문이 이미 이리저리 늘어졌네.	篇翰已縱橫
내 거문고로 무슨 곡을 연주할까?	吾琴奏何曲

220 남유용, 〈彈琴〉, 『雷淵集』 卷之七, 『한국문집총간』 217, 159면.

〈금일곡〉의 느릿한 소리가 있네. 今日有緩聲

* 〈금일〉은 곡명이다.(今日曲名)[221]

이에 비해 오도일(1654~1703)은 한벽루에서 문금사(文琴師)가 〈감군은〉을 타는 것을 들었다고 기록[222]하고 있고, 김유(1653~1719)도 금사가 〈감군은〉을 연주하는 것을 듣고[223] 감회를 기술하고 있다. 거문고로 〈감군은〉을 타는 전통은 이미 16세기 전반에도 김안국[224]의 경우에서 확인할 수 있어서, 그 연원과 전승이 수백 년 동안 지속되는 것으로 이해할 수 있다.

한편 임상덕(1683~1719)은 〈홍금사에게 주다〉[225]에서 〈영산보불은〉을 말하고 있는데 〈영산회상〉을 가리키는 것으로 볼 수 있다. 위백규가 어린 시절 박세절이 고조로 타는 〈영산회상〉을 들었다고 한 내용을 환기할 수 있다.

금세에 누가 천리마를 알랴? 今世誰知逸景孫
가죽과 털이 쇠해도 뼈는 아직 남아 있네. 皮毛蕭瑟骨猶存
삼생에 예로부터 거문고 삼첩을 익혔는데 三生舊習琴三疊
한 곡은 〈영산보불은〉이네. 一曲靈山報佛恩

앞에서 권상일이 홍순석이 타는 〈보허곡〉을 말했는데, 이천보(1698~1761)도 〈거문고를 듣다〉[226]에서 〈보허사〉를 말하고 있다.

---

221 김창업, 〈士敬至〉, 『老稼齋集』 卷之五, 『한국문집총간』 175, 93면.
222 오도일, 〈寒碧樓, 聽文琴師感君恩曲. 有懷吟贈〉, 『西坡集』 卷之四, 『한국문집총간』 152, 81면.
223 김유, 〈聽琴師奏感君恩作〉, 『儉齋集』 卷之二, 『한국문집총간』 속 50, 38면.
224 김안국, 〈琴者彈感君恩曲, 醉中感而有作〉, 『慕齋先生集』 卷之七, 『한국문집총간』 20, 132면.
225 임상덕, 〈贈洪琴師〉, 『老村集』 卷之一, 『한국문집총간』 206, 14면.

창주에서 늙은 금사를 만났는데	滄洲邂逅老琴師
달빛 속에서 줄이 울리니 밤빛이 늦어지네.	月裏鳴絃夜色遲
십이옥루로 돌아갈 꿈이 이지러지니	十二玉樓歸夢潤
그대에게 기대어 또 〈보허사〉를 듣네.	憑君且聽步虛詞

3) 금조·시조의 반응

효종 때에 송준길이 경연에서 "짧고 빠른 음은 금조"라고 지적한 바와 같이, 금조(今調)는 근조(近調)[227]라고도 하며 고조(古調)에 대가 되는 짧고 빠른 음을 가리키는 개념으로 이해할 수 있지만, 시대에 따라 그 당대의 곡조로 이해할 수 있고, 시조(時調)는 금조와 비슷하게 당시의 시대 현실을 반영하는 가락으로 생각할 수 있다. 그러므로 금조와 시조는 당대의 가락이라는 뜻으로 시대의 특성을 반영하는 곡조라고 할 수 있다. 그리고 별조(別調)는 특이한 곡조라는 의미로 변체(變體)와 통용할 수 있는 용어이다.

17세기 후반의 유창(1614~1690)은 고금(古琴)을 개장하여 보낸 이정영에게 시로 사례[228]하면서, 고조와 금조가 단절되었으니 따지지 말라고 하였는데, 모두 지음(知音)과 상음(賞音)에 달린 것으로 보았다. 지음이 상대의 내면을 이해하는 것이라면 상음은 연주하는 음을 즐기는 것이라 할 수 있을 터인데, 고조의 특성이 지음에 있다면 금조의 특성은 상음에 있다고 이해할 수 있다.

친구가 일곱 줄 거문고를 개장하여 보냈는데	故人粧送七絃琴
능히 양공으로 하여금 나의 마음을 얻게 하네.	能使良工獲我心

226 이천보, 〈聽琴〉, 『晉菴集』 卷之三, 『한국문집총간』 218, 167면.

227 위백규, 「格物說」, 『存齋集』 卷之十三, 『한국문집총간』 243, 274면.

228 유창, 〈朝隱李尙書子修改粧古琴以送, 詩以謝之〉, 『秋潭集』 卷之亨, 『한국문집총간』 속 33, 145면.

유수와 고산이 묘법을 전하는데 流水高山傳妙法
외로운 난새와 갈라진 학이 슬프게 읊조림을 움직이네. 孤鸞別鶴動哀吟
고조가 금조와 단절되었다고 논하지 말라. 休論古調殊今調
지음이 있음에 힘입어 상음을 풀어내네. 賴有知音解賞音
소나무 아래에 달이 밝으면 한 곡을 타고 松下月明彈一曲
산굴의 구름이 머물러 뜰에 가득 그림자를 만드네. 峀雲留作滿庭陰

민우수(1694~1756)는 「잡지」[229]에서 “유평보에게 답한 편지에서 ‘고음에 대해서 논한 것[論古音]’에, 이것은 오재로가 거문고를 탈 때에, 자신은 스스로 고조를 타려고 하면서, 그러나 다른 사람들은 마땅히 금조(今調)로 거문고를 타야 한다고 여기는 것과 비슷하다.”라고 하였는데, 송나라의 오역(吳棫)이 스스로 옛 음률을 안다고 하면서 남에게 당시의 음악을 말해주었던 일을 환기하면서, 자신이 지향하는 태도와 다른 사람들이 당연히 수행해야 할 방향의 거리에 대하여 말하고 있다.

한편 채제공(1720~1799)은 「『청휘자시고』 서문」에서 황사술의 시가 지닌 특성을 시조(時調)라고 평한 약산 오광운의 시각을 제시하고, 그와 사귀면서 그가 “온 천지의 소리가 적막한 가운데 달을 마주하고 외로이 앉아 왕유의 ‘밝은 달[明月], 맑은 샘[淸泉]’의 구절을 읊으니, 마음이 맑아지면서 세상에 대한 생각이 한 점도 없게 되었다.”[230]라고 한 진술을 통해 시조의 특성을 설명하고 있다.

내가 일찍이 약산옹께 문안드리러 갔을 적에 약산옹께서 눈가에 은은히 기뻐하는 표정으로 웃으며 나에게 이르시기를 “오늘 훌륭한 선비를 얻었

229 민우수, 「雜識」, 『貞菴集』 卷之十五, 『한국문집총간』 216, 76면, 書答劉平甫論古音, 似是材老彈琴, 自欲爲古調, 而謂他人當以今調彈琴也.

230 채제공, 「淸暉子詩稿序」, 『樊巖先生集』 卷之三十二, 『한국문집총간』 236, 61면, 昨夜之夜, 三籟歸寂. 對月孤坐, 誦王輞川明月淸泉句, 方寸淡然, 無一點世念.

다. 그 선비의 성은 황이고, 사술이 그의 이름이다. 용모는 옥 같고 두 눈동자는 추수 같았다. 그가 소매에서 시 약간 편을 꺼내 보였는데, 모두 시조(時調)였다. 재주가 매우 빼어나 볼 만하더구나. 나에게 가르침을 청하기에 내가 허락하였으니, 그대는 그와 교유해 보게나." 하였다. 나는 마음속으로 기억해 두었다.[231]

한편 홍양호의 「연운잡영」[232]에 대하여 좋은 평가를 하면서도 당시 시단에서 "신림(神林)의 음침하고 괴이한 언어를 쓰는 데 주력하면서 함부로 그것을 '신성별조(新聲別調)'라고 하면서, 말세의 음란한 지경에 빠지는 줄도 모르는" 병폐를 비판하고 있다.

이계 홍 상서가 북조에 사신으로 갔다 돌아와서는 나에게 「연운잡영」 140여 편을 보여 주었는데, 오·칠언의 고풍과 근체시가 찬란하게 문장을 이루어 저마다 법도를 준수하고 있었으니, 참으로 이른바 "위의가 성대히 갖추어져서 특별히 고를 것이 없다."라는 격이었다. 그런데 총괄하여 볼 때 존경할 만한 점은 따로 있다. 요동과 계주의 산천을 바라볼 때나 예물을 갖추어 분주히 일을 수행할 그 당시, 상전벽해의 비감 속에서 서대에 올라 통곡하고 싶은 마음이 어찌 들지 않았겠는가. 그러나 그 마음속에 맺혀 있는 것을 말로 펼쳐 내면서 〈비풍〉과 〈하천〉의 감정을 주현소활(朱絃疏越)에 부쳐 드러내어, 그 빛깔은 찬란하면서 편안하고 그 소리는 온화하면서 부드러우니, 비록 평론가들이 지나치게 가혹한 기준을 적용한다 해도 혹

---

231 채제공, 「淸暉子詩稿序」, 『樊巖先生集』 卷之三十二, 『한국문집총간』 236, 61면. 余嘗候藥山翁, 翁眉際隱隱有喜色. 笑謂余曰, 今日吾得士矣. 其人姓黃, 思述其名, 貌如玉, 兩眸如秋水. 袖中出詩若干篇, 皆時調也. 而其才絶可賞, 請業於余, 余肯之, 君其與之遊. 余心識之.

232 「연운잡영」은 홍양호가 정조 6년(1782)에 동지 부사로 다녀오면서 지은 「연운기행」(『이계집』 권6)과 정조 18년(1794)에 동지 정사로 연행하면서 지은 「연운속영」(『이계집』 권7)을 가리킨다.

일언 일구나마 초쇄한 데에 가까운 부분을 골라내기란 쉽지 않은 일일 것이다. 나는 그러한 까닭에 그 모든 작품들을 총괄하여 "이것은 중용에 맞는 태평성대의 소리이니, 어찌 외부에서 무언가 갑자기 들어와 터득한 덕분에 이런 작품을 지을 수 있었겠는가."라고 말하는 바이다.

…

무릇 시라는 것은 성정의 표출이다. 그 시를 보면 그 사람이 어떠한지 알 수 있으며, 또한 그 세상이 어떠한지도 알 수 있는 법이니, 세상에 만약 제대로 안목을 갖춘 사람이 있다면 필시 이계의 시를 통해서 시운이 길이 흥성함을 점쳐 볼 수 있을 것이다. 이러한 까닭에 내가 이와 같이 씀으로써, 신림(神林)의 음침하고 괴이한 언어를 쓰는 데 주력하면서 함부로 그것을 '신성별조(新聲別調)'라고 여기지만 스스로 말세의 음란한 지경에 빠지는 줄도 모르는, 요즘 세상의 글 짓는 선비들을 경계하는 바이다.[233]

이에 앞서 신유한은 〈이명부가 장차 돌아가려는데, 진사 황용서가 먼저 별조를 창하여 마침내 차운하다)〉[234]에서 황용서가 미리 별조를 노래했다고 하였다.

현악기가 이별 정을 재촉하여 간들간들 구름이 긴데　　絃催離思裊雲長
복자당에서 이별이 안타까워 외로운 거문고를 타네.　　悵別孤琴宓子堂

233 채제공, 「書耳溪洪尙書*良浩燕雲雜詠後」, 『樊巖先生集』 卷之五十六, 『한국문집총간』 236, 546면. 耳溪洪尙書使北朝還, 視余以燕雲雜詠一百四十餘篇, 其五七言古風近體爛然成章, 各循軌則, 眞所謂威儀棣棣不可選也. 總之有可敬者存焉. 方其縱目於遼薊山川, 屈首於玉帛趍走, 滄桑感慨, 豈不欲慟哭西臺, 而及其中心之結. 因言以宣, 以匪風下泉之感, 寓朱絃疏越之中, 其色爛以舒, 其聲和而緩, 雖評騭家用酷吏手段, 未易摘一言一句之或近噍殺. 余故蔽之曰, 此渢渢乎盛際之音也. 豈自外襲而取之而然也. … 夫詩者, 性情之出也. 觀其詩可以知其人, 亦可以知其世. 世若有具眼者存, 其必以耳溪之詩, 卜時運之永言昌熾也決矣. 余故書之如此, 以戒夫今世操觚之士務爲神林幽怪之語, 妄以爲新聲別調而不知其自歸於季葉淫哇者.

234 신유한, 〈李明府將歸, 進士黃龍瑞先唱別調, 遂次之〉, 『靑泉集』 卷之一, 『한국문집총간』 200, 224면.

합포에 구슬이 생기매 달빛이 돌아오고	合浦珠生回月色
하성에 꽃이 지니 금장을 푸네.	河城花落解金章
수레를 가면서 〈맥수〉의 노래가 곡을 이루는데	行車麥秀歌成曲
조도의 언 샘물에 술이 잔에 가득하네.	祖道氷泉酌滿觴
돌아가면 홀로 원량의 집을 찾으리니	歸去獨尋元亮宅
봄날에 문을 닫으면 다섯 그루의 버들이네.	閉門春日五垂楊

황용서는 자가 천용(天用)으로 신유한과 만나서 거문고를 타면서 여러 가지 노래를 언급하고 있는데, 〈양원곡〉[235], 〈고량주〉[236] 그리고 인용한 시에서 언급한 〈맥수가〉 등이 그것이다.

4) 금사·금객의 활동과 레퍼토리

17세기 전반에는 젓대와 거문고의 이용수[237], 가야금과 거문고의 명수 박관[238], 권상과 그 아들 권경생[239]과 같은 금사가 있었고, 17세기 후반에서 18세기에는 김성기[240]를 비롯하여 전만제[241], 이정엽[242], 유우춘[243] 등이

---

235 신유한, 〈十六夜, 余暨兩大雅, 共登香樓翫月, 時金子長黃天用諸君來會, 酒酣放歌一曲, 仍爲呼韻〉, 『青泉集』 卷之一, 『한국문집총간』 200, 223면, 逢來慣唱梁園曲.

236 신유한, 〈黃天用有詩, 意若有不怡然者, 戲爲放語以和〉, 『青泉集』 卷之一, 『한국문집총간』 200, 225면, 相逢詞客五雲裘, 明月開尊漢水流. 最愛旗亭霞玉女, 爲誰齊唱古凉州.

237 백광훈, 〈題李龍壽伽倻琴〉, 『玉峯詩集』 上, 『한국문집총간』 47, 112면, 이정구, 「遊三角山記」, 『月沙先生集』 卷之三十八, 『한국문집총간』 70, 128면, 허균, 「歷代樂工」, 『惺所覆瓿稿』 卷之二十四, 「惺翁識小錄」 下, 『한국문집총간』 74, 346면, 서익, 〈贈琴者李龍壽〉, 『萬竹軒先生文集』 卷一, 『한국문집총간』 속 5, 190면, 신응구, 「記游金剛寺事」, 『晩退軒先生遺稿』 卷之二. 『한국문집총간』 속 8, 172면, 임전, 〈與琴師李龍壽輩, 歷遍漢江上下, 日暮始還〉, 『鳴皐集』 卷之三, 『한국문집총간』 속 11, 387면.

238 이정구, 〈醉贈琴士朴莞〉, 『月沙先生集』 卷之十四, 『한국문집총간』 69, 337면, 김중청, 「朝天錄」, 『苟全先生文集』 別集, 甲寅 五月, 『한국문집총간』 속 14, 237면, 使朴習讀莞彈琴, *名於琴者.

239 홍호, 〈敬次先考贈琴師權常韻*幷序〉, 『無住先生逸稿』 卷之一, 『한국문집총간』 속 22, 442면.

240 김창업, 〈金聖器, 京城樂師也. …〉, 『老稼齋集』 卷之五, 『한국문집총간』 175, 95면,

널리 알려진 금사이다.

이외에도 이서(1662~1723)가 음악을 배웠다는 홍경신[244], 장흥 지역에서 활동한 박세절[245], 홍검이 함창 지역에서 만난 홍순석[246], 신광수가 홍석보, 정범조 등과 노닐면서 언급한 충주 금자 최생[247] 등이 금사로 알려진 인물이고, 배연선[248], 김성택[249], 소정만[250] 등의 금사도 확인된다.

그리고 홍대용(1731~1783)[251]도 거문고에 조예가 깊은 금사로 연행 때에는 연경의 금포[252]에서 유생과 거문고에 관한 논의를 하면서 우음의 〈평사낙안〉과 상음의 〈어초문답〉 등의 연주를 들은 것을 적고 있고, 당시 사행에 악사들이 동행한 것은 중국의 음악을 배우러 간 목적도 있어서 악사와 함께 〈평사낙안〉 7~8은 대강 배웠다고 하였다.

이미 앞에서 살펴본 바와 같이 한편 위백규가 10여 세 무렵에 경보를 익힌 70세의 노인 박세절이 중대엽과 평우조의 노래를 잘 불렀으며, 거문고로 고조 〈영산회상〉을 잘 탔다고 하였다.[253]

정내교, 「金聖基傳」, 『浣巖集』 卷之四, 『한국문집총간』 197, 554면, 남유용, 「김성기전」, 『雷淵集』 卷之二十七, 『한국문집총간』 218, 35면.

241 이인상, 「贈彈琴李處士*鼎燁序」, 『凌壺集』 卷之三, 『한국문집총간』 225, 515면, 김근행, 「先府君遺事」, 『庸齋先生文集』 卷之十五, 『한국문집총간』 속 81, 525면.

242 김종수, 「題薇陰李處士*鼎燁詩卷後」, 『夢梧集』 卷之四, 『한국문집총간』 245, 544면, 김영행, 〈薇湖琴客李鼎燁, 忽然來訪, 袖示詩軸, 請余ㅁ之, 逡走次以贈〉, 『弼雲詩稿』 冊四, 『한국문집총간』 속 58, 197면.

243 유득공, 「柳遇春傳」, 『泠齋集』 卷之十, 『한국문집총간』 260, 122면.

244 이서, 「동유록」, 『弘道先生遺稿』 卷之五, 『한국문집총간』 속 54, 132면.

245 위백규, 「格物說」, 『存齋集』 卷之十三, 『한국문집총간』 243, 274면.

246 성대중, 〈書洪琴師事〉, 『青城集』 卷之八, 『한국문집총간』 248, 502면.

247 신광수, 「與癖翁洪而憲」, 『石北先生文集』 卷之十二, 『한국문집총간』 231, 443면.

248 최석항, 〈月夜聽琴笛 二首. 是日, 月色如晝, 留琴師裵蓮仙笛師金粹然, 夜深而罷〉, 『損窩先生遺稿』 卷之三, 『한국문집총간』 169, 377면.

249 조귀명, 〈追記東峽遊賞*己酉〉, 『東谿集』 卷之二, 『한국문집총간』 215, 42면.

250 권만, 「申上舍士達哀辭」, 『江左先生文集』 卷之八, 『한국문집총간』 209, 235면.

251 박지원, 「忘羊錄」, 『燕巖集』 卷之十三, 「熱河日記」, 『한국문집총간』 252, 245면, 敝友洪大容字德保號湛軒, 善音律, 能皷琴瑟.

252 홍대용, 「琴舖劉生」, 『湛軒書』 外集 卷七, 「燕記」, 『한국문집총간』 248, 261면.

이름이 알려지지 않은 금사·금객 중에서 주목할 수 있는 내용은, 강세진(1717~1786)이 선유동에서 읊은 〈옥석대〉[254]에서 금객이 거문고와 물소리가 어울리게 타고 있다고 한 대목이다. 이곳에서 금객이 타는 레퍼토리로 〈수선조〉, 〈승선행〉, 〈상운악〉 등을 열거하고 있는데 마치 신선의 세계에 있는 듯한 감흥을 진술하고 있다.

대 위에서 거문고의 마음이 일렁이는데	臺上琴心動
대 아래에는 물의 뜻이 맑네.	臺下水意淸
거문고의 마음과 물의 뜻이	琴心與水意
짧고 길게 절로 소리를 이루네.	短長自成聲
희음을 서로 빼앗지 않고	希音不相奪
율려는 함영에 어울리네.	律呂叶咸英
노니는 고기가 나오고	游魚爲之出
그윽한 곳에 사는 새가 우네.	幽鳥爲之鳴
선인이 옥석에 머물면서	仙人駐玉舄
나란히 앉아서 졸졸 소리를 듣네.	並坐聽泠泠
처음에 〈수선조〉를 타고	一彈水仙操
다음으로 〈승선행〉을 타네.	再彈升仙行
세 번째로 〈상운악〉을 타면	三彈上雲樂
신선이 노니는 달이 다 환해지네.	仙月盡情明
곡을 마치자 갑자기 보이지 않고	曲終忽不見
옛 대가 부질없이 가파르네.	古臺空崢嶸

253 위백규, 「格物說」, 『存齋集』 卷之十三, 『한국문집총간』 243, 274면.

254 강세진, 〈玉舄臺, 令琴客彈琴〉, 『警弦齋集』 卷之一, 『한국문집총간』 속 84, 163면.

5) 거문고에 관한 논의의 경과

위에서 곡조의 변화와 금사의 레퍼토리를 확인하면서 정리한 내용을 바탕으로, 거문고 자체에 관한 논의를 살펴볼 차례이다. 이러한 검토는 거문고가 지닌 특성을 포함하여 언어와의 관계를 이해하고 거문고를 타는 분위기와 상황을 살피면서 실제 거문고를 타는 과정에서 거문고의 원리를 터득하는 일과 연계되어 있기 때문이다.

우선 이익의 종형인 이진(1654~1727)의 「무현금설」을 주목할 수 있다. 줄이 없는 거문고의 본바탕을 터득하고 줄을 마련하여 거문고를 타면서 그 본령을 실천하기를 바라는 시각이라 할 수 있다.

> 제갈량이 도를 품고 은거하다가 알아주는 임금을 만나 세상에 나왔다. 천명은 불행하였으나 기회를 만난 것은 다행한 일이다. 진의 정절(靖節)은 한의 제갈량과 같다. 자는 원량(元亮)이라 하고 줄이 없는 소금(素琴)을 가지고 있었다. 거문고는 본래 소리가 있는 것인데 바탕만 있고 줄이 없으니, 몸은 있지만 쓰임이 없는 것이다. 거문고야, 거문고야. 때가 되면 줄이 있으리라.[255]

그리고 권만(1688~1749)과 김하구가 주고받은 편지에서 거문고에 관한 논의가 구체적인 레퍼토리를 통해서 이루어지고 있다. 권만은 거문고를 타는 과정에 경(境)과 마음[神]이 만나는 지점을 지적하면서, 거문고에의 관심을 촉발하고 있다.

> 만년에 태산의 동쪽 골짜기에 들어와 몇 간의 작은 집을 얽고 모년의 먹고 마실 계획을 삼았는데, 사는 곳에 소문의 학암의 승경이 있어서 늘 바위 물가에 외로이 앉으면 솔바람 소리가 산을 건너서 경(境)과 신이 만나

---

255 이익, 「從兄素隱先生家傳」, 『星湖先生全集』 卷之六十八, 『한국문집총간』 200, 164면.

> 니, 거문고를 잡고 줄을 당겨서 〈풍입송〉 한 곡을 베껴 얻을 수 있을 것 같으니, 집에 갈무리한 옛 거문고를 손질하여 정과정보에 의거하여 평조 만조 몇 곡을 배웁니다. 그러나 거문고도 고조와 금조에 다름이 있어서 태저(太低)를 등지면 그 소리가 어울리지 않습니다. 유원[德溶]의 말을 들으니, 집사가 당악으로 돌아갈 때에 싣고 간 거문고가 높은 집 흰 벽 위에 걸렸다고 하는데, 한 번 줄을 떨지 않으면 굳이 시상(柴桑, 도잠)의 지극한 즐거움이 따로 줄을 튀기는 밖에 있음을 알아서, 스스로 타는 법을 거칠게 이해하여 그릇이라고 일컫는 것을 얻지 못할 것입니다. 들으니, 진실로 터득하기를 바라는 마음이 있어서 이에 유원이 돌아감으로 인하여 먼저 글로 받들어 청하니 집사께서 허여할 수 있을지의 여부를 알지 못하겠습니다. 진실로 집사의 거문고로 바람부는 여울과 구름이 뜬 벼랑 사이에서 타고자 한다면 마침 옥계의 시원한 의취를 얻을 것이니 곧 집사의 은덕입니다.[256]

한편 김하구(1676~1762)가 권만에게 보낸 편지에서는 우리나라에서 만든 거문고의 곡조와 그 변화에 대하여 설명하면서, 궁금한 것을 묻고 있다. 거문고에 대한 진덕수, 구양수의 견해를 들면서 오늘날의 음악이 음란한 상황에서 거문고를 통해 이룰 수 있는 가르침을 요청하고 있다.

> 평조, 우조, 계면조, 중대엽, 보허사, 여민락, 정과정신성, 양덕수 구보 등과 같은 명호에 이르면 곧 우리나라 사람들이 만든 것이나, 중국의 음에 적합하지 않아서 진덕수가 이른바 '시속의 변화에 성음이 따른다.'는 것과

---

256 권만, 「與金鼎甫*夏九」, 『江左先生文集』 卷之五, 『한국문집총간』 209, 163면, 萬年來入太山東谷, 搆數間小屋, 爲暮年飮啄計, 所居有蘇門鶴巖之勝, 每孤坐巖磯, 松聲度山, 境與神會, 若可以操琴按絃, 寫得風入松一闋, 料理家藏古琴, 依鄭瓜亭譜, 學平慢數腔. 而琴亦有古今之異, 背太低, 其聲不諧. 聞有源言, 執事棠岳歸時, 有載來之琴, 掛之高堂素壁之上, 而不一拂絃, 固知柴桑至樂, 別在絃撥之外, 而自粗解指法, 而未得稱器者. 聞之, 誠有願得之心, 玆因有源之歸, 先以書奉請, 未知執事能許之否. 誠得執事之琴, 鼓之風湍雲壁之間, 會得玉溪冷然之趣, 則執事賜也.

비록 거문고 또한 정성과 위성이라는 것이 어찌 이것을 이르는 것입니까? 아, 옛 소리가 아득하고 오늘날의 음악은 음란한데, 남은 소리를 누가 다스립니까? 육일거사[구양수]가 거문고의 서에서, '그 희로애락은 사람의 마음을 깊이 움직이고, 순수 고졸하고 담박하여 요순 삼대의 언어와 공자의 문장과 주역의 우사(憂思)와 시경의 원자(怨刺)와 다름이 없다.'라고 했습니다. 그 거문고를 탐에 모름지기 알아야 할 것은 '성현의 큰 즐거움은 마땅히 밝은 달과 맑은 바람, 푸른 소나무와 오래된 바위를 마주하여 아름답게 여기고, 밭에서 속을 만나도 망령되이 움직여서는 안 된다는 것'이니, 이 몇 마디 말이 유독 나의 스승이기를 바랍니다. 그리고 사람과 거문고가 함께 망하여 그 기묘함을 전하지 못하고 어두워서 찾을 곳이 없는 것이 애석합니다. 그러므로 늘 저 두 개의 단서와 사람들의 교묘함이 떠들썩하게 섞임을 배우는 것으로 여기는 것이 어찌 줄 위의 자연스러운 소리를 듣는 것과 같겠습니까? 늘 천기가 사람에게 이르고, 원림이 마음에 맞는 저녁에, 고요한 방을 쓸고 마음의 길을 정리하여, 가로놓인 쇠를 튀기고 울리는 수레를 굴리면 천기가 절로 울고 신운이 절로 이루어져서, 어떤 소리가 꿩이 나무에 날아오르고[角], 소가 우리에서 우는 소리[宮]가 되는지 알지 못하는 것입니까? 어떤 곡조가 〈풍입송〉이 되고 〈접련화〉가 되는 것입니까? 연못의 물고기에 비늘이 솟고, 검은 학이 뜰에 거동하는 것을 굳이 바랄 수는 없어도, 그러나 손등의 줄 하나와 원량의 줄이 없음에 견주면, 곧 또한 이미 괴롭습니다. 홀로 삼척의 뇌룡을 안고, 짝을 하여 한가한 사이에 〈아양〉을 지으면, 마음은 이것이 아니면 불평하고, 기상은 이것이 아니면 편치 않고, 시는 이것이 아니면 맑지 않고, 술은 이것이 아니면 깨지 않으니, 뒷날에 돌아가서 장차 몸을 죽더라도, 어찌 경각 사이에 곁에서 떼어 놓을 수 있겠습니까? 멀리 보내신 편지가 정중하니, 이 뜻을 부지런히 잡고 강이 마르지 않도록 아끼고, 차마 나누어 없애지 않으며, 바람과 비가 아끼는 책망에 스스로 꾀할 수 없음을 알게 됩니다. 오직 고명께서 구름 속 문을 한 번 나와서 동해 바다 위에서 나에게 한 번 들르시면 곧

제가 마땅히 티끌 상자를 빼어 어느 등에 메고 함께 바다와 산이 그윽이 어둡고 구름과 파도가 깊은 곳으로 손가락으로 봉래를 찍으며 손으로 부상을 떨쳐서 즐겁게 〈강선곡〉 한 곡을 타면 곧 목공과 김모가 또한 장차 기쁘게 내려올 것입니다. 그 즐거움은 인간 세상에서 드문 것이요, 고명께서는 기꺼이 저를 허여할 수 있겠습니까?[257]

다음은 김종후(1721~1780)가 이만중(李晩中)에게 준 「금설」의 내용인데, 고조의 거문고를 배워야 하는 이유와 거문고를 통하여 바른 성정을 기를 수 있는 방향을 제시하고 있다.

이생이 늘그막에 거문고를 배우기에, 내가 이르기를, '그대가 고조의 거문고는 하되 금조의 거문고는 하지 말라.' 하니, 묻기를 '어찌 고조의 거문고를 얻어 할 수 있습니까?', 하여 답하기를, '내가 굳이 그대가 고조의 거문고의 자취를 배우는 것을 이르는 것이 아니라, 고조의 거문고의 뜻을 터득하고자 할 따름이다.' 하니, 묻기를 '무엇을 이르는 것입니까?',

답하기를, '자취라는 것은 그릇이고, 그릇은 기이다. 대저 그릇은 아침에 훼손되면 저녁에 다시 찾을 수 없고, 기는 순식간 호흡하는 사이에 단절되

---

257 김하구, 「答權一甫*萬」, 『槊菴集』 卷之四, 『한국문집총간』 속 61, 75면, 至若平羽界面中大葉, 步虛詞, 與民樂, 鄭瓜亭新聲, 梁德壽舊譜等名號, 卽東人所刱, 而亦不合於中國之音者也. 眞景元所謂時俗之變, 聲音從之, 雖琴亦鄭衛者, 豈謂是歟. 噫古聲微茫, 今樂淫哇, 寥寥千載, 餘韻誰理? 六一居士序琴之篇曰其喜怒哀樂, 動人心深, 而純古淡泊, 與堯舜三代之言語, 孔子之文章, 易之憂思, 詩之怨刺無以異. 其彈琴須知曰聖賢大樂, 宜對明月淸風, 蒼松老石爲佳, 廛中遇俗, 不可妄動. 此數語者, 獨庶幾吾師乎? 而惜人琴俱亡, 不傳之妙, 杳無尋處也. 故常以爲學彼二端人巧之噪雜, 曷若聽取絃上自然之聲哉? 每於天氣適人, 園林會心之夕, 埽靜室整道襟, 橫鐵撥轟雷輥, 天機自鳴, 神韻自成, 未知何聲爲雉登木牛鳴盎乎? 何調爲風入松蝶戀花乎? 淵魚聳鱗, 玄鶴儀庭, 固不可冀, 而比之孫登一絃, 元亮無絃, 則亦已煩矣. 獨抱三尺雷龍, 伴作閒裏峩洋, 心非此不平, 氣非此不寧, 詩非此不淸, 酒非此不醒, 他日乘化, 將以殉身, 何可頃刻離側. 以遺遠者, 華緘鄭重, 此意勤摯, 而愛河未渴, 不忍割捨, 風慳雨嗇之誚, 自知不可逭矣. 惟高明一出雲扃, 過我於東溟之上, 則僕當抽之塵匣, 擔以奚背, 共向海山窈冥雲濤深處, 指點蓬萊, 手拂榑桑, 快彈降仙曲一引, 則木公金母, 亦將欣然而下矣. 其樂寔人間世所稀有, 高明其肯許我否.

니 그 형상이 있기 때문이다. 의라는 것은 마음이고 마음은 기의 비어 있는 영혼이며 이가 머무른다. 형상과 그릇의 가운데를 떠나지 않고 형상과 그릇에 섞이지 않는다. 그러므로 자취는 만 번 바뀌어도 마음은 없어지지 않는다. 그것이 거문고에 있어서 오동나무를 깎아서 줄에 올려서, 손가락을 튕겨서 음을 내는 것이 자취이다. 그러므로 뜻이 그 사람에게 있을 따름이다. 오늘날 사람들의 마음은 진실로 옛사람들의 마음과 다름이 없다. 대저 음악이 화에서 생기고, 화는 예에서 생기고, 예는 덕에서 생긴다. 옛날 사람은 덕을 밝히고 예를 바르게 하여 환하게 빛난다. 문드러지면 무늬가 되는 것은 남을 두려워하는 것이 그루터기를 지키는 것보다 괴로운 것과 같다. 그러므로 간혹 은미한 가운데에 잠복한 찌꺼기와 더러운 기운이 있으면, 이에 악을 보태어 화로 이끌며, 떨쳐 움직이고 활짝 펴서 덕에 녹게 한다. 그러므로 그 음이 평담하고 느리게 펴서 적시고 쌓은 의취에 넉넉히 노닐면 이것이 이른바 의이다. 뒷날 그 뜻을 잃고 그 자취를 어정거리고 본뜨며 힘써 마음을 기쁘게 하고 귀를 즐겁게 하고, 그리고 요란한 소리와 촉박한 절주로 만들지 않는 것이 없다. 마침내 사람으로 하여금 그 마음을 쓸어버리고 그 덕을 잃는다. 음악으로 덕을 길러서 이에 덕을 잃음을 되돌리며, 대저 어찌 그 자취가 그렇게 하게 한 것이겠는가? 오직 그 의를 알지 못한 까닭이다. 그대가 거문고를 배움에 그 자취가 고조가 아님을 근심하지 말고, 고조의 뜻을 얻지 못함을 근심하라. 줄을 누르고 손가락을 튕김에 한결같이 성정의 바름으로 내어서, 그 손이 마음을 펼침에 익숙한 데에 미치게 되면, 음악의 뜻이 음탕한 데로 유동하여 그칠 수 없어서 곧 시원하게 눌러서 그치게 한다. 늘 다하지 않은 뜻이 있는 것으로 어찌 옳다고 하겠는가? 아, 즐거우면서 다하지 않은 뜻이 있으면 곧 그 즐거움은 무궁할 것이니, 어찌 대저 마음대로 하면서 즐거움을 다하고 삭막해진 뒤에야 비애가 생기는 것과 같으랴?' 하니, 대답하기를, '삼가 가르침을 받겠습니다.' 마침내 글을 써서 금설로 삼는다.[258]

한편 박영석(1735~1801)의 「언금설(諺琴說)」은 '반절(半切)'이라 지칭한 우리의 방언이 가지는 언어적 특성과 거문고가 어울리는 데에 주목하면서 논의를 펴고 있다. 소리가 노래의 읊음에 의하고, 가락은 소리의 변별과 응하는 과정에 대한 설명을 확인할 수 있다.

> 옛날의 군자가 잠시라도 금슬을 떠나지 않은 것은 그 더러운 먼지를 씻어버리고 그 찌꺼기를 녹여서 그 성정을 기르고자 함이었다. 오늘날 거문고를 타는 사람은 거의 집을 맞대는 것으로 스스로 음을 안다고 이르는데, 이른바 안다는 것은 평조 우조 등일 뿐이다. 이른바 잘 탄다는 것은 사람의 귀를 기쁘게 할 따름이다. … 서경에 이르기를 시는 뜻을 말하는 것이고, 노래를 말을 읊는 것이다. 소리는 읊음에 의하고 율격은 소리와 어울리며, 우리 동방의 반절은 곧 우리 세종대왕께서 하늘이 내신 성인으로서 성률에 통달하여 이 언서[훈민정음]를 만들었으니 지역의 말에 통하고 그 글자는 작은 데에 이르러 그 쓰임이 다하지 않으니 비록 마을의 어린아이도 쉽게 깨닫게 되니 대개 신묘한 법이다. 이제 거문고 하나를 만들어서 송나라 사람의 제도에 의하여 열두 줄을 만들고, 우리나라의 제도에 따라서 십육 괘를 만들었으니 현과 괘가 만나서 각 한 글자를 한 음에 의거하여 배열

---

258 김종후, 「琴說贈李大器」, 『本庵集』 卷五, 『한국문집총간』 237, 417면, 李生晩中學琴, 余告之曰, 子爲古琴, 毋爲今琴. 曰焉得古琴而爲之.曰吾固不謂子之學古琴之跡也, 欲其得古琴之意耳. 曰何謂也. 曰跡也者器也, 器者氣也. 夫器, 朝毁而夕不可復尋, 氣以瞬息呼吸而殊, 以其有形也. 意也者心也, 心者氣之虛靈而理寓焉. 不離形器之中而不雜乎形器者也, 故跡則萬變而心不亡, 其在琴則刳桐被絃, 指挑而出音者跡也, 而意則在其人耳. 今人之心, 固無異於古人之心也. 夫樂生於和, 和生於禮, 禮生於德, 古之人, 明其德正其禮, 赫然而光矣, 爛然而文矣. 猶懼人之苦於持守, 而或有查滓邪穢潛伏於隱微之中也. 於是加之以樂而導之和, 使振動宣暢而融於德焉. 故其音平淡而舒緩, 有優游涵蓄之趣, 是則所謂意也. 後世失其意而彷像其跡. 務以娛心悅耳. 而繁聲促節無不作焉. 遂使人蕩其心而喪其德, 樂以養德而乃反喪德, 夫豈其跡使然哉. 惟不知其意故也. 子之學琴也, 無患其跡之不古, 而患不得乎古之意也. 按絃撥指, 一以性情之正出之, 及其手熟心暢, 樂意流動淫泆而不能已, 則劃然抑而止之, 常使有不盡之意焉可也. 嗟乎, 樂而有不盡之意, 則其樂無窮, 豈如夫恣情竭歡索然而生悲哀者哉. 曰謹受教. 遂書以爲琴說.

> 한 것이니, 한 음 중에 또 치고 두드리고 누르고 흔드는 법이 있어서 평·상·거·입성을 나누어서 장단과 청탁의 율격에 고른다. 소리는 노래의 읊음에 의하고, 율격은 소리의 변별과 응하여 거의 서경이 남긴 뜻을 본받는 것이다.[259]

6) 금경설의 의의

다음으로 성해응(1760~1839)이 거문고를 타는 과정에 야기되는 분위기와 상황에 해당하는 경(境)을 주목한 글을 보도록 한다. 죽하 김기서(金箕書, 1766~1822)가 이금사를 애도하는 글에 후서의 형식으로 쓴 글인데 금경설(琴境說)이라 명명할 수 있을 것이다. 김기서가 원당 유씨의 별서에서 이금사가 거문고를 타는 것을 환기하면서 이금사를 애도하는 글을 썼는데, 성해응은 이금사를 알지 못하는 상황에서 이 글만 보고 사람, 사물, 분위기 등과 거문고의 음을 받아들이는 마음을 한데 연결하여 경(境)으로 설정하고, 사물을 보면서 마음으로 터득하게 되면 경에 이른다고 보고 있다.

> 결성 황리의 이금사는 그 가계와 이름을 알지 못하고, 또 일찍이 그 얼굴도 알지 못하는데, 그 사람이 자세하지 않은데 하물며 그 음이랴? 이는 서로 잊은 것처럼 아득한 것이 마땅하니, 금사가 늘 거문고를 잡고 나의 곁에서 타는 것 같음은 어떻게 된 것인가? 이는 죽하의 글 때문이다. 죽하도 일찍이 그 사람을 자세히 몰랐는데, 원당 유씨의 별서에서 한 번 듣고, 또

259 박영석, 「諺琴說」, 『晩翠亭遺稿』, 『한국문집총간』 속 94, 324면, 古之君子, 斯須不去琴瑟者, 所以蕩滌其邪穢, 消融其査滓, 以養其性情也. 今之彈琴者, 幾乎比屋, 自謂知音, 而所謂知者, 平羽等調而已. 所謂善彈者, 悅人之耳而已. … 書云詩言志, 歌永言, 聲依永, 律和聲, 我東之反切, 卽我世宗大王, 以天縱之聖, 達於聲律, 作此諺書. 以通方音, 其字至小, 其用不窮, 雖閭里童稚, 亦能易曉, 盖玅法也. 今作一琴, 依宋人之制, 爲十二絃, 依我東之制, 爲十六卦, 絃卦之交, 各排一字以依一音, 一音之中, 又以戛鼓按搖之法, 以分平上去入之聲, 以調長短淸濁之律, 聲依歌之永, 律和聲之別, 庶倣乎書之遺意.

그 음이 좋고 좋지 않음을 말하지 않았는데, 내가 어찌 좇아서 그 음을 알게 되는가? 말하자면 이것은 경(境)이다.

경이라는 것은 어떤 방법을 통하여 얻는가? 말하자면 어떤 사물을 앞에서 접촉하게 되면, 보는 바를 따라서 경이 되며, 오직 마음이 터득하면 얻은 뒤에 정신이 엉기지 않은 것으로, 그 경계를 지니는 것이 없이, 경이 지니는 것에 이르게 되면 이것이 변하지 않는다. 내가 오래도록 전야에 살면서 산수, 임목, 금수, 충어의 변화를 보고, 대저 연무, 상설, 운월이 사시에 어두워졌다가 밝아지는 것과 더불어 앞에서 서로 사귄 것이 모두 내가 이른바 경이다. 내가 느긋하게 마음에 느낀 뒤에야 경은 비로소 나의 마음과 합하고, 이에 온화하게 맑아지고, 기분이 좋아졌다가, 아련하게 멀어지면 넉넉히 스스로 즐거워하게 된다. 그러나 이것은 여전히 형상이 있어서 만약 마음으로 인하여 생각이 생기고, 생각으로 인하여 형상이 생기면, 형상으로 인하여 경이 생기는 것은 오직 정신인가?

내 일찍이 죽하에게 나아가 그 문에 들어가 처마 바라지, 용마루, 기둥을 보고, 섬돌의 계단을 뽑아버리고 모두 가지런히 갖춘 것을 보았으며, 방에 들어가서는 책상, 제기, 책갑, 약상자 등이 모두 차분하였으며, 집에 기대어 보니, 꽃, 과일, 대나무, 나무, 마름과 가시연 등이 모두 가리면서 서로 비추고, 또 월도의 조수는 아득히 질펀하여 그 못에 스며들고, 홍령과 원산의 빼어나게 보냄이 곱고 묘하여, 서로 더불어 그 사는 곳을 두르고 있어서, 내가 하나하나 가슴에 자리 잡게 하였는데, 이제 십 년이 지났으나, 어둑하지 않으니 이것이 형상이 있으면서 형상이 없는 것이다.

…

죽하가 이 거문고를 들은 것은 초겨울 나무에 잎이 떨어진 밤이라 사방이 검푸르고 달그림자가 창에 비껴서 내가 오로지 그 형상으로 인하여 그 경을 얻은 것이다. 금사가 무늬 없는 비단을 잡은 것은 가지런하듯 절실하고, 곡을 타면 천천히 하는 듯 느려지니 이미 그 얼굴이 고요하여 눈으로 들어오고 그 소리가 슬퍼서 귀에 차니, 궁성과 상성을 차례로 연주하면 쟁쟁하게 되니, 이것이 장자가 이른바 정신이 엉긴 것이 아니랴? 금사는 비록 죽었지만, 그 경은 아직 없어지지 않았거니와 하물며 죽하의 글이 또 그 경을 펼에랴?[260]

금경설의 핵심은 사물을 보면서 마음으로 터득하게 되면 경을 이루고 그 경을 터득하게 되면, 금사가 늘 거문고를 잡고 나의 곁에서 타는 것 같음을 느끼게 된다는 것이다. 거문고의 음은 기능적인 소리에 한정하는 것이 아니라, 거문고를 타는 사람의 태도와 거문고를 타는 주변의 배경이나 분위기와 어울려야 된다는 것이다. "초겨울 나무에 잎이 떨어진 밤이라 사방이 검푸르고 달그림자가 창에 비낀" 예와 같이 형상으로 경을 얻을 수 있다고 보고 있다. 평소에 죽하 김기서의 집과 정원과 실내의 분위기를 환기하면서, 가지런하고 차분하게 갖추어지고, "꽃, 과일, 대나무, 나무, 마름과 가시연 등이 모두 가리면서 서로 비추고, 또 월도의 조수는 아득히 질펀하여 그 못에 스며들고, 흥령과 원산의 빼어나게 보냄이 곱고 묘하여, 서로 더불어 그 사는 곳을 두르고 있"는 형상이 바로 오래도록 마음에 자리하여, 형상이 있으면서 형상이 없는 것이 되어, 원당의 별서에서 이금사가 타는 거문고를 직접 듣지 않고도, 그 경(境)을 내면으로

---

260 성해응, 「復書竹下哀李琴師文後」, 『研經齋全集』 卷之十一, 『한국문집총간』 273, 245면, 結城黃里之李琴師, 不知其系與名, 又未嘗識其面, 其人之未詳, 况其音乎? 是宜邈然若相忘者, 琴師常如操琴而鼓我側者何也. 是因竹下之文也. 竹下亦未嘗熟其人, 一聽於元堂柳氏之墅, 而又不言其音之善不善, 吾何從而識其音也. 曰是境也. 境也者, 由何術而得之, 曰有物交于前, 隨所見而爲境, 惟有心者得之, 旣得之, 不以神凝之, 又無以持其境, 境而至於持則斯久矣. 吾久居田野, 見山水林木禽獸虫魚之變化, 與夫烟霧霜雪雲月四時之晦明, 相接乎前, 皆吾所謂境者. 吾悠悠而感於心, 然後境始與吾心合, 於是乎穆然而淸, 泠然而善, 蒼然而遠, 有足以自娛樂者. 然是猶有形者, 若因心而生想, 因想而生形, 因形而生境者, 其惟神乎. 吾嘗詣竹下, 入其閭, 見其軒牖棟楹砌級藩拔皆整飭, 入其室, 案几尊彝書帙藥囊皆靜好, 憑戶而視, 花果竹樹菱芡之屬, 皆掩翳交映. 且月島之潮, 淼漫而浸其塘, 興嶺元山之秀發姸妙, 相與環其居, 吾皆一一棲于懷, 于今十年而不昧, 是有形而無形者也. … 竹下之聽是琴也. 在初冬落木之夜, 四野黝黝, 月影橫牕, 吾固因其形而得其境矣. 琴師之操縵也, 若整而切, 度曲也若徐以緩, 旣而其容寂而入乎目, 其聲哀而盈乎耳, 宮商迭奏鏗如也. 是非莊氏所謂其神凝者乎. 琴師雖沒, 其境未嘗沒, 况竹下之文, 又發其境乎.

터득할 수 있다고 본 것이다.

그래서 "금사가 무늬 없는 비단을 잡은 것은 가지런하듯 절실하고, 곡을 타면 천천히 하는 듯 느려지니 이미 그 얼굴이 고요하여 눈으로 들어오고 그 소리가 슬퍼서 귀에 차니, 궁성과 상성을 차례로 연주하면 쟁쟁하게 되"는 것으로 받아들이게 되는 것이다. 가지런하듯 절실하게 무늬 없는 비단을 잡고 느리게 곡을 타면 고요한 얼굴이 눈으로 들어오고, 슬픈 소리가 귀에 차서, 궁성과 상성을 차례로 타면 쟁쟁 울리는 소리로 들리는 것이라고 하였다.

이를 장자의 말로 바꾸면 신응(神凝)이라고 할 수 있는데, 신응은 정기와 정신이 응집된 상태로 『장자』「소요유」의 "신묘한 정신의 작용이 응집되면, 모든 사물을 상처나거나 병들지 않게 성장시키고, 해마다 곡식이 풍성하게 영글도록 한다.(其神凝 使物不疵癘而年穀熟)"라는 말에서 유래한 것이다.

선비들이 거문고를 통해 내면을 다스릴 수 있다고 인식한 것도 바로 경(境)으로 요약할 수 있는 이러한 내면의 터득을 염두에 두고 있기 때문일 것이다. 성해응은 "형상이 있으면서 그러나 사람에게 형상이 없는 것은 진실로 그 사람을 생각하지 않고 얻을 수 없는 것이며, 그 경에 다다를 수 없다. 형상이 없는 것 중에 빼어난 것은 또 그 사람으로 인하여 노니는 바로 얻으니, 생각하는 것이 더욱 절실한 뒤에 그 경"을 터득할 수 있다고 보고 있다. 사람과 사물과 배경과 이를 관통하는 마음의 연결이 거문고의 음을 터득하는 길이 되는 셈이다.

Ⅳ

18세기 시가 향유의 양상

Ⅳ-1. 시가사 흐름의 이해와 관련하여

1. 논농사 노래의 실상과 〈산유화가〉의 전파

1) 18세기 후반 논농사 노래의 실상

18세기에 구체적인 연행으로 확인되는 민요 자료를 살필 때 민요는 농가, 어가, 초가로 나눌 수 있고, 농가는 다시 보리타작 노래, 논농사 노래, 잡 농사 노래, 농가 생활 노래, 기타 등으로 나눌 수 있으며, 논농사 노래는 논갈이 노래, 모내기노래, 논매기 노래, 새 쫓는 노래, 벼 베기 노래, 벼 타작 노래 등[1]으로 나눌 수 있다. 이러한 분류는 현재 확인할 수 있는 자료 가운데 정약용의 〈장기농가〉, 〈탐진농가〉, 〈탐진어가〉, 〈탐진촌요〉와 이학규의 〈강창농가〉, 〈남호어가〉, 〈상동초가〉 등의 명명에서 농가, 어가, 초가로 나누어 정리한 데서 민요를 분류하는 지침을 얻을 수 있다.

실제 18세기 민요 자료를 검토하면 농가 중에서 논농사 노래가 큰 비중을 차지하고 논농사 노래 중에서는 모내기노래와 논매기 노래가 큰 비중을 차지하는 것으로 확인된다.

농가 가운데 모내기노래의 대표적인 예로 윤동야(1757~1827)의 〈앙가 9절〉과 강준흠(1768~1833)의 〈조산농가〉, 이학규(1770~1835)의 〈앙가 5장〉 등을 들 수 있는데 이들 작품을 통하여 18세기 민요 가운데 모내기노래의 내용과 특성을 살필 수 있다. 〈앙가 9절〉은 거창 지역의 모내기 노래이고, 〈조산농가〉는 황해도 조산의 모내기, 논매기 노래이며, 〈앙가 5장〉은 김해 지역의 모내기노래를 바탕으로 하고 있다. 〈앙가 9절〉을 수습한 윤동야는 거창에 연고를 두고 생활하면서 보고 들은 것이고, 〈조산

1 최재남 외, 『조선후기 민요 자료 정리와 분류』(보고사, 2008), 13~16면.

농가〉를 기록한 강준흠은 서울에 연고를 두고 있다가 황해도 조산 지역을 지나는 과정에 〈조산농가〉를 접하게 되었으니 지나가는 사람의 시각이며, 〈앙가 5장〉을 주목한 이학규는 서울에 연고를 두고 있었으나, 19세기 초엽에 김해로 유배되어 오래도록 김해 지역에서 지내면서 그 지역 사람들의 삶을 밀착해서 관찰하면서 읊은 것이다.

이 중에서 윤동야의 〈앙가 9절〉은 모내기의 과정과 실제 일을 하는 현장의 모습을 형상화하고 있다. 엄밀한 의미에서 보면 '모내기노래'라고 하기보다 '모내기에 관한 노래'로 볼 수 있다. 둘째 수와 셋째 수, 그리고 넷째 수와 일곱째 수를 보도록 한다. 고조, 시성, 모시옷, 들밥, 전신, 등의 어휘에서 모내기 현장의 상황과 그 현장에서 불리는 노래의 특성까지 아울러 말하고 있는 셈이다.

그대는 〈채련곡〉을 부르지 않고	君不歌采蓮
나는 〈절양류〉를 알지 못하네.	儂不知折柳
고금의 여러 악부 중에	古今諸樂府
이 곡이 마땅히 첫머리가 되리.	此曲當爲首

둘째 수에서 화자는 대상을 환기하여 〈모내기노래〉를 〈채련곡〉과 〈절양류〉에 견주면서 〈앙가〉가 악부의 우두머리를 차지할 것이라고 자부한다. 민요인 〈모내기노래〉가 악부의 중심이 된다는 것은 노래로서의 민요가 시에서 비롯된 악부와는 구별되는 본령에 해당한다고 본 것이다.

중년 부인은 고조에 능하고	中婦能古調
젊은 아낙은 시성을 잘하네.	小娃善時聲
농서를 누가 다시 가리랴?	農書誰復揀
빈송은 절로 이루어졌네.	豳頌自然成

셋째 수는 중년 부인과 젊은 아낙의 대비를 통하여 고조(古調)와 시성(時聲)의 변화를 말하고 있는데, 민요의 곡조가 시대에 따라 바뀌고 있음을 설명하고 있는 것이다. 그리고 〈빈송〉이 절로 이루어졌다고 한 것은, 『시경』의 「빈풍」이 절로 이루어진 민요라는 인식을 반영한 것으로, 빈풍이 빈아와 빈송으로 나누고, 〈사문(思文)〉, 〈신공(臣工)〉, 〈희희(噫嘻)〉, 〈풍년(豐年)〉, 〈재삼(載芟)〉, 〈양사(良耜)〉 등이 빈송에 속한다.

꽃부리에 흰 모시옷을 입은 낭자가	花房白苧娘
쪽을 높게 하고 패옥을 울리네.	高髻鳴環佩
젊은 시절에 손가락을 움직이지 않다가	青春不動指
늘그막에 바야흐로 스스로 뉘우치리.	老來方自悔

넷째 수는 화려한 치장을 한 낭자를 등장시켜 젊은 시절에 일을 하지 않으면 뉘우칠 것이라고 경계하는데, 윤동야의 〈용가(舂歌)〉 첫째 수와 둘째 수에서 몸가짐만 하면서 일을 제대로 배우지 않은 화자가 자신을 돌아보게 했던 것[2]과 대비된다. 건강한 노동에 대한 면려와 미래에 대한 준비를 깨우치게 하고 있다.

들밥을 인 아낙이 한낮을 좇아 이르러	饁婦趁午至
밥덩이를 전신(田神)에게 바치네.	塊飯餉田神
수북이 담아 더 드시기를 청하면서	有饛請加進
일꾼 대접을 손님 대접하듯 하네.	待傭如待賓[3]

2 최재남, 「윤동야의 〈용가〉와 며느리 형상의 해석 방향」, 『조선후기 시가와 여성』(월인, 2005), 420면.

3 윤동야, 〈秧歌九絶〉, 『弦窩集』 卷之一, 『한국문집총간』 속 105, 30면, 최재남, 「윤동야의 〈앙가〉의 구성과 모내기 노래의 수용 양상」, 『노래와 시의 울림과 그 내면』(보고사, 2015), 121~143면.

일곱째 수는 1.2구에서 들밥을 이고 오는 아낙과 고수레의 풍속인 농신에게 미리 밥을 바치는 일을 서술하고 3.4구에서 일꾼들에게 들밥을 많이 먹으라고 권하는 모습을 그리고 있다. 손님 대접하듯 일꾼에게 정성을 다하라는 권고이기도 하다.

이렇듯 윤동야의 〈앙가〉는 모내기 현장의 〈모내기노래〉를 그대로 옮겨놓은 것이 아니라, 모내기 과정을 서술하고 있다고 할 수 있는데, 그 과정에서 고조와 시성의 곡조, 일꾼과 손님, 들밥과 엽부 등 모내기 현장의 상황을 구체적으로 제시하고 있는 점을 주목할 수 있다. 그리고 〈모내기노래〉를 악부의 우두머리로 삼겠다는 태도는 기억할 만하다.

다음 강준흠의 〈조산농가〉[4]는 황해도 조산의 들판에서 불리는 〈모내기노래〉와 〈논매기 노래〉를 거의 그대로 옮겨놓은 것이다. 19세기 초반에 수습한 것으로 보이는데, 18세기의 논농사 노래라고 할 수 있다.

> 은율현의 앞에 조산들이 있는데, 농군들이 같은 소리로 〈산유화곡〉을 노래했다. 노랫말이 매우 속되고 생각이 얕아, 옛날 황화의 〈절양류〉나 시골의 속된 노래의 더러움도 이에 이르지 못하는데, 저 무지한 사람들이 열두 국풍(國風)이 있음을 어찌 알리요? 그러나 그 노랫말이 때때로 비흥(比興)이 남긴 뜻에 절로 맞으니, 어찌 그 노래와 곡조가 성정에서 천기가 움직인 바로, 고금에 다름이 없으랴? 내가 겨르로운 가운데 옮겨서 글을 이루고 채시할 사람을 기다린다.(殷栗縣前有造山坪, 農者齊聲唱山有花曲. 辭甚俚淺, 想古皇華折楊下里巴人, 汚不至此, 彼蚩蚩者豈知有十二國風? 而其詞往往自合於比興遺旨, 豈詞曲出自性情, 天機所動, 無古今殊歟? 余於閑中譯而成文, 以俟采詩者)

4 강준흠, 〈造山農歌 五首〉, 『三溟詩集』 八編, 『한국문집총간』 속 110, 328면, 최재남, 「조선후기 민요 연행의 실상과 서정시가의 향방」, 『한국시가연구』 26집(한국시가학회, 2009), 『노래와 시의 울림과 그 내면』(보고사, 2015), 159~166면.

서에 해당하는 위의 내용은 논농사 노래를 〈산유화곡〉으로 노래한다고 했으니 〈산유화〉가 지닌 독특한 특성인 메나리토리로 부른다는 것이고, 그 내용은 국풍의 비(比)와 흥(興)에 절로 맞은 것으로 보았다. 그리고 일의 진행에 따라 식전가, 식후가, 오전가, 오후가, 석양가로 나누었으며, 각 편을 다시 초창과 답창으로 나누어 부르는 것으로 기록하고 있어서 모내기 노래가 지닌 시적 구성을 살필 수 있다. 식전가는 농사를 짓는 사람이 서로 부르는 말이고, 식후가는 용자와 경자가 주인집의 동정을 묻는 것이며, 오전가는 김매는 사람이 들밥을 내오는 아낙네를 보고 말하는 것이고, 오후가는 해가 저물어 김매는 것을 걱정하여, 노래를 부르고 여자가 화답하는 것이며, 석양가는 저물녘에 일을 그만두어야 하는 것을 걱정하는 것이다.

식전가는 아침을 먹기 전에 일꾼을 서로 불러 모을 때에 부르는 노래로, 하나의 사물을 다른 사물과 견주는 비(比)로 분류했다. 나비가 일꾼을, 범나비가 다른 일꾼을, 서산이 일의 현장을, 꽃가지가 또 다른 쉴 곳을 의미한다고 보면, 이들 사이의 대비를 통하여 일의 현장으로 일꾼들을 모으는 구성이라 할 수 있다.

나비야 서산 가자	蝶汝西山共我之
범나비 너도 가자.	雙飛虎蝶汝宜隨 初唱
같이 가다가 저물거든	同行若也山光暮
꽃가지에서 자고 가자.	花裡應多可宿枝 答唱

○比也 ○右食前歌, 農者相招之辭.

오전가는 초창에서 '샛별' : '반달'의 대비는 '밥 고리' : '엽부'의 대비로 이해할 수 있는데, 사건을 펴서 늘어놓고 그에 대하여 직설적으로 이야기하는 부(賦)로 분류하였다. 답창에서 '저를 보면 중년 뒤니, 초승달과 반달이 다투네'라고 했지만, 다른 전승에서 '네가 무슨 반달이냐? 초승달이 반달이지'로 나타나는 변형으로 볼 수 있기도 하다.

其三

샛별 같은 밥 고리가	筐似晨星戴饁娘
반달같이 내려오네.	依然半月下西方 初唱
저를 보면 중년 뒤니[네가 무슨 반달이냐?]	看渠已是中年後
초승달과 반달이 다투네.[초승달이 반달이지]	爭及初生半月光 荅唱

○賦也 ○右午前歌, 此耘者見饁婦說之, 自相贊譽也.

석양가는 다시 비(比)로 분류하여 시작과 끝을 가지런하게 하고 있다. 초창은 '해' : '길', '산' : '천리'의 대비로 나타나는데, 시간 : 공간(방향), [빠른] 이동 : [남은] 거리의 대비로 볼 수 있어서, 시간이 얼마 남지 않았는데 할 일은 아직 많이 남았다고 하고 있다. 그런데 답창에서 "천천히 가라고" 하면서 느긋한 태도를 보인다. 지칠 대로 지쳤으니 재촉하지 말고 느긋하게 마무리하자는 태도라 할 수 있다.

其五

비낀 해는 산을 넘으려는데	天際斜陽欲下山
앞길 천리가 아득하네.	前程千里杳茫間 初唱
청노새는 지쳐서 가기 어려워서	靑騾倦矣行難盡
천천히 가라고 채찍을 잡지 않네.	任汝徐行莫着鞭 荅唱

○比也 ○右夕陽歌, 此悶向暮力罷也.[5]

5 강준흠, 〈造山農歌 五首〉, 『三溟詩集』 八編, 『한국문집총간』 속 110, 328면, 최재남, 「조선후기 민요 연행의 실상과 서정시가의 향방」, 『한국시가연구』 26집(한국시가학회, 2009), 『노래와 시의 울림과 그 내면』(보고사, 2015), 159~166면.

〈조산농가〉는 식전가, 식후가, 오전가, 오후가, 석양가로 나눈 데서 확인할 수 있는 것처럼 시간의 추이에 따라 한 편씩 수록해 놓았는데, 실제 연행 현장에서는 식전, 식후, 오전, 오후, 석양의 각 시간대에 노래 한 편씩만 부르는 것이 아니라 여러 편을 부르는 현실을 감안할 때, 현재 수록해 놓은 노래는 각 시간대를 대표하는 것을 뽑아놓은 것으로 볼 수 있다.

민요의 근간인 일노래에서 논농사 노래를 중심에 두고 18세기 이후 모내기노래와 논매기 노래가 일노래의 중심을 차지하게 되는 양상과, 시적 상황에 따라서 시적 구성으로 전환시키는 실마리도 확인하게 되었다.

다음은 이학규의 〈앙가 5장〉[6]이다. 이학규의 〈앙가 5장〉은 모두 5편으로 구성되어 있는데, 현장에서 불리는 민요를 채록하기보다 농사일을 하는 사람들의 삶을 서사적 줄거리로 구성하여 모내기 상황과 아울러 기술하고 있다. 오장의 구성이 균등하지 않아서 1장은 5언 48구로 매우 긴 노래이고, 2장은 5언 20구이고, 3·4·5장은 5언 12구로 구성되어 있다.

1장은 노래 자체일 수도 있지만 중간에 "새로운 가사 너댓 결을, 차례로 청하여 듣네.(新詞四五闋 次第請聞之)"라는 진술을 감안할 때, 노래 자체를 수록하고 있으면서 노래를 설명하는 서(序)에 해당하는 부분을 포함하는 구성이다. 그리고 모내기의 진행 과정을 다룬 부분과 화자 나[儂]의 이야기를 다룬 부분이 복합적으로 구성되어서 길어진 것으로 읽을 수 있다. 이렇게 분석하면 1장은 '서'+'모내기 진행 과정'+'화자의 이야기'로 나누어 파악할 수 있다.

모내기도 법도가 있어서	揷秧亦有法
남자가 앞서고 여자는 뒤따르네.	男前而女隨
남자의 노래는 다만 귀를 시끄럽게 하고	男歌徒亂耳
여자들 노래에는 새로운 가사가 많네.	女歌多新詞

6 이학규, 〈秧歌五章〉, 『洛下生集』 冊十九, 『한국문집총간』 290, 593면.

새로운 가사 너댓 결을	新詞四五闋
차례로 청하여 듣네.	次第請聞之
…	
내 집은 낙동 마을이라	儂家雒東里
사내 셋이 수염이 아름다웠네.	三男美須髭
나는 세 사내의 뒤에 태어나	儂生三男後
부모께서 사랑하셨네.	父母之所慈
천 전에 다리를 사고	千錢買長髢
백 전으로 경대 비용을 마련하네.	百錢裝匳資
한 노에 문득 보내면서	一棹便斷送
강의 남쪽 아이에게 시집 보내네.	送嫁江南兒
…	
강 너머에 부모 집이 있는데	隔江父母家
안개 낀 물결은 참으로 끝이 없네.	烟波正無涯
슬프고 슬프네, 부모님이여.	哀哀乎父母
나를 낳을 때에는 크게 기이하지 않았네.	生儂太不奇
당시에 나를 낳지 않았으면	當日不生儂
오늘 나의 슬픔도 없었으리.	今日無儂悲

2장은 모내기 현장에서 모내기를 재촉하는 상황을 제시한 뒤에 화자인 나[儂]가 친정 부모를 뵈러 가는 귀녕(歸寧)을 중심으로 전개하고 있다. 그런데 모내기에서 갑자기 귀녕으로 이어지고 있는 것이 자연스럽지 않게 보인다. 왜냐하면 모가 무럭무럭 자라서 논매기를 마칠 때인 칠월이 되어야 귀녕을 하기 때문이다. 그리고 마지막 구절의 "다만 원하나니 칠월 뒤에, 장마비가 구순이나 길어지기를.(但願七月後 霖雨九旬長)"의 대목은 일을 하지 않았으면 하는 속마음이 있다고 하더라도, 파장이 너무 크기 때문에 선뜻 수긍하기 어려운 부분이기도 하다.

늘 쉬이 저녁이 되지 않았으니 今日不易暮
청하나니 힘을 써서 모내기를 하세. 勞力請挿秧
메벼는 십만 포기를 심고 粳秧十万稞
찰벼는 굳세게 천 포기를 심네. 稉秧千稞强
메벼가 익으면 모름지기 묻지도 않고 秔熟不須問
찰벼가 익으면 풍년을 바라네. 稉熟須穰穰
찹쌀을 쪄서 인절미를 만들어서 炊稉作糗餈
입에 넣으면 찰지고 향긋하네. 入口黏且香
수캐는 찢어서 고깃국을 만들고 雄犬磔爲臛
고운 닭은 산 채로 묶어 싸네. 嫩鷄生縛裝
지니고 친정에 뵈러 가니 持以去歸寧
때는 시원한 칠월이네. 時維七月凉
나는 미리 시집 온 여자이고 儂是預嫁女
낭군은 총각이라네. 總角卽家郎
나는 뿔 굽은 암소 타고 儂騎曲角牸
낭군은 빛나는 흰 모시옷이네. 郎衣白苧光
느릿느릿 칠월은 遲遲乎七月
부모님 뵈는 일도 바쁘다네. 歸寧亦云忙
다만 원하나니 칠월 뒤에 但願七月後
장맛비가 구순이나 길어지기를. 霖雨九旬長

3장은 널리 알려진 서사민요 〈쌍금쌍금 쌍가락지〉를 옮겨 놓은 것이다. 그런데, 노래가 가진 긴장도를 높게 하는 일보다 화자인 나[儂]의 결백을 강조하기 위하여, 입이 가벼운 오라버니와 행동을 삼간 자신을 대비시키고 있다.

쌍금 쌍금 쌍가락지 纖纖雙鐶環

호작질로 닦아내어	摩挲五指於
먼 데 보니 달이더니	在遠人是月
곁에 보니 처자로다.	至近云是渠
오라버니 입 빌리기를 좋아하여	家兄好口輔
하는 말이 가볍구나.	言語太輕踈
그 처자라 자는 방에	謂言儂寢所
숨소리가 둘이구나.	鼾息雙吹如
나는 실로 황화라	儂實黃花子
어려서부터 행동을 삼갔다네.	生小愼興居
간 밤의 남풍이 심히 불어서	昨夜南風惡
문풍지가 덜덜 울렸다네.	紙窓鳴嘘嘘

4장은 님을 향한 화자의 마음을 드러낸 것인데, 장시조 "ᄇᆞ람도 쉬여넘고 구름도 쉬야넘고, 산진이 수진이 해동청 보라매도 다 쉬여넘ᄂᆞᆫ 고봉 장성령 고개, 그우희 님이 온다ᄒᆞ면 나ᄂᆞᆫ 아니 쉬고 가리라."[7]를 끌어왔다고 할 수 있다. 고봉 장성령 고개가 주흘 고개로 바뀌었고 나[儂]가 잘 걷지 못한다는 설명이 붙어 있는 차이가 있다.

일찍이 주흘 고개를 들었는데	曾聞主紇嶺
상봉이 하늘 서쪽 모퉁이라네.	上峯天西陬
구름도 반쯤 쉬고	雲亦一半休
바람도 반쯤 쉰다네.	風亦一半休
사나운 매와 해동청이	豪鷹海青鳥
우러러보면서 아마 다시 시름하리.	仰視應復愁
나는 다리가 약한 여자라	儂是弱脚女

---

7 『해동가요록』, 158면.

집안에서만 걸어 다녔네. 步履只甌窶
기뻐할 것이 있는 곳을 들어서 알기만 하면 聞知所歡在
높은 고개가 평평한 밭두둑이니 峻嶺卽平疇
천 걸음을 한 번도 숨 쉬지 않고 千步不一喙
상상두에 날아서 가리. 飛越上上頭

5장은 화자인 나[儂]가 상대인 그대의 마음을 가늠하다가 괴나리봇짐을 싸서 길을 떠나는 것으로 마무리한다. 여기에 '마주', '해창' 등의 지명이 나오고, 무게를 다는 저울[秤]로 사랑의 무게를 달고 부피를 재는 곡[斛]으로 '은의'를 확인하겠다고 한다. 그런데 갑자기 '그렇지 않으면'이 나오면서 반전이 일어나고 괴나리봇짐을 싸서 길을 떠나겠다고 한다. 현전하는 〈상주아리랑〉에 "괴나리봇짐을 짊어지고 아리랑 고개를 넘어간다. 문전의 옥토는 어찌 되고 쪽박의 신세가 웬일인고. 쓰라린 가슴을 움켜쥐고 백두산 고개로 넘어간다."라는 사설이 있어서 괴나리봇짐을 지고 길을 떠나는 노래가 전승되고 있음을 알 수 있고, 이러한 노래는 〈북간도아리랑〉에도 "괴나리봇짐을 짊어지고 아리랑 고개로 넘어간다."라는 사설로 이어져서 고향을 떠나 어디론가 떠나는 사람들의 목소리를 대변하고 있다.

청컨대 마주의 저울을 가지고 請將馬州秤
그대가 나를 어여삐 여기는 뜻을 달아보네. 秤汝憐儂意
청컨대 해창의 휘를 가지고 請將海倉斛
나의 은의를 헤아려보네. 量儂之恩義
그렇지 않으면 아울러 둥글게 쳐서 不然並打團
열 겹으로 옷과 치마를 싸리. 十襲褁衣帔
얽어서 다시 묶고 縈之復結之
괴나리봇짐 하나로 만들리라. 裝作一擔蕢

괴나리봇짐이 두 어깨 머리에 있어서	擔在兩肩頭
천 걸음에 백 번 넘어지네.	千步百顚躓
차라리 괴나리봇짐에 부딪혀 죽더라도	寧被擔磕死
이 마음 그대에게 부끄럽지 않으리.	此心無汝媿[8]

2) 〈산유화가〉의 전파

〈산유화〉는 처음에는 백제의 유민들이 부른 노래로 추정되는데, 이것을 초부들이 부르면서 메나리토리의 〈초부가〉로 널리 전승되었을 것이다. 이와 더불어 〈산유화〉가 농사 현장에서 일노래로서도 널리 불리면서, 메나리토리의 성격을 띠게 되었다.

17세기에 이동표(1644~1700)는 백마강을 유람하고 지은 글에서 〈고유란〉, 〈산유화〉 등의 노래를 백제의 노래[9]로 이해하고 있으며, 임영은 백제의 노래인 〈산유화〉가 소리[音]만 남고 가사[詞]가 없어져서 사체인 〈억진아〉[10]로 본떠 지었다고 한 데서 〈산유화〉의 연원과 특성을 살필 수 있다.

18세기에 조유수는 〈고란사〉[11]에서 백제의 멸망에 연계된 노래로 파악하고 있으며, 어가(漁歌)에 화답한다고 하였다. 강필신(1687~1756)도 〈산유화〉를 낙화암에 연관된 백제의 노래[12]로 이해하고 있다.

---

8 이학규, 〈秧歌五章〉, 『洛下生集』 冊十九, 『한국문집총간』 290, 593면.

9 이동표, 「遊白馬江錄」, 『懶隱先生文集』 卷之五, 『한국문집총간』 속 47, 86면, 余旣爲白馬遊, 南還宿雞龍山北孔巖書院, 見士人言元山亭勝致加詳, 其主人有好風度, 客至必爲盡懽, 以故亭特名於湖海之間, 今老且病, 亭以是廢不治云, 及還到家, 又聞之人, 皐蘭寺南巖上, 有蘭草數莖, 當時歌曲有皐有蘭山有花等曲, 至今遺民歌之. 落花巖東南嶺上, 有蘇將軍勝戰碑, 世傳顔太師魯國公眞卿所書, 余時皆不得知, 不能問而見之, 令人嚮風馳懷者久之.

10 임영, 〈山有花, 百濟舊曲也. 有音而無詞, 戲效憶秦娥體爲之〉, 『滄溪先生集』 卷之一, 『한국문집총간』 159, 28면.

11 조유수, 〈皐蘭寺〉, 『后溪集』 卷之一, 『한국문집총간』 속 55, 12면, 惆悵山有花, 遺音和漁者.

12 강필신, 〈落花巖感古, 次皐蘭寺板上韻〉, 『慕軒集』 卷之三, 『한국문집총간』 속 68, 54면, 半巖花落千年事, 村女猶歌山有花.

이런 상황에서 〈산유화〉가 새로운 전기를 맞게 된 것은 숙종 30년(1704) 6월에 향랑에게 정문[13]을 내리면서 향랑의 전설과 연관된 〈산유화〉가 널리 알려지게 되고, 여러 사람의 관심을 가지게 된 데에 있다.

향랑이 지은 〈산유화〉의 내용은 구체적으로 확인되지 않지만, 후대의 기록을 살피면 유한준(1732~1811)이 다음 내용과 같이 정리하고 있다.

하늘은 높고 땅은 넓어	天高地廣
아득하고 아득하네.	渺茫茫兮
하늘과 땅이 비록 크지만,	天地雖大
내 한 몸을 담을 데가 없네.	一身無所容兮
차라리 이 물에 들어가서,	寧赴此水
헤엄치는 물고기의 배에 장사 지내리.	葬於游魚之腹中兮[14]

그런데 19세기에 이유원(1814~1888)은 "머리를 돌리니 낙동강 강물이 푸르네(回首洛東江水碧)" 등의 말이 있다고 기록하고 있는데, 실제 이 구절은 유한준의 기록에서 애월(愛月)이라는 선산의 다른 기생의 시[15]로 나오는 것으로 보아 이유원이 자료를 수집하는 과정에서 착오를 일으킨 듯하다.

산 위에 꽃이 있고 꽃 아래 산이네.	山上有花花下山
한 가락을 끊으려 해도 눈물이 줄줄 흐르네.	一腔欲斷淚潸潸
낙동강 물은 다함이 없고	洛東江水無窮極
푸른 한은 물을 따라 흘러가서 돌아오지 않네.	碧恨隨流去不還

* 숙종 무인년(1698) 사이에 선산의 민녀 향랑이 일찍 혼자가 되었는데, 부모가 뜻을

13 『숙종실록』 39권, 숙종 30년 6월 5일(계유), 『국역 숙종실록』 21, 278~279면.

14 유한준, 〈善山二烈女〉, 『自著』 卷之十四, 『한국문집총간』 249, 250면.

15 유한준, 〈善山二烈女〉, 『自著』 卷之十四, 『한국문집총간』 249, 250면, 愛月善山人, 京城人婢也. … 作詩以自悲, 其詩曰, 威如霜雪信如海, 不去爲難去亦難. 回首洛東江水碧, 此身危處此心安. 遂自溺死, 南中人斲江傍大石, 刻其詩.

빼고자 하였으나 낭자가 〈산유화가〉를 짓고, 낙동강에 투신했다. 노랫말에, '머리 돌리니 낙동강 물이 푸르네' 등의 말이 있다.(肅宗戊寅年間, 善山民女香娘早寡, 父母欲奪志, 娘作山有花歌, 投洛東江. 其辭有回首洛東江水碧等語)[16]

이렇게 선산 지역의 민요로 자리 잡게 된 〈산유화〉는 많은 사람의 관심을 받으며 여러 곳으로 전파되었다. 그중에서 서울 출신의 최성대가 향랑에 관한 이야기와 노래를 듣고 고운 가락으로 〈산유화여가〉[17]를 마련하자, 최성대와 밀접하게 교유하던 영남 출신의 신유한이 〈산유화곡〉[18]을 지었는데, 두 작품은 지역에 따른 정서의 차별성을 보인다. 그리고 최성대의 〈산유화여가〉에 대하여 권두경이 관심을 보인 것[19]도 주목할 만하다.

최성대의 〈산유화여가〉는 5언 110구로 구성되었는데, 사건의 서사에 초점을 맞추되 일상적인 언어를 사용하여 요점과 핵심을 짚으면서 간명하게 이어나가고 있다.

지주 아래 나무를 하는 여자가	砥柱採薪女
슬프게 〈산유화〉를 부르네.	哀歌山有花
여랑의 얼굴을 모르지만	不識女娘面
오히려 여랑의 노래를 부르네.	猶唱女娘歌
나는 낙동의 여자인데	儂是落同女
낙동은 낭자의 집이라네.	落同是娘家
낭자에게 여러 누이가 있는데	娘有羣姊妹
부모는 낭자를 가장 사랑했다네.	父母最娘憐
어릴 때부터 깊숙한 집안에서 자라서	少小養深屋

16 이유원, 〈補製散樂 十六首〉, 『嘉梧藁略』 冊一, 『한국문집총간』 315, 21면.
17 최성대, 〈山有花女歌〉, 『杜機詩集』 卷之一, 『한국문집총간』 속 70, 514면.
18 신유한, 〈山有花曲〉, 『青泉集』 卷之二, 『한국문집총간』 200, 246면.
19 권두경, 〈題崔生士集*成大山有花歌後〉, 『蒼雪齋先生文集』 卷之七, 『한국문집총간』 169, 125면.

문밖으로 나가지 못하게 했네.	不敎出門前
여덟 살에 거울을 비추니	八歲照明鏡
두 눈썹이 버들잎처럼 푸르네.	雙眉柳葉綠
열 살에 봄 뽕을 따고	十歲摘春桑
열다섯에 이미 베를 짰네.	十五已能織
부모가 늘 자랑하여 말하면	父母每誇道
아녀의 얼굴빛이 좋았네.	阿女顔色好
어진 사위에게 시집가기를 바라서	願嫁賢夫婿
같은 마을에서 함께 늙기를 보네.	同閈見偕老
늘 어버이를 떠나서 가는 것을 두려워하여	常恐別親去
부인의 괴로움을 이해하지 못했네.	不解婦人苦
열일곱에 수놓은 치마를 입고	十七着繡裳
아름다운 살쩍에 쓸어버릴 뜻을 보태네.	蟬鬢加意掃
중매쟁이가 와서 기쁜 소식을 알리는데	有媒來報喜
착한 남자가 얼굴이 꽃과 같네.	善男顔花似
바지 위에는 수놓은 배자 잠방이	袴上繡裲襠
발아래엔 실로 무늬 신발	足下絲文履
스스로 말하길 재물을 아끼지 않고	自言不惜財
다만 어질고 아름다운 여자를 원한다네.	但願女賢美
소와 양이 골짜기 입구에 가득하고	牛羊滿谷口
능라와 비단이 상자 속에서 빛나네.	綾錦光篋裏
아버지가 어머니를 불러서 말하기를	阿父喚母語
길일을 가려 딸을 시집보내자네.	涓吉要嫁女
금등자에 겹옷이 짝이 되고	金鐙雙袷裙
상준마에 꾸며서 올리네.	裝送上駿馬
이웃 마을에서 부모를 치하하며	隣里賀爺孃
아녀가 좋은 시댁을 얻었다네.	阿女得好嫁

산화를 살쩍과 상투에 꽂고	山花揷鬢髻
들판의 풀잎을 비녀 고리에 섞었네.	野葉雜釵鐶
당에 올라 쌍배를 받들고	升堂捧雙盃
늙은 할머니의 기쁜 마음을 받네.	受拜翁姥歡
새벽에 일어나니 꽃이 하늘에 가득하고	曉起花滿天
저녁에 잘 때면 꽃이 상에 가득하네.	夜宿花滿床
파릇파릇 손 안의 선이요	茸茸手中線
그대를 위하여 옷과 치마를 마름질하네.	爲君裁衣裳
탕여아를 배우는 것이 부끄럽고	羞學蕩女兒
고움을 펴서 마을을 비추네.	發豔照里閭
사람들은 야유가 즐겁다고 말하는데	人言冶遊樂
나는 베를 짜느라 집에서 지내네.	儂織在家居
동문에 맛있는 칠면조가 있고	東門有旨鷊
북쪽 제터에는 푸른 고비가 있네.	北墠有綠蕨
삼 년 동안 금실이 고요하고	三年靜琴瑟
남편을 섬김에 일찍이 실수가 없네.	事主未曾失
어찌 뜻했으랴? 헤어짐이 분명함을.	豈意分明別
은정이 중도에 끊어졌네.	恩情中途絶
베짜기를 마쳐도 늦어진다고 일부러 싫어하고	織罷故嫌遲
치장을 해도 좋다고 말하지 않네.	粧成不言好
나쁜 며느리가 오래 머무를 수 없다고	惡婦難久留
첩에게 말하길 일찍 돌아가라네.	語妾歸去早
슬픔을 머금고 휘장을 말아	含悲卷帷幔
통곡하며 기내의 길을 나서네.	痛哭出畿道
봄 산이 지난 빛과 달라서	春山異前色
눈물지는 잎에 장미 풀이 우거지네.	淚葉蕪蘼草
바라건대 장차 그대의 뜻을 받들어	願將奉君意

그대를 위하여 잠시 기르네.	爲君暫鞠于
소문이 상형촌으로 전하여	傳聞上荊村
아내가 이미 남편을 따랐다네.	有婦已從夫
수레를 굴리며 해가 지는 것이 두려워	驅車畏日暮
옷소매를 뒤집어 여전히 돌아보네.	反袂猶回顧
지난 해에 어머니가 죽고	去歲阿母死
높은 집에는 늙은 어미가 있네.	高堂有晩孃
붉은 대추 열매는	纂纂棗下實
딸이 굶주려서 맛보지 못하네.	女飢不得嘗
숙부께서 향랑에게 말하기를	阿叔語香娘
아이야 슬피 울지 말아라.	阿女勿悲啼
자욱한 황대의 칡이	濛濛黃臺葛
또한 황대의 서쪽으로 자라나가네.	亦蔓黃臺西
향랑이 숙부에게 말하기를	香娘語阿叔
저의 몸은 욕을 볼 수 없습니다.	妾身不可辱
푸르디푸른 물 가운데 난초는	青青水中蘭
잎이 죽으면 마음은 오히려 향기롭지요.	葉死心猶馥
하늘과 땅은 높고 또 넓어서	天地高且廣
나에게 말해도 어찌 따르겠어요?	道儂那所適
저 사이에서 낭자를 고침이 바르니	介彼藥娘正
장차 옛 일을 좇아 곁으로 가려네.	逝將依古側
몰래 가서 언덕 입구에 이르니	潛行到陂口
낙동강의 물이 푸르네.	落同江水碧
많고 많은 뭇 여아들이	祁祁衆女兒
잠시 나와 곧 같네.	薄言同我卽
높은 산에 당아욱 꽃이 있으니	高山有莪花
저것을 뜯어서 장차 편히 쉬려네.	採彼將安息

마침내 슬프고 원망스런 노래를 전하여	遂傳哀怨歌
이것을 〈산화곡〉이라 하네.	云是山花曲
슬픈 노래를 부르며 아직 끝나지 않았는데	哀歌唱未終
오래된 연못에 물결이 깊네.	古淵波浪深
신령이 흰 무지개 깃발을 따르고	靈隨白霓旗
넋은 푸른 세발 마름의 마음을 가리네.	魂掩青芰襟
물이 바닥을 보지 못하게 하라.	無使水見底
〈회사〉에서 가라앉을까 두렵고 두렵네.	恐畏懷沙沉
향리에서는 듣고 우는데	鄉里聞之泣
노래를 마치자 모두 슬퍼하네.	歌竟皆悽惻
밝은 달이 남긴 노리개를 비추고	明月照遺珮
푸른 비녀와 금 장식을 묻네.	翠鈿埋金餙
해마다 여랑의 언덕에	年年女娘堤
산화가 봄에 절로 떨어지네.	山花春自落
팥배나무에서 보조개를 배우고	野棠學寶靨
언덕의 풀에는 치마 색이 머무네.	堤草留裙色
천추에 호령(湖嶺) 사이에는	千秋湖嶺間
강물이 절로 동쪽으로 흐르네.	江水自東流
금오산 아래 길에서	金烏山下路
오늘날까지 여전히 머리를 돌리네.	至今猶回頭[20]

한편 신유한의 〈산유화곡〉은 한나라의 〈공작동남비〉의 구가에 견주어서 9수로 지었는데, 원래의 노래가 가지고 있는 자연스러움보다 글의 꾸밈이나 형식을 고려한 선택이라고 할 수 있다. 〈공작동남비〉는 한나라 말엽에 여강부(廬江府)에 사는 초중경의 아내 유씨(劉氏)가 중경의 어머니

20 최성대, 〈山有花女歌〉, 『杜機詩集』 卷之一, 『한국문집총간』 속 70, 514면.

에게 쫓겨나 친정으로 돌아가서 굳게 절개를 지키다가, 개가하라는 친정 어머니의 성화를 이기지 못하여 물에 빠져 죽자, 이 소식을 들은 중경도 역시 목매어 죽고 말았는데, 이를 본 당시의 사람들이 그들을 슬프게 여겨 지은 악부로, "공작이 동남으로 날아가네.(孔雀東南飛)"로 시작하는 장편 서사시이다. 최성대의 〈산유화여가〉까지 본 상황에서 민요가 지닌 본령과 노래의 실상을 표현하는 방향보다 〈공작동남비〉와 같은 기존의 관습을 제기하는 영향이나 반향에 초점을 맞추고 있다. 따라서 간결한 민요의 의미보다 장황한 수식과 용례를 동원하여 산만하게 늘어지는 구성을 보이는 결과를 초래했다.

노래의 앞에서 "땔나무를 따는 여인의 입말을 빌어서", "향랑의 생각"을 펴서 〈공작동남비〉와 표리의 관계가 된다고 하고 있지만, 실제로는 민요가 지닌 "시골의 속된 노래", "구슬픈 내용"에 초점을 맞추지 못하고, "장구로 채록하도록", "말을 꾸미고", "거친 원망"에 가깝도록 구성하여 〈산유화가〉가 지닌 본래의 의미에서 거리가 생기도록 한 셈이다. "입말(口語)"이 민요의 생명이라 할 수 있는데, "향랑의 생각"을 편다고 하면서 "그 말을 채색(文其辭)"하는 데에 치중함으로써 "강 두둑의 아이들이 익히 부르는 〈산유화〉"는 사라지고 시인의 의도와 태도만 남게 된 것이다. 최성대가 〈산유화여가〉를 "고운 도시의 노래"로 바꾸면서, "원망하되 성내지 않고, 씩씩하고 아름답다."라는 평가를 받도록 한 것과 성격이 판이하게 된 것이다.

〈산유화곡〉은 일선의 열부 향랑의 원가이다. 향랑이 그 남편에게 버려져서 집으로 돌아갔으나 부모가 없으므로 그 숙부가 개가시키려고 하였으나, 곧 울면서 불가하다고 말하고, 스스로 낙동강에 빠지려고 하였다. 강 가에 높은 제방이 있어서 길선생표절지주중류비가 있었다. 낭이 죽을 때에, 봄나물을 캐는 동배의 아가씨들을 비 아래에서 서로 만나 〈산유화곡〉을 지어서 봄나물을 캐는 아가씨들에게 부르게 하고, 노래를 마치자 물에 뛰어들었다.

곧 지금 강 두둑의 아이들이 익히 부르는 〈산유화〉는 소리가 매우 구슬픈데, 그 뒤에 서울에 사는 최사집이 그 사정을 자세히 기억하여 〈산유화여가〉를 지었으니, 완연히 고운 도시의 노래로 바꾸었으며, 원망하되 성내지 않으며, 씩씩하고 아름답다. 내가 그 노랫말을 보고 실로 땔나무를 따는 여인의 입말을 빌어서 향랑의 생각을 펴니 한나라의 〈공작동남비행〉과 서로 표리의 관계이다. 그러나 향랑이 남긴 곡은 다만 교외 아이들의 이와 뺨 사이에 있어서 사람들이 그 장구를 채록할 수 없으니 매우 슬프다. 낭도 본래 낮은 신분이라 글의 꾸밈을 이해하지 못하고 이 노래를 만들었으니, 다만 시골의 속된 노래로 인하여 바르고 엄숙히 오로지 정미한 하늘을 폈으니, 내가 또 슬퍼하여, 마침내 다시 그 뜻을 써서 그 말을 채색하여, 몰래 스스로 한나라 악부 구장의 거친 원망에 가깝게 〈산유화구가〉를 만들었으니, 이 노래는 감히 옛것에 합당하다고 하지는 못해도 뒷날 강남에서 풍요를 채집하는 사람이 향랑의 원망하는 노래가 있다는 것으로 얻어서 펼 것이다.[21]

신유한의 〈산유화곡〉을 차례대로 검토하면서 향랑의 서사와 향랑이 부른 노래를 염두에 두고 핵심적인 부분만 제시하도록 한다.

첫째 수는 시집간 화자가 시집에서 버려져서 고향에도 머물 수 없고, 숙부가 개가하라는 말이 마음을 다치게 하고 있다.

그대와 이별할 것을 생각하니,

---

21 신유한, 〈山有花曲〉, 『青泉集』 卷之二, 『한국문집총간』 200, 246면, 山有花曲者, 一善烈婦香娘之怨歌也. 香娘見絶於其夫, 還家而父母不在, 其叔欲令改嫁, 則泣而道不可, 自沉於洛東江, 江上峻坂, 有吉先生表節砥柱中流碑. 娘之死也, 與采春儕女, 相遇於碑下, 作山有花曲, 使春女歌之, 歌竟而赴水, 卽今江畔兒慣唱山有花. 聲甚悽惋, 其後漢京崔君士集記其事精甚, 爲作山有花女歌, 宛轉麗都, 怨而不怒, 陽陽乎美矣. 余覩其辭, 實藉采薪女口語, 以叙香娘之思, 與漢孔雀東南飛行相表裡. 而香娘遺曲, 但在郊童齒頰間, 人不得采其章句, 甚慨也. 娘素賤不解文藻, 其爲此曲, 只因巷俚之嘔啞 而發其端莊專精之天, 余又悲之, 遂復用其意而文其辭, 竊自幾於漢樂府九章蘼蕪之怨, 而爲山有花九歌, 是曲也不敢曰有合於古, 而後之采風於江南者, 將亦有以香娘怨曲, 得而陳之矣.

우는 눈물이 비처럼 떨어지네.
고향은 머물 수가 없고,
좋은 경치를 볼 수가 없네.
숙·백부의 말씀은 믿음이 없어서,
여자가 실로 미치고 그릇되네.

둘째 수에서는 시집갈 때의 물건 등에 대해 말하고 있다.

곁눈질하니 물건도 좋고
버리니 사람이 이미 추하네.

셋째 수는 헤어지는 마음을 읊고 있다.

나는 그 꽃부리를 주워서
그대에게 주면서 서로 그리기를 바라네.
누가 가족이 멀다고 여기는가?
우두커니 서서 바라보네.

넷째 수는 최성대의 〈산유화여가〉가 지닌 성격에 대한 반박의 의미를 띠고 있다.

누가 원망이 없다고 이르는가?
듣는 사람에 눈물이 어지럽게 내리네.
듣는 사람의 괴로움은 아깝지 않으나
다만 알아줄 사람이 없음이 안타깝네.

다섯째 수는 함께 지낼 때의 추억을 담고 있다.

그대가 수를 놓은 배자와 잠방이를 가지고
아름다운 꽃으로 높이네.
동문에서 버들을 꺾어
잠시 그 삼에 담그네.
손을 잡음이 잠깐 사이가 아닌데
버리는 것을 장차 어찌하랴?

여섯째 수는 화자의 탄식이다.

천지는 어찌 그리도 넓은가?
곁눈질하니 장차 어디에 가랴?

일곱째 수는 젊은 시절의 기억과 마음이 어그러진 데 대한 안타까움이 자리한다.

젊어서 치장할 줄 몰랐는데
남들이 내가 곱다고 하면 부끄러웠네.
시집갈 때의 널찍한 거울은
그대를 위하여 보배로운 상투를 손질하네.
나의 목숨은 백년이 모진데
그대 마음은 하루아침에 어그러지네.

여덟째 수는 산 꽃이 피는 봄날에 〈산유화〉의 노래가 널리 퍼져나감을 말하고 있다.

산 꽃은 날마다 피고
봄 아가씨는 겨르롭고 편안하네.

머리 위에 검붉은 비녀요
띠 아래에는 푸른 실을 매었네.
우연히 서로 만나 길게 노래하니
너에게 보내는 좋은 금 패옥이네.

아홉째 수는 노래의 마무리이다.

내가 이 노래로 마치려고 하면
이 노래가 사람을 아프게 하네.
쓸쓸한 바람이 해가 저물 녘에 일어나고
높은 곡조는 청상곡에 사납네.

그런데 최성대의 〈산유화여가〉를 보고 60운으로 지은 시[22]는 감회를 읊는다고 하면서도 과장이 많고 잡다한 수식을 통하여 분위기를 살리는 데에 치중하고 있다.

한편 권두경은 최성대의 〈산유화여가〉를 보고 그 뒤에 자신의 입장을 3수의 시로 밝히고 있는데, 첫째 수를 보도록 한다.

아름다운 영인이 피리를 비껴 연주하는데	巧伶奏橫篴
화려한 취주가 사람의 마음을 쓸어버리네.	繁吹蕩人心
붉은 줄은 청묘의 거문고요	朱絃淸廟瑟
세 번 노래하매 남긴 소리가 있네.	三歎有遺音[23]

22 신유한, 〈春夜海上, 咏崔士集山有花歌, 感別多懷, 因得六十韻〉, 『靑泉集』 卷之一, 『한국문집총간』 200, 238면.

23 권두경, 〈題崔生士集*成大山有花歌後〉, 『蒼雪齋先生文集』 卷之七, 『한국문집총간』 169, 125면.

이러한 차이와 함께 최성대가 민요에 대해 가지는 관심은 유별나다고 할 정도로 각 지역의 노래에 대하여 그 특성을 지적하고 있다. 〈부여의 노래를 잘하는 사람의 가락이 애원하다〉는 시제를 뽑고 있는데, "비녀를 찌른 사람과 치마를 입은 사람"이 "서로 노래에 응한다.(相應歌)"라고 하여, 단독으로 부르기보다 여러 사람이 호응(呼應)한다고 지적하고 있다. 그리고 "소리가 멀리 전하도록" 부르는 데에 익숙하다고 하고, 북쪽 사람이 처음 들으면 "눈물을 가린다."라고 하였다. "소리가 멀리 전하도록" 부르는 것은 노래를 부르는 방식에 관한 것이라면, "눈물을 많이 가린다."라는 것은 듣는 이의 반응에 해당한다.

팥배나무 잎이 가지런하고 들판에는 꽃이 피는데	棠梨齊葉野開花
비단 옷에 비녀와 치마를 입고 서로 노래에 응하네.	繡衩簪裙相應歌
긴 길에 작은 동산을 슬퍼함을 견디지 못하여	長道不堪悲小苑
여랑은 무슨 일로 빈 강물만 원망하는가?	女娘何事怨空波
남쪽 사람은 소리가 멀리 전하도록 익히 부르는데	南人慣唱傳聲遠
북쪽 손님이 처음 들으면 눈물을 가림이 많네.	北客初聞掩淚多
오직 부소에 옛날 달이 있어서	惟有扶蘇舊時月
봄이 오니 오히려 절로 산하를 비추네.	春來猶自照山河[24]

한편 최성대가 〈소홀음잡절〉에서 소개하고 있는 소홀의 소리를 주목할 수 있다. 선산의 〈산유화〉도 들었고, 부여의 노래도 들은 상황에서 남쪽의 〈산유화〉와 견주면서 각 지역의 민요가 지닌 특성을 설명하고 있다. 소홀은 서주(西州)에 있는 지명으로 추정되고, 서주는 황해도 문화를 가리킨다.

최성대가 영조 17년(1741) 6월 24일(정사)에 공홍좌도 경시관으로 참여한 적[25]이 있고, 영조 18년 임술(1742) 12월 19일(갑진)에 문화현감[26]으

24 최성대, 〈扶胥善謳調極哀怨〉, 『杜機詩集』 卷之一, 『한국문집총간』 속 70, 522면.

로 나갔다. 문화는 유주(儒州)라고도 하는데, 최성대가 유주와 관련한 작품[27]을 많이 남기고 있기도 하고, 유주에서 읊은 시에서 바로 서주(西州)[28]를 지적하고 있어서 서주의 소홀이 바로 문화현감 시절과 연계된다고 할 수 있다.

그리고 최성대는 늘 풍요 생각을 가슴에 품고 다녔던 것으로 보이는데, 서주의 소홀에서 소홀의 소리를 들으면서 남쪽의 〈산유화〉와 견주고 있다.

남쪽의 산유화는 원망하는 생각이 깊은데	南曲山花怨思深
처음 듣는 북쪽 나그네는 눈물이 옷깃을 적시네.	初聞北客淚沾襟
흰머리에 아직도 풍요에 매달림을 입는데	白頭猶被風謠嬭
또 서주의 소홀음을 듣네.	又聽西州蘇忽音

그리고 둘째 수에서 강조(腔調)에 대한 천부적인 재능을 바탕으로 각 지역의 독특한 곡을 부르는 것으로 파악하고, 다른 고을 사람들이 배우게 되면 "느리게 소리내네[謾咿咿]"라고 하고 있다.

하늘이 준 강조를 스스로 능히 하는데	天生腔調自能爲
세 고을의 사람은 오직 성스럽게 얻었네.	三縣人惟聖得之
천 길을 떨어지면 분초도 오르기 어려운데	分寸難躋千丈落
다른 고을에서 노래를 배우면 느리게 소리내네.	他州學唱謾咿咿

25 『승정원일기』 932책(탈초본 50책) 영조 17년 6월 24일(정사).

26 『승정원일기』 952책(탈초본 52책) 영조 18년 12월 19일(갑진).

27 최성대, 〈述儒州時舊遊, 憶南密直幼能審理海西輶軒〉, 『杜機詩集』 卷之二, 『한국문집총간』 속 70, 550면, 〈儒州吟, 示內弟昌, 堂弟宗〉, 卷之四, 속 70, 585면, 〈儒州雜詞〉, 卷之四, 속 70, 587면, 〈別儒州〉, 卷之四, 속 70, 587면, 〈追補儒州雜曲二絶〉, 卷之四, 속 70, 589면, 〈儒州雜詞〉, 卷之五, 속 70, 608면, 〈儒州別歌〉, 卷之五, 속 70, 608면.

28 최성대, 〈述儒州時舊遊, 憶南密直幼能審理海西輶軒〉, 『杜機詩集』 卷之二, 『한국문집총간』 속 70, 550면, "悵望西州路, 經遊記往年", 〈儒州吟, 示內弟昌, 堂弟宗〉, 卷之四, 속 70, 585면, "孤宦西州幾憶家".

셋째 수에서 가창 방식으로 호답(互答)을 제시하고, 가락과 내용이 지닌 "원망과 은혜(怨恩)"를 계속 유지하면서, 누군가에게 전하고[傳誰] 싶은 욕구까지 표현하고 있다.

부들과 여뀌가 핀 지름길로 소매를 같이 잡고 蒲蹊蓼逕袖同携
물은 멀고 산이 높아 함께 답하네. 水遠山長互答時
끝없는 원망과 은혜에 줄이 끊어지지 않고 無限怨恩絲不斷
어렴풋이 마음을 가지고 누군가에 전하고 싶네. 闇將心意欲傳誰

넷째 수에서 봄의 율려(律呂)와 해마다 "부르며 가고 부르며 오는[唱去唱來]" 상황을 말한 뒤에, 사광 같이 귀가 밝은 사람이 없는 세상이라 노래를 부르는 자리에 시끄럽게 우는 매미처럼 내는 소리가 가득하다고 하고 있다. 풍요를 부르는 사람들의 요란한 소리를 지적하고 있는 셈이다.

서주의 봄 율려에는 바람과 안개가 좋은데 西州春呂好風煙
부르며 가고 부르며 오니 해가 또 바뀌네. 唱去唱來年復年
세상에는 오래도록 사광의 귀가 없으니 世上久無師曠耳
요사이 매미가 노래 자리에 가득하네. 邇來蜩蚻滿歌筵[29]

그리고 이덕무는 〈향랑시*병서〉[30]에서 향랑의 전설을 바탕으로 장편의 〈산유화〉를 남기면서 산유화의 전승을 이어가고 있다.

이후에도 이학규가 신해년(1801) 여름에 능성에서 이웃 사람이 부르는 〈산유화〉를 듣고 4수의 시[31]를 남기고 있고, 향랑이 지은 〈산유화〉를

29 최성대, 〈蘇忽音雜絶〉, 『杜機詩集』 卷之五, 『한국문집총간』 속 70, 613면.
30 이덕무, 〈香娘詩*幷序〉, 『青莊館全書』 卷之二, 『한국문집총간』 257, 42면.
31 이학규, 〈夜聞隣人唱山有花, 有懷, 却寄伯津〉, 『洛下生集』 冊一, 『한국문집총간』 290, 224면.

최성대가 〈산유화여가〉 1편으로 변환시키고, 신유한이 〈산유화 9가〉로 마련한 것을 참조하여 직접 〈산유화〉[32]를 짓기도 하였다.

32 이학규, 〈山有花〉, 『洛下生集』 冊六, 「嶺南樂府」, 『한국문집총간』 290, 305면.

2. 신번과 신성의 노래와 곡조의 변화

1) 신번과 신성의 특성

17세기 초에 이수광이 악부신성(樂府新聲)을 마련한 뒤에 신흠이 그 중에서 〈궁사〉, 〈새하곡〉, 〈유선시〉 등을 효빈[33]하였고, 정두경도 〈오궁사〉의 둘째 수에서 악부신성으로 〈백저사〉[34]를 언급하고 있으며, 17세기 후반에는 이은상이 신성을 마련하기도 하였다. 새로운 곡조 또는 변주라고 할 수 있는 신성은 시대가 흐르면서 그 당대의 변화를 반영하는 방식으로 출현하게 되었다.

18세기에 정내교가 「청구영언서」에서 시와 노래의 구별과 노래의 전승에 대해 말하면서, 김천택이 스스로 신번(新飜)을 짓고 여항인에게 주어 익히게 했다고 기술한 내용을 요약하면 다음과 같다.

> 노래와 시가 둘로 갈라지면서 시 중에서 음률에 맞는 것을 악부라 하는데 향인과 방국에는 반드시 사용하지 않았고, 가사별체(歌詞別體)가 있기는 했으나 시가에는 미치지 못했다. 가사를 짓기 위해서는 문장을 잘 지으면서도 성률에 정통해야 하는데, 김천택은 스스로 신번을 지어 여항인에게 주어 익히게 했다. 김천택은 노래를 잘 불렀고 능히 스스로 신성(新聲)을 하였다. 또한 거문고를 잘 타는 전악사(仝樂師)와 서로 의탁하여 아양지계(峩洋之契)를 이루었다.[35]

위의 진술 중에 '스스로 신번을 지었다[自製新飜]', '능히 절로 신성이

33 신흠, 〈芝峯輯樂府新聲, 其中有宮詞, 塞下曲, 遊仙詩等體, 余戲效之〉, 『象村稿』 卷之二十, 『한국문집총간』 71, 506면.

34 정두경, 〈吳宮詞 六首〉, 『東溟先生集』 卷之二, 『한국문집총간』 100, 401면, 君王喜聽淸商曲, 樂府新聲白紵辭.

35 정내교, 「청구영언서」, 『청구영언 주해편』(국립한글박물관, 2017), 12~13면.

되었다[能自爲新聲]'로 표현한 것으로 보아, 일단 신번은 노랫말에 해당하고 신성은 곡조에 해당하는 것으로 이해할 수 있다.

이와 비슷한 내용이 정내교의 문집에는 다음과 같이 기록되어 있다. 이에 비해『청구영언』여항 육인의 김천택에서는 몇몇 구절[36]이 더 들어가 있기는 한데, 전체적인 맥락에는 큰 차이가 없다.

> 김백함 군이 노래를 잘하는 것으로 이름이 나고, 능히 스스로 신성을 할 수 있는데 맑고 밝아서 들을 만하고, 또 신곡 수십 결을 지어서 세상에 전한다. 내가 그 가사를 보니 모두 맑고 고우며 이치가 있고, 음조와 절강이 모두 음률에 맞아서 송강의 신번과 더불어 선후를 다투며 함께 말을 달릴 만했다. 백함은 비단 노래에만 능한 것이 아니라 또한 문에도 능함을 보인다. 아, 오늘날 풍속을 잘 살피는 사람이 있다면 반드시 이 가사를 선택하여 악관에 배열하여, 이항의 가요가 되는 것에 그치지 않을 것이다. 어찌하여 다만 백함으로 하여금 연나라와 조나라의 비분강개한 음으로 그 불평함을 울게 하는가? 또 이 노래에는 강호와 산림에서 방랑하고 은둔하는 말을 많이 끌어와서 반복하여 탄식하여 마지않으니 그 또한 쇠미해지는 시대의 뜻인가?[37]

두 글을 비교할 때 신번[38]은 신곡(新曲)과 같은 개념으로 이해할 수 있

---

36 '善唱名國中' 다음에 '一洗下里之陋', '音調節腔' 다음에 '淸濁高下' 등이 추가되고, '皆中律'이 '自叶於律'로 기록되고, '列於樂官' 다음에 '用之鄕人, 用之邦國'이 추가되어 있다.

37 정내교, 「金生天澤歌譜序」, 『浣巖集』 卷之四, 『한국문집총간』 197, 546면, 金君伯涵以善唱名國中 能自爲新聲, 瀏亮可聽, 又製新曲數十闋以傳於世. 余觀其詞, 皆淸麗有理致, 音調節腔皆中律, 可與松江新飜後先方駕矣. 伯涵非特能於歌, 亦見其能於文也. 嗚呼, 使今之世有善觀風者, 必采是詞而列於樂官, 不但爲里巷歌謠而止爾. 奈何徒使伯涵爲燕趙悲慨之音, 以鳴其不平也. 且是歌也, 多引江湖山林放浪隱遯之語, 反覆嗟歎而不已, 其亦衰世之意歟.

38 新飜은 이미 고려 때에 임춘이 김부철의 시에 차운하면서 마지막 구에서, "신번 삼첩으로 〈양관곡〉에 안배하였네.(新飜三疊按陽關)"라고 한 바가 있다. 임춘, 〈次韻金相國富

고, 새로운 노랫말로 볼 수 있다.

그런데 『청구영언』 여항 육인은 모두 노래를 잘하는 사람인데, 개별 기록에서 신번 등을 언급하고 있다. 그리고 김천택이 주의식을 설명하면서, "내 일찍이 주도원 공이 지은 신번 한두 곡을 얻어 보았다."[39]라고 한 기록이 있어서 신번을 신곡으로 볼 수 있다.

한편 금사로 알려진 김성기에 대한 기록에서는 신성을 하고 악보도 전한다고 하였다.

> 또 퉁소와 비파도 두루 깨달아서 모두 기묘함이 지극하였고 능히 스스로 신성을 하여 그의 악보를 배워서 이름을 떨친 사람들이 많았고, 이에 서울에 「김성기신보」가 있었다.[40]

> 또 퉁소와 비파를 잘하고 능히 스스로 신성을 하여 교방의 자제들이 왕왕 그의 악보를 배워서 이름을 떨친 자가 많았다.[41]

> 금사 김성기는 왕세기에게 거문고를 배웠는데, 늘 신성을 만나면 왕이 문득 감추고 전수하지 않았다. 성기가 밤마다 왕의 집 창 앞에 기대어 몰래 들어서 이튿날 아침에는 옮길 수 있었는데 착오가 없었다. 왕이 거듭 괴이하게 여겨 이에 밤에 거문고를 타다가 곡이 반이 되지 않아서 갑자기 창을 밀치자 성기가 놀라서 땅에 떨어졌다. 왕이 이에 크게 기특하게 여겨 지은 것을 모두 전수하였다.

轗題使君山詩〉, 『西河先生集』 卷第三, 『한국문집총간』 1, 234면.

39 『청구영언 주해편』(국립한글박물관, 2017), 주의식, 144면, 余嘗得見朱公道源所製新飜.

40 정내교, 「金聖基傳」, 『浣巖集』 卷之四, 『한국문집총간』 197, 554면, 又旁解洞簫琵琶, 皆極其妙, 能自爲新聲, 學其譜擅名者亦衆, 於是洛下有金聖基新譜.

41 남유용, 「金聖基傳」, 『雷淵集』 卷之二十七, 『한국문집총간』 218, 35면, 又善洞簫琵琶, 能自爲新聲, 敎坊子弟往往學其譜, 擅名者衆.

신번 몇 곡을 띠 중에서 짚는데 幾曲新翻捻帶中
창을 밀치고 서로 보며 신공에 탄복하네. 拓窓相見歎神工
물고기가 나오고 학이 내리듯 이제 전부 전수하니 出魚降鶴今全授
너에게 경계하나니 예를 쏘는 활을 잠그지 말라. 戒汝休關射羿弓[42]

실제로 성률에 익숙한 사람이 신성을 마련할 수 있을 터인데, 이 과정에 악사로 활동하던 왕세기[43], 전만제[44], 연익성[45], 함덕형[46]과 같은 금사가 큰 역할을 했을 것으로 짐작된다. 그리고 이서가 언급하고 있는 홍경신과 윤만석, 이보만, 이달원 등[47]도 함께 살필 수 있다. 이 중에서 이보만과 이달원 부자는 〈심방곡〉[48]에 깊은 관심을 보인다고 하였다.

---

42 조수삼, 〈金琴師〉, 『秋齋集』 卷之七, 『한국문집총간』 271, 490면, 琴師金聖器, 學琴於王世基, 每遇新聲, 王輒秘不傳授, 聖器夜夜來附王家窓前窃聽, 明朝能傳寫不錯. 王固疑之, 乃夜彈琴, 曲未半, 瞥然拓窓, 聖器驚墮於地. 王乃大奇之, 盡以所著授之.

43 정내교, 〈賢西主人, 置酒夜會, 會者六人, 自爲文敍其事甚悉. 屬余系以詩, 遂成六篇. 各咏其人〉, 『浣巖集』 卷之二, 『한국문집총간』 197, 511면, 美鬚鬑鬑王樂師, 何從學琴乃爾奇. 商聲要眇忽復揚, 悲者翻喜喜者悲. 世間亦見鍾期否, 吾爲王生一長噫.

44 이인상, 「贈彈琴李處士*鼎燁序」, 『凌壺集』 卷之三, 『한국문집총간』 225, 515면, 嘗見樂師全萬齊善鼓玄琴, 撫按中絃, 宮聲穆然如龍吟深湫而風湍激石, 使聽之者散湮鬱不平之意, 卽古人所彈淸廟文王之音, 槩可以想像矣. 然余不喜玄琴之無法象, 不從萬齊學琴, 人有解彈琴者, 不問工拙而聽之, 要在寄趣而已.

45 홍대용, 「祭延益成文」, 『湛軒書』 內集 卷四, 『한국문집총간』 248, 83면, 湛軒以酒一壺燭一雙錢三兩, 遙訣于延師之靈, 君其死乎. 以君之虛脆, 得年五十三, 不可謂不幸也. 雖終身食貧而肆志於聲色之場, 亦足以樂君之生矣. 亦復何恨, 身處伶官而抗志如高士, 跡近俳優而潔性如秋水, 嗟君之賢, 惟余知之, 惜乎. 人琴俱亡, 吾誰與操音, 三十年情好, 從此而訣矣. 一字一涕, 君其來鑑.

46 홍대용, 「蓬萊琴事蹟」, 『湛軒書』 內集 卷四, 『한국문집총간』 248, 88면.

47 이서, 「哭樂師洪慶臣文」, 『弘道先生遺稿』 卷之五, 『한국문집총간』 속 54, 168면, 唯師, 生於下流, 才器出類, 擧止端莊, 城府沉邃, 長於樂術, 爲師之首. 指法明妙, 深得古旨, 悠悠俗師, 彼何能企. 我昔學琴, 畧得其義, 退而習之, 于三十祀. 唯尹萬石, *自註, 樂師也. 唯李處士, *自註, 李丈保晩甫暨其子李友達源字海如甫也. 相與講討, 似得其味, 峩峩洋洋, 高山流水, 晩悟聖人, 望洋之趣, 沿流求源, 何日忘之. 師之亡也, 我未聞知, 師之葬也, 我未送柩, 嗟我有恨, 千古悠悠.

48 이서, 〈哀李丈保晩〉, 『홍도선생유고』 권4, 『한국문집총간』 속 54, 110면, 空餘心方曲, 尙記融融絃, 〈懷亡友李老兄海如〉 『홍도선생유고』 권4, 『한국문집총간』 속 54, 111면,

신번이나 신사를 만드는 일은 시인의 몫일 수 있지만, 이를 성률에 익숙한 사람이 신성을 마련하면 가기나 금기가 거문고로 타거나 노래로 부르게 되는 것으로, 신번과 신성의 유행과 확산에 가기와 금기가 큰 역할을 맡았다고 할 수 있다.

이에 17세기 후반 이하진의 〈취하여 백상루에 짓다〉에서 새로운 소리[新聲]와 옛 곡조[舊腔]의 대비를 볼 수 있다.

구름 같은 장막을 높이 펼쳐서 여덟 개 창을 여는데	雲幕高張啓八窓
꽃이 분대(粉黛)를 둘러 그림자와 짝을 짓네.	花圍粉黛影雙雙
아로새긴 난간의 기세가 삼천의 들판을 누르는데	雕欄勢壓三千野
향긋한 술의 향이 백 개의 항아리에 뜨네.	芳酒香浮一百缸
사람과 친한 모래펄의 새가 채색한 서까래를 엿보고	沙鳥狎人窺彩桷
노래를 듣는 헤엄치는 물고기가 갠 강을 희롱하네.	游魚聽曲戲晴江
가희가 머무는 손님의 뜻을 공교롭게 이해하여,	歌姬巧解留賓意
천천히 신성을 굴려서 옛 가락으로 바꾸네.	徐轉新聲變舊腔[49]

숙종 4년(1678)에 진위 겸진하사로 연경에 가는 길에 백상루에서 펼치는 연회에 기녀가 동원되어 여러 레퍼토리의 노래를 듣는 장면을 진술한 것인데, 이 자리에 참석한 가기가 옛 곡조와 신성을 다 부를 줄 알아서 머무는 손님인 화자가 신성을 별로 좋아하지 않는다고 판단하고 연회의 자리에서 흔히 부르던 신성을 돌려서 옛 곡조로 바꾸고 있다고 진술하고 있다. 17세기 후반에 가기의 레퍼토리가 신성 중심으로 구성되었음을 짐작하게 하는 것이다.

그리고 황택후가 영조 7년(1731)에 강선루 아래에서 뱃놀이를 하면서

猶餘心方曲, 怳對故人面.

49 이하진, 〈醉題百祥樓. 追得失藁〉, 『六寓堂遺稿』 冊三, 『한국문집총간』 속 39, 131면.

지은 시에서는 "악부신성으로 양부가 음란한데"[50]라고 하였다. 양부는 음악 연주에서 좌부(坐部)와 입부(立部)를 가리키는데, 특별한 사은에 동원되는 구성이다. 신성이 와음(哇淫)과 연결되어 있음을 인정한 것이다. 좌부와 입부에서 악부를 신성으로 부르니 그 내용이 음란하다고 본 것이다.

골짜기 강에 목란 노로 투명한 강물을 거스르는데	峽江蘭棹溯空明
신녀봉 머리에 저녁 비가 개네.	神女峰頭暮雨晴
신성의 악부로 양부가 음란한데	樂府新聲蛙兩部
곳집 다락의 높은 흥취에 달은 삼경이네.	庾樓高興月三更

2) 신번과 신성의 노래 레퍼토리

신번과 신성으로 부르는 노래 레퍼토리는 우선 영조 29년(1753)에 이헌경이 함경에서 만난의 노기 가련이 이별의 자리에서 지은 신번을 들 수 있다. 가련은 이미 〈출사표〉, 〈진정표〉, 〈오자지가〉 등을 잘하는 금기로 널리 알려진 인물이다. 그리고 을묘년(1737)에 나라에 홍류(虹流)의 경사가 있을 때에는 〈하청가〉[51]를 지어서 외기도 하였다.

만약 반쯤 늙은 몸이 먼저 죽었다면,	若使半老身先死
이학사를 만나볼 수 있었으랴?	可得相見李學士
여든셋의 나이에, 우연히 서로 만나서,	八十三春 邂逅相逢
기쁘게 옛일을 새로운 듯 말하니,	歡然道故事如新
눈물을 이길 수 없네.	不勝淚[52]

50 황택후, 〈臨發成川前一日, 與李君興發待月, 泛舟于降仙樓下, 繡衣與府伯偕臨有詩. 謹次其韻, 留別李君〉, 『華谷集』 卷之三, 辛亥, 『한국문집총간』 209, 33면, 樂府新聲蛙兩部.

51 박영원, 「可憐帖跋*庚戌」, 『梧墅集』 冊十三, 『한국문집총간』 302, 500면.

52 이헌경, 〈咸京滯雨, 遇老妓可憐, 賦贈五絶〉, 『艮翁先生文集』 卷之一, 『한국문집총간』 234, 20면.

이 노래는 7,7,4,4,7,3으로 구성되어 있으므로 사(詞)로 추정되는데, 신번으로 사를 통해 이별의 내면을 드러내고 있다고 할 것이다.

다음은 김재찬(1746~1827)이 벽성[해주]의 금기 천연의 거문고 뒤에 지은 〈금조 8첩〉[53]에서 제시하고 있는 거문고 곡의 레퍼토리이다. 그 곡조의 차례가 평우조 → 상사별곡 → 도화곡 → 영산 → 채련가 → 심양강상곡(귀거심양곡) → 백두음 → 후정화의 순서로 되어 있다. 이 중에는 '졸졸' 소리의 평우조와 같이 고조로 연주하는 것도 있지만, 〈상사곡〉을 〈상사별곡〉으로 바꾼 신번도 포함된 것으로 보인다. 전체 흐름을 파악하기 위하여 8첩 모두 살펴보도록 한다.

벽성의 금기는 자가 천연인데	碧城琴妓字千蓮
무릎 위에 일곱 줄에 졸졸 소리가 비꼈네.	膝上泠泠橫七絃
한 곡을 타서 평우조를 이루니	一曲彈成平羽調
밤은 깊은데 꽃과 달이 아름다운 자태를 비추네.	夜深花月照嬋娟

其二

오늘날 사람이 소년 시절을 보지 못하는데	今人不見少年時
머리털은 누구를 위하여 마디마디 실로 만들었나?	髮爲阿誰寸寸絲
촛불이 다한 빈 집에서 별곡을 타노라니	燭盡虛堂彈別曲
비바람에 연꽃이 상사를 원망하네.	荷花風雨怨相思

其三

일찍이 연주에 들어가 초대를 꿈꾸었는데	曾入延州夢楚臺
도화 사곡이 오늘까지 슬프네.	桃花詞曲至今哀

53 김재찬, 〈琴操八疊, 題碧城琴妓千蓮琴背〉, 『海石遺稿』 卷之三, 『한국문집총간』 259, 375면.

낭군은 백마 타고 기성으로 가는데　郎騎白馬箕城去
가을이 온다는 소식을 기러기는 돌리지 않네.　消息秋來鴈不廻

其四

봄날 서호에 향긋한 수레가 모이는데　西湖春日簇香車
소소의 문 앞에서 푸른 버들이 비스듬하네.　蘓小門前翠柳斜
스스로 풍류를 믿음이 젊은 날과 같은데　自恃風流如少日
영산 첫 갈래에 초성이 많네.　靈山初葉楚聲多

其五

차가운 못에 서리가 이르니 물에서 물결이 일고　寒塘霜早水生波
문득 꽃의 얼굴을 취하여 푸른 연꽃과 견주네.　却取花容較綠荷
채련가에 화답하고 싶어도 마치지 못하니　欲和采蓮歌未了
한가을에 피고 지는 것을 너가 어찌하랴?　一秋開落奈渠何

其六

아름다운 줄을 홀로 안으니 눈물 흔적이 많은데　瑤絃獨抱淚痕多
누가 서주의 제일 미인을 알랴?　誰識西州第一娥
다시 〈심양강상곡〉을 연주하니　更奏潯陽江上曲
지금은 교방에서 거문고 타는 늙은 할머니이네.　教坊今作老琴婆

其七

큰 둑 남쪽은 문을 깊이 닫았는데　大堤南畔掩門深
서른 날 봄빛에 거문고 하나를 마쳤네.　三十春光了一琴
밝은 달밤에 몇 곡이 분명하니　數曲分明明月夜
천추에 애원하는 〈백두음〉이네.　千秋哀怨白頭吟

其八

서쪽 채색한 누대에 관아 자리 설치를 재촉하는데	官筵催設畵樓西
쇠약한 몸을 담박하게 씻고 푸른 사다리에 오르네.	淡掃衰容上翠梯
〈후정화〉를 타고 쉬려고 하니	彈到後庭花欲歇
두 줄의 기녀가 일시에 울부짖네.	兩行紅粉一時啼

이 중에서 두 번째 언급된 〈상사별곡〉은 〈상사곡〉 또는 〈장상사〉의 변주로 볼 수 있어서 악부곡의 이름이기는 하나 남녀의 정을 노래한 노래로 이해할 수 있다. 신광수가 탐라의 기생 월섬[54]이 〈상사별곡〉을 노래한다고 하였고, 이유원은 속악 16가사[55]에서 〈상사별곡〉을 언급하고 있다. 그리고 후대에 십이가사[56]에 포함되는 노래이다. 그리고 여덟 번째 언급된 〈후정화〉는 김재찬이 민경열에게 준 시[57]에서 "후정화 곡은 슬픔을 견디지 못하네."라고 한 바 있어서 슬픔의 곡조로 인식된 것이다.

한편 속조(俗調)는 고조(古調)에 대가 되는 개념으로 번음(繁音)에 해당한다고 할 수 있는데, 17세기에 이경석(1595~1671)이 「권극관묘갈명」[58]에서 속조를 버리고 고조를 지향한 자세를 참고로 할 수 있다.

---

54 신광수, 〈贈綠璧弟子月蟾〉, 『石北先生文集』 卷之七, 『한국문집총간』 231, 342면, 蘇小家中學舞娘, 隨孃送客到橫塘. 津亭落日相思曲, 不待明朝已斷腸. *蟾妓時唱相思別曲.

55 이유원, 〈俗樂十六謌詞〉, 『嘉梧藁略』 冊一, 『한국문집총간』 315, 23면, 相思別曲, 一別阿郎消息絶, 愛而不見我心切. 慢彼攏斯散落懷, 時眠時寤九腸折.

56 현행 12가사는 하규일이 전한 〈백구사〉, 〈황계사〉, 〈죽지사〉, 〈춘면곡〉, 〈어부사〉, 〈길군악〉, 〈상사별곡〉, 〈권주가〉 등 여덟 곡과 임기준이 전한 〈수양산가〉, 〈양양가〉, 〈처사가〉, 〈매화타령〉 등 네 곡을 합하여 십이가사라고 한다. 한편 십이잡가는 〈유산가〉, 〈적벽가〉, 〈제비가〉, 〈소춘향가〉, 〈집장가〉, 〈형장가〉, 〈평양가〉, 〈선유가〉, 〈달거리〉, 〈십장가〉, 〈방물가〉, 〈출인가〉 등을 가리킨다.

57 김재찬, 〈寄閔生景烈 三登人〉, 『海石遺稿』 卷之二, 『한국문집총간』 259, 368면, 後庭花曲不堪哀.

58 이경석, 「繕工監役官贈左承旨權公墓碣銘」, 『白軒先生集』 卷之四十七, 『한국문집총간』 96, 478면, 少學琴於樂師, 樂師謂繁音不足學, 如龍吟滄海古調之雄深者, 歸而求之, 有餘師矣. 公卽盡棄俗調, 以求龍吟者而得之, 隨意而變, 如鳳鳴岐陽, 風霆劈山, 品物同春, 各臻其妙. 嘗曰, 琴者禁邪心也, 浮念紛紜, 卽膝琴肅然, 所謂禁邪心者, 親驗

젊을 때에 악사에게 거문고를 배웠는데, 악사가 이르기를, '번음을 배우기에 족히 배울 것이 없으니, 용이 울고 푸른 바다와 같은 고조의 웅심한 자에게 돌아가 구하면 스승이 되고 남음이 있을 것이다.' 공이 즉시 속조를 모두 버리고 용이 우는 자를 찾아가서 얻었다. 뜻에 따라 바뀌고, 기양에서 봉이 울고, 바람이 쳐서 산을 쪼개고, 만물이 봄과 같아, 각각 그 기묘함이 모였다. 일찍이 말하기를, 거문고는 간사한 마음을 막는 것이다. 뜬 생각이 어지러우면 곧 무릎에 거문고를 올리면 숙연해져서 이른바 간사한 마음을 막는다는 것을 몸소 경험하게 된다. 거문고를 물으러 오면 반드시 이로써 말하고, 좇아서 거문고를 배우게 한다. 공이 일찍이 절구 한 수를 짓기를, '금보의 유래가 오래되었는데, 용이 울고 푸른 바다처럼 깊네. 화류의 모습은 타지 말라, 간사한 마음을 막는 것을 잃을까 두렵네.' 대개 본뜻을 말한 것이다.

17세기 후반에 박수검은 신성으로 율려를 고르면서 방아찧는 소리를 구사하고 있다. 악부유성(樂府遺聲)이라고 할 수 있는 기존의 방아찧는 노래를 신성으로 율려를 고르게 되면 분위기가 확연히 달라지는 것으로 나타난다. 그리고 "우성을 떨고 상성을 휘두르며" 고조(苦調)를 연주하면 가락이 높아지고 줄이 끊어질 정도로 슬픔을 막을 수 없고, 초성(楚聲)까지 포함하게 된다는 것이다. 신성으로 율려를 고르면 고조에 초성까지 포함하는 단계까지 변화할 수 있는 셈이다.

상 머리의 흰 먼지가 소매를 따라 날리는데	床頭素塵隨袖飛
다시 신성을 지어서 율려를 고르네.	更作新聲調律呂
줄을 재촉하고 기둥을 떨쳐 궁성과 치성을 바꾸고	催絃拂柱變宮徵

之矣. 來問琴者, 必以此言之, 有從學琴. 公贈一絶曰, 琴譜由來久, 龍吟滄海深. 莫彈花柳態, 恐損禁邪心. *蓋道其素志也.

딩동 소리 섞여서 차가운 공이를 움직이네.	雜響丁東動寒杵
앞소리와 뒷소리가 끊어졌다 이어졌다 하니	前聲後聲斷還續
밤이 새도록 벼와 기장을 찧는 듯하네.	彷彿終宵擣禾黍
높고 낮은 음운은 바람을 좇아 흩어지고	高低音韻逐風散
옥을 까불고 구슬을 올려 광주리에 가득하네.	簸玉揚珠滿筐筥
한 번 두드리고 다시 두드리니 소리가 빨라지고	一鼓再鼓聲轉促
때때로 부엌을 보니 굶주린 쥐가 달리네.	時見廚間走飢鼠
…	
우성을 떨고 상성을 휘두르며 고조를 연주하니	拂羽挑商奏苦調
가락이 높아지고 줄이 끊어져 슬픔을 막을 수 없네.	調高絃絶悲難禦
옛 방아엔 찧을 것이 없어서 사람은 이미 멀어지는데	舊碓無舂人已遠
악부의 남은 소리가 처량한 초성으로 구르네.	樂府遺聲轉悽楚[59]

한편 황윤석(1729~1791)은 가자에게 준 시에서 신번의 노래를 부르지 말라고 하고 있는데, 이 시가 시인이 장릉을 봉심하는 임무를 띠고 영월에 가서 청평포 등을 둘러보고 〈월주가〉[60], 〈자규사〉[61] 등을 지은 뒤에 쓴 시라는 점을 고려하고 살펴야 할 것이다. 우선 청령포에서 단종을 생각하는 마음이 앞서므로 신번이 포함하는 왜음(哇淫)의 노래를 부르지 말라는 의미로 해석할 수도 있고, 다른 한편으로는 이유(李渘)가 영조 7년(1731)에 장릉참봉으로 지은 〈자규삼첩〉[62]을 부르지 말라고 하는 것일 수도 있다. 황윤석이 〈자규사〉 여섯째 수에서 "미인의 가곡을 또 듣는 것을 견디네.(美人歌曲更堪聽)"라고 하였고, 이에 앞서 권만(1688~1749)은 "뱃사공은 자규사를 부르지 않네."[63]라고 하였다.

---

59 박수검, 〈鼓琴作杵聲 詩三十三句〉, 『林湖集』 卷之四, 『한국문집총간』 속 39, 265면.
60 황윤석, 〈越州歌 九章章十句〉, 『頤齋遺藁』 卷之三, 『한국문집총간』 246, 56면.
61 황윤석, 〈子規詞 八絶〉, 『頤齋遺藁』 卷之三, 「并序」, 『한국문집총간』 246, 57면.
62 이유, 〈자규삼첩〉, 『해동가요』(박씨본), 85~86면.

예로부터 슬픈 것은 유독 월주인데　　從古悲涼獨越州
청령포의 남은 눈물을 감히 거두지 못하네.　　淸冷餘涕不堪收
그대에게 기대나니 신번의 곡조는 부르지 말라　　憑渠莫唱新翻曲
서강의 비낀 달에 나그네가 배에 있네.　　斜月西江客在舟[64]

그리고 이어서 〈청령포에서 선배에게 화답하다*아울러 후서를 두다〉[65]라는 시에서 다음과 같이 읊고 있고, 후서에서 신번을 부르지 말라고 한 사정을 말하고 있다.

청령포 위의 미인사는　　淸泠浦上美人詞
무심히 오고 가는 때가 아니네.　　不是無心來去時
연소한 침랑이 오히려 백발인데　　年少寢郎猶白髮
남긴 소리를 월아가 알게 보내네.　　遺音要遣越兒知

이날 청령포 위에 드나들면서 내가 〈미인사〉를 불렀는데, 내가 이를 하지 않은 지 거의 스무 해가 지났다. 이에 이르러 입에 나오는 대로 펼치니 최참봉과 같은 배를 타고 있는 사람들이 정색하고 즐거워하지 않았다. 따라서 선배의 시, '강 머리에서 누가 미인사를 부르는가? 참으로 외 배에 달이 질 때이네. 슬프게 임금을 그리는 한없는 뜻을, 세상에서 오직 여랑만 알리.'를 기억하였다. 어떤 사람이 말하기를 '이것은 동악 이안눌이 지은

63 권만, 〈十九曉, 詣東幕澆掃〉, 『江左先生文集』 卷之四, 『한국문집총간』 209, 129면, 舟人不唱子規詞.

64 황윤석, 〈贈歌者 二絶〉, 『頤齋遺藁』 卷之三, 『한국문집총간』 246, 58면.

65 황윤석, 〈淸泠浦和前輩*幷後序〉, 『頤齋遺藁』 卷之三, 『한국문집총간』 246, 58면, 是日浦上出入, 余爲唱美人詞, 余之不爲此殆過二十歲矣. 至是率口而發, 崔參奉及同舟人皆愀肰不樂. 因記前輩詩, 江頭誰唱美人詞, 正是孤舟月落時. 惆悵戀君無限意, 世間惟有女娘知. 或曰此李東岳安訥所作也. 抑金龍溪止男旣得此詞於女娘, 翻以傳諸後世. 而今越中謳兒未必傳而唱之耳. 偶聞戊寅洪尙書象漢祗役陵下, 退休舘所, 有歌此者, 輒掩袂潸肰曰無以唱也, 乃知聲音之感人深矣. 遂次詞字韻, 竝記洪台事以示來者云.

것'이라고 한다. 또 용계 김지남이 이 노래를 여랑에게 듣고 옮겨서 후세에 전하게 했는데, 지금 영월의 노래하는 아이가 아직 반드시 전하지 못하고 노래할 따름이다. 우연히 무인년(1758)에 홍상한 상서가 왕명을 받들고 능에서 내려와 관소로 물러나 쉬는데, 이를 노래하는 사람이 있자, 소매로 눈물이 흐르는 것을 가리고 부르지 말라고 하였는데, 이에 성음이 사람을 감동함이 깊음을 알겠다. 마침내 사자(詞字)의 운을 따고, 홍태사의 일을 아울러 기록하여 오는 사람들에게 보인다.

그런데 후서에서 이안눌이 지은 시는 기녀가 정철의 〈사미인곡〉을 노래하는 것을 듣고 지은 것이므로 단종을 그리워하는 노래와는 별개이고, 김지남이 수습하여 옮긴 것은 선조 39년(1606)에 금강에서 여랑이 부르는 왕방연의 '천만리~'를 듣고 한역한 것[66]이므로, 위에서 인용한 이안눌의 시와는 상관이 없다.

그리고 권헌(1713~1770)이 담양 태수가 마련한 잔치에서 잔치의 분위기를 돋우는 신성을 말하고 있다. 신성을 반영하는 신보(新譜)의 서너 소리를 여러 기생이 맡아서 하는데, 대북을 치게 되면 황종과 대려에 어울리며, 궁중에서 나온 것이라 오랑캐의 피리로는 짝하기 어렵다는 것인데, 다시 신성으로 권주를 하면서 잔치 자리의 분위기를 돋우고 있다.

담양의 대마디는 북을 울리는 것을 배우는데	潭陽竹節學鼓鳴
담양 태수가 봄 잔치를 벌였네.	潭陽太守春宴成
관악기 신보 중의 서너 소리를	管中新譜三四聲
좌상의 아름다운 기생이 여러 곡을 아우르네.	座上佳妓諸曲幷

66 최재남, 『17세기 전반 정치·사회 변동과 시가사』(보고사, 2018), 78~79면. 김지남, 〈錦江聞女郎哀歌, 盖天順年金吾之作也. 俚語難傳, 用其意作短詞〉, 『龍溪遺稿』 卷之二, 『한국문집총간』 속 11, 46면. 千里遠遠路, 美人別離秋. 此心無所着, 下馬臨川流. 川流亦如我, 嗚咽去不休.

…

태수가 호방하게 마시니 질장구가 우아하고	太守豪飮雅拊缶
다시 신성으로 술을 들기를 권하네.	更將新聲侑置酒
맑은 창 굽은 방에 붉은 촛불이 의젓한데	淸牕曲房儼紅燭
두렁 위의 가벼운 소리가 봄 버들을 씻네.	陌上輕音濯春柳
잔치를 파하고 곡을 마치니 더욱 소슬한데	宴罷曲終更蕭瑟
내일 한 번 헤어지면 백수를 견디리.	明日一別堪白首[67]

또한 목만중(1727~1810)은 신광수가 관서로 유람을 떠난다는 소식을 듣고 시로 부치면서 '서경 악부'가 신성으로 연주된다고 하였다.

서경 악부[68]를 신성으로 연주하는데	西京樂府奏新聲
해마다 나그네가 먼 길을 일삼네.	遊子年年事遠征
다만 적은 황금으로 연경 시장에서 살까?	秖少黃金燕市買
어찌 백설이 없으면 영인이 놀랄까?	那無白雪郢人驚
변방 성의 사부에 오랑캐 먼지가 고요하고	邊城詞賦胡塵靜
관도의 누대에 나그네가 머무는 집이 밝네.	官道樓臺客宿明
그대에게 빌린 물색의 반쪽을 머무르니	物色借君留一半
목란주로 패강을 비껴가는 듯하네.	蘭舟擬向浿江橫[69]

3) 노래로 부르는 노래론

김수장이 지은 장시조에 노래로 부른 작품이 있어서 노래론이라고 할 수 있다. 중한닙, 삭대엽, 후정화, 낙시조, 소용, 편락 등의 곡조가 곡조의

67 권헌, 〈潭陽太守竹皷歌〉, 『震溟集』 卷之三, 『한국문집총간』 속 80, 471면.

68 이만용의 〈離船樂歌〉(『東樊集』 卷二)에 따르면 서경 악부가 본래 18무였는데, 이만용 당대에 12무만 남았고 〈이선악〉이 그 중의 하나라고 하였다.

69 목만중, 〈聞申進士聖淵*光洙 關西之遊. 詩以追寄〉, 『餘窩先生文集 』 卷之一, 『한국문집총간』 속 90, 7면.

변화를 말하면서 동시에 시대의 특성과 연계하여 언급되고 있다. 중한닙이라 하는 중대엽과 삭대엽은 요순, 우탕, 문무와 같다고 하여서 이른바 삼대에 해당하는 것으로, 후정화와 낙시조는 한·당·송에 비견하고 소용이, 편락은 전국 시대의 혼란한 상황에 견주고 있는 것이다.

> 노리 갓치 됴코 됴흔 거슬 벗님ᄂᆡ야 아돗던가
> 春花柳 夏淸風과 秋明月 冬雪景에 弼雲 昭格 蕩春臺와 南北 漢北 絶勝處에 酒肴 爛漫ᄒᆞᆫ듸 죠흔 벗 가즌 嵇笛 아ᄅᆞᆷ다온 아모가히 第一名唱드리 ᄎᆞ례로 벌어 안ᄌᆞ 엇결어 불을쪅에 中한닙 數大葉은 堯舜 禹湯 文武 ᄀᆞᆺ고 後庭花 樂時調ᄂᆞᆫ 漢唐宋이 되엿는듸 搔聳이 編樂은 戰國이 되여이셔 刀槍 劍術이 各自騰揚ᄒᆞ야 管絃聲에 어리엿다 功名도 富貴도 나몰ᄅᆡ라
> 男兒의 이 豪氣를 나ᄂᆞᆫ 됴하 ᄒᆞ노라. 『해동가요』(주씨본) 598, 김수장

이 중에서 〈중대엽〉은 『청구영언』의 첫머리에 수록하고 있어서, 18세기에 가장 느린 음악의 표준으로 인정되고 있었는데, 김시보(1658~1734)가 아들 숙행과 거문고를 타면서[70] 자신은 〈중대엽〉을 타는데, 숙행은 〈북전〉으로 받아들인다고 하였다. 〈북전〉이 과격하기는 하지만 느린 소리가 좋은 것만 같지 않다고 하였다. 『청구영언』에도 초중대엽, 이중대엽, 삼중대엽 다음에 북전과 이북전을 수록하고 있으므로, 당시로서는 변별이 쉽지 않았을 수도 있다. 이 무렵 행호 유람을 위하여 김시보를 기다리던 김창업이 거문고로 "오늘이"를 탄다고 했는데, "오늘이"는 초중대엽에 배치되어 있는 것이다.

〈삭대엽〉은 〈중대엽〉보다 조금 빠른 곡으로 초삭대엽, 이삭대엽, 삼삭대엽 등으로 분화되었는데, 『청구영언』에는 초삭대엽에 1수가 수록되어 있다. 이익이 「국조악장」에서 다음과 같이 설명하고 있는 것을 참고할 수

---

70 김시보, 〈與肅也鼓琴〉, 『茅洲集』 卷之七, 『한국문집총간』 속 52, 387면, 我弄中大葉, 爾受北殿操. 北殿雖激越, 不如緩聲好.

있다. 모두 〈심방곡〉이라 했으니, 삼대에 견준 것이 일리가 있는 셈이다.

> 우리나라 풍속 가사에 대엽조(大葉調)가 있는데, 형식이 다 같아서 길고 짧은 구별이 없다. 그 중에 또 느린[慢] 것, 중간[中]인 것, 빠른[數] 것 세 가지 조(調)가 있으니, 이것은 본래 심방곡(心方曲)이라 이름하였다. 느린 것은 너무 느려서 사람들이 싫증을 내어 폐지된 지가 오래고, 중간 것은 조금 빠르나 또한 좋아하는 사람이 적고, 지금에 통용하는 것은 곧 대엽의 빠른 조이다.[71]

중세에 해당한다고 할 수 있는 한·당·송에 견준 〈후정화〉와 〈낙시조〉에 대한 호오는 사람에 따라 약간의 차이가 있다. 〈후정화〉는 〈옥수후정화〉라고도 하는데, 진의 후주가 빈객을 초대하여 비빈들과 시를 지으며 놀았는데 그중의 하나가 〈옥수후정화〉로 귀비와 귀빈을 찬양한 것이다.

17세기 후반의 신정(1628~1687)은 당대의 가객인 허정이 〈후정화〉 듣기를 좋아했다[72]라고 하였고, 허정이 죽은 뒤에 학성의 부기가 〈후정화〉를 부르자 차마 들을 수 없다면서 느꺼움을 말하고 있다. 한편으로 청가(淸歌)[73]로 평가하기도 하였다.

그리고 유한준(1732~1811)은 영조 37년(1761)에 서호에서 뱃놀이[74]를

---

71 이익, 「국조악장」, 『성호사설』 권13, 東俗歌詞有大葉調, 四方同然緊無長短之别, 其中又有慢中數三調, 此本號心方曲, 慢者極緩, 人厭廢久. 中者差促亦鮮好者, 今之所通用卽大葉數調也.

72 신정, 〈亡友許仲玉平生喜聽後庭花及到鶴城, 聞府妓唱此曲, 感而有作〉, 『汾厓遺稿』 卷四, 『한국문집총간』 129, 386면, 莫唱後庭曲, 樽前不忍聽. 平生許玄度, 墳草已青青.

73 신정, 〈聽後庭曲, 次姜督郵韻〉, 『汾厓遺稿』 卷四, 『한국문집총간』 129, 387면, 淸歌一曲後庭花, 欲向陳宮妬麗華. 十二曲欄明月夜, 何人不欲醉君家.

74 유한준, 〈江遊〉, 『自著』 卷之四, 『한국문집총간』 249, 70면, 遊西湖之明日, 復乘舟浮江而下, 江水與月俱滿, 適傍船有唱後庭花將進酒者, 感而賦之. 辛巳.白露夜爲霜, 宵征犯牛斗, 有來遵素渚, 絲管發宮羽. 廻船我側耳, 其聲怨以訴. 聲稀振高林, 聲急驚宿鴇. 問誰爲此曲, 此曲良獨苦. 上曲後庭花, 下曲將進酒. 無爲唱上曲, 令我流下淚, 無爲唱下曲, 令我勞肺腑.

할 때에, 옆 배에서 〈후정화〉와 〈장진주〉를 부르자, 〈후정화〉는 눈물을 흐르게 하고, 〈장진주〉는 폐부를 힘쓰게 한다고 하였다.

〈낙시조〉는 이미 조경남이 선조 21년(1588) 무렵에 "그 소리가 처량하며, 모양인즉 머리를 내젓고 뒷덜미를 놀리곤 하여 부끄러움도 없이 몸을 움직인다."[75]는 낙시조가 있다고 하였으며, 『청구영언』에는 삼삭대엽 다음에 낙시조 10수를 수록하고 있다.

다음으로 전국에 견주고 있는 〈소용이〉와 〈편락〉은 구체적인 설명이 부족한 실정이다.

19세기에 이규경이 「속악변증설」에서, "농락조(弄樂調)·낙시조(樂時調)가 있는데 편악(編樂)으로 무릇 4조이니 모두 노래소리와 서로 조화되는 것"이라는 설명 정도가 있다.

김태준이 교열한 『청구영언』[76]에는 평조, 우조, 계면조 다음에 초중대엽, 이중대엽, 삼중대엽, 초후정화, 이후정화, 초삭대엽, 이삭대엽, 삼삭대엽, 소용, 편소용이, 율당삭엽, 만횡, 우계낙시조, 언락시조, 편락시조, 편삭대엽 순서로 나누어서 배열하고 있어서 18세기 이후의 악곡 현상을 반영한 것으로 보인다.

---

75 조경남, 『난중잡록』 1, 선조 21년(1588년), 『국역 대동야승』 VI(민족문화추진회, 1984), 298면, 時歌曲, 又有樂時調, 其聲流連棲楚, 其狀搖頭遊項, 動身無恥.

76 김태준 교열, 『청구영언』(학예사, 1939), 11~13면.

3. 공간 환기와 시가 향유의 양상

시가 작품을 산생하는 과정에 구체적인 공간을 확보하고 같은 공간에서 시가를 함께 향유할 수 있는 구성원들을 만나는 일은 매우 중요하다. 16세기에 농암 이현보가 분강으로 돌아가서 분강가단[77]을 연 것이 선례라 할 수 있는데, 시가 향유의 공간은 처음부터 그곳에 살던 삶의 터전일 수도 있고, 벼슬을 마무리하고 물러나 새롭게 마련한 공간일 수도 있으며, 공무나 유배 등으로 들르는 공간일 수도 있다.

이 장에서는 우선 17세기에 김광욱이 행주의 밤마을로 돌아가 귀래정과 초당을 마련하고 수졸전원(守拙田園)의 삶을 연 이후 그의 손자인 김성최(1645~1713)와 그 후손들이 할아버지의 풍류를 받아들여서 행호풍류를 이어간 활동과 이곳 밤마을에서 가까운 곳에 범허정(泛虛亭)을 마련하고 김성최 등과 친밀하게 지내면서 풍류를 공유한 송광연(1638~1695) 등의 행적을 살펴보도록 한다. 다음으로 현재 포천에 속하는 동음(洞陰)의 금수정과 청옥병의 공간에서 양사언, 박순 등이 터전을 잡고 풍류를 즐긴 내용을 우선 살펴보고, 아울러 금수정과 청옥병이 속한 공간을 지킨 집안에서 이곳을 별서 공간으로 풍류를 어떻게 지속시키고 있는지 확인하면서, 18세기에 이곳으로 터전을 옮긴 성대중, 이한진 등의 교유와 금수정과 창옥병을 환기하는 시가 활동을 검토하도록 한다. 이어서 사행이나 공무 등으로 서로에서 자주 들르는 연광정을 연회 공간으로 살펴보도록 한다. 『평양속지』를 남긴 윤유가 지은 시조 2편을 확인하고, 신광수 등이 서유의 길에 들른 연광정의 모습과 연회에 참석한 기녀들의 레퍼토리도 확인할 수 있으며, 연행의 기록에서 연광정의 기악도 점검하도록 한다.

---

77 최재남, 「분강가단 연구」, 『사림의 향촌생활과 시가문학』(국학자료원, 1997), 170~205면.

1) 행호풍류와 율리의 귀래정

서울에서 가까운 행주의 강가에서 김광욱의 〈율리유곡〉에서 그의 손자 김성최의 〈좌내 집의~〉로 이어지는 밤마을[栗里]의 귀래정풍류는 18세기에도 후손이나 주변 사람들에게 도잠을 닮아 귀거래를 하면서 마을 이름까지 율리(栗里)로 정한 할아버지를 기억하고 시가 작품이 지닌 함의를 되새기는 중요한 공간으로 인식되었다.

김광욱은 벼슬을 그만둔 뒤에 율리로 돌아가 귀래정(歸來亭)을 짓고, 주변 사람들과 모임을 가지기도 했는데, 〈율리유곡〉에 나오는 최행수 즉 최욱(崔㮋)의 권가정(勸稼亭)[78]에서 매년 가을에 닭을 잡고 술자리를 마련하여 최행수, 조동갑 등과 어울렸던 것으로 확인된다. 최욱의 권가정에 대하여 오도일(1645~1703)이 그 의미를 환기[79]시키기도 하였다. 뒷날 증손 김시민(1681~1747)이 〈율리유곡〉에 나오는 최행수가 권가정이라고 밝히고 최씨 성의 두 사람이 세상을 떠난 것을 애도[80]하였다. 〈율리유곡〉 중의 두 작품이다.

뒷집의 술ᄡᅡᆯ을 ᄭᅮ니 거츤 보리 말 못 ᄎᆞ다
즈는 것 마고 ᄶᅵ허 쥐비저 괴야 내니
여러 날 주렷ᄃᆞᆫ 입이니 ᄃᆞ나 ᄡᅳ나 어이리 『청구』 148

최행수 ᄡᅡᆨ달힘 ᄒᆞ새 조동갑 곳달힘 ᄒᆞ새
ᄃᆞᆰᄶᅵᆷ 게ᄶᅵᆷ 오려 점심 날 시기소
매일에 이렁셩 굴면 므슴 시름 이시랴. 『청구』 162

한편 가까운 곳에서 지내던 홍주국(1623~1689)은 나이 일흔이 된 권가

---

78 김광욱, 〈題幸州崔君*㮋勸稼亭〉, 『竹所集』 卷之三, 『한국문집총간』 속 19, 402면.
79 오도일, 「勸稼亭記」, 『西坡集』 卷之十七, 『한국문집총간』 152, 341면.
80 김시민, 〈悼杏洲二崔. *老名錫, 少名尙久〉, 『東圃集』 卷之四, 『한국문집총간』 속 62, 396면.

정의 최로(崔櫓)가 술을 가지고 자주 찾아온다[81]라고 하였고, 행주의 귀래정에서 김광욱의 풍류를 이어간 것으로 확인된다. 율리의 지명이 심양(潯陽)에서 지낸 도잠(陶潛)을 닮았다는 것을 환기하고, 다른 작품에서는 율리에서 죽리로 이거하여 지낸 사정[82]도 밝히고 있다. 영안위 홍주원의 막냇동생인 홍주국은 김광욱 집안의 선대에 대한 느꺼움도 함께 드러낸 셈이다.

선조가 수를 누리고 귀함은 젊어서 공과 같은데	壽貴先朝少似公
늘그막의 겨르로운 흥취를 어옹에게 기대네.	暮途閑趣托漁翁
서울에서 친구 모임은 기영회인데	洛中社會耆英是
심양 구비의 전장 이름은 처사와 같네.	潯曲莊名處士同
시원한 그늘에 대숲이 가득함을 고치지 아니하고	不改淸陰篁滿地
늦은 계절에 국화가 떨기를 이룸을 꼭 보네.	要看晩節菊成叢
예와 같은 강산에 풍류가 다하는데	江山依舊風流盡
양춘에 정교하지 못함이 부끄러워 화답하고 싶네.	欲和陽春愧未工

* 마을 이름이 밤마을인데, 제4구에서 언급하다.(村名栗里, 故第四云)[83]

이곳 행호의 밤마을에 마련한 공간은 귀래정[84]과 초당[85] 등이 있었는

---

81 홍주국, 〈謝隣丈崔文義*櫓携酒來訪〉, 『泛翁集』 卷之二, 『한국문집총간』 속 36, 203면, 勸稼亭中老, 年今七十餘. 能携兩宅相, 頻訪此僑居. 杏萼催春晩, 松醪醱釀初. 不辭成酩酊, 情味更誰如.

82 홍주국, 〈金尙書*光煜莊名曰栗里, 具綾豐*仁壁舘名曰竹里, 以其地號適符於陶徵君, 王右丞別業而名之也. 余自栗里移居竹里, 聞二亭主人, 未嘗來住, 戱題壁上〉, 『泛翁集』 卷之一, 『한국문집총간』 속 36, 192면.

83 홍주국, 〈杏洲歸來亭, 次主人金尙書題板韻〉, 『泛翁集』 卷之四, 『한국문집총간』 속 36, 228면.

84 홍세태, 〈題幸湖歸來亭〉, 『柳下集』 卷之二, 『한국문집총간』 167, 341면, 栗里田園好, 歸來五柳存.

85 송광연, 「梅鶴堂記」, 『泛虛亭集』 卷之七, 『한국문집총간』 속 43, 394면, 築室湖上, 顔其亭曰歸來, 堂曰草堂.

데, 김광욱의 증손자인 김시좌에 이르러 관란정[86]과 매학당[87] 등이 추가로 이루어졌다.

김광욱의 뒤를 이어 그의 손자 김성최도 벼슬에서 물러난 뒤에 밤마을로 돌아가 귀래정에서 전원의 삶을 이으면서 할아버지의 풍류를 이어나갔으며, 서울의 집은 일노당(佚老堂)이라 하였다. 그리고 『청구영언』에 3수의 시조를 수록하고 있는데, 앞의 첫 작품은 흡곡 현령일 때 지은 것으로 보이고, 뒤의 두 수는 밤마을로 돌아간 뒤에 지은 것으로 보인다.

첫 작품에 "시중대 찾아가니"를 통해서, 흡곡 현령을 맡고 있을 때에 김수항(1629~1689)이 준 시와 연계시킬 수 있다.

동주의 이 만남 어찌 일찍이 헤아렸으랴?	東州此會何曾料
문득 남향에서 돌아가는 그대를 보낸 일이 생각나네.	却憶南鄕送爾廻
어찌하면 바닷가 무한한 달빛 얻어서	安得海天無限月
한 동이 술로 시중대에서 함께 취해 볼까.	一樽同醉侍中臺

* 시중대는 흡곡에 있다.(侍中臺在歙谷)[88]

김성최는 범허정으로 송광연을 찾아가는 등 가까운 곳에 사는 사람들과 교유를 이어갔다. 특히 송광연은 멀지 않은 곳에 범허정을 짓고, 김광욱의 풍류[89]를 이으면서, 김성최[90]와 김성최의 아들인 김시좌[91]와도 교유

86 이하곤, 〈同汝奎過道以*金時佐觀瀾亭〉, 『頭陀草』 冊一, 『한국문집총간』 191, 199면, 孤亭湖上幾時成, 亭下淸流來濯纓.

87 송광연, 「梅鶴堂記」, 吾黨有金生仲輔[時佐], 改杏湖草堂而黝堊之, 김시민, 〈思叔, 子元兄弟往會杏湖, 余有約追往, 關雨少稽, 夜來快晴, 凌晨發行, 路上卽事〉, 『東圃集』 卷之一, 『한국문집총간』 속 62, 347면, 梅鶴堂中應待我.

88 김수항, 〈口占贈族姪歙谷守盛最〉, 『文谷集』 卷之四, 『한국문집총간』 133, 94면.

89 송광연, 〈勸稼亭, 次竹所金公*光煜韻〉, 『泛虛亭集』 卷之一, 『한국문집총간』 속 43, 282면, 勸稼亭中詠, 偏能起後生. 好登諸葛隴, 甘作有莘耕. 野接秋雲晩, 畦連遠水橫. 主翁今不在, 懷舊恨難平.

90 송광연, 〈金友最良*盛最以琉璃甁, 盛新淸酒以惠〉, 『泛虛亭集』 卷之一, 『한국문집총

를 이어갔으며, 박여홍[92]도 함께 어울린 것으로 확인된다.

송광연은 정언, 지평 등의 내직에 근무하다가 숙종 8년에 안동부사에 제수되어도 부임하지 않아 처벌의 논의가 있을 때에 영의정 김수항이 신구했으며, 이어서 황해도 관찰사가 되었다. 숙종 10년에 동부승지에서 갈렸으며, 숙종 20년에 개성유수, 이어서 이조참판이 되었다가, 숙종 21년에 호서 순무사 등을 지냈다. 그의 행적에 비추어볼 때 숙종 10년 이후 주로 범허정에서 지내며, 김성최와 교유한 것으로 보인다.

김성최와 주고받은 시가 워낙 많아서 일일이 따지기 어렵지만 시제 등을 보면 술과 관련된 것이 많다. 그중에서 김성최의 시에 차운한 시를 보도록 한다.

행주의 동쪽 두둑에서 같은 이웃이 된 것이 다행인데	杏洲東畔幸同隣
사귀는 정이 물과 같아 늘그막에 친밀하네.	如水交情暮境親
줄지 않은 긴 강에 정자 아래가 가까운데	不盡長江亭下近
끝이 없는 경물은 비가 내린 뒤에 새롭네.	無邊景物雨餘新
호산에 절로 시와 술이 있는데	湖山自有詩兼酒

간』 속 43, 273면, 〈歸來亭, 聽主人彈琴, 用琴上韻〉, 276면, 〈後九日, 最良佩壺來訪, 醉題二首〉, 276면, 〈次最良 三首〉, 276면, 〈最良携酒來訪, 席上呼韻. 二首〉, 277면, 〈十月之望, 會泛虛亭, 次少輩酬唱韻, 示最良. 二首〉, 277면, 〈次最良〉, 277면, 〈次最良 六首〉, 282면, 〈走次最良〉, 283면, 〈最良携酒來訪, 卽席走次. 五首〉, 283면, 〈季氏與最良, 涉氷船, 携酒來臨, 走筆以謝. 二首〉, 284면, 〈七月旣望舟中. *並引〉, 291면, 〈次歸來亭題詠韻〉, 294면, 〈次東隣金最良韻〉, 卷之二, 298면, 〈醉次最良〉, 299면, 〈最良, 用歸來泛虛二亭韻, 求和走次. 四首〉, 299면, 〈得甫來訪, 最良携酒相會. 口號〉, 301면, 〈次最良〉, 302면, 〈再疊〉, 302면, 〈又次最良〉, 302면, 〈次最良〉, 303면, 〈用最良韻, 奉謝季氏及良友〉, 304면.

91 송광연, 〈金生仲輔*時佐琉璃甁, 盛銀鱗, 養以玉粒, 口占一絶〉, 『泛虛亭集』 卷之一, 『한국문집총간』 속 43, 276면, 〈次家兒及正明與金生*時佐泛月韻〉, 281면, 〈金仲輔初度席上, 次家兒韻〉, 283면, 〈歸來亭席上, 次仲輔韻. 二首〉, 卷之二, 301면, 〈春遊篇, 次金生*時佐〉, 卷之三, 315면, 〈後春遊篇〉, 315면.

92 송광연, 〈與金最良父子及朴生*汝興, 觀魚于無憂川上, 路過淸平墓下, 最良與都尉有舊, 頗有感舊之情, 馬上口號〉, 『泛虛亭集』 卷之一, 『한국문집총간』 속 43, 276면.

명리에 어찌 나와 남을 따지리오? 名利何論我與人
오래된 채마밭에 오이를 심고 어자는 그물을 만지는데 老圃種瓜漁子網
일생의 신세를 어찌 가난하다 하랴? 一生身計詎云貧[93]

위의 시와 『청구영언』에 수록된 세 번째 작품을 검토하면, 이 작품이 송광연과 연관된 것으로 추정할 수 있다.

좌네 집의 술 닉거든 부듸 날 부르시소
내 집의 곳 픠여든 나도 좌내 청헤 옴식
백년쩟 시름 니즐 일을 의논코져 ᄒ노라 『청구』 208

그런데 김성최가 밤마을로 돌아간 뒤 귀래정의 풍류는 숙종 33년(1707) 봄에 김성최의 동생 김성대의 생일을 맞아 귀래정에서 봄놀이[94]를 펼치는 장면에서 풍류의 극치를 볼 수 있다. 김성최, 김성대, 김성후 삼 형제가 주축이 되어서 김성최의 매부인 홍처주(洪處宙)가 참석하고, 김성최의 아들 시좌, 김성대의 아들 시서와 시교, 김성후의 아들 시민과 시신, 홍처주의 아들 숙환이 함께 했으며, 시좌의 아들 춘행과 하행, 김성최의 사위 송성중이 자리에 합류했다. 이 모임을 실제로 주관한 사람은 시좌였다. 여기에 기녀 몇 사람과 백부가 초대한 향로 4, 5명 정도만 참석한 잔치이다.

잔치의 내용은 헌수와 배무 등이 이어진 뒤에, 시좌가 먼저 노래를 부른 뒤에 종형제들이 이어서 노래를 부르고, 김성대, 김성후가 각각 한 차례 노래를 불렀으며, 김성최와 홍처주도 노래를 불렀다. 이어서 향로 몇 사람이 노래를 부르고 춤을 추었다.

그리고 일노당 김성최의 생일을 맞아 김창흡이 지은 시에서 일노당의

93 송광연, 〈次東隣金最良韻〉, 『泛虛亭集』 卷之二, 『한국문집총간』 속 43, 298면.
94 김시민, 「春遊歸來亭記」, 『東圃集』 卷之七, 『한국문집총간』 속 62, 461면, 최재남, 『17세기 후반 정치·사회 변동과 시가사』(보고사, 2021), 77~79면.

수석에서의 풍류를 짐작할 수 있다.

근심이 늦더위를 따라 물러나고　憂隨老炎退
기쁜 기운이 가을의 당에 가득하네.　喜氣滿秋堂
아이들은 서하의 상장을 면하고　兒免西河杖
손님은 북두의 술잔을 일컫네.　賓稱北斗觴
생황과 노래가 맑은 골짜기에 시끄럽고　笙歌淸洞鬧
발을 드리운 장막에 구름을 도움이 시원하네.　簾幕弼雲凉
앉아서 선가의 생각을 하노라니　坐作僊家想
더욱 덩실덩실 춤추는 것을 읊게 하네.　愈令詠蹈長[95]

이 무렵에 김창집(1648~1722)과 김창흡 형제가 일노당에 준 시가 많으며 그 중에서 김창집도 김창흡의 운[96]을 따서 지었다고 하였는데, 문집의 편차로 보아 숙종 36년(1710)에 지은 것으로 확인되고, 생일이 지난 이후에도 김창집은 김성최에게 여러 편의 시[97]를 보내거나 차운하고 있다.

일노당 김성최가 세상을 떠난 뒤로 행호 밤마을의 풍류는 종손(宗孫) 김시좌(1664~1727)로 이어지고 있었고, 지손(支孫)인 김시민은 현장에서의 풍류보다 밤마을로 돌아가서 전원의 꿈을 실현하는 것으로 나타나게 된다.

발 바깥으로 은은하게 북두성이 움직이는데　簾外依依斗柄移
잠을 이루지 못하는 상머리에서 벽 등만 늦어지네.　床頭耿耿壁燈遲

---

95 김창흡, 〈謹次佚老堂壽席題示韻, 用申未赴之忱〉, 『三淵集』 卷之九, 『한국문집총간』 165, 190면.

96 김창집, 〈有事政府, 自凝香閣, 歷訪佚老堂最良宗兄, 初度適在是日, 酒席次子益韻〉, 『夢窩集』 卷之一, 『한국문집총간』 158, 20면, 却塹池上鳳, 聽雨自蓮堂. 偶値懸弧節, 同霑祝壽觴. 雲低歌扇動, 荷淨酒筵涼. 彩服連花樹, 從今樂事長.

97 김창집, 〈追賦昨會, 寄呈佚老堂〉, 『夢窩集』 卷之一, 『한국문집총간』 158, 20면, 〈疊前韻, 寄呈佚老堂〉, 20면, 〈和呈佚老堂〉, 20면, 〈次佚老堂韻〉, 20면, 〈走次佚老堂韻〉, 20면, 〈佚老兄以一律見投, 輒次其韻錄奉〉, 21면.

이미 도소주를 미리 마시는 일이 어려워지는데	已難先飮屠蘇酒
점점 여관의 시가 정이 많음을 깨닫네.	漸覺多情旅舘詩
율리의 전원으로 언제 돌아가려나?	栗里田園何日返
양산의 소나무와 홰나무가 백 년이나 슬프네.	楊山松檜百年悲
홀로 된 누이 생각하는 상심이 강가를 부축하는데	傷心寡妹扶江岸
천 리에서 어버이 생각하고 또 아이를 그리워하네.	千里思親又戀兒[98]

이러한 가운데 숙종 42년(1716) 무렵에 연행을 다녀온 김창업이 김시보와 함께 행호선유(杏湖仙遊)를 나서는데, 김시좌 등이 행호에서 맞을 준비를 하고 있었다. 김창업은 이 선유에서 40년 만에 금사 김성기를 만난 뒤에, 관란정에서 김성기가 부는 통소 소리를 듣기[99]도 하였다. 그리고 〈행주곡〉[100] 7수로 행호선유를 기술하기도 하고, 김시보에게 화답한 시 〈사경에게 화답하다〉[101]에서 "행호의 늙은 조카들이 여러 번 서로 초대하여, 겨울부터 봄까지 서찰로 괴롭혔네."라고 행호선유를 하게 된 이유를 말하고, 김성기를 만난 일에 대하여 "서호에서 낚시하는 늙은이가 퉁소를 잘 부는데, 삼십 년 전에 얼굴을 본 적이 있네.(西湖釣翁善吹簫, 三十年前識面目)"라고 그 사이의 사정을 밝히고 있으며, "큰 소나무 아래 귀래정에 함께 앉으면, 이 사이에 내가 거문고를 탈 수 있으리.(歸來共坐長松下, 此開可以吾琴彈)"라고 하여 귀래정의 풍류를 이어가려고 하였다.

한편 귀래정풍류는 김시민이 경종 1년(1721) 5월에 송인명, 조현명 등과 각각 10수의 시[102]를 지은 것 중의 다섯째 수에서 "근심의 단서[憂端]"

98 김시민, 〈除夕〉, 『東圃集』 卷之二, 『한국문집총간』 속 62, 360면.

99 김창업, 〈夜, 信謙, 純行, 春行, 履晉, 士安諸人, 以小舟泛前江, 余與道以, 彦謙在觀瀾亭, 使聖器吹簫, 次諸人韻〉, 『老稼齋集』 卷之五, 『한국문집총간』 175, 95면.

100 김창업, 〈杏洲曲〉, 『老稼齋集』 卷之五, 『한국문집총간』 175, 95면.

101 김창업, 〈和士敬〉, 『老稼齋集』 卷之五, 『한국문집총간』 175, 96면, 杏湖老姪屢相邀, 自冬至春煩書札.

102 김시민, 〈宋督郵聖賓*寅明, 與趙稚晦*顯命, 抽東淮韻各賦十首, 過余誦一通, 聽之才

가 생기고 있다고 하면서, "밤마을에 땅이 있으니 돌아갈 수 있지만, 행주의 안개 낀 나무는 바라보면 아득하네."라고 하였다.

그런 사이에 김시민은 집안이 임인년(1722)의 화를 겪으면서 혼란에 빠졌다가 의춘현감에서 돌아온 당백형 시좌(時佐)와 함께 행호로 가기도 하였다.

궁박한 오두막에 누운 나를 일으켜서	起我窮廬臥
형과 함께 행주로 가네.	兄爲杏浦行
가을바람에 말을 타고 가는데	秋風騎馬去
들판의 길에는 풀벌레가 우네.	野路草蟲鳴
세상일이 어느 때에 진정되랴?	世事何時定
인생은 오늘이 맑네.	人生此日淸
모랫가의 정자가 또 산기슭과 떨어졌는데	沙亭又隔麓
물고기와 술이 서로 맞이하네.	魚酒笑相迎[103]

귀래정에 올라서 지은 시는 다음과 같다. 신축년과 임인년의 정치적 소용돌이에 김창집 등이 죽으면서 집안이 어지러웠다가, 멀리 의춘현감으로 갔던 김시좌가 돌아오면서 함께 귀래정에 올라 감회를 읊은 것이다. 귀래정의 풍류를 이으려는 마음과 정치적 소용돌이를 피하는 방법을 제시한 것이다.

말에서 내리니 긴 강에 있는데	下馬長江在
누정에 오르니 온갖 생각이 없어지네.	登樓萬念空
술동이의 막걸리에 부로들이 찾아오고	樽醪來父老

致藻思可畏, 遂步其韻. 是日五月十三也〉, 『東圃集』 卷之三, 『한국문집총간』 속 62, 373면, 栗里有田歸可作, 杏洲烟樹望中迷.

103 김시민, 〈堂伯自宜春還, 同往杏庄〉, 『東圃集』 卷之三, 『한국문집총간』 속 62, 378면.

산의 과일에 아이들이 달리네. 山果走兒童
소나무는 천 년 동안 푸른 빛을 지키고 松保千年翠
꽃이 피면 백 일 동안 붉네. 花開百日紅
황혼에 작은 배를 손질하여 黃昏理小艇
낚싯대를 잡으니 참으로 가을바람이네. 把釣政秋風[104]

이러한 귀래정풍류도 종손 김시좌가 영조 3년(1727) 세상을 떠나면서 그 맥락이 끊어졌다고 할 수 있다. 이러한 불행은 김시좌가 살아 있을 때인 숙종 39년(1713)에 아들 하행이 죽고, 경종 1년(1721)에 춘행마저 세상을 떠났으며, 그 뒤에 김시보의 아들 순행(純行)의 5자 이복(履復)으로 춘행의 후사를 잇고, 김시걸의 아들 영행(令行)의 3자 이원(履遠)으로 후사를 삼게 되었지만, 김광욱부터 이어지던 귀래정풍류가 4대 만에 퇴색하게 되었다.

그 뒤에 김시서의 아들 김근행(1713~1784)이 귀래정[105], 매학당[106], 관란정[107] 등을 방문하여 풍류가 사라진 모습을 그리기도 하였다. 그리고 양자로 들어가 후사를 이은 이복(金履復)이 옛 정자를 고친다는 소식에 고마운 마음으로 차운하기도 하였다.

문 앞의 푸른 잣나무는 온 몸통이 늙었는데 門前蒼栢老全身
아득히 부서진 것을 일으키니 물가가 적막하네. 興廢悠悠寂寞濱
물과 언덕을 즐거이 이루니 훌륭한 명성이 있고 肯搆水丘存令譽
꽃과 나무가 단란하니 남을 봄이 아쉽네. 團欒花樹惜殘春
늦은 고개에 비둘기가 재촉하니 생애가 담박하고 催鳩晩隴生涯淡

104 김시민, 〈歸來亭卽事〉, 378면.
105 김근행, 〈歸來亭〉, 『庸齋先生文集』 卷之一, 『한국문집총간』 속 81, 36면.
106 위와 같은 곳.
107 김근행, 〈觀瀾亭感吟〉, 『庸齋先生文集』 卷之一, 『한국문집총간』 속 81, 38면.

갠 섬에 해오라기를 일으키니 물색이 새롭네.	起鷺晴洲物色新
또 남긴 경전이 있어서 세학을 전하고	且有遺經傳世學
흰 머리에 사귐을 힘써서 이웃과 일찍 같아지리.	白頭交勉早同隣[108]

2) 별서 공간으로서 금수정과 창옥병

풍류 공간이며 시가 향유 공간으로 현재의 포천 지역에 해당하는 동음(洞陰)의 금수정과 창옥병 등을 들 수 있다.

이 지역은 양사언이 금강산에 다니면서 노닐던 곳이고, 박순이 만년에 은거하여 지내던 주변인데, 이민구의 외숙이며 철원부사를 지낸 김확(1572~1653)이 골짜기를 오로지하고 뒤에 손자 환(1637~?)이 관리하였다. 금수정은 일명 금수정(錦水亭)이라고도 하는데, 처음에 척약재 김구용의 차자 김명리가 우두정(牛頭亭)이라고 한 것을, 뒤에 안동 김씨의 사위가 되는 양사언(1517~1584)이 금수정[109]으로 고쳤다고 한다. 양사언이 금수정 주인인 금옹 김윤복에게 준 시가 널리 알려졌는데 그 내용은 다음과 같다.

녹기금 소리, 백아의 마음이요	綠綺琴 伯牙心
종자기만이 비로소 그 음을 아니	鍾子始知音
한 곡 타고 다시 한 수 읊네.	一鼓復一吟
빈 구멍에서 졸졸 소리가 먼 봉우리에서 일어나니	泠泠虛籟起遙岑
강에 비친 달은 곱디곱고 강물은 깊네.	江月娟娟江水深[110]

108 김근행, 〈宗姪*履復重修古亭, 有詩寄示, 余廢吟咏久矣. 感而次之〉, 『庸齋先生文集』 卷之二, 『한국문집총간』 속 81, 52면.

109 구용은 양사기의 별서라고 하였다. 구용, 〈錦水亭. 亭在永平, 故府使楊士奇別墅〉, 『竹窓遺稿』 卷之下, 『한국문집총간』 속 16, 251면.

110 양사언, 〈贈琴翁. 琴翁, 錦水亭主人也. 刻此詩於尊岩〉, 『蓬萊詩集』 卷之一, 『한국문집총간』 36, 422면.

김윤복이 명사가 지내는 곳이라 하여 양사언에게 넘겼는데, 양사언이 뒤에 안동 김씨의 적실(嫡室)에게 돌려주었다고 전해진다.

그리고 신익성(1588~1644)이 금강산을 기행하고 쓴 글에서 다음과 같이 기술하고 있다.

> 금수정은 바로 철원부사 김확의 별서이다. 백로주(白鷺洲)의 물이 여기에 이르러 커지는데, 높은 절벽이 맑은 물에 꽂혀 병풍을 펼친 듯한 모습이 몇 리나 이어진다. 물 가운데의 암석은 마치 소머리 같은데 이름도 우두연(牛頭淵)이라고 한다. 십여 명이 앉을 수 있는데 중간이 움푹 패서 절로 술동이 모양을 이루었다. 봉래 양사언이 절구 두 수를 새겨 놓았다. 봉래는 이곳에 산 적이 있는데 사암 박순이 물러나 지낸 곳이 하류에 있어서 나룻배로 왕래했다고 한다.[111]

박세당(1629~1703)은 김환이 살았을 때 만난 적이 있었으나, 김환이 죽은 뒤인 무진년(1688) 봄에 금수정에 들러서 시를 짓기[112]도 하였다. 한편 신익상(1634~1697)은 김연명(金然明)의 별업[113]이라고 하였는데, 연명은 김환의 자이다.

이에 앞서 김확이 김상헌에게 삼부연의 물이 떨어지는 곳에 난리를 피할 만한 곳이라고 놀러 오라고 하자, 김상헌은 길이 멀어서 갈 수 없다고 한 바[114] 있는데, 그 뒤에 손자 김수항이 철원에서 유배 생활을 하고 있을

---

111 신익성, 「遊金剛小記*幷七十八則」, 『樂全堂集』 卷之七, 『한국문집총간』 93, 272면, 金水亭, 卽金鐵原矱別墅也. 白鷺洲之水到此方大, 絶壁揷淸流如屛障者數里, 潭心巖石如牛頭, 亦名牛頭淵, 可坐十餘人, 中凹自成樽形, 楊蓬萊士彦刻兩絶. 蓬萊曾亦卜居此地, 朴思菴淳退居之所在下流, 以扁舟往來云.

112 박세당, 〈金水亭 三首〉, 『西溪先生集』 卷之三, 戊辰春, 『한국문집총간』 134, 57면, 亭乃金都事奐舊業, 金嘗過余石泉, 一識其面, 今亡已久矣. 過此不能無感.

113 신익상, 〈金水亭. 亭是金然明別業也. 綠水靑山, 眞是淸絶地, 而石上有蓬萊, 石峯筆蹟, 亦一奇觀也〉, 『醒齋遺稿』 冊五, 『한국문집총간』 146, 149면.

114 김상헌, 〈鐵原府伯金正卿言三釜落水窮處有一村, 眞避亂之地. 路險不得到, 悵望賦之.

때 김창흡(1653~1722)이 그곳에 쉴 만한 집을 마련하자 김수항이 차운 시[115]를 짓기도 하였다. 김창협은 금수정[116], 창옥병[117]의 시를 짓고, 김창흡은 증조부의 삼부폭 시에 차운[118]하였다.

이렇듯 금수정, 창옥병을 중심으로 한 지역이 안동 김씨들이 관리하는 승경으로 이어지게 된 것이다.

홍세태는 영평의 백로주에 터를 잡은 이태제를 보내는 시[119]를 지었는데, 금수정 주인과 약속이 되었다고 하였다.

송광연이 〈한식에 형님께서 도실과 정명을 데리고 영산에 모였는데, 규질이 먼저 세상을 떠난 것이다. 제를 지낸 뒤에 채찍을 이어서 백로주, 금수정, 창옥병 등 여러 명승을 방문하고 짓다〉[120]라는 시에서 여러 곳을 방문한 감회를 적고 있다.

한편 18세기 후반에 성대중(1732~1809)이 동음으로 들어갈 때 배와 김상숙(1717~1792)이 이 고을을 맡고 있었는데, 이들 사이의 교유는 다음 대까지 이어지고 있다. 김상숙은 계사년(1773)에 영평 현령이 되었다가, 병신년(1776)에 벼슬에서 벗어나 결성의 이동[121]으로 돌아갔으며, 정철의 〈사미인곡〉을 사부체로 한역[122]하였고, 성해응은 〈사미인곡〉을 잡

*正卿名殘〉, 『淸陰先生集』 卷之四, 『한국문집총간』 77, 53면.

115 김수항, 〈在昔辛未年間, 先王考以大宗伯, 祗役北關, 路過豐田驛, 聞三釜落水窮處, 有村可避地, 路險不得到, 悵然賦詩以寄興. 余少讀王考詩, 恨無由一探其勝, 未嘗不夢想之也. 今適纍居東州, 所謂三釜落, 卽其境也. 翕兒嘗往尋, 樂其幽邃, 遂結茅爲棲息之所. 余亦得以往來遊賞, 事若有不偶然者, 撫境興感, 自不能已. 玆用王考詩韻, 書示翕兒〉, 『文谷集』 卷之五, 『한국문집총간』 133, 102면.

116 김창협, 〈金水亭〉, 『農巖集』 卷之六, 『한국문집총간』 161, 415면.

117 김창협, 〈蒼玉屛〉, 『農巖集』 卷之六, 『한국문집총간』 161, 416면.

118 김창흡, 〈敬次曾王考三釜瀑韻〉, 『三淵集』 卷之一, 『한국문집총간』 165, 12면.

119 홍세태, 〈送李大來往鐵原轉向永平白鷺洲, 卽其所卜地云〉, 『柳下集』 卷之五, 『한국문집총간』 167, 393면.

120 송광연, 〈寒食兄主率道實正明, 會于永山, 奎姪先已下去矣. 行祭後, 聯鞭訪白鷺洲, 金水亭, 蒼玉屛諸名勝有作〉, 『泛虛亭集』 卷之二, 『한국문집총간』 속 43, 297면.

121 성대중, 「坯窩金公行狀」, 『靑城集』 卷之九, 『한국문집총간』 248, 521면.

122 성대중, 「書坯窩所譯思美人曲後」, 『靑城集』 卷之八, 『한국문집총간』 248, 511면.

가요체[123]로 옮겼다.

한편 이한진(1732~?)이 식구들을 데리고 동음[124]으로 들어갈 때 악하에서 풍류를 즐기던 이들이 함께 전송하였으며, 이한진은 『청구영언』(연민본)을 엮기도 하였다.

『청구영언』(연민본)에 실린 다음 작품은 이한진이 동음으로 돌아간 뒤에 지은 작품이다. 첫째 수와 셋째 수가 금수청을 읊고 있고, 둘째 수가 창옥병을 읊고 있다.

玉簫를 손의 들고 金水亭 올나가니
銀鉤 鐵索이 石面의 븕아셧다
지금에 楊蓬萊 업亽니 놀 니 업亽 ᄒᆞ노라 『청구영언』(연민본) 238

蒼玉屛 깁흔 골의 廟門이 엄숙ᄒᆞ니
三賢 同臨이 萬古의 빗나도다
夕陽의 晩學 後生이 不勝景仰 ᄒᆞ여라 『청구영언』(연민본) 239

벼슬를 ᄇᆞ리거다 젓나귀로 도라오니
새 ᄀᆞ을 金水亭의 여윈 고기 슬지도다
아희야 그물 더져라 날 보내려 ᄒᆞ노라 『청구영언』(연민본) 240

첫째 수에서 금수정은 양사언이 놀던 곳으로 인식하고 있다. 양사언의 풍류는 금수정의 명명에서 널리 알려진 것이지만, 다음과 같은 작품에서도 동음 지역의 공간을 제시하고 있다. 휴재의 시에 차운하여 동음의 산

123 성해응, 「思美人曲解」, 『研經齋全集』 卷之一, 『한국문집총간』 273, 18면.
124 김창원, 「한양에서 축석령 재를 넘어간 사람들의 행적과 문학 세계」, 『고전시가의 지역성과 심상지리』(한국문화사, 2018), 61~75면에서 축석령을 주목하고 있어서, 지역 이동과 고개의 의미를 살필 수 있다.

정에 대해 읊은 것이다.

궤안 사이에서 날 듯이 판단하는데	剖決如飛几案間
태수의 풍류가 더구나 겨르로움을 훔치네.	風流太守剩偸閑
회오리바람 일 듯이 멍하게 장군동에 들어가니	飂然怳入將軍洞
맑은 시가 석란부에 모자람이 부끄럽네.	媿乏淸詩賦石欄[125]

다음은 금수정에 대해 읊은 것이다.

십 년 진토에 살쩍이 실과 같은데	十年塵土鬢如絲
한 번 기쁘게 웃으며 언제쯤인지 묻네.	一笑懽娛問幾時
해 질 녘 강호에서 어부를 찾아가니	晩向江湖訪漁父
백구의 마음을 아는 사람이 적네.	白鷗心事少人知[126]

둘째 수에서는 창옥병을 노래하고 있는데, '삼현 동임(三賢同臨)'을 제시하고 있다. 삼현이 이곳에 물러나 지낸 박순(1523~1589), 이의건(1533~1621), 김수항(1629~1689)을 가리키는 것으로 볼 수 있다.

셋째 수는 금수정 아래에서 물고기를 잡으면서 즐겁게 시간을 보내겠다는 마음을 표현하고 있다.

3) 연회 공간으로서 연광정

평양의 연광정은 안주의 백상루와 더불어 서로에서 쌍벽을 이루던 누정으로, 중종 때에 감사 허굉이 대동강 가의 덕암 바위 위에다 지은 정자인데, 사신이 함께 모여서 사대하고 기악을 베풀던 공간이다.

---

125 양사언, 〈洞陰山亭次休齋〉, 『蓬萊詩集』 卷之一, 『한국문집총간』 36, 413면.
126 양사언, 〈錦水亭〉, 『蓬萊詩集』 卷之一, 『한국문집총간』 36, 418면.

여러 차례 공무로 연광정에 들른 채제공은 영조 50년(1774)에 평안감사로 나가서 "세간의 행락"이 계획에 없으니 옛 마을에서 "예악"을 찾겠다[127]라고 하고 있지만, 실제 연광정은 비단 자리에 기생이 참여하여 행락을 펼치던 공간이다. 한편 이듬해에 지은 〈연정즉사〉에서는 성대중과 목만중과 동행하였다고 밝히면서, 풍요를 채집하는 데 보탬이 되기를 기대[128]하였고, 3년이 지난 뒤에 중국에 사신으로 다녀오는 길에 정조 2년(1778) 연광정에 들러서 연회를 베푸는 자리에 참석하여서 "내가 2년에 걸쳐 평양부윤으로 있으면서도 이런 놀이를 하지 못했기에 나도 모르게 즐거워서 탄성을 질렀다."라고 하면서, "지난날 나의 게으름이 부끄럽더니, 오늘 밤에 이 즐거움이 처음이네."[129]라고 감탄하였다.

연광정에는 김황원이 지은 "긴 성 저 한 편에는 용용히 흐르는 강물이요, 넓은 벌 동쪽 머리엔 점점이 찍힌 뫼이로다.(長城一面溶溶水, 大野東頭點點山)"라는 완성하지 못한 구절이 있어서 이를 완성하고자 하는 시편들이 계속 지어졌고, 정지상의 시도 많은 사람들이 차운하였으며, 임숙영(1576~1623)이 자리에서 바로 썼다는 연광정의 서문[130]이 널리 알려져 있다.

다음은 김창업이 숙종 38년(1712)에 연행에 참여하면서 본 연광정의 밤잔치 모습이다. 연광정은 밤 풍경이 더욱 좋다고 하는데, 세 척의 배에 탄 관기들의 치장과 취하여 노래를 부르는 광경 등이 선명하게 드러나고 있다.

---

127 채제공, 〈練光亭*甲午〉, 『樊巖先生集』 卷之十二, 『한국문집총간』 235, 225면, 人生行樂非吾計, 禮樂將尋古里閭.

128 채제공, 〈練亭卽事〉, 『樊巖先生集』 卷之十二, 『한국문집총간』 235, 226면.

129 채제공, 〈與按使副价書狀徵樂練光亭上, 日將夕, 移席愛蓮堂, 欲賞蓮也. 夜深, 余與按使乘小艇, 沿洄潭中, 燭籠之簇簇懸六面, 晝簷者箇箇倒影, 蕩漾欹斜, 殆難名狀, 倚檻粉黛, 歷歷寫眞, 便一地底瑤池宴. 余二年爲箕城伯, 未嘗爲此遊, 不覺欣然叫奇〉, 『樊巖先生集』 卷之十四, 『한국문집총간』 235, 268면, 往歲慙吾懶, 今宵始此歡.

130 임숙영, 「練光亭序, 席上走筆」, 『疏菴先生集』 卷之五, 『한국문집총간』 83, 449면.

강을 따라 만 개의 담에 붉은 정자가 솟았는데　沿江萬雉聳紅亭
하늘과 같은 물 표면이 우리처럼 평평하네.　水面如天與檻平
지금 띠처럼 둘러 한 도에서 뛰어난데　襟帶卽今雄一道
예로부터 번화하여 서경이라 이름하네.　繁華從古號西京
십 리의 모래 제방에는 준마가 익숙하고　沙堤十里驊騮熟
세 척 배에 탄 관기는 비단옷이 밝네.　官妓三船錦繡明
취하여 노래를 부르고 별관으로 돌아가니　醉放笙歌歸別舘
깊은 밤 은촉이 층진 성으로 내려가네.　夜深銀燭下層城[131]

이와 함께 윤유(1674~1737)가 관서에서 가려(佳麗)로 지적한 연광정을 읊은 시조 작품을 보도록 한다. 『해동가요』(박씨본)에 2수가 수록되어 있다. 윤유는 영조 3년(1727)부터 평안감사를 지내면서 『평양속지』를 간행하였고, 영조 10년(1734)에 동지 정사로 연행에 참여하였는데, 동지사로 가는 길에 유련하다가 도강할 날짜가 급박하여 풍설을 무릅쓰고 달리다가 역졸들이 많이 다쳤다는 기사[132]가 있는 것으로 보아, 연광정 등의 연회를 매우 즐겼던 것으로 볼 수 있다.

첫째 수는 연광정 잔치를 읊은 것이고, 둘째 수는 부벽루로 가는 길에 있는 깎아지른 절벽인 청류벽에 배를 매고 백은탄에 그물을 쳐서 물고기를 잡아 회를 치면서 유련하는 내용이다.

대동강 돌 불근 밤에 벽한사를 띄워두고
연광정 취ᄒᆞᆫ 술이 부벽루의 다 ᄭᆡ거다
아마도 관서 가려는 옛 ᄲᅮᆫ인가 ᄒᆞ노라　『해박』 216

---

131 김창업, 〈夕遊練光亭, 謹次先韻〉, 『老稼齋集』 卷之五, 『한국문집총간』 175, 102면.
132 『영조실록』, 영조 10년 11월 29일(경자), 『국역 영조실록』 13, 179면.

청류벽에 ᄇᆡ를 ᄆᆡ고 백은탄에 금을걸어
자남은 고기를 눈실ᄀᆞᆺ치 회쳐노코
아희야 잔자로 부어라 무진토록 먹으리라 『해박』 217[133]

한편 19세기에도 연광정을 읊은 이세보[134], 안민영[135]의 작품이 확인된다. 다음은 서유에 나선 신광수가 연광정에서 연회를 하면서 검무를 추는 추강월에 준 것이다.

푸른 갈기의 전립에 자줏빛 비단 치마 青鬉戰笠紫羅裳
제일 서관에 검무하는 아가씨이네. 第一西關劒舞娘
해가 떨어지면 물고기와 용이 극포로 오고 落日魚龍來極浦
갠 하늘에 비바람이 빈 집에 모이네 晴天風雨集虛堂
좌우로 돌아보면 아미에서 기운이 생길 수 있고 蛾眉顧眄能生氣
뒤집어 돌리면 비단 소매가 끊어진 창자와 합하네. 珠袖翻回合斷腸
다시 목난주에서 내려 한 곡을 부르면 更下蘭舟歌一曲
물빛과 산색이 멀리 짙푸르네. 水光山色遠蒼蒼[136]

한편 선상기로 뽑혀서 서울을 다녀온 기녀 모란에게 준 시에서는 신광수가 지은 과시 〈관산융마〉가 널리 노래로 불린다고 하였고, 선상기로 이원(梨園)의 기억을 회고하기도 한다. 연광정 → 서울 → 연광정으로 이어지는 공간의 이동과 시간의 변화까지 아울러 읊은 것이다.

133 『해동가요』(박씨본) 216, 217.
134 『풍아』 232, 233.
135 『금옥총부』 59, 130.
136 신광수, 〈練光亭, 贈劒舞妓秋江月〉, 『石北先生文集』 卷之二, 『한국문집총간』 231, 235면.

머리가 허연 이름난 기생이 서울로 들어갔는데 頭白名姬入漢京
맑은 노래로 많은 사람들을 놀라게 했네. 淸歌能使萬人驚
연광정 위의 〈관산곡〉을 練光亭上關山曲
오늘밤 무슨 이유로 옛날 목소리로 듣는가? 今夜何因聽舊聲

* 내가 서쪽으로 유람할 때에 늘 호수의 누대와 채색한 배 사이에서 기녀 모란을 이끌었다. 등불 아래 달빛 아래에서, 기녀 모란이 문득 나의 〈관산융마〉 옛 시를 노래하는데, 울리는 소리가 가는 구름을 막았다.(余之西游, 每携丹妓於湖樓畫舫間. 燈前月下, 丹妓輒唱余關山戎馬舊詩, 響遏行雲)

청류벽 아래의 목란배에서 淸流壁下木蘭舟
몇 번 놀면서 〈채릉가〉를 들은 것을 기억하네. 憶聽菱歌幾度遊
만호의 장안에 오늘밤 달은 萬戶長安今夕月
가련하게도 패강의 가을과 비슷할까? 可憐猶似浿江秋

이원은 남쪽으로 광통교에 닿는데 梨園南接廣通橋
지척의 치마에 약수는 멀어라. 咫尺仙裙弱水遙
옛날처럼 좋은 노래소리를 듣자니 聽說歌聲依舊好
마침 얼굴빛이 오늘처럼 쇠락한 데에 응하네. 秪應顏色到今凋[137]

그리고 유한준(1732~1811)이 정조 7년(1783)에 연광정 잔치를 읊은 내용 중에서 낙화를 읊은 일곱째 수를 보도록 한다.

성을 누르는 만 개의 횃불에 성이 재촉하려 하는데 萬炬壓城城欲催
처음에 어둡던 강산이 빛을 발하며 열리네. 江山初黑放光開
즉묵은 종전과 같이 군대 중에서 나오고 如從卽墨軍中出

137 신광수, 〈聞浿妓牧丹, 肄樂梨園. 戲寄三首〉, 『石北先生文集』 卷之八, 『한국문집총간』 231, 366면.

풍이가 뒤집혀 떨어지며 굴 속에서 오네. 倒落馮夷窟裡來
횃불을 피우면 자맥질하는 용이 응당 달이 뜬 줄 알고 烘處潛蛟應認月
포를 쏠 때면 자던 새가 모두 우레에 놀라네. 砲時宿鳥盡驚雷
참으로 하나하나가 누런 옥기둥을 이루고 眞成箇箇黃瑤柱
수부에서 오늘 밤이 한바탕 유쾌하네. 水府今宵一快哉[138]

그리고 서형수(1749~1824)의 〈최생전〉에는 연광정을 배경으로 잔치를 베푸는 장면이 소개되어 있다.[139]

한편 순조 3년(1803)의 동지 사행의 기록인 『계산기정』에는 연광정에서의 잔치 자리가 소개되어 있다.

11월 1일(임진)

삼사가 사대(査對)를 끝내고 연광정에다 기악을 마련하였다. 물에 임한 난간은 활짝 트여 강산의 좋은 형상이 다 눈에 보인다. 현판에는 '제일강산(第一江山)' 네 글자가 있고, 또 주련에는 '긴 도성 한 면에 콸콸 흐르는 물이요[長城一面溶溶水]', '큰 들판 동쪽 언저리에 점점이 솟아 있는 산이라.[大野東頭點點山]'고 했다. 이것은 사신 주지번의 글씨로, 전체의 형국을 모사해서 천고의 격언이 된 것이다. 기생 가운데 〈이주곡(離舟曲)〉과 선풍무(旋風舞)를 하는 자가 있는데 연도의 여러 읍의 기생들 가운데서 으뜸간다는 것이다. 평양이라는 도성은 상가가 즐비하고 동리가 잇닿아 있어 서울과 맞설 정도이지마는 다만 땅은 좁은데 사람이 많아 집들이 조여들어 있다. 저녁에 상영 이아(貳衙)의 선화당(宣化堂)에 들었는데 역시 굉장한 건물이었다.

---

138 유한준, 〈練光亭讌 癸卯〉, 『自著』 卷之十三, 『한국문집총간』 249, 230면.
139 서형수, 〈최생전〉, 『明皐全集』 卷之十四, 『한국문집총간』 261, 288면.

누대의 훌륭함이 서관에서 으뜸인데	樓臺勝狀冠西關
주객과 시인이 매일 왕래하네.	飮客詞人日往還
땅에 흩어진 강 물결은 흰 깁을 펼친 듯	散地江瀾鋪白練
하늘에 떠오른 산의 형세는 쪽머리 이루었네.	浮天山勢點青鬟
왕손과 기린마는 이름과 자취가 전해지고	王孫麟馬傳名迹
기녀의 생황 가락 웃는 얼굴에 깃들였네.	妓女鸞笙倚笑顔
해가 진 층 난간엔 공활하게 트였고	落日層欄虛極目
만가의 안개 낀 버드나무는 도성 담을 둘렀네.	萬家煙柳匝城闤[140]

140 『계산기정』 제1권, 순조 3년(1803) 11월 1일, 『연행록선집』 Ⅷ, 32~33면.

4. 시가 작품의 등장인물과 현실 반응

1) 16~17세기 시조의 등장인물

시조에서 화자는 막연한 '님'이나 '아희' 등을 불러오기는 하지만 대부분 자신의 주관적 시각에서 내면의 태도를 발화하는 방향으로 진술하고 있는데, 자세히 살피면 발화의 내용 속에 많은 지소와 인물이 등장하고 있다. 그중에서 발화에 등장하는 대상이 작가 주변의 구체적인 인물일 경우 발화 상황 내에서 작가와의 연관과 연행 현장의 상황을 밝힐 수 있다는 점에서 관심의 대상이 될 수 있다. 실제로 중국 인물이 유별나게 많이 등장하고 있으며, '님'으로 대표되는 포괄적인 대상이 많이 나타나는 것이 사실이다. 그런데 '성권농', '김약정'처럼 성을 앞에 표시하면서 향약이나 유향소 등의 역할을 표시함으로써 누구인가를 추정할 수 있고 발화 상황을 이해할 수 있는 맥락을 확인할 수 있다는 점에서 관심을 끌 수 있다.

실제 구체적 인물을 발화 상황 속으로 끌어들인 예를 16세기 후반 정철의 시조에서 확인할 수 있다. 앞의 시조는 신응시를 끌어들이고 있고, 뒤의 시조는 성혼의 집을 찾아가는 화자 자신을 '정좌수'로 지칭하고 있다.

신군망 교리ㅅ적의 내 마츰 수찬으로
상하번 ᄀᆞ초와 근정전 밧기러니
고온 님 옥 ᄀᆞᄐᆞᆫ 양ᄌᆡ 눈의 암암ᄒᆞ여라 『청구』 71

재너머 성권농 집의 술 닉닷 말 어제 듯고
누은 쇼 발로 박차 언치 노하 지즐 타고
아ᄒᆡ야 네 권농 겨시냐 정좌수 왓다 ᄒᆞ여라 『청구』 85[141]

141 김천택 편, 『주해편 청구영언』(국립한글박물관, 2017), 54면, 61면.

정철의 이러한 시적 발상은 이미 일반적 상황이라고 할 수 있는 다양한 인물을 등장시키고 있는데, "형, 아우"(『청구』 40), "마올 사람들"(『청구』 46), "늘그니"(『청구』 54), "강원도 백성들"(『청구』 55), "집사름"(『청구』 61) 등이 그것이다. 주관적이고 일방적인 입장에서 서정적 자아인 화자의 진술로 나타나는 시조의 발화에 등장인물을 내세워 대화를 모색하는 일은 새로운 진전이라 할 수 있을 것이다. 그런데 '성권농', '정좌수'의 권농, 좌수가 실질적인 역할을 맡았다고 보기는 어려우므로 정철이 가상의 구성으로 동류의식을 강화한 것으로 이해해야 할 것이다.

그런데 17세기 김광욱의 〈율리유곡〉에서는 김광욱이 밤마을로 돌아가서 귀래정이라는 정자를 마련하고 같은 마을의 사람들과 지내면서 구체적 인물을 작품 속에 등장시키고 있어서 상황이 달라진 것으로 볼 수 있다. 화자인 '나'를 포함하여 '최행수'와 '조동갑'을 등장시킨 것이다. 그런데 '행수'. '동갑'이 실질적인 역할을 맡은 것으로 보아야 할 것이다. 마을의 모임에서 각각 역할을 나누어서 음식을 준비하는 현실성에 바탕을 두고 있기 때문이다.

최행수 쑥달힘 ᄒᆞ새 조동갑 곳달힘 ᄒᆞ새
ᄃᆞᆰ찜 게찜 오려 점심 날 시기소
매일에 이렁셩 굴면 므슴 시름 이시랴. 『청구』 162

그런데 뒷날 김광욱의 행호와 귀래정의 풍류를 이은 증손자 김시민(1681~1747)이 '최행수'가 누군인지 자세하게 밝히고 있어서 더욱 주목할 수 있다. 향리와 향당에서 중요한 역할을 맡고 있는 사람이고 또 집안의 내력까지 설명하고 있다.

시골 마을이 날마다 쓸쓸하여 鄕里日蕭條
예전 때가 돌아온 것이 아니네. 非復曩昔時

어르신들은 지금 다 돌아가시고	長老今盡歿
젊은 사람들도 점점 드물어지네.	少壯亦漸稀
두 최씨는 대대로 교분이 있어서	二崔卽世交
그 선조는 권가정이네.	其先勸稼亭
우리 할아버지 옛날 가곡에	吾祖舊歌曲
행수의 성과 이름이 전하네.	行首傳姓名
나이 많은 최씨는 스스로 개결하여	老崔自介潔
고달파도 하지 않는 것이 있었네.	固窮有不爲
젊은 최씨도 마음이 넓고 중후하여	少崔亦醞藉
행의가 거듭 문사이네.	行誼仍文辭
이미 내 마음을 감복하게 했으니	已使我心服
마땅히 향당에서 일컬음이 있으리.	宜見鄕黨稱
숙질이 갑자기 함께 떠났으니	叔姪奄俱逝
마을과 이웃에는 마침내 벗이 없네.	村隣遂無朋
지난해 난리 중에	去年亂離中
늘 발걸음을 나란히 하고 오는 것을 기뻐했네.	每喜聯步來
지금 적막한 물가에서	今於寂寞濱
곡을 하며 두 분의 상에 슬퍼하네.	爲哭兩喪哀
눈이 눈썹에 닿은 것 같고	眼如接眉宇
뜰에 발자국 소리 들리는 것 같네.	庭疑聞跫音
아 우리 집에서 슬픔을 좇으며	噫吾堂從慽
다시 한번 슬프게 읊네.	更爲一悲吟[142]

김광욱은 권가정이 최욱이라고 밝힌 상황[143]이라, 김시민이 말한 최석

142 김시민, 〈悼杏洲二崔, *老名錫 少名尙久〉, 『東圃集』 卷之四, 『한국문집총간』 속 62, 396면.

143 김광욱, 〈題幸州崔君*櫛勸稼亭〉, 『竹所集』 卷之三, 『한국문집총간』 속 19, 402면.

(崔錫)과 최상구(崔尙久)는 최욱의 후손이 되는 것이고, 술을 가지고 찾아왔다고 홍주국이 말한 70여 세의 최로(崔櫓)[144]는 최욱과 같은 항렬의 집안 사람으로 추정된다. 오도일은 이름을 밝히지 않은 최후(崔侯)가 권가정을 세웠다[145]고 하고, 회인, 낭천, 문의 등의 고을을 맡았다가 귀야(歸野)[146]했다고 기록하고 있으므로, 김광욱이 마련한 귀래정과 최욱이 마련한 권가정이 모두 행호 지역의 향촌 기반이 되었다고 할 수 있고, 이들 집안은 당대에 그치지 않고 대를 이어 교유를 이어간 것으로 보인다.

한편『청구영언』만횡청류에도 좌수, 약정 등의 이름을 내세우면서 향촌의 생활을 읊은 작품이 등장한다. 앞의 작품에는 이좌수, 김약정, 남권농, 조당장이 뒤의 작품에는 손약정, 이풍헌, 우당장 그리고 나가 등장한다.

> 이좌수는 감은 암쇼를 ᄐᆞ고 김약정은 질장군 메고
> 남권농 조당장은 취ᄒᆞ여 뷔거르며 죽장 무고에 둥더럭궁 춤추ᄂᆞᆫ괴야
> 협리에 우맹의 질박천진과 태고순풍을 다시 본 듯 ᄒᆞ여라 『청구』524

> 손약정은 점심 ᄎᆞᆯ히고 이풍헌은 주효를 쟝만ᄒᆞ소
> 거믄고 가야ㅅ고 해금 비파 적 필률 장고 무공인으란 우당장이 ᄃᆞ려오시
> 글 짓고 노래 부르기와 여기여화간으란 내 다 담당ᄒᆞ리라 『청구』525

위의 두 작품은 작가가 표기되지 않아서 시대를 획정할 수도 없고 작품에 등장하는 인물과의 연관을 살피기 어렵지만,『청구영언』만횡청류에 수록되어 있다는 점에서 아무리 늦어도 18세기 초반에 수습된 것으로

---

144 홍주국, 〈謝隣丈崔文義*櫓携酒來訪〉,『泛翁集』卷之二,『한국문집총간』속 36, 203면.

145 오도일,「勸稼亭記」,『西坡集』卷之十七,『한국문집총간』152, 341면.

146 오도일,「勸稼亭記」,『西坡集』卷之十七,『한국문집총간』152, 341면, 崔侯以謹厚之行, 儒雅之操, 不遇於時, 棲棲於州郡之間, 而曾爲懷仁, 狼川, 文義三縣也. 率以慈惠爲先農桑爲本其所出治施政儘有可觀而坐不能輦事權貴, 三黜而歸於野, 無幾微介乎其中, 怡然自適於農畝, 有終焉之計, 而作斯亭以寓其意, 非有道而能之乎.

볼 수 있다.

2) 18세기 시조의 등장인물과 연행 맥락

다음 시조는 『해동가요』(주씨본)에 이정보(1693~1766)의 작품으로 수록되어 있는데, 가을에 동네에서 강신(講信) 때에 마을 사람들이 모여서 '메덧이'와 '되롱춤'으로 즐겁게 노는 장면을 제시하고 있다. 3행에서 좌상의 이존위가 이 광경을 보면서 박장대소하고 있다고 밝히고 있다. 그러므로 이 작품에는 김풍헌, 박권농, 이존위의 세 사람이 등장하고 있는 것으로 이해할 수 있다. 이 세 사람이 실존 인물일 가능성이 많으므로, 이제 보완 자료를 통해서 그 실체를 밝혀보도록 한다. 이정보의 작품으로 되어 있으므로 이정보가 강신 자리에 참여했다고 가정하고, 이정보와 가까운 사람 중에 이 자리에 함께 참여한 사람을 확인할 필요가 있다.

ᄀᆞ을 타작 다ᄒᆞᆫ 후에 동네 모하 강신ᄒᆞᆯ 쎄
김풍헌의 메덧이예 박권농의 되롱춤이로다
좌상에 이존위는 박장대소 ᄒᆞ덜아 『해주』 335[147]

이정보의 삼종형인 이철보(1691~1770)가 이정보와 가까운 곳에 살면서 시를 주고받았는데, "다행히 수태는 이웃에 살아서, 만나면 문득 감탄이 나의 뜻과 같았네."[148]라고 할 정도였다. 그런 사이인 이철보가 영조 20년(1744) 9월에 강화유수에서 한성판윤으로 옮긴 김시혁(1676~1750)의 떳집에서 35인이 모여서 동회[149]를 열고 시를 지었는데, 그해에 부친

147 『해동가요』(주씨본), 335번, 김삼불 교주, 『해동가요』(정음사, 1950), 87면.

148 이철보, 〈次別韻, 示貫一令〉, 『止庵遺稿』 冊二, 『한국문집총간』 속 71, 57면, 幸有受台居比隣, 對輒感歎如我意.

149 이철보, 〈甲子九月廿五, 設洞會于金判尹晦而丈茅, 會者凡三十五人, 聯句記實, 遂次之〉, 『止庵遺稿』 冊一, 『한국문집총간』 속 71, 33면.

상중에 있던 이정보가 참석하지 않았을 수도 있지만, 해마다 열리는 이 동회의 모임에 이정보가 그 이전에 참석하였을 것으로 추정할 수도 있고, 다음에 제시하는 시의 정보가 앞에서 예시한 이정보의 시조와 유사한 것으로 보아, 이정보의 시조를 이철보의 시에 나오는 동회의 모임과 연계시켜 이해하고자 한다.

우리 마을은 인리라고 일컫는데	吾洞稱仁里
풍류가 서울에서 으뜸이네.	風流冠洛城
느릅나무가 서로 빛을 가리고	枌楡相掩映
닭과 개가 서로 시샘하여 놀라지 않네.	鷄犬不猜驚
매년 부지런히 계를 닦으며	每歲勤修禊
좋은 날에 함께 술잔을 당기네.	佳辰共引觥
두 사람이 계략을 비로소 시작하여	兩人謀始倡
종이 하나에 모임이 곧 이루어졌네.	一紙會仍成

* 박성진과 김자장이 글을 내어서 모임을 약속했기에 이르다.(朴聖進, 金子章發文約會故云)

버들골에는 가을 그늘이 도는데	柳巷秋陰轉
소나무 처마에는 저녁 놀이 생기네.	松軒晩靄生
남은 국화에서 향기가 더욱 담담하고	菊殘香更淡
늙은 단풍은 햇살이 여전히 맑네.	楓老景猶淸
술병은 사람마다 갖추고	壺酒人人具
소반의 안주는 색색이 새롭네.	盤肴色色更
몇 집에서 할아버지가 손자를 이끄는가?	幾家翁挈子
한 자리의 선비는 경상이 참여했네.	一席士參卿
번거로움이 따뜻함을 썰렁하게 하는 것은 아닌데	未必煩寒燠
어찌 일찍이 성과 이름을 물었던가?	何曾問姓名
어깨를 떨어져서 따름은 모두 동생이고	隨肩都是弟

나이 많은 사람을 높임에 누가 형이 아니랴?	尙齒孰非兄
물오리 신발에 손님은 사치함이 없고	鳧舃賓無侈
용문의 일이 또 영예롭네,	龍門事又榮
무리가 어지럽게 젊은 사람들을 이끌고	羣携紛少輩
깊숙한 자리에는 늙은이들이 의젓하네.	深坐儼耆英
정성스럽게 마음을 열고	款款披襟晤
기쁘게 웃음을 띠고 맞이하네.	欣欣帶笑迎
처음 자리는 자못 가지런하고 엄숙하더니	初筵頗整肅
늦은 술자리는 간혹 시끄럽게 다투네.	晩酌或喧爭
주미를 휘두르며 농담이 섞이고	揮麈談諧雜
붓을 빼 드니 의기가 가로지르네.	抽毫意氣橫
예는 오직 간솔함을 좇고	禮惟從簡率
자리에 어찌 경영을 허비하랴?	筵豈費經營

이때 김시혁은 강화유수로 있다가 7월에 한성판윤으로 옮긴 뒤였고, 이철보는 그해 2월에 대사간이 되었다가 부사직에 보임되었으며, 이정보는 영조 19년(1743) 8월에 병조참의가 되어 있었다.

앞의 이정보의 시조에서 김풍헌은 동회를 준비하면서 글을 낸 김자장으로 볼 수 있는데, 김자장과 집 주인 김시혁이 동일 인물이라면 김시혁으로 추정할 수 있다. 그러나 당시 김시혁의 나이가 영조 20년에 69세였다는 점을 고려하면 가능성은 줄어든다. 한편 박권농은 모임을 준비하고 글을 낸 영조 20년 당시 62세의 박성진으로 추정할 수 있으며, 이존위는 바로 이씨 집안의 어른을 가리키는 것으로 보이는데, 영조 20년 당시 64세인 이철보를 가리키는 것으로 보기에는 무리가 있어서 당장 누구라고 지적하는 일이 쉽지 않다. 그런데 시의 내용에 "매년 부지런히 계를 닦으며, 좋은 날에 함께 술잔을 당기네."라고 진술한 것으로 보아, 해마다 이러한 모임이 이어졌고, 실제 이정보의 시조는 영조 20년(1744) 9월의 모임보다 더 앞 시기에 불린 것으로 추정할 수가 있다. 그래서 그 자리에서 박장대소하는 존위로 참석하고 있는 이존위를 이정보의 아버지인 이우신(1670~1744)으로 추정하고자 한다. 이우신은 갑자년(1744) 2월 초2일에 졸[150]하였다.

박권농을 박성진으로 추정할 수 있는 근거는 이철보가 박성진의 만시[151]를 쓰면서 기술하고 있는 내용 때문이다. 이철보가 74세이던 영조 40년(1764)에 박성진(1683~1764)이 여든둘의 나이로 세상을 떠났는데, 타지인 동협에 나가 있던 이철보가 만시를 지어서 아들에게 읽게 하겠다고 한 것이다.

아, 이른 넷의 늙은이가	嗚呼七十四歲翁
여든둘의 나그네를 통곡하네.	慟哭八十二歲客
일흔에 남을 곡하는 것은 이미 많은 일이지만	七耋哭人已多事
하물며 팔질을 곡함은 어찌 미혹됨이 아니리오?	况哭八耋寧非惑
내가 곡을 하는 것이 나이가 빠르기 때문이 아니요	我哭非爲年壽促
내가 곡을 하는 것은 정이 도탑고 좋아서가 아니네.	我哭非爲情好篤
서울의 도성 동쪽 수천 집에	洛陽城東數千家
행의와 문학에서 누가 특이하랴?	行誼文學誰爲特
내가 공을 좇아 노닌 것이 육기가 넘는데	我從公遊洽六紀
일 하나도 덕에 부족한 것을 보지 못했네.	一事未見歉於德
사람들이 모두 밀랍을 헐어도 유독 온전하고 참되며	人皆捬蠟獨全眞
세상이 약삭빨라도 오직 질박함을 지키네.	世方便儇惟守樸
집에서 지낼 때는 반드시 내행을 갖춤에 힘쓰고	居家必務內行備
사람을 대접함에 외모를 꾸밈을 일삼지 않네.	待人不事外貌飾

150 남유용, 「戶曹參判李公行狀」, 『雷淵集』 卷之二十五, 『한국문집총간』 217, 539면.
151 이철보, 〈挽朴同敦聖進〉, 『止庵遺稿』 冊二, 『한국문집총간』 속 71, 59면.

어찌 일찍이 한 마디가 망령되어 입에서 나오며 一語何曾妄出口
일찍이 이미 만 권을 뱃속에 갈무리했네. 萬卷早已藏在腹
뜻을 도탑게 오직 고도를 힘써 행하고 篤志力行惟古道
문을 닫고 남들이 알아주지 않음을 근심하지 않았네. 閉門不患人不識
안을 살펴 꺼림하지 않음은 옳지만 內省不疚斯可矣
어찌 반드시 이름을 세운 뒤에 배우랴? 何必立名然後學
옥천에서 광문의 밥으로 집을 깨고 玉川破屋廣文飯
처자가 길이 파리하고 부황 빛을 띠었네. 妻孥長帶顑頷色
사람들은 근심을 견디지 못하는데 홀로 기뻐하며 人不堪憂獨怡然
세속에서 안씨의 즐거움을 어찌 알랴? 世俗焉知顔氏樂
한 방에 고요히 앉아 밖으로 사모함을 끊고 一室靜坐外慕絶
손님이 이르면 말없이 바둑만 두었네. 客至無語惟棊局
향당으로 친족에 미치고 所以鄕黨及親族
공경하고 사랑하여 마음에 복종하네. 敬而愛之中心服
나는 스승으로 대하였지 감히 벗이랴? 我視以師不敢友
일이 있으면 반드시 묻고 저어하면 반드시 점쳤네. 有事必咨疑必卜
공께서 지금 가셨으니 마을에는 사람이 없고 公今逝矣巷無人
흰머리로 허둥지둥하며 나는 어디로 가랴? 白首倀倀我安適
헤어질 때 밥을 보태듯 나를 면려했는데 別時勉我加飡飯
누가 알았으랴? 순식간에 유명이 떨어질 줄을. 誰知轉眄幽明隔
내가 동협에 머무르느라 돌아간다는 말 하지 못하고 我滯東峽未言歸
애오라지 내 마음을 털어서 아이에게 읽게 하네. 聊寫此心遣兒讀

그리고 이존위를 이정보의 아버지인 이우신으로 추정한다고 하였는데, 그 이유는 바로 이우신이 영조 15년(1739) 일흔의 나이에 이정보가 임금을 모신 은전으로 이우신에게 참판의 직질이 내려지고, 임금이 동조께 진연하면서 일흔이 넘은 조신(朝臣)에게 연수(宴需)를 내리자, 친척과 빈객들에게 잔치를 베풀었던 것[152]과 깊은 관련이 있는 것으로 파악한 것이다. 당장 일흔의 그 잔치는 아니어도 동네에서 해마다 여는 동회에 일흔이 넘은 이우신이 존위로 좌정하여 "메덧이"와 "되롱춤"을 보고 박장대소한 것을 화자인 이정보가 참여하여 기술한 것으로 이해할 수 있기 때문이다.

한편 김양근(1734~1799)은 〈동조〉에서 당시에 불리던 노래를 번역하여 수록하고 있는데, 그중에 한적을 노래한 한 수의 3행에서 김약정을 청하여 밤새 술을 마시는 내용을 발화하고 있다.

귀 없는 사도기에	無耳沙陶器
거르고 채워 술을 데우네.	漉盛熱熟酒
받침 없는 네모 쟁반에	無跗方平枠
콩을 내고도 볶을 것이 또 있네.	糶菽熬且有
아희야 김약정 청하여서	兒乎去請金約正
아침이 되도록 마시며 벗 삼자.	達曙飮爲友[153]

이와 함께 〈농가월령가〉 10월령의 강신 대목에도 비슷한 내용이 등장하고 있어서 『청구영언』「만횡청류」에 수록된 이후 향촌 생활에서 강신이나 동회의 자리에서 빈번하게 불린 것으로 볼 수 있다.

이풍헌 최첨지는 잔말끝에 취도하고
최권농 강약정은 체궈리 춤을 춘다
잔진지 하올적에 동장님 상좌하야[154]

---

152 오원, 「右尹李公*雨臣七十壽序」, 『月谷集』 卷之九, 『한국문집총간』 218, 470면, 이천보, 「伯父七十歲壽序」, 『晉菴集』 卷之六, 『한국문집총간』 218, 238면.

153 김양근, 〈東調〉, 『東埜集』 卷之四, 『한국문집총간』 속 94, 72면.

154 이석래 편, 『풍속가사집』(신구문화사, 1974), 147면.

그런데 19세기의 조면호(1803~1887)의 〈저녁 소리〉의 첫 수에서도 김약정이 등장하고 있어서 19세기까지 끊임없이 이어진 것으로 볼 수 있다.

김약정 집 박 덩굴 아래	金約正家匏蔓下
아이들 서넛이 마굿간에 기대네.	兒童三四倚牛宮
먼저 흐리고 뒤가 맑은 어영차 소리	先濁後淸咿啞曲
우리 백성 노여움을 푸는 순 때의 바람이네.	解吾民慍舜時風[155]

155 조면호, 〈夕聲〉, 『玉垂先生集』 卷之六, 『한국문집총간』 속 125, 174면.

Ⅳ-2. 가집 편찬과 시가사의 관심 사항

1. 『청구영언』(1728) 편찬의 도움과 가집의 위상

김천택이 편찬한 『청구영언』(1728)은 18세기 가집의 기준과 규범을 마련했다. 게다가 곡조에 따른 분류와 작가와 시대에 따른 분류를 같이 적용하고 있어서 가곡사의 추이를 살필 수 있는 이점이 있다. 본 장에서는 우선 『청구영언』(1728)을 편찬하는 과정에 도움을 준 사람들 가운데 서문을 쓴 정내교와 발문을 쓴 이정섭의 의견과 이를 받아들인 김천택의 태도를 살펴본 뒤에, 『청구영언』(1728)의 본조의 말미에 작가에 대한 보충 설명이 없이 호만 기재한 일노당(逸老堂), 석교(石郊), 석호(石湖), 광재(光齋) 등에 대한 작가 비정과 이들 작품을 가집에 수록하게 한 고리의 역할을 했을 것으로 추정되는 인물을 검증하며, 마지막으로 작가 와전의 실상과 연대흠고(年代欠考)로 분류한 임진, 이중집, 서호주인 등도 아울러 확인하도록 한다.

1) 정내교 · 이정섭 등의 도움과 김천택의 가곡 수습

김천택이 『청구영언』을 엮는 과정에 정내교가 중요한 역할을 하였다. 정내교는 『청구영언』 전체에 해당하는 서문으로 무신년(1728) 삼월 상순에 쓴 서문[156]과 여항 육인 중에서 김천택의 작품을 언급한 무신년 3월의 서문[157]을 남기고 있는데, 정내교의 문집에 실린 「김생천택가보서」[158]는

156 정내교, 「청구영언서」, 『주해본 청구영언』(국립한글박물관, 2017), 12~13면.

157 정내교, 「김천택」, 『주해본 청구영언』, 173~174면.

158 정내교, 「金生天澤歌譜序」, 『浣巖集』 卷之四, 『한국문집총간』 197, 546면, 金君伯涵以善唱名國中, 能自爲新聲, 瀏亮可聽＿ 又製新曲數十闋以傳於世. 余觀其詞, 皆淸麗

김천택의 작품을 언급한 것과 거의 같은 내용으로, 노래를 잘하는 사람으로 김천택을 주목하고 있고, 스스로 신성, 신곡을 지은 것을 강조하고 있으며, 송강 정철의 신번과 견주어서 평가하고 있다. 마악노초 이정섭이 김천택을 두고 시에도 능하다는 고평을 내리고 있는 것과도 견줄 수 있다.

그런데 김천택이 『청구영언』을 편찬하는 과정에 정내교는 가곡 작가로 알려진 사람들과 교유하면서 여러 작품을 김천택에게 소개하거나 전한 것으로 추정할 수 있다. 이 가운데 정내교와 밀접하게 지낸 신정하와 같은 인물이 여기에 해당한다. 석교, 석호, 광재라고 호만 밝히고 있는 작가들이 일정 부분 정내교와 관련이 있을 것으로 추정할 수 있다.

정내교가 지은 작품이 『청구영언』에는 수록되지 않았지만 후대의 가집인 『시여』(김씨본)[159]와 『악부』(고대본)에 공통으로 수록된 것을 확인할 수 있는데, 거문고와 옥소 등이 등장하는 것이다.

오ᄂᆞᆯ이 무슴 날고 노부의 현고신이로다
술 잇고 벗 잇ᄂᆞᆫᄃᆡ ᄃᆞᆯ이 더욱 아름다외
이ᄒᆡ야 거문고 청쳐라 취코 놀러 ᄒᆞ소라 『시김』 0217, 『악고』 0233

오동에 월상ᄒᆞ고 양류풍래로다
요금을 빗기 안고 옥계묘 지나오니
이곳에 일반청의미을 알 리 져거 ᄒᆞ노라 『시김』 0218, 『악고』 0234

주란을 지혀 안ᄌᆞ 옥소을 놉피 부니

有理致, 音調節腔皆中律, 可與松江新飜後先方駕矣. 伯涵非特能於歌, 亦見其能於文也. 嗚呼, 使今之世有善觀風者, 必采是詞而列於樂官, 不但爲里巷歌謠而止爾, 奈何徒使伯涵爲燕趙悲慨之音, 以鳴其不平也. 且是歌也, 多引江湖山林放浪隱遯之語, 反覆嗟歎而不已, 其亦衰世之意歟.

159 김선풍, 『시조가집 시여 연구』(중앙대출판부, 1999), 279~280면.

명월 청풍이 갑업시 오라
아ᄒᆡ야 잔 가득 부어라 장야음을 ᄒᆞ리라　　　　『시김』 0219, 『악고』 0235

신정하가 위항인 정내교와의 교유를 인식하면서 정내교를 비롯한 여항인에 대해 내리는 평가가 서울에 기반을 둔 문벌 가문의 인식을 극명하게 대변하는 것으로 볼 수 있다. 조카 방에게 보낸 편지[160]에서 홍세태와 비교하여 매우 진지하게 기술하고 있고, 특히 위항인과의 교유에 대한 경계까지 말하고 있다. 한편 위항인 중에서 홍세태, 정내교, 정민교 등 세 사람 정도만 인식하고 나머지 인물에 대해서는 백안시하고 있다는 점도 간과할 수 없다.

정내교가 김만최로 추정되는 김생의 시지를 신정하에게 보인 뒤에 신정하가 보낸 답서[161]에서 시인으로서의 김만최는 인정할 수 있으나, 신정하를 포함한 문벌 집안에서 과연 용납할 수 있는 인물인지에 대해서는 우려의 태도를 드러내고 있다.

이정섭은 정미년(1727) 6월 하순에 쓴 「청구영언후발」[162]에서, 김천택이 "여항과 시정의 음란한 이야기와 저속한 말들도 또한 왕왕 있습니다.(委巷市井淫哇之談 俚褻之詞 亦往往而在)"라고 하면서 군자들이 보는 데에 문제가 될 수 있지 않겠느냐고 하자, 다음과 같이 김천택의 입장을 옹호한다.

여항 노래의 소리로 말하면 곡조가 비록 전아하고 순정한 맛이 있지는

---

160 신정하, 「答昉」, 『恕菴集』 卷之七, 『한국문집총간』 197, 302면, 본서 Ⅱ-1.의 4. 「위항 중인의 성장과 절절의 의리」 참조.

161 신정하, 「答鄭來僑」, 『恕菴集』 卷之九, 『한국문집총간』 197, 348면, 金生詩紙, 已得熟看, 從前因潤卿聞其名雅矣. 今觀其所作, 非特委巷之不易得, 雖求之吾輩間, 殆不多有, 殊可畏歎. 潤卿又嘗言其人更高於其詩, 每欲一識其人而未獲, 若得因潤卿致之座上, 何幸如之. 但此漢不幸不得保布衣之高, 深恐當世高士用此厭薄, 遁逃不得見爾.

162 마악노초, 「청구영언후발」, 『주해편 청구영언』, 349~350면, 이정섭, 「해동가요후발」, 『저촌집』(국립중앙도서관 소장) 권4, 至如里巷謳歈之音, 腔調雖不雅馴, 凡其愉佚怨歎猖狂粗莽之情狀態色, 各出於自然之性.

> 않으나 즐겁고 편안하며, 원망하고 탄식하며, 미친 듯이 사납게 날뛰며, 거칠고 거친 상태와 모습은 각각 자연의 참된 이치에서 나온 것이다.

그런데 「청구영언후발」을 쓴 마악노초가 왕족인 이정섭으로 밝혀지고, 마악노초의 뜻이 '천마산의 늙은 나무꾼'으로 풀이할 수 있게 된 것은 실제로 이정섭이 만년에 양주의 천마산 자락에서 지냈던 데서 말미암는다. 그런데 이정섭은 후발을 쓰면서 김천택을 격려하는 데에 한정하지 않고 자신이 확인하거나 수집한 작품을 추천했을 가능성을 제기할 수 있다. 바로 석교(石郊), 석호(石湖), 광재(光齋)가 이정섭과 일정한 연관이 있는 인물로 확인되기 때문이다.

이정섭의 작품으로 2편이 전해진다.

> 세츳고 큰아큰 믈쎄 이내 실음 등 재게 실어
> 주천 바다희 풍 들읫쳐 둥둥 두골아자
> 진실로 글어곳 홀 양이면 자연 삭아지리라
>
> 『해주』 0262, 『시김』 0115, 『악고』 0198

> 아랏노라 아랏노라 나는 벌서 아랏노라
> 지언 양기는 고금의 긔 뉘런고
> 아마도 확전성소미발은 맹가ㅣ신가 ᄒ노라 『시김』 0116, 『악고』 0199

서문을 쓴 정내교는 위항인으로서 위항 가객과의 교류와 사대부들이 모인 자리에서 연행할 수 있도록 지원하였고, 발문을 쓴 이정섭은 개인적인 친분으로 맺은 사대부들의 작품을 김천택에게 소개하거나 가집에 수록할 수 있도록 배려했던 것이다.

2) 석교 · 석호 · 광재 작품의 『청구영언』 수록 과정

『청구영언』에는 최락당 이간(1640~1699)의 작품 다음에 약천 1수, 유혁연 1수, 정재 1수, 일노당 3수, 석교 3수, 석호 2수, 광재 2수 등의 작품이 수록되어 있으며, 그 뒤에 열성어제가 나온다. 이 중에서 약천, 유혁연, 정재 등에 대해서는 작가 기명 아래 보충 설명의 주를 기록하였는데, 일노당, 석교, 석호, 광재에는 보충 내용이 없다.

주가 붙어 있는 작가로 약천은 남구만(1629~1711)의 호이고, 유혁연(1616~1680)은 무인이며, 정재는 박태보(1654~1689)를 가리킨다. 그다음 주가 없는 사람들은 후대의 가집 등을 참조하여 일노당은 김성최(1645~1713), 석교는 김창업(1658~1721), 석호는 신정하(1680~1715), 광재는 조관빈(1691~1757)으로 비정하고 있다.

그런데 일노당은 김성최로 비정하는 데에 문제가 없는데, 석교, 석호, 광재는 재검토가 필요해 보인다.

이러한 재검토는 기본적으로 편찬자 김천택의 입장에서 보는 경우와 또 다른 시각으로 『청구영언』의 후발을 쓴 마악노초 이정섭 등을 고려할 수 있는 여지로 나누어 볼 수 있다.

첫째, 김천택의 입장은 『청구영언』의 구성과 작품 배치 등의 일관성을 살피는 방향으로 논의가 진행되어야 할 것이고, 둘째, 마악노초 이정섭의 개입이 있었다고 보는 경우에는 이정섭과 관련된 인물의 작품 추천을 상정해 볼 수 있는 것이다.

『청구영언』의 구성에서 악곡에 따른 배열뿐만 아니라 작가별로 나누어 수록하고 있어서, 기본적으로 열성어제로 태종, 효종, 숙종이 포함되어 있으므로 적어도 하한선은 숙종(재위 1674~1720)의 시호가 정해진 뒤까지로 보아야 할 것이다. 그런데 이에 앞서 본조로 나눈 작가 중에 약천, 유혁연, 정재까지는 작가 다음에 인물의 행적에 대한 기록이 있는데, 일노당(逸老堂), 석교(石郊), 석호(石湖), 광재(光齋)는 인물에 대한 정보가 나타나지 않고 있다. 작가 정보가 없는 일노당, 석교, 석호, 광재 등은 김천택의 입장에서는 잘 모르는 인물이라는 뜻일 수가 있다.

그런데 「청구영언후발」을 쓴 마악노초가 후발을 쓰는 데에 한정하지 않고 자신이 확인하거나 수집한 작품을 추천했을 가능성이 제기된다. 석교(石郊), 석호(石湖), 광재(光齋)가 이정섭과 일정한 연관이 있는 인물로 확인되기 때문이다.

(1) 석교는 이정섭의 고모부로 석교에서 지낸 김창업이다

우선 석교(石郊)는 일반적으로 김창업으로 비정하는데, 이는 이정섭과 연관 지을 때도 가능성이 있는 것으로 보인다. 이정섭의 고모가 김창업의 부인[163]이 되었으므로, 김창업은 이정섭의 고모부가 된다. 그런데 석교가 바로 김창업일지 아니면 김창업 집안의 사람인지 고심할 필요가 있다. 석교는 김창업의 『연행일기』에 다음과 같은 기록으로 보아 김창업만을 지칭하는 것이 아니라 김창업의 가족이 사는 집의 이름으로 이른바 택호를 가리키기도 한다. 심대는 서울에 있는 본가이고, 석교는 동교의 송계로 일컬어지는 돌곶이[石串]의 별서로 보인다.

> 서울로 포음과 두 아이들과 아울러 세 어른께와 심대·석교에게는 언문으로 각 한 장씩 편지를 썼다.[164]

그리고 세 어른은 옥동의 과수, 정승댁 맏형수, 판서댁 질부[165]를 가리

---

163 이정섭, 「조고증승헌대부익풍군부군묘지」(『저촌집』 권3)에서 따님이 김창업에게 시집갔다고 기록하고 있다. 女適進士金昌業.

164 김창업, 『연행일기』 권8, 계사년 2월 22일, 作京書, 圃陰兩兒幷三丈心臺石郊諺書各一張, 그런데 이 부분을 『국역 연행일기』에서는 "서울로 포와 음 두 아이들에게 편지를 쓰고 아울러 세 어른께와 심대·석교에게는 언문으로 각 한 장씩 편지를 썼다."로 옮겨서 혼선을 일으키고 있다. 포음은 김창업의 동생 김창즙(金昌緝, 1662~1713)의 호이고 두 아들은 언겸과 신겸이다.

165 김창업, 『연행일기』 권8, 임진년 11월 3일 참조, 自心臺往玉洞, 見寡嫂, 辭于祠堂, 往政丞宅. 辭于祠堂, 拜伯嫂, 往判書宅, 辭于祠堂, 見姪婦.

키는 것으로 보인다. 심대[166]로 불리는 식구와 석교로 불리는 식구에게 언문 편지를 보낸 것으로 볼 수 있으며, 석교가 바로 측실로 추정된다. 두 아들은 언과 신으로 불리는 김언겸, 김신겸이다. 그런데 김창업의 묘표에는 유인이씨(1656~1693)가 익풍군 속(涑)의 따님[167]이라고 하였고, 김창업보다 2살이 많으며, 열여섯에 결혼하여 38세에 세상을 떠났으므로, 연행 당시의 심대, 석교와는 관련이 없어 보인다.

김창업의 『연행일기』에서 연행을 출발하는 홍제원의 전별 자리에 처조카인 이정엽, 이정영이 자리를 같이하고, 돌아오는 길에도 이정엽, 이정영이 성 밖까지 나와서 마중한 일을 기록하고 있다. 이정섭의 형들이 고모부의 연행 길에 배웅과 마중을 한 것이다.

석교는 '동교의 송계(東郊之松溪)'라고 일컫던 김창업의 별서를 가리키는 것이다. 『청구영언』에 수록하고 있는 3수가 김원행이 지은 「노가재행장」의 "갑술년 경화에 조정에서 문충공[김수항]의 원통함을 씻게 하고 공에게 내시교관을 내렸으나 응하지 않고 곧 송계의 옛 별서에서 지냈다. 그 집을 노가라 걸고 따라서 스스로 호를 삼았다. 다시 당세의 일을 묻지 않았는데, 이때 나부인이 서울 집에 있어서 공이 이로써 때때로 도성에 들어가 뵈었으며, 그러나 일이 있지 않으면 또한 오래도록 머무르지 않았다. 늘 밭 사이에 있으면서 늘 문을 닫고 머리를 풀고, 하인들에게 농포에 힘을 더하도록 하였다. 또 주자의 고사를 본떠서 사창을 설치하여 한 마을의 이로움으로 삼았다. 때때로 마을의 노인들과 더불어 서로 부르면서, 거문고를 타고 시를 지었고, 매를 불러서 사냥을 나가는 일을 즐거움으로 삼았다."[168]라고 한 내용에 대응되고 있다.

---

166 심대는 연행을 출발하는 11월 3일에 심대의 집에서 출발하였다고 하고, 이듬해 3월 14일에 답신으로 언문 편지를 보냈고, 3월 30일 돌아오는 길에 고양으로 점심을 준비하여 보낸 것으로 보아 본부인으로 보인다.

167 김신겸, 「김창업묘표」, 『노가재집』 부록, 『한국문집총간』 175, 115면.

168 김원행, 「從祖老稼齋公行狀」, 『渼湖集』 卷之十九, 『한국문집총간』 220, 373면, 甲戌更化, 朝家命雪文忠公冤, 仍授公內侍教官, 不應, 卽松溪舊墅而居焉. 扁其齋曰老稼.

거문고 술ᄭᅵ자 노코 호졋이 낫즘든 제
시문견폐성에 반가온 벗 오도괴야
아ᄒᆡ야 점심도 ᄒᆞ려니와 외자탁주 내여라 『청구』 209

자나믄 보라매를 엊그제 ᄀᆞᆺ손ᄡᅥ혀
ᄡᅢ짓체 방올 ᄃᆞ라 석양에 밧고 나니
장부의 평생득의는 잇분인가 ᄒᆞ노라 『청구』 210

벼슬을 저마다 ᄒᆞ면 농부ᄒᆞ리 뉘 이시며
의원이 병 고치면 북망산이 져려ᄒᆞ라
아ᄒᆡ야 잔ᄀᆞ득 부어라 내ᄠᅳᆺ대로 ᄒᆞ리라 『청구』 211

(2) 석호는 석호에서 지낸 신완이다

벼슬이 貴타 ᄒᆞᆫ들 이내 몸에 비길소냐
蹇驢ᄅᆞᆯ 밧비 모라 故山으로 도라오니
어듸셔 급한 비 ᄒᆞᆫ줄기에 出塵行裝 시서고 『청구』 212

諫死ᄒᆞᆫ 朴坡州ㅣ야 주그라 셜워 마라
三百年 綱常을 네 혼자 붓들거다
우리의 聖君不遠復이 네 죽긴가 ᄒᆞ노라 『청구』 213

석호(石湖)를 작가로 기록한 위의 두 수에 대하여 후대 가집에서 바로 신정하(1681~1716)로 비정하고 있는데, 실제로는 스스로 석호거사(石湖

因以自號, 不復問當世事. 時羅夫人在京第, 公以此時入城覲之, 然非有事則亦不久淹. 每在田間, 常閉門散髮, 課僮指益力於農圃, 又倣朱子故事, 設社倉以爲一村利. 時時與村父老相招呼, 彈琴賦詩, 呼鷹出獵以爲樂.

居士)라 호를 지은 신여식(申汝拭, 1627~1690)[169]을 포함하여 그의 아들 신완(申琓, 1646~1707)을 주목할 수 있다. 신완은 박태보보다 8세가 많지만 스스로 망우(亡友)[170]라고 한 점으로 보아, "간사한 박파주야"라고 외칠 수 있는 인물은 신완일 가능성이 높다. 간사(諫死)한 박태보(1654~1689)의 행적 등을 고려할 때, 기사환국이 일어난 숙종 15년(1689) 시점에 신정하는 열 살 정도이므로 작가로 보기 어렵다.

석호를 신정하로 비정한 이유가 정치적으로 비중이 있고 신정하가 석호라는 공간과 석호정에서 지냈기 때문에 생긴 문제로 보인다. 그러나 석호는 공간의 의미가 강하기 때문에 석호의 공간에 정자를 마련하고 풍류를 즐긴 평산 신씨 가문의 사람들을 총칭하는 것으로 보아야 할 것이다. 신여식과 그의 아들 신완, 그리고 신완의 아들인 신성하, 신정하, 그리고 신성하의 아들인 신경까지 모두 포함될 수 있을 것이다. 『청구영언』에 수록된 2수 중에서 첫째 수는 이 중의 어느 누구와도 관련이 있을 수 있지만, 둘째 수는 실제 박태보와 연관된 인물이 가능할 것이다. 특히 "간사한 박파주야", "네", 그리고 3행의 "성군이 머지않아 복위시키니(聖君不遠復)" 등은 이 작품의 제작 시기를 비정할 수 있는 확실한 근거가 될 수 있다. 그러므로 신완이 가장 유력한 것이다.

그리고 김종수가 「완암집서」[171]에서 정내교가 신여식에게 수학하였고,

---

169 신완, 「本生考贈吏曹判書行坡州牧使府君家狀」, 『絅菴集』 卷之六, 『한국문집총간』 속 47, 319면, 신정하, 「先考大匡輔國崇祿大夫議政府領議政, 兼領經筵, 弘文館, 藝文館, 春秋館, 觀象監事, 世子師, 平川君府君行狀」, 『恕菴集』 卷之十三, 『한국문집총간』 197, 407면.

170 신완, 〈亡友朴士元題詩在壁, 見而有感, 仍步其韻〉, 『絅菴集』 卷之二, 『한국문집총간』 속 47, 230면, 黃壤多年白璧沉, 紫芝眉宇眼中森. 九原惆悵知難作, 對討無由證此心.

171 김종수, 「浣巖集序」, 『夢梧集』 卷之四, 『한국문집총간』 245, 539면, 始余童子時, 受唐詩玄翁, 翁已老白首, 文章有名當世, 時從箱篋間, 得其所著詩文而誦焉. 且見其眉目類有道者, 終日家居, 未嘗有顰蹙之色, 往往酒酣而歌, 歌聲若裂金石, 於心竊異之, 及久而察之, 其心盖淡泊夷曠, 凡於財色名利人之所艶慕者, 與夫欣快悲憂怨憤驚怪之日, 過乎前者, 一無所留情, 則翁之於爲人也, 亦高矣. 其文章豈足以揜之哉. 翁歿而諸嘗從翁游者, 共刪定其遺集, 得詩凡幾首文幾首爲四卷, 屬余爲序, 翁於文章有神解, 而其得

또 김종수가 정내교에게 당시를 배웠다고 한 내용이 참고가 된다.

(3) 광재는 조관빈일까?

사름이 삼겨나셔 고요 직설 못 될지면
천고 왕첩에 쏘 눌을 부러ᄒᆞ리
오호에 편주연월이 명철인가 ᄒᆞ노라 『청구』 214

금단이 웅호ᄒᆞ고 황각이 존중ᄒᆞᆫ들
공업이 소조ᄒᆞ여 부귀한 ᄒᆞ량이면
출하리 청산녹수에 일민이나 되어리라 『청구』 215

위의 두 수는 광재(光齋)라는 이름으로 수록된 작품이다. 그러면 광재는 누구일까? 조관빈(1691~1757)의 초호가 광재[172]이기는 하지만 김천택이 『청구영언』을 엮어내던 무신년(1728)에 조관빈은 38세 정도의 나이이고, 실제 『청구영언』에 포함할 작가의 선정은 훨씬 이전에 이루어졌을 것으로 보면, 조관빈의 작품을 『청구영언』에 수록하였다는 추정은 무리로

之石湖申公者爲多.

172 조관빈의 「개호설」에 따르면 초호가 광재인데 뒤에 회헌으로 고쳤다고 하였다. 조관빈, 「改號說」, 『悔軒集』 卷之十五, 『한국문집총간』 211, 457면, 余少也, 自號光齋, 盖先君子命余名與字, 取義易觀卦四爻義. 而余之號以光字者, 亦出於觀國之要旨, 以是行於儕友之間久矣. 及余屛居春峽, 小艇沿洄, 常在昭陽新淵之間, 而翛然遺世, 有永矢終老之意, 遂以東湖退士稱焉. 書之牋藁, 刻之章署, 此亦古人吾道付滄洲之微意, 而若其所自期者, 比光齋二字, 不翅相遠矣. 嗚呼, 余於壬申冬, 在西江僑舍, 雪窗寒檠, 悄然不寐, 點檢吾生, 百悔交集, 先戒之未述, 可悔也. 主恩之未酬, 可悔也. 心事之未白, 可悔也. 名節之未顯, 可悔也. 此其大可悔者, 而左思右量, 參前倚衡, 罔非可悔之端, 從今至死之年, 所可相終始者, 惟一悔字而已. 明神在傍, 此心可質, 於是焉又改號曰悔軒, 以示兒子, 吁亦慽矣. 人之知我罪我, 其將在於是矣. 然介子所謂身之將隱, 焉用文爲者, 在余眞是實際語也. 亦何必多說. 조관빈, 「春峽書齋上樑文」, 『悔軒集』 卷之十五, 『한국문집총간』 211, 465면 참조.

보인다. 조관빈은 노론 사대신의 한 사람인 조태채의 아들로 신임사화(1721~1722)에 귀양을 갔다가 을사년(1725)에 풀려나 식구들을 데리고 춘협(春峽)[173]으로 들어가서 동호퇴사(東湖退士)로 일컬었다고 한 것이 확인되지만, 이때 지었다고 하더라도 거의 비슷한 시기에 바로『청구영언』에 수록되었다고 보기엔 무리가 있다. 조관빈은 숙종 41년에 검열, 42년에 도당록에 뽑히고 부수찬, 수찬, 정언, 숙종 43년 교리, 숙종 44년 헌납, 숙종 45년에 지평, 이조좌랑, 승지, 경종 1년 대사간, 이조참의 등을 역임하고 경종 3년에 흥양현에 유배되었으며, 영조 즉위 이후에 석방되어 호조참의, 이조참의, 강화 유수, 대사성, 동의금, 호조참판, 홍문관 제학 등 여러 벼슬을 계속 맡으면서 영조 7년에 이광좌를 탄핵하는 상소를 올렸다가 유배되는 등 정치적인 면에서 노론 당파의 태도를 강하게 드러낸 확인되는데, 정치적 입장에서 조심스럽게 접근했던『청구영언』에 조관빈의 작품을 수습했을 가능성이 희박하다.

실제 여항 육인의 장현, 주의식, 김삼현, 어은, 김유기, 남파 중에서 남파 김천택 본인을 제외하면 모두 선배거나 연장자라 할 수 있으므로 김천택과 나이 차이가 많은 조관빈을 수록할 가능성은 더욱 줄어든다.

그러면 광재는 누구이며 열성어제의 바로 앞에 2수를 수록한 의미는 무엇인지 궁금해진다. 실제 작품에서는 명철(明哲), 일민(逸民)의 삶을 말하고 있어서 이와 연결하여 정밀하게 검토할 필요가 있다.

그런데『청구영언』(1728)에 광재로 수록한 두 수의 작품은 이후『청구영언』(장서각본),『해동가요』(박씨본),『해동가요』(주씨본) 등에는 수록하고 있지 않다.

173 조관빈,「亡室貞夫人昌原兪氏行狀」,『悔軒集』卷之十九,『한국문집총간』211, 532면, 及遭壬寅禍變, 日夜寃號, 無復有生意, 余又久罹危證, 遠投絶海, 夫人落在保寧寓村, 悲哀窮苦, 殆千萬狀. 余於乙巳蒙宥, 歸對夫人, 非復舊日顔貌矣. 是年盡室於春峽庄舍, 流離之餘, 生事旁落, 未免艱食之患.

3) 작가 와전의 실상과 연대흠고 검증

『청구영언』(1728)이 곡조별 분류에 이어 작가와 시기에 따라 분류한 점을 지적했는데, 후대의 검증을 거치면 작가가 와전된 경우가 있고, 작가의 정보를 알 수 없는 경우 연대흠고를 따로 설정한 경우가 있어서 이에 대한 검증이 필요하다.

작가가 와전되었을 것으로 짐작되는 작품들부터 제시한다.

남을 미들 것가 못 미들손 님이시라
미더온 시절도 못 미들 줄 아라스라
밋기야 어려와마는 아니 밋고 어이리 월사 『청구』 104

술을 취케 먹고 두렷이 안자시니
억만 시름이 가노라 하직ᄒᆞᆫ다
아ᄒᆡ야 잔 가득 부어라 시름 전송 ᄒᆞ리라 양파 『청구』 165

청석령 지나거냐 초하구ㅣ 어듸ᄆᆡ오
호풍도 츰도 출샤 구즌비ᄂᆞᆫ 무스 일고
아므나 내 행색 그려내여 님 계신 듸 드리고쟈 효종 『청구』 217

압록강 ᄒᆡ 진 후에 에엿븐 우리 님이
연운 만리를 더듸라고 가시ᄂᆞᆫ고
봄풀이 프르고 프르거든 즉시 도라오쇼셔 장현 『청구』 221

술을 내 즐기더냐 광약인 줄 알건마ᄂᆞᆫ
일촌 간장에 만곡수 너허 두고
취ᄒᆞ여 좀든 덧이나 시름 닛쟈 ᄒᆞ노라 무명씨 『청구』 336

첫째, 『청구영언』 104번에 수록한 월사 이정구의 작품은 화자가 님을 못 믿겠다고 했으니 일반적인 사대부의 태도로 보기 어렵고, 기녀로 볼 수 있는 여성 화자가 마음을 바꾼 대상을 향한 발화로 보는 것이 순리일 듯하다. 광해군 12년(1620)에 이정구가 조천하는 길에 동행했던 서장관 유여각과 기생 신생 사이의 일을 화해[174]시킨 적이 있는데, 이때 기생 신생이 거문고를 타면서 불렀던 원망의 노래[怨曲]로 보아야 할 것이다. 이정구가 화해시키는 일에 참여했으니, 이정구의 노래로 전승되었을 가능성이 있는 것이다.

둘째, 『청구영언』 165번, 336번 작품은 이서우(1633~1709)가 직접 부르거나 창수의 자리에서 부른 〈대주요〉 중의 일부이다. 〈대주요〉 4수는 다음과 같다.

손님이 나에게 술이 왜 좋으냐고 묻기에,	有客來問我 飮酒有何好
술이 좋은 것은 말로 하기 어렵다네.	答言酒之好 難以向人道
그대가 술을 마시면 절로 알게 되리.	君若飮酒時 自然知我抱
술을 내 즐기더냐 광약인 줄 알건마는	酒號爲狂藥 我飮豈無由
일촌 간장에 만곡수 너허 두고	肝腸一寸間 貯得萬斛愁
취ᄒᆞ여 줌든 덧이나 시름 닛쟈 ᄒᆞ노라[175]	時時醉眠頃 庶以忘玆憂
술을 취케 먹고 두렷이 안자시니	美酒滿滿酌 傲兀坐胡床
억만 시름이 가노라 하직ᄒᆞᆫ다	千愁向我辭 各散之四方

174 이정구, 〈定州妓申生, 柳守而之舊畜也. 今來, 守而不招見, 來訴於我, 彈琴作怨曲. 戲作一絶, 送守而解之〉, 『月沙先生集』 卷之七, 「庚申朝天錄」 上, 『한국문집총간』 69, 294면, 千般哀怨一張琴, 誰解郎君鐵石心. 倘許黃金買詞賦, 不須彈作白頭吟. 최재남, 「이정구의 가곡과 풍류에 대한 인식 고찰」, 『반교어문연구』 32집(반교어문학회, 2012), 『17세기 전반 정치·사회 변동과 시가사』(보고사, 2018), 317면.

175 김천택 편, 『청구영언』, 무명씨 336번.

아ᄒᆡ야 잔 ᄀᆞ득 부어라 시름 전송ᄒᆞ리라[176] 我將餞其行 呼兒更進觴

술에 흠뻑 취해 갓과 패옥을 떨어뜨렸네. 飮酒酩酊醉 頹然落冠珮
즈문 시름 사라지고 한 시름 뿐이라네. 千憂去已空 只有一憂在
아내가 사나워 빌린 술이 없음이 시름겹네. 所憂細君狼 發言無酒債[177]

낙동을 중심으로 한 창수의 모임에서 불린 〈대주요〉는 당대에도 널리 알려진 작품이었을 터인데, 이들이 경신년(1680)에 정치적으로 밀려나게 되면서 그들의 활동뿐만 아니라 작품까지 산일되었을 것이고, 김천택이 차근차근 수습하지 못한 측면이 있다고 본다.

셋째, 『청구영언』 217번 작품은 효종이 봉림대군으로 청나라에 볼모로 갈 때 지은 것으로 널리 알려진 것인데, 실상은 소현세자가 지었다고 보는 것이 타당하다. 김창업이 연행을 떠날 때 김창협이 이 노래를 언급하면서 '와신상담의 초심'이라고 해석한 바가 있는데, 만약 그러한 전제라면 엄연히 세자가 있는 상황에서 대군이 나라를 경륜하는 계획을 세우는 것이 되니 참람하기 그지없는 일이 되는 것이다. 18세기에 권만[178]이 구체적 정황까지 밝히고 있다. 소현세자가 부른 〈청석령〉의 노래를 듣고 인조 임금도 〈작구가〉로 그 내면을 표출[179]했다는 것이다.

〈청석령가〉와 인조가 지은 〈작구가〉의 내용은 다음과 같다.

청석령 지나거다 靑石嶺已過
옥하관 어디메오 玉河關何許

---

176 김천택 편, 『청구영언』, 165번, 陽坡 鄭太和.

177 이서우, 〈對酒謠〉, 『松坡集』 卷之一, 『한국문집총간』 속 41, 17면, 최재남, 「이서우의 활동과 〈대주요〉」, 『17세기 후반 정치·사회 변동과 시가사』(보고사, 2021), 350~354면.

178 권만, 〈又爲長聲作最後殿〉, 『江左先生文集』 卷之三, 『한국문집총간』 209, 101면.

179 최재남, 「〈청석령가〉와 〈작구가〉의 통합적 이해」, 『어문연구』 49권 제4호, 통권 192호(한국어문교육연구회, 2021), 109~133면.

호풍도 차도 찰사	胡風寒復寒
궂은 비는 무스 일고	淫雨是何事
아무나 이 행색 그려내어	誰描我行色
님 계신 곳 전하랴?	傳之美人所

참새 새끼의 솜털 깃이 아직 자라지 않았는데	雀鷇毷羽未成鷇
심양 길 위를 간다고 차마 말하네.	忍說瀋陽道上去
뒤척이면서 가고 기면서 갈 터인데	輾轉去 匍匐去
네가 어떻게 다다르랴?	渠何得到抵
어미 새는 빈 둥지에서 근심스레 홀로 앉아	母鳥空巢悄獨坐
눈물이 흐르는 것을 막을 수가 없네.	淚下不自禦

소현세자가 부른 〈청석령가〉는 볼모에서 돌아온 소현세자가 곧 세상을 떠나고, 봉림대군이 세자가 되어 보위에 오르고 세월이 지난 뒤에 봉림대군이 지은 것으로 귀속되어, 사행의 신고와 북벌의 대계를 가슴에 품은 '와신상담의 초심'으로 해석되는 상황까지 이르게 된 것으로 볼 수 있다.

넷째, 『청구영언』 221번 작품은 여항 육인 중의 장현의 작품으로 수록되어 있는데, 실제로는 남선(1582~1654)의 작품으로 보아야 할 것이다. 이 작품도 소현세자가 볼모로 떠나는 길과 연관되어 있는데, 세자 일행이 길을 떠난 뒤에 남선이 평안도 관찰사의 임무를 받고 뒤따라 달려서 개경의 청석동에서 세자 일행을 따라잡고, 이어서 세자를 압록강 건너 구련성까지 배웅한 다음에 "압록강 해진 뒤에~"로 시작하는 〈압강낙일지곡(鴨江落日之曲)〉을 불렀다는 것이다. 이 사실은 남선의 종손(從孫) 남용익(1628~1692)이 작성한 「가장(家狀)」에 기초해 김육(1580~1658)이 작성한 「비명」[180]에서 세자를 배웅한 내용이 확인되고, 남용익이 작성한 「묘

180 김육, 「이조판서남공신도비명」, 『잠곡유고』 제13권, 『한국문집총간』 86, 250~252면.

지명」[181]에서 〈압강낙일지곡〉을 말하면서 여항에 전한다고 하였으며, 뒷날 남학명(1654~1724)이 정리한 「유사」[182]에서도 〈압록강가〉를 언급하고 있다.

남선의 행적으로 볼 때 소현세자의 〈청석령가〉는 바로 개경의 청석동과 압록강 건너의 구련성을 지적하는 노래였을 것으로 추정할 수 있으며, 이때 부른 노래가 궁궐에 전해져서 인조 임금도 자식을 떠나보낸 애틋한 마음을 〈작구가〉로 토로했을 것이다. 그러나 소현세자가 귀국한 뒤에 부자 사이에 간극이 생기고 소현세자가 세상을 떠나면서 〈청석령가〉는 소현세자의 영역에서 벗어나게 되는 운명을 맞았던 것으로 볼 수 있다.

한편 〈압강낙일지곡〉은 당시 내관의 요구를 남선이 들어주지 않자 이를 미워한 내관이 궁궐로 돌아가서 비방하는 말을 지어서 벼슬에서 파직시키고 자급도 강등시켰다고 한다. 이 노래가 『청구영언』에 장현의 작품으로 수록된 데에는 세자 일행이 볼모로 가는 길에 장현이 역관으로 동행하여 함께 지내기도 했고, 뒷날 가객으로 알려지면서 장현의 작품으로 수록되었을 것이다. 그런데 끝부분에 "즉시 도라오쇼셔"의 발화를 주목하면 세자와 동행했던 장현은 부를 수 없다는 점을 간과한 결과로 보인다. 뒷날 『고금가곡』에는 이 작품을 포함하여 2수를 남선[183]의 작품으로 소개하고 있는데, 『고금가곡』의 다른 한 수는 내관과의 갈등으로 배척당한 남선의 상황과 그대로 대응되고 있다.

한편 연대흠고에 수록한 세 수의 작가인 임진(林晉), 이중집(李仲集), 서호주인(西湖主人)에 대한 정보를 살펴보도록 한다.

임진(林晉, 1526~1587)은 자가 희선(希善)이며, 명종 1년(1546) 무과에 합격한 뒤 장흥부사, 훈련원 정, 전라도 수군절도사, 경상 좌병사, 회령부사, 제주목사 등을 역임한 것으로 확인된다. 임제(1549~1587)의 아버지

181 남용익, 「예조판서남공묘지명*병서」, 『호곡집』 권7, 『한국문집총간』 131, 367면.
182 남학명, 「회곡남판서유사」, 『회은집』 제4, 『한국문집총간』 속 51, 349면.
183 윤덕진, 성무경 주해, 『고금가곡』(보고사, 2007), 266~267면.

이고, 허목의 외증조부이다. 허목의 「송상공간독첩발」[184]에 나오는 다음 기록을 참조할 수 있다.

> 계미년(1643) 봄에 영남 관찰사 임공(林公)이 동쪽을 순행하던 길에 바닷가로 나를 찾아왔다. 그때 나에게 면앙정 송 상공의 편지 세 편이 든 서첩 하나를 보여 주었는데, 그 지면에 '임 진사(林進士)', '임 상사(林上舍)', '임 정자(林正字)'라고 쓰여 있었으니, 모두 우리 외조 백호공(白湖公)을 가리킨 말이다.
>
> 그중 한 편지는 면앙정이 시를 지어 달라고 청한 것이고, 또 하나는 시를 받은 뒤에 감사의 뜻을 전한 것이었다. 이 두 편지는 연월이 병자년(1576) 5월과 6월로 되어 있는데, 그때 우리 백호공이 중부(仲父)의 상을 당하였으니, 편지에서 "정자공의 부음을 받았다."라고 한 것이 바로 그 말이다. 정자공은 뛰어난 기개와 큰 재주가 있었으나 배척당한 채 고향에서 지내다가 돌아가셨기 때문에 편지에서 슬프고 애석한 뜻을 거듭 말하였다. 우리 백호공이 그 이듬해 과거에 급제하였는데, 그때 대부(大府) 절도공(節度公)이 제주목사로 재직하고 있었기 때문에 장차 바다를 건너가서 과거에 합격한 영광을 고하려 하였다. 이때 상공이 은근하게 여행길의 안부를 물었으니, 이것이 또 한 편지이다.[185]

그리고 『청구영언』 291번 작품에 철옹성이 나오는 것으로 보아 이 작품은 임진이 회령부사[186]를 할 때에 지은 것으로 추정할 수 있다.

---

184 허목, 「宋相公簡牘帖跋」, 『記言別集』 卷之十, 『한국문집총간』 99, 95면.

185 허목, 「宋相公簡牘帖跋」, 『記言別集』 卷之十, 『한국문집총간』 99, 95면, 癸未春, 嶺南觀察使林公巡行東邊, 過余於海上, 因示余以俛仰宋相公三簡牘一帖, 其紙面, 書林進士, 林上舍, 林正字, 皆指吾外祖白湖公云也. 其一書, 俛仰亭求詩, 而又一書, 旣得詩而謝也. 二書效其年月, 丙子五月六月, 而時吾白湖公, 有仲父喪, 書中所謂正字公告凶者此也. 正字公有奇氣大才, 擯斥而歿, 故書中, 重致慟惜之意, 吾白湖公其明年登第. 而時大府節度公, 嘗以旌節鎭耽羅, 將越海, 榮省相公, 慇懃問行李, 此又其一書也.

다음 이중집(李仲集)은 이경전(1567~1644)[187]으로, 자가 중집이고 호는 석루(石樓)이며, 이산해(1539~1609)의 아들이다. 신흠의 〈호서로 부임하는 이 관찰*경전을 보내다〉[188], 이정구의 〈이중집이 죽장을 보내왔기에, 심부름 온 사람을 앞에 두고 주필로 지어서 사례하다〉[189], 이수광의 〈호서를 안찰하러 가는 이 감사 중집을 송별하다〉[190] 등에서 이경전과 교유한 내용을 확인할 수 있다.

그 다음 서호주인(西湖主人)은 무풍정 총이다. 태종의 증손으로 거문고를 잘하고, 손수 고기를 잡으면서 서호에서 지내면서 스스로 서호주인이라 이름하였다고 한다.

> 총(摠) 종실은 자가 백원(百源)이다. 무풍 부정(茂豐副正)을 지냈는다. 태종의 증손이니, 거문고의 재주는 정중(正中)과 비슷했으나, 그의 넓은 도량은 정중을 능가했다. 양화진 입구에 집을 짓고 손수 고기잡이 배를 저었으며 자호하여 서호주인이라고 했다.[191]

> 공은 성이 이씨이고 휘가 총이며, 자는 백원으로 계통이 선보에서 나왔으며 태종공정대왕의 증손이다. 아버지는 우산군 휘 종으로 근녕군 휘 농의 아들이다. 출가하여 중부 온녕군 휘 정의 후사가 되었으며, 어머니 현부

---

186 『선조실록』 7권, 선조 6년 8월 6일(계축), 임진(林晉)을 회령부사(會寧府使)로 삼았다.

187 채제공, 「崇祿大夫行議政府左參贊兼判義禁府事知經筵事弘文館提學韓平君李公神道碑銘」, 『樊巖先生集』 卷之四十八, 『한국문집총간』 236, 387면, 公諱慶全, 字仲集, 石樓號也. 李本韓山著姓, 麗季有文孝公穀號稼亭, 文靖公穡號牧隱, 於公實九代八代祖.

188 신흠, 〈送李觀察*慶全赴湖西〉, 『象村稿』 卷之十五, 『한국문집총간』 71, 442면.

189 이정구, 〈李仲集送竹杖, 對使走筆謝之〉, 『月沙先生集』 卷之十四, 『한국문집총간』 69, 344면.

190 이수광, 〈送李監司仲集按湖西〉, 『芝峯先生集』 卷之三, 『한국문집총간』 66, 38면.

191 남효온 찬, 「師友名行錄」, 『秋江先生文集』 卷之七, 『한국문집총간』 16, 137면, 摠字百源, 拜茂豐副正, 太宗曾孫也. 琴才與正中齊, 宏量過之. 卜築楊花渡口, 自刺漁舟, 自號西湖主人.

인은 문화류씨로, 영광군사 효장의 따님이다. 공은 태어나면서 총명하고 고결하여 늠름한 기상이 남보다 뛰어나고 시문에 공교하고 음률을 해득하였다. 예에 따라 무풍 부정을 받았다. 추강 남효온의 딸을 아내로 맞았고, 거듭 점필재 김선생의 문하에 나아가 정일도, 김한훤, 조매계, 김탁영 등 여러 어진 이와 더불어 도의를 강마하고 한 시대의 사류들이 추중하지 않은 이가 없었다. 양화강 가에 별서를 짓고 그 정자를 구로라고 액자를 걸고 스스로 서호주인이라 호를 삼아서, 거문고와 술과 시와 글로 즐거움을 삼았다.[192]

192 이민보, 「茂豐君諡狀」, 『豐墅集』 卷之十八, 『한국문집총간』 233, 35면, 公姓李氏, 諱捴, 字百源, 系出璿譜, 太宗恭定大王之曾孫也. 考牛山君諱踵, 以謹寧君諱襛之子, 出後于仲父溫寧君諱裎. 妣縣夫人文化柳氏, 靈光郡事孝章之女. 公生而聰明高潔, 標致絶人, 工詩文曉音律. 例授茂豐副正, 秋江南孝溫以女妻之. 仍游於佔僤齋金先生之門, 與鄭一蠹, 金寒暄, 曺梅溪, 金濯纓諸賢, 講磨道義, 一代士流, 無不推重焉. 搆別墅于楊花江上, 扁其亭曰鷗鷺, 自號西湖主人, 以琴酒詩書自娛.

2. 『청구영언』(장서각본)의 성격

1) 『청구영언』(장서각본)의 3부 구성

장서각본 『청구영언』[193]은 『청구영언』(1728)의 기본 구성을 따르고 있으면서, 실제 내용에 있어서는 시대의 변화를 반영하여 여러 가지 다른 점이 있다. 실제 『청구영언』(장서각본)은 전반부, 중반부, 후반부의 3부로 구성된 것으로 볼 수 있다.

(1) 『청구영언』(장서각본) 전반부

『청구영언』(1728)에는 초삭대엽 뒤에 (이삭대엽)이 표기되지 않은 채로 여말이 나오는 것에 비해, 『청구영언』(장서각본)은 이삭대엽에 열성어제가 미리 나오고 있으며, 효종의 작품이 앞의 3수에 비해 5수로 늘었다. 다음 여말에서 맹사성의 〈강호사시사〉 다음에 황희의 작품으로 추정하는 〈사시가〉를 추가하고 있다.

본조에서는 성삼문 다음에 박팽년이 추가되어 있고, 서경덕 다음에 『청구영언』(1728)에 송인이 실린 것에 비해, 이언적, 조식, 홍섬이 배치되어 있다. 『청구영언』(1728)에 〈도산십이곡〉 다음에 정철의 작품이 다수 실리고 이어서 박계현, 양응정, 김현성, 서익, 홍적, 박인로 순으로 수록된 것에 비해서, 『청구영언』(장서각본)에는 송순, 송인, 정철, 이이 순으로 수록하고 있는데, 정철의 경우 송강가사 관동별곡과 합부(合付)하므로 작품 내용은 쓰지 않는다고 밝히고 있다.

그리고 『청구영언』(1728)에는 수록하지 않은 이이의 〈고산구곡가〉 10수를 수록하면서 한역시를 아울러 싣고 있는데, 일차적으로 송시열이 전편을 한역하고, 다음으로 송시열을 비롯한 10명이 한 수씩 나누어 한역한 뒤에, 또 이하조가 전편을 한역한 것을 수록하고 있다. 결국 〈고산구곡

---

193 권순회·이상원, 『청구영언 장서각본』(한국학중앙연구원출판, 2021) 참조.

가〉 각 수당 3편의 한역시를 수록하고 있는 셈인데, 이하조의 한역시 전편을 수록한 것은 주목할 일이다. 이어서 최립의 「고산구곡담기」를 수록하였고, 그 다음에 이양원, 김현성, 이순신, 서익, 홍적, 임제 순으로 수록하였다.

이어서 『청구영언』(1728)에는 이덕형, 이항복, 이정구, 유자신, 남이, 임제, 조찬한, 홍서봉, 이순신, 조존성, 신흠, 장만, 채유후, 정태화, 정두경, 강백년, 이완, 허정, 낭원군, 남구만, 유혁연, 박태보, 일노당, 석교, 석호, 광재에 이어 열성어제로 태종, 효종, 숙종 순으로 수록하였는데, 『청구영언』(장서각본)에는 이항복, 이덕형, 유자신, 신흠, 조존성, 이정구, 장만, 홍서봉, 김류, 조찬한, 김상헌, 김광욱, 이안눌, 구인후, 정태화, 채유후, 정두경, 윤선도, 조한영, 김육, 강백년, 이완, 허강, 허정, 인평대군, 적성군, 낭원군, 송시열, 남구만, 유혁연, 이화진, 박태복, 이택, 구지정, 김최성, 유천군 정, 김창업, 윤두서, 신정하, 유숭, 장붕익, 이유, 그리고 〈운길산하노인가〉 등으로 이어진다.

다음 『청구영언』(1728)에는 여항 육인으로 장현, 주의식, 김삼현, 어은(김성기), 김유기, 남파(김천택) 순으로 수록하였는데, 『청구영언』(장서각본)에는 여항산인으로 박인로, 주의식, 장현, 김삼현, 김성기, 김유기 순으로 수록되었다. 김천택의 작품을 수록하지 않고 있어서 이 가집의 편찬이 김천택과 무관함을 드러내기 위한 의도로 보이기도 한다.

『청구영언』(1728)에는 규수 삼인으로 진이, 소백주, 매화가 연대흠고에 임진, 이중집, 서호주인이 수록되었는데, 『청구영언』(장서각본)에는 연대흠고에 임진, 이중집, 박명현, 김응정이 해동 명기에 진이, 소백주, 매화, 소춘풍, 한우, 구지, 송이, 평매 순으로 실려 있다.

다음으로 『청구영언』(1728)에는 무명씨에 이삭대엽의 104수와 삼삭대엽의 55수가 수록되었는데 무명씨에 속한 작품은 작자를 다 상고할 수 없으므로 뒷사람의 고찰[194]을 기다린다고 하였다. 『청구영언』(장서각본)에는 실명씨가 6수 이어진 뒤에 삼삭대엽, 낙희조, 만횡, 〈장진주〉 등이 수록되고 있는데, 〈장진주〉의 표제에 〈맹상군가〉를 포함하고 있다. 삼삭대엽 8수 중에 7수가 『청구영언』(1728)에 수록된 작품이고, 낙희조는 10수 중에 1수가 『청구영언』(1728)에 수록된 작품이며, 만횡이 24수이고, 〈장진주〉에는 〈맹상군가〉까지 포함하여 싣고 있다.

(2) 『청구영언』(장서각본) 중반부

『청구영언』(장서각본) 전반부가 끝나고 난 뒤에 다시 우조 초중대엽, 우조 이중대엽, 계면조 초중대엽, 계면조 이중대엽, 계면조 초삭대엽, 계면조 이중대엽, 계면조 초삭대엽, 후정화, 우조계면조평조 이삭대엽과 삼삭대엽의 순서로 수록한 뒤에 이어서 무명씨 151수를 싣고 있다. 이를 『청구영언』(장서각본)의 중반부로 볼 수 있다.

우조 초중대엽 2수(1), 우조 이중대엽 2수, 계면조 초중대엽 1수(1), 계면조 이중대엽 1수, 계면조 초삭대엽 1수, 계면조 이중대엽 1수, 계면조 초삭대엽 2수(1), 후정화 1수, 우조계면조평조 이삭대엽 27수(3), 삼삭대엽 10수(2) 그리고 무명씨 151수(72)이다. 이 가운데 괄호 안의 숫자는 『청구영언』(1728)의 무명씨 이삭대엽과 삼삭대엽에 수록되어 있는 작품을 표시한 것이다.

(3) 『청구영언』(장서각본) 후반부

한편 성제(聖躋)의 한글 편지 단편이 수록된 다음에 정미년 중하의 신설약국 글씨가 나온 뒤에 별다른 구별 없이 북전 이하 계면 이삭대엽에 이르기까지 곡조별 분류로 51수의 작품[195]을 배치하고 있는데, 이것을 『청구영언』(장서각본)에 포함시켜야 할지, 아니면 별도의 자료로 파악해

---

194 김천택 편, 『청구영언』(국립한글박물관 2017), 106면, 凡此無名氏 世遠代邈 莫知其姓名者 余皆不可攷 因錄于后 以待該洽之士 傍參而曲證.

195 권순회·이상원, 『청구영언 장서각본』(한국학중앙연구원출판, 2021)에는 이 작품들을 다루지 않고 있다.

야 할지 정밀한 검토가 필요한 부분이다. 결국 『청구영언』(장서각본)은 엄밀한 의미로 따지면 전반부와 중반부와 후반부의 세 부분으로 나눌 수 있고, 후반부로 갈수록 수록된 내용이 18세기 후반의 정보를 담고 있다고 할 수 있다.

후반부에 수록된 내용은 북전에 1수, 계면 초삭대엽에 1수, 진화엽(晉化葉)에 2수, 이중화엽에 1수, 삼중화엽에 1수, 초삭대엽에 7수, 이삭대엽에 15수, 삼삭대엽에 4수, 소용이 2수, 율당삭엽에 1수, 계면이삭대엽에 16수로 전부 51수이다.

북전의 1수는 『청구영언』(1728)에 보이지 않고, 계면 초삭대엽 1수는 열성어제에 효종이 지은 것으로 수록된 '청석령~'이며, 진화엽 2수 중 1수(공산이~)는 무명씨 이삭대엽에 수록된 것이다. 진화엽에 포함된 2수가 『청구영언』(연민본)에는 2, 1로 수록되어 있다. 이중화엽의 1수와 삼중화엽 1수는 『청구영언』(1728)에 보이지 않고, 초삭대엽 7수 중 6수가 『청구영언』(1728)에 수록된 것인데, 초삭대엽 1수(어져 내 일이야), 진이 1수(동짓달~), 무명씨 2수(금오 옥토들아, 백사장 홍로변에), 삼삭대엽 2수(남훈전~, 남팔아~) 등이다. 다음 이삭대엽은 15수 중에 9수가 『청구영언』(1728)에 실려 있는데, 정철 1수(중서당~), 박인로 1수(왕상의~), 김천택 1수(인생을~), 무명씨 5수(태산이~, 눈마자~, 일생에~, 아ᄌᆞ 내 소년이야, 반나마~), 삼삭대엽 1수(주공도~) 등이다. 삼삭대엽 4수 중에 2수가 『청구영언』(1728)에 실린 것으로, 김광욱 1수(추강에 월백커늘), 삼삭대엽 1수(도화이화행화 방초드라) 등이다. 소용이는 2수 모두 『청구영언』(1728)에 보이지 않고, 율당대엽 1수도 『청구영언』(1728)에 보이지 않는다.

한편 계면 이삭대엽 16수 중에 『청구영언』(1728)에 수록된 것이 3수인데, 무명씨 1수(금로에 향진하고), 삼삭대엽 2수(겨월날, 술먹지 마자터니) 등이다.

이상의 내용을 도표로 정리하면 다음과 같다.

『청구영언』(장서각본)	구성	작품	비고
전반부	초중대엽	1수	
	이중대엽	1수	
	삼중대엽	1수	
	북전	1수	
	이북전	1수	
	초삭대엽	1수	
	이삭대엽		
	열성어제	7수	
	여말 3인	10수	
	본조 61인	142수	
	여항산인 6인	23수	
	연대흠고 4인	4수	
	해동명기 9인	11수	
	실명씨	8수	
	삼삭대엽	8수	
	낙희조	10수	
	만횡	24수	
	장진주	1수	
	(맹상군가)	1수	
중반부	우조 초중대엽	2수	
	우조 이중대엽	2수	
	계면조 초중대엽	1수	
	계면조 이중대엽	1수	
	계면조 초삭대엽	1수	
	계면조 이중대엽	1수	
	계면조 초삭대엽	2수	
	후정화	1수	
	우족계면평조이삭대엽	27수	
	삼삭대엽	10수	
	무명씨	151수	
후반부	북전	1수	
	계면 초삭대엽	1수	
	진화엽	2수	
	이중화엽	1수	

	삼중화엽	1수	
	초삭대엽	7수	
	이삭대엽	15수	
	삼삭대엽	4수	
	소용이	2수	
	율당삭엽	1수	
	계면이삭대엽	16수	

2) 〈고산구곡가〉의 이하조 전편 한역

〈고산구곡가〉의 한역 과정은 매우 조심스럽게 긴 시간이 걸리는 일이었다. 한역하는 일이 어렵다기보다 한역하는 사람을 정하는 일이 어려웠을 것이다. 그런데 『청구영언』(장서각본)에 이하조의 전편 한역을 수록하고 있다는 것은 특징적인 일이고 이 가집을 엮은 사람의 실마리를 푸는 데에 긴요한 열쇠가 되리라고 생각한다.

『청구영언』(1728)에는 낭원군 이간의 작품 30수를 수록하면서 이질인 이하조의 서문을 첨부하고 있는데, 『청구영언』(장서각본)에는 낭원군의 작품을 7수만 수록하고 이하조의 서문은 싣지 않았다. 대신 〈고산구곡가〉 전편 한역을 수록하고 있다.

이하조는 〈석담구곡〉[196]에서 구곡인 문산에서 시작하여 일곡인 관암에서 마치는 것으로 배열하고 있고, 주희의 〈무이구곡〉의 운을 고산의 경행지사[197]를 깃들게 하는 7언 절구 10수를 지은 바 있는데, 이 작품을 『청구영언』(장서각본)에 〈고산구곡가〉 한역으로 수록하고 있다. 다시 말해 공동 작업으로 오랜 기간에 걸쳐 완성한 〈고산구곡가〉 한역과는 달리 이하조 개인이 고산을 방문하고 주희의 〈무이구곡〉의 운을 따서 이이가 지낸

196 이하조, 〈石潭九曲用曲名中一字題一絶, 時先訪文山, 以次至冠巖〉, 『三秀軒稿』 卷之二, 『한국문집총간』 속 55, 527면.

197 이하조, 〈又用朱先生武夷九曲韻, 以寓高山景行之思〉, 『三秀軒稿』 卷之二, 『한국문집총간』 속 55, 528면.

석담의 큰 길을 통합하여 정리한 것이라 할 수 있다.

그런데 이러한 과정에서 이루어진 이하조의 〈고산구곡가〉 전편 한역을 『청구영언』(장서각본)에 송시열의 단독 한역[198]과 동당의 여러 사람의 공동 한역과 함께 수록하게 된 이유와 그 일을 주도한 사람이 누구인지 궁금해진다.

이하조는 김창국(金昌國)의 딸에게 장가들어 아들 하나를 두었으나 기르지 못했고, 종형 해조(海朝)의 아들 숭신(崇臣)을 후사로 삼았다. 딸이 넷인데 조영석(趙榮祏), 조명익(趙明翼), 임근(任近) 등에게 시집갔다. 뒤에 양신(亮臣)의 차자 민보(敏輔)가 숭신의 후사가 되었으며, 시원(始源)이 그 뒤를 이었다.

3) 〈운길산하노인가〉의 정체와 이윤문의 『영양역증』

『청구영언』(장서각본)에는 본조 항목 다음에 여항산인이라는 항목을 설정하고 있는데, 본조의 이유(李渘)의 작품 다음에, 여항산인의 박인로의 작품으로 넘어가기 전에 〈운길산하노인가〉라는 이름의 작품이 수록되어 있다. 이전의 다른 가집에는 수록되지 않은 작품으로 보인다.

소정에 그물 시를 제 주준 행혀 니즐세라
동령에 달 도닷다 어서 ᄇᆡ를 씌여ᄉᆞ라
아ᄒᆡ야 잔 ᄌᆞ로 부어라 이백 본 듯 ᄒᆞ여라 『청구영언』(장서각본) 165[199]

---

198 송시열, 〈高山九曲歌翻文〉, 『宋子大全』 拾遺 卷之七, 『한국문집총간』 116, 149면.

199 이 작품은 다른 가집에 이유(李渘) 또는 김식(金湜)으로 수록하고 있는데, 이유를 작가로 수록한 이유는 『청구영언』(장서각본)에 〈운길산하노인가〉 작품 앞에 이유의 작품이 있어서 연결시켜 본 듯하고, 김식을 작가로 보면서 가집의 편찬 연대를 추정한 것은 실록에서 신익성이 시호를 받을 때에 기묘명현 김식(1482~1520)이 시호를 받았는데, 이를 김식(金湜, 1688~1742)과 혼동한 것으로 보인다. 김식(金湜)은 운길산과 연관 지어 확인할 길이 없고, 기묘명현 김식의 묘소가 덕소 삼패 지역에 있는 것은 확인된다. 『시가』 240에 김식(金湜)으로 기록하고, "字, 號晩悟堂, 安東人, 景宗朝進士, 以蔭官至木川縣監, 贈載義, 善筆法"이라고 하였다. 이 기록을 바탕으로 〈운길산하

여기에서 운길산하노인은 누구이며 이 작품을 지은 사람은 누구일까? 운길산하노인은 운길산 주변의 사제에서 지낸 이덕형과 신익성 등이 떠오르기는 하는데, 왜 〈운길산하노인가〉라고 이름을 붙이고 있는지 궁금할 수밖에 없다. 일단 '운길산노(雲吉山老)'라고 자칭한 신익성(1588~1644)을 주목하면서 차근차근 추정하고자 한다. 신익성은 신흠의 아들로 선조의 부마가 되어 동양위(東陽尉)로 널리 알려진 인물이다. 호는 동회거사(東淮居士) 또는 낙전당(樂全堂)이다.

신익성은 아버지 신흠에 이어서 동호 풍류를 즐긴 여성위 송인(1517~1584)의 풍류[200]를 잇고자 하였으며, 광해군 때에는 서인의 입장에서 늘 유배에 대비하고 있었고, 병자호란이 일어나고 난 뒤에 세자의 볼모 문제에 강경하게 대응하고자 하였으며, 화친에 대하여 오랑캐의 글을 태워야 한다고 주장[201]하기도 하고, 김상용의 절개를 주장하기도 하였다. 인조 17년(1639)에는 「삼전도비문」을 쓸 수 없다고 하였고, 인조 19년(1642) 12월에 "이경여는 청국의 연호를 쓰지 않았다는 것이고, 이명한은 지난해에 명나라와 통신할 때 글을 지은 일이고, 허계는 그 논의에 참여하였다는 것이고, 동양은 시론을 주도하였다는 것이고, 신익전은 기자묘의 제향에 참여하여 궁관을 그만두려고 꾀하였다는 일"로 청나라의 심양에 붙잡혀가서 용골대의 심문을 받기도 하였으나, 소현세자가 국왕의 척속이라고 간곡히 청하여 동생 신익전과 함께 바로 풀려난 일도 있다. 그러나 신익성의 사후에 겉으로는 강경한 태도를 보였으나 청나라에 가서는 도

노인가〉의 작가가 김식이며, 나아가 『청구영언』(장서각본) 편찬자라고 추정하기도 한다. 이상원, 「18세기 가집 편찬과 『청구영언』 정문연본의 위상」, 『한국시가연구』 14집(한국시가학회, 2003), 135~163면 참조.

200 신익성의 아버지 신흠이 〈동호의 수월정에서 놀다.*아울러 작은 서를 두다.(游東湖水月亭*幷小序)〉에서 동호 풍류에 참여한 기억을 적고 있고, 신익성은 「송인비명」을 지어 당대의 여러 사람들이 송인을 공경하고 존중하였다고 기술하고 있다. 최재남, 『17세기 전반 정치·사회 변동과 시가사』(보고사, 2018), 107~111면.

201 『인조실록』 34권, 인조 15년(1637) 1월 3일(계묘).

리어 "지조를 끝내 지키지 못한 자들(이경여·신익성)"이라는 친청파 김류의 지적을 받기도 하였다.

신익성은 운길산 아래에 창연정(蒼然亭)이라는 정자를 마련하고 스스로 운길산 노인[雲吉山老]이라고 일컬으며 20여 년을 오가며 지냈던 것으로 확인되고, 영조 22년(1746)에 문충(文忠)이라는 시호가 내려졌다.

> 동양위 신익성에게 문충(文忠)의 시호를, 증 영의정 송인명에게 충헌(忠憲)의 시호를, 이조판서 정세규에게 경헌(景憲)의 시호를, 증 이조판서 박훈에게 문도(文度)의 시호를, 증 좌찬성 김식(金湜)에게 문의(文毅)의 시호를 내렸다.[202]

신익성이 운길산 주변에 정자를 짓고 자녀들과 함께 지냈으며, 스스로 '운길산노인'이라고 일컬었던 것이 확인된다. 정홍명의 문집 서문인 「기옹집의 서문」에서는 스스로 '운길산인'이라고 밝히고 있다.[203] 한편 김창즙은 〈중씨에게 올리는 글*병술(1706)〉에서 "자정의 도는 다만 운길산인이 대답하여 논한 바가 넉넉하다고 마땅히 같아야 합니다."[204]라고 한 데서, 운길산인 신익성을 언급하고 있다. 병자호란 당시에 화친에 대하여 오랑캐의 글을 태워야 한다고 하고, 김상용의 절개를 주장한 내용을 가리키는 듯하다.

그런데 보다 핵심적인 근거는 신익성이 운길산 아래에서 지낼 때 청나라에 볼모로 갔다가 일시 귀국한 봉림대군이 이곳으로 찾아왔을 때 봉림대군에게 올린 시 〈상봉림대군〉과 봉림대군의 차운이 문집에 실려 있고, 『열성어제』에도 수록되어 있다. 봉림대군이 심양에서 잠시 돌아온 인조

---

202 『영조실록』 64권, 영조 22년 10월 7일(기사), 『국역 영조실록』 20, 325면.

203 신익성, 「畸庵集序」, 『기암집』, 『한국문집총간』 87, 3면, 甲申上元, 雲吉山人申翊聖序.

204 김창즙, 「上仲氏 丙戌」, 『圃陰集』 卷之二, 『한국문집총간』 176, 378면, 自靖之道, 但當如雲吉山人對所論足矣.

18년(1640) 중양절 무렵으로 추정된다. 이 모임에 한준겸의 아들인 한회인이 참여하였고, 이때 봉림대군의 나이는 22세쯤 되었다. 볼모로 갔던 봉림대군은 인조 18년(1640) 7월에 잠시 돌아왔다가, 10월에 다시 들어갔으며, 인조 22년(1644) 5월에 완전히 돌아왔다. 이 모임에서 '시골노래(村謳)'로 흥을 돋우었다고 했는데, 이 노래가 〈운길산하노인가〉일 가능성이 있다.

> 강변에서 요양하며 어부와 나무꾼처럼 지내다가 우연히 자식들을 데리고 물가에서 고기잡이 구경을 하고 있었다. 갑자기 배 안에 덮개를 설치한 큰 배가 보였는데, 결코 흔히 볼 수 있는 모습이 아니었다. 부들 풀 사이에 몸을 숨기고 멀리서 몰래 보다가 누구인지 알아보았으니, 감히 야복 차림으로 당돌하게 배 앞으로 나설 수 있겠는가. 이윽고 돛을 내리고 누추한 집으로 왕림하셨다. 탁주와 나물 안주로 대접하고 시골노래로 흥을 돋우었는데도 외람된 처사를 벌하지 않으시고 그 정성을 가상히 여겨 기쁘게 술잔을 비우셨는데, 온화한 기색이 마치 봄빛 같았다. 자리에 있던 동지중추부사 한회일[205]이 고담과 해학으로 분위기를 돋우었다. 봉림대군이 집안사람처럼 대하였는데, 대하는 정이 아주 깊었다. 아름다운 중양절에 문득 좋은 자리를 열게 되었으니, 이는 인간 세상에서도 기이한 일이고 이전 세상에도 드문 성대한 일이다. 더군다나 큰 난리를 겪고 오랜 이별 뒤에 만난 것이니 말할 것이 있으랴. 향리의 이웃들은 놀란 눈으로 보고 말을 모는 이들은 넋이 나간 모습으로, "화려한 덮개 덮인 회오리 수레가 하늘에서 내려왔나 보다."라고 하였다. 이는 반드시 하늘이 정한 운수로, 사람들이 알 수 없는 일이니, 아! 기이하다. 겨우 율시 한 수를 지어 감화가 넘치는 모임에 부치노라.

205 신익성은 한준겸의 아들인 한회일에게 〈公子行, 贈甑山韓太守亨甫*會一〉이라는 시를 주기도 하였다. 『樂全堂集』 卷之一, 『한국문집총간』 93, 158면.

우연히 고깃배를 따라 강굽이를 나서는데　　偶逐漁舠出水隈
문득 상유에서 내려오는 화려한 배가 보이네.　　還瞻彩鷁上游來
모두 이역에서 삼 년을 지낸 얼굴에 놀라고　　共驚異域三年面
문득 중양절에 맑은 강가에서 술잔을 나누네,　　却把淸江九日杯
율리의 국화는 아름다운 계절에 어울리고　　栗里黃花酬令節
광릉의 가을빛은 높은 누대에 있네.　　廣陵秋色在高臺
인간세상 기이한 만남 다시 있기 어려우니　　人間奇遇知難再
용면의 그림 그리는 재주 빌리고자 하노라.　　欲倩龍眠繪事才

그러자 봉림대군이 다음과 같이 차운하였는데, 구체적으로 신익성을 '운길산에 사는 노인(雲吉山中老)'으로 지목하고 있다.

강 양쪽 언덕의 단풍이 강굽이에 비치는데　　夾岸江楓映水隈
가을빛 감도는 광릉에 배를 띄워서 왔네,　　廣陵秋色泛舟來
홀연히 운길산에 사는 노인을 만나서　　忽逢雲吉山中老
문득 창연정 위에서 술잔을 나누네.　　却把蒼然亭上杯
소나무와 국화는 팽택의 정원 그대로이고　　松菊依然彭澤苑
거문고와 노래는 건창의 누대에서처럼 상쾌하네.　　琴歌灑落建昌臺
덧없는 인생 외람되이 높은 어른의 인정을 받았는데　　浮生猥被尊公許
서툰 솜씨로 화답하려니 모자란 재주가 부끄럽네.　　拙筆攀和媿不才[206]

봉림대군이 선조의 부마인 신익성에 대한 대접이 극진함을 알 수 있

206 신익성, 〈上鳳林大君〉, 『樂全堂集』 卷之三, 『한국문집총간』 93, 199면, 養病江郊, 迹混漁樵, 偶挈兒輩, 觀漁近渚, 忽見巨艑中張蓋, 殊非尋常行色. 隱身菰蒲間, 竊瞯而知之, 則敢以野服唐突舟次. 遂許落帆臨況, 荒丘, 薄醪菲羞, 侑以村謳, 不誅其猥, 乃嘉其忱, 欣然擧白, 和氣如春. 坐間韓同樞會一佐以雅謔. 禮同家人, 灌沃良深. 重陽佳節, 奄成勝會, 玆人間之奇遇, 曠世之盛事. 而況大難闊別之後乎. 鄕隣駭矚, 徒御褫魄, 以爲飆輪華蓋, 從天而下也. 此必有定數, 而人不自知也, 吁亦異哉. 僅以一律, 用寓榮感之會.

다. 한편으로 일시 귀국한 봉림대군이 굳이 이곳까지 찾아온 이유에 대하여 추가적인 고찰이 필요하기도 하다.

신익성의 〈운길산하노인가〉는 마땅히 17세기 전반의 시가사에 포함하여 논의해야 하나, 이 작품이 가집에 수록되는 과정에 18세기 가집으로 추정되는 『청구영언』(장서각본)에 수록되어 있으므로 수록의 과정과 그 의미를 살펴보기 위하여 18세기 시가사에서 점검하는 것이다. 가집에 수록되는 과정에 한음 이덕형의 후손인 이윤문이 영천군수로 부임하여 숙종 16년(1690)에 『영양역증』을 엮은 것이 중요한 계기가 되었다고 할 수 있다. 『영양역증』을 엮으면서 한음 이덕형과 노계 박인로의 연관을 밝히고, 용진의 산수 사이에서 지낸 이덕형의 풍류와 운길산하에서 지낸 신익성의 풍류를 연계시키면서 박인로를 환기했을 것으로 추정하는 것이다.

그러면 〈운길산하노인가〉가 『청구영언』(장서각본)에 수록되게 된 사정을 추정해 보도록 한다.

『청구영언』(장서각본)에 수록된 사정을 살피는 데에, 『청구영언』(1728)과 『해동가요』(주씨본)에 박인로의 작품을 수록한 내용이 크게 참고가 될 수 있다.

〈운길산하노인가〉를 수록한 『청구영언』(장서각본)에는 바로 이어서 여항산인의 항목에 박인로의 시조 2수를 수록하고 있으나, 작품이나 작가에 대한 설명이 없다. 그런데 이보다 앞서 편찬된 『청구영언』(1728)과 뒤에 엮어진 것으로 보이는 『해동가요』(주씨본)에는 〈운길산하노인가〉는 수록하지 않고 있으나, 박인로의 작품 4수를 수록한 뒤에 이덕형(1561~1613)의 증손자 이윤문(1636~1717)이 경오년(1690)에 쓴 기록을 첨부하고 있다. 이 기록에서 이덕형과 박인로와의 관계와 신해년(1611)에 이덕형이 용진촌으로 찾아온 박인로에게 작품을 짓게 한 사실을 언급하고 있으며, 이윤문이 영천군수[207]로 부임하여 박인로의 후손을 만나 증

207 『교남지』 21, 숙종조 영천 관안에 이윤문(李允文)이 있다. 『교남지』 제2권(오성사,

조부와 관련된 작품이 전승되는 것을 확인하고 '용진산수지간(龍津山水之間)'에서 어른을 모시고 노는 듯한 감회를 느끼고 널리 전하기를 바란다고 적고 있다.

참고로 『청구영언』(1728)에는 이삭대엽 본조에 하의자 홍적에 이어 박인로의 작품 4수를 수록하고, 이윤문의 기록을 전재한 뒤에, 이어서 한음(이덕형), 백사(이항복)의 작품을 수록하고 있다. 그런데 『청구영언』(장서각본)에서 박인로를 여항산인 항목의 첫머리에 배열하고 있는 점은 특이하다 하겠다. 다른 무반은 『청구영언』(1728)과 마찬가지로 본조에 수록하고 있기 때문이다. 그리고 『청구영언』(1728)에서 한음과 백사의 앞에 배치한 것도 유심히 살필 내용이다. 『청구영언』(장서각본)에는 이유 뒤에 장현 앞에 수록하고 있기 때문이다.

『청구영언』(1728)과 『해동가요』(주씨본)에 실린 이윤문이 쓴 기록이다.

> 이 노래는 무엇 때문에 지은 것인가? 지난 신해년(1611) 봄에 돌아가신 증조부 한음 상공께서 만호 박인로에게 품은 생각을 말하게 한 것이다. 그 세대가 이미 멀어지고 노래도 전해지지 않아서 후대에 없어질지 두려워, 남모르게 마음속으로 탄식한 지 오래되었다. 불초 손 윤문이 이해 경오년 봄에 영천군수에 제수되었는데, 인로는 이 지역 사람이다. 그 노래가 지금까지 전해지고 그의 후손 또한 살아 있었다. 공무의 여가에 달 뜨는 저녁에 그의 손자 진선에게 노래 부르게 하고 들었는데, 멍하니 후생이 용진의 산수 사이에서 그분을 모신 듯하여, 서글픈 생각이 더욱 넘치고 감격의 눈물이 저절로 흘렀다. 이에 장가 3곡과 단가 4장을 아울러 판각하는 사람에게 부탁하여 널리 전하고자 한다. 때는 이해의 삼월 삼일이다.[208]

1985), 172면.

208 『청구영언』(1728)(국립한글박물관, 2017), 33면, 此曲何爲而作也. 昔在辛亥春, 曾祖考漢陰相國, 使朴萬戶仁老述懷之曲也. 世代旣遠, 此曲無傳, 恐其泯滅於後, 竊嘗慨然於心者稔矣. 不肖孫允文, 是歲庚午春除永川郡守, 仁老玆土人也. 其曲尙今流傳, 其孫

이 기록과 같이 영천군수로 부임한 이윤문은 영천 지역에 전승되는 박인로의 작품 중에서 증조부 이덕형과 박인로가 관련된 작품을 모아 경오년(1690)에 『영양역증(永陽歷贈)』[209]을 간행하였다. 그러므로 『청구영언』(1728)에 이미 이러한 이윤문의 기록이 수록되어 있었으므로, 『청구영언』(장서각본)에는 이윤문의 기록을 수록하고 있지 않지만, 이윤문의 기록을 확인하였을 것으로 추정되고, 『해동가요』(주씨본)를 엮은 사람도 『영양역증』의 이윤문의 기록을 확인하거나 『청구영언』(1728)의 기록을 확인하고 작품 뒤에 전재했을 것으로 추정할 수 있다.

그리고 『청구영언』(장서각본)을 엮은 사람은 정확하게 확인하기는 어렵지만 어떤 경로로 〈운길산하노인가〉를 수집하였을 것이고, 『청구영언』(1728)에 기록된 경오년(1690)의 이윤문의 기록에서 말하고 있는 '용진산수지간(龍津山水之間)'과 〈운길산하노인가〉의 배경이 같은 지역이라는 사실에 주목하였을 것으로 추정할 수 있다. 그리하여 두 작품이 서로 같은 지역을 배경으로 하면서도 서로 연관이 있을 수도 있다고 생각하고 본조 항목의 마지막, 여항산인 박인로의 앞에 〈운길산하노인가〉를 배치한 것으로 추정하는 것이다.

이러한 추론을 통하여 『청구영언』(1728)과 『청구영언』(장서각본), 『해동가요』(주씨본) 등의 가집을 견주면서 18세기에 〈운길산하노인가〉의 수록이 가지는 의미를 새롭게 확인할 수 있게 된 것이다. 이윤문이 경오년(1690)에 기록한 발문이 문제를 푸는 열쇠의 역할을 한 셈이다.

亦且生存. 公餘月夕, 以其孫進善, 命歌而聽之, 怳若後生, 叨陪杖屨於龍津山水之間, 愴懷益激, 感淚自零. 竝與長歌三曲(及)短歌四章, 而付諸剞劂氏, 以圖廣傳焉, 時是年三月三日也. 『해동가요』(주씨본)(경성제국대학, 1930), 59면. 『청구영언』(1728)(국립한글박물관, 2017)의 기록, "竝與長歌三曲及短歌四章"에서 "及"이 『해동가요』(주씨본)(경성제국대학, 1930)에는 빠져 있다.

209 『영양역증』은 이윤문이 매제인 장대림(1663~1730)에게 판본을 전하여 현재 인동의 장씨가에 소장되어 있는 자료로 2004년에 소개되었으며, 2005년 경상북도 유형문화재로 지정되었다.

4) 추가로 표시된 작가의 실체

『청구영언』(장서각본)의 중반부 무명씨에 수록된 작품 중에 추(追)로 표시된 다음부터 37수의 작품이 수록되어 있다. 일단 『청구영언』(1728) 무명씨의 이삭대엽 104수와 삼삭대엽의 55수에서 추가된 작품으로 이해할 수 있을 터인데, 『청구영언』(1728)에는 무명씨로 분류했으나 『청구영언』(장서각본)에는 6수의 작가(박팽년 1수, 황희 3수, 구지정 1수, 이양원 1수)를 확인하여 본조에 수록하고, 게다가 낙희조 1수, 우조 초중대엽 1수, 계면조 초중대엽 1수, 계면조 초삭대엽 1수, 우조계면조평조 이삭대엽 3수 등 7수를 해당 곡조에 옮겨 배치하고 있다. 그런데 실제로는 『청구영언』(1728)에 무명씨로 수록하고 있는 작품 중에서 아예 배제한 것이 있고, 새로 추가한 것이 많아서 면밀한 재검토가 필요하다.

새로 추가한 중에서 작가를 표기한 경우가 있어서 우리의 주목을 끌고 있다. 바로 안평대군, 남진사(南進士), 이선(李仙), 이세춘(李世春), 태종, 단묘시신 이(李) 등이 그것이다. 이 중에는 이세춘의 작품이 수록된 것으로 미루어 그 하한선을 18세기 후반으로 추정할 필요가 있다.

작품을 예시하면서 살펴보도록 한다.

우레갓치 쇼릐나는 님을 번긔갓치 번듯 보고
비갓치 오락개락 구롬갓치 허여지니
흉중의 바람갓튼 간장이 안긔 피듯 ᄒᆞ여라 안평대군

쑴의 항우만나 승패사를 의론ᄒᆞ니
중동의 눈물짓고 칼을 집고 일흔 말이
지금에 부도오강을 못ᄂᆡ슬허 ᄒᆞ노라 남진사

일생에 얄뮈울손 거뮈밧긔 쏘이시랴
제ᄇᆡ일 푸러ᄂᆡ야 망녕 그물 ᄆᆡ자걸고

석양의 곳보고 춤추ᄂᆞᆫ 자뷔거러 무슴ᄒᆞ리　　이선

화당빈객 만좌중에 즐고로ᄂᆞᆫ 왕상점아
너희집 출두천이 좌칠월가 산상산가
진실노 산상산이면 여아동침ᄒᆞ리라　　이세춘

청령포 ᄃᆞᆯᄇᆞᆰ은 밤의 슬피우ᄂᆞᆫ 저두견아
노산군유한을 아ᄂᆞᆫ다 모르ᄂᆞᆫ다
알고도 모로ᄂᆞᆫ체ᄒᆞ니 그를 슬허ᄒᆞ노라　　단묘시신 이

이세춘에 대하여 신광수가 〈관서악부〉에서 "처음 노래할 때 모두 태진을 말하는 것을 듣는데, 오늘까지 마외의 티끌이 안타까운 듯하네. 일반으로 시조의 장단을 안배하는 것은, 장안에서 온 이세춘에게서 비롯된 것이네."[210]라고 한 내용에서 '설태진'에 해당하는 작품이 함께 수록되어 있다.

일소백미생은 태진의 여질이라
명황도 이럼으로 만리행촉 ᄒᆞ시도다
마회귀마전사ᄒᆞ니 그럴 슬허ᄒᆞ노라

이와 함께 영조가 세상을 떠난 뒤에 지은 것으로 추정할 수 있는 작품도 수록하고 있다.

즉위 오십삼년인제 명명성덕 ᄒᆞ시더니

210 신광수, 〈關西樂府*幷序〉, 『石北先生文集』 卷之十, 『한국문집총간』 231, 397면, 初唱聞皆說太眞, 至今如恨馬嵬塵. 一般時調排長短, 來自長安李世春), 한편 안헌징의 〈咏菊花太眞紅〉, 『鷗浦集』 卷之一, 『한국문집총간』 속 28, 475면에 "聞道昭陽第一人, 蛾眉曾作馬嵬塵. 冤魂尙帶斑斕血, 故托花枝號太眞"이라는 시가 있다.

만민을 바리시고 乘彼白雲 ᄒᆞ시도다
지금에 창오산색이 어제런 듯 ᄒᆞ여라

53년간 보위를 지킨 임금은 영조 임금이므로 이 작품은 영조가 승하(1776)한 뒤에 지은 것으로 볼 수 있다. 이러한 사실을 바탕으로 이 가집은 정조 즉위(1776) 이후에 엮은 것이라는 사실이 확인된다.

5) 언간의 성제와 가집과의 연관

『청구영언』(장서각본)의 실명씨 작품이 끝나고 난 뒤에 한 장을 건너뛰어 언문 간찰 1장이 붙어 있는데, "갑인(甲寅) 삼월십육일(三月十六日) 사제 성제 상서(舍弟聖躋上書)"라는 발신자가 표시되어 있다.

이 간찰이 『청구영언』(장서각본)을 엮은 사람이나, 필사한 사람, 또는 소장한 사람과 성제와의 연계를 살필 수 있는 자료라 할 수 있다. 그런데 성제에 대하여 우선 두 사람이 확인되고 있다. 한 사람은 조유선(1731~1809)과 조유헌(1738~1815)의 아버지[211]인 조성제(?~1777)이고, 다른 한 사람은 이름이 일위(一煒)이고 자가 성제(聖躋)인 이성제[212]를 가리킨다. 일위의 형은 일엽(一燁)이다.

간찰의 성제가 조성제라고 하면 간찰은 조성제가 친형에게 보낸 편지의 일부인 셈이다. 조성제가 보낸 편지를 받은 사람은 조성제의 형님일 터이고, 만일 조성제의 형님이 갑인년에 받은 이면지를 사용하였다면 그 조성제의 형님이 『청구영언』(장서각본)을 엮는 데에 직·간접으로 참여하였다고 할 수 있다.

---

211 홍직필, 「芝山趙公墓碣銘*幷序」, 『梅山先生文集』 卷之三十七, 『한국문집총간』 296, 239면, 「蘿山趙公墓誌銘*幷序」, 『梅山先生文集』 卷之四十二, 『한국문집총간』 296, 349면.

212 이민보, 〈見聖庵趙侍中墳庵也. 卜日約會十數人皆來, 李進士聖躋*一煒 倡一律次之〉, 『豊墅集』 卷之四, 『한국문집총간』 232, 370면.

다른 한편 간찰의 성제가 이성제라고 하면, 이성제가 조시중의 분암인 견성암에서 모임을 할 때 참여했다고 했으니, 조시중과 관련되어 있는 인물로 볼 수 있다. 조시중은 시조 묘 곁에 견성암이 있는 풍양조씨의 조현명으로 추정된다.

이외에도『승정원일기』에는 18세기에 활동한 인물로, 유성제, 윤성제, 곽성제, 권성제 등이 확인되기도 하여, 더 많은 자료 검증이 필요하리라 보인다.

이렇듯『청구영언』(장서각본)은 전반부, 중반부, 후반부의 3부 구성과 체제에 차이가 드러나는 점을 주목하여 재검토하고, 엮은 사람과 필사자, 소장자 등에 대한 상세한 재검토가 이루어져야 할 것이다.

3. 『해동가요』의 편찬 과정과 작품 수록의 차이

『해동가요』는 김수장이 엮은 가집으로 『청구영언』(1728)과 함께 18세기 대표적인 가집으로 받아들이고 있다. 『해동가요』는 주씨본과 일석본이 널리 알려졌으나, 박씨본이 등장하면서 박씨본의 편찬 시기가 이들보다 앞서는 것으로 설명하고 있다.

『해동가요』가 지닌 중요한 특징은 책의 말미에 「고금창가제씨」라 하여 창가자 명단을 수록하고 있다는 점과 영조 이후의 작가인 조현명, 이재, 이유, 윤유, 윤순, 조명리, 이정보 등의 작품을 수록하면서 18세기 후반 시조 작가들의 면모를 확인할 수 있다는 것이다. 특히 이정보는 많은 작품을 남기고 있을 뿐만 아니라 이른바 장시조도 여러 편을 남기고 있어서 이미 연구자들에게 주목받고 있다.

1) 『해동가요』(박씨본)

『해동가요』(박씨본)는 갑술년 십주(十洲)의 서(書)로 보아, 영조 30년(1754)에 정리한 것으로 볼 수 있다.

『해동가요』(박씨본)에는 열성어제에 성종의 작품이 1수 포함되었고, 효종의 작품은 4수이다. 효종의 작품이 『청구영언』(1728)에 3수, 『해동가요』(박씨본)에 4수, 『청구영언』(장서각본)에 5수가 수록되어 있는 것도 주목할 수 있다. 『청구영언』(1728)에는 수록되지 않은 작가 중에 박팽년, 이양원 등의 작품이 수록되고, 이이의 〈고산구곡가〉를 싣고 있는데 송시열의 전편 한역과 다른 사람들과 공동으로 한역한 작품 등 각 수에 두 수씩의 한역시가 수록되어 있다. 최립의 「고산구곡담기」가 첨부되어 있다.

윤선도의 작품이 23수 수록되어 있어서 많은 분량임을 알 수 있고, 김성최의 작품 중에서 『청구영언』(1728)에 수록된 208번 "좌네집의~"가 『해동가요』(박씨본)에는 김육의 작품으로 수록되어 있다.

그리고 왕족들의 작품 중에서 『청구영언』(1728)에는 최락당(낭원군)의 작품이 30수 실려 있는데, 『해동가요』(박씨본)에는 8수로 줄어들었고, 적성군 1수, 인평대군 1수가 추가되어 있다.

다음 『청구영언』(1728)에는 수록되지 않은 이화진, 이귀진, 송시열, 이택, 구지정, 윤두서, 유숭, 윤유, 윤순, 이유 등의 작품이 수록되었고, 장현, 주의식, 김삼현, 김성기, 김유기 다음에 규수 3인이 명기 8인으로 바뀌면서 홍장, 소춘풍, 한우, 구지, 송이 등이 추가되었다. 연대흠고는 박명현, 김응정, 허강이 추가되었다.

김천택의 작품 21수를 수록하고, 김수장의 작품 16수를 수록한 뒤에 김수장의 서가 붙어 있다.

다음으로 무명씨가 1수 수록되고, 이어서 한유신의 「영언선서」와 『영언선』이 함께 수록되고, 그 뒤에 신륵, 김치묵, 김복현, 사벌산인, 이현, 박사후, 용산후인 오 등의 서발이 첨부되어 있으며, 이어서 무명씨의 작품이 41수 이어진다.

이어서 접소용삭대엽가합자초집(接騷聳數大葉可合者抄集) 11수, 낙시조 26수, 만삭 110, 장진주 1수, 그리고 추가로 11수를 수록하고 있다.

2) 『해동가요』(주씨본)

『해동가요』(주씨본)는 주시경이 소장했던 『해동가요』로 이희승이 소장했던 『해동가요』와는 조금 차이가 있는 것으로 나타나고, 원본은 잃어버린 듯하나 1930년에 경성제대에서 활자본으로 간행[213]한 적이 있고, 1950년에 김삼불이 교주본으로 발간[214]하기도 하였다. 교주본 『해동가요』에는 부록으로 『청구가요』가 수록되어 있다. 경성제대본에는 정해년(1767) 78세의 김수장이 쓴 기록이 있고, 이색부터 김수장까지 작품이 수록되어 있다.

『해동가요』(주씨본)는 『청구영언』(1728)이나 『해동가요』(박씨본)에는

213 『해동가요』(경성제국대학, 1930).

214 김삼불 교주, 『해동가요』(정음사, 1950).

수록되지 않은 조현명(1), 이재(1), 윤유(2), 윤순(1), 조명리(4), 이정보(82) 등의 작품을 수록하고 있는데, 이들은 모두 금조(今朝)의 인물이라고 소개하고 있어서 가집을 엮던 영조 시대의 인물임을 알 수 있다.

한두 수에서 크게 벗어나지 않은 작가는 작가의 추가라는 의의를 지닌다고 할 수 있는데, 80수 이상의 작품을 수록하고 있는 이정보(1693~1766)는 크게 주목할 수 있다. 『해동가요』(박씨본)에 영조 30년(1754)에 김수장의 글이 있으므로, 이 무렵부터 『해동가요』가 엮어진 것으로 보면 이정보는 당시 생존한 인물이고, 실제로 영조 9년(1733) 8월 기사관에서 시작하여, 한림, 봉교, 정언, 지평, 응교, 이조판서, 예조판서 등을 거쳐 영조 39년(1763) 9월 대제학을 역임한 것으로 확인되고 있다.

그리고 김조순이 지은 「시장(諡狀)」에 "공이 본래 성률을 이해하고 『악보』의 새로운 노랫말은 공이 스스로 지은 것이 많고, 별업이 학여울 가에 있어서 늘 말미가 있는 날이면 금가를 가지고 노를 저으며 물길을 거슬러 올라갔다."[215]라고 한 기록으로 보아, 가집이라고 할 수 있는 『악보』가 있었고 그 가운데에 공이 직접 지은 것이 많았던 것으로 이해할 수 있다. 『악보』의 새로운 노랫말이 『해동가요』에 전재되었을 가능성을 생각할 수 있다. 그리고 "문집 약간 권이 집에 갈무리되어 있다."[216]라고 하였으나 현재 문집이 전해지지 않아서 구체적인 기록을 확인하기 어렵다. 그리고 80여 수가 넘는 작품을 수록하면서 편찬자가 작가에 대한 소개나 설명을 빠뜨리고 있다는 것도 매우 미심쩍은 대목이다. 『악보』의 새로운 노랫말에서 이정보가 직접 지은 것을 선별하는 작업이 필요할 것으로 보이고, 『악보』의 새로운 노랫말에서 전재했을 것으로 추정되는 『해동가요』(주씨본)에 수록된 이정보의 작품에 대한 평가는 여전히 조심스러울 수밖에 없

215 김조순, 「大提學李公諡狀」, 『楓皐集』 卷之十四, 『한국문집총간』 289, 336면, 公素解聲律, 樂譜新詞, 多公所自製. 而別業在鶴灘上, 每暇日, 携琴歌一棹沿洄.

216 김조순, 「大提學李公諡狀」, 『楓皐集』 卷之十四, 『한국문집총간』 289, 336면, 有文集略干卷, 藏于家.

을 것이다.

『해동가요』(주씨본) 383에 수록된 다음 작품의 경우,

> 간밤의 ᄌᆞ고 간 그놈 암아도 못 니즐다
> 와야ㅅ놈의 아들인지 즌흙에 쏨ᄂᆡ듯시 두더쥐 영식인지 국국기 뒤지듯시 사공의 성령인지 사어씌 질으듯이 평생에 처음이오 흉증이도 야르제라
> 전후에 나도 무던히 격거시되 참 맹서 간밤 그놈은 참아 못 니즐ᄉᆡ ᄒᆞ노라.
>
> 『해동가요』(주씨본) 383

이정보의 작품으로 성적 해학을 다룬 긍정적 인식으로 해석해야 할 것인지, 다른 사람의 발화로 『악보』에 새로운 노랫말로 수록한 작품을 『해동가요』(주씨본)에 전재한 것으로 다른 시각에서 이해해야 할 것인지 간단하지 않은 것이다.

그리고 작품을 수록한 말미에 장복소(張福紹)의 서가 있고, 그다음에 중요한 정보인 「고금창가제씨」를 첨부하고 있는데, 허정 이하 56인의 창가자 명단을 수록하고 있다. 명단을 들면 다음과 같다.

> 허정, 장현, 탁주한, 박상건, 박대길, 고선흥, 김유기, 최서봉, 김우정, 이만매, 이정섭, 이차상, 박후웅, 송용서, 김정희, 김천택, 김수장, 최태양, 김만주, 오삼석, 김우규, 이세귀, 변문성, 김태위, 유학중, 변석조, 문수빈, 김시빈, 박문욱, 김태서, 염택인, 김성후, 이세춘, 지봉서, 김영수, 김광현, 정도희, 권덕중, 김식, 강희빈, 최상령, 윤명량, 이의춘, 김유택, 김중열, 조창적, 윤창기, 김묵수, 변석희, 박창징, 오경화, 이복령, 김태현, 김종효, 정□□, 이□□.

17세기 허정(1621~1678)이 첫 번째로 이름이 나오고 김수장이 열일곱 번째에 이름이 있고, 스승과 제자의 관계도 있으며, 김정희-김중열, 김성

후-김묵수와 같이 부자 관계인 경우도 있다. 김유기와 이세춘은 지역으로 활동 영역을 넓혀서 이름이 알려졌고, 송용서는 '실솔가'로 알려져서 송실솔이라고 불렸으며, 김천택은 『청구영언』을 엮고 김수장은 『해동가요』를 엮었으며, 이정섭은 『청구영언』의 발문을 썼다. 위항 중인에 속한 사람들이 대부분이기는 하지만 허정은 승지를 맡았고, 이정섭은 왕족이기도 하여 신분이 위항 중인에 한정하지 않고 진폭이 다양함을 확인할 수 있다.

이렇듯 이들 창가자의 명단은 노래를 잘하는 사람이라는 데에 한정하지 않고, 가집을 엮으면서 악곡의 준거를 제시하기도 하고 지역을 다니면서 다른 지역의 가자들을 지도하거나 함께 연행 활동을 하기도 하면서 보폭을 넓히고, 또 작가로서 신성이나 신번에 해당하는 작품을 창작하였으므로, 시가사에서 중요한 큰 역할을 맡았던 것으로 평가할 수 있다.

4. 『청구가요』와 가객 작가

1) 「고금창가제씨」와의 연관

가집 『청구가요』는 김수장이 엮은 것으로 추정되는 가집으로 당대 가객들의 작품만 모은 것인데, 김삼불이 『해동가요』를 교주하면서 부록[217]으로 수록하였다. 가객의 작품 뒤에 김수장이 기록한 내용을 통해서 볼 때 『해동가요』를 엮고 수정·보완하는 과정에 영조 40년(1764)과 영조 45년(1769) 사이에 가객들의 작품을 중심으로 정리한 것으로 보인다.

수록한 작가와 작품[218]은 김우규 11수, 김태석 4수, 박희석 3수, 김진태 26수, 문수빈 1수, 이덕함 3수, 김묵수 6수, 김중열 3수, 김두성 2수, 박문욱 17수, 무명씨의 〈맹상군가〉 1수 등 77수이다.

수록된 작가 열 명 중에서 김우규, 문수빈, 박문욱, 김중열, 김묵수 등 다섯 사람이 김수장의 「고금창가제씨」에 이름이 올랐다. 김수장의 작품 3수가 『청구가요』에서 『해동가요』로 옮겼으니 실제로는 여섯 사람이다. 그리고 김우규가 박상건에게 노래를 배웠다고 하고, 김수장이 탁주한, 이차상을 흠모하였다고 하였으며, 김묵수는 김수장의 친구인 김성후의 아들이고 김중열도 김정희의 아들이라, 대를 이어 가객으로 명성을 높였던 것으로 볼 수 있다. 그리고 김중열은 김성기에게 거문고와 퉁소를 배웠다고 하였다.

『청구가요』에 수록한 김우규, 문수빈, 박문욱, 김중열, 김묵수 다섯 사람과 『해동가요』로 3수를 옮긴 김수장을 포함하여 여섯 사람이 「고금창가제씨」에 이름을 올리고 있지만, 이들이 연관된 박상건, 탁주한, 이차상, 김성후, 김정희 등 다섯 사람이 「고금창가제씨」에 이름을 올리고, 김정희의 아들 김중열이 김성기에게 거문고와 퉁소를 배웠다고 했으므로, 서로

217 김삼불 교주, 『해동가요』(부 『청구가요』)(정음사, 1950), 126~135면.

218 최동원, 「『청구가요』의 수록 작가에 대한 고찰」, 『고시조논고』(삼영사, 1990), 112~125면.

의 관계가 매우 밀접한 것으로 이해할 수 있다.

2) 가객 작가의 특성

『청구가요』에 수록된 김우규, 김태석, 박희석, 김진태, 문수빈, 이덕함, 김묵수, 김중열, 김두성, 박문욱의 작품을 하나씩 살펴보도록 한다.

김우규는 김수장과 오래 사귄 인물로 11수의 작품을 수록하고 있는데 모두 단시조이다. 영조 40년(1764)에 기록한 것이라 『해동가요』를 엮던 시기와 겹친다고 할 수 있다. 주로 자연, 강호 등을 읊고 부귀와 빈천 등을 다루고 있는데, 다음 작품은 사랑을 노래하고 있다.

처음에 모로듬면 모로고나 잇실써슬
어인 사랑이 싹남여 움돗는가
언제나 이몸에 열음열어 휘들거든 볼연요 『청가』 5

김태석은 필법에 능하다고 하고 4수를 수록하고 있는데, 단시조 3수 장시조 1수이다. 단시조 3수는 한적을 읊고 있는데, 장시조는 색다른 모습이다.

ᄌᆡ넘어 싀앗슬 두고 손색치며 애써간이
말만ᄒᆞᆫ 삿갓집의 헌덕셕 펴쳐덥고 년놈이 ᄒᆞᆫ듸두어 얽지고 틀어졌다 이제는 얼이북이 반노군에 들거곤아
두어라 메밀썩에 두 장고를 말려 무슴ᄒᆞ리요 『청가』 15

박희석은 3수의 작품을 수록하고 있는데 모두 단시조로 자연, 백발 등을 읊고 있다.

김진태의 작품은 26수로 많은 분량인데, 김수장이 77세 때에 기록하면서 일찍 알지 못한 것을 아쉬워하고 있다. 26수 모두 단시조이다.

용갓튼 져 반송아 너는 어이 묵중ᄒᆞ다
세상인사는 조석변 ᄒᆞ거니와
암아도 용안불개는 너뿐인가 ᄒᆞ노라 『청가』 24

져총각 말듯거라 소년광경 자랑말아
광음이 덧업쓴이 녹발이 즉백발이로다
우리도 소년을 밋다가 ᄇᆡ혼일이 없세라 『청가』 33

문수빈의 단시조 1수는 청령포의 단종을 읊은 것이다.

이덕함은 단시조 3수를 수록하고 있는데, 관리로서 송사가 없는 것을 읊은 1수를 보도록 한다.

공정에 이퇴ᄒᆞ고 인갑에 잇기쎳다
태수정청ᄒᆞ니 사송이 아죠업다
두어라 청송이 유인ᄒᆞᆫ들 무송ᄒᆞᆷ만 ᄀᆞᆺ트랴 『청가』 48

다음 김묵수는 창가자 김성후의 아들로 6수를 수록하고 있는데, 단시조 4수 장시조 2수이다. 김순간, 마성린 등과 청유를 하면서 노래를 부르기도 했다. 장시조 1수를 보도록 한다.

님글인 고황지질을 무슨 약으로 곳쳐닐고
태상노군의 초환단과 서왕모의 천년반도 진원자의 인삼과와 십주삼산 불노초를 아모만 먹다 ᄒᆞᆯ일쏜야
암아도 님을 만나봄면 ᄒᆞᆯ일 법이 잇는이 『청가』 54

김중열은 창가자 김정희의 아들로 3수를 수록하고 있는데, 김성기에게 거문고와 퉁소를 배웠으며, 속태가 없고 신선의 자취가 있다고 김수장이

평가하고 있다.

한중에 홀로안자 현금을 빗ᄭᅵ안고
궁상각치우를 주줄이 집헛시니
창밧긔 엿든는 학이 우즑우즑 ᄒᆞ더라 『청가』 55

김두성은 단시조 2수를 수록하고 있는데 기러기와 한벽당을 읊은 것이다.

다음 박문욱은 김수장과 친구 사이로 시작하는 표시를 하지 않고 작품의 말미에 작가를 소개하고 있는데, 다른 가집과 견주어서 17수의 작품을 수록한 것으로 확인하는데, 단시조가 5수 장시조가 12수로 장시조에 능한 작가로 볼 수 있다. 특히 〈승니교각지가〉는 천고에 한 번 이야기할 만한 것이라고 하였다.

듕과 승과 만첩산중에 맛나 어드러로 가오 어드러로 오시는데
산쪽코 물죳흔듸 갈씨를 부쳐보오 두 곳갈이 ᄒᆞᆫ듸 다하 너픈너픈ᄒᆞ는 양은
백로만 두퍼귀가 춘풍에 휘듯는 듯
암아도 공산에 이 씰음은 즁과 승과 둘쌘이라 『청가』 54

그런데 이에 앞서 김삼불이 교주한 『해동가요』의 말미에 김수장의 작품 3수를 수록하면서 『청구가요』에서 가져온 것이라 밝히고 있어서 이것까지 합하면 『청구가요』에는 최소한 80수가 수록되어 있었던 것으로 추정할 수 있다. 3수 중에 장시조가 2수이고 단시조가 1수이다.

5. 이한진 편 『청구영언』과 악하풍류

1) 작품 배치의 특성

이한진(1732~1815)이 편찬한 『청구영언』(연민본)은 기존의 『청구영언』 계열과 차이가 있으며, 백악(白岳)을 중심으로 한 악하풍류의 산물이라는 점과 새로운 정보를 많이 담고 있는 점을 지적할 수 있다. 반치(半癡)로 소개하고 있는 이태명, 악하풍류의 좌상이라고 할 수 있는 김용겸, 당시의 풍속화가 김홍도, 그리고 편찬자인 이한진의 작품도 함께 수록하고 있어서 주목할 수 있다. 그러나 작가 비정에 착오가 나타나고, 표면적으로 편찬의 준거를 쉽게 파악하기 어려운 단점이 있기는 하다.

그런데 별다른 기준이 없이 수록한 듯한 작품을 기존의 가집과 견주면 그래도 곡조에 따른 배열을 시도하고 있음을 파악할 수 있다.

우선 『청구영언』(장서각본) 후반부에 편성된 곡조별 배열을 참고할 수 있는데, 『청구영언』(연민본)의 53번이 『청구영언』(장서각본)에는 계면초삭대엽으로 배열하였고, 『청구영언』(연민본)의 1, 2번이 『청구영언』(장서각본)의 진화엽의 두 수이고, 『청구영언』(연민본)의 7번은 『청구영언』(장서각본)의 이중화엽의 1수이고, 『청구영언』(연민본)의 9는 『청구영언』(장서각본)의 삼중화엽의 1수이며, 『청구영언』(연민본)의 4, 5, 6, 8, 57, 132는 『청구영언』(장서각본)의 초삭대엽에 포함되어 있고, 『청구영언』(연민본)의 26, 29, 31, 60, 164, 166, 201는 『청구영언』(장서각본)의 이삭대엽에 포함되어 있다. 그리고 『청구영언』(연민본)의 70, 150은 『청구영언』(장서각본)의 삼삭대엽에 실려 있고, 『청구영언』(연민본)의 198, 219은 『청구영언』(장서각본)의 소용이에 수록되었으며, 『청구영언』(연민본)의 23, 32, 178, 217, 228은 『청구영언』(장서각본)의 계면 이삭대엽에 포함되어 있다.

『청구영언』(장서각본) 후반부에 편성된 곡조별 배열에 전부 51수의 작품이 실려 있는데, 『청구영언』(연민본)에서 27수가 이 곡조별 배열에 포함되어 있다. 이는 『청구영언』(연민본)이 곡조를 염두에 두고 있음을 지적할 수 있고, 다른 시각에서 보면 곡조별 배열로 이루어진 선행 가집을 참고로 하여 『청구영언』(연민본)을 엮은 것으로 이해할 수 있다. 『청구영언』이라는 표제를 달고 있는 이유가 바로 여기에 있다고 할 수 있다.

이를 도표로 제시하면 다음과 같다.

『청구영언』(장서각본) 중반부와 『청구영언』(연민본) 대비

『청구영언』(연민본)	『청구영언』(장서각본) 중반부	비고
1	우조 초중대엽	2
3	계면조 초중대엽	1
7	계면조 이중대엽	1
9	계면조 이중대엽	1
14	우조 이중대엽	2
21	계면조 초삭대엽	1
57	계면조 초삭대엽	2
62	우조계면조평조 이삭대엽	28
101	후정화	1
150, 154, 194, 209	삼삭대엽	11
232	우조계면조평조 이삭대엽	28
계 14수		계 48수

『청구영언』(장서각본) 후반부와 『청구영언』(연민본) 대비

『청구영언』(연민본)	『청구영언』(장서각본) 후반부	비고
1,2	진화엽	2
4,5,6	초삭대엽	7
7	이중화엽	1
8	초삭대엽	7
9	삼중화엽	1
23	계면이삭대엽	16
26, 29, 31	이삭대엽	15
32	계면이삭대엽	16
53	계면초삭대엽	1
57	초삭대엽	7

60	이삭대엽	15
70	삼삭대엽	4
132	초삭대엽	7
150	삼삭대엽	4
164, 166	이삭대엽	15
178	계면이삭대엽	16
198	소용이	2
201	이삭대엽	15
217	계면이삭대엽	16
219	소용이	2
228	계면이삭대엽	16
계 27수		계 51수

2) 이한진과 악하풍류

이한진은 18세기 후반 대은암을 중심으로 한 악하풍류(岳下風流)의 구성원으로 성대중(1732~1812) 등과 함께 시회의 활동에 참여하고, 퉁소를 잘 불었으며 홍대용의 유춘오악회에도 참석한 것으로 확인된다. 전자에 뛰어나서 많은 글씨를 남겼을 뿐만 아니라, 정조 15년(1791)경 동음으로 돌아간 뒤에는 동음의 산수를 즐기고 여러 편의 시조를 읊기도 하면서 『청구영언』을 엮었던 것으로 확인된다. 한시, 음악, 전서, 시조 등 다방면에 걸친 예술인으로서 주목할 수 있는 인물이다.

홍대용의 유춘오에서 악회[219]를 열었을 때, 김용겸(1702~1789)을 모신 자리에서 홍대용이 가야금을 홍경성이 현금을, 이한진이 퉁소[洞簫]를 김억이 서양금을, 악원공인 보안이 생황을 연주하고 유학중이 노래를 불렀으며, 홍원섭과 성대중도 자리를 함께하였다.

김용겸은 김수항의 손자이고, 김창즙(金昌緝)의 아들로, 악률에 뛰어

219 성대중, 「記留春塢樂會」, 『靑城集』 권6, 『한국문집총간』 248, 466면.

나 장악원 정, 장악원 제조 등을 역임하였으며, 백악을 중심으로 한 악하 풍류의 핵심 인물로 평가받는다.

이서구가 김용겸을 모시고 악하에서 노닌 풍류를 다음과 같이 기록하고 있다. 이서구가 종제인 이정구와 함께 김용겸, 이한진을 모시고 대은암에 논 일을 기술한 것이다.

숲과 골짜기에 누가 주인이 되는가? 林壑誰爲主
시를 짓자니 취옹[읍취헌]이 떠오르네. 題詩憶翠翁
이름은 흐르는 물을 따라 다하고 名隨流水盡
일은 푸른 산과 더불어 비었네. 事與碧山空
꽃과 버들개지에 봄빛이 늦어지고 花絮春光晩
거문고와 술동이에 한가한 날이 같네. 琴樽暇日同
서로 송석의 뜻을 보노라니 相看松石意
무릎을 안고 계곡의 물 소리 가운데이네. 抱膝磵聲中[220]

성대중은 칠석 이틀 뒤에 아홉 사람이 모여 시회를 연 내용을 시로 표현하였는데, 나열, 이한진, 이덕무, 이홍상, 백동수, 유성한, 박지원, 성대중 등 아홉 사람이 모였다고 하였다. 악하풍류의 구성원들이라고 할 수 있다.

풍류에 어찌 배회하는 진경(晉卿)을 빌리랴? 風流詎藉晉卿廻
두건을 벗고 초수(草樹) 굽이에서 무리를 따르네. 巾幘隨羣草樹隈
세상에 몇 사람이 이 자리를 다투랴? 天下幾人爭此席
저자의 남쪽에 오늘 내 잔을 독단하네. 市南今日獨吾杯

220 이서구, 〈同仲牧陪嘐齋金丈及李京山*漢鎭, 遊大隱巖〉, 『惕齋集』 卷之三, 『한국문집총간』 270, 45면.

마지막에 온 암옹(巖翁)은 거듭 오른녘에 자리하고　巖公末至仍居右
먼저 돌아가는 계로(溪老)는 또 오리.　溪老先歸復肯來
대범한 소리와 빛은 오래도록 서로 기다리나니　落落聲光相待久
그림 속에 열린 안발(顔髮)을 빠르게 보네.　徑看顔髮畫中開[221]

이한진은 정조 13년(1789)에 동음으로 들어갈 계획을 세우고 성대중 등에게 알렸는데, 성대중은 3수의 시에 그 마음을 드러내고 있으며, 그 가운데 세 번째 수를 보도록 한다.

광달한 선비는 몸이 편안함을 귀하게 여기고　達士貴身逸
살아가는 형편이 어려움을 시름하지 않네.　不愁生理艱
뜻은 멀리 방외를 벗어나서　意超方外逈
모습은 둔하게 그림 속으로 들어가네.　貌入畫中頑
수석으로 퉁소를 비끼며 가고　水石橫簫去
연운으로 붓을 날리며 돌아오네.　煙雲振筆還
유독 향사의 벗이 가엾나니　獨憐香社友
사람들 사이에서 놀기를 바라네.　遊戲尙人間[222]

이한진이 동음으로 들어간 뒤에도 악하풍류의 구성원들과 지속적으로 교유하였는데, 서울로 가서 성대중을 방문[223]하기도 하고, 동음으로 찾아온 성대중과 현감 박제가와 모이기[224]도 하였으며, 성대중의 집에서 나열,

---

221 성대중, 〈七夕後二日, 會朱溪·京山·炯菴·李士文·白永叔*東脩·柳原明·玉流生 雅娛竟日, 燕巖朴美仲*趾源後至, 逼昏乃散〉, 『청성집』 권23, 『한국문집총간』 248, 386면.

222 성대중, 〈聞李仲雲*漢鎭盡室入洞陰. 却寄〉, 『青城集』 卷之三, 『한국문집총간』 248, 383면.

223 성대중, 〈仲雲入城見訪. 疊前韻〉, 『青城集』 卷之四, 『한국문집총간』 248, 405면.

224 성대중, 〈入洞陰, 投宿京山所. 主令朴在先, 亦乘月來會〉, 『青城集』 卷之四, 『한국문집총간』 248, 408면.

홍원섭, 신석로 등과 모여서 금사와 적사를 부르고 술을 권하면서 노래[225] 하기도 하였다.

이한진이 동음으로 돌아간 뒤에 『청구영언』을 엮으면서 자신의 작품 7수를 수록하였는데, 전원에서 지내는 겨르로운 생활과 주변의 승경인 금수정, 창옥병 등을 유람하는 광경을 담고 있다. 이 중에 장시조 1수도 포함되어 있다. 단시조 첫째, 넷째, 다섯째 수와 장시조 1수를 보도록 한다.

아ᄎᆞᆷ의 밧ᄎᆞᆯ 갈고 져녁의 글 니르니
向來 城市의 ᄒᆞ옴업시 늙은 일이
至今에 아무리 뉘으ᄎᆞᆫ들 밋ᄎᆞᆯ 줄이 이시랴. 『청연』 235

玉簫를 손의 들고 金水亭 올나가니
銀鉤鐵索이 石面의 ᄇᆞᆰ아ᄯᅩ다
至今에 楊蓬萊 업ᄉᆞ니 놀니업ᄉᆞ ᄒᆞ노라 『청연』 238

蒼玉屛 깁흔 골의 廟門이 嚴肅ᄒᆞ니
三賢 同臨이 萬古의 빗나도다
夕陽의 晩學後生이 不勝景仰ᄒᆞ여라 『청연』 239

南宮에 술을 두고 三傑를 의논ᄒᆞ니
運籌帷幄之中ᄒᆞ여 決勝千里之外와 鎭國家 撫百姓ᄒᆞ여 給饋餉 不絶糧道와 連百萬之衆ᄒᆞ여 戰必勝 功必取ᄂᆞᆫ 삼傑이라 니를연이와
아마도 陳孺子의 六出奇計를 혜면 나는 반드시 ᄀᆞ론 四傑이라 ᄒᆞ노라
『청연』 241

225 성대중, 〈海陽, 京山, 太湖, 杞軒*申子長號, 並會弊廬, 兼招琴笛, 侑酒以歌. 用海陽韻〉, 『青城集』 卷之四, 『한국문집총간』 248, 408면.

6. 『고금가곡』의 성격

1) 『고금가곡』 상 가사부의 특성

『고금가곡』 상은 포괄적으로 가사로 묶을 수 있는 다양한 작품들을 수록하고 있어서 이들 작품의 성격과 가창 갈래로서의 특성을 어떻게 설명할 수 있을 것인지 궁금해진다. 한시 사부-과체시-가사의 세 부류로 나눈 것으로 공존하는 방식[226]이라는 해석으로는 그 특성을 시원하게 해명하기 어려울 것이다. 혹여 무인으로 추정되는 편찬자가 가창 갈래의 체계와는 상관없이 임의로 선별한 것이라면 더더욱 체계적으로 설명하는 일이 어려울 수 있다. 왜냐하면 『고금가곡』 하의 분류 체계가 앞부분에 악곡을 나열하고 있으나 실제로 20개의 주제 항목으로 나누어 수록하고 있기 때문이다. 무인이 각 지역을 다니면서 접한 교방악의 레퍼토리를 임의로 정리한 것으로 볼 수도 있을 것이다.

그러므로 검증이 가능한 정보를 바탕으로 가사부의 특성을 살피는 일이 선결 과제가 된다.

우선 널리 알려진 정보와 달리 관심을 가져야 할 대목은 권익륭(1660~?)의 〈풍아별곡〉과 〈겸가 3장〉, 「풍아별곡서」의 기록과 그 앞에 실린 김창흡의 과체시 〈와념소유언(臥念少游言)〉[227]과 「풍아별곡서」 다음에 이어지는 「풍아별곡발」이다.

〈풍아별곡〉은 간성군수인 권익륭이 "교방에서 빈객을 기쁘고 즐겁게

---

226 윤덕진, 「『고금가곡』의 장가 체계」, 『고금가곡』(보고사, 2007), 37면.

227 〈와념소유언〉은 경종 3년(1723) 1월에 청나라 사신에게 보여주기도 한 것이다. 『경종실록』 11권, 경종 3년 1월 24일(갑진), 『국역 경종실록』 3, 131면. 부칙(副勅)이 동국의 시부·책문 문체를 보기를 요구하므로 예문관으로 하여금 책 하나와 부 2편과 시 3수를 초선하여 보이게 하니, 율곡 이이의 〈천도책〉과, 민제인의 〈백마강부〉, 하서 김인후의 〈칠석부〉와, 고 영상 이항복의 〈읍송거시재복아(泣送去時在腹兒)〉와 김창흡의 〈와념소유언(臥念少游言)〉과 이세정의 〈답조낙모(答嘲落帽)〉의 시였다. 낙모는 곧 이세정이 과장에서 손을 빌린 것인데, 세상에 그 이름이 전해지지 않고 있다.

하는 데"에 쓰도록 마련한 것이다. 여기에 〈겸가〉 3장이 추가되어 있어서 이에 대한 해명이 필요하다.

권구가 쓴 「제풍아별곡후」에서의 진술은 더욱 〈풍아별곡〉의 특성을 지적한 것이다. 김창흡이 쓴 발문과 거의 유사한 내용이다.

> 교방의 설압지음이 손님을 접대하고 풍요에 견주기에 부족하다고 여겨서, 이에 주시의 여러 시가 중에서 5편을 가려 취하고 모아서 곡조 하나를 만들고, 〈황화〉, 〈기욱〉, 〈녹명〉, 〈실솔〉, 〈산유추〉라 하고, 또 수 결의 우리말로 서둘러 머리에 붙이고 보태어 실어서 〈풍아별곡〉이라 하고, 기공에게 주어서 악기로 연주하고 노래하게 하였다.[228]

> 주시에서 다섯 편을 거두어 취하여 교방에 주어서 손님을 즐겁게 하고 기쁨을 권하는 데 쓰게 하였다. 처음 〈황화〉는 사신이 수레를 타고 두루 순력한 것을 찬미한 것이다. 다음 〈기욱〉은 군자의 덕과 용모를 찬미한 것이다. 다음 〈녹명〉은 주인과 손님이 서로 기쁨을 즐기는 것이다. 다음 〈실솔〉은 즐거움을 누리지만 지나침이 없어야 함을 권계한 것이다. 마지막의 〈산유추〉는 때를 좇아 즐거움을 누리자는 것이다. 그 차서를 잇고 배치한 것이 각각 뜻이 있다. 또한 스스로 머리에 씌우고 말미에 첨가하여 한 곡조를 이루도록 합하였다. 매양 손님이 이르러 문에 들어오면 술잔을 두 기둥 사이에 술잔을 들어 치사하고, 가자로 하여금 목청을 늘여 천천히 부르게 하면, 지긋이 뽑아내어 올리다가 뚝 떨어지듯 내려가니, 절주로 베풀어서 생각이 멀리 가니, 중악이 그것을 좇아서 그 사이에 성마르고 다급함을 용납하지 않고 순순히 이어져서 서로 이루어지니 완연히 주나라 조정을 울리던 소리이다.[229]

---

228 권구, 「제풍아별곡후」, 『탄촌선생유고』 권1, 『한국문집총간』 속 52, 83면.
229 김창흡, 「풍아별곡발」, 『고금가곡』, 145~147면.

권익륭의 이러한 태도는 정간(1692~1757)이 관아의 잔치 자리에서 가기가 부르는 노래의 내용이 '화류의 무람없이 업신여기는 말'이 아니면 '한묵의 화려한 말'이므로 이를 못마땅하게 여겨서 〈어부가〉로 대체하게 한 일[230]과 일맥상통하는 것이다.

"머리에 씌우고 말미에 첨가하여 한 곡조를 이루도록 합"한 〈풍아별곡〉은 교방의 레퍼토리로서 "설압지음"을 대체하게 한 것인데, 『고금가곡』의 편찬자는 무인으로 북변이나 서새 등을 다니는 과정에 교방에서 이 레퍼토리를 접하고 큰 관심을 가지고 수록하였을 것으로 추정할 수 있다.

그리고 〈풍아별곡〉의 앞뒤에 편성한 김창흡의 과체시와 발문은 『고금가곡』을 엮은 이가 김창흡의 영향을 받거나 김창흡의 영향권에 놓이는 사람들의 영향을 받은 것으로 볼 수 있다. 이러한 이해는 정철의 〈관동별곡〉을 비롯한 여러 작품을 배치하면서, 권필이 〈관동별곡〉을 잘 부르는 양이지(楊理之)에게 준 시나 관동안사 윤이지에게 주는 시, 〈과송강묘〉 등이 주변에 배치된 점을 주목할 수 있기 때문이다.

한편 〈풍아별곡〉을 마련한 권익륭에게 김창흡이 시, 서, 기 등[231]을 보내고, 김시보가 시[232]를 보내는 등 밀접하게 교유하고 있었던 점을 살피면, 『고금가곡』을 엮은 사람이 〈풍아별곡〉을 주목하여 수록하는 과정에 김창흡, 김시보와 연계되거나 그 영향권에 놓여 있었다고 추정할 수 있다. 실제 김창흡은 권익륭을 애도하는 제문[233]을 짓고 있고, 김시보는 삼십 년

230 본서 Ⅱ-2.의 4. 중 2)「지역 노래 레퍼토리의 선별」 참조.

231 김창흡, 〈雲根亭成, 乘春騁望, 題示權大叔*益隆明府〉, 『三淵集』 卷之九, 『한국문집총간』 165, 189면, 〈除夕感懷, 寄杆城守權大叔〉, 卷之十一, 236면, 〈戲贈權大叔*益隆〉, 『三淵集拾遺』 卷之七, 166, 342면, 〈雲根亭成, 乘春騁望, 題示權大叔明府. 之三〉, 348면, 〈除夕感懷, 寄扞城守權大叔. 之二〉, 卷之九, 370면, 「答權大叔*益隆○庚寅」, 卷之十七, 545면, 「雲根亭記*辛卯」, 『三淵集拾遺』 卷之二十三, 167, 104면.

232 김시보, 〈雲根亭. 贈水城宰權大叔*益隆〉, 『茅洲集』 卷之四, 『한국문집총간』 속 52, 316면, 〈雲根行. 又贈大叔〉, 316면.

233 김창흡, 「祭權大叔文」, 『三淵集』 卷之三十二, 『한국문집총간』 166, 108면.

전에 영보정에서 노닌 기억[234]을 환기하고 있다. 조덕린은 관동 유람[235]에 간성군수 권익륭이 찾아왔다고 하였는데, 김유의 풍악 기행에는 세혐이 있는 권익륭이 서울에 가서 돌아오지 않았다[236]라고 기록하고 있다.

레퍼토리의 체계에 대한 정리가 필요할 것으로 보인다. 가곡부에는 이른바 가곡만 수록하고 있지만, 가사부에는 사부인 〈귀거래사〉를 비롯하여 사(詞)로서 〈억진아〉, 허균의 〈여랑요란송추천〉과 이재, 김창흡의 작품, 권익륭의 〈풍아별곡〉, 〈감군은〉, 〈관동별곡〉에서 〈춘면곡〉까지의 가사 등을 포괄하고 있어서 이를 가창 갈래로서 체계화할 수 있는 준거를 설정해야 할 것이다.

결국 『고금가곡』 상은 〈풍아별곡〉이 중심이고, 〈풍아별곡〉을 지은 권익륭과 밀접하게 교유한 김창흡, 김시보 등과 연관되어 있거나 이들의 영향권에 있었던 사람의 시각에서 배열한 것이라 할 수 있을 것이다.

2) 『고금가곡』 하 가곡부의 특성

『고금가곡』 하는 가곡에 해당하는 것으로 인륜에서 별한에 이르기까지 20개 주제 항목으로 나누어 249수를 수록하고 있고, 이어서 만횡청류 33수와 추필 1수, 자작 14수를 수록하고 있으며, 이어서 〈북변삼쾌〉, 〈서새삼쾌〉, 〈평생삼쾌〉를 실은 뒤에 서종순이라 기록하고, 그리고 〈풍악석각〉, 〈금수정석각〉을 추가하고 있다.

그런데 앞부분에 "그 말에 의거하여 읊조리고 노래하며, 노래는 말을 읊조리는 것으로 말은 짧지만 소리는 느리고, 노래에 없을 수 없는 것이

---

234 김시보, 〈雲根亭. 贈水城宰權大叔*益隆〉, 『茅洲集』 卷之四, 『한국문집총간』 속 52, 316면, 三十年前永保亭, 狂歌縱酒兩忘形.

235 조덕린, 「關東續錄 九月」, 『玉川先生文集』 卷之七, 『한국문집총간』 175, 237면, 杆城郡守權益隆來見, 午後偕行, 道由仙遊潭, 潭比永郎, 廣袤半之, 而幽敻淸邃勝之. 日晚入郡, 與郡守飮于詠月樓, 明日要余舟遊于花津浦, 余以家忌辭.

236 김유, 「游楓嶽記*己丑」, 『儉齋集』 卷之二十, 『한국문집총간』 속 50, 424면, 主倅權益隆入京未還, 權與余有世嫌, 方伯令助路資而格不行.

다섯이 있다.(依其言咏而歌, 歌永言語短聲遲, 歌之所不無有五)"라고 기록한 다음에, 평조화(平調和), 우조장(羽調壯), 계면조원(界面調怨), 궁(宮), 우(羽), 상(商), 궁화(宮和), 우장(羽壯), 상원(商怨) 등을 제시하고, "〈만대엽〉과 〈심방곡〉은 세대가 이미 오래되고 없어져서 [ ] 않는다. 잘 부르는 사람도 울릴 수 없으니 아깝다고 할 만하다.(曼大葉與尋芳曲, 世代旣久泯無[ ], 能唱者無之鳴可惜也)"라고 한 뒤에 초중대엽, 이중대엽, 삼중대엽, 북전, 삭대엽을 나열하고 있다. 각조의 체격과 가지풍도형용을 기술한 것으로 이해할 수 있는데, 이어서 수록하고 있는 작품과는 동떨어진 설명이라 다른 가집에서 임의로 전재했을 것으로 보인다.

수록한 작품을 인륜, 권계, 송축, 정조, 연군, 개세, 우풍, 회고, 탄로, 절서, 심방, 은둔, 한적, 연음, 취흥, 감물, 염정, 규원, 이별, 별한 등 20조의 주제로 분류하고 있어서, 주제 선정의 준거와 작품의 실상에 대한 연관을 살피는 일이 관심을 끌 만하다.

이 중에서 연군에 수록한 51번과 52번 작품의 작가를 '회곡남공(晦谷南公) 병자'로 밝히고 있는 점이 특이하다. 회곡 남공은 남선(南銑, 1582~1654)이다. 51번 작품은 『청구영언』 221번에 장현의 작품으로 수록된 것이고, 52번 작품은 『고금가곡』에 처음 등장하는 작품이다.

51번 작품은 남선의 〈압강낙일지곡(鴨江落日之曲)〉[237]으로, 소현세자 일행이 볼모로 길을 떠난 뒤에 남선이 평안도 관찰사로 뒤따라 달려서 개경의 청석동에서 세자 일행을 따라잡고, 이어서 세자를 압록강 건너 구련성까지 배웅한 다음에 "압록강 해진 뒤에~"로 시작하는 〈압강낙일지곡〉을 불렀다는 내용과 대응한다. 이 사실은 남선의 종손(從孫) 남용익이 작성한 「가장」에 기초하여 김육이 작성한 「비명」[238]에서 세자를 배웅한 내용이 확인되고, 남용익이 작성한 「묘지명」[239]에서 〈압강낙일지곡〉을 말

---

237 〈압강낙일지곡〉에 관하여 본서 Ⅱ-2.의 3. 「노래의 의미 강화와 정치적 득실에 활용」과 Ⅳ-3. 「의령남씨 집안의 가곡 향유」 참조.

238 김육, 「이조판서남공신도비명」, 『잠곡유고』 제13권, 『한국문집총간』 86, 250~252면.

하면서 여항에 전한다고 하였으며, 뒷날 남학명이 정리한 「유사」[240]에서도 외손가에 전하는 〈압록강가〉를 언급하고 있다.

그리고 52번 작품은 다음과 같은 상황에서 지은 것으로 보인다. 남선이 세자 일행을 구련성에서 배웅한 뒤에, 〈압강낙일지곡〉을 부르고 감개하여 슬피 탄식했는데, 세자를 모시고 온 내시가 객수를 요구하자 '번신이 내시를 먹일 수 없소.'라고 하며 거절하자, 내시의 얼굴이 흙처럼 변하고, 돌아가서 비방의 말을 지어 벼슬에서 파직시키고 자급을 내리게 하였다고 한다.[241] 그러자 공은 필마로 고향으로 돌아가 두어 칸짜리 초가집을 짓고 심안(審安)이라 편액하고, 책을 보는 여가에 들판에 나아가 호미를 잡고 농사를 지었으며[242], 처자가 늘 굶주리는 기색이 있어도 누항에서 겉껍질만 벗긴 곡식을 먹고, 공은 여유 있는 사람처럼 지냈다[243]고 한다.

남학명의 기록에 따르면 남선의 외손 정세옥이 구체적 사실을 밝혔다고 했으니, 정세옥 집안에 전하는 남선의 51번 〈압강낙일지곡〉과 52번 작품을 『고금가곡』의 편찬자가 확인하고, 무반의 입장에서 연군의 항목에 수록했을 것으로 추정할 수 있다.

『고금가곡』 상은 김창흡, 김시보와 그 영향권을 주목할 수 있고, 『고금가곡』 하는 정세옥과 그 주변 인물에 관심을 가지고 살필 필요가 있다. 공통항을 발견할 수 있으면 더욱 진전된 논의를 할 수 있을 것이다.

그리고 후반에 수록한 자작 작품 14수와 〈북변삼쾌〉, 〈서새삼쾌〉, 〈평생삼쾌〉에 서종순(徐宗順)으로 기록하고 있고, 말미에 갑신 춘 송계연월옹으로 적고 있어서 서종순과 송계연월옹의 관계를 밝히는 일도 하나의 과제가 될 수 있다.

---

239 남용익, 「예조판서남공묘지명*병서」, 『호곡집』 권7, 『한국문집총간』 131, 367면.
240 남학명, 「회곡남판서유사」, 『회은집』 제4, 『한국문집총간』 속 51, 349면.
241 위와 같은 곳.
242 김육, 앞의 글.
243 남용익, 앞의 글.

7. 『병와가곡집』의 특성

1) 『병와가곡집』의 작가 목록

가집 중에서 가장 많은 1,109수의 작품을 수록하고 있어서 주목을 받는 『병와가곡집』은 작가 목록에서 어제 3명, 군과 대군 4명을 제외하고도 비롯하여 설총에서 계섬까지 168명의 작가를 제시하고 있는데, 이 중에서 을파소, 설총, 성충 등 가곡 갈래가 성립되기 이전의 사람들을 기록하고 있어서 작가 고증에서 신빙성을 담보하기 어려운 면이 드러난다. 그리고 작가 배열도 시대가 바뀌기도 하는 등 정밀한 검증을 거치지 않은 것이 아닌가 하는 의구심을 갖게 한다. 광범위하게 하겠다는 의욕이 이런 혼선을 빚었을 것으로 생각되는 부분이다.

수록된 곡조와 작품 수는 초중대엽(7수), 이중대엽(5수), 삼중대엽(5수), 북전(4수), 이북전(1수), 초삭대엽(11수), 이삭대엽(763수), 삼삭대엽(32수), 삭대엽(18수), 소용(5수), 만횡(114수), 낙희조(104수), 편삭대엽(40수) 등인데, 이는 일부 훼손된 부분이 있기는 하나 『병와가곡집』의 앞부분에서 제시한 악조와 곡조에 그대로 대응되지 않고 있다.

작가 목록에 의구심이 들기는 하지만 어제(태종, 효종, 숙종)와 왕족(인평대군, 적성군, 낭원군, 유천군)을 비롯하여 설총, 최충, 곽여 등부터 유세신까지, 그리고 기녀로 황진부터 계섬까지 모두 175명의 작가를 기명하고 있어서, 선행 가집에 나오지 않았던 작가들이 많이 등장하고 있는 점을 주목할 수 있다. 선행 가집 등에서 무명씨로 수록한 작품의 작가를 밝히려는 노력의 결과로 보이는데, 구체적인 기록이나 자료에 바탕을 두고 신뢰성을 확보할 수 있는 인물을 제시하고 있는지 검증이 필요할 것으로 보인다. 김삼현(金三賢)의 삼현(三賢)을 삼연(三淵)으로 잘못 이해하여 김창흡(金昌翕)을 작가로 표기한 경우는 구전하는 과정의 와전일 수 있으므로 엄정한 검증을 통하여 정밀한 작가 추정이 필요하다. 그리고 김우규, 문수빈, 김태석, 이덕함, 김기성, 박희서, 김중열, 김진태, 김수장, 박문욱, 김묵수 등은 『청구가요』에 수록된 작품을 참조한 것으로 볼 수 있는데, 이들과 여항 가객의 배열순서가 일정한 기준을 지키고 있는 것 같지 않다. 「고금창가제씨」를 확인하고, 『청구가요』를 살폈다면 이들 가객을 배열하는 방법을 고민했을 것인데, 실제 작가 목록에서는 확인하기 어렵다.

『병와가곡집』에 수록하고 있는 곡조가 대체로 『해동가요』(주씨본)와 유사한 면모를 보인다는 점을 고려하면, 기본적으로 『해동가요』(주씨본)에 『청구가요』를 합친 것을 기본으로 삼고, 새로 등장하는 306수는 선행가집에 포함되지 않거나 민간에 전승되는 작품들을 다양하게 수습했을 것이라는 추정이 가능하다.

그리고 『병와가곡집』의 교주자가 김두성(金斗性)을 김기성(金箕性)으로 개명한 기록이 정조 14년(1790)의 기록에서 나타난 것을 준거로 『병와가곡집』이 정조 14년(1790) 이후에 이루어진 것[244]이라 했으나, 실제로 영조 41년(1765) 윤2월에 청연 군주를 김두성과 정혼시키고 광은부위로 호를 삼았다고 했으며, 개명한 김기성이 등장하는 기록은 정조 12년(1788) 12월에 이미 나타나고 있고, 광은부위 김기성(김두성)이 가객 김두성과 같은 인물인지 다시 확인할 필요가 있을 것이다. 『병와가곡집』 목록 김기성에서 17세에 지은 것이라고 한 것도 검토할 일이다.

2) 『병와가곡집』의 곡조 배열

곡조에 바탕을 두고 작품을 수록하고 있는데 초중대엽에 7수를 배치한 점은 매우 특이하다 할 수 있다. 7수를 들면 다음과 같다.

송림에 눈이 오니~(정철)

잘 시는 나라 들고~(정철)

---

244 김용찬, 『교주 병와가곡집』(월인, 2001), 14~17면.

공산이 적막훈되~(정충신)

황하수 묽다더니~(김광욱)

인심은 터이 되고~(주의식)

장한이 강동거홀 제~(미상)

어제 곰든 마리~(미상)

『청구영언』(1728)에는 초중대엽에 "오늘이 오늘이쇼셔~" 1수를 수록하고 있고, 『청구영언』(장서각본)에도 초중대엽에 "오늘이 오늘이쇼셔~" 1수를 수록하고 있으며, 『해동가요』(박씨본)에도 초중대엽에 "오늘이 오늘이쇼셔~" 1수를 수록하고 있고, 『해동가요』(주씨본)에도 초중대엽에 "오늘이 오늘이쇼셔~" 1수를 배열하고 있다.

그런데 이한진 편 『청구영언』에는 곡조를 표시하지 않고 있어서 곡조 배열을 짐작하기 어렵지만, 시작 부분에 차례로 "공산이 적막훈듸~", "송림의 눈이오니~", "잘새는 나라들고~", "천황씨 지으신 집을~"을 배열하고 있다. 앞의 세 수가 『병와가곡집』의 초중대엽의 셋째, 첫째, 둘째에 수록한 작품과 일치한다.

그런데 이러한 배치는 3부 구성으로 파악한 『청구영언』(장서각본)의 중반부에 우조 초중대엽에 "황하수 묽다터니~"(256번), "공산이 적막훈듸~"(257번)와 계면조 초중대엽의 "잘새는 누라들고~"(260번)가 각각 『병와가곡집』 초중대엽의 넷째, 셋째, 둘째에 수록한 작품과 일치하고 있다. 그리고 『청구영언』(장서각본)의 후반부의 진화엽에 배열한 "송림에 눈이 오니~", "공산이 적막훈듸~"가 수록되어서 『병와가곡집』 초중대엽의 첫째, 셋째에 수록한 작품과 일치한다. 한편 『병와가곡집』 초중대엽 여섯 번째, "장한이 강동거홀 제~"가 『청구영언』(장서각본)의 중반부의 우조계면조평조 이삭대엽에 288번 작품으로 수록되어 있다.

『병와가곡집』의 곡조 배열이 『해동가요』(주씨본)와 유사한 면모를 보인다고 하지만, 실제 작품 배열은 이한진 편 『청구영언』이나, 『청구영언』

(장서각본)의 중반부나 후반부의 작품 배열과 유사한 점이 많다는 점을 확인할 수 있다. 이러한 특성은 『병와가곡집』의 작품 배열이 『청구영언』(연민본)이나, 『청구영언』(장서각본)의 중반부나 후반부와 더 가까운 것으로 짐작하게 한다.

그리고 『병와가곡집』 이중대엽에 배치한 5수도 같은 방법으로 검토할 필요가 있을 것이다.

벽해 갈류후에~(미상)
입아 초사름들아~(미상)
오늘이 오늘이쇼셔~(미상)
덕으로 밴 일 업고~(미상)
됴고만 배암이라셔~(미상)

『청구영언』(1728)에는 이중대엽에 "이바 초ㅅ사름들아~"를 1수 수록하고 있고, 『청구영언』(장서각본)에도 "이바 초ㅅ사름들아~"를 1수 수록하고 있으며, 『해동가요』(박씨본)와 『해동가요』(주씨본)에도 같은 작품을 1수 배열하고 있다.

그런데 『병와가곡집』 이중대엽의 셋째 수 "오늘이 오늘이쇼셔~"는 각 가집의 초중대엽에 수록하고 있는 작품이다. 그리고 이중대엽의 첫째 수 "벽해 갈류후에~"는 『청구영언』(연민본)에 일곱 번째 작품으로 수록되어 있고, 『청구영언』(장서각본)의 중반부의 이중화엽과 『청구영언』(장서각본) 후반부의 계면조 이중대엽에 수록되어 있다.

이러한 특징은 『가곡원류』의 곡조 배열과 견줄 수 있는 것으로 『병와가곡집』의 편찬 시기와 편찬 과정을 살피는 데 조심스레 고려해야 할 사항으로 보인다.

실제로 『가곡원류』 우조 초중대엽에 "황하수 맑다터니~"와 "공산이 적막한듸~"를 배치하고 있고, 이중대엽에 "이봐 초ㅅ사람들아~"와 "인심은 터히되고~"를 수록하고 있으며, 장대엽에 "송림에 눈이 오니~"를, 계면 초중대엽에 "잘ㅅ새는 나라들고~"를 이중대엽에 "벽해ㅣ 갈류후에~"를 배치하고 있기 때문이다.

『병와가곡집』의 곡조 배열과 작품 배치가 편찬자의 체계적인 판단에서 이루어진 것인지 다시 한번 생각해야 할 대목이기도 하다. 그리고 정철의 작품 2수를 포함하여 정충신의 작품과 김광욱, 주의식의 작품을 초중대엽에 배열한 태도도 궁금한 부분이다.

Ⅳ-3. 가문 중심의 시가 향유 양상

가문 중심의 시가 향유는 개별 작가만을 살피는 것이 아니라 집안을 중심으로 대를 이어 시가 향유가 이루어진 양상을 주목하는 것이다. 가문을 중심으로 한 노래의 전승과 향유는 16세기 이별의 〈장육당육가〉 이후 이를 번역한 이광윤의 〈번장육당육가〉를 비롯하여, 경주이씨 집안에서 이정의 〈풍계육가〉, 이득윤의 〈서계육가〉와 〈옥화육가〉, 그리고 17세기 이홍유의 〈산민육가〉에 이르기까지 지속적으로 향유한 사실[245]이 확인되고 있다.

17세기 시가사를 점검하면서 살핀 연안이씨[246] 집안과 김광욱·김성최로 이어지는 조손[247]의 시가 향유가 18세기에도 그 후손과 외손으로 이어지고 있음을 확인할 수 있고, 17세기부터 이어지기는 했어도 미리 살피지 못한 의령남씨 집안의 가곡 향유를 주목할 수 있으며, 정치적 국면의 변화와 함께 축출과 유배가 되풀이되는 상황에서 밀려난 사람들의 내면을 드러내고 있는 전주이씨 집안의 이진유-이광명·이광사-이긍익·이영익 등의 시가 향유를 집중하여 살필 수 있다.

18세기 연안이씨 집안의 시가 향유는 이우신 대에서 이정보·이민보 대를 거쳐서 이시원·이조원 대까지 이어지고 있어서 연안이씨의 문화(文華)가 지속되고 있음을 확인할 수 있다.

의령남씨 집안의 가곡 향유는 볼모로 가는 소현세자 등을 보내면서 남

245 최재남, 『17세기 전반 정치·사회 변동과 시가사』(보고사, 2018), 101~106면.

246 최재남, 「연안 이씨 집안의 풍류와 그 전승」, 『17세기 후반 정치·사회 변동과 시가사』(보고사, 2021), 59~68면.

247 최재남, 「조손으로 이어지는 풍류」, 『17세기 후반 정치·사회 변동과 시가사』(보고사, 2021), 69~79면.

선이 지은 〈압강낙일곡〉을 새롭게 주목할 것이고, 남유용 고모들이 향유한 〈납국가〉[248]는 기존 연구에서 모녀 사이의 노래 향유로 살핀 것인데 이제 가문의 시가 향유로 확대하여 살필 것이며, 이에 더하여 남유상·남유용이 연안이씨 집안의 이우신, 이정보 등과 유람하면서 시가를 향유한 내용도 아울러 살펴야 할 것이다.

한편 조명리의 시조는 『해동가요』에 수록된 작품으로 18세기 영조 대에 주목할 작가라 할 수 있는데, 조명리가 김성최의 외손으로 확인되면서, 김광욱에서 김성최로 이어지는 율리의 귀래정풍류가 조명리에게 이어진 것으로 이해할 수 있으며, 이 과정에 김시민이 큰 역할을 한 것으로 정리할 수 있다.

그리고 이진유-이광명·이광사-이긍익·이영익으로 이어지는 전주이씨 집안의 시가 향유는 밀려난 사람들의 내면 풍경이라는 점에서 일차적으로 주목할 수 있고, 『가례원류』와 관련한 병신 처분에서 신임사화를 거쳐 영조의 즉위, 무신란과 세월이 흐른 뒤의 을해 역옥에 이르기까지 긴 세월 동안 정치·사회 변동과 집안의 운세가 연계되면서, 이와 관련한 시가 작품을 남기고 있다는 점에서 더욱 관심을 가질 수 있다. 이진유의 〈속사미인곡〉, 이광명의 〈북찬가〉, 이광사의 〈무인입춘축성가〉, 이긍익의 〈죽창가〉, 이영익의 〈동국악부〉 등이 드러난 외면과 재해석해야 할 이면을 아울러 살필 필요가 있다.

248 최재남, 「모녀 사이의 노래 전승」, 『17세기 후반 정치·사회 변동과 시가사』(보고사, 2021), 428~430면.

1. 연안이씨 문화의 특성

17세기에 중앙에 기반을 둔 문벌 가문 중에서 상풍류(上風流)라 부를 수 있는 연안이씨 집안의 시가 향유를 문화(文華)라는 시각에서 크게 주목할 수 있다. 17세기 전반의 이정구(1564~1635)에서 비롯된 가문의 문화가 손자 대의 이은상·이익상을 거쳐 증손 대의 이하조로 이어지는 양상[249]을 확인하였다. 이은상은 정명공주 수연의 풍류를 주도하였고, 이하조는 낭원군 이간이 엮은 『영언』의 발문을 쓰고 있다.

18세기에도 연안이씨 집안의 문화는 이정구 현손 대의 이우신(1670~1744), 내손(來孫) 대의 이철보(1691~1770), 이정보(1693~1766), 이천보(1698~1761), 이민보(1720~1799), 그리고 곤손(昆孫) 대의 이시원(1753~1809), 이조원(1758~1832)에 이르기까지 연계성을 지니는 것으로 볼 수 있어서 가문 중심의 시가 향유에서 중요하게 다루어야 할 내용이라고 할 수 있다.

이우신과 이정보는 부자 사이로, 이우신은 이정보와 사위 남유상 등과 용연, 동화사 등을 여행하면서 시가 향유에 적극적이었고, 칠십 세 수연에 가시로 축하의 자리를 마련하기도 하였으며, 이정보는 『해동가요』에 많은 작품을 수록하고 있는 것으로 알려지고, 집안에 계섬과 같은 가기를 두고 가곡을 향유한 점과 학여울 등에서 풍류를 즐긴 점을 주목할 수 있다. 이철보, 이천보 등은 요직을 차지하고 정치 활동을 한 점과 함께 이정보 등과 시가 향유에 크게 관심을 가진 점을 살필 수 있고, 이민보는 가곡 8수를 한역하면서 "산거야취"와 "경세성속"[250]을 중시하고 있으며, 이시원과 이조원은 아집을 통하여 18세기 후반 이후 연안이씨 집안 풍류의 향방을 살피게 한다.

---

249 최재남, 『17세기 후반 정치·사회 변동과 시가사』(보고사, 2021), 59~68면.

250 이민보, 〈余愛聽歌曲, 言多合山居野趣, 亦足警世醒俗, 惜其方言俚辭樂府無傳, 漫演其語成八章〉, 『豊墅集』 卷之三, 『한국문집총간』 232, 341면.

1) 이우신의 역할과 연안이씨 문화

이우신은 이정구의 현손으로 숙종 46년(1720) 1월에 대구 통판으로 있으면서 고조부 이정구의 『별집』을 간행[251]하여 원본과 합치면서 이정구의 문집에 온전한 체제를 갖추게 하였고, 이를 대구 용연사에 보관하였다.

이해 2월에 이정보, 남유상 등이 서울에서 내려가서 지역의 박성룡, 황희만(黃希萬) 등과 용연과 동화사 등을 유람하였는데, 태수 박윤현과 이우신, 윤필 등도 참여했으며, 용연 유람을 마치고 달성에서 기다리고 있던 이우신의 큰아들 이항보가 기녀 월강에게 검무를 추게 하자 황희만이 우성(羽聲)으로 노래[252]하였다고 기록하고 있다. 달성 지역 가자로서 황희만을 기억할 수 있다.

그리고 닷새 뒤의 동화사 유람에는 이항보, 서익화, 이두갑이 합류하였으며 바위 위에 둘러앉아 술을 부르고 노래[253]를 하게 하였다.

그리고 이우신은 영조 1년(1725)에 의성 현령으로 부임하였는데, 이듬해에 동생 매신(1689~1740), 둘째 아들 정보, 사위 남유상이 찾아가려고 청풍정(淸風亭)에서 모임을 가졌는데, 이때 남유상이 지은 시에서 동화사의 노래와 춤을 환기하고 있다.

동화사에서 노래와 춤을 추었는데	歌舞桐華寺
당시에 태평을 바랐네.	當時尙太平
숲과 샘은 간밤의 꿈과 같고	林泉如昨夢
꽃과 새는 봄 소리가 몇 번이었던가?	花鳥幾春聲
지난 일에 구름이 더욱 희고	往事雲猶白
이별의 회포에 술이 더욱 맑네.	離懷酒更淸

---

251 이희조, 「月沙先生別集跋」, 『月沙先生別集』, 『한국문집총간』 70, 57면.

252 남유상, 「遊龍淵記*庚子」, 『太華子稿』 卷之四, 『한국문집총간』 속 74, 167면, 晡時到達城, 士常又携妓來待, 使月江劒舞, 黃生歌羽聲以應之.

253 남유상, 「遊桐華記」, 『太華子稿』 卷之四, 『한국문집총간』 속 74, 168면, 環坐石上, 呼酒命歌.

그대 집의 누런 말이　君家黃色馬
이미 교남 길에 익숙하네.　已慣嶠南行[254]

그런데 집안이 신축년과 임인년을 겪으면서 스스로 시의에 영합하지 않고 하위의 자리에 있으면서 화복이 닥치지 않도록[255] 하였다.

그 와중에 이우신이 칠십 세 생일을 맞아 수연을 베풀었는데, 둘째 아들 정보가 승선에 승진된 덕택으로 참판의 직질에 오르는 등 임금의 지원을 받게 된 것으로, 양로연의 전통을 이은 것이라 할 수 있다.

> 기미년(1739)에 공이 70수(壽)에 올랐는데 둘째 아들이 임금을 시종한 데 대한 은전으로 참판의 직질에 가자되었으며, 때마침 공의 막내아들과 조카가 나란히 문과에 급제하였고 둘째 아들이 또 승선으로 승진하여 발탁되었으니 무릇 세상의 이른바 경사와 영화가 일시에 공의 집으로 모여들었다. 공은 도리어 가득 차게 번성하는 것을 두려워하여 처음에 친척과 종친들이 마땅히 잔치를 벌여 기쁨과 경사를 널리 펴야 한다고 하였으나 공이 완고하게 허락하지 않았다. 그런데 이해 여름에 상께서 동조에 축수를 올리면서 노인들에게 가사하시어 그 자손들로 하여금 부조들에게 잔치를 베풀게 하셨으니 성상의 은덕이었다. 공이 감히 사양하지 못하고 이미 친척과 빈객들에게 잔치를 베푸니 각자 시가를 지어 하례하였는데 공이 화답하여 자제들에게 보인 내용은 사람들이 기뻐하는 바로써 기쁨을 삼지 않고 삼가 근심하고 두려워하는 마음을 담고 있었다.[256]

한편 이우신의 종증조부 소한(1598~1645)의 현손인 이영보(1687~1747)

254 남유상, 〈李季和*梅臣士受將赴義城, *時聘君宰義城. 夜會淸風亭, 抽次王臨川韻. 丙午〉, 『太華子稿』 卷之二, 『한국문집총간』 속 74, 130면.
255 이천보, 「伯父七十歲壽序」, 『晉菴集』 卷之六, 『한국문집총간』 218, 238면.
256 오원, 「右尹李公*雨臣七十壽序」, 『月谷集』 卷之九, 『한국문집총간』 218, 470면.

가 집안의 여러 숙항들에게 준 시 중에서 이우신에게 준 시는 다음과 같다. 늘 귀거래에 뜻을 두고 벼슬을 그만둔 것을 크게 기뻐했다고 하였다.

가을빛의 초산에는 흰 구름이 깊은데	楚山秋色白雲深
짙은 푸른 빛을 턱을 괴고 서로 보며 읊네.	濃翠相看拄笏吟
팽택의 높은 뜻은 속된 운이 아니요	彭澤高情非俗韻
한나라 조정의 어진 수령은 유림이 근본이네.	漢庭良牧本儒林
벼슬을 그만두고 귀거래의 뜻을 크게 기뻐하고	辭官大快歸來意
부처에 빌면서 괜히 부로의 마음을 어여삐 여기네.	禱佛空憐父老心
태사는 다만 순리전을 마름질하리니	太史但裁循吏傳
고인이 어찌 유독 금인보다 나은가?	古人何獨勝於今

* 위는 종숙 우신께 드리다.(右呈宗叔 雨臣)[257]

그리고 이우신은 책을 좋아하고 '만록'[258]이 집에 있다고 했는데 현재 확인되지 않고 있어서, 큰아들 항보가 일찍 죽은 뒤에 자식이 없어서 술원(述源)을 계자로 삼는 바람에 제대로 전승되지 못한 듯하고, 둘째 아들 정보도 "문집 약간 권이 집에 갈무리되어 있다."[259]라고 했으나 후사가 없어서 혜보(惠輔)의 아들 건원(健源)으로 계자를 삼은 탓에 제대로 전승되지 못한 것일 수도 있다.

2) 이정보의 가곡 향유

이정보(1693~1766)는 자 사수(士受), 호는 삼주(三洲), 호곡(壺谷), 반곡(盤谷)으로 이우신의 둘째 아들이다.

---

257 이영보, 〈感懷呈諸叔諸弟, 並冀斤和〉, 『東溪遺稿』 卷之一, 『한국문집총간』 속 68, 357면.

258 남유용, 「戶曹參判李公行狀」, 『雷淵集』 卷之二十五, 『한국문집총간』 217, 539면, 公性嗜書, 閒居手不去書, 尤長於詩律, 意至輒寫, 有漫錄畧干卷藏于家.

259 김조순, 「大提學李公謚狀」, 『楓皐集』 卷之十四, 『한국문집총간』 289, 336면, 有文集略干卷, 藏于家.

『해동가요』(주씨본)에 수십 편의 시조가 수록된 이정보는 작품 수가 많은 점도 있지만, 음사(淫辭)의 해학적인 장시조를 포함하고 있어서 18세기 사설시조 작가로 주목받게 되었다. 이제 여러 방면으로 확인한 자료를 바탕으로 몇 가지의 행적을 정리하고자 한다.

28세이던 경종 즉위년(1720)에 대구판관으로 부임한 부친을 따라 용연, 동화사 등을 노닐었는데, 이때 형 이항보, 매부 남유상 등이 동행하고 현지에서 박성룡, 황희만, 박윤현, 윤필, 서익화, 이두갑 등이 참여하였으며, 황희만이 우성으로 노래를 불렀다. 몇 해 뒤에 부친이 의성현감으로 있을 때에도 계부 이매신, 매부 남유상과 함께 따라갔다.

남유상과 함께 동쪽으로 가릉(嘉陵, 가평)에 갔는데 남유상이 복거할 곳을 찾기 위한 길이었다. 복거지로 반곡이라는 마을이 등장하는데, 이를 호로 삼은 것으로 보인다. 가릉은 선조의 묘소가 있는 곳으로 선대에서 자주 드나들던 곳이다. 뒷날 이천보도 가릉에서 지내기 위해 땅을 사기도 했다.

이천보, 황중원, 이매신, 남유상, 김선택 등과 서호에서 뱃놀이를 했는데, 선유봉 아래에 이르러 황중원이 술병을 치면서 노래[260]를 부르고 이매신이 화답하였다. 그리고 정익하의 서교 별업[261]에서 윤봉오, 이정보, 서종급의 아들, 서명천 등이 모여서 뱃놀이를 즐겼다.

권이진(1668~1734)의 시에 이정보에게 거문고를 빌렸다는 기록[262]이 있다. 권이진과 이정보의 관계를 정리할 필요가 있으며, 거문고에 관한 정보를 보충할 필요가 있다. 이정보의 고모부가 권익경(權益敬)이다.

김조순이 지은 「시장」[263]에 "공이 본래 음률을 이해하여 『악보』의 새로

260 남유용, 「遊西湖記」, 『雷淵集』 卷之十三, 『한국문집총간』 217, 293면, 至仙遊峯下. 仲遠擊壺以歌, 汝述和之.

261 서종급, 〈鄭子謙*益河西郊別業. 拈韻共賦. 丁丑〉, 『退軒遺稿』 卷之一, 『한국문집총간』 속 69, 17면, 윤봉오, 〈與徐台汝思, 李台士受*鼎輔, 會飮於鄭台子謙孔德別墅, 抽韻賦詩, 余所倡, 可謂西湖眉額, 而人未見賞, 疊前韻, 示意簡思·謙兩台求和〉, 『石門集』 卷之二, 『한국문집총간』 속 69, 408면.

262 권이진, 〈簡李上舍士受借琴〉, 『有懷堂先生集』 卷之二, 『한국문집총간』 속 56, 184면.

운 노랫말에 공이 직접 지은 것이 많고, 또 별업이 학여울 가에 있어서는 겨를이 있는 날이면 금가(琴歌)를 데리고 노를 저으며 물을 거슬러 올랐는데, 얼굴이 아름답고 눈동자가 밝아, 바라보면 신선 속에 있는 사람과 같았다."라고 한 기록으로 보아, 가집이라고 할 수 있는 『악보』에 새로운 노랫말이 수록되어 있었으며 그중에는 공이 직접 지은 것이 많았던 것으로 이해할 수 있다. 『악보』의 새로운 노랫말 가운데서 『해동가요』에 전재되었을 가능성을 제기할 수 있다. 『해동가요』에 이정보의 이름으로 수록된 작품 중에서 이정보가 직접 지은 것을 선별하는 작업이 필요할 것으로 보인다. 그리고 "문집 약간 권이 집에 갈무리되어 있다.(有文集略干卷, 藏于家)"라고 했는데, 현재 확인되지 않는다. 그런데 김조순의 「시장」이 후대에 이루어진 점을 고려하여 당대의 기록을 중심으로 살피면서 「시장」의 신빙성을 확인하는 일도 아울러 진행되어야 할 것이다.

한편 종증조부 만상의 증손자인 삼종형 이철보(1691~1770)와 친밀한 관계를 유지하면서 많은 시를 주고받은 것으로 확인된다. 이철보가 "내 나이 일흔 셋인데, 그대는 나보다 두 살이 적고"[264]라고 한 데서 두 사람의 나이를 알 수 있고, "오복 가운데 수(壽)가 최고인데, 한 집안의 세 노인이 어찌 기이한가?"라는 대목에서는 함께 장수하고 있음을 알 수 있다. 또 다른 시에서는 가까운 곳에서 살고 있음을, "다행히 시수가 이웃에 살아서, 문득 만나면 감탄함이 내 뜻과 같았네."[265]라고 하였고, "어떻게 자리를 같이하고 웃으며 서로 마주하면, 긴 노래와 짧은 시에 우스개가 섞이네."라고 한 데서 시와 노래의 내용까지 짐작할 수 있다. "긴 노래와 짧

263 김조순, 「大提學李公諡狀」, 『楓皐集』 卷之十四, 『한국문집총간』 289, 336면, 公素解聲律, 樂譜新詞, 多公所自製. 而別業在鶴灘上, 每暇日, 携琴歌一棹沿洄, 韶顔炯眸, 望之若神仙中人.

264 이철보, 〈續題長句一篇, 示受台要和, 兼示大而〉, 『止庵遺稿』 冊二, 『한국문집총간』 속 71, 56면, 吾年七十三, 君少吾二齒. … 五福之中壽爲最, 一家三老何其異.

265 이철보, 〈更次別韻, 示貫一令〉, 『止庵遺稿』 冊二, 『한국문집총간』 속 71, 57면, 幸有受台居比隣, 對輒感歎如我意. … 何當合席笑相對, 長謌短詠雜嘲戲.

은 시" 속에 "우스개[嘲戲]"가 이정보의 '음사의 해학적인 장시조'를 가리키는 것이라면, 이정보의 장시조를 해석할 수 있는 확고한 기반을 확보하게 되는 것이다.

그런데 영조 30년(1753) 11월에 이천보, 이익보, 이정보 등의 권염[266]을 지적한 상서가 있었고, 12월에 영의정 김재로가 이정보를 경의 반열에 올리는 것이 좋겠다고 아뢰기도 한 정치적 상황도 살필 필요가 있다.

이정보의 시조 작품은 주로 『해동가요』(주씨본)에 실려 있는데, 다음 작품이 『청구영언』(연민본)에는 반치(半癡)라는 이름으로 수록되어 있다. 『해주』 0388, 『해정』 0389, 『병가』 0880 등에 이정보로 기록되었고, 『청구영언』(연민본)에 반치로 수록되어 있는 것을 제외하면 대부분 이름이 밝혀지지 않은 채로 작품만 수록되어 있다.

> 대장부ㅣ 공성신퇴ᄒᆞ야 임천에 집을 짓고 만권서를 ᄡᅡ하 두고
> 죵ᄒᆞ여 밧 갈리고 보라ᄆᆡ 길들이고 천금준구 알픠 ᄆᆡ고 금준에 술을 두고
> 절대가인 겻틔 두고 벽오동 검은고에 남풍시 놀리ᄒᆞ며 태평연월에 취ᄒᆞ여 누엇신이
> 암아도 평생 ᄒᆡ올 일이 잇분인가 ᄒᆞ노라 『해주』 388

> 대장부 功成身退ᄒᆞᆫ 후의 임천의 집을 짓고 만권서를 ᄡᅡ아노코
> 죵ᄒᆞ여 밧갈낙 보라ᄆᆡ 길드리고 천금준마 겯희ᄆᆡ고 절대가인 압희두고 금준의 술을 두고 벽오동 거문고의 남풍시 부르면셔 태평연월의 취ᄒᆞ여 누엇고야
> 아마도 장부의 ᄒᆞ올 일은 이만ᄒᆞᆫ 거시 업ᄂᆞ니라 『청연』 80 반치

3) 이민보의 가곡 한역과 다양한 관심

연안이씨 가문의 시가 향유에서 주목해야 할 인물은 이민보(1720~1799)

---

266 『영조실록』 82권, 영조 30년 11월 27일(임인), 『국역 영조실록』 25, 301~305면.

이다. 이민보는 양신(亮臣)의 아들이나 당숙 숭신(崇臣)의 후사가 되면서 하조(賀朝)의 손자가 되었다. 자가 백눌(伯訥), 호가 풍서(豐墅), 상와(常窩)이다.

영조 19년(1743) 2월 22일에 영의정 김재로의 계청으로 이단상(李端相, 1628~1669)에게 문정(文貞)이라는 시호가 내려졌는데, 연시 의식은 이단상의 장남인 이희조(李喜朝, 1655~1724)가 일찍이 수령으로 있었던 강원도 평강현 관아에서 설행되었으며, 주관자는 이단상의 증손 이민보였다. 이때의 연시를 경축하는 시로 저자[267]의 시 외에, 신(新)·신(紳)·인(人)·신(臣)자 운을 쓴 남한기·송문흠·조영석·송명흠 등의 시와, 시(時)·사(思)·지(池)·지(枝)자 운을 쓴 김진상·조영석 등의 시가 전한다.

이민보는 가곡을 즐겨 듣는다고 하면서, 산거야취와 경세성속을 핵심 내용으로 하는 작품을 한역[268]하였는데, 모두 『청구영언』(1728)에 수록된 작품이라 『청구영언』(1728)을 대본으로 삼았을 가능성이 높다.

이민보의 행적에서 중요하게 살필 내용은 정조 12년(1788) 5월에 장악원 정에 제배된 사실이다. 그곳에서 구성악 등을 익히기도 했지만, 몇 결의 노래를 듣는다고 하였다.

중요한 관청에서 하룻밤 직숙하는데	華省一宵直
어찌 공무가 많다고 하랴?	豈云公務多
무거운 벼슬에 늙도록 이름이 부끄럽고	官慚重到老
영관의 옛 명성이 그릇됨이 아깝네.	伶惜舊名訛
구성악을 익히는 것을 마치고	習罷九成樂
몇 결의 노래를 머물러 듣네.	留聽數闋歌
조금 취하여 정색으로 느꺼워하니	微醺愀作感

267 김이안, 〈靜觀李先生*端相延謚, 次主人韻. 代人作〉, 『三山齋集』 卷之一, 『한국문집총간』 238, 305면.

268 8수의 작품은 본서 Ⅲ부의 2. 「한역을 통한 전승의 변화 모색」에 소개하였다.

특별히 은혜의 물결을 입네. 別有荷恩波[269]

구성악 등 공식적인 업무를 익힌 뒤에 머물러서 들었다고 하는 몇 결의 노래는 공식적인 연회에서 쓰이는 것과는 다른 속악이나 가곡일 가능성이 있다.

이와 함께 이민보는 시가의 다양한 레퍼토리에 대해 깊은 관심을 가지고 실제로 노래로 부르고 있었는데, 그 레퍼토리는 〈행로난〉[270], 〈순상영남루가〉[271], 〈어부가〉와 〈출새곡〉[272], 〈보허사〉[273], 〈출사표〉[274], 〈감군은〉[275] 등으로 다양하게 나타나고 있으며, 우리말 노래에 대한 특별한 관심으로 송강 정철의 〈관동별곡〉[276]을 비롯한 사곡[277]에 대한 깊은 애정을 드러냈다.

이민보는 실제로 정철의 후손들을 직접 챙기면서 조상에서 후손으로 이어지는 연결의 고리[278]를 강조하기도 하였다. 송생과 이생에게 주면서 송강의 후손인 정면과 조카 정몽환에게 보인 내용도 있고, 인용한 시는 정생의 초당에서 지은 시로 이들 숙질에게 〈장진주〉를 언급하면서 옛 가

---

269 이민보, 〈自上聞引嫌呈旬, 特令吏曹申飭行公, 始赴樂坐. 示李元裕[宲]〉, 『豊墅集』 卷之五, 『한국문집총간』 232, 386면.

270 이민보, 〈嶺〉, 『豊墅集』 卷之一, 『한국문집총간』 232, 303면.

271 이민보, 〈次巡相南樓歌〉, 『豊墅集』 卷之一, 『한국문집총간』 232, 307면.

272 이민보, 〈送灣尹趙寅瑞〉, 『豊墅集』 卷之二, 『한국문집총간』 232, 318면, 向從湖閣聽琴罷, 漁曲翻爲出塞聲.

273 이민보, 〈邊生課歌兒漫書以示〉, 『豊墅集』 卷之二, 『한국문집총간』 232, 320면, 濡毫欲寫步虛詞.

274 이민보, 〈偶書〉, 『豊墅集』 卷之二, 『한국문집총간』 232, 328면, 爾雅諸章漢出師.

275 이민보, 〈記事〉, 『豊墅集』 卷之五, 『한국문집총간』 232, 391면, 長歌催奏感君恩.

276 이민보, 〈巡使別設餞, 侵夜劇飮, 金五衛景游以舊人亦在座同讌, 他鄕勝會也〉, 『豊墅集』 卷之三, 『한국문집총간』 232, 342면, 誰續關東松老曲, 臥遊殘興聽雙鬟.

277 이민보, 〈臥聽轉丹軒歌聲, 問是鳳娃也. 寫一絶〉, 『豊墅集』 卷之二, 『한국문집총간』 232, 329면, 松翁詞曲如增韵.

278 이민보, 〈鄭汝直率其姪, 袖詩來見, 次其韻〉, 『豊墅集』 卷之五, 『한국문집총간』 232, 400면, 宵人迄懟松翁烈, 〈鄭君詩來, 多不敢當語. 次韻以謝之〉, 『豊墅集』 卷之五, 『한국문집총간』 232, 400면, 〈答別鄭生, 次其五古韻〉, 『豊墅集』 卷之五, 『한국문집총간』 232, 401면, 兩家篤舊誼, 請先陳世德. 沙祖未釋褐, 松翁居相職.

사를 폐하지 말기를 당부하기도 한다.

훌륭한 그대 숙질이 청의에 닿았는데	嘉君叔姪接清儀
어찌 바다 한 물가에서 나그네가 되었나?	奚作飄蓬海一湄
이름난 조상에 손자가 있어서 봉혈의 나머지인데	名祖有孫餘鳳穴
대가가 흙을 떠나 작은 가지에 기대네.	大家離土托鷦枝
높은 문벌에 벼슬을 중히 여김에 두지 않는데	高門不藉官爲重
먼 세속에 혹여 그대가 누구인지 아는가?	遐俗倘知爾是誰
온갖 일에 〈장진주〉 같은 것이 없는데	萬事無如將進酒
슬픔과 즐거움에 옛 가사를 폐하지 마시라.	悲歡莫廢舊歌詞[279]

그리고 이민보는 영조 45년(1769)에 이규보, 심용, 김근행 등과 강에서 범주[280]를 하는 등 풍류를 즐기기도 하였다. 이 중에서 재종조부 해조의 손자인 이규보(1708~1783)의 묘표에서, "수석과 누각에서 놀기를 좋아하고 손님들과 함께 술과 음식을 성대하게 차리고 사죽의 도움을 받아 저녁이 다하도록 노래를 부르며 돌아갈 줄 몰랐다."[281]라고 기록하고 있어서 풍류를 즐겼던 인물임을 알 수 있다. 심용과의 교유는 지속적인 관심이 필요하다.

4) 이명원의 송원아집과 이시원·이조원의 비성아집

다음으로 이명원(1745~1832)의 송원아집과 이시원(1753~1809)·이조원(1758~1832)의 비성아집을 살펴보도록 한다.

---

279 이민보, 〈寄題鄭生草堂〉, 『豊墅集』 卷之五, 『한국문집총간』 232, 399면.

280 김근행, 〈與沈大仲*鏞, 李仲玉*珪輔, 李伯訥*敏輔 泛舟前湖, 抽唐詩韻共賦. 己丑〉, 『庸齋先生文集』 卷之二, 『한국문집총간』 속 81, 68면.

281 이민보, 「隱齋從兄墓表」, 『豊墅集』 卷之十二, 『한국문집총간』 232, 531면, 喜遊水石樓閣, 率賓客盛具酒食, 助以絲竹之音, 性雖不飮, 愛人能醉盡夕歌呼忘返.

이명원은 월사 이정구의 6대손으로 이소한(1598~1645)의 셋째 아들 유상(有相)의 고손으로 자가 원명(元明), 호가 경와(耕窩)인데[282], 임진년(1772) 여름에 8인이 반수의 벽송정에 모여서 모임을 가지고 『송원아집첩』을 만들었다. 이 모임에는 가자 1인, 소자 1인, 금자 1인, 화자 1인이 참석하였으며, 이홍상이 추가로 화답하였다. 그리고 뒷날 계해년(1803)에 풍서공 이민보가 비평을 하고, 연형(淵兄)이 쓰고 심제(深弟, 始源, 1753~1809)가 정리한 내용을 문집[283]에 기록하고 있다.

그리고 이시원·이조원의 비성아집은 비성(교서관)에서 여러 사람들과 함께 모인 것으로, 오재순(1727~1792)이 제학으로 관할하고 있을 때의 일을, 신해년(1791) 모춘에 이홍상과 이덕무가 모여서 성대중에게 짓게 하고 이한진에게 쓰게 한 기문[284]에는, 성대중, 박지원, 이한진, 서배수, 홍원섭, 이시원[285], 이명원, 남공철, 이조원[286], 이홍상, 이덕무 등이 뽑혔고, 송재도, 나열, 이홍유 등도 참가한 것으로 되어 있다.

그리고 정조 19년(1795) 3월에 내원에서 꽃을 구경하고 낚시질할 때, 직부(直赴) 이시원을 특별히 참석하게 하면서, 아버지 이민보, 동생 이조원, 아들 이봉수, 이학수, 조카 이용수까지 참석하게 했다. 곧 규장각에 선발될 사람이라는 이유에서다. 이 자리에는 연안이씨의 고 이복원[287]의 아들인 이시수(李時秀)와 조카인 이전수(李田秀)도 참여하였다.

> 내원에서 꽃을 구경하고 낚시질하였다. 여러 각신의 아들·조카·형제들

---

282 송치규, 「同樞李公行狀」, 『剛齋先生集』 卷之十二, 『한국문집총간』 271, 260면, 이지수, 「先府君家狀」, 『重山齋集』 卷之七, 『한국문집총간』 속 116, 424면.

283 이명원, 「송원아집첩」, 『경와집』 권4, 『연이문고』 6, 65면.

284 성대중, 「秘書贊屛記」, 『青城集』 卷之七, 『한국문집총간』 248, 473면.

285 『은궤집』(국립중앙도서관 소장).

286 『옥호집』(국립중앙도서관 소장).

287 이복원은 이정구의 6대손으로 만상의 고손자이며 정신(正臣, 1660~1727)의 손자, 철보(1691~1770)의 아들이다.

도 참여하였는데 모두 54인이었다. 또 특별히 영의정 홍낙성과 직부 이시원을 불렀는데, 영상은 연치나 덕망에 있어 모두 높기 때문에 매년 이 모임에 번번이 불러들여 참여시켰으며, 시원은 인망을 쌓아 규장각의 관리로 뽑혔기 때문이었다.[288]

내가 특별히 영의정 홍낙성 및 그 아들인 홍의영(승지)·홍대영과 조카인 홍세영과 손자인 홍석주·홍길주·홍기주, 직부인 이시원 및 그 아비인 이민보(판돈녕부사)와 아우인 이조원과 아들인 이봉수·이학수와 조카인 이용수를 부르라고 명하였다. 영상 홍낙성은 나이와 관작이 모두 높아서 해마다 이 연회를 열면 내가 매번 불러서 연회에 참여하였고, 이시원은 문장이 빼어나고 가문이 훌륭하여 곧 규장각에 선발될 사람이었다.[289]

이상에서 살펴본 바와 같이 연안이씨 가문의 문화(文華)는 이정구에서 시작하여 17세기에 정명공주 수연의 풍류를 주도한 손자 대의 이은상·이익상을 거쳐 낭원군의 『영언』에 발문을 쓰고 『청구영언』(장서각본)에 〈고산구곡가〉 한역을 남긴 증손 대의 이하조로 이어지고, 18세기에는 현손대의 이우신, 내손(來孫) 대의 이철보, 이정보, 이천보, 이민보로 연결되는데, 이정보는 『해동가요』(주씨본)에 수십 수의 작품을 수록하고 있고, 이민보는 가곡 8수를 한역하고 장악원에서 음악을 관장하는 등 풍류의 끈을 이어가고 있으며, 그리고 곤손(昆孫) 대의 이명원과 이시원, 이조원에 이르러서도 꾸준히 선대의 풍류를 이어가고 있어서, 수백 년에 걸친 연안이씨 문화(文華)의 내용을 확인할 수 있다.

---

288 『정조실록』 42권, 정조 19년 3월 10일(신유).
289 『일성록』, 정조 19년 을묘(1795) 3월 10일(신유).

2. 의령남씨 집안의 가곡 향유

1) 남선의 〈압강낙일지곡〉

의령남씨 집안의 가곡 향유는 이미 호란 때에 볼모로 가던 소현세자 일행을 좇아서 압록강 너머 구련성까지 배웅을 갔다가 세자 일행의 무사 귀환을 바라는 마음으로 남선(1582~1654)이 지은 〈압강낙일지곡〉 일명 〈압록강가〉에서 논의를 시작할 필요가 있다. 집안에 대대로 전승되면서 다음 시기까지 그 의미를 되새기고 있기 때문이다.

> 정축년(1637) 2월에 세자가 북행(北行)을 하게 되자, 조정에서는 공을 평안감사로 천거하면서 가선 대부로 승진시켰다. 이에 공은 그 날 바로 길에 올라 포로가 된 사람들을 속환하기를 계청하고 떠나가 청석동(靑石洞)에서 세자의 행차를 따라잡았다. 이때 청나라 병사들이 산과 들판에 가득 널려 있으면서 우리나라 사람들을 남녀와 귀천을 막론하고 잡아갔는데, 공이 오랑캐의 진영에 출입하면서 임시방편을 써서 속환시킨 자가 거의 1,000명이나 되었다.
>
> 세자를 구련성(九連城)까지 따라가 배웅한 다음 돌아와서는 비분한 심정에 홀로 술잔을 기울이다가 근심이 쌓여 병을 얻었다. 그러자 공에 대해 좋지 않은 감정을 품고 있던 자가 술에 빠져서 정무를 팽개쳤다는 이유로 공을 탄핵하였다. 이로 인해 새로 승직된 자급을 삭탈당하였다. 공은 필마를 타고 고향으로 돌아와 두어 칸짜리 초가집을 짓고는 심안(審安)이라고 편액을 달았다. 그런 다음 책을 보는 여가에 들판에 나아가 호미를 잡고 농사를 지었다.[290]

세자를 구련성에서 배별하고 충성스런 울분이 북받쳐서 곡을 하고자 하

290 김육, 「吏曹判書南公神道碑銘」, 『潛谷先生遺稿』 卷之十三, 『한국문집총간』 86, 250면.

였으나 그럴 수 없었다. 이에 〈압강일낙지곡〉을 지었는데, 슬프고 감개하다. 오늘날까지 여항에 노래가 전한다.[291]

추가로 구련성 아래에서 세자를 배송하고 비분함을 스스로 이기지 못하여 곧 〈압강낙일지곡〉을 지었는데, 노래 소리가 슬프고 강개하여 듣는 사람들이 눈물을 흘리게 된다. 오래지 않아 공이 술을 마음껏 마시다가 일을 그만두었다는 비어가 있어서, 기뻐하지 않는 사람이 곧 공을 탄핵하여 파직시키고 가선의 자급까지 빼앗았다.[292]

공의 외손 진사 정세옥이 글을 잘하고, 나와 친했는데, 일찍이 말하기를, "공이 서번에 있을 때에 압록강 가에서 심양으로 가는 세자를 배송하고 〈압록강가〉를 지어서 스스로 노래하니, 온 좌중이 눈물을 가렸다. 내관으로 모시고 왔던 자가 작은 종이를 내어서 객수(客需)를 요청했는데, 공이 부채를 날리며 떨치고 이르기를 '번신이 내시를 먹일 수는 없소.' 내시가 얼굴이 흙처럼 되어서, 돌아가 헐뜯는 말을 지어서 벼슬을 파직하고 자급을 내렸다"고 한다.[293]

김육의 「신도비명」, 종손(從孫) 남용익이 쓴 「묘지명」, 남유용이 쓴 「시장」, 남구만의 아들인 남학명이 쓴 「유사」 등을 통하여 남선의 행적과 〈압강낙일지곡〉 일명 〈압록강가〉의 창작과 전승을 확인하고 재구할 수

---

291 남용익, 「禮曹判書南公墓誌銘*并序」, 『壺谷集』 卷17, 『한국문집총간』 131, 367면, 拜別世子於九連城, 忠憤所激, 欲哭不可, 仍作鴨江日落之曲, 悽惋感慨, 至今閭巷傳歌.

292 남유용, 「吏曹判書晦谷南公諡狀」, 『雷淵集』 卷之二十六, 『한국문집총간』 218, 4면, 追送世子于九連城下, 悲憤不自勝, 乃作鴨江落日之曲, 歌聲悽惋慷慨, 聞者爲之泣下. 未幾有飛語謂公縱酒廢事, 不悅者仍以劾公罷之, 奪嘉善資.

293 남학명, 「晦谷南判書遺事」, 『晦隱集』 第4, 『한국문집총간』 속 51, 349면, 公之外孫鄭進士世沃能文, 與余善, 嘗言公在西藩, 陪送世子瀋行於灣上, 製鴨綠江歌而自唱, 一座掩泣. 內官陪至者, 出小紙請客需, 公颺扇以拂曰藩臣不可餉內侍, 內侍面如土, 歸造謗罷官降資云.

있다. 17세기 초반의 일과 노래를 18세기 초반까지 구체적으로 지적하면서 여항에 전해지는 노래를 기억하고 있다. 남선은 아들이 없고 사위 정영한과 박내문이 있는데, 정영한의 아들 정세옥(1646~1698)이 〈압록강가〉의 정보를 남학명에게 알려주었다고 한 것으로 보아 외손 집안에 노래가 전승되고 있었음을 알 수 있다. 노래의 내용은『청구영언』에 장현을 작가로 수록한 다음 작품으로 추정된다.

압록강 ᄒᆡ 진 후에 에엿분 우리 님이
연운 만리ᄅᆞᆯ 어듸라고 가시ᄂᆞᆫ고
봄풀이 프르고 프르거든 즉시 도라오쇼셔 『청구』 211

그런데 뒷날『고금가곡』에는 이 작품을 남선의 작품으로 밝히면서 한 수를 추가로 수록하고 있어서, 그의 행적과 관련하여 살필 수 있다.

그리고 객수를 요구했다가 거절당한 내관이 남선을 모함하였다는 기록과 함께 이 내관이 소현세자가 부른 〈청석령〉 노래를 임금에게 보고했을 가능성이 크다. 인조 임금의 〈작구가〉가 그 반증일 수 있는 것이다.

우선 의령남씨의 가계부터 확인하면 다음과 같다.

復始								
鎭				錫			銑	
得薰	得朋		得溟	得箕	得老	得斗	鄭榮漢	朴內文
	龍翼						世泂 世淳 世沃 世涵	
	正重							
	漢紀							
	有常 李雨臣女	有容						
	公弼	公輔 公轍						

2) 남유용 고모의 〈납국가〉와 그 주변

다음으로 살필 내용은 남유용의 고모들이 향유한 〈납국가〉[294]이다.

선군자의 자매 여섯 분은 서로 우애가 한 사람 같았고, 규문의 즐거움을 기뻐하는 것 같았다. 병신년(1716) 겨울에 선군자가 오래도록 앓던 병이 새로 낫고, 밤에 문득 잠이 없어졌다. 큰고모께서 선달의 국화 화분 한 개와 스스로 지은 작은 사를 보내주었다. 선군자께서 벽 사이에 두고, 밤에 문득 촛불을 켜고 그 그림자를 비추면 길고 짧으며 성글고 조밀한 형세가 가끔 웃음을 자아내어서, 잠을 잊었다가 잠을 자게 된 것이 여러 차례였다. 이미 노래를 지어 답을 하였는데, 오고 간 것이 삼첩에 이르고, 나의 형제와 외형 이여교[李世臣]가 받들어 화답하여, 백씨가 또 손수 베껴서 작은 첩을 만들어서 뭇 여아들에게 노래하게 하였는데 지금은 잃어버렸다. 을해년(1755) 인일 밤에, 내가 내사에 이 노래를 하는 사람이 있다는 것을 듣고 이씨에게 출가한 누이의 딸에게 물으니, 그 어머니에게 배워서 한다는 것이었다. 아, 그 어머니가 이 노래를 처음 배울 때에는 아직 계례(笄禮)를 할 때였는데 지금은 늙어서 흰머리가 되었고, 또 그 소리를 그 딸에게 전한 것인데, 그런데 그 소리를 듣고 이 노래를 알아보는 것이 오직 내 귀에 달린 것이니, 곧 인사가 변하는 것을 더욱 알 수 있다. 아, 슬프구나. 고모님은 재주가 매우 뛰어나서 선군자께서 늘 우리 집안의 도가 감추어졌다고 말씀하셨다. 지금 그 노래를 읽으니, 향기롭고 깨끗하며 고아하고 단정하여, 임하의 풍도가 있으며, 성품은 또한 자애로운 은혜를 베풀기 좋아하여 남의 궁박함을 급히 해결하면서 알리지 않았다. 우리 어머니가 돌아가셨을 때에 큰고모께서 오천 문을 덜어서 관을 갖추었으니, 지극한 어짊이 마음에 있어서, 감히 잊지 못하고 아울러 적는다.[295]

---

294 최재남, 「모녀 사이의 노래 전승」, 『17세기 후반 정치·사회 변동과 시가사』(보고사, 2021), 428~430면.

295 남유용, 「蠟菊歌三疊跋*乙亥」, 『雷淵集』 卷之十三, 『한국문집총간』 217, 289면, 先

남유용의 선대인 남한기의 형제가 1남 6녀인데, 큰고모[296]는 이정엽(李廷燁)에게 출가하고, 둘째는 이창조(李昌朝)[297], 셋째는 홍우집(洪禹集), 넷째는 이도겸(李道謙), 다섯째는 정석명(鄭錫命), 여섯째는 민익수(閔翼洙)에게 출가하였다. 그리고 이정엽의 계자는 광(恍)[298]이고, 이창조의 아들은 세신(世臣)[299]이며, 홍우집은 계억(啓億)과 김양택(金陽澤)에게 출가한 딸을 두었고, 이도겸은 아들 시민(時敏)과 신명상·황처구·조재술에게 출가한 딸을 두었으며, 정석명은 계자 원순(元淳)을, 민익수는 백분(百奮)과 한후유·윤일복·홍지해에게 출가한 딸을 두었다.[300] 남한기는 심한장의 따님을 아내로 맞아 유상과 유용의 두 아들과 이덕홍(李德弘)에게 출가한 딸을 두었으며, 심약채의 딸을 아내로 맞아 유정(有定)과 김순택, 신경한, 이규량에게 출가한 딸을 두었다. 유상은 이우신의 딸을 아내로 맞아 공필(公弼)과 이연(李演), 원인손(元仁孫)에게 출가한 딸을 두었고, 유용은 유명홍의 딸을 아내로 맞아 공보(公輔)를, 김석태의 딸을 아내로 맞아, 공철(公轍)을 두었으며, 유정은 서명구의 딸을 아내로 맞아 공좌(公佐)를 두었고, 공필은 오원의 따님을 아내로 맞아 일구(一耈)를 두었다.

위에 인용한 글에서 "이씨에게 출가한 누이의 딸"이 노래를 부른다고

君子姊妹六人, 相友愛如一人, 閨門之樂, 怡怡如也. 丙申冬先君子久疾新愈, 夜輒無睡, 伯姑母淑人以蠟菊一盆, 自製小詞以遺之. 先君子置諸壁間, 夜輒秉燭照其影, 爲長短踈密之勢, 往往發笑, 忘睡而得睡者屢矣. 旣作歌以答之, 往復至三疊, 而余兄弟及外兄李汝喬奉而和之, 伯氏又手寫爲小帖, 使衆兒女歌焉, 今亡之矣. 乙亥人日之夜, 余聞內舍有爲此歌者, 問之李氏妹之女, 學於其母而爲之也. 嗚呼, 其母也始學此歌, 猶笄也, 今老白首矣, 而又傳其聲於其女, 然聞其聲而知爲此歌者, 獨余在耳, 則人事之變, 又可知也. 嗚呼悲哉. 淑人才調絶倫, 先君子常目謂吾家道韞. 今讀其詞, 芳潔雅靚, 有林下之風, 性又慈惠好施, 急人之窮於其不報. 吾母之卒, 淑人爲捐錢五千以具棺, 至仁在心, 不敢忘幷識之.

296 남한기, 「祭伯姊氏文」, 『寄翁集』 卷之四, 『한국문집총간』 속 58, 519면.

297 이창조는 연안이씨 이익상의 셋째 아들이다.

298 남한기, 〈次李侄恍留春塢題詠韻〉, 『寄翁集』 卷之三, 『한국문집총간』 속 58, 496면, 小塢留春特地幽. 不知人世蟪蛄秋. 嫣紅嫩白皆殊色. 濃綠叢黃各占頭. 塵界自爲閑者隱. 芳園長是臥中遊. 名花亦有稱君子. 數畝方塘倘可謀.

299 남유용, 「祭二姑母恭人文」, 『䨓淵集』 卷之十七, 『한국문집총간』 217, 365면.

300 남한기, 「先考 … 府君行狀」, 『寄翁集』 卷之五, 『한국문집총간』 속 58, 535면.

했으니, 이씨에게 출가한 누이는 이덕홍에게 출가한 남유용의 누이를 가리키는 것이고, 이덕홍의 자가 문원(文遠)이다. 그 누이의 딸은 이덕홍에게 1남 1녀[301]가 있다는 기록으로 보아 송달휴에게 출가한 딸을 가리키는 것으로 확인이 되고, 남유용의 생질녀가 된다. 을해년(1755) 시점에서 남유용은 58세이고, 누이는 그보다 적었을 터이고 누이의 딸은 30세 어름으로 추정된다.

그런데 "백씨가 또 손수 베껴서 작은 첩을 만들어서 뭇 여아들에게 노래하게" 했다는 기록을 환기할 때 유상에게 이연(李演)과 원인손(元仁孫)에게 출가한 두 딸이 있으므로, 이들이 어렸을 때 백씨가 가르치는 노래를 배웠을 가능성이 있다. 그리고 자가 광문(廣文)인 이연에게 출가한 유상의 딸이 "이씨에게 출가한" 딸에 해당할 수 있지만, 1744년(갑자)에 29세로 죽었다고 했으니 을해년(1755) 시점에는 해당되지 않는다.

3) 남유상과 남유용의 시가 향유

남유상(1696~1728)은 남한기의 맏아들로 연안인 이우신의 따님을 아내로 맞이했다. 대제학을 지낸 용익의 증손이고, 정중의 손자이며, 한기의 아들이다.

이미 연안이씨 이우신 항목에서 살핀 바와 같이 장인인 이우신과 처남 이항보, 이정보 등과 용연과 동화사 지역을 여행하면서 가곡을 향유하기도 하였다.

남유상은 다음 시에서 아픈 마음을 의지할 데가 없어서 사람에게 노래를 시킨다고 하였다. 노래를 통해 병을 치유하는 셈이다.

섞여 앉아서 높은 노래를 펴노라니　　雜坐高歌發

---

301 남유용, 「先妣行狀」, 『雷淵集』 卷之二十四, 『한국문집총간』 217, 526면, 女嫁通德郎李德弘 … 李德弘一男一女, 무오년(1738)에 쓴 기록이다.

빠르게 생각이 평온해지네.	翛然思慮平
봄의 등불은 만 호가 고요하고	春燈萬戶靜
밤 비에 온갖 꽃이 밝아지네.	夜雨百花明
술 독에 새 술이 열리고	酒甕開新醱
차 화로에는 옛날 익힌 것을 바꾸네.	茶爐換舊烹
서쪽 숲에 홀로 학이 보금자리를 틀어서	西林獨棲鶴
내가 시를 외는 소리를 듣네.	聞我誦詩聲[302]

남유상이 기해년(1719)에 지은 〈의염곡〉[303] 5수에서는 염체에 대한 관심을 보이고 있고, 오원 등의 초청으로 종암별서에 모여서 유련하며 하루를 묵기도 하였다. 세 수 중 첫째 수를 보도록 한다.

돌길에 길이 잦아들어	石徑行彌靜
산 위의 정자에 더욱 늦게 도착하네.	山亭到更遲
백년 동안에 덧없는 세상의 뜻이요	百年浮世意
십 리에 옛 친구를 기약하네.	十里故人期
흐르는 물은 바둑을 튕기듯 들리고	流水彈碁聽
높은 놀은 소매를 떨치고 알리네.	高霞拂袂知
연꽃이 참으로 어지러워서	荷花正撩亂
나를 머물러 새 시를 짓네.	留我賦新詩[304]

남유상은 사(詞)에 대한 관심도 높아서 여러 편의 사를 지었는데, 〈망

---

302 남유상, 〈病懷無憀, 使人歌. 或自誦詩以遣興〉, 『太華子稿』 卷之一, 『한국문집총간』 속 74, 100면.

303 남유상, 〈擬豔曲 己亥〉, 『太華子稿』 卷之一, 『한국문집총간』 속 74, 107면.

304 남유상, 〈吳伯玉*瑗與李汝剛 *秉健, 李章五*命德 會于鍾巖別墅, 折簡邀余, 余卽赴飮, 賞荷淸池, 濯足流泉, 留連一宿而歸. 得詩各數篇〉, 『太華子稿』 卷之二, 『한국문집총간』 속 74, 129면.

강남〉[305], 〈임강선〉, 〈행향자〉, 〈매화인〉, 〈접련화〉, 〈점춘방〉, 〈청평악〉, 〈조소령〉[306] 등이 그것이다.

남유상은 영조 3년(1727) 9월에 실록랑으로서 총재관 이광좌에게 대항하다가 찬배된 적이 있고, 10월에 풀려나기도 했다.

그리고 빙군인 이우신의 기림을 받아 자주 모임에 초대를 받았고, 처남인 이항보, 이정보[307]와 자주 모이거나 시를 주고받았으며, 처숙 항인 이여신, 이매신, 이양신 등과도 어울리고, 동생인 유용을 비롯하여 고종사촌[308]들과도 자주 시회를 마련하면서 풍류를 이어간 것을 알 수 있다. 그러나 서른셋의 나이에 세상을 떠나는 바람에 지속적인 활동을 이어가지는 못했다.

한편 남유용(1698~1773)은 남한기의 둘째 아들이고 남유상의 동생이다. 형 남유상과 외형 이세신, 그리고 서종숙 한종 등과 호사청등회(壺社淸燈會)[309]를 만들어서 시를 짓기도 하였다.

그리고 미음의 금사 이정엽(李鼎燁)이 고조 두세 곡을 타자 거기에 화답하기도 하였다.

훌륭하구나, 멀리 소리를 전하는 것이	穎也傳聲遠
외로운 봉이 뭇 새들의 지저귐을 깨뜨리네.	孤凰破衆喃
응당 속인의 귀를 놀라게 하리니	應驚俗子耳
고인과 더불어 이야기하는 것과 비슷하네.	似與古人談

305 남유상, 〈酒闌, 出東坡古詞讀之. 次其韻賦梅花〉, 『太華子稿』 卷之三, 『한국문집총간』 속 74, 148면.

306 남유상, 〈集王右丞詩語, 又得一闋〉, 『太華子稿』 卷之三, 『한국문집총간』 속 74, 149면.

307 남유상, 〈與士受東入嘉陵, 宿芝山谿堂. 夜觀尤翁所書朱子石馬詩, 就次其韻, 略申感舊之意, 示李元亮*亮臣〉, 『太華子稿』 卷之三, 『한국문집총간』 속 74, 149면.

308 남유상, 〈陪家大人, 遊淸潭. 高陽使君*李公廷燁 與其弟季和*廷爕 及洛下諸公來會. 醉次席上韻〉, 『太華子稿』 卷之二, 『한국문집총간』 속 74, 123면.

309 남유용, 〈和伯氏感懷〉, 『雷淵集』 卷之一, 『한국문집총간』 217, 23면.

만고에 송풍석(松風石)이요	萬古松風石
한밤중에 달빛의 그림자가 있는 연못이네.	中宵月影潭
희음을 모름지기 스스로 아끼나니	希音須自惜
가능한 일은 탐이 생기는 것은 두려워함이네.	能事怕生貪[310]

그리고 〈탄금〉에서는 신성을 알지 못하고 고조만 할 수 있다고 하였다.

나는 신성을 배우지 못하여	吾不學新聲
손가락을 움직이면 모두 고조이네.	動指皆古調
혼자 타면서 스스로 즐기고	獨彈以自娛
지음이 적음을 안타까워하지 않네.	不恨知音少
바위 밑에는 그윽한 샘물이 방울지고	巖底幽泉滴
소나무 사이에는 달이 외롭게 비추네.	松間月孤照
기묘한 곳을 누구와 더불어 말하랴?	妙處與誰言
곡을 마치자 다시 휘파람을 한차례 부네.	曲罷復一嘯[311]

그리고 남유용은 〈가을 달은 얼마나 교교한가〉[312] 이하 21수의 악부와 형 남유상과 모인 자리에서 지은 사(詞)인 〈망강남〉[313]을 비롯하여 〈강성자〉, 〈수조가두〉, 〈완계사〉, 〈임강선〉 등 18수의 사령(詞令)을 남기고 있는데, 모두 노래를 지향하고 있다는 공통점을 볼 수 있다.

---

310 남유용, 〈薇陰李處士君重*鼎燁 爲余彈琴, 作古調二三弄, 能使病者忘臥, 其意良厚, 不可無謝也. 處士爲誦閔士元*遇洙詩以求和, 聊應之〉, 『雷淵集』 卷之四, 『한국문집총간』 217, 103면.

311 남유용, 〈彈琴〉, 『雷淵集』 卷之七, 『한국문집총간』 217, 159면.

312 남유용, 〈秋月何皎皎, 以下二十一首屬樂府, 乙未〉, 『雷淵集』 卷之八, 『한국문집총간』 217, 184면.

313 남유용, 〈同伯氏會伯玉亭, 賦梅花小令. *以下十八首屬詞令. 丁未〉, 『雷淵集』 卷之八, 『한국문집총간』 217, 186면.

이 중에서 〈밤에 이웃의 노래를 듣고, 그 소리에 의지하여 장난삼아 신사 3결을 만들다〉[314]는 시조를 한역한 것인데, 소리[곡조]를 듣고 신사(新詞)를 만든다고 하면서 실제로는 이미 알려진 작품을 한역하고 있다. 첫째 수 "청량산 육육봉을~"은 이황의 작품이라고 하였으나 『청구영언』 312에 무명씨로 수록되어 있고, 둘째 수 "풍파에 놀란 사공~"은 박순의 작품이라고 하였으나, 『청구영언』 163에 장만의 작품으로 수록되어 있으며, 셋째 수 "삼동에 베옷 닙고~"는 김인후의 작품이라고 하였으나, 『해동가요』(박씨본) 37에 조식의 작품으로 수록되어 있다.

이외에도 잡체, 연구, 사언, 육언 등의 다양한 시체를 실험하고 있어서, 노래를 부를 수 있는 갈래에 대한 관심을 살필 수 있다.

314 남유용, 〈夜聞鄰歌, 倚其聲戱爲新詞三闋〉, 『雷淵集』 卷之八, 『한국문집총간』 217, 188면.

3. 조명리의 노래와 김광욱·김성최 풍류의 전승

1) 영조 대 인물의 가집 수록

김수장이 편찬한 『해동가요』에는 영조 시대 인물들의 작품이 수록되어 있는데, 편찬 시기가 빠를 것으로 추정되는 『해동가요』(박씨본)[315]에 수록된 숙종~영조 대의 인물은 유숭(2), 윤유(2), 윤순(1), 이유(3) 등이고, 주씨본을 저본으로 1930년에 경성제국대학에서 활자화한 『해동가요』[316]와 『해동가요』(주씨본)에는 이에 더하여 조현명, 이재, 조명리, 이정보 등의 작품이 수록되어 있다. 조현명 1수, 이재 1수, 조명리 4수, 이정보 82수가 그것이다. 많은 작품을 남기고 있는 이정보는 이미 많은 연구가 이루어져서 다양한 평가를 받고 있는데, 이 장에서는 조명리(1697~1756)의 시조 4수를 주목하여 살피고자 한다.

조명리는 임천 조씨로 조현기의 손자이며 17세기에 출처를 고민했던 학자 조성기의 종손자이다. 조명리의 외할아버지가 일노당 김성최인데, 일노당의 작품이 이미 『청구영언』(1728)에 수록되어 있다. 17세기 연안 이씨의 풍류에서 이어지는 김광욱-김성최의 풍류[317]가 조명리에게 이어졌다고 평가할 수 있는 대목이다.

조명리는 자가 중례(仲禮), 호가 노강(蘆江), 도천(道川)이며, 김창흡이 쓴 조명리의 아버지 「조정서(趙正緖)의 묘지명」에 따르면 조정서는 일봉 조현기의 셋째 아들로 김성최의 따님을 아내로 맞아 명진(明震), 명리(明履), 명건(明健)의 삼 형제와 어석윤(魚錫胤)에게 출가한 따님[318]을 두었다.

조명리는 종조부 「조창기의 행장」을 짓고 외당숙 「김시민의 묘갈명」

---

315 『해동가요 부 영언선』(규장문화사, 1979).

316 『해동가요』(경성제국대학, 1930).

317 최재남, 『17세기 후반 정치·사회 변동과 시가사』(보고사, 2021), 69~79면.

318 김창흡, 「扶餘縣監趙公墓誌銘*幷序」, 『三淵集』 卷之二十八, 『한국문집총간』 166, 40면.

을 지었으며, 「김창흡의 유사」를 엮었다. 뒷날 『도천선생연보』가 마련되었는데 김윤식이 임진년(1892)에 연보의 서문을 썼다. 김윤식에 의하면 공이 세상을 떠난 뒤에 유사가 산일되고, 집에 보관하고 있는 연보가 매우 성글게 얽어서 연보를 엮는다고 하였다.

『영조실록』과 『승정원일기』 등의 기록을 확인할 때, 조명리는 주로 시종신으로서 임금을 보좌하고 주례 등에도 밝아 행정적인 면에서 탁월한 능력을 발휘한 것으로 나타난다. 그리고 정치적 입장에서는 소신이나 주장을 크게 내세우지 않고, 실천적인 입장을 보인 것으로 나타난다.

2) 조명리의 시조 4수와 그 특성

조명리의 시조 4수는 김수장이 처음 엮은 『해동가요』에 가장 가까운 것으로 추정되는 『해동가요』(박씨본)에는 보이지 않는데, 김수장이 지속적으로 추가하여 엮는 과정에 『해동가요』(주씨본)에 포함되어 수록되어 있다. 실제 영조 27년(1751) 강원도 관찰사로 부임하는 과정에 지어진 작품이 있어서 전승에 한계가 있었을 것으로 보인다.

『해동가요』(주씨본)[319]를 바탕으로 교주본 『해동가요』에 수록된 작품은 다음과 같다.

설악산 가는 길에 개골산 중을 만나
중들여 물을 말이 풍악이 엇던튼이
이ᄉᆞ이 연ᄒᆞ여 서거친이 ᄡᅴ마잣ᄒᆞ들라　　　　『해동』 309[320]

청려장 홋딧짐여 합강정의 올나간이
동천명월이 물소리분이로다

319 『해동가요』(경성제국대학, 1930), 67면.
320 김삼불 교주, 『해동가요』(정음사, 1950), 84면.

어듸셔 생학선인은 날못ᄎᆞᄌᆞ ᄒᆞ는이 『해동』 310

성진에 밤이 깊고 대해에 물결친 제
객점고등에 고향이 천리로다
이제는 마천령 넘엇신이 ᄉᆡᆼ각한들 어이리 『해동』 311

기럭기 다 나라가고 셜리이는 몃번인고
추야도 길도길ᄉᆞ 객수도 하도하다
밤중만 만정명월이 고향인 듯 ᄒᆞ여라 『해동』 312

그리고 이 작품 4수에 대하여 김수장은, "위의 이 4장은 노랫말의 뜻이 선명하고 넓게 눈이 열려서 매우 귀하다고 할 수 있다. 그러나 아직 그 전편을 구하지 못하여 애석하다."[321]라고 하고 있는데, 작품에 대한 고평("極可貴也)"과 함께 이 작품 외에도 더 많은 작품("全篇")이 있음을 암시하고 있다.

위의 4수의 작품 중에서 앞의 두 수는 "설악산", "개골산", "합강정" 등으로 보아 강원도 지역을 배경으로 하고 있고, 뒤의 두 수는 "성진", "마천령", "객수", "고향" 등으로 보아 함경도 지역을 배경으로 한 것으로 보인다. 이러한 시어와 관련하여 조명리의 행적을 살필 필요가 있다.

그런데 위의 셋째 수와 넷째 수는 영조 14년(1738)에 경성부의 극변에 부처되는 과정에 지은 것으로 추정할 수 있다. 『영조실록』의 기록을 보도록 한다.

> 김치후·한억증·안상휘·조명리 등을 아주 먼 변방의 해도에 찬배하고 하교하기를,

321 위의 책, 84면, 右此四章, 辭意鮮明, 眼開闊然, 極可貴也. 而未得其全篇歎惜.

"김치후가 대신을 공격하여 배척한 것은 또한 당심으로 말할 것도 못 되며, 군부의 고심을 저버린 것에 대해 비록 극률은 용서한다 하더라도 어찌 국사를 함께 할 수 있겠는가? … 한억증은 …, 안상휘는 … 조명리가 처치하여 입과(立科)하게 한 것 또한 방자한 데 관계되며, 대리 등의 말은 오늘날 신자로서 어떻게 감히 다시 연석하게 진달할 수 있는 것이겠는가? 이는 한억증과 안상휘에 비해 죄가 갑절이나 된다. 김치후는 흑산도에 귀양 보내어 유북(有北)에 추방하는 뜻을 보이고, 한억증은 기장현에, 안상휘는 해남현에, 조명리는 경성부의 극변에 투비토록 하라."[322]

그런데 이러한 하교는 다음과 같은 사건에서 말미암은 것이다. 4월 19일(신축)에 대사간 김치후가 대신을 공격하는 상소를 올린 이후, 이에 대응하는 과정에서 5월 2일에 승정원, 사간원, 사헌부, 홍문관의 관리들이 입시하여, 전날 조명리가 "사간 안상휘와 정언 한억증은 나와서 사진하도록" 처치한 데 대하여 무슨 문제가 있는지 임금의 하문 과정에, 조명리가 "연명하여 차자를 올려 대리하게 한 일"인 신축년의 일을 말하자 엄한 하교[323]가 내린 것이다.

이 일로 조명리가 경성부의 극변으로 유배된 것이다. 그런데 조명리의 외당숙인 김시민은 〈편지로 안변에 유배되어 지내는 조명리에게 부치다〉에서 구체적으로 유배지 안변을 말하고 있다.

귀양살이가 오히려 봉래에 가까운데	謫居猶得近蓬萊
가을이 맑으니 해악(海嶽)에 생기 있는 그림이 열리네.	海嶽秋淸活畫開
돌아갈 꿈은 늘 인정전에 걸리리니	歸夢常懸仁政殿
나그네 시름으로 때때로 시중대에 오르리.	客愁時上侍中臺[324]

322 『영조실록』 47권, 영조 14년 5월 2일(계축), 『국역 영조실록』 15, 259면.
323 『영조실록』 47권, 영조 14년 5월 2일(계축), 『국역 영조실록』 15, 256면.
324 김시민, 〈簡寄趙仲禮安邊謫居〉, 『동포집』 권6, 『한국문집총간』 속 62, 439면.

김시민의 시에서 결구의 "시중대(侍中臺)"를 주목할 수 있다. 시중대는 윤관의 유적으로 함경남도 북청(北青)에 있는 누대일 것이다. 그런데 강원도 통천군 흡곡(歙谷)의 시중호에도 시중대가 있어서, 김시민은 이 시중대[325]까지 아울러 떠올리고 있었을 것이다. 왜냐하면 조명리의 외할아버지 김성최가 지은 작품 "공정에 이퇴하고~"(『청구영언』 206)에 "시중대 찾아가니"라는 구절이 있어서, 이 내용을 연상하게 한다. 김성최의 이 작품은 그가 흡곡 현령이 되어 지은 것으로 추정되는데, 『승정원일기』에 따르면 김성최는 숙종 4년(1678) 7월 22일에 흡곡 현령[326]에 제수되었다는 기사가 있다.

그런데 뒷날 홍양호(1724~1802)가 영조의 채시 어명을 받아 이 작품을 〈성진(城津)〉이라는 제목으로 「북새잡요」(1777)에 한역하여 싣고 있다. 홍양호가 조명리의 작품을 직접 보거나, 『해동가요』에서 확인했다고 볼 수도 있지만 북새의 현지에서 수습한 것으로 추론할 수 있을 것이다. 현지에서 수습했다면 영조 14년(1738) 이후 경성 지역에 널리 퍼져 있었다는 증거가 된다. 성진은 경성도호부 길성현 성진진인데, 광해군 7년(1615)에 함경 순찰사 최관이 여진족의 침입을 막기 위해 북병사 이영상과 함께 본디 있던 토성의 외곽에 석성(石城)을 둘러쌓고 바다에 닿은 양쪽의 성곽 끝자락에 초문(譙門)을 설치하였다고 한다. 그런데 홍양호가 이런 사정이나 정두경, 남구만, 김창협 등이 남긴 시에 대하여 말하지 않고 조명리의 시조를 한역하여 싣고 있는 셈이다.[327]

---

325 김창흡의 〈奉別族兄*盛最鶴林使君〉, 『三淵集』 卷之一, 『한국문집총간』 165, 11면에, "梧桐作琴五馬載, 言欲奏之侍中臺"라는 구절이 있어서 '시중대'를 말하고 있다.

326 김수항의 〈口占 贈族姪歙谷守盛最〉 『문곡집』 권4, 『한국문집총간』 133, 94면에, "동주의 이 만남을 어찌 일찍이 헤아렸으랴? 남방에서 돌아가는 자네를 전송한 게 기억나네. 어찌하면 바닷가 무한한 달빛 얻어다가, 한 동이 술로 시중대에서 함께 취하려나.(東州此會何曾料, 却憶南鄕送爾廻. 安得海天無限月, 一樽同醉侍中臺.)"라는 시가 있고, "시중대는 흡곡에 있다.(侍中臺在歙谷)"라는 주가 있다.

327 〈삭방풍요〉에서는 정두경의 〈성진 8수〉를 언급하고 있다. 단곡(短曲)과 잡요(雜謠), 풍요(風謠) 사이의 차이를 살필 대목이다.

성진의 밤 깊어 가고	城津夜已深
발해에는 바람이 다시 이네.	渤海風又起
차가운 등불 깜박여 잠 못 이루고	寒燈明滅不成眠
고개를 돌려보니 고향은 삼천 리 밖이네.	故鄕回首三千里
두어라 생각 말아야지	置之勿復思
마운령 마천령을 이미 모두 넘었으니	磨雲磨天都已過
그리워한들 어이하랴?	思之亦奈何[328]

한편 첫째 수와 둘째 수는 조명리가 영조 27년(1751) 3월에 도승지로 재임하다가 강원도 관찰사로 부임하면서 지은 것으로 추정된다. 『영조실록』에서는 다음과 같이 기록하고 있다. 27년 1월에 도승지로서 일상적인 임무를 수행한 기록이 확인될 뿐 특별한 사건이 없었는데, 3월에 강원도 관찰사의 명을 받은 것이다. 28년(1752) 7월에 다시 대사헌에 임명된 것을 보면 이 기간에 강원도 관찰사의 임무를 수행한 것으로 파악된다.

> … 이철보를 이조참판으로, 조명리를 강원도 관찰사로, 이기진을 광주부유수로, 신위를 광주 시재 어사로, 서지수를 수원 시재 어사로 삼았다.[329]

『승정원일기』에는 또 강원도 관찰사 부임을 앞둔 4월 11일에 마전의 부모 묘소에 성묘를 청하여 말미를 받았다고 기록하고 있다. 마전은 조명리의 증조부인 조시형이 군수를 맡은 곳이기도 하다.

강원도 관찰사로 부임하는 시기와 과정 등은 『영조실록』과 『승정원일기』를 통해서 확인하였지만, 실제로 시조 작품에서는 관찰사로서 공적인 내용은 빠지고 첫째 수에서 "설악산", "풍악[금강산]"과 인제의 "합강정"

---

328 홍양호, 〈城津〉, 『耳溪集』 卷二 「北塞雜謠」, 『한국문집총간』 241, 20면.
329 『영조실록』 73권, 영조 27년 3월 21일(무오), 『국역 영조실록』 23, 215면.

에 대한 내용만 말하고 있는 점이 특이하다고 할 수 있다. 후대에 김윤식이 "비록 좌천되어 낮은 벼슬로 바깥에서 지내도 은혜와 돌봄이 줄어들지 않고, 역마로 부름이 서로 이어지고, 관을 버리는 날에도 임금의 안타까움이 그치지 않았다."[330]라고 한 데에 견주면, 청요직을 주로 맡은 경악지신으로서의 포부나 태도는 전혀 찾아볼 수 없다.

단순하게 도식화하기는 어렵지만 실제로는 탕평이라는 이름으로 일관하면서 조금이라도 공정한 논의와 비판의 태도를 밝히면 당심이라고 배척하는 영조 임금 시기에 조명리가 벼슬살이를 유지하면서 살아남는 방법을 터득한 결과라고 할 수도 있다.

그리고 네 수의 배열을 조명리의 행적을 고려하여 살피면 뒤의 두 수를 앞에 배열되고 앞의 두 수를 뒤에 수록하는 것이 순리일 듯한데, 실제로 『해동가요』를 편찬하는 과정의 배려인지, 조명리가 의도적으로 선후를 정한 것인지 쉽게 확인되지 않는다.

그런데 『병와가곡집』에는 2수가 늘어난 6수가 수록되어 있는데 『병가』 398~403이 그것이다. 김수장이 아쉬워했던 전편을 확보한 것인지 확인하기는 어렵지만, 노랫말의 내용과 그 배열 순서가 조금 다르다. 『병가』 400, 401이 새롭게 추가된 것으로 확인되고, 『병가』 399가 『해동』에 312에 수록되어 있던 것이고, 『병가』 403은 『해동』에 311에 수록되어 있으므로, 『해동』의 순서를 고려하면 『병가』의 순서가 자연스럽지 못하다고 할 수 있다. 조명리의 행적이 고려되지 않고 배열한 것으로 보인다. 『해동가요』에 수록한 것을 제외하고 제시하면 다음과 같다.

힉 다 져 져문 날에 지져귀는 참식들아
조고마흔 몸이 반가지도 족흐거늘

330 김윤식, 「道川趙公*明履年譜序. 壬辰」, 『雲養集』 卷之十, 『한국문집총간』 328, 396면, 雖謫官居外, 恩眷不衰, 馹召相續, 捐館之日, 上痛惜不已.

엇더타 크나큰 덤불을 ᄉᆡ와 무슴 ᄒᆞ리 『병가』 400

동창에 돗은 ᄃᆞᆯ이 서창으로 되지도록
올 님 못 오면 ᄌᆞᆷ조차 아니 온다
ᄌᆞᆷ조차 가져간 님을 그려 무슴 ᄒᆞ리오 『병가』 401

다른 가집과 견주었을 때 "설악산~"은 『해동가요』(박씨본)에는 460 미상으로, 『청구영언』(연민본)에는 김창흡으로 표기되어 있고, 『병와가곡집』에 조명리의 작품으로 수록한 "히 다 져~"는 『병와가곡집』에만 조명리의 작품으로 나오고, 『청구영언』(1728)을 비롯한 다른 가집 대부분에 작가 미상으로 수록하고 있으며, "동창에~"는 『병와가곡집』에만 조명리의 작품으로 나오고, 『청구영언』(1728)에는 보이지 않고, 후대의 가집에 작가 미상으로 수록하고 있다.

그리고 조명리가 강원도 관찰사로 부임하는 과정에 지은 것으로 추정되는 "설악산~"이 『해동가요』(박씨본)에는 460에 무명씨의 작품으로 수록되어 있다는 것은 한유신이 『영언선』을 엮던 영조 38년(1762) 무렵에서 후·발이 이루어진 몇 년 뒤에 이 작품이 이미 민간에 널리 전승되고 있었을 가능성을 제기할 수 있다. 작품이 이루어지고 10~15년 정도 지난 시점이기도 하기 때문이다.

이러한 사실로 미루어 볼 때 조명리의 작품은 경성부에 유배되면서 지은 작품이 바로 김시민 등에게 알려졌던 것[331]으로 보이고, 강원도 관찰사로 부임하면서 지은 작품은 "설악산~"이 영조 27년(1751) 이후 민간에 전승되다가 일단 『해동가요』(박씨본)에 무명씨로 수습되고, 뒤에 『해동가요』(주씨본)에 경성부 유배 2수, 강원도 관찰사 2수가 수록된 것으로 보

331 김시민이 지은 〈편지로 안변에 유배되어 지내는 조명리에게 부치다(簡寄趙仲禮安邊謫居)〉(『동포집』 권6)의 "城津", "渤海", "寒燈", "故鄕"의 시어와 의경이 조명리의 시조와 상통하고 있기 때문이다.

인다. 『해동가요』(주씨본)에서 김수장이 "그러나 아직 그 전편을 구하지 못하여 애석하다."라고 한 것은 이러한 사정을 대변한 것으로 볼 수 있다. 한편 『병와가곡집』에 2수가 늘어나고, 순서의 배열이 다른 것은 민간에서 전승되는 것을 수습한 결과일 것이다.

3) 조명리의 행적과 교유 관계

조명리는 행호의 귀래정에서 지낸 김성최의 외손자가 된다고 했는데, 조상들의 묘소가 경기도 마전(麻田)에 있어서 서울과 가까운 곳에 연고를 두고 있었다.

조명리의 외조부인 일노당 김성최는 죽소 김광욱의 손자인데 김성최의 조카 김시민이 지은 정해년(1707)의 〈봄에 귀래정에서 논 기록〉에 이 곳의 모임이 지닌 성격을 잘 그리고 있다.

조명리는 김성최의 조카인 김시민과 밀접한 교유를 했던 것으로 확인되는데, 송도에서 노니는 조명리에게 시를 보내면서 자장과 강절, 연비어약과 축융봉을 말하고 있다. 기해년(1719) 조명리가 23세 때에 김시민이 지은 〈송도에서 노니는 조카 조명리 중례에게 주다〉인데, 이때는 조명리가 벼슬길에 나서기 전이다.

자장[사마천]이 누추하여 문장이 그치는데	子長陋矣文章止
강절[소옹]은 기수(氣數)가 끝나는 것을 생각하네.	康節惟於氣數終
연비어약(鳶飛魚躍)의 한 이치가 가득한 곳에	一理鳶魚充滿處
석 잔의 호방한 흥취가 축융봉이네.	三杯豪興祝融峰[332]

그리고 김시민은 직숙하면서 계축년(1733)에 유숙기[333], 조명리와 모

332 김시민, 〈贈趙姪明履仲禮遊松都〉, 『東圃集』 卷之二, 『한국문집총간』 속 62, 365면.
333 유숙기의 어머니가 임천조씨 조현기의 따님으로, 조명리와 내외종 사이이다.

여 시를 짓기도 하였는데, 조명리에게 부탁한다고 한 것이다. 조명리는 이 무렵인 영조 9년(1733) 1월에 예문관에서 출육하였고, 2월에는 조명리가 주례에 밝아 작헌례와 시학례에 참여하였으며, 12월에는 사간원 정언에 제배되었는데, 이 시는 김시민의 문집에서 〈남지일만음〉[334]의 앞에 배치된 것으로 보아 정언에 제배되기 전에 지은 것으로 보인다. 젊은 나이에 시종신이 되어서 역사를 닦는 임무를 맡고 있으니, 자기 집안에서 배출된 것이 자랑스럽다고 말하고 있다.

묘년에 시종으로 벼슬하면서	妙年官侍從
재주와 학문이 보통 사람과 다르네.	才學異凡流
업으로 삼는 것은 새로 역사를 닦는 것이고	事業新修史
명성은 예스럽게 누각에 의지하네.	聲名古倚樓
가슴속에는 제패할 수 있으리니	胸中能帝覇
붓 아래가 춘추이네.	筆下是春秋
그대가 아름답네, 우리 집안에서 나온 것이.	嘉爾吾家出
높은 침상에서 머리를 어루만진 것을 기억하리.	高床憶撫頭[335]

김시민이 죽은 뒤에 아들 김면행의 요청으로 「김시민의 묘갈명」을 조명리가 지었다. 그런데 김시민의 아버지 김성후가 임천 조원기의 따님을 아내로 맞았기 때문에 실제로 김시민과 조명리는 연혼의 관계이다.

한편 이천보가 영조 13년(1737)에 남유용, 오원과 종암문회를 하면서 경자(扃字) 운으로 각각 20수[336]를 지었는데, 뒷날 조명리의 시를 보니 매

334 김시민, 〈南至日漫吟〉, 『東圃集』 卷之二, 『한국문집총간』 속 62, 365면.

335 김시민, 〈直中兪良甫, 趙仲禮來會. 共賦屬仲禮〉, 『東圃集』 卷之五, 『한국문집총간』 속 62, 420면.

336 이천보, 〈鐘巖文會, 與德哉·伯玉共賦〉, 『晉菴集』 卷之一, 『한국문집총간』 218, 128~130면. 〈題鐘巖酬唱錄後〉, 卷之七, 255면, 남유용, 〈鐘巖詩卷跋〉, 『雷淵集』 卷之十三, 『한국문집총간』 217, 287면, 오원, 〈又命韻同賦〉, 『月谷集』 卷之四, 『한국문집

우 신기하다고 하면서 시후를 남기고 있다. 자신들의 시와 견주었을 때 조명리의 시가 매우 신기하다는 평가이다.

> 내가 남덕재[유용], 오백옥[원]과 경자(扃字) 운으로 각각 20편씩 합하여 60편의 시를 지었는데, 그러나 뜻이 막혀서 그만두었다. 지금 중례가 지은 20편을 읽으니 나올수록 더욱 새로워서 비로소 하늘과 땅 사이를 채우는 것이 모두 시이고, 한 글자의 쓰임이 기이하여 참으로 백 번 변하여, 비록 평생 쓰더라도 그 막힘을 볼 수 없다. 접때 우리들이 20편을 스스로 많다고 생각했는데, 거의 시를 모르는 것이다. 지금 이후에 또 어찌 세상에서 중례와 같이 시를 좋아하는 사람이 없다는 것을 어찌 알겠는가? 중례 같은 사람은 이어서 지어도 천 백 편에 이르러도 그만두지 않을 것인가? 내가 장차 기다리고자 한다.[337]

이천보, 남유용, 오원이 함께한 종암문회는 주목하면서 살펴야 할 것이고, 조명리의 역할도 확인해야 할 것이다. 다만 이천보, 남유용, 오원이 각각 20수씩 지은 시는 확인할 수 있는데, 조명리의 작품은 확인이 되지 않아 아쉽다.

총간』 218, 374면.

337 이천보, 〈題趙仲禮*明履扃字詩後〉, 『晉菴集』 卷之七, 『한국문집총간』 218, 255면, 余與南德哉, 吳伯玉, 賦扃字韻, 各二十篇, 合爲六十篇, 而意窮而止. 今讀仲禮所賦二十篇, 愈出而愈新, 始知盈天地間者, 皆詩也. 一字之用, 奇正百變, 雖終身用之, 不見其窮, 向之吾輩以二十篇自多者, 殆不知詩也. 繼今以往, 又安知無世之好詩如仲禮者, 續而賦之, 至千百篇而不已乎. 余將竢之.

4. 이진유-이광명·이광사-이긍익·이영익의 시가 향유

정치적 국면의 변화가 계속되면서 소론의 당파에 섰던 한 집안이 여러 대에 걸쳐서 축출과 유배가 되풀이되는 불행한 상황에서 밀려난 사람들의 내면을 시가 작품으로 형상화하는 일은 결코 쉬운 일이 아닐 터인데, 전주이씨 가문의 이진유와 그 후손들에게서 이런 내면을 확인할 수 있다.

여러 대에 걸쳐서 축출과 유배가 되풀이되면서 가문이 깨어질 수 있는 상황에서도 상황을 수습하려는 의지와 함께 울결(鬱結)의 내면을 가사 작품 등을 통해 표출하였는데, 전주이씨 가문의 이진유-이광명·이광사-이긍익·이영익 등을 통해 정치적 국면의 변화에 대응하면서 집안을 살피는 내용을 보고자 한다.

정종(定宗)의 계파인 전주이씨 이경직(1577~1640)의 후손 가운데 증손 대의 이진유, 현손 대의 이광명·이광사, 내손 대의 이긍익·이영익 등은 정치적으로 소론의 입장에 서면서 신축년과 임인년의 사화에서 다른 당파를 공격하는 선봉에 섰다가, 영조가 보위에 오르면서 수세에 몰려서 축출과 유배의 운명에 놓였으며, 다시 수십 년이 지난 뒤에 또 을해년(1755)의 역옥 사건으로 여러 사람이 죽거나 유배의 길에 오르게 되었다. 그리고 다른 한편 집안이 정치적으로 소외되면서 18세기에 집안 사람들이 강화로 들어간 뒤에 정제두(1649~1736)의 양명학 영향을 받으면서 이른바 강화학파의 새로운 학문을 주도하는 역할을 하였다.

이러한 축출과 유배의 와중에 이진유 등이 유배지나 재야에서 자신들의 목소리를 주로 가사라는 양식을 통해 문학적으로 표현하였는데, 이진유(1669~1730)의 〈속사미인곡〉, 이광명(1701~1778)의 〈북찬가〉, 이광사(1705~1777)의 〈무인입춘축성가〉, 이긍익(1736~1806)의 〈죽창곡〉, 이영익의 〈동국악부〉 등이 바로 이들 집안에서 지은 가사 작품과 악부이다.

우선 이 집안의 가계도를 살피면 다음과 같다.

가계도 1-1

景稷													
長英	起英	正英											
		晩成	大成										
		眞儒	眞儉					眞休	眞伋				眞偉
			匡泰	匡濟	匡震	匡鼎	匡師	匡臣	匡敏	匡彦	匡贊	匡顯	匡明
			世翊			體翊	肯翊 令翊	敬翊 春翊 天孝					文翊 忠翊

가계도 1-2

景稷									景卨	景奭
長英						後英			起英	哲英
集成	敏成	九成	觀成	老成	玄成	德成				廈成
眞相	聞一	聞政	眞遇	眞一	眞相	眞源	眞淳	眞洙		眞鼎
匡福	匡廷 匡時	匡國 匡世 匡績 匡岳 匡直 匡維 匡業 匡宗	匡輔		匡尹		匡尹	光呂		匡度

* 李眞淳(1679~1738) 1726 숙천 유배, 1727 풀려남 1738 졸

* 李眞洙 선천 유배

가계도 2

1 匡泰	1693~1754		
2 匡濟			
匡震	夭		
5 匡鼎	1701~1773	길주	
9 匡師	1705~1777	부령 → 신지도	〈무인입춘축성가〉
3 匡臣	1700~1744		
8 匡敏	1705~1737		
4 匡彦	1700~1755	단천	
7 匡贊	1702~1766	명천	
10 匡顯	1707~1776	기장	
6 匡明	1701~1778	갑산	〈북찬가〉

1) 이진유의 〈속사미인곡〉

이진유(1669~1730)는 이경직의 증손으로 할아버지는 이정영(李正英)이고, 아버지는 참판 이대성(李大成)이며, 어머니는 홍만용의 딸이다. 큰아버지 이만성(李晩成)에게 입양되었다. 동생으로 이진검(李眞儉, 1671~1727), 이진휴(李眞休), 이진급(李眞伋), 이진위(李眞偉)가 있다. 소론 강경파였던 이진검이 경종 1년(1721)에 동부승지로서 노론 이이명을 탄핵한 죄로 밀양에 유배되었다가 이듬해 풀려났으며, 이어 평안도 관찰사, 예조판서를 지냈다. 신임사화 때 노론 세력을 축출하는 데 앞장섰는데, 영조 1년(1725) 노론이 중용되고 소론이 실각함에 따라 강진에 정배되었다가 영조 3년(1727)에 유배지에서 죽었다. 이진검이 실각한 후, 형 이진유도 노론을 배척하는 상소문을 올렸다가 노론이 정권을 차지하자 축출되어 나주로 유배되었다가 추자도로 이배되었으며, 영조 6년(1730) 서울로 압송되어 국청에서 문초를 당하던 중 죽었다. 형들이 연이어 당파에 희생되자 아우인 이진휴, 이진급, 이진위는 벼슬에서 밀려나거나 벼슬을 버리고 강화도로 들어가 터를 잡고 양명학을 연구하는 데 힘썼다. 이들보다 조금 앞서서 숙종 대에 강화도로 들어가 양명학을 연구한 이들을 후에 강화학파(江華學派)라 하였는데, 이진위의 아들 이광명, 이진검의 아들 이광사 등 후손들은 강화학파를 계승 발전시키는 데 많은 영향을 끼치기도 하였다. 이진검은 성품이 강직하였으며, 아들 이광사와 함께 명필로 이름을 날렸다.

이진유는 숙종 39년(1713)에 19인의 홍문록[338]에 뽑히고, 설서, 검열, 봉교 등의 관직을 시작으로 주요 관직을 맡았는데, 숙종 42년(1716) 병신처분에 소론으로서 『가례원류』의 서문과 발문에서 소론의 영수 윤증을 비난한 권상하·정호의 처벌을 주장하다가 삭출되기도 하였고, 소론의 강경파로서 여러 차례 이이명, 김창집, 조태채 등 노론의 대신들을 배척하

338 『숙종실록』 53권, 숙종 39년 2월 25일(계유), 『국역 숙종실록』 27, 276면.

는 상소를 올렸으며, 벼슬을 두루 거치는 과정에 반대되는 생각을 가진 많은 사람들을 비판의 표적으로 삼았는데, 영조 즉위년(1724) 9월에 고부부사로 연행에 참여하였다가 돌아오는 길에 근기에서 압송되어 유배의 길에 올라 나주에 도착했다가 다시 추자도로 이배되었다.

이진유의 〈속사미인곡〉은 그 명명에서 보듯 〈사미인곡〉의 전통을 따르고 있는데, '님'으로 설정된 대상에 대한 일방적인 태도가 중심을 이루고 있다. 정치적 국면이 바뀐 상황에서 그간 다른 입장에 섰던 사람들을 공격했던 일에 대한 반작용이라 할 수 있을 터인데, 화자는 님과의 관계만을 문제 삼고 있는 셈이다.

내 언제 무심ᄒᆞ여　　　님의게 득죄ᄒᆞᆫ가
님이 언제 박정ᄒᆞ여　　　날 대접 소히 ᄒᆞᆫ가[339]

나와 님 사이에는 아무런 문제가 없는데, "질투홀산 중녀(衆女)로다"(111면)에서 진술한 바와 같이 그 책임을 다른 사람들의 질투로 돌리고 있다.

새로운 임금이 보위에 올랐다고 중국에 주청하는 부사로 참석하고 돌아오는 길에 유배의 명을 받고 놀란 가운데, 근기 압송에다 자질의 제직[340]까지 당하는 상황에 매우 당황한 모습이다.

근긔압송(近畿押送)은　　　고금의 초견이오
ᄌᆞ딜졔직(子姪除職)은　　　이은(異恩)도 됴쳡(稠疊)ᄒᆞ다　111면

유배지로 호송해 갈 금오리 김택구를 벽제역에서 만난 뒤 조금의 말미

339 이상보, 『18세기 가사 전집』(민속원, 1991), 111면, 이하 면수만 표시한다.

340 『영조실록』 3권, 영조 1년 2월 8일(병자), 『국역 영조실록』 2, 115면, 이진유의 자질은 제직(除職)하고 모두 전답과 노비를 내리며.

를 얻어, 선산에 배별하고, 가묘에 하직하며, 원근 친척들과 이별한 뒤에 길을 떠나는데, "의릉(懿陵)을 쳠망ᄒᆞ니, 송빅이 창창ᄒᆞ다"(112면)에 드러난 바와 같이 경종을 그리워하는 마음을 표출하고 있다. 그런데 이어지는 "고신원누ᄅᆞᆯ 한수의 ᄀᆞ득색려, 님 향ᄒᆞᆫ 일편졍을 참고 ᄎᆞᆷ아 ᄲᅥ나가니, 내 마ᄋᆞᆷ 이러ᄒᆞᆯ 제 님이신들 니즐손가"에서 구체적 님이 제시된 것으로 볼 수 있다.

그런데 나주 적소에 도착한 뒤의 태도는 스스로 위안을 삼을 만한 곳으로 받아들이고 있다. "거쳐도 과분ᄒᆞ고 의식도 념녀업다"(112면)에서 볼 수 있듯 이 정도라면 견딜 수 있겠다는 약간 안도하는 마음이 보이기도 한다.

금성산 ᄇᆞ라보고	젹소ᄅᆞᆯ ᄎᆞᄌᆞ가니	
남쥬 대도회의	낙토ᄅᆞᆯ 처음 보왜	
쥬안 뎡ᄉᆞ군이	마조나 반겨ᄒᆞ니	
거쳐도 과분ᄒᆞ고	의식도 념녀업다	112면

반대 당의 빗발치는 공격인 "중노(衆怒)"를 님이 막아준 것이고, 스스로 "이죄위영(以罪爲榮)"으로 인식하면서 "망외(望外)"로 받아들인다. 그러나 그 내면은 "님의 뜻 나 모르고 내 뜻도 님 모르며"(113면)로 표현한 것처럼 명확하게 파악하는 상호적인 관계는 아니다.

결국 "중녀(衆女)"의 "기질(忌疾)"로 추자도로 이배[341]하게 된다. 이제 진정으로 험난한 유배의 길에 들어선 것이다.

님의 은혜 이럭ᄉᆞ록	긔질(忌疾)ᄒᆞᆷ은 더 심ᄒᆞ여
ᄒᆡ도(海島)도 하고 한대	원악디(遠惡地)ᄅᆞᆯ 골나내여

341 『영조실록』 24권, 영조 5년 9월 28일(기해), 『국역 영조실록』 8, 161면. 이진유·윤성시·서종하를 절도에 이배하도록 명하였다.

ᄇᆡᆨ년형극을 츄ᄌᆞ도의 처음 여니
골육도 구시(仇視)거든 ᄂᆞᆷ이야 니ᄅᆞᆯ손가 113면

그리고 이어서 “묘군(卯君)”도 금릉으로 “원뎍(遠謫)ᄒᆞ니”(113면)라고 한 것처럼 동생 이진검이 영조 1년(1725) 6월에 강진현에 안치[342] 되어서, “문운”이 막히고, “가화”가 겹쳤다고 탄식한다.

그리고 힘겹게 바다를 건너 도착한 추자도 유배지는 육지인 나주와는 전혀 다른 모습이다.

셕긔(石磯)의 ᄇᆡ를 ᄆᆡ고 도듕(島中)의 드러가니
쵼낙이 쇼조ᄒᆞ야 수십호 어가로다
풍우ᄅᆞᆯ 무ᄅᆞᆸᄡᅳ고 듁창의 무지(無紙)ᄒᆞᆫ대
모ᄌᆞ(茅茨)ᄂᆞᆫ 다 ᄂᆞᆯ리고 ᄆᆞ른대 젼혀 업다 114면

가을, 겨울, 봄, 여름을 지내는 동안 이런저런 고사를 환기하고 주변을 살피지만, 결국 기대야 할 곳은 “우리 님”(115면)으로 귀결시킨다.

우리 님 아니시면 눌을 다시 의지ᄒᆞᆯ고
시운이 불힝ᄒᆞ야 쳔니의 ᄯᅥ나시니
내 신셰 고혈(孤孑)ᄒᆞᆫ 줄 님이 모르실가
긴 ᄉᆞ매 들고 안쟈 녯 건앙(愆殃)을 녁슈(歷數)ᄒᆞ니
우직ᄒᆞ기 본셩이오 광망ᄒᆞᆷ도 내 죄오나
근본을 ᄉᆡᆼ각ᄒᆞ니 님 위ᄒᆞᆫ 졍셩일ᄉᆡ 116면

그리고 마지막으로 우리 님의 목소리와 우리 님의 향기를 떠올리며,

342 『영조실록』 6권, 영조 1년 6월 25일(신묘), 『국역 영조실록』 3, 110면.

"왕셔기개지(王庶幾改之)를 여일망지(餘日望之)ᄒᆞ노라"(117면)라고 끝맺고 있다. 바라건대 님이신 왕께서 마음을 바꾸시기를 남은 날 동안 바라겠다는 다짐이다.

〈속사미인곡〉의 이러한 바람과는 달리, 이진유는 영조 6년(1730) 5월에 추자도 유배지에서 끌려와서 국청을 설치한 곳에서 다음과 같이 공초하였는데, 자신은 나라를 위한 한결같은 정성을 다했으며, 상대의 외면만 보고 이면을 알지 못하여 의리를 분명히 살펴보지 못한 소치라고 뉘우치고 있다. 그러나 며칠 뒤에 물고되고 말았다.

> "오직 우리 숙종을 섬기는 도리로써 경종을 섬겼고 경종을 섬기는 도리로써 성상을 섬겼으니, 평생에 힘쓴 바는 충의와 명절이었습니다. 사군자가 출세하여 조행을 닦는 대강령을 조금이나마 들었으며, 환관·궁첩이 이름을 아는 것이 수치라는 것도 또한 일찍이 방책에서 알고 있었으니, 감히 다른 길로 나간 적이 없었습니다.
>
> 그런데 뜻밖에 죽음이 임박한 백수의 모년에 흉환과 체결했다는 누명을 들었으며, 또 6년 동안 없었던 새로운 죄안을 첨가하였으니, … 전도와 추종도 없이 단기로서 창황히 궐문에 나아가 대신과 여러 신하들의 뒤를 따라 입시하여 두 적환을 토죄할 것을 청하였습니다. 이 몸의 좌차가 약간 떨어져 있었기 때문에 차서를 넘어 대신의 뒤에 엎드려 흐느껴 눈물을 흘리면서 소리를 높여 진달하기를, '동궁은 선왕의 소중한 아들이요, 전하의 사랑스러운 아우인데 한낱 요망한 내시가 감히 제거할 계획을 세웠으니, 이는 참으로 종사의 막대한 변고입니다. 대신과 여러 신하들이 서로 연달아 토죄하기를 청하니 마땅히 한 마디 말로써 윤허해야 할 것인데도, 이제 아침에 들어와 한나절이 되도록 결말이 나지 않았으니, 이 일에 만약 차질이 생긴다면 전하께서 무슨 면목으로 다시 효령전(孝寧殿)에 들어가겠습니까?' … 이 몸의 나라를 위한 순수하고 한결같은 정성을 볼 수 있는 것이니 요망한 환관 박상검과 체결한 자의 일이 과연 이러하겠습니까?

… 이 몸의 나라를 위한 순수한 정성은 이에서도 또한 알 수 있는 것이니, 요망한 박상검과 체결한 자의 일이 과연 이와 같을 수가 있겠습니까? 이는 박문수의 연주에 일찍이 그 개략을 간략히 진달하였으며, 송인명도 또한 실지의 정상으로써 답변한 일이 있었습니다.

… 다만 외면만 보고 이면을 알지 못한 것은 박태항과 심수현도 이 몸과 마찬가지이며, 이 몸도 또한 박태항·심수현과 마찬가지입니다.

… 다만 이 몸이 크게 한스러운 것은 안목이 없어 일찍이 절교하지 못한 것뿐이니, 이는 의리를 분명히 살펴보지 못한 소치이므로, 마침내 왕이보(王夷甫)과 장곡강(張曲江)의 선견지명에 대하여 부끄러움이 있습니다.[343]

그런데 영조 1년(1725) 5월 지평 임주국 등이 아뢴 내용에는, 이진검이 화기를 빚어내었다고 주장하고 있다. 실제로 영조 1년(1725) 1월에 예판 이진검이 상소하여 그의 형 이진유의 신축년(1721) 상소를 변명[344]한 적이 있다.

이진검은 이진유의 아우로서 역적 김일경의 혈당이 되었는데, 무릇 음흉한 정절은 모두 그와 한마음으로 모의한 것이니 서로 한통속입니다. 근년에 고 상신 이이명이 주청사가 되었을 때에 정축년(1627)의 옛 사례를 인용하여 별도의 재화를 가지고 가서 뜻밖의 상황에 대비하는 용도로 삼게 해 주기를 청하였는데, 이진검이 곧 '6만 냥의 은화를 장차 어디에다 쓰겠습니까.'라는 등의 내용으로 한 통의 상소를 올려 은연중에 마치 그 돈으로 따로 무엇을 하려는 것처럼 단정하였으니, 그 의도가 진실로 헤아리기 몹시 어렵습니다. 그리고 청나라 사신이 왔을 때에 조태구가 또 한 통의 차자를 올려 혐의를 무릅쓰는 것이라는 등의 말을 하였고, 사사로이 사람들에게 말하기를 '중약(仲約)이 진정 선견지명이 있었다.'라고 하였으니, 중약

343 『영조실록』 26권, 영조 6년 5월 5일(임신), 『국역 영조실록』 9, 12~16면.
344 『영조실록』 3권, 영조 1년 1월 5일(갑진), 『국역 영조실록』 2, 26면.

은 바로 이진검의 자이고, 선견지명은 바로 '그 은화를 장차 어디에다 쓰겠습니까.'라고 한 말을 가리킨 것입니다. 여기에서 이진검이 앞서 올린 상소에서 지적한 뜻이 음흉하였다는 것이 저절로 드러나 감출 수 없게 되었습니다. 이러한 관점에서 본다면, 역적 김일경의 흉모는 꼭 조태구와 유봉휘가 독자적으로 먼저 주창한 것은 아니고 실로 이진검이 맨 먼저 화기를 빚어낸 것입니다. 그런 만큼 이렇게 한창 엄하게 징토하는 날을 당하여 흉악한 죄인이 법망을 빠져나가게 해서는 안 됩니다. 이진검을 우선 극변으로 원찬하소서.[345]

이진유의 동생 이진검은 영조 1년(1727) 6월에 강진으로 유배되었다가, 영조 3년(1727) 9월에 그곳에서 죽었다.[346]

『가례원류』에서 비롯된 갈등이 신임사화로 이어지면서 강경파였던 이진검·이진유 등이 집중적으로 노론의 대신들을 공격하였고, 영조의 즉위 이후 노론의 반격으로 이진검·이진유 등이 축출되는 상황으로 바뀌면서, 동생 이진검은 영조 3년(1727) 유배지 강진에서 죽고, 형 이진유는 나주로 유배되었다가 추자도로 이배되었으며, 추국이 열리면서 공초까지 마쳤지만 결국 물고되고 말았다.

이진유의 〈속사미인곡〉은 주청부사로 연경에 다녀오던 길에 벽제역에서 금오리를 만난 뒤에, 선산에 들르고 가묘에 하직하며 원근 친척과 이별한 뒤에 유배의 길에 올라 나주의 유배지에 갔다가 다시 추자도로 옮겨진 뒤의 사정까지 서술하고 있다. 추자도까지 간 것은 험고의 일이지만, 그래도 목숨을 부지할 수 있는 길이라는 점에서 님께서 마음을 고치셔서 해배의 은혜를 베풀기를 기대하는 것으로 마무리하고 있다.

---

345 『승정원일기』 593책(탈초본 32책) 영조 1년 5월 26일(계해).

346 『승정원일기』 646책(탈초본 35책) 영조 3년 9월 17일(경오).

2) 이광명의 〈북찬가〉

이광명(1701~1778)은 이진유의 막냇동생 이진위의 아들로 자가 양전(良轉)이며, 뒷날 증손 시원(1790~1866)이 현달하면서 이광명이 이조참의로 추증되어서 참의공이라 부른다. 아버지를 일찍 여의고 강화로 들어가 지냈는데, 영조 31년(1755) 을해 역옥에 연루되어 갑산으로 유배되어 지내다가 죽었으며, 그곳에서 〈북찬가〉를 지었다. 후사가 없어서 처음에 종부의 아들 정효(庭孝)로 아들을 삼았다가, 결혼하지 못하고 죽는 바람에 다시 진급의 아들 광현[347]의 아들 충익(1744~1816)을 사자[348]로 삼았다.

영조 31년(1755) 2월에 나주 객사에 '간신이 조정에 가득하여 백성들이 도탄에 빠졌다.'라는 등의 내용이 담긴 흉서[349]가 걸린 사건이 생기자, 나주에서 윤취상의 아들 윤지(尹志)[350]를 체포하여 친국하는 과정에, 이광사, 신치운 등이 이들과 편지를 주고받으면서 연락한 사실이 밝혀져 국문을 받게 되었고, 역모 사건으로 귀결되었다. 을해년의 역모 사건은 무신란(1728) 때에 죄를 지은 사람들의 후손이나 연계된 사람들이 원망하는 마음을 가지고 괘서나 진술 등을 통해서 지속해서 임금을 공격하고 있었다는 점에서 임금에게는 매우 충격이었다고 할 수 있다.

영조는 이 사건을 수습하고 『천의소감』을 마련하면서 『가례원류』 이후 소론과 노론 사이에 지속된 갈등을 노론 우위의 입장으로 일단락시켰다.

이광명은 이 일에 연좌되어 향옥을 거쳐 북새 갑산에 유배되었다. 정제두가 죽은 뒤에 쓴 제문이 교유의 실상을 확인시킨다.[351]

---

347 이충익, 「本生先考學生府君墓誌」, 『椒園遺藁』 冊二, 『한국문집총간』 255, 533면.

348 이충익, 「先考妣合葬誌」, 『椒園遺藁』 冊二, 『한국문집총간』 255, 532면.

349 『영조실록』 권83, 31년 2월 4일(무신), 『국역 영조실록』 26, 251면.

350 윤지는 영조 1년(1725) 이진검이 강진으로 유배될 때 대정현으로 유배되었다가, 3년(1727) 석방되었으며, 5년(1729)에 다시 배소로 보내졌고, 12년(1736)에 육지로 나오게 하였으며, 19년(1743)에 전리로 내쫓아 종신토록 금고하게 했다가, 다시 나주에 유배되어 있다가 괘서를 건 것이다.

351 이광명, 「제문」, 『霞谷集』 卷十一, 『한국문집총간』 16, 296면.

〈북찬가〉의 초반부는 곤궁했던 삶에 대한 기록이다.

십셰에 조고ᄒᆞ니　　엄안을 안다 ᄒᆞᆯ가
…
셰군초자 포병ᄒᆞ니　　싱산도 머흘시고
형뎨는 본ᄃᆡ 업고　　계ᄌᆞ를 ᄆᆞ자 일헤　　147면

열 살에 아버지를 여의고 아내마저 병이 있어서 자식을 생산할 수 없는 처지인데, 형제가 없는 상황에 종부의 아들 정효로 아들을 삼았으나 이 자식마저 잃어버린 것이다.

그리하여 편모를 모시고 서울을 떠나 해곡인 강화로 들어가서 자취를 감추고자 한 것이다.

경락ᄀᆞᆺ치 번화지를　　젼셩시의 하딕ᄒᆞ고
히곡으로 깁히 들어　　암혈에 ᄀᆞᆷ최이니　　147면

그런데 묵은 불이 다시 일어나면서 집안에 앙화가 닥친 것이다. "삼십여 년 눅힌 은젼"이라고 한 내용은 이진검과 관련된 것으로 이해할 수 있는데, 우선 이진유와 관련하여 영조 4년(1728) 9월 24일(신미)의 영조 임금의 발언을 되새기면서 이진검의 기록을 살필 필요가 있다.

> 임금이 말하기를,
>
> "경[홍치중]은 어찌하여 이렇게 말하는가? 제신은 변초(變初)에 심사가 반드시 이러하지 않았을 것인데, 이제 반드시 이진유를 죽이고 유봉휘에게 역률을 시행하고 사충사를 중건한 뒤에야 제신이 조정에 설 수 있는가? 이것은 결코 안 될 일인데, 경이 끝내 이렇게 하면 탕평은 바랄 수 없을 것이다."[352]

이어서 여러 차례 논란이 일어난 다음에 영조 5년(1729) 2월에 이진유의 일은 정계[353]하였다가 영조 6년(1730) 3월에 국청[354]에 올려서 역적으로 물고된 것이다. 그런데 이진검은 공식적으로 관작을 유지하고 있으면서 영조 3년(1727) 7월에 석방의 명령[355]까지 받았다. 한편 이진유가 만성(晩成)의 계자가 되었으므로, 대성(大成)의 아들인 이진검은 계통이 분리되었다고 생각한 것이다.

경심타 지어앙에　　　　묵은 불 닐어나니
삼십여 년 눅힌 은젼　　　　오늘날에 또 면흘가
향옥에 ᄌᆞ취ᄒᆞ여　　　　쳐분을 기ᄃᆞ일식　　　　148면

그러나 결국 극북인 길주로 유배지가 정해진 것이다.

불모지 ᄎᆞᆽ고 ᄎᆞ자　　　　극북에 저지이니　　　　148면

종형제들이 북쪽으로 유배의 길을 떠나게 되면서 중도에 해후하기도 하였다. 부령으로 떠나는 이광사를 만났다고 서로 기록하고 있기 때문이다. 광언이 단천, 광정이 길주, 광찬이 명천, 광사가 부령, 광현이 기장, 화자인 이광명이 갑산으로 가게 된 것이다. 이광사가 기록하고 있는 내용[356]과 그대로 부합한다.

관남관북 갈닌 길흘　　　　단천으로 내여노코

---

352 『영조실록』 19권, 영조 4년 9월 24일(신미), 『국역 영조실록』 7, 47면.
353 『영조실록』 21권, 영조 5년 2월 9일(갑신), 『국역 영조실록』 7, 155면.
354 『영조실록』 25권, 영조 6년 4월 2일(기해), 『국역 영조실록』 8, 317면.
355 『영조실록』 12권, 영조 3년 7월 5일(기미), 『국역 영조실록』 5, 18면.
356 이광사, 〈上舍兄吉州謫中〉, 『圓嶠集選』 卷第二, 『한국문집총간』 221, 450면.

청히여 믈흘 쉬워　　부녕 적힝 히후ᄒᆞ예
길주 명천 어드메오　　경뢰 상망 머도 멀샤
안변 참보 경통ᄒᆞ다　　도청도셜 숢이과져
녕남 극변 제도 가리　　삼분 오녈 수졀흘샤　　149면

유배지에 도착하여 반년이 지난 시점에 돌아가기를 바라는 마음을 드러내고 있다. 명년 봄에 은경이 미치기를 기대하고 있다.

날 보내고 ᄃᆞᆯ 디내여　　ᄒᆞ마 거의 반년일ᄉᆡ
일어구러 히포 되면　　사나 마나 무엇흘고
고낙이 슌환ᄒᆞ니　　어ᄂᆡ 날에 돌아갈고
텬상 금계 울어네면　　우솜 웃고 이 말ᄒᆞ리
아마도 우리 셩군 효니하의　　명춘 은경 미ᄎᆞ소셔　　151면

이광명의 〈북찬가〉는 열 살에 아버지를 여의고 아내는 병이 있어서 후사를 기대할 수 없는 상황에서 강화로 들어가서 지내고 있는데, 백부 이진유가 돌아가신 지 수십 년이 지나서 을해년(1755)에 나주 괘서 사건이 일어나면서 다시 문제가 불거지게 되었고, 집안이 모두 역옥에 걸려든 것이다. 스스로 향옥에 나아가 처분을 기다린 결과 극북으로 유배를 가게 된 것이다. 자식이 없어서 광현의 아들 충익으로 후사를 삼았는데, 광현도 기장으로 유배를 갔다. 이광명이 귀양을 간 뒤에 이광사가 〈상계모〉[357]에서 위로의 헌시를 보내기도 하였다. 이광명은 갑산에 유배되어 그곳의 풍물을 기록한 『이쥬풍속통(夷州風俗通)』[358]을 쓰고 시조도 3수 남겼다.

---

357 이광사, 〈上季母〉, 『圓嶠集選』 卷第二, 『한국문집총간』 221, 454면.
358 『증참의공적소시가』(국사편찬위원회 소장), 김명준 옮김, 『증참의공적소시가』(지만지한국문학, 2024).

3) 이광사의 〈무인입춘축성가〉

이광사의 〈축성가〉는 해마다 입춘이 되면 붙이던 춘첩시에 해당하는 것으로, 영조 34년(1758) 유배지에서 입춘을 맞아 임금을 향한 마음을 표현한 것이다.

이광사는 이진검의 다섯째 아들로 을해년 역옥에 연루되어 부령에 유배되었다가 신지도로 이배된 뒤에 그곳에서 일생을 마감하였다.

영조 31년(1755) 3월에 나주 괘서 사건의 윤지와 서로 교통한 사실이 있다고 이광사, 윤상백 등을 심문[359]하였다. 3월 25일 이수범의 공초에 윤지의 아들 윤공철이 이광사와 서로 뜻이 맞는 절친한 사이[360]라고 하였으며, 유 삼천리[361]에 처하였다. 그런데 영조 38년(1762) 7월에 회령부에 안치한 이광사 등이 북쪽 변방에서 지방인들을 많이 모아서 글과 글씨를 가르친다고, 진도로 이배[362]하였다. 영조 39년(1763) 6월에 간원에서 이광사를 다시 잡아다가 국문하여 실정을 알아내게 하라고 청[363]하였으나 윤허하지 않았다.

이광사는 유배지에서 자녀들에게 〈훈가편〉[364]을 보내서 집안 사정을 설명하고 당쟁에 휘말리지 말라고 하였으며, 백부 이진유에 얽혀서 6~7명의 동생과 형이 찬축되었다고 밝히면서, 번역하여 여자들에게도 주라고 부탁하였다.

이광사의 넷째 형 광정(匡鼎)[365]이 길주에 유배[366]되어 있어서 이광사가

---

359 『영조실록』 83권, 영조 31년 3월 6일(기묘), 『국역 영조실록』 26, 61면.

360 『영조실록』 83권, 영조 31년 3월 25일(무술), 『국역 영조실록』 26, 86면.

361 『영조실록』 83권, 영조 31년 3월 30일(계묘), 『국역 영조실록』 26, 92면.

362 『영조실록』 100권, 영조 38년 7월 25일(을유), 『국역 영조실록』 29, 322면.

363 『영조실록』 102권, 영조 39년 6월 25일(신해), 『국역 영조실록』 30, 110면.

364 이광사, 〈訓家篇*有序〉, 『圓嶠集選』 卷第二, 『한국문집총간』 221, 445면, 時以伯父故, 坐謫竆海濆, 同時被竄逐, 六七弟與昆.

365 이광사, 「叔兄艾叟先生記實文」, 『圓嶠集選』 卷第九, 『한국문집총간』 221, 549면.

366 이광사, 「先正憲大夫禮曹判書兼知經筵事同知春秋館事, 五衛都摠府都摠管府君墓表」, 『圓嶠集選』 卷第七, 『한국문집총간』 221, 520면, 明年春, 家難作, 匡鼎, 匡師分竄北塞.

형에게 시를 짓기도 하였는데, 뿔뿔이 흩어져 유배의 길에 오른 종형제들의 사정을 일일이 적고 있다.

햇살이 비껴서 명천에 다다르니	斜景抵明川
8형[광찬]이 먼저 귀양 와 있네.	八兄先謫居
다소의 슬프고 기쁜 정이	多少悲懽情
어제 본 것과 어찌 조금 다르랴?	視昨豈少殊
하물며 여러 종형제 안에	況於群從內
나이가 가까우면 기미가 부합하네.	齒近氣味符
문장과 경세제민의 그릇은	文章經濟器
깨지고 버려져서 거름풀의 무리이네.	頓棄類土苴
4형[광언]은 병으로 뒤에 있는데	四兄病在後
6형[광명]이 갑산으로 갔네.	六兄甲山徂
10제[광현]는 영남에 떠도니	十弟嶺南流
살아가는 것이 연나라와 오나라 같네.	契濶如燕吳
가장 적은 사람이 쉰인데	寂少已五十
정담은 구천 길을 기다리네.	情緣泉路須
귀문을 굳센 도끼로 잘라	鬼門壯斧劈
거대한 신령이 힘껏 잘라 틔우리.	巨靈勞鑿疏
알지 못하지만, 이곳을 지나는 사람이	未知過此人
일찍이 살아 돌아온 사람이 있었던가?	曾有生還乎
흰 구름은 그렇게 무심하고	白雲其無心
그 위에 말고 폄이 외롭네.	其上孤卷舒[367]

종부형(從父兄)으로 정자 벼슬을 한 종형 광찬(匡贊, 1702~1766)도 명

367 이광사, 〈上舍兄吉州謫中〉, 『圓嶠集選』 卷第二, 『한국문집총간』 221, 450면.

천[368]에 유배되어 있어서, 회령으로 유배되어 가는 중에 만나기도 하였고, 영조 42년(1766) 12월에 종형이 명천 적사[369]에서 죽자, 이광사는 이듬해 3월 신지도 수북(壽北)에서 부음을 듣고 제문을 지어서 아들 긍익에게 대신 곡을 하게 하였다. 그리고 이 제문에서 무인년(1757) 봄에 〈축성가〉[370]를 지은 일과 이를 보고 눈물을 흘린 일을 기록하고 있다.

한편 이광사가 지은 「낙고변」[371]에 대하여 정자형이 언급하자 이광사는 이에 대한 답서[372]를 보내기도 하였다.

이광사의 〈무인입춘축성가〉는 가사 제목에서 지은 시기를 표시하고 있는데, 무인년은 영조 35년(1758)이 된다. 유배 생활이 4년째("삼년이 다 나읍고 ᄉᆞ년의 미처셰라")에 들어서는 시점이다. 명천에 유배 중이었던 종형 광찬이 보고 감격했다는 기록이 있어서, 유배 체험을 한 단계 승화시킨 것으로 이해할 수 있다.

> 엄동이 다 진ᄒᆞ고　　　무인닙츈 드오리라
> …
> 구듕문 달의ᄂᆞᆫ　　　츈쳡ᄌᆞ야 셩컨마ᄂᆞᆫ
> 북ᄉᆡ 죄루신도　　　숑축이나 ᄒᆞ오리라　　　153면

그리고 화자는 화자 자신을 "북ᄉᆡ의 죄루신(罪壘臣)"이라고 하면서, 봄이 되면서 만물이 소생하는 변화가 일어나고 있어도 "우리 님 인덕의ᄂᆞᆫ 그려도 못미츠리. 텬디 너ᄅᆞ와도 셩덕의ᄂᆞᆫ 좁ᄉᆞ오리. 일월이 ᄇᆞᆰ다마는 왕

368 이광사, 「上從父兄明川謫中」, 『圓嶠集選』 卷第二, 『한국문집총간』 221, 451면.
369 이광사, 「祭從父兄正字府君文」, 『圓嶠集選』 卷第六, 『한국문집총간』 221, 509면.
370 위와 같은 곳, 我在寧山, 戊寅春節, 祝聖明德, 有歌一闋, 君爲感激, 泫然泣血, 遂至失聲, 旁觀哽咽, 報書勤謝, 誠志奮溢.
371 이광사, 「洛誥辨」 『圓嶠集選』 卷第四, 『한국문집총간』 221, 482면.
372 이광사, 「答正字從兄論洛誥辨書」, 『圓嶠集選』 卷第四, 『한국문집총간』 221, 483면.

명보다 어두으리."라고 하면서 우리 님을 구체적인 임금으로 일컬으면서 한껏 높이고 있다. "후텬디 개벽도록 그때굿 우리 님은 향복무강 ᄒᆞ오쇼셔"라고 빌면서, 요지반도가 천 번 피고, 동해수가 만 번 변하고, 수미산이 개밋둑이 되는 등의 큰 변화를 "우리 님 다 보시고 안락태평 ᄒᆞ오쇼셔"라고 축수하고 있다.

그리고 진정 바라는 바는 꿈속에서라도 용안을 바라보며 옥음을 들을 수 있기를 기대하는 것이다.

고아 얼ᄌᆞ조차　　부모 얼골 첨 뵈온 듯
궁곡 폐질인이　　일월비츨 우러온 듯
룡안을 바라올 듯　　옥음을 듯ᄌᆞ올 듯
일만번 죽ᄉᆞ온들　　여한이 이실 게고.
…
싱ᄂᆡ예 미틴 원을　　몽듕의 일온 거시　　154면

유배 생활의 힘겨움과 괴로움은 잠시 내려놓고 춘첩을 쓰는 입춘을 맞아 임금이 향복 무강하고 안락 태평하기를 빌면서 임금 곁으로 가까이 갈 수 있기를 기원하는 것이다.

그러나 실제 이광사의 유배 생활은 〈훈가편〉[373]처럼 자식들에게 남길 말을 준비하고, 함께 유배를 떠난 여러 형제에게 개별적[374]으로 또는 아울러[375] 시를 보내면서 위로하기도 하였다. 한편 신지도로 이배된 뒤에는 신지도의 생활[376]을 적기도 하고, 부령[377]의 유배 생활을 떠올리기도 한다.

---

373 이광사, 〈訓家篇*有序〉, 『圓嶠集選』 卷第二, 『한국문집총간』 221, 445면.

374 이광사, 〈上舍兄吉州謫中〉, 『圓嶠集選』 卷第二, 『한국문집총간』 221, 450면, 〈上從父兄明川謫中〉, 451면, 〈上家兄吉州謫中*有序〉 467면.

375 이광사, 〈對月不寐, 歷想舊遊, 愴悒齎咨, 情不可聊. 曉起作五十韻詩, 致同竄諸兄弟〉, 『圓嶠集選』 卷第二, 『한국문집총간』 221, 455면.

376 이광사, 〈題薪智島簹谷小齋〉, 『圓嶠集選』 卷第三, 『한국문집총간』 221, 468면.

이 가운데 달밤에 잠을 이루지 못하고 지난날 함께 놀던 일을 떠올리면서 같이 유배 생활을 하는 형과 종형제에게 준 시[378]에서 함께 모여 즐기지 못하는 안타까움과 슬픔을 토로하고 있기도 하다.

그리고 유배를 떠나게 된 경과와 목숨을 지키게 해 준 은혜[379]를 장편으로 서술하여 자손들이 대대로 갈무리하기를 기대하고 있다.

한편 이광사는 「동국악부」 30제[380]를 지어서 해동악부체의 전통을 잇고 있는데, 아들 이영익에게 화답하게 하여서 이영익도 「동국악부」 30제[381]를 마련했다.

그리고 정약용이 〈탐진촌요〉 열한 번째 작품에서, 이광사가 신지도에 이배된 뒤에 그곳 사람들에게 글씨를 가르쳤다는 사실을 밝히고 있다.

글씨방이 옛날에 신지도에 열려 있어	筆苑舊開新智島
아전들 모두가 이광사에게 배웠었네.	掾房皆祖李匡師[382]

이광사는 서예에서 일가를 이룬 일은 이미 널리 알려진 일이지만 『오음정(五音正)』을 지어서 최세진이 『사성통해』를 마련하는 과정의 문제점을 지적한 뒤에, 중국과 우리나라 성음의 말폐를 지적하고 절운(切韻)과 불경 언해를 바르게 하는 성음의 원리를 자세하게 풀이한다고 하였다. 그 첫머리를 잠시 보면 다음과 같다.

사람의 성음은 속에서 생겨서 목구멍, 혀, 이, 입술, 어금니에서 펼친다.

---

377 이광사, 〈憶富寧作 二首〉, 『圓嶠集選』 卷第三, 『한국문집총간』 221, 468면.

378 이광사, 〈對月不寐, 歷想舊遊, 愴悒齎咨, 情不可聊, 曉起作五十韻詩, 致同竄諸兄弟〉, 『圓嶠集選』 卷第二, 『한국문집총간』 221, 455면.

379 이광사, 〈述恩*并序〉, 『圓嶠集選』 卷第三, 『한국문집총간』 221, 469면.

380 이광사, 「東國樂府」, 『圓嶠集選』 卷第一, 『한국문집총간』 221, 431~441면.

381 이영익, 「東國樂府序」, 『信齋集』 冊一, 『한국문집총간』 252, 407면.

382 정약용, 〈耽津村謠二十首〉, 『여유당전서』 第一集 第四卷, 『한국문집총간』 281, 81면.

이것이 오음인데, 저절로 5행에 부합된다. 이것이 문자가 생겨나는 이유이고, 시가 되고 노래가 되며 성률과 화합하여 악을 이룬다.[383]

한편 순조 12년(1812)에 이르러 이진유와 이진검의 후손은 계통이 다르고, 이진검은 죄명에서 문제가 없으므로 그 후손이 벼슬을 맡을 수 있다고 변명하기도 하였다.

이조판서 조윤대가 상소하여 유정양의 상소에 대해 변명하였는데, 대략 이르기를,

"이탁원(李鐸遠)은 바로 고 판서 이진검의 현손입니다. 출계한 형 이진유가 불행하게도 근래에 역률을 추시당했지만 이진검은 관작이 예전 그대로이며, 그의 아들 이광태(李匡泰)도 이어서 침랑을 제배하였고, 그의 육촌 동생 이진원(李眞源)·이진수(李眞洙), 칠촌 조카 이광세(李匡世)·이광보(李匡輔)도 후에 모두 현관이 되었으며, 그때 유복친 역시 모두 방애됨이 없었습니다. 이제 5대가 지난 후에 어찌 흠이 있다고 말할 수 있겠으며, 또 이는 방손인데 어찌 후예라고 하겠습니까? 그와 같은 처지에서 화관요직을 지난 자가 전후로 어찌 한정이 있기에 유독 이 사람만 저지당해야 하겠습니까?"[384]

4) 이긍익의 〈죽창곡〉과 이영익의 〈동국악부〉

이광사에게 이긍익과 이영익의 두 아들이 있는데, 이긍익(1736~1806)은 스무 살에 아버지가 유배의 길을 떠난 뒤에, 벼슬길이 막힌 채로 학문에 몰두하여 『연려실기술』을 저술했다.

---

383 이광사, 「五音正序」, 『圓嶠集選』 卷第八, 『한국문집총간』 221, 540면, 人之聲音, 生於中而發於喉舌齒唇牙, 是爲五音, 而自然合於五行, 此文字之所由生, 而爲詩爲歌, 協於律以成樂.

384 『순조실록』 16권, 순조 12년 11월 8일(정축), 『국역 순조실록』 7, 185면.

부령에 유배된 이광사가 영조 38년(1762)에 지방인들에게 글과 글씨를 가르쳤다는 이유로 진도로 이배되고, 두어 달 뒤에 다시 작은 섬 신지도로 옮겨졌다.

헌부[지평 윤면동이다.]에서 전계를 거듭 올렸으나, 윤허하지 않았다. 또 아뢰기를,

"… 요즘 들으니, 이광사·심약이 북쪽 변방에서 목숨을 붙이고 있어, 지방인들을 많이 모아서 글과 글씨를 가르치고 있다 합니다. 변방의 어리석은 풍속이라 어찌 선동하여 어지러운 데에 빠져드는 근심이 없을 것을 알 수 있겠습니까? 청컨대 회령부에 안치한 죄인 이광사와 갑산부의 노비로 삼은 죄인 심약을 모두 절도로 이배하시고 또한 본 도로 하여금 양읍의 사민들을 밝게 깨우쳐 흉적들과 서로 연결되거나 통할 수 없음을 알게 하고, 그 중 친밀한 자들은 적발하여 법에 따라 다스려 뒷날의 폐단을 막게 하소서."

하니, 임금이 그대로 따랐다. 이광사는 진도에 안치하고 그 학도들은 부사로 하여금 곤장을 치게 하였으며, 심약은 도신으로 하여금 한 엄한 형장을 가하여 흑산도의 종으로 삼고 그 학도들은 부사로 하여금 형추를 한차례 가하도록 하였다.[385]

임금이 경현당에 나아가 주강하여 『중용』을 강하였다. 장령 한필수가 아뢰기를,

"지난번 대신의 청으로 심약과 이광사를 절도에 옮긴 것은, 대개 심원한 염려에서 나온 것이었습니다. 심약을 흑산도에 이배한 것은 진실로 마땅하고, 이광사는 진도에 이배하였는데, 비록 해도라고 할지라도 본래 좋은 곳이며, 또한 이곳은 관부가 있는 곳이니 이들 죄인을 옮겨 두지 않을 수 없

385 『영조실록』 100권, 영조 38년 7월 25일(을유), 『국역 영조실록』 29, 322면.

습니다. 청컨대 죄인 이광사를 다시 머나먼 작은 섬에 옮겨 외부 사람과 교통하는 폐단을 끊도록 하소서."

하니, 임금이 그대로 따랐다.[386]

그리고 이듬해인 영조 39년(1763) 5월에 이광사를 잡아다 국문하라는 명을 내렸다가 정지[387]하였다. 이어서 10월에는 이능효의 일까지 거론되었으나 임금이 허락하지 않았다.[388]

이런 와중에 이긍익의 〈죽창곡〉은 영조 39년(1763)에 지은 것으로, 벼슬길이 막힌 상황에서 유배 생활을 하는 아버지 광사에 대한 염려까지 담고 있다.

상 우희 그저 노코　　님 싱각ᄒᆞᄂᆞᆫ 뜻은
아리ᄶᅡ온 님의 거동　　친 흔적 업건마ᄂᆞᆫ
불관ᄒᆞᆫ 이 내 몸이　　님을 조차 삼이오니
…
적막 황촌의　　기연홈이 고이ᄒᆞᆯ가
가긔ᄂᆞᆫ 더뎌 두고　　일신조차 둘듸 업서
놓솔운 싀노ᄒᆞ고　　히무ᄂᆞᆫ 취인ᄒᆞᆫ듸
쇠병ᄒᆞᆫ 편친으로　　남븍의 뉴낙ᄒᆞ니
감지ᄂᆞᆫ 못ᄇᆞ라고　　염제라도 니을손가
…
모첨의 빗친 ᄒᆡ　　궁곡을 머다 말고
샹셔롭고 ᄃᆞᄉᆞᆫ 빗티　　빠드시 뵐가셰라

---

386 『영조실록』 100권, 영조 38년 9월 6일(을축), 『국역 영조실록』 29, 350면.
387 『영조실록』 101권, 영조 39년 5월 23일(기묘), 『국역 영조실록』 30, 91면.
388 『영조실록』 102권, 영조 39년 10월 5일(무자), 『국역 영조실록』 30, 167~168면.

한편 이영익(1739~1780)은 이광사의 둘째 아들로 열일곱 살이 되던 해에 이광사가 부령으로 유배를 가자 따라가서 모셨으며, 다시 신지도로 이배되자 역시 따라가서 모셨다.[389] 주변 사람들은 이광사가 두 아들 중에서 영익에게 더욱 기대[390]를 했다고 기록하고 있다.

아버지 이광사가 「동국악부」 30제를 지어서 아들 이영익에게 화답하여 짓게 하여 이영익도 「동국악부」 30제[391]를 지었다.

그리고 정선이 정철이 소를 타고 성혼을 방문하는 내용을 담은 시조를 「제기우방우계도」라는 그림으로 그렸는데, 이것을 신대우가 간직하고 있다가, 영익에게 이 노래를 한문으로 번역하여 그림 뒤에 쓰게 하였는데, 영조 36년(1760)에 이영익은 〈번문청기우방우계가〉로 수록하고 있다.

재 너머 성권농 집의	越岡成勸農宅
술 닉단 말 어제 듯고	昨聞新酒熟
누은 쇼 발로 박차	足蹴臥牛起
언치 노하 지즐 타고	置韀按跨着
아희야 네 권농 계시냐	童子汝家勸農在
정좌수 왓다 ᄒᆞ여라	爲報鄭座首來此[392]

한편 이영익은 유배지에 계신 아버지의 수발을 들면서, 부령에서 지방인을 가르치는 데에 협력하고, 아버지가 신지도로 이배하게 된 원인이 되

---

389 이충익, 「從祖兄信齋先生家傳」, 『椒園遺藁』 冊二, 『한국문집총간』 255, 542면.

390 이광려, 「員嶠先生墓誌」, 『李參奉集」 卷三, 『한국문집총간』 237, 285면, 肯翊, 令翊皆爲公才子, 令翊尤儁爽, 書與文皆足繼公. 公在時求書者並萃令翊, 公嘗言余, 書惟兒子令翊能臨似之, 公亡四年而令翊亦死, 慟哉.

391 이영익, 「東國樂府序」, 『信齋集』 冊一, 『한국문집총간』 252, 407면, 家君爲東國樂府三十篇, 命令翊屬和, 顧令翊不能於詞, 不能强效不能, 然亦不能辭矣. 玆綴以朴陋之語, 於其蹟之出於荒異不經, 可疑可譏者, 必志于篇題, 見于詩. 自附屈子天問之意.

392 이영익, 「題騎牛訪牛溪圖」, 『信齋集』 冊二, 『한국문집총간』 252, 453면.

었던 지방인[393]들을 다독이기도 하고, 신지도까지 찾아온 아버지 문하인 부령의 방상철을 잘 대접하고 돌려보내기도[394] 하였다. 그리고 집이 가난하여 조 방아를 찧으면서 생계를 유지하는 이명배[395]를 위하여 시를 짓고, 시권을 보고 장가를 짓기도 하였다.

이긍익, 이영익이 다음 시대와 이어질 수 있는 자질을 지니고 있는 점을 고려하면 지속적인 관심과 대상 확장이 절실하다고 할 수 있다.

---

393 이영익, 〈贈方祥喆〉, 『信齋集』 冊一, 『한국문집총간』 252, 416면, 〈贈三生〉, 416면, 〈別富寧金昌烇〉, 434면.

394 이영익, 〈方生祥喆早春, 自富寧來京, 六月浮海到島. 次家兄韻, 示喜〉, 『信齋集』 冊一, 『한국문집총간』 252, 431면, 〈送方祥喆歸北塞〉, 434면, 「送方祥喆歸北塞序」, 『信齋集』 冊二, 『한국문집총간』 252, 455면.

395 이영익, 〈春歌〉, 『信齋集』 冊一, 『한국문집총간』 252, 422면, 李生命培, 有文好學, 家貧業舂粟. 憐其志. 戲爲長歌. 贈之, 〈看李命培詩卷, 嘉其固窮能文, 題長句〉, 439면.

Ⅳ-4. 정서 공감의 교유와 시가 향유

18세기 시가 향유의 한 특징으로 같은 정서를 공감하는 동류들의 교유와 시가 향유를 들 수 있다. 시와 노래에 뜻을 공유하는 사람들이 모여서 시가에 대해 의견을 나누고 향유하는 것을 말한다. 비유적으로 백아와 종자기가 지음을 했던 고사를 떠올리는 만남이라고 할 수 있다. 17세기 후반의 무신낙회, 종남수계를 비롯하여 이서우와 이하진의 만남 등이 이에 해당할 것이다. 여기에서 중요한 것은 정치적 이해와 관련한 동당 의식과는 변별되는 것으로 같은 시적 정서에 바탕을 두고 공감을 지향하면서 교감의 잣대를 마련하는 활동이다.

18세기에 정서 공감을 바탕으로 한 교유와 시가 향유에서 우선 살펴야 할 대상은 이형상과 이만부의 만남과 이들이 악부와 가곡에 대해 의견을 공유하는 과정을 확인하면서 이만부가 서울에서 교유한 이잠·이서 형제에 대해서도 살피고자 한다. 다음으로 〈산유화가〉를 계기로 영남의 신유한과 서울의 최성대가 만나 지역에 따른 정서의 차이를 인식하고 지음으로서의 교유를 지켜나간 행적을 검토한다. 이어서 전문 예인인 풍류 악인들과 시가를 향유한 서평 공자와 송실솔, 이정보와 계섬, 심용과 가객들의 풍류 등을 확인하고, 다른 한편 위항의 예인 중에서 뛰어난 능력을 보인 백성휘, 전덕수, 이명배·이춘배 등과 교유한 인물들을 확인하면서 그 내용을 보도록 한다.

1. 이형상과 이만부의 교유와 악부와 가곡 논의

1) 이형상의 영천 생활과 악부 지향 의지

이형상(1653~1733)[396]은 태종의 둘째 아들인 효령대군의 후손으로 효종 4년 5월에 아버지 주하(柱厦)와 파평윤씨 사이에서 출생하여, 19세(1671)에 아버지를 여의었다.

25세에 사마시에 합격하고, 28세에 별시에 급제하여 승문원에 뽑혔다가 30세에 율봉찰방에 보임되었다. 이어서 32세에 승문원 부정자에 올라서 정자·저작·박사·전적·병조좌랑·정랑 등에 승진하여 몇 해 동안 내직에서 지내기도 하면서, 34세인 숙종 12년에 출육의 길인 헌직(憲職)에 의망되었으나, 이전에 몇 차례 강경한 자세를 고집한 것이 빌미가 되어 외직으로 밀려나서 성주목사·양주목사 등을 역임하였다. 42세에는 갑술환국으로 어머니를 모시고 강화도로 들어갔는데, 이때『강도지』2권을 엮었으며, 45세에 어머니를 여의었다. 47세에 경주부윤에 특제되었다가, 48세 3월에 상관과 뜻이 맞지 않아 경주부윤을 그만두고 영천(永川)에 은거하면서 호연정(浩然亭)이라는 정자를 짓고 지냈다.

이형상은 50세에 제주목사로 부임하였다가 이듬해에 오시복 등을 두둔하였다는 이유로 파직되었는데, 목민관으로서 제주의 풍속을 바꾸고자 노력하였다. 53세에 영광군수에 부임하였다가, 이듬해에 호연정으로 돌아간 뒤에 다시 벼슬에 나아가지 않았다.

그리고 58세에 잠시 상주로 이거하였다가, 63세에 다시 영천으로 옮겼다. 상주로 옮기게 된 것은 효령대군의 종가가 병자호란으로 대군의 신위를 모시고 문경으로 옮기고 난 뒤에 대군사우의 중수를 위함이었다. 상주에 이거한 뒤에 이만부와 정서의 공감을 바탕으로 교유하였는데, 편지를

---

396 최재남,「이형상의 삶과 시세계」,『한국한시작가연구』13집(한국한시학회, 2009.2), 85~125면.

주고받으면서 성리에 관한 문제를 포함하여 여러 가지 관심사를 논의하기도 하고, 악부 등에 관하여 토론을 펴기도 하였다.

이형상이 이만부에게 보낸 편지에서 가행과 악부 등에 대한 인식을 보여주고 있는데, 이만부가 악부 가행(樂府歌行)과 동방 아악 삼조(東方雅樂三調)에 대해 의견을 펼친 것에 대한 반론의 성격을 띠고 있다. 이만부는 가행이 악부의 지류라고 보고 있고, 동방의 아악 삼조(平·羽·界面)를 오음인 궁·상·각·치·우에 예속시켜 다룬 바 있다.

이형상과 이만부의 교유는 지역의 학문 전승을 포함하여 실학의 경향도 띠고 있어서 매우 중요한 의의를 지닌다.

이형상이 악학과 악부에 대해 보인 관심은 남달라서, 『악학편고』를 엮고, 강구동요(康衢童謠)를 염두에 둔 〈성고요(城皐謠)〉(권1), 시조를 한역한 〈호파구(浩皤謳)〉[397](권4) 16수, 강희맹의 〈농구〉를 차운한 〈차농구(次農謳)〉(권3) 14수, 그리고 〈심원춘〉을 포함하여 수십 편의 사가 이를 반증한다.

2) 이만부와 이잠·이서 형제와의 교유와 그 반향

이만부(1664~1732)는 상주의 식산(息山) 아래에 살았기 때문에 스스로 호를 식산이라 하였다. 본관이 연안이며, 27세에 영남을 유람하면서, 제문을 지어서 서애(西厓)의 사당을 배알하였다. 35세에 부친이 상주의 우거에서 작고하니, 서울로 돌아가서 삼년상을 마친 뒤에 다시 상주로 돌아왔다. 43세에 친구 이잠이 상소를 올렸다가 죽게 되자 크게 상심하였고, 47세에 문희(聞喜)의 화음산에 들어가서 살았다. 66세 가을에 장릉참

---

397 시조 한역의 입장에서 「浩皤謳」 등에 대한 관심은 강전섭, 「병와 이형상의 한역가곡 소고」, 『국어국문학』 102(국어국문학회, 1989), 김명순, 「시조 한역의 성격과 의미:이형상의 작품을 중심으로」, 『문학과 언어』 12집(문학과언어연구회, 1991), 김문기·김명순, 『조선조 시가 한역의 양상과 기법』(태학사, 2005), 조해숙, 『조선후기 시조한역과 시조사』(보고사, 2005) 참조.

봉에 제수되자, 한 번 숙배하고 돌아왔으며, 빙고 별제에 제수되었으나 나아가지 않았다. 69세 12월에 병이 위독하자 노래 3장(章)을 지어 서자 지정(之楨)에게 부르게 하고서 들었다.[398]

이만부의 행장을 지은 이익이 이만부와 함께 금강산을 유람할 때, 차분하게 밤을 지새우면서 악률(樂律)과 시책(蓍策)에 대해서까지 자상하게 설명했다고 하였다.

이만부는 젊은 시절 서울에서 이잠·이서 형제와 교유하였는데, 그 이후 이잠의 동생인 이익으로 교유가 이어지는 계기가 되었으며, 이잠의 죽음이 이만부가 벼슬에 뜻을 버리는 전환점으로 작동했을 것으로 이해할 수 있다.

이만부는 젊은 날에 서호[399]에 터를 잡고 지냈으며, 조하주, 이잠, 이서 등과 중원에서 문회[400]를 가졌는데, 이때 이잠이 시를 짓고 이만부가 차운하였다. 이잠이 지은 시와 이만부가 지은 시를 문집에 수록된 순서와는 다르게, 이잠의 작품부터 살피도록 한다.

뭇 어진 이들이 상춘에 모이니	羣賢集上春
화목한 기운이 남주에서 생기네.	和氣生南州
아름다운 말로 서로 면려하고	嘉言以相勉
악을 좋아하면서 간혹 흐르는 것을 경계하네.	好樂戒或流
이 도는 늘 가까운 곳에 있으니	此道常在邇
이것을 버리고 다른 것을 구하지 말라.	舍是無他求
조용히 의리를 강하고	從容講義理
편안한 곳에서 곧 참되게 노네.	安處卽眞遊

398 이익, 「息山李先生行狀」, 『星湖先生全集』 卷之六十六, 『한국문집총간』 200, 126면.

399 이만부, 〈卜居西湖*己巳〉, 『息山先生文集』 卷之一, 『한국문집총간』 178, 31면, 家大夫自還朝, 無意仕宦, 不肖旣占西湖一邱, 是年秋, 作亭其上, 扁曰足閒, 以見志焉.

400 이만부, 「中原講義」, 『息山先生文集』 卷之十二, 『한국문집총간』 178, 270면.

근원을 궁구함은 그대의 뜻이요　窮源是子志
사물을 완상함이 어찌 나의 짝이랴?　翫物豈我儔
강과 산이 어짊과 지혜로움을 돕고　江山助仁智
여전히 잠시 쉬게 할 수 있네.　猶可少憩休
정부자를 잊지 마시라　莫忘程夫子
위태로운 배가 어제 부수를 지났다네.　危舟昔過涪

* 중연이다.(仲淵)[401]

그리고 이잠이 숙종 32년 9월에 원자를 보양하기 위하여 '김춘택을 죽이고 이이명을 귀양 보내야 한다.'라는 내용의 상소[402]를 올렸다가 흉인으로 지목되어 경폐[403]된 뒤에, 숙종 33년 겨울에 이만부가 꿈속에서 이잠을 만나 담론하고 지은 시의 미련에서 "지난해 서강의 눈물을 다하지 못했는데, 아득한 밤에 이불을 옮기며 절로 수건을 적시네."[404]라고 느꺼움을 표현하였다. 그리고 경종 2년에 신원을 하면서 사헌부 집의를 추증하자, 이익의 부탁으로 묘갈명[405]의 명(銘)에서 "살신으로 윤상을 떠받쳤다."라고 안타까운 마음을 드러내었다.

한편 이만부가 이서에게 부친 시의 첫째 수 기·승구에서, "그대가 무릎 위에서 거문고를 타노라면, 나는 당시에 산수의 소리를 들었네."[406]라고

401 이만부, 〈中原文會, 次李仲淵*潛. 號西山〉, 『息山先生文集』 卷之一, 『한국문집총간』 178, 32면.

402 『숙종실록』 44권, 숙종 32년 9월 17일(임신), 『국역 숙종실록』 24, 41~46면.

403 『숙종실록』 44권, 숙종 32년 9월 20일(을해), 『국역 숙종실록』 24, 59면.

404 이만부, 〈丁亥冬, 少寓柴里, 夢到一處, 山水極佳, 忽遇亡友李仲淵, 論談宛如平昔, 覺來愴然, 呼燈書之〉, 『息山先生文集』 卷之一, 『한국문집총간』 178, 44면, 前年未盡西江淚, 遙夜推衾自濕巾.

405 이만부, 〈李仲淵墓碣銘*并序〉, 『息山先生文集』 卷之二十一, 『한국문집총간』 178, 453면, 殺身以扶倫常.

406 이만부, 〈次寄李澄叔道兄〉, 『息山先生文集』 卷之二, 『한국문집총간』 178, 64면, 彈君膝上之玄琴, 我聽當時山水音.

하면서 거문고와 함께 서로에 대한 믿음의 사연을 말하고 있으며, 이서가 새벽에 앉아서 거문고를 타면서, "마음으로 공경하면 거문고가 절로 안정되고, 마음이 화평하면 거문고도 응하네. 이 뜻은 풀기 어려운데, 내 친구는 지금 어디에 있는가?"[407]라고 하면서 이만부를 그리워하고 있고, 이어서 〈변계조(變界調)〉, 〈탄평조(彈平調)〉의 시에서 거문고 곡조의 변화를 기술하고 있으며, 그리고 뒷날 이서가 상주의 이만부에게 보낸 시에서, "나에게 태화 삼척의 거문고가 있는데, 아양(莪洋) 어느 곳에 지음이 있을까? 천 리 밖에 마음으로 사귀어 원래 서로 비추니, 높은 하늘에 밝은 달이 한 조각 마음이네."[408]라고 하여 '마음으로 사귐[神交]'을 강조하고 있다.

이러한 사귐을 바탕으로 이만부가 이형상에게 보낸 편지[409]에서 서울에서 이서 등과 종유한 일을 말하면서 영남의 풍습이 달라 오랫동안 문을 닫고 스스로 지키면서 지내느라 사람들을 사귀지 못했다고 실토하였다.

3) 이만부와 이형상의 교유와 악론

이만부와 이형상의 만남은 호연정에서 이루어졌다고 할 수 있다.

영양 고을에서 안장에서 쉬다가	歇鞍永陽郡
걸어서 호연정에 오르네.	躡躋浩然亭
정자가 참으로 호연하고	高搆信浩然
주인은 옛 조정의 영걸이네.	主人舊朝英
…	

---

407 이서, 〈晨坐彈琴〉, 『弘道先生遺稿』 卷之一, 『한국문집총간』 속 54, 6면, 心敬琴自定, 心和琴亦和. 此意難可解, 吾友今在何. 自註에 "중서를 생각하다.(懷仲舒)"라고 하였다.

408 이서, 「寄贈商山李處士仲舒」, 『弘道先生遺稿』 卷之四, 『한국문집총간』 속 54, 115면, 我有太和三尺琴, 峩洋何處是知音. 神交千里元相照, 明月長空一片心.

409 이만부, 「答瓶窩李令」, 『息山先生文集』 卷之四, 『한국문집총간』 178, 108면, 昔在洛中時, 與李澄叔相從遊, 得其資益. 南食之始, 竊意嶺中人士之藪, 事賢友仁, 非復京師之比. 居之稍久, 觀其風習, 大不如所期, 於是杜門自守, 與人無所交涉.

십 년 뒤에 기쁜 눈으로	靑眼十載後
한 자리에서 기쁘게 서로 맞이하네.	一席欣相迎
개구리밥과 쑥이 다행히 합쳐짐이 있는데	萍蓬幸有合
곳집과 창름은 각각 절로 기울어지네.	囷廩各自傾
위아래가 하늘과 사람의 사이인데	上下天人際
긁어내는 것은 사물의 정이네.	爬梳事物情
비 갠 저녁에 위태로운 난간에 의지하고	危欄倚夕霽
상쾌한 기운이 집 뜰에 떨어지네.	爽氣落戶庭
나 또한 남쪽의 음식이 오래되고	我亦南食久
이미 전간의 백성이 되었네.	已作田間氓
잠시 자지산으로 나가니	暫出紫芝山
가볍게 서라벌의 서울에서 노니네.	薄遊徐伐京
바다를 바라보면 스스로 작음을 알고	望洋知自小
이 걸음이 헛되지 않기를 바라네.	庶不虛此行
언 물이 다리 남쪽에서 무너지는데	冰水圮橋南
내일은 갈 여정을 재촉해야겠네.	明發催去程[410]

시에서 '해방(海邦)'이 언급되는데, 이형상이 제주목사에서 돌아온 뒤로 추정되고, 만난 지 십 년이 지났다고 하였다.

이와 함께 가행과 악부 등에 대한 인식은 이만부에게 보낸 편지에서도 확인할 수 있다.

가행은 뚫려서 막히지 않음을 위주로 합니다. 두릉이 악부를 짓지 아니하고 유독 이것에만 치우친 것은 악부와 더불어 같지 않기 때문입니다. 이미 호방으로 주장을 삼았으므로 혹은 고체로 혹은 절구로 혹은 장단구로 혹은

---

410 이만부, 〈浩然亭, 走呈主人令公. *李甁窩衡祥〉, 『息山先生文集』 卷之一, 『한국문집총간』 178, 43면.

배율로 하는 등 본래 일정한 체계가 없으니, 『청련집』에서 상고할 수 있습니다.

동방의 아악 삼조는 방음이고, 성교에서 논하신 것은 종율입니다. 그것이 비록 금보로부터 비롯되었지만 음조가 약간은 같지 않은 것이 있고 가곡도 또한 일정한 음이 없으니, 일편만을 고집할 수는 없을 것 같습니다.[411]

이 글에서 볼 수 있듯이 이만부는 악부와 가행은 변별되는 것으로 두보와 이백의 경우를 통해 확인할 수 있다고 보았고, 평조·우조·계면조의 삼조는 우리나라의 음으로 궁·상·각·치·우의 오음과는 그대로 일치하지 않는 것으로 파악하고 있다.

그리고 〈널리 쓰는 가곡[행용가곡]〉에 대하여 이형상과 이만부가 조금씩 다르게 자기의 주장을 피력하고 있다. 앞의 인용은 이형상의 주장이고, 뒤의 인용은 이만부의 주장이다.

널리 쓰는 가곡은 그윽이 이와 같이 대강이라고 여길 따름이니, 느리면 평조, 산뜻하면 우조, 크게 호방하면 계면조가 됩니다. 이것과 오음의 우는 또한 다른 것입니다. 한 번 노래하면서 세 가지 곡조를 노래하는데 어찌 제한이 있겠습니까? 그렇다면 억지로 끌어서 좇고, 만약 귀신 같은 소경이 듣게 한다면, 반드시 분별하는 바가 있을 것입니다. 어떨까요, 어떨까요?[412]

오늘날 널리 쓰는 가곡은 속가가 가락에 잘 어울려서, 많이 가자가 창갈

411 이형상, 「答李仲舒」, 『병와집』 권7, 『한국문집총간』 164, 304~305면, 歌行 本於疏暢 杜陵之不作樂府而獨偏於此者 與樂府不同故也 旣以豪放爲主 則或古或絶 或長短或排律 本無定體 靑蓮集可考也 東方雅樂三調 方音也 盛教所論 鍾律也 雖自琴譜而創 音調微有不同 歌曲亦無定音 似不可執一也.

412 이형상, 「答李仲舒」, 『甁窩先生文集』 卷之七, 『한국문집총간』 164, 304면, 行用歌曲, 竊以爲大綱如此而已. 緩則平, 楚則羽, 太豪則爲界面, 此與五音之羽, 亦異矣. 一歌而可唱三調者何限乎, 然此則强牽而從之, 若使神瞽聞之, 必有所分矣. 如何如何.

하면서 알선하고, 음악으로 화답하는 사람은 따르면서 그 가락을 바꿉니다. 이른바 〈촌거락〉[413]과 같은 것은 뜻이 비록 평탄하나, 노래하는 사람이 진실로 밑에서 우러렀다가 떨쳐 부딪치면, 계면조와 어울릴 수 있고, 이른바 〈삼려원〉[414]은 매우 처절하지만 진실로 완연히 굴려서 충화하게 되면 평조와 어울릴 수 있습니다. 접때 이른바 '창이 다르면 울림이 다르다.'[415]고 하는 것이 참으로 이것을 이른 것입니다.[416]

이렇듯 이형상이 악부로 다루고 있는 층위가 한결같지 않기 때문에 악학에 대한 그의 입론과 함께 정밀하게 접근해야 할 부분이다. 그리고 〈차익재잡영…〉(권3)에서 사에 대한 다음과 같은 시각이 악부를 아우르고 있다는 점을 확인해야 할 것이다.

손이 말하기를, '악부는 사람마다 할 수 있는 것이 아니다. 하물며 우리나라는 예로부터 아악이 없었으니, 그대가 악부를 만드는 것은 또한 넘치는 것이 아니랴?' 내가 말하기를, '무릇 이른바 악부라는 것은 반드시 중화의 기를 얻은 뒤에야 될 수 있다. 동파는 촉 땅에서 나고 자라서, 치우친 바가 악음(齶音)이라, 소리가 조화를 이루고자 하였으나 조화를 이루지 못한 것은 기류가 그러한 것이다. 우리나라의 성음은 이미 치음에 치우쳤는데 어찌 보편화할 수 있으랴? 다만 방음의 평조·우조·계면조에 의지하여 응당 오음을 잃지 않는다면 곧 어찌 할 수 없음이 있으랴?' 손이 말하기를, '알았

---

413 〈촌거락〉은 〈금속행용가곡〉의 평조제일지의 〈촌거락〉을 가리킨다.

414 〈삼려원〉은 〈금속행용가곡〉의 우조제삼지의 〈삼려원〉을 가리킨다.

415 '창이 다르면 울림이 다르다[唱異故響異]'는 것은 이만부가 인용한 글의 앞부분에서 '소리가 다르면 가락이 다르다[音異故調異]'는 것과 견주어 설명하고 있다.

416 이만부, 「答瓶窩」, 『息山先生文集』 卷之四, 『한국문집총간』 178, 120면, 今世行用歌曲俗歌之諧調, 多在歌者之唱喝斡旋. 而樂之和者, 隨而變其調焉. 如所謂村居樂, 意雖平坦, 而唱者苟低仰振激, 可諧於界面. 所謂三閭寃語極凄切, 而苟宛轉沖和, 可諧於平調. 向所謂唱異故響異者, 正謂此也.

습니다.'[417]

우리나라는 본래 아악이 없지만 우리나라의 음이 치음에 기본을 두기 때문에 치음을 중심으로 오음에서 벗어나지 않는다면 악부를 지을 수 있다고 본 것이다. 소리의 차이에 따른 노래의 성격 차이를 이해하고 있다는 뜻이다.

그리고 〈속악〉에서는 다음과 같이 읊고 있다.

풍속을 좇아 가락을 삼아 거침을 깨닫지 못하는데	循俗爲調不覺荒
또한 사죽이 점점 슬프고 처량함을 아네.	亦知絲竹漸悲涼
풍류가 순일한 선비의 자리를 밟지 못하고	風流未蹈醇儒席
의기는 의협의 마당에서 치우치게 호방하네.	意氣偏豪節俠場
제 나라는 음란함을 좋아하여 소리가 더욱 방탕하고	齊國好淫聲愈佚
위나라 제후는 게으름을 잊어 뜻이 상처를 견디네.	魏侯忘倦志堪傷
번화한 곳곳에 비웃음과 웅얼거림이 오래되어	繁華處處啁啾久
남은 소리가 무람없이 들보를 두르게 하지 말라.	莫遣餘音謾遶梁[418]

속악이 풍속을 좇아 가락을 삼는 것으로 거칠다고 보고, 슬프고 처량하게 된다고 하였다. 선비의 자리에는 덜 어울리고 의협의 마당에 잘 어울리는 것으로 보고 있다.

이만부는 이형상이 옛 사람의 사체를 이용하여 그의 형님 생일 자리를 축하한 사에 화운[419]하였는데, 〈수룡음〉, 〈심원춘〉, 〈작교선〉 등이 그것이

417 이형상, 〈次益齋雜詠 …〉, 『병와집』 권3, 『한국문집총간』 164, 246~247면. 客曰, 樂府非人人可能, 況東方自古無雅樂, 子之爲樂府, 不亦濫乎. 余曰, 凡所謂樂府, 必得中氣然後可也. 東坡生長於蜀, 所偏只齶, 音欲諧而未諧者, 氣類然也. 吾東聲音已偏於齒, 何能普也. 只依方音之平調羽調界面調, 要不失五音, 則何不可之有. 客曰, 諾.

418 이형상, 〈俗樂〉, 『甁窩先生文集』 卷之二, 『한국문집총간』 164, 220면.

419 이만부, 〈和甁窩用古人壽詞各體, 賀其伯徵士公壽席 三首〉, 『息山先生文集』 卷之二,

다. 그리고 〈수조가두〉[420]를 지어서 이형상에게 보내자, 이형상이 이미 〈수조가두〉에 화답한 뒤에 다시 〈자지원가〉에 화답[421]하여 부쳐오자, 이만부가 2수[422]를 짓기도 하였다. 한편 〈한거팔영〉[423]을 각 사체에 따라 지었는데, 각 체는 〈추파미〉, 〈서강월〉, 〈완계사〉, 〈망강남〉, 〈장상사〉, 〈답사행〉, 〈감자목란화〉, 〈유조청〉 등이다.

그리고 공부체를 본받아 〈몽중팔선가〉[424]를 지은 것을 비롯하여, 청련체를 본받아 5수, 그리고 고사선재행체, 고포옹체, 포조체 등을 본받아 악부체, 고악부체의 작품을 여러 편 남기고 있다.

4) 이형상의 〈호파구〉와 〈금속행용가곡〉

이형상의 〈호파구〉는 16수의 시조를 한역한 것이다. 표제로 보아 노인이나 노년의 삶을 형상화한 작품을 뽑은 것으로 추정할 수 있는데 하나의 주제로 작품을 모았다는 데에 의의가 있다. 그런데 현재 가집 등에서 확인할 수 있는 노랫말과 견줄 수 있으며, 역시와 약간의 차이가 드러나기도 한다.

망태평(望太平)

충신은 만조정이요 효자는 가가재라	忠臣滿朝廷 孝子家家在
우리 성상은 애민적자 하사ᄂᆞᆫ듸	聖主垂衣裳 萬物皆眞宰
명천이 이 뜻 아로셔 우순풍죠 ᄒᆞ소셔	我輩安耕鑿 太平翹足待

『한국문집총간』 178, 54면.

420 이만부, 〈水調歌頭賦商山, 寄甁窩令公〉, 『息山先生文集』 卷之二, 『한국문집총간』 178, 54면.

421 이형상, 〈商山駁〉, 『甁窩先生文集』 卷之三, 『한국문집총간』 164, 244면, 入海翁今四皓年, 紫芝何處可歌傳. 經綸在室簞瓢足, 絶勝當時玩世權.

422 이만부, 〈甁窩令公旣和水調, 更和紫芝元歌寄來. 步得二首〉, 『息山先生文集』 卷之二, 『한국문집총간』 178, 54면.

423 이만부, 〈閒居八詠樂辭各體〉, 『息山先生文集』 卷之二, 『한국문집총간』 178, 55면.

424 이만부, 〈靜中八仙歌*幷序〉, 『息山先生文集』 卷之二, 『한국문집총간』 178, 57면.

[성주가 의상을 드리우고 만물은 모두 진재라
우리는 편안히 밭 갈고 우물 파서 발 돋우고 태평을 기다리리][425]

〈망태평〉은 첫 행만 전승의 근거를 확인할 수 있다. 그리고 〈노송욱(路松勖)〉, 〈폐사결(弊屣闋)〉, 〈누항낙(陋巷樂)〉, 〈안분래(安分勑)〉, 〈어부약(漁父約)〉, 〈초옹원(樵翁怨)〉, 〈요선격(邀仙檄)〉, 〈백로박(白鷺駁)〉, 〈백발섭(白髮鑷)〉, 〈곡수촉(鵠鬚囑)〉, 〈노망탄(老妄歎)〉, 〈독농과(督農課)〉, 〈초자대(樵子對)〉, 〈월색탐(月色探)〉, 〈절조축(節操祝)〉 등으로 작품의 내용을 바탕으로 명명하였는데, 〈누항낙〉, 〈어부약〉, 〈백로박〉, 〈곡수촉〉, 〈독농가〉, 〈초자대〉, 〈월생담〉, 〈절조축〉은 전승 작품을 옮긴 근거가 확인되고, 다른 작품은 한 행이나 두 행을 옮기거나, 전승 작품이 확인되지 않고 있다.

한편 『지령록』[426]에는 〈금속행용가곡〉을 평조제일지로 〈촌거락〉, 〈감군은〉, 〈자축과〉, 〈산거승〉, 〈강흥독〉, 〈대학유〉, 〈명덕강〉, 〈신민추〉, 〈지선총〉, 〈심성판〉, 〈격치급〉, 〈성의관〉, 〈정심약〉, 〈수신결〉, 〈영대철〉, 〈학공박〉 등 16수를, 평조제이지에 〈회고의〉, 〈석조환〉, 〈경연풍〉, 〈성도탄〉, 〈충사변〉, 〈초옹만〉, 〈채지각〉 등 7수를, 평조제삼지에 〈낙태평〉, 〈춘풍개〉, 〈이단박〉 등 3수를, 우조제일지에 〈어부조〉, 〈야좌홍〉, 〈형옥원〉, 〈형옥원 기이〉, 〈관동행〉, 〈내요격〉, 〈청성도〉, 〈가효문〉 등 8수를, 우조제이지에 〈요산조〉, 〈호기결〉, 〈월준교〉, 〈야조빙〉, 〈고죽뢰〉, 〈상죽특〉, 〈설매방〉, 〈탄서영〉 등 8수를, 우조제삼지에 〈채미해〉, 〈삼려원〉, 〈소대감〉, 〈표리질〉, 〈소상반〉 등 5수를, 계면조제일지에 〈행로역〉, 〈자조칙〉과 기이 〈백발촉〉 등 3수를, 계면조제이지에 〈자재음〉, 〈청량비〉, 〈낙엽호〉 등 3수

425 이형상, 〈浩皤謳〉, 『甁窩先生文集』 卷之四, 『한국문집총간』 164, 253면, 원 노래는 김문기·김명순 편저, 『시조·가사 한역가전서』 2(태학사, 2009), 79~84면. 한역한 내용과 차이가 있다고 생각되는 곳을 새로 옮기고 '[ ]'로 표시하였다.

426 이형상, 〈今俗行用歌曲〉 『병와전서』 8, 『지령록』, 김문기·김명순 편저, 『시조·가사 한역가전서』 2(태학사, 2009), 84~104면.

를, 계면조제삼지에 〈천군석〉, 〈항적회〉 등 2수를 수록하여 모두 55수의 작품을 한역하여 싣고 있으며, 장가에 〈장진주〉, 〈옹문주〉, 〈구마련〉, 〈탄식갈〉 등 4수를 수록하여 전부 합하면 59수이다.

2. 신유한과 최성대의 만남과 시적 정서 교류

1) 신유한과 최성대의 만남

지음을 만나는 일은 사람살이에서 매우 소중하고 귀한 일이라 할 수 있는데, 18세기 초반에 신유한(1681~1752)과 최성대(1691~1762)의 만남은 영남 시인과 서울 시인의 만남이라는 지역적 교류와 함께 〈산유화가〉를 통하여 각 지역 민요가 지닌 특성을 교환하고 있다는 점에서 18세기 공감의 정서 교류에 중요한 사례에 해당한다.

이들의 만남은 신유한이 임진년(1712) 봄에 서울에 가서 최성대와 한묵의 교유[427]를 가지게 되면서 시작되었다. 이들의 교유를 당시 사람들이 당나라 원진과 백거이를 아우르는 원백에 견주었다. 그리고 선산의 향랑이 부른 민요 〈산유화가〉를 두고 최성대가 원망하되 성내지 않는 서울의 고운 노래라고 할 수 있는 〈산유화여가〉를 짓자, 신유한이 이를 보고 신유한이 향랑의 뜻을 배려하여 〈산유화 9가〉를 지으면서 서정적 내면의 공유와 함께 지역적 정서를 고려한 변화를 꾀했다.

신유한은 최성대와의 만남을 다음과 같이 길게 기술하고 있다.

> 동짓달 초나흗에 사집이 나와 하룻밤 자기를 청하고, 미리 문하의 책과 장막을 매우 깨끗하게 준비하였다. 내가 다다르자, 이날 밤은 하늘에 눈비가 내리고, 등불 하나가 밝은데, 만 권 사이에 앉았다 누웠다 하면서 흥이 이르면 읊고 읊다가 지치면 졸고, 졸다가 일어나 술을 들이부었으니, 거의 여행 중에 마음을 씻는 경지였다. 내가 기뻐서 사집의 옷자락을 잡고 말하기를, "주역에서 이르지 않았던가? '두 사람이 같은 마음이면 그 날카로움

---

427 신유한,「君馬黃曲 *幷引」,『靑泉集』卷之二,『한국문집총간』200, 248면, 壬辰春, 余走京師, 與布衣崔君士集定翰墨交.「年譜」,『한국문집총간』200, 539면, 壬辰. 先生三十二歲. 遊京師. 與杜機崔公士集交, 作馬黃曲三章, 相與登坫盟, 詩交日益深, 時人比之唐之元白. 而及後先生之歿, 崔公爲之服素三月, 撰先生世家.

은 쇠도 자를 수 있고, 같은 마음의 말은 그 향기가 난초와 같다.'고 했으니, 곧 우리 두 사람이 같은 마음이면 옛 군자에 견주어 어찌 양보하랴? 언론이 같고 뜻의 경개가 같고 또 시를 짓는 것을 좋아함이 같으니, 감히 그대에게 묻나니 시에서 좋아하는 것이 어떤 것인가?" 하였다.

사집에 웃으면서 대답하기를, "그대가 같은 마음이 아니오? 나는 그대가 좋아하는 것을 좇아서 그림자와 울림에서 심하니 어찌 갈림길을 가리오. 그러나 그대는 내가 아니니, 내가 좋아하는 것을 먼저 말하라고 요청하였으니, 그대와 더불어 같이 좋아하는 것으로, 내가 시에 있어서, 법도가 아니고, 격률이 아니며, 성용과 색태가 아니라 잡고 즐기는 것은 천기이다. 하늘의 상은 해, 달, 별, 바람, 비, 서리, 이슬이며 땅의 상은 산, 내, 풀, 나무, 새, 짐승, 물고기, 자라이니, 누가 질그릇으로 만들 수 있으며 누가 갈아서 빛나게 할 수 있으며 누가 일없이 지내게 할 수 있으랴? 밝게 상을 이루는 것이니, 그것은 사람에 있어서 학사, 일민, 임협, 승호, 야녀, 상희의 노래가 말하고 웃고 울고 풀어내고 나누는 것과 같아서, 대저 사물이 천 가지 붉고 만 가지 푸르며 문드러지고 빛나며 아래부터 오르는 것이 저절로 펴며 저절로 움직이는 것이, 색마다 하늘이 만들고, 종마다 하늘이 미치는 것이라, 이것이 모두 흥이 날 수 있고 볼 수 있으며 무리를 지을 수 있으며 또한 원망할 수 있는 것이 아니겠는가? 지금 내가 말미암는 바의 중간에 시가 아닌 날이 없으니, 시가 어찌 법이 있음을 시험하며, 또한 족이 있고 종이 있음을 시험하랴? 주남의 부이(芣苢) 삼장을 읽으며, 절로 천지 만물의 기상이 있음을 깨닫고, 한나라 이하 이당에서 시로 울림을 말하였고, 대저 격물과 연정(沿情)은 꽃을 구별하고 꽃술을 나누는 것이니, 인간 세상의 무한 취기(臭氣)와 무한 광경을 인식하여 얻으면 문득 자가의 의사 일반이니, 곧 나의 스승이겠는가? 이남에서 나의 스승을 얻으면 물관을 통하게 되고 삼당을 얻으면 참 놀이를 캐게 되는 것이다. 이에서 굴복하여 가게 되면 사물을 부리게 되고 일을 가로막고 붉은색과 자주색을 어지럽게 하고, 사람이 따르는 곳에 가서 자기의 사사로움으로 만드니, 거의 위태롭지 않겠는가?"

저가 바람과 물결의 사람에 이르러 말이 끝나기 전에, 내가 갑자기 자리를 밀치고 일어나, 신군(神君)이 나를 불러 깨우듯 감동하였도다. 아, 내가 불행하게도 오늘에 태어나서 지나간 철인의 아득한 법도를 듣지 못하고, 또 다행스럽게 사집을 좇아 놀면서 도리어 이런 말을 물었으니, 이 말은 곧 황진가(黃陳家)의 여러 명이 지하에서 듣게 하더라도 한이 있을 것이다. 또한 내가 지난 임진년이 얼마나 다행이랴? 사집이 먼저 서울의 저자 가운데로 나를 찾았을 때, 나는 진실로 그의 눈썹과 속눈썹 사이에서 그의 마음을 얻었는데, 그리고 그 시를 얻게 되면서 지금 그가 좋아하는 것을 얻게 되었으니, 사집은 곧 사람의 모습을 하고 하늘에 노니는 자이다. 나 또한 어찌 나의 사집을 욕되게 할 수 있으며 같이 좋아서 짓는 것에 둘 수 있으랴? 이로부터 사집의 필원에서 열흘을 머무른 뒤에 소요유를 이루고 그 들은 바를 기술하면서 오십 운을 얻었다. 대저 세상의 같이 좋아하는 것을 기다림이 있으니 내가 사집이 아니라면 이런 말을 듣지 못했을 것이고, 또한 사집도 내가 아니라면 이런 말을 펴지 않을 것을 알게 되었으니, 갈무리하여 두기를 바람이 어떠하랴?[428]

---

428 신유한, 〈筆園夜話有述五十韻 *幷序〉, 『靑泉集』 卷之一, 『한국문집총간』 200, 232면, 十一月四日, 士集要與余一宿, 預令門下治書帷淨甚, 余造焉. 是夜天雨雪, 一燈熒熒, 坐臥萬卷, 興至而吟, 吟倦而睡, 睡起則沃以酒, 殆逆旅中浣心境也. 余蹶而把士集裾曰, 易不云乎. 二人同心, 其利斷金, 同心之言, 其臭如蘭, 卽余二人之同心, 眡古君子奚讓. 同言論同志槩, 又同好爲詩, 敢問吾子於詩何所好. 士集笑而應曰, 子非同心者乎. 吾從子之所好, 甚於影響, 胡爲乎歧之. 雖然子非我, 請先言吾好, 以與子同好, 吾于詩, 不以規矩, 不以格律, 不以聲容色澤, 而所把翫者天機也. 天之象, 日月星辰風雨霜露, 地之象, 山川草木鳥獸魚鼈, 孰陶鑄是, 孰磨光是, 孰居無事, 粲然而成象, 其在人而爲學士逸民任俠僧胡冶女孀姬之歌言笑 泣繹如班如者, 與夫物之千紅萬碧爛熳低昂自然而舒自然而動者, 色色天生, 種種天趣, 是皆可以興可以觀可以羣且怨乎哉. 今吾所由之際, 無日而非詩, 詩何嘗有法, 亦何嘗有族有宗. 讀周南之芣苢三章, 覺自有天地萬物氣象, 由漢已下, 李唐以詩道鳴, 大氐格物沿情, 葩分蕊別, 認得人間無限臭氣無限光景, 便與自家意思一般, 卽吾師乎. 吾師乎二南, 得之爲通物觀也. 三唐得之爲釆眞游也. 降此以往者, 爲物役爲事障爲亂朱紫, 適人之適而以爲已私, 殆哉岌乎. 彼之謂風波之人, 語未卒, 余遽辟席而起, 觸觸然如有神君喚余醒者. 嗟乎. 余之不幸而生乎今, 不得聞往喆之玄規, 又幸而從士集游, 反而求之斯言, 斯言也. 卽使黃陳家數子地下聞之, 與有恨矣.

한편 최성대가 신유한을 처음 만난 느낌과 만난 뒤의 내면을 다음과 같이 표현하고 있다.

영남에 훌륭한 선비 많기도 하지만	嶺南多好士
그대처럼 높은 명성 드물지요.	名盛似君稀
유랑하는 모습은 왕찬과 똑같고	漂泊同王粲
문장이야말로 육기가 비웃으리.	文章笑陸機
술잔 머금으니 봄 풀이 나오고	含杯春草出
칼을 두드리니 조각구름 나뉘네.	彈劒片雲飛
내일 이 관문 나갈 적에	明日關頭路
티끌이 옷에 가득하면 매우 슬프리.	深悲塵滿衣[429]

그리고 숙종 42년(1716) 가을에 신유한이 일이 있어서 서울에 갔을 때, 달포쯤 되어서 신유한이 병으로 돌아가려는데 최성대가 손을 잡고 눈물을 흘리면서 〈가을의 울림〉이라는 7언 1편을 주었는데 그 내용은 다음과 같다. "그대를 보내는 가을 풀의 뜻은 어떠한가? 해마다 길이 괴로워하면서 이 곡을 노래하네. 멋대로 운초 향기가 문설주에 쌓여 있다고 이야기하면서, 누가 연잎으로 만든 옷에 티끌이 물듦이 많다고 안타까워하는가? 나루터 정자에 달이 지는 새벽에 까마귀가 떠나는 소리가 들리면, 숲이 깊은 산관에 말을 먹이러 들르네. 내일 누대에 올라 외롭게 바라보는 곳에, 흰 구름 누런 잎이 구리 강에 가득하리."[430] 이어서 신유한이 율시

抑吾何幸往在壬辰, 士集先訪余都市中, 余固得其心於眉睫之間, 而因得其詩, 今又得其所好, 士集乃人須而天游者. 余亦安能辱吾士集而寘之同好爲, 自是因留士集園旬日, 以成逍遙游, 述其所聞, 得五十韻, 有待夫世之同好者, 以吾非士集, 莫可聞此言, 亦知士集非吾. 莫可發此言, 幸藏之如何云.

429 최성대, 〈初逢申周伯*維翰〉, 『杜機詩集』 卷之一, 『한국문집총간』 속 70, 516면.

430 신유한, 「題士集秋響別詩後」, 『青泉集』 卷之六, 『한국문집총간』 200, 352면. 이 시는 최성대의 『杜機詩集』 권지일(『한국문집총간』 속 70, 523면)에 〈送周伯南歸〉로 실려

2수로 화운하고 최성대가 또 지으면서 몇 차례를 반복했는데, 최성대가 신유한을 슬프게 하였다고 하면서 압록강 동쪽에서 최성대 한 사람을 얻었다고 하였다.[431] 그리고 신유한이 화운한 시는 다음과 같다.

팔락팔락 서풍이 싱그러운 줄기를 떨치는데	西風獵獵振芳柯
어느 곳에서 요쟁이 이별가에 의지하는가?	何處瑤箏倚別歌
하늘이 찬 대궐에 패옥을 잡으려 다투고	天淨九閽爭攬佩
달이 밝은 천 집에 울리는 옥돌이 흩어지네.	月明千戶散鳴珂
양원의 흰 구슬이 오늘까지 여전히 있으니	梁園白璧今猶在
연관의 황금은 예로부터 절로 많다네.	燕館黃金故自多
오늘밤 슬프게 읊어서 소낙비 눈물이 떨어지니	此夜悲吟霎淚下
하늘과 땅이 하나의 띠처럼 압강의 물결이네.	乾坤一帶鴨江波[432]

이들의 교유는 끊임없이 이어지다가, 신유한이 죽은 뒤에 최성대가 지은 〈어느 곳에서 그대를 간절히 그리워하랴?〉 9수에서 절절함이 드러난다. "어느 곳에서 그대를 간절히 그리워하랴?"로 시작되는데, 첫째 수에서 "거위 털처럼 눈이 내릴 때"를 비롯하여 차례로 "얼음 바퀴처럼 달을 토할 때", "앵두꽃이 필 때", "장미가 우거지고 풀이 자랄 때", "장미가 우거지고 잎이 무성할 때", "아침저녁으로 구름이 피어오를 때", "높은 누각에 기러기가 날아갈 때", "그늘진 창가에 풀벌레가 울 때", "시끄럽게 술잔을 잡을 때" 등으로 이어서 구성하고 있다. 첫째 수를 보도록 한다.

어느 곳에서 그대를 간절히 그리워하랴?	何處思君苦

있다. 送君秋草意如何, 長苦年年此曲歌. 謾說芸香堆閣在, 誰憐荷製染塵多. 津亭月曙聽鴉發, 山館林深秣馬過. 明日登樓孤望處, 白雲黃葉滿銅河.

431 신유한, 「題士集秋響別詩後」, 『靑泉集』 卷之六, 『한국문집총간』 200, 352면.

432 신유한, 〈和士集秋響別詩〉, 『靑泉集』 卷之二, 『한국문집총간』 200, 246면.

거위 털처럼 눈이 내릴 때이네.	鵝毛雪下時
강 북쪽 나무에 엉켜 돌다가	縈回江北樹
고개 남쪽 가지에 흩날리네.	飄散嶺南枝
쌓인 눈이 아침 휘장에 엉기고	積素凝朝幌
찬 향기가 밤의 술잔에 달라붙네.	寒香着夜巵
이때가 가장 간절히 그리우니	此時思最苦
아스라이 늦은 겨울을 생각하네.	迢遞暮冬思[433]

2) 〈산유화〉를 통한 만남

선산의 향랑 전설과 관련된 〈산유화〉는 전승과 전파에 있어서 중요한 의의를 지닌다. 신유한은 최성대가 〈산유화여가〉를 읊은 것을 이별의 감회에 회포가 많다고 하면서 60운의 장편으로 읊고 있다.

허둥거리며 사는 나그네가 있어서	客有棲遑者
육해의 동쪽에서 봄을 만나네.	逢春六海東
들꽃은 얼마나 역력하며	野花何歷歷
물가의 풀도 무성하네.	汀草亦芃芃
작은 집은 세 칸이 깨끗하고	小屋三間淨
외로운 성은 사방으로 통하네.	孤城四望通
달빛은 나루터의 푸른 버들을 머금고	月含津柳翠
안개는 물결의 붉은 복숭아를 짜네.	烟織浪桃紅
경물은 아침에서 밤으로 이어지고	景物朝連夜
세월은 열렸다가 다시 덮이네.	光陰豁復蒙
숲이 읊으면 새가 벗을 찾고	樹吟求友鳥
구름이 부르짖으면 뭇 기러기를 연모하네.	雲叫戀羣鴻

433 최성대, 〈何處思君苦九篇, 憶周伯〉, 『杜機詩集』 卷之五, 『한국문집총간』 속 70, 604면.

감탄하며 갈라지는 소리가 얽고	感歎離聲緊
올라가 나아가면 나그네 생각이 크네.	登臨旅思隆
옛 친구는 지금 서울에 있는데	故人今在洛
새로 지은 시가 전통에서 오래되었네.	新什舊傳筒
해 아래 소리와 티끌이 근고하고	日下音塵濶
하늘 끝에는 절서가 같네.	天涯節序同
걸작을 상자에서 여니	傑篇開篋笥
높이 노래하면 발과 우리를 뚫네.	高唱透簾櫳
가장 빼어난 것은 산꽃의 구절이요	最秀山花句
길이 슬퍼함은 선산 여자의 속마음이네.	長悲善女衷
* 산유화가이다. (山有花歌)	
말을 엮어 캔 것을 남긴 며느리요	結言遺采婦
눈물과 함께 노래하는 아이이네.	將淚與歌童
…	
천 년의 울림을 말하지 않고	不道千年響
능히 한 세대의 귀머거리를 여네.	能開一世聾
서로 그리워함은 좋은 밤에 속하고	相思屬良夜
성하게 연주함은 갠 하늘을 향하네.	繁奏向晴穹
…	
흥이 다하면 시름이 뒤집어 이끌고	興極愁翻惹
다시 깊으면 곡이 다시 끝나네.	更深曲復終
…	
친척이 와서 서로 웃고	親戚來相笑
아내와 아이가 보면 또 상심하네.	妻兒視亦恫
거문고 줄은 손이 대개 껄끄럽고	琴絃手梗澁
시축은 눈이 몽롱하네.	詩軸眼朦朧[434]

434 신유한, 〈春夜海上, 咏崔士集山有花歌, 感別多懷, 因得六十韻〉, 『靑泉集』 卷之一, 『한

그리고 최성대가 지은 〈산유화여가〉를 "완연히 서울의 고운 것으로 바꾸어서 원망하되 성내지 않고, 밝고 아름답다."라고 평가하면서, 신유한은 9수의 〈산유화곡〉을 짓고 있다. 최성대가 민요가 지닌 본령에 바탕을 두고 지은 것으로 보면, 신유한은 한나라 악부 구장의 미무(蘼蕪)의 원망을 염두에 두고 원망스러운 노래의 전통을 따르고 있다는 차이가 있다.

〈산유화곡〉은 일선의 열부 향랑의 원가(怨歌)이다. 향랑이 그의 남편에게 끊기고 집으로 돌아오니 부모가 계시지 않고 숙부가 개가를 시키려고 하자, 울면서 옳지 않다고 말하고 스스로 낙동강에 빠졌다. 강 가의 높은 비탈에는 길선생 표절지주중류비가 있는데, 낭자가 죽자 봄나물을 캐는 같은 또래들이 비 아래에서 서로 만나서 〈산유화곡〉을 지어서, 봄나물을 캐는 여인들에게 부르게 하고, 노래를 마치자 물로 나아갔다. 곧 지금 강 두둑의 아이들이 부르는 〈산유화가〉 소리가 매우 구슬프고 한스럽다. 그 뒤에 서울의 최사집 군이 그 일을 매우 자세하게 기억하고 〈산유화여가〉를 지었는데, 완연히 서울의 고운 것으로 바꾸어서 원망하되 성내지 않고, 밝고 아름다웠다. 내가 그 노랫말을 보고 실로 나물을 뜯는 여인의 입말을 빌어, 향랑의 생각을 펴서, 한나라의 〈공작동남비행〉과 서로 표리가 되게 하였다. 그러나 향랑이 남긴 곡은 다만 교외의 아이들의 이빨 사이에 있어서 사람들이 그 장구를 따기 어려우므로 매우 안타깝다. 낭자는 본래 신분이 낮아 문조를 알지 못하고, 이 노래를 지은 것은 다만 거리의 속된 노래로 인하여 바르고 고르며 오로지 자세한 천성을 펼친 것이라. 내가 또 슬퍼하여 마침내 그 뜻을 다시 쓰고 그 노랫말을 꾸며서 몰래 스스로 한나라 악부 구장 미무의 원망을 기미로 하여 〈산유화구가〉를 지었다. 이 노래가 감히 옛 것에 합당하다고 할 수 없지만 뒷날 강남에서 민요를 채집하는 사람은 장차 또한 향랑의 원망스러운 노래가 있음으로 얻어서 늘어놓을

국문집총간』 200, 238면.

것이다.[435]

최성대가 지은 〈산유화여가〉 중에서 부분 부분을 발췌해서 살피면 다음과 같다.

지주 아래 나무를 하는 여자가	砥柱採薪女
슬프게 〈산유화〉를 부르네.	哀歌山有花
…	
여덟 살에 거울을 비추니	八歲照明鏡
두 눈썹이 버들잎처럼 푸르네.	雙眉柳葉綠
열 살에 봄 뽕을 따고	十歲摘春桑
열다섯에 이미 베를 짰네.	十五已能織
부모가 늘 자랑하여 말하면	父母每誇道
아녀의 얼굴빛이 좋았네.	阿女顔色好
어진 사위에게 시집가기를 바라서	願嫁賢夫婿
같은 마을에서 함께 늙기를 보네.	同閈見偕老
…	
중매쟁이가 와서 기쁜 소식을 알리는데	有媒來報喜
착한 남자가 얼굴이 꽃과 같네.	善男顔花似
바지 위에는 수놓은 배자 잠방이	袴上繡裲襠

435 신유한, 〈山有花曲〉, 『青泉集』 卷之二, 『한국문집총간』 200, 246면, 山有花曲者, 一善烈婦香娘之怨歌也. 香娘見絶於其夫, 還家而父母不在, 其叔欲令改嫁, 則泣而道不可, 自沉於洛東江. 江上峻坂, 有吉先生表節砥柱中流碑. 娘之死也, 與采春儕女, 相遇於碑下, 作山有花曲, 使春女歌之, 歌竟而赴水. 卽今江畔兒慣唱山有花, 聲甚悽惋. 其後漢京崔君士集記其事精甚, 爲作山有花女歌, 宛轉麗都, 怨而不怒, 陽陽乎美矣. 余覩其辭, 實藉采薪女口語, 以叙香娘之思, 與漢孔雀東南飛行相表裡. 而香娘遺曲, 但在郊童齒頰間, 人不得采其章句, 甚慨也. 娘素賤不解文藻, 其爲此曲, 只因巷俚之嘔啞而發其端莊專精之天. 余又悲之, 遂復用其意而文其辭, 竊自幾於漢樂府九章蘼蕪之怨, 而爲山有花九歌. 是曲也不敢曰有合於古, 而後之采風於江南者, 將亦有以香娘怨曲, 得而陳之矣.

발아래엔 실로 무늬 신발	足下絲文履
스스로 말하길 재물을 아끼지 않고	自言不惜財
다만 어질고 아름다운 여자를 원한다네.	但願女賢美
…	
어찌 뜻했으랴? 헤어짐이 분명함을.	豈意分明別
은정이 중도에 끊어졌네.	恩情中途絕
베짜기를 마쳐도 늦어진다고 일부러 싫어하고	織罷故嫌遲
치장을 해도 좋다고 말하지 않네.	粧成不言好
나쁜 며느리가 오래 머무를 수 없다고	惡婦難久留
첩에게 말하길 일찍 돌아가라네.	語妾歸去早
…	
마침내 슬프고 원망스런 노래를 전하여	遂傳哀怨歌
이것을 〈산화곡〉이라 하네.	云是山花曲
슬픈 노래를 부르다가 아직 끝나지 않았는데	哀歌唱未終
오래된 연못에 물결이 깊네.	古淵波浪深
…	
해마다 여랑의 언덕에	年年女娘堤
산화가 봄에 절로 떨어지네.	山花春自落
…	
금오산 아래 길에서	金烏山下路
오늘날까지 여전히 머리를 돌리네.	至今猶回頭[436]

실제로 향랑이 〈산유화가〉를 지은 것은 숙종 24년(1698)이고, 숙종 30년(1704)에 향랑에게 열녀의 정려를 내렸다.[437] 그 이후에 이광정이 〈임

436 최성대, 〈山有花女歌〉, 『杜機詩集』 卷之一, 『한국문집총간』 속 70, 514면.
437 『숙종실록』 39권, 숙종 30년 6월 5일(계유), 『국역 숙종실록』 21, 278~279면.

열부향랑전〉[438]을 지었고, 이상정은 〈서임열부전후〉[439]를 썼으며, 이하곤은 〈서정녀상랑사〉[440]를 짓기도 하였다.

그리고 이덕무는 최성대에 대하여 다음과 같이 평가하고 있다.

두기 최성대의 자는 사집이요, 벼슬은 승지에 이르렀는데, 시를 짓는 데 있어 구성이 매우 선명하여, 우리나라 사람들의 고루한 습관을 잘 벗어났다. 그는 특히 고시와 칠언 절구에 뛰어났는데, 청천 신유한 주백은 두기의 〈산유화시〉를 보고, 너무 기뻐 일어나 춤을 추고 이어 두기를 찾아가 만나 보고는 제금(題襟)의 친구를 맺고, 서로가 막역의 사이로 여겨 지기(知己)로 결탁하였다. 청천이 말하기를, "사집의 시야말로, 망천(王維)의 한적(閒寂)한 것과 양양(孟浩然)의 담박한 것과 저위(儲光羲와 韋應物)의 한아(閒雅)하고 유완(柔婉)한 것과 유백(劉禹錫과 白居易)의 풍부하고 섬세한 것과 원진의 미려한 것과 두목의 호방한 것 등 여러 가지 시체를 다양하게 갖추었는가 하면, 이남(二南)을 기초로 삼고 구소(九騷)로 도야하여, 육대의 것보다 미끈하고 아름다우며 삼당의 것보다 우월해서, 마치 물 위로 살며시 솟아 나온 연꽃 봉오리나 깊은 골짜기에서 은은히 향기를 풍기는 천궁과 같아, 천하에 일품이라 하겠다." 하였는데, 청천의 평은 역시 과장에 가깝다.[441]

3) 레퍼토리의 다양성에 주목한 신유한

신유한과 최성대의 만남과 〈산유화가〉를 통한 정서의 방향성에 대한 신뢰는 두 사람이 교유를 지속할 수 있는 힘을 담보하게 되었다고 할 수 있다. 한편 또 각자 시인으로서 시가 향유의 방향은 일정한 차이가 드러

---

438 이광정, 「林烈婦薌娘傳」, 『訥隱先生文集』 卷之二十, 『한국문집총간』 187, 519면.
439 이상정, 「書林烈婦傳後」, 『大山先生文集』 卷之四十五, 『한국문집총간』 227, 369면.
440 이하곤, 「書貞女尙娘事」, 『頭陀草』 冊十六, 『한국문집총간』 191, 511면.
441 이덕무, 「崔杜機」, 『青莊館全書』 卷之三十三, 「淸脾錄[二]」, 『한국문집총간』 258, 21면.

나기도 한다.

신유한은 한 악부를 비롯한 기존의 노래 레퍼토리를 중요하게 다루면서 〈군마황곡〉, 〈억진아〉 등을 짓기도 하였다. 〈군마황곡〉은 최성대를 만나고 난 뒤에 지은 것으로 병인(幷引)을 포함하고 있다. 3장으로 이루어진 〈군마황〉의 첫째 수는 만나게 된 즐거움[邂逅之懽]을, 가운데 수는 속이지 아니함[弗諼]을 말하고, 셋째 수는 먹는 것을 더함[加飡]을 말하고 있다.[442]

그리고 〈상수가〉 2결을 비롯하여 〈일동죽지사〉 34수 등을 지었으며 〈억진아〉, 〈장상사〉 등의 사(詞)에도 관심을 표명하고 있다. 기존의 악곡 레퍼토리를 통하여 상황에 부합하는 노래를 만들고자 하는 의지를 읽을 수 있다. 이 밖에도 〈칠가〉, 〈양원곡〉, 〈맥수가〉, 〈고양주〉, 〈청강곡〉, 〈저난곡〉, 〈신성대모금(新聲瑇瑁琴)〉 등도 남기고 있다.

〈상수가〉 2결[443]은 선성에 부임하는 김광수(金光遂)를 위하여 지은 것이다.

그리고 일본을 다녀오면서 일본 사람들의 노래 방식이라든가 일본 사람들이 택한 레퍼토리 등을 관심을 가질만하며, 그 차별성도 살필 필요가 있다.

한편 신유한은 염곡에 견줄 수 있는 정시(情詩)[444]를 남기고 있어서 그리움의 내면을 살필 수 있다. 〈채련사〉도 같은 계열로 볼 수 있다.

4) 지역 소리의 특성에 주목한 최성대

신유한과 달리 최성대는 각 지역의 민요 또는 노래가 독특한 특성이

---

442 신유한, 〈君馬黃曲*幷引〉, 『青泉集』 卷之二, 『한국문집총간』 200, 248면.

443 신유한, 〈相隨歌二闋, 奉餞宣城金使君光遂赴任〉, 『青泉集』 卷之二, 『한국문집총간』 200, 262면.

444 신유한, 〈情詩 二首〉, 『青泉集』 卷之一, 『한국문집총간』 200, 227면, 〈情詩二十韻, 書贈月中花〉, 『青泉集』 卷之一, 『한국문집총간』 200, 235면.

있다는 것을 알고, 서울 사람인 자신이 느끼는 것과 다르다는 것을 발견하고 각 지역의 민요가 지닌 본질을 정확하게 파악하면서 시적 정서의 방향성을 살피려고 애쓰고 있다.

우선 최성대는 〈소홀음잡절〉에서 영남의 민요와 서주(西州) 노래가 가지는 차이를 설명하고 있어서 주목할 수 있다. 소홀(蘇忽)은 서주(西州)에 있는 지명으로 추정되고 서주는 황해도 문화를 가리킨다. 서주라는 포괄적 지역에서 구체적으로 소홀의 소리를 말하고 있다. 평소 풍요에 마음을 두고 있음을 밝히고, 다른 고을에서 "느리게 소리내네(謾咿咿)"를 주목하고 있다. 그리고 가창 방식에서 호답(互答)을 확인하고, "매미 우는 소리[蜩螿]"가 노래를 부르는 자리에 가득하다고 기술하고 있다.

남쪽 노래 〈산유화〉는 원망의 생각이 깊은데	南曲山花怨思深
처음 듣는 북쪽의 나그네는 눈물이 옷깃에 적시네.	初聞北客淚沾襟
흰머리에 여전히 풍요에 매달림을 입는데	白頭猶被風謠𦆅
또 서주의 소홀의 소리를 듣네.	又聽西州蘇忽音[445]

이에 앞서 〈호중에서 나그네를 보내다〉에서는 남쪽의 노래와 이를 듣는 북쪽 나그네의 느낌이 다르다고 하였다. 최성대가 특히 주목하고 있는 것은 '자기가 자란 고을의 노래[本鄕歌]'라고 할 수 있는데, 이른바 '토리'에 해당하는 것으로 각 지역의 노래가 지닌 특성을 인식하는 것이라 할 수 있다.

남쪽 아가씨는 본 고을의 노래를 잘 부르는데	南娘解唱本鄕歌
북쪽 나그네가 처음 들으면 오뇌가 많네.	北客初聞懊惱多

445 최성대, 〈蘇忽音雜絶〉, 『杜機詩集』 卷之五, 『한국문집총간』 속 70, 613면. 〈소홀음잡절〉 4수에 대한 자세한 분석은 본서 Ⅳ-1.의 1. 중 2), 「〈산유화가〉의 전파」 참조.

묻나니 푸른 개구리밥의 호중 길에서　　爲問綠蘋湖上路
옛사람이 시름겹게 들으며 뜻이 어떠하랴?　　故人愁聽意如何[446]

〈다녀창〉[447]에서도 본향가에 대한 인식을 확인할 수 있으며, 한편 장연의 다녀가 부르는 노래에는 산조(山調)가 있다고 하였다.

장연은 땅이 후미져서 사죽이 없는데　　長延地僻無絲竹
쓸쓸하게 시름겨워 종일 깨어 있네　　愁耳蕭條盡日醒
오늘 저녁 비로소 다녀에게 노래를 가르치니　　今夕始教茶女唱
한 소리 산조가 들을 만하네.　　一聲山調亦堪聽[448]

그리고 부여의 노래를 들은 느낌을 남쪽 사람과 북쪽 나그네를 구분하여 설명하고 있다. 부여 사람이 남녀가 서로 주고받으면서[應歌] 노래를 부르는데, 노래를 잘 부르면 매우 애원(哀怨)하는 시의 제목처럼, 그 소리를 들은 북쪽 사람들이 눈물을 가리게 된다고 하였다. 실제로 "소리가 멀리 전하게[傳聲遠]" 하자면 높은 소리로 우렁차게 불러야 하는 것이니까, 남쪽 사람들이 크게 부르는 데에 익숙하다는 것이다.

팥배나무 잎이 가지런하고 들꽃이 피는데　　棠梨齊葉野開花
수놓은 옷자락에 남녀 서로 노래를 주고받네.　　繡衩簪裙相應歌
먼 길에 소원(小苑)의 슬픔 견디지 못하는데　　長道不堪悲小苑
여랑은 무슨 일로 허공의 물결만 원망하는가?　　女娘何事怨空波
남쪽 사람은 소리가 멀리 전하게 익숙히 노래하고　　南人慣唱傳聲遠

---

446 최성대, 〈送客湖中〉, 『杜機詩集』 卷之一, 『한국문집총간』 속 70, 516면, 〈湖中吟, 贈李子〉, 『杜機詩集』 卷之一, 525면에도 "傖儜本鄉歌, 佇立愁遠水"라는 구절이 있다.
447 최성대, 〈茶女唱〉, 『杜機詩集』 卷之一, 『한국문집총간』 속 70, 537면.
448 최성대, 〈茶女唱〉, 『杜機詩集』 卷之三, 『한국문집총간』 속 70, 575면.

북쪽 나그네는 눈물을 가림이 많음을 처음 듣네.	北客初聞掩淚多
오직 부소산에 떠 있는 옛날 그 달빛이	惟有扶蘇舊時月
봄이 오면 여전히 스스로 산하를 비춰주네.	春來猶自照山河[449]

그리고 〈이화암노승행〉[450]에서는 95세 노승(1620~?)이 산가(山歌)도 촌곡(村曲)도 아닌 상조(商調)를 잘 부른다고 하면서, 노승을 만난 일화와 그의 지난 행적을 장편으로 기술하고 있다. 상조가 애절하고 구슬픈 노래라는 점에서 노승이 살아온 힘겨웠던 삶의 이력과 연계되어 있다고 할 것이다. 그런데 정범조는 〈이화암노승전〉[451]에서 이 노승이 병자호란 때에 17세였다는 사실을 제시하면서 이 내용을 뒷받침하고 있다.

이상에서 신유한과 최성대의 만남을 계기로 〈산유화가〉를 통한 시적 정서의 공동 인식을 살피고 신유한과 최성대의 개인적 특성까지 검토하였다. 간명하게 요약하기는 어렵지만, 신유한은 중국의 규범을 따르는 악부 지향이라고 할 수 있고, 최성대는 노래가 지닌 본질적인 속성을 파악하는 민요 지향이라고 할 수 있다. 정밀한 비교 검토가 필요한 대목이다.

449 최성대, 〈扶胥善謳調極哀怨〉, 『杜機詩集』 卷之一, 『한국문집총간』 속 70, 522면.
450 최성대, 〈梨花庵老僧行〉, 『杜機詩集』 卷之二, 『한국문집총간』 속 70, 561면.
451 정범조, 「梨花庵老僧傳」, 『海左先生文集』 卷之三十九, 『한국문집총간』 240, 199면.

3. 풍류 악인의 시가 향유

풍류 악인은 멋, 자유, 여유의 풍류를 즐긴 전문적인 가자나 금사 등 예인을 가리킨다. 이미 16세기 송인의 동호 풍류에서 보듯 집안에 가기(歌妓)를 두고 태평성대의 풍류를 한껏 즐긴 사례[452]가 있고, 17세기 전반에는 석개 → 칠이 → 아옥으로 이어지는 가기가 의창 공자의 후원을 받으며 여러 레퍼토리를 향유[453]하였으며, 17세기 후반에는 가기의 활동이 이전보다 약화하기도 하였다.

그런데 18세기에 전문 예인인 가객, 금사 등이 후원자의 지원 아래 풍류 악인의 역할을 다양하게 수행한 것이 확인된다. 종실인 서평군이 풍류를 주도하는 자리에 이세춘, 송실솔 등이 모여들었고, 이정보의 집에서 계섬을 비롯한 가기들이 풍류를 이어가고 있었으며, 심용이 주도한 풍류 모임에는 가객 이세춘, 금객 김철석, 가기 추월·매월·계섬 등이 참여하였다. 이들 중에는 『해동가요』의 「고금창가제씨」에 이름을 올린 송용서, 지봉서, 이세춘 같은 사람이 활동하고 있어서, 창가자들이 적극적으로 활동한 시기라고 할 수 있다.

이와 함께 여항인 김순간의 집에서 창가자 김성후의 아들 김묵수가 참석[454]하여 노래를 부른 일도 풍류 악인의 활동으로 기억할 수 있다. 가객들이 왕족이나 사대부들이 주도하는 풍류에 참여하기도 하고, 위항인들이 펼치는 청유 모임에도 참여하고 있어서 다양한 활동을 확인할 수 있다.

1) 서평 공자의 풍류 현장과 송실솔

서평군 이요(李橈, 1687~1756)는 선조의 7남 인성군 이공(李珙)의 증손

---

452 최재남, 「송인의 동호 풍류와 후대의 반향」, 『17세기 전반 정치·사회 변동과 시가사』(보고사, 2018), 107~112면.

453 최재남, 「가기 칠이와 옥아」, 위의 책, 189~192면.

454 본서 V부의 4. 「마성린의 가우 교유와 시조 한역」 참조.

으로 서평 공자라 부르기도 한다. 여러 차례 사신으로 중국을 다녀왔고 거문고에 능해서 손수 거문고를 타면서 가객과 어울렸다. 서평 공자가 풍류를 즐기는 주변에 이세춘, 조욱자, 지봉서, 박세첨과 같은 가객들이 있었고 그중에서도 송용서가 함께하였다. 송용서는 이른바 〈실솔가〉로 널리 알려졌는데, 서평 공자와 함께 〈취승가〉를 부르기도 하였다. 이옥이 「가자송실솔전」에서 기술한 내용 중에서 중요한 부분을 들면 다음과 같다.

> 송실솔은 서울의 가객이다. 노래를 잘 불렀는데, 특히 〈실솔곡〉을 잘 불러서 실솔이라는 이름으로 알려졌다.
>
> … 그의 소리는 거문고에도 알맞고, 생황에도 알맞으며, 퉁소에도 알맞고, 쟁에도 알맞아, 그 묘함을 극치에 이르게 하여 남김이 없었다. …
>
> 당시 서평군 공자 표가 부유하고 호협하며 천성이 음악을 좋아하였는데, 실솔의 노래를 듣고 기뻐하여 날마다 함께 놀았다. 매양 실솔이 노래하면 공자는 반드시 거문고로 반주하였다. 공자의 거문고 연주 역시 당시에 묘한 솜씨였으므로 둘의 만남은 매우 즐거운 일이었다.
>
> 공자가 한번은 실솔에게 말하였다.
>
> "너는 내가 거문고로 따라가지 못하여 반주가 될 수 없도록 할 수 있느냐?"
>
> 실솔은 이에 소리를 길게 빼며 〈후정화〉 곡조로 〈취승곡〉을 불렀다. … 노래가 3장으로 막 바뀌는데, 별안간 '땅'하고 중의 바라 소리를 내었다. 공자는 급히 술대를 빼서 거문고의 배를 두들겨 노래에 맞추었다. 실솔은 낙시조로 바꿔 노래하며 〈황계곡〉을 불렀다. …
>
> 곧바로 꼬리 끄는 소리를 내고는 한 번 껄껄 웃었다. 공자는 바야흐로 궁성을 뜯는다. 각성을 울린다. 정신없이 하면서 여음을 고르다가, 뚱땅뚱땅 미처 응하지 못하고 자기도 모르는 사이 손에서 술대가 떨어졌다. …
>
> 공자가 평소에 음악을 좋아했으므로 이세춘, 조오자, 지봉서, 박세첨 같은 당대의 가객들이 모두 날마다 공자의 문하에서 놀며 실솔과 사이좋게

지냈다.[455]

서평 공자의 집에 모인 구성원은 송실솔을 중심으로 이세춘, 조오자, 지봉서, 박세첨 등의 가객들이고, 서평 공자가 거문고 반주를 맡았으며, 중요한 노래 레퍼토리는 〈실솔가〉, 〈취승가〉, 〈황계곡〉 등이다. 〈실솔가〉는 『청구영언』 548에 무명씨 작으로 실린 "귓도리 저 귓도리~"를 가리키고, 〈취승가〉는 『청구영언』 514에 무명씨 작으로 실린 "장삼 쓰더 즁의 젹삼 짓고 염주 쓰더 당나귀 밀밀치 ᄒᆞ고~"를 가리키며, 〈황계곡〉은 『청구영언』 516에 무명씨 작으로 수록된 "노새노새 ᄆᆡ양장식 노새~"를 가리킨다. 송실솔로 불린 송용서가 『해동가요』 「고금창가제씨」에 김천택이나 김수장의 앞에 이름이 있는 점을 고려하면, 이들 노래가 『청구영언』을 엮기 전에 널리 퍼져 있었다고 볼 수 있다.

서평 공자와 관련한 일화는 곳곳에서 확인되는데, 유최관 선대의 칠금(漆琴)을 한때 서평 공자가 보장했다가 심용에게 전했다는 기록[456]이 있고, 화가 최북과 내기 바둑[457]을 둔 일이 있으며, 별업으로 청원정[458]이 있고, 조계동이 서평 공자의 별업[459]이라고 하였다.

---

455 이옥, 「가자송실솔전」, 실시학사 고전문학연구회, 『완역 이옥전집』 2(휴머니스트 출판그룹, 2009), 342~345면.

456 신위, 〈柳貞碧漆琴無絃者, 歸我已三年于玆, 云是其先代古物也. 不可無詩, 遂題貞碧扇頭. *此琴舊爲西平公子寶藏, 轉至沈陜川鏞, 閱盡歌舞場,三易主而至爲柳氏藏物也〉, 『警修堂全藁』 冊二十二, 『한국문집총간』 291, 482면, 이유원, 「칠금」, 『임하필기』 권34.

457 남공철, 「崔七七傳」, 『金陵集』 卷之十三__, 『한국문집총간』 272, 250면, 一日與西平公子圍碁賭百金.

458 강세황, 〈七月之吉, 與許汝正*佖, 兪會而*漢遇, 崔吉甫*仁祐, 共會于普通之淸遠亭, 亭乃西平公子別業也. 期做擧業十餘篇後, 遍尋曹溪, 道峯, 水落諸勝矣. 來纔三日, 堇圓一首賦. 余聞子病先歸, 將轉向安山, 去住悵惘, 非尋常合散之比. 世事之不可預料有如是夫. 臨歸書會而卷〉, 『豹菴稿』 卷之一, 『한국문집총간』 속 80, 331면.

459 김귀주, 〈午炊後入曹溪, 植杖盤桓, 以旱餘無瀑爲恨. 卯君言石上有人題詩, 沒其名. 請其韻, 遂許之〉, 『可庵遺稿』 卷之四, 『한국문집총간』 속 98, 83면, *曹溪乃西平公子別業, 故次聯及之.

조수삼은 〈동장 구작 2수〉의 둘째 수에서 서평 공자가 일찍이 놀면서 잔치를 베푼 곳이라 하고, 동곽 선생이 근처에 자리를 정했다고 하였다.

시내 가운데가 도리어 높고 다리 뒤는 낮은데	溪腹還高橋背低
사립문에서 길이 옛 사제를 기억하네.	衡門長記古沙堤
서평 공자가 일찍이 잔치하며 놀았고	西平公子曾遊宴
동곽 선생이 근래에 거처를 잡았네.	東郭先生近卜棲
달이 돋은 산속에서 개 짖는 소리 들리니	月出山中聞犬吠
사람이 돌아가는 눈 위에서 나귀 발굽을 보네.	人歸雪上見驢蹄
송진에서 술을 얻는 것이 동파의 방법인데	松肪釀得東坡法
나를 위해 거듭 와서 정수리 진흙을 가르네.	爲我重來割頂泥[460]

한편 영조 3년(1727) 1월에 임금이 종신들을 불러서 선온하고 즐길 때, 전성군 이혼이 서평군 이요에게 거문고를 타게 하자고 청했으나 허락하지 않았다는 내용이 실록에서 확인된다. 서평군이 거문고로 명성이 있었음을 알 수 있는 대목이다.

임금이 영화당에 나아가 종신 63인을 불러보고 선온하며 활을 쏘게 하였으니, 대개 새해의 문후에 사대한 것이다. 회원군 윤(倫)은 나이가 92세이므로 임금이 특별한 예로 대우하니, 윤이 노래 1곡을 올리자, 임금이 시를 내리기를,

빨리 가는 광음 얼마나 바뀌었는지,
선묘의 왕손 오직 경만이 있네.
노쇠한 90 나이에도 근력 좋으니,

460 조수삼, 〈東莊舊作 二首〉, 『秋齋集』 卷之六, 『한국문집총간』 271, 475면.

수성이 반드시 공의 뜰에 비추었으리.

하였다. 윤이 매우 취하자, 그의 아들 함평군 이홍(李泓)으로 하여금 부축하고 먼저 나가도록 하였다. 이어 제종들에게 선온하기를 가족에 대한 예처럼 했는데, 영원군 이헌(李櫶)이 잘 마시자 임금이 큰 잔으로 내리었다. 낭제 도정 이담(李燂) 등이 과녁을 쏘아 맞추자 모두 가자하도록 명하고, 이어 2품 이상에게는 표피를 내리며 당상 이상에게는 녹비를 내렸는데, 회원군 이윤에게는 특별히 내구마 1필을 내렸다. 술이 거나하게 되자 전성군 이혼(李混)이 이요(李橈)로 하여금 거문고를 타게 하자고 청하였으나 임금이 윤허하지 않고 시 1수를 써서 내렸는데, 시에 이르기를,

상원 명절의 종사들 모임에
아름다운 기상 넘치고 날씨도 좋네.
공들은 통술에 취함을 사양하지 말라,
궁중에서 빚은 한잔 술이지만 다 정성이 담긴 거네.

하였다. 이어서 화답하여 글을 지어 올리라고 명하였다.[461]

2) 이정보 중심의 풍류와 가기

『해동가요』(주씨본)에 불쑥 80여 수의 작품이 실린 이정보(1693~1766)의 가곡 향유에 대한 기록은 풍성하지 못하여, 황경원이 쓴 「묘지명」과 김조순이 지은 「시장」에서 기록한 내용을 통해서 사정을 추정할 수 있다.

황경원이 쓴 「묘지명」에는 풍류와 관련된 내용이 거의 드러나지 않는다. 임금에게 직언하다가 파직되거나, 인재를 아끼며, 고시에서 공정하게 일을 처리한 내용 등을 기록하고, 은퇴한 뒤에 한가로이 지냈다고만 하였다.

---

461 『영조실록』 11권, 영조 3년 1월 15일(임인), 『국역 영조실록』 4, 238~239면.

전하께서 일찍이 현인을 구하시는 마음이 없는 것은 아니었으나 아랫사람을 도로써 대접하지 않으시고, 오만하게도 스스로 성인인 체 하시면서 선비들에게 자신을 낮추는 정성을 보이지 않으시며, 학문을 하는 자들을 산인(山人)으로 지목하여 배척하시니 유덕한 자를 진출시켜 유림을 흥기시키는 것이 어디에 있습니까?

…

공은 성균관에 있을 때에 인재를 아껴, 고시할 때는 반드시 정성을 다하고, 구차하게 선발하지 않았다. 성균관 노비를 다스릴 때는 은혜와 위엄을 보였으므로 그가 해직되자, 성균관의 노비들이 원통해 하면서 문득 공에게 나아와 하소연하기를 "이공은 나의 부모입니다."라고 하였다.

…

그리하여 고시가 한결같이 사심이 없어서, 공이 뽑은 사람을 두고 사람들은 인재를 얻었다고 일컬었다. 한번은 우등으로 급제한 한 사람의 시험지를 보고는 문득 붓을 가지고 와서 시관들에게 말하기를 "이는 필시 외척의 자손일 것이다."라고 하였다. 그리고 기어이 내치니, 사람들은 신통하다고 여겼다. 몇 해 있다가 공은 나이가 많다는 이유로 극구 사면을 요청하여 한가로이 몇 년을 보내다가 병으로 작고하니 향년 74세였다.[462]

그리고 원경하(1698~1761)가 쓴 몇 편의 시에서 이정보가 노래하고 원경하가 수창하였으며, 학여울에서 함께 낚시했다[463]라고 밝히고 있다.

사 년 동안 읊기를 그만두었다가 다시 시를 읊으니 四年廢詠更吟詩

---

462 황경원, 「輔國崇祿大夫判中樞府事兼判義禁府事, 禮曹判書, 弘文館大提學, 藝文館大提學, 知經筵春秋館成均館事, 世子左賓客, 世孫師李公墓誌銘*幷序」, 『江漢集』 卷之十七, 『한국문집총간』 224, 347면.

463 원경하, 〈又寄李判敦寧〉, 『蒼霞集』 卷之二, 『한국문집총간』 속 76, 41면, "또 연주의 배를 멈추고, 함께 학여울의 물고기를 낚네.(且停燕洲艇, 同釣鶴灘魚)"

하루 종일 깊이 생각해도 말이 기이하지 않네.	竟日沉思語未奇
그대가 노래하고 내가 응수함이 참으로 좋은 일인데	君唱我酬眞好事
달이 밝고 구름이 맑으니 좋은 시절이네.	月明雲澹是佳期
몸이 한가하니 스스로 일찍 벼슬을 쉼이 다행스럽고	身閒自幸休官早
마음이 고요하니 바야흐로 도 배움이 마땅함을 아네.	心靜方知學道宜
만년을 기다려 세상 바깥에서 편히 쉬노라니	世外優遊須晚節
창주의 옛 약속에 백구가 따르네.	滄洲舊約白鷗隨[464]

한편으로 김조순이 지은 「시장」에는 풍류의 내용이 간략하게 기록되어 있다.

> 공이 본래 성률을 터득하여 『악보』의 새로운 노랫말이 많은 부분이 공이 스스로 지은 것이다. 그리고 별업이 학여울 가에 있어서 늘 쉬는 날이면 금사와 가자를 데리고 하나의 노로 강물을 거슬러 올랐는데, 아름다운 얼굴과 빛나는 눈동자가 바라보면 신선 속에 있는 사람과 같았다.[465]

위의 기록을 통하여 가집이라고 할 수 있는 『악보』에 새로운 노랫말이 수록되어 있고, 그 가운데 공이 직접 지은 것이 많았던 것으로 이해할 수 있다. 『악보』에 포함된 새로운 노랫말이 『해동가요』에 전재되었을 가능성을 짐작하게 한다. 그리고 학여울 가에 별장이 있어서 금사와 가자를 데리고 풍류를 즐겼다는 내용도 확인할 수 있다.

그런데 심노숭이 쓴 「계섬전」에 이정보와 관련한 내용이 있어서 이정보의 풍류를 더 자세하게 알 수 있다.

---

464 원경하, 〈寄李判敦寧 二首〉, 『蒼霞集』 卷之二, 『한국문집총간』 속 76, 41면.

465 김조순, 「大提學李公諡狀」, 『楓皐集』 卷之十四, 『한국문집총간』 289, 336면, 公素解聲律 樂譜新詞 多公所自製 而別業在鶴灘上 每暇日 携琴歌一棹沿洄, 韶顔炯眸, 望之若神仙中人.

> 태학사 이공 정보가 늙어 관직을 그만두고 음악과 기생으로 자오하면서 지냈는데 공은 음악에 조예가 깊어 남녀 명창들이 그의 문하에서 많이 배출되었다. 그중에도 계섬을 가장 사랑하여 늘 곁에 두었으니 그의 재능을 기특하게 여긴 것이요 사사로이 좋아한 것은 아니었다.
>
> 악보에 따라 교습하여 수년의 과정을 거치니 계섬의 노래는 더욱 향상되었다. 노래를 할 때 마음은 입을 잊고 입은 소리를 잊어 소리가 하늘하늘 집안에 울려 퍼졌다. 이에 그 이름이 온 나라에 떠들썩히게 되니 지방의 기생들이 서울에 와 노래를 배울 때 모두 계섬에게 몰려들었다. 학사 대부들이 노래와 시로 계섬을 칭찬함이 많았다.[466]

이정보가 벼슬에서 물러난 뒤에 음악과 기예로 즐기면서 남녀 명창들에게 노래를 가르친 사실을 확인할 수 있는데, 가집이라고 할 수 있는 『악보』가 준비되어 있었으며 『악보』에 바탕을 두고 체계적으로 교습시킨 것을 알 수 있다. 남녀 명창 중에 계섬이 가장 뛰어난 실력을 발휘하였다고 기록하고 있다. 계섬은 어릴 적에 노래로 제법 이름이 나는 바람에 원의손의 집에서 10년을 지내면서도 전문 예인으로 대접받지 못했는데, 이정보의 문하에서 전문 예인으로 성장한 것으로 볼 수 있다. 계섬이 뒷날 심용이 주관하는 풍류 모임에 이세춘 등과 당당하게 참여하게 된 것은 바로 이정보의 체계적인 교습 덕분이라고 할 수 있다.

3) 심용의 풍류와 주변 인물

심용(沈鏞, 1711~1788)은 합천군수를 지낸 탓에 심합천으로 불리기도 했는데, 자가 대중(大仲)이다. 아버지가 심종현(沈宗賢)이고 외조부가 최규서이며, 연평 이굉(李浤)의 사위[467]이다. 심육의 집안 동생이고, 송명흠,

---

466 심노숭, 「계섬전」, 김영진 역, 『눈물이란 무엇인가』(태학사, 2001), 81면, 허경진 편역, 『악인열전』(한길사, 2005), 194~195면 참조.

467 이재, 「牧使李公墓碣」, 『陶菴先生集』 卷三十二, 『한국문집총간』 195, 155면.

유언술, 이민보, 김근행, 이규보(李珪輔), 이명중 형제, 김치인, 심준, 김치익 등과 어울렸다. 아들로 양지(養之)와 사위로 김이록(金履祿), 이현(李炫)이 있다. 김이록의 아들이 조순(祖淳)이다.

김재로의 아들 김치인이 심용, 심인을 자신들의 외척이라고 하였는데, 김치인의 어머니가 청송 심징의 딸이다. 그리고 김조순이 심용의 외손자라는 점을 살피면, 김조순이 이정보의 「시장」을 썼으므로, 심용과 이정보와의 연관도 고려해야 할 사항이다.

그리고 정조 임금이 심용, 심인 등에 관심을 보인 점도 참조할 수 있다.

내가 김치인에게 이르기를,

"별간역 심인(沈鏔)은 경과 몇 촌인가?"

하니, 김치인이 아뢰기를,

"신의 외척입니다."

하였다. 내가 이르기를,

"나는 그가 심용(沈鏞)의 서제(庶弟)로서 경의 가까운 친척이 되는 줄로 알고 있었다. 그래서 일찍이 말망이나 부망에 올라오면 번번이 낙점하였다. 심용의 근력은 요즈음 어떠한가?"

하니, 김치인이 아뢰기를,

"전과 같지 않습니다."

하였다. 내가 이르기를,

"또한 아들이 있는가?"

하니, 김치인이 아뢰기를,

"심양지(沈養之)라는 아들이 있습니다."

하였다. 내가 이르기를,

"심인은 어느 집안과 친하며, 남의 막비(幕裨)가 되기도 했는가?"

하니, 김치인이 아뢰기를,

"일찍이 막비가 된 적은 없었고, 외척이기 때문에 신의 집과 수어사의 집에 왕래합니다."

하였다.[468]

18세기 후반 심용의 풍류는 당대 제일류라고 할 수 있을 정도로 널리 알려졌다. 『청구야담』 권1 「유패영풍류성사」에 평안감사의 잔치와 관련한 일화가 실려 있는데, 심용은 당대의 가객 이세춘, 금객 김철석, 가기 추월·매월·계섬 등과 어울렸다. 한편 심노숭의 「계섬전」에서도 심용과 관련한 일화를 살필 수 있는데, 실제 심노숭이 계섬을 만나서 나눈 내용이 포함되어 있어서 신빙성을 지닌다.

심용과 관련한 일화 몇 편을 보면 다음과 같다.

당시 한 부마가 압구정에서 노는데, 심공과 의논하지 않고 금객과 가객을 다 불러 손님을 크게 모으고 질탕하게 논 적이 있었다. 이름난 정자의 가을밤, 달빛이 물결에 비쳐 흥이 넘쳤다. 그때 문득 강 위에서 퉁소 소리가 청아하게 들려왔다. 멀리 바라보니 조각배가 물 위에 둥실 떠오고 있었다. 한 늙은이가 머리에 화양건을 쓰고, 몸에 학창의를 걸쳤으며, 손에 백우선을 쥐었는데, 흰머리를 바람에 흩날리며 오롯이 앉아 있었다. 푸른 옷을 입은 두 아이가 좌우에서 모셨는데, 옥퉁소를 비껴 불고 있었다. 배에는 한 쌍의 학이 실려 있었는데, 너울너울 춤을 추었다. 신선 세계의 사람이 분명했다.

정자 위에는 풍악과 노래가 저절로 그치고, 여럿이 난간에 기대어 늘어섰다. 혀들을 타고 칭찬하며, 모두 부러운 눈빛으로 강 속을 뚫어지게 바라보았다. 자리는 텅 비어, 한 사람도 없었다. 부마는 흥이 깨진 것이 분해서 작은 배를 타고 나아갔다. 그랬더니 바로 심공이었다. 두 사람은 서로 한바탕 웃었다. 부마가 말했다.

---

468 『일성록』, 정조 11년 6월 8일(갑진), 『국역 일성록』 정조 68, 66~67면.

"심공이 나의 좋은 놀이를 압도하셨구려."

그러고는 실컷 즐겁게 놀고 잔치를 끝냈다.[469]

어느날 심공이 가객 이세춘, 금객 김철석, 기생 추월·매월·계섬 등과 초당에 앉아서 거문고와 노래로 밤이 깊었는데, 공이 여러 사람에게 말했다.

"너희들 평양에 가보고 싶으냐?"

그러자 모두 말했다.

"가보고 싶어도 아직 가보지 못했습니다."

"… 내가 들으니 평양감사가 대동강 위에서 회갑 잔치를 벌인다는구나. … 한 번 걸음에 심회를 크게 풀어볼 뿐 아니라, 전두로 돈과 비단을 많이 받아올 테니, 어찌 양주학이 아니겠느냐?"

…

심공이 작은 배 한 척을 세내어 푸른 포장을 치고, 좌우에는 누르스름한 주렴을 드리웠다. 배 안에는 기생과 가객, 악기 등을 싣고, 능라도와 부벽정 사이에 숨겨두었다. …

심공이 노를 저으며 나아가서 누선이 보이는 곳에 배를 멈추었다. 저쪽 배에서 검무를 추면 이쪽 배에서도 검무를 추고, 저쪽 배에서 노래를 부르면 이쪽 배에서도 노래를 불렀다. 마치 흉내를 내는 것 같이 하자, 저쪽 배의 사람들이 모두들 괴이하게 여겼다. 즉시 비선을 내어 잡아 오게 하자, 심공이 노를 빨리 저어 달아났다. 간 곳을 모르게 되자, 비선도 쫓아올 수가 없어 돌아갔다. 그러자 심공의 배가 다시 노를 저어 나아왔다. 이렇게 서너 번 거듭하자, 감사가 몹시 괴이하게 생각했다.

"저 배를 바라보니 칼빛이 번쩍이고, 노랫소리가 구름을 가로막는구나. 결코 시골내기가 아닌 듯하다. 저 수놓은 주렴 가운데 학창의를 입고 화양

469 『청구야담』 권1, 「遊浿營風流盛事」, 허경진 편역, 『악인열전』(한길사, 2005), 564~565면 재인용.

건을 쓰고 백우선을 든 저 늙은이가 의젓하게 앉아서 태연자약하게 담소하는 모습이 이인이 아닐까?"

감사가 몰래 선장에게 명령을 내려, 작은 배 열댓 척이 일제히 나아가 에워싸게 하였다. 잡아서 끌고 와서 누선 머리에 대자, 심공이 주렴을 걷고 껄껄 웃었다. …

배 안에 있던 여러 수령과 비장이나 감사의 자제·사위·조카 등이 모두 서울 사람이었는데, 서울의 기생과 풍악을 보고는 기뻐하지 않는 사람이 없었다. 서로 얼굴을 아는 사람도 많아, 손을 잡고 회포를 풀었다. 가기와 금객들이 평소의 솜씨를 다해 하루가 다하도록 놀았다. 서도에서 노래하고 춤추는 기생들이 아주 무색하게 되었다.[470]

심용이 한강에서 자신과 의논하지 않고 풍류의 자리를 마련한 부마를 골려준 일이나, 가객 이세춘, 금객 김철석, 가기 추월·매월·계섬 등을 대동하고 평안감사의 회갑 잔치에 동참한 것은 전문 예인들이 그들의 장기를 발휘하면서 상대의 놀이마당을 압도할 수 있기에 가능한 일일 것이다. 심용의 풍류뿐만 아니라 부마와 감사도 일상생활에서 풍류 악인을 초대하여 풍류를 즐기고 시가를 향유하고 있었던 점도 아울러 주목해야 할 것이다.

그리고 『청구야담』의 기록에서 서울에서 참석한 이세춘, 김철석, 추월, 매월, 계섬 등의 솜씨가 서도의 노래와 춤을 일방적으로 압도했다는 기술은 여러 자료를 통해 점검하면 일부 주관이 개입되었다고 하지 않을 수 없다.

한편 심용은 유언술, 송명흠, 김근행, 이규보, 이민보, 이명중 형제, 김치인, 심준, 김치익 등과 교유하기도 하여 여러 분과 풍류로 사귄 것을

470 『청구야담』 권1, 「遊浿營風流盛事」, 허경진 편역, 『악인열전』(한길사, 2005), 569~572면.

알 수 있다.

송명흠은 심용을 당세의 제일류라고 평가[471]하면서, 장일암에서 기다렸으나 오지 않았다[472]라고 하였으며, 심용이 참석하지 못한 일을 아쉬워하였다.[473] 그런 일[474]이 한두 번이 아닌 듯한 것을 보면, 어떤 이유가 있었을 것으로 보인다.

유언술은 심용이 술을 가지고 찾아왔다[475]라고 하였다.

김근행은 심용이 빗속에 찾아와서 『농암집』에서 운을 뽑아 시를 지었다[476]라고 하였고, 영조 45년(1769)에 심용, 이규보, 이민보 등과 앞 강에서 뱃놀이[477]를 하면서 노래를 부르고, 통소를 불면서 노래를 불렀다고 하였는데, 오첩(五疊)까지 짓고 있다. 삼첩을 보도록 한다.

읍취헌 어른을 상상하니 꿈결의 몸인데	翠老想來夢裡身
잠두의 고사가 지난 먼지와 멀어졌네.	蚕頭故事隔前塵
한 동이 술로 벗을 데리고 호방한 정을 보이니	一尊携友豪情見
백 축의 연시는 구절과 말이 새롭네.	百軸聯詩句語新
서강의 형승이 이 곳과 같은데	形勝西江同此地
풍류스러운 선배가 오늘 사람에게 양보하네.	風流先輩讓今人

---

471 송명흠, 「答時偕 *丙子」, 『櫟泉先生文集』 卷之五, 『한국문집총간』 221, 100면, 要當以沈大仲爲第一流.

472 송명흠, 〈病裏忽思江樓之勝, 與從子致淵, 由鲇鎺小路, 暮抵藏一庵中. 是夜月色甚佳, 拈韻共賦. 三〉, 卷之三, 57면, 右待沈大仲不至.

473 송명흠, 「答再從姪溥淵 乙酉」, 卷之五, 112면, 然未曾請客張樂, 則何足爲宴乎. 前月中沈大仲, 又與一二親知, 來饋小饌, 力辭而不得, 恐亦不至害義也.

474 송명흠, 「答李伯訥」, 卷之八, 175면, 積歲睽乖, 殆成燕越. 往年沈大仲謂將赴祥期, 故修書以待其過, 竟不成行.

475 兪彦述, 〈沈大仲*鏞 携酒來訪〉, 『松湖集』 卷之一, 『한국문집총간』 속 78, 319면.

476 김근행, 〈沈友大仲*鏞雨中見訪, 抽農巖集韻共賦〉, 『庸齋先生文集』 卷之二, 『한국문집총간』 속 81, 68면.

477 김근행, 〈與沈大仲*鏞, 李仲玉*珪輔, 李伯訥*敏輔 泛舟前湖, 抽唐詩韻共賦. *己丑〉, 68면.

호방한 노래를 마친 뒤에 남은 느꺼움이 더하는데	浩歌唱罷增餘感
좋은 술이 막 깨자 홀로 두건을 젖히네.	春酒初醒獨岸巾[478]

그리고 이민보는 백련정에서 심용, 이명중 형제, 김치인, 심준, 김치익 등 일곱 사람이 모여서 염곡의 노래를 불렀다고 하였다.

아는 얼굴에 산이 길이 있는데	舊面山長在
흐르는 빛에 물이 돌지 않네.	流光水不回
태연하게 일곱 노인의 자리에	居然七老席
다시 삼청대에 있네.	復在三淸臺
염곡을 노래하니 꽃이 나부끼며 떨어지고	艶唱花飄落
그윽한 현악기에 새가 오지 않네.	幽絃鳥下來
산관도 물러나니	散官從亦退
태평배에 흠뻑 취하네.	霑醉太平杯[479]

심용은 가객, 금객, 가기들과 풍류의 모임을 가졌을 뿐만 아니라 유언술, 김근행, 이규보, 이민보 등과 시를 짓고 노래를 부르면서 풍류 악인으로서의 풍모를 보여준 것으로 확인된다.

이렇듯 서평 공자와 송실솔, 이정보와 계섬, 심용과 가객 등 전문 악인이 풍류를 주도하는 경우에는 긍정적인 의미에서 주목할 수 있을 터인데, 유득공이 쓴 「유우춘전」[480]에서 확인할 수 있는 바와 같이 종실과 대신들이 이들 풍류 악인을 불러 풍류를 즐길 때 종실과 대신들이 음악에 대한 이해도가 부족하면 긍정적으로 평가하기 어려운 일면도 있다.

---

478 김근행, 〈三疊〉, 68면.

479 이민보, 〈白蓮亭同沈兄大仲, 李台尙毅兄弟, 金相公恕, 沈弟警汝, 金仲謙乘晴取閑. 拈香山韵〉, 『豊墅集』 卷之四, 『한국문집총간』 232, 368면.

480 유득공, 「柳遇春傳」, 「泠齋集」, 卷之十, 『한국문집총간』 260, 122면.

지금 대저 유우춘의 거문고를 온 나라 사람들이 모두 알고 있지만 그러나 그 이름을 듣고 알 뿐이지, 그 거문고를 듣고 아는 사람은 거의 몇 사람입니다. 종실과 대신들이 밤에 악수들을 부르면, 각자 그 아기를 들고 달려가서 당에 오르면, 촛불이 빛나고 시중드는 사람이, "잘하면 상이 있을 것입니다."라고 하면 몸을 움직여 "예예"합니다. 이에 현악기가 관악기를 헤아리지 아니하고, 관악기는 현악기를 헤아리지 않아도, 장단이 빨랐다 느렸다가 아스라이 같이 돌아갑니다. 나직이 읊조리며 가늘게 씹는 소리가 문밖으로 나가지 않아서, 흘끔 보면 아련히 궤안에 기대어, 생각해 보건대 그렇게 조는 것입니다. 조금 지나서 하품을 하면서, "그만두게."라고 하면, "예"하고 내려옵니다. 돌아와서 생각하기를, '스스로 타고 스스로 듣고 온 것이다.[제 혼자 타고 제 혼자 듣고 온 것이지요]' 귀족 공자와 우쭐대는 이름난 선비가 맑은 담론과 고아한 모임에서도 또한 일찍이 거문고를 안고 자리에 있는데, 간혹 문묵을 평가하기도 하고, 간혹 과명을 비교하기도 하며, 술이 다하고 등잔이 불똥이 질 때면 뜻을 뽐내고 태도가 신산해져서, 붓이 떨어지고 찌지가 날다가 문득 돌아보고 말하기를, "너는 거문고의 시작을 아느냐?"라고 묻습니다. 허리를 굽히고 대답하되, "알지 못합니다." 라고 하면, 말하기를, "옛날 혜강이 만든 것이다." 다시 허리를 굽히고 대답하기를 "예"라고 합니다. 웃으면서 말하는 사람이 있어서 말하기를 "해부족의 거문고라네. 혜강의 혜가 아닐세." 좌중에 어지러워집니다. 나의 거문고와 무슨 관계입니까?[481]

---

481 유득공, 「柳遇春傳」, 「泠齋集」, 卷之十, 『한국문집총간』 260, 122면. 今夫柳遇春之琴, 通國皆知之, 然聞其名而知之爾, 聞其琴而知之者幾人哉. 宗室大臣夜召樂手, 各抱其器, 趨而上堂, 有燭煌煌, 侍者曰善且有賞, 動身曰諾. 於是絲不謀竹, 竹不謀絲, 長短疾徐, 縹緲同歸, 微吟細嚼, 不出戶外. 睨而視之, 邈焉隱几, 意其睡爾. 少焉欠伸曰止, 諾而下. 歸而思之, 自彈自聽而來爾. 貴游公子翩翩名士, 淸談雅集, 亦未嘗不抱琴在坐, 或評文墨, 或較科名, 酒闌燈灺, 意高而態酸, 筆落箋飛. 忽顧而語曰汝知爾琴之始乎. 俯而對曰不知, 曰古嵇康之作也. 復俯而對曰唯, 有笑而言曰奚部之琴也, 非嵇康之嵇也. 一坐紛然, 何與於吾琴哉.

인용문에서 악인이 "제 혼자 타고 제 혼자 듣고 온 것이지요"라는 대목이 성대한 풍류 속에 마음으로 통하는 공감이 이루어지지 못하다는 아쉬움이 포함되어 있는 셈이다.

4. 여항 예인과의 교유

여항에서 재능을 타고난 예인을 알아보고 긴 세월 교유하면서 그 능력을 인정한 일도 공감에 바탕을 둔 교유라고 할 수 있을뿐더러 그 예인과 함께 시가를 향유한 내용은 더욱 주목할 수 있다. 평안도에서 유락하며 지낸 소경 예인 백성휘는 비파와 잡가에 능한 것으로 알려졌고, 평안도에서 김재찬과 교유한 전덕수는 가곡을 잘했다고 하며, 방아찧는 일을 생업으로 살아가는 시인 이명배는 김재찬과 이영익 등과 교유하면서 용객(舂客)으로 알려지기도 했다. 이영익은 이명배를 위하여 장편의 〈용가〉를 짓기도 하였다.

1) 비파와 잡가의 백성휘

정내교는 패강을 노닐던 중에 비파와 잡가를 잘하는 소경 예인 백성휘를 만나서, 며칠 밤을 비파와 노래를 듣는 즐거움에 빠지고 백성휘의 사람됨에 관한 내용을 긴 제목에서 요약해서 제시하고, 아울러 절구 3수에서 자신의 태도를 표출하고 있는데, 그 가운데 셋째 수를 보도록 한다.

소경인 백성휘는 패강 서쪽으로부터 강호에 유락한 지 10년이 되었다. 비파에 공교하고 겸하여 잡가에 능하였다. 조롱을 당하면서 여리 사이를 다니면서 먹을 것을 구했는데, 순상이 듣고 관풍각에 불러서 겨를에 문득 노래하게 하니, 지칠 줄 모르게 피로함을 잊었다. 먹을 것과 옷을 주고, 다른 곳으로 옮기지 말라고 하였다. 내가 생일에 말을 달려 우관에 이르러, 며칠 밤을 즐겁게 기뻐하였다. 오직 그 기업이 정묘해서가 아니라 사람됨이 또한 절로 순량하여 생각할 만하였다. 마침내 긴 절구 3수를 지어서 그 뜻을 슬퍼한다.

타향에서 누가 나그네와 더불어 회포가 너그러울까? 他鄕誰與客懷寬

억지로 오늘 아침에 술을 잡고 즐거워하네. 强爲今朝把酒歡
한 곡조 〈양주곡〉이 맑은 원망이 간절한데 一曲凉州淸怨切
역 남쪽에 비바람이 늦게 와 차갑네. 驛南風雨晩來寒[482]

백성휘의 레퍼토리에 〈양주곡〉이 등장하는데, 당나라 때 태평한 세상 사람들이 보통 악곡에 싫증 나서 서량(西凉)에서 외국의 악곡을 들여왔는데, 그 곡조를 〈양주곡〉이라 하였다고 한다. 백성휘가 비파로 타는 〈양주곡〉이 추위를 늦게 몰고 올 것이라는 기대까지 하고 있다.

눈이 멀어서 더욱 귀가 밝았다는 진나라 사광(師曠)처럼 음에 매우 예민한 예인임을 알 수 있고, 비파만 잘 타는 것이 아니라 잡가까지 잘한다고 했으니, 긴 노래[長歌]를 잡가로 인식하고 있는 것으로 이해할 수 있다.

예인으로서의 백성휘는 가곡에 능한 손고사(孫瞽師)[483]에 견줄 수 있을 것이다. 손고사는 조수삼이 소개하고 있는 인물로 우조, 계면조, 장단, 고저의 24성에 두루 통달하여 길거리에 앉아서 연행을 하면서 득의한 곳에 이르면 사람들이 동전을 던져준다고 하였고, 백문이 되면 자리에서 일어났다고 한다.

그리고 목만중이 소개하고 있는 김고사(金瞽師)[484]는 가시에 능하다고 하였다.

---

482 정내교, 〈瞽者白成輝, 自湏西, 流落江湖間, 十年矣. 工琵琶, 兼能雜歌, 調行閭里間求食, 巡相聞之, 召入觀風閣. 暇輒使操音, 娓娓忘倦. 賜食與衣, 令勿他徙. 余於生朝, 騎致郵舘, 作數宵酣懽. 非惟其技業精竗, 爲人亦自醇良可念. 遂賦三長絶, 以悲其志云〉, 『浣巖集』 卷之三, 『한국문집총간』 197, 539면.

483 조수삼, 〈孫瞽師. *孫姓粹師, 不閑卜術而善歌曲, 所謂東國羽調界面長短高低卄四聲, 無不淹博貫通. 日坐街頭, 大謳細唱, 方其得意處, 聽者如堵, 投錢如雨, 手拉而計, 爲百文卽起去曰, 此足爲一醉資〉, 『秋齋集』 卷之七, 『한국문집총간』 271, 492면.

484 목만중, 〈金瞽師在洽夜至. 呼韻令賦. 仍和之, *師能詩淸警〉, 『餘窩先生文集』 卷之六, 『한국문집총간』 속 90, 109면.

2) 사곡의 전덕수

김재찬이 소개하고 있는 예인은 일흔 둘의 전덕수이고, 활동한 무대는 백성휘와 마찬가지로 패강 주변이다.

> 전덕수 군은 나이가 일흔 둘이고, 나를 좇아서 패강 가에서 놀았는데, 서로 지키기를 넉 달인데, 밥을 탐하고 잠이 많고, 걸음걸이가 소년처럼 민첩해서 대개 늙었으면서 쇠약하지 않은 사람이다. 또 가곡을 잘했는데, 늘 관아가 마치고 밤이 조용할 때가 되면 문득 구레나룻을 치켜들고 목을 당겨서 길고 짧은 여러 노래를 짓고, 가끔 초성에 들을 만한 것이 있었다. 나에게 옛날부터 전하는 사곡이 3-4편 있어서, 외어서 노래하게 하니, 한 번 보고는 한 장도 어긋나지 않았다. 입으로 중얼거리며 외는데 피곤해하지 않고, 이어서 종이를 찾아서 한 통을 베껴서, 돌아간 뒤에 갈마들어 즐길 자료로 삼고자 하였다. 또 책의 머리에 쓸 말을 구하여, 그 줄어들지 않음이 진실로 두려워할 만하고, 그리고 일에 한결같고 게으르지 않은 것이 그 마음이 더욱 귀할 따름이다. 마침내 장난삼아 써서 주고, 뒷날 벼슬에서 물러나 전원으로 돌아가면 거문고와 술로 서로 초대하여, 곧 나를 위해서 노래 한 곡을 할 수 있을지?[485]

김재찬은 사곡 작품에 관심이 많아서 〈소양사〉[486] 8결에서 〈황앵아〉에서 〈청평악〉까지의 사를 지었고, 〈금당춘별황학루〉[487]에서 〈금당춘〉의

485 김재찬, 「書田君*德壽詞曲卷末」, 『海石遺稿』 卷之八, 『한국문집총간』 259, 460면, 田君德壽年七十二, 從余遊浿上, 相守凡四月, 健食多睡, 步履捷捷如少年, 盖老而不衰者也. 且善歌曲, 每値衙罷夜靜, 輒掀髯引喉, 作長短諸闋, 往往有楚聲可聽. 余有舊傳詞曲三四篇, 使之誦而歌之, 一覽不錯一章. 口喃喃誦不倦, 仍覓紙謄一通, 要爲歸後替玩之資. 且乞題卷之言, 其不衰固可畏, 而壹於事而不懈者, 其心尤可貴耳. 遂戲書而與之, 他日解官歸田, 琴酒相邀, 則能爲余一歌否耶.

486 김재찬, 〈韶陽詞 八闋〉, 『海石遺稿』 卷之一, 『한국문집총간』 259, 340면.

487 김재찬, 〈錦堂春別黃鶴樓〉, 『海石遺稿』 卷之一, 『한국문집총간』 259, 341면.

사패를 짓고 있다.

한편 〈민생 경열에게 부치다〉[488]에서는 삼등 사람인 민경열이 노래에 뛰어나다고 하면서 〈후정화〉에 슬픔을 감당하기 어렵다고 하였다.

그리고 〈금조 8첩〉[489]은 벽성의 금기 천련의 거문고의 뒤에 적은 것으로 거문고 곡조의 레퍼토리를 제시하고 있다. 평우조, 별곡, 도화사곡, 영산초엽, 채련가, 심양강상곡, 백두음, 후정화 등이 그것이다.

3) 용객 이명배와 이춘배

용객은 방아찧는 일을 업으로 사는 사람을 가리키는데, 이영익과 김재찬 두 사람이 용객을 주목하고 있다. 김재찬은 이명배라는 이름과 이춘배라는 이름의 두 사람을 언급하고 있고, 이영익은 이명배만 언급하고 있어서, 두 사람이 같은 용객이면서 나이가 조금 차이가 나는 것으로 이해할 수 있다.

이영익은 〈용가〉에서 이명배가 문장이 있고 학문을 좋아한다고 하면서, 집이 가난하여 곡식 찧는 일을 업으로 한다고 하면서 그 뜻을 어여삐 여겨서 장난삼아 장가를 짓는다고 하였다. 노래 내용 중에서 부분 부분을 발췌하여 살피면 다음과 같다.

아침에 방아를 찧으면서 노래를 부르고	朝舂歌
저녁에도 방아를 찧으면서 노래하네.	暮舂歌
…	
농사를 배웠으나 땅이 없고 집은 네 벽뿐인데	學稼無田家四壁
강마을의 백성이 하는 일이 곡식을 찧는 것이네.	江村民業在舂粟

488 김재찬, 〈寄閔生景烈 三登人〉, 『海石遺稿』 卷之二, 『한국문집총간』 259, 368면, 江空露白小舟廻, 閔子歌長淸月來. 風笛寥寥遙夜外, 後庭花曲不堪哀.

489 김재찬, 〈琴操八疊, 題碧城琴妓千蓮琴背〉, 『海石遺稿』 卷之三, 『한국문집총간』 259, 375면.

…

맑은 새벽에 포구를 나서서 벼 배를 찾아가네.　清晨出浦訪稻船
한 섬에 삼백 전을 주고 돌아와 방아를 찧어서　一石筭還三百錢歸來舂
저녁이 되면 쌀을 메고 시전으로 향하네.　至暮擔米向市廛

…

늙은이는 공이를 잡고 아내는 까불어 날리며　翁執杵婦簸揚
땀에 젖은 것을 마다하지 않고 몸은 검게 여위네.　不辭汗浹身黧尫

…

늙은이도 어찌 기뻐할 일이 있는가?　翁亦有何喜
공이 굽이굽이에 노래가 그치지 않네.　杵杵曲曲歌未已
일하는 사람에게 진실로 노래가 있는데　勞者固有歌
내가 노래하면 노래에 이유가 있네.　我歌歌有以
평소에 백 함의 글이　平生百函書
줄지어 모두 여기에 부치네.　衮衮都付此

…

공이를 드는 일이 많을수록 노래가 빨라지고　擧杵逾多歌逾促
또한 어두운 곳에 이르면 이치가 맞네.　亦到冥杳理有契
노래소리가 점점 약해지면 공이 소리도 고요해져서　歌聲漸微杵聲寂
간혹 들어 올리면 공이가 껄껄거리네.　或揚杵呵呵[490]

그리고 『이명배시권』[491]을 본 뒤에 곤궁하면서도 글을 잘하는 것을 가상하게 여기고 있다.

김재찬은 「용객이명배전」[492]에서 이명배와 시로 사귀었다고 하고, 이

490 이영익, 〈春歌〉, 『信齋集』 冊一, 『한국문집총간』 252, 422면.

491 이영익, 〈看李命培詩卷, 嘉其固窮能文, 題長句〉, 『信齋集』 冊一, 『한국문집총간』 252, 439면.

492 김재찬, 「舂客李命培傳」, 『海石遺稿』 卷之八, 『한국문집총간』 259, 464면.

명배가 시를 잘한다고 하였다. 그리고 홍세태가 김창흡을 만나서 시율로 이름을 떨친 것처럼, 이명배도 김창흡과 같은 사람을 만나면 홍세태보다 못할 리 없다고 보았다. 이명배의 나이 서른일 때에 만나서 8년 동안 사귀었으며, 용객의 시를 아는 사람이 김재찬 자신보다 나은 사람이 없다고 하면서 서호의 우산(牛山) 아래에서 산다고 하였다.

그리고 〈용가행〉에서는 위항인 이춘배가 시율에 뛰어나고 해자를 잘한다고 하였으며, 명사들과 알고 지내는데, 마흔에 아내를 잃고 이듬해에 딸까지 죽었는데 노모가 있어서 도호의 곁에 집을 빌려서 곡식을 사서 방아를 찧는다고 하였다. 김재찬과는 한묵의 사귐이 있어서 가시를 짓는다고 하였다.

방아를 찧으며 노래하고 또 방아를 찧으며 노래하니	舂歌復舂歌
방아 찧는 노래 소리가 참으로 괴롭네.	舂歌聲正苦
여자는 절구를 지키고 남자는 공이를 안고	女守臼男抱杵
몇 마을에 해가 떨어지자 연기가 모이네.	數村日落烟火聚
그대는 보지 못했는가? 집 서쪽의 이씨를.	君不見舍西李氏子
키가 팔 척이고 얼굴은 누렇게 말랐네.	身長八尺貌黃槁
마흔에 아내가 죽고 자식 하나도 없는데	四十妻死無一子
집에는 어머니가 있는데 이미 늙으셨네.	堂有母母已老
도호의 위 우산의 아래에	陶湖之上牛山下
집은 거북이 엎드린 듯 쑥과 풀을 메웠네.	室如伏龜埋蓬草
집이 가난하여 입을 것과 먹을 것이 없고	家貧無衣食
강 가의 성 길에 방아를 만들었네.	作舂江城道
지난해에는 가뭄에 비가 없어서	去年旱無雨
온갖 곡식이 금옥과 같네.	百穀如金玉
아침마다 저자에 들어가 곡식을 사서 돌아와서	朝朝入市販穀回
곡식은 귀하지만 값은 싸서 생장하기 어렵네.	穀貴價賤難爲殖

사흘 동안 방아를 찧으면 한 휘의 조가 나오는데	三日春出一斛粟
한 휘가 열 말의 쌀에도 차지 않네.	一斛不滿十斗米
공이는 무겁고 커서 방아찧기에 익숙하지 않고	杵重且大不慣舂
얼굴은 붉고 손은 굳어서 흐르는 땀이 선명하네.	貌赤手胝流汗泚
방아를 찧으며 노래해도 또 쉴 수 없어서	舂歌不敢歇
하루라도 방아를 찧지 않으면 열흘을 굶주리네.	一日不舂十日飢
스스로 말하기를, 먹고 사는 것이 마음에 편안하여	自言食力安於心
방아찧기로 생업을 삼는데 어찌 낮게 보는가?	舂之爲業何有卑
왕장이 소의 옷을 입고 누웠고	王章臥牛衣
예관은 호미로 동쪽의 묵정밭을 매네.	倪寬鉏東菑
예로부터 석인과 달사가 모두 이와 같았으니	古來碩人達士皆如此
내 어찌 반드시 내가 하는 일에 슬퍼하랴?	吾何必戚戚於吾所爲
방아를 찧으며 노래하고 또 방아를 찧으며 노래하니	舂歌復舂歌
방아 찧는 노래소리가 참으로 슬프네.	舂歌聲正悲
서암거사가 보고 탄식하는데	西巖居士見之歎
다만 절구와 공이가 종일 삐거덕 울리네.	但聞杵臼終日鳴軋伊[493]

그리고 김재찬은 배를 타고 서호로 가면서 용객 이춘배에게 답[494]을 하기도 하고, 용객의 집을 찾아가서 쉬면서 시[495]를 짓기도 하였다.

이렇듯 여항의 숨은 예인을 알아보고 이들과 교유하면서 시가를 향유하는 일은 시가 담당층의 저변을 확대하는 일이면서, 이들이 내면으로나 기능으로나 진정성을 지니고 있다는 것을 드러내면서 사대부 중심의 시/가 구도로 이해했던 기존의 시각을 바꿀 수 있는 계기가 마련되기를 기대한다.

---

493 김재찬, 〈舂歌行, 與李春培〉, 『海石遺稿』 卷之一, 『한국문집총간』 259, 345면.
494 김재찬, 〈舟行西湖, 答春客李春培〉, 『海石遺稿』 卷之一, 『한국문집총간』 259, 350면.
495 김재찬, 〈少坐春客家〉, 『海石遺稿』 卷之一, 『한국문집총간』 259, 350면.

Ⅳ-5. 주요 인물들의 시가 활동

18세기 시가사에 등장하는 인물을 일일이 다 살피기는 어려운 일이고 우선 주목할 수 있는 개별 작가들은 작품을 여러 편 남기거나 개인적으로 뚜렷한 의식을 지니고 작품 활동을 한 사람들을 중심으로 보도록 한다. 그중에서 각 지역으로 가유(歌遊)했던 신광수를 비롯하여, 악곡에 깊은 관심을 표명하면서 〈농가〉 9장 등을 남긴 장흥의 위백규, 〈자규삼첩〉을 짓고 금가 풍류를 실천한 이유, 계미사행에 참여하여 〈일동장유가〉 장편을 남긴 김인겸, 가곡 작품을 짓고 다양한 레퍼토리를 실험한 김익 등을 중심으로 살피도록 한다. 이외에도 권섭, 신지와 채헌, 박양좌 등의 지역 작가와 이운영, 안조원 등도 중요하게 다룰 수 있으며, 작가와 작품을 확장하면서 시가 활동을 살피는 일이 계속되어야 할 것이다.

1. 신광수의 가유 여정

1) 가유 여정의 의의

석북 신광수(1712~1775)는 18세기 문학사에서 널리 알려진 인물이다. 과시 〈관산융마〉가 교방에서 노래로 불리고, 〈관서악부〉에서 가객 이세춘이 시조창을 했다고 기술하였으며, 가사 〈단산별곡〉[496]을 지어서 유람 체험을 형상화한 것 등이 대표적이라 할 수 있다.

널리 알려진 단편적인 사실을 주목하는 일도 중요하지만, 오히려 이러한 단편적 사실이 전체적인 구도를 이해하는 데에 어떤 의의를 지니는 것인지 정밀하게 살필 필요가 있다. 신광수가 정치적 상황 때문에 변변한 벼슬을 하지 못하고 여러 곳을 유람하면서 시와 노래를 향유한 내용을 가유(歌遊)라는 개념으로 정리하고, 신광수의 가유 활동이 18세기 시가사의 벼리를 살피는 데 중요한 거멀못이 될 수 있을 것으로 기대한다. 신광수의 가유 여정은 서울 사대부 중심의 시가사 일방으로 치달은 경향을 반성하면서 되돌아보는 기회이기도 하다. 신광수는 서울의 이정보, 이세춘, 매월 등과 교분이 있었던 것으로 확인되고, 각 지역을 유람하면서 지역의 레퍼토리에 대하여 충분히 이해하고 있었다고 할 수 있기 때문이다.

신광수가 직접 지은 것으로 〈관산융마〉, 〈한벽당십이곡〉, 〈금마별가〉, 〈관서악부〉 등이 있고, 신광수가 향유하거나 언급한 작품으로 〈완산신별곡〉, 〈만월대가〉, 〈노로가〉, 〈채릉가〉, 〈자야가〉, 〈양관곡〉, 〈상범가〉, 〈청

---

496 김일근이 〈단산별곡〉을 소개하면서 회우재가 신광수라고 했으나, 가사의 본문 내용 중의 "領運使 호남 빅의 해상풍경 다흔 후에, 碧水丹山의 墨綏를 빌니시니"를 근거로 할 때 신광수의 행적과 연결되지 않은 것으로 보인다. 영운사와 단산군수를 역임한 인물에 대한 재고가 필요한 부분이다. 김일근, 「신회우재 작 '단산별곡'의 작가고」, 『경기어문학』 7집(1986), 근래 李啓遠을 작가로 추정한 연구가 제시되고 있다. 이태희. 「조선시대 사군 산수유기 연구」(한국학중앙연구원 박사학위논문, 2015), 86~87쪽, 이승준, 「〈단산별곡(丹山別曲)〉의 창작 맥락과 전승 동인」, 한국시가학회 99차 학술발표논문집(2022.4), 23~42면. 『정조실록』에서 이계원이 함열현감으로 두 해 동안 영운차원이 되었다가 승차하여 단양군수가 된 것으로 확인된다.

석령가〉, 〈서주가〉, 〈만강홍〉, 〈호자가〉, 〈송군천리곡〉, 〈설태진〉 등을 비롯하여 교방 신악, 풍요, 〈산유화〉 등을 들 수 있다. 이 중에서 〈완산신별곡〉, 〈상범가〉, 〈청석령가〉, 〈설태진〉, 〈서주가〉 등은 우리말 노래로 추정되고, 〈노로가〉, 〈채릉가〉, 〈자야가〉, 〈양관곡〉, 〈만강홍〉, 〈호자가〉, 〈송군천리곡〉 등은 고악부이거나 사(詞)에 해당하는 것들이다. 모두 노래의 레퍼토리로 활용되었던 것들이다. 〈관산융마〉가 교방에서 불리게 된 점을 환기하면 신광수의 가유 레퍼토리는 이른바 가곡에 한정되지 않고 매우 다양하다고 할 수 있다. 실제 18세기 노래 레퍼토리의 현실을 모두 반영하고 있다고 할 수 있다. 〈우조 영산회상〉, 〈춘면곡〉, 〈상사별곡〉 등에 대한 언급도 확인할 수 있다.

그리고 성균관에서 반장이었던 이정보를 만난 인연으로 이정보의 죽음을 애도한 점에서 이정보와의 연관을, 약관 시절 호남 유람 중 〈한벽당십이곡〉에서 전주를 중심으로 한 노래 향유의 분위기를 밝히고 있는 점, 〈송국진귀협중〉과 〈송권국진가〉에서 장안의 자제와 견주어 몰락한 권국진이 남쪽에서 지내게 된 사정, 정범조 등과 빈번하게 시를 주고받으면서 여주에서 시회를 가진 점, 여러 차례 관서 지역을 유람하면서 서경의 노래 문화를 집중적으로 밝히면서 〈관서악부〉를 마련한 점, 이세춘으로 알려진 가객 이응태와의 교유, 장악원 관리 정여질을 통하여 이원의 습의를 살피면서 이곳에서 습의하고 있던 서경 가기 모란의 안부를 확인한 점, 그리고 곳곳을 가유하면서 가기들에 대한 정보를 기록한 점, 최성대가 죽으면서 만년의 시초를 신광수에게 유탁한 일 등은 18세기 시가사의 벼리를 살필 수 있는 중요한 지남이라고 할 수 있다.

신광수는 35세이던 병인년 가을에 한성시에서 과체로 시명을 날렸으며, 이때 지은 〈관산융마〉가 교방에서 널리 노래로 불리게 되었다. 39세인 영조 27년에 진사시에 응시하였으며, 이때 이응경(李凝慶)의 교사에서 지내면서 권계통(權季通) 등 세 사람이 어울려 지냈고,[497] 각각 따로 헤어졌다. 10월에는 충주로 가면서 여러 사람과 이별의 자리를 가지기도 하였다. 이경휴에게 부친 시의 넷째 수에서 이렇게 읊고 있다.

내 나이 막 마흔인데	吾年初四十
바닷가에서 농부가 되었네.	海岸作農人
세상 길은 갈수록 점점 더 두렵고	世路行逾畏
시가는 늙을수록 더욱 가난하네.	詩家老益貧
물이 흐르니 먼 곳에 놀고 싶은 뜻이 같고	水流同遠意
꽃이 피니 남은 봄이 안타깝네.	花發恨餘春
언제나 좋은 눈빛을 열어	青眼開何日
적막한 물가에서 길이 읊으랴?	長吟寂寞濱[498]

43세인 갑술년에 안산 출신의 이경환, 이창환 형제들과 성균관에서 지내며 시주의 모임을 가졌고, 50세인 신사년 겨울에 비로소 음직으로 영릉참봉에 천거되어 여강에서 정범조 등과 창수하면서 득의한 시편을 많이 남겼다.

영조 40년에는 금부도사로 제주에 가면서, 대풍이 일어서 배가 부서지고 표류하는 어려움을 겪기도 하였으나, 함께 간 이익(李瀷), 박수희(朴壽喜) 등과 가시를 지어서 해외의 풍토와 나그네로서 겪는 어려움 등을 「탐라록」으로 정리하였다.

서울로 돌아온 뒤에 선공감 봉사, 예빈시 직장, 도감랑, 돈녕부 주부 등을 지냈으며, 정해년에 선부군의 상을 당하였고 기축년에 복을 마치고, 이듬해에 서부 도사가 되었다가 신묘년 9월에 연천현감이 되었다. 임진

---

497 신광수, 〈辛未秋, 余以試事入漢中, 久客景休僑舍, 與季通隔鄰, 吾三人晨夕起居, 無與不偕. 余不日先歸, 景休歸新城, 季通盡室敀公州. 三人者將就次散去, 世故多端, 聚散無常, 吾輩後日雖欲復繼斯遊, 顧易得乎. 分張旣邇, 懷抱黯然, 有作輒和, 率多致意, 異日索居時, 一披吟, 城西舊會, 宛然在目, 而庶幾暮年相對, 語到今日, 爲之感歎〉, 『石北集』 권1, 『한국문집총간』 231, 214면.

498 신광수, 〈寄景休〉, 『石北集』 권1, 『한국문집총간』 231, 217면.

년 2월에 나라에서 기로과를 개설하여 예순이 넘은 사람만 응시하게 하였다. 신광수가 억지로 응시하여 갑과 제1인[499]이 되었다. 이후 승지, 돈녕도정 등을 지내고, 영월부사로 나갔다.

사헌부 지평을 지낸 윤지눌의 외숙[500]이 된다.

2) 호남 여정과 제주 여행

신광수의 가유는 완산, 개경, 서경, 여주, 한양 등의 지역을 유람하면서 이루어진 것으로 확인할 수 있다.

신광수의 가유 여정은 약관 시절에 호남을 유람한 데서 시작하였다. 〈한벽당십이곡〉 12수가 이러한 가유의 출발을 보인다. "전주의 서북에서 오는 물이 흐르고", "가무로 송영을 재촉하던"[501] 한벽당에서 〈완산별곡〉[502]에 이어서 〈완산신별곡〉을 부르기도[503] 하고, 어린 여자아이들이 남장하고 검무를 춘다고 보고하고 있다. 3곡과 4곡이다.

전주의 어린 여자아이가 남장을 배워서	全州兒女學男裝
한벽당에서 검무가 길어지네.	寒碧堂中劍舞長
변하여 손놀림이 빨라지면 보아도 볼 수 없고	轉到瀏漓看不見
머리를 돌리니 집 가득 기운이 서리와 같네.	滿堂回首氣如霜

499 『영조실록』 권118, 48년 2월 12일(정축), 『국역 영조실록』 34, 154면.

500 정약용, 「司憲府持平尹*无咎墓誌銘」, 『여유당전서』 第十六卷, 『한국문집총간』 281, 351면.

501 신광수, 〈寒碧堂〉, 『石北集』 권1, 『한국문집총간』 231, 204면, 寒碧堂前水 全州西北來, 歌舞送迎催.

502 〈完山別曲〉은 세조 2년(1456) 전주부윤 卞孝文이 지은 것을 당시 전라도관찰사 李石亨이 조정에 바치자. 임금은 관습도감에 두라고 하였고 "말[辭]이 허황되고 뜻이 비루하여 사람들이 모두 웃었다."고 하였다. 『세조실록』 권3, 2년 1월 20일(경인)

503 신광수, 〈寒碧堂十二曲〉, 『石北集』 권1, 『한국문집총간』 231, 204면. 齊唱完山新別曲(四曲), 全州兒女學男裝 寒碧堂中劍舞長(三曲)

봄 성에 소매를 잇달아 가벼운 먼지를 밟으며 春城聯袂踏輕埃
한벽당 안에서 음악을 연습하며 도네. 寒碧堂中習樂回
일제히 〈완산의 신별곡〉을 부르는데 齊唱完山新別曲
내일은 판관의 수연이 열린다네. 判官來日壽筵開

한편 금성(錦城)에서 지은 〈송금성객〉에서 "청문에서 별곡이 일렁이면, 어느 곳에서 봄옷 입은 이가 묵는가?"라고 하여 '별곡'[504]을 언급하고 있는데, 이것이 박성건의 경기체가 〈금성별곡〉을 가리키는 것으로 추정된다. 신광수가 당대의 노래에만 관심을 가지는 것이 아니라 지난 시절의 갈래에 대한 애정도 가지고 있음을 확인할 수 있다.

그리고 〈금마별가〉 32수는 익산현감을 지낸 남태보(1694~1773)의 행적을 칭송한 것으로, 풍요로 준비하여 악부의 남긴 뜻을 거칠게 얻은 것으로 여겨서 여항의 사람들이 부른다면 뒷날 채시하게 될 것으로 기대하고 있다.[505]

넷째 수와 열여섯째 수를 보도록 한다.

가련한 을병년에 可憐乙丙年
한 말 쌀값이 이백 전이었네. 斗米錢二百
하늘이 살아 있는 부처를 보내어 天遣活佛來
백성들은 하늘의 덕을 입었네. 百姓衣天德

곳곳에 산유화 處處山有花
푸른 벼 속에서 가지런히 펴네. 齊發翠禾中

---

504 신광수, 〈送錦城客〉, 『石北集』 卷3, 『한국문집총간』 231, 249면, 青門動別曲, 何處宿春衣.

505 신광수, 〈金馬別歌〉, 『石北集』 卷4, 『한국문집총간』 231, 275면, 使君*南泰普 治行爲兩湖最, 於其歸, 金馬之民, 必有攀轅涕泣者, 僕爲歌道其意, 以遺其民, 思備一邦風謠之作, 而自以爲麤得樂府遺意, 往往有閭巷聲口, 有如異日, 太史氏採詩, 庶幾有取焉云.

기쁘게 농부라 여기니	欣然謂農夫
착하도다, 용공에 부지런함이.	善哉勤用功

그리고 연희의 마당에서 줄타기하는 아이를 보고 지은 시에서는 놀이에 관심을 보이고, 원창의 부채에 지은 시에서는 〈우조 영산회상〉과 〈춘면곡〉 등에 대해 언급하고 있다.

연화의 검무에는 작고 붉은 옷인데	蓮花劍舞小紅衣
일곱 걸음 왔다갔다 하더니 동아줄 위로 나네.	七步盤旋索上飛
갑자기 평지에 몸을 뒤집어 떨어지는 것을 보니	忽看平地翻身落
요지에서 연회를 마치고 돌아가는가 의아하네.	疑自瑤池罷宴歸[506]

붉은 복숭아 부채를 치고 한삼이 날리는데	桃紅扇打汗衫飛
우조 영산회상이 당세에 드물리.	羽調靈山當世稀
헤어지면서 다시 〈춘면곡〉 한 수	臨別春眠更一曲
꽃지는 시절에 강을 건너서 돌아가네.	落花時節渡江歸[507]

다음으로 신광수는 영조 40년 정월에 금오랑으로 이익과 더불어 탐라에 봉사할 때에 표류의 어려움을 겪으면서도「탐라록」이라는 시편을 남기고 있는데,「탐라록」에는 이익, 정범조, 목만중과 신광수의 자서가 있다.

제주에서는 방아찧기 노래인 〈용가〉[508]에 관심을 보이고 〈매화곡〉[509]을 언급하고 있다.

---

506 신광수, 〈觀倡童走索〉, 『石北集』 권4, 『한국문집총간』 231, 266면.

507 신광수, 〈題遠昌扇〉, 『石北集』 권4, 『한국문집총간』 231, 266면.

508 신광수, 〈風土〉, 『石北集』 권7, 『한국문집총간』 231, 336면, 〈城上觀妓走馬〉, 『石北集』 권7, 『한국문집총간』 231, 337면.

509 신광수, 〈風土〉, 『石北集』 권7, 『한국문집총간』 231, 336면.

우거진 백월*풍토에 탁라를 미워하고 蓁蓁百越*一作風土惡乇羅
이월의 관가에는 뱀을 보는 것이 끝났네. 二月官家已見蛇
성주(星主)의 자손이 지금 해업을 하고 星主子孫今海業
피인(皮人) 남녀가 다 방아를 찧으며 노래하네. 皮人男女盡舂歌
산속에는 믿지 않아도 선인이 아직 있는데 山中不信仙猶在
천하에는 바야흐로 물이 가장 많음을 아네. 天下方知水最多
안개 비 내리는 다섯 시내에 옛 한이 끝나는데 烟雨五溪終古恨
〈매화곡〉 한 곡이 푸른 물결에 흩어지네. 梅花一曲落滄波

그리고 제주의 기녀 녹벽의 제자인 월섬이 이별의 자리에서 〈상사별곡〉[510]을 부른다고 하였다.

소소의 집에서 춤을 배운 낭자가 蘇小家中學舞娘
어미를 따라 손님을 보내러 횡당에 이르렀네. 隨孃送客到橫塘
나루의 정자에 지는 해에 〈상사곡〉은 津亭落日相思曲
내일 아침을 기다리지 않아도 이미 애가 끊어지네. 不待明朝已斷腸
* 기녀 월섬이 이때 〈상사별곡〉을 불렀다.(蟾妓時唱相思別曲)

제주의 풍물과 관련하여 〈한라산가〉[511], 〈제주걸자가〉[512], 〈잠녀가〉[513] 등을 남기고 있다.

제주에서 돌아온 뒤에 함께 배리(陪吏)로 간 여항시인 박수희에게 준 시에서 새로운 만남과 그 내막을 살필 수 있다.

---

510 신광수, 〈贈綠壁弟子月蟾〉, 『石北集』 卷之七, 『한국문집총간』 231, 342면.
511 신광수, 〈漢挐山歌〉, 『石北集』 卷之七, 『한국문집총간』 231, 342면.
512 신광수, 〈濟州乞者歌〉, 『石北集』 卷之七, 『한국문집총간』 231, 343면.
513 신광수, 〈潛女歌〉, 『石北集』 卷之七, 『한국문집총간』 231, 343면.

당시의 문아는 그대들이 있는데 文雅當年爾輩存
집은 서울의 화미촌에서 지내네. 家居京兆畫眉村

* 박 아전의 집이 경조부의 문 바깥에 있다.(朴吏家 在京兆府門外)

만년에 자줏빛 옷을 입고 금오리가 되어 紫衣晩作金吾吏
채필로 일찍이 학사의 문에서 놀았네. 綵筆曾游學士門

* 수희가 젊을 때에 조관빈의 겸인이었다.(壽喜少爲趙尙舊觀彬傔人)

해외에서 서로 따르니 응당 운수가 있고 海外相隨應有數
주중에서 지난 일은 아직도 넋이 놀라네. 舟中往事尙驚魂
봄날 예조의 낭관 자리에 禮曹春日郎官席
성대의 풍요를 함께 자세하게 논하리. 盛代風謠共細論

* 이때 유선이 예조의 낭관이었는데, 숙직하며 수희를 불러 시에 대해 이야기했는데, 이어서 근대의 여항시에 미쳐서, 좌상에서 시를 짓다.(時幼選爲儀曹郎, 直中招壽喜譚詩, 仍及近代閭巷詩. 座上賦詩)[514]

신광수는 박희수와 꾸준히 교유하고 있어서 여러 편의 시[515]를 남기고 있다.

3) 서로 여행과 〈관서악부〉

신광수는 경진년(1760)과 신사년(1761)에 관서를 유람하였으며, 「서관록」(권2)은 신사년(1761) 서경을 유람한 내용을 기록한 것인데, 송도를 지나는 길에 〈만월대가〉를 비가로 인식하기도 하였다. 〈말 위에서 송도를 바라보다〉이다.

송도를 한 번 바라보니 형세가 웅장한데 松都一望勢雄哉

---

514 신광수, 〈贈朴壽喜〉, 『石北集』 권8, 『한국문집총간』 231, 349면.

515 신광수, 〈直中, 幼選至自松京, 朴壽喜亦至, 燈下呼韻〉, 『石北集』 卷之八, 『한국문집총간』 231, 351면, 〈送朴壽喜西行〉, 권10, 『한국문집총간』 231, 394면.

동북으로 천마산이 만 기병처럼 달려오네.	東北天磨萬騎來
지난 왕조의 왕기가 연기 속에 어두운데	王氣前朝烟黯黮
지는 해에 사람이 길을 가는데 물이 배회하네.	行人落日水徘徊
성 가에서 차가운 종소리를 듣고 싶은데	城邊欲問寒鍾處
말 뒤에는 만월대의 슬픈 노래이네.	馬上悲歌滿月臺
오늘밤 남쪽 누각은 더욱 서글픈데	今夜南樓更怊悵
□□□□□□□	□□□□□□□[516]

서로 여행에서 신광수는 효종에 대한 안타까운 마음을 〈청석령가〉와 연결시켜 표현하기도 하였는데, 〈우답부사유증운〉에서 비가 〈청석령가〉를 말하면서 효종의 유한(遺恨)이 요동에 가득할 것이라고 하였다.

고려 사신의 기개가 무지개와 같은데	高麗使者氣如虹
이번에 연남으로 가면 술집이 비었으리.	此去燕南酒肆空
비바람 속에 슬픈 노래 〈청석령〉에	風雨悲歌靑石嶺
효종의 유한이 요동에 가득하리.	孝宗遺恨滿遼東[517]

한편 동지정사로 연경에 가는 함계군 이춘(李櫄)을 보내는 시의 셋째 수에서, 이춘이 신성군의 종파[518]임을 밝히고 신광수 자신이 영릉참봉을 맡았던 기억을 환기하면서 비가로서 〈청석령가〉의 처량함을 말하기도 하였다.

516 신광수, 〈馬上望松都〉, 『石北集』 권2, 『한국문집총간』 231, 233면.

517 신광수, 〈又答副使留贈韻〉, 『石北集』 권6, 『한국문집총간』 231, 319면.

518 신성군은 선조의 후궁 인빈 김씨 소생으로 선조의 총애를 받았으며, 한성부 판윤을 지낸 평산 신립(申砬)의 따님과 결혼하였는데 임란 도중 사망하였다. 뒤에 인조가 경창군의 3남 구(俅)를 후사로 삼고 평운군(平雲君)으로 봉했다. 이에 앞서 신성군은 중종의 왕자 복성군(福城君)에 입계되어 있었다. 평운군에게 아들 진평군(晉平君)이 있고, 진평군이 함릉군과 함계군의 두 아들을 두었다.

왕손의 집안은 신성군 방인데	王孫家是信城房
나 또한 영릉의 옛 참봉이었네.	我亦寧陵舊寢郎
비바람 치는 이 때에 청석령에는	風雨此時靑石嶺
옛날의 가곡이 더욱 처량하리.	昔年歌曲更凄凉

* 함계군은 신성군의 갈래이다.(咸溪爲信城君派)[519]

그리고 연광정에서 패강기에게 준 시에서는 〈노로가(勞勞歌)〉를 듣고, 〈상범가(上帆歌)〉를 함께 부른다[520]고 하였다. 〈노로가〉는 이백의 시로 이별의 노래이고 〈상범가〉는 돛을 올리는 노래인데, 뱃놀이하는 과정에서 부르는 레퍼토리로 추정된다. 그런데 〈관서악부〉 28번째 수에서 제시한 내용과 연계될 수 있다.

수로 조천의 비단 돛 노래는	朝天水路錦帆歌
지국총 소리의 안타까움이 어떠한가?	至匊悤聲恨若何
보통문 바깥 해가 비스듬한 곳에	普通門外斜陽處
길이 연운으로 사자를 보내는 일이 많았어라.	長送燕雲使者多

연광정에서 검무를 연희하는 기생 추강월에게 준 시는 다음과 같다. 검무에 대한 신광수의 관심을 볼 수 있는 작품이다.

푸른 말에 전립을 쓰고 자줏빛 비단 치마를 입은	靑鬉戰笠紫羅裳
서관에서 제일가는 검무하는 아가씨이네.	第一西關劒舞娘
지는 해에 물고기와 용이 극포로 오고	落日魚龍來極浦
갠 하늘에 비바람이 빈집에 모이네.	晴天風雨集虛堂

519 신광수, 〈送冬至正使咸溪君*橞赴燕〉, 『石北集』 권8, 『한국문집총간』 231, 367면.

520 신광수, 〈練光亭, 留贈浿江妓〉, 『石北集』 卷之二, 『한국문집총간』 231, 236면, 臨水紅粧送客多 夕陽齊唱上帆歌.

아미로 곁눈질하면 나는 기운이 능하고	蛾眉顧眄能生氣
비단 소매를 뒤집어 돌리면 끊어진 창자가 합하네.	珠袖翻回合斷腸
다시 목란배를 내리고 한 곡조를 노래하면	更下蘭舟歌一曲
물빛과 산빛이 아득히 푸르네.	水光山色遠蒼蒼[521]

신광수의 〈관서악부〉[522] 108수는 평안도 관찰사로 부임하는 채제공을 위하여 마련한 것으로 성가(聲歌)에 올리기를 바란다고 하였다. 108수로 되어 있어서, 〈백팔악부〉라 부르기도 한다.

연광정과 부벽루 사이에서 내가 일찍이 탄식하면서 방황하지 않은 적이 없어서 다시 '관서악부'를 지어서 이 나라에서 방백와 지주가 되는 사람에게 남겨서 노래에 올리려고 하였다. 스스로 생각하건대 쉰 살의 포의가 뜻을 잃고 허둥거리고 살면서 귀인을 중히 여김에 부족하고, 젊은 시절에 나그네가 되어 근심하면서 돌아간 것은 안타깝지 않으나, 이제 십수 년에 정수리의 터럭이 더욱 듬성듬성하기만 하다. 그 호수와 산을 아끼는 것은, 담박하게 단장한 미인의 빼어난 아양을 잊지 못하는 것과 같아서, 이따금 꿈결에 패강의 배 안에 있는 것을 상상하곤 한다. 번암 상서가 서쪽으로 사절을 떠날 때에 도읍의 인사들이 가시를 지어서 전송했는데, 나는 영릉의 향을 받드느라 돌아오지 않아서, 뒤에 낙랑의 사자가 와서 글을 날려서 시를 독촉했다. 번암은 나의 친구인데, 풍류와 문채가 평양의 산천과 서로 빛을 발하기에 넉넉하며, 나 또한 묵은 생각이 일렁이는 바가 공을 위하여 기쁜 마음으로 흰머리의 그만둔 장수가 십 년 동안 전간에서 갑자기 변방으로 나가는 쇠북 소리와 말 울음소리가 쓸쓸한 것을 듣고, 깨닫지 못하는 사이에 활을 한 발을 쏘아서 마침내 왕건의 궁사체에 의거하여 약즙을 담

521 신광수, 〈練光亭, 贈劍舞妓秋江月〉, 『石北集』 卷之二, 『한국문집총간』 231, 235면.
522 〈관서악부〉에 대하여 이은주, 『관서악부』(아카넷, 2018)에서 자세하게 풀이하고 있다.

근 희필로 〈관서악부〉를 지었으니, 또 〈관서백사시행락사〉로 이름한다. 여름을 앞세운 것은 번암이 진에 나아감이 단오이기 때문이다. 대저 서도의 형승과 요속, 역대 흥체, 충효와 절협, 신선과 사찰, 변새의 군대, 누대와 선방과 여악의 노니는 일에 이르기까지 준비하여 서술하지 않은 것이 없으니 또한 일부의 '서관지'라 이를 만하다.[523]

〈관서악부〉는 채제공을 위하여 준비한 것으로 서도의 형승과 요속, 역대 흥체, 충효와 절협, 신선과 사찰, 변새의 군대, 누대와 선방과 여악까지 두루 다루고 있는데, 노래[聲歌]에 올리기를 바란다고 하였다. 그리고 그 언어와 표현에 있어서 "가늘게 쏠리는 말이 여항의 이속과 섞이고, 풍아가 쓸어버린 곳에서 즐거워하는 것이 경박하다는 꾸지람을 면하지 못할까 두렵다."[524]라고 한 바와 같이 매우 솔직하게 있는 모습 그대로 그려내고 있는 것으로 평가할 수 있다.

채제공이 평안도 관찰사에 임명된 때가 영조 50년(1774) 4월이고, 신광수의 글에 나타난 바와 같이 부임한 때가 단오인데, 반년이 지난 뒤에 신광수가 채제공에게 편지를 보내어 그 사정을 설명하기도 하였다.

겨우 오·칠 율시 10수를 얻고 또 〈서관악부〉 108수를 붙여 드리니, 그 자세한 것은 소서 중에 있습니다. 이는 대개 평소에 짓고 싶었던 것이고 마침 기회를 만나서 뜻에 따라 이룬 것이니 이것을 아울러 기록하여 드립

---

523 신광수, 〈關西樂府*并序〉, 『石北集』 卷之十, 『한국문집총간』 231, 397면, 練光, 浮碧之間, 僕未嘗不慨然彷徨, 欲更賦關西樂府, 以遺是邦之爲方伯地主者, 被之聲歌. 自念五十布衣, 失意棲遑, 不足爲貴人重, 恨不少年爲客, 悒悒而歸, 至今十數年, 顚髮益種種矣. 愛其湖山, 如淡粧美人秀媚難忘, 往往夢想在浿江舟中. 樊巖尙書之以節西也, 都人士多爲歌詩以送之, 僕奉香寧陵未還, 後樂浪使者至, 飛書督詩. 樊巖吾友也, 風流文采, 足與平壤山川相暎發, 僕亦宿念所動, 爲公欣然, 如白首廢將, 十年田間, 忽聞出塞金皷馬鳴蕭蕭, 不覺彈弓一起, 遂依王建宮詞體, 蘸藥汁戱筆, 作關西樂府, 亦名關西伯四時行樂詞. 先之以夏者, 以樊巖赴鎭在端午也. 凡西都之形勝謠俗, 歷代興替, 忠孝節俠, 神仙寺刹, 邊塞軍旅, 樓臺船舫, 以至女樂游衍之事, 靡不備述, 亦可謂一部西關志.

524 위와 같은 곳, 纖靡之語, 襍以閭巷俚俗, 樂於風雅掃地, 恐不免輕薄之誚.

니다. 배열하고 펼친 것이 이미 크고, 음식을 섞어 늘어놓아, 대아에 맞지 않을까 두렵습니다. 그러나 그 강산과 누관의 빼어남과 현악기와 관악기와 가무를 즐긴 것이 모두 일찍이 질탕하게 노닌 것이니, 역력히 눈앞에 있고, 이따금 넋을 앗아간 곳이 천 리에 한 번 웃음을 넓히게 될 것이니, 이 늙은 이의 풍정이 쇠약하지 않았다고 상상하십시오.[525]

신광수는 〈관서악부〉를 마련한 뒤에 강세황에게 글씨를 써달라고 부탁[526]하였고, 또 오랜 친구인 고산승(高山丞)[527]에게 전하기도 하였다. 〈서관악부〉, 〈백팔악부〉, 〈서관백팔곡〉 등의 이름으로 부르기도 하였다. 뒷날 신좌모(1799~1877)는 이를 효방[528]하여 절구 13수로 읊기도 하였다. 〈관서악부〉 중에서 몇 수를 보도록 한다. 임무 교대, 이세춘, 죽지사, 수로 조천, 선상기 등을 읊은 것이다.

其五

재송원 안에서 교대를 마치는데	栽松院裏罷交龜
해마다 이 땅은 별리가 많았네.	此地年年多別離
석양에 싱그러운 풀이 천 리 길인데	芳草夕陽千里路
애끊는 사람은 말이 울 때이네.	斷腸人是馬嘶時

---

525 신광수, 「答樊巖箕伯」, 『石北集』 권8, 『한국문집총간』 231, 452면, 纔得五七律十首, 又以西關樂府百八首附呈, 其詳在小序中. 此盖平日所欲作者, 適逢機會, 隨意見成. 幷此錄呈, 排鋪旣大, 飣餖雜陳, 恐不合於大雅. 然其江山樓觀之勝, 絲管歌舞之娛, 皆曾所跌宕, 歷歷在眼, 往往有絶倒處, 可博千里一粲, 想以爲此老風情不衰爾.

526 신광수, 「與姜豹菴*世晃」, 『石北集』 권13, 『한국문집총간』 231, 453면. 此不佞寄關西伯蔡伯規百八樂府也. 樂浪江山, 固不下金陵錢塘, 而不佞之詩有愧於唐宋才子, 然豹菴筆法妙一世, 誠得翁一腕力, 以侈吾詩, 如里婦借西子手, 施鉛抹粉, 足以掩醜, 且令樂浪江山, 暉暎生色如百八序中語, 豹菴以爲如何.

527 신광수, 「與高山丞」, 『石北集』 권13, 『한국문집총간』 231, 453면.

528 신좌모, 〈倣關西樂府體, 寄按使韓柳下*啓源, 十三絶. 壬申〉, 『澹人集』 卷之七, 『한국문집총간』 309, 353면.

其十五

처음 노래할 때에 모두 태진을 말하는 것을 듣는데	初唱聞皆說太眞
오늘까지 마외의 티끌을 안타까워하는 듯하네.	至今如恨馬嵬塵
일반 시조에서 장단을 배열하는 것은	一般時調排長短
장안에서 온 이세춘이라네.	來自長安李世春

其二十五

장락궁 터에 풀피리 소리가 슬픈데	長樂宮墟草笛悲
춘방의 옛 곡을 누가 아는지 묻네.	春坊舊曲問誰知
서남쪽 골짜기 입구는 무산이 푸른데	西南峽口巫山碧
오직 어린 낭자가 죽지사를 부르네.	惟有兒娘唱竹枝

其二十八

수로로 조천할 때 비단 돛대의 노래는	朝天水路錦帆歌
지국총 소리가 안타까움이 어떠한가?	至匊忽聲恨若何
보통문 밖에 해가 비끼는 곳에	普通門外斜陽處
길이 연운으로 사자를 보내는 사람이 많네.	長送燕雲使者多

其四十二

서울에 간 가아가 진연할 때에	京上歌兒進宴時
주인은 모두 주색을 탐하는 아이들이네.	主人皆是狹斜兒
당의 산호 이삭 차기를 마치면	唐衣盡佩珊瑚穗
서로의 몸 장식에 일만 재물의 값이네.	西路身裝直萬貲

4) 가객과 가기에 대한 주목

신광수는 43세이던 영조 30년에 장악원 협률 정여질에게 장난 삼아 시[529]를 보내는데, 이때 패기(浿妓) 모란(牧丹)이 이원에서 음악을 익히고 있었기 때문이다. 모란에게 준 시는 다음과 같다. 과시 〈관산융마〉를 지은 것이 영조 22년인데 그 사이에 서경에 널리 퍼져 있었던 셈이다. 세 수 중에서 첫째 수이다.

머리가 허연 이름난 여인이 한양에 들어왔는데	頭白名姬入漢京
맑은 노래가 많은 사람을 놀라게 할 수 있으리.	淸歌能使萬人驚
연광정 위의 〈관산곡〉을	練光亭上關山曲
오늘밤 어떻게 옛 소리를 들을 수 있을까?	今夜何因聽舊聲

＊ 내가 서쪽을 유람할 때 늘 호수 다락의 그림이 그려진 배에 기녀 모란을 데리고 갔으며, 등불 앞 달빛 아래에서 모란은 나의 〈관산융마〉 옛 시를 노래로 불렀는데 울림이 가는 구름을 막았다.(余之西游, 每携丹妓於湖樓畫舫間, 燈前月下, 丹妓輒唱余關山戎馬舊詩, 響遏行雲)[530]

모란은 신광수가 서유할 때 잔치 자리에 함께 참여하면서 〈관산융마〉를 노래로 불렀던 가기이다. 그리고 신광수가 영조 39년에 주청부사로 떠나는 홍중효에게 준 시 〈또 추가로 절구 3수를 주다〉의 셋째 수에서, "소리는 옥처럼 슬픈 모란의 노래이고, 마흔세 고을에 으뜸 비단이네. 대동강 밝은 달밤에, 〈관산융마〉 한 곡을 들음이 어떠한가?"[531]라고 하였는데, "기녀 모란이 나의 〈관산융마〉를 잘 노래하였기에 이른다."라고 적고 있다. 모란은 신광수의 시에서 빈번하게 언급[532]되고 있다.

---

529 신광수, 〈戲簡鄭協律汝質＊鄭以掌樂官, 領進宴講妓, 習儀梨園〉, 『石北集』 권8, 『한국문집총간』 365면. 誰道官寒鄭廣文, 白頭身領綺羅羣. 梨園弟子霓裳曲, 不許他人也一聞.

530 신광수, 〈聞浿妓牧丹, 肄樂梨園. 戲寄三首〉, 『石北集』 卷之八, 『한국문집총간』 231, 366면.

531 신광수, 〈又追贈三絶〉, 『石北集』 卷之六, 『한국문집총간』 231, 319면, 聲如哀玉牧丹歌, 四十三州冠綺羅. 明月大同江上夜, 關山一曲聽如何? ＊丹妓善歌余關山戎馬詩 故云.

532 신광수, 〈謝樊巖方伯茶酒筆墨之惠〉(권10)의 16째 수에서 "十五年前騎一騾, 西關草草布衣過. 淸江白堞高吟遍, 落日朱欄獨倚多. 玉椀雖空桂糖酒, 蘭舟猶載牧丹歌. 如今寂寞成陳跡, 無計重游奈老何"라고 읊고 있고, 〈關西樂府〉(권10)의 44째 수에서도 "銀燭金樽子夜淸, 樑塵飛盡牧丹聲. 如今白首琵琶女, 曾是梨園第一名"이라고 읊고 있다.

그리고 영조 37년 겨울에 신광수가 음직으로 여주 영릉의 침랑으로 제배되었는데, 이듬해에 정충(鄭忠)으로 확인되는 공언(公彦)[533]이라는 사람이 가자를 데리고 찾아왔으며, 가자는 이세춘으로 널리 알려진 이응태(李應泰)이다. 이응태가 우성(羽聲)의 노래를 부르면 강에 가득한 기러기들이 날아오를 것이라고 하였다. 곡조의 우성과 날갯짓 소리를 아울러 견주고 있어서 흥미로운데, "강에 가득한 기러기(滿江鴻)"가 〈만강홍(滿江紅)〉 사를 연상하기도 한다. 신광수가 〈연경에 가는 동지 서장관 이성보*세석을 보내다〉(『石北集』 권10)의 열넷째 수에서 "연산의 한 곡조 〈만강홍〉"[534]이라고 한 것도 참조할 수 있다.

한양의 가객이 가을바람을 띠었는데	洛陽歌客帶秋風
가을날에 와서 노래하는 것이 그대와 같네.	秋日來歌與子同
간드러지게 슬프게 골짜기에 일렁임을 막 듣는데	裊裊初聞哀動壑
아련하게 멀리 공중에 뜨는 것을 이미 깨닫네.	依依已覺遠浮空
잠시 서쪽 못 위의 푸른 풀 위에 머물다가	少留碧草西池上
홀로 만 숲 속의 단풍으로 보내네.	獨送丹楓萬樹中
내일 함께 신륵사에 오르면	明日携登神勒寺
강에 가득한 기러기의 깃소리가 날아 오르리.	羽聲飛起滿江鴻[535]

당세에 호탕하게 노래하는 이세춘인데	當世歌豪李世春
십 년 동안 한양 사람들을 경도시켰네.	十年傾倒漢陽人

---

533 公言은 鄭忠으로 李秀逸, 金汴光, 金光岳, 權世櫄, 李宗延과 함께 湖中六君子로 칭하던 인물이다. 정범조, 「同副承旨李公墓誌銘」, 『海左先生文集』 卷之三十一, 『한국문집총간』 240, 41면 참조.

534 신광수, 〈送冬至下价李聖輔*世奭赴燕〉, 『石北集』 권10, 『한국문집총간』 231, 393면, 燕山一曲滿江紅.

535 신광수, 〈寄公彦, 謝昨日携歌者見訪林中〉, 『石北集』 卷之五, 『한국문집총간』 231, 306면.

청루의 미소년들이 노래를 전할 수 있고	青樓俠少能傳唱
강호에서 흰 머리로 마음을 움직이게 하네.	白首江湖解動神
구일의 황화에 벽사를 보는데	九日黃花看甓寺
외 배의 옥피리가 섬강 나루로 올라가네.	孤舟玉笛上蟾津
동유에 참으로 내 시에 넉넉함을 얻으리니	東游定得吾詩足
이번에 가면 명성이 또 진에 가득하리.	此去聲名又滿秦[536]

가객 이세춘은 〈관서악부〉 15번째 작품에서도 언급되고 있어서, 한양에서 여주로, 평양으로 이동하면서 활동한 것으로 확인된다.

그리고 여주에서 지은 〈추화촌자〉에서는 가곡의 신번을 말하고 있다.

이경에 사람이 잠자지 않는데	二更人不寐
누대가 고요한데 달빛이 문에 닿네.	樓靜月臨門
잘 새가 처마의 나무를 지키고	宿鳥當簷樹
고르는 다듬이소리가 수촌과 떨어졌네.	調砧隔水村
술자리에는 옛 친구가 머물고	酒筵留故友
가곡에는 신번이 있네.	歌曲有新翻
오도에는 원래 느꺼움이 많아서	吾道元多感
생애를 다시 말하지 말라.	生涯勿復言[537]

각 고을에 예속된 가기가 준비한 레퍼토리도 중요하지만, 대부가에서 개인적으로 데리고 있는 가희가 부르는 노래도 사적 연회와 관련하여 큰 비중을 차지하고 있었다고 할 수 있다. 왕족인 인성군 이공[538]의 현손이

---

536 신광수, 〈贈歌者李應泰〉, 『石北集』 卷之五, 『한국문집총간』 231, 306면.

537 신광수, 〈追和村字〉, 『石北集』 권9, 『한국문집총간』 231, 385면.

538 인성군 이공의 자식들이 17세기 후반에 금옥계의 구성원으로 크게 활동한 것으로 확인된다. 최재남, 「금옥계의 성격과 시가 활동」, 『17세기 후반 정치·사회 변동과

며 해양군 이희의 증손인 상서 이익정(李益炡, 1699~1782)의 집 가희 매월(梅月)에게 준 시가 그것이다.

매화와 밝은 달이 누대에 가득한 가운데　　梅花明月滿樓中
〈자야가〉 맑은소리에 풍류가 다하지 아니하네.　　子夜淸歌樂未窮
오늘 술동이 앞에서 다시 한 곡을 부르나니　　今日樽前更一曲
해마다 스물네 번째 꽃바람이네.　　年年二十四番風[539]

매월은 심용, 김석철, 이세춘, 계섬 등과 집단을 이루어 활동하던 가기이다.

한편 우왕의 묘소에 들러서 지은 〈한식일에 신우의 묘에 들르다〉에서 정몽주의 〈백골가〉(단심가)와 원천석의 〈만월대가〉를 아울러 언급하면서 지난 왕조에 대한 감회를 말하기도 하였다. 우왕을 신돈의 아들로 보고 서술한 『고려사』의 기록을 따르고 있는 셈이다.

가라말 같은 능의 봄풀이 저녁 햇살을 마주하는데　　春草驪陵對夕暉
말을 멈춘 길손이 옷이 젖으려 하네.　　行人駐馬欲沾衣
어찌 일찍이 사직에 흥폐가 없었으랴?　　何曾社稷無興廢
신왕에게 시비를 물을 필요 없으리.　　不必辛王問是非
최영의 붉은 무덤에는 아득히 피를 갈무리하고　　崔瑩赤墳藏血遠

시가사』(보고사, 2021), 257~276면 참조.

539 신광수, 〈又用前韻 贈尙書歌姬梅月〉, 『石北集』 권9, 『한국문집총간』 231, 386면. 二十四番風은 二十四番花信風이라고도 하는데, 小寒부터 穀雨에 이르기까지 모두 4개월, 8절기 사이의 120일 동안을 5일마다 1후(候)로 잡으면 총 24후가 되는바, 1후마다 일종(一種)의 꽃바람이 불어오는 것을 가리킨다. 매화(梅花)·산다(山茶)·수선(水仙)·서향(瑞香)·난화(蘭花)·산반(山礬)·영춘(迎春)·앵도(櫻桃)·망춘(望春)·채화(菜花)·행화(杏花)·이화(李花)·도화(桃花)·체당(棣棠)·장미(薔薇)·해당(海棠)·이화(梨花)·목란(木蘭)·동화(桐花)·맥화(麥花)·유화(柳花)·목단(牧丹)·도미(酴醾)·연화(楝花) 등의 꽃을 가리킨다. 그중에 매화가 첫째로 피는 꽃이다.

문충의 백골에는 돌아갈 혼이 있네.	文忠白骨有魂歸
지척의 원두에는 평민의 무덤이니	原頭咫尺平民塚
한식에 까마귀와 솔개가 아래위로 나네.	寒食烏鳶上下飛

* 붉은 무덤은 『고려사』에서, 백골은 〈포은가〉에서 사용하다.(赤墳, 用麗史, 白骨, 圃隱歌)

其二

삼한의 기업이 반 천 년인데	三韓基業半千年
지금 들판의 흙에는 만사가 가련하네.	野土于今萬事憐
운세가 다한 군왕은 짧은 비갈도 없는데	運去君王無短碣
봄이 되니 봉역이 새 밭에 드네.	春來封域入新田
용의 비늘에서 원천석을 묻고 싶은데	龍鱗欲問元耘谷
말 갈기에서 누가 정도전을 듣는가?	馬鬣誰聞鄭道傳
만월대 터에 일찍이 들른 나그네가	滿月臺墟曾過客
다시 '가을 풀 해지기 전'을 노래하네.	更歌秋草夕陽前[540]

'백골'은 『청구영언』 08 정몽주의 "이 몸이 죽고죽어~"를 가리키고, '가을 풀 해지기 전'은 『청구영언』 363 무명씨의 "흥망이 유수하니~"를 가리키는 것인데, 신광수는 "흥망이 유수하니~"를 원천석의 작품으로 이해하고 있다.

5) 교유 인물과 새로운 주목

신광수가 포의 시절부터 교유한 인물은 채제공, 이헌경, 이동운 등이고 장성한 뒤에 교유한 사람은 홍한보, 정범조, 목만중 등이며, 위항 시인 박수희도 포함할 수 있다.

540 신광수, 〈寒食日, 過辛禑墓〉, 『石北集』 권9, 『한국문집총간』 231, 385면.

그런데 이들과 달리 신광수와 이정보의 인연을 주목할 필요가 있다. 신광수가 영조 22년 가을 한성시에서 2등을 하고, 승보시에서 장원을 할 때 이정보가 반장을 맡았고, 신광수가 영조 37년 영릉참봉을 제수받을 때 전당(銓堂)이 이정보였다. 신광수는 김재로의 수친연에서 태학사 이정보의 운[541]을 따서 짓기도 하고, 이정보가 죽자 애도하는 시를 지었다.

상서께서 떠나서 이미 구원에 계셔서 尙書去已九原中
인간 세상에서 다시 지극히 공정한 분을 뵙지 못하리. 不復人間見至公
오늘 흰머리로 깨닫고 이미 눈물이 흐르니 今日白頭知己淚
푸른 홰나무 거리에 가을바람이 다하리. 綠槐門巷盡秋風[542]

그런데 이정보는 집안에 계섬과 같은 가기를 두고 노래를 즐겼던 것으로 확인되고, 김조순이 지은 「시장」[543]에서 가집이라고 할 수 있는 『악보』에 새로운 노랫말이 있었고 그 가운데 공이 직접 지은 것이 많았던 것으로 이해할 수 있다. 혹여 이러한 자료를 신광수가 접할 수 있었다면, 가곡의 레퍼토리에 대한 진폭이 넓어졌을 것으로 볼 수 있다.

이정보의 집에 계섬(桂纖)이라는 가기가 있었고, 계섬은 김철석, 이세춘, 매월 등과 어울리며 잔치 자리에 참여했던 것으로 확인되는데, 신광수가 상서 이익정의 집 가희 매월(梅月)에게 시[544]를 주면서 〈자야가〉를 말하고 있고, 이익정의 상화 시에 차운한 시에서 태평 시절의 잔치를 말하고 있다.

541 신광수, 〈謹次左揆金公壽親宴上韻〉, 『石北集』 卷之八, 『한국문집총간』 231, 360면.
542 신광수, 〈哭壺谷李尙書鼎輔〉, 『石北集』 권8, 『한국문집총간』 231, 367면.
543 김조순, 「大提學李公諡狀」, 『楓皐集』 卷之十四, 『한국문집총간』 289, 336면, 公素解聲律, 樂譜新詞, 多公所自製. 而別業在鶴灘上, 每暇日, 携琴歌一棹沿洄, 韶顔炯晬, 望之若神仙中人.
544 신광수, 〈又用前韻 贈尙書歌姬梅月〉, 『石北集』 권9, 『한국문집총간』 231, 386면.

남여가 천천히 백화 속으로 들어가는데 籃輿緩入百花中
몇 곳의 이름난 정원에서 흰 해가 다하는가? 幾處名園白日窮
태평 시절을 잘 보내고 세월이 겨르로우면 好送太平閒歲月
서루에서 잔치를 보태어 동풍에 취하리. 西樓陪醼醉東風[545]

신광수가 이익정 집의 가희 매월을 알고 있었다면, 이정보를 알고 있던 신광수가 이정보 집의 가기 계섬도 알았을 것으로 짐작된다. 신광수가 계섬, 매월과 함께 활동한 이세춘을 여주에서 만나고 평양에서 정보를 확인하고 있기 때문이다. 실제로 이들과 교유하면서 이들의 레퍼토리를 어느 정도 파악하고 있었다고 볼 수 있다.

신광수가 채제공, 이헌경, 이동운, 홍한보, 정범조, 목만중 등과 밀접하게 교유한 내용은 이들의 문집 속에서 확인된다.

이헌경은 백문에서 신광수를 송별하면서, "남쪽으로 돌아가면 길이 끝나지 않으리니, 가곡이 떠도는 신세를 위로하리."[546]라고 하였고, 밤에 만나 함께 지은 시에서는 "이미 진청의 가곡이 좋다는 것을 알렸으니, 몇 사람이 지금 인재를 아끼는 마음을 대신 이해하랴?"[547]라고 하여 진청(秦靑)을 언급하고 있다.

한편 정범조는 동쪽으로 돌아갈 때 신광수, 목만중 등과 모인 자리에서 "신사 삼첩이 〈정려곡〉에 대적한다."[548]라고 말하고 있으며, 목만중은 신광수의 관서 유람을 듣고 추가로 부치는 시에서, "서경 악부의 신성을 연주하니, 나그네가 해마다 먼 걸음을 일삼네."[549]라고 하여 〈관서악부〉

545 신광수, 〈次李尙書*益炡賞花韻〉, 『石北集』 권9, 『한국문집총간』 231, 386면.

546 이헌경, 〈白門送別申聖淵〉, 『艮翁先生文集』 卷之三, 『한국문집총간』 234, 56면, 南歸路不極, 歌曲慰飄零.

547 이헌경, 〈夜逢申友聖淵拈韻共賦〉, 艮翁先生文集 卷之四, 『한국문집총간』 234, 83면, 已報秦靑歌曲好, 幾人今代解憐才.

548 정범조, 〈余東歸, 聖淵, 幼選諸益, 會竹西叙別〉, 『海左先生文集』 卷之三, 『한국문집총간』 239, 52면, 新詞三疊當驪曲.

가 신성으로 불리는 것을 지적하고 있다.

한편 보령의 나이 든 사람들의 모임인 죽사기로회(竹社耆老會)에 대하여 여러 차례 기록하고 있는데, 죽사기로회는 보령에서 김씨 4명, 이씨 3명이 가졌던 모임이다. 사주(社主)는 간옹 이제암(1690~1778)이고, 사수(社首)는 서산 김첨추(1677~?)인데, 이 모임에 가희가 참석하고 손님 중에 박씨 성을 가진 사람이 노래를 잘했다고 한다. 경휴는 이제암의 아들 이응경(李凝慶)이다. 이제암의 첫 부인이 고령신씨 의제의 따님으로, 이제암은 신광수에게는 고모부가 되고, 신광수가 영조 27년(1751) 응시하기 위해 서울에 가서 기숙하기도 했던 이응경은 이제암의 아들로 신광수와 교유했던 이헌경의 족제이다.

당 위의 사군은 밤이 어떠한가?	使君堂上夜如何
맑은 밤 즐거운 놀이에 곡연이 많아라.	淸夜歡娛曲宴多
밝은 달과 누런 국화에 사람의 그림자가 있고	明月黃花人有影
미녀의 비단 거문고에 객도 노래할 수 있네.	靑娥錦瑟客能歌
백년의 회포를 몇 번이나 펴랴?	百年懷抱幾回暢
늙을수록 세월은 쉬이 지나가네.	垂老光陰容易過
오늘밤 고아한 흥취는 촛불을 잡음이 마땅한데	高興今宵宜秉燭
내일의 비단 자리는 강물을 기울임에 이르리.	綺筵來日到傾河[550]

이어서 〈죽사기로연의 시를 공경하게 드리다〉 7수[551]에서는 죽사기로연에 참여한 사람들과 기로연의 모임 내용을 자세하게 기술하고 있다. 이

549 목만중, 〈聞申進士聖淵*光洙關西之遊, 詩以追寄〉, 『餘窩先生文集』 卷之一, 『한국문집총간』 속 90, 7면, 西京樂府奏新聲, 遊子年年事遠征.

550 신광수, 〈竹社耆老會. 前夕, 歌姬皷琴, 客有朴生能歌, 席上有詩, 並此錄呈〉, 『石北集』 卷之四, 『한국문집총간』 231, 279면.

551 신광수, 〈敬呈竹社耆老宴詩〉, 『石北集』 卷之四, 『한국문집총간』 231, 279면.

를 포함하여 「죽사노인회시서」[552], 「헌사주서산김첨지서」[553] 등에서 매우 상세하게 이 모임의 성격과 구성원 등을 기술하고 있다.

그리고 최성대가 죽으면서 만년의 시초를 신광수에게 유탁[554]하였다고 했는데, 최성대의 상기를 마치면서 지은 시가 영조 50년(1774)에 편집된 것으로 보아, 최성대의 몰년을 영조 48년(1772)으로 추정할 수 있다.

---

552 신광수, 「竹社老人會詩序」, 『石北集』 卷之十五, 『한국문집총간』 231, 487면.

553 신광수, 「獻社主西山金僉知序」, 『石北集』 卷之十五, 『한국문집총간』 231, 488면.

554 신광수, 〈除夕杜機終祥, 眞中感賦〉, 『石北集』 권9, 『한국문집총간』 231, 388면, "옹께서 임종할 때에 만년의 시초를 나에게 유탁하였다.(翁臨終, 以晩年詩草, 遺托不佞)"

2. 위백규의 향촌 시가 활동

18세기에 전라도 장흥의 향촌에 기반을 두고 활동한 작가로 위백규(1727~1798)[555]를 주목할 수 있다. 어린 시절에 경보를 익힌 박세절에게 악곡을 배우고, 사강회 등을 통하여 학습과 실천을 아우르며, 김매기 노래인 〈농가〉 9장을 지어서 농사의 현장에서 부르는 일노래의 특성을 보이고, 〈자회가〉, 〈권학가〉 등의 가사 작품을 남기기도 하였다.

1) 악곡에 대한 관심

장흥에 기반을 둔 위백규는 열 살 무렵에 경보(京譜)를 익힌 박세절(1667?~?)에게 악곡을 배웠던 것으로 기록[556]하고 있는데, 중대엽과 평우조를 잘 불렀으며, 그 소리가 느긋하고 장중하여 듣는 사람의 심기가 편안하고 화창해졌다고 하였다. 그리고 고조의 〈영산회상〉도 잘했으며, 근조에 비하여 느리고 편안했다고 하였다.

이에 앞서 우리나라의 음악의 변천에 대해서도 체계적인 이해를 하고 있었다.

> 우리나라 세종께서 제정한 악률은 분명 지극히 좋고 아름다웠을 텐데, 지금은 볼 수가 없다. 전해 들은 것으로 상상하면, 〈여민락〉 같은 종류의 음악은 남아 있는 악보에 따라야 하지만, 〈보허자〉 같은 종류의 음악도 화

---

555 위백규에 대한 전반적인 내용은 김석회, 『존재위백규문학연구』(이회문화사, 1995) 참조.

556 위백규, 「格物說」, 『存齋集』 卷之十三, 『한국문집총간』 243, 274면, 余年十餘歲時, 有老人朴世節年七十餘, 爲人謹厚篤實, 少時學習京譜, 能唱中大葉平羽調, 其聲寬緩遲重, 聽者心夷氣暢. 每來過家君, 必命不肖聽之曰此是古調, 今人不喜, 此老死後, 此譜亡矣可惜. 余幼雖不識節族, 然聽之不知倦. … 世節又善古調靈山會上, 比近調甚遲緩安舒, 每五章爲一成, 而舞者一易綴*音拙舞位, 三成而舞止, 其中大葉緩鼓舞儀尤美云, 而余未及見也. 但靈山會上今亦有依倣爲之者, 比古調促急十之三, 然可因而復古似易矣.

평한 소리와 비슷했을 것이다. 임진왜란 이전 민간에는 비로소 '둥둥곡(登登曲)'이 * 음은 둥이다. 있었는데, 번거롭고 급하여 듣기에 어지럽고 시끄러웠다. 그 뒤 아악이나 속악도 점점 빨라져 옛 맛이 거의 사라졌다.

그렇지만 60년 전 민간의 속악은 그래도 심하게 듣기 싫거나 촉급하지는 않았다. 노래의 경우, 중대엽은 * 둥한닙. 옛날에 악시조(樂時調)인 만대엽(慢大葉)이 있었는데, 중대엽이 더 빠르다. 평조나 계면 종류여서 듣는 사람이 충분히 근심이나 화를 잊고 화평한 마음을 기를 수 있었으며, 춤추는 사람도 몸가짐이 느긋하고 화락하며 마음 상태가 편안하고 한가로웠다.

연주곡으로는 〈영산회상〉이 있는데, 소리만 있고 가사가 없으며, 그 소리가 끊이지 않고 이어지면서 편안하고 알맞아서 그 리듬에 맞추어 춤을 출 수 있었다. 이른바 '이별곡'이라는 곡이 만들어지기에 이르러 사람들이 점점 새로운 것을 좋아하고 옛것을 싫어하게 되었지만, 그래도 여전히 함께 유행하면서 번갈아 연주되었다. 근년 이래로 중대엽 이하는 마침내 전부 없어지고 옛 노인들도 다 죽었으며, 그 음악에 대해 말을 하는 사람도 없어져서 세속에서 쓰는 음악이라고는 '둥둥곡'보다 더 심한 곡들이다.

우리나라 중엽에 나무하고 꼴 베는 아이들이나 행상, 걸인 아이들에게 '수혼조(隨魂調)'가 있었는데, 장례를 치르며 죽음을 슬퍼하는 소리여서 슬프고 처량하여 듣는 사람은 마음이 흔들리고 눈물이 난다. 또 '국가(鞠歌)'가 있는데, 머리를 흔들면서 부채로 치며, 리듬이 빠르고 지나치게 음란해서 차마 똑바로 들을 수가 없는 노래이다. 지금은 온 나라가 위아래할 것 없이 불렀다 하면 이밖에 다른 노래가 없으며, 칭찬하는 것도 이 음악 외에는 없다. 그 소리에 따라 춤을 추는 사람은 취한 듯, 미친 듯하여 비록 축흠명(祝欽明)의 팔풍무(八風舞)라도 분명 이만큼 추하지는 않았을 것이다. 심지어 광대들의 걸조(乞調)는 * 속언에 덕담(德談)이라고 부른다. 말할 필요도 없다.

예전에 '영산조(靈山調)'가 있었는데 길게 끌면서 느릿느릿 춤을 추며, 소리가 맑아 들을 만했다. 무당들의 영신·송신에는 '해살조(解殺調)'가 있는데, 맑고 고운 소리로 길게 빼어 불러 또한 그런대로 들을 만했으며, 기녀들의 '5장 단창'과 오히려 닮은 데가 있었다. 하지만 지금은 하나같이 빠르고 정신이 없어 마치 천 개, 백 개의 몽둥이로 그릇 가게의 항아리를 때려 부수는 듯하고, 또 모두 수혼조로 마친다. 조금이나마 심성을 본분대로 지니고 있는 사람이라면 들을 수 없을 뿐만 아니라 결단코 차마 들어서도 안 되는 음악인데도 사람들은 모두 아름답고 좋다고 한다. 저 시골 사는 어리석은 백성들이야 오히려 책망할 것도 없지만, 관장들까지 덩달아 장려하면서 노래 채로 내는 돈을 아까워하지 않으니, 아아, 심하도다. 만일 옛날 민간 노래를 채집하던 사람이 보았다면 그것을 뭐라고 했을까.

요즘은 시부가 노래로 불리지는 않지만, 그 근본은 음악이 생기는 원천이다. 문체가 점차 변하여 수준이 낮아지면서 음악과 마찬가지로 비슷해져 가니, 누가 우리 성조를 위해 옛날로 회복하게 할 것인가. 바닷가에 사는 가난한 선비는 한밤중의 유감을 견딜 수가 없다.[557]

〈여민락〉과 〈보허자〉를 비롯한 아악이나 〈중대엽〉과 〈만대엽〉 등의

---

557 위백규, 「格物說」, 『存齋集』 卷之十三, 『한국문집총간』 243, 274면, 我國世宗定樂律, 其必盡善盡美, 而今不可見矣. 以所傳聞想像則與民樂之屬, 應其遺譜. 而步虛子之類, 亦彷彿和平之聲矣. 壬辰亂前, 民間始有登登*音등曲, 煩急亂聒. 其後雅俗樂漸以促急, 殆無古意. 然六十年前民間俗樂, 猶不甚煩促, 歌唱則中大葉*듕한닙古有樂時調慢大葉而中大葉已促矣, 平調界面之類. 聽者足以忘憂憒養和適, 舞者亦容止舒暢, 意態安閒. 鼓節則有靈山會上者, 有聲無辭, 而其聲曳曳平適, 可以節舞, 及其所謂離別曲者作, 而人漸悅新而厭古, 然猶並行而迭奏. 近年以來, 中大葉以下遂以全亡, 古老盡歿, 談者亦無, 世俗所用, 是登登曲之尤甚者也. 中年樵童牧竪行商乞兒, 有隨魂調, 爲送葬哀死之聲, 悲凉悽酸, 聽者感涕. 又有鞠歌, 搖頭擊扇, 促節淫細, 不忍正聽者. 今則擧一國上下, 開口則此外無他歌, 稱賞者此外無他音, 依其聲而舞者, 如醉如狂. 雖祝氏八風, 應不若是之醜也. 甚至於呈才人之乞調*諺稱德談. 舊有靈山調, 長引緩舞, 其聲淸適堪聽, 巫女之迎送神, 有解殺調, 淸婉永唱, 亦粗可聞, 妓女之五章短唱, 猶有肖似. 今則一並急數煩促, 如千梃百杖, 亂碎陶肆甕盎. 又皆以隨魂調終之, 粗有一分心性本分者, 非惟不堪聽, 斷是不忍聽. 然人皆嬂嬂稱善, 彼閭巷愚氓, 猶不足責, 而官長皆從而奬之. 不惜金錢於纏頭, 噫嘻甚矣. 若使古之採風謠者觀之, 其將謂之何哉. 今之詩賦, 雖不被之聲歌, 然其本, 樂之所由生也. 盖文體之漸變而汚, 與樂一切相符. 嗚呼, 誰爲我聖朝而返之古哉. 海濱窮措大不勝中夜之感云.

노래의 변천 과정을 서술한 뒤에, 수혼조, 국가, 해살조, 5장 단창 등의 성격을 기술하고 있다. 느린 음악에서 빠른 음악으로 바뀌고 새로운 것을 좋아하고 옛것을 싫어하는 경향을 지적하고 있는데, 이것이 일반적인 현상인지 지역적인 현상인지에 대한 검토가 병행되어야 할 것이다. 그리고 시부가 노래의 원천인데, 그런 역할이 제대로 이루어지지 않고 있는 현상에 대해 안타까움을 드러내기도 한다.

2) 사강회 활동과 생활 문화

위백규의 향촌 시가 향유에서 주목할 수 있는 것이 사강회(社講會) 활동이다. 지역적으로 편중된 데다 대대로 벼슬마저 끊어진 집안에서 사강회는 집안을 중심으로 한 향약이라고 할 수 있는 것으로, 우선 위백규가 마련한 「사강회 서문」을 보도록 한다. 선조의 뜻을 받들어 농사에 힘쓰고 형제들과 화목하게 지낼 방법을 마련하는 방안으로 규약과 계획을 마련한 것이라고 설명하였다.

> 아, 우리 5대조 안항공(顔巷公)은 후손에게 유계 6개 조항을 남겼는데, 2개 조항이 바로 농상에 힘쓸 것, 형제들과 화목하게 지낼 것이다. 백고조 청금옹(聽禽翁)은 선조의 뜻을 잘 계승하여 집안의 재산을 합해서 규약과 계획을 대강 만들었는데 갑자기 세상을 떠났다. 숙고조 반계공(磻溪公) 또한 가훈을 계승하여, 낮에는 밭을 갈고 밤에는 글을 읽을 것, 어버이를 섬기고 어른을 공경할 것으로써 후손에게 훈계를 남겼다. 이것이야말로 농사에 힘쓰고 화목을 익히는 일이 우리 집안 대대로 전해지는 가학임을 안 것이다.
>
> 또 우리 집안은 하늘 끝 남쪽 궁벽한 바닷가 모퉁이에서 살았기에 벼슬이 오랫동안 끊어지고 문호가 한산하여 막막하게 물고기나 게처럼 살고 있으니 진실로 슬퍼하고 애통할 만하다. 또 다행스럽게 6대(代)의 친족들이 무려 50여 명이나 한마을에 단란하게 모여 소목(昭穆)의 차례를 갖추고, 선영을

지키고 살면서 매일 아침저녁으로 서로 지켜 주고 봄가을이면 즐겁게 노닐었다. 형제는 남이 아니니 어찌 슬픔 중에 즐거울 만한 일이 아니겠는가.

또 다행스러운 것은 산수의 경치 좋은 곳에 살고 있어서 무릇 봄과 가을의 좋은 시절이면 늙은이나 젊은이, 어른이나 애들이 빼어난 경치를 찾아가서 표주박 잔을 들고 서로 권하니 또 어찌 기뻐하고 즐거울 만하여, 앞서 말한 슬픔과 애통함을 곧 잊지 않겠는가. 이 때문에 청금옹은 일찍이 자제 5, 6인과 성(姓)은 다르지만 뜻을 같이하는 몇 사람, 그리고 양인 집안에 지식 있는 몇 사람과 함께 화전놀이를 약속하였으니, 이는 진실로 즐거울 만한 흥취를 얻은 것이라 하겠다.

나는 시골 생활에 여가가 많아 멀리 유풍을 그리워하며 선조들의 뜻을 잇고자 생각하였다. 그런데 족형 백휘씨(伯暉氏)와 족제 일여(一汝), 여흠(汝欽) 등 열 몇 사람이 약속하지도 않았는데 뜻이 합하여 마침내 공동으로 농사를 짓고 서례(書禮)를 아울러 익히면서 초하루와 보름에 모임을 열어 퇴계와 율곡의 향약 규약을 대략 모방하고, 또 약간의 곡식을 모아 이자를 불려, 강회를 할 때 술과 안주 비용으로 삼았다.

강회를 시행한 지 3년이 되자 거의 효과를 이룰 수 있었는데 무더운 날씨에 더위를 먹거나 혹 도연명처럼 파리하게 야위는 것을 견디지 못하였다. 세상 사람들이 낯설게 보고 또 눈과 해의 이상한 조짐도 없지 않았기에 어쩔 수 없이 중간에 그만두게 되었다. 하지만 처음 뜻은 그대로 간직하고 있었으니, 그 즐거움은 막기 어려웠다. 마침내 간략하게 축소하여 대략 일 년에 두 번 모임을 갖기로 결정하고 존양(存羊)의 뜻을 부쳤다. 이에 자신의 몸가짐을 단속하고[飭躬], 친족과 화목하게 지내며[睦族], 어른을 공경하고[敬長], 집안을 가지런히 하고[齊家], 자식을 잘 가르치고[訓子姪], 경조사를 챙기는[慶吊] 등 몇 가지 조항으로 규약을 만들고 이를 강론하여 가르쳤다.

또 봄과 가을 한가한 날이면 멀리 난정회(蘭亭會)의 옛일을 본받아 선조 청금옹의 좋은 모임을 이으니, 비록 완전한 모습을 갖추었던 처음 모임만 같지는 않더라도 오히려 이것을 아우르느라 아무것도 하지 않는 것보다는 나을 것이다. 소옹이 심의를 입지 않았던 은미한 뜻을 내 모르는 것은 아니지만 내가 좋아하는 것을 따를 뿐이니 어찌하겠는가.

어떤 이가 "어째서 사람들과 함께 술지게미를 먹고 탁주를 마시지 않는가?"라고 말한다면, 나는 웃으며 "아니다, 아니다. 나는 본래 홀로 깨어 있는 사람이 아니다. 여러 사람들이 다 취해 있는데 그중에 또 더 많이 취한 사람이 있다면, 이는 어차피 똑같이 취한 것 아니냐며 비웃지 않겠는가. 그렇지만 나는 취해 있어도 즐겁고, 술이 깨어 있어도 역시 즐겁다."라고 말할 것이다. 이 글로 성우당(醒愚堂)에게 질정해 본다.[558]

이어서 규약[559]을 마련하였는데, 「강회명첩서(講會名帖序)」, 「사약강령(社約綱領)」, 「완의(完議)」, 「부조식(賻助式)」, 「부벌식(付罰式)」, 「사회윤독호학초선(社會輪讀小學抄選)」, 「회규(會規)」, 「강규(講規)」, 「농규(農規)」로 구성되어 있다. 사강회가 일반 향약의 규례를 따르고 있는데 이중

558 위백규, 「社講會序」, 『存齋集』 卷之二十一, 『한국문집총간』 243, 448면, 嗚呼, 我五代祖顔巷公遺誡六條, 其二卽務農桑和兄弟也. 伯高祖聽禽翁克述先志, 將爲合産, 規畫粗成. 而遽爾下世, 叔高祖磻溪公又襲庭訓, 以晝耕夜讀, 事親敬長, 遺戒後孫, 是知耕農講睦, 是吾家世傳之學也. 且生於極天之南窮海之陬, 簪纓久絶, 門戶散寒, 其蒼蒼然魚生蟹息者, 誠可悲也可哀也. 又幸而六代之親, 無慮半百, 團居一閭, 敍昭穆守墓祧, 每朝暮守望, 春秋嬉遨, 兄弟非他, 則豈非可悲中可喜也哉. 又復幸而居有山水之勝, 凡春秋佳節, 若老若少, 兼冠與童, 趁景選勝, 擧匏樽而相屬, 又豈非可喜可樂而便忘嚮所謂悲與哀者哉. 是以聽禽翁盖嘗與子弟五六人及異姓同志數人暨良家有知識數人, 約爲煎花之遊, 是實有得乎可樂之趣也. 余林居多暇, 遠溯遺風, 思欲紹述, 而宗兄伯暉氏族弟一汝汝欽十數人, 不約而意合, 乃共與耕耘, 兼講書禮, 朔望設會, 略倣退栗鄕約之規, 又聚殖若干穀, 以爲講會盃酒之費. 行之三年, 庶有成效, 衝冒瘴暑, 或不堪淵明之羸疾, 有駭俗眼, 亦不無雪日之見怪, 不得已中輟, 而夙志有在, 其樂難沮, 遂略而小之. 定以一歲率再會, 以寓存羊之義. 乃以飭躬睦族, 敬長齊家, 訓子侄慶吊數條, 爲約而講勅之. 又於春秋暇日, 遠效蘭亭故事, 以續聽禽勝會. 雖不如初約之全備, 猶勝並此而不爲也. 邵堯夫不服深衣之微意, 我非不知, 而其無奈從吾所好何. 或者曰何不餔其糟而歠其釃. 余笑曰否否, 吾本非獨醒者, 無乃與衆醉而又復有大醉者, 以百步笑耶. 雖然吾醉亦樂醒亦樂, 請以此質于醒愚堂云爾.

559 위백규, 「社講規」, 『存齋集』 卷之十八, 『한국문집총간』 243, 398면.

에서 가장 중요하게 살필 내용은 강회의 규정인「강규」와 농사의 규정인「농규」이다.

「강규」

매월 초하루와 보름 * 1월과 8월에는 강회를 열지 않는다. 에 강회를 연다. 아침 식사를 하고 나서 강회에 나아가 절하고 앉기를 모두 의식에 맞게 한다. 30세 이하는 각기 정해진 책을 가지고 평상시의 의식대로 나아가 강한다. * 모두 외운다. 동자들은 모두『소학』과『격몽요결』을 강하고, 그다음에 세계를 외운다. * 8세 이하는 각기 정해진 책을 강하고, 그다음에 육갑을 외운다. 강을 마치면 강원 모두가『가례』와『상례비요』의 의심나거나 모르는 곳을 질문한다. 마치고 나면 술을 한 잔 올린다. 술을 마실 줄 아는 자는 석 잔까지 허락한다. 끝났다고 아뢰면, 30세 이하가 일어나 두 번 절하는데, 부약장 이상은 앉아서 소리내어 인사에 응해 주고, 부약장 이하 자리에 앉아 있는 사람들은 모두 두 번 답배한다. 동자들은 의식에 맞게 절을 드린다. 이날은 좌중에 연로(煙爐)를 놓지 않는다. 같은 계원이 아닌데도 와서 보는 자는 서로 절하지 않고 자리를 정하여 앉을 때도 따로 앉아서 이미 정해진 자리를 어지럽히지 않는다.

강안에 각각 통부 여부 및 책명을 기록하고 모두 그 아래에 스스로 권점하는데, 만약 규약을 범하는 경우 스스로 자수하여 검은색으로 권점하게 한다. 6월 보름 및 12월에 그 권점을 상고하여 검은색의 권점이 3개 이상인 사람은 벌을 주되 하벌을 적용한다.[560]

---

560 위의 책,「講規」, 每月朔望*正月八月不設設講. 早食赴會, 拜坐皆如儀, 年三十以下, 各以所課冊子, 進講如常儀*皆誦, 童子皆講小學及擊蒙要訣, 次誦世系*八歲以下講所課冊次誦六甲. 講訖, 講員皆難問家禮喪禮備要疑晦處訖. 酒一獻, 能飮者許三盃. 告罷, 年三十以下起再拜, 副約長以上坐而唱喏, 以下在座者皆答再拜, 童子納拜如儀. 是日座上無煙爐, 凡非同約而來觀者, 不及於相拜, 坐定時則別坐, 不得亂已定之座. 講案各記通否及冊名, 皆自圈其下. 而有犯約者, 令自首墨圈, 六月望及十二月考其圈, 三墨以上施罰, 用下罰.

「농규」

나이의 많고 적음을 막론하고 김맬 힘이 있는 자는 스스로 김매고, 감당할 수 없는 자도 동복을 신칙하여 거름 주고 북을 돋는 일을 도와 준비한다. 여름에는 매번 아침을 먹고 나서 각자 도롱이와 삿갓, 호미와 낫, 그리고 읽어야 할 책과 붓통을 갖추어 일직(日直)의 밭에 모인다. 사시가 되면 김매기를 멈추고 시원한 나무 아래서 쉬는데, 어떤 이는 책을 읽고 어떤 이는 글씨 연습을 하며 어떤 이는 신발을 짜되, 게으르게 낮잠을 자서는 안 된다. 미시가 되면 다시 김매러 간다. 비가 오는 날에는 강당에 모인다. 매번 겨울이 되면 돗자리 짜는 일을 겸한다. 자제 가운데 과거 공부에 전념하는 때에는 이 조례에 해당하지 않고, 농사지으면서 과거 공부를 겸하고자 하는 때에도 허락해 준다. 치산을 잘하여 성과가 있는 경우에는 사약에서 상을 주고, 일을 게을리한 때에는 검은색으로 권점하는 것과 같은 벌을 준다.[561]

3) 김매기 노래로서 〈농가〉의 특성

위백규가 9장으로 된 〈농가〉를 지었는데, 「농규」에서 규정한 바와 같이 일을 하는 과정과 서로 대응된다고 할 수 있다.

서산의 도들볏 셔고 굴음은 느제로 낸다
비 뒷 무근 풀이 뉘 밧시 짓턴든고
두어라 ᄎᆞ례지운 일이니 ᄆᆡᄂᆞᆫ대로 ᄆᆡ오리라

도롱이예 홈의 걸고 뿔 곱은 검은 쇼 몰고
고동풀 ᄯᅳᆺ머기며 깃믈ᄀᆞᆺ ᄂᆞ려갈 제

561 위의 책, 「農規」, 無論年之老少, 力可耘田者自耘, 不堪者亦申飭僮僕, 助備糞壅. 每夏日早食, 各具簑笠鋤鎌及所講冊子筆帒, 會于日直田, 巳時輟耘, 憩于涼樹下, 或讀或做或織屨, 毋得懶睡. 未時赴耘, 遇雨日會講堂. 每冬月兼織席, 凡子弟專治科業者, 不在此例. 欲兼治者聽, 能治產有成效者, 約中有褒, 惰者與墨圈同罰.

어듸셔 픔진 벗님 ᄒᆞᆷ씌 가쟈 ᄒᆞᄂᆞᆫ고

둘러내쟈 둘러내쟈 길츤골 들러내쟈
바라기 역괴를 골골마다 둘너내쟈
쉬 짓튼 긴 ᄉᆞ래ᄂᆞᆫ 마조 잡아 둘러내쟈

ᄯᆞᆷ은 든ᄂᆞᆫ대로 듯고 볏슨 쬘대로 쬔다
청풍의 옷깃 열고 긴 파람 흘리불제
어듸셔 길가ᄂᆞᆫ 손님 아ᄂᆞᆫᄃᆞ시 머무ᄂᆞᆫ고

힝긔예 보리뫼오 사발의 콩닙ᄎᆡ라
내 밥 만ᄒᆞᆯ세요 네 반찬 적글세라
먹은 뒷 ᄒᆞᆫ숨ᄌᆞᆷ 경이야 네오 내오 달ᄋᆞᆯ소냐

돌아가쟈 돌아가쟈 ᄒᆡ지거다 돌아가쟈
계변의 발을 싯고 홈의 메고 돌아올 제
어디셔 우배초적이 ᄒᆞᆷ씌 가쟈 ᄇᆡ아ᄂᆞᆫ고

면화ᄂᆞᆫ 세 ᄃᆞ래 네 ᄃᆞ래요 일은 벼ᄂᆞᆫ ᄑᆡᄂᆞᆫ 모개 곱ᄂᆞᆫ 모개
오뉴월 어제런ᄃᆞᆺ 칠월이 ᄇᆞᄅᆞᆷ이다
아마도 하ᄂᆞ님 너ᄒᆡ 삼길 제 날 위ᄒᆞ여 삼기샷다

아ᄒᆡᄂᆞᆫ 낫기질 가고 집사ᄅᆞᆷ은 저리ᄎᆡ 친다
새 밥 닉을 ᄣᆡ예 새 술을 걸릴세라
아마도 밥 들이고 잔 자블 ᄣᆡ예 호흥계워 ᄒᆞ노라

취ᄒᆞᄂᆞ니 늘그니요 웃ᄂᆞ니 아희로다

흐튼 슌빅 흐린 술을 고개 수겨 권훌 째예
뉘라셔 흙장고 긴노래로 ᄎᆞ례춤을 미루ᄂᆞᆫ고[562]

첫째 수의 "미ᄂᆞᆫ대로"에서 확인할 수 있는 바와 같이 김매기의 일을 중심으로 노래를 부르고 있다. 둘째 수의 "도롱이예 홈의 걸고"는 「농규」의 "도롱이와 삿갓, 호미와 낫"에 대응한다. 그리고 셋째 수의 "둘러내쟈 둘러내쟈"는 일노래의 구성적 특성을 그대로 보여주는 것이다. 이렇듯 〈농가〉는 「농규」에서 규정한 일직전(日直田)에서의 공동 농사 과정을 노래로 형상화한 것으로 볼 수 있다. 넷째 수에서 땀을 흘리며 일하는 모습, 다섯째 수에서 보리밥과 콩잎으로 점심을 먹는 일 등도 공동 농사의 현장을 묘사한 것이다. 여섯째 수의 "돌아가쟈 돌아가쟈"는 해질녘 일을 마치고 집으로 돌아가는 내용이다. 그리고 일곱째 수에서 오뉴월에서 칠월로 바뀌면서 면화와 팬 벼를 말하고 있고, 여덟째 수에서 농사 이외의 일로 아이들의 "낫기질"과 아내의 "저리치"와 함께 술까지 말하고 있다. 아홉째 수에서 술을 마신 뒤에 "흙장고 긴 노래로 ᄎᆞ례춤"까의 여홍이나 강신(講信)의 즐거움을 기술하고 있다.

결국 〈농가〉는 첫째 수에서 여섯째 수까지 「농규」의 규정에 대응하는 김매기의 일과를 기술한 뒤에, 일곱째 수에서 아홉째 수까지 농사 과정의 다른 일정까지 기술하는 것으로 구성되었다고 할 수 있다.

---

562 『사강회문서첩본』, 김석회, 「〈농가〉의 본문비평」, 『한국고전시가작품론』(집문당, 1992), 559~568면.

3. 이유의 〈자규삼첩〉과 금가 풍류

1) 〈자규삼첩〉과 단종 추상 복위

『청구영언』(장서각본)과 『해동가요』(박씨본) 등에 이유(李渘, 1675~1753)의 가곡 〈자규삼첩〉이 수록되어 있다. 『청구영언』(장서각본)에는 이유의 작품이 〈운길산하노인가〉 바로 앞에 수록되고 있어서 가집 편찬의 하한선이라고 할 수 있는데, 호가 소악루(小岳樓)이고, 숙종 대에 음관으로 옥과 현감을 지냈다고 적고 있다.

〈자규삼첩〉은 단종이 영월로 귀양 가서 애절한 마음을 읊은 〈자규사〉를 생각하면서 스스로 왕족이라고 밝힌 이유가 영조 7년(1731) 무렵에 장릉참봉[563]으로 청령포에 가서 지은 것으로 볼 수 있다. 작품 후서가 있다.

> 자규야 우지말아 울어도 쇽절업다
> 울거든 너만우지 날은 어이 울리는다
> 암아도 네술의 들을 제면 가슴알파 ᄒᆞ노라 『해동』(박씨본) 219
>
> 에엿분 네님금을 ᄉᆡᆼ각ᄒᆞ고 졀로운이
> 하늘이 식엿거든 네어이 울렷시리
> 날업슨 상천설월에는 눌로ᄒᆞ여 운이던다 『해동』(박씨본) 220
>
> 불여귀 불여귀ᄒᆞᆫ이 돌아갈만 못ᄒᆞ거든
> 에엿분 우리님금 므스일로 못가신고
> 지금히 매죽루 달빗치 어제론 듯 ᄒᆞ여라 『해동』(박씨본) 221

563 『승정원일기』 719책(탈초본 39책) 영조 7년 3월 25일(무자), 지난번에 새로 제수된 장릉참봉 이유(李渘)의 '유(渘)' 자를 '유(楺)' 자로 잘못 써서 들였으니 황공한 마음을 금할 수가 없습니다. 원래의 단자에 고쳐 부표하여 들입니다. 감히 아룁니다.

옛날이 우리 단종대왕께서 영월의 매죽루에 계실 때에 〈자규사〉를 지었는데, 비록 여항의 부녀자나 아이들도 들으면 눈물을 덜지 않는 사람이 없었다. 하물며 소신은 또한 왕손으로서 외람되이 침묘를 지키게 되었으니, 울면서 청령포에 들러서 또 이곳에서 자규 소리를 듣게 됨에랴? 마침내 노래를 지어서 슬퍼하면서 〈자규삼첩〉이라 이름한다.[564]

그리고 이어서 〈자규사〉와 관련해서 전해지는 작품들도 수록하고 있다. 단종의 〈자규사〉, 이옥봉의 〈영월도중〉, 정창해의 〈육신사〉이다.

두견이 울고 산 달이 낮을 때에	蜀魄啾山月低
누각 머리에 기대어 생각 못 잊네.	相思憶倚樓頭
네가 괴로이 우니 내가 슬프게 듣는구나,	爾聲苦我聞哀
네 소리가 아니라면 내 근심도 없을 것을.	非爾聲無我愁
세상의 이별하는 사람에게 부치나니,	寄語人間離別客
두견이 울고 산 달 비치는 춘삼월의 누각엘랑 오르지 마소.	愼莫登春三月子規啼山月樓
	端宗

닷새를 길이 닫은 사흘의 월주	五日長關三日越
슬픈 노래 소리가 노릉의 구름을 끊네.	哀辭吟斷魯陵雲
첩의 몸도 왕손의 딸인지라,	妾身亦是王孫女
이곳의 두견이 울음을 차마 듣지 못하겠네.	此地鵑聲不忍聞
	李媛[玉峰]

564 『해동가요』(박씨본), 86면, 昔我端宗大王, 在寧越梅竹樓, 作子規詞. 雖閭巷婦幼, 聞來莫不損淚. 矧且小臣, 亦是王孫, 叨守寢廟, 泣過淸泠浦, 又聞子規於此地者乎. 遂作歌而哀之, 名之曰子規三疊.

곁사람아 자규사를 노래하지 말라 傍人莫唱子規詞
당시의 이 노래가 슬픔을 다하지 못했네. 此曲當年不盡悲
오직 육신이 있어 긴 밤 눈물 흘리니 惟有六臣長夜淚
노릉의 송백에 뿌려서 가지가 없네. 魯陵松柏灑無枝
鄭昌海

숙종 24년(1698) 11월에 노산군의 시호를 단종이라 하고, 능호를 장릉(莊陵)[565]이라 하여 단종이 죽은 지 240여 년이 지나 제자리를 찾게 되었고, 정조 15년(1791) 2월에는 장릉에 배식단[566]을 세우고 추향할 사람을 정하였다.

이유는 선조의 아들 신성군 이후(李珝, 1579~1592)의 9대손이고, 준도의 5대손, 명운의 증손자이며 희안(希顔)[567]의 아들로 소개되고 있다. 자가 중구(仲久)이며, 양천에 작은 누각을 짓고 소악루(小岳樓)라 하고 이를 호로 삼았다. 영조 7년(1731)에 장릉참봉[568]이 되었는데 이때 영월에 가서 〈자규삼첩〉을 지은 것으로 보인다. 그리고 이어서 영조 8년 선공감 부봉사[569], 봉옥보관 봉사[570], 영조 9년에 상서원 부직장[571], 영조 10년에 상서원 직장[572] 등을 맡았으며, 영조 10년 갑인(1734) 2월 9일(을묘) 희정당에서 친정을 행하는 자리에서, 상이 이르기를, "이유는 누구인가?" 하니, 유엄이 아뢰기를, "진사로 강가에 거주합니다."라고 한 기록[573]이 있다. 이어서

565 『숙종실록』 32권, 숙종 24년 11월 6일(정축), 『국역 숙종실록』 17, 62~63면.
566 『정조실록』 32권, 정조 15년 2월 21일(병인).
567 『승정원일기』에서 종실 이희안이 양성감(1637), 두릉도정(1641) 등을 역임한 기록이 있으나 같은 인물인지는 자세하지 않다.
568 『승정원일기』, 영조 7년(1731) 3월 25일(무자).
569 『승정원일기』, 영조 8년(1732) 윤5월 18일(계묘), 이때 김시민이 선공감 가감역이었다.
570 『승정원일기』, 영조 8년(1732) 8월 12일(병인).
571 『승정원일기』, 영조 9년(1733) 8월 19일(정묘).
572 『승정원일기』, 영조 10년(1734) 2월 9일(을묘).
573 위와 같은 곳.

빙고 벽제[574]와 장흥고 주부[575], 감찰[576], 영조 11년 6월에 동복현감[577]에 제수되어 7월에 하직하였고, 영조 14년에 신환상(新還上)의 문제[578]가 제기되기도 하였고, 영조 19년 2월에는 압량위천의 문제로 평안도 순안현으로 원배[579]되기도 하였으나, 3월에는 풀어주도록 하였다.[580]

2) 이유와 김시민의 양행풍류

18세기 시가사에서 김시민(1681~1747)이 매우 중요한 역할을 맡았음을 여러 사례에서 확인할 수 있는데, 이유와의 교유도 그 한 사례에 해당한다. 행호의 귀래정을 마음을 두고 자주 드나들었던 김시민이 소악루를 짓고 양천에서 지낸 이유와 많은 시를 주고받은 것으로 확인된다. 영조 8년(1732) 윤5월 18일 이유가 선공감 정9품의 부봉사가 되었을 때, 김시민은 임시직 종9품의 선공감 가감역이었고, 영조 10년(1734)에 김시민이 종5품의 사직서 영을 맡았을 때, 이유는 정6품의 감찰을 맡았다. 두 사람의 시적 교류와 뱃놀이 등을 묶어서 양행(楊杏)풍류라 부를 수 있을 것이다.

그중에서 영월시, 〈월주가〉 등을 자주 말하는데 〈월주가〉가 〈자규삼첩〉을 지칭하는 것으로 볼 수 있다. 월주는 영월의 다른 이름이다. 김시민은 이유를 동료라고 생각하고 짓기도 하고, 직숙하면서 시를 주고받기도 하였다.

그대가 파릉[양천]의 강물 가에 있었는데　　君在巴陵江水湄

---

574 『승정원일기』, 영조 10년 (1734) 2월 10일(병진).

575 『승정원일기』, 영조 10년(1734) 2월 21일(정묘).

576 『승정원일기』, 영조 10년(1734) 9월 2일(갑술), 이때 김시민이 사직령 서를 맡았다.

577 『승정원일기』, 영조 11년(1735) 6월 13일(신사), 영조 12년(1746)에 동복현의 객관을 중건하였다.

578 『승정원일기』, 영조 14년(1738) 6월 4일(을유).

579 『승정원일기』, 영조 19년(1743) 2월 5일(기축).

580 『승정원일기』, 영조 19년(1743) 3월 1일(을묘).

납작 배로 한 번 약속한 뒤에 십 년이 늦어지네.　　扁舟一約十年遲
서로 만나면 당귀주를 권하는데　　相逢爲勸當歸酒
오랜 이별에 영월의 시를 많이 듣네.　　久別多聞寧越詩
흰 눈이 정수리에 덮여서 이미 늙었음을 보는데　　白雪被顚看已老
푸른 놀이 배에 가득하여 토하는 것이 기이하네.　　青霞滿腹吐來奇
비를 띤 아름다운 편지가 창 앞에 떨어지니　　瓊牋帶雨窓前墜
참으로 화분의 꽃이 처음 필 때이네.　　政是盆花初拆時[581]

그대의 시는 〈월주가〉가 호탕한데　　君詩浩蕩越州歌
동협의 산천을 유람하고 지나네.　　東峽山川領略過
학창의 중에 호걸의 기운이니　　鶴氅衣中豪傑氣
오사모 아래에는 대방가이네.　　烏紗帽下大方家
성곽의 나그네 시름에 가을 소리가 이르고　　客愁城郭秋聲早
원림에서 흥을 읊으니 비가 내릴 기색이 많네.　　吟興園林雨色多
사흘 직려에 백 축을 이루니　　三日直廬成百軸
돌아갈 마음은 길이 백구의 물결에 있네.　　歸心長在白鷗波[582]

오래도록 직숙하면서 지은 시[久直]에 이어서 두 번째 지은 시에서 이유가 술과 물고기를 가지고 왔다고 하였다.

함께 조금 취하여 가는 것을 짓는데　　共作微醺去
서로 잊음은 살쩍에 바람이 부는 것 같네.　　相忘鬢颯如
거문고는 달빛을 맞으며 타면 좋고　　琴宜迎月弄
시는 아침을 기다려 쓰고 싶네.　　詩欲待朝書

581 김시민, 〈次僚友李仲久*渘寄示韻〉, 『東圃集』 卷之五, 『한국문집총간』 속 62, 415면.
582 김시민, 〈李仲久在直, 寄詩索和. 强副〉, 『東圃集』 卷之五, 『한국문집총간』 속 62, 415면.

운기는 누런 국화에 통하고 韻氣通黃菊
풍정은 백어에 보이네. 風情見白魚
그대가 강해의 즐거움이 있음을 아는데 知君江海樂
아마 공려에서 직숙하는 것을 싫어하리. 應厭直公廬[583]

그리고 〈이중구가 양천의 강가에서 술을 가지고 직각을 방문하였는데, 지극히 풍치가 있어서 그의 설마시에 차운하다〉에서는 본뜻이 늘 호수와 바다에서 노는 것인데 공무에 얽매여 고기 낚는 배를 바라보고 있다고 하였다.

본뜻이 늘 호수와 바다에 노는 데에 있는데 素志常存湖海遊
오사를 갖추고 슬프게 고기 낚는 배를 바라보네. 烏紗悵望釣魚舟
남은 생에 우연히 작은 봉록에 젖고 殘齡偶爾霑微祿
게으른 자취는 태연하게 속류에 섞이네. 倦跡居然混俗流
봄이 가까워지니 구름과 놀이 북악에서 생기고 春近雲霞生北嶽
밤이 깊으니 별과 은하수가 서쪽 누대로 드네. 夜深星漢入西樓
그대를 만나 시름과 고요를 여니 단박에 기쁘고 逢君頓喜開愁寂
촛불을 자르고 술을 따르며 일부러 머무네. 剪燭斟壺故故留[584]

이유는 영조 9년(1733)에 김시민과 뱃놀이를 약속하면서 그들이 누리는 풍류를 이어가고자 하였다. 김시민의 〈이중구가 와서 그의 시를 외우면서 이어서 뱃놀이를 요청하기에 내가 기뻐서 약속하고, 바로 그 운을 밟다〉와 같은 작품에서 구체적 내용을 읽을 수 있다. 왕희지가 난정회를 가졌던 영화 9년(353)이 계축년임을 환기하면서 그 모임을 잇는 속회(續

---

583 김시민, 〈再疊. 李仲久携酒魚來宿〉, 『東圃集』 卷之五, 『한국문집총간』 속 62, 415면.
584 김시민, 〈李仲久自楊江携酒來訪直閣, 極有風致, 次其雪馬詩韻〉, 『東圃集』 卷之五, 『한국문집총간』 속 62, 416면.

會)로 인식한 것이다.

난정을 잇는 모임은 말마다 새로운데	蘭亭續會語新新
올해 계축년이 늦봄에 맞네.	癸丑今年值暮春
나를 따르는 것은 필통과 술통인데	隨我筆筒兼酒榼
그대를 기다리는 곳은 바위 꼭대기나 시내 물가이네.	待君巖頂或溪濱
풍류는 잠깐 잔을 물에 띄우는 나그네에게 두고	風流且置流觴客
기상은 마땅히 비파 놓은 사람을 생각하네.	氣象須思捨瑟人
자식의 병과 아내의 근심을 모두 알지 못하고	子病妻憂都不識
흰머리로 오로지 좋은 날에 취하고자 하네.	白頭惟欲醉芳辰[585]

한편 필운대에서 상화(賞花)할 때에 이유가 거문고를 들고 참석하였다. 김시민이 필운대에서 꽃놀이를 한 것은 여러 차례[586] 확인되는데 그 중 하나가 이유가 참석한 꽃놀이이다.

거문고에 희음이 있어서 노래를 들을 줄 알고	琴有希音識曲聞
읊조리는 붓을 종이에 대면 안개 낀 구름이 우거지네.	吟毫落紙藹煙雲
바람을 머금은 옷깃은 버들 아래의 혜중산이고	風襟柳下嵇中散
시절은 난정의 왕우군이네.	時節蘭亭王右軍
꽃은 지난해와 견주어 한 배가 더 좋은데	花較去年加一倍
술은 많은 병으로 인해 삼분의 일로 줄었네.	酒因多病減三分
봄놀이에 머리 주변의 눈을 막지 마시라	春遊莫禁頭邊雪

585 김시민, 〈李仲久來誦其詩, 仍要舟遊, 余喜而約日, 卽步其韻〉, 『東圃集』 卷之五, 『한국문집총간』 속 62, 418면.

586 김시민, 〈弼雲臺賞花會. 申士晦*光夏亦至〉, 『東圃集』 卷之四, 『한국문집총간』 속 62, 408면, 〈淸明日入直〉, 『東圃集』 卷之五, 『한국문집총간』 속 62, 420면, 差過數宵騎馬出 弼雲臺上賞春還, 〈弼雲賞花會, 次槎川寄來韻〉, 『東圃集』 卷之六, 『한국문집총간』 속 62, 437면.

다만 아침 해와 저녁 햇살이 다하도록 기뻐하려네. 只欲爲驩窮旭曛[587]

위에서 확인한 바와 같이 이유는 김시민과 같은 선공감을 비롯한 여러 관청에서 같이 근무하면서 벗으로서의 우의를 다졌고, 양화에 근거를 둔 이유와 행호의 본향을 그리워하는 김시민과 뱃놀이를 하고 난정회의 뜻을 잇고, 필운대 등에서 꽃구경을 하면서 양행풍류를 이어갔던 것으로 확인할 수 있다.

3) 이유의 찾아가는 금가 풍류

이유는 여러 곳을 다닐 때마다 거문고를 들고 다닌 것으로 확인된다. 심상정, 김치후, 이광덕 등의 시에서 이유의 금가 풍류를 확인할 수 있다. 이유의 금가 풍류는 직접 거문고를 들고 다니면서 풍류를 즐긴 것을 가리키는데, 찾아가는 풍류라고 할 수 있다.

숙종 44년(1918) 윤팔월에 심상정(1680~1721)이 자모산성에 갔을 때에 갑자기 이유가 거문고를 들고 심상정을 찾아가서 달빛을 타고 장대에 올라서 5언 율시를 지었고, 심상정이 차운하였다고 했는데 그 시는 다음과 같다. 이 무렵 이유는 44세로 추정된다.

촛불을 잡음이 참으로 기이한 일인데 秉燭眞奇事
거문고를 지님을 어찌 평소에 기대하랴? 携琴豈素期
재주는 모름지기 이름 아래에서 찾고 才須名下覓
얼굴은 어두움 속에서 의심하지 않네. 面不暗中疑
짧은 피리가 가을에 더욱 상쾌하고 短笛秋逾快
높은 누대는 밤에 더욱 위태하네. 高樓夜更危

---

587 김시민, 〈弼雲臺, 李仲久携琴, 用昨年賞花韻〉, 『東圃集』 卷之五, 『한국문집총간』 속 62, 418면.

백 년간 서검의 뜻이　　百年書劍意
바다 서쪽 물가에서 쓸쓸히 떨어지네.　　寥落海西涯[588]

그리고 김치후가 경종 3년(1723)에 고산에 옮겨서 지낼 때 이유가 거문고와 술을 가지고 와서 〈영지가〉를 불렀다고 하였다.

작은 술자리에 산이 텅 빈 밤인데　　小酌山空夜
외로운 거문고에 달이 질 때이네.　　孤琴月落時
내일 아침이면 헤어져 가려는데　　明朝欲別去
세모에 〈영지가〉가 느껍네.　　歲暮感靈芝[589]

이광덕은 이유가 시와 거문고와 술로 널리 알려졌다고 하면서, 술을 가지고 거문고를 들고 추수재로 찾아온 이유에게 주는 시를 짓고 있다.

물가에 정자가 있고 버들 가에 사립문이 있는데　　水邊亭榭柳邊扉
호해에서 학창의를 입고 처음 만났네.　　湖海初逢鶴氅衣
명성을 아직 통하지 않아도 먼저 술을 권하고　　名聲未通先勸酒
춥고 더움을 말하지 않아도 다만 기러기발이 우네.　　寒暄不說但鳴黴
장강은 넓디넓은데 사람은 오뚝이 앉고　　長江莽蕩人危坐
가운데 구비를 어슬렁거리니 눈이 달리듯 날리네.　　中曲徘徊雪驟飛
거문고가 노련한 혜강 같고 시는 완적 같은데　　琴似老嵇詩大阮
죽림의 여러 달인 중에서 그대 같은 이 드물리.　　竹林諸達似君稀[590]

---

588 심상정, 〈閏八月十三日, 往慈慕山城, 忽有一客携琴來訪於寓舍, 問之則陽川李進士溁云. 遂與乘月上將臺, 李生成五律示之, 口占以次〉, 『夢悟齋集』 卷之三, 『한국문집총간』 속 62, 222면.

589 김치후, 〈移寓高山時, 李進士*溁携琴酒來別. 癸卯〉, 『沙村集』 卷之一, 『한국문집총간』 속 71, 248면.

590 이광덕, 〈小岳樓主人李上舍溁, 曾聞其能詩善琴酒. 是日持酒携琴來秋水齋, 遂書贈〉,

한편 김진상(1684~1755)이 이유를 애도한 〈이동복유애장〉에서 이유의 몰년이 영조 29년(1753)이라고 하였고, 옛날 놀던 시절을 떠올린다고 하였다. 그런데 김진상의 문집에서 이전의 시를 확인하기 어렵다.

> 소악루의 주인 늙은이가 지난가을에 갑자기 세상을 떠났는데, 부고와 만폭이 올여름에 비로소 이르렀다. 옛날 놀던 때를 돌이켜 생각하니, 어찌 슬픔을 이기랴? 인사가 노폐하여 가서 곡할 길이 없어, 추가로 애도함이 옛 도가 아니라 종이를 본래대로 돌렸다. 또한 한 마디 없음을 견딜 수 없어서 마침내 지난날 노두의 악양루 시에 화운하여 소악루에 지은 운으로 애도하다.

그대를 보지 못한 지 오래되었는데	不見吾君久
흉한 소식이 갑자기 들판의 다락에 이르렀네.	凶音忽野樓
세상에는 시에 노숙한 사람이 다하고	世間詩老盡
호숫가에 이 삶이 떠 있네.	湖上此生浮
봄날 악양의 정자요	春日岳陽榭
가을밤에 적벽의 배이네.	秋宵赤壁舟
아름다운 거문고의 줄이 이미 끊어지고	瑤琴絃已斷
부질없이 옛 풍류를 기억하네.	空憶舊風流[591]

이외에도 이유와 교유한 인물은 채제공[592], 조현명[593], 남유용, 심육[594],

『冠陽詩集』 卷之一, 『한국문집총간』 209, 342면.

591 김진상, 〈李同福*渘哀章〉, 『退漁堂遺稿』 卷之四, 『한국문집총간』 속 66, 216면, 小岳樓主翁, 去秋奄忽, 訃書及輓幅, 今夏始至, 顧念舊遊, 曷勝愴怛, 老廢人事, 無由往哭, 追輓非古, 還其紙本. 亦不忍無一言, 遂用昔年和老杜岳陽樓詩題小岳樓韻以哀之.

592 채제공, 〈朝登小岳樓, 主人命婢作琴歌, 少頃, 發向幸州, 斫鱠設飯〉, 『樊巖先生集』 卷之三, 『한국문집총간』 235, 80면.

593 조현명, 〈次小岳樓主人〉, 『歸鹿集』 卷之四, 『한국문집총간』 212, 133면.

조하망[595], 임방[596], 김근행[597], 현상벽[598], 이간[599], 조관빈[600], 신성하[601] 등이다. 한편 정호와 경의문답[602]을 하였다.

4) 소악루와 맞이하는 풍류

이유는 양천의 강가에 악양루를 본떠서 소악루라는 작은 정자를 마련하고 사람들을 초대하여 거문고와 노래의 풍류를 즐기면서 지낸 것으로 확인된다. 여기에 윤봉조(1680~1761)[603]와 윤봉구(1683~1657)를 비롯하여 그의 집안 사람들이 소악루에서 이유와의 풍류에 참여한 것으로 확인되는데, 소악루를 이들의 풍류 공간으로 삼은 것이라 할 수 있다. 소악루로 이유를 찾아오는 사람들의 풍류를 주목할 수 있어서 이를 맞이하는 풍류라 할 수 있을 것이다.

윤봉조가 형질·재질과 함께 소악루로 이유를 방문한 시이다.

성곽을 나서니 나귀가 가벼워 이미 신명이 나는데　出郭驢輕已有神
새로운 시로 응당 매화와 맺은 사람을 대접하리.　新詩應待訂梅人

---

594 심육, 〈陽川李同福新亭*小岳樓〉, 『樗村先生遺稿』 卷之六, 『한국문집총간』 207, 107면.

595 조하망, 〈小岳樓主李主簿*溹元無宿雅, 而携詩與酒, 委訪弊亭. 意殊不俗, 杯餘依韻以謝〉, 『西州集』 卷之二, 『한국문집총간』 속 64, 243면.

596 임방, 〈余自玄江移向桂陽, 黃台子羽惜別, 與之同舟來, 登小岳樓. 使主人李上庠*溹呼韻共賦〉, 『水村集』 卷之五, 『한국문집총간』 149, 125면.

597 김근행, 〈維舟小岳樓下〉, 『庸齋先生文集』 卷之一, 『한국문집총간』 속 81, 26면

598 현상벽, 「與李仲久*溹 丁未」, 『冠峯先生遺稿』 卷之四, 『한국문집총간』 191, 70면, 「答李仲久」 71면, 「答李仲久」, 72면.

599 이간, 「答李仲久*溹 甲辰」, 『巍巖遺稿』 卷之十一, 『한국문집총간』 190, 442면.

600 조관빈, 〈贈同福李使君*溹〉, 『悔軒集』 卷之五, 『한국문집총간』 211, 249면.

601 신성하, 〈追次李仲久*溹 除夕韻〉, 『和菴集』 卷之四, 『한국문집총간』 속 56, 72면.

602 정호, 「經義問答」, 『丈巖先生集』 卷之十一, 『한국문집총간』 157, 253면.

603 윤봉조, 〈小岳樓共賦〉, 113면, 〈次李進士*溹寄示韻〉, 『圃巖集』 卷之二, 119면, 〈疊闢毫兩韻, 謝李上舍*溹送酒〉, 119면, 〈和李進士*溹寄別詩〉, 121면, 〈伯氏和李上舍溹韻, 並寄示之. 此乃朔州時桂陽再從所寄韻也〉, 권3, 146면, 〈次韻李奉事*溹自陽川過訪〉, 권4, 170면, 「答李參奉*溹」, 卷之十, 284면.

강호에서 옛날에 시원한 꿈을 폈고 江湖舊發泠泠夢
진세에서 지금 아득한 몸을 거두네. 塵世今收漠漠身
난리 뒤에 녹문에서 어찌 부로 들랴? 亂後鹿門寧入府
겨르로워 섬곡에서 오히려 손님을 초대하네. 閑來剡曲尙邀賓
날씨가 차가워지면 심사를 글과 시에 기대고 歲寒心事憑文酒
누추한 사립문이 나를 받아들여 자주 말을 매네. 容我衡扉繫馬頻[604]

윤봉조와 종형제 사이인 윤봉구의 시에서는 윤봉구의 두 종형제와 장질, 평질 등이 이유와 왕복 수창하면서 대축을 이뤘다고 하였다. 이유가 윤씨 집안 사람들과 빈번하게 교유하고 있음을 보여주는 자료이다.

문을 나서서 강 북쪽을 찾는 것이 내키지 않는데 不肯出門江北尋
시서로 똑바로 앉아 오뚝함이 깊네. 詩書危坐兀然深
스스로 졸렬하여 선비의 모습에 구애되지 않는데 自非拙澁拘儒態
누가 곧고 높은 지사의 마음을 알랴? 誰識貞高志士心
맑은 밤에 의기가 두검을 범하는데 意氣淸霄干斗劒
고요한 밤에 공부가 간사한 거문고를 막네. 工夫靜夜禁邪琴
경전 공부가 다만 우리들의 분수에 속하는데 窮經只屬吾人分
모름지기 갠 창에 촌음을 돕는 것을 아까워하네. 須惜晴窓禹寸陰[605]

채제공은 소악루에 올라 주인이 기악과 거문고를 준비하여 술과 노래를 베풀었다고 기록하고 있다. 일부분만 보도록 한다.

---

604 윤봉조, 〈與衡宰訪小岳樓〉, 『圃巖集』 卷之一, 『한국문집총간』 193, 113면.

605 윤봉구, 〈自玉溪歸, 聞李仲久*楺與吾兩從氏及章弟, 平姪, 往復酬唱, 成一大軸. 拈次一律, 寄呈仲久, 以附編末. 眞所謂韓文公脚版難爲文也〉, 『屛溪先生集』 卷之一, 『한국문집총간』 203, 14면.

강 마을에 닭이 울고 북두성이 빛나는데　水國鷄鳴星斗搖
행주산성 아래에는 아침 물결 출렁이네.　幸州城下生早潮
맑은 날 소악루에 술자리를 마련하니　盃酒天晴小岳樓
동교요가 거문고를 타며 노래 부르네.　琴歌喚罷董嬌嬈[606]

이유가 동복현감을 지낸 것을 기억하면서 이동복으로 부르면서 소악루를 찾은 사람은 조현명[607], 오원[608] 등을 비롯하여 앞에서 교유한 인물들도 포함된다.

---

606 채제공, 〈朝登小岳樓, 主人命婢作琴歌. 少頃, 發向幸州. 斫鱠設飯〉, 『樊巖先生集』 卷之三, 『한국문집총간』 235, 80면.

607 조현명, 〈李同福渘室內輓〉, 『歸鹿集』 卷之四, 『한국문집총간』 212, 160면.

608 오원, 〈歷訪小岳樓主人李同福*渘○庚申〉, 『月谷集』 卷之五, 『한국문집총간』 218, 404면.

4. 김인겸의 〈일동장유가〉[609]

김인겸의 〈일동장유가〉는 영조 39년(1763) 8월에 계미통신사 사행의 삼방서기로 참여하여 왕래 사행의 전말을 매우 자세하게 기술한 장편 사행가사이다.

〈일동장유가〉는 "강호의 산인", "셩ᄃᆡ의 일반"으로 "슈뉵뉵쳔니ᄅᆞᆯ ᄒᆞᆫ ᄒᆡ만의 도라"와서 "갓가지로 ᄀᆞᆺ초격거 쥬년만의 도라온일"을 "ᄌᆞ손을 뵈쟈ᄒᆞ고"(350면) 가사로 지은 것이다. 삼방서기로 참여한 사행 체험을 자손을 독자로 설정하여 기술하고 있는 것이다. 가사의 진술에서 자손에 대한 화자의 주관적 입장이 두드러지게 드러날 것으로 예상할 수 있으며, 직접 목격하고 체험하는 상황과 대상에 대하여 가지는 화자의 태도와 그 표현 양상을 가사라는 갈래적 속성과 관련하여 주목할 수 있을 것이다. 그러므로 조엄이 쓴 공변된 입장의 『해사일기』와 견주는 일이나, 연행의 체험을 다룬 박지원의 『열하일기』 등과 견주는 일은 애초에 무리가 따를 수 있는 일이다. 다만 함께 사행에 올랐던 문사들의 기록[610]과 견주는 일은 같은 시간의 추이에 따라 공간의 이동과 함께 부딪히는 경험 가운데 어떤 대상을 어떤 방식으로 기술하고 있는지 점검할 수 있다는 점에서 일정한 의의를 부여할 수 있을 것이다. 그러므로 가사라는 문학적 진술에 초점을 맞추어 논의를 진행하도록 한다.

가사는 구체적이든 암묵적이든 어떤 대상이나 청자를 설정하여 서술 주체 혹은 화자가 자신의 견해를 계기적으로 서술하는 갈래라 할 수 있다. 계기적 서술이 1행 4음보 연속의 율문으로 나타나기 때문에, 계기적

---

609 이 부분은 최재남, 「〈일동장유가〉의 표현과 내포」, 『진단학보』 126(진단학회, 2016), 177~201면을 정리한 것이다. 자료는 『일동장유가』(아세아문화사, 1974)로 이하에는 면수만 표시한다.

610 조엄, 『해사일기』, 『수창록』, 성대중, 『일본록』, 남옥, 『일관기』, 원중거, 『승사록』, 이언진, 『송목관신여고』 등이 있다.

서술을 이루는 서술 층위를 살피면서 그 내포를 이해하는 것이 가사 이해의 일차적 관건이라 할 수 있다. 실제로 "텬신만고ᄒᆞ고 십싱구ᄉᆞᄒᆞ야, 장ᄒᆞ고 이상ᄒᆞ고 무셥고 놀나오며, 붓그럽고 통분ᄒᆞ며 우습고 다힝ᄒᆞ며, 믜오며 아쳐롭고 간사ᄒᆞ고 사오납고, 참혹ᄒᆞ고 불상ᄒᆞ며 고이코 공교ᄒᆞ며, 궤ᄒᆞ고 긔특ᄒᆞ며 위틱ᄒᆞ고 노호오며, 쾌ᄒᆞ고 깃븐일과, 지리ᄒᆞ고 난감ᄒᆞᆫ 일"을 갖가지로 겪고 느꼈다고 밝히고 있으므로, 이러한 실상을 정확하게 읽어내고 살피는 일이 가사로서 〈일동장유가〉를 이해하는 기본 태도라고 할 수 있다.

1) 사행의 일정과 〈일동장유가〉의 구성

계미통신사 사행은 영조 39년(1763) 8월 3일 도성을 출발하여 20여 일 만에 부산에 도착하여 40여 일을 체류한 뒤에, 대마도와 대판 등을 거쳐 강호에 도착하여 국서를 전달한 뒤에 회정하여 영조 40년(1864) 7월 8일에 복명하였다. 대마도에서 보름 정도 체류하였고, 강호에서는 20여 일 머물렀으며, 회정하는 길에 대판에서 최천종 피살 사건이 발생하여 그 문제 해결을 위하여 한 달 정도 지체하기도 하였다.

김인겸의 〈일동장유가〉를 중심으로 여정을 정리하면 다음과 같다.

① 서기 내정과 행장 준비 : 7~16면

② 출발(8월 3일)~부산진(8월 24일) : 16면~40면

③ 부산진 체류(8월 25일~10월5일) : 41~98면

④ 부산진 출발(10월 6일)~대마도 도착(10월 27일) : 98~125면

⑤ 대마도 체류(10월 28일~11월 12일) : 125~144면

⑥ 대마도(11월 13일)~적간관[하관] 도착과 체류(12월 27일~1월 1일) : 144~177면

⑦ 적관관 출발(1월 2일)~강호 도착(2월 16일) : 177~250면

⑧ 강호 체류(2월 17일~3월 10일) : 250~275면

⑨ 회정(3월 11일)~대마도(6월 18일) : 275~321면

⑩ 부중(6월 19일)~부산(6월 23일) : 321~326면

⑪ 부산(6월 24일)~한양(7월 8일) : 326~349면

⑫ 귀가(7월 9일~7월 17일) : 349~351면

〈일동장유가〉는 이미 조윤제가 지적한 바와 같이 "예리 간명하게 추일 기록"한 것인데, 기본 구성에 있어서 국내 여정에서는 구체적 날짜를 밝히지 않다가 부산에 체류하는 여정에서는 밝히는 것과 밝히지 않는 것을 혼용하고 있으며, 해외 여정에서는 구체적 날짜와 일기를 밝히는 차이가 있다. 뭍을 중심으로 움직이는 국내 여정과 바다를 중심으로 움직이는 해외 여정의 차이에서 연유한 일면과 익숙한 국내의 노정과 초행의 일본 노정에 대한 긴장의 차이에서 말미암은 이유가 공존하고 있는 것으로 이해할 수 있다.

이튼날 비ᄀᆡ거늘　　영슌쳔 지나와셔
용궁읍ᄂᆡ 낫참드니　　비안현감 지공와셔
슈월누의 안ᄌᆞᆺ다가　　날보고 반겨ᄒᆞᄂᆡ　　23~24면

초뉵일 동북풍의　　ᄒᆡ돗기의 발션ᄒᆞ니
역풍이 ᄆᆞ이브러　　돗못둘고 노흘저어
이십니는 계유가니　　젼진홀길 바히업서　　186면

한편 회정의 국내 노정에서는 구체적 날짜를 명시하고 있다. 그리고 회정의 국내 노정은 길을 나누어 진행하고 있다.

념ᄉᆞ일 부ᄉᆞ힝ᄎᆞ　　몬져써나 가ᄂᆞᆫ디라
…

예셔브터 분노ᄒᆞ여	샹방 일힝들은
냥산밀양 대구로셔	됴령을 너머가고
부ᄉᆞ샹 일힝들은	울산경쥐 풍긔로셔
듁녕을 너머간다	죵ᄉᆞ샹 일힝들은
김희챵원 셩쥐로셔	츄풍녕을 향ᄒᆞ라ᄂᆡ 326~327면

일정의 기본 구성은 출발 시간, 중화, 날씨, 도착 시간, 저녁 등을 기본으로 하고, 지공에 관한 정보, 연회, 감회, 개인 일정 추가 등이 드러나고 있으며, 서술자가 중요하게 생각하는 일화를 서술자 시각에서 매우 핍진하게 기술하고 있다. 이 일화의 서술 방식과 그 태도를 통하여 작가 김인겸이 장편의 가사를 통하여 드러내고자 하는 내면을 이해할 수 있을 것으로 기대한다.

몇몇 사례를 들면 8월 11일 예천에서 병방군관 임흘의 호색 욕망을 골려준 일, 8월 12일 풍산에서 선조의 묘소에 소분한 일, 8월 15일 의흥에서 이자문의 기생 딸의 속신을 부탁한 일, 9월 19일 부산에서 부방서기 원중거와 일기선정 김귀영 사이의 갈등에 관한 일, 4월 7일 회정 여정의 대판에서 상방집사 최천종이 피살된 사건을 처리하는 일 등이 중요한 일화의 사례라고 할 수 있고, 신기한 풍물과 문물을 기술하고 있는 사례는 9월 3일 부산에서 생복 따는 구경, 9월 10일의 수사연향, 10월 6일 좌수포 뱃길에서 풍랑, 뱃멀미, 일출, 왜인의 모습, 10월 15일 대포에서 효자토란[고구마], 1월 20일 대판에서 본 금루선, 여염과 사람들의 모습, 1월 27일 수기(水機) 물레, 2월 3일 명호옥에서 여색, 2월 27일 남옥이 전한 국서 전달, 회정 노정에서 3월 4일 삼도의 물레 등을 지적할 수 있다.

2) 자아 인식과 가계에 대한 자부심

서술 주체가 보여주는 선비로서의 자아 인식과 가계에 대한 자부심은 〈일동장유가〉에서 중요하게 다루어야 할 요소이다. "쉰일곱 먹어습고"

(12면), "늙고병든 이ᄂᆡ일홈"(8면)이라고 자신에 대해 겸양의 자세를 보이는 반면, "문경공 현손으로"(12면), "고상신 츙헌공의 오촌딜"(12면)임을 자부하며, 임금께서 "명됴의 손ᄌᆞ로셔 문임의 ᄉᆡᆨ히여셔 나라일노 가게되니 귀ᄒᆞ고 긔특ᄒᆞ다"(12면)라고 격려하자 매우 고무되어 출발한 것을 비롯하여, 복명 과정에서도 "쟝동김문"(347면)의 후손임을 자랑하고 있다. 안동김씨 명문의 후예라는 가계에 대한 자부심은 김인겸이 〈일동장유가〉를 통하여 자손들에게 보여주고 싶었던 핵심이라 할 수 있다.

김인겸은 안동김씨로 할아버지는 서출인 수능(壽能), 아버지는 창복(昌復)이며 자는 사안(士安)인데, 〈일동장유가〉 곳곳에서 자신의 가계에 대한 자부심과 선조들에 대한 숭모가 깔려 있다. 김상헌의 현손이고, 김창집의 당질이라고 밝히고 있다.

진ᄉᆞ신 김인겸은　　문경공 현손으로
쉰일곱 먹어습고　　공쥐셔 ᄉᆞᄂᆞ이다
어져 네 그러ᄒᆞ면　　댱동ᄃᆡ신 멧촌인다
고상신 츙헌공의　　오촌질이 되ᄂᆞ이다　　12면

홍나쥐 잠간보고　　도라와 자고니러
피골역골 두 산소의　　얼픗드러 소분ᄒᆞ고
쇠오믜 동동드리　　다모ᄃᆞ 기다리ᄂᆡ
팔ᄃᆡ조 지으신집　　삼직경이 남아잇고
청음선조 겨시던집　　동셩겨ᄅᆡ 드러고나　　27면, 풍산

이러한 태도는 사행을 마치고 돌아와서 복명하는 과정에서도 그대로 드러나고 있는데, 독자로 설정한 자손을 향한 것으로 이해할 수 있는 대목이다.

장동김문의셔　　셔긔가니 네누군다
ᄉᆞ신이 엿ᄌᆞ오ᄃᆡ　　민뒤희 업ᄃᆞᆫ거시
진ᄉᆞ 김모옵고　　죵ᄉᆞ셔긔 갓더니이다
갓가이 오라시매　　나아가 부복ᄒᆞ니
나라히 무ᄅᆞ시ᄃᆡ　　고상신의 므어신다
긔복ᄒᆞ여 엿ᄌᆞᆸ기ᄅᆞᆯ　　뎐대로 엿ᄌᆞ오니　　347면

한편으로 대과에 입격하여 벼슬에 나아가지 않았지만 진사시에 합격하고 글을 하는 선비라는 자의식이 또 다른 중심을 차지하고 있다. "셔긔노릇 ᄒᆞ는냥반 비록심히 세미ᄒᆞ나, 님하의 독셔ᄒᆞ고 ᄌᆞ호ᄒᆞ는 션비로셔"(76면)라고 한 데서 그 내면을 읽을 수 있으며, 실제로 "문장등국션"인 "ᄉᆞ문ᄉᆞ"(7면)에 선발된 자부심이 늘 자리하고 있다. 이러한 내면은 세상에 나아가거나 사행의 과정에서 군관, 역관 등 다른 직책의 사람들에 대하여 서술 주체의 대응으로 현실화되고 있으며, 사문사(四文士)에 대한 동류의식으로 연결되어 있다.

이러한 자아 인식과 자부심에도 불구하고 서술자 김인겸은 안동김씨의 명문이면서 서출이라는 한계를 가지고 있고, 진사시에 합격한 유생이지만 벼슬을 역임한 경험이 없어서 관복을 갖출 수 없으므로 공변된 공식 행사에서 제대로 된 대접을 받을 수 없거나 스스로 난감해하는 현실성이 놓여 있었다.

관복과 공식 행사 참례에 대한 여러 차례의 진술이 바로 이러한 자아에 대한 인식과 연계된 것으로 볼 수 있다. 유생으로 관복을 입을 수 없다는 명분과 사용을 할 수 있고 왕사로 먼 길을 가고 있다는 현실성 사이에서 서술 주체는 빈번하게 그 일화와 내면을 토로하고 있다. 부산포에서 정사의 권유로 비단 도포와 정자관을 착용하지만 서술 주체는 어색한 표정을 짓고 있다.

삼방소속들이　　관복을 다 갓초고
너른벌 긴긴길ᄒᆡ　　각각 뒤흘 ᄯᆞ라시니
유의유복으로　　나ᄂᆞᆫ 참예 브졀업셔
반비셔힝ᄒᆞ야　　뒤희오며 굿슬보니　　37면, 동래로 가기 전

초하로 망궐례ᄅᆞᆯ　　관복 업셔 블참ᄒᆞ니
정샹이 니ᄅᆞ시되　　ᄌᆞᄂᆡ 비록 션ᄇᆡ라도
ᄉᆞ용을 붓처잇고　　왕ᄉᆞ로 길을 가니
삭망의 망하례ᄅᆞᆯ　　아니키 불가ᄒᆞ니
그ᄃᆡ의 ᄉᆞ력으로　　장복을 어이ᄒᆞᆯ고
ᄂᆡ 어더 쥴거시니　　이후ᄂᆞᆫ 참녜ᄒᆞ고
유ᄉᆡᆼ으로 관복ᄒᆞ기　　슈괴ᄒᆞ고 민망ᄒᆞ나
도리가 그러ᄒᆞ니　　ᄉᆞ양치 못할노라　　46~47면, 부산포

십삼일 ᄃᆡ젼탄일　　망궐네 ᄒᆞ온후의
승션ᄐᆡᆨ일 오날이라　　ᄌᆡᆨ촉ᄒᆞ여 조반ᄒᆞ고
비단도포 정ᄌᆞ관을　　처음으로 입고쓰니
ᄌᆡ인광ᄃᆡ 모양이라　　소견이 슈샹ᄒᆞ다　　65면, 부산포

그런데 실제적인 문제는 서술 주체의 명분과 정사의 권유라는 층위와는 다르게 사행에 동행한 다른 직책과 직급의 반응에 대한 갈등이 더 중요하게 각인되고 있다는 점이다. 실제 김인겸은 이전에 다녀온 일기를 읽었을 뿐만 아니라, 무진년(1748) 통신사에 참여했던 문사에게 확인하여 학창의와 정자관까지 준비하여 온 것인데, 승선할 때 상방의 비장이 정자관과 와룡관은 사신의 복장이라고 제동을 걸었다. 이러한 현실적 갈등이 서술 주체에게 계속해서 관복과 연관시켜 서술하게 한 것이다.

관복일노 이르왈　　무진년의 통신갓던

문ᄉᆞ의게 뭇ᄉᆞ와　　학창의 졍ᄌᆞ관을

전례로 지엇더니　　져젹의 승션ᄒᆞᆯ제

샹방의 ᄒᆞᆫ비장이　　고담ᄃᆡ언으로

ᄂᆡᄃᆞ려 니ᄅᆞ오ᄃᆡ　　졍ᄌᆞ관 와룡관은

ᄉᆞ신들 쓰시ᄂᆞᆫ것　　ᄉᆡᆼ심도 못쓰리라

ᄂᆡ듯고 통분ᄒᆞ야　　ᄃᆡ답ᄒᆞ야 니ᄅᆞ오ᄃᆡ

삼ᄇᆡᆨ년 유ᄅᆡ고규　　그ᄃᆡ 어이 모로고셔

역관이 못쓰기의　　그놈과 부동ᄒᆞ고

말독젼닙 뻐잇기의　　붓그럽고 용심ᄂᆡ여

예붓터 ᄒᆞᄂᆞᆫ관복　　져희ᄂᆞᆫ 무ᄉᆞ일고

그러면 셔긔들은　　그ᄃᆡ쳐로 군복ᄒᆞᆯ가

그 비장 곳쳐ᄒᆞᄃᆡ　　상하귀쳔 다ᄅᆞ거든

등분이 업슬소냐　　ᄉᆞ도긔 엿ᄌᆞᆸ고셔

곳쳐변통ᄒᆞ야　　복ᄉᆡᆨ을 졍ᄒᆞ리라

드르ᄆᆡ 분이나나　　다토기 졈지아녀

잉분ᄒᆞ고 도라와셔　　ᄂᆡ두ᄅᆞᆯ 보랴더니

과연 슈일후의　　이비장의 말과ᄀᆞᆺ치

관복ᄒᆞ교 나리시니　　뉴ᄅᆡᄒᆞ여 오ᄂᆞᆫ제도

ᄒᆞᆫ비장의 참소말노　　일조의 그ᄅᆞᆺ되니

ᄂᆡ비록 궁노ᄒᆞ나　　비장의게 조롱바다

굴슈무언ᄒᆞ야　　ᄒᆞᆫ말도 아니ᄒᆞᆯ가

80~82면, 김구영 사건 관련

복명하는 과정에서 서술 주체는 "나는 관복 업ᄂᆞᆫ지라 냥션뎐 뎐갈ᄒᆞ야, 무겸텽의 비러다가 ᄒᆞᆫ가지로 입시ᄒᆞᆯᄉᆡ"(346면)라고 하여 무겸청에서 빌려서 입고 임금님을 뵙고 있다.

이렇듯 글 하는 선비라는 자아 인식과 장동김씨라는 자부심을 가지고 있으면서 실제로는 벼슬하지 않은 탓에 관복을 입을 수 없고, 또 서출이라는 점에서 귀천의 등분이 있어서 사행 과정에서 비장, 역관 등과 눈에 보이지 않은 알력을 겪었던 것으로 보인다. 이러한 알력이 실제 서술에서 구체화되면서 서술 주체의 감추어진 내면이 드러나게 된 것으로 이해할 수 있다.

3) 피아의 구별과 호오의 차이

김인겸은 종사관 김상익의 서기로 계미사행에 참여하게 된 것인데, 제술관으로 남옥, 정사 조엄의 서기인 성대중, 부사 이인배의 서기인 원중거와 함께 가게 되어 스스로 사문사라 일컫게 된 것이다. 그런데 계미사행에는 상방 군관에 김상옥, 유달원, 서유대, 이해문, 이매, 조철, 장사 군관 조신과 반인 이민수, 부방 군관에 유진항, 민혜수, 조학신, 양용, 이덕리와 반인 영인녕, 삼방 군관에 임흘, 오재희, 이징보와 반인 홍선보 등이 있어서 실제로 정시에 급제하거나 벼슬을 역임한 사람들이어서 사문사보다 서열이 앞서거나 중요한 역할을 맡고 있었다.

앞 절에서 살핀 바와 같이 진사로서 선비라는 자아 인식은 서술자 자신을 지키면서 제어하는 하나의 역할을 하면서 동시에 동행한 다른 신분의 사람들과 상황에 따라 갈등이 생길 수 있는 여지를 가지게 된 것이다. 이러한 여지는 실제 〈일동장유가〉 곳곳에서 알력으로 드러나기도 하였다. 이를 피아의 구별과 호오의 차이라고 정리할 수 있는데, 서술 주체는 동류라고 할 수 있는 아(我)의 입장에 선 사람들과는 호의 감정을, 다른 집단인 피(彼)의 입장에 선 사람들과는 오(惡)의 감정을 노출시키고 있다.

피아의 구별과 호오의 차이라는 준거로 살필 수 있는 진술이 기생과 관련한 일화에서 확인된다. 상사인 조엄이 『해사일기』에서 안동에 머무르면서 "재물"과 "여색" 두 가지에 대하여 사사로운 뜻을 끊어버리고 직임에 전심하겠다고 밝힌 것[611]을 참조할 수 있는데, 김인겸은 기생과 관련된 두 일화에서 약간 상반된 입장을 보인다. 이는 호오의 차이에서 말미암은 것으로, 기생 자체의 문제에 대한 입장 표명과도 다른 태도이고, 풍류는 인정하면서 여색은 인정하지 않았던 서술자의 태도와 견주어도 일정한 괴리 현상이라 할 수 있다.

하나는 예천에서의 일화이고 하나는 의흥에서의 일화인데, 일정상 사나흘 정도의 차이임에도 인식에서 다른 입장을 보이고 있다. 예천에서는 병방 군관을 색중아귀로 규정하고 골려주는 입장을 취하고 있고, 의흥에서는 정묘년(영조 23, 1747)의 통신사행에 참여했던 이자문의 수청 뒷수습을 책임지는 입장을 취하고 있다. 이는 기생 자체의 일보다 병방군관에 대하여 피와 오의 감정을 이자문에 대하여 아와 호의 감정을 노출하고 있기 때문으로 보인다. 병방 군관에 대하여 "드ᄅᆞᄆᆡ 즛시 뮈워"라고 밝히고 있고, 이자문에 대하여 "드ᄅᆞᄆᆡ 측은ᄒᆞ여"라고 드러낸 것이 바로 이러한 증거라고 할 수 있다.

죵ᄉᆞ상의 병방군관	ᄉᆡᆨ듕의 아귀로셔
셔울서 써나면셔	져녁참의의
힝슈호장 호령ᄒᆞ야	고은ᄎᆞ모 츄심ᄒᆞ며
오히려 낫비역여	ᄂᆡ게와 간쳥ᄒᆞ되
예천은 ᄉᆡᆨ향이라	날 위ᄒᆞ여 몬져가셔
일등미인 샛바내야	두엇다가 날을 쥬오
드ᄅᆞᄆᆡ 즛시 뮈워	ᄒᆞᆫ번을 속여보ᄉᆡ
헛ᄃᆡ답 쾌히ᄒᆞ고	정녕이 상약ᄒᆞ야
동정ᄌᆞ 지나와셔	예천읍ᄂᆡ 드리ᄃᆞ라
뭇기ᄉᆡᆼ 블너세고	기듕의 말ᄌᆡ기ᄉᆡᆼ
늙고 얽고 박박ᄉᆡᆨ을	갈희고 갈희여셔

611 『해사일기』 1, 31면, 계미년 8월 13일.

니방의게 분부ᄒᆞ고　　병방ᄎᆞ모 경ᄒᆞᆫ후의　　24~25면, 예천

니보령 ᄌᆞ문이가　　정묘년 일본갈제
여긔기생 슈청ᄒᆞ야　　ᄯᅩ하나히 잇다ᄒᆞ고
나려올제 간청ᄒᆞ되　　속신ᄒᆞ여 달라커ᄂᆞᆯ
드ᄅᆞᆸ미 측은ᄒᆞ여　　말나리며 무러보니
시년이 십오세오　　비장ᄎᆞ모 뎡ᄒᆞ다ᄂᆡ
욕볼가 불샹ᄒᆞ야　　내 ᄎᆞ모 상환ᄒᆞ야
급급히 불너다가　　차담샹 ᄂᆡ여쥬고
ᄌᆞ문의 말 다 젼ᄒᆞ니　　우ᄂᆞᆫ 거동 참혹ᄒᆞ다
원ᄃᆞ려 이말ᄒᆞ고　　써혀쥬라 간청ᄒᆞ니
대비쥬면 면역ᄒᆞ지　　그져ᄂᆞᆫ 못ᄒᆞᆫ다ᄂᆡ　　29~30면, 의흥

동행하고 있는 종사관의 병방 군관 임흘에 대하여 미워하는 입장을 드러내고 있고 정묘년(1748) 사행의 이자문에 대하여 측은해하는 입장을 표명한 것은 바로 호오의 구별이 자아 인식과 연결되어 있음을 반증하는 것이다. 실제 임흘에 대하여 며칠이 지난 뒤에 신녕에서는 속인 일을 미안해하면서 일등 기생을 가려서 주고 있어서, 기생을 보호한다거나 여색 자체에 대한 배격을 드러낸 것은 아니라고 판단된다.

글을 하는 선비와 관련하여 사문사를 아로 보고 다른 직책의 사람들을 피로 인식하면서 알력이나 갈등이 노정되었을 때 호오를 드러내는 것으로 진술하고 있다.

부산포에서 서기 원중거와 선장 김귀영 사이에 일어난 불미스러운 사건에 대하여 상사가 임기응변으로 처리한 데 대해 부당함을 지적하고 제술관, 서기 등 글을 맡은 선비들에 대한 동류의식을 드러낸 부분을 주목할 수 있다. 이 내용은 매우 많은 분량을 차지하고 있는데, 68면에서 90면에 이르기까지 23면 270여행에 걸쳐서 기술하고 있다. 사문사에 대한 동

류의식은 피아의 구별이라고 정리할 수 있을 것이다. 부방서기 원중거와 일기선장 김귀영 사이의 갈등을 정사인 조엄이 부당하게 처리했다고 지적하고, 선비 입장에서 정사와 개인적인 친분이 있는 김구영을 엄하게 처벌해야 한다고 주장하여 결국 그 뜻이 받아들여졌다는 것이다.

ᄂᆡ곳처 ᄒᆞ온말이	그러치 아니ᄒᆞ오
사ᄅᆞᆷ은 다ᄅᆞ오나	셔긔ᄂᆞᆫ ᄒᆞᆫ가지오니
머리ᄅᆞᆯ 삼ᄉᆞ오면	권들아니 ᄂᆡ숩ᄂᆞᆫ가
ᄒᆞᆫ셔긔 욕보고셔	쳐치를 못ᄒᆞᆫ젼은
힝듕의 네 문ᄉᆞ가	다먹은 ᄌᆞ시오니
완만ᄒᆞᆫ 션장놈을	결곤삼도 겨유ᄒᆞ고
비록 ᄐᆡ거 ᄒᆞ다ᄒᆞ나	츌ᄃᆡ 아ᄃᆡ 아녀ᄉᆞ오니
금명간 슌풍어더	급히 ᄇᆡ를 타올적의
인입ᄒᆞ여 다려가면	셔긔 거취들은
니ᄅᆞᆯ것 업거니와	토교ᄅᆞᆯ ᄉᆞ랑ᄒᆞ고
션ᄇᆡᄅᆞᆯ 쳔ᄃᆡᄒᆞ면	청문이 엇더켓소
셔긔노릇 ᄒᆞᄂᆞᆫ냥반	비록심히 세미ᄒᆞ나
님하의 독셔ᄒᆞ고	ᄌᆞ호ᄒᆞᄂᆞᆫ 션ᄇᆡ로셔
욕본ᄊᆞ히 안ᄌᆞ다가	ᄇᆡ탄후 ᄯᅩ욕보면
하ᄂᆞᆯ로 못 오르고	바다흐로 못들지라
뒷발듸딜 평지의셔	하ᄃᆡᄒᆞ고 가ᄂᆞ이다 75~76면

하괴비록 유리ᄒᆞ나	쳔니와 다ᄅᆞ외다
다른장교 갓ᄉᆞ오면	혹 용셔ᄒᆞ려니와
하물며 이 장교ᄂᆞᆫ	동ᄂᆡ부ᄉᆞ 와겨실제
친근히 ᄉᆞ환ᄒᆞ야	소아처로 부리셧ᄉᆞ오ᄆᆡ
그놈이 이를밋고	방약무인ᄒᆞ야

냥반 욕ᄒᆞᆫ죄가　　　　　ᄉᆞᄒᆞ기 어렵거든
볼기 셋 치오시고　　　　　젼과ᄀᆞᆺ치 후ᄃᆡᄒᆞ니
일도의 샹하인민　　　　　셩ᄂᆡ외의 다왓시니
군관을 보ᄂᆡᄋᆞ서　　　　　물의를 드러보오
토교를 ᄋᆡ셕ᄒᆞ야　　　　　셔긔를 쳔ᄃᆡᄒᆞᆫ다
인심이 분울ᄒᆞ야　　　　　져마다 분ᄀᆡᄒᆞ니
이번길 가ᄂᆞᆫ 듕의　　　　　이놈ᄲᅮᆫ 아니오라
이갓치 브리든놈　　　　　ᄒᆞ나둘 아니오니
져마다 효측ᄒᆞ면　　　　　그 욕이 오죽ᄒᆞ오
뉴지의 잇슬적의　　　　　하ᄃᆡᄒᆞ고 가려오니　　　　　77~78면

서기는 한가지라는 동류의식의 바탕에는 비록 서출이기는 하지만 양반이라는 자의식이 있고, 선장의 방약무인의 바탕에는 정사인 조엄이 동래부사로 있으면서 부리던 사람이라 정사의 권위를 믿고 그렇게 하고 있다는 불만까지 내포된 것이라 볼 수 있다.

회정하는 도중에 대판에서 상방 집사인 최천종이 피살된 사건이 발생했는데, 이를 수습하는 과정에 상방의 예방 비장 이매가 역관과 함께 왜의 승려와 서기들 사이에 지주(指嗾)한 일이 있다고 말하면서 갈등이 노정된 일이 있었다. 비장·역관과 서기 사이에 새롭게 일어난 피아의 구별이면서 이후로 수역들의 혼동으로 필담도 멈추게 되었다. 문사의 역할을 잃게 된 것이다.

ᄉᆞ방겻ᄐᆡ 안잣더니　　　　　상방의 녜방비쟝
십여역관 ᄃᆞ리고셔　　　　　분ᄒᆞ여 대언ᄒᆞᄃᆡ
앗가 내여어보니　　　　　당노의 뎨ᄌᆞ듕의
셔긔방의 드러가셔　　　　　품으로 쇼찰내여
기간의 지주ᄒᆞ니　　　　　필연이 잇ᄂᆞᆫ디라　　　　　298면

분연이 엿ᄌᆞ오ᄃᆡ　　노둔ᄒᆞ고 일 모ᄅᆞ나
나라위한 일편단심　　흉듕의 잇ᄉᆞ오니
나라밥 먹습고셔　　아유구용ᄒᆞ고
망군부국 ᄒᆞᄂᆞᆫ놈은　　개돗ᄎᆞ로 보ᄂᆞ이다
인ᄒᆞ야 물러와셔　　분ᄒᆞ고 강개ᄒᆞ야
밥ᄒᆞᆫ술을 못먹고셔　　듀야로 돌돌ᄒᆞ니　　303~304면

최천종 피살 사건은 조선과 일본 사이에 큰 문제가 되었던 것이지만 김인겸은 문제 수습 과정에서 일어난 비장·역관과 자신들 서기 사이의 알력에 더 비중을 두고 있는 것으로 서술하고 있고, 바로 이어지는 그 이후 일정에서 비장과 역관의 비리를 서술하는 태도를 보인다.[612]

초칠일 슌풍부니　　발셜키 됴흐되ᄂᆞᆫ
힝듕의 ᄒᆞᆫ비장이　　천여금은젼을
왜물무역 ᄒᆞ얏다가　　미처 ᄎᆞᆺ지 못ᄒᆞᆫ지라
도쥬의게 경계ᄒᆞ고　　발힝을 아니ᄒᆞ고　　311면

초구일 슌풍부ᄃᆡ　　힝듕의 역관들이
젼장의 살옥일로　　수쳔금 무역ᄒᆞᆫ것
미처 ᄎᆞᆺ지 못ᄒᆞ여셔　　곳곳이 와 칭탈ᄒᆞ고
발션을 아니ᄒᆞ니　　그죄가 엇더ᄒᆞ리　　312면

한편 문사의 역할에 대하여 선비로서 글을 짓는 일이 본업일 뿐 글 값을 받지는 않는다고 오활함을 비웃지 말라고 하고 있다. 글 하는 선비의

612 이에 대해 십삼일에 종사상이 수역 최학령과 현태익을 불러서 경고를 하는 것으로 기술하고 있다.(312~313면)

오롯함이 드러나고 있는 부분인데, 실제로는 이러한 오활한 태도가 먼 길을 동행했던 사람들과 화해할 수 있는 자연스러운 길을 열지 못한 것 같고 이것이 피아와 호오라는 알력으로 드러난 것으로 이해되는 부분이다.

네브터 왜유들이　　글바드라 오ᄂᆞᆫ사ᄅᆞᆷ
벼로됴히 필먹들고　　거울칼 가외등쇽
무수이 가지고 와　　윤필을 ᄒᆞ도되ᄂᆞᆫ
션비몸이 되여나셔　　글지어 주어노라
갑술어이 바들소니　　다주어 내여주니
그놈들이 물유ᄒᆞ야　　열 번이나 간청ᄒᆞ고
도로와 드러되ᄂᆞᆫ　　매매히 ᄉᆞ양ᄒᆞ니
역관들이 와셔ᄒᆞᄃᆡ　　예브터 문ᄉᆞ들이
이거ᄉᆞᆯ 바다다가　　치힝ᄒᆞᆫ 빗도 갑고
친구들도 주ᄂᆞᆫ지라　　젼례로 바드쇼셔
젼사ᄅᆞᆷ은 바다던지　　우리소견 그와달라
ᄒᆞ나토 못다드니　　오활타 웃지마소　　164~164면

피아의 구별과 호오의 차이에 대하여 서술자 스스로 그 원인을 파악하고 있는 것으로 보이고, 서술 주체의 이러한 태도에 대하여 종사관 김상익이 다음과 같이 지적하였는데 서술 주체가 인정한 것으로 볼 수 있다. 정사가 일관되게 먼 길을 동행하면서 "화히ᄒᆞ"기를 바라는 바와 어긋날 수 있기 때문이다.

종ᄉᆞ상이 ᄒᆞ오시ᄃᆡ　　김진ᄉᆞ 자라날제
싀굴셔 ᄒᆞ엿기에　　힝셰쏘를 모ᄅᆞ고셔
직셜ᄒᆞ고 과격ᄒᆞ야　　감언불휘 ᄒᆞᄂᆞᆫ거시
대개 풍치 잇ᄂᆞᆫ지라　　이ᄂᆞᆫ 비록 귀커니와

ᄌᆞ갸의 몸쇠ᄒᆞ기ᄂᆞᆫ　　소ᄒᆞ다 ᄒᆞ리로다　　303면

4) 대상에 대한 표현 양상과 그 의미

〈일동장유가〉가 장편 사행가사로서 평가받고 있는 이유가 바로 대상에 대한 표현에 있다고 할 수 있을 정도로 다양하고 풍성한 양상을 보인다. 한 해에 걸친 사행이라는 기간과 경험하지 못한 이국 체험이 중심을 차지하고 있기 때문일 것이다. 따뜻한 지역의 식생에 대한 관찰, 문화의 차이에서 드러나는 풍속의 차이, 제도와 규모의 차이에서 드러나는 느낌 등을 매우 사실적으로 기술하고 있다.

구체적 사례로 명석(明石)에서 관찰한 월출 광경(197면)은 〈관동별곡〉의 일출 부분이나 〈동명일기〉의 월출 광경을 연상할 수 있는 대목이다. 이에 앞서 9월 3일 부산에서 생복 따는 구경(50면)을 비롯하여 처음 대하는 것이나 새로운 일에 대하여 놀라움과 호기심이 교차하면서 자세하게 묘사하고 있는 점을 주목할 수 있다.

그런데 부산포에서 왜놈을 처음 만난 광경은 이해보다 충격이 중심이다.

세ᄇᆡ탄 왜놈들이　　점션ᄎᆞ로 나오다가
삼ᄉᆞ션 만나보고　　돗지우고 닻출쥰다
뮌ᄃᆡ가리 벌건다리　　쳐음으로 만나보니
인형이 바히업셔　　놀랍고 더럽고나　　66~67면, 부산포

좌수포에 내려서 관찰한 모습(104~105면)은 경치가 기절하다고 기술하고 있고, 복식과 차림새에 대해서는 차이를 강조하고 있다. 일기도에서 왜녀들의 호객 행위(158~159면)에 대해서 풍속이 음란하다고 기술하고 있다.

일공에 대해 기술한 부분에서 사실에 따라 숫자와 색깔 등에 대하여 자세하게 기술하고 있다.

우리의 ᄒᆞᄅᆞ궁 ᄇᆡᆨ미가 삼슈두오
도미둘 ᄉᆡᆼ복넷과 ᄃᆞᆰᄒᆞ나 눅육ᄒᆞᆫ근
계란이 여ᄃᆞᆲ이오 강고드리 둘시ᄒᆞ고
오적어 네 마리와 무오ᄉᆡᆼ강 우방근과
기름쟝과 쵸와 차ᄅᆞᆯ 수십죵을 드러되ᄂᆞᆫ
차죵이 긔묘ᄒᆞ야 비최게 옷칠ᄒᆞ고
둥글고 소복ᄒᆞ야 모양이 긔절ᄒᆞ다
무오ᄂᆞᆫ 더욱 됴화 길고트고 물도만코
우리나라 무오의셔 ᄇᆡᆨᄇᆡᆨ나 나은지라
져므도록 먹어보니 ᄆᆡ온마시 바히업ᄂᆡ
그밧 ᄂᆞ물들도 연ᄒᆞ고 ᄉᆞᆯᄶᅵ니
토품의 고유키ᄂᆞᆫ 일로조차 알리로다
우리ᄒᆞᄅᆞ 격ᄂᆞᆫ거시 은만냥이 든다ᄒᆞᄂᆡ 168~169면

대판성에서 구경하는 사람들의 모습에 대하여, "기둥의 메여시ᄃᆡ 어룬은 뒤히안고, 아ᄒᆡᄂᆞᆫ 압히안자 일시의 구슬보ᄃᆡ, 그리만흔 사ᄅᆞᆷ들이 ᄒᆞᆫ 소ᄅᆡ를 아니ᄒᆞ고, 어린아ᄒᆡ 혹 울면 손으로 입을 막아, 못 울게 ᄒᆞᄂᆞᆫ 거동 법녕도 엄ᄒᆞ도다"(206면)라고 하여 질서를 지키고 있고 법령이 엄숙하다고 기술하고 있다.

대판성에 들어가기 전의 금루선의 모습(201~202면)에 대해서도 있는 실상과 움직임을 그대로 제시하면서 기술하고 있고, 수기를 기술한(218~219면) 부분이나, 회정 노정의 삼도에서 물레방아를 기술한(277~279면) 부분에서는 신문물에 대한 호기심뿐만 아니라 긍정적인 시선으로 높이 평가하고 있다. 수기를 기술한 부분이다.

물속의 슈긔노화 강물을 ᄌᆞ아다가
홈을 인슈ᄒᆞ여 셩안으로 드러가니

졔작이 긔묘ᄒᆞ야　　　　법바담즉 ᄒᆞ고나야
그 슈긔 ᄌᆞ시보니　　　　물네ᄅᆞᆯ ᄆᆡᄃᆞ라셔
좌우의 박은살이　　　　각각 스물여ᄃᆞᆲ이오
살마다 ᄉᆞᆺ히다가　　　　널ᄒᆞ니식 ᄀᆞᄅᆞᄆᆡ야
물속의 셰워시니　　　　강물이 널을 밀면
물네가 절로 도니　　　　살ᄉᆞᆺ히 쟈근통을
노호로 ᄆᆡ야시니　　　　그통이 물을 써셔
도라갈제 올나가면　　　　통아릐 말둑박아
공듕의 남글ᄆᆡ야　　　　말둑이 걸니면
그물이 ᄲᅩ다져셔　　　　홈속을 드ᄂᆞᆫ구나
물네가 빙빙도니　　　　뷘통이 ᄂᆞ려와셔
ᄯᅩ써셔 슌환ᄒᆞ야　　　　듀야로 불식ᄒᆞ니
인력을 아니드려　　　　ᄉᆡᆼ각희 놉흔우히
물이절로 너머가셔　　　　온셩안 긔민들이
이물을 바다먹어　　　　브죡들 아니ᄒᆞ니
진실로 긔특ᄒᆞ고　　　　묘흠도 묘ᄒᆞᆯ시고　　218~219면

한편 명호옥에서 여인들의 일색을 말하는 대목에서는 좌수포나 일기도에서 일본 여인을 기술했던 태도와는 사뭇 달라지고 있다. 대마도와 적간관, 대판성을 거치면서 18세기 후반 일본의 발전된 문물과 제도, 사람이 사는 모습을 보면서 내면에 가진 태도와는 다르게 사실에 바탕을 두고 자세하게 기술하는 방향으로 전환하고 있음을 짐작하게 하는 대목이다.

인물이 명미ᄒᆞ야　　　　연노의 ᄋᆞᆺ듬일다
그듕의 겨집들이　　　　다물속 일ᄉᆡᆨ일다
새별ᄀᆞᆺ튼 두 눈ᄡᅵ와　　　　쥬ᄉᆞᄀᆞᆺ튼 입시욹과
ᄂᆞᆺ셕은 ᄇᆡᆨ옥ᄀᆞᆺ고　　　　눈섭은 나ᄇᆡᄀᆞᆺ고

쎄옥기 굿튼 손과　　매암이 굿튼 니마
어름을 사겨시며　　눈을 무어낸둣
사롬으 혈육을　　져리곱게 삼겻눈고
됴비연 양태진이　　만고의 일ㅋ라나
예다가 노화시면　　웅당이 무식ㅎ리
월녀쳔 하빅이　　진실로 울흐시고
우리나라 복식으로　　칠보장엄 ㅎ여내면
신션인둣 귀신인둣　　황홀난측 ㅎ리로다　　235~236면

실제 사실에 바탕을 두고 자세하게 서술하고 긍정적으로 평가하는 표현은 판성을 지나고 명호옥을 거쳐 강호에 가까워지면서 더욱 강화되는 양상을 보인다.

1월 6일 녹로도에서 구경을 하면서, "아국의 잇게 되면 유믝이 만흘로다."(188면)라고 기술하고 있는 곳을 포함하여, 1월 20일 대판성에서 여염을 보고 "아국 죵노의셔 만비나 더ㅎ도다"(206면)라고 한다거나, 관소를 보고 "우리나라 대궐의셔 크고놉고 샤려ㅎ다"(207면)라고 기술한 것이 관찰한 것을 사실적으로 견주어 표현한 것이라 할 수 있다. 그러나 한편으로 이러한 호의적인 기술과는 달리 "네일을 싱각ㅎ니 셩낸 털이 니러션다"(207면)라고 하여 지난날의 기억을 굳게 지니고 있다.

정포에서 수기에 대하여 법 받을 만하다고 하였고, 대진에서는 장려한 누각과 절승한 경개를 왜놈에게 주기 아깝다고 하였으며, 2월 3일 명호옥에서 본 것을 "듕원의도 흔치 아니니, 우리나라 삼경을 갸륵다 ㅎ것만은, 예 비ㅎ여 보게 되면 믹몰ㅎ기 ㄱ이업닉"(234면)라고 하여 중국과 우리나라에 견주어도 뛰어남을 말하고 있다. 앞서 인용한 바와 같이 명호옥에서 여인들의 일색을 말한 뒤에 "우리나라 복식으로 칠보장엄 ㅎ여내면, 신션인둣 귀신인둣 황홀난측 ㅎ리로다"(236면)라고 기술한 부분은 부러움이 잔뜩 드러난 것이다. 2월 13일 상근택 물을 보고 "우리나라 공

갈모솔 장ᄒᆞ다 ᄒᆞ거니와, 여긔비겨 보게되면 자최물과 다룰손가"(248면)라고 하면서 백두산 대택수와 한라산 백록담과 견주면 어떨지 모르겠다고 반문한다.

이렇듯 새롭게 접하게 되는 대상에 대한 표현 양상은 사실에 바탕을 두고 견주는 방식으로 관찰의 엄밀함과 객관성을 담보하고 있어서, 일본의 새로운 변화를 보면서 서술 주체가 내면에서 긍정적이고 호의적인 시선을 유지하고 있음을 알 수 있다.

한편 필담과 창화[613]는 문사의 본래의 업무라 할 수 있는데, 일본에 다다른 이후 강호에 도착할 때까지 필담, 창화, 윤필 등을 문사의 여유로운 일상적인 일로 기술하고 있는데, 강호(江戶)에 도착하고 난 다음에는 그곳 문사들의 집중적인 요청을 받아서 매우 많은 사람과 쉴 틈도 없이 필담하고 수창하는 일(255~256면)을 자세하게 기술하고 있다.

그런데 필담과 창화는 대마도에서 이정암(以酊庵)의 차운(135~136면)에서 시작하여, 풍본포에서 계암(桂巖)의 네 수에 대한 차운(149면)을 비롯하여 여러 차례 지속해서 이어지고 있다. 앞에서 문사의 역할에 대하여 본업이라고 하면서 글을 받으러 오는 사람들이 선물 공세를 펼쳐도 배척하는 내용을 말했는데, 이에 대하여 역관들이 "예브터 문ᄉᆞ들이 이거슬 바다다가 치힝ᄒᆞᆫ 빗도 갑고 친구들도 주ᄂᆞᆫ지라 견례로 바드쇼셔"(165면)라고 한 것으로 보아 글 값으로 경비도 충당하고 동행하는 사람들에게 인정을 베풀기도 했던 것인데, 서술 주체는 이것을 배격하고 있다.

12월 8일 남도에서 차운을 요구한 구정로(龜井魯)에 대하여 "그듕의 구졍뇌가 시년이 삼칠이오, 필한이 여비ᄒᆞ야 보던듕 어엿브다"(170면)라고 하여 호의적 태도를 보이고 있고, 갑신년(1764) 1월 13일 비전주(肥前州)의 다섯 시객 중 근등독(近藤篤)에 대하여 "그듕의 근동둑은 무진년

613 계미통신사행의 필담 창화와 관련하여 구지현, 『통신사 필담창화집의 세계』(보고사, 2011), 246~251면, 291~316면 참조.

ᄉᆞ힝적의, 태슈의 명을 바다 ᄉᆞ신을 영접ᄒᆞ고, 정즘의 늙은 아비 도희라 ᄒᆞᄂᆞᆫ션ᄇᆡ, 셩장이와 슈창ᄒᆞ던 시ᄒᆞᆫ권 보내엿ᄂᆡ, 부ᄌᆞ가 문임으로 전후의 다 와시니, 어렵다 ᄒᆞᆯ거시오 위인이 긔특ᄒᆞ야, 필담이 도도ᄒᆞ고 시뉼이 편편ᄒᆞᆫ니, ᄇᆞᆰ도록 창화ᄒᆞ야 ᄇᆡᆨ운ᄇᆡ뉼 ᄒᆞ나히요, 칠십이운 ᄒᆞ나히며 오칠일 고시절구, 합ᄒᆞ야 혜게되면 ᄉᆞ십슈나 남ᄌᆞᆨᄒᆞ다(193~194면)라고 하여, 통신사행과의 필담에 부자가 함께 참여한 일례를 제시하기도 한다.

1월 22일 대판성에서는 병으로 누웠는데도 창화를 요구하는 시가 산더미처럼 쌓여서 억지로 지어준 사정을 기술하고, 중초(重抄)에 견지기 어려울 것이라 염려하기도 한다.

이십이일 병이드러　　하쳐의 누어시니
수업ᄉᆞᆫ 왜시들이　　뫼쳐로 빠히거ᄂᆞᆯ
강질ᄒᆞ야 지어주니　　긔운이 어렵도다
오칠뉼 절구와　　고시ᄇᆡ뉼 합ᄒᆞ여셔
다 주어 혜여보니　　일ᄇᆡᆨ삼여쉬로다
초지의 다히고져　　바로뻐셔 주엇기의
듕초의 건질적의　　반나마 니즐로라
날마다 이러ᄒᆞ면　　사ᄅᆞᆷ이 못견될쇠　　209면

1월 23일에도 식전부터 필담과 수창을 요구하는 사람들이 무수히 찾아와서 병들어 어렵기는 하지만 나라에서 문사를 파견한 이유를 이해하고 "이놈들을 졔어ᄒᆞ야 빗잇게 ᄒᆞ시미라, 병이 비록 듕ᄒᆞᆯ진들 어이 아니 지어주리, 일ᄉᆡᆼ힘을 다드려셔 풍우쳐로 휘쇄ᄒᆞ니"(214면)라고 하며 있는 힘을 다하여 대응하고 있다. 2월 1일 금수(今須)에서는 가마에서 겨우 내리자마자 왜국의 선비들이 차운하라고 보채는 것으로 기술하고 있고, 전승산(田勝山)이라는 자가 서술 주체인 퇴석(退石)의 시명이 널리 알려졌다고 칭송하고 있으며, 제자의 수수례(授受禮)에 대한 논쟁도 벌이고 있다.

가마의 계요ᄂᆞ려	숨도밋처 못쉬여셔
왜션ᄇᆡ 다엿놈이	서ᄅᆞ가며 글을드려
ᄎᆞ운ᄒᆞ라 보ᄎᆡ거ᄂᆞᆯ	됴희 펴고 먹을ᄀᆞ라
담ᄇᆡᄒᆞᆫᄃᆡ 먹을동안	여듧슈ᄅᆞᆯ 나리ᄡᅳ니
그듕의 젼승산이	글ᄡᅳᄂᆞᆫ양 ᄇᆞ라보고
필담을 뼈셔뵈ᄃᆡ	문젼의 퇴셕션ᄉᆡᆼ이
쉬짓기로 유명터니	션ᄉᆡᆼ의 ᄲᆡᄂᆞᆫ지조
일ᄉᆡᆼ처엄 보아시니	업ᄃᆡ여 뭇ᄌᆞᆸᄂᆞ니
졀연코 귀ᄒᆞᆫ별로	퇴셕인가 ᄒᆞᄂᆞ이다
내웃고 뼈셔뵈ᄃᆡ	늙고 병든 둔ᄒᆞᆫ글을
포쟝을 과히ᄒᆞ니	슈괴키 ᄀᆞ이업다
승산이 고쳐ᄒᆞᄃᆡ	쇼국의 쳔ᄒᆞᆫ션ᄇᆡ
셰상의 낫ᄉᆞᆸ다가	쟝ᄒᆞᆫ귀경 ᄒᆞ여시니
저녁의 죽ᄉᆞ와도	여ᄒᆞᆫ이 업다ᄒᆞ고
어드로 나가더니	ᄯᅩ고쳐 드러와셔
아롱보의 무엇빠고	ᄉᆞᆷ목궤의 무엇너허
니마의 손을 언고	업ᄃᆡ여 드러거ᄂᆞᆯ
바다노코 피봉보니	봉ᄒᆞᆫ우ᄒᆡ ᄡᅳ여시ᄃᆡ
각ᄉᆡᆨ대단 삼단이오	ᄉᆞ십삼냥 은ᄌᆞ로다
놀납고 어히업서	됴희에 뼈셔 뵈ᄃᆡ
그ᄃᆡ 비록 외국이나	션ᄇᆡ몸으로셔
은화ᄅᆞᆯ 갓다가셔	글갑ᄉᆞᆯ 쥬랴ᄒᆞ니
그ᄯᅳ은 감격ᄒᆞ나	의예크게 가치아녀
못밧고 도로주니	허물치 말지어다
승산이 붓그러워	ᄇᆡᆨ번이나 졍ᄉᆞᄒᆞ고

고쳐뻐셔 ᄒᆞ온말이 네브터 셩현네도
졔ᄌᆞ의 슈슈네ᄂᆞᆫ 다 바다 겨오시니
쇼싱이 이거ᄉᆞᆯ 폐빅을 ᄒᆞ옵고셔
졔ᄌᆞ되기 원ᄒᆞᄂᆞ니 물니치지 마오쇼셔
슈슈라 ᄒᆞᄂᆞᆫ거ᄉᆞᆫ 포육으로 ᄒᆞᄂᆞᆫ지라
어ᄃᆡ셔 은관으로 폐빅을 ᄒᆞ단말고
셩현ᄂᆡ 겨오셔도 바들니 만무ᄒᆞ고
내ᄆᆞᄉᆞᆷ 직덕으로 그ᄃᆡ스승될고
주고밧기 다그ᄅᆞ니 잡말말고 가져가라
승산이 도로나가 감ᄌᆞ셜당 가지고와셔
지성으로 권ᄒᆞ기의 죠금식 마ᄉᆞᆯ보고
힝듕의 시뎐지롤 열쟝으로 답네ᄒᆞ다 225~228면

이러한 필담과 창화는 2월 26일 강호에서 노당(魯堂)이 밤들도록 필담을 한 뒤에 날마다 찾아와서 온갖 말을 나누다가 문사를 따라 조선에 가겠다고 한 대목에서 절정을 이루고 있다. 문사로서 통신사 사행에 참여하였다가 해외 제자를 얻을 수 있게 된 셈이다.

위인이 강개ᄒᆞ고 거지가 경솔ᄒᆞᄃᆡ
박남강개ᄒᆞ고 총명영예ᄒᆞ야
보던듕 뎨일이요 우리의게 졍이만하
긔이ᄂᆞᆫ 말이업고 심열셩복ᄒᆞ야
ᄯᆞ라가지라고 날마다 와보채니
그 ᄯᅳᆺ이 긔특ᄒᆞ되 국법의 구애ᄒᆞ야
못ᄃᆞ려 내여오니 애ᄃᆞᆲ고 불샹ᄒᆞ다 257면

5) 임진년의 기억과 일본에 대한 인식

김인겸이 일본에 대해 가진 감정은 고정되었다고 할 정도로 경직되어 있었던 것으로 파악된다. 정사인 조엄이 『해사일기』의 말미에서, "뒤에 이 글을 보는 자 어찌 '오랑캐 땅이라도 갈 수 있다.'는 공부자의 가르침에 힘쓰지 않겠는가."라고 했던 것에 견주면, 김인겸의 입장은 처음부터 일방적인 태도를 보인다.

한강을 얼픗건너　　이릉을 지나오며
임진년을 싱각ᄒᆞ니　　분ᄒᆞᆫ눈물 졀로난다　　18면

슬푸다 슌변ᄉᆞ가　　지략도 잇건마ᄂᆞᆫ
여긔를 못딕희여　　도이를 넘게ᄒᆞ고
이막비 하ᄂᆞᆯ이라　　쳔고의 한이로다　　21면

슬푸다 임진년의　　이곳치 됴흔지리
츙무공 니장군이　　직히여 방비ᄒᆞ면
왜병이 강타ᄒᆞᆫ들　　제어이 등뉵ᄒᆞ리
삼경이 함몰ᄒᆞ고　　승예가 좌쳔ᄒᆞ샤
거의 망케 되얏다가　　황은이 망극ᄒᆞ샤
천명이 나온후의　　계유 회복ᄒᆞ여시나
간신이 오국ᄒᆞ야　　강화ᄂᆞᆫ 무ᄉᆞ일고
붓그럽고 분ᄒᆞᆫ길을　　열ᄒᆞᆫ번직 ᄒᆞᄂᆞᆫ고나
한하ᄂᆞᆯ 못닐원슈　　아조잇고 가게되니
당부의 노ᄒᆞᆫ터럭　　관을딜너 이러선다　　41면~42면

1월 20일 대판에서 금루선과 왜녀들의 모습, 연속된 인가, 법령의 엄중함 등을 차례로 긍정적으로 기술한 뒤에, 평수길의 도읍이라는 사실을 알

고는 앞에서 인용한 바와 같이 "녜일을 ᄉᆡᆼ각ᄒᆞ니 셩낸 털이 니러션다"(207면)라고 적개심을 감추지 않고 있다. 1월 28일 서경에서 "이리됴흔 텬부금탕 예놈의 긔믈되여, 칭뎨칭황ᄒᆞ고 젼ᄌᆞ젼손ᄒᆞ니, 개돋ᄀᆞᆺᄐᆞᆫ 비린뉴를 다몰속 소탕ᄒᆞ고, ᄉᆞ쳔니 뉵십쥐를 됴션ᄯᅡ ᄆᆡᆫ드라셔, 왕화의 목욕ᄌᆞᆷ겨 녜의국 ᄆᆡᆫᄃᆞᆯ고쟈"(221면)라고 한 대목에서는 왜국 땅을 우리의 영토로 만들고 싶은 욕망까지 드러내고 있다.

그리고 강호에 도착하여 국서를 전하는 과정에 자신은 관백에게 사배를 할 수 없다고 하여 참여하지 않는데, 오히려 국서 전달 과정에 대하여 궁금한 부분은 남옥의 증언을 제시하고 있다.

이십칠일 비오ᄂᆞᆫᄃᆡ　　국셔를 뎐ᄒᆞ올ᄉᆡ
ᄉᆞ신ᄂᆡᄂᆞᆫ 됴복ᄒᆞ고　　비장들은 융복ᄒᆞ고
문ᄉᆞ와 역관들은　　관복을 ᄀᆞᆺ쵸고셔
ᄉᆞ신ᄂᆡ ᄐᆞ신남여　　하줄로 메오시고
군물과 고취ᄒᆞ기　　뉵힝녜로 가오시ᄃᆡ
내 혼자 ᄉᆡᆼ각ᄒᆞ니　　내 몸이 션빈지라
ᄇᆞ졀업시 드러가셔　　관ᄇᆡᆨ의게 ᄉᆞᄇᆡᄒᆞ기
욕되기 ᄀᆞ이업서　　아니가고 누어시니
ᄉᆞ상ᄂᆡ ᄒᆞ오시ᄃᆡ　　예ᄀᆞ지 와 이시니
ᄒᆞᆫ가지로 드러가셔　　굿보고 오ᄂᆞᆫ거시
해롭지 아니ᄒᆞ니　　잇지말고 가쟈커ᄂᆞᆯ
내웃고 ᄒᆞ온말이　　국셔뫼신 ᄉᆞ신ᄂᆡᄂᆞᆫ
븟그럽고 통분ᄒᆞ니　　왕명을 뎐ᄒᆞ오니
ᄒᆞᆯ일업셔 가려니와　　글만 짓ᄂᆞᆫ 이션빈ᄂᆞᆫ
굿보랴고 드러가셔　　개돗갓튼 예놈의게
ᄇᆡ례ᄒᆞ기 토심ᄒᆞ되　　아모려도 못갈로라
…

시온을 가셔보고　　자셔히 무러보니
오던길로 도로나셔　　쉰다ᄉᆞᆺ 경문디나
ᄃᆞ리넷과 셩문세흘　　ᄎᆞ례로 디나가셔
관ᄇᆡᆨ궁의 다ᄃᆞᄅᆞ니　　뎨일문 ᄃᆞ리우희
…
이말다 드러ᄒᆞ니　　아니가고 누엇기가
진실로 잘ᄒᆞ엿ᄂᆞᆫ지라 깃브고 다힝ᄒᆞ다　　258~265면

이러한 선험적인 기억과 태도는 앞에서 살핀 바와 같이 대상에 대한 관찰과 묘사에서는 사실에 충실하면서 심도를 보여주고 있는 것과 상충되는 점도 있어서 그 추이에 대한 새로운 검토가 필요할 것으로 보인다.

이상의 독법은 지금까지 살핀 〈일동장유가〉에 대한 연구와는 다른 새로운 접근이라고 할 수 있을 터인데, 사행 체험을 다룬 다른 가사들과 견주면서 〈일동장유가〉가 지닌 의미를 정립하고, 사행이라는 공식적인 체험에서 개인의 사적인 영역이 개입되어 표현되는 양상까지 밝히게 되면 가사의 시적 진술이 지닌 의미를 새롭게 설명할 수 있는 길을 열게 될 것으로 기대한다.

5. 김익이 향유한 시가 범주

영의정까지 역임한 김익(金熤, 1723~1790)의 시가 향유는 젊은 시절 그의 지방관 체험과 유배 체험에 연결되어 매우 다양한 관심을 보인다. 〈단가〉 6수[614]가 대표적이라고 할 수 있는데, 〈단가〉를 지은 지역을 표시하여 그의 행적과 연계하여 이해할 수 있게 되었다. 그리고 그의 문집에는 지방관 체험을 유배 체험에 준하는 것으로 받아들이면서 시를 짓고 있어서 문집에 수록된 시편과 연계하여 〈단가〉 6수를 이해하면 좋을 것으로 보인다. 그 과정에서 〈관동별곡〉의 구절을 받아들이는 과정, 염체 등에 대한 관심, 신번을 들으면서 감흥을 새롭게 하기, 〈구운몽〉의 진채봉과 이름이 같은 기녀의 이름을 통해 〈구운몽〉을 환기하는 내용도 관심의 대상이 될 수 있다.

김익의 〈단가〉 6수는 치성 작 2수, 탐라 작 2수, 능성 작 1수, 동주 작 1수로 지은 곳을 따라 명명하고 있다. 김익의 〈단가〉를 지은 지역에 따라 살피면서 문집에 수록된 시가 향유와 아울러 검토하도록 한다.

1) 제주 유배와 탐라 작 2수

김익은 영조 40년(1764) 3월에 갑산부[615]에 유배된 적이 있는데, 영조 45년(1769) 2월 3일에 제주목에 천극되었다. 탐라 작 2수는 이 무렵에 지은 것이다.

瀟湘江 나린믈이 瀛洲바다 되닷말가
屈三閭 忠魂이 어듸메 노니ᄂᆞ니

---

614 김익, 「短歌」, 『竹下集』 卷之四, 『한국문집총간』 240, 298면, 단가 6수를 살핀 글로 최재남, 「시적 구성의 관습성과 형상화의 보편성」, 『고전문학의 언어와 표현』(역락, 2018), 39~62면 참조.

615 『영조실록』 103권, 영조 40년 3월 24일(을해), 『국역 영조실록』 30, 242면.

舟子ㅣ야 빅밧비저어라 一盃相吊 ᄒᆞ오리라

滄波는 ᄒᆞᆫ이업고 구룸조차 머흐런니
孤臣一葉舟를 定處업시 띄여두고
밤즁만 北斗星바라고 눈물계워 ᄒᆞ노라
右酖羅作

첫째 수는 소상강과 영주 바다를 연결되는 것으로 보면서 자신의 유배가 굴원과 견줄 수 있다고 보고 굴원의 충혼을 환기하면서 자신의 결백을 말하고 있고, 둘째 수는 일엽주를 타고 있는 외로운 신하가 북두성을 바라보며 눈물겹게 임금을 그리워하고 있음을 말하고 있다.

영조 45년(1769) 2월 3일에 김익이 이정렬 등을 변호하고 백관이 정청하다가 임금의 뜻에 거슬려 천극의 명령을 받은 것이다. 김익이 올린 상소의 내용과 임금의 처분을 살피면 다음과 같다. 김익이 정론에 바탕을 두고 임금의 병폐를 지적한 것으로 볼 수 있는데도, 임금은 심기가 불편하여 내친 것이라 할 수 있다.

응교 김익이 상소하였는데, 대략 이르기를,

"전하께서 스스로 기약하는 바가 고상하지 않은 것은 아니지만, 변하여 스스로 성스럽게 여기시는 데 이르러 방원을 규구(規矩)에서 구하지 않고 경중을 형석(衡石)에서 살피지 않으시며, 그 가르치는 바의 사람을 신하로 삼기 좋아하고 그 가르침을 받는 바의 사람은 신하로 삼기를 좋아하지 않으십니다. 근년 이래로 조금이나마 과실을 바로잡으려는 논의를 들으시면, 갑자기 거슬리는 뜻을 보이시며 이를 꺾고도 부족하게 여기셔서 견벌을 가하시고, 견벌을 가하시고도 부족하게 여기셔서 뜻하지 않은 전교와 중도에 지나친 전지가 사교의 사이에 진첩되며, 처분이 마땅한 데에서 어긋나고 거조가 공평함을 잃게 됩니다. 그리고 때로는 더러 번뇌가 극도에 달하여 지나치게 스스로 비박하게 여기셔서 스스로 위중을 떨어뜨리십니다. 이 때문에 조정의 위에서는 감히 비위에 거슬리는 말을 진계할 수 없고, 단지 성상의 뜻을 어기는 일이 없이 구차하게 작록을 보전하는 것을 현재의 제일의로 삼아서 다시 명의가 어떤 물건인지 충절이 무슨 일인지를 모르고 있습니다. 따라서 한번 까다롭고도 강직한 논의가 그 사이에서 나오면, 뭇 사람들이 비웃어 꾸짖으며 향암이라고 지목하고 소란을 일으킨다고 의심하는데, 시의가 이와 같으니 세도를 알 수 있습니다. … 따라서 진연은 스스로 진연이고, 진언은 스스로 진언이어서 사건이 각각 다르고 맥락이 서로 연결되지 않는 것인데, 진언한 것에 대해 격뇌하여 진연에 노여움을 옮겨 조정에 가득한 신료들로 하여금 몹시 동요되어 어찌할 바를 모르게 하였으니, 참으로 성교와 같이 한다면 화봉인이 성인을 축하했을 때에 익·직의 규경하는 말이 있었어야 마땅하지 않겠습니까? 아! 그날 대소 신료들 가운데 전하를 위해 한 사람도 정론을 말하는 이가 없었고, 급급하게 미봉하고는 부지런히 힘써서 부지하려는 것과 같음이 있어 임금은 있어도 신하는 없는 듯하였으니, 신은 그윽이 이를 통분스럽게 여겼습니다. … 왕자는 삼무사(三無私)를 받들어야 하는데, 어찌하여 사람을 임용하는 즈음에 사은으로 공도를 병들게 하시는 것입니까? 그런데도 대신은 감히 말하지 못하고 삼사에서는 감히 논하지 못한 채 오로지 성충을 엿보아 헤아리고는 먼저 뜻을 받들어 비위를 맞추는 것을 장계로 여기고 있으니, 『서경』에 이른바, '하늘의 일을 사람이 대신한다.'는 것이 어찌 이와 같겠습니까?"

하였다. 소장을 들이자, 김익을 통청한 전관을 파직하여 서용하지 말도록 명하였다. 여러 대신이 두려워하여 김익을 감히 논척하지 못한 것으로써 인구하고, 여러 비국 당상들을 거느리고 빈청에 나아가자 임금이 인견하고 승지에게 명하여 김익의 소장을 읽게 하였는데, 진연의 일에 이르러 임금이 잇달아 엄교를 내리기를,

"경들이 물러가지 않고 정청하면, 임금을 섬기는 것이 아니다."

하고, 인하여 일어나서 안으로 들어갔다. 여러 대신들이 뜰 아래 서서

인접을 허락할 것을 청하며 일제히 소리 높여 간절하게 애걸하자 임금이 건명문에 나아가 다시 여러 대신들을 소견하고, 또 백관과 기민을 소견한 다음 승지에게 명하여 백관과 기민에게 수연이 마땅한지의 여부를 묻게 하였다. 이에 영의정 홍봉한 등이 김익을 병예(屛裔)하라는 일로써 백관을 거느리고 정청하자, 임금이 말하기를,

"무엇 때문에 절도 안치하도록 청하지 않는가?"

하였는데, 홍봉한이 말하기를,

"마땅히 성교에 의거하여 하겠습니다."

하고, 마침내 절도에 천극(栫棘)하기를 청하니, 곧 윤허하여 제주목에 천극하도록 명하였다.[616]

김익은 한밤중에 유배지로 출발하는 심정을 다음과 같이 토로하고 있다. 제주가 힘든 유배지는 아니니까 위안이 되기는 하지만, 화살 만드는 사람과 갑옷 만드는 사람의 경우를 생각하여 어짊에 대하여 문제를 제기하기도 한다.

귀양길을 한밤중에 출발하니	謫行中夜發
별이 구르고 달이 비끼는 나루이네.	星轉月橫津
말에 기대니 논척당함이 마땅한데	仗馬宜逢斥
화살을 만드는 사람은 어찌 어질지 않는가?	矢人豈不仁
제주는 사지가 아니니	濟州非死地
성덕이 양춘을 아울렀네.	聖德倂陽春
다만 정성이 엷은 것이 안타깝고	秪恨忱誠薄
임금의 마음을 돌림에 한신에게 부끄럽네.	回天愧漢臣[617]

616 『영조실록』 112권, 영조 45년 2월 3일(병진), 『국역 영조실록』 33, 23~25면.

617 김익, 〈二月三日, 百官庭請妄言之罪, 栫棘濟州. 聞命卽發, 時已昏黑〉, 『竹下集』 卷之二, 『한국문집총간』 240, 258면.

다음은 배를 타고 제주로 가면서 읊은 것이다. 노래로서 〈도가〉와 〈어창〉을 말하고 있고, 흐르는 물결 속에 쫓겨난 신하의 시름을 씻는다고 위안하고 있다.

아득한 귀양길이 창주로 들어가니 蒼茫謫路入滄洲
끝없이 안개 낀 물결에 조각배가 떴네. 無限烟波片葉浮
산새 소리가 들리니 바람 돛이 고요하고 山鳥聲來風帆靜
섬 꽃이 밝은 곳에 바다 구름이 걷히네. 島花明處海雲收
뱃노래가 점점 이진의 숲에 가까워지고 櫂歌漸近梨津樹
고기잡이 노래는 때때로 추자도의 배와 만나네. 漁唱時逢楸子舟
반나절의 기이한 놀이가 멋대로 질탕하니 半日奇遊恣跌宕
물을 타고 쫓겨난 신하의 시름을 다 씻어내네. 乘流洗盡逐臣愁[618]

그리고 다음 시는 이진의 아전[梨津吏]과의 문답으로 이루어져 있어서 화자의 내적 갈등을 살필 수 있다. 이진은 제주로 건너가기 전의 해남의 나루터이다.

막 배를 대는 항구에서 서로 만나서 渡口相迎舟泊初
그대에게 묻나니 무슨 일로 오랑캐 땅에 유배되었나? 問君何事謫蠻墟
어리석은 나루터의 아전에게 부끄러움을 견디며 蚩蚩瀧吏堪羞殺
한공이 불교를 배척한 글을 알지 못하네. 不識韓公斥佛書
* 위는 나루의 아전이 물은 것이다.(右津吏問)

한 손으로 물결을 돌림은 계획 또한 오활한데 隻手回瀾計亦迂
성조께서 은혜를 빌려 망언을 주벌했네. 聖朝恩貸妄言誅

618 김익, 〈舟行口占〉, 『竹下集』 卷之二, 『한국문집총간』 240, 259면.

외로운 신하가 예와 이제에 누구와 서로 함께할까? 孤臣今古誰相與
나루터의 아전이 어리석지 않고 너가 더 어리석네. 瀧吏非愚爾更愚
* 나루의 아전에게 답하는 것이다.(右答津吏)[619]

나루터의 아전 이름은 문달오인데, 풀려나서 돌아오는 길에 술을 준비하여 기다리고[620] 있기도 하였다.

김익의 제주 유배는 그렇게 오랜 계속되지 않고 2월 29일에 풀려났다.

2) 경성판관 부임과 치성 작 2수

김익의 치성 작 2수는 영조 46년(1770) 8월에 경성판관으로 부임한 뒤에 지은 것이다. 치성은 함경도 경성의 옛 이름이다.

白日은 지를넘고 黃河는 바다로 든다
千里目 다ᄒᆞ오려 一層樓 올나가니
님겨신 九重金闕이 어듸멘고 ᄒᆞ노라

壽星樓 달발근 밤에 去國愁도 흠도홀샤
思美人 ᄒᆞᆫ 曲調를 눈믈섯거 일워두고
塞鴈이 向南飛홀 제 님겨신듸 부치고져
右雉城作

『승정원일기』[621]에서는 응교로 있던 김익을 경성판관에 특차(特差)했

619 김익, 〈梨津倉吏文達五求見疏本, 致意頗勤, 笑占梨津吏問答〉, 『竹下集』 卷之二, 『한국문집총간』 240, 259면.

620 김익, 〈向大芚寺, 路過梨津. 文達五携酒迎拜路左〉, 『竹下集』 卷之二, 『한국문집총간』 240, 260면.

621 『승정원일기』 1308책(탈초본 73책) 영조 46년 8월 8일(신사), 備忘記, 傳于李碩載曰, 國有暮年其君, 其亦誰子, 而此何臣, 此何景象? 駭然. 儒臣金熤, 特差鏡城判官,

다고 기록하고 있다. 이에 대해 김익은 경성판관에 보임된 일을 척보(斥補)로 인식하고 있다. 이해 정월에 사근찰방으로 좌출[622]된 경험이 있는 김익이 임금과의 사이에 어긋남이 있는 것으로 받아들일 수 있게 된 것이다. 치성 작에서 〈사미인곡〉을 언급하고 있거나, "구중금궐", "님겨신 듸" 등을 드러내고 있는 데서 그 내면을 짐작할 수 있다.

동문을 나서면서 소식을 전하는 기러기를 환기하면서 도착할 무렵이면 귀문관 바깥으로 눈이 날릴 것이라고 염려하고 있다.

아침에 대궐문을 사직하매 오운이 아득한데	朝辭閶闔五雲遙
지난밤 무서리가 기러기 행렬에 나부끼네.	昨夜微霜鴈陣飄
삼명에 어찌 전철의 가르침을 잊으랴?	三命寧忘前哲訓
한 대장기에 오히려 성은의 넉넉함을 느꺼워하네.	一麾猶感聖恩饒
거친 교외의 쇠약한 버드나무에 까마귀가 막 정하고	荒郊衰柳鴉初定
유배 길 차가운 별이 말이 교만하지 않네.	謫路寒星馬不驕
변새 산의 가을빛이 이을 것을 상상하니	想得邊山秋色早
귀문관 밖에는 눈이 날리리.	鬼門關外雪蕭蕭[623]

경성으로 가는 길에 포천, 연송포, 안변, 영흥, 함관령, 북청, 마운령, 시중대, 이성, 마천령, 성진, 길주, 명천 등을 거쳐 눈이 날릴 것이라 짐작했던 귀문관에 이르자 다음과 같이 읊고 있다.

쌍벽이 휑하게 좁은 길을 도는데	雙壁谽谺狹路回

其令倍三道赴任, 到任日字, 令道臣狀聞.

622 김익, 〈庚寅之正月, 再違宮啣召牌, 坐黜沙斤郵. 馬上口占〉, 『竹下集』 卷之二, 『한국문집총간』 240, 260면.

623 김익, 〈八月之初, 承雉城通判斥補之命. 肅謝後仍辭陛出東門〉, 『竹下集』 卷之三, 『한국문집총간』 240, 267면.

차가운 바람이 싸하게 석양을 재촉하네.　凄風淅瀝夕陽催
어두침침하여 문득 담 사이를 지나는 듯한데　沉沉却似墻間度
우수수 소리가 땅 속에서 온 것 같네.　窣窣如從地底來
괴로운 안개에 반쯤 젖어 길손이 눈물을 흘리는데　苦霧半霑行客淚
우는 여울은 얼마나 쫓겨난 신하의 슬픔을 지을까?　鳴瀧幾作逐臣哀
숲이 그늘진 만상이 인간세상이 아니니　森陰萬象非人世
도깨비가 울부짖고 이매가 끼어 애처로움이 열리지 않네.　魅嘯魑烟慘不開[624]

그리고 경성에 들어가면서 다음과 같이 읊고 있다.

변새의 관문에 삼순 동안 나그네의 일정을 마치니　關塞三旬了客程
큰 느릅나무에 잎이 떨어지고 저녁구름이 편평하네.　長楡葉脫暮雲平
팔락팔락 바람 깃발은 장군의 성채이고　風旗獵獵將軍壘
아른거리는 구름 성가퀴는 숙신의 성이네.　雲堞依依肅愼城
들판의 수루로 돌아가는 까마귀는 초택에 이어서 다하고　野戍歸鴉連楚盡
해문의 외로운 달은 물결을 뒤집어 환하네.　海門孤日倒波明
쫓겨난 신하가 도리어 변문의 임무를 띠었으니　逐臣猶帶邊門任
오리 관청 길에 군교들이 맞이하네.　五里官街列校迎[625]

종5품의 지방관인 판관으로 부임한 것이니 공무에 진력해야 할 터인데, 쫓겨난 신하로 받아들이고 있어서 일상적인 북관 체험이라고 할 수 없을 것이다. 그런데 찰방인 심 아무개가 서울로 돌아간다고 하니, 송별의 술자리에서 다음과 같이 읊고 있다.

624 김익, 〈鬼門關〉, 『竹下集』 卷之三, 『한국문집총간』 240, 268면.
625 김익, 〈入鏡城〉, 『竹下集』 卷之三, 『한국문집총간』 240, 269면.

맑은 거문고가 현과 떨어져 움직이고	淸瑟離絃動
새벽별은 점점 드물려 하네.	晨星稍欲稀
관산에서 나그네가 된 지 오래인데	關山爲客久
서울로 돌아가는 사람을 보내네.	京洛送人歸
길을 따라 멀리 산이 구르고	路逐遙山轉
달빛이 비치는 옛 성곽이 희미하네.	月臨古郭微
술이 깨니 빈 관아가 고요하고	酒醒虛舘靜
나그네 생각이 더욱 의의하네.	羈思更依依[626]

그리고 절구 8수로 치성[경성]의 짧은 병풍에 짓는다고 하면서 경성의 풍광과 감회를 기술하고 있는데, 여전히 쫓겨난 신하가 서울을 그리는 마음이 담겨 있다. 둘째, 다섯째, 여덟째 수를 보도록 한다.

其二

치성은 대도회라	雉城大都會
여섯 고을의 산을 휘감아 두르네.	控帶六州山
변방의 관문이 중함을 위하여	爲是邊門重
수루에 바다 고리가 엷네.	戍樓薄海環

其五

유배된 신하는 삼추가 다하는데	謫宦三秋盡
향수가 만 리에 아득하네.	鄕愁萬里遙
높은 누대에서 큰 바다를 내려보니	高樓臨瀚海
창 밖에서 물결 소리가 휘네.	窓外浪聲挑

626 김익, 〈夜設小酒, 送沈督郵還京. 悄坐口占〉, 『竹下集』 卷之三, 『한국문집총간』 240, 269면.

其八

나라를 떠나 삼천 리에　　去國三千里
관산에는 나무에 잎이 지네.　　關山落木時
미인이 〈출새곡〉을 노래하고　　佳人歌出塞
팔락팔락 서풍이 부네.　　獵獵胡風吹[627]

앞에 인용한 시에서 미인이 〈출새곡〉을 부른다고 했는데, 경성의 기녀가 검무를 추는 것을 적기도 하였다. 노래를 부르는 자리에서 초운상수(楚雲湘水)라는 남녀의 그윽한 정을 말하면서도, 이면에는 임금에 대한 그리움을 빠뜨리지 않는다.

봄이 비단 소매에 돌고 칼 꽃이 밝은데　　春回錦袖劍花明
오는 데에 뜻을 머금고 가는 데에 놀란 듯하네.　　來若含情去若驚
땀이 향기로운 뺨을 적시니 울리는 노리개가 쉬고　　汗透香腮鳴珮歇
노래 자리에 한바탕 웃으니 초나라 구름이 비꼈네.　　歌筵一笑楚雲橫[628]

시제에서 "용서를 받고 풀려남[蒙宥]"이라고 하여 경성판관의 공무를 유배로 받아들이고 있어서, 돌아가는 마음을 다음과 같이 진술하고 있다.

북두성이 굴러 새벽종을 재촉하는데　　斗轉晨鍾促
먼 길 갈 말도 한 번 우네.　　征驂亦一鳴
돌아갈 노정에는 봄이 일렁이는데　　歸程春欲動
귀양살이 끝에 해가 함께 찼네.　　謫限歲俱盈
지는 달이 낮은 산에 아득하고　　落月遙低峀
변새의 구름은 성을 누르며 빛나네.　　邊雲迥壓城

627 김익, 〈八絶題雉城短屛〉, 『竹下集』 卷之三, 『한국문집총간』 240, 269면.
628 김익, 〈觀雉城妓劍舞〉, 『竹下集』 卷之三, 『한국문집총간』 240, 270면.

동쪽이 밝아지면 내가 떠나리니 東明吾且發
이별의 노래를 소리를 멈추지 마시라. 別曲莫停聲[629]

한편 돌아오는 길에 영흥의 객관에서 열두 살짜리 문천의 기녀 동명월이 신번으로 노래를 부르는데 모든 가락에 두루 능통하다고 하였다.

판자를 울리는 세 소리에 달이 자리에 오르는데 鳴板三聲月上茵
신번이 청절하여 들보의 먼지를 일으키네. 新翻淸切起樑塵
꾀꼬리 새끼의 고운 말에 꽃의 마음이 일렁이니 雛鶯嫩語花心動
관산의 첫 봄을 잡으리. 占得關山第一春[630]

3) 철원 유배와 〈관동별곡〉 환기

김익은 영조 51년(1775) 1월에 철원부의 풍천역에 3년간 도배하라는 명령[631]을 받게 된다. 젊은 시절 금강산 유람을 하면서 드나들던 곳이기도 하다. 동주 작 1수는 이때 지어진 것이다.

山窓이 寂寞ᄒᆞ니 夕陽이 거의로다
松杉 깁흔골의 伐木聲이 丁丁ᄒᆞ니
이곳의 隱君子잇ᄂᆞᆫ야 ᄎᆞᄌᆞ볼가 ᄒᆞ노라
右東州作[632]

다른 지역과는 달리 특별한 감정의 노출이 없는 편이다. 적막한 깊은

629 김익, 〈蒙宥將歸, 夜坐口占〉, 『竹下集』 卷之三, 『한국문집총간』 240, 270면.

630 김익, 〈永興客館, 聽文川妓洞明月唱歌, 年方十二, 遍能諸調〉, 『竹下集』 卷之三, 『한국문집총간』 240, 270면.

631 『승정원일기』 1359책(탈초본 76책) 영조 51년 1월 4일(임자), 金熤鐵原府豐田驛徒三年定配.

632 김익, 「短歌」, 『竹下集』 卷之四, 『한국문집총간』 240, 298면.

골짜기에서 은군자를 찾아보겠다는 마음이 드러나고 있을 뿐이다.

동쪽 성문을 나서는 마음을 다음과 같이 기술하고 있다. 유배살이이기는 하지만 선계와 가까워진 듯한 마음이라는 것이다.

빠듯한 일정에 새벽에 나서서 동문에 오르니　嚴程曉出上東門
말 머리에 외로운 봉우리 철원이 보이네.　馬首孤峯見鐵原
삼부의 연하가 가고 또 퍼지는데　三釜烟霞行且遍
유배살이가 오히려 선계와 가까워진 듯하네.　謫居猶得近仙源[633]

그런데 다음의 시 〈철원〉에서는 〈관동별곡〉에서 북관정을 읊은 대목을 환기하고 있다. 평소에 〈관동별곡〉에 대한 관심을 짐작하게 한다. 〈관동별곡〉에서 북관정에 올라 "동주 밤 계오 새와 북관정의 올나ᄒᆞ니, 삼각산 제일봉이 ᄒᆞ마면 뵈리로다"라고 읊은 대목을 환기하면서, 공무로 지나간 송강과 유배살이를 온 자신을 견주면서 임금에 대한 그리움을 놓치지 않고 있다.

지는 해가 산을 머금어 저녁연기가 밝은데　落日啣山夕烟明
나의 걸음이 벌써 동주 성에 닿았네.　我行已到東州城
동주 성 안에는 눈이 아직 녹지 않고　東州城裏雪未消
구름이 걸린 나무가 무성하여 바람이 어지럽게 우네.　雲木扶踈風亂鳴
길의 먼지가 얼굴에 올라 의상이 차갑고　行塵上面衣裳冷
주인이 나에게 유하잔을 권하네.　主人勸我流霞觥
지나온 길에 나무가 잠기고 새도 다하는데　樹沒鳥窮來時路
장정과 단정에는 구름이 어둑하네.　長亭短亭雲冥冥
갑자기 높은 용마루가 숲 끝으로 솟아남을 보니　忽見危甍出林端

633 김익, 〈入京聞定配鐵原, 出東城〉, 『竹下集』 卷之三, 『한국문집총간』 240, 278면.

높고 높은 이곳이 북관정임을 알겠네.	高高知是北寬亭
송강의 가사가 지금까지 슬프니	松江歌曲至今悲
내가 올라가서 왕경을 바라보고 싶네.	我欲登之望王京

* 송강의 〈관동별곡〉에 "동주 밤 계오 새와 북관정의 올나ᄒᆞ니 삼각산 제일봉이 ᄒᆞ마면 뵈리로다"의 노랫말이 있다.(松江關東別曲, 有東州夜纔過, 北寬亭登臨, 三角山第一峯, 庶幾乎可見之辭)[634]

한편 〈감흥〉 10수는 동주에서 느끼는 마음을 정리한 것이다. 경성에서 절구 8수로 읊은 것에 비해 율시 10수로 읊고 있는데, 철원의 규모와 내력이 그만큼 풍성하기 때문일 것이다. 첫째, 셋째, 아홉째 수를 보도록 한다. 아홉째 수에서 자신의 신세를 굴원에 견주고 있는 점은 김익 시에서 두드러진 공통점이라 할 수 있다.

동주는 산수의 땅인데	東州山水地
유배살이가 봉래산에 가깝네.	謫居近蓬壺
바위에 깃들이며 고고하고 맑은 뜻을 기르고	巖棲養孤淸
기거에 흰 구름을 갖추었네.	起居白雲俱
삼부폭포와 고석정은	三釜與高石
붉은 계수나무가 계곡 길에 굽었네.	丹桂紆澗途
먼 데서 쓸쓸한 외성에 들 것을 생각하니	遐想入寥廓
먼지 묻은 마음이 담박하여 아무것도 하고 싶지 않네.	塵機淡欲無

其三

옛 정자가 산꼭대기에 기댔는데	古亭依山頂
푸른 이내 바깥에 날개와 같네.	翼然靑嵐外
먼저 임하니 학야가 길고	前臨鶴野長

634 김익, 「鐵原」, 『竹下集』 卷之三, 『한국문집총간』 240, 279면.

우거진 숲이 하늘 멀리 크네.	莽蒼天遠大
성의 그늘이 서쪽 빛에 숨고	城陰隱西光
트인 처마가 소나무 울림에 뜨네.	踈欞泛松籟
삼각산을 볼 수 없거니와	三角不可見
뜬구름이 저녁에 아른거리네.	浮雲暮晻藹

其九

장식 없는 거문고를 가을 달빛에 펴고	素琴張秋月
멀리 미인과 함께 하기를 기대하네.	遙與美人期
미인은 나를 돌아보지 않는데	美人不我顧
자연의 소리가 부질없이 절로 기이하네.	希音空自奇
거문고가 적료함에 미치니	瑤徽遂寂寥
이 곡에 화답할 사람은 누구인가?	此曲和者誰
지음을 천고에 부치니	知音寄千古
멱라수에 흰 물결이 오르네.	汨羅揚素漪[635]

4) 〈능성호사가〉와 능성 작 1수

능성은 평안도에 있는 삼등(三登) 고을을 가리키는데, 능성이라고 불렀던 곳이다. 김익은 영조 49년(1773)에 강계부사, 정조 즉위년(1776)에 영변부사 등을 지낸 적이 있고, 여러 차례 사행에 참여하였기 때문에 능성에 들른 시기를 특정하기는 쉽지 않으나, 영조 50년(1774) 10월에 동부승지로 임명되었을 때, 형의 임소인 삼등[636]에 있는 바람에 체직된 기록이 확인되므로, 이 무렵에 지은 것으로 볼 수 있다.

능성 작 1수는 유배살이와 관련된 작품들과는 달리 붉은 여뀌꽃이 깊

635 김익, 「感興」, 『竹下集』 卷之三, 『한국문집총간』 240, 280면.

636 『승정원일기』 1356책(탈초본 76책) 영조 50년 10월 14일(갑오), 上曰, 今日試官, 誰稱關西在外乎? 晦曰, 同副承旨金熤, 在其兄三登任所矣. 命書傳敎曰, 承旨金熤許遞.

은 한적한 강호에서 지내는 삶을 읊고 있으며, 더욱이 백구에게까지 아는 척 하지 말라고 할 정도로 은거의 태도가 보인다.

春明門 下直ᄒᆞ고 赤壁江 나려오니
紅蓼花 깁흔곳의 흰빗치 ᄉᆞ이ᄉᆞ이
白鷗야 날본체말아 世上알가 ᄒᆞ노라
右能城作

그런데 김익의 문집에는 능성과 관련하여 〈능성호사가〉라는 작품이 있어서 주목할 수 있다. 능성의 호사는 일흔 두 살의 민노인으로 마음대로 노래하는데 상성(商聲)을 잘하고, 〈양관곡〉의 3첩과 5첩도 부른다고 하였다.

능성의 호사가 가장 풍류스러운데	能城豪士最風流
흰 머리로 황학루에서 높이 노래하네.	白首高歌黃鶴樓
울림이 차가운 강에 들어가 급한 물결이 생기는데	響入寒江生急浪
물가의 날짐승이 다 날아 노룡이 시름하네.	渚禽飛盡老龍愁

其二

상성 한 곡이 높은 누대에 일렁이는데	商聲一曲動危樓
서풍에 서리 내린 살쩍이 흰 가을에 닿네.	霜鬢西風接素秋
〈양관곡〉 3·5결을 다 노래한 뒤에	唱盡陽關三五闋
차가운 강가 잎이 진 나무가 모두 시름과 떨어지네.	寒江落木摠離愁[637]

그리고 따로 수록한 〈증민노인〉에서도 민노인이 부르는 노래 〈성루곡〉

637 김익, 〈能城豪士歌二疊, 贈閔老人. 以答三律一絶之贐, 閔老年方七十有二, 能倚醉登樓, 放歌作商聲〉, 『竹下集』 卷之四, 『한국문집총간』 240, 285면.

을 말하고 있는데 신번이라고 하였다. 그런데 이 〈성루곡〉이 어떤 내용인지 확인하기 어렵지만 혹여 김익이 경성에서 지은 단가에 나오는 '수성루'를 가리키는 것일 수도 있다.

비 갠 봄 산에 버들이 펴지려 하는데	雨歇春山柳欲舒
〈성루곡〉 한 곡은 술이 깰 때이네.	星樓一曲酒醒初
신번이 아직도 소리마다 초성을 띠니	新翻尙帶聲聲楚
쇠약한 얼굴에 빈발이 성김을 한탄하지 마시라.	莫歎衰顔鬢髮疎[638]

한편 능성의 기녀 진채봉이 〈구운몽〉에 나오는 진채봉과 같다는 데서 염체를 짓기도 하였다. 진루는 진 목공(秦穆公)이 그의 딸 농옥(弄玉)과 소사(蕭史)를 위해 지어 준 누대 이름으로 봉루(鳳樓) 혹은 봉대(鳳臺)라고도 하는데, 채봉이라는 이름이 바로 아름다운 봉황으로 봉루, 진루와 이어진다고 보고, 진루의 꿈이 어긋났으니, 채작(彩鵲)을 기다리겠다고 하고 있다. 봉 대신 까치라는 셈이다.

버들이 드리운 장대에 뒷기약을 맺었는데	垂柳章臺結後期
진루의 한 꿈이 또 어긋나네.	秦樓一夢又差池
이별 자리에서 좋은 인연이 엷다고 탄식하지 말라.	離筵莫歎佳緣薄
봄바람에 머무르며 채색 까치 시를 기다리네.	留待春風彩鵲詩[639]

〈단가〉 6수를 중심으로 김익의 시가 향유를 검토했는데, 김익은 외직 경험을 유배로 인식할 정도로 외직을 기피하는 태도를 볼 수 있다. 다만 탐라 작, 치성 작, 동주 작, 능성 작 등으로 〈단가〉를 지은 곳을 표시하고

---

638 김익, 〈贈閔老人〉, 『竹下集』 卷之四, 『한국문집총간』 240, 286면.

639 김익, 〈能城妓秦彩鳳名同雲夢仙娥, 戲成艶體一絶〉, 『竹下集』 卷之四, 『한국문집총간』 240, 285면.

있어서, 문집의 시편들과 견주어 살필 수 있는 이점이 있는 점을 지적할 수 있다.

V

18세기 시가사의 새로운 변화 양상

1. 문답 시가를 통한 주체적 태도 표현

문답 시가는 두 명 이상의 화자가 서로 묻고 답하는 시가 작품을 가리키는데, 수작(酬酌), 호응(呼應) 등의 방식으로 이해할 수도 있다. 이미 『청구영언』 「만횡청류」 이후에 한 작품 안에서 두 사람의 화자가 등장하는 경우도 있고, 두 작품 이상으로 확장되는 경우도 있다. 그리고 가사에 있어서도 〈송여승가〉, 〈승답사〉, 〈재송여승가〉, 〈승답사〉와 같이 여승과 대장부 사이의 문답 또는 화답으로 이어져서 연작으로 나타나는 경우도 있고, 〈화전가〉와 〈반화전가〉와 같이 서로 다른 입장을 드러내는 경우도 있으며, 〈조화전가〉와 〈반조화전가〉와 같이 일반적인 〈화전가〉를 조롱하는 듯한 〈조화전가〉가 나오자 이러한 태도를 반박하는 〈반조화전가〉가 등장하여 서로 다른 화자가 자신의 입장에서 반론을 제기하는 사례도 나타났다.

실례로 화자의 태도에서 변화가 일어나는 현상은 이른바 호아형 시조에서 '아희야'를 불러서 일방적 명령을 내리던 발화가 '아희'로 설정된 화자가 거절의 태도를 보이거나 '~동~동 ᄒᆞ여라'와 같이 유보적 태도를 보이는 사례[1]에서 이미 확인할 수 있는데, 단시조에서 명령과 전언으로, 장시조에서 명령과 대답으로 잡가에서 부탁과 대응으로 변하고 있다.

이러한 현상은 화자의 일방적인 진술로 이어지는 시가의 표현 태도가 화자의 주체적이고 개성적인 태도를 표현하는 방향으로 전환되고 있음을 보여주는 것이라 할 수 있다. 일방적인 명령이 그대로 통용되지 않은 사회 변동을 반영한 것이라 할 수 있다.

1) 장시조의 문답 양상

어이려뇨 어이려뇨 싀어마님아 어이려노

1 최재남, 「호아형 시조의 성격 변화」, 『서정시가의 인식과 미학』(보고사, 2003), 245~265면.

소대남진의 밥을 담다가 놋쥬걱 줄를 부르쳐시니 이를 어이ᄒᆞ려뇨 싀어마님아
져 아기 하 걱정 마스라 우리도 져머신 데 만히 것거 보왓노라

『청구』 478

이 작품은 화자가 며느리와 시어머니로 설정되어 있는데, 샛서방[소대남진]을 둔 며느리가 샛서방의 밥을 담다가 놋 주걱을 부러뜨리고 시어머니에게 하소연하자, 시어머니가 자신도 젊었을 때 많이 겪은 일이라고 위안을 주는 내용이다. 샛서방의 설정이 파격적이지만 화자 사이의 갈등을 아주 간단하게 해결하고 있다는 점에서 희극적이다.

그런데 다음과 같은 작품에서는 첩과 아내의 갈등이 그대로 노출되어 있다.

져 건너 월앙바희 우희 밤즁마치 부헝이 울면
녯ᄉᆞ람 니른 말이 놈의 시앗 되야 즛뭡고 양믜와 백반 교사ᄒᆞᄂᆞᆫ 져믄 쳡년이 급살 마자 죽ᄂᆞᆫ다 ᄒᆞ데
쳡이 대답ᄒᆞ되 안해님겨오셔 망녕된 말 마오 나ᄂᆞᆫ 듯ᄌᆞ오니 가옹을 박대ᄒᆞ고 쳡 새옴 심히 ᄒᆞ시ᄂᆞᆫ 늘근 안ᄒᆡ님 몬져 죽ᄂᆞᆫ다데

『청구』 564

부엉이 울음이 앞으로 일어날 일을 예고한다고 하면서 옛사람들이 이른 말을 환기하는데, "쳡년"과 "늘근 안ᄒᆡ님"이 서로 다른 진술을 하고 있다. "녯ᄉᆞ람 니른 말"은 일반적으로 인정되는 말일 터인데, "나ᄂᆞᆫ 듯ᄌᆞ오니"는 자신에게 유리하게 받아들이고 있다. "니른"과 "듯ᄌᆞ오니"의 차이가 현격하게 드러난 것이다. 단정적으로 말할 수는 없어도 일반적으로 죽는 순서로 따지면 늙은 아내가 먼저 죽을 수 있지만, "부엉이 울음"이 주는 불길함으로 첩이 "급살 마자" 죽을 수 있으니, 두 화자의 대립과 갈등은 증폭되어 나타난다.

이한진 편 『청구영언』(연민본)에는 동냥 승과 홀 거사의 문답이 비유적으로 제시되고 있다. 동냥 승은 여승으로 추정되고 홀 거사는 남승으로 추정된다.

어와 게 뉘옵신고 거넌 불당 동녕승이 내올너니
홀 거사 혼자 자시는 방 말독 겻희 내 숑낙걸나 와숩더니
오냐야 걸기는 거러라커니와는 훗말 업시 ᄒᆞ여라 『청구』(연민본) 229

홀 거사가 혼자 자는 방에 동냥 승이 송낙을 걸러 왔다고 밝히는 데서 비유적인 의미로 해석할 수 있는 대목이다. 그런데 홀 거사는 태연스레 옷을 거는 일은 할 수 있는 일이지만, 뒤탈이 생기지 않게 하라고 답한다. 일상적인 진술로 보면 그저 송낙을 걸러 왔을 뿐인데, 홀 거사가 혼자 자는 방에 송낙을 건다는 것이 비유적이거나 상징적인 의미로 해석될 수 있어서 동냥 승과 홀 거사의 대화를 주목하게 되는 것이다.

그리고 『해동가요』(주씨본)에는 여승에게 구애를 하는 작품이 실려 있다.

삭발위승 앗가온 각씨 이ᄂᆡ말을 들어보소
어득적막 불당안ᄒᆡ 염불만 외오다가 ᄌᆞ네 인생 죽은 후ㅣ면 홍독기로 탁을 괴와 책롱에 입관ᄒᆞ야 더운불에 찬지되면 공산 구즌비에 우지지는 귀ㅣ것시너 안인가
진실로 마음을 둘으혐연 자손만당ᄒᆞ여 헌멀이에 니ᄭᅬ듯시 닷는놈 긔는놈에 영화부귀로 백년동락 엇더리 『해동가요』(경성제국대학) 102면

여승을 꾀기 위한 구애의 글로 보이는데, 이 작품은 실제 〈승가〉라는 이름의 연작 가사에서 〈재송여승가〉의 일부분으로 전승되고 있어서 관심을 끌고 있다. 다음 항목에서 자세하게 살펴보도록 한다.

2) 여승을 향한 구애와 반응

〈송여승가〉, 〈승답사〉, 〈재송여승가〉, 〈여승재답사〉의 연작으로 전해지면서 남성이 여승을 향한 애정을 표현하고 그에 대응하는 여승의 태도를 드러낸 노래는, 표면적으로 계양 호걸 또는 경화 호걸과 여승이 화자로 설정되어 있으면서, 삼첩(三疊)의 노래로 인식되고 있다. 그리고 위의 네 편 앞에 수록된 〈승가타령〉은 〈송여승가〉와 〈승답사〉를 통합하여 정리한 것이다. 이 작품들은 남도사[2]가 짓거나, 남철이라는 인물과 망월사의 여승 옥선이 계묘년에 서로 주고받은 것[3]으로 알려지기도 하고, 남휘(南徽)라는 구체적 인물로 지목되기도 한다.

우선 이본에 따른 양상을 도표로 정리하면 다음과 같다.

이	수록 작품	비고
『악부』 상[4]	〈승가타령〉	긔록, 망월당승, 이팔
『악부』 상	〈송녀승가〉	두미월계, 廣나루, 밧場門
『악부』 상	〈승답ᄉᆞ〉	경화 호걸, 달바위, 살곳디
『악부』 상	〈ᄌᆡ송녀승가〉	죽으면 네 알이라
『악부』 상	〈녀승ᄌᆡ답ᄉᆞ〉	장안 호걸, 극락세계, 섬기리라
『가집』 二[5]	〈승가타령〉	기록, 망월당승, 이팔
『가집』 二	〈송여승가〉	두미월계, 廣나루, 밧場門
『가집』 二	〈승답사〉	경화 호걸, 달바위, 살곳이
『가집』 二	〈재송여승가〉	죽으면 네 알이라
『가집』 二	〈여승재답사〉	장안 호걸, 극락세계, 셤기리라
『아악부가집』[6]	〈승가타령〉	기록, 망월당승, 이팔

2 『해동유요』에 수록된 〈승가*남도사〉를 가리킨다. 『국어국문학』 96(국어국문학회, 1986), 415면.

3 김팔남, 「연정가사 〈승가〉의 실상 고찰」, 『어문학』 81(한국어문학회, 2003), 김유경, 「편지 왕래형 구애가사 연구」, 『연민학지』 5(연민학회, 1997) 참조.

4 김동욱·임기중 공편, 『악부』 상(태학사, 1982).

5 김동욱·임기중 공편, 『가집』 二(태학사, 1982).

6 김동욱·임기중 공편, 『아악부가집』(태학사, 1982).

『아악부가집』	〈송여승가〉	두미월계, 廣나루, 밧場門
『아악부가집』	〈승답사〉	경화 호걸, 달바위, 살곳이
『아악부가집』	〈재송여승가〉	죽으면 네 알이라
『아악부가집』	〈여승재답사〉	장안 호걸, 극락세계, 섬기리라
『상사별곡』[7] (강전섭 소장)	〈승가〉	두양골, 광나루, 마장문
『상사별곡』 (강전섭 소장)	〈승답가〉	계양 호걸, ᄃᆞᆰ바회, 살ᄭᅩ지
『해동유요』[8]	〈승가 *남도사〉	斗渼골, 廣ᄂᆞᄅᆞ, 馬場門
『해동유요』	〈승답가〉	계양 호걸, ᄃᆞᆰ바회, 살ᄭᅩ지
『해동유요』	〈회답가〉[9]	
『승가 *남철』[10] (『전가보장』 소장)	〈승가 *남철〉	〈승가〉; 두미편ᄂᆞ, 광나로, 밧장문
『승가 *남철』 (『전가보장』 소장)	〈승가 *남철〉	〈승답〉; 경화 호걸, 달바위, ᄉᆞᆯ곳지
『승가 *남철』 (『전가보장』 소장)	〈승가 *남철〉	〈답승〉; 아마도 션ᄉᆞ님 맛나 운우지정을 ᄆᆡᆺ계되면
『승가 *남철』 (『전가보장』 소장)	〈승가 *남철〉	〈승우답〉; 밋ᄂᆞ니 낭군이요 바라ᄂᆞ니 후ᄉᆞ로다. 한몸밧치ᄂᆞ니 허실ᄃᆡ로 허소셔
『녀승답셔』[11] (임기중 소장)	〈녀승답셔〉 (〈남승답셔〉 포함)	셰상 호걸, ᄃᆞᆰ바회
『녀승답셔』 (임기중 소장)	〈녀승우답셔〉	허소이 ᄉᆡᆼ각마오 ᄇᆞ라ᄂᆞ니 장부요 밋ᄂᆞ니 후ᄉᆡ라 북원낭군을 진둥둥ᄒᆞ쇼셔

몇몇 특징을 바탕으로 확인한 결과 우선 『악부』, 『가집』, 『아악부가집』

---

7 임기중 편, 『역대가사문학전집』 25(아세아문화사, 1999), 409~414면.

8 김태범 소장, 『해동유요』(『국어국문학』 96, 1986 영인)에 〈승가*남도사〉, 〈승답가〉, 〈회답가〉 3편이 수록되어 있다. 손태도·정소연 엮음, 『해동유요 영인본』(박이정, 2020), 8~16면 영인.

9 『해동유요』 목록과 본문에 〈자답가(自答歌)〉로 되어 있으나, 본문의 내용을 고려하면 〈회답가(回答歌)〉로 읽는 것이 순리일 듯하여 〈회답가〉로 고치고자 한다.

10 『전가보장』에 〈승가*남철〉로 수록되었는데, 임기중 편, 『역대가사문학전집』 41(아세아문화사, 1999), 95~104면에 영인되어 있다.

11 임기중 편, 『역대가사문학전집』 35(아세아문화사, 1999), 190~197면.

에 수록되어 5편으로 구성된 연작의 작품은 같은 계열로 선행본을 보고 필사한 것으로 추정되며, 『상사별곡』(강전섭 소장)에 수록된 〈승가〉와 〈승답가〉의 2편, 『해동유요』에 수록된 〈승가*남도사〉, 〈승답가〉, 〈회답가〉의 3편이 다른 계열로 보인다. 그리고 『전가보장』에 소장된 〈승가*남철〉에 포함된 연속의 4편이 또 다른 계열로 보이고, 『녀승답셔』(임기중 소장)에 수록된 〈녀승답셔〉, 〈남승답셔〉, 〈녀승우답셔〉의 3편도 다른 계열로 보인다.

기본적인 줄거리는 스승의 심부름으로 출행을 한 망월사의 여승이 두미협에서 한 남성(계양 호걸 또는 경화 호걸)을 만나 동행하면서 광나루와 마장문을 지나 달바위(돍바위)와 살곶이에서 헤어진 뒤에 각각 돌아갔는데, 남성이 여승을 잊지 못하여 서간을 보내고 구애의 뜻을 전하자 여승이 답을 보내어 거절하고, 남성이 다시 여승에게 서간을 보내어 간청하자 여승이 재답신을 하면서 자신의 태도를 기술하는 것으로 이어진다. 표기나 표현에서 "馬場門(마장문)"으로 기술된 것이 선행본으로 보이고 필사하는 과정에 "밧場門"으로 변형되어 나타난다. 남성 대상도 작가를 남휘(南徽)로 추정하면 "계양 호걸"이 선행본으로 보이고 "셰샹 호걸"은 필사 과정의 와전이고 "경화 호걸"은 필사 과정에 바뀐 것으로 보인다.

그런데 두 번째 편지를 주고받는 〈재송여승가〉와 〈여승재답서〉에서 태도가 다르게 나타나면서 두 계열로 갈라진 것으로 볼 수 있다. 한 계열은 『악부』, 『가집』, 『아악부가집』에 수록된 작품으로 여승이 두 번째 답신에서 극락세계를 설정하여 사후세계에서 만나자고 하면서 현실에서는 거절의 태도를 보이는 것이고, 다른 하나는 〈승가*남철〉의 〈승우답〉이나 『녀승답셔』의 〈녀승우답셔〉의 예와 같이 장부의 말을 믿고 후사를 생각하면서 뜻을 따르겠다고 하는 것이다. 어느 것이 선행본이라고 단정짓기는 곤란하고 전승과 수용 과정에서 태도가 갈라진 것으로 이해할 수 있다. 『상사별곡』과 『해동유요』에 수록된 작품은 두 번째 답신이 없어서 구체적으로 확인할 수 없다.

이본의 대비를 통해 살펴본 바와 같이 남도사가 지은 것으로 나오는 〈승가*남도사〉와 〈승답가〉, 〈회답가〉가 가장 이른 시기에 필사된 것으로 추정할 수 있고, 〈녀승답셔〉, 〈남승답셔〉, 〈녀승우답셔〉가 변형된 모습이고, 〈승가*남철〉은 〈답승〉과 〈승우답〉에서 마무리의 내용이 다르게 나타나고 있어서 주목해서 살필 필요가 있다.

(1) 〈승가〉의 애정 공세와 〈승답가〉의 내면

〈승가〉[12](〈송여승가〉)는 한 여승이 남자 복색을 하고 "우연한 ᄒᆞᆫ 출입"에서 "斗渼(두미)골 좁은 길"(413면)[13]에서 계양 호걸을 "남 업시 둘히 만나" 남성이 추파를 보낸 데서 사건이 시작된다. 광나루를 함께 건너서 "馬場門(마장문)[14] 도라들 제" 가는 길이 남북으로 나뉘면서 헤어졌는데, 계양 호걸이 여승을 그리워하고 짝사랑에 빠져서 혼란스러운 마음을 전달하는 것으로 이야기가 전개되고 있다.

월하의 가연인가 삼생의 원수런가
두미골 좁은 길에 남 업시 둘히 만나
추파를 보내 올ᄌᆡ 눈에 가시 되닷 말가
廣ᄂᆞᄅᆞ 함ᄭᆡ 건너 馬場門 도라들제
긔 어인 가름길히 남북으로 ᄂᆞᆫ홧던고
…
ᄒᆞᆫ 거름 두 거름에 길히 점점 머러오네
이전의 쓰든 말이 이어이 잰거이고

12 『해동유요』에 수록된 〈僧謌〉로 南都事가 작가로 표기되어 있으며, 『국어국문학』 96(국어국문학회, 1986)에 영인되어 있고, 손태도·정소연 엮음, 『해동유요 영인본』(박이정, 2020)에 영인 수록되었다.

13 『국어국문학』 96(국어국문학회, 1986), 413면, 다른 이본에는 "두미 월계 됴분 길"로 나타나기도 한다.

14 이본에 따라 "밧 場門"으로 나타나기도 한다.

…

삶에는 뵈서마는 　　　　 씨치면 허사로다
못보아 병이 되고 　　　　 못니 원수로다

…

우연이 만나보고 　　　　 공연이 죽게되면
이거시 뉘탓실고 　　　　 불상도 아니혼가
대장부의 혼 목숨을 　　　　 살니언들 엇더ᄒᆞ리[15]

계양 호걸[16]로 설정된 남성 화자는 여승이 남자 복색을 하고 있어도 복색 안에 감추어진 "여자의 교용"을 간파하고 사랑을 나누고자 하는 욕망을 키우고 있다. "뎌러틋 고은 양자, 헌 누비의 ᄡᅡ인 거동, 십오야 볼근 ᄃᆞᆯ이 ᄶᅦ구름의 ᄡᅡ엿는 듯, 납설 중 한매화가, 노송의 ᄀᆞ렷는 듯"(415면)의 표현에서 보듯 "볼근 ᄃᆞᆯ", "한매화" 등으로 형상화할 뿐만 아니라, 여자 복색으로 단장하지 않고 남자 복색으로 나선 데 대해 탓하다가, 새롭게 치장을 하면 다른 모습이 될 수 있을 것이라 상정하면서 새로운 설정으로 옮아간다. 이제 여승이 아니라 여성으로 바꾸는 것이다.

갓득이 보흰 양자 　　　　 粉ᄉᆞᆯ을 올니고져
ᄀᆞᆺ독의 불근 입의 　　　　 연지 빗출 도치고져

…

여운녹발을 　　　　 일이년 길너내여
옥룡잠 금봉채로 　　　　 압 단장 ᄭᅮ여 두고

…

기억 니은 디긋 니을 　　　　 언서도 니글시고[17]

15 『국어국문학』 96, 413~412면.
16 『국어국문학』 96, 411면, 이본에 따라 '경화 호걸', '장안 호걸'로 나타나기도 한다.
17 위의 책, 414~413면.

광나루를 건너서 헤어지는 길에 "섬섬옥수로, 철죽장 머무로고, ᄀᆞᄂᆞᆫ 목 계유 여러, 하직을 고ᄒᆞᆯ 적의, 평안이 행차ᄒᆞ오, 후에 다시 보새이다"(413면)라고 한 뒤에 거리는 점점 멀어지고 마음은 점점 "못 보아 병이 되"어 잊을 수 없는 지경에 이르게 되어서, 소식을 전할 수 있는 "청조"를 얻어서 "한즘 잔 누에 속의 허튼 실 ᄀᆞ튼 사설"(412면)을 작성하여 보내게 된 것이고, 해가 지도록 소식을 기다린다고 하였다. 한편 말미의 "대장부의 ᄒᆞᆫ 목숨을 살니언들 엇더ᄒᆞ리"에서 상사병이 깊어졌음을 표현하고 있다.

삼천리 약수 길희　　청조를 계요 어더
한 즘 잔 누에 속의　　허튼 실 ᄀᆞ튼 사설
일폭화전 내여다가　　세서성행 ᄒᆞ여두고
행인임발ᄒᆞᆯ지　　다시 보고 니른 말이
서창의 ᄒᆡ지도록　　회신을 기ᄃᆞ리니
답서ᄂᆞᆫ ᄏᆞ니와　　ᄉᆞ짓기나 마ᄅᆞ되야[18]

〈승답가〉[19](〈승답사〉)는 〈승가〉를 받은 여승이 자신의 입장에서 내면을 진술한 것이다. 대상을 "계양 호걸"로 일컬으면서 계양 호걸로 설정된 상대 화자의 사설을 꼼꼼하게 확인하고 있다. 자신에게 관심을 보이는 데에 반가운 마음을 가지고, 여승이 된 사정까지 밝히고 있다.

무심이 가는 날을　　반기기ᄂᆞᆫ 무ᄉᆞᆷ 일고
머리 싹근 즁의 양자　　덜 뮈온 ᄃᆡ 어ᄃᆡ이셔
며ᄃᆡ도록 눈의 거러　　병이조차 드르신고

18 같은 책, 412면.
19 『해동유요』에 수록된 〈僧謌〉와 같은 필체로 〈僧答謌〉가 수록되어 있다. 『국어국문학』 96, 411면.

어버이 일흔 후의　　셜운 ᄆᆞᄋᆞᆷ 둘 ᄃᆡ 업서
삭발위승ᄒᆞ여　　세념을 긋쳐시니
춘풍추월은　　몃번이나 디나가며
옥창 앵도화ᄂᆞᆫ　　몃봄이나 픠여진고
광음을 혤작시면　　삼칠이 전년일ᄉᆡᆨ
요조숙녀 아니어든　　군자호구 어이 되며
도천방년 느젓거든　　표매를 원ᄒᆞᆯ소냐
음식과 잠자리의　　ᄂᆞᆷ의 ᄉᆞᆯ을 맛모로이
됴흔 의복 고은서방　　ᄭᅮᆷ에나 ᄉᆡᆼ각ᄒᆞᆯ가[20]

그리고 헤어지는 장면을 "ᄃᆞᆰ바회 저녁편의, 양반만나 절ᄒᆞ기와, ᄉᆞᆯᄭᅩ지 이녁편의, ᄯᅥ날적 인사ᄒᆞ기"(411면)로 기술하면서 "즁의 행실"로 설명하고 있으며, 다른 한편으로 속마음을 "흠앙", "섭섭", "반기ᄂᆞᆫ 듯", "감사" 등과 같이 내비치면서 호감을 표현하고 있다.

하ᄅᆞᄭᅵᆯ 동행ᄒᆞ야　　풍채을 흠앙ᄒᆞ이
심중에 품은 회포　　잇돈던지 업돗던지
공연이 이별ᄒᆞ고　　불당에 도라오니
섭섭ᄒᆞᆫ 니내 ᄆᆞᄋᆞᆷ　　업다ᄒᆞ면 거즛말이
무단ᄒᆞᆫ 일봉서은　　어드로셔 왔닷말고
반기ᄂᆞ 듯 ᄲᅦ혀 보니　　못닛ᄂᆞᆫ 정이로다
은근ᄒᆞᆫ 깁흔 ᄯᅳᆺ즌　　감사도 ᄒᆞ거이와
중더려 ᄒᆞ신 말ᄉᆞᆷ　　ᄒᆡᆼ혀 아니 남 알게고[21]

---

20 위의 책, 411면.

21 위의 책, 410면.

여승은 불당으로 돌아와서 "수답을 알외리라, 븟잡고 안즌말이, 심신이 황홀ᄒᆞ이 무슨 말슴 알외려니"(410면)라고 하면서 내적 갈등이 지속되고 있음을 토로하고 있다. 그러나 마음을 수습하고 거절의 회서를 쓴다. 아울러 상사병에 걸린 상대를 향하여 "의술을 내 아던가, 병환을 어이 알며, 약명을 모로거든, ᄂᆞᆷ의 목숨 살나닐가"(410면)라고 염려하는 마음을 감추지 않는다.

세연이 미진ᄒᆞ야	환속을 ᄒᆞ올진들
노둔ᄒᆞᆫ 재질노	첩의 도리 엇지ᄒᆞ며
미열ᄒᆞᆫ 인사로	남의 시앗 되야살까
…	
날갓튼 사름을낭	다시 싱각 마옵소셔
천금가튼 귀체를	다시금 안보ᄒᆞ오쇼셔[22]

『상사별곡』(강전섭 소장)에 수록된 〈승가〉와 〈승답가〉[23]도 한자로 표기된 부분을 한글로 바꾼 것을 제외하면 거의 같은 이본이라 할 수 있다.

(2) 다시 보낸 편지와 여승 재답의 차이

여승의 답신을 받은 남성이 여승에게 다시 서간을 보내어 자신의 간절한 마음을 표현하는데, 두 계열로 나누어진다. 〈재송여승가〉와 〈여승재답사〉의 한 계열과 『해동유요』의 〈회답가〉, 『전가보장』의 〈답승〉과 〈승우답〉, 『녀승답셔』의 〈남승답서〉와 〈녀승우답셔〉의 계열이 다른 하나이다.

〈재송여승가〉와 〈여승재답사〉가 수록된 곳은 『악부』, 『가집』, 『아악부가집』 등이고 『해동유요』에는 〈회답가〉가 『전가보장』의 『승가*남철』에는

22 위와 같은 곳.

23 임기중 편, 『역대가사문학전집』 25(아세아문화사, 1999), 409~414면.

〈답승〉과 〈승우답〉이 있으며, 『녀승답셔』에는 〈남승답셔〉와 〈녀승우답셔〉가 수록되어 있다. 〈여승재답사〉의 결말과 〈회답가〉, 〈승우답〉, 〈녀승우답셔〉의 결말에 차이가 있어서 다른 계열로 볼 수 있다.

(2-1) 〈재송여승가〉의 독촉과 〈여승재답사〉의 흔들림과 다짐

여승의 편지를 받은 남성 화자는 여승의 말이 "말슴마다 올컨마는"이라고 인정하면서도, 다시 마음을 털어놓고 있다. 그리운 마음이 더욱 간절하여 다시 글을 보낸다고 하면서, 절절한 그리움에 병을 앓고 있는 상황을 기술한다.

화용이 암암ᄒᆞ니 그립권들 안이ᄒᆞ며
그ᄃᆡ 일홈 알건마는 번화ᄒᆞ여 못이르네.
머리를 싹가쓴들 고흔 태도 어듸 가며
남자복색 ᄒᆞ애쓴들 얼골좃ᄎᆞ 변ᄒᆞᆯ손가
우연이 만나보고 졀노 성병(成病)되니
일신이 황홀ᄒᆞ애 만사가 무심이라
아마도 이 내 일은 내라도 내 몰ᄂᆡ라[24]

그리고 여승이 제기한 여러 가지 거절의 사유를 다시 반박하면서 환속하여 가정을 꾸리고 살아가자고 요청하고 있다. "어버이 여흰 사름, 다 즁이 되량이면, 조선이라 팔도 사름, 나물 이 몃치나 될고"(213면)라고 하면서, 아미타불 관세음보살을 외고, 죽비와 경자를 두드린들 부처가 되거나 부모가 살아 돌아오지 않는다고 하면서, 승려의 담박한 생활보다 속세의 생활을 제시하면서 노골적으로 환속을 부추기고 있다.

24 고려대 소장 『악부』, 김동욱·임기중 공편, 『악부』 상(태학사, 1982), 212~213면.

고ᄉᆞ리 삽죽나물 맛시 좃타 ᄒᆞᆯ려이와
염통산덕 양 복기와 어ᄂᆡ 것시 나을손가
모밀ᄌᆞ내 비단ᄉᆞᆫ을 죵요롭다 ᄒᆞ거이와
원앙침 호접몽이 어네 거시 나흘손가[25]

그리고 여승이 외롭게 지내다가 죽으면 아무 소용이 없다는 협박까지 서슴지 않는다.

삼간초옥 적막ᄒᆞᆫ데 고처이 혼자 안져
세상을 아조 잇고 염불만 공부타가
자네 인생 죽어디면 늣기리 뉘 잇스리
사공처럼 혼ᄌᆞ 안쳐 홍독ᄀᆡ로 턱을 괴와
ᄎᆡ독에 입관ᄒᆞ애 더운 불의 ᄎᆞᆫᄌᆡ 될 뎨
적막공산 구즌 비에 우는 귓것 ᄌᆞ네로세[26]

그리고 자신의 말을 옳게 여겨 환속한다면 부귀도 누리고 백년해로할 것이며 자손이 만당하면 사후까지 즐겁고 좋을 것이라고 한 뒤에, 자신은 상사병이 지나쳐서 살아날 길이 없으므로 죽은 뒤에 범나비가 되어서 여승을 따라다니겠다는 마음을 밝히면서 마무리하고 있다.

ᄎᆞ라이 다 ᄯᅥᆯ치고 범나뷔 되여나서
선사님 간 대마다 ᄯᅡ라가면 안디리라[27]

"장안 호걸"의 두 번째 서간을 받아 든 여승은 〈여승재답사〉에서 "강포

25 위의 책, 213면.
26 위와 같은 곳.
27 위의 책, 214면.

ᄒᆞᆫ 욕을 면ᄒᆞ고져" 다시 편지를 쓰는데, 종이에 가득한 사연에 봄눈처럼 녹을 수 있고 방어하기 힘들다고 더욱 흔들리고 있는 내면을 토로한다.

우연ᄒᆞᆫ ᄒᆞᆫ 출입의 군자 서간 밧자오니
여자의 구든 절ᄀᆡ 변치 마ᄌᆞ ᄒᆞ엿더니
만폭사연 살펴 보니 춘설간장 온전ᄒᆞᆯ가
열 번 ᄶᅵ어 구든 나무 고금에 읍다드니
내 마음 열이라도 ᄎᆞ마 방색 어려워라
…
군자소견 다르든디 바린 몸 눈의 걸려
청조 소식 한두 번에 평생공부 훗터딘다
춘졍이 무심ᄒᆞ여 깁히 든 잠 절노 ᄭᆡᆫ다[28]

그러나 마음을 수습하여 다시 생각하면서, "견권지정이 이러ᄒᆞ니 사양키도 어렵도다"(215면)라고 하기도 하고, "장안 호걸"이 깊이 든 병을 고치기 위하여 의술을 먼저 배워야겠다고 진술하기도 한다. 한편 "이 말이 누설ᄒᆞ면 넉시라도 붓그리리라"(215면)라고 하면서 마음속으로 지녔던 생각을 겉으로 표현하는 데에 조심스러워한다. 그리고 결국 "극락세계"를 설정하여 내세에서 만나자는 기약으로 마무리한다. 여승의 흔들리는 마음과 내적 갈등을 불교적 인식으로 정리하는 것으로 볼 수 있다.

극락세계 다시 나서 재상녀로 나쵸더면
침선 방적 내 소임을 남의 손을 아니 빌며
백년화락 ᄉᆡ로우문 낭군의게 달녀스니
은덕을 드리오ᄉᆞ 지극히 사랑ᄒᆞ면

28 위와 같은 곳.

백골이 진토ㅣ될디라도　　평생을 섬기기라[29]

(2-2) 〈승우답〉과 〈녀승우답셔〉

〈재송여승가〉의 독촉과 〈여승재답사〉의 대응하는 태도와는 달리 〈승우답〉과 〈녀승우답셔〉에서는 다른 결말을 드러내고 있다. 『해동유요』의 〈회답가〉 다음에 여승의 다음 답가가 수록되지 않아서 구체적 결말을 확인하기 어려운데, 『전가보장』의 〈승가*남철〉에서는 〈답승〉과 〈승우답〉이 있어서 구체적 결말을 확인할 수 있고, 『녀승답셔』의 〈남승답셔〉와 〈녀승우답셔〉에서는 다른 결말을 보이고 있다.

우선 『해동유요』의 〈회답가〉에서 남성이 여승에게 보내는 회답의 내용을 보면 〈승가〉에서 보였던 구애보다 훨씬 강한 욕구가 드러나고 있음을 알 수 있다. 우선 시작부터 "선사님 말 긋치고, 이내 말 드러보소"(409)와 같이 약간 강압적인 태도를 드러내고 있다. "일홈"을 안다고 한 것으로 보아 초면이 아니라 사전 정보가 있었던 것으로 볼 수도 있다. 어버이 잃었다고 모두 중이 되는 것은 아니고, 염불을 외고 죽비를 두드린들 성불하거나 죽은 부모가 살아오지 않는다고 하면서 더 나은 삶이 있다고 하고 있다.

아름다온 남편어더　　자손이 만당ᄒᆞ면
부모의 넉시라도　　그를 아이 무긋길가[30]

그리고 음식도 절집 나물보다 고기반찬이 더 좋을 것이며, 시부모를 모시거나 마누라를 대하는 데에 문제가 없을 것이라고 한다. 처음부터 첩으로 대하겠다는 태도가 분명하다. 그리고 자신을 믿고 운우지정을 맺자

29 위와 같은 곳.

30 『국어국문학』 96, 409면.

고 요청한다. 그러면 자신의 상사병이 약을 쓰지 않아도 나을 것이라고 하고 있다.

내 말을 올히 녀겨　　마음을 두루쳐면
부귀도 ᄒᆞ려니와　　남자도 만흐려니
…
슬푸다 이내 병이　　지ᄒᆞ면 ᄒᆞ릴손고
아마도 선사님 만나　　운우정을 밋게되면
약 아냐도 나으려니　　선사님 덕이 될까 ᄒᆞ노라[31]

〈승가*남철〉의 〈답승〉에서는 자신 말을 듣고 백년해로하기를 바란다고 하였다.

ᄂᆡ말을 올히 여겨　　마음을 돌니티면
부귀도 허려니와　　남ᄌᆞ도 만흐려니
ᄉᆡ젼을 헐작시면　　금슬의 화락ᄒᆞ여
ᄇᆡᆨ년을 ᄒᆡ로하며　　쥬야로 즐길적의
ᄌᆞ손이 만당ᄒᆞ여　　헌머리 니ᄭᅩ이듯[32]

그리고 〈답승〉의 후반부에 이르러 여승과 운우지정을 맺으면 병이 나을 것이라고 노골적으로 표현하고 있다. 『해동유요』의 〈회답가〉와 비슷한 진술이라고 할 수 있다.

슬푸다 이ᄂᆡ병이　　엇지허면 나흘손가

31 위의 책, 408~407면.

32 임기중 편, 『역대가사문학전집』 41(아세아문화사, 1998), 101면.

아마도 션ᄉᆞ님맛나　　　　운우지경을 및계되면
ᄌᆞ연 물약지효되리니　　　　션ᄉᆞ님 덕일가 ᄒᆞ노라[33]

〈답승〉의 이러한 요청에 부응하여 〈승우답〉에서는 여승의 태도에 변화가 일어나고 있다. 결말에서는 운우지정을 승낙하는 것으로 나타나고 있다.

어와 그 말슴 그만ᄒᆞ고　　　　이ᄂᆡ말슴 드러보소
…
뷘 방안의 혼ᄌᆞ안ᄌᆞ　　　　이리혜고 져리혜니
속절업ᄂᆞᆫ 혬가림도　　　　만흠도 만을씨고
촉불을 도도혀고　　　　쥭비를 두다리며
슬픈 노ᄅᆡ 한 곡조를　　　　한슘셕거 불러ᄂᆡ니
인젹이 야심ᄒᆞ니　　　　뉘귀의 들닌손가
…
우연이 만ᄂᆞ보고　　　　상ᄉᆞ불견 고이허다
…
부모의 은덕인들　　　　그 아니 ᄉᆡᆼ각허며
장부의 은덕인들　　　　또 아니 도라볼가
한몸을 도라보니　　　　후ᄉᆞ를 ᄉᆡᆼ각ᄒᆞ니
장부일언은　　　　천년불ᄀᆡ라
여러말 모르치고　　　　일언의 결ᄒᆞᄂᆞ니
밋나니 낭군이요　　　　바라ᄂᆞ니 후ᄉᆞ로다
한 몸 밧치ᄂᆞ니　　　　허실ᄃᆡ로 허소셔[34]

33 위의 책, 102면.

34 위의 책, 103면. 그리고 "긔히칠월초일일 우즁의등셔"라고 하여 다른 것을 등서하였다고 밝히고 있다.

〈여승재답사〉에서 극락세계를 설정하여 다음을 기약하면서 거절했던 태도와 아주 다른 결말이 나타난 것이다.

이와 함께 〈녀승우답셔〉의 발화는 〈남승답셔〉의 발화의 영향을 받게 된 것으로 볼 수 있다. 환속을 하면 부귀도 누릴 수 있고, 자손이 집안에 가득하여 사후까지 대접받을 것이라고 꾄다.

ᄆᆞ음을 고쳐 먹고　　이 내 말을 드ᄅᆞ시면
부긔도 ᄒᆞᆯᄃᆞᆺᄒᆞ고　　남ᄌᆞ도 마흐려이와
ᄉᆡᆼ젼을 혜쟉시면　　긔아니 즐거온가
금슬이 화종ᄒᆞ면　　ᄇᆡᆨ년을 동쥬ᄒᆞ고
자손이 만당ᄒᆞ여　　헌머리의 이쐬다시
것ᄂᆞᆫ놈의 긔ᄂᆞᆫ몬의　　슬커지 누리다가
사후의 제밧긔　　금슈로 소렴ᄒᆞ여
뉴소봉양의　　ᄇᆡᆨ복싀 마우러녤
피차을 ᄉᆡᆼ각ᄒᆞ면　　긔아니 죠ᄒᆞᆯ손가
녜말을 드러거니　　살인재 ᄌᆡ라ᄒᆞ니
몸이 주근후면　　어이 무삼ᄒᆞ리[35]

이에 대하여 〈녀승우답셔〉의 결말 부분에서는 장부의 말을 믿고 그 뜻을 따르겠다고 결심하고 있다.

우연이 만나보고　　샹ᄉᆞ불견 고이ᄒᆞ다
…
일신을 ᄉᆡᆼ각ᄒᆞ니　　후ᄉᆞ가 가련ᄒᆞ다
쟝부의 ᄒᆞᆫ번ᄒᆞ신 말ᄉᆞᆷ　　천년이들 변ᄒᆞᆯ손가

---

35 임기중 편, 『역대가사문학전집』 35(아세아문화사, 1998), 195면.

동히갓치 깁은 ᄉᆞ셜 ᄒᆞᆫ부들노 다 ᄡᅳ리잇가
여러 말슴 물리치고 일언의 결단ᄒᆞ니
허소이 ᄉᆡᆼ각마오 ᄇᆞ라ᄂᆞ니 쟝부요
밋ᄂᆞ니 후ᄉᆡ라 북원낭군은 진둥둥ᄒᆞ쇼셔[36]

(3) 〈송여승가〉 〈승답사〉의 종합으로서 〈승가타령〉

〈송여승가〉, 〈승답사〉, 〈재송여승가〉, 〈여승재답사〉와 같이 각각 독립된 작품이 연작의 형태를 보이는 것과는 달리 계묘 삼월 이십구일에 망월사 옥선(玉禪)이 쓴 것으로 되어 있는 〈승가타령〉[37]이 있는데, 〈송여승가〉와 〈승답사〉를 종합해 기록한 것으로 볼 수 있다. 작품의 서두에 "어와 벗님네야, 이ᄂᆡ말삼 드러보소. 세상에 나온 인생, 임의로 못헐 일은, 마음 드는 임을, ᄂᆡ 마음ᄃᆡ로 못하오면, 병이 되어 죽을 터이ᄆᆡ 기록ᄒᆞ노라."[38]라고 하여 "긔록"한다고 하면서, 그간의 사정을 서술하는 구성을 취하고 있다.

그리고 대화의 방식으로 기술하고 있다.

압흘셔 막어가며 뭇는말이
저 선사는 어ᄂᆡ 승당에 잇스며 어ᄃᆡ를 가시는고
여승이 대답하되
소승이 팔자기박ᄒᆞ야 어려서 천지를 여희옵고
혈혈단신이 의탁이 무로하여
망월당승이 되여 스승님 심부름 가오
나흔 몃치나 되엿소 이팔이올시다
ᄂᆡ 나흔 십팔이어이와 선사 가는길에 동행은 신통ᄒᆞ오[39]

---

36 위의 책, 197면.
37 임기중 편, 『역대가사문학전집』 41, 104~108면.
38 위의 책, 104면.
39 위와 같은 곳.

그리고 두 사람의 만남이 연분인지 인연인지 반문하기도 한다.

월하의 연분인지　　　　삼생의 인연인지
이러트시 두리만나　　　종일동행 담화하니
천지신명도 알으신가　　선사님 한말삼만 하오
여승이 단순호치 잠간열어　옥언을 훗터ᄂᆡ니
향풍이 소슬하다　　　　석경산로을 올나셔며
하직하야 하는 말이　　평안행차하오
후일 다시 보사이다[40]

이렇듯 〈송여승가〉와 〈승답사〉를 통합한 〈승가타령〉은 〈송여승가〉에서 남성 대상의 발화와 〈승답사〉에서 여승의 태도를 한곳에 모아서 그 경과를 밝히려는 의도로 마련한 것으로 보인다. 두 사람이 만난 과정과 두 사람이 나눈 대화를 소개하면서 서사의 출발에서 이야기가 전개되는 양상까지 아울러 묶어내고자 한 셈이다. 〈송여승가〉와 〈승답사〉에서 각각 자신 입장을 강조하는 것과 달리 두 작품을 함께 묶으면서 이야기의 연속성과 등장인물이 표현한 입장의 상대성을 살필 수 있게 된 셈이다. 작품의 생성 과정은 〈송여승가〉 → 〈승답사〉 → 〈승가타령〉으로 볼 수 있을 것이다.

〈승가타령〉에 〈재송여승가〉와 〈여승재답사〉의 발화가 등장하지 않은 것으로 보아, 〈승가타령〉은 일단 〈송여승가〉와 〈승답사〉의 내용으로 종결하고자 한 것으로 보게 된다.

(4) 작가 검증과 등장인물과 지소 검토

〈송여승가〉, 〈승답사〉, 〈재송여승가〉, 〈여승재답사〉의 연작에서 등장

40 위의 책, 105~106면.

인물에 대한 특정이나 동행과 헤어짐의 지소가 이본에 따라 몇 군데 차이가 있다.

우선 남성 대상을 『해동유요』의 〈승답가〉에서 "계양 호걸"로 설정하고 있는데, 다른 이본에서 "경화 호걸"로 나오는 경우가 있다.

다음 두 사람이 만나는 곳을 『해동유요』의 〈승답가〉에서 "두미골 좁은 길"로 설정하였는데 〈송여승가〉 등에서는 "두미월계 됴분길에"로 표기하고 있어서, 이본에 따라 차이가 있다. 그리고 동행하는 과정을 〈승답가〉에서 "廣(광)ᄂᆞᄅᆞ 함ᄭᅴ 건너, 馬場門(마장문) 도라들제"로 표기하고 있는데, 〈송여승가〉 등에서 "광나루 함게 건너 밧장문 도라들제"로 기술하고 있어서 차이가 있다. "馬場門(마장문)" 표기가 바른 것으로 '馬(마)'의 필사를 '밧'으로 오독한 결과 "밧場門(장문)"으로 표기한 것으로 보여서, 〈승답가〉가 선행하는 이본이고 〈송여승가〉가 후행하는 이본이라고 할 수 있다.

그리고 헤어지며 인사를 나누는 곳도 〈승답가〉에서 "ᄃᆞᆰ바회 저녁편의, 양반만나 절ᄒᆞ기와, ᄉᆞᆯᄭᅩ지 이녁편의, ᄯᅥ날젹 인사ᄒᆞ기"로 표기한 반면, 〈승답사〉에서 "달바위 저편에셔 양반보고 절하기와, 살곶이 편의서 하직하여 인사키는"으로 된 반면, "ᄃᆞᆰ바회"와 "달바위"의 차이를 볼 수 있다.

네 편의 연작에서는 확인할 수 없는 내용이 〈송여승가〉와 〈승답사〉를 묶어놓은 〈승가타령〉에 나타나는 경우가 있는데, 여승의 나이가 이팔(二八)이고, 망월사(望月寺)에 있으며, 남성 대상은 십팔(十八)의 나이로 밝혀진다.

그리고 작가 검증과 관련하여 조수삼(1762~1849)의 〈삼첩승가(三疊僧歌)〉를 주목할 수 있다. 18세기 후반 19세기 초반에 남참판이 어느 여승을 사모하여 주고받은 〈승가〉가 세상에 전한다고 한 것이다. 이름을 기억하지 못한다고 하였으므로, 남씨 성을 가진 인물로 추정할 수밖에 없다.

> 남참판은 이름을 기억하지 못하는데, 소년 시절에 두미 도중에서 한 비구니를 보고 돌아간 뒤에 잊을 수가 없어서 병이 장차 위독해져서, 이에

장가를 지어서 뜻을 보냈다. 여자의 답가가 있어서 삼첩을 수창하였고, 머리를 길러서 남가의 측실이 되었다. 오늘에 이르도록 승가 삼첩이 세상에 전한다.

멀고 먼 강 길에 유독 그대를 만나	迢迢江路獨逢君
골짜기의 나무와 날리는 꽃이 초운을 비추네.	峽樹飛花映楚雲
삼첩의 승가가 설법보다 나아서	三疊僧歌勝說法
가사를 벗어버리고 석류빛 치마를 입었네.	袈裟脫却着榴裙[41]

그런데 조수삼보다 앞 시대에 임천상(1754~?)이 유전하는 일화를 모은 『시필』[42]에 기록한 내용에, 남휘(南徽)라는 인물의 행적이 〈승가〉의 전말과 상통한다는 것이 밝혀졌다.[43] 『쇄편요록』에 수록된 내용이다.

도사 남휘는 용맹과 지략이 있고, 의기를 좋아했다. 젊은 시절에 방탕하게 놀기를 좋아하여 행동을 자제하지 않았다. 언제 여승을 만났는데, 몹시 아름다웠다. 〈승가〉를 지어 유혹하여 마침내 집에 데리고 와서 첩을 삼았다. 지금 세상에 전하는 〈승가〉가 바로 그것이다.[44]

---

41 조수삼, 〈三疊僧歌〉, 『추재집』 권7, 『한국문집총간』 271, 491면, 南參判名不記. 少年時見一女冠於斗彌途中, 歸不能忘而病將䂾, 乃作長歌致意焉. 如有答歌, 酬唱三疊, 長髮爲南家側室. 至今有僧歌三疊傳于世.

42 임천상, 「題試筆」, 『窮悟集』 卷之六, 『한국문집총간』 속 103, 342면, 歐陽公嘗云, 學書勿浪書, 事有可記者, 他時便爲故事. 余故懶於習字, 然有感于斯言, 遂援筆試書, 或述前賢言行先輩風流, 或識交遊酣嬉諧謔, 間亦記世俗所傳道者, 以爲後日談笑之資, 隨得隨書, 事亡次序. 甲辰元月上旬, 書. 余試筆, 多記酒人事, 蓋飮者故多可書之事, 雖荒淫無度, 人所非笑, 筆之便佳, 王衛軍云酒正自引人着勝地, 非虛語也.

43 안대회, 「연작가사 〈僧歌〉의 작자와 작품 성격」, 『한국시가연구』 26집(2009), 307~339면.

44 『쇄편요록』(국립중앙도서관 소장 사본), 164면, 南都事*徽, 有勇智, 好意氣. 少時喜游蕩不檢, 嘗遇女僧甚美, 作僧歌挑之, 遂畜于家. 今世所傳僧歌是也. 안대회, 위의 글, 314면 재인용.

남휘의 행적과 〈승가〉의 배경이 직접 연관되어 있으므로, 남휘와 관련된 노래로 비정할 수 있고, 남휘가 도사를 역임했으므로, 남도사가 남휘를 가리키는 것으로 볼 수 있다.

『해동유요』에 〈승가*남도사〉, 〈승답가〉, 〈회답가〉가 수록되어 있고, "계양 호걸", "馬場門(마장문)" 등으로 보아 초기의 이본을 바탕으로 필사된 것으로 추정할 수 있다. 〈승가삼첩〉의 삼첩도 이 세 작품을 지칭하는 것으로 볼 수 있다. 그런데 『해동유요』의 필사 연도를 숙종 36년(1710)으로 추정[45]하는 데에는 문제점이 있다고 본다. 왜냐하면 경종 2년(1722)에 이희징이 지은 것으로 알려진 〈춘면곡〉을 나이단(羅以端) 작으로 수록하고 있고, 〈계우사〉 등의 작품도 있어서 재검토가 필요한 부분이다. 영조 46년(1770)이거나 그보다 더 이후[46]로 보아야 할 것이다. 다만 〈승가*남도사〉 등의 작품을 수록하면서 원본에 가까운 저본을 택했을 가능성이 있다. 그러므로 남휘의 행적과 연결될 수 있는 시기가 17세기 후반에서 18세기 초반인데, 실제 〈승가〉에 대해 관심을 보이거나 작가에 대한 정보를 담고 있는 기록이 18세기 후반에 이루어진 것이라 반세기 이상의 시차가 있고 아울러 이본 사이의 변화를 다시 살펴야 할 것으로 보인다. 남철을 작가로 표기한 경우는 남휘의 '휘(徽)'를 '철(徹)'로 읽었기 때문[47]일 것이므로, 남도사[남휘]를 작가로 하는 작품이 남철을 작가로 하는 작품보다 선행하는 이본으로 추정할 수 있다.

남휘(1671~1732)는 본관이 의령으로 이흥(以興)의 후손[48]으로, 징(澄)의 아들이며, 자는 덕조(德操), 호는 사비(四非)이고, 숙종 34년(1708)에

---

45 이혜화, 「『해동유요』 소재 가사고」, 『국어국문학』 96(국어국문학회, 1986), 87면에서 『해동유요』의 필사 연대를 숙종 36년(1710) 경인년으로 추정하였다.

46 손태도, 「해제」, 『해동유요 영인본』(박이정, 2020)에서 김의태가 1890년(경인년)에 시작하여 1909년(기유년)에 마무리하였음을 밝히고 있다.

47 안대회, 앞의 글, 316면.

48 『승정원일기』 346책(탈초본 18책), 숙종 17년 7월 3일(병술), 南徽, 卽宜春君以興之孫也.

생원·진사 양과에 합격하고, 금부도사를 지냈으며, 익주(益周, 1723~?) 등 1남 5녀를 두었다. 박규문(朴圭文, 1670~1741), 이장(李樟, 1666~1742)과 함께 계양삼호걸로 불린다.[49]

남휘와 관련하여 이덕주(1696~1751)의 집안에 전하는 『지봉유설』 초본 10권을 남휘가 빌려 갔다가 잃어버렸다는 이야기[50]도 전하고 있어서, 이들의 교유도 관심 대상이다.

그리고 숙종 37년(1711) 7월에 『숙종실록』에 기록된 괘서 사건에 연루된 남휘의 기사가 있는데, '근일의 동요에 남휘가 지휘하고 권설이 소란[騷屑]하게 한다.'[51]라는 내용이 포함되어 있다.

영조 시대에 『승정원일기』에는 노년에 부민으로 살아간 기록[52]이 확인되는데, 『쇄편요록』에서도 부민으로 살아간 내용이 있다.

3) 〈화전가〉와 〈반화전가〉, 〈조화전가〉와 〈반조화전가〉

〈화전가〉는 봄날 집안에서 지내던 부녀자들이 날을 받고 음식을 준비하여 참꽃이 핀 산에 들놀이를 나가서 화전[53]을 빚는 등 즐겁게 놀다가 돌아오는 내용을 적은 규방가사인데, 여기에 대하여 남성 화자가 다른 뜻을 드러낸 〈반화전가〉가 있어서 일종의 문답으로 읽을 수 있다.

한편 〈화전가〉의 화전놀이에 대하여 부정적인 시각으로 조롱하는 듯

---

49 남휘와 관련한 내용은 디지털부천문화대전에 기록된 것을 정리한 것이다.

50 이덕주, 「家乘」, 『芐亭先生文集』 卷之四, 『한국문집총간』 속 75, 77면, 淸潭後孫家有玉圈, 其家相傳, 乃太宗所御而賜敬寧君, 傳至淸潭云. 淸潭諱希得, 文簡公季父也. 芝峯類說草本十卷, 在德冑本生家, 五卷被人借去遂失, 五卷在從弟健冑家, 借去者南都事徽云.

51 『숙종실록』 50권, 숙종 37년 7월 9일(병신), 『국역 숙종실록』 26, 237~239면.

52 『승정원일기』 744책(탈초본 41책) 영조 8년 윤 5월 13일(무술).

53 전화(煎花) 놀이는 여성들만 즐긴 것이 아니라 남성들과 함께하는 놀이로 이어졌는데, 〈조화전가〉에서 보듯 전화 재료 준비 등에 문제가 생겨서 남성들이 참여하지 못한 것을 생각해 볼 수 있다. 최재남, 「꽃놀이의 유행과 〈전화음〉」, 「화전놀이에서 〈화전가〉로」, 『17세기 후반 정치·사회 변동과 시가사』(보고사, 2021), 420~425면, 430~432면.

한 남성 작가가 〈조화전가〉가 등장하고, 이에 대하여 여성 작가가 반론을 펴는 〈반조화전가〉가 있어서 새로운 문답 형태이다.

(1) 〈화전가〉의 특성과 〈반화전가〉의 반론

〈화전가〉[54]에서 "우리 임금 화갑이라"(181면)라는 진술이 등장하는 것으로 보아 보위에 있으면서 화갑을 맞은 임금은 영조 임금이므로 영조의 회갑년인 영조 30년(1754)에 지은 것으로 볼 수 있다.

우리비록 여자라도　　이러한 태평성세
아니놀고 무엇하리　　백만사 다바리고
하로노름 하려하고　　…
아희종 급히물러　　앞뒷집 서로일러
쇼식하고 가사이다　　…
용산을 가려느냐　　매봉으로 가려느냐
산명수려 조흔곳은　　소학산이 제일이라
…
화전터로 나려와서　　빈천이야 정관이야
시내가에 거러노코　　청유라 백분이라
화전을 지저노코　　화간에 제종숙질
우스며 불럿스되　　어서오소 어서오소
…
화간에 버러안자　　서로보며 이른말이
여자의 소견인들　　조흔경을 모를소냐
규중에 썩힌 간장　　오늘이야 쾌한지고
흉금이 상연하고　　심신이 호탕하여[55]

54 신명균 편, 김태준 교열, 『가사집(상)』(중앙인서관, 1936).
55 위의 책, 181~184면.

부녀자들이 규중에 갇혀 있다가 꽃피는 봄날에 화전놀이를 하면서 가슴이 상쾌해진다고 하였다. 소학산으로 간다고 하였고, 금오산, 낙동강 등이 등장하는 것으로 보아 칠곡의 소학산으로 추정된다.

그런데 〈반화전가〉에서는 남성 화자가 "제매질녀"에게 발화하는 방식으로 여자들의 놀이에 대해 약간 무시하는 듯한 태도를 보인다. 전제부터 인식이 다른데, 여자 이름이 사적에 없을뿐더러, 서왕모, 측천무후, 계자향 등 알려진 몇몇 인물을 부정적으로 평가하면서, 산에 오르고 물에 나가는 일이 남자의 일이지 여자의 행실은 아니라고 말하고 있다.

영웅호걸 몇몇이며　　문사달사 무수하되
애잔한 여자일홈　　사적에 전혀없다
…
춘풍추월 호시절과　　가려강산 조흔경은
우야랑의 풍정이오　　시주객의 홍미로다
등산임수 하는 일이　　여자행실 아니로되[56]

그런데 "우리 임금 복록으로 대왕대비 임어하사, … 금년삼월 청명절은 성모화갑 이때로다"(187면)라고 기술한 바와 같이, 곳곳에서 놀음으로 즐기게 된 사정을 말하고, 이번 놀이를 열게 된 내막을 밝히고 있다. 그런데 대왕대비의 화갑은 숙종의 계비인 인원왕후(1687~1757)가 회갑을 맞은 영조 23년(1747)이므로 이 가사를 지은 시기도 이 무렵으로 추정할 수 있다. 앞에서 〈화전가〉가 영조 30년(1754)으로 비정할 수 있다고 하였는데, 창작 시기에 차이가 있어서 〈화전가〉와 〈반화전가〉를 연계되는 문답의 형식으로 파악하는 데에 무리가 있을 수 있다.

놀이의 시작도 "오라번네"의 허락을 얻어서 "자매질녀"가 놀이를 펼

---

56 위의 책, 184~186면.

수 있게 되었다고 밝히고 있다.

무지한 자매질녀　　우즐기며 하는말이
우리비록 여자라도　　성모신민 또아닌가
이렁틋 시화세풍　　아니놀고 무엇하랴
오라번네 성덕으로　　하로노름 빌리시면
은혜가 안만이고　　적선이 그지없네.
애잔히 비는말로　　좌우로 청촉하니
추상가튼 위엄으로　　뇌정가치 성길진대
일호령에 금지하기　　우리조종 달렸스되
하해가튼 도량으로　　후리처 생각하니
…
측은지심 절로나고　　유연선단 감발하야
춘설가치 풀린마음　　파격하고 허락하니[57]

그런데 모인 사람들 중에서 김집이, 신실이, 장집이 등을 들면서 의복 치장에 대해서도 "그걸사 치레라고 전후보고 각체하니 촌각씨가 분명하고 산협태가 적실하다"(189면)라고 하면서 "촌각씨", "산협태" 등 세련되지 못한 부분을 지적하고 있다.

구년무기 겹적삼을　　도트마리 깃을다라
매끌반근 잘라입고　　푸르덩덩 옥새치마
널짝가치 주름자바　　엉덩이에 거즈리고
머리고개 볼작시면　　수미도착 자비다리[58]

---

57 위의 책, 187~188면.
58 위의 책, 188~189면.

놀이의 장소에 대해서도 앞의 〈화전가〉의 소학산과는 다른 너실재와 신금골을 지목하고 있다.

용산으로 가자하니	구월황화 비절이요
백운으로 가려하니	게요향이 머렀도다
소학으로 가려하니	등신이 가금하네
천신만고 정한날을	허도하기 어려워서
비산비야 너실재와	우마목장 신금골에
앞에서고 뒤에서서	허위허위 올라가서[59]

그리고 준비한 음식에 대한 타박도 빠뜨리지 않고 있다.

소를 자바 노자하니	관돈이 억색하고
개를 자바 노자하니	양돈이 앗갑도다
산수해착 수륙진미	여러 가지 만컸나는
한푼에 인색하고	두푼에 교게하야
관영통보 쇠천이며	귀떠러진 파천잎을
푼푼이 추렴하고	잎잎이 수합하야
값적고 헐한 고기	관목갓을(십미) 어더내어
백소금을 지버너코	반생반숙 익혀내여
반만터진 투수와리	월천국을(국물만혼국) 다마노코[60]

음식은 소고기나 개고기 등 좋은 음식을 제대로 갖추지 못하고 "푼푼이 추렴하고 잎잎이 수합하야" 마련한 돈으로 값싼 말린 청어 열 마리를

59 위의 책, 189~190면.

60 위의 책, 190면.

얻어서 백 소금만 넣고 반생 반숙으로 익혀서 반만 터진 뚝배기에 고기가 건너가기만 했다는 월천국(국물 많은 국)만 담아놓고 먹는데, "기갈드는 모양으로, 걸펴적게 먹는 모양, 갑술병자 흉년인가 걸인 태도 분명하다." 라고 흉을 본 뒤에, "찰하리 싸인전곡, 무수히 허비하야, 우리노름 공궤하면, 각색음식 장만하야, 화류장의 태탕호정, 수월간에 유수흥미, 격을아라 노는거동 소문이나 드러보소."라고 하면서 음식을 제대로 갖추고 격에 맞게 노는 모습을 은근히 자랑하면서 마무리하고 있다.

이렇듯 〈반화전가〉는 〈화전가〉가 부녀자들의 자발적인 결정으로 이루어진 놀이를 서술한 데 비해, "오라번네"의 허락을 받아서 겨우 마련한 모임에, 옷치레, 놀이 장소, 음식에 대한 타박을 늘어놓으면서 자신들이 음식을 갖추고 제대로 격에 맞게 노는 놀이를 자랑하면서 마무리하고 있다. 넉넉지 못한 환경에서 힘겹게 생활하고 있는 "자매질녀"들을 격려하거나 호의적인 도움을 주려는 태도를 보이지 않고 있다.

〈화전가〉가 영조의 화갑을 맞은 영조 30년(1754)에, 〈반화전가〉가 대왕대비 인원왕후의 화갑을 맞아 영조 23년(1747)에 지은 것으로 보면, 두 작품은 서로 문답의 관계로 보기는 어렵고, 화전놀이에 대한 서로 다른 인식을 드러내고 있다는 점에서 견주어 살필 수는 있을 것이다.

(2) 〈조화전가〉와 〈반조화전가〉

〈조화전가〉는 홍원장이라는 남성이 지은 가사이고, 〈반조화전가〉는 이중실의 아내인 안동권씨(1718~1789)가 영조 22년(1746)에 지은 것인데, 홍원장은 안동권씨와 육촌 사이로 〈반조화전가〉는 〈조화전가〉에 대한 대응으로 지었다고 하였다. 안동권씨가 필사본 『잡록』 「후지」에서 "녀자 됴룡을 이ᄀᆞᆺ치 하야시매 하 절통 반됴가ᄅᆞᆯ 내 디엇더니 그후 그 집의 가보니 됴화전가ᄅᆞᆯ 고쳐시매 나도 곳쳐시나 몬져 디은 것 곳곳이 펴져 보니 만ᄒᆞᆯ 거시니 두 번 보ᄂᆞ니 고이히 녁이리로다"[61]라고 한 내용에서, 〈반조화전가〉가 〈조화전가〉에 대응하여 지은 것이고 서로 작품을 의식하면서 고치는 작업을 진행하였음을 확인할 수 있다.

〈조화전가〉는 화전놀이 자체를 부정하기보다 여자들이 참여하는 화전놀이를 약간 부러워하면서 참여하지 못하는 아쉬움이 내포되어 있다. 실제로 남성들의 화전놀이가 무산된 데 대한 탄식을 한 뒤에, 여성들의 화전놀이에 대한 묘사와 조롱으로 이어지고, 이어서 여성들의 화전놀이에 대한 비판적 평가를 하고 있다.[62]

먹을 것과 백분과 청유를 준비하지 못한 탓에 남성들의 화전놀이가 무산된 것을 아쉬워하고 있다.

어와 가쇠로다　　우리 일 가쇠로다
수삼월 경영ᄒᆞᆫ 일　　허ᄉᆞ공론 되거고야
…
명녀ᄒᆞᆫ 져강산의　　ᄇᆡ회 완경ᄒᆞ려
나계라 샹ᄒᆞ촌의　　두세친구 모다 안자
맛바회 됴흔경의　　젼화를 ᄒᆞ려ᄒᆞ고
안ᄌᆞ면 의논ᄒᆞ고　　만나면 언약ᄒᆞ야
…
젹슈공권 가져이셔　　ᄆᆡ일빈말 ᄲᅮᆫ이로다
일승곡 못엇거든　　ᄇᆡᆨ분청유 귀뉘ᄂᆡ리[63]

다음 여성들의 화전놀이에 대한 묘사와 조롱은 가장 많은 부분을 차지하는데, 비판적인 외부 관찰자 시점을 유지하고 있다.

---

61 이원주, 「잡록과 〈반조화전가〉에 대하여」, 『한국학논집』 7(계명대 한국학연구소, 1980), 박경주, 「반/조 화전가 계열 가사에 대한 고찰」, 『국문학연구 1999』, 이동연, 「화전가로서의 〈반조화전가〉」, 『규방가사의 작품세계와 미학』(역락, 2002), 17면 재인용.

62 이동연, 앞의 논문, 19면.

63 위와 같은 글, 19면.

시졀이 말셰되니 고이흔일 하고만다
심규의 부녀들은 완경홀줄 어이아라
…
우즐기는 거동이야 일구난설 다못홀다
녜업던 빅분쳥유 긔어드러 삼견난고
…
어와 고이ᄒᆞ다 녀인국 여긔런가
세강쇽말 ᄀᆞ이업서 곤도셩남 ᄒᆞ야세라
분벽사창은 부녀의 딜힐배요
강산완경은 남ᄌᆞ일노 드렷더니
오늘일 보와ᄒᆞ니 녯말이 각이ᄒᆞ다
규즁부녀는 산슈간의 완경ᄒᆞ고
풍뉴남ᄌᆞ는 독좌공당 ᄒᆞ여셰라[64]

강산완경은 남자의 일이고 분벽 사창은 여자의 일이라고 인식한 상황에서, 화전놀이를 계기로 여자들이 산수완경하고 남자들이 독좌공당한다는 사실을 쉽게 인정하지 못하는 뒤틀림이 작동하고 있다. 남자의 일과 여자의 일을 갈라서 보는 시각은 앞에서 살핀 〈반화전가〉에서도 확인할 수 있었다.

한편 〈반조화전가〉에서 〈조화전가〉가 지닌 태도를 바로 지적하고 있다. 여자들을 "긔롱"하는 것에 대하여 "가쇠로다", "우읍ᄉᆞ외"라고 하면서 도리어 비웃는 태도를 보인다. 실제 남성 화자가 〈조화전가〉에서 "어와 가쇠로다. 우리 일 가쇠로다"라고 자책하면서 시작한 대목은 인정하지 않고, 기롱에 대한 반박부터 시작하는 것이다. 도리어 부녀의 일행을 "불워"하는 일도 지적하고 있다. "쾌남자"로서 할 일이 아니라고 본 셈이다.

---

64 위와 같은 글, 22면.

어화 남ᄌᆞ들아　　　녀ᄌᆞ를 긔롱마오
남ᄌᆞ일 가쇄로다　　　우리보매 우읍ᄉᆞ외
몃들을 경영ᄒᆞ며　　　허송광음 ᄀᆞ이업ᄂᆡ
젹으나 쾌남ᄌᆞ면　　　긔아니 쉬울손가
헛ᄆᆞ음 다달히며　　　일번용의 못ᄒᆞ여셔
부녀 일힝의　　　암암히 불워ᄒᆞ니[65]

선비랍시고 글 짓느라 애쓰면서 상하촌에서 몇 사람이 모여도 열흘에 한 마디도 탈초하여 성편하지 못한다고 비판하고 있다. 차라리 농업에나 힘쓰라고 권하기도 한다.

샹하촌 일이가의　　　긔몃치 모혓ᄂᆞᆫᄃᆡ
곳고랑의 심줄과　　　곤젹ᄀᆞᆺᄒᆞᆫ 부귀들에
무단ᄒᆞᆫ 열병토셜　　　이아니 구경인가
열흘의 ᄒᆞᆫ마디도　　　탈초성편 못ᄒᆞ고셔
죵일토록 ᄒᆞ는말이　　　광언패셜 ᄲᅮᆫ이로다[66]

그래도 선비들이 때때로 곤장을 타군하고 냄새나는 좀 글자나 하고 앉았다고 비꼰 뒤에, 여성들은 능력을 갖추고 있으나 여자들에게 길이 열리지 않음을 안타까워한다.

어와 대들을샤　　　녀ᄌᆞ되미 애들을샤
우리일신 남ᄌᆞ런들　　　이 아니 쾌ᄒᆞᆯ넌가
느존봄 곤ᄒᆞᆫ날의　　　번독을 글디말고

65 이동연, 위의 책, 269면.
66 위와 같은 곳.

츈당ᄃᆡ 알셩시예　　일필명작 ᄒᆞ여내여
계화청삼 빈난듕의　　열친광녀 ᄒᆞ련만은
하ᄂᆞᆯ히 무디ᄒᆞ여　　녀신으로 마련ᄒᆞ니
아모리 애ᄃᆞᆯ은들　　곳쳐다시 되일손가[67]

벼슬에 나가는 길이 막혔으므로 심규에서 옥매로 벗을 삼고 여행을 닦으면서 방적을 힘쓴다고 하였다. 삼사월이 되면서 화전놀이를 준비하고 실행에 옮긴다.

녀자의 젼화흠도　　녜우터 이심으로
ᄒᆞᆫ거름 두루혀셔　　완풍경ᄒᆞ려ᄒᆞ고
디심ᄒᆞᄂᆞᆫ 우싱들과　　일언의 구일ᄒᆞ니
맛바회 ᄉᆞ미당의　　대회ᄅᆞᆯ 여러내여
금ᄎᆞ옥ᄌᆞᆷ은　　용모의 광ᄎᆡ되고
녹의홍샹은　　도로의 문명ᄒᆞ다
츈풍이 다시부러　　새봄을 더의ᄂᆞᆫ듯
일시예 모힌부녀　　삼십여인 녈좌ᄒᆞᄂᆡ
규리한담으로　　ᄎᆞᄎᆞ로 슈작ᄒᆞ고
쳥유분 모화내야　　소담히 당만ᄒᆞ여
옥녀션동들을　　몬져겻거 내여노코
죵용하 모다안자　　정결히 뇨긔ᄒᆞᆫ후
그저야 니러셔셔　　곳곳디 완샹ᄒᆞ니[68]

눈앞에 펼쳐지는 경물은 벽도화, 양류지, 척촉, 징담, 조수호음 등이고

67 위의 책, 270면.
68 위와 같은 곳.

이황의 〈사시음〉에 반응하고 주염계가 얻은 마음을 깨닫는다고 하였다. 일반적인 〈화전가〉와는 다른 내용이고 오히려 〈유산록〉의 특성이라고 할 수 있다.

그리고 다시 남성들의 조롱에 대한 비판이 이어진다.

아ᄂᆞᆫ가 모르ᄂᆞᆫ가	이보소 남ᄌᆞ들아
츈시호광음의	녀ᄌᆞ죠롱 ᄲᅮᆫ이로쇠
너모들 됴롱마오	남ᄌᆞ슈치 ᄯᅩ잇ᄂᆞ니
앏히ᄂᆞᆫ ᄉᆞ셔삼경	겻히ᄂᆞᆫ 졔ᄌᆞᄇᆡᆨ가
위인도 경계슙이	다주어 버렷거ᄂᆞᆯ
보고닑고 못힝ᄒᆞ니	단쳥구경 아닐소냐
인니예 너른집을	굿흐여 마다ᄒᆞ고
산경 좁은길노	군속히 ᄎᆞ가가니
산금야쉬가	벗ᄒᆞ려 ᄒᆞᄂᆞᆫ고야
녕ᄃᆡ예 거츤쒸ᄅᆞᆯ	뉘능히 ᄆᆡ야내리
그려도 명니샹애	헛욕심 ᄌᆞ아내야
단양화월니예	져소ᄅᆡ 흠염ᄒᆞ니
져러ᄒᆞᆫ 남ᄌᆞ들은	불취반치 되ᄂᆞᆫ고야[69]

남자들의 수치는 사서삼경을 앞에 두고 제자백가를 곁에 두고도 실행하지 못하니 단청 구경하는 것과 같다고 규정하고, 이웃 마을의 넓은 집을 두고도 좁은 산길로 찾아가니 금수와 벗하려 하는 것으로 비판한다. 거기에다 단양 화월리에서 젓대 소리를 듣는 일을 흠염(欽念)하고 있는 것을 불취반치에 해당한다고 보고 있으니, 능력을 갖추지 못한 선비들의 허위의식을 날카롭게 지적하는 셈이다.

---

69 위의 책, 271면.

〈조화전가〉가 남성들의 화전놀이가 준비 부족으로 무산된 데 대한 자탄에 이어서 부녀자들의 화전놀이를 묘사하면서 조롱하고, 비판적인 태도를 드러내고 있음에 비해, 〈반조화전가〉는 조롱에 대한 감정이 앞서면서 〈조화전가〉에 대한 공격으로 일관하고 있다. 화전놀이 자체에 대한 긍정적 인식이나 놀이의 즐거움을 마음에 담는 기술은 잠시 미뤄두고, 대단하지도 않으면서 조롱이나 일삼는 선비들에 대한 비난이 중심을 이룬다. 그런데 그 기준이 오히려 사서삼경, 제가백가, 그리고 〈사시음〉이나 주염계의 마음에서 보듯 남성적 기준에 있다는 점에서 진정한 문답이나 대화라고 하기 어려운 일면이 있다. 〈반조화전가〉의 화자는 평소에 여성으로서 능력을 갖추고 있다고 생각하고 있다가, 제대로 능력을 갖추지도 못하고 익힌 것을 실행하지도 못하는 〈조화전가〉의 화자의 조롱을 계기로 반격을 한 셈이다. 실제로 "녀자 됴룡을 이ᄀᆞᆺ치 하야시매 하 졀통 반됴가를 내 디엇더니 그 후 그 집의 가보니 됴화젼가를 고쳐시매 나도 곳쳐시나 몬져 디은 것 곳곳이 퍼져 보니 만ᄒᆞᆯ 거시니 두 번 보ᄂᆞ니 고이히 녁이리로다."라는 진술에서 볼 수 있듯, 화전놀이 자체를 본질로 생각하고 있는 것이 아님을 알 수 있다. 〈조화전가〉의 작가와 〈반조화전가〉의 작가가 과잉의 반응을 깨닫고 새롭게 고치고 있다는 데서, 진정한 소통이나 대화의 실마리를 기대할 수도 있을 것이다.

4) 〈규수상사곡〉과 〈상사회답곡〉

(1) 〈상사곡〉의 전승

'상사곡'은 남녀 간의 사랑을 주제로 한 노래로 이미 오랜 전통을 가진 것인데, 17세기에 정두경(1597~1673)이 〈장상사〉를 바탕으로 〈상사곡〉을 여러 차례 언급[70]하고 있을 뿐만 아니라 많은 사람이 지속적으로 〈상

70 정두경, 〈閨怨 四首〉, 『東溟先生集』 卷之二, 『한국문집총간』 100, 399면, "옥거문고 손에 들고 상사곡을 타거니와.(玉琴爲奏相思曲)", 〈昔昔鹽 二首〉, 卷之六, 『한국문집총간』 100, 450면, "바라건대 부쳐 보낸 상사곡 노래, 바람 따라 북 속에 들게 하소서.

사곡〉에 관심을 드러내고 있다.

18세기에 신광수가 제주의 기녀 녹벽의 제자 월섬에게 준 시에서 〈상사곡〉을 말하면서, 기녀 월섬이 때때로 〈상사별곡〉을 노래한다고 하였다.

한편 박내오(1713~1785)가 〈상사곡〉 4첩을 지어 성섭에게 부친 시는 남녀 사이의 노래가 아니라 만나지 못하는 그리운 벗에게 보낸 것이다. 그리고 성섭에게 보낸 편지[71]에서 〈상사곡〉에 대해 설명하면서, "대롱을 전하며 마음을 푸는 계책(傳筒叙懷之計)"으로 한 것이지, "오이를 던져서 옥을 보답하는 바람(投瓜報瑤之望)"으로 한 것은 아니라고 하였다. 4첩 중에서 셋째 수를 인용한다.

그대 생각에 그리워하지 않는 곳이 없어서	思君無處不相思
지난번 강산은 사방이 의아하네.	前度江山面面疑
함께한 좋은 구경이 십 년이 지났는데	勝賞與同經十載
속으로 갈 길을 헤아리니 천 갈래를 뽑네.	行程默數閱千歧
불사에서 시를 논한 일을 잊기 어려운데	難忘佛寺論詩日
늘 주막집 여인이 술을 권할 때를 생각하네.	每念壚娥勸酒時
셋째 노래 상사곡에 마음이 점점 오그라지는데	三疊相思懷漸緊
늘그막의 인사가 어찌 어긋나랴?	衰年人事奈差池[72]

(願寄相思曲, 隨風入鼓鼙)", 〈香娥歌〉, 卷之十, 『한국문집총간』 100, 492면, "어찌 차마 장상사곡 길이 뜯게 하겠는가.(忍令曲中長奏長相思)", 〈彈琴臺歌, 送徐忠州挺然〉, 卷之十一, 『한국문집총간』 100, 504면, "이별 뒤에 상사곡을 뜯는 마음 알려거든, 모름지기 관산 땅의 행로난을 뜯어 보소.(欲知別後相思曲, 須奏關山行路難)"

71 박내오, 「與成仲應*涉」, 『尼溪集』 卷之五, 『한국문집총간』 속 82, 114면, 近來一何見面之稀也. 兄既已來住近地, 則固當逐日從遊於觴詠之場, 以作暮年活計者, 此吾輩不可失之會也. 世之知吾輩事者, 亦必不以是爲訝, 而路隔三舍, 月且改弦, 莫往莫來, 有若相持相較者然. 到今思之則反不若各在百里之外, 望絶於相面之界, 而有時馳想之爲愈也. 始知設榻而苦待之, 貽書而勤招之者, 雖出於兩情之難忘, 而其爲齊楚之失均矣. 每於窮廬獨坐之日, 深夜不寐之際, 不勝依黯之懷, 近搆拙韻若干篇, 名曰相思曲四疊. 要以此爲傳筒叙懷之計, 豈敢有投瓜報瑤之望乎. 第其末篇辭意猝, 發於情外之口, 雖云戲言之亦出於思, 而若繩之於詩所謂善戲謔不爲虐之句, 則庶或有可恕者矣. 其果默會否.

그리고 김재찬(1746~1827)이 벽성[해주]의 금기 천연(千蓮)의 거문고 뒤에 지은 〈금조 8첩〉[73]에서 제시하고 있는 거문고 곡의 레퍼토리의 둘째 수에 〈상사별곡〉이 등장한다.

오늘날 사람이 소년 시절을 보지 못하는데	今人不見少年時
털은 누구를 위하여 마디마디 실로 만들었나?	髮爲阿誰寸寸絲
촛불이 다한 빈 집에 별곡을 타노라니	燭盡虛堂彈別曲
비바람에 연꽃이 상사를 원망하네.	荷花風雨怨相思

(2) 〈규수상사곡〉의 그리움

〈규수상사곡〉[74]은 어릴 때부터 같이 지내면서 짝사랑하던 남성 화자가 그 여성이 미리 출가하자 그 여인을 그리워하는 마음을 표현한 가사이다. 서찰을 통하여 소회를 펴는 방식인데, 남성 화자의 발화로 시작하고 있다.

하늘이 나를 낼 제 널로 하여 배필이라
…
사찰한 저 여자야 무심하기 끝이 없다
상사로 죽게 되니 그 아니 네 탓인가
…
오를 숨만 나마 잇고 나릴 숨은 전혀 없다
상사로 소사난 병 뉘로 하여 고칠손가[75]

그런데 이렇게 상사로 병이 된 사정은 짝사랑하던 사람이 다른 사람의

---

72 박내오, 〈作相思曲四疊. 寄贈仲應〉, 『尼溪集』 卷之四, 『한국문집총간』 속 82, 109면.

73 김재찬, 〈琴操八疊, 題碧城琴妓千蓮琴背〉, 『海石遺稿』 卷之三, 『한국문집총간』 259, 375면.

74 신명균 편, 김태준 교열, 『가사집(상)』(중앙인서관, 1936), 270~275면.

75 위의 책, 270면.

청혼을 받아 시집가서, 마음속으로 간직하던 사랑이 깨진 것이다.

어떠한 할미년이	두세번 다니더니
그덧 어느틈에	청혼편지 왓단말가
신랑온지 보름만에	웬놈을 따라가네.
이런줄 전혀몰라	외짝즐검 굳게믿고
나 혼자 마음으로	궁합지합 골랏더니
어렴프시 일삭만에	뜬구름이 되단말가[76]

마음에 수심이 일고 가슴에 불이 나서 오장을 다 사른다고 호소한다. 보통 여성 화자의 발화에서 많이 나타난 관습인데, 〈규수상사곡〉에서는 남성 화자의 발화에 나타나고 있다.

흡흡한 이내 수심	몇 만가지 수심인가
가슴에 이는 불이	오장을 다 사르니
월명사창 요적한데	잠못드러 원수로다
보고지고 보고지고	임의얼굴 보고지고[77]

그리하여 상사의 병을 고쳐달라고 사정한다.

임아임아 각씨님아	나의목숨 살려주소
화무십일홍이오	세무십년이라.
이내정상 도라보소	이내정지 가련하오
널로하여 든병이니	한 번 사정 하여보자.

---

76 위의 책, 272~273면.
77 위의 책, 273면.

목석이 아니어든　　인정조차 업슬손가
이런일 생각하니　　눈에 암암 귀에 쟁쟁
…
각씨님 힘을 써서　　잠간잠간 생각하오
반가운 임의 소식　　회답 보기 기다리네.[78]

(3) 〈상사회답가〉의 대응

〈상사회답가〉[79]는 〈규수상사곡〉에 대한 대응의 발화이다. 백년가약을 정하고 출가했는데, 갑자기 한 통의 서찰을 받아 든 것이다.

백년가약 정할 적에　　연분을 따라가서
불경이부 구든 언약　　철석가치 매잣더니
무심한 일봉서찰　　어대로 온단말가[80]

결혼 전에 미리 말이라도 하였더라면 그 마음이라도 알았을 터인데, 언약도 하지 않고 혼자 마음으로 짝사랑만 하다가 느닷없이 이런 서찰을 보내어 마음을 흔들고 있다는 것이다.

서중에 만단사정　　나려보니 아득하다
회답을 쓰려하고　　붓을 들고 생각하니
심신이 황홀하여　　말조차 긋첫도다
…
그런 마음 가젓스면　　어찌하여 잠잠한고
다른곳 가기 전에　　무심히 잇지말고

78 위의 책, 275면.
79 위의 책, 275~277면.
80 위의 책, 276면.

우리서로 어렷슬제 한가지 노랏스니
날과 언약 한일업시 혼자마음 무산일고
삽삽한 이내마음 생각하니 후회로다[81]

별다른 묘책이 있는 것도 아니고, 절세가인이 무수하니 좋은 짝을 만날 수도 있으리라고 위로하면서도, 결국 사세가 이런 것도 천정(天定)이라고 인정하고 만날 약속을 정하게 된다.

그러나 저러나 그대 사정 바리리오
연분이 잇고보면 자연이 만나리라.
상사로 기피든병 다풀치고 기다리소
금월모일 명월야에 아모쪼록 뵈오리라.[82]

(4) 〈상사별곡〉의 표현

〈규수상사곡〉과 〈상사회답가〉와 달리 〈상사별곡〉[83]은 규칙적인 율격으로 하루아침에 낭군과 이별한 여성 화자의 일방적 발화로 진술하고 있다.

인간이별 만사중에 독숙공방 더욱설다
상사불견 이내인생 어느누가 짐작하리
…
전생차생 무슨죄로 우리두리 생겨나서
임과나와 한번만나 이별마자 구든언약
천금가치 매젓더니 세상일에 마가만타
일조낭군 이별후에 소식조차 돈절하다[84]

---

81 위와 같은 곳.
82 위의 책, 277면.
83 위의 책, 278~279면.

한 번 만나서 이별하지 말자고 굳게 언약했는데, 하루아침에 이별하게 되고 소식조차 끊어졌다는 것이다. 서로의 신분 확인, 만남의 과정, 이별의 사정, 그 후의 연락 등이 구체적으로 제시되지 않고 일방통행식 전개가 계속되고 있다. 일상적인 사람들의 만남과 이별이 아니라 즉흥적 만남에 예고된 이별로 단절된 상황이라 할 수 있다.

이별이 불이되여　　태우느니 간장이라
눈물이 비가되면　　붙는 불을 끄렷마는
한숨이 바람되여　　간장이 더옥 탄다
나며들며 빈방안에　　나믄한숨 벗이로다
만첩청사 드러간들　　어느낭군 날차즈리
날개조흔 학이되면　　나라가서 보렷마는
산은첩첩 천봉이오　　물은중중 소이로다
오동추야 발근달에　　이내생각 새로워라[85]

이별로 불이 붙어서 간장을 태우고, 한숨이 더욱 부채질하고 빈방 안에는 한숨만 남아 있다고 진술하고 있다. 그런데 만첩청산에서 "어느 낭군"을 설정하고 있어서, 한 번 만나 굳게 언약하고 사랑을 맺었는데, 하루아침에 님과 헤어진 상황에서 자신을 찾고 있는 다시 새로운 대상을 염두에 두고 있을 수도 있다는 생각을 가지게 된다. 그리고 마무리에서 "오동추야 발근밤에 이내 생각 새로워라"의 진술에서 생각이 새롭게 된다는 것은 설움을 떨치고 상사의 마음을 새롭게 한다는 의미로 읽을 수 있어서 결말의 태도와 상사의 의미를 주목하게 한다.

---

84 위의 책, 278면.
85 위의 책, 278~279면.

2. 천주학에 대한 믿음과 배척

1) 믿음의 차이와 그 반응

18세기 연행의 일정에서 북경의 천주당 방문은 새로운 충격으로 다가선 것이었는데, 이를 서학(西學)이라고 여기면서도 실제 받아들이는 반응과 태도는 사람마다 다르게 나타나고 있다. 천주(天主)의 개념이 낯설기도 했지만, 기존의 성리학적 사유 체계에 견주어 여러 가지 문제가 얽혀 있는 것이기도 하였다. 성리학적 믿음을 정학(正學)이라 인식하면서 천주학은 사학(邪學)으로 규정하게 되었다.

정조 9년(1785) 4월에 장령 유하원이 상소[86]하여 천주교 서책에 대한 근심을 토로하자, 임금도 동의하였고, 이어서 천주교를 비롯한 서양의 학문을 서학이라고 하면서 크게 경계하였는데, 정조 임금의 진단은 다음과 같았다.

> '서양학을 금지하려면 먼저 패관잡기부터 금지해야 하고 패관잡기를 금지하려면 먼저 명말 청초의 문집들부터 금지시켜야 한다.' 하였다. 대체로 그 근본을 바르게 하는 것은 오활하고 느슨한 것 같아도 힘을 쓰기가 쉽고, 그 말단을 바로잡는 것은 비록 지극히 절실한 것 같아도 공을 이루기가 어려운 것이다. 지금 내가 금지하려는 것이 근본을 바르게 하는 데에 하나의 도움이 안 되지는 않을 것이다.[87]

그리고 정조 15년 11월 8일(기묘)에 진산의 윤지충과 권상연을 사형에 처하고, 이어서 이승훈을 삭직하고, 권일신은 사형을 감해서 위리안치하도록 명하였다. 이른바 신해 박해 또는 진산 사건이다. 이승훈이 아버지

---

86 『정조실록』 19권, 정조 9년 4월 9일(무자), 『국역 정조실록』 10, 371면.
87 『정조실록』 33권, 정조 15년 10월 24일(을축).

의 사행에 따라가 수백 권의 사서(邪書)를 가져와 젊고 가르칠 만한 사람들에게 알리고, 정미년 겨울에 반촌에 들어가 젊은이들에게 보급하였다고 하였다.

실제 서학의 유입은 세계사의 큰 물결이라고 할 수 있는 것이므로 정학과 사학의 대립으로 이해하는 데서 그칠 일이 아니다. 정조 임금이 소품의 해독에서 사학으로 흐른다고 한 진단은 그 현상을 파악하는 데에는 일리가 있다고 할 것이다.

윤지충이 공술한 내용을 되새길 수 있다.

> 천주를 큰 부모로 여기는 이상 천주의 명을 따르지 않는 것은 결코 공경하고 높이는 뜻이 못됩니다. 그런데 사대부 집안의 목주는 천주교에서 금하는 것이니, 차라리 사대부에게 죄를 얻을지언정 천주에게 죄를 얻고 싶지는 않았습니다. 그래서 결국 집안에 땅을 파고 신주를 묻었습니다. 그리고 죽은 사람 앞에 술잔을 올리고 음식을 올리는 것도 천주교에서 금지하는 것입니다. 게다가 서민들이 신주를 세우지 않는 것은 나라에서 엄히 금지하는 일이 없고, 곤궁한 선비가 제향을 차리지 못하는 것도 엄하게 막는 예법이 없습니다. 그래서 신주도 세우지 않고 제향도 차리지 않았던 것인데, 이는 단지 천주의 가르침을 위한 것일 뿐으로서 나라의 금법을 범한 일은 아닌 듯합니다.[88]

천주의 가르침을 위한 것일 뿐 나라의 금법을 어기지 않았다는 생각은 새삼 많은 것을 돌아보게 한다. 임금이 주인이고 임금을 중심에 두고 특정 정치 세력이 거의 권력을 독점하고 있는 상황에서 임금이 아닌 하늘을 주인으로 삼을 수 있다는 믿음은 새로운 인식으로의 전환이다. 당시의 정승인 채제공이 지적한 바와 같이, "그 가운데 좋은 것도 간혹 있으니, 이

---

88 『정조실록』 33권, 정조 15년 11월 7일(무인).

를테면 하느님[上帝]이 굽어살피시어 사람들의 좌우에 오르내리신다는 설"[89]이라는 점과 임금이 "지금 이단의 학술이 갑자기 경이 재상으로 있는 시기에 터져 나왔고 그것을 공격하는 자나 배우는 자들도 모두 경이 아는 사람들이다."라고 한 내용은 당파의 이해와 일정하게 연관되어 있으며, 정밀한 분석이 필요한 대목이다. 실제로 정조가 승하한 뒤에 노론 벽파 세력들이 중심이 되어 노론 시파와 남인들을 탄압하기 위하여 신유박해를 일으켰던 일을 환기할 수 있다.

천주가사의 시대 구분에서 18세기 후반은 발생기[90]에 해당한다고 할 수 있는데, 천주교를 옹호하는 입장의 〈천주공경가〉와 〈십계명가〉, 천주교에 반대하여 지은 〈경세가〉, 〈심진곡〉, 〈낭유사〉 등을 들 수 있다.

2) 천주가사

천주가사는 천주에 대한 긍정적 인식을 바탕으로 천주를 믿으라고 권유하는 가사를 가리키는데, 이벽(1754~1786)이 정조 3년(1779)에 지었다고 하는 〈천주공경가〉가 대표적이다. 17행 33구의 짧은 가사인데 천주공경의 핵심이 들어 있다.

어와 세상 벗님네야　　이 ᄂᆡ 말ᄉᆞᆷ 드러보쇼
지븐에ᄂᆞᆫ 어른 잇고　　ᄂᆞ라에ᄂᆞᆫ 임군 있네
네 몸에ᄂᆞᆫ 령혼 있고　　ᄒᆞᄂᆞᆯ에난 텬쥬 있네
부모의게 효도하고　　임군에난 충성ᄒᆞ네
ᄉᆞᆷ강오륜 지켜 가ᄌᆞ　　텬쥬 공경 웃뜸일세
이 ᄂᆡ 몸은 죽어져도　　령혼 ᄂᆞᆷ어 무궁ᄒᆞ리
인륜도덕 텬쥬공경　　령혼불멸 모ᄅᆞ며ᄂᆞᆫ

89 『정조실록』 26권, 정조 12년 8월 3일(임진).
90 김영수, 「천주가사의 갈래적 성격과 전개 양상」, 『천주가사자료집』 상(가톨릭대학출판부, 2000), 586~588면 참조.

사ᄅᆞ셔는 목석이요 주거서난 듸옥이ᄅᆞ
텬쥬 잇다 알고셔도 불ᄉᆞ 공경 ᄒᆞ지 마쇼
알고서도 아니ᄒᆞ면 죄만 졈졈 싸인다ᄂᆡ
죄 짓고서 두러운 ᄌᆞ 연쥬 업다 시비 마쇼
아비 업ᄂᆞᆫ ᄌᆞ식 밧ᄂᆞ 양듸 업ᄂᆞᆫ 음듸 잇ᄂᆞ
임군 용안 못뵈앗다 ᄂᆞᄅᆞ ᄇᆡᆨ셩 아니런가
텬당디옥 가 보왓나 세ᄉᆞᆼ ᄉᆞ람 시비 마쇼
잇난 텬당 모른 션비 연당 업다 어이 아노
시비 마쇼 텬쥬공경 미더보고 ᄭᆡ다르면
영원무궁 영광일세[91]

인륜 도덕을 지키면서 내 몸의 영혼으로 천주를 공경하자는 것이다. 사람은 죽어도 영혼은 남는 것이므로 살아서는 인륜 도덕을 지키고 아울러 영혼으로 천주를 공경해야 할 것인데, 이것을 모르거나 공경하지 않으면 죄가 점점 쌓여서 지옥에 가게 된다는 것이다. 천당과 지옥에 대한 시비를 할 것이 아니라 일단 믿고 깨닫게 되는 것이 중요하다고 강조한다. 사후를 인정하는 사생관에 바탕을 두고 있고, 부모와 임금을 인정하는 바탕에서 천주 공경을 해야 한다고 하고 있다.

이벽에 대하여 뒷날 신유박해(1801) 때 천주교를 박해하는 과정에서 나온 진술이다.

> 정언 이의채가 상소하였는데, 대략 이르기를,
>
> "아! 저 이벽(李檗)이라는 자는 사당 가운데에서도 가장 거괴가 되는 자로서 여러 역적들의 초사에서 남김 없이 낭자하게 드러났는데, 먼저 귀신의 주벌이 가해진 까닭에 비록 이가환과 같은 율에서 벗어났으나, 그 형

91 이상보, 『18세기 가사 전집』(민속원, 1991), 365면.

이격은 사괴의 동기로서 아직도 숙위하는 반열에 있으므로, 주려의 군사 가운데 그와 함께 있는 것을 부끄럽게 여기지 않는 사람이 없습니다. 엄숙한 대궐에 이처럼 추악한 무리가 뒤섞여 있으니, 국가의 기강으로 헤아려 보건대, 어찌 몹시 한심한 일이 아니겠습니까? 신의 생각에는 사괴 이벽의 형 이격에게 먼저 방축의 율을 시행하는 것이 마땅하다고 여깁니다. 신이 삼가 듣건대, 작년에 호서에서 사당 방백동을 잡아들이고 그 비감 가운데 기록된 바를 수색해 보니 제일 먼저 이가환이 기록되어 있고 다음에 이일운이 기록되어 있어 사람들의 말이 낭자하게 전파되었다고 합니다. 또 홍주는 사학에 가장 심하게 물든 지역이니, 이 때에 주목에 임용한다면 더욱 말하기 어려운 근심이 있을 것입니다. 신의 생각에는 홍주목사 이일운을 붙잡아다 국문하여 실정을 알아내야 한다고 여깁니다."

하니, 비답하기를,

"이격·이일운에 대한 일은 대신들에게 하문하여 처분하겠다."

하였다.[92]

그리고 정약전(1758~1816)의 〈십계명가〉는 일상생활에서 지켜야 할 덕목에 해당하는 십계명을 같은 입장에서 서술한 것이다. 정조 3년(1779)에 광주의 천진남, 주어사에 모여서 천주교리연구회를 가지던 때에 지은 것으로 구약성서의 십계명을 차례로 노래하되, 제9계명이 빠져 있다.

정조 19년(1795)에 관학유생 박영원 등이 상소하여 "그 형제가 본래 가환으로부터 법을 전해 받은 신도로서 사학의 우익 노릇을 하고 있다."[93] 라고 지적하였고, 신유박해에 정약전은 강진의 신지도에, 정약용은 장기현에 정배하였다.

〈십계명가〉에서 진술하고 있는 내용을 보도록 한다.

---

92 『순조실록』 2권, 순조 1년 3월 11일(정해), 『국역 순조실록』 1, 259~260면.

93 『정조실록』 43권, 정조 19년 7월 24일(계유).

닐곱 ᄂᆞᆯ 중 엿ᄉᆡᄀᆞᆫ은　　근면노력 ᄃᆞᄒᆞ고셔
닐곱쨋ᄂᆞᆯ 고요히　　천주공경 ᄒᆞ여보세
갑논을박 쉬지 안코　　론쟁구궐 무용일세
부모은혜 모르고서　　불효ᄌᆞ식 ᄃᆡ고지면
죄중ᄋᆡ서 뎨일 크고　　죽근 후에 디옥가네
ᄒᆞᄅᆞᆯ갓티 널분 ᄃᆡᄌᆞ　　부모 경이 닐커러면
인ᄀᆞᆫ금슈 쵸목ᄆᆞᆫ물　　그 아버지 텬쥬일세
…
이ᄌᆡᄅᆞ도 텬쥬 뜻슬　　ᄉᆞᄅᆞᆷ마ᄃᆞ 지켜보세
…
ᄀᆞᆫ음ᄉᆞ힝 멀이ᄒᆞ여　　텬쥬뜻시 인ᄀᆞᆫ되ᄌᆞ
…
도젹이ᄅᆞᆫ 크고 ᄌᆞᆨ고　　인륜에 큰 죄일세
…
ᄌᆡ일부수 지켜ᄀᆞ지　　ᄂᆞᆷ네 소유 탐치 마쇼[94]

몇 가지 내용만 예시했지만, 실제 십계명의 내용은 특별한 내용이라기보다 인간의 삶에서 지켜야 할 인륜 도덕에 해당하는 것이기 때문에 반박하거나 이의를 제기할 내용이 아니다.

3) 벽위 가사

벽위란 벽사위정(闢邪衛正)의 준말이며, 벽위 가사는 사악한 것을 물리치고 정학을 지키자는 가사로, 천주학을 사학(邪學)이라 일컬으며 이를 물리치면서 정학인 유교를 지킨다는 의미이다.

이가환(1742~1801)의 〈경세가〉가 이벽의 〈천주공경가〉에 대한 답가

94 이상보, 『18세기 가사 전집』(민속원, 1991), 367~368면.

의 성격을 지니면서 천주에 대하여 비판하는 가사로 볼 수 있으므로 벽위가사로 나누고 있다. 그런데 이가환은 뒷날 신유박해에 천주교도로 몰려 처형을 당했다.

어와 세상 ᄉᆞ롬드라　　저 ᄉᆞ롬들 거동 보소
우쥬만물 세샹 텬지　　ᄆᆞ드신 자 텬쥬ᄅᆞᄂᆡ
음양ᄐᆡ극 죠물쥬를　　텬쥬라고 니름 짓ᄂᆡ
텬쥬를 ᄆᆞᆫ든 것슨　　뉘라 머라 이르느뇨
텬쥬공경 아니ᄒᆞ면　　죄도 ᄆᆞᆫ코 듸옥 간다
텬ᄆᆞᆫ년 동방 싸에　　주근 ᄉᆞ롬 억됴충싱
모도다 디옥 간ᄂᆞ　　텬쥬는 웨 몰ᄅᆞᆫᄂᆞ
텬쥬 잇다 누가 밧ᄂᆞ　　옛적에는 웨 못 밧ᄂᆞ
공경ᄒᆞ면 텬당 가고　　불공경은 듸옥이ᄅᆞ
텬쥬ᄂᆞᆫ ᄉᆞ롬마다　　공경 바더 무엇ᄒᆞ노
텬쥬심ᄉᆞ 얄궂도다　　듸옥은 무슴 일고
수억만년 억죠충싱　　령혼마다 어듸 갓노
빗속게셔 주근 ᄌᆞ식　　령혼은 어듸 갓노
우쥬만물 ᄌᆡ 몸ᄃᆡ로　　충싱ᄒᆞ시 텬쥬가
어이ᄒᆞ야 버ᄅᆡ갓ᄒᆞᆫ　　ᄉᆞ롬마음 이리 ᄆᆞᆫ드런고
가엽고도 가소롭다　　저 션비들 쏠 좀 보쇼
ᄂᆞᆯ 가므러 ᄑᆡ농ᄒᆞ고　　병 들어 죽는 것시
전지전능 텬쥬타시 아니런가
그런 공경 쓸 ᄃᆡ 업다　　쏠도 뜻타 텬쥬학
숙덕거려 텬당 갈가　　ᄌᆡ 분수는 직켜 가세.[95]

95 이상보, 『18세기 가사 전집』(민속원, 1991), 407~408면.

〈경세가〉는 천주가사인 〈천주공경가〉에 대한 반문의 성격을 지니고 있다고 할 수 있다. 〈경세가〉에서 제기하는 질문은 동방에서 천만년 동안 죽은 사람이 모두 지옥에 갔는가? 그러면 천주를 왜 몰랐으며, 옛적에는 왜 보지 못하였는가? 천주는 사람으로부터 공경을 받아서 무엇하는가? 뱃속에서 죽은 자식의 영혼은 어디로 갔는가? 등등 천주교에서 주장하는 천주, 천당, 지옥 등에 대하여 반문하고 있다. 쑥덕거린다고 천당에 가는 것이 아니니, 제 분수를 지키고 살자는 내용으로 마무리하고 있다.

4) 〈심진곡〉과 〈낭유사〉

그리고 이기경(1756~1819)의 〈심진곡〉과 〈낭유사〉도 벽위 가사에 해당하는 것으로 볼 수 있다. 〈심진곡〉은 이기경이 정조 15년(1791)에 함경도 경원으로 유배를 가서 지은 것으로 사람이 살아가는 진리가 오륜에 있으므로 천주교가 천당이니 지옥이니 하는 설로 현황(眩慌)하게 한다고 하면서 바른길로 가기를 권면하고 있고, 〈낭유사〉도 같은 시기에 지은 것으로, 허랑하게 다니지 말고 고향으로 돌아와서 유교를 실천하는 것이 바르다고 강조하는 가사이다.

이기경은 정조 13년(1789) 3월에 강제(講製)할 문신으로 뽑혔는데, 정조 11년 겨울에 이승훈이 성균관에서 설법할 때도 역시 책을 끼고 간 것을 이기경이 직접 목격[96]하였다고 했는데, 실제로 이기경은 '저와 이승훈·홍낙안은 함께 공부한 절친한 친구입니다. 정미년 겨울 승훈과 함께 성균관에 있을 때, 이른바 서양서라는 것을 승훈과 함께 보았으니, 만약 책을 본 것이 죄가 된다면 저와 승훈은 별로 차이가 없습니다. 그런데 그 책에 간혹 좋은 곳도 있었지만, 이치에 어긋나고 윤리를 해치는 일이 그 가운데 많이 있기에 있는 힘을 다해서 논척하고 승훈에게도 많이 경계시켰습니다. 그 뒤 홍낙안과 얘기를 할 때 이것을 말한 일이 없지 않으나,

---

96 『정조실록』 33권, 정조 15년 11월 3일(갑술).

이것은 증거를 서 준 것과는 다르고, 단지 붕우 사이에 절차탁마하는 의리에 불과했을 뿐입니다.'[97]라고 하였다. 이승훈, 홍낙안, 정약용, 강리원, 성영우 등과도 성균관에서 함께 지내면서 천주학에 관한 서적을 함께 보기도 했는데, 의견 차이로 갈라지면서 벽위의 태도를 보였다.

그런데 정조 15년 이승훈과 권철신을 문초[98]하는 과정에 이승훈이 이기경이 한 말이 부합하지 않는다고 하자, 이기경이 상소를 올려 정미년(1787) 반회의 일[99]을 말하였다가, 함경도 경원으로 유배되었다.

이기경의 〈심진곡〉은 진리를 찾는 노래로 생각할 수 있는데, 참 진리가 바로 오륜에 있다고 하면서, 천당과 지옥을 주장하는 논리를 비판하고 있다.

져 텬쥬의 일을 보면　　근심도 전혀 업다
텬쥬만 셤기게면　　텬당으로 올라가고
텬쥬를 못 셤기면　　지옥으로 간다 ᄒᆞ니
진실로 져 말갓치　　텽당지옥 버려 두고
제 윤긔 다 ᄇᆞ리고　　ᄂᆡ 몸만 위ᄒᆞ랴면
인간의 영뎡이요　　텬상의 걸주로다.
…
사특한 말을 지여　　우민을 속이나니
텬당은 어듸메며　　지옥은 무슨 것고
…
하물며 죽은 후에　　아름이 이실소냐
텬당에 간다 ᄒᆞ면　　무슨 일로 깃거ᄒᆞ며
지옥에 간다ᄒᆞᆫ들　　엇지ᄒᆞ야 슬혀ᄒᆞᆯ가

97 『정조실록』 33권, 정조 15년 11월 5일(병자).
98 『정조실록』 33권, 정조 15년 11월 3일(갑술).
99 『정조실록』 33권, 정조 15년 11월 13일(갑신).

…

텬당지옥 잇다흔들 예부터 몃 쳔년에
그 누구 보앗스며 그 누구 들엇난가
인심이 주착업서 현황흔 말 고지듣고
이러타시 위ᄒᆞ기는 일 업는 탓이로다[100]

한편 〈낭유사〉는 허랑하게 떠돌아다니는 노래로 “허랑이 노지 말고, 우리도 고향으로 오리라.”라고 마무리하고 있다.

아마도 분긔ᄒᆞ여 거쳐업시 가오리라
공동산 깁흔 곳의 광셩자 잇다커늘
겨우 구러 차ᄌᆞ가니 종젹이 허망ᄒᆞ다
삼신산 조타커늘 동히를 바라보니
안긔싱 소식 업고 셔시는 어ᄃᆡ 간고
싱사는 쳔명이니 불사약 잇슬숀가
칠원을 지나다가 장션싱 만나보니
광망흔 말을 ᄒᆞ여 셩인을 긔롱ᄒᆞᄂᆡ
…
두루 단여 오는 길의 셔양국 됴타커늘
져 놈의 거동 보소 천지간 괴물이라
…
팔방을 다 도라도 조흔 곳 젼혀 업다
즁심이 귀연ᄒᆞ여 고향을 바라보니
히동의 군자국은 문명도 ᄒᆞ올시고
…

100 이상보, 『18세기 가사 전집』(민속원, 1991), 433~441면.

우습다 뇌 일이야 남의 말 그룻 듯고
텬하를 두루 도라 어듸로 가랴던고
신션도 허탄ᄒᆞ고 부쳐도 괴망ᄒᆞ다
그 즁의 괴이홀사 텬주는 무슨 것고
…
허랑이 노지 말고 우리도 고향으로 오리라[101]

5) 이가환의 인물과 신유박해

이가환은 정조 2년(1778) 문신 제술에 수석을 차지하여 6품에 승진하고, 이어서 임금이 직접 불러서 여러 경서의 내용에 대해 질의[102]하면서 깊은 신뢰를 보였다.

그런데 정조 19년(1795) 7월에 천주교로 혹세무민한다는 상소가 올라가고, 사학의 폐해가 심한 충주목사에 보임되기도 하였다.

정조 23년(1799) 5월에 임금이 좌의정 이병모와 차대한 내용[103]을 확인하면, 이병모가 끈질기게 "이가환 집에 증직하는 일", "불순한 학문을 주장하는 세력의 괴수로서 할아비와 아비에게 죄를 지은 자", "문학적 명망이 조금 있기 때문에 모두 휩쓸려 그를 추종"한다는 지적 등을 말하고 있는데, 임금은 "호남의 고을에 수령으로 있을 때 불순한 학문을 하는 자들을 적형으로 다스렸고 그전에 또 상소하여 스스로 해명한 일"이 있고, "올바른 학문이 전혀 맛도 없고 뜻도 없는 듯하더라도, 오늘날의 세상에 살면서 오늘날의 폐단을 바루려면, 반드시 먼저 올바른 학문을 높이고 장려해야 한다. 그런 뒤에야 이단을 물리칠 수가 있다."라고 하면서, "가환과 같은 자를 도리어 발탁하여 등용하더라도 무슨 해로움이 있겠는가."라고 하면서 온건한 태도를 보인다.

---

101 위의 책, 442~444면.

102 『정조실록』 5권, 정조 2년 2월 14일(을사), 『국역 정조실록』 3, 229~240면.

103 『정조실록』 51권, 정조 23년 5월 5일(임술).

그런데 이가환 집안의 일은 종조부 이잠이 숙종 32년(1706)에 김춘택을 처형하고 이이명을 유배시키라고 상소를 올렸다가 장폐된 뒤에, 이잠을 추증하는 일에 시비를 건 것인데, 이이명과 김춘택의 당파에 속하거나 그 후예들이 적극적으로 이가환을 탄핵한 것이다. 채제공의 뒤를 이어 이가환이 당국(當局)[104]할 수 있다는 두려움이 작동한 이면의 공격이라고 할 수 있다.

다음은 신유년에 이가환이 사학의 괴수로 몰려 물고되고, 권철신, 이승훈, 정약종, 최필공, 이존창, 홍교만, 홍낙민, 최창현 등이 정법되고, 정약전과 정약용은 유배되고, 강녀 완숙은 구핵한 후 작처하고, 황사영은 체포하도록 하였다. 이른바 신유박해의 결말이다.

정조가 훙서한 뒤에 순조가 즉위하자, 정순왕후 김씨가 대왕대비로 수렴청정을 하면서 심환지 등과 함께 사학(邪學)을 척결한다는 빌미로 정조 임금 아래에서 활발하게 진출하고 있던 남인 청류들을 제거한 사건이다.

> 사학 죄인들을 추국하여 작처하였다. 죄인 이가환이 공초하기를,
>
> "일찍이 생질 이승훈의 집에서 사학의 서책을 빌려 왔는데, 거기에 신주를 세우지 않고 제사를 지내지 않는다는 말을 보고 놀라움을 금할 수 없었으므로 칼로 긁어서 지워버리고, 다시는 가져다 보지 않았습니다."
>
> 하였다. 국정에서 반핵하는 즈음에, '흉얼과 체결하여 성세로서 서로 의지한 일이 있었는가?'라는 질문은 곧 사학의 무리와 서로 체결한 것을 말한 것인데, 갑자기 공초하기를,

---

104 정약용, 「貞軒墓誌銘」, 『여유당전서』 第十五卷, 『한국문집총간』 281, 325면. 상이 일찍이 경모궁 재실에서 번옹을 불러 조용히 묻기를, "경이 늙었으니 누가 경을 대신할 만한가?" 하니, 번옹이 대답하기를, "전하께서 진실로 믿고 쓸 사람으로 이가환만한 사람이 없습니다. 그러나 계축년 봄의 상소로 인하여 시론에 미움을 샀기 때문에 기괴한 비방이 있어 감히 용서하려는 사람이 없습니다." 하였다. 그러자 상은, "경의 말이 아니라도 내가 벌써부터 생각하고 있다." 하시고, 일이 있을 적마다 공에게 가부를 물으셨다.

"홍낙임의 하늘에 사무친 죄악을 일찍이 통분스럽게 여겨 왔는데, 어찌 체결했을 리가 있겠습니까?"

하며, '낙임' 두 자를 문목 외에서 털어 놓았고, 또 말하기를,

"남간에 갇혀 있었을 때 문밖에서 전호하는 소리를 듣고 홍낙임이 이미 행형되었음을 알았습니다."

하고, 끝에 가서 오석충을 끌어대어 말하기를,

"일찍이 홍가의 집에 출입했다는 말이 있었으나 그는 진실로 알지 못하였습니다."

하였다. 오석충과 면질시키기에 이르니, 오석충이 말하기를,

"과연 일찍이 홍낙임의 아우와 서로 잘 아는 사이이다."

하였다. 그가 사학에 물든 자취를 한결같이 곧바로 발명하다가, 여러 번 형신을 받은 후에야 마침내 사학의 괴수로서 지목된 것을 자백한 것으로 지만을 받았는데 옥중에서 물고되었다.[105]

18세기 후반 천주가사와 벽위 가사의 출현은 천주교에 대한 찬반을 넘어서서 고려 때까지 이어지던 불교적 사생관을 배제하고 성리학적 사생관으로 일관하던 인식의 틀을 재론하는 사생관의 변화라는 점에서 침착하게 살필 필요가 있다. 사후세계를 인정하는 사생관의 경우에 인식 방식에 따라 현실의 삶을 제어할 수 있는 준거로 작동할 수 있기 때문이다.

---

105 『순조실록』 2권, 순조 1년 2월 26일(임신), 『국역 순조실록』 1, 241면.

3. 〈백화당가〉의 실상과 정치의 뒷마당

1) 규장각 각신에 대한 예우와 정동준

정조가 즉위년 8월에 규장각을 설치하면서 제학, 직제학, 직각, 대교 등의 관원을 두었는데, 표면적인 이유와는 달리 "좋은 작위로 잡아매 두고 예우"하고자 한 것이 큰 비중을 차지하였다.

> 나는 춘저 때부터 어진 신하를 내 편으로 하고 척리는 배척해야 한다는 의리를 깊이 알고 있었다. 그래서 즉위 초에 맨 먼저 내각을 세웠던 것이니, 이는 문치 위주로 장식하려 해서가 아니라, 대체로 아침저녁으로 가까이 있게 함으로써 나를 계발하고 좋은 말을 듣게 되는 유익함이 있게끔 하려는 뜻에서였을 뿐이었다. 그리하여 좋은 작위로 잡아매 두고 예우하여 대접하면서 심지어는 한가로이 꽃구경하고 낚시질할 때까지도 각신과 함께 즐거움을 같이 하고 그들의 아들·조카·형제 역시 모두 연회에 참석하도록 허락하였던 것이었다. 그리하여 예법을 간소화하여 은혜로 접하고 한데 어울려 기뻐하고 즐기는 것을 매년 정례화하고 있으니 이런 대우와 사랑이야말로 예로부터 인신으로서는 얻기 힘든 것이었다고 하겠다.[106]

정조 즉위년 9월에 홍국영을 직제학의 자리에 올린 것을 비롯하여, 규장각 각신에 대한 대접은 지나칠 정도였다. 홍국영의 몰락 이후에도 규장각에 대한 영조의 입장은 변함이 없었으며, 정동준(1753~1795)에 대한 태도도 이에서 크게 벗어나지 않았다.

백화당 또는 백화정은 정조가 정동준에게 하사한 집으로, 이곳에 당시의 명사들이 모여서 잔치를 베풀기도 하였는데, 이 연회의 광경을 〈백화당가〉[107]라는 가사로 형상화하였다. 백화당의 주인 정동준이 규장각에서

106 『정조실록』 42권, 정조 19년 3월 10일(신유).

일정한 역할을 맡고 또 임금의 총애를 과신하면서 정치적 욕망까지 이루려고 분수에 넘치게 처신하는 바람에 탄핵을 받아 자결하였으며, 백화당의 연회와 이 연회에 참석한 사람들이 정치적으로 비판의 대상에 오르기도 하였다. 내면적으로 정동준이 소론의 입장에서 정조 임금을 보위에 오르는 데 큰 역할을 했던 사람들과 갈등을 빚은 것이 〈백화당가〉 이해의 한 축이 될 수 있다.

정동준은 정조 원년 3월에 가주서, 4월에 주서, 11월에 기사관, 11월에 응제시에 표문에서 삼중(三中)을 받아 대녹비 1령(領)을 받았으며, 정조 2년 8월에 한림 소시에 2인으로 뽑히고, 정조 3년 7월에 검열, 정조 4년 12월에 규장각 대교가 되었으며, 정조 5년 2월에 응제에 입격하여 올바른 정사에 대하여 대책[108]하였다. 3월에 "대교 정동준은 노고가 드러나고 부지런함 또한 으뜸이었으니, 모두 통개(筒箇) 1부씩을 내하하되, 내가 직접 주도록 하겠다. 그리고 이들은 전모에 참여하여 논하게 하라. 또 오늘 연석에 나왔던 원임 직제학 서호수에게는 특별히 전죽 1백 개를 직접 주겠으며"[109]라고 특별한 관심을 보였다. 5월에 승륙하였고, 6월에 별겸춘추, 8월에 부교리, 그리고 이조좌랑을 삼았다가 파직하였다.

> 내가 이르기를,
>
> "정동준의 경우에는 염치를 모르고 좋은 벼슬을 차지하려고 다투는 자들과는 같은 수준에 놓고 말할 수 없지만, 그가 스스로 한계를 긋는 것은 실로 근거할 바가 없다. 그가 이미 재기가 걸맞지 않다는 것으로 말을 하였는데 또 뒤이어 그의 뜻을 따라 준다면, 앞으로 전랑이 되는 자는 거의 장차 재기가 걸맞지 않다는 것을 가지고 사양할 것이고, 그렇게 되면 앞으로

107 김용숙, 「백화당가외 수편」, 『국어국문학』 25(국어국문학회, 1962), 211~214면, 이상보, 『18세기 가사 전집』(민속원, 1991), 549~551면.

108 『정조실록』 11권, 정조 5년 2월 7일(경술), 『국역 정조실록』 6, 187~189면.

109 『정조실록』 11권, 정조 5년 3월 18일(신묘), 『국역 정조실록』 6, 292~293면.

전랑에는 과연 공무를 행할 사람이 없을 것이란 말인가. 뒷날의 폐단에 관계된 점이 또한 심히 적지 않으니, 나는 그것이 온당한지 모르겠다. … 정동준의 경우에는 나이가 서른이 꽉 찼으니 너무 빠르다는 것으로 혐의를 삼을 수도 없는데 그가 어찌 굳이 이것을 가지고 사양한단 말인가. 내가 어찌 그의 뜻을 따라 줄 수 있단 말인가. 옛날에도 또한 이렇게 사양한 전례가 있었는가?"[110]

9월에 정언, 12월 부사과를 맡았고, 정조 6년 3월에 이조정랑의 소명을 따르지 않자 과천현감에 보임하고, 7월에 전의현감으로 교체했다가 경직에 부임하게 했다. 9월에 장령, 11월에 교리, 정조 7년 2월에 부응교, 검상, 의정부 사인에, 3월에 규장각 직각에, 4월에 우부승지, 6월에 성천부사, 8년 1월에 승지, 7월에 겸보덕, 9월 예조참의, 정조 9년 10월에 보덕, 12월에 이조참의로 삼았다가 체직하고, 정조 10년 1월에 이조참의로 삼았으나 부름을 받지 않아 수원부사로 보임하였다. 11년 6월에 사간원 대사간, 12년 6월에 전라도 관찰사로 삼았으나 사직하였다. 13년 1월에 경상도 관찰사로 삼았으나, 명을 받들지 않자 그 직을 삭탈하고 이조의 의망 대상에서 영원히 빼버려 다시는 지방관으로 의망하지 말라고 명하였다. 14년 6월에 자전과 자궁에게 전문을 받들 때 승지로 있던 것이 확인되고, 7월에 동지춘추관사, 8월에 지의금부사, 9월에 예조참판, 15년 10월에 공조참판, 16년 3월에 각신의 아들과 아우들을 불러서 내원에서 꽃과 물고기를 구경하였다.

내가 각신들에게 이르기를,

"요사이 날씨가 따뜻하고 화창하여 내원의 꽃 소식이 특히 이르니, 경들과 더불어 꽃구경을 해야겠다. 내가 내각을 설치한 이래로 이 직임에 있는

110 『일성록』, 정조 5년 8월 27일(정유), 『국역 일성록』 정조 28, 119~120면.

모든 사람을 한집안 사람처럼 보고 있으니 오늘의 모임도 집안사람을 대하는 예를 쓰겠다."

하고, 이어서 각신의 아들과 아우 가운데 관례를 치른 사람들은 모두 불러들이게 하고, 각신 윤행임으로 하여금 참석자의 이름을 나열하여 기록하게 하였다. 제학 오재순, 검교직제학 서호수·이병모, 원임 직제학 박우원, 원임 직각 서용보·정동준·윤행임, 검교직각 서영보, 대교 서유구 등 각신으로서 연석에 참석한 자가 모두 8인이고, 오재순의 아들 오연상, 서호수의 아들 서유본·서유락·서유비, 이병모의 아들 이노익·이노풍·이노임, 박우원의 아들 박종유, 서용보의 아우 서응보·서봉보, 정동준의 아들 정태용, 서영보의 아우 서경보, 제학 정민시의 조카 정상우, 고 직제학 심염조의 아들 심응규, 정지검의 아들 정동안, 원임 직제학 서유방의 아들 서준보·서임보 등 각신의 아들과 아우로서 연석에 참석한 자가 모두 18인이었다. 내가 이르기를,

"남공철은 조만간 규장각의 관원으로 뽑힐 사람이니, 이 사람도 들어오게 해서 참석하게 하는 것이 좋겠다."

하였다. …

내가 이르기를,

"옛날에 내원에서 물고기를 낚는 잔치를 베풀었다는 사실이 역사에 기록되어 아름다운 일로 일컬어진다. 오늘 정말로 그렇게 해 보겠다."

하고, 드디어 연못가에 낚싯줄을 널리 설치하도록 명하고 각신들은 남쪽으로 가서 서쪽으로 올라오고 각신들의 아들과 아우들은 동쪽으로 가서 남쪽으로 올라와서 각각 낚싯대를 드리우고 연못가에 둘러앉아 낚시를 하게 하고 윤행임을 유사로 삼아 감독하게 하였다. 내가 세 마리를 낚았고, 서용보와 서영보가 각각 두 마리씩을 낚았고, 정동준, 남공철, 서유구, 정상우, 서유본, 정동안, 서임보가 각각 한 마리씩을 낚았다. 물고기 한 마리를 낚을 때마다 깃발을 들고 풍악을 연주하여 알리니, 흰 물고기가 퍼덕일 때마다 아름다운 풍악이 따라 울려 참으로 장관이었다. 내가 배를 연못 동

쪽 기슭에 대라고 명하고 각신들의 아들과 아우들을 번갈아 배에 오르게 하고 생(笙), 적(笛), 부(缶), 소(簫) 등의 악기를 배에 싣고 노래를 잘 부르는 자로 하여금 길게 끄는 목소리로 어부사(漁父詞)를 부르며 섬을 돌아 물길을 거슬러 올라가게 하니, 돛대와 노의 그림자가 물 위에 어른거리고 어여차 배 젓는 소리는 생황 소리와 서로 화답하였다. 내가 난간에 기대어 구경하면서 각신들을 돌아보고 말하기를,

"오늘의 놀이는 매우 성대한 모임이니 시가 없을 수 없다. 내가 수구와 결구를 지을 터이니, 경들이 각각 한 연씩 지어 합쳐서 완전한 시축을 만들어 오늘의 기쁨을 기록하도록 하자."

하고, 내가 곧 즉석에서 기구를 지어 읊었다.[111]

4월에 형조참판, 10월에 춘당대에서 활쏘기하고 각신들에게 상을 내렸다.

그런데 정조 19년(1795) 1월에 첨지 권유가 상소를 올려 귀근을 물리칠 것을 말하였는데 정동준을 지목한 것이었다.

당시 정동준이 사관의 직책에 있으면서부터 두터운 은총을 받아 근밀한 위치에 출입하며 재신의 반열에까지 관직이 올랐다. 그런데 상이 특별히 그를 곡진하게 보호해 주려는 마음에서 늘 권요직을 피하게끔 하였는데, 이에 동준이 욕심대로 되지 않자 갈수록 원망하는 마음을 품고는 되지도 않는 말을 꾸며 내면서 성덕을 훼손하였다. 상이 그 간사한 정상을 이미 통촉했으면서도 오래도록 부려온 정 때문에 미처 그 죄를 바로잡지 못하고 있었는데, 이때에 이르러 권유가 그 일을 논한 것이었다. 그러자 동준이 스스로 죄를 용서받지 못할 것을 알고 얼마 뒤에 목숨을 끊었는데 혹은 음독했다고도 한다.[112]

111 『일성록』, 정조 16년 3월 21일(경인), 『국역 일성록』 정조 101. 266~273면.

그리고 며칠 뒤 다시 상소를 올려 정동준과 서정수를 함께 비판하였다.

신이 일단 앞서서 주제넘는 발언을 했는데도 뒤에서 잇따라 일어나는 사람이 없는 이상 신이 그 사람의 이름을 지목하고 하고 싶은 말을 다 할 수밖에 없습니다. 신이 말씀드린 바 귀근의 와주란 바로 정동준을 두고 한 말이었습니다.

아, 통분스럽습니다. 동준은 위세와 권력을 훔쳐 농락하면서 자기 하고 싶은대로 방자하게 행동하였고 인심을 현혹시키고 세도를 무너뜨리는 등 온갖 죄악을 한 몸에 모두 구비하였으니 만 번 주륙을 가한다 하더라도 오히려 가볍다고 해야 할 것입니다. 그의 죄악은 머리카락을 모두 뽑아 헤아리고 남산의 대나무를 모두 센다 하더라도 다 채우지 못할 것인데, 그중에서도 신이 가장 통분스럽게 여기고 분개하는 것은 바로 우리 성상을 무함했다는 사실입니다. 대저 신령스러운 문무의 덕을 갖추시고 공명정대하고 화평한 정사를 펼치고 계시는 전하께서 그만 일개 소인배로부터 희롱을 당하고 만 것입니다.

그는 엄중하기 그지없는 곳까지 남몰래 엿보았고 매번 근거없는 비방을 늘어놓았습니다. 정당한 판단에 근거하여 인사 행정이 이루어졌는데도 모두 한결같이 뒤죽박죽이 되도록 만들었는가 하면 정령과 조치가 온당하게 되었는데 헐뜯으며 의논하지 않는 경우가 없었습니다. 그런데 이러한 유언이란 소문만 있을 뿐 형체가 없는 것으로서 인심을 현혹시키기는 쉬운 반면 깨닫게 하기는 어려운 만큼 장차 이 세상의 보고 듣는 사람들을 이해시킬 방도가 없게 되었으니, 지난번에 이른바 '천고에 있지도 않았고 듣지도 못했던 일이다.'고 한 것은 바로 이것을 가리킨 것이었습니다.

옛사람이 말하기를 '임금에게 무례하게 구는 일이 있을 때는 새매가 참새를 쫓듯 해야 한다.'고 하였습니다. 그런데 저 동준이 그렇게까지 성군을

112 『정조실록』 42권, 정조 19년 1월 11일(갑오).

무함했던 것을 생각한다면 어찌 단지 무례하게 굴었다는 것으로만 논할 수 있겠습니까. 그럼에도 조정에는 조용하기만 할 뿐 새매와 같은 기상이 보이지 않고 있으니 신은 실로 이 점을 개탄하는 바입니다.

그런데 지금 듣건대 그에 대한 사람들의 성토가 미치기 전에 귀신의 주벌이 먼저 가했다고 하니, 이를 통해 천벌이 내린다는 것과 이치는 속이기 어렵다는 것을 알 수 있겠습니다. 그러나 가득 차서 흘러넘치는 그의 죄악에 대해서만은 그 몸이 지레 죽었다고 하여 용서할 수 없다는 점은 분명하다 할 것입니다.

…

요즘 듣건대 전하께서 그의 마음을 인도하시자 어렴풋이 잘못을 깨닫고는 중도에 손을 씻고 다시 바른길로 돌아올 수 있었다고 합니다. 전하께서 사람을 대하는 방도에 있어서야 물론 구악을 생각하지 않으시는 것이 귀하다고 하겠습니다만, 그를 경책하여 선을 권장하는 방도에 있어서는 또한 그냥 놔두고 논하지 않음으로써 스스로 새롭게 될 길을 막아버려서는 안 될 것입니다. 삼가 원하건대 성상께서는 통쾌하게 단안을 내리시어 그 소굴을 소탕하고 지엽을 제거해 버림으로써 세도가 안정되고 백성의 뜻이 한결같이 되도록 하소서."[113]

권유의 지적과 함께 서정수가 정동준과 가까이 지내면서 겪었던 일을 실토하였다.

이조판서 서정수가 상소하기를,

"… 아, 신은 그와는 의견이 같지 않았을 뿐더러 기풍 역시 사뭇 달랐습니다. 그러다가 기해·경자년 무렵부터 비로소 정원과 규장각의 반열에 같이 있게 되었는데, 그 당시 인정과 천리(天理)로 헤아려 볼 때 조금이나마

113 『정조실록』 42권, 정조 19년 1월 22일(을사).

나라를 위해서 보통을 뛰어넘는 은총에 보답할 길을 모색하리라 생각을 했었습니다.

그런데 그가 내놓은 말과 하는 행동을 서서히 관찰해 보건대 급속도로 엇나가는 조짐이 보였는데, 미세한 것에서 점차 심각한 차원으로 진입하며 자꾸만 일을 크게 만들어가고 있었습니다. 그리하여 한 조각 정신을 암암리에 위복을 천단하는 데에 교묘하게 쏟아 부었는데, 성상께서 위에 계시어 감히 자기 뜻을 이루지 못하게 되자 이에 날이 갈수록 간악한 꾀를 생각하고 비밀스런 계책을 거듭 내어 일이 있을 때마다 기만하고 말끝마다 희롱하였습니다. 그리고 심지어는 '사관으로 있을 때부터 상으로부터 편애를 받았다.'고까지 하였는데, 이로부터는 그만 돌아보고 거리끼는 것이 전혀 없어지고 말았습니다.

주비(朱批)를 받은 관원에 대해서는 은연 중에 미덕을 가로채면서 '나도 힘을 썼다.'고 하는가 하면, 하늘의 위엄을 가탁하여 자기를 과시하면서 '내가 찬조한 것이다.'고 하였습니다. 출척하고 여탈하는 정사가 행해질 때면 혼란스럽게 미혹시키면서 아직 그렇게 되지 않은 것도 이미 그렇게 된 것처럼 꾸며대고 듣지 않은 것도 들은 것처럼 둘러대곤 하였습니다.

그리고 만약 자기가 마음속으로 진행하고 있는 일이 조금 어긋나게 되거나 생각한 대로 좋은 관직을 얻지 못하게 되면 원망하는 발언을 서슴지 않고 하는가 하면, 그만 거꾸로 '죄로 쫓겨난 자는 반드시 살아나고 상을 받고 임용된 자는 반드시 죽을 것이다.'는 설을 지어내어, 기필코 고관 대작들로 하여금 부귀영화를 모르는 채 각각 의구심을 품게 하여 오직 자기 말만 듣고 따르게끔 하려고 하였습니다.…"[114]

권유의 상소에 정동준은 자결의 길을 택했고, 임금은 내려 준 직첩을 거두어 불사르게 하면서 문제를 수습하려고 하였으나, 관련 인물들에 대

114 『정조실록』 42권, 정조 19년 1월 25일(무신).

한 비판은 지속되고 있었다.

다만 정조 19년(1795) 2월에 혜경궁을 모시고 현륭원을 참배하고 혜경궁의 회갑 잔치를 마련하려고 계획하고 있었던 터라, 임금은 정동준의 죽음을 계기로 문제를 덮으려고 했던 것으로 보인다. 이 해는 정조 임금에게 그야말로 봄날에 해당하는 시기로 볼 수 있기 때문이다. 정동준이 없어도 그해 3월에 각신들과 그 자손들을 불러서 내원에서 꽃을 구경하고 물고기를 보는 모임을 이어갔고, 규장각을 설치한 진짜 목적을 털어놓기도 한 것이다.

2) 〈백화당가〉의 실상

〈백화당가〉는 정동준의 첩으로 추정되는 성천집이 백화당의 놀이를 기획하고 주관한 것으로 보이는데, 홍낙성을 대신하여 홍의영, 이병모, 정창순, 서유방, 이민보, 홍억, 서형수, 심환지, 이병정, 심이지, 홍양호, 김사목, 이형원 등이 초대된 것으로 기록되었다. 그리고 생원 박삼원의 '닙타령'이 나오고, 윤행임, 윤노동, 유언국, 김이도 등의 인물과 수청방에서 투전놀이를 하면서 실제적인 잔치를 벌이는 원재명, 서유방, 이통유, 박의록, 홍정간과 그 뒤에 한 발 떨어진 홍대협이 등장하고, 다음에 초대해야 할 인물로 서원덕[유린], 정희숙, 남공철, 서형보, 서유문 등이 언급되고 있다.

당대 명사들을 초대한 대목에서는 인품이나 일화를 언급하고 있을 뿐 잔치 자리에 참석하여 구체적인 행동을 말하고 있지는 않다.

남ᄃᆡ문 드리ᄃᆞ라　　호현이란 골목 이셔시니
그 골목 허러ᄂᆡ여　　샤심(·　·)삐댁 제일이라
상하샤랑 번화ᄒᆞ고　　ᄂᆡ외등문 즐비ᄒᆞ다
ᄉᆞ현정 긔이ᄒᆞᄃᆡ　　ᄇᆡᆨ화당도 절묘ᄒᆞ다
감홍노 일ᄇᆡ후에　　반취ᄒᆞ여 누엇다가

슈청노ᄌᆞ 불어ᄂᆡ여　　ᄇᆡᆨ화당의 포진ᄒᆞ고
셩쳔집 불어ᄂᆡ니　　아름다온 ᄐᆡ도로다
셩쳔집 나와 안자　　녕감ᄃᆞ려 말ᄉᆞᆷᄒᆞ되
신월은 교교ᄒᆞ고　　명셩은 욱란ᄒᆞᆯ되
경개도 됴ᄒᆞᆯ시고　　인ᄉᆡᆼᄇᆡᆨ세 초로ᄀᆞ고
세상만사 부운이라　　오ᄂᆞᆯ 밤 됴흔 경의
여인동낙 엇더ᄒᆞ오　　평ᄉᆡᆼ의 됴흔 친구
모모인을 쳥ᄒᆞ소셔　　녕감이 ᄃᆡ답기를
션획아심 네로고나　　밧 사랑에 친히 나가
자는 죵놈 ᄭᆡ여 ᄂᆡ여　　이놈 저놈 분부ᄒᆞ여
편지 쓰고 젼갈ᄒᆞ여　　예 보ᄂᆡ고 졔 보ᄂᆡ니
오신 손님 혜여보소　　누고누고 와 겨신고
국유지샹일ᄃᆡ명ᄉᆞ　　일제히도 납부ᄒᆞ다
계ᄉᆞᄃᆡ신 홍낙셩은　　노병으로 못오시고
ᄆᆞᆺ ᄌᆞ뎨 의영씨로　　ᄃᆡ신ᄒᆞ여 오서고나
니판부 병모씨는　　남녀초현 젼폐ᄒᆞ고
자근 나귀 초롱불로　　쵸쵸이 오단 말가
뎡판셔 챵순씨ᄂᆞᆫ　　협션쳠소 졈지안타
니조판셔 홍문제ᄒᆞᆨ　　뉘 덕으로 누렷ᄂᆞᆫ고
셔판셔 유방씨ᄂᆞᆫ　　나라올샤 구미호야
젼후음덕 욕보ᄒᆞ니　　호텬망극 브측ᄒᆞ다
나판셔[115] 민보씨는　　음ᄌᆡ슉딜 미족ᄒᆞ여
쥬인 영감 불어ᄂᆡ여　　시원소원 부탁ᄒᆞ네
홍판셔 억이씨는　　국축ᄒᆞᆷ도 국축ᄒᆞ다
그 부형 자뎨로서　　어이 아니 그러ᄒᆞ리

115 "나판셔"는 나민보라는 인물이 확인되지 않아 '니판서'로 보아야 할 것이다.

셔판셔 형슈씨는　　칠십노부 어ᄃᆡ 두고
타인노자 불워ᄒᆞ노　　심판셔 환지씨는
ᄂᆡ외심 품은 자최　　외면은 괴이ᄒᆞ나
박브득이 참회ᄒᆞ다　　니판셔 병경씨ᄂᆞᆫ
텬억ᄒᆞ신 본ᄉᆡᆨ이라　　삼저문젼 허ᄒᆞᆫ 후에
ᄒᆞᆯ 일 업서 ᄌᆞ퇴ᄒᆞᄂᆡ　　심판셔 이지씨는
고기연좌 구고ᄒᆞᄃᆡ　　향ᄂᆡ욕셜 불고ᄒᆞ고
지숙악직 되엿고나　　홍판셔 양호씨는
술부공명 기양이라　　문인ᄀᆡ샹 어ᄃᆡ두고
ᄋᆞ유지ᄐᆡ 져러ᄒᆞᆫ고　　평안감사 김ᄉᆞ목은
만금효양 ᄀᆡ특ᄒᆞ다　　일셰가 조소ᄒᆞ고
예ᄃᆡ 탄면ᄒᆞᆫ다　　튱쳥감사 니형원은
오일문안 효도롭다　　만운젹 견육ᄒᆞ고
징셰도 아니ᄒᆞ다　　박ᄉᆡᆼ원 삼원씨는
닙타령도 잘도 ᄒᆞᆫ다　　쥬인녕감 웃게ᄒᆞ야
화목인화 ᄃᆡ무ᄒᆞ니　　비루ᄒᆞᆫ 줄 모를소냐

다음으로 이들 명사들보다 한 단계 낮은 지위에 있는 사람으로 윤행임, 윤노동, 유언국, 김이도 등이 등장하고 있다.

윤참의 ᄒᆡᆼ임씨는　　슬하의 니열ᄒᆞ야
ᄋᆞ시의 ᄒᆞ던 일을　　오늘 와 다시 ᄒᆞᆫ가
윤교리 노동씨는　　텬ᄉᆡᆼ의 거짓 우숨
턱밋히 ᄒᆞᄂᆞᆫ 경ᄐᆡ　　옥당명ᄉᆞ 가셕ᄒᆞ다
뉴상셔 언국씨는　　급거이도 올셰이고
ᄒᆞᆫ 방셕 맛하시니　　웅쥐거묵 어ᄃᆡ 가랴
김참봉 니도씨는　　ᄃᆡ신 형님[116] 분부ᄂᆡ외

님번긔슈 압ᄒᆞᆯ 셰워　　　　이제 쳐향 ᄒᆞ단 말가

그런데 당대의 명사와 윤행임 등과는 달리 진사와 사문으로 부르는 원재명, 이통유, 박의록 등의 몇몇 사람들이 등장하여 수청방에 앉아서 투전놀이를 하다가 정동준을 불러내어 차린 음식으로 술자리를 즐긴 뒤에 성천집까지 참여하여 이야기를 주고받는 대목으로 이어진다.

원진ᄉᆞ ᄌᆡ명씨와　　　　셔진ᄉᆞ 유방[117]씨와
니ᄉᆞ문 통유씨와　　　　박ᄉᆞ문 의록씨와
홍진사 정간씨와　　　　슈쳥방의 접좌ᄒᆞ여
희찰ᄇᆡ로 짝을 삼아　　　　썅촉하의 각장투젼
언소자약 희학ᄒᆞ다　　　　이윽고 밤든 후에
뎡동쥬를 불어ᄂᆡ여　　　　출힌 음식 ᄌᆡ촉ᄒᆞ니
불시의 셩비ᄒᆞᄃᆡ　　　　팔도찬물 나오ᄅᆞ고
산진해찬 갓가질다　　　　계당쥬 듁역고를
병병이 ᄂᆡ여노코　　　　잉무잔 호박ᄃᆡ로
ᄎᆞ례로 슌ᄇᆡᄒᆞᆫ 후　　　　셩쳔집 나와 안져
셤셤슈로 턱을 밧쳐　　　　잉슌을 반개ᄒᆞ고
우리 녕감 자랑ᄒᆞ니　　　　션풍도골 긔특ᄒᆞᆯ샤
년셰는 졈거니와　　　　언변인들 업ᄉᆞᆯ소냐
이 영감이 일분ᄋᆞᆯ제　　　　뉘 아니 경쳥ᄒᆞ리

그리고 시간이 흐른 뒤에 직위나 신분이 소개되지 않은 홍대협이 뒤에 처져 있다가 등장하여 그날 잔치에 참여하지 않은 서원덕, 정희숙, 남공

116 김이소(金履素, 1735~1798)이다.
117 '서유방'은 앞에 판서로 나온 서유방이 있으므로, 검증이 필요하다.

철, 서형보, 서유문 등도 다시 초대하여 "이속전유(以續前遊)"하게 하자고 주장하고 있다.

이윽고 밤든 후 제　　　　오경 소식 전ᄒᆞ거다
홍ᄃᆡ협 쳐져 이셔　　　　쥬인 영감 드러보오
오ᄂᆞᆯ 밤 이 노름이　　　　일ᄃᆡ의 셩ᄉᆡ로쇠
이속젼유 고쳐ᄒᆞ야　　　　못오신 친지 쳥ᄒᆞ소셔
누고누고 못와던고　　　　셔원덕 뎡희숙과
남공철 셔형보 셔유문은
훗노름의 방속ᄒᆞ야　　　　간회지간 업게 ᄒᆞ세
어와 이 노름이　　　　즐겁기도 즐겁도다
만도공경 다 모히니　　　　우합ᄒᆞᆷ도 우합ᄒᆞ다
회현동 네 일홈이　　　　오ᄂᆞᆯ날 미출가 ᄒᆞ노라

〈백화당가〉의 작품에서 실제 초대된 명사들의 경우 인품이나 평판, 특성 등을 서술하고 있는데, 잔치 마당에서 어떤 음식이 준비되었으며 어떻게 놀고 어울리고 있는지 그들의 행적이나 대화는 구체적으로 형상화되고 있지 않다. 그리고 부류를 달리하여 윤행임 등, 원재명 등, 홍대협 등으로 나누어 역할을 다르게 하고 있음을 읽을 수 있다.

3) 〈백화당가〉 등장인물의 성격

이 잔치에 초대된 사람들은 정동준과 근밀한 관계에 있는 것으로 볼 수 있는데, 사관으로 근무할 때나 규장각에서 같이 지낸 인물들이 많다는 점을 지적할 수 있고, 당대에 명성이 있던 사람들이라는 점에서 당대 정치의 뒷마당에서 펼쳐지는 은밀한 내면을 짐작하게 한다. 정동준이 자결한 뒤에 여론의 뭇매를 맞으면서 스스로 변명하거나 책임을 벗어나려고 한 사람들이 대부분이었다는 점에서도 이들의 모임이 공식적이고 정상적인 모임이 아니었다는 것을 알 수 있다.

우선 본문에서 확인하고 넘어가야 할 인물을 살펴보도록 한다. "나판셔", "셔판셔 형슈씨", "셔진사 유방"이 그들이다.

초대된 인물 중에 "나판셔 민보씨는"이라는 대목에서 "나판서"는 '니판서'로 보아야 할 것이다. "민보씨"에 한자 표기를 하지는 않았지만, 실제로 당시의 명사로 나씨 성을 가진 '나민보'가 확인되지 않을뿐더러, 이어지는 "음직슉딜"의 내용으로 보아, 이민보(1720~1799)의 행적에 부합하는 것으로 보인다.

그리고 "셔판셔 형슈씨는"으로 제시된 서형수는 서형수(徐逈修, 1725~1778)[118]로 기록하고 있으나, 〈백화당가〉의 "칠십 노부 어듸 두고, 타인노자 불워ᄒᆞ노"와 몰년으로 보아 잔치 자리에 참석하기 어려우므로, 서형수(徐瀅修, 1749~1824)로 보아야 할 것인데, 그럴 경우 정동준과의 관계가 자연스럽지 못한 일면이 있고, "칠십 노부"가 실제에 부합하지 않는다. 그리고 판서를 지낸 적이 없어서 "셔판셔"에도 해당되지 않는다. 또한 정동준 등이 임자년(1792)의 상소에서 임오년(1762)의 의리를 들어서 서형수의 생부 서명응을 공격했다는 점도 살펴야 한다. 그러므로 정동준이 베푼 잔치에 서형수가 참석했을 가능성이 희박하다. 서형수는 정조 14년 승지에서 체차된 뒤에, 10월에 대사간이 되었고, 정조 15년 6월에 성천부사로 나갔으며, 정조 22년(1798)에 광주목사, 연변부사로 있다가 정조 23년(1799)에 진하 겸 사은부사로 나간 기록이 확인된다.

다음으로 생각할 수 있는 사람이 서정수(徐鼎修, ?~1802)이다. 서정수는 자가 여성(汝成), 호가 이헌(彝軒)으로, 정조 4년(1780)에 규장각 직각이 되었으며, 정조 17년(1793) 12월에 형조판서가 되었다. 정조 18년(1794)에 예조판서, 이조판서를 맡았다. 서유문(徐有聞)은 서정수의 종질

118 〈백화당가〉에 "徐逈修 英宗辛未[1751] 문과 戊戌[1778]卒"로 기록하고 있는데, 잔치가 열린 시기가 1790년대로 볼 수 있어서 이 무렵에는 서형수(徐逈修)가 잔치에 참석할 수 없는 것이다.

이다.

그리고 진사와 사문으로 부르는 젊은 사람 중에 "셔진ᄉᆞ 유방씨와"는 이미 서유방(1741~1798)이 앞에 명사로 초대되고 있으므로, 동명이인으로 보기는 어렵다. 그렇다면 서호수의 맏아들 서유본(徐有本, 1762~1822)이거나, 서정수의 조카인 서유민(徐有民), 또는 종질인 서유성(徐有聲) 중의 한 사람으로 보아야 할 것이다. 일단 서유성으로 추정하고 논의를 진행하도록 한다.

잔치에 참여하고 있는 명사들이 정동준과 사관이나 규장각에서 같이 지낸 인물들이 많고, 공식적인 자리의 모임이 아니라 정동준이 부르는 백화당의 잔치 자리에 참석하고 있으므로, 정치의 뒷마당에서 펼쳐지는 은밀한 내면으로 이해할 수밖에 없을 것이다. 실제 초대 인물을 설명하는 대목에서 "니조판셔 홍문제ᄒᆞᆨ, 뉘 덕으로 누렷ᄂᆞᆫ고"(정창순), "ᄂᆡ외심 품은 자최, 외면은 괴이ᄒᆞ나, 박브득이 참회ᄒᆞ다"(심환지), "문인긔상 어ᄃᆡ 두고, ᄋᆞ유지틔 져러ᄒᆞᆫ고"(홍양호) 등에서 보듯, 정상적인 관계에서 설명하는 것이 아니라 조롱하듯 정동준이 인사에 간여한 듯한 내용을 서슴없이 진술하고 있다. 정동준이 자결한 뒤에 스스로 변명하거나 책임을 벗어나려고 한 사람들이 대부분이었다는 점에서도 이들의 모임이 공식적이고 정상적인 모임이 아니라, 정조 임금의 총애를 믿고 권력을 휘두른 정동준이 정치의 뒷마당에서 사적으로 마련한 모임이었다는 것을 짐작하게 한다.

실제로 김이소와 이병모는 권유가 상소에서 지목한 자를 처단[119]하도록 하였지만 곧 정승직에서 해면[120]되었으며, 곧 이병모는 처벌을 청[121]하였고, 서정수[122], 이형원[123], 윤노동[124], 정창순[125], 김사목[126], 서유방[127], 홍

---

119 『일성록』, 정조 19년(1795) 1월 13일(병신).

120 『일성록』, 정조 19년(1795) 1월 26일(기유).

121 『일성록』, 정조 19년(1795) 1월 29일(임자).

122 『일성록』, 정조 19년(1795) 1월 25일(무신).

양호[128], 홍대협[129], 심환지[130] 등이 변명하거나 발뺌하고 있다.

이 가운데 평안감사 김사목과 충청감사 이형원은 감사로 있으면서 정동준에게 뇌물을 보낸 것으로 지목되었다.

정언 이중련이 아뢰기를,

"평안감사 김사목은 수년 동안 인사권을 쥐고서 주의할 때마다 한결같이 간적의 말을 들었으며, 큰 지방의 절도사로 있으면서 뇌물을 날마다 실어 날랐습니다. 그의 아부하는 행태를 보고는 미천한 하인들까지도 얼굴에 침을 뱉고 있으며, 이리처럼 탐욕스럽게 독기를 부리고 있으므로 길 가는 사람들도 주먹을 휘두르고 있습니다. 그가 척족의 반열에 있는 사람으로서 전하의 은총을 차마 저버린 채 도깨비 같은 자에게 기꺼이 귀의하였으니, 김사목에게 우선 파직하는 벌을 시행토록 하소서."

하니, 윤허하였다.[131]

아, 도망친 자들이 소굴을 이루자 도깨비같은 무리들이 모두 모여들고 이들을 쫓는 자들이 저잣거리를 이루자 거간꾼들이 모두 그리로 달려가고 있습니다. 그런데 만약 교묘하고 은밀하게 언행을 꾸미는 등 그 추악하고 더러운 심보와 작태를 논한다면, 홍억이 아첨을 떤 것과 이형원이 굽신거린 것이야말로 차마 똑바로 쳐다보지 못할 일이라고 하겠습니다.

---

123 『일성록』, 정조 19년(1795) 윤2월 2일(갑신).
124 『일성록』, 정조 19년(1795) 윤2월 7일(기축).
125 『일성록』, 정조 19년(1795) 4월 27일(정미).
126 『일성록』, 정조 19년(1795) 6월 17일(병신).
127 『일성록』, 정조 19년(1795) 7월 10일(기미).
128 『일성록』, 정조 19년(1795) 7월 16일(을축).
129 『일성록』, 정조 20년(1796) 10월 11일(계미).
130 『일성록』, 정조 20년(1796) 11월 20일(신유).
131 『정조실록』 42권, 정조 19년 1월 26일(기유).

백화정의 밤 모임에는 [당시 백화정 노래가 세상에 퍼졌는데 백화정은 바로 정동준의 집에 있는 정자라고 한다.] 홍씨의 두 아들이 으뜸가는 막빈으로 꼽혔고, 천금을 실은 세밑 선물이 충청도 감영에서 수레로 열 채나 전해졌다는 소문이 항간에 파다하게 퍼지기까지 하였습니다. 살 날이 얼마 남지 않은 백발의 늙은이가 무슨 일이 더 욕심나기에 벼룩과 파리처럼 빌붙어 아첨하는 일로 가계를 삼는단 말입니까. 그리고 아직 젊은 나이에 재신의 반열에 올랐으면 이미 분수에 넘치는 일이라고 할 것인데도 계속 백성으로부터 재물을 긁어모으면서 오로지 뇌물을 마련해 보내기에만 바빴습니다.[132]

4) 백화당 잔치 마당의 실제와 성천집

한편 실제 잔치 마당에서 참의 윤행임, 교리 윤노동, 상서 유언국, 참봉 김이도 등이 앞에서 제시한 당대 명사들과는 한 단계 낮은 벼슬의 사람들로 보여서 정치 현실에서 정동준과 연계하여 활동한 역할이 궁금하고, 생원 박삼원이 '닙타령'을 잘한다고 했는데, 예능인으로 잔치 마당에 참석했을 가능성이 높고, 뒷날의 행적을 고려했을 때 연계되는 인물에 대한 검증이 필요하다.

그리고 원재명, 서유성[133], 이통유[134], 박의록, 홍정간 등이 수청방에서 투전 놀이를 하다가, 정동준[135]을 불러내어 음식을 차리게 하고 진짜 잔치 마당을 베풀면서 성천집이 나와서 턱을 받치고 영감 자랑을 늘어놓고 있는데, 이 대목이 〈백화당가〉 잔치 마당의 핵심이라고 할 수 있다. 성천집과의 연결이 더욱 그렇다. 그런데 이 대목에서 정동준보다 나이가 적고

---

132 『정조실록』 42권, 정조 19년 2월 18일(경오).

133 '서유방'은 앞에 판서로 나온 서유방이 있으므로, 서호수의 맏아들 서유본(徐有本, 1762~1822)이거나, 서정수의 조카인 서유민(徐有民), 또는 종질인 서유성(徐有聲) 중의 한 사람으로 보아야 할 것이다.

134 한통유(韓通裕)는 미상이다.

135 원문에서는 정동쥬로 나오는데, 정동준으로 보아야 할 것이다.

직위가 낮은 사람들이 정동준을 불러낸다는 것이 선뜻 이해되지 않기도 한다.

그리고 다시 시간이 흐른 뒤에 뒤에 처져 있던 홍대협이 주인 영감에게 '이속전유(以續前遊)'를 말하면서 그날 모임에 참석하지 못한 서원덕(유린), 정희숙, 남공철, 서형보, 서유문 등을 초대하라고 권하고 있다. 홍대협은 위에서 초대된 인물로 나오는 홍억의 아들로 형은 홍대응이며 아우는 홍대형이다. 그리고 홍억은 홍대용의 작은 아버지로 서장관으로 청나라에 갈 때에 홍대용이 군관으로 따라갔다.

정동준이 자결한 뒤에 윤노동, 홍대협 등이 문상을 한 일을 두고 상소를 올리기도 하였다.

정언 민사선이 상소하기를,

"흉악한 소인배가 막 죽었을 때에, 비궁에 제사 드릴 날이 눈앞에 닥쳐온 만큼 조정의 반열에 있는 신하들로서는 몸을 정결하게 하고 재계하고 있어야 원래 마땅함에도 불구하고 혹시라도 남에게 뒤질세라 달려가서 위문들을 하였습니다. 하인에게 한 번 물어보기만 하면 누구인지 알 수가 있으니, 분명히 조사하여 엄하게 처벌하라고 속히 명을 내리소서.

정화순은 비루한 꼴을 보이며 주목을 낚아채었고 정동교는 권간에 빌붙어 좋은 벼슬자리를 따내었는데, 관아에서 퇴근하고 나서는 태연스럽게 상가에 찾아갔습니다. 신의 생각에는 정화순과 정동교에게 변경으로 귀양보내는 벌을 시행해야 하리라고 여겨집니다.

윤노동은 벼슬하기 이전부터 간적의 심복이라고 본래 일컬어져 왔는데 한 집안에서 두 사람이나 홍문록에 끼이게 되었으므로 공의가 너무 외람되다고 지목하고 있으며 밤에 등불을 들고 출몰했다고 나라 안에 말들이 자자합니다. 홍대협은 본래 아첨하는 성격의 소유자로서 늙은 아비를 기만하고 그 아우를 데리고 가 스스로 먼 일가붙이가 된다고 가탁하고는 위세에 빌붙을 발판을 마련하면서 윤노동과 서로 표리관계를 이루었으므로 길 가는 사람들까지 침을 뱉으며 매도해 온 지 오래되었습니다. 신의 생각에는 그 두 사람이 거쳐 온 옥당과 은대의 직책을 모두 똑같이 개정해야 한다고 여겨집니다. …"[136]

홍대협에 대한 당시와 후대의 태도를 확인할 필요가 있다.

홍대협이 정동준을 문상했다고 문제가 제기된 지 한 해가 지난 뒤에 홍대협이 스스로를 변명하는 상소를 올려서 자신을 보호하려고 하였다.

신이 이렇게 지극히 원통한 마음을 품은 지 벌써 1년이 지났는데도 아직 한 번도 성상께 사실을 말씀드리지 못하였습니다. 지금 비록 세월이 조금 지나기는 하였으나 어찌 피눈물을 거두고 진달하지 않을 수 있겠습니까. 신의 집안은 불행히도 역적 정동준과 인척 관계이지만, 신의 아비는 정동준보다 항렬이 높고 나이도 훨씬 많아 모든 행동과 말이 원래 그와는 아무런 상관이 없었습니다. 지금 터무니없이 날조한 것이 전혀 이치에 맞지도 않거니와 오직 성상을 속여 온 세상을 어지럽힐 생각뿐이니, 신이 가슴을 치며 천지에 사무치도록 원통해하는 것이 실로 여기에 있습니다.

신으로 말하면 어려서부터 서로 알고 지낼 수밖에 없는 상황이었고, 그와 함께 벼슬함에 미쳐서는 때때로 혹 지나다가 찾아가기도 하여 겉으로 보기에는 서로 가까운 듯하였지만 취미가 다르기는 신맛과 짠맛처럼 판이하고, 친근한 정도는 북방의 연나라와 남방의 월나라처럼 사이가 멀었습니다. 돌아보건대 그가 품고 있는 부도한 마음이 이처럼 지극히 요망하고 흉악스러움을 무슨 수로 밝혀낼 수 있었겠습니까. 한스럽게도 곡강처럼 앞을 내다보는 재능이 없어 일찍부터 스스로 배척하고 관계를 끊어 버리지 못한 것이 실로 신의 죄이니, 이것으로 신을 죄준다면 신 또한 무슨 변명을 할 수 있겠습니까. 만일 이 때문에 억지로 겁을 주고 모욕을 가하여 당여에 몰아넣는

136 『정조실록』 42권, 정조 19년 2월 20일(임신).

다면 그의 얼굴을 아는 사람은 누군들 면할 수 있겠습니까.

백화정의 밤 모임에 관한 설은 또 어쩌면 그리도 되는 대로 지껄인 말이 이 지경에 이르렀단 말입니까. 신은 평소에 간적의 당액(堂額)을 듣지 못하였다가 탄핵하는 상소가 나오고 나서야 그 이름을 알게 되었는데, 역절이 드러나지 않고 흉악한 심보를 보지 못한 때에 편지를 보내 불러들인 것이라면 신이 모임에 간 것도 괴이할 것이 없겠지만, 신과 같은 국외의 영락한 자손을 어찌 한밤중에 불러들일 리가 있겠습니까. 신의 아우로 말하면 더욱이 일개 서생이니 무엇을 취할 것이 있어서 그 모임에 끼게 했겠습니까."[137]

그리고 뒷날 홍대협에 대한 비판은 계속되었다.

사간원[사간 박서원, 헌납 이동만, 정언 강휘옥·채지영이다.]에서 아뢰기를,

…

또 아뢰기를,

"완악하고 요사한 무리가 예로부터 어찌 한정이 있겠습니까마는, 어찌 홍대협 같은 자가 있었겠습니까? 홍대협은 본래 역적 정동준에게 양육되어 요행히 과거에 급제하여 외람되게 청요직을 차지하고 있었으나, 종처럼 굽실거리는 비굴한 얼굴과 태도는 다른 사람에게 비웃음을 사고 타매당함을 피할 수 없었습니다. 재물을 털어 뇌물을 바치고는 오로지 받들어 섬기는 데 미치지 못할까 두려워하였는데, 역적 정동준이 패몰한 후 아침에는 서유린의 막빈이 되었다가 저녁에는 김이익의 혈당이 되었으니, 그 기량은 의리에 배치하는 것이었고, 그 경영하는 바는 사류를 모해하는 것이었습니다. 이제 의리를 천명하고 세교를 밝히는 날을 당하여 이와 같이 지극히 완악하고 극도로 요사한 무리를 일각이라도 도성 안에 둘 수가 없습니다. 청컨대

137 『일성록』, 정조 20년 10월 11일(계미).

전 승지 홍대협에게 빨리 먼 지방에 내치는 벌을 시행하소서. …"

하니, 비답하기를,

"마땅히 대신에게 순문하여 처리하겠다." 하였다.[138]

5) 〈백화당가〉의 의의

이상에서 검토한 바를 바탕으로 정리할 때, 〈백화당가〉는 이른바 성천집이 들려주는 백화당 연회의 일화를 바탕으로, 후반에 나오는 인물들인 원재명, 서유성, 이통유, 박의록, 홍정간, 홍대협 등이 성천집과 함께 유흥의 자리를 마련한 뒤에 어진 사람들이 모인다는 회현(會賢)의 의미가 오늘날의 연회 자리에 모인 사람들에 미치지 못하는 것으로 판단하고 있는 것으로 해석할 수 있을 것이다.

이런 관점에서 〈백화당가〉의 화자는 성천집과 함께 유흥의 자리를 펼친 원재명 등 여섯 사람 중의 하나일 수 있는데 그 중에서도 홍대협일 가능성이 높고 그렇지 않으면 백화당 놀이에 자주 참석했다는 홍대협의 동생 홍대형이 바라본 시각일 수도 있다. 성천집은 정동준이 정조 7년(1783) 9월에 성천부사[139]로 부임하였을 때 데리고 온 첩으로 추정할 수 있다. 실제로 충청감사를 했던 이형원의 상소에서 정조 16년(1792) 5월에 충청도 관찰사로 부임한 이형원이 외직으로 있는 동안 정동준의 처가 죽었다[140]라고 했으니, 정동준의 처가 죽은 뒤에 성천집이 백화당의 잔치 등을 주도했다고 볼 수 있다.

그런데 백화정의 놀이에 대하여 정조 19년(1795) 2월 당시의 평판을 실록 등에서 확인할 수 있다.

---

138 『순조실록』 2권, 순조 1년 1월 15일(임진), 『국역 순조실록』 1, 163~164면.

139 『일성록』, 정조 7년 9월 24일(임자), 『국역 일성록』 정조 40, 410면.

140 『일성록』, 정조 19년 윤2월 2일(갑신), "4년 동안에 역적 정동준의 처가 죽고 나서 한 번 위문한 일이 있었을 뿐"이라고 하였다.

그런데 경자년의 일이 오래되지도 않았는데 역적 정동준이 출현하여 암암리에 화란을 빚어내면서 성상을 무함하는 일이 벌어지고 말았으니, 그 까닭은 무엇이겠습니까. 아, 저 경자년 적도의 세력이 불길처럼 타오르고 번져서 하마터면 국가가 위태로울 뻔하였는데도 지금까지 토벌하는 일을 너무 소홀히 하였기 때문이니, 겨우 사나운 닭에게서 며느리발톱만 빼놓은 상태였다고 한다면 좋을 것입니다.

비록 산언덕 봉황새 울음처럼 권유가 한 번 상소를 올린 덕으로 다행히 전하의 마음에 와닿게 할 수는 있었으나 귀신의 주벌이 앞질러 가해졌으므로 분개하는 여론이 아직 풀어지지 않고 있는 상태입니다. 이에 대한 토죄를 고작 경자년의 처분 정도로만 하고 그만둘 경우 앞으로 닥칠 환란을 생각하면 몸이 오싹해지면서 떨리기만 합니다. 삼가 원하건대 더욱 분발하여 결단을 내리셔서 분명히 천토를 행하도록 하소서.

아, 도망친 자들이 소굴을 이루자 도깨비같은 무리들이 모두 모여들고 이들을 쫓는 자들이 저잣거리를 이루자 거간꾼들이 모두 그리로 달려가고 있습니다. 그런데 만약 교묘하고 은밀하게 언행을 추악하고 더러운 심보와 작태를 논한다면, 홍억이 아첨을 떤 것과 이형원이 굽신거린 것이야말로 차마 똑바로 쳐다보지 못할 일이라고 하겠습니다.

백화정의 밤 모임에는 [당시 백화정 노래가 세상에 퍼졌는데 백화정은 바로 정동준의 집에 있는 정자라고 한다.] 홍씨의 두 아들이 으뜸가는 막빈으로 꼽혔고, 천금을 실은 세밀 선물이 충청도 감영에서 수레로 열 채나 전해졌다는 소문이 항간에 파다하게 퍼지기까지 하였습니다. 살 날이 얼마 남지 않은 백발의 늙은이가 무슨 일이 더 욕심나기에 벼룩과 파리처럼 빌붙어 아첨하는 일로 가계를 삼는단 말입니까. 그리고 아직 젊은 나이에 재신의 반열에 올랐으면 이미 분수에 넘치는 일이라고 할 것인데도 계속 백성으로부터 재물을 긁어모으면서 오로지 뇌물을 마련해 보내기에만 바빴습니다.[141]

141 『정조실록』 42권, 정조 19년 2월 18일(경오).

그런데 이 기록은 정조 19년(1795) 2월의 시점에서 확인한 내용이라기보다 후대 실록을 편찬하는 시점에서 정리한 시각이라고 보아야 할 것이다.

한편 정약용은 자신의 「묘지명」에서 정동준이 백화당에 모여서 연회를 베푼 사실을 말하고, 이를 비판하는 소를 준비하다가 올리지 못한 사정을 밝히고 있다.

> 이때 내각학사 정동준이 병이라 하고 집에 있으면서 음으로 조권을 잡아 사방의 뇌물을 받아들이고, 귀신 명경이 밤마다 백화당에 모여 연회를 베푸니 중외가 주목하였다. 용이 항상 정동준을 치고자 하다가 소를 초하였는데 그 소의 대략은 다음과 같다.
>
> "내각을 설치한 것은 곧 전하께서 선왕의 미덕을 계술하고 문치를 떨치며 겸하여 원대한 정책을 담은 것입니다. 무릇 신료의 반열에 있는 이로서는 누가 우러러보지 않겠습니까? 다만 그 뽑아 임명함에 있어 혹 적합한 사람이 아니고 총애가 그 분수에 넘침이 있으면 교만과 사치가 싹트고 비방과 물의가 일어나는 것입니다. 이를테면, 각신 정동준이 병이라 하고 집에 있으면서 밤낮없는 노고를 다하지 아니하니 사람들이 모두 그 일을 의심하고 괴이하게 여깁니다. 더구나 그 제택이 제도에 넘치어 길 가는 사람들도 손가락질하고 있으니, 이는 각신의 신분으로 아마도 좋은 소식이 아닌 듯합니다. 원하옵건대, 전하께서는 조금 제재를 가하여 몸을 삼가고 분수를 지키도록 하소서. 그렇게 되면 조야의 의혹이 풀릴 뿐만 아니라, 또한 자신에게도 복이 될 것입니다."
>
> 갑인년 겨울에 다시 옥당에 들어갔으나 모두 곧 체직되어 그 소를 올리지 못하였다. 을묘년 봄 동준의 일이 발로되자 자결하여 마침내 그만두었다.[142]

그리고 뒷날 이유원(1814~1888)이 『임하필기』에서 백화당에 대하여

142 정약용, 「自撰墓誌銘」, 『여유당전서』 第十六卷, 『한국문집총간』 281, 339면.

다음과 같이 기록하고 있다.

> 정묘가 회현동에 집을 지어 정공 동준에게 하사하였는데, 간가가 사치스럽고 화려하며 뜰 가운데에 백화당이 있다. 백화당은 규모가 예닐곱 칸에 불과하지만, 온 나라에 명성이 났다. 심지어는 〈백화당가〉가 생기기까지 하였는데, 지금의 안목으로 보면 한 곡조에도 차지 않는 것이다.[143]

143 이유원, 「百花堂」, 『임하필기』 권31, 『국역 임하필기』 6, 288면, 正廟築第於會賢洞, 賜鄭公東浚, 間架侈麗, 有百花堂於園中, 不過六七間, 而名傳一國. 至有百花堂之歌, 以今眼目見之. 不滿一闋也.

4. 마성린의 가우 교유와 시조 한역

1) 마성린의 청유와 가우 교유

위항 시인 마성린(1727~1798)은 대대로 서리 등을 역임한 중인으로 어려서부터 서예에 남달리 연습하였고, 정선에게 산수화를 배웠으며, 홍세태(1654~1725)의 뒤를 이은 정내교(1681~1757)의 다음 세대[144]로서 어린 시절부터 같은 지역의 뜻이 맞는 사람들과 글씨, 그림, 시 등에 관심을 쏟았고, 노년에는 송석원 등에서 다음 세대인 천수경 등과 시를 짓는 등 위항 예인으로서의 위상을 높인 인물이다. 문집으로 『안화당사집(安和堂私集)』[145]을 남겼다.

『안화당사집』 하에는 「평생우락총록(平生憂樂總錄)」이라는 이름으로 자찬 연보를 마련했는데, 행적을 매우 자세하게 기록하고 있다.

16세인 임술년(1742)에 박창문, 유세통 형제, 방처우, 임경유 등과 필운대 아래 박령의 유괴정사(柳槐精舍)에서 습자를 했는데, 꽃이 피고 꾀꼬리가 울거나, 황국이 피는 중양절이면 일대의 시인, 묵객, 금우, 가옹이 모여 시회를 가졌으며, 엄한붕[146], 나석중, 임성원, 이성봉, 문기주[147] 형제, 송규징[148], 김성진[149], 홍우택[150], 김우규(金友奎), 문한규, 이덕만[151], 고시걸, 홍우필[152], 오만진, 김효갑 등이 모였는데, 시회를 하면서 마성린에

---

144 마성린이 홍세태와 정내교의 시를 여러 차례 차운하고 있는 점이 이들의 뒤를 잇는 태도로 볼 수 있다.

145 마성린, 『안화당사집』 상, 하(국립중앙도서관 소장), 임형택 편, 『이조후기 여항문학총서』 6(여강출판사, 1991), 141~213면.

146 『승정원일기』에 서리, 서사관, 경덕궁 가위장 등을 지낸 것이 확인된다.

147 『승정원일기』에 청수만호, 서천만호, 군기참봉, 와서별제, 충익위장 등을 지낸 것이 확인된다.

148 『승정원일기』에 동지, 창덕궁 위장 등을 지낸 것이 확인된다.

149 『승정원일기』에 토포군관, 무예별감, 절충, 창경궁 위장 등을 지낸 것이 확인된다.

150 『승정원일기』에 서리, 충장장, 만호 등을 지낸 것이 확인된다.

151 『승정원일기』에 서리 등을 지낸 것이 확인된다.

게 시초를 쓰게 했다고 한다.

18세에 겸재 정선에게서 그림을 배웠으나 허다한 수응을 감당할 수 없어서 갑술년(1754)에 절필하였다.

19세에 필운대 동구의 처가인 노조헌에서 7~8년 동안 이효원, 김순간 등과 시회를 가졌다.

23세에 여러 사람이 청담 박효자(태성)를 찾아가고, 함께 북한산성을 유람하였다.

43세에 필운대 아래로 이사하여 안화당이라 하였다.

47세(1773) 9월에 평양을 유람하다. 이해 4월에 홍인한이 평안감사가 되었다. 본관의 자제들과 유련하면서 기악을 싣고 뱃놀이를 했다고 한다.

51세에 강희언의 집에서 김홍도 등 이름난 화사들과 수응하였다.

52세(1778) 9월에 시한재 주인 김순간(金順侃)의 초대에 참여하였는데, 이효원과 최윤창이 바둑을 두고, 금객 이휘선(李輝先)이 거문고를 타고 있으며, 소년 금사 지대원(池大源)[153]이 이휘선과 가락에 맞추고 있고, 선가자 김시경(金是卿, 默壽)이 노래를 부르고 있었으며, 유천수가 금조와 가곡의 평론을 맡고 있고, 윤숙관(尹叔貫)이 그림을 그리고 있었다. 금자, 가자, 시자, 서자, 음주자, 위기자가 각각 그 흥취를 다하고 있는 광경이었다. 주인이 삼십 년 전의 〈모암시회도〉를 꺼내면서 오늘의 모임도 삼십 년 뒤에 다시 볼 수 있으면 좋겠다고 하였다. 금사 이휘선이 취흥을 이기지 못하여 퉁소를 한 곡조 불렀고, 주인 김순간이 마성린으로 하여금 「시한재청유서」[154]를 쓰게 하고, 그 아들에게 읽게 한 뒤에 후대에 전할 수 있게 되었다고 즐거워하였다. 요약하여 다음과 같이 기술하고, 「시한

152 『승정원일기』에 선전관, 만호 등을 지낸 것을 확인된다.

153 『일성록』, 정조 7년 계묘(1783) 1월 4일(병신), 위장소 서원 지대원, 정조 11년 정미(1787) 6월 29일(을축), 지대원, 정조 11년 정미(1787) 12월 11일(갑진), 별감 지대원.

154 마성린, 「是閑齋淸遊說文」, 『안화당사집』 상, 『이조후기 여항문학총서』 6(여강출판사, 1991), 148~150면.

재청유설문」에 위에서 요약한 바와 같이 참석한 사람의 이름과 역할을 자세하게 기술한 뒤에 시 한 수를 짓고 있다.

> 무술년 9월에 내가 이백행 최회지와 더불어 김화중의 집에서 모여서 국화를 구경하면서 시를 지을 계획을 생각했다. 그러나 뜻하지 않게 이날 금사 이휘원과 가객 김시경이 온 까닭에 이에 이어서 밤놀이가 되어서, 어떤 사람은 거문고를 타고 노래를 부르고, 어떤 사람은 시를 짓고, 어떤 사람은 바둑을 두며, 또 윤숙관으로 하여금 눈앞의 광경을 그림으로 그리게 했다. 이날 달빛이 하늘에 가득하고 누런 국화가 땅에 가득하며 문득 좋은 안주와 맛있는 술로 단란하게 담소하며 난만한 교유가 참으로 성대한 모임의 좋은 일이라고 할 만하였다. 각각 서문과 기문을 쓰고 시문을 지어서 하나의 첩을 만들어 이름하여 청유첩이라고 하고 네 사람이 각각 그 집에 갈무리하였다.(戊戌九月, 余與李百行崔晦之, 會于金和中家, 以爲賞菊題詩之計. 而不意, 是日琴師李輝先及歌客金時卿來到故, 仍繼之夜遊. 而或琴歌或題詩或圍棋, 又使尹淑貫圖畵卽景. 是夜月色中天, 黃花滿地, 輒以佳肴美酒 談笑團欒, 爛漫交遊, 眞可謂盛會勝事. 各題序記詩文, 以作一帖, 名曰淸遊帖, 四人各藏置其家)

좋은 날에 서로 마주함은 천 금의 값인데　　良辰相對直千金
땅에 가득한 누런 국화에 달이 또 비추네.　　滿地黃花月又臨
그윽한 흥취를 금할 수 없어 또 촛불을 잡는데　　幽興不禁仍秉燭
긴 노래를 펴고 싶어 다시 거문고를 타네.　　長歌欲發復彈琴
꽃 속의 풍류는 청춘 시절의 일이요　　風流花裡靑春事
술동이 앞의 감개함은 백발의 마음이네.　　感慨樽前白髮心
우리들의 이 놀이를 다시 얻기 어려우리니　　吾輩此遊難再得
또 뒷날 또한 오늘 같기를 기약하세.　　更期他日亦如今

한편 이 모임에 함께 참여한 최윤창(1727~?)의 「시한재청유도서」는 다음과 같다. 두 수의 시 중에서 둘째 수를 인용한다.

내가 젊은 날에 늘 봄과 여름이 주고받는 때가 되면 글을 읽다가 뜻이 게을러져서 곧 초연이 나가서 이백행, 김화중, 마인백, 이휘선 등과 문득 서암의 모암에 올라서 간혹 소나무에 기대어 노래를 부르고, 간혹 시내에 나가 시를 지으며, 간혹 높은 데에 기대어 퉁소를 불고, 간혹 마디를 치면서 춤을 추었는데 그 방일한 모습은 천마가 노는데 굴레와 매는 것이 없는 것과 같았다. 하루는 인백이 말하기를, '오늘의 놀이는 참으로 즐길 만하다. 이곳의 승경과 우리들의 방자한 자취는 그림으로 그려도 좋지 않겠는가?' 마침내 붓을 잡고 한 점 한 점 이어서 작은 그림 한 폭을 이루고, 서로 장난삼아 놀다가 헤어졌다.

금년 가을 9월 소망에 시한재 주인 김화중 군이 우리 서너 사람을 맞이하였는데, 특별히 국화를 구경하는 주연을 베풀고, 해가 짧은 것을 싫어하여 촛불을 잡고 풍악과 노래를 이어서 연주하고 뿔잔과 산가지가 서로 뒤섞였다. 그리고 땅에 가득한 누런 국화와 하늘에 가득한 밝은 달이 처마와 기둥 사이를 비추고 있었다. 그 가운데에 나아가 주인이 옛일을 설명하려고 상자 가운데서 작은 종이 하나를 꺼내서 보여주면서 말하기를, '여러분들은 이것을 기억할 수 있는지?' 내가 살펴보니 이것은 곧 지난날 모암의 청유도였다. 주인이 말하기를, '오늘 자리에 모인 손님들이 곧 이 그림 속의 사람이네. 그리고 지금 삼십 년 뒤를 돌아보니, 모두 탈 없이 있고, 다시 한 집 안에서 이렇게 단란하니, 집과 바위가 비록 달라도 또한 어찌 이 날에 청유도가 없어서야 되겠는가?' 마침내 인백과 더불어 다시 헤아리고 윤숙관 군으로 하여금 종이에다 붓을 대고 잠깐 사이에 그림이 이루어졌다. 내가 그 그림을 당겨서 살펴보니, 곧 시자, 기자, 가자, 금자, 깨거나 취한 자, 관을 쓴 자와 동자의 취미와 형용을 하나하나 펼쳐 서술하여 작고 예쁜 것까지 모두 섬세하여, 마주하면 그 뜻이 높음을 깨닫지 못하는 사이에 마음으로 취하게 된다. 그리고 오직 우리들 몇 사람은 쇠약한 모습에 흰 터럭이라, 다시 지난날의 그림과 같은 것이 아니다. 대개 이 앞의 그림은 젊은 알의 맑고 장난스런 일에서 나왔고, 오늘의 그림은 늘그막의 회포라, 절로 감개가 없을 수 없다. 그래서 옛 일을 추가로 서술할 따름이다. 어찌 감히 서원아집의 유풍이 있다고 하겠는가?[155]

모암의 좋은 일이 어제 일처럼 완연한데	帽岩勝事宛如昨
새로 한 폭의 그림이 이루어지니 뜻이 더욱 높네.	新幅圖成意更長
오늘 밤 술자리를 언제 그만둘 수 있으랴?	今夜壺觴何可廢
늘그막의 회포가 또 아픔을 견디네.	暮年懷抱亦堪傷
등불 앞의 흰 머리털은 쓸쓸히 그림자를 이루고	燈前白髮蕭蕭影
달빛 아래 누런 꽃은 담담하게 향기를 풍기네.	月下黃花淡淡香
실컷 마시고 서풍에 흠뻑 취하여 누우니	痛飮西風沈醉臥
어지러운 악기들과 또 꽃 핀 당이네.	紛紛絲管又華堂

그리고 기해년(1779) 3월에는 김순간, 최윤창, 윤숙관, 김춘령 등과 필운대 아래 오씨 화원에서 놀이를 가진 뒤에 최윤창이 서문을 쓰고 마성린이 발문을 써서 「청유첩」에 추가하였다.

---

155 최윤창, 「是閒齋淸遊圖序」, 『東溪遺稿』 卷之一, 『한국문집총간』 속 91, 23면, 余於少時, 每當春夏之交, 讀書而意倦, 則超然而出, 與李百行, 金和中, 馬仁伯, 李輝先輒登西巷之帽巖, 或倚松而歌, 或臨溪而賦, 或凭高而吹簫, 或擊節而起舞, 其放逸之態, 如天馬之遊而無羈羇也. 一日仁伯言曰今日之遊, 信可樂也. 此地勝槩, 吾人浪跡, 其可以圖爲乎. 遂把筆點綴而成一小幅圖, 相與之戲玩而罷矣. 今年秋九月小望, 是閒齋主人金君和中, 邀我三四人, 別設賞菊之讌, 而嫌晷短仍秉燭, 絃歌迭奏, 觥籌交錯, 而滿地黃花, 一天明月, 照在檐楹間耳. 就其中主人欲述舊事, 檢篋中取一小紙示之曰, 諸君能記得此否. 余諦視之則是乃曩者帽岩淸遊圖也. 主人曰今日席上之客, 卽此畵中之人, 而顧今卅載之後, 皆得無恙在, 復此團圓於一堂之中, 堂與岩雖殊, 亦豈可無是日淸遊圖耶. 遂與仁伯更商量而使尹君叔貫, 臨紙下筆, 須臾圖已成矣. 余按其圖而觀之, 則詩者棋者歌者琹者, 醒醉者冠童者之趣味形態, 一一鋪叙, 纖悉微婉, 對之不自覺其意長心醉, 而惟吾輩數人, 衰容白髮, 非復如前者之圖也. 盖此前者之圖, 出於少日淸戲之事, 而今者之圖, 暮境懷抱, 自不能無感慨, 而追述舊事而已. 豈敢曰有西園雅集遺風耶.

67세인 계축년(1793)에는 옥류동의 천수경(1758~1818)이 70~80인을 초대하여 난정 고사를 본받으려고 하며 초대하였으며, 그 뒤에도 여러 차례 참여하여 시를 지었다. 그해에 집안에 소장한 고문 도서와 보첩들을 가정 사정으로 재상가에 염가에 팔았다.[156]

71세인 정사년(1797)에 『풍요속선』 초권의 표제를 정자로 말권의 발문을 팔분체로 서각하였다.

2) 김우규와 김묵수의 시조

임술년(1742) 무렵에 마성린이 목격한 시회에 참석한 김우규(1691~?)는 자가 성백(聖伯), 호가 백도(伯道)로, 경종 2년에 효녕전 반감(飯監)을 지낸 것이 확인[157]되고, 박상건(朴尙建)에게 노래를 배웠으며 『청구가요』[158]에 11수의 작품을 남기고 있고, 『청구영언』(가람본)에 4수, 『병와가곡집』에 3수의 작품을 남기고 있다. 『청구가요』에 수록한 작품은 강호에서 지내는 삶을 읊은 것이 대부분이다. 첫째, 둘째, 일곱째, 열한 번째를 보도록 한다.

늙도록 유신키는 암아도 남초로다
추야장 월오경에 이 곳튼 벗이 업다
암아도 내 ᄆᆞ음 알 리는 너ᄲᅮᆫ인가 하노라 『청요』 0001

공명을 모르노라 강호에 누어 잇셔
빈주에 압로ᄒᆞ고 유안에 문앵이로다

156 마성린, 「平生憂樂總錄」, 『安和堂私集』 하, 127면, 古文圖書卽吾家所藏寶帖 而近來因余之苟艱 受廉價而換爲宰相家之物 甚可拙歎也*畵二十四帖, 近世諸家名畫書 二十四幅, 各法自筆.

157 『승정원일기』 541책(탈초본 29책) 경종 2년 6월 11일(갑자).

158 김삼불 교주, 『해동가요』(부 『청구가요』)(정음사, 1950), 126~127면.

ᄣᆡᄣᆡ로 왕래어적은 나의 흥을 돕는다 『청요』 0002

어부의 생애 보소 이 안이 허랑ᄒᆞᆫ가
풍범낭집으로 만경파에 ᄯᅴ워 두고
낙시예 졀로 문은 고기 ᄉᆡ 분인가 ᄒᆞᆫ다 『청요』 0007

세상 부귀인들아 빈천을 웃지 말아
기식어표모ᄒᆞᆯ ᄶᅦ 설장배단을 ᄂᆔ 아ᄃᆞᆫ야
두어라 돌 쏙에 든 옥은 박군물자ㅣ 알리라 『청요』 0011

한편 정조 2년(1778) 시한재청유의 모임에 참여했던 김묵수는 가객 김성후(金聖垕)의 아들로 『청구가요』에 6수가 수록된 것을 포함하여 『청구영언』(육당본)에 내용이 다른 2수의 작품이 수록되어 있다. 마성린은 김묵수를 가우(歌友)[159]로 부르고 있다. 『청구가요』에 수록된 작품을 예시하는데, 장시조 작품을 많이 지은 것으로 추정할 수 있다. 단시조 1수와 장시조 1수를 보도록 한다.

촉제의 죽은 혼이 접동새 되야 이셔
밤마다 슬피 울어 피눈물로 긋치는이
우리의 님 글인 눈물은 언의 ᄣᆡ에 긋칠고 『청요』 0049

천고 이별 설운 중에 누구누구 더 셜운고
명황의 양귀비와 항우의 우미인은 검광에 ᄂᆞᆯ아나고 한공주 왕소군은 호지에 원가ᄒᆞ야 비파현 홍곡가의 유한이 면면ᄒᆞ고 석숭의 금곡번화로도 녹주를 못 잇엿시되

159 마성린, 〈歌友金始卿移居駱山下, 扁其堂曰桃花亭. 題詩要和兼請題額 仍次二首〉, 『安和堂私集』 하, 60면.

우리는 연리지 병대화를 님과 나와 것거 쥐고 원앙침 비취금에 백년동락ᄒᆞ리라
『청요』 0053

3) 마성린의 시조 한역

마성린의 시조 한역은 세 부분으로 나누고 있는데, 〈단가해 고시 17수〉, 〈단가해 장단사 15수〉, 〈희증미기 고시 9수〉로 모두 40수[160]이다. 그런데 마성린은 『안화당사집』 상의 말미에 다음과 같은 기록을 남기고 있다. 수록한 작품은 설과 관련한 세시 풍속을 다룬 것과 시조의 한역한 작품들이다.

> 임인년(1782) 겨울에 내가 습증으로 앞뒤로 오순 동안 몸을 침석에 맡기고, 긴 밤에 잠을 이루지 못하여, 등불 아래에서 틈틈이 운을 초하여 장난삼아 잡시와 농작 8~090수를 지어서 아픈 근심을 없애고자 하였다. 이것은 모두 사람들이 볼 것이 없으나 버리기에는 아깝다. 그래서 권말에 적어서 겨르로운 가운데 한바탕 웃을 자료로 삼고자 한다.[161]

권상의 후반부에 「희제잡시 부록」으로 수록한 것이 그것인데, 〈병중시아배(病中示兒輩)〉, 〈설야우음 2수(雪夜偶吟二首)〉, 〈춘일수기(春日睡起)〉, 〈취후농필(醉後弄筆)〉을 비롯하여 〈잡제 칠언고시 11수*이 아래는 병을 앓으면서 장난으로 지은 것이다.(此以下病中戱作)〉, 〈잡제 육언고시 4수〉, 〈농제속담 14수〉에 〈제석〉 4수, 〈정조〉 4수, 〈상원〉 6수가 포함되고, 이어서 〈단가해*고시 17수〉, 〈단가해*장단사 15수〉, 〈희증미기*고시 9수〉를 싣고 있다. 〈희증미기(戱贈美妓)〉는 9수라고 했으나 실제 8수이다.

---

160 〈戱贈美妓〉에 9수라고 표기했으나 실제로 8수이다.

161 마성린, 『安和堂私集』 상, 131면, 壬寅冬, 余以濕症, 首尾五旬, 委身枕席, 長夜亦不能寐. 燈下間間抄韻戱題雜詩弄作八九十首, 以消病憂. 此皆無足觀人, 雖然棄之則惜矣. 故書于卷末, 以爲閑中一笑之資焉.

〈잡제 칠언고시 11수〉 중에서 다음 시가 풍류에 대한 마성린의 태도를 보여주고 있다. 기생을 끼고 노는 모임이나, 거문고를 타며 노래를 부르는 모임보다 술을 마시며 시를 짓는 모임이 풍류 중에서 가장 좋은 대접이라는 것이다.

풍류에서 잘 차린 대접은 기생을 끼고 노는 모임인데 風流大卓挾妓會
거문고를 타며 노래를 부르는 모임과 같지 않네. 不如彈琴唱歌會
거문고를 타며 노래를 부르는 것이 비록 좋다지만 彈琴唱歌雖云好
조용히 시와 술의 모임만은 같지 않네. 不如從容詩酒會[162]

시조 한역에서 원가를 확인할 수 있는 것은 〈단가해 고시〉에서 15/17, 〈단가해 장단사〉에서 15/15, 〈희증미기〉에서 5/8이다.[163]

〈단가해*고시 17수〉는 단시조를 한역한 것인데, 제언체로 한역하였다.

십년을 경영ᄒᆞ야 초려 한 간 지어ᄂᆡ니 十年經營一間廬
반간은 청풍이요 반간은 명월이라 半間淸風半間月
강산을 드릴 듸 업ᄉᆞ니 獨有江山無入處
둘너 두고 보리라 四圍置之案前列

녹수 청산 기픈 골에 綠樹靑山深深處
청려 완보 드러가니 靑藜緩步任去來
천봉에 백운이요 만학에 연무로다 萬壑千峯雲霧裏
이 곳에 경개 됴흐니 예와 늙자 ᄒᆞ노라 此中景槪世慮灰

『병가』 569 이의현

162 마성린, 『安和堂私集』 상, 116면.
163 김문기·김명순 편저, 『시조·가사 한역가전서』 2(태학사, 2009), 157~169면.

〈단가해*장단사 15수〉는 단시조를 한역하되 번역하는 과정에는 일정한 글자 수로 하지 않고 의미를 고려하여 장단(長短)의 사로 한역한 것이다.

오장원 추야월에 어엿블슨 제갈무후　　五丈原頭秋夜月 可憐諸葛武侯
갈충보국다가 장성이 ᄯᅥ러지니　　竭忠報國將星流
지금에 양표충신을 못ᄂᆡ 슬허 ᄒᆞ노라　　至今魚腹浦 風雨使人愁

〈희증미녀*고시 9수〉는 남녀 사이의 관계나 상사 등을 읊은 시조를 한역한 것으로 보인다.

너 죽어 꽃이 되고 나는 나비 되어　　汝死爲花我爲蝶
과연 당초에 금석같이 약속했었네.　　果是當初金石約
어찌하여 한 해도 지나지 않아　　奈何未過一周年
나를 해져서 버린 신발처럼 대하나.　　視我與同弊棄舄

[참고]
나ᄂᆞᆫ 나븨 되고 ᄌᆞ네는 곳이되야
삼춘이 지나도록 ᄯᅥ나ᄉᆞ지 마다트니
어듸가 뉘 거즌말 듯고 이제 잇쟈 ᄒᆞᄂᆞᆫ고

5. 염곡에 대한 새로운 주목과 그 양상

규중 여인의 감정을 읊은 염사, 염체, 염곡은 여성 화자 입장에서 그리움의 내면을 드러낸 것이라 시대의 추이와 함께 주목할 수 있다. 이미 악부로 염체가 있었고, 향렴체라 부르기도 하였다. 이수광이나 신흠 같은 사람이 〈염사〉[164], 〈염체〉[165], 〈염곡〉[166], 〈향렴〉[167]을 짓기도 하였으며, 17세기 초반에 애정과 풍류의 주제[168]로 주목했던 것과 연계될 수 있는 부분이다.

1) 염곡에 대한 새로운 주목

이덕무(1741~1793)가 『청장관전서』에서 청나라 주문위의 말을 빌려 남녀 애정을 노래한 염사와 소설을 아울러 비판한 바 있다.

청나라 선비 주문위(周文煒)가 홀로 소설을 배척하여 말하기를,
"옛사람이 '황정견이 염사를 지어서 음사한 말로 사람의 마음을 방탕하게 만들었으니, 그 죄가 악도에 떨어지는 데 그치지 않는다.'고 했는데, 근일에 소설을 짓는 사람들은 어찌 염사에 그치랴. 비상한 보응을 사람마다 직접 볼 것이니, 책상머리에 한 조각 종이와 몇 낱글자라도 마땅히 모두 불태워야 한다. 심술을 파괴하고 행동을 그르치는 것이 모두 이 같은 글이 유인하는 것이다. 가정의 아녀자라고 해서 어찌 글자를 아는 자가 없다고 하랴. 한번 돌이켜 생각해 볼 때 어찌 두렵지 않으랴." 했다. 이 말은 참으로

---

164 이수광, 〈艶詞〉, 『芝峯先生集』 卷之一, 『한국문집총간』 66, 20면, 신흠, 〈艶詞〉, 『象村稿』 卷之十九, 『한국문집총간』 71, 491면.

165 이수광, 〈艶體〉, 『芝峯先生集』 卷之二, 『한국문집총간』 66, 27면.

166 신흠, 〈艶曲 二首〉, 『象村稿』 卷之三, 『한국문집총간』 71, 320면, 허균, 〈黃州艶曲〉, 『惺所覆瓿稿』 卷之一, 『한국문집총간』 74, 116면.

167 신흠, 〈香奩體, 爲人作. 四首〉, 『象村稿』 卷之十八, 『한국문집총간』 71, 474면

168 최재남, 「애정과 풍류의 주제에 대한 주목」, 『17세기 전반 정치·사회 변동과 시가사』(보고사, 2018), 373~384면.

통쾌하다.[169]

그런데 같은 시대의 윤기(尹愭, 1741~1826)는 54세인 1794년에 지은 시제이기도 한 시서에서 염체에 대하여 다음과 같은 입장을 보이고 있다.

> 시문은 자잘한 기예이니 도에서 중하지 않다. 더구나 규중 여인의 감정을 읊은 염사는 시어가 내밀하고 사적이며, 문체가 섬세하고 공교로워 자잘한 기예 중에서도 자잘한 기예이다. 대장부가 지을 만한 것은 결코 아니고, 군자가 관심을 둘 만한 것은 더더욱 아니니, 내가 종래에 염사를 짓지 않은 것은 진실로 까닭이 있었다. 근래에 고인의 시선을 읽어보니 염체가 열에 일여덟은 차지했는데, 또한 선왕이 풍요를 채집하던 뜻이 아니겠는가. 그리고 인정 가운데 크게 볼만한 것이 여기에 꼭 없지만은 않다. 이로 인해 붓 가는 대로 부질없이 짓는다.[170]

염사는 시어가 내밀하고 사적이며, 문체가 섬세하고 공교로워 자잘한 기예 중에서도 자잘한 기예라고 하면서도, 인정 가운데 크게 볼만한 것이 여기에 꼭 없지만은 않다는 것을 인정한 것이다. 염체 10수 중에서 첫째, 넷째, 아홉째, 열째 수를 보도록 한다.

해당화를 꺾으려고	欲折海棠花
곱게 단장하고 난간 밖으로 나서네.	凝粧出檻外

169 이덕무, 「耳目口心書」, 『青莊館全書』 卷之五十三, 『한국문집총간』 258, 455면, 淸儒周文煒, 獨關小說曰, 昔人謂黃魯直, 作艶詞, 以邪言蕩人心, 其罪非止墮惡道. 近日作小人, 豈止艶詞. 非常報應, 人人親見之. 案頭如有片紙隻字, 當盡數焚却, 壞心術喪行止, 皆此等書引誘. 人家兒女, 豈無識字者. 畧一回想, 豈不可懼. 斯言越快.

170 윤기, 〈艶體 十首〉, 『무명자집』 시고 3책, 『한국문집총간』 256, 71면. 〈雕蟲小技也, 於道未爲尊. 矧閨情豔詞, 其語昵私, 其體纖巧, 乃小技之小技也. 決非壯夫之所宜爲, 尤非君子之可留意也, 余從來不爲此, 良有以耳. 近閱古人詩選, 則此體居十七八, 毋亦先王采風謠之義. 而人情之大可見者, 未必不在於是歟. 因隨筆漫就, 共十首〉

갑자기 웃으며 오는 낭군을 만나 忽逢郞笑來
머리 숙이고 치마끈만 만지작거리네. 低首弄裙帶

조촐한 밥상도 고생스레 차려서 薄具亦苦辛
밤늦도록 낭군님 기다리네. 待郞至夜久
어느 곳에서 취하여 들어와서 醉從何處歸
입에 맞지 않는다고 벌컥 화내네. 飜怒不宜口

파 같은 고운 손으로 곱게 수를 놓으니 纖葱刺繡紋
싱그러운 풀에 무늬 나비가 어지럽네. 綵蝶亂芳草
옆 사람이 비록 다투어 칭찬해도 傍人雖競稱
시어머님 좋다는 말만 못하네. 未若姑言好

동서들 나지막이 서로 불러 妯娌底相呼
홍아로 내기하며 놀자네. 紅牙戲賭拜
'낭군이 지금 봄옷을 재촉하니 郞今促春衣
내일 승패를 결정하세.' 明日決勝敗

윤기의 〈염체 10수〉는 결혼한 여자의 사소한 일상을 다루고 있으면서, 자신을 알아주지 못하는 낭군에 대한 투정까지 담고 있다. 첫째 수에서 해당화를 꺾으려고 나서는데, 갑자기 낭군이 웃으며 들어오는 바람에 서로가 오해하는 듯 치마끈만 만지작거리고, 둘째 수에서는 창가에 드나드는 낭군이 타고 다니는 망아지에게 화풀이를 하면서 돌을 던지고 있으며, 셋째 수에서는 낭군의 차별에 대한 원망이 드러나고, 넷째 수에는 고생스레 차린 밥상인데 술에 취해서 늦게 들어와서는 입에 맞지 않는다고 투정을 부리는 낭군을 탓하며, 다섯째 수는 이 꽃 저 꽃 돌아다니는 호랑나비를 보면서 괜스레 눈물을 흘리기도 하고, 여섯째 수에서 이웃집 낭자들이 봄놀이 가는데도 낭군이 성낼까 봐 나서지도 못하며, 일곱째 수에서 그네를 타고 높이 오르고 싶어도 남들이 쳐다보는 바람에 주춤거리고, 여덟째 수에서는 남의 허물을 잘하는 작은고모의 비위를 맞추느라 구슬이 하나씩 줄어들며, 아홉째 수에서 고운 손으로 수를 놓으며 시어머니가 좋아하는지 눈치를 살피고, 열째 수에서 동서들이 내기하면서 놀자고 해도 낭군 봄옷을 준비한다고 선뜻 나서지도 못한다.

이러한 소소한 일상은 심각한 갈등을 유발하는 것이 아니라, 때로는 눈감아줄 수 있는 어리광으로 비치기도 하고, 어떤 때에는 마음의 위로를 받아야 할 부분이 드러나기도 한다. 다만 남편의 너그럽지 못한 태도가 시집살이와 일상생활을 매우 불편하게 하고 있다는 점에서는 내면의 응어리를 느낄 수 있다.

그리고 이채(1745~1820)는 이송연(李松然)의 시고인 『미곡유고』 후에서 이송연이 "염사잡체에 뛰어나다."[171]라고 하였는데, 한 시인이 특정하게 염사잡체에 뛰어나다고 인정하는 일은 염사에 대한 긍정적 인식을 보여주는 것으로 볼 수 있다.

2) 최성대의 〈신성염곡〉과 〈고염잡곡〉

18세기에는 염곡에 대한 긍정적 인식으로 염곡을 대하는 관심이 증대했는데, 최성대(1691~1772)가 당시에 신성이 유행하고 있다는 현실을 고려하여 새로운 변주인 신성으로 부를 수 있도록 〈신성염곡〉을 마련한 것이 좋은 예이다. 기존의 염곡과는 다른 변화를 꾀하여 사랑을 노래하려고 한 것으로 볼 수 있다. 실제 〈신성염곡〉은 신성을 강조하면서도 거문고를 타며 노래를 부르는 화자의 내면이 일렁이면서 움직이는 과정을 색채와 소리의 대비를 내세워서 매우 섬세하면서도 자연스럽게 이어가고 있다

171 이채, 「書李茂伯*松然詩稿後」, 『華泉集』 卷之九, 『한국문집총간』 속 101, 436면, 其爲詩不事雕斲, 尤長於艶詞雜體, 淸而麗淡而味, 可愛猶其人焉. 詩本乎性情, 亶不然歟. 今得其胤所爲裒輯而讀之, 茂伯猶不死而宛在余几案之間也. 茂伯諱松然, 昌錫其胤.

는 점을 발견할 수 있다. 10수가 연작이라고 할 수는 없어도 정서가 이어지도록 배려한 점은 계기적 구성이라고 할 정도로 치밀하다.

저벅저벅 복사꽃 말을 타고	蹀躞桃花騎
펄럭펄럭 살구잎 치마이네.	旖旎杏葉裙
금 안장에 싣고 막 떠나려는데	金鞍載將去
마침내 어느 문으로 들어가는가?	畢竟入誰門
어린 꽃가지를 들어 올려	擡擧花枝嫩
차가운 봄날에 새벽 단장을 시험하네.	春寒試曉粧
남들이 몰래 엿보는 것이 부끄러워	羞人暗偸見
거울 상자의 빛을 돌려 비추네.	回照鏡奩光
봄 산이 아름다운 비계를 갈무리하고	春山藏曼睩
드러난 잎은 새가 운 흔적을 띠었네.	露葉帶啼痕
끝이 없는 일을 헤아리는데	思量何限事
낮게 오그라들며 선뜻 말하지 못하네.	低蹙不肯言
비녀를 누르는 높은 구름이 푸른데	壓鈿高雲碧
날던 매미의 축축한 날개가 가볍네.	飛蟬濕翼輕
장차 석 자의 다리는 어디로?	將安三尺髢
피하여 바라보니 뜻을 이기지 못하겠네.	廻望不勝情
복사꽃이 보조개의 도움을 이어가고	桃花承靨輔
난초의 기운이 붉은 입술에 펴네.	蘭氣發朱唇
봄부채를 가지고 가리지 않으니	不將春扇掩
응당 괴로워 죽겠다는 사람을 보네.	應見惱死人

비단 소매에 붉은 귤의 향이 나는데	羅袖薰朱橘
금가락지에 푸른 동전을 띠었네.	金環帶翠錢
어찌하여 장차 곡조를 타서	如何將弄曲
금으로 장식한 거문고 줄에 떠받치어 붙을까?	拄着鈿箏絃
옥비녀는 처음에 가지런하던 것이 기우는데	玉釵攲初整
희롱하는 눈빛을 거두었다 다시 흘끔거리네.	娭光斂復睞
말이 얕음을 끝내 알지니	終知言語淺
이미 찾아온 뜻이 있음을 깨닫네.	已覺意中來
먼 산 사이를 곁눈질하는데	盼眄遠山際
빛과 풍경 속을 낮게 도네.	低徊光景中
높은 누각은 일백 척이요	高樓一百尺
긴 소매가 봄바람을 벌여 놓네.	長袖擺春風
외로이 지키느라 쓸쓸함이 막 오르는데	孤直凄初上
화락한 밝음이 끊어졌다 다시 이어지네.	融明斷復連
한 소리로 박달나무 판자를 치는데	一聲檀板拍
천리에 비단 빛이 둥그네.	千里練光圓
향기로운 나무에 가련한 달이 걸렸는데	芳樹可憐月
가벼운 하늘 한 끝이네.	娟娟天一涯
맑게 빛남이 사랑을 나누는 밤과 같아	淸輝如戀夜
가장 높은 가지의 꽃을 몰래 비추네.	窺照最高花[172]

172 최성대, 〈新聲豔曲 十篇〉, 『杜機詩集』 卷之一, 『한국문집총간』 속 70, 519면.

첫째 수에서 "저벅저벅", "펄럭펄럭"의 움직이는 소리와 "복사꽃", "살구잎"의 봄 색깔이 대비를 이루어서 말을 타고 어디론가 향하고 있다. 남성 대상일 가능성이 높다. 둘째 수는 여성이 몰래 단장하는 모습을 그리고 있는데, "거울 상자의 빛을 돌려 비추네."에서 부끄러움과 이면에 감추어진 긴장을 읽을 수 있다. 셋째 수는 봄 산과 드러난 잎을 제시한 뒤에 내면의 "끝이 없는 일"을 이리저리 헤아리면서도 선뜻 말하지 못하는 조심성을 말하고 있다. 넷째 수는 "비녀"와 "매미"의 대비에서 시작하여 석자 "다리[髢]"의 주체가 "뜻을 이기지 못하겠네."라고 하면서 내적 일렁임을 드러내고 있다. 다섯째 수에서는 "복사꽃"과 "난초 향기"가 보조개와 입술에 견주어서, "봄부채"의 주체가 "괴로워 죽을[惱死]" 상황이라고 보고 있다. 여섯째 수에서도 "비단 소매" "금가락지"와 "붉은 귤", "푸른 동전"의 대비를 보인 뒤에, 비로소 "금으로 장식한 거문고 줄[鈿箏絃]"로 "곡조를 타"는 것으로 내면의 마음을 거문고에 표현하게 된다. 일곱째 수에서 "옥비녀", "희롱하는 눈빛"의 대비가 말을 타고 찾아온 사람의 속마음을 넌지시 드러내면서, 상대의 얕은 언어에서 "찾아온 뜻"을 간파하고 있다. 여덟째 수는 "먼 산", "높은 누각", "긴 소매" 등에서 일어나는 상황을 비유적으로 제시한다. 아홉째 수에서 "외로이 지킴"과 "화락함"을 "슬픔"과 "밝음"으로 견주면서 내면의 일렁임이 요동을 친다. 거문고를 타던 상황과 연결하여 "한 소리로 박달나무 판자를 치는데", "천리에 비단 빛이 둥그네."라고 소리와 색으로 대비시키기도 한다. 열째 수는 "사랑을 나누는 밤"의 배경을 원경으로 끌어들이고 있는데, "향기로운 나무에 걸린 달"이 "가장 높은 가지의 꽃을 몰래 비추네."라고 마무리하고 있다.

이에 앞서 최성대는 이미 〈고염잡곡 13편〉을 지어서 전승되고 있는 염곡에 여러 가지 노래가 섞여 있음을 보여주고 있다. 화자인 '나'와 대상과의 관계를 사물에 빗대어 설정하거나, 전승되고 있는 민간의 노래를 모은 것도 보인다. 〈고염잡곡〉은 개별 작품이 하나하나 일정한 이야기를 담고 있는 것으로 파악된다. 그런 한편 등장인물이 "사랑하는 사람[歡]", "나

[儂]", "그대[君]", "낭군[郎]", "서동(薯童)" 등으로 설정되어 있어서 조금씩 다른 양상을 보이기도 한다. 첫째, 셋째, 여섯째, 열셋째 수를 인용하도록 한다.

사랑하는 사람이 떡갈나무 숲이 되고	歡爲樸樕林
나는 인동꽃이 되네.	儂作忍冬花
꽃들이 절로 뒤엉키는데	花花自糾結
잎들은 절로 어렴풋이 기울었네.	葉葉自偎斜
어릴 때부터 낭자의 어여쁨을 입어	少小被娘憐
나에게 시집와서 패성의 손님이 되었네.	嫁儂浿城客
패성이 멀다고 기뻐하지 않고	不喜浿城遠
다만 푸른 강물을 아끼네.	但愛江水綠
천상에 온갖 꽃이 피었는데	天上白花開
개 귀에서 숨은 이를 찾네.	狗耳尋幽虱
사랑하는 사람의 성품이 크게 총명하니	歡性大聰明
이것이 나의 지혜로운 방법이네.	是儂智慧術
사흘 동안 수고로움을 사양하지 않는데	三日不辭勞
좁디좁게 두 개의 겹옷을 마름질하네.	窄窄製雙袂
옷이 이루어지면 그대에게 입히고	衣成着向君
바뀌어 두 마리 호랑나비가 되네.	化作雙蝴蝶[173]

우선 첫째 수와 여섯째 수의 "환(歡)"은 〈고악부〉의 "사랑하는 이가 양

173 최성대, 〈古艶雜曲十三篇〉, 『杜機詩集』 卷之一, 『한국문집총간』 속 70, 518면.

주에 있음을 듣고, 서로 초산 머리 마음을 보내네.(聞歡在揚州, 相送楚山頭)"를 근거로 "사랑하는 이"로 볼 수 있다. 김양근의 〈청청미무초행〉[174]에 "그대는 무성한 떡갈나무가 되고, 첩은 어지러운 인동초가 되네.(君爲樸樕叢, 妾爲忍冬棼)"라는 구절도 확인할 수 있다. 그리고 〈고염잡곡〉의 셋째 수는 최성대의 〈경성악〉을 연상하게 한다.

가련한 열다섯 서울 아가씨	可憐十五京都女
태어나서 다만 서울에서만 살았네.	生來只在京城住
부모가 곱게 길러 멀리 시집보내지 않고	父母嬌養不嫁遠
서울 아전의 며느리가 되었네.	嫁作京都吏人婦
아전이 일찍 일어나 부중으로 가면	吏人早起府中去
봄 성에 까마귀가 울고 버들은 밝아지려 하네.	春城烏啼柳欲曙
술이 달린 비단 장막에 봉황을 쏟으면	流蘇錦帳吐鳳凰
쇠를 대지른 받침 용과 수를 놓은 거울 주머니이네.	蹙金盤龍繡鏡囊
스스로 흰 모시로 춘삼을 지어서	自將白紵作春衫
몸을 돌리면 밝은 빛이 얽힌 눈 빛과 같네.	廻身皎如縈雪光
사람을 만나면 많이 패성의 즐거움을 말하는데	逢人多說浿城樂
제방을 두른 높은 누각이 강물에 푸르다네.	遶堤高樓江水碧
패강이 비록 좋으나 이것은 바깥 고을이니	浿江雖好是外州
길이 서울에 있는 즐거움만 못하네.	不如長在京城樂[175]

그리고 다섯째 수는 "두랑[豆娘]"을 콩쥐로 읽으면 기녀[176]로 보는 관습과는 차이가 있어서, 콩쥐팥쥐 이야기를 연상하게 한다. 일곱째 수는

174 김양근, 〈青青蘼蕪草行〉, 『東埜集』 卷之三, 『한국문집총간』 속 94, 57면.

175 최성대, 〈京城樂〉, 『杜機詩集』 卷之一, 『한국문집총간』 속 70, 517면.

176 조현명, 〈送春日別達城豆娘〉, 『歸鹿集』 卷之一, 『한국문집총간』 212, 36면, 〈豆娘有書, 戱以詩答之〉, 53면.

"서동"까지 등장하고 있어서 사서나 악부 등에서 서동이 기술된 것과 견주면 특이하다고 할 수 있다. 마지막 수에서 두 개의 겹옷을 지어서 입고 두 마리의 호랑나비를 바뀐다는 상정도 오래된 관습으로 읽을 수 있다.

〈고염잡곡〉의 개별성에 견주었을 때 〈신성염곡〉은 연작으로 볼 수 있을 정도로 색채와 소리 등의 대비를 통하여 배경의 이동을 드러내고 내면의 일렁임을 시간과 상황의 추이에 따라 다르게 형상화하고 있어서 염곡에서 크게 주목할 수 있는 작품으로 평가할 수 있다.

3) 이옥의 〈염조〉

이옥(李鈺, 1760~1815)은 성균관 유생으로 응제 글귀에 소설체를 써서 당시의 정책과 갈등을 빚은 적이 있는데, 정조 16년(1792) 10월에 임금이 직접 대사성에게, "엊그제 유생 이옥의 응제 글귀들은 순전히 소설체를 사용하고 있었으니 선비들의 습성에 매우 놀랐다."[177]라고 하였으며, 며칠 뒤에도 "상재생 이옥이 지은 표문은 순전히 소품의 체재를 본받고 있었다. 이옥이야 한미한 일개 유생이므로 그렇게 심하게 꾸짖을 것까지야 없겠지만 그래도 반장을 특별히 단속하여 승보 시험의 시부에도 그렇게 불경스러운 문체는 엄히 금하도록 아울러 명했었다."[178]라고 한 바가 있다.

결국 정거에다 충군까지 되었으며, 충군에서 풀린 뒤에 글쓰기에만 전념한 것으로 알려졌다. 성균관에서 지내면서 김려와 뜻을 같이하기도 하였다.

김려는 『이언(俚諺)』[179]에 염조(艷調) 18수를 수록하고 있는데, "염이란 화미함이다. 이 편에서 다룬 것은 대부분 교사(驕奢), 부박(浮薄), 과장(誇粧)에 관계되는 일로써 위로는 비록 아(雅)에 미치지 못하지만, 아래로는 또한 탕(宕)에 이르지 않는다."[180]라고 설명하고 있다. 둘째, 일곱째,

177 『정조실록』 36권, 정조 16년 10월 19일(갑신).

178 『정조실록』 36권, 정조 16년 10월 24일(기축).

179 경금자, 『俚諺』(국립중앙도서관, 古朝48).

여덟째, 열여섯째 수를 보도록 한다.

그대가 술집에서 왔다고 말하는데	歡言自酒家
나는 창가에서 왔다고 말하네.	儂言自倡家
어찌하여 한삼 위에	如何汗衫上
연지로 꽃을 물들였나요?	臙脂染作花
또 동쪽 이웃 할미와 약속하여	且約東鄰媪
내일 아침에 노량을 건너려고요.	明朝涉露梁
올해에 아들을 낳지 못할지	今年生子未
몸소 제석방에 물어보려네.	親問帝釋房
봉선이 꽃필 때를 견디지 못하고	未耐鳳仙花
먼저 봉선 잎으로 시험하네.	先試鳳先葉
늘 손톱이 청자색이 될까 봐 두려운데	每恐爪甲青
오히려 붉은 손톱이 첫째네.	猶作紅爪甲
잠깐 낭군의 꾸지람을 들었다고	暫被阿郎罵
사흘 동안 밥을 짓지 않았네.	三日不肯飡
내가 푸른 옥 칼을 차고 있는데	儂佩青玒刀
누가 내 말을 삼가지 않으랴?	誰不[181]愼儂言[182]

180 이옥, 실시학사 고전문학연구회, 『완역 이옥전집』 2(휴머니스트 출판그룹, 2009), 429면.

181 이옥, 『예림잡패』(국립중앙도서관, 古朝93)에는 '不'이 '復'로 되어 있다.

182 이옥, 실시학사 고전문학연구회, 『완역 이옥전집』 2(휴머니스트 출판그룹, 2009), 429~434면.

이언을 아조, 염조, 탕조, 비조로 나눈 가운데 이옥이 지적한 바와 같이 염조는 일상의 삶 속에서 교사, 부박, 과장에 관한 것들이다. 교만하고 사치함, 가볍게 움직임, 자랑하면서 꾸미는 것 등이 그것이다. 사람이 지닌 경박하고 자신을 중심으로 움직이는 모습을 포착한 일단이라 할 수 있다.

4) 염곡에 대한 이면의 관심

염곡, 염체 중에서 '장난삼아[戲]', '비겨서[擬]' 등의 뜻으로 쓴 작품들이 다수 있는데, 이는 염곡, 염곡에 대한 적극적인 태도가 부담스러운 상황에서 장난삼아 쓴다고 하면서 이면으로 염곡에 대한 관심을 환기하는 것이라 할 수 있다.

이미 정홍명(1582~1650)이 〈희효염사잡체〉[183] 20수를 지었는데, 염사를 바로 쓰지 못하고 장난삼아 쓴다고 돌려 말하고 있고, 김창협도 공주에 이르러 마침 잡은 객사가 노기의 집이고 벽에 깨어진 거문고가 걸려 있어서 장난삼아 염체를 짓는다[184]고 한 바 있다.

18세기에도 이러한 태도를 보이면서 지은 작품들이 있는데 우선 18세기 초반 남유상(1697~1728)의 〈염곡에 비기다〉 5수 중에서 첫째와 둘째 수를 보도록 한다.

열두 살에 기생의 집에서 그대를 만났는데	十二逢君蘇少家
열세 살에 그대가 황화를 지키러 떠났네.	十三君去戍黃花
지금까지 서로 헤어져서 서로 보지 못하는데	秪今相別不相見

183 정홍명, 〈戲效艶詞雜體〉, 『畸庵集』 卷之七, 『한국문집총간』 87, 81면, 첫째 수는 "첩이 봉성의 서쪽에 사는데, 문 앞에 몇 그루 버들이 있지요. 낭군이 상쾌하게 말을 타고 와서, 남쪽 거리로 달려가지 말아요.(妾住鳳城西, 門前數株柳. 郎騎快馬來, 莫向南街走)"이다.

184 김창협, 〈到公州, 適館老妓家, 見破琴在壁, 戲賦艶體〉, 『農巖集』 卷之一, 『한국문집총간』 161, 317면.

뒷날 그대를 만나면 알 수 있으려나? 他日見君知則那

其二
탕자가 서루에서 묵고 돌아오지 않는데 蕩子西樓宿未歸
추파에 흘린 눈물이 아미에 오르네. 秋波流恨上蛾眉
부끄러워 마음속의 일을 말하지 못하고 含羞不道心中事
손으로 꽃 앞의 누런 나비만 때리네. 手打花前黃蝶兒[185]

다음 정범조(1723~1801)의 〈장난삼아 염곡을 본받다〉에서도 염곡의 틀을 본받아 내면을 드러내면서, 장난으로 한다고 둘러대는 것이다.

서로 바라보면 빛이 달과 같은데 相望光如月
서로 친하면 기운이 난초 같네. 相親氣若蘭
어찌 뒤집히지 않을 수 있으랴? 那能不顚倒
나는 철석 같은 간장이 없는데. 儂無鐵石肝

其二
본래 믿으니 뜻이 서로 무거운데 本倚情相重
첩의 몸을 가벼이 여김은 상관이 없네. 非關輕妾身
반복해도 단서가 없으니 反覆無端緖
깊이 생각해도 일이 어찌 참이랴? 沉思事豈眞

홑 비단 적삼을 벗어버리고 脫下單羅衫
바라건대 새가 물고 가게 두네. 願憑鳥啣去
옷깃 가운데 붉고 축축함이 다하니 半襟紅濕盡

185 남유상, 〈擬豔曲 *己亥〉, 『太華子稿』 卷之一, 『한국문집총간』 속 74, 107면.

나의 눈물이 이룬 것임을 알겠네. 知儂淚成許[186]

그리고 정순왕후의 오라비이기도 한 김귀주(1740~1786)가 옛 염체를 본받는다면서 2수로 읊고 있는데 둘째 수를 인용하도록 한다.

둥근 난간에서 잠에서 깨니 잠시 갠 기운이 엉기고 回欄睡起乍凝晴
흩어진 살쩍과 낮은 눈썹이 어두워서 불만스럽네. 亂鬢低眉暗不平
장부의 즐거움과 사랑이 지극함을 믿지 못하여 未信丈夫歡寵極
일부러 그윽한 괴로움으로 춘정을 시험하네. 故將幽惱試春情[187]

첫째 수가 분위기와 배경을 읊은 것이라면, 둘째 수에서 나그네의 "즐거움과 사랑[歡寵]"과 여성 화자의 "그윽한 괴로움[幽惱]"를 견주면서 "춘정(春情)"을 시험한다는 직설로 마무리하고 있다.

다음은 성해응의 〈장난삼아 염체를 짓다〉이다. 성해응은 정조 23년(1799) 5월에 철원에 삼년 정배[188]되었다가 9월에 방송되었는데, 자신의 유배 생활에서 그 내면을 염체의 틀을 빌려서 〈후정곡〉과 〈철령가〉 등을 떠올리며 임금에 대한 그리움을 표현하고 있다.

사람들은 철성이 나쁘다고 하지만 人道鐵城惡
철성은 참으로 나쁘지 않네. 鐵城信不惡
시냇가의 여러 여자아이들 溪上諸兒女
얼굴과 모습이 활짝 핀 꽃이네. 顔貌花灼灼

---

186 정범조, 〈戱效艶曲〉, 『海左先生文集』 卷之十, 『한국문집총간』 239, 205면.
187 김귀주, 〈效古艶體, 戱贈和中. 二首〉, 『可庵遺稿』 卷之三, 『한국문집총간』 속 98, 62면.
188 『승정원일기』 1808책(탈초본 95책) 정조 23년 5월 11일(무진), 沈象奎, 以義禁府言啓曰, 成海應, 杖一百收贖, 告身盡行追奪, 江原道鐵原府豐田驛, 徒三年定配, 照律草記批旨內允, 如有功議, 各減一等, 可也事, 命下矣. 成海應無功議云矣, 敢啓. 傳曰, 知道.

낭자의 집이 동주에 있어서	娘家在東州
일찍이 궁예의 나라였네.	曾是弓裔國
봄이 되니 이미 언덕이라	臨春已邱墟
〈후정곡〉을 부르지 말라.	莫唱後庭曲
평강과 북리에	平康與北里
복사꽃이 서로 사이를 두고 피고	桃花相間發
미친 나비가 무슨 뜻의 실마리인가	狂蝶何意緖
일부러 오니 서로 당돌하네.	故來相唐突
얼음 비단이 두 봉우리의 난초요	氷紈兩峯蘭
붓의 뜻은 얼마나 기이하고 빼어난가?	筆意何奇絶
동음 고을로 좇아와서	來從洞陰縣
나를 손안의 물건으로 만드네.	作儂手中物
문을 나서서 붉은 연밥을 따면	出門採紅蓮
꽃이 피어서 못 물의 향기이네.	花發塘水香
사군은 맑은 지조가 있어서	使君有淸操
들판의 원앙을 좇지 아니하네.	不逐野鴛鴦
강의 관문에 밝은 달밤에	江關明月夜
〈철령곡〉을 부를 줄 아네.	解唱鐵嶺曲
장안을 바라보아도 보이지 않고	長安望不見
쫓겨난 신하의 눈물이 서로 이어지네.	逐臣淚相續[189]

이상에서 살펴본 바와 같이 염사, 염곡이 오랜 전통을 지닌 사랑 노래임을 인정하면서도, 적극적으로 내세워 옹호하지 못하다가, 18세기에 "인정 가운데 크게 볼만한 것"이 있고, 소품의 소재로 적당하다는 것을 발견하면서 긍정적인 인식으로 바뀌었다고 할 수 있다. 그런 가운데 이옥

189 成海應, 〈戱作艶體〉, 『硏經齋全集』 卷之二, 『한국문집총간』 273, 32면.

이 아조, 염조, 탕조, 비조로 나눈 데서 볼 수 있는 몇몇 층위로 나누어 이해하고자 했던 흐름을 살필 수 있고, 신유한이 동사 체험에서 장난삼아 〈남창사〉[190]를 지었는데, 이것은 이옥의 시각에서 보면 탕조에 해당하는 것이다.

우리말 노래에서 염곡으로 볼 수 있는 노래는 장시조 중에서 확인할 수 있는데, 염곡에 해당하는 것도 있고 탕조에 해당하는 것도 있어서 변별하여 이해하는 시각이 필요할 것으로 보인다.

염곡의 전통에서 최성대의 〈신성염곡〉은 당시의 유행인 신성을 좇아서 거문고를 타는 여성 화자를 중심에 내세우면서 화자의 내면의 일렁임을 색채와 소리의 대비를 배경으로 제시하면서 섬세하고 자연스럽게 형상화하였다고 평가할 수 있어서, 18세기 시가사의 새로운 변화를 보여주는 중요한 작품으로 볼 수 있다.

---

190 신유한, 『海槎東遊錄』, 『青泉先生續集』 卷之四, 『한국문집총간』 200, 455면.

6. 노래를 그림과 함께 향유하기

새로운 변화로 주목할 수 있는 것은 16세기 정철(1536~1594)의 〈재너머~〉와 17세기 초반 이신의(李愼儀, 1551~1627)의 〈사우가〉를 18세기에 그림과 함께 향유하는 등 노래와 그림의 공유 현상이 나타나고 있다는 점이다. 노래의 내용을 그림으로 그려서 가화(歌畫)로 전승하고자 하는 이러한 현상은 개인의 취미일 수도 있지만 시서화 삼절에서 가서화(歌書畵)로 바뀌는 대목이라고 할 수 있을 것이다. 노래와 함께 그린 그림을 보고 그 내용과 맥락을 바로 이해할 수 있는 강점이 있기 때문이다.

1) 〈사우가〉의 창작과 향유

이신의는 16세에 행촌 민순(閔純)에게 수학하고, 임진년에 사옹원 직장으로 재직 중에 왜란이 일어나자 향병을 모아서 싸움에 참여하였으며, 정유년에도 토역의 공으로 두 계급이 오르기도 하였다. 60세인 광해 2년(1610)에 수양금[191]을 만들기도 했으며, 광해 9년(1617)에 폐모 사건에 항론으로 헌의하였다가, 광해 10년(1618)에 회령으로 천극되었다. 이곳에서 북병사 이수일에게 편지를 보내어 소현금(小玄琴)을 구했으며, 이때 〈사우가〉[192]를 지어 거문고를 타며 고고(孤高)한 의취를 담았다. 그리고 9월에 흥양으로 이배되었다.

이신의가 이수일에게 보낸 편지의 일부이다.

> 죄생이 젊은 시절에 〈감군은〉 한 장을 배워서 평소에 이것으로 회포를 풀었습니다. 지금 이렇게 군자가 거북이처럼 움츠러드는 암실을 만나 긴

191 이신의, 「연보」, 『석탄선생문집』 부록 상(국립중앙도서관, 古朝44).

192 위와 같은 곳, 寄書北闔李鷄林守一請得小玄琴, 先生素解琴律, 至是請琴於鷄林, 遂作松竹梅菊四友歌, 被絃度曲以寓孤高之趣焉. 及南遷亦以琴 自隨深味 古人不輟琴瑟之義以之治心養生焉. 今其琴尙留後承家傳爲寶藏.

> 날을 풀 수 없고, 외로운 등불을 끌 수 없어서 작은 현금을 얻어서, 이에 기대어 성품을 기르면서 적적함을 깨뜨리고자 합니다. 그러나 회령 경내에 비단 음을 아는 사람이 없을 뿐만 아니라 일생에 또한 거문고를 본 사람이 없다면 이것은 나무에 올라 물고기를 구하는 것과 같으니 그 얻을 수 있겠는지요? 얼핏 듣기에 병영 아래에 거문고를 타는 사람이 있고 또한 거문고를 만드는 사람이 많이 있다고 합니다. 거문고의 품질이 좋고 나쁨이나 만드는 기술의 공교로움과 졸렬함은 구애하지 말고 주선하여 은혜를 꾀하시면, 곧 비록 천하의 값을 매길 수 없는 좋은 구슬이라도 어찌 이에 견주겠습니까? 바라건대 이 말을 퍼뜨리지 마시고, 천천히 구하셔서 몰래 은혜를 주시면 매우 다행이겠습니다. 죄를 지은 중에 거문고를 탄 일은 옛날에도 역시 있었으나 다만 풍색이 수상하여 머뭇거리면서 감히 아뢹니다.[193]

그리고 이수일이 거문고를 구해 주자 고맙다는 답신[194]을 보내고, 편의를 제공해 준 회령 통판에게도 답신[195]을 보내고 있다.

이신의의 〈사우가〉는 소나무, 대나무, 매화, 국화를 네 벗으로 삼아 각각을 읊은 것이다.

> 바회예 섯는 솔이 늠연훈 줄 반가온뎌
> 풍상을 격거도 여외는 줄 전혜 업다
> 얻디타 봄비츨 가져 고틸 줄 모르누니

---

193 이신의, 「與李兵使*名守一 鷄林府院君, 時爲北關」, 『석탄선생문집』 건(국립중앙도서관, 古朝 44 가55), 68~69면, 罪生少時, 學感君恩一章, 平居以此遣懷. 今者遭此陽九龜縮暗室, 長日難遣, 孤燈難消, 欲得小玄琴, 憑此養性兼爲破寂. 而會寧境內, 非徒無知音者, 一生亦無見琴者, 是猶緣木求魚, 其能得乎. 側聞營下有琴者, 尙多造琴者亦存云. 不拘琴品善惡, 造作工拙, 周旋圖惠, 則雖天下無價之明珠奚比於此. 伏願勿播此言, 徐徐求得, 隱而付惠幸甚. 囚中鼓琴古亦有之, 但風色殊常趦趄敢告.

194 이신의, 「우답」, 『석탄선생문집』 건, 70면.

195 이신의, 「답회령통판」, 『석탄선생문집』 건, 71~72면.

동리의 심은 국화 귀흔 줄를 뉘 아느니
춘광을 번폐ᄒᆞ고 엄상의 혼자 퓌니
어즈버 청고흔 내 버디 다만 넨가 ᄒᆞ노라

곧이 무한호되 매화롤 심근 뜻은
눈 속에 곧이 퓌여 흔 비틴 줄 귀ᄒᆞ도다
ᄒᆞ물며 그윽흔 향기롤 아니 귀코 어이리

백설이 ᄌᆞ즌 날애 대롤 보려 창을 여니
온갓 곳 간 ᄃᆡ 업고 대숩히 푸ᄅᆞ러셰라
엇디흔 청풍을 반겨 흔덕흔덕 ᄒᆞᄂᆞ니

2) 후손의 가화첩 마련과 후서 요청

17세기 초반에 지어진 이 노래가 집안에 전승된 것으로 보이는데, 18세기에 5대손인 이상규가 그림을 그리는 사람에게 사우인 소나무, 대나무, 매화, 국화를 그리게 하고 그 위에 노래를 써서 전승할 목적으로 심조, 이익 등에게 후서를 요청하게 된 것이다. 심조가 후서를 쓴 것이 영조 25년(1749)이고, 이익이 편지를 보낼 때가 일흔 다섯이라고 했으니 영조 31년(1755) 무렵이다. 이상규가 여러 해에 걸쳐서 준비하고, 사람들과 의논한 뒤에 심조와 이익 등에게 요청한 것으로 보인다.

우선 심조(1694~1756)가 쓴 「사우가후」에서 그 내막을 자세하게 설명하고 있다. 이신의의 「연보」에서 회령에 천극되었을 때에 지었다고 기록하고 있는데, 심조는 흥양으로 이배된 뒤라고 밝히고 있어서 차이가 있다.

우암 노선생이 석탄 이공의 시장 서차를 짓고 이르기를, "다만 천륜이 있는 것만 알고 제 몸이 있는 것을 알지 못했으며, 다만 의리가 있는 줄만 알고 화복이 있는 줄 몰랐으니, 끝내 강상을 세우고 명교를 밝게 드러냈다.

비록 하늘로부터 부여받은 아름다움이 남보다 뛰어난 사람이라도 사우와 연원도 업신여길 수 없다."라고 하였다. 아, 이 한마디는 백세 뒤에도 썩지 않기에 넉넉하다. 대개 공은 정사년(1617)에 헌의하여 바로 가을빛과 높이를 다투었다. 그리고 흥양에서 귀양살이를 할 때에 소나무, 대나무, 매화, 국화를 네 벗으로 삼아 아침저녁으로 서로 마주하면서 각각 단가 1장씩을 지어서 회포를 부쳤다. 그 노랫말을 읽으면, 말없이 만남을 볼 수 있고, 의심을 풀고 맺게 되니, 얼마나 기이한가? 대개 광해군이 폐모를 의논할 때에 조금 거스르는 바가 있어서 기막힌 화가 이르러, 공이 성을 내면서 항론하여 말하기를, "이와 같이 하면 하늘의 도가 멸하고, 사람의 이치가 없어집니다."라고 하자, 대간이 교대로 소장을 올려 중형에 처치하게 청하자, 사람들이 모두 두려워서 넋을 잃었는데, 그러나 공만 홀로 태연히 의젓하였다. 그 맑은 지조와 굳센 절개는 도리어 서리가 내린 뒤의 소나무와 국화와 눈 속의 매화와 대나무에 어찌 부끄러우랴? 그 이른바 '늠연한 맑은 바람이 봄빛에도 바뀌지 않는다.' 등의 말을 실로 스스로 비유한 것이다. 아, 특이하구나. 지금 그의 5대손인 상규씨가 손으로 사우를 그리게 그림을 청하고, 그 위에 노래를 써서 장차 들어 올려서 지금과 후대에 빛을 펴게 하려고 하니, 참으로 성대한 일이다. 기에 이르기를, '선조가 좋은 일을 해도 알지 못하면 밝지 못한 것이요, 알고도 전하지 않으면 어질지 못하다.'라고 했는데, 문성씨는 밝고 어질다고 이를 것이다. 나에게 그 뒤에 써 달라고 부탁하기에, 공경스럽게 이를 써서 돌려보낸다. 기사년(1749) 중추월에 청송 심조가 쓰다.[196]

---

196 심조, 「書石灘李公*愼儀四友歌後」, 『靜坐窩先生集』 卷之十二, 『한국문집총간』 속 73, 314면, 尤菴老先生叙次石灘李公謚狀, 而曰徒知有天倫而不知有吾身, 徒知有義理而不知有禍福, 卒以扶植綱常, 顯明名教. 雖其天賦之美有過人者, 而師友淵源亦不可誣也. 噫, 此一言, 足以百世不朽矣. 公丁巳獻議, 直與秋色爭高. 而其謫居興陽時, 以松竹梅菊爲四友, 早晩相對, 各賦短歌一章以寓懷焉. 讀其辭, 可見其有泯然而會, 犁然而契者矣, 何其奇哉. 盖當光海議廢母也, 少有違忤, 奇禍立至. 而公憤惋抗論曰, 如此則天道滅矣, 人理喪矣. 臺諫交章請置重辟, 人皆危怖褫魄, 其所謂凜然淸風不改春色等語, 實所以自况也. 嗚呼異矣, 今其五代孫相奎倩畫手繪四友, 書其歌於其上, 將以揄揚發

그리고 이익(1681~1763)이 이상규에게 답하는 편지에서 〈사시가〉를 그림으로 그리게 하고 서문을 부탁했다고 하였다. 평소에 교분이 없는데도 서문을 부탁한 점은 노래와 가화첩의 전승을 위해 노력한 일면을 읽을 수 있다.

저는 시골에서 사느라 문밖의 일에 대해서는 아는 바가 없거늘 뜻밖에도 이번에 몸을 낮추고 멀리까지 편지를 보내어 평소 교분이 없는 저에게까지 진중하게 말씀해 주시니 감격스러운 마음을 금치 못하겠습니다. 게다가 선선생(先先生)의 가곡 한 첩을 받아 펼쳐서 읊어보았더니 그 속에 담긴 흥취가 정미하고 그 뜻이 가사 밖으로 넘쳐나 흠탄하였습니다. 생각건대 편지를 부친 뒤로 벌써 계절이 바뀌고 해가 지났습니다. 그대는 계절 따라 잘 지내고 계시겠지요? 저는 나이가 지금 벌써 일흔 다섯이 된 데에다 고질병까지 걸려서 정신과 육체가 모두 소진되었으니 더 이상 이 세상 사람의 몰골이 아닙니다.

부탁한 글에 대해서 말씀드리자면, 제가 감히 함부로 손을 대어 당대의 군자들로부터 큰 비난을 받아서는 안 될 일입니다. 하지만 그대의 성의를 생각하면 그 또한 끝내 거절할 수 없겠기에 이리저리 배회하며 종일토록 고민한 끝에 이것이 단지 그대의 부탁으로 쓰는 것이니만큼 남들로부터 비난을 받지 않을 수 있겠다고 생각하였습니다. 그래서 몇 마디 말을 간략하게 기술하여 별지(別紙)에 써서 올리오니, 한번 훑어본 후 내던져 버리시고 서첩의 말미에는 부치지 마시기 바랍니다. 귀한 서첩을 오래도록 가지고 있을 수 없으므로 서울로 가는 인편에 돌려보내오니 언제야 도착할 수 있을지 모르겠습니다. 산천이 막고 있어 그대를 만날 길이 없으니 멀리서 바라보며 슬퍼할 뿐입니다.[197]

輝於今與後, 甚盛事也. 記曰先祖有善而不知, 不明也, 知而不傳, 不仁也, 文星氏其可謂明且仁者歟. 要余題其後, 敬書此以歸之. 己巳仲秋日, 青松沈潮.

197 이익, 「答李斯文*相奎○乙亥」, 『星湖先生全集』 卷之三十, 『한국문집총간』 199, 29면,

그리고 이익은 「『사우첩』의 발문」을 첨부하여 보냈다.

굴원이 방축되고 나서 〈이소〉를 지었는데, 〈이소〉에는 난초, 전초(荃草), 균계(菌桂)와 같은 향기로운 초목들이 다양하게 열거되어 있는데, 말하기 좋아하는 사람들은 그래도 부족한 감이 있다고 여겼다. 내가 찬영(餐英)과 관예(貫蘂)의 구절을 읽고 나서, 그 향초들의 화려한 때를 놓아두고 유독 떨어지고 초췌해진 다음의 상태를 취한 것은 무엇 때문인지 의문을 가졌다. 만약 자신이 버림을 당한 것이라면 원망하고 비방하는 마음을 숨기기 어려웠을 것이다. 이를 통해 미루어 본다면, 그의 마음이 일찍이 당대를 걱정하지 않은 적이 없어 혹 곧은 도를 주장하여 나아가기를 바란 것이리라. 그러므로 꽃이 밝고 고우면 세상에 아첨하는 것으로 오해를 받을 수 있고, 기가 위로 상승하지 않는다면 향기가 멀리까지 퍼지지 못하는 법이다. 모든 것을 싣지 않았다고 해서 이것 외에 다른 것이 없는 것은 아니다.

내가 듣기로, 석탄 이공은 처음에 육행(六行)으로 벼슬에 천거되었고 조정에서 세 번이나 부른 뒤에야 마지못해 나아갔다. 그 후 일곱 차례 지방관에 제수되었으나 그 역시 대부분 부임하지 않았다. 하지만 임진왜란이 일어나자 의병을 모아 달려갔으며, 조정의 의론이 실추되자 상소를 올려 과감하게 진언하였다. 이로 인해 남북으로 옮겨 다니며 귀양살이하고 6년 동안 위리안치되었어도 자신의 행동을 후회하지 않았다. 그 후 성세(盛世)를 만나 재상의 지위에까지 올랐지만 이는 평소 마음에 둔 것이 아니었다. 비록 난리를 만나 용맹을 떨치기는 하였지만 일이 끝나면 바로 물러났다. 마

瀷生老丘樊, 不識門扉外事, 不意今者有隕自天. 緘封遠至, 辭旨珍重, 不以生平無分有間, 已不勝三回感歎, 況又擎先先生歌曲一帖, 披玩謳吟, 有以見興寄微婉, 意溢言語之外也. 欽悅不已, 伏惟書發旣經時閱年, 敬問尊體起居撫時萬福. 瀷犬馬之齒, 今已七十有五, 加之貞疾, 形神毁剝, 非復地上光景, 謬託文字, 宜不敢妄有下手, 重獲戾于當世君子. 顧念敎意, 亦終辭不可, 躑躅徊徨, 彌日而靡安, 惟知奉令, 可幸無罪, 故略有數語, 別紙錄上. 情願一覽而棄之, 不望其竊附左間也. 寶卷久留非敢, 還寄京便, 又不知何日可達. 山川間之, 無緣奉袂周旋, 夐然瞻悵.

치 활을 강하게 당겼다가 화살을 쏘고 나면 풀어 놓듯이, 물이 산에 있으면, 끌어당기지 않아도 내려가듯이, 평소 곤경에 처했을 때나 형통할 때나 늘 꽃과 나무 가꾸기에 관심을 가져 사우(四友)의 모임을 결성하였다. 국화와 매화는 추운 날씨를 겁내지 않고 꽃을 피우는 기품을 취하였고 소나무와 대나무는 추운 겨울에도 시들지 않는 기품을 취하였으니, 실로 〈이소〉의 뒤에 나와 그 남긴 것을 주운 것이다.

일은 상반되는 듯 하지만 그 뜻은 시대를 초월하여 서로 통하였으니, 석탄이 잘 배웠다고 말하기에 손색이 없을 것이다. 또한 언문 노래도 지었는데 시운이 심금을 울리는 곡조였다. 거문고를 가지고 연주를 해 보니, 즐거움을 돋우어 근심을 잊게 하였다. 이는 흥이면서 부에 해당한다.

내가 지난번에 송악의 아래를 지나다가 화담사를 배알하였는데, 민행촌이 제향을 받고 있었다. 또 공은 행촌의 고제자로, 행촌이 별도로 서원에 제향됨에 이르러 공도 추배되었다. 그 학맥의 연원이 곧은 지조를 지키며 만족하게 살아가는 것으로 진전(眞傳)을 삼았음을 감출 수가 없다.

이번에 그 5대손인 상규(相奎) 씨가 〈사우가〉를 기록하여 서첩으로 만들고 그림의 고수를 시켜 그 사물들을 하나하나 그리게 한 다음 천리 길을 싸 들고 와서 나에게 한마디 써 줄 것을 청하였다. 의리상 사양할 수가 없어 마침내 이 글을 써서 돌려주는 바이다.[198]

---

198 이익, 「四友帖跋」, 『星湖先生全集』 卷之五十六, 『한국문집총간』 199, 537면, 屈子放逐離騷作, 其用物芳馨 蘭荃菌桂之屬, 無不搜羅, 說者猶有遺憾在. 余讀餐英貫蘂之句, 舍其華盛, 獨有取於摧落憔猝之餘何哉. 抑遭罹廢棄, 怨誹難揜也. 因是推之, 其心未嘗不在當世, 或庶幾以直道進. 故花有明豔則嫌於媚世, 氣無昇霏則香不遠聞, 皆所不載, 非外此無物也. 吾聞石灘李公, 始以六行薦達, 三徵然後勉就, 後七拜郡邑, 亦多不起. 國有寇亂, 集義旅赴之, 廷論椓喪, 抗章敢言. 南北遷謫, 六年圍籬而不悔. 後値昌辰, 位至卿月, 非素志也. 雖遇難奮勇, 事已則退, 如弓之挽强, 矢發便休, 水之在山, 不引則下. 其平生困亨坎通, 必寓懷花木, 結四友之社, 菊梅取其傲寒, 松竹取其不凋, 實後離騷而拾其遺. 事若相反, 意在曠感, 不害爲善學也. 旣又作爲諺歌, 韻叶心方之調, 撫琴動操, 樂焉而忘憂, 興而賦也. 余昔過松岳之下, 謁花潭祠, 閔杏村實餟食. 公杏村之高等弟子也. 及杏村別有瞽宗之享, 公又追配, 其一脈淵源, 以守貞自得爲眞傳, 不可誣也. 今其五世孫相奎氏錄其歌爲帖, 倩畫廚高手各繪其物, 千里封緘, 求一語爲識, 義有不敢辭, 遂書此而還之.

그리고 이익은 〈사우첩 4수〉[199]를 지었는데, 〈사우가〉를 그대로 한역한 것은 아니고 일종의 의역이라고 할 수 있다.

이상에서 살핀 바와 같이 이신의가 광해군 10년(1618) 회령의 유배지에서 지은 〈사우가〉를 소현금을 타면서 불렀는데, 18세기에 5대손 이상규가 화가에게 그림을 그리게 하고, 그 위에 노래를 쓴 뒤에 가화첩(歌畵帖)을 만들어 이를 심조, 이익에게 보내어 후서와 발문을 부탁하였는데, 실제 심조의 후서와 이익의 발문에서 그 사정을 자세하게 기술하고 있다.

3) 〈재너머~〉와 〈기우방우계도〉

정철이 술이 익었다는 소식을 듣고 성혼을 찾아가면서 지은 시조 〈재너머~〉는 정철의 호방함을 보여주는 작품이라 할 수 있는데, 겸재 정선(1676~1759)이 이를 그림으로 그리고 신대우(1735~1809)가 보관하고 있다가 이영익(1738~1780)에게 시를 지어달라고 요청한 것이다. 이영익이 시를 지은 것이 경진년(1760)이니 신대우가 26세, 이영익이 23세 때의 일이다.

재 너머 성권농 집의 술 닉단 말 어제 듯고
누은 쇼 발로 박차 언치 노하 지즐 ᄐᆞ고
아ᄒᆡ야 네 권농 겨시냐 정좌수 왓다 ᄉᆞ뢰라 『청구』 85

위의 폭에 그린 그림은 부정 정선이 그린 것으로, 정문청공이 소를 타고 성문간 선생을 찾아가는 것이다. 평주 신대우가 갈무리하였는데, 시는 영익이 문청공의 노래를 번역하여 뒤에 적은 것이다. 이 그림을 보고 그 노랫말을 외니, 오직 선배의 풍류를 흠모할 뿐만 아니라 또한 사귀는 도가 시원스러움을 볼 수 있어서, 오늘날 사람들이 아첨하는 것과는 서로 매우 비슷

199 이익, 〈四友帖 四首〉, 『星湖先生全集』 卷之六, 『한국문집총간』 198, 155면.

하지 않다. 백세가 지난 뒤에도 사람을 감탄하게 한다. 대우가 갈무리한 것은 그렇게 깊은 뜻이 있는 것이 아니겠는가? 경진년 정월 18일에 완산 이영익이 정중하게 짓다.

문청공이 소를 타고 우계를 찾아가는 노래를 옮기다(翻文淸騎牛訪牛溪歌)

재 너머 성권농 집에	越岡成勸農宅
새 술이 익었다는 말을 어제 듣고	昨聞新酒熟
누운 소를 발로 차서 일으켜서	足蹴臥牛起
안장을 놓고 걸터앉아	置薦按跨着
동자야 너희 집 권농 계시냐	童子汝家勸農在
정좌수가 여기 왔다고 아뢰어라.	爲報鄭座首來此[200]

정철의 시조가 풍류가 넘치는 것이라면 이영익의 번역은 매우 자세하게 적고 있다는 차이가 느껴진다.

4) 신대우와 이영익의 관계와 후대의 영향

신대우의 아들 신작(1760~1828)이 「외할머니유부인행장」에서 외할아버지 정후일과 유부인의 딸 셋 중에서 맏이가 임달호, 둘째가 신대우, 셋째가 이영익에게 출가하였다고 기록[201]하고 있어서, 신대우와 이영익은 동서 사이로 매우 친밀한 인척 관계에 해당한다. 정후일은 정제두의 아들

200 李令翊, 「題騎牛訪牛溪圖」, 『信齋集』 冊二, 『한국문집총간』 252, 453면, 右幅畫, 鄭副正敾作, 鄭文淸公跨牛訪成文簡先生. 平州申大羽藏之, 詩令翊翻文淸歌闋書後. 臨是畫, 諷是辭, 不唯可以想慕先輩風采, 亦可見交道灑落, 與今人呢呢者甚不相似. 百歲之下, 使人感歎, 大羽藏之, 其有深意歟. 庚辰正月十八日, 完山李令翊敬題.

201 신작, 「外祖母柳夫人行狀」, 『石泉遺稿』 卷之一, 『한국문집총간』 279, 494면, 女三人, 長適會津林達浩, 有操行淸識, 次適平州申大羽, 卽我先府君, 官戶曹參判, 次適完山李令翊.

로 딸 한 명이 이광명(李匡明)에게 출가하였다.

이영익의 행적은 이미 살핀 바[202]가 있으므로, 신대우의 행적을 검토하면서 이영익과 연계하여 살필 필요가 있다.

아들 신작이 쓴 신대우의 「사장(事狀)」[203]에서 가계를 포함하여 행적을 매우 자세하게 기록하고 있다.

신대우는 평산인으로 고조가 여석(汝晳)으로 여식(汝拭) 등과 형제 사이이며, 증조는 탁(琢), 할아버지는 택하(宅夏), 아버지는 성(晠)으로 가문이 점점 쇠락하면서 신대우의 부모가 연이어 돌아가시자 동생들을 데리고 처가인 강화[204]로 들어가게 되었으며, 가난한 중에도 학업을 게을리하지 않아서 동료들이 깔볼 수 없었다고 한다. 중년 이후에 명산을 다니면서 『산해소』, 『서정보』, 『오일기』, 『심도지』 등[205]을 지었고, 정조 8년(1784)에 선공감 감역이 되어 벼슬길에 나아갔다. 순조 8년(1808) 겨울에 성천부사가 된 뒤에는 간혹 풍악과 술자리를 마련하기도 하면서 그윽한 생각을 펼쳤다고 하였다.[206]

한편 이영익은 신대우의 〈서안명〉에서 다음과 같이 기록하고 있다.

옻칠도 하지 않고 꾸미지도 않았으며	匪漆而彫
반목의 바탕을 숭상하네.	尙質蟠木
헐고 꺾인 것을 새롭게 하니	新其毁折
선조가 남긴 자취이네.	先祖遺躅
그릇을 지킴이 바름이 아니라	非直守器

202 본서 Ⅳ-3.의 4.「이진유-이광명·이광사-이긍익·이영익의 시가 향유」 참조.

203 신작, 「先府君事狀」, 『石泉遺稿』 卷之一, 『한국문집총간』 279, 487면.

204 위와 같은 곳, 先考妣相繼殞沒, 素貧儉, 葬斂訖益大窘, 遂牽率弱弟稚妹, 投跡海濱, 僦居于沁州鎭江南二里許翁逸村塢.

205 위와 같은 곳, 于時扢揚今古, 游散名山, 風期所得, 文采彌佳, 躡毗盧以觀東海, 作山海疏, 自關以西, 至于香山, 作西征譜, 遊崧陽五日而返, 作五日記, 沁洲保障, 流寓藏修, 作沁都志.

206 위와 같은 곳, 每便輿經造, 盡日而歸, 或歌管觴詠, 以暢幽緖, 渾忘關河之重複也.

경책으로 전하네. 有傳經策
이것을 싣고 익혀서 是載是肄
자자손손 대대로 맡으라. 孫孫世職[207]

그리고 신대우에게 보낸 두 편의 편지가 있는데, 한 편은 『맹자』의 구인(求仁)에 관한 것[208]이고, 다른 하나는 부친 이광사를 따라 신지도에 가서 보낸 것으로, 신지도의 풍물에 대한 소박한 기록이라고 할 수 있으며, 도원(桃源)에 관한 설을 펴기도 하였다.

이 섬은 남쪽의 절해라, 영주산이 남쪽에 험하게 있고, 춘분을 전후하여 남극이 사람의 처마와 바라지를 비추며, 섬 둘레는 십여 리인데, 사람들의 풍속이 질박하고 인색하며 영화와 복록을 바라지 않으며, 이익을 다투지 아니하고, 음식, 의복, 거처의 사치를 바라지 않고, 밭을 가는 소와 낚시하는 배는 있지만 수레와 말은 없으며, 왕래하면서 교유하는 것을 일삼지 않고, 오직 힘을 다해 밭 갈고 바느질하는 것이 다른 지역보다 배가 됩니다. 문무를 일삼지 않아서, 문은 전안을 식별하는 것을 기약하고, 무는 과녁에 쏘면서 즐거워하는 데에 그치며, 조수를 따라 포구로 나가서 남자는 그물과 낚시를 들고 여자는 바닷말과 조개 등을 캐며, 마을의 이웃들이 모두 서로 친척이라, 고모, 아저씨라 부르며, 아침저녁으로 서로 따르고, 기뻐하면서 다투거나 원망을 얽는 풍속이 없으니, 장생이 이른바 혁서씨의 백성이 이와 견주어 과연 어떠한지 모르겠습니다.

내가 아침저녁으로 시중을 드는 여가에 겨르로운 집에서 고인의 글을 읽으면 마음에 사물을 접하는 누가 적으므로 풀어내는 맛이 앞날에 견주어 더욱 친절하여, 때때로 이치가 마음에 맞는 것이 있어서, 깨닫지 못하는

207 이영익, 〈申儀父書案銘〉, 『信齋集』 冊二, 『한국문집총간』 252, 457면.
208 이영익, 「答申儀父」, 『信齋集』 冊二, 『한국문집총간』 252, 464면.

사이에 저절로 기뻐하여, 장차 곁에 있는 사람을 돌아보며 말하려고 하나 그럴 수 없어서 곧 종이에 적으며, 종일 마음에 실컷 먹은 것이 배에 있는 것 같습니다.

저녁에 죽으로 겨우 때우고 나면, 얼굴에 열과 땀이 솟아서 나가서 대사립에 기대어 따비를 지고 도꼬마리를 띤 사람을 만나, 다소 비가 쏟듯 물고기의 길이는 몇 척이냐고 이야기하며, 사이사이 해학과 담소로, '너희들도 양반이 존경스럽고 높다고 생각하지만, 곧 예수의 괴로움을 나누어 책임지게 하지 않으니 즐거워할 만하다.'라고 합니다.

마을의 거친 본모습을 다하였으니, 이는 이른바 기심을 잊고 자리를 다투는 것이고, 대저 세상에 어찌 참 도원이 있겠는가? 외물을 부러워하는 것을 끊고 분수를 편안히 여기며 즐겁게 사는 사람이 곧 도원입니다. 감히 경화의 친구에게 알리나니, 오늘 이후 나를 남극 아래 도원의 호주라고 할 수 있겠습니까? 그러나 도원에서 귀한 것은 세상 사람들에게 뜻을 잊는 것이니, 늘 만 가지 생각에 떨어져서, 일념으로 공계 주인에게 끊어지지 않으니, 어찌 생각하는 것이 세상을 버린 고인(高人)에게 있겠습니까? 곧 또한 해를 끼치지 않고 세상 사람에게 뜻을 잊는 까닭입니까? 외로이 앉아서 무료하여, 애오라지 친구에게 농담으로 보내는 것이니 한바탕 웃으시고 농기구로 들떠 있는 것을 꾸짖기를 바랍니다.[209]

---

209 이영익, 「與申儀父」, 『信齋集』 冊二, 『한국문집총간』 252, 467면, 此島, 是南絶海, 瀛壺之山, 崒然在南. 春分前後, 南極照人軒牖, 環島十餘里. 民俗質嗇, 不望榮祿, 不射利競能, 不慕飮食衣服居處之奢侈, 有耕牛釣船而無車馬, 不事往來交遊, 唯勤力耕織, 倍他地. 不業文武, 文期於識田案, 武止於侯射接歡. 隨潮出浦, 男擧網釣, 女採蘋藻蜯蟹, 村鄰皆相爲戚親, 呼姑呼叔, 日夕追隨, 熙熙無鬪鬩搆怨之俗, 未知莊生所謂赫胥氏之民, 比此果何如也. 僕於晨昏侍歡之暇, 閉戶讀古人書, 心少接物之累, 故紬繹之味, 比前更親切, 有時理有契心, 不覺油然而喜, 若將顧語傍人, 而不可得, 則記之於紙, 終日心如飽飫在腹焉. 夕粥才罷, 熱汗于面, 出倚竹扉, 逢荷耟帶笭者, 談雨多少與魚長幾尺, 間以諧笑, 伊輩亦以爲尊高兩班, 乃不責分限禮數之苦, 爲可樂也. 盡其村野本態, 是所謂忘機爭席, 夫世豈有眞桃源哉. 絶外慕而安分樂生者, 卽桃源也. 敢報京華故人, 自今呼我爲南極下桃源戶主可乎. 然所貴桃源, 爲其忘情於世人, 每遺落萬慮, 而一念終不斷於公溪主人, 豈所思在遺世高人, 則亦不害爲忘情於世人故邪. 孤坐無聊, 聊與

정철의 〈재너머~〉가 그림과 함께 전승될 수 있도록 기여한 신대우와 이영익은 동서 사이로 인척이기도 하지만, 정제두의 양명학의 영향권에 놓이는 강화학파의 계보에 속하기도 한다. 이들 집안에서 다음 시기에 벼슬길을 회복하고 경륜을 펴기도 하였고, 강화학파의 양명학이나 축적된 학문을 이어갔다는 점에서 중요한 역할을 했다고 평가할 수 있다.

故人爲謔, 想一笑而消其浮穢.

7. 우리말 노래 선언과 유득공의 〈동인지가〉

1) 우리말 노래 선언의 내력

우리말 노래를 중요하게 인식한 선언은 오래전부터 이어져 왔다. 그러나 우리말 노래를 지으면서 이론과 실제가 부합하도록 하는 일은 쉽게 이루어지지 않은 것이 사실이다. 시에 견주어 노래를 말하고, 시를 우위에 두는 전통이 긴 세월 무너지지 않은 셈이다.

그러나 실제 우리말 노래를 짓고 부르는 사람들은 우리말 노래 선언과 상관없이 꾸준히 노래를 짓고 부르면서 노래의 전통을 지킨 것이다. 그 과정에 노래의 성격이 바뀌기는 했지만 '노래는 참'이라는 노래의 본질은 유지되었다고 할 수 있다. 17세기 후반부터 신성, 신번 등의 새로운 변주가 악곡의 분화를 촉진시키고 노래의 내용에서 진폭이 커지기도 했던 것이 사실이다.

17세기 후반의 김만중과 18세기 후반의 홍대용의 주장이 우리말 노래에 대한 옹호라고 할 수 있는데, 실제 이들은 직접 노래를 지어서 실행에 옮기지는 않았다.

> 사람의 마음이 입으로 표현된 것이 말이요, 말의 가락이 있는 것이 시가 문부이다. 사방의 말이 비록 같지는 않더라도 진실로 말할 수 있는 사람이 각각 그 말에 따라서 가락을 맞춘다면, 다 같이 천지를 감동시키고 귀신을 통할 수 있는 것은 유독 중국만이 그런 것은 아니다. 지금 우리나라의 시문은 자기 말을 버려두고 다른 나라 말을 배워서 표현한 것이니, 설사 아주 비슷하다 하더라도 이는 단지 앵무새가 사람의 말을 하는 것이다. 여염집 골목에서 나무꾼이나 물긷는 아낙네들이 에야디야 하며 서로 주고받는 노래가 비록 저속하다 하여도 그 진가를 따진다면, 정녕 학사 대부들의 이른바 시부라고 하는 것과 같은 입장에서 논할 수는 없다.[210]

노래란 그 뜻을 말하는 것이다. 정이 말에 움직이고 말이 글에 이루어지는 것을 노래라 한다. 교졸을 버리고 선악을 잊으며 자연을 따르고 천기를 발하는 것이 노래의 좋은 것이다. 그런 까닭에 시경의 국풍은 허다히 이항의 가요를 따랐으므로 혹은 덕성을 함양하는 교화가 있고 또 아름답지 못함을 풍자하는 뜻도 있다. 그러니 진선진미한 강구요에 비하면 비록 손색은 있으나 진실로 모두가 그 당시의 정당한 성정에서 나온 것이다.

…

조선은 본디 동방의 오랑캐이다. … 그 이른바 노래란 것은 모두 항간에 퍼져 있는 상말로 엮었는데, 간혹 문자가 섞여 있다. 옛것을 좋아하는 사대부로서는 가끔 짓기를 좋아하지 않았고 어리석은 사람의 손에서 많이 이루어졌던 것이다. 이러므로 그 말이 얕고 속되다 하여 군자는 모두 취하지 않는다. 그러나 시경에 이른 풍이란 것도 본디 풍속을 노래한 보통 말이었다. 그렇다면 그 당시에 듣던 자도 지금 사람이 지금 사람의 노래를 듣는 것처럼 아니 하였으리라는 것을 어찌 알겠는가.

오직 그 입에서 나오는 대로 노래가 이루어진다고 하더라도 말이 마음에서 우러나오고, 간혹 안배에 받아들이지 못하더라도 천진이 드러나면, 곧 초동과 농부의 노래가 또한 자연에서 나온 것이니, 도리어 사대부들이 말이 옛것이어서 적당하나 점찬하고 퇴고하느라 그 천기를 깎아서 잃어버린 것보다 나을 것이다.[211]

김만중의 논의는 그 말에 따라서 가락을 맞추고, 다 같이 천지를 감동

---

210 김만중, 『서포만필』 하, 홍익표 역주, 『서포만필』(일지사, 1987), 388~389면.

211 홍대용, 「大東風謠序」, 『湛軒書 內集』 卷三, 『한국문집총간』 248, 72면, 歌者言其情也. 情動於言, 言成於文, 謂之歌. 舍巧拙忘善惡, 依乎自然, 發乎天機, 歌之善也. 故詩之國風, 多從里歌巷謠, 或囿涵泳之化, 亦有諷刺之意. 雖有遜於康衢謠之盡善盡美, 固皆出於當世性情之正也. … 朝鮮固東方之夷也. … 其所謂歌者, 皆綴以俚諺而間雜文字, 士大夫好古者, 往往不屑爲之, 而多成於愚夫愚婦之手, 則乃以其言之淺俗而君子皆無取焉. 雖然, 詩之所謂風者, 固是謠俗之恒談, 則當時之聽之者, 安知不如以今人而聽今人之歌耶. 惟其信口成腔而言出衷曲, 不容安排, 而天眞呈露, 則樵歌農謳, 亦出於自然者, 反復勝於士大夫之點竄敲推, 言則古昔而適足以斲喪其天機也.

시키고 귀신을 통할 수 있다면 중국이나 우리나라가 차이가 없으므로 우리말로 부르는 노래가 저속할지 몰라도 그 진가를 지니고 있다고 본 것이고, 홍대용은 노래가 뜻을 말하는 것이므로, 말이 마음에서 우러나오고, 간혹 안배에 받아들이지 못하더라도 천진이 드러나면 초동과 농부의 노래가 사대부들이 점찬하고 퇴고하느라 천기를 잃어버린 것보다 낫다고 주장한다.

두 사람 모두 우리말로 불러야 하고, 감동을 주며 천진이 드러나야 한다는 점에서 공통점을 지닌다. 다만 날것의 노래라고 할 수 있는 민요와 가락에 따라 조정한 노래 사이에는 변별이 있다는 점은 언급하고 있지 않다.

2) 우리나라 사람들이 부르는 노래와 유득공의 〈동인지가〉

이런 가운데 유득공의 〈동인지가〉는 우리 시가의 본질이 우리나라 사람들이 부르는 노래라는 너무나 당연한 명제를 제시하고 있다는 점에서 자연스러우면서도 파격적이다. 시(詩)와 가(歌)를 변별하면서 노래 흉내를 내려고 했던 사(詞)를 배격하고 있기 때문이다. 사(詞)에 대한 부정적 시각을 여과 없이 노출하고 있는 점이 관심을 끈다. 자구를 따르고 평측을 본뜨면서 사패만 내세우니 고루하다고 본 것이다.

다른 한편 비판 대상을 우리나라의 노래 전반에 대한 진술이나 관심보다 우리나라 사람들이 짓거나 부르는 '사'에 한정하고 있어서 논의의 한계가 드러난다. 그 대안으로 "거리의 아이들과 마을 아낙들이 순전히 우리말로 자기 성정을 표현해 부르는 노래"를 구체적으로 제시하고 있다는 점은 주목할 수 있다. 김만중과 홍대용이 구체적 작품을 제시하지 않은 것과 견줄 수 있는 대목이다. 다만 "십여 수를 번역하였는데 대략 뜻만 따라서 엮고 운"을 붙인다고 한 점은 아쉽기만 하다. 유득공이 택한 "번역"과 "운"이 앞에서 우리나라 사람들이 부른 사를 비판하면서 내세운 "자구"와 "평측"과 어떤 차이가 있는지 궁금하다.

그런데 장시조까지 포함하여 15수를 제시하고 있어서 그 안목을 높이 평가할 수 있다.

굴평은 초나라 사람이라서 풍아를 짓지 않고 〈구가〉를 지었다. 우리나라 사람으로서 사를 짓는다는 자들은 몹시 가소롭다. 그 자구를 그대로 따르고 그 평측을 본뜨면서 "이건 〈여몽령〉이다.", "이건 〈만정방〉이다."라고 하니, 고루함만 드러내 보일 뿐이다.

우리나라 사람들이 부르는 노래가 바로 우리나라 사람들의 '사'이다. 더러 사대부라는 자들의 입에서 나오는 '사'라는 것은 이전의 고사를 끌어다 인용하고 예전의 시를 표절하고 도습할 뿐이어서, 도리어 거리의 아이들과 마을 아낙들이 순전히 우리말로 자기 성정을 표현해 부르는 노래가 가히 즐거운 것만 못하다. 내가 많이 기억하지는 못하나 그 십여 수를 번역하였는데 대략 뜻만 따라서 엮고 운을 붙인다. 우리나라 사람들이 보고는 이것이 바로 우리나라의 사인 줄을 깨닫고 더 이상 〈여몽령〉이니 〈만정방〉이니 하는 것을 짓지 않았으면 한다.[212]

나비야 청산 가자	蛺蝶青山去
범나비 너도 가자	相隨虎蛺蝶
저물거든 꽃에 자고	日暮花間宿
성내거든 잎에 자자	花嗔宿於葉

나뷔야 청산 가쟈 범나뷔 너도 가쟈.
가다가 져무러든 곳ᄃᆡ 드러 자고 가쟈.
곳에서 푸ᄃᆡ졉ᄒᆞ거든 닙헤셔나 ᄌᆞ고 가쟈.[213]

---

212 유득공, 「東人之歌」, 『古芸堂筆記』 卷一, 屈平楚人, 不作風雅, 作九歌. 東人塡詞者, 甚可笑. 依其字句, 效其平仄, 曰此如夢令也此滿庭芳, 適足見其陋而已. 東人之歌卽東人之詞也. 其或出於士大夫之口者, 援引前事, 剽襲古詩, 反不如街童, 巷婦之純以俚語道其性情之爲可喜. 余不能多記, 飜其十餘首, 略以意點綴而韻之. 使東人見之, 知此爲東人之詞, 而不復作如夢令滿庭芳也.

213 김윤조 역, 「東人之歌」, 김윤조가 〈동인지가〉를 옮긴 뒤에 『정본 시조대전』에서 원

성 위의 저 뻐꾹아	城上布穀鳥
물어보자 왜 우느냐	問爾何故鳴
오동의 묵은 잎 지고	梧桐舊葉落
무성한 잎 새로운데.	萋萋新葉生

오늘이 어찌 이리 쓸쓸도 할까	今日何寥寥
행군 군악 소리도 울려 대는데	且爲行軍樂
그대 떠나시네 그예 가시네	卿去復卿去
성 위엔 홀로 돋은 외그루 나무.	城上孤生木

둘도 셋도 아닌 인생	非二非三生
넷 다섯 없을 이 몸	無四無五身
빌린 인생 꿈속의 몸	生借身是夢
놀아 보기 언제련가.	遊戲在何辰

人生이 둘가 셋가 이 몸이 네다섯가,
비러온 人生이 숨에 몸 가지고셔,
平生에 사롤 일만 ᄒᆞ고 언제 놀녀 ᄒᆞᄂᆞ니.

오늘이 오늘이어라	今日是今日
내일도 오늘이어라	明日是今日
아침마다 저녁마다	朝朝復暮暮
오늘이 한결같아라.	今日只是一

오ᄂᆞᆯ이 오ᄂᆞᆯ이쇼셔 매일에 오ᄂᆞᆯ이쇼셔,
졈그지도 새지도 마르시고,
새나마 晝夜長常에 오ᄂᆞᆯ이 오ᄂᆞᆯ이쇼셔.

노래를 확인하여 기록하고 있다.

물 아래 가는 모래 밟지 말아요	莫踐波底沙
가는 모래 밟아도 자국 없지요	沙纖跡還沈
그대 나만 사랑한다 말씀하지만	卿言甚愛我
어떻게 알겠어요 당신 마음을.	我何知卿心

물아래 細가랑모릐 아모리 밟다 발ᄌᆞ최 나며
님이 날을 아모만 괸들 내 아옵더냐,
님의 情을 狂風에 지부친 沙工ᄀᆞᆺ치 기픠를 몰나 ᄒᆞ노라

창파에 둥실 뜬 새	滄波汎汎鳥
둥실둥실 쌍 원앙	汎汎鴛與鴦
깊고 얕기 안다 말라	莫言知深淺
헤아리기 어려우니.	深淺誠難量

萬頃滄波之水에 둥둥 ᄯᅥᆺ는 불약금이 게오리들과 비술금셩증경이 동당강상 너시 두루미드라,
너 ᄯᅥᆺ는 물 기픠를 알고 둥 ᄯᅥᆺ는 모로고 둥 ᄯᅥᆺ는,
우리도 ᄂᆞᆷ의 님 거러두고 기픠를 몰나 ᄒᆞ노라.

내 못에 든 고기들아	魚入我池中
누가 너를 몰았느냐.	可憐誰驅汝
몰아온 이 없지마는	魚言無人驅
와선 가질 못하네요.	一來不復去

압못세 든 고기드라 네 와 든다 뉘 너를 모라다가 너커늘 든다,
北海淸沼를 어듸 두고 이 못세 와 든다,
들고도 못나는 情이야 네오내오 다르냐.

녹음방초 골짜기	綠陰芳草谷
단정한 저 꾀꼬리	有一端坐鶯

어여쁠손 그 소리 可憐聲相似
우리 임의 목소리 似我佳人聲
綠陰芳草 우거진 골에 꾀꼬리啼 우는 져 ᄭᅬᄭᅩ리ᄉᆡ야,
네 소ᄅᆡ 어엿ᄲᅳ다 마치 님의 소ᄅᆡ도 ᄀᆞᆺ틀시고,
아마도 너 잇고 님 겨시면 아모긘 줄 몰ᄂᆡ라.

병풍 속 앞니 빠진 고양이 屛間缺齒貓
조그만 사향쥐를 노리고 섰네. 相對小香鼠
고양이 교활하다 말들 하는데 人言貓狡獪
노리고 앉아서 너를 잡았으면. 蹲蹲思捕汝
屛風에 압니 ᄌᆞ근동 부러진 괴 그리고 그 괴 알ᄯᅱ 됴고만 麝香쥐를 그려시니,
ᄋᆡ고 요 괴 ᄉᆞᆺ 부론 양ᄒᆞ야 그림에 쥐를 믈냐고 좃니ᄂᆞᆫ고나,
우리도 새 님 거러두고 좃니러 볼가 ᄒᆞ노라.

이 몸이 죽어 가서 접동새 되어 此身化爲鵑
이화 깊은 곳에 들어 있다가 梨花深處藏
야반에 괴로이도 울어 댄다면 夜半苦苦叫
정녕코 우리 임 애를 끊으리 必能斷君腸
이 몸이 ᄉᆡ여져셔 졉동새 넉시 되야,
梨花 퓐 가지 속닙헤 ᄊᆞ혓다가,
밤中만 ᄉᆞᆯ하져 우러 님의 귀에 들니리라.

콩밭에 든 검송아지 荳田烏犢子
때려도 가질 않네. 打打不知去
이불 속 임 차지 말라. 休踢衾底郞
이 밤중에 어딜 가랴. 今夜去何處
콩밧히 드러 콩닙 쓰더 먹는 감은 암소 아무리 ᄶᅩᄎᆞᆫ들 그 콩닙 두고 제 어ᄃᆡ

가며,
니불 아릐 든 님을 발로 툭 박차 미젹미젹ᄒᆞ며 어서 나가소 ᄒᆞᆫ들 이 아닌 밤에 날 바리고 제 어듸로 가리.
아마도 쓧호고 못 니즐슨 님이신가 ᄒᆞ노라

사랑을 친친 감아 동여 얽어서 纏情復纏情
한 짐을 꾸려 메고 준령 오르네. 一擔上高嶺
그 사랑에 깔려서 죽을지언정 寧爲情壓死
버리고 떠날 마음 애초 없어라. 棄之本不肯
ᄉᆞ랑을 ᄎᆞᆫᄎᆞᆫ 얽동혀 뒤 설머지고,
泰山峻嶺을 허위허위 넘어갈제 그 모른 벗님네는 그만ᄒᆞ야 ᄇᆞ리고 가라 ᄒᆞ건마ᄂᆞᆫ,
가다가 자즐녀 죽을만졍 나ᄂᆞᆫ 아니 바리고 갈가 ᄒᆞ노라.

이별 뒤엔 그립거니 別後當相思
그리우면 병들 테지 相思詎無病
상사병은 못 산다니 病者所不活
오늘 밤을 지새우리 莫如今夜竟
오늘도 져무러지게 져믈면은 새리로다 새면 이 님 가리로다,
가면 못 보려니 못 보면 그리려니 그리면 病들려니 病 곳 들면 못 살리로다,
病드러 못 살 줄 알면 자고 간들 엇더리.

이 밤 님과 지내려오 今夜與君歡
그대 언제 오시나요 君歸問何時
그림 병풍 누렁 수탉 畫屛雄黃鷄
홰를 치며 꼬꼬 우네 鼓翼唱咿咿
노ᄉᆡ 노ᄉᆡ 每樣長息 노ᄉᆡ 밤도 놀고 낫도 놀ᄉᆡ,

壁上에 그린 黃鷄 숫닭이 홰홰쳐 우도록 노식 노식,
人生이 아츰이슬이니 아니 놀고 어이리.

작품을 수록하면서 "대략 뜻만 따라서 엮고(略以意點綴)" 운을 붙인다고 했는데, 노래는 뜻도 중요하지만 뜻을 말로 나타내는 것이 더욱 중요하다고 보면, 말을 그대로 제시해야 우리말 노래의 본령을 살필 수 있는 점은 간과하고 있다. 그리고 우리나라 사람들이 부른 노래를 그대로 싣지 않고 한역하여 실은 것은 "우리나라 사람들이 부르는 노래가 바로 우리나라 사람들의 '사'이다."라고 한 자신의 선언을 지키지 않은 것이고, 그것도 노래 그대로 한역하지 않고 축약하여 5언 4구로 압운하여 한역한 점이 노래의 실상에 대한 이해를 온전하게 하는 데에 난관이 될 수 있다.

인용한 15수의 자료에서 2수가 원 노래가 확인되지 않고, 13수는 원 노래를 확인하여 첨부하였다. 그 중에서 원 노래를 확인할 수 있는 자료에서 장시조에 해당하는 작품을 9수나 제시하고 있는 점은 주목할 만하다. 장시조를 우리말 노래의 중심에 올린 것으로 볼 수 있기 때문이다. 특히 '님'과 '정'과 '사랑'을 읊은 것을 수록하고 있어서 사랑 노래에 초점을 맞추고 있다고 볼 수 있다. 구체적으로 여섯째 수에서 "님의 정", 일곱째 수의 "남의 님", 여덟째 수의 "들고도 못나는 정", 아홉째 수의 "님의 소릐", 열째 수의 "새 님", 단시조인 열한째 수의 "님의 귀", 열둘째 수의 "못니즐 님", 열셋째 수의 "ᄉᆞ랑", 열넷째 수의 "이 님" 등이 모두 님과 사랑을 읊은 것이다. 그런데 열다섯째 수는 번역시에서 "오늘밤 그대와 더불어 즐기는데(今夜與君歡)"라고 한 대목이 있으므로 "그대와 즐김"이 사랑에 해당한다고 할 수 있다. 끌어온 시조가 변역시와는 차이가 있는 것으로 보인다.

3) 유득공의 노래 지향 잡곡

유득공이 우리말 노래에서 자구와 평측에만 의존하는 전사(塡詞)를 비판하면서 끌어온 사랑 노래는 우리말로 불러야 하고, 감동을 주며 천진이 드러나야 한다는 김만중과 홍대용의 주장과도 이어질 수 있다는 점에서 주목할 수 있다.

유득공은 홍대용의 원정을 읊은 시에서 홍대용의 풍류와 어울리는 내용을 말하고 있다. 서양금인 철금과 금피리로 음악을 연주하는 상황을 제시하고 있는데, 홍대용은 "거문고를 높은 난간에 앉아 타노라면, 곡조에 맞기도 하고 또한 슬퍼 한숨도 나네.(淸琴響危欄 中曲且悲嘘)"라고 하여 곡조와 슬픔을 제기하고 있다.

아름다운 손님이라고 지나치게 인정하여	過認爲嘉客
겸손하게 낡은 집이 있다고 일컬었네.	謙稱有弊廬
섬돌 서쪽을 감히 갑자기 오르랴?	堦西敢遽上
자리 왼쪽이 무리가 비었음에 놀라네.	席左驚徒虛
물결이 빛나는 우물을 엿보며 놀라고	波炯訝窺井
모래가 깨끗하여 침을 뱉기 아깝네.	沙晴惜唾除
철금은 한가하면 스스로 타고	鐵琴閒自弄
금 피리는 울적하면 연이어 부네.	金管鬱仍嘘
비낀 해가 발을 뚫고 잠시 비추고	斜照穿簾乍
미풍이 성글게 경석을 스치네.	微風拂磬疎
나물 밭은 평소에 알린 바가 아니고	圃應非所問
나무는 참으로 칭찬을 견딜 만하네.	樹是眞堪譽
세속과는 일찍이 재갈을 나누고	與俗分鑣早
이름에는 천천히 고삐를 잡았네.	臨名攬轡徐
느긋하게 세월을 보내며	優游以卒歲
창화하면서 도리어 나와 함께 하네.	倡和還同予[214]

214 유득공, 〈初秋湛軒居士園亭〉, 『泠齋集』 卷之一, 『한국문집총간』 260, 16면. 이 시는

한편 〈고잡곡에 비기다〉 10수에서 여러 가지 노래가 뒤섞인 내용을 말하고 있는데, 표현하고 있는 내용이 앞에서 우리말 노래에서 예로 들었던 사랑 노래로 볼 수 있어서, 신분의 한계와 규장각 검서의 일이 일상의 제약으로 다가서도 내면에는 사랑의 표현 욕구가 자리하고 있었던 것으로 평가할 수 있다. 첫째, 넷째, 여섯째, 열째 수를 보도록 한다.

달이 봄 수풀 바깥으로 나오면 月出春林外
영롱하게 나의 섬돌을 비추네. 玲瓏照我堦
고운 님이 웃음을 머금고 와서 玉人含笑至
손을 잡고 함께 거니네. 執手共徘徊

상아 침상 위에서 뒹굴다가 輾轉牙床上
그리운 마음에 새벽에 북을 울리네. 相思曉鼓鳴
맑은 바람이 나의 처지가 되어 淸風爲我地
먼저 언 치마 소리를 보내네. 先送凍裴聲

그대는 활시위 꼭대기의 화살과 같고 歡似弦頭矢
나는 자석 곁의 바늘 같네. 儂似磁邊鍼
등불을 켜고 맑은 밤에 이르면 然燈達淸夜
비로소 한 마음이 아님을 아네. 始知非一心

섬돌 아래로 내려가니 바람이 치마를 여는데 下堦風裳開
갑자기 낭군의 규탄 소리가 들리네. 忽聞郎彈糾
잠깐 사이에 얼굴빛이 일그러지며 造次壞容光

홍대용의 〈乾坤一草亭題詠〉에 이정호, 이덕무, 박제가, 유득공, 손유의, 이송, 김재행이 차운한 것으로 『담헌서』에 수록한 것과 조금 차이가 있다.

끓어오름이 이불 속 술과 같네. 騰騰似被酒[215]

앞의 세 수에서는 님과 함께 화락하게 지내는 광경을 읊고 있으나, 뒤의 나머지는 님과 제대로 만나지도 못하고 가슴을 애태우는 상황을 읊고 있다. 사랑 노래가 사랑을 이루지 못한 마음을 노래한 것이라는 명제로 귀결되는 셈이다.

유득공이 〈고잡곡에 비기다〉에서 사랑의 만남과 기다림과 안타까움을 그리면서 노래를 지향하는 뜻을 보여주고 있지만, 〈동인지가〉에서 선언한 "우리나라 사람들이 부르는 노래가 바로 우리나라 사람들의 '사'이다."라는 주장에 부합하는 우리말 노래를 시도하지 않은 점은 아쉽다. 이러한 아쉬움은 김만중과 홍대용에게도 해당하는 것이다.

215 유득공, 〈擬古雜曲 十首〉, 『泠齋集』 卷之一, 『한국문집총간』 260, 17면.

8. 서양금과 풍금을 통해 본 새로운 음악 세계

18세기에도 거문고가 선비들의 내면을 가다듬는 중요한 도구로 인식되었고, 경설(境說)[216]을 통해 사람과 분위기가 어우러지는 내면의 세계를 강조하기도 하였다. 그런데 서양에서 철현금(鐵絃琴), 철사금(鐵絲琴), 동현금(銅絃琴) 등으로 부르는 서양금을 들여오면서 이에 대한 관심이 증대하였고, 18세기 후반에 홍대용이 이를 풀어내어 우리나라의 곡조를 연주하였는데 홍대용은 여기에서 정률(正律)을 구할 수 있을 것이라는 기대를 보였다. 박지원, 유득공, 박제가 등도 서양금에 큰 관심을 보였다.

이와 함께 18세기 초반에 김창업이 연행에서 만난 새로운 악기 풍금은 전혀 새로운 악기로 처음에는 호기심으로 바라보다가, 18세기 후반에 홍대용이 그 제작 원리와 음의 진폭을 확인하면서 새로운 변화를 이끌 것으로 기대하기도 하였다. 홍대용은 "만일에 국가에서 돈을 내어 이것을 만들라고 명령을 내린다면 될 법도 하지."라고 하여 자신에게 맡기면 풍금에 버금가는 새로운 악기를 만들 수 있을 것이라고 했지만, 실제로 이런 기회는 주어지지 않았다.

1) 서양금의 유래와 정률의 마련

홍대용의 유춘오에서 악회를 할 때 김억이 서양금을 연주[217]했다고 한 바 있는데, 홍대용이 「황종고금이동지의」에서 변궁과 변치를 더한 서양금이 정률(正律)을 구할 수 있을 것이라고 하면서 다음과 같이 기술하고 있다.

> 이제 어긋나지 않는 고준(考準)이 있으니, 서양의 거문고가 이것이다.

---

216 본서 Ⅲ부의 5. 중 6) 「금경설의 의의」 참조.

217 성대중, 「記留春塢樂會」, 『青城集』 卷之六, 『한국문집총간』 248, 466면, 洪湛軒大容置伽倻琴, 洪聖景景性操玄琴, 李京山漢鎭袖洞簫, 金檍挈西洋琴, 樂院工普安亦國手也, 奏笙簧, 會于湛軒之留春塢.

서양 거문고의 제도에서 두 괘(棵)는 음양을 나누는 것이요, 네 줄을 일통(一統)함은 사시를 합하는 것이요, 12현은 12월을 상징하는 것이요, 3품 분배는 삼재(三才)를 상징하는 것이다. 근래에 2현 즉 변궁·변치를 더하니, 12율과 4청성이 3품에 명료할 뿐더러, 또 조현도 매우 편리하고 상생도 분명하다. 비록 홀미(忽微)의 작은 오착이 있어서 문득 산괴(散乖)하여 불합하게 된다 하더라도 기장의 크기와 줄의 굵기가 균일하기 어려운 것에는 비견되지 않는다. 지금 세상에 살며 정률(正律)을 구하려 한다면 이런 거문고를 놓아두고 어떤 것으로써 하겠는가? 대개 원이란 것은 지율(知率)로 좇아 극히 정(精)해지고, 역(曆)이란 것은 탕법(湯法)으로부터 어긋남이 없었으니, 이는 지율 양력의 창론이 아닌가? 거문고의 제도 역시 그때에 있었을 것이다. 반드시 평설할 자가 있으리니, 박아의 군자에게 듣기를 희망한다.[218]

그리고 「악기」에서 연경에서 본 양금에 대하여 다음과 같이 기술하고 있다.

양금은 서양에서 나온 것을 중국이 모방하여 쓰고 있는 것이다. 오동나무 판자에 쇠줄을 써서 소리가 쟁쟁 울린다. 멀리서 들으면 마치 종이나 경쇠[磬] 소리 같으나, 다만 너무 세고 커서 초쇄(噍殺)한데 가까우므로 거문고와 비파를 따르려면 아직 가맣다. 작은 것은 줄이 열두 줄, 큰 것은 열일곱 줄인데, 큰 것이 훨씬 우렁차고 맑게 들린다.[219]

---

218 홍대용, 「黃鍾古今異同之疑」, 『湛軒書』 外集 卷六, 「籠水閣儀器志」, 『한국문집총간』 248, 233면, 今有不差之考準, 西洋琴是爾. 洋琴之爲制, 兩棵分陰陽也. 一統四絲, 合四時也. 十二絃, 象十二月也. 三品分排, 象三才也, 近加二絃, 卽變宮變徵. 則十二律四清聲, 瞭然於三品, 且調絃甚便, 相生分明. 雖有忽微之小錯, 輒致散乖而不合, 非比他黍之小大, 絲之粗細難於均一也. 居今之世, 欲求正律, 捨此琴而奚以哉. 盖圓從智率而極精, 曆自湯法而無差, 此無乃智率陽曆之創論也. 琴制亦在其時耶. 必有所評說者矣. 蘄聞於博雅之君子.

219 홍대용, 「樂器」, 『湛軒書』 外集 卷十, 「燕記」, 『한국문집총간』 248, 312면, 洋琴者,

그런데 홍대용보다 몇 해 앞인 영조 36년(1760) 11월에 정사 홍계희, 부사 조영진과 함께 서장관으로 가는 아버지 이휘중을 따라 자제 군관으로 연행에 오른 이의봉(李義鳳, 1733~1801)의 『북원록』에서는 서양금에 대하여 다음과 같이 기록하고 있다. 개략적인 규모와 소리를 듣고 느낀 점을 적고 있다.

> 김군이 밖에서부터 작은 거문고를 가지고 왔는데 이름하여 서양금(西洋琴)이었다. 그 형상은 부채를 편 듯하며 넓이는 위가 8촌가량 되고 아래는 6촌가량 되었다. 길이는 4촌에 지나지 않았는데 가운데 철 2조각을 붙이고 5개의 동그란 구멍을 뚫었다. 좌우에 못 36개를 박고 13개의 줄을 못에 매었는데 줄 하나에는 실 3가닥을 사용하였다. 실은 주석으로 만든 것으로 가늘기가 당면사(唐綿絲) 같았으며 뿔로 만든 채로 마음대로 퉁기니 쟁쟁하며 삼현(三絃) 소리 같았다. 주인이 나를 위해 한번 연주해 주었는데 더욱 들을 만하였다. 내가 물었다.
>
> "이 또한 잘하고 못하고가 있습니까?"
>
> "사람들은 모두 연주할 수 있습니다."[220]

그런데 박지원은 홍대용이 서양금을 터득한 일에 대하여 다음과 같이 기술하고 있다. 영조 48년(1772) 6월에 홍대용이 서양금을 터득하여 타는 것을 직접 목격했다고 한 것이다. 그리고 다음 인용은 박지원도 서양금 타는 법을 배워서 몇 가락을 타기도 했다는 것이다.

> 구라파 철현금(鐵絃琴)은 우리나라에서는 '서양금(西洋琴)'이라 부르고,

出自西洋, 中國效而用之. 桐板金紘, 聲韻鏗鏘, 遠聽如鍾磬, 惟太滌蕩近噍殺, 不及於琴瑟遠矣. 小者十二紘, 大者十七紘, 大者益雄亮也.

220 이의봉, 『북원록』 제3권, 영조 36년(1760) 12월 21일, 『국역 북원록』(세종대왕기념사업회, 2016).

서양 사람들은 '천금(天琴)'이라 부르고, 중국인들은 '번금(番琴)' 또는 '천금'이라 부른다. 이 악기가 어느 때 우리나라에 나왔는지 알 수 없으나, 우리나라의 곡조를 여기에 맞추어 풀어내기는 홍덕보로부터 시작되었다. 건륭 임진년(1772) 6월 18일에, 내가 홍덕보의 집에 앉았을 때 유시쯤 되어 그가 이 악기 해득하는 것을 내가 목견했다. 대개 홍은 음악 감상에 예민해 보였고, 또 이것이 비록 작은 예술이지만 벌써 그것이 맨 처음으로 된 발견이므로, 나는 그 일시를 자세히 기록했던 것이다. 그것이 전한 지 이제 9년 사이에 넓게 퍼져서 금사로서 이를 탈 줄 모르는 자가 없었다. 오군 풍시가(馮時可)가 처음 북경에 와서 이마두로부터 이것을 얻어 가졌는데, 구리철사로 줄을 만들어 손으로 타지 않고 작은 나무쪽으로 건드리면 그 소리가 한층 더 맑았다고 했으며, 또 자명종은 겨우 작은 향합만 한데 정밀한 쇠로 만들어서 하루 열두 시간에 열두 번을 치니 역시 이상하다고 하였는데, 이 말은 모두 『봉창속록(篷牕續錄)』에 실려 있었다. 대개 이 두 가지 기계는 명의 만력 연간에 처음으로 중국에 전했다고 한다. 내가 있는 산중의 양금(洋琴)은 등에 『오음서기(五音舒記)』라고 낙인이 찍혔는데, 만든 것이 매우 정밀하였으므로, 이번 중국에 온 김에 남의 부탁을 위하여 이것을 구해 보고자 두루 돌아다니면서 구경했으나, 소위 『오음서기』는 끝내 얻지 못했다.[221]

자그마한 철현금을 새로 배워, 권태로우면 두어 가락 타기도 하였다.[222]

---

221 박지원, 「銅蘭涉筆」, 『燕巖集』 卷之十五 『熱河日記』, 『한국문집총간』 252, 322면, 歐邏鐵絃琴, 吾東謂之西洋琴, 西洋人稱天琴, 中國人稱番琴, 亦稱天琴. 此器之出我東, 未知何時, 而其以土調解曲, 始于洪德保. 乾隆壬辰六月十八日, 余坐洪軒, 酉刻立見其解此琴也. 概見洪之敏於審音, 而雖小藝, 旣系刱始, 故余詳錄其日時, 其傳遂廣. 于今九年之間, 諸琴師無不會彈, 吳郡憑時可, 始至京得之. 利瑪竇以銅鐵絲爲絃, 不用指彈, 只以小板案, 其聲更淸越云. 又自鳴鍾, 僅如小香盒, 精金爲之. 一日十二時, 凡十二次, 鳴亦異云云. 幷見篷牕續錄, 蓋此兩器, 皇明萬曆時, 始入中國也. 余山中所有洋琴, 背烙印五音舒記, 製頗精好, 故今來中國, 爲人應求, 遍覽所謂五音舒, 而竟未得.

222 박지원, 「酬素玩亭夏夜訪友記」, 『燕巖集』 卷之三, 『孔雀舘文稿』, 『한국문집총간』

그리고 이들 북학파의 일원이라고 할 수 있는 유득공, 박제가 등도 서양금에 대한 적극적인 관심을 보이고 있는데, 금학동 우사에서 서양금을 타는 유득공의 시를 보도록 한다.

높은 산과 고운 물의 기세가 울창하여 컴컴한데　　高山麗水氣森沈
십 리의 거친 성에 숲이 띠를 이루었네.　　十里蕪城一帶林
동부의 소년이 다투어 얼굴을 익히고　　東部少年爭識面
중경의 유수는 우아한 지음이네.　　中京留守雅知音
도화가 햇볕에 그을려 머리가 취하게 돕고　　桃花日烘扶頭醉
버들 솜은 바람에 뒤집혀 무릎을 안고 읊네.　　柳絮風顚抱膝吟
만 번 포갠 겨르로운 시름은 버리고 얻지 못하는데　　萬疊閒愁抛不得
홀로 구라철사금을 타네.　　獨彈毆邏鐵絲琴[223]

그리고 중화절에도 모임에서 철사금을 타면서[224] 호감을 가지고 적극적으로 향유하였으며, 〈동현금부(銅絃琴賦)〉[225]를 짓기도 하였다.

박제가도 철사금[226]과 관련된 시를 짓기도 하고, 〈연경잡절〉 140수에서 서양금을 포함하여 읊고 있다.

백 척의 나무로 그네를 만들었는데　　百尺木秋千
사람이 공중을 따라 도네.　　人從空裏旋
쟁그렁 철사금 소리가　　鏗爾鐵絲琴
천추에 한 변화를 타네.　　千秋彈一變[227]

252, 64면, 新學鐵絃小琴, 倦至爲弄數操.

223 유득공, 〈琴鶴洞寓舍, 燕巖, 耳玉同飮〉, 『泠齋集』 卷之三, 『한국문집총간』 260, 44면.

224 유득공, 〈中和節, 汝五齋中小飮〉, 『泠齋集』 卷之三, 『한국문집총간』 260, 53면.

225 유득공, 〈銅絃琴賦〉, 『泠齋集』 卷之十四, 『한국문집총간』 260, 136면.

226 박제가, 〈免喪後謁李丈*熽, 苦勸余以詩, 云不見子落筆久矣. 使其子十三伴宿〉, 『貞蕤閣初集』, 『한국문집총간』 261, 454면.

한편 홍양호는 정조 18년(1794) 연행 길에서 서양금을 들으면서 시끄러운 소리로 일축하기도 하였다.

> 어디선가 동현금 몇 곡조 타는데　　何處銅絃彈數闋
> 급한 듯 가는 듯 번잡한 소리를 들을 수 없네.　　繁音嘈切不堪聽[228]

그리고 강세황(1713~1791)은 서양금에 대하여 다음과 같이 기술하고 있다.

> 서양금의 제도는 나무로 작은 함을 만드는데, 위가 좁고 아래는 넓으며, 오동나무 판자로 그 표면에 더한다. 구리로 끈을 삼아 사오십 줄을 만들고, 두 개의 나무 조각으로 상자의 표면의 넓은 곳과 좁은 곳을 따라서 비스듬히 떠받친다. 넓은 면의 줄은 길고 소리가 크고, 좁은 면의 줄은 짧고 소리가 가늘다. 언제나 네 개의 줄을 합하여 한 소리를 만들고, 작은 대나무 껍질로 두드리는데, 그 소리가 쟁그랑거려 들을 만하다. 간혹 크거나 간혹 가늘어서 또한 곡에 따라 소리를 낼 수 있다. 그러나 다만 비파와 달라서, 비틀고 누르는 형세는 할 수 없어서. 곧 그 음이 종경과 방향과 비슷하다. 비록 청탁과 고저가 있으나, 멀리 오르고 울림을 꺾는 이치는 없는 것 같다. 우리나라 사람이 혹여 사오는 사람이 있다고 하면, 타는 법과 성조의 여하에 대하여 알지 못할 따름이다.[229]

---

227 박제가, 〈燕京雜絶, 贈別任恩叟姊兄, 追憶信筆. 凡得一百四十首〉, 『貞蕤閣四集』, 『한국문집총간』 261, 549면.

228 홍양호, 〈曉發高家子. 過周流河, 轉向新民屯〉, 『이계집』 제7권, 「燕雲續詠」, 『한국문집총간』 241, 125면.

229 강세황, 「西洋琴」, 『豹菴稿』 卷之五, 『한국문집총간』 속 80, 396면, 西洋琴制, 以木作小函, 上狹而下廣, 以桐板加其面. 絙以銅絃四五十, 以兩木片依函面廣狹而斜拄之. 廣面之絃長而聲大, 狹面之絃短而聲細. 每四絃合作一聲, 以小竹篾叩之, 其聲鏘然可聽. 或大或細. 亦可隨曲作聲. 而但與琵琶有異, 不可作撚攏之勢, 則其音只似鍾磬與方響. 雖有清濁高下, 似無悠揚韻折之致. 東人或有貿至者, 未知其鼓法與聲調之如何耳.

그리고 강이천(1769~1801)은 〈한경사〉에서 서양금에 대하여 다음과 같이 읊고 있다.

생황과 피리의 13운이 본래 맑은데 笙管十三韻本淸
서양금은 철사를 가로로 만들었네. 西洋琹製鐵絲橫
근래 풀어서 우리나라의 곡조에 안배하는데 近來解按靑邱曲
매월의 아리따운 노래가 화목함을 생기게 하네. 梅月嬌歌許和生[230]

이렇듯 중국에 가서 서양금을 보거나 국내에 서양금이 유래되자 호기심에 직접 타기도 하는 등 많은 관심을 보였는데, 홍대용은 스스로 서양금을 해득하여 서양금의 원리를 파악하여 정률(正律)을 구할 수 있을 것으로 기대하였다. "기장의 크기와 줄의 굵기"로 준거를 삼았던 우리 음악의 표준과는 다른 것을 발견한 셈이다. 그러나 실제 이를 악곡에 적용하거나 새로운 변화를 도모하지는 못하였다.

2) 바람 거문고 풍금과 파이프 오르간 풍금

풍금(風琴)은 훈풍(薰風)의 금곡으로 인식되면서 선비들의 마음을 다스리는 거문고와 함께 매우 중요한 덕목이었다. 실제 훈풍의 금곡은 덕정을 베푸는 성군의 음악이라는 뜻으로 받아들였다. 순임금이 오현금을 만들어 〈남풍가〉를 지어 부르면서 "훈훈한 남쪽 바람이여, 우리 백성의 수심을 풀어 주기를. 제때에 부는 남풍이여, 우리 백성의 재산을 늘려 주기를.(南風之薰兮, 可以解吾民之慍兮. 南風之時兮, 可以阜吾民之財兮)"이라고 했다는 고사가 이를 반증하는 것이다.

그런 전통에서 풍금은 인공이 가미되지 않은 자연의 소리인 바람 거문고로, 자연과 조화를 이루며 절로 이루어지는 소리를 의미하기도 하였다.

---

230 강이천, 〈漢京詞 百六首〉, 『重菴稿』 冊一, 『한국문집총간』 속 111, 443면.

우선 구봉령의 〈풍금〉이라는 시를 보도록 한다.

하늘 저편에서 의연히 생황소리 들려오고	天外依然笙鳳吟
처마 끝 바람 소리가 거문고 한 곡조라네.	風鳴簷角一張琴
봉이는 궁성과 상성을 맞추는 솜씨를 가졌기에	封夷合有宮商手
태고의 남훈가 노래를 그대로 쏟아내네.	寫出南薰太古音[231]

바람 소리가 절로 음악이 되는 상태가 풍금이라고 할 수 있는데, 바람 귀신이라고 할 수 있는 봉이(封夷)가 궁성과 상성을 맞추는 솜씨를 지녀서 바람 소리가 절로 〈남훈가〉의 자연스런 곡조가 된다는 것이다.

그리하여 풍금은 바람이 불어서 절로 울리는 거문고로 받아들이면서 가장 평온한 상태, 자연스러운 음악이나 마음을 가리키는 것으로 인식하고 있었다.

그런데 18세기에 연행에 참여하는 사람들이 연경의 천주당에서 직접 마주한 풍금은 구체적인 파이프 오르간으로 전혀 새롭고 희한한 세계에 속하는 것이었다.

김창업이 숙종 12년(1712)에 마주한 풍금에 관한 정보이다. 자명종 소리에 놀랐는데 갑자기 바람 소리가 뭇 바퀴를 돌리듯 풍금을 타는 소리를 듣고, 통관의 설명을 듣기는 했으나 직접 대면하여 확인하지 못하여 침향산과 비슷한 것이 아닌가 하는 추측에 그치고 말았다.

> 특이한 것은 [자명종의] 종소리가 그치자마자 동쪽 홍예문 안에서 갑자기 바람 소리가 뭇 바퀴를 굴리는 듯이 들리더니, 이어서 음악이 연주되었다. 생황, 사죽의 소리가 어디에서 나오는지 알지 못했으나, 율려가 맞고 궁상이 가락[調]을 이루었다. 통관들이 말하기를, “이것은 중화의 풍악입

231 구봉령, 〈風琴〉『栢潭先生續集』卷之二, 『한국문집총간』39, 198면.

니다." 하는데 오랜 뒤에 그치고, 또 다른 음악이 나왔는데 음악 소리가 마치 조정에 참례할 때 듣던 바와 같았다. 통관들이 말하기를, "이것은 지금의 풍악입니다." 하였다. 오랜 뒤에 그치고, 다시 다른 음악이 나왔는데 음악 소리가 빨랐다. 통관들이 말하기를, "이것이 몽고의 풍악입니다." 하였다. 역시 오랜 뒤에 그쳤다. 음악 소리가 끝나고 나니, 아래 판문이 모두 저절로 다시 닫혔다. 이것은 서양의 사신 서일승(徐日昇)이 만든 것이다. 대개 박득인(朴得仁)의 집에서 본 침향산과 제도는 비록 다르나 악기는 같았다. 역시 한번 보고 싶었으나, 요즈음 금지하고 있다는 것을 들었으므로 지나갔다.[232]

그런데 50여 년이 지난 영조 42년(1766)에 홍대용의 『을병연행록』 1월 9일의 기록에서는 다음과 같이 자세하게 설명하고 있다. 음악을 제대로 아는 홍대용이 겉만 보고도 제작의 대강을 짐작할 수 있다고 했는데, 내부까지 자세히 살피면 그 원리와 운용을 거뜬히 파악할 수 있다고 본 셈이다.

나아가 그 풍뉴 제작을 ᄌᆞ시 보니 큰 남그로 틀흘 ᄆᆞᆫ드라시ᄃᆡ, ᄉᆞ면이 막혀시니 은연이 궤 모양이오, 댱광이 발 남즉ᄒᆞ고 놉희 ᄒᆞᆫ 길이라. 그 안흔 보디 못ᄒᆞ고, 다만 틀 밧그로 오뉵십 쇠통을 당단이 층층ᄒᆞ야 경제히 셰워시니 다 ᄇᆡᆨ쳘노 ᄆᆞᆫ든 통이오, 져대 모양이로ᄃᆡ 져른 통은 틀 안희 드러시니 그 대쇼를 모디 못ᄒᆞ나, 긴 통은 틀 우희 두어 자히 놉고, 몸픠 두어 우흠이니 대개 기릐와 몸픠를 ᄎᆞᄎᆞ 주려시니 이는 음뉼의 쳥탁고져를 마초아 ᄆᆞᆫ든 거시라. …

뉴쇵녕이 그 말뚝을 ᄎᆞ례로 누르ᄃᆡ, 샹층의 동편 첫 말뚝을 누루매 홀연이 ᄒᆞᆫ갈 ᄀᆞ튼 져소릐 우으의 ᄀᆞ득ᄒᆞᄃᆡ 웅장ᄒᆞᆫ 듕에 극히 졍환ᄒᆞ고, 심원ᄒᆞᆫ

232 김창업, 『연행일기』 제6권, 숙종 39년 2월 9일, 『국역 연행록선집』 Ⅳ, 376~377면.

듕에 극히 유양ᄒᆞ니, 이는 녜 풍뉴의 황죵 소ᄅᆡ를 응ᄒᆞᆫ가 시브고, 말둑을 노흐매 그 소ᄅᆡ 손을 ᄯᆞ라 그쳐지고, 그 버거 말둑을 누르매 첫 번 소ᄅᆡ예 비ᄒᆞ면 져기 젹고 놉흐니, ᄎᆞᄎᆞ 눌러 하층 셔편에 니르매 극진이 ᄀᆞ늘고 극진이 놉흐니, 이ᄂᆞᆫ 뉼녀에 응죵을 응ᄒᆞᆫ가 시븐디라. 대개 ᄉᆡᆼ황 졔도를 근본ᄒᆞ야 텬하의 ᄎᆞᆷ치ᄒᆞᆫ 음뉼을 ᄀᆞ초아시니, 이ᄂᆞᆫ 고금의 희한ᄒᆞᆫ 졔작이러라. 내 나아가 그 말둑을 두어 번을 ᄂᆞ려 집흔 후에 아둑 풍뉴를 의방ᄒᆞ야 집흐니 거의 곡됴를 일울 듯ᄒᆞᆫ디라. 뉴숑녕이 듯고 희미히 웃더라. 여러히 다토아 집허 반향이 디난 후에 홀연 집허도 소ᄅᆡ 나지 아니ᄒᆞ거ᄂᆞᆯ, 동편 틀 우흘 보니 가족이 졉히이고 더데판이 틀 우희 눌니엿ᄂᆞᆫ디라. 대개 이 악긔 졔도ᄂᆞᆫ 바람을 비러 소ᄅᆡ를 나게 ᄒᆞᆷ이오, 바람을 비ᄂᆞᆫ 법은 풀모 졔도와 ᄒᆞᆫ가지라. 그 고동은 젼혀 동편 틀에 이시니, ᄌᆞ로ᄂᆞᆯ 누르면 가족이 ᄎᆞᄎᆞ 펴이여 어ᄂᆞ 구석의 굼기 절노 열니어 ᄒᆞᆫᄃᆡ 바람을 틀 안희 ᄀᆞ득이 너흔 후에 ᄌᆞ로날 노하 바람을 밀면 드러오던 굼기 절로 막히이고, 통 밋흘 향ᄒᆞ야 ᄆᆡᆼ녈이 밀니이ᄃᆡ, 통 밋희 비록 각각 굼기 이시나 ᄯᅩᄒᆞᆫ 죠고만 더테를 ᄆᆞᄃᆞ라 ᄃᆞᆫᄃᆞᆫ히 막은 고로 말둑을 집허 틀 안희 고동을 ᄯᅳᆼ긔여 굼기 열닌 후에 비로소 바람이 통ᄒᆞ야 소ᄅᆡ를 일우ᄃᆡ, 소ᄅᆡ예 쳥탁고져ᄂᆞᆫ 각각 통에 대쇼당단을 ᄯᆞᆯ와 음뉼을 다ᄅᆞ게 ᄒᆞᆷ이라. 그 틀 속은 비록 여러 보디 못ᄒᆞ나 것츠로 보아도 그 대강 졔작을 짐쟉ᄒᆞᆯ디라.[233]

내부를 살피지 못한 상황에서도 궤 모양에 오륙십 개의 쇠통을 달았는데, 길이와 몸피를 줄여서 음률의 청탁고저를 맞추고, 말뚝을 누르고 놓음으로써 천하의 참치한 음률을 갖추어서 고금의 희한한 제작으로 파악하였으며, 그리고 바람을 빌어 소리를 내게 하는데 바람을 비는 법이 풀무 제도와 같아서 풍금이라 부를 수 있다고 하였다. 이에 더하여 말뚝을 집어 안의 고동을 튕겨서 구멍이 열린 뒤에 비로소 바람이 통하여 소리를

233 소재영 외 교주, 『주해 을병연행록』(태학사, 1997), 286~287면.

이루되, 소리의 청탁고저가 각각 통의 대소 장단에 따라 음률을 다르게 한 내용까지 터득한 것이다. 처음 보는 악기를 자세히 관찰하고 두어 번 눌러보아 그 원리를 터득한 셈이다.

뒷날 박지원은 홍대용의 이러한 설명을 참고로 『열하일기』에서 천주당과 풍금에 대하여 다음과 같이 기술하고 있다. 천주당이 헐리는 바람에 풍금을 볼 수 없게 되어 홍대용의 설명을 되새기면서 아쉬워하고 있다.

> 내 친구 홍덕보는 일찍이 서양 사람들의 기교를 논하면서,
>
> "우리나라의 선배들로 김가재(金稼齋)와 이일암(李一菴) 같은 이들은 모두 식견이 탁월하여 후세 사람들로서는 따를 수 없는 바요, 더구나 중국을 옳게 본 데도 쳐줄 바가 없지 않다. 그러나 그들의 천주당에 대한 기록들은 약간의 유감이 없지 않다. 이는 다름이 아니라 사람의 생각으로는 잘 미칠 수 없는 것이고, 또 갑자기 얼핏 보아서는 알아낼 수도 없었던 것이다. 뒷날 계속해서 간 사람들에게 이르러서는 역시 천주당을 먼저 보지 않을 자가 없지마는 황홀난측하여 도리어 괴물 같이만 알고 이를 배척하였으니, 이는 그들의 안중에 아무것도 보지를 못한 까닭이다. 가재는 건물이나 그림에만 상세하였고, 일암은 더욱이 그림과 천문 관측의 기계에 자세하였으나 풍금 이야기에는 미치지 못했다. 대체로 이 두 분이 음률에 이르러는 그리 밝질 못했으므로 잘 분별하지 못했던 것이다. 내가 비록 귀로 소리를 밝게 들었고 눈으로 그 만든 솜씨를 살폈다 하더라도 이를 다시금 글로써 그 오묘한 곳을 다 옮길 수는 없고 보니 정말 이것이 유감스러운 일로 되었던 것이다."
>
> 하면서, 곧 가재의 기록을 끄집어내어 나와 함께 보았다.
>
> "… 종소리가 잠시 그치자 동쪽 변두리 홍예문 속에서 갑자기 바람 소리가 쏴 하면서 여러 개의 바퀴를 돌리는 것 같았는데 계속해서 관·현·사·죽 등의 별별 음악 소리가 들렸다. 어디에서 이 소리가 나는지 알 수 없다. 통관이 말하기를, '이것은 중국 음악입니다.' 한다. 얼마 아니 되어서 소리

는 그치고 또 다른 소리가 나는데 조회 때 들은 음악 소리와 같이 들렸다. 이는 '만주 음악입니다.' 한다. 조금 있다가 이 소리도 그치고 또다시 다른 곡조가 들리는데 음절이 촉급하였으니, '이는 몽고 음악입니다.' 한다. 음악 소리가 뚝 그치고는 여섯 짝 문이 저절로 닫혔다. 이는 서양 사신 서일승이 만든 것이라 한다." * 가재의 기록이 여기에 이르러서 그쳤다.

덕보는 다 읽고 나서 한바탕 크게 웃으면서,

"이야말로 이야기는 하면서도 자세하진 못하다는 말이구료. 속에 기둥이나 서까래처럼 생겼다는 통은 유기로 만들었는데 제일 큰 통은 기둥이나 서까래만큼씩 하여 크고 작게 총총하게 섰는데 이는 생황 소리를 내기 위하여 크게 한 것이다. 크기가 같지 않은 것은 다음 틀을 취하여 곱절로 더 보태고 8율씩 띄어 곧장 상생케 하여 8괘가 변하여 64괘가 되는 것과 같다. 금은 빛을 섞어 바른 것은 거죽을 곱게 보이기 위함이요, 갑자기 한 줄기 바람 소리가 여러 개 바퀴를 돌리는 소리와 같이 난다는 것은 땅 골로부터 구불구불 서로 마주 통한 데서 풀무질을 하여 입으로 바람을 불 듯이 바람 기운을 보내는 것이요, '연방 음악 소리가 났다.'는 것은 바람이 땅 골을 통하여 들면 바퀴들이 핑핑 재빨리 돌아 생황 앞이 저절로 열리면서 뭇 구멍에서 소리가 나게 된다. 풀무 바람을 내는 법식은 다섯 마리의 쇠가죽을 마주 붙여서, 부드럽기는 비단 전대처럼 만들고, 굵은 밧줄로 들보 위에 큰 종처럼 달아매어서 두 사람이 바를 붙잡고는 몸을 치솟아서 배돛대를 달듯 몸뚱이가 매달려 발로 풀무 전대를 밟으면 풀무는 점차 내려앉으면서 바람주머니배는 팽창되어 공기가 꽉 들어찬다. 이것이 땅 골로 치밀려 들면서 이때야 틀에 맞추어 구멍을 가리면 어디고 바람은 새지 않고 있다가 쇠 호드기 혀를 부딪쳐서 순차로 혀는 떨려 열리면서 여러 소리를 내게 되는 것이다. 이제 내가 대강 이렇게 말할 수 있으나 역시 그 오묘한 데를 다 말할 수는 없다. 만일에 국가에서 돈을 내어 이것을 만들라고 명령을 내린다면 될 법도 하지." * 덕보의 이야기는 여기에서 끝났다.

이제 내가 중국에 들어와서 풍금 만드는 법식을 생각할 때마다 언제나 마음속에 잊히지 않았다. 이미 열하로부터 북경으로 돌아와 즉시로 선무문 안 천주당을 찾았다. 동쪽으로 바라본즉 지붕 머리가 종처럼 생겨 여염 위로 우뚝 솟아 보이는 것이 곧 천주당이었다. 성내 사방에서는 다 한 집씩 있는데 이 집은 서편 천주당이다. 천주라는 말은 천황씨 반고씨니 하는 말과 같다. 이 사람들은 역서를 잘 꾸미며 자기 나라의 제도로써 집을 지어 사는데, 그들의 학설은 부화함과 거짓을 버리고 성실을 귀하게 여겨 하느님을 밝게 섬김으로써 으뜸을 삼으며, 충효와 자애로써 의무를 삼고, 허물을 고치고 선을 닦는 것으로써 입문을 삼으며, 사람이 죽고 사는 큰 일에 준비를 갖추어 걱정을 없애는 것을 궁극의 목적으로 삼고 있다. 저들로서는 근본되는 학문의 이치를 찾아내었다고 자칭하고 있으나 뜻한 것이 너무 고원하고 이론이 교묘한 데로 쏠리어 도리어 하늘을 빙자하여 사람을 속이는 죄를 범하여 제 자신이 저절로 의리를 배반하고 윤상을 해치는 구렁으로 빠지고 있는 것을 모르고 있다. 천주당 높이는 일곱 길은 되고 무려 수백 칸인데 쇠를 부어 만들거나 흙을 구워 놓은 것만 같았다. 명의 만력 29년(1601) 2월에 천진감세(天津監稅) 마당(馬堂)이 서양 사람 이마두의 방물과 천주 여상을 바쳤더니 예부에서 이르기를,

"대서양이란 회전에 실려 있지 않으므로 참인지 거짓인지 알 길이 없으니, 적당히 참작해서 의관을 내려 주어 본국으로 돌아가게 하고, 몰래 북경에 숨어 있지 못하도록 하라."

하고는, 황제에게는 보고하지도 않았다. 그리하여 서양이 중국과 서로 통한 것은 대체로 이마두부터 시작되었다. 건륭 기축년(1769)에 천주당이 헐렸으므로 소위 풍금이란 것은 남은 것이 없었고, 다락 위의 망원경과 또 여러 가지 표본기들은 창졸간에 연구할 수 없으므로, 여기 기록하지 않는다. 이제 덕보의 풍금 제도에 관한 이야기를 추억하면서 서글픈 심정으로 이 글을 쓴다.[234]

---

234 박지원, 「風琴」, 『燕巖集』 卷之十五, 『熱河日記』, 「黃圖紀畧」, 『한국문집총간』 252,

그리고 이규경은 『오주연문장전산고』에서 박지원의 풍금의 기록[235]을 옮겨서 기술하고 있다.

서양금과 풍금은 "기장의 크기와 줄의 굵기"로 표준을 삼아서 균일하지 못했던 우리의 음악에 커다란 충격과 변혁을 예고하게 하는 것이라 할 수 있다.

홍대용이 서양금을 통해 "정률"을 구할 수 있다고 하였고, 나라에서 도움만 준다면 스스로 풍금을 만들 수 있다고 하면서, 천주당에서 본 풍금에서 음률의 청탁과 고저를 맞추고, 대소 장단에 따라 음률을 다르게 하는 방법을 발견한 것을 실행할 수 있었을 가능성을 기대한다. 그런 점에

306면, 余友洪德保嘗論西洋人之巧曰, 我東先輩若金稼齋, 李一菴, 皆見識卓越, 後人之所不可及. 尤在於善觀中原. 然其記天主堂, 則猶有憾焉. 此無他, 非人思慮所到, 亦非驟看所可領略. 至若後人之繼至者, 亦無不先觀天主堂, 然恍忽難測, 反斥幽怪, 是眼中都無所見者也. 稼齋詳于堂屋畵圖, 而一菴尤詳于畵圖儀器, 然不及風琴, 蓋二公之于音律, 不甚曉解, 故莫能彷彿也. 余雖耳審其聲, 目察其制, 然又文不能盡其妙, 是爲大恨也. 因出稼齋所記共觀焉. … 鍾聲纔止, 東邊虹門內, 忽有一陣風聲, 如轉衆輪, 繼以樂作. 絲竹管絃之聲, 不識從何而來, 通官言此中華之樂, 良久而止. 又出他聲, 如朝賀時所聽, 曰, 此滿州之樂也. 良久而止. 又出他曲, 音節急促, 曰, 此蒙古之樂也. 樂聲旣止, 六扉自掩, 西洋使臣徐日昇所造云. *稼齋記止此. 德保讀已大笑曰, 是所謂語焉而不詳也. 中有筒如柱如椽者, 鍮鑞爲管, 其最大之管如柱椽, 簇立參差, 此演笙簧而大之也. 小大不一者, 取次律而加倍之, 隔八相生如八卦之變, 而爲六十四卦也. 金銀雜塗者, 侈其外也. 忽有一陣風聲如轉衆輪者, 爲地道宛轉相通而皷橐以達氣如口吹也. 繼以樂作者, 風入城道, 輪囷輥輾而簧葉自開, 衆竅嗷噪也. 其皷橐之法, 聯五牛之皮, 柔滑如錦袋. 以大絨索懸之樑上如大鐘, 兩人握索奮躍, 懸身若掛帆狀, 以足蹋橐, 橐漸蹲伏, 而其腹澎漲, 虛氣充滿, 驅納地道, 於是按律掩竅, 則無所發洩, 乃激金舌, 次第振開, 所以成衆樂也. 今吾略能言之, 而亦不能盡其妙, 如蒙國家發帑命造, 則庶幾能之云. *德保所談止此. 今吾入中國, 每思風琴之制, 日常憧憧于中也. 旣自熱河還入燕京, 卽尋天主堂, 宣武門內, 東面而望, 有屋頭圓如鐵鐘, 聳出閭閻者, 乃天主堂也. 城內四方, 皆有一堂, 此堂乃西天主也. 天主者, 猶言天皇氏盤古氏之稱也. 但其人善治曆, 以其國之制, 造屋以居, 其術絶浮僞, 貴誠信, 昭事上帝爲宗地, 忠孝慈愛爲工務, 遷善改過爲入門, 生死大事, 有備無患爲究竟, 自謂窮原溯本之學. 然立志過高, 爲說偏巧, 不知返歸於矯天誣人之科, 而自陷于悖義傷倫之臼也. 堂高七仞, 無慮數百間, 而有似鐵鑄土陶, 皇明萬曆二十九年二月, 天津監稅馬堂, 進西洋人利瑪竇方物及天主女像. 禮部言, 大西洋不載會典, 其眞僞不可知, 宜量給衣冠, 令還本土, 勿得潛住京師. 不報, 西洋之通中國, 蓋自利瑪竇始也. 堂燬于乾隆己丑, 所謂風琴無存者. 樓上遠鏡及諸儀器, 非倉卒可究, 故不錄. 追思德保所論風琴之制, 悵然爲記.

235 이규경, 「自鳴樂自動戱辨證說」, 『오주연문장전산고』, 人事篇 ◯技藝類, 「雜技」.

서 제대로 실현되지 못한 아쉬움이 있지만 서양금과 풍금은 18세기 후반의 새로운 변화를 예고하는 기미라고 할 수 있을 것이다.

Ⅵ

결론

18세기 정치·사회 변동에 연계하여 시가사의 추이를 점검한 본 저서는 18세기에 해당하는 숙종 후반기와 경종, 영조, 정조 시대의 정치·사회 변동을 비판적으로 검토하면서 시가사의 추이를 통시적이고 공시적인 측면에서 서술하고자 하는 목표로 출발하였다.

본 저서의 전체 구성은 Ⅰ. 서론, Ⅱ. 18세기의 성격과 시가사 이해의 방향, Ⅲ. 17세기 시가 향유의 지속과 영향, Ⅳ. 18세기 시가 향유의 양상, Ⅴ. 18세기 시가사의 새로운 변화 양상, Ⅵ. 결론으로 되어 있다.

Ⅰ. 서론에서 연구 목표와 연구 방향을 제시하였는데, 18세기 정치·사회 변동을 비판적으로 이해하기 위하여 18세기 초반의 숙종 후반기와 경종 시대, 18세기 중반기인 영조 시대, 18세기 후반인 정조 시대로 잠정적으로 나누어, 환국에서 탕평으로의 정책 전환, 외면과 이면의 차이를 살피면서 본령을 파악하는 일, 균역법과 장시에 대한 점검, 『천의소감』과 『명의록』 등을 통한 의리의 천명, 정학과 사학의 변별, 이면의 정치 행위와 비밀 편지 등 주요 쟁점과 그 핵심을 서술한 뒤에 연구 방법과 진행 절차를 제시하였다.

Ⅱ. 18세기의 성격과 시가사 이해의 방향을 Ⅱ-1.과 Ⅱ-2.로 나누어 고찰하였다.

Ⅱ-1.의 세부 내용은 1. 존주의 의리와 경복궁 중건 논의 과정, 2. 환국에서 탕평으로의 국면 전환과 그 이면, 3. 경화세족 중심 사회의 특성과 문제점, 4. 위항 중인의 성장과 절절의 의리, 5. 천주당 관람을 통한 인식의 전환 등으로 나누었다.

1. 존주의 의리와 경복궁 중건 논의 과정은 다시 존주의 의리와, 경복궁 중건 논의 과정으로 나누어 정리하였다.

존주의 의리는 임란 때에 재조의 은혜를 베푼 명나라를 끝까지 섬기겠다는 태도로, 병자호란 이후 청나라에 사신을 보내어 조공을 바치면서도 망한 명나라를 마음속으로 섬기는 허위의식이라 할 수 있다. 구체적으로 관왕묘와 선무사 치제, 신종 황제 대보단 제사, 망배례, 명나라 사람 자손

등용 등으로 실천하고, '날은 저물고 갈 길은 멀다.'라고 한 효종의 비답을 계승하면서, '황하의 물이 맑아지기[河淸]'를 바라는 영조의 염원으로 나타났다. 청나라가 망할 것이라는 막연한 기대와 현실을 직시하지 못한 임금의 태도가, 존주의 의리를 내세우면서 당파의 퇴행적 명분을 지켜주면서 고른 인재 등용의 기회를 놓쳤고, 새로운 시대를 전망하는 논리를 마련하지 못하고 말았다.

경복궁 중건 논의 과정은 임진왜란에 불탄 법궁 경복궁을 중건하는 논의를 제대로 진행하지도 않고 또 중건의 실천도 하지 못한 것을 돌아보는 것이다. 숙종 6년(1680) 8월에 경복궁 옛터에 들른 숙종이 황폐한 모습을 보고 개탄하자, 김수항이 "어찌 법궁만이 그러하겠습니까? 조종의 훌륭한 법과 아름다운 정치가 또한 모두 폐지되거나 허물어져서 시행되지 아니하니, 이것이 더욱 성상께서 경계하셔야 합니다."라고 말한 대목에서 경복궁 중건 논의를 외면하거나 배제하려는 듯한 태도를 읽을 수 있다. 그 뒤에 지방의 몇몇 인사들이 경복궁 중건 논의를 제기했으나 당국한 사람들이 애써 외면하였고, 19세기에 익종과 헌종이 경복궁 중건에 뜻을 두어서, "규모가 바르고 크며 위치가 정제하고 엄숙한 것을 통하여 성인의 심법을 우러러볼 수 있거니와 정령과 시책이 다 바른 것에서 나와 팔도의 백성들이 하나같이 복을 받은 것도 이 궁전으로부터 시작"되었다고 중건의 의의를 설명한 것은 김수항의 태도와는 다른 것이다. 결국 경복궁 중건은 고종 2년 4월에 대왕대비의 전교로 시행하는 형식을 갖추었다.

2. 환국에서 탕평으로의 국면 전환과 그 이면은 심각한 갈등을 겪으며 보위에 오른 영조가 무신란 이후 정통성 문제와 함께 자혐의 뜻도 있어서 살육을 금하는 탕평책으로 전환한 것인데, 조제를 통한 인사의 공정성, 고른 인재 등용이 핵심이라 할 수 있다.

탕평을 위한 노력은 영조가 민진원과 이광좌의 손을 잡고 화해를 부탁한 것이 상징적인 예라고 할 수 있으며, "세도 정치의 책임은 오로지 노론에 있었다."라는 사신의 평가가 핵심을 짚은 것이다. 영조가 무신란, 을

해 역옥을 겪으면서 30여 년이 지나 『천의소감』으로 겨우 정리한 것과 달리, 정조가 보위에 오르면서 『명의록』을 찬집하여 의리를 마련한 것이 영조의 탕평 정책과 차별되는 양상이라고 할 수 있다.

3. 경화세족 중심 사회의 특성과 문제점은 18세기 사회 진단과 그 처방에 대한 문제이다. 정권 교체를 통한 주도 세력의 교체가 거의 이루어지지 않고 탕평이란 이름으로 미세한 변화만 일어나는 경화 문벌 중심의 사회가 지속되었다. 경화세족이 능력을 갖추고 엄정한 도덕적 가치를 발현하면서 사회의 발전을 이루는 집단으로 활동하였다면 역사에서 긍정적 평가를 받기에 충분할 터인데, 실제로는 문벌이나 당파의 이익을 추구하고 심지어 왕권까지도 마음대로 제어하면서 일반 백성들의 삶을 제대로 돌아보지 않았다는 것이 18세기 경화세족 중심 사회가 지닌 문제점이라 할 수 있다. 다만 영조는 한림 권점과 이조 낭관 제수 문제 등과 관련하여 경화세족에게 흔들리지 않으려는 안간힘을 쓰기도 하였다.

벼슬을 통한 신분 상승의 욕구가 자연스러운 현상인데, 18세기는 사회의 다양성이 커진 가운데에서도 경화세족이 벼슬을 독차지하면서 실제로 신분 상승이 쉽지 않았고, 경화세족 중심으로 고착된 18세기 사회에 대한 비판이나 고발을 시로 형상화한 작품이 다양하게 나타나기도 하였으며, 신분 상승의 욕구에 어울리는 신분 변동의 두 요소로 권세와 돈을 지적하기도 하였다.

4. 위항 중인의 성장과 절절의 의리는 18세기 위항 중인의 성장과 함께 위항 중인들과 교유한 사대부들의 절절의 의리로 나누어 살폈다.

위항 중인은 사대부인 김창협, 신정하 등과의 교유를 통하여 사회적 인정을 받게 되는데, 대표적 위항 시인으로 홍세태, 정내교, 정민교 등을 들 수 있다. 위항 중인 중에서 정내교는 홍봉한, 김종후·김종수 형제 등에게 시와 글자를 가르치기도 하였다. 위항 중인과 사대부들이 시를 통한 교유뿐만 아니라 가곡을 통한 교유도 이어갔는데, 김천택이 『청구영언』을 엮으면서 왕족인 이정섭의 자문을 받고 발문까지 받은 것이 그 사례이다.

절절의 의리는 지금까지 지켜오던 의지를 꺾고 새롭게 바꾸는 것으로, 홍봉한이 정거 기간 동안 위항 중인들과 어울린 일을 주목할 수 있다. 한편 정내교가 신정하에게 동료 시인의 추천을 요구하자 사대부들은 홍세태 등 3인 이외에 그 능력은 인정하면서도 다른 사람들까지 전부 용납할 수 있을 것인지 고민하였다. 그리고 신정하가 조카 신방에게 보낸 편지에서 정내교를 홍세태와 비교하면서 분수를 지키면서 어려움을 이겨내기를 바라는 대목은 사대부와 위항 중인의 가치관의 차이를 고스란히 드러내고 있다.

5. 천주당 관람을 통한 인식의 전환은 17세기 후반과 18세기 전반에 북경에서 마주한 천주당을 전혀 새로운 국면으로 받아들인 내용과 함께 실제 천주학에 대한 인식과 이들을 통해 유입되는 서양 문물에 대한 태도 등을 살핀 내용이다.

사행 길에 북경에서 천주당 건물을 보고 그 안에서 지내는 서양 사람과의 만남은 새로운 경험에 해당한다. 18세기에 김창업은 새로운 경험으로 기록하고 있고, 이기지는 「서양화기」에서 서양의 그림에 대해 매우 자세하게 적고 있으며, 이의현은 호기심과 함께 이단으로 경계하고 있다. 홍대용과 박지원 등은 매우 깊은 관심을 가지고 자세하게 기록하고 있다. 특히 홍대용은 풍금을 직접 확인하고 나라에서 지원하면 자신이 만들 수도 있을 것이라고 하였다.

한편 경종 즉위년에 고부 정사로 간 이이명은 직접 천주당을 방문하여 서양인 신부에게 편지를 보내어, 천주, 역상, 분야, 지구 등 궁금한 내용에 대해 질의하면서 실용에 활용할 수 있는 서양의 법서를 알려 달라고 하였다. 이이명 부자는 『천주실의』와 서양 천문서를 비롯한 많은 서적과 그림 등 여러 가지 선물을 받았으며, 그 과정에서 탕상현이 역관 정태현에게 "우리들이 조선으로 나가서 천주당을 짓고 천주의 가르침을 먼 곳까지 펴고자 하는데 괜찮겠습니까?"라고 하였다는 기록이 있다. 이이명 부자와 천주당 신부들 사이의 호의적 교유를 생각할 때, 만일 이이명과 이기지가 경륜을 펴는 자리에 계속 있었다면 천주의 가르침이 공식적인 자리에서 인정될 수 있는 계기가 되었을 것으로 추정할 수 있다. 『천주실의』는 마테오 리치가 저술한 책으로, 서양인들의 우정에 대한 개념을 간결한 대화체로 서술한 것인데, 이수광이 가지고 들어와 소개하였다. 이익은 「『천주실의』의 발문」에서 자세하게 설명하고 있고, 남한조는 이익의 「천주실의 발문」에 대하여 본인의 입장을 강화한 글을 쓰기도 하였다.

Ⅱ-2.의 세부 내용은 1. 정치 국면의 변화와 노래의 반응, 2. 가집을 통한 기준과 규범의 확립, 3. 민요의 본질에 대한 인식과 수용과 채시, 4. 노래의 지역 전파와 노래 레퍼토리의 선별, 5. 작품의 의미 강화와 정치의 득실에 활용, 6. 아회와 시사를 통한 정서의 집단 향유, 7. 소품 지향의 의미와 악부를 통한 현실 반영 등으로 나누어 검토하였다.

1. 정치 국면의 변화와 노래의 반응은 정치적 목적을 이루기 위한 사족과 일반 백성이 소문이나 반발을 동요, 민요, 가사 등을 노래로 부르면서 개인이나 집단의 내면을 노래 속에 투영한 것이다. 구체적으로 과거의 부정과 조정의 권력층을 비판하면서 '어사화냐? 금은화냐?'라는 노래가 불리고, 동궁의 즉위나 위협에 관련된 내용인 〈화로장사〉, 노래를 궁중에 유입시켜 정치에 혼란을 부추기거나 국면을 전환하게 하고자 하였는데, 이진유의 〈속사미인곡〉이 후자에 속한다. 신임사화를 겪은 뒤에 무신란에 연관한 내용, 백성들의 신고와 세태에 대해 비판한 내용 등이 확인되며, 조정의 정령을 비방하거나 탕평의 정책을 시비하는 내용도 있다. 남포에서는 가요를 지어 유생을 조롱하는 사건이 발생하기도 하였고, 향랑의 〈산유화가〉는 열녀와 관련한 일반 백성의 어려움이 드러나고, 어사의 계사에 언문 가사를 첨부하는 일은 백성들의 형편을 제대로 전달하려는 태도와 관련되어 있다. 그리고 임금의 교화나 정책이 일정한 성취를 이루면, 영조의 〈하황은〉이나 〈대풍가〉, 정조의 〈장락장〉과 〈관화장〉과 같은 악장이나 가사를 지어서 그 성과를 강조하거나 송축하기도 하였다.

2. 가집을 통한 기준과 규범의 확립은 18세기에 중요한 가집이 엮어지

면서 악조와 가조의 규범이 마련되고 악곡의 변화를 반영하는 양상으로 바뀐 내용을 살필 수 있다.

김천택이 엮은 『청구영언』(1728)은 체제 면에서 곡조에 따른 분류와 작가에 따른 분류를 아울러 제시하고 있어서 그 이후 가집 편찬에 하나의 규범이 되었다. 김천택이 『청구영언』을 엮는 과정에 작가 선정이나 작품 선정에서 전대와 당대의 정치적 상황을 매우 조심스럽게 고려하여 선정했을 것으로 추정하였다.

『청구영언』(장서각본)은 서문이 없이 평조, 우조 등의 조격을 수록하고 있으며, 본문은 초중대엽, 이중대엽, 삼중대엽, 북전, 이북전, 초삭대엽에 이어서 이삭대엽 열성어제로 태종, 효종, 숙종, 여말, 본조, 여항산인, 연대흠고, 해동명기, 실명씨, 삼삭대엽, 낙희조, 만횡 순으로 배열하고 있다. 그리고 『청구영언』(장서각본)은 전반부, 중반부, 후반부의 3부 구성으로 볼 수 있어서, 각각 차이가 있다. 『청구영언』(장서각본)의 또 다른 특징은 이이의 〈고산구곡가〉를 수록하면서 송시열을 포함하여 서인 계열의 인물들이 옮긴 역시를 각각 2편 모두 수록하고 있고, 거기에다 이하조가 옮긴 역시 10수를 개별 작품에 수록하고 있으며, 이유의 〈자규삼첩〉을 수록한 뒤에, '소정에 그물 시를 제'로 시작하는 〈운길산하노인가〉 1수를 수록하고 있다.

『해동가요』(박씨본)는 한유신이 엮은 『영언선』이 뒤에 수록된 가집으로 김수장이 엮은 『해동가요』 중에서 시기가 앞서는 것이다. 『해동가요』(박씨본)에는 유숭, 윤유, 윤순 등을 소개하면서 금상으로 밝히고 있어서 영조 시대에 이루어진 가집임을 알 수 있다.

『해동가요』(주씨본)는 『청구영언』(1728)에서 호를 내세우고 있는 것과는 달리 바로 이름을 밝히고 있으며, 『청구영언』(1728)의 후발을 쓴 이정섭의 작품을 2수 수록하고, 이어서 박인로의 작품을 수록하고 있다. 영조 시대의 인물로 조현명, 이재, 이유, 윤유, 윤순, 조명리, 이정보 등의 작품을 수록하고 있어서, 이유, 윤유, 윤순 등은 『해동가요』(박씨본)와 공통이

지만, 이재, 조명리, 이정보 등은 새롭게 등장하는 작가이다. 『해동가요』(주씨본)에는 「고금창가제씨」라는 창가자 명단을 수록하고 있다.

가집 『청구가요』는 김수장이 엮은 것으로 추정되는데 당대 가객들의 작품만 모은 것으로, 김삼불이 『해동가요』를 교주하면서 부록으로 수록하였다. 『해동가요』를 엮고 이를 수정·보완하는 과정에 영조 40년에서 영조 45년 사이에 가객들의 작품을 중심으로 새롭게 정리한 것으로 보인다. 수록한 작가와 작품은 김우규 11수, 김태석 4수, 박희석 3수, 김진태 26수, 문수빈 1수, 이덕함 3수, 김묵수 6수, 김중열 3수, 김두성 2수, 박문욱 17수, 무명씨의 〈맹상군가〉 1수 등 77수이다.

이한진이 편찬한 『청구영언』(연민본)은 기존의 『청구영언』 계열과 차이가 있으며, 백악을 중심으로 한 악하풍류의 산물이라고 할 수 있다. 반치로 소개한 이태명, 악하풍류의 좌상인 김용겸, 당시의 풍속화가 김홍도, 편찬자인 이한진의 작품을 수록하고 있다. 별다른 기준이 없이 수록한 듯한 작품을 기존의 가집과 견주면 그래도 곡조에 따른 배열을 시도하고 있음을 파악할 수 있다. 실제로 『청구영언』(장서각본) 후반부에 실린 곡조별 배치와 견줄 수 있다.

『고금가곡』은 송계연월옹이 갑신년에 엮은 가집으로 가사부 상과 가곡부 하로 나누고, 주제별로 분류하였다. 모두 노래로 부르는 레퍼토리의 체계를 확인할 수 있고, 가사부에 수록한 권익륭의 〈풍아별곡〉에 대한 검증과 자작 작품 14수와 〈북변삼쾌〉, 〈서새삼쾌〉, 〈평생삼쾌〉 등을 통하여 편찬자에 대한 정보를 살필 수 있을 것이다.

『병와가곡집』은 가집 중에서 가장 많은 1,109수의 작품을 수록하고 있으며, 곡조와 작품 수는 초중대엽, 이중대엽, 삼중대엽, 북전, 이북전, 초삭대엽, 이삭대엽, 삼삭대엽, 삭대엽, 소용, 만횡, 낙희조, 편삭대엽이며, 작가 목록에 어제(태종, 효종, 숙종)와 왕족(인평대군, 적성군, 낭원군, 유천군)을 비롯하여 설총, 최충, 곽여 등부터 유세신까지, 그리고 기녀로 황진부터 계섬까지 모두 175명의 작가를 기명하고 있다.

3. 민요의 본질에 대한 인식과 수용과 채시는 18세기에 매우 적극적인 입장에서 민요를 채록하거나 민요를 수용하여 한시를 짓는 것으로 파악할 수 있고, 모내기노래와 김매기[논매기] 노래가 등장하는 점에 주목하였다. 농요의 종류는 정약용의 〈장기농가〉, 〈탐진농가〉, 〈탐진어가〉, 〈탐진촌요〉와 이학규의 〈강창농가〉, 〈남호어가〉, 〈상동초가〉 등에서 농가, 어가, 초가로 인식하여 정리한 것을 참조할 수 있다. 모내기노래는 윤동야의 〈앙가 9절〉과 이학규의 〈앙가 5장〉을 살필 수 있고, 〈산유화〉는 처음에는 백제의 유민들이 부른 노래였는데, 메나리토리의 〈초부가〉로 널리 전승되기도 하고, 농사 현장에서 일노래로도 널리 불렸다. 18세기에 선산의 향량 이야기와 연결되면서 새로운 모습으로 인식되고, 최성대의 〈산유화여가〉와 신유한의 〈산유화곡〉을 통하여 각 지역 정서의 차이를 반영하는 노래로 전개되었다.

4. 노래의 지역 전파와 노래 레퍼토리의 선별에서, 노래의 지역 전파는 서울, 여주, 평양에서 이세춘의 가악 활동, 달성 지역에서 한유신의 가악 활동과 『영언선』 등을 들 수 있고, 지역 노래 레퍼토리에서는 정간이 관아의 잔치 자리에서 가기가 부르는 노래가 '화류의 무람없이 업신여기는 말'이 아니면 '한묵의 화려한 말'이라 〈어부가〉로 대체하게 한 내용을 주목할 수 있으며, 밀양 지역에서 신국빈이 〈응천교방죽지사〉, 〈영남루가〉, 〈발선요〉, 〈발선요후전〉, 〈오뇌곡〉 등을 지어서 밀양 지역 시가를 정리한 내용을 주목하였다.

5. 작품의 의미 강화와 정치의 득실에 활용에서는 〈단심가〉의 충심과 〈만월대가〉의 회고, 〈철령가〉를 통한 동당의 결속, 〈청석령가〉 환기와 부끄러움 씻기, 〈감군은〉을 통한 보답의 마음을 다루었다.

6. 아회와 시사를 통한 정서의 집단 향유는 뜻이 맞은 사람들이 함께 모여서 아회를 베풀거나, 시사를 결성하여 정서의 집단적인 향유를 중요하게 인식한 것이다. 탕평책에도 불구하고 같은 당파에 속한 사람들끼리 모이거나, 스승과 문하가 모임을 이어가는 경우, 대를 이어서 아버지에서

자식으로 이어지면서 모이는 경우, 비슷한 연배의 사람들이 모이는 경우, 신분의 차이에 따라 따로 모이는 경우 등을 확인할 수 있다. 홍대용의 유춘오악회, 서원아집, 남유용, 오원, 이천보 등의 종암수창과 이유수 등의 동원아집, 채제공 등의 종남사와 일기회, 김상숙과 성대중에서 아들들인 김기상, 김기서, 성해응으로 이어진 동음이호회, 북악 아래의 악하풍류와 대은아집, 정약용 등의 죽란시사, 모임을 그림으로 그린 오재순의 북동아회와 강세황의 해산아집, 위항 중인들의 서원아집과 옥계시사 등을 확인하였다.

7. 소품 지향의 의미와 악부를 통한 현실 반영은 정조가 서학의 근원이라고 하면서 비판한 패관 소품을 통하여 현실을 일정하게 반영한 내용을 검토한 것이다. 패관 소품은 대체로 깊은 내용을 여러 가지로 쉽고 잡다하게 표현하며, 간혹 생동감 있게 사실을 기술하거나 감정을 그려낸 짧은 산문 형식인데, 박지원의 『열하일기』가 대표이다. 강이천과 김려의 문장이 소품에 해당하는 것으로, 강이천의 작품은 임금의 지적처럼 "슬프고 가냘프며 들뜨고 경박한 것"을 특징으로 삼으며 〈한경사〉가 있고, 김려는 〈황성이곡〉과 〈상원이곡〉, 〈문여하소사〉 등이 있다. 소품과 악부에서 민간의 풍속과 사람살이의 세세한 부분까지 관심을 집중하고 있는 태도는 새롭게 주목할 수 있다.

Ⅲ. 17세기 시가 향유의 지속과 영향은 17세기와 18세기의 고리를 확인하면서 시가사의 연속성과 변화를 확인하고자 한 것으로, 1. 풍간풍류의 성격과 17세기에서 18세기로의 전환, 2. 한역을 통한 전승의 변화와 공간 환기와 기억 확장, 3. 연행과 동사의 노래 레퍼토리, 4. 가기에서 가객 또는 가자로, 5. 고조와 금조의 갈림과 금사·금객의 역할 등을 중심으로 지속과 영향의 양상을 살폈다.

1. 풍간풍류의 성격과 17세기에서 18세기로의 전환은 지속과 변모를 확인할 수 있는 특징적인 인물로 김창업, 조정만, 김시보가 그 대상이다. 김창업은 백형을 따라간 연행에서 『연행일기』를 남기고, 가곡을 짓고 향

유하였으며, 『연행일기』에서 의주 상인의 행적 등을 소재로 한 〈만상별곡〉을 소개하고 있고, 김시보와 행호선유를 할 때에는 거문고로 '오늘이~'로 시작하는 〈금일곡〉을 타고 있으며, 『청구영언』에 3수의 작품이 있다. 조정만은 김창업 형제들과 매우 가깝게 지내면서 김시보와 마음을 통하며 지낸 것으로 확인되는데, 〈백설〉, 〈양춘곡〉, 〈답답가〉, 〈보허곡〉 등을 언급하고, 우리말 노래에서는 〈포옹 가곡〉, 〈관동별곡〉, 〈조천가〉로 추정되는 〈행주가곡〉, 〈감군은〉 등을 향유하고 있다. 권섭의 노래에 관심을 표명한 것도 참조할 수 있다. 김시보는 청풍각과 세심대 사이에서 지내면서 또 하나의 근거지인 홍주를 오가는 사이에 〈고유란〉을 듣고, 창성에서는 악부로 〈폐문요〉를 적고 있다. 그리고 중대엽을 애호한 사실을 중시할 수 있고, 〈풍아별곡〉을 마련한 권익륭과 젊은 시절부터 노래로 교유한 사실도 기억할 수 있다.

2. 한역을 통한 전승의 변화와 공간 환기와 기억 확장에서 이익이 〈도산십이곡〉을 한역한 경험, 서인 계열의 인물들이 집단적으로 『고산구곡첩』을 마련한 것과는 달리 김유가 개인적으로 〈고산구곡가〉를 한역한 일 등이 앞 시대에서 이어지는 맥락이며, 정철의 여러 작품을 한역하는 작업이 지속적으로 진행되어서, 김춘택, 이경석, 이서, 김익, 신위, 임천상, 박창원, 서명서, 김상숙, 성해응 등이 참여하고 있는데, 이 중에서 서명서가 「제정송강관동별곡후」에서 〈관동별곡〉을 구절을 따라 자세하게 논하여, 연군지의와 제세지의로 나누어 각 구절을 예시한 점을 주목할 수 있고, 〈사미인곡〉은 김상숙이 사부체로, 뒷날 성해응은 잡가요체로 한역하였다. 소현세자의 〈청석령가〉와 인조의 〈작구가〉는 권만이 기록한 것으로, 작가 문제를 포함하여 〈청석령가〉의 수용과 관련하여 매우 중요한 정보를 담고 있다. 장악원에서 근무하기도 한 이민보가 세전하는 가곡 8수를 '산거야취'와 '경세성속'의 주제로 나누었고, 신수이의 시조는 아들 의명이 번역하여 가사의 항목에 수록하고 있는데, 〈호탄가〉, 〈사생가〉, 〈자경가〉, 〈충신가〉 등 모두 6수이다. 한편 김양근은 〈동조〉에 가곡 64수를 한

역하여 수록하면서, 주제별로 나누었다.

공간 환기와 기억 확장은 〈단심가〉, 〈철령가〉, 〈청석령가〉, 〈산유화〉 등을 주목하였고, 시가 환기의 공간으로 선죽교, 철령, 청석령, 낭원군과 관련하여 옥류당 등을 다루었다.

3. 연행과 동사의 노래 레퍼토리는 연행과 동사로 나눌 수 있는데, 연행에서는 사행을 떠나는 사람들과 사행에서 돌아오는 사람들을 위한 위로 연회에서 불린 레퍼토리가 중심이고, 연행의 신고와 효종에 대한 마음으로 〈청석령가〉가 핵심 레퍼토리로 부각되었으며, 김창업이 기록한 〈만상별곡〉을 주목할 수 있다. 동사에서는 일행 중에서 고향을 그리는 노래를 부르는 광경과 관백이 베푼 연례에서 악곡의 레퍼토리가 소개되고, 신유한이 기록한 〈낭화여아곡〉, 〈남창사〉 등에서 문화 차이를 볼 수 있으며, 다음에 동사할 사람을 위하여 지은 〈일동죽지사〉도 살폈으며, 김인겸의 〈일동장유가〉는 동사의 전 과정을 자세하게 기록한 가사이다.

4. 가기에서 가객 또는 가자로 변화하는 양상은, 17세기 후반에 가기의 활동이 위축되는 상황에서, 선상기로 뽑힌 가기들이 가곡 연마보다 개인 연회에 동원되고, 사대부들의 측실이 되었다가 방축된 사실을 확인하였다. 이 가운데 함산에서 추향 → 추성개 → 가련으로 이어지는 가계가 있어서, 가련은 〈전출사표〉와 〈후출사표〉를 잘 불렀고, 이헌경을 만난 자리에서 신번을 지어서 부르기도 하였으며, 19세기에 박영원이 가련에 대한 평가를 여협으로 일컬으면서, 「가련첩」의 전승에 대한 기록을 남기고 있다.

거문고와 함께하는 가자는 서울에서 활동한 정내교, 학산수, 조원, 김억 등이 있고, 금사와 함께 어울리며 풍류의 자리를 펼치는 가자들이 있으며, 지역에서 활동하는 가자는 명소를 유람하는 과정에 고을에서 제공하는 배려가 있었다. 홍대용과 성대중의 경우에서 보듯 해외 사행에서 가자의 역할도 주목할 수 있다.

전문 가자는 서울, 여주, 평양에서 활동한 이세춘을 주목할 수 있으며, 『해동가요』(주씨본)의 「고금창가제씨」 항목에 승지 허정, 역관 장현, 지사 탁주한, 박상건 등을 포함하여 56인이 수록되어 있다. 『청구가요』에는 가자라고 할 수 있는 십여 명의 작품을 수록하면서, 몇몇 사람에 대한 행적과 특성을 기술하고 있고, 가자들의 행적을 입전한 기록을 확인할 수 있다. 한편 달성 지역의 가곡 창자인 한유신의 「영언선서」에서 서울에서 온 김유기에게 동료 몇 사람과 노래를 배웠으며, 『영언선』을 엮은 사실도 주목할 수 있다.

5. 고조와 금조의 갈림과 금사·금객의 역할에서는 17세기 후반 세태의 변화와 함께 악곡의 변화가 일어나면서 신성·신번이 유행한 내용을 환기하면서, 18세기에도 지속되었던 사실을 주목하고 그 반향을 살폈으며, 다른 한편 고조 지향의 태도가 이어지는 점도 주목하고 금조·시조의 반응도 살피면서, 금사·금객의 활동과 레퍼토리를 확인하고, 거문고에 대한 논의의 경과와 금경설을 정리하였다.

신성·신번은 변주가 가능하여 여러 가락으로 표현할 수 있어서 악곡의 분화에 기여하였으며, 이하곤이 호남을 여행하면서 들은 〈춘면곡〉은 새로운 곡조로 기생들이 신번으로 익히고, 병영에서도 노래를 잘하는 사람이 '시조별곡'이라고 일컬었는데, 신번이 새로운 변주라면 시조는 당시의 가락 또는 곡조이고 별곡은 특별한 가락을 지닌 노래로 이해할 수 있다. 그리고 심육의 시에서 유덕휘가 거문고를 타면서 스스로 신번을 얻었다고 하였는데 신번이 탄생하는 과정을 설명한 대목을 주목할 수 있다. 처음에 졸졸[泠泠] 흐르는 소리로 시작해서, 때로 콸콸[切切] 흐르는 폭포 소리에도 맞추는 등 상황에 맞도록 변주를 꾀하는 과정에 신번이 필요하고 또 실제로 신번을 만들었다고 하였다.

이 와중에 일군의 선비들은 고조를 옹호하면서 지향하는 태도를 보였다. 고조를 지키는 일은 시류에 흔들리지 않고 일정한 기준을 바탕으로 마음의 평정을 찾기 위한 방법이라고 할 수 있다. 〈중대엽〉, 〈심방곡〉 등을 통하여 '오늘이'를 옹호하는 태도가 그중의 하나이다. 거문고로 고조를 탈 때 언급되는 레퍼토리는 〈보허사〉, 〈정과정〉, 〈감군은〉, 〈금일곡〉,

〈영산회상〉 등이다.

금조는 근조라고도 하며 고조에 대가 되는 짧고 빠른 음을 가리키는 개념으로 시대에 따라 그 당대의 곡조로 이해할 수 있고, 시조는 금조와 비슷하게 당시의 시대 현실을 반영하는 가락이다. 별조는 특이한 곡조라는 의미로 변체와 통용할 수 있다. 금조와 고조에 대하여 유창은 상대의 내면을 이해하는 지음(知音)과 연주하는 음을 즐기는 상음(賞音)에 달린 것으로 보았다. 17세기 후반에서 18세기에는 김성기를 비롯하여 전만제, 이정엽, 유우춘 등이 널리 알려진 금사이고, 이서가 음악을 배웠다는 홍경신, 장흥 지역에서 활동한 박세절, 홍검이 함창 지역에서 만난 홍순석, 신광수가 홍석보, 정범조 등과 노닐면서 언급한 충주 금자 최생 등이 금사로 알려진 인물이고, 배연선, 김성택, 소정만 등의 금사도 확인된다.

거문고에 관한 논의는 거문고가 지닌 특성을 포함하여 언어와의 관계를 이해하고 거문고를 타는 분위기와 상황을 살피면서 실제 거문고를 타는 과정에서 거문고의 원리를 터득하는 것으로 이어졌다. 이진의 「무현금설」, 권만과 김하구가 주고받은 편지에서 권만이 제기한 거문고를 타는 과정에 경(境)과 마음[神]이 만나는 지점, 김하구의 거문고 곡조와 그 변화에 관한 질문, 김종후의 「금설」에서 고조의 거문고를 배워야 하는 이유와 거문고를 통하여 바른 성정을 기를 수 있는 방향의 제시, 박영석의 「언금설」에서 '반절(半切)'이라 지칭한 우리의 방언이 가지는 언어적 특성과 거문고가 어울리는 데에 주목하면서, 소리가 노래의 읊음에 의하고, 가락은 소리의 변별과 응하는 과정이라는 설명 등을 확인할 수 있다. 그리고 성해응이 김기서가 이금사를 애도하는 글에 후서의 형식으로 쓴 글에서, 사람과 사물과 배경과 이를 관통하는 마음의 연결이 거문고의 음을 터득하는 길이라고 밝힌 금경설을 주목할 수 있다.

Ⅳ. 18세기 시가 향유의 양상은 크게 Ⅳ-1. 시가사 흐름의 이해와 관련하여, Ⅳ-2. 가집 편찬과 시가사의 관심 사항, Ⅳ-3. 가문 중심의 시가 향유 양상, Ⅳ-4. 정서 공감의 교유와 시가 향유, Ⅳ-5. 주요 인물들의 시가

활동 등으로 구별하여 살폈다.

Ⅳ-1. 시가사 흐름의 이해와 관련하여, 1. 논농사 노래의 실상과 〈산유화가〉의 전파, 2. 신번과 신성의 노래와 곡조의 변화, 3. 공간 환기와 시가 향유의 양상, 4. 시가 작품의 등장인물과 현실 반응 등을 다루었다.

1. 논농사 노래의 실상과 〈산유화가〉의 전파는 논농사 노래의 실상과, 〈산유화가〉의 전파로 나누어 정리하였다. 윤동야의 〈앙가 9절〉은 모내기의 과정과 실제 일하는 현장의 모습을 형상화하고 있고, 강준흠의 〈조산농가〉는 〈모내기노래〉와 〈논매기 노래〉를 거의 그대로 옮겨놓은 것으로, 식전가, 식후가, 오전가, 오후가, 석양가로 나누고 다시 초창과 답창으로 나누어 기록하여 모내기노래가 지닌 시적 구성을 보여주고 있다. 이학규의 〈앙가 5장〉은 5편 구성인데, 현장에서 불리는 민요를 채록하기보다 농사일을 하는 사람들의 삶을 서사적 줄거리로 구성하여 모내기 상황과 아울러 기술한 것으로 볼 수 있다.

〈산유화〉의 전파는 백제 유민들의 노래를 초부들이 부르면서 메나리토리의 〈초부가〉로 전승되고, 다시 농사 현장에서 일노래로서도 널리 불렸는데, 숙종 30년에 향랑에게 정문을 내리면서 향랑 이야기와 연관된 〈산유화〉가 널리 관심을 받아서, 최성대의 〈산유화여가〉와 신유한의 〈산유화곡〉으로 나타났다. 풍요에 긍정적인 생각을 품었던 최성대는 〈소홀음잡절〉에서 남쪽의 〈산유화〉와 견주면서 각 지역의 민요가 지닌 특성을 설명하고 있다.

2. 신번과 신성의 노래와 곡조의 변화에서는 신번과 신성의 특성, 신번과 신성의 노래 레퍼토리, 노래로 부르는 노래론 등으로 나누어 정리했다. 시인이 신번이나 신사를 만들면, 이를 성률에 익숙한 사람이 신성을 마련하여 가기나 금기가 거문고로 타거나 노래로 부르게 되는 것으로, 신번과 신성의 유행과 확산에 가기와 금기가 중요한 역할을 맡았다. 노래 레퍼토리는 김재찬이 〈금조 8첩〉에서 거문고 곡의 레퍼토리의 차례를 평우조 → 상사별곡 → 도화곡 → 영산 → 채련가 → 심양강상곡(귀거심양곡)

→ 백두음 → 후정화의 순서로 제시한 내용을 확인할 수 있다. 권헌이 담양 태수가 마련한 잔치에서 신성으로 권주를 하면서 잔치 자리의 분위기를 돋운다고 하였다. 김수장의 시조 "노릭 갓치 됴코 됴흔 거슬~"에서 중한닙, 삭대엽, 후정화, 낙시조, 소용, 편락 등의 곡조가 곡조의 변화를 말하면서 동시에 시대의 특성과 연계하여 언급한 데서 노래로 부른 노래론을 접할 수 있다.

3. 공간 환기와 시가 향유의 양상은 행호풍류와 율리의 귀래정, 별서 공간으로서의 금수정과 창옥병, 연회 공간으로서 연광정 등을 거론했다.

율리의 귀래정 공간은 17세기에 김광욱이 귀래정과 초당을 마련하고 수졸전원의 삶을 연 이후 그의 손자 김성최와 그 후손들이 행호풍류를 이어간 일과 이곳과 가까운 곳에 범허정을 마련하고 김성최 등과 친밀하게 지내면서 풍류를 공유한 송광연 등의 행적을 살폈다. 뒷날 김시민이 김광욱의 〈율리유곡〉에 등장하는 최행수가 최욱이라고 밝혔으며, 김광욱의 증손자인 김시좌가 관란정과 매학당을 새로 지은 사실을 확인하고, "좌네 집의 술 닉거든~"이 김성최와 송광연의 교유에서 나온 것으로 추정하였다. 그리고 김성최의 동생 김성대의 생일을 맞아 귀래정에서 봄놀이를 펼치는 장면에서 밤마을 풍류의 극치를 확인할 수 있다.

동음의 금수정과 청옥병의 공간은 양사언, 박순 등이 터전을 잡고 풍류를 즐긴 내용, 금수정과 청옥병이 속한 공간을 지킨 집안에서 이곳을 별서 공간으로 풍류를 지속시킨 과정, 18세기에 이곳으로 터전을 옮긴 성대중, 이한진 등의 교유와 금수정과 창옥병을 환기하는 시가 활동 등을 정리했다.

금수정과 창옥정은 양사언이 금강산에 다니면서 노닐던 곳이고, 박순이 만년에 은거하여 지내던 주변인데, 안동김씨 집안에서 관리하고 김창협·김창흡 등도 참여하였다. 18세기 후반에 성대중이 동음으로 들어갈 때 고을을 맡고 있던 김상숙과 교유하였으며 다음 대까지 이어졌다. 또 이한진이 식구들을 데리고 동음으로 들어갈 때 악하풍류의 구성원들이 전송하였으며, 이한진은 『청구영언』(연민본)을 엮고, 가곡을 짓기도 하였다.

연광정은 안주의 백상루와 더불어 서로에서 쌍벽을 이루던 누정으로, 사신이 함께 모여서 사대하고 기악을 베풀던 공간이어서 사행이나 공무 등으로 서로에서 자주 들르는 연광정을 연회 공간으로 설정하여 검토했다. 이 중에서 윤유가 관서에서 가려로 지적한 연광정을 읊은 작품이 『해동가요』(박씨본)에 2수가 전한다.

4. 시가 작품의 등장인물과 현실 반응은 16~17세기에 정철의 가곡에 등장하는 "성권농", "정좌수" 등을 비롯하여 김광욱의 〈율리유곡〉에 나오는 "최행수" 등을 확인하면서, 18세기 이정보의 "ᄀ을 타작 다ᄒᆞᆫ 후에~"에 등장하는 "김풍헌", "박권농", "이존위" 등이 구체적 인물을 지칭하고 있음을 추정하였다.

Ⅳ-2. 가집 편찬과 시가사의 관심 사항은 『청구영언』, 『청구영언』(장서각본), 『해동가요』, 『청구가요』, 이한진 편 『청구영언』, 『고금가곡』, 『병와가곡집』 등으로 나누어 그 특성을 검토하였다.

1. 『청구영언』(1728) 편찬의 도움과 가집의 위상은, 정내교가 가곡 작가로 알려진 사람들과 교유하면서 여러 작품을 김천택에게 소개하거나 전한 것으로 추정하였고, 이정섭은 후발을 쓰면서 김천택을 격려하고 자신이 확인하거나 수집한 작품을 추천했을 것으로 보았다. 작가 추정에서 석교는 김창업, 석호는 신완, 광재는 미상으로 보았다. 다음으로 작가 와전의 실상과 연대흠고 검증에서는 작가가 의심스러운 이정구, 정태화, 효종, 장현 등의 작품에 대하여 작가를 확인하고, 연대흠고에 수록한 임진은 임제의 아버지, 이중집은 이경전, 서호주인은 이총으로 확인하였다.

2. 『청구영언』(장서각본)의 성격은 우선 『청구영언』(장서각본)을 전반부, 중반부, 후반부의 3부 구성으로 파악하고, 중반부는 우조 초중대엽, 우조 이중대엽, 계면조 초중대엽, 계면조 이중대엽, 계면조 초삭대엽, 계면조 이중대엽, 계면조 초삭대엽, 후정화, 우조계면조평조 이삭대엽과 삼삭대엽의 순서로 배열하고 있으며, 후반부는 북전 1수, 계면 초삭대엽

1수, 진화엽(晉化葉) 2수, 이중화엽 1수, 삼중화엽 1수, 초삭대엽 7수, 이삭대엽 15수, 삼삭대엽 4수, 소용이 2수, 율당삭엽 1수, 계면이삭대엽 16수로 전부 51수를 수록하고 있다. 그리고 〈고산구곡가〉를 한역한 작품에 이하조의 전편 한역을 수록한 점을 주목하였고, 본조 항목 다음에 여항산인의 박인로의 작품으로 넘어가기 전에 〈운길산하노인가〉라는 이름의 작품을 수록한 것이 특이하다. 운길산노인을 신익성으로 추정하고, 『청구영언』(장서각본)을 엮은 사람이 어떤 경로로 〈운길산하노인가〉를 수집하고, 『청구영언』(1728)에 이윤문의 기록에서 말하고 있는 '용진산수지간'과 〈운길산하노인가〉의 배경이 같은 지역이라는 사실에 주목하였을 것이고, 두 작품이 서로 같은 지역을 배경으로 하면서도 서로 연관이 있을 수도 있다고 생각하고 본조 항목의 마지막, 여항산인 박인로의 앞에 〈운길산하노인가〉를 배치한 것으로 추정하였다.

3. 『해동가요』의 편찬 과정과 작품 수록의 차이는 『해동가요』(박씨본)와 『해동가요』(주씨본)를 비교하면서 『해동가요』의 편찬 과정과 작품 수록의 차이를 점검했다.

『해동가요』(박씨본)에는 열성어제에 성종의 작품이 1수 포함되었고, 효종의 작품은 4수이다. 효종의 작품이 『청구영언』(1728)에 3수, 『해동가요』(박씨본)에 4수, 『청구영언』(장서각본)에 5수가 수록되어 있는 것과 견줄 수 있다. 『청구영언』(1728)에는 수록되지 않은 작가 중에 박팽년, 이양원 등의 작품이 수록되고, 이이의 〈고산구곡가〉를 싣고 있는데 송시열의 전편 한역과 다른 사람들과 공동으로 한역한 작품 등 각 수에 두 수씩의 한역시가 수록되어 있으며, 최립의 「고산구곡담기」가 첨부되었다. 윤선도의 작품이 23수 수록되었고, 『청구영언』(1728)에는 수록되지 않은 이화진, 이귀진, 송시열, 이택, 구지정, 윤두서, 유숭, 윤유, 윤순, 이유 등의 작품이 수록되었으며, 장현, 주의식, 김삼현, 김성기, 김유기 다음에 규수 3인이 명기 8인으로 바뀌면서 홍장, 소춘풍, 한우, 구지, 송이 등이 추가되었다. 연대흠고는 박명현, 김응정, 허강이 추가되었다. 이어서 한유신의 「영언선서」와 『영언선』이 함께 수록되고, 그 뒤에 신륵, 김치묵, 김복현, 사벌산인, 이현, 박사후, 용산후인 오 등의 서발이 첨부되어 있으며, 이어서 무명씨의 작품이 41수 이어진다.

『해동가요』(주씨본)는 『청구영언』(1728)이나 『해동가요』(박씨본)에는 수록되지 않은 조현명, 이재, 윤유, 윤순, 조명리, 이정보 등의 작품을 수록하고 있는데, 이들은 모두 금조의 인물이라고 소개하고 있어서 가집을 엮던 영조 시대의 인물임을 알 수 있다. 80수 이상의 작품을 수록하고 있는 이정보는 주목할 수 있으며, 작품을 수록한 말미에 장복소의 서가 있고, 이어서 중요한 정보인 「고금창가제씨」를 첨부하고 있는데, 허정 이하 56인의 창가자 명단을 수록한 것이다. 이들 창가자 명단은 노래를 잘하는 사람일 뿐만 아니라, 가집을 엮으면서 악곡의 준거를 제시하기도 하고 지역을 다니면서 다른 지역의 가자들을 지도하거나 함께 연행 활동을 하기도 하면서 보폭을 넓히고, 또 작가로서 신성이나 신번에 해당하는 작품을 창작하였으므로, 시가사에서 중요한 역할을 맡았던 것으로 평가할 수 있다.

4. 『청구가요』와 가객 작가에서 『청구가요』는 김수장이 엮은 것으로 추정되는 가집으로 당대 가객들의 작품만 모은 것인데, 김삼불이 『해동가요』를 교주하면서 부록으로 추가하였다. 수록된 작가 열 명 중에서 김우규, 문수빈, 박문욱, 김중열, 김묵수 등 다섯 사람이 김수장의 「고금창가제씨」에 이름이 올랐고, 김우규가 박상건에게 노래를 배웠다고 하고, 김수장이 탁주한, 이차상을 흠모하였다고 하였으며, 김묵수는 김수장의 친구인 김성후의 아들이고 김중열도 김정희의 아들이라, 대를 이어 가객으로 명성을 높였던 것으로 볼 수 있다. 그리고 김중열은 김성기에게 거문고와 퉁소를 배웠다고 하였다. 개별 작품은 단시조에 중점을 둔 작가, 장시조를 아울러 지은 작가 등으로 구별하여 살필 수 있다.

5. 이한진 편 『청구영언』과 악하풍류에서는 이한진이 편찬한 『청구영언』(연민본)이 기존의 『청구영언』 계열과 차이가 있으나, 실제 수록 작품

을 검토하면 『청구영언』(장서각본) 후반부에 편성된 곡조별 배열에 전부 51수의 작품이 실려 있는데, 『청구영언』(연민본)에서 27수가 이 곡조별 배열에 포함되어 있다. 그만큼 『청구영언』(연민본)이 곡조를 염두에 두고 있음을 지적할 수 있고, 다른 시각에서 보면 곡조별 배열로 이루어진 선행 가집을 참고로 하여 『청구영언』(연민본)을 엮은 것으로 이해할 수 있다. 『청구영언』이라는 표제를 달고 있는 이유가 여기에 있다고 할 것이다.

이한진은 18세기 후반에 김용겸을 좌장으로 모시고 대은암을 중심으로 한 악하풍류의 구성원으로 성대중 등과 함께 시회의 활동에 참여하고, 퉁소를 잘 불어서 홍대용의 유춘오악회에도 참석하였으며, 전자에 뛰어나서 많은 글씨를 남겼을 뿐만 아니라, 정조 15년경 동음으로 돌아간 뒤에는 동음의 산수를 즐기고 여러 편의 시조를 읊기도 하면서 『청구영언』을 엮었던 것으로 확인된다.

6. 『고금가곡』의 성격은 상권인 가사부와 하권인 가곡부로 나누어 살필 수 있다.

상권 가사부는 권익륭의 〈풍아별곡〉과 〈겸가 3장〉, 「풍아별곡서」의 기록과 그 앞에 실린 김창흡의 과체시 〈와념소유언〉과 「풍아별곡서」 다음에 이어지는 「풍아별곡발」을 주목할 수 있다. 권익륭이 "교방에서 빈객을 기쁘고 즐겁게 하는 데"에 쓰도록 마련한 것이기 때문이다. 〈풍아별곡〉의 앞뒤에 편성한 김창흡의 과체시와 발문은 『고금가곡』을 엮은 이가 김창흡의 영향을 받거나 김창흡의 영향권에 놓이는 사람들의 영향을 받은 것으로 이해할 수 있다. 정철의 〈관동별곡〉을 비롯한 여러 작품을 배치하면서, 권필이 〈관동별곡〉을 잘 부르는 양이지에게 준 시나 관동안사 윤이지에게 주는 시, 〈과송강묘〉 등이 주변에 배치된 점을 주목하기 때문이다. 『고금가곡』 상은 〈풍아별곡〉이 중심이고, 〈풍아별곡〉을 지은 권익륭과 밀접하게 교유한 김창흡, 김시보 등과 연관되어 있거나 이들의 영향권에 있었던 사람의 시각에서 배열한 것으로 이해할 수 있다.

하권 가곡부는 인륜에서 별한에 이르기까지 20개 주제 항목으로 나누어 수록하고 있는데, 연군에 수록한 51번과 52번 작품의 작가를 '회곡남공 병자'로 밝히고 있는 점이 특이하다. 회곡 남공은 남선이고, 이 작품은 〈압강낙일지곡〉으로 알려진 것인데, 51번 작품은 『청구영언』 221번에 장현의 작품으로 수록된 것이고, 52번 작품은 『고금가곡』에 처음 등장하는 작품이다. 남학명의 기록에 따르면 남선의 외손 정세옥이 〈압강낙일지곡〉과 관련하여 구체적 사실을 밝혔다고 했으니, 정세옥 집안에 전하는 남선의 51번 〈압강낙일지곡〉과 52번 작품을 『고금가곡』의 편찬자가 확인하고, 무반의 입장에서 연군의 항목에 수록했을 것으로 추정할 수 있다.

결국 『고금가곡』 상은 김창흡, 김시보와 그 영향권을 주목할 수 있고, 『고금가곡』 하는 정세옥과 그 주변 인물에 관심을 가지고 살필 필요가 있다. 공통항을 발견할 수 있으면 더욱 진전된 논의가 가능할 것이다.

7. 『병와가곡집』의 특성에서는 작가 목록과 곡조 배치를 중심으로 살폈다.

작가 목록에 의구심이 들기는 하지만 어제(태종, 효종, 숙종)와 왕족(인평대군, 적성군, 낭원군, 유천군)을 비롯하여 설총, 최충, 곽여 등부터 유세신까지, 그리고 기녀로 황진부터 계섬까지 모두 175명의 작가를 기명하고 있다. 선행 가집 등에서 무명씨로 수록한 작품의 작가를 밝히려는 노력의 결과로 보이는데, 구체적인 기록이나 자료에 바탕을 두고 신뢰성을 확보할 수 있는 인물을 제시하고 있는지 검증이 필요하다.

곡조 배열에서 초중대엽에 7수를 들고 있고, 이중대엽에 5수를 배치하고 있는데, 선행 가집과 많은 차이가 있다. 그런데 이들 작품을 확인하면, 『병와가곡집』의 곡조 배열이 『해동가요』(주씨본)와 유사한 면모를 보인다는 선행 연구에도 불구하고, 실제 작품 배열은 이한진 편 『청구영언』이나, 『청구영언』(장서각본)의 중반부나 후반부의 작품 배열과 유사한 점이 많다는 점을 확인할 수 있다. 이러한 특성은 『병와가곡집』의 작품 배열이 『청구영언』(연민본)이나, 『청구영언』(장서각본)의 중반부나 후반부와 더 가까운 것으로 짐작하게 한다. 이러한 특징은 『가곡원류』의 곡조 배열과 견줄 수 있는 것으로『병와가곡집』의 편찬 시기와 편찬 과정을 살피는 데 조심스레 고려해야 할 사항으로 보인다.

Ⅳ-3. 가문 중심의 시가 향유 양상은 1. 연안이씨 문화의 특성, 2. 의령 남씨 집안의 가곡 향유, 3. 조명리의 노래와 김광욱·김성최 풍류의 전승, 4. 이진유-이광명·이광사-이긍익·이영익의 시가 향유를 중요하게 서술하였다.

1. 연안이씨 문화의 특성은 18세기 연안이씨 집안의 시가 향유가 이우신 대에서 이정보·이민보 대를 거쳐 이시원·이조원 대까지 이어지고 있어서 연안이씨의 문화(文華)가 지속되고 있음을 확인할 수 있다.

문벌 가문 중에서 상풍류라 부를 수 있는 연안이씨 집안의 시가 향유를 문화라는 시각에서 주목하였다. 17세기 전반 이정구에서 비롯된 가문의 문화가 손자 대의 이은상·이익상을 거쳐 증손 대의 이하조로 이어지는 양상을 확인하였다. 18세기에 이우신은 아들 이정보와 사위 남유상 등과 용연, 동화사 등을 여행하면서 시가를 향유하였고, 칠십 세 수연에 가시로 축하의 자리를 마련하였으며, 이정보는『해동가요』에 많은 작품을 수록하고 있고, 집안에 계섬과 같은 가기를 두고 가곡을 향유하고 학여울 가에서 풍류를 즐겼다. 이철보, 이천보도 이정보 등과 시가 향유에 크게 관심을 가졌으며, 이민보는 가곡 8수를 한역하면서 “산거야취”와 “경세성속”을 중시하고 있으며, 이시원과 이조원은 아집을 통하여 18세기 후반 이후 연안이씨 집안 풍류를 이어갔다. 이우신의 칠십 세 수연 잔치는 양로연의 전통을 이은 것이고, 이정보는 김조순이 지은「시장」에서 “공이 본래 음률을 이해하여『악보』의 새로운 노랫말에 공이 직접 지은 것이 많고”라고 한 기록으로 보아, 가집이라고 할 수 있는『악보』에 새로운 노랫말이 수록되어 있었으며 그 가운데 공이 직접 지은 것이 많았던 것으로 이해할 수 있다.『악보』의 새로운 노랫말 가운데서『해동가요』에 전재되었을 가능성을 제기하면,『해동가요』에 이정보의 이름으로 수록된 작품 중에서 이정보가 직접 지은 것을 선별하는 작업이 필요할 것이다.

이민보는 가곡을 즐겨 듣는다고 하면서, 산거야취와 경세성속을 핵심 내용으로 하는 작품을 한역하였는데, 모두 『청구영언』(1728)에 수록된 작품이다. 이민보는 시가의 다양한 레퍼토리에 관심을 보였는데, 〈행로난〉, 〈순상영남루가〉, 〈어부가〉와 〈출새곡〉, 〈보허사〉, 〈출사표〉, 〈감군은〉 등이 그것이다. 우리말 노래에 대한 특별한 관심으로 송강 정철의 〈관동별곡〉을 비롯한 사곡에 대한 깊은 애정을 볼 수 있는데, 실제로 정철의 후손들을 직접 챙기면서 조상에서 후손으로 이어지는 연결의 고리를 강조하기도 하였다. 이명원이 『송원아집첩』을 만들고 향유한 송원아집의 모임에는 가자, 소자, 금자, 화자가 참석하였으며, 이홍상이 추가로 화답하였다. 그리고 뒷날 이민보가 비평을 하고, 연형이 쓰고 심제가 정리하여 문집에 기록하고 있다. 이시원·이조원의 비성아집은 비성(교서관)에서 여러 사람과 함께 모인 것으로, 오재순이 제학으로 있을 때의 일을, 신해년 모춘에 이홍상과 이덕무가 모여서 성대중에게 짓게 하고 이한진에게 쓰게 한 기문에서, 성대중, 박지원, 이한진, 서배수, 홍원섭, 이시원, 이명원, 남공철, 이조원, 이홍상, 이덕무 등이 뽑혔고, 송재도, 나열, 이홍유 등도 참가하고 있다.

2. 의령남씨 집안의 가곡 향유는 볼모로 가는 소현세자 등을 보내면서 남선이 지은 〈압강낙일지곡〉을 새롭게 주목하면서, 남유용 고모들이 향유한 〈납국가〉를 모녀의 시가 향유에서 가문의 시가 향유로 확대하여 검토하고, 남유상·남유용이 연안이씨 집안의 이우신, 이정보 등과 유람하면서 시가를 향유한 내용도 아울러 살폈다.

남선의 〈압강낙일지곡〉은 볼모로 가던 소현세자 일행을 좇아서 압록강 너머 구련성까지 배웅을 갔다가 세자 일행의 무사 귀환을 바라는 마음으로 지은 것인데, 일명 〈압록강가〉라고도 한다. 집안에 전승되다가 뒤에 외손 정세옥에게 전승된 것을 확인할 수 있고, 『청구영언』에 장현을 작가로 수록하고 있는데, 뒷날 『고금가곡』에는 이 작품을 남선의 작품으로 밝히면서 남선의 행적과 연계되는 1수를 추가로 수록하고 있다.

남유용 고모의 〈납국가〉는 남유용의 선대인이 병을 앓을 때에 큰고모가 선달의 국화 화분 한 개와 노래를 보내고, 선대인이 노래를 지어 답을 하여 삼첩에 이르고, 남유용의 형제 등이 화답하였으며, 백씨인 남유상이 손수 베껴서 작은 첩을 만들어서 뭇 여아들에게 노래하게 하였던 것인데, 가첩을 잃어버렸다가, 뒷날 이씨에게 출가한 누이의 딸이 그 노래를 부르는 것을 듣고 지난 기억을 환기하여 기록으로 남긴 것이다.

남유상은 시에서 아픈 마음을 의지할 데가 없어서 사람에게 노래를 시킨다고 하여 노래를 통해 병 치유를 제기하였고, 〈의염곡〉 5수에서는 염체에 대한 관심을 보이고 있으며, 〈망강남〉, 〈임강선〉, 〈행향자〉, 〈매화인〉, 〈접련화〉, 〈점춘방〉, 〈청평악〉, 〈조소령〉 등의 사를 지었다. 빙군인 이우신의 기림을 받아 자주 모임에 초대를 받았고, 처남인 이항보, 이정보와 자주 모이거나 시를 주고받았으며, 처숙 항인 이여신, 이매신, 이양신 등과도 어울리고, 동생인 유용을 비롯하여 고종사촌들과도 자주 시회를 마련하면서 풍류를 이어갔다.

동생인 남유용은 형 남유상과 외형 이세신, 그리고 서종숙 한종 등과 호사청등회를 만들어서 시를 짓고, 미음의 금사 이정엽이 고조 두세 곡에 화답하였으며, 〈가을 달은 얼마나 교교한가〉 이하 21수의 악부와 형 남유상과 모인 자리에서 지은 〈망강남〉을 비롯하여 〈강성자〉, 〈수조가두〉, 〈완계사〉, 〈임강선〉 등 18수의 사령을 남기고 있는데, 모두 노래를 지향하고 있다는 공통점이 있다. 그리고 노래를 듣고 신사를 만든다고 하면서 이황, 박순, 김인후의 작품으로 보았으나, 실제 가집에는 다른 사람의 이름으로 나타난다.

3. 조명리의 노래와 김광욱·김성최 풍류의 전승은 『해동가요』에 수록된 조명리의 작품을 살피되, 조명리가 김성최의 외손으로 김광욱에서 김성최로 이어지는 율리의 귀래정풍류가 조명리에게 이어진 것으로 이해할 수 있으며, 이 과정에 김시민이 큰 역할을 하였다.

『해동가요』(주씨본)에 수록된 조명리의 시조 4수에 대하여 김수장이 전편을 구하지 못하여 애석하다고 하여 작품에 대한 고평과 함께 더 많은 작품이 있음을 암시하고 있다. 앞의 두 수는 "설악산", "개골산" 등으로 보아 영조 27년에 강원도 관찰사로 부임하면서 지은 것이고, 뒤의 두 수는 "성진", "마천령" 등으로 보아 영조 14년에 경성부의 극변에 부처되면서 지은 것이다. 조명리의 행적과 관련하여 외당숙인 김시민의 기록이 많은 참고가 된다.

4. 이진유-이광명·이광사-이긍익·이영익의 시가 향유는 전주이씨 집안의 밀려난 사람들의 내면 풍경으로 주목할 수 있다. 병신 처분, 신임사화, 영조의 즉위, 무신란, 을해 역옥을 거치면서 정치·사회 변동과 집안의 운세가 연계되면서, 이와 연관된 시가 작품을 남긴 것이다. 이진유의 〈속사미인곡〉, 이광명의 〈북찬가〉, 이광사의 〈무인입춘축성가〉, 이긍익의 〈죽창가〉, 이영익의 〈동국악부〉 등이 드러난 외면과 재해석해야 할 이면을 내장하고 있다.

이진유의 〈속사미인곡〉은 〈사미인곡〉의 전통을 따르고 있는데, '님'으로 설정된 대상에 대한 일방적인 태도가 중심이다. 자신과 다른 입장에 섰던 사람들을 공격했던 일에 대한 반작용일 터인데도, 화자는 님과의 관계만을 문제 삼고 있다. 나주 적소는 위안을 삼을 만한 곳이라고 하다가, 추자도 유배지는 육지인 나주와는 전혀 다른 모습으로 그리고 있다. 〈속사미인곡〉의 마지막은 님이신 왕께서 마음을 바꾸시기를 바라겠다는 다짐으로 마무리한다.

이광명의 〈북찬가〉는 영조 31년 을해 역옥에 연루되어 갑산으로 유배되어 지은 가사이다. 〈북찬가〉의 초반부는 곤궁했던 삶에 대한 기록이다. 그런데 묵은 불이 다시 일어나면서 집안에 앙화가 닥쳤다고 기술하고 있다. "삼십여 년 누힌 은젼"이라고 한 내용은 이진검과 관련된 것이다. 유배지에 도착하여 반년이 지난 시점에 돌아가기를 바라면서 명년 봄에 은경이 미치기를 기대하고 있다. 이광명이 귀양을 간 뒤에 이광사가 〈상계모〉에서 위로의 헌시를 보내기도 하였다. 이광명은 갑산에 유배되어 그

곳의 풍물을 기록한 『이유풍속통』을 쓰고 시조도 3수 남겼다.

이광사의 〈축성가〉는 춘첩시에 해당하는 것으로, 영조 34년(1758) 유배지에서 입춘을 맞아 임금을 향한 마음을 표현한 것이다. 이광사는 이진검의 다섯째 아들로 을해년 역옥에 연루되어 부령에 유배되었다가 신지도로 이배된 뒤에 그곳에서 일생을 마감하였다.

이광사는 유배지에서 자녀들에게 〈훈가편〉을 보내서 집안의 사정을 설명하고 당쟁에 휘말리지 말라고 하였으며, 백부 이진유에 얽혀서 6~7명의 동생과 형이 찬축되었다고 밝히면서, 번역하여 여자들에게도 주라고 부탁하였다. 길주에 유배된 넷째 형 광정에게 시를 지어서, 뿔뿔이 흩어져 유배의 길에 오른 종형제들의 사정을 일일이 적고 있고, 회령으로 유배 가던 도중에 명천에 유배된 종형 광찬을 만나기도 하였고, 영조 42년 12월에 종형이 명천 적사에서 죽자, 이듬해 3월 신지도에서 부음을 듣고 제문을 지어 아들 긍익에게 대신 곡하게 하였다. 이 제문에서 무인년 봄에 〈축성가〉를 지은 일과 이를 보고 눈물을 흘린 일을 기록하고 있다.

한편 이광사는 「동국악부」 30제를 지어서 아들 영익에게 화답하게 하여서 영익도 「동국악부」 30제를 마련했다.

뒷날 정약용은 〈탐진촌요〉 열한 번째 작품에서, 이광사가 신지도에 이배된 뒤에 그곳 사람들에게 글씨를 가르쳤다는 사실을 밝히고 있다.

이광사의 두 아들인 긍익과 영익 중에서, 긍익은 스무 살에 아버지가 유배의 길을 떠난 뒤에, 벼슬길이 막힌 채로 학문에 몰두하여 『연려실기술』을 저술했다.

부령에 유배된 이광사가 지방인들에게 글과 글씨를 가르쳤다는 이유로 진도로 이배되었고, 다시 작은 섬 신지도로 옮겨졌다. 영조 39년 5월에는 이광사를 잡아다 국문하라는 명을 내렸다가 정지하였는데, 이 무렵에 이긍익은 〈죽창곡〉을 지어서, 자신은 벼슬길이 막힌 상황에서, 유배생활을 하는 아버지 광사에 대한 염려까지 담고 있다.

둘째 영익은 열일곱 살에 이광사가 부령으로 유배를 가자 따라가서 모셨으며, 다시 신지도로 이배되자 역시 따라가서 모셨다. 이광사가 「동국악부」 30제를 지어서 아들 영익에게 화답하여 짓게 하여 영익도 「동국악부」 30제를 지었다.

이영익은 정철이 성혼을 방문하는 내용을 담은 시조를 정선이 「제기우방우계도」라는 그림으로 그리고, 신대우가 간직하고 있다가, 영익에게 한문으로 번역하여 그림 뒤에 쓰라고 부탁하자, 영조 36년에 〈번문청기우방우계가〉로 수록하였다.

Ⅳ-4. 정서 공감의 교유와 시가 향유는 1. 이형상과 이만부의 교유와 악부와 가곡 논의, 2. 신유한과 최성대의 만남과 시적 정서 교류, 3. 풍류악인의 시가 향유, 4. 여항 예인과의 교유 등을 다루었다.

1. 이형상과 이만부의 교유와 악부와 가곡 논의는 이형상과 이만부가 정서 공감의 교유를 통해 시가 향유의 이론을 교환하고 있는 점을 주목하였다.

이형상은 이만부에게 보낸 편지에서 이만부가 악부 가행과 동방 아악 삼조에 대해 주장한 것에 대한 반론을 제기하고 있다. 이만부는 가행이 악부의 지류라고 보고 있고, 평조, 우조, 계면조의 아악 삼조를 오음인 궁·상·각·치·우에 예속시켜 다룬 바 있다. 이형상과 이만부의 교유는 지역의 학문 전승을 포함하여 실학의 흐름과 연관하여 매우 중요한 의의를 지닌다. 이형상이 악학과 악부에 대해 보인 관심은 남달라서, 『악학편고』를 엮고, 강구동요를 염두에 둔 〈성고요〉, 시조를 한역한 〈호파구〉 16수, 강희맹의 〈농구〉를 차운한 〈차농구〉 14수, 그리고 〈심원춘〉을 포함하여 수십 편의 사를 지었다.

이만부는 젊은 시절 서울에서 이잠·이서 형제와 교유하였는데, 이잠의 동생인 이익으로 교유가 이어졌고, 이잠의 죽음이 이만부가 벼슬에 뜻을 버리는 전환점으로 작동했을 것으로 보인다.

이만부와 이형상의 편지에서 이만부는 악부와 가행은 변별되는 것으로 두보와 이백의 경우를 통해 확인할 수 있다고 보았고, 평조·우조·계면조의 삼조는 우리나라의 음으로 궁·상·각·치·우의 오음과는 그대로 일치하지 않는 것으로 파악하였다. 〈행용가곡〉에 대하여 이형상과 이만부가 조금씩 다르게 자기의 주장을 피력하고 있다. 이만부는 이형상의 사에 화운하였는데, 〈수룡음〉, 〈심원춘〉, 〈작교선〉 등이 그것이고, 〈수조가두〉를 서로 주고받았다.

이형상의 〈호파구〉는 16수의 시조를 한역한 것으로, 노인이나 노년의 삶을 형상화한 작품을 뽑은 것인데 하나의 주제로 작품을 모았다는 데에 의의가 있다. 『지령록』에는 모두 55수의 작품을 한역하여 싣고 있으며, 장가에 〈장진주〉, 〈옹문주〉, 〈구마련〉, 〈탄식갈〉 등 4수를 수록하여 전부 합하면 59수이다.

2. 신유한과 최성대의 만남과 시적 정서 교류는 영남의 신유한과 서울의 최성대가 〈산유화곡〉을 계기로 만나 정서의 교감을 이룬 내용을 다루었다. 당시 사람들이 두 사람의 만남을 원진과 백거이를 아우르는 원백에 견주었다. 〈산유화가〉를 두고 최성대가 원망하되 성내지 않는 서울의 고운 노래로 〈산유화여가〉를 짓자, 신유한이 〈산유화 9가〉를 지으면서 서정적 내면의 공유와 함께 지역적 정서를 고려한 변화를 꾀했다. 최성대가 민요가 지닌 본령에 바탕을 두고 지었다면, 신유한은 한나라 악부 구장의 미무(蘼蕪)의 원망을 염두에 두고 그 전통을 따랐다는 차이가 있다. 신유한과 최성대의 만남과 〈산유화가〉를 통한 정서의 방향성에 대한 신뢰는 두 사람이 교유를 지속할 수 있는 힘을 확보하였다.

신유한은 한 악부를 비롯한 기존의 노래 레퍼토리를 중요하게 다루면서 〈군마황곡〉, 〈억진아〉 등을 짓기도 하였다. 3장으로 이루어진 〈군마황〉의 첫 수는 만나게 된 즐거움[邂逅之懽]을, 가운데는 속이지 아니함[弗諼]을 말하고, 끝은 먹는 것을 더함[加飡]을 말하고 있다.

그리고 〈상수가〉 2결을 비롯하여 〈일동죽지사〉 34수 등을 지었으며 〈억진아〉, 〈장상사〉 등의 사에도 관심을 표명하고 있어서, 기존의 악곡 레퍼토리를 통하여 상황에 부합하는 노래를 만들고자 하는 의지를 읽을 수 있다. 이 밖에도 〈칠가〉, 〈양원곡〉, 〈맥수가〉, 〈고양주〉, 〈청강곡〉, 〈저난곡〉, 〈신성대모금〉 등도 남기고 있다. 한편 천용(天用)이라는 자를 가진 황용서의 별조를 말하고 있어서 노래를 부르는 방식에 있어서 특별한 음조에 대한 인식을 드러내고 있다.

한편 최성대는 〈소홀음잡절〉에서 영남의 민요와 서주 노래가 가지는 차이를 설명하고 있다. 소홀은 황해도 문화인 서주에 있는 지명으로 추정된다. 서주라는 포괄적 지역에서 구체적으로 소홀의 소리를 말하고 있다. 평소 풍요에 마음을 두고 있음을 밝히고, 다른 고을에서 "느리게 소리내네(謾咿咿)"를 주목하고 있다. 그리고 가창 방식에서 호답을 확인하고, "매미 우는 소리"가 노래를 부르는 자리에 가득하다고 기술하고 있다. 〈호중에서 나그네를 보내다〉에서는 남쪽의 노래와 이를 듣는 북쪽 나그네의 느낌이 다르다고 하였다. 최성대가 특히 주목하고 있는 것은 자기가 자란 고을의 노래[本鄕歌]라고 할 수 있는데, 이른바 '토리'에 해당하는 것이다.

그리고 부여의 노래를 들은 느낌을 남쪽 사람과 북쪽 나그네를 구분하여 설명하고 있다. 부여 사람이 남녀가 서로 주고받으면서[應歌] 노래를 부르는데, 노래를 잘 부르면 매우 애원하는 시의 제목처럼, 그 소리를 들은 북쪽 사람들이 눈물을 가리게 된다고 하였다. 실제로 "소리가 멀리 전하게[傳聲遠]" 하자면 높은 소리로 우렁차게 불러야 하는 것이니까, 남쪽 사람들이 크게 부르는 데에 익숙하다는 것이다.

신유한은 중국의 규범을 따르는 악부 지향이라고 할 수 있고, 최성대는 노래가 지닌 본질적인 속성을 파악하는 민요 지향이라고 할 수 있다.

3. 풍류 악인의 시가 향유는 18세기에 전문 예인인 가객, 금사 등이 후원자의 지원 아래 풍류 악인의 역할을 다양하게 수행한 것을 가리킨다. 종실인 서평 공자가 풍류를 주도하는 자리에 이세춘, 송실솔 등이 모여들었고, 이정보의 집에서 계섬을 비롯한 가기들이 풍류를 이어가고 있었으며, 심용이 주도한 풍류 모임에는 가객 이세춘, 금객 김철석, 가기 추월·

매월·계섬 등이 참여하였다. 이들 중에는 『해동가요』「고금창가제씨」에 이름을 올린 송용서, 지봉서, 이세춘 같은 사람이 활동하고 있어서, 창가자들이 적극적으로 활동한 시기라고 할 수 있다.

이와 함께 여항인 김순간의 집에서 창가자 김성후의 아들 김묵수가 참석하여 노래를 부른 일도 풍류 악인의 활동으로 기억할 수 있다. 가객들이 왕족이나 사대부들이 주도하는 풍류에 참여하기도 하고, 위항인들이 펼치는 청유 모임에도 참여하고 있어서 다양한 활동을 확인할 수 있다.

서평 공자의 풍류 공간에는 이세춘, 조욱자, 지봉서, 박세첨과 같은 가객들이 있었고 그 가운데 송용서가 함께하였다. 〈실솔가〉로 널리 알려진 송용서는 서평 공자와 함께 〈취승가〉를 부르기도 하였다. 이옥이 「가자송실솔전」에서 주요 레퍼토리로 〈실솔가〉, 〈취승가〉, 〈황계곡〉 등을 기록하고 있다. 서평 공자와 관련한 일화로, 유최관 선대의 칠금(漆琴)을 한때 서평 공자가 보장했다가 심용에게 전했다는 기록, 화가 최북과 내기 바둑을 둔 일, 별업으로 청원정, 조계동이 서평 공자의 별업이라는 내용 등이 있다. 영조 3년 1월에 임금이 종신들을 불러서 선온하고 즐길 때, 전성군 이혼이 서평군 이요에게 거문고를 타게 하자고 청했으나 허락하지 않았다는 내용이 실록에서 확인된다.

이정보를 중심으로 한 풍류는 김조순이 지은 「시장」의 기록에서, 가집이라고 할 수 있는 『악보』에 새로운 노랫말이 수록되어 있고, 그 가운데 공이 직접 지은 것이 많았던 것으로 이해할 수 있다. 『악보』에 포함된 새로운 노랫말이 『해동가요』에 전재되었을 가능성을 짐작하게 한다. 그리고 학여울 가에 별장이 있어서 금사와 가자를 데리고 풍류를 즐겼다는 내용도 확인된다.

심노숭이 쓴 「계섬전」에서 이정보가 벼슬에서 물러난 뒤에 음악과 기예로 즐기면서 남녀 명창들에게 노래를 가르쳤다고 하였고, 가집이라고 할 수 있는 『악보』가 준비되어 있었으며 『악보』에 바탕을 두고 체계적으로 교습시킨 것을 알 수 있다. 남녀 명창 중에 계섬이 뛰어난 실력을 발휘하였다. 계섬은 어릴 적에 노래로 제법 이름이 났지만, 원의손의 집에서 10년을 지내면서도 전문 예인으로 대접받지 못했는데, 이정보의 문하에서 전문 예인으로 성장한 것이다.

심용은 당대의 가객 이세춘, 금객 김철석, 기생 추월·매월·계섬 등과 어울렸으며, 『청구야담』 권1 「유패영풍류성사」에 평안감사의 잔치와 관련한 일화가 실려 있다.

한편 심용과 자리를 함께한 인물은 유언술, 송명흠, 김근행, 이규보, 이민보, 이명중 형제, 김치인, 심준, 김치익 등이 확인된다. 특히 이민보와는 자주 모임을 가지면서 교유한 것으로 확인된다.

이렇듯 18세기에 전문 예인으로 풍류를 즐긴 풍류 악인의 시가 향유를 다양하게 확인할 수 있으며, 이와 아울러 유득공이 쓴 「유우춘전」의 해금의 명수 유우춘의 사례를 비롯하여 풍류의 삶을 입전하거나 다양한 방식으로 남긴 기록 중에서 풍류 악인의 행적을 확인하면서 논의를 확장할 수 있다.

4. 여항 예인과의 교유는 여항에서 재능을 타고 난 예인을 알아보고 긴 세월 교유하면서 그 능력을 인정한 일을 공감에 바탕을 둔 교유로 보고 그 예인과 함께 시가를 향유한 내용을 다루었다. 평안도에서 유락하며 지낸 소경 예인 백성휘는 비파와 잡가에 능하고, 평안도에서 김재찬과 교유한 전덕수는 가곡을 잘했으며, 방아찧는 일을 생업으로 살아가는 시인 이명배는 김재찬과 이영익 등과 교유하면서 용객으로 알려졌다. 이영익은 이명배를 위하여 장편의 〈용가〉를 지었다.

정내교는 패강을 노닐던 중에 비파와 잡가를 잘하는 소경 예인 백성휘를 만나서, 며칠 밤을 비파와 노래를 듣는 즐거움에 빠지고 백성휘의 사람됨에 관한 내용을 긴 제목에서 요약해서 제시하고, 아울러 절구 3수에서 자신의 태도를 표출하였다. 백성휘가 눈이 멀어서 더욱 귀가 밝았다는 사광처럼 음에 매우 예민한 예인임을 알 수 있고, 비파만 잘 타는 것이 아니라 잡가까지 잘 한다고 했으니, 긴 노래[長歌]를 잡가로 인식하고 있는 점과 함께 주목할 수 있다.

김재찬이 패강 주변에서 일흔 둘의 전덕수를 소개하고 있는데, 전덕수에 대하여, "또 가곡을 잘했는데, 늘 관아가 마치고 밤이 조용할 때가 되면 문득 구레나룻을 치켜들고 목을 당겨서 길고 짧은 여러 노래를 짓고, 가끔 초성에 들을 만한 것이 있었다. 나에게 옛날부터 전하는 사곡이 3-4편 있어서, 외어서 노래하게 하니, 한 번 보고는 한 장도 어긋나지 않았다."라고 기록하고 있다.

이영익과 김재찬 두 사람이 방아찧는 일을 업으로 삼는 용객을 주목하고 있다. 김재찬은 이명배라는 이름과 이춘배라는 이름의 두 사람을 언급하고 있고, 이영익은 이명배만 언급하고 있어서, 두 사람이 같은 용객이면서 나이가 조금 차이가 나는 것 같다.

이영익은 〈용가〉에서 이명배가 문장이 있고 학문을 좋아한다고 하면서, 집이 가난하여 곡식 찧는 일을 업으로 한다고 하면서 그 뜻을 어여삐 여겨서 장난삼아 장가를 짓는다고 하였다. 그리고 『이명배시권』을 본 뒤에 곤궁하면서도 글을 잘하는 것을 가상하게 여기고 있다.

김재찬은 「용객이명배전」에서 이명배가 시를 잘한다고 하면서, 홍세태가 김창흡을 만나서 시율로 이름을 떨친 것처럼, 이명배도 김창흡과 같은 사람을 만나면 홍세태보다 못할 리 없다고 보았다. 이명배의 나이 서른일 때에 만나서 8년 동안 사귀었으며, 용객의 시를 아는 사람이 김재찬 자신보다 나은 사람이 없다고 하였다.

〈용가행〉에서는 위항인 이춘배가 시율에 뛰어나고 해자를 잘한다고 하였으며, 명사들과 알고 지내는데, 마흔에 아내를 잃고 이듬해에 딸까지 죽었으며 노모가 있어서 도호의 곁에 집을 빌려서 곡식을 사서 방아를 찧는다고 하였다. 김재찬과는 한묵의 사귐이 있어서 가시를 짓는다고 하였다.

Ⅳ-5. 주요 인물들의 시가 활동은 1. 신광수의 가유 여정, 2. 위백규의 향촌 시가 활동, 3. 이유의 〈자규삼첩〉과 금가 풍류, 4. 김인겸의 〈일동장

유가〉, 5. 김익이 향유한 시가 범주 등을 주요 작가로 검토하였다.

1. 신광수의 가유 여정에서 신광수가 직접 지은 것으로 〈관산융마〉, 〈한벽당십이곡〉, 〈금마별가〉, 〈관서악부〉 등이 있고, 신광수가 향유하거나 언급한 작품으로 〈완산신별곡〉, 〈만월대가〉 등을 비롯하여 교방 신악, 풍요, 〈산유화〉 등을 들 수 있다. 이 중에서 〈완산신별곡〉, 〈상범가〉, 〈청석령가〉, 〈설태진〉, 〈서주가〉 등은 우리말 노래로 추정되고, 고악부와 사에 해당하는 것들도 많다. 모두 노래의 레퍼토리로 활용되었던 것들로, 〈관산융마〉가 교방에서 불리게 된 점을 환기하면 신광수의 가유 레퍼토리는 다양하며, 〈우조 영산회상〉, 〈춘면곡〉, 〈상사별곡〉 등도 언급하고 있다.

성균관에서 반장이었던 이정보를 만난 인연으로 이정보의 죽음을 애도한 점에서 이정보와의 연관을, 약관 시절 호남 유람 중 〈한벽당십이곡〉에서 전주를 중심으로 한 노래 향유의 분위기를 밝히고 있는 점, 〈송국진귀협중〉과 〈송권국진가〉에서 장안의 자제와 견주어 몰락한 권국진이 남쪽에서 지내게 된 사정, 정범조 등과 빈번하게 시를 주고받으면서 여주에서 시회를 가진 점, 관서 지역을 유람하면서 서경의 노래 문화를 집중적으로 밝히면서 〈관서악부〉를 마련한 점, 이세춘으로 알려진 가객 이응태와의 교유, 장악원 관리 정여질을 통하여 이원의 습의를 살피면서 이곳에서 습의를 하고 있던 서경 가기 모란의 안부를 확인한 점, 그리고 곳곳을 가유하면서 가기들에 대한 정보를 기록한 점, 최성대가 죽으면서 만년의 시초를 신광수에게 유탁한 일 등은 18세기 시가사의 벼리를 살필 수 있는 중요한 지남이 될 수 있다.

신광수는 금부도사로 제주에 갈 때, 함께 간 이익, 박수희 등과 가시를 지어서 해외의 풍토와 나그네로서 겪는 어려움 등을 「탐라록」으로 남겼고, 제주의 기녀 녹벽의 제자인 월섬이 이별의 자리에서 〈상사별곡〉을 부른다고 하였다.

〈금마별가〉 32수는 익산현감을 지낸 남태보의 행적을 칭송한 것으로,

풍요로 준비하여 악부의 남긴 뜻을 얻은 것으로 여겨서 여항의 사람들이 부른다면 뒷날 채시하게 될 것으로 기대하였다. 서경 유람 길에 송도에서 〈만월대가〉를 환기하고 있고, 효종에 대한 안타까운 마음을 〈청석령가〉와 연결시켜 표현하고 있으며, 연광정에서 패강기에게 준 시에서는 〈노로가〉를 듣고, 〈상범가〉를 함께 부른다고 하였고, 〈관서악부〉 108수는 평안도 관찰사로 부임하는 채제공을 위하여 마련한 것으로 성가에 올리기를 바란다고 하였다. 한편 서유의 잔치 자리에 함께 참여하여 〈관산융마〉를 불렀던 가기 모란을 기억하고 있고, 여주와 평양에서 가자 이세춘을 말하고 있다. 왕족인 인성군 이공의 현손이며 해양군 이희의 증손인 상서 이익정의 집 가희 매월에게 시를 주고 있는데, 매월은 심용, 김석철, 이세춘, 계섬 등과 집단을 이루어 활동하던 가기이다.

신광수가 포의 시절부터 교유한 인물은 채제공, 이헌경, 이동운 등이고 장성한 뒤에 교유한 사람은 홍한보, 정범조, 목만중 등이다. 한편 보령의 나이 든 사람들의 모임인 죽사기로회에 대한 관심을 여러 차례 기록하고 있다.

2. 위백규의 향촌 시가 활동은 18세기에 장흥의 향촌에 기반을 두고 활동한 내용을 주목한 것이다. 위백규는 어린 시절에 경보를 익힌 박세절에게 악곡을 배우고, 사강회 등을 통하여 학습과 실천을 아우르며, 김매기 노래인 〈농가〉 9장을 지어서 농사의 현장에서 부르는 일노래의 특성을 보이고, 〈자회가〉, 〈권학가〉 등의 가사 작품을 남기기도 하였다.

박세절은 어렸을 때 경보를 학습하여 중대엽과 평우조를 잘 불러서 듣는 사람의 심기가 편안했으며, 또 고조의 〈영산회상〉을 잘했는데, 근조에 비해서 무척 느리고 편안했다고 기록하고 있다. 우리나라 음악을 체계적으로 이해하여, 〈여민락〉과 〈보허자〉를 비롯한 아악이나 〈중대엽〉과 〈만대엽〉 등의 노래의 변천에 대해 서술한 뒤에, 수흔조, 국가, 해살조, 오장단창 등의 성격에 대하여 기술하면서, 느린 음악에서 빠른 음악으로 바뀌고 새로운 것을 좋아하고 옛것을 싫어하는 경향을 지적하고 있다.

위백규의 향촌 시가 향유에서 주목할 수 있는 것이 사강회 활동이다. 지역적으로 편중된 데다 대대로 벼슬마저 끊어진 집안에서 사강회는 집안을 중심으로 한 향약이라고 할 수 있는 것으로, 선조의 뜻을 받들어 농사에 힘쓰고 형제들과 화목하게 지낼 방법을 마련하는 방안으로 규약과 계획을 마련한 것이다. 그리고 규약에서 강회의 규정인 「강규」와 농사의 규정인 「농규」를 주목할 수 있다.

위백규가 9장으로 지은 〈농가〉는 「농규」에서 규정한 바와 같이 일을 하는 과정과 서로 대응된다. 〈농가〉는 첫째 수에서 여섯째 수까지 「농규」의 규정에 대응하는 김매기의 일과를 기술한 뒤에, 일곱째 수에서 아홉째 수까지 농사 과정의 다른 일정까지 기술하는 것으로 구성하였다.

3. 이유의 〈자규삼첩〉과 금가 풍류는 왕족인 이유가 지은 〈자규삼첩〉을 확인하고 이유의 금가 풍류를 주목한 것이다. 왕족인 이유가 영조 7년 무렵에 단종의 〈자규사〉를 생각하면서 장릉참봉으로 〈자규삼첩〉을 지은 것인데, 후서에서 그 사정을 설명하였다.

이유는 양천에 소악루를 마련하고 행호의 귀래정에 마음을 둔 김시민과 밀접하게 교류하였는데, 이를 양행풍류라 명명하였다. 이유와 김시민은 선공감, 사직서 등에서 같이 근무하면서 뱃놀이를 약속하는 등 난정회의 속회로 풍류를 이어갔다. 한편 필운대의 상화에 이유가 거문고를 들고 참석하였다.

이유는 어느 곳을 다닐 때마다 거문고를 들고 다닌 것으로 확인된다. 심상정, 김치후, 이광덕 등의 시에서 이유의 금가 풍류를 확인할 수 있어서, 이를 찾아가는 풍류라고 할 수 있다.

또한 이유는 양천의 강가에 소악루라는 작은 정자를 마련하고 사람들을 초대하여 거문고와 노래의 풍류를 즐기면서 지냈다. 윤봉조와 윤봉구를 비롯하여 그의 집안 사람들이 찾아와서 이유와의 풍류에 참여하였는데, 소악루로 이유를 찾아오는 사람들의 풍류를 맞이하는 풍류라 부를 수 있다.

4. 김인겸의 〈일동장유가〉는 영조 39년(1763) 8월에 계미통신사 사행의 삼방서기로 참여하여 왕래 사행의 전말을 매우 자세하게 기술한 장편 사행가사이다. 〈일동장유가〉는 긴 여행의 일정을 자손에게 보이고자 지은 가사이다. 삼방서기로 참여한 사행 체험을 자손을 독자로 설정하여 기술하고 있다. 가사의 진술에서 자손에 대한 화자의 주관적 입장이 두드러지게 드러나고, 직접 목격하고 체험하는 상황과 대상에 대하여 가지는 화자의 태도와 그 표현 양상을 가사라는 갈래적 속성과 관련하여 주목할 수 있다.

〈일동장유가〉는 장편의 가사라 다양한 정보를 담고 있어서, 사행의 일정과 〈일동장유가〉의 구성, 자아 인식과 가계에 대한 자부심, 피아의 구별과 호오의 차이, 대상에 대한 표현 양상과 그 의미, 임진년의 기억과 일본에 대한 인식 등으로 나누어 살폈다.

5. 김익이 향유한 시가 범주는 김익의 〈단가〉 6수에 치성 작, 탐라 작, 능성 작, 동주 작과 같이 지은 지역을 표시하고 있어서 그의 행적과 연계하여 살폈다. 문집에 수록된 시편과 연계하여 〈단가〉 6수를 이해하는 방법을 택하였다. 그 과정에서 〈관동별곡〉의 구절을 받아들이는 과정, 염체 등에 대한 관심, 신번을 들으면서 감흥을 새롭게 하기, 〈구운몽〉의 진채봉과 이름이 같은 기녀의 이름을 통해 〈구운몽〉을 환기하는 내용도 관심의 대상으로 삼았다.

탐라 작 2수는 영조 45년 2월에 제주에 유배되어 지은 것으로, 첫째 수는 소상강과 영주 바다를 연결시켜 자신과 굴원을 견주고 있고, 둘째 수는 일엽주를 타고 있는 외로운 신하가 북두성을 바라보며 눈물겹게 임금을 그리워하고 있다.

치성 작 2수는 영조 46년 8월에 경성판관으로 부임한 뒤에 지은 것으로, 관리로 부임하면서 유배를 떠나는 내면으로 말하고 있어서 변방의 외직에 관한 의식의 내면을 짐작하게 한다. 치성 작에서 〈사미인곡〉을 언급하고 있거나, "구중금궐", "님겨신 듸" 등을 드러내고 있는 데서 그 내면을 짐작할 수 있다.

동주 작 1수는 영조 51년 1월에 철원부의 풍천역에 3년간 도배되었을 때 지은 것으로, 다른 지역과는 달리 특별한 감정의 노출이 없이, 적막한 깊은 골짜기에서 은군자를 찾아보겠다는 마음이 드러난다. 그런데 〈철원〉을 읊은 시에서는 〈관동별곡〉에서 북관정을 읊은 대목을 환기하면서, "동주 밤 계오 새와 북관정의 올나ᄒᆞ니, 삼각산 제일봉이 ᄒᆞ마면 뵈리로다"라고 읊은 대목을 한역하고 있다.

능성 작 1수는 영조 50년 10월에 동부승지로 임명되었을 때, 형의 임소인 삼등에 있어서 체직된 기록이 확인되므로, 이 무렵에 지은 것으로 볼 수 있다. 이 작품은 유배살이와 관련된 작품들과는 달리 붉은 여뀌꽃이 깊은 한적한 강호에서 지내는 삶을 읊고 있으며, 더욱이 백구에게까지 아는 척 하지 말라고 할 정도이다. 그리고 〈능성호사가〉는 일흔 두 살의 민노인이 마음대로 노래하는데 상성을 잘하며, 〈양관곡〉 3첩과 5첩도 부른다고 하였다. 그리고 능성의 기녀 진채봉이 〈구운몽〉에 나오는 진채봉과 같다는 데서 염체를 짓기도 하였다.

V. 18세기 시가사의 새로운 변화 양상은 1. 문답 시가를 통한 주체적 태도 표현, 2. 천주학에 대한 믿음과 배척, 3. 〈백화당가〉의 실상과 정치의 뒷마당, 4. 마성린의 가우 교유와 시조 한역, 5. 염곡에 대한 새로운 주목과 그 양상, 6. 노래를 그림과 함께 향유하기, 7. 우리말 노래 선언과 유득공의 〈동인지가〉, 8. 서양금과 풍금을 통해 본 새로운 음악 세계 등에 초점을 맞추어 검토하였다.

1. 문답 시가를 통한 주체적 태도 표현은 〈장시조〉, 〈승가〉, 〈화전가〉, 〈상사곡〉 등을 통해 두 명 이상의 화자가 서로 묻고 답하는 시가에서 화자의 일방적인 진술에서 화자의 주체적이고 개성적인 태도를 표현하는 방향으로 전환하는 양상을 확인할 수 있다.

〈장시조〉의 진술에서는 며느리와 시어머니의 대화에서 시어머니가 며느리의 시각에서 이해하면서 쉽게 해결되는 반면, 첩과 아내의 갈등이 그대로 노출되기도 하고, 동냥 승과 홀 거사의 문답에서는 비유적으로 나타나기도 하며, 여승에게 구애하는 내용이 나타나기도 한다.

여승에게 구애하고 대응하는 내용은 이른바 가사 〈승가〉 연작을 통해 살필 수 있다. 〈송여승가〉, 〈승답사〉, 〈재송여승가〉, 〈여승재답사〉의 연작으로 남성이 여승을 향해 애정을 표현하고 그에 대응하는 여승의 태도를 드러내는 노래인데, 표면적으로 계양 호걸 또는 경화 호걸과 여승이 화자로 설정되어 있으면서, 삼첩의 노래로 인식되고 있다. 〈송여승가〉와 〈승답사〉를 통합하여 정리한 〈승가타령〉도 있다. 작가로 남휘(南徽)를 지목한다. 〈여승재답사〉에서 여승의 태도가 극락세계를 설정하여 끝내 거절하는 것과 환속하여 사랑을 택하겠다는 태도로 갈리고 있어서 태도가 다르게 나타나는 의미를 해석할 수 있다.

〈화전가〉와 〈반화전가〉, 〈조화전가〉와 〈반조화전가〉를 통하여 인식 차이와 문답 내용을 살피면서 〈화전가〉의 일반적 특성과 다른 양상을 확인할 수 있다. 〈화전가〉와 〈반화전가〉는 각각 여성과 남성을 화자로 설정하고 있는데, 대상으로 삼은 〈화전가〉는 영조의 회갑 년인 영조 30년에 지은 것으로, 부녀자들이 규중에 갇혀 있다가 꽃피는 봄날에 칠곡의 소학산으로 추정되는 곳에서 화전놀이를 하면서 가슴이 상쾌해진다고 하였다. 〈반화전가〉는 숙종의 계비 인원왕후가 회갑을 맞은 영조 23년에 지은 것으로 추정할 수 있다. 지은 시기가 달라서 문답으로 파악하기는 어렵고 인식의 차이를 드러낸 것으로 이해할 수 있다. 〈조화전가〉와 〈반조화전가〉는 문답 또는 반박과 재반박의 구성으로 볼 수 있는데, 〈조화전가〉는 홍원장이 지은 가사이고, 〈반조화전가〉는 이중실의 아내인 안동권씨가 영조 22년에 지은 것이다. 〈조화전가〉는 화전놀이 자체를 부정하기보다 여자들이 참여하는 화전놀이를 약간 부러워하면서 참여하지 못하는 아쉬움이 내포되어 있다. 실제로 남성들의 화전놀이가 무산된 데 대한 탄식을 한 뒤에, 여성들의 화전놀이에 대한 묘사와 조롱으로 이어지고, 이어서 여성들의 화전놀이에 대해 비판적으로 평가하고 있다. 그러나

〈반조화전가〉는 〈조화전가〉가 지닌 태도를 바로 지적하면서, 여자들을 "긔롱"하는 것에 대하여 "가쇠로다", "우읍〃외"라고 하면서 도리어 비웃는 태도를 보인다. 〈조화전가〉가 남성들의 화전놀이가 준비 부족으로 무산된 데 대한 자탄에 이어서 부녀자들의 화전놀이를 묘사하면서 조롱하고, 비판적인 태도를 드러내고 있음에 비해, 〈반조화전가〉는 조롱에 대한 감정이 앞서면서 〈조화전가〉에 대한 공격으로 일관하고 있다. 화전놀이 자체에 대한 긍정적 인식이나 놀이의 즐거움을 마음에 담는 기술은 잠시 미뤄두고, 선비들에 대한 비난이 중심을 이루고 있고, 그 기준이 오히려 남성적 기준에 있다는 점에서 진정한 문답이나 대화라고 하기 어려운 일면이 있다. 〈조화전가〉의 작가와 〈반조화전가〉의 작가가 과잉의 반응을 깨닫고 새롭게 고치고 있다는 데서, 진정한 소통이나 대화의 실마리를 기대할 수도 있을 것이다.

〈규수상사곡〉과 〈상사회답가〉에서 〈규수상사곡〉은 어릴 때부터 같이 지내면서 짝사랑하던 남성 화자가 그 여성이 미리 출가하자 그 여인을 그리워하는 마음을 표현한 가사이고, 〈상사회답가〉는 〈규수상사곡〉에 대한 대응의 발화인데, 결혼 전에 미리 말이라도 하였더라면 그 마음이라도 알았을 터인데, 언약도 하지 않고 혼자 마음으로 짝사랑만 하다가 느닷없이 이런 서찰을 보내어 마음을 흔들고 있다고 하면서도, 결국 사세가 이런 것도 천정이라고 인정하고 만날 약속을 정하자는 것으로 마무리한다. 한편 〈상사별곡〉은 규칙적인 율격으로 하루아침에 낭군과 이별한 여성 화자의 일방적 발화로 진술하고 있다.

2. 천주학에 대한 믿음과 배척은 서학으로 부른 천주학에 대한 믿음의 차이와 그 반응이라고 할 수 있는데, 천주교를 옹호하면서 지은 〈천주공경가〉와 〈십계명가〉, 천주교에 반대하여 지은 〈경세가〉, 〈심진곡〉, 〈낭유사〉 등을 살폈다.

천주가사는 천주에 대한 긍정적 인식을 바탕으로 천주를 믿으라고 권유하는 가사를 가리키는데, 이벽이 정조 3년에 지은 〈천주공경가〉가 대표적이다. 사람은 죽어도 영혼은 남는 것이므로 살아서는 인륜 도덕을 지키고 아울러 영혼으로 천주를 공경해야 할 것인데, 이것을 모르거나 공경하지 않으면 죄가 점점 쌓여서 지옥에 가게 된다는 것이다. 천당과 지옥에 대한 시비를 할 것이 아니라 일단 믿고 깨닫게 되는 것이 중요하다고 강조한다. 사후를 인정하는 사생관에 바탕을 두고 있고, 부모와 임금을 인정하는 바탕에서 천주 공경을 해야 한다고 하고 있다.

이가환의 〈경세가〉는 이벽의 〈천주공경가〉에 대한 답가의 성격을 지니면서 천주에 대하여 비판하는 가사로 볼 수 있다. 〈경세가〉에서 제기하는 질문은 동방에서 천만년 동안 죽은 사람이 모두 지옥에 갔는가? 그러면 천주를 왜 몰랐으며, 옛적에는 왜 보지 못하였는가? 천주는 사람으로부터 공경을 받아서 무엇하는가? 뱃속에서 죽은 자식의 영혼은 어디로 갔는가? 등등 천주교에서 주장하는 천주, 천당, 지옥 등에 대하여 반문하고 있다. 쑥덕거린다고 천당에 가는 것이 아니니, 제 분수를 지키고 살자는 것으로 마무리한다. 그런데 이가환은 뒷날 신유박해에 천주교도로 몰려 처형을 당했다.

그리고 이기경의 〈심진곡〉과 〈낭유사〉도 벽위 가사에 해당하는데, 〈심진곡〉은 정조 15년에 함경도 경원으로 유배를 가서 지은 것으로, 사람이 살아가는 진리가 오륜에 있으므로 천주교가 천당이니 지옥이니 하는 설로 현황하게 한다고 하면서 바른길로 가기를 권면하고 있고, 〈낭유사〉도 같은 시기에 지은 것으로, 허랑하게 다니지 말고 고향으로 돌아와서 유교를 실천하는 것이 바르다고 강조하는 가사이다.

18세기 후반 천주가사와 벽위 가사의 출현은 천주교에 대한 찬반을 넘어서서 인식의 틀을 재론하는 사생관의 변화라는 점에서 침착하게 살필 필요가 있다. 사후 세계를 인정하는 사생관의 경우에 인식 방식에 따라 현실의 삶을 제어할 수 있는 준거로 작동하기 때문이다.

3. 〈백화당가〉의 실상과 정치의 뒷마당은 정조가 하사한 정동준의 백화당에서 잔치를 베풀면서 정치의 이면을 조종하고자 했던 정동준의 잔

치 마당을 다룬 〈백화당〉를 통해 참석자들의 특성과 정치의 뒷마당을 살핀 것이다.

백화당은 정조가 정동준에게 하사한 집으로 이곳에서 당시의 명사들이 모여서 잔치를 베풀기도 하였는데, 이 연회의 광경이 가사 〈백화당가〉에 기술되고 있다.

〈백화당가〉는 정동준의 첩으로 추정되는 성천집이 백화당의 놀이를 기획하고 주관한 것으로 보이는데, 홍낙성을 대신하여 홍의영, 이병모, 정창순, 서유방, 이민보, 홍억, 서형수, 심환지, 이병정, 심이지, 홍양호, 김사목, 이형원 등이 초대되고, 생원 박삼원의 '닙타령'이 나오고, 윤행임, 윤노동, 유언국, 김이도 등의 인물과 수청방에서 투전놀이를 하면서 실제적인 잔치를 벌이는 원재명, 서유방, 이통유, 박의록, 홍정간과 그 뒤에 한 발 떨어진 홍대협이 등장하고, 다음에 초대해야 할 인물로 서원덕[유린], 정희숙, 남공철, 서형보, 서유문 등이 언급되고 있다. 〈백화당가〉에서 실제 초대된 명사들의 인품이나 평판, 특성 등을 서술하고 있는데, 잔치 마당의 음식, 놀이를 비롯한 행적이나 대화가 구체적으로 형상화되고 있지 않다. 그리고 부류를 달리하여 윤행임 등, 원재명 등, 홍대협 등으로 나누어 역할을 다르게 하고 있다. 한편 실제 잔치 마당에서 윤행임, 윤노동, 유언국, 김이도 등이 앞에서 제시한 당대 명사들과는 한 단계 낮은 사람들로 보여서 정치 현실에서 정동준과 연계하여 활동한 역할이 궁금하고, 생원 박삼원이 '닙타령'을 잘한다고 했는데, 예능인으로 잔치 마당에 참석했을 가능성이 높다. 그리고 원재명, 서유성, 이통유, 박의록, 홍정간 등이 수청방에 앉아서 투전놀이를 하다가, 정동준을 불러내어 음식을 차리게 하여 진짜 잔치 마당을 베풀고 성천집이 나와서 턱을 받치고 영감 자랑을 늘어놓고 있는데, 이 대목을 〈백화당가〉 잔치 마당의 핵심이라고 할 수 있다.

다시 시간이 흐르고 뒤에 처져 있던 홍대협이 주인 영감에게 '이속전유(以續前遊)'를 말하면서 그날 모임에 참석하지 못한 서원덕(유린), 정희숙, 남공철, 서형보, 서유문 등을 초대하라고 권하고 있다. 홍대협은 위에서 초대된 인물로 나오는 홍억의 아들로 형은 홍대응이며 아우는 홍대형이다.

4. 마성린의 가우 교유와 시조 한역은 마성린을 중심으로 그가 교유한 가객들을 확인하고 시조 한역의 내용을 살피고자 한 것이다. 위항 시인 마성린은 대대로 서리 등을 역임한 중인으로 어려서부터 서예에 남다른 연습을 하였고, 정선에게 산수화를 배웠으며, 홍세태의 뒤를 이은 정내교의 다음 세대로서 어린 시절부터 같은 지역의 뜻이 맞는 사람들과 글씨, 그림, 시 등에 관심을 쏟았고, 노년에는 송석원 등에서 다음 세대인 천수경 등과 시를 짓는 등 위항 예인으로서의 위상을 높인 인물이다. 문집으로 『안화당사집』을 남기고 있는데, 여기에 가우 교유를 비롯하여 시조 한역이 수록되어 있다.

16세인 임술년에 필운대 아래의 유괴정사에서 습자할 때, 꽃이 피고 꾀꼬리가 울거나, 황국이 피는 중양절이면 일대의 시인, 묵객, 금우, 가옹이 모여 시회를 가졌는데 그 중에 가객 김우규가 참여하고 있었고, 52세 9월에 시한재 주인 김순간의 초대에 참여하였는데, 이효원과 최윤창이 바둑을 두고, 금객 이휘선이 거문고를 타고 있으며, 소년 금사 지대원이 이휘선과 가락에 맞추고 있고, 선가자 김시경[묵수]이 노래를 부르고 있었으며, 유천수가 금조와 가곡의 평론을 맡고 있고, 윤숙관이 그림을 그리고 있었다. 금자, 가자, 시자, 서자, 음주자, 위기자가 각각 그 흥취를 다하고 있는 광경이었다. 주인이 삼십 년 전의 〈모암시회도〉를 꺼내면서 오늘의 모임도 삼십 년 뒤에 다시 볼 수 있으면 좋겠다고 하였다. 금사 이휘선이 취흥을 이기지 못하여 통소를 한 곡조 불렀고, 주인 김순간이 마성린으로 하여금 「시한재청유서」를 쓰게 하였다. 김우규와 김묵수의 시조는 『청구가요』에 수록되어 있다.

마성린의 시조 한역은 세 부분으로 나누고 있는데, 〈단가해 고시 17수〉, 〈단가해 장단사 15수〉, 〈희증미기 고시 9수〉로 모두 40수이다.

5. 염곡에 대한 새로운 주목과 그 양상은 18세기에 염곡을 새로 주목한 태도를 검토하면서 최성대의 〈신성염곡〉, 이옥의 〈염조〉, 염곡에 대한 이면적 태도 등을 살핀 것이다.

이덕무가 남녀 애정을 노래한 염사와 소설을 아울러 비판한 데 반해, 윤기는 염사는 시어가 내밀하고 사적이며, 문체가 섬세하고 공교로워 자잘한 기예 중에서도 자잘한 기예라고 하면서도, 인정 가운데 크게 볼만한 것이 있다고 긍정적인 태도를 보이면서 염체 10수를 지었다.

최성대는 당시에 신성이 유행하고 있는 현실을 고려하여 새로운 변주인 신성으로 부를 수 있도록 〈신성염곡〉을 마련하였는데, 기존의 염곡과는 다른 변화를 꾀하여 사랑을 노래하려고 한 것이다. 〈신성염곡〉은 신성을 강조하면서도 거문고를 타며 노래를 부르는 화자의 내면이 일렁이면서 움직이는 과정을 색채와 소리의 대비를 내세워 매우 섬세하면서도 자연스럽게 이어가고 있다. 10수가 연작에 버금가도록 정서가 이어지게 배려한 점은 계기적 구성이라고 할 수 있다. 〈고염잡곡〉의 개별성에 견주었을 때 〈신성염곡〉은 연작으로 볼 수 있을 정도로 색채와 소리 등의 대비를 통하여 배경의 이동을 드러내고 내면의 일렁임을 시간과 상황의 추이에 따라 다르게 형상화하고 있어 염곡의 전통에서 크게 주목할 수 있다.

이옥은 『이언』에서 아조, 염조, 탕조, 비조로 나눈 가운데 염조 18수를 수록하고 있는데, 일상의 삶 속에서 교만하고 사치함, 가볍게 움직임, 자랑하면서 꾸미는 것 등 사람이 지닌 경박하고 자신을 중심으로 움직이는 모습을 포착한 것으로 볼 수 있다.

염곡, 염체 중에서 '장난삼아[戱]', '비겨서[擬]' 등의 뜻으로 쓴 작품들이 다수 있는데, 이는 염곡에 대한 적극적인 태도가 부담스러운 상황에서 장난삼아 쓴다고 하면서 이면으로 염곡에 대한 관심을 환기한 것이다. 이미 정홍명이 〈희효염사잡체〉를 지었고, 18세기에 남유상의 〈염곡에 비기다〉, 정범조의 〈장난삼아 염곡을 본받다〉, 성해응의 〈장난삼아 염체를 짓다〉 등이 그것이다.

6. 노래를 그림과 함께 향유하기는 전승하는 가곡을 그림으로 그리고 이에 후서 등을 덧붙여 가화첩으로 향유하는 것을 가리킨다. 이신의의 〈사우가〉를 그림으로 그리고 후서를 청한 것이나, 정철의 〈재너머~〉를 정선이 그림으로 그리고 신대우가 소장하면서 이영익에게 시를 지어달라고 부탁한 것 등이 그 사례이다.

〈사우가〉는 이신의가 광해 9년 폐모 사건에 헌의하였다가, 이듬해에 회령으로 천극되어서, 이곳에서 북병사 이수일에게 편지를 보내어 소현금을 구한 뒤에, 소나무, 대나무, 매화, 국화를 네 벗으로 삼아 〈사우가〉를 짓고 거문고를 타며 고고한 의취를 담은 작품이다. 18세기에 5대손인 이상규가 그림을 그리는 사람에게 사우인 소나무, 대나무, 매화, 국화를 그리게 하고 그 위에 노래를 써서 전승할 목적으로 심조와 이익에게 후서를 청한 것이다.

정철이 성혼을 찾아가면서 지은 〈재너머~〉는 정철의 호방함을 보여주는 작품이라 할 수 있는데, 겸재 정선이 이를 그림으로 그리고 신대우가 보관하고 있다가 이영익에게 시를 지어달라고 요청한 것이다. 이영익이 시를 지은 것이 경진년이니 신대우가 26세, 이영익이 23세 때의 일이다. 신대우와 이영익은 동서 사이로 인척이기도 하지만, 정제두의 양명학의 영향권에 놓이는 강화학파의 계보에 속하기도 한다. 이들 집안에서 다음 시기에 벼슬길을 회복하고 경륜을 펴기도 하였고, 강화학파의 양명학이나 축적된 학문을 이어간 점은 주목할 일이다.

7. 우리말 노래 선언과 유득공의 〈동인지가〉는 우리말 노래 선언의 내력을 살피면서 유득공이 〈동인지가〉에서 우리말 노래가 중심이 되어야 한다는 선언을 주목한 것이다.

우리말 노래의 중요성을 강조한 것은 17세기 후반의 김만중과 18세기 후반의 홍대용의 주장에서 확인할 수 있는데, 유득공이 〈동인지가〉에서 우리 시가의 본질이 우리나라 사람들이 부르는 노래라는 너무나 당연한 명제를 제시하고 있어서 자연스러우면서도 파격적이다. 시와 가를 변별하면서 노래 흉내를 내려고 했던 사를 배격하고 있기 때문이다. 사에 대한 부정적 시각을 여과 없이 노출하고 있는 점이 관심을 끈다. 자구를 따르고 평측을 본뜨면서 사패만 내세우니 고루하다고 본 것이다. 비판 대상을 우리나라의 노래 전반에 대한 진술이나 관심보다 우리나라 사람들이 짓거나 부르는 '사'에 한정하고 있어서 논의의 한계가 드러난다. 그 대안으로 "거리의 아이들과 마을 아낙들이 순전히 우리말로 자기 성정을 표현해 부르는 노래"를 구체적으로 제시하고 있다는 점은 주목할 수 있다. 김만중과 홍대용이 구체적 작품을 제시하지 않은 것과 견줄 수 있는 대목이다. 다만 "십여 수를 번역하였는데 대략 뜻만 따라서 엮고 운"을 붙인다고 한 점도 아쉽다. 유득공이 택한 "번역"과 "운"이 앞에서 우리나라 사람들이 부른 사를 비판하면서 내세운 "자구"와 "평측"과 어떤 차이가 있는지 궁금하기 때문이다. 그런데 장시조까지 포함하여 15수를 제시하고 있어서 그 안목을 높이 평가할 수 있다.

그런데 우리나라 사람들이 부른 노래를 그대로 싣지 않고 한역하여 실은 것은 "우리나라 사람들이 부르는 노래가 바로 우리나라 사람들의 '사'이다."라고 한 자신의 선언을 지키지 않은 것이고, 그것도 노래 그대로 한역하지 않고 축약하여 5언 4구로 압운하여 한역한 점이 노래의 실상에 대한 이해를 온전하게 하는 데에 난관이 될 수 있다. 한편 유득공은 〈고잡곡에 비기다〉 10수에서 사랑 노래에 주목하고 있어서 노래 지향의 태도를 확인할 수 있다.

8. 서양금과 풍금을 통해 본 새로운 음악 세계는 철사금이라는 서양금이 유입되면서 정률을 마련할 수 있으리라는 기대와 북경 천주당에서 풍금을 확인하면서 음률의 청탁과 고저를 맞추고, 대소 장단에 따라 음률을 다르게 하는 방법을 발견할 수 있을 것으로 기대한 내용을 살폈다.

서양금을 마주한 홍대용이 "근래에 2현 즉 변궁·변치를 더하니, 12율과 4청성이 3품에 명료할 뿐더러, 또 조현도 매우 편리하고 상생도 분명하다. … 기장의 크기와 줄의 굵기가 균일하기 어려운 것에는 비견되지 않는다. 지금 세상에 살며 정률을 구하려 한다면 이런 거문고를 놓아두고 어떤 것으로써 하겠는가?"라고 한 내용이 서양금이 지닌 핵심이다.

북경 천주당에서 홍대용이 직접 만져본 풍금은 내부를 살피지 못한 상황에서도, 길이와 몸피를 통하여 음률의 청탁고저를 맞춘 것을 파악하고, 말뚝을 누르고 놓음으로써 천하의 참치한 음률을 갖추어서 고금의 희한한 제작으로 보고 있다. 바람을 빌어 소리를 나게 하고, 바람을 비는 법을 풀무 제도와 한가지로 파악함으로써 그야말로 바람 거문고인 풍금에 부합하는 것으로 이해한 것이다. 그리고 소리의 청탁고저가 각각 통의 대소 장단을 따라 음률을 다르게 하는 것까지 터득하였다. 처음 보는 악기를 자세히 관찰하고 두어 번 눌러보아 그 원리를 터득한 셈이다.

홍대용은 나라에서 도움만 준다면 스스로 풍금을 만들 수 있다고 하면서, 천주당에서 본 풍금에서 음률의 청탁과 고저를 맞추고, 대소 장단에 따라 음률을 다르게 하는 방법을 발견한 것을 실행할 수 있었을 가능성을 기대하였다. 바로 실현하지 못한 아쉬움이 있지만 서양금과 풍금은 18세기 후반의 새로운 변화를 예고하는 기미에 해당하는 것이다.

Ⅵ. 결론은 지금까지 논의한 내용을 요약 정리하고, 18세기 정치·사회 변동에 연계하여 시가사를 검토하는 과정에 주목할 수 있는 국면이나 작가와 작품을 환기하고, 앞으로 해결해야 할 과제가 무엇인지 고민하면서 여전히 궁금하게 남은 부분과 미진한 부분을 밝히고자 한다.

Ⅰ부 서론에서 Ⅴ부 18세기 시가사의 새로운 변화 양상까지 요약 정리한 내용을 종합적으로 고려할 때, 시가사의 추이를 주목하면서 이룬 성과를 다음 몇 가지 항목으로 제시할 수 있다.

첫째, 정치·사회 변동은 환국에서 탕평으로, 외면과 이면에서 이면에 대한 비판적 검토, 북경에서 마주한 천주당과 풍금, 노론 경화세족의 견고한 지배 구조, 홍세태, 정내교 등의 위항 중인의 성장 등을 주목하여 살폈는데, 겉으로는 융성한 듯한 문화를 보는 듯했으나, 19세기 이후 노론 경화세족의 특정 집단이 세도(勢道)를 부리면서 외부로부터의 충격과 변화에 제대로 대응할 수 있는 능력을 갖추지 못했다.

둘째, 시가사의 추이는 여러 방향에서 감지할 수 있는데, 우선 〈산유화〉를 주목하면서 지역의 정서에 관심을 가진 최성대의 태도를 주목할 수 있다. 향랑의 〈산유화가〉를 접하면서 〈산유화여가〉로 전환시킨 일도 대단하거니와 〈소홀음잡절〉에서 각 지역 민요가 정서의 차이를 지니고 있음을 간파한 점도 민요에 대한 정확한 이해에 해당하는 것이고, 사랑 노래의 전통인 〈신성염곡〉에서 시대의 흐름을 반영하여 신성으로 염곡을 마련하면서 색채와 소리 등의 대비를 통하여 배경의 이동을 드러내고 내면의 일렁임을 시간과 상황의 추이에 따라 다르게 형상화한 점은 근대 서정시에서도 그리 흔히 볼 수 있는 것이 아니라는 점에서, 민요의 서정에 근간을 둔 최성대의 서정적 인식을 높이 평가하면서 이를 체계화하는 일이 중요한 과제로 제기된다. 이와 함께 최성대와 만나면서 정서를 교유한 신유한도 함께 주목할 수 있다. 다만 신유한이 중국에서 온 기존의 관습을 옹호하는 태도를 보였다면, 최성대는 민요에 주목하면서 본질을 파악하고 있었다고 할 수 있을 것이다.

셋째, 『청구영언』과 『해동가요』를 비롯한 가집이 엮어지면서 작품을 수집·정리하고 그 기준과 범주를 정하려는 노력은 악곡과 연계된 시가의 독자 영역을 세우고자 한 과정으로 이들 편찬자에 대한 평가에 인색하지 말아야 할 것이다. 『청구영언』(1728)의 규범 마련은 매우 중요한 성과이며, 『청구영언』(장서각본)을 3부 구성으로 파악하여 그 실상을 정확하게 진단하고 다른 가집과의 연계를 살피는 일은 새로운 과제가 될 것으로 보인다.

넷째, 17세기와 18세기를 이어주는 고리 역할을 한 사람들에 대한 평가도 소홀히 하지 말아야 할 것이다. 김창업, 조정만, 김시보 등이 그들이며, 18세기 시가사의 각 국면마다 김시민의 역할도 크게 주목할 수 있다. 김창업은 『연행일기』를 남기고 있고, 〈금일곡〉 등의 가곡을 향유하였으며, 김시보 등과 행호선유에서 금사 김성기 등을 만나 풍류를 나누었고,

『청구영언』에 가곡 3수를 수록하고 있다. 조정만은 노래로 부를 수 있는 여러 레퍼토리를 향유했으며, 권섭의 노래에 대한 반응을 보이기도 하였고, 김시보는 거문고를 즐기며 중대엽에 깊은 관심을 보이고 있으며, 〈풍아별곡〉을 지은 권익륭과 오랜 기간 교유하고 있다. 이들은 개인의 역할도 중요하지만 시가 향유의 고리를 연결하고 있다는 점에서 더욱 주목할 수 있다. 한편 김시민은 김광욱·김성최로 이어지는 행호의 귀래정풍류에 속하면서, 『해동가요』에 작품을 수록하고 있는 조명리, 이유 등과 밀접하게 연결되어 있어서 시가사의 추이를 살피는 데 중요한 인물로 평가할 수 있다.

다섯째, 16세기에 지어진 정철의 작품이 17세기에 인품에 대한 시비가 일기는 했지만, 18세기에도 여전히 지속적인 반응을 보여서, 정철 작품의 수용과 영향에 대한 관심도 놓칠 수 없다. 〈관동별곡〉, 〈사미인곡〉, 〈장진주사〉 등 개별 작품의 전편을 한역하기도 하고, 해당 지소와 연계하여 부분을 한역하면서 수용하는 사례가 빈번하게 일어나고 있는 점을 일일이 확인해야 할 것이며, 그 가운데 서명서가 "구절에 따라 상세하게 논"한다고 하면서 〈관동별곡〉을 연군지의와 제세지의로 나누어 각 구절을 분석한 것은 〈관동별곡〉 작품론의 모범적 사례에 해당한다. 이와 함께 〈단심가〉, 〈철령가〉, 〈청석령가〉 등은 작품의 의미를 강화하거나 정치의 득실에 활용하는 목적으로 수용하고 있어서 이에 대한 변별적 검토가 병행되어야 할 것이다.

여섯째, 효종의 작품으로 전승된 〈청석령가〉는 소현세자의 작품으로 돌려준 뒤에, 인조가 지은 〈작구가〉와 연계하여 이해해야 할 것이며, 이와 함께 효종의 작품으로 전승되는 과정에 끼친 반향은 별도로 탐구해야 할 것이다. 장현의 작품으로 전해지며 "압록강 히진 후에"로 시작하는 〈압강낙일지곡〉도 남선의 작품으로 돌려주어야 할 것이다. 전승 과정이나 가집에 수록되는 과정에 작가가 와전되거나 작가를 잃게 된 경우 등을 면밀히 검토하여 정확하게 사실이라고 밝혀진 경우에도 와전된 상태를 진실이라고 믿는 잘못을 되풀이하지 말아야 할 것이다. 정치·사회 변동 과정에 정치적으로 소외되거나 배척되는 경우에 이런 현상이 나타날 수 있다는 점을 이미 17세기 후반 이서우의 〈대주요〉 등에서 확인한 바 있으므로, 18세기에도 이런 사례를 확인하여 바로잡도록 해야 할 것이다.

일곱째, 18세기에도 노래의 레퍼토리가 거문고 연주와 함께 연행되고 있는 현실에서 곡조의 변화에 대한 인식과 그 추이를 살피는 일이 중요함을 확인하였다. 고조를 지향하면서도 실제로는 금조, 신성에 쏠리고 있는 현실을 인정하면서, 심육의 시 5수에서 유덕휘가 거문고를 타면서 스스로 신번 여러 가락을 얻었다고 하면서 고조에서 신번으로 변화하게 되는 과정을 밝힌 내용을 주목하였다. "졸졸" 흐르는 물을 표현하듯이 "콸콸" 쏟아지는 물을 표현하기 위하여 신번이 필요하다는 논리가 설득력을 얻을 수 있다. 한편 김재찬이 〈금조 8첩〉에서 거문고 곡의 여덟 단계를 제시한 것도 좋은 참조가 될 수 있다. 이와 함께 거문고에 관한 논의를 살피는 일도 중요한데, 권만과 김하구가 거문고 곡조의 변화 과정과 그 핵심을 따진 논의를 주목할 수 있고, 성해응이 김기서가 이금사를 애도하는 글에 후서의 형식으로 쓴 글에서, 사람과 사물과 배경과 이를 관통하는 마음의 연결이 거문고의 음을 터득하는 길이라고 밝힌 내용은 금경설로 명명하여 주목할 수 있다.

여덟째, 18세기에 주목할 수 있는 작가는 여럿이지만 신광수의 가유 여정을 크게 주목할 수 있다. 〈관산융마〉, 〈금마별가〉, 〈관서악부〉 등이 대표라 할 수 있는데, 서울에서 지냈을 뿐만 아니라 각 지역을 다니면서 노래를 향유한 점을 주목하였다. 성균관에서 이정보를 만난 인연, 채제공, 정범조 등과 교유한 내용, 이세춘과의 교유, 최성대가 죽으면서 만년의 시초를 신광수에게 유탁한 일 등은 18세기 시가사의 벼리를 살필 수 있는 중요한 지남이 될 수 있다. 제주에서 지은 「탐라록」과 가기와 가곡의 레퍼토리에 대한 기록도 중요하게 다룰 수 있다.

아홉째, 가문 중심의 시가 향유에서 17세기에 이어서 연안이씨의 문화

(文華)는 여전히 중요하게 다루어야 하고, 의령남씨 집안도 주목해야 한다. 연안이씨의 경우 이우신, 이정보·이민보, 이명원·이시원·이조원 등 각 대를 거치면서 시가 향유에서 중요한 역할을 맡고 있다. 이정보의 『악보』에 수록된 새로운 노랫말, 이민보의 가곡 8수 한역은 그 비중이 크다고 할 수 있다. 의령남씨 집안에서 남선의 〈압강낙일지곡〉, 남유용 고모의 〈납국가〉, 남유상·남유용의 시가 향유는 한 집안이 대를 이어서 시가를 향유하는 사례로 중요하게 다루게 된 것이다. 이와는 달리 정치 국면이 바뀌면서 배척과 유배에 내몰린 불행이 여러 대로 이어지는 경우를 전주이씨의 이진유 집안의 사례에서 살필 수 있어서, 위축된 내면의 표출과 대응을 점검할 수 있다. 이진유의 〈속사미인곡〉, 이광명의 〈북찬가〉, 이광사의 〈무인입춘축성가〉, 이긍익의 〈죽창곡〉 등이 그것이다.

열 번째, 앞 시대에 가기를 중심으로 후원자들과 함께 풍류의 자리를 마련했던 것에 견주어 전문적인 예인을 중심으로 한 풍류 악인의 시가 향유는 18세기 후반에 나타난 새로운 변화 양상이다. 풍류 악인으로 「고금창가제씨」에 수록된 창가자들이 대거 등장하고 있어서, 「고금창가제씨」의 인맥을 중요하게 인식해야 할 것이다. 서평 공자와 송실솔이 중심이 된 풍류의 현장을 비롯하여, 이정보가 벼슬에서 물러난 뒤에 학여울가에서 가기 계섬 등을 가르치면서 가곡 교육에 힘쓴 일, 심용이 가객 이세춘, 금사 김석철, 가기 추월·매월·계섬 등과 어울리면서 대부들의 연회 자리를 다니면서 활약한 풍류 마당을 주목할 수 있다. 다만 해금의 유우춘의 경우처럼 종실과 재상이 해금의 풍류를 제대로 이해하지 못한 사례도 확인할 수 있어서 정밀한 검토가 필요하게 되었다. 겉으로 풍류의 자리를 베풀지만 내적 교감이 이루어지지 못하는 현실이 상존하고 있었던 셈이다.

열한 번째, 〈백화당가〉는 정동준의 백화당에서 펼쳐진 잔치 마당을 다룬 가사인데, 이 작품을 통해 규장각 각신에 대한 지나친 후대가 빚은 문제와 정치의 뒷마당에서 벌어지는 정당하지 못한 이면의 실상을 적나라

하게 관찰할 수 있다. 정조가 설치한 규장각의 외면 목표와 이면 목적이 다르게 설정된 탓에 규장각 각신에 대한 정조의 지나친 배려가 도리어 화를 불러온 것이라 볼 수 있다. "어진 신하를 내 편으로 하고 척리는 배척해야 한다는 의리를 깊이 알고. … 그리하여 좋은 작위로 잡아매두고 예우하여 대접"하려고 했다는 정조의 이면이 부정적인 결과를 초래한 셈이다. 이미 홍국영에게서 겪은 일을 정동준에게서 다시 확인한 셈이고, 잔치 마당에 초대된 고관들은 실제 잔치를 즐기고 있는 것이 아니라 평소의 인물평을 제시하는 데에 그치며, 투전놀이를 하다가 늦게 나타난 사람이 잔치를 주도한 성천집과 함께 진짜 잔치를 즐기고, 뒤이어 나타난 홍대협의 진술에서 정치의 뒷마당을 위하여 다시 초대할 명단을 제시하는 점을 홀간할 수 없다.

열두 번째, 대대로 서리를 지낸 위항 중인 마성린이 위항 시인들과의 교유는 물론이고 가객들과 교유하거나 시조를 한역하고 있는 점을 새로운 변화의 하나로 주목할 수 있다. 어릴 때부터 혹독한 서예 연습과 그림 연습을 하면서 자신을 비롯한 서리 계층에게 주어진 숙명을 받아들이기도 하면서, 시회에서 가객이나 금사들과 교유하는 등 청유를 이어간 점은 위항 시인과 가객과의 연계를 설명할 수 있는 좋은 사례라 할 수 있다. 어린 날에 보았던 시회 자리에서 「고금창가제씨」에 등장하는 김우규의 노래를 듣고, 김순간의 집에서 마련한 청유 모임에서 가객 김묵수의 노래와 금사 이휘선과 지대원의 거문고를 들으면서 맑은 모임을 즐긴 사례는 신선한 풍류의 하나라고 할 수 있다. 더구나 마성린은 시조를 제언시, 장단구, 기녀들의 사랑 등으로 나누어 한역하고 있어서 우리말 노래의 노랫말에 대한 관심도 높았음을 지적할 수 있다.

열세 번째, 홍대용이 서양금을 만나서 정률을 마련할 수 있을 것으로 기대한 것과 북경 천주당에서 풍금을 통하여 음률의 청탁과 고저를 맞추고, 대소 장단에 따라 음률을 다르게 하는 방법을 발견한 일은 새로운 전환을 기대할 수 있는 중요한 기미에 해당한다. 기장의 크기와 줄의 굵기로 악기의 기준을 정하는 바람에 균일하지 못했던 우리의 악기 체계에 대변화를 이끌 새로운 악기를 마주하면서 느꼈을 홍대용의 기대감을 짐작할 수 있다. 그러나 홍대용에게 그런 기회가 주어지지 않았으므로 기대가 실현되지 못한 아쉬움이 남는다.

18세기 정치·사회 변동과 연계하여 시가사의 추이를 살핀 결과 여러 개의 항목으로 정리한 성과에도 불구하고 처음에 관심을 가졌다가 벼리 때문에 포함하지 못하거나 미처 정리하지 못한 내용이 있어서 몇 가지 제시하도록 한다.

첫째, 강역에 대한 문제와 백두산 정계를 정하는 과정에 일어난 문제를 대외 정책과 연관하여 살피지 못한 아쉬움이 있다. 황하가 맑아지기만을 바란 임금과 달리 놓치고 있던 발해 등 지난 역사에 관심을 가진 내용도 18세기 후반의 한 현상이라 할 수 있을 터인데, 미처 다루지 못한 것이다. 사행을 통하여 바뀌고 있는 중국의 모습을 관찰했을 터인데도 근본적이고 본질적인 문제가 무엇인지 깨닫고 새로운 전망을 제시할 수 있는 마음의 자세를 갖추지 못한 당국자들의 태도가 안타까울 따름이다.

둘째, 검무와 관련한 내용도 다루려 했는데, 자료만 확인하고 서술하지 못하였다. 검무가 기녀들의 단순한 놀이에 한정하지 않고 무예 등과 연계될 수 있는 지점을 마련한다면, 존주를 외치면서 무비를 강화하지 못한 점을 반성적으로 되돌아볼 수 있었을지도 모른다.

셋째, 이하진에서 이잠·이서·이익 등 형제들로 다시 그 후손으로 이어지는 집안의 학문적 성취와 시가 향유를 포함한 문학 세계를 검토하는 과제를 계획했으나 혹여 당파의 입장을 드러내는 것처럼 비칠 수 있어서 보류할 수밖에 없었다. 이가환을 그토록 배척하려고 했던 사람들의 마음 이면에는 이익의 『성호사설』을 포함한 이들 집안의 학문적 성취에 대한 견제와 이잠을 죽음으로 몰았던 데 대한 보복의 두려움도 작동하고 있었을지 모를 일이다.

참고문헌

『국역 숙종실록』 1~34

『국역 경종실록』 1-3

『국역 경종수정실록』 1

『국역 영조실록』 1~38

『국역 정조실록』 1~12

『국역 순조실록』 1~14

조선왕조실록(https://sillok.history.go.k) 자료

『승정원일기』 숙종

『일성록』 정조

승정원일기(https://sjw.history.go.kr) 자료

『국조 문과방목』

김동욱·임기중 공편, 『가집』 一·二(태학사, 1982)

김동욱·임기중 공편, 『아악부가집』(태학사, 1982)

김동욱·임기중 공편, 『악부』 상·하(태학사, 1982)

김명준 옮김, 『증참의공적소시가』(지만지한국문학, 2024)

김문기·김명순 편저, 『시조·가사 한역가전서』 2(태학사, 2009)

김천택 편, 『청구영언』 영인편(국립한글박물관, 2017)

김천택 편, 『청구영언』 주해편(국립한글박물관, 2017)

김태준 교열, 『청구영언』(학예사, 1939)

『청구영언』(장서각본)(한국학중앙연구원 소장)

권순회·이상원 주해, 『청구영언 장서각본』(한국학중앙연구원출판부, 2021)

『해동가요』(박씨본)(규장문화사, 1979)

김삼불 교주, 『해동가요』(정음사, 1950)

한유신, 「영언선서」, 『해동가요』(박씨본)(규장문화사, 1979)

윤덕진, 성무경 주해, 『고금가곡』(보고사, 2007)

김용찬, 『교주 병와가곡집』(월인, 2001)

『청구영언』(연민본)

김흥규 외, 『고시조대전』(고려대 민족문화연구원, 2012)

신경숙 외, 『고시조문헌해제』(고려대 민족문화연구원, 2012)

김선풍, 『시조가집 시여 연구』(중앙대출판부, 1999)
신명균 편, 김태준 교열, 『가사집』 상(중앙인서관, 1936)
이상보 외, 『주해 가사문학전집』(집문당, 1981)
이상보, 『18세기 가사전집』(민속원, 1991)
이석래 편, 『풍속가사집』(신구문화사, 1974)
손태도·정소연 엮음, 『해동유요 영인본』(박이정, 2020)
임기중 편, 『역대가사문학전집』 25(아세아문화사, 1999)
임기중 편, 『역대가사문학전집』 35(아세아문화사, 1999)
임기중 편, 『역대가사문학전집』 41(아세아문화사, 1999)
김영수 엮음, 『천주가사 자료집』상·하(가톨릭대학교출판부, 2001)
김창업, 『연행일기』, 『연행록선집』 Ⅳ(민족문화추진회, 1983)
최덕중, 『연행록』 『연행록선집』 Ⅲ(민족문화추진회, 1983)
소재영 외 교주, 『주해 을병연행록』(태학사, 1997)
황재, 『갑인연행록』
이기지, 『일암연기』(역주편)(한국학중앙연구원, 2016)
이기지, 『일암연기』(원문편)(한국학중앙연구원, 2016)
신유한, 『해유록』 상, 『해행총재』 Ⅰ
남용익, 『부상일록』, 『해행총재』 Ⅴ
임수간, 『동사일기』 건, 『해행총재』 Ⅸ
조명채, 『봉사일본시견문록』 건, 『해행총재』 Ⅹ
성현, 『용재총화』
심노숭 저, 김영진 역, 『눈물이란 무엇인가』(태학사, 2001)
유득공, 김윤조 역, 「동인지가」
유형원 지음, 임형택 외 편역, 『반계유고』(창비, 2017)
이규경, 『오주연문장전산고』
이옥, 실시학사 고전문학연구회, 『완역 이옥전집』 2(휴머니스트 출판그룹, 2009)
이익, 『성호사설』
이정섭, 「해동가요후발」, 『저촌집』(국립중앙도서관 소장)
조경남, 『난중잡록』 1(1588년), 『국역 대동야승』
『교남지』 제2권(오성사, 1985)
『국어국문학』 96(국어국문학회, 1986)

『증참의공적소시가』(국사편찬위원회 소장)
성균관대 동아시아학술원, 『정조어찰첩』(성균관대학교출판부, 2009)

임춘(?~?), 『서하집』, 『한국문집총간』 1
강희맹(1424~1483), 『사숙재집』, 『한국문집총간』 12
김안국(1478~1543), 『모재집』, 『한국문집총간』 20
상진(1493~1564), 『범허정집』, 『한국문집총간』 26
양사언(1517~1584), 『봉래시집』, 『한국문집총간』 36
구봉령(1526~1686), 『백담집』, 『한국문집총간』 39
이이(1536~1584), 『율곡선생전서』, 『한국문집총간』 44
백광훈(1537~1582), 『옥봉시집』, 『한국문집총간』 47
이신의(1551~1627), 『석탄선생문집』(국립중앙도서관, 古朝44)
신응구(1553~1623), 『만퇴헌유고』. 『한국문집총간』 속 8
이항복(1556~1618), 『백사집』, 『한국문집총간』 62
임전(1559~1611), 『명고집』, 『한국문집총간』 속 11
유몽인(1559~1623), 『어우집』, 『한국문집총간』 63
이수광(1563~1628), 『지봉집』, 『한국문집총간』 66
이정구(1564~1635), 『월사집』, 『한국문집총간』 69·70
유숙(1564~1636), 『취흘집』, 『한국문집총간』 71
신흠(1566~1628), 『상촌고』, 『한국문집총간』 71·72
이경전(1567~1644), 『석루유고』, 『한국문집총간』 73
이시발(1569~1629), 『벽오선생유고』, 『한국문집총간』 74
허균(1569~1618), 『성소부부고』, 『한국문집총간』 74
구용(1569~1601), 『죽창유고』, 『한국문집총간』 16
김상헌(1570~1652), 『청음집』, 『한국문집총간』 77
이명준(1572~1630), 『잠와유고』, 『한국문집총간』 속 17
임숙영(1576~1623), 『소암집』, 『한국문집총간』 83
김광욱(1580~1656), 『죽소집』, 『한국문집총간』 속 19
김육(1580~1658), 『잠곡유고』, 『한국문집총간』 86
정홍명(1582~1650), 『기암집』, 『한국문집총간』 87
홍호(1586~1646), 『무주선생일고』, 『한국문집총간』 속 22
장유(1587~1638), 『계곡집』, 『한국문집총간』 92

신익성(1588~1644), 『낙전당집』, 『한국문집총간』 93
이경석(1595~1671), 『백헌집』, 『한국문집총간』 95·96
이명한(1595~1645), 『백주집』, 『한국문집총간』 97
허목(1595~1682), 『기언』, 『한국문집총간』 98·99
정두경(1597~1673), 『동명집』, 『한국문집총간』 100
강백년(1603~1681), 『설봉유고』, 『한국문집총간』 103
송시열(1607~1689), 『송자대전』, 『한국문집총간』 108~116
유창(1614~1690), 『추담집』, 『한국문집총간』 속 33
이은상(1617~1678), 『동리집』, 『한국문집총간』 122
심유(1620~1688), 『오탄집』, 『한국문집총간』 속 34
홍주국(1623~1680), 『범옹집』, 『한국문집총간』 속 36
남용익(1628~1692), 『호곡집』, 『한국문집총간』 131
이하진(1628~1682), 『육우당유고』, 『한국문집총간』 속 39
남구만(1629~1711), 『약천집』, 『한국문집총간』 131·132
김수항(1629~1689), 『문곡집』, 『한국문집총간』 133
박세당(1629~1703), 『서계집』, 『한국문집총간』 134
박수검(1629~1698), 『임호집』, 『한국문집총간』 속 39
조종저(1631~1690), 『남악집』, 『한국문집총간』 속 39
이서우(1633~1709), 『송파집』, 『한국문집총간』 속 41
임홍량(1634~1707), 『폐추유고』, 『한국문집총간』 속 40
신익상(1634~1697), 『성재유고』, 『한국문집총간』 146
김만중(1637~1692), 『서포집』, 『한국문집총간』 148
송광연(1638~1695), 『범허정집』, 『한국문집총간』 속 43
이동표(1644~1700), 『나은집』, 『한국문집총간』 속 47
오도일(1645~1703), 『서파집』, 『한국문집총간』 152
최석정(1646~1715), 『명곡집』, 『한국문집총간』 153·154
신완(1646~1707), 『경암집』, 『한국문집총간』 속 47
노명선(1647~1715), 『삼족당가첩』
정호(1648~1736), 『장암집』, 『한국문집총간』 157
김창집(1648~1722), 『몽와집』, 『한국문집총간』 158
임영(1649~1696), 『창계집』, 『한국문집총간』 159
정제두(1649~1736), 『하곡집』, 『한국문집총간』 160

김창협(1651~1708), 『농암집』, 『한국문집총간』 161·162
이형상(1653~1733), 『병와집』, 『한국문집총간』 164
김유(1653~1719), 『검재집』, 『한국문집총간』 속 50
남정중(1653~1709), 『기봉집』, 『한국문집총간』 속 51
김창흡(1653~1722), 『삼연집』 『한국문집총간』 165·166·167
홍세태(1653~1725), 『유하집』, 『한국문집총간』 167
박태보(1654~1689), 『정재집』, 『한국문집총간』 168
이현조(1654~1710), 『경연당집』, 『한국문집총간』 168
권두경(1654~1725), 『창설재집』, 『한국문집총간』 169
최석항(1654~1724), 『손와유고』, 『한국문집총간』 169
남학명(1654~1723), 『회은집』, 『한국문집총간』 속 51
이희조(1655~1724), 『지촌집』, 『한국문집총간』 170
조정만(1656~1739), 『오재집』, 『한국문집총간』 속 51
이이명(1658~1722), 『소재집』, 『한국문집총간』 172
김진규(1658~1726), 『죽천집』, 『한국문집총간』 174
김창업(1658~1721), 『노가재집』, 『한국문집총간』 175
조덕린(1658~1737), 『옥천집』, 『한국문집총간』 175
권구(1658~1739), 『탄촌선생유고』, 『한국문집총간』 속 52
김시보(1658~1734), 『모주집』, 『한국문집총간』 속 52
박권(1658~1715), 『북정일기』
이해조(1660~1711), 『명암집』, 『한국문집총간』 175
조태채(1660~1722), 『이우당집』, 『한국문집총간』 176
김창즙(1662~1713), 『포음집』, 『한국문집총간』 176
이정신(1660~1727), 『력옹유고』, 『한국문집총간』 속 53
이서(1662~1723), 『홍도유고』, 『한국문집총간』 속 54
조유수(1663~1741), 『후계집』, 『한국문집총간』 속 55
이하조(1664~1700), 『삼수헌고』, 『한국문집총간』 속 55
이만부(1664~1732), 『식산집』, 『한국문집총간』 178·179
임수간(1665~1721), 『손와유고』, 『한국문집총간』 180
신성하(1665~1736), 『화암집』, 『한국문집총간』 속 56
권이진(1668~1734), 『유회당선생집』, 『한국문집총간』 속 56
홍중성(1668~1735), 『운와집』, 『한국문집총간』 속 57

이의현(1669~1745), 『도곡집』, 『한국문집총간』 180·181
채팽윤(1669~1731), 『희암집』, 『한국문집총간』 182
최창대(1669~1720), 『곤륜집』, 『한국문집총간』 183
이병연(1671~1751), 『사천시초』, 『한국문집총간』 속 57
어유봉(1672~1744), 『기원집』, 『한국문집총간』 183·184
김춘택(1670~1717), 『북헌집』, 『한국문집총간』 185
신익황(1672~1722), 『극재집』, 『한국문집총간』 185
이진망(1672~1737), 『도운유집』, 『한국문집총간』 186
홍태유(1672~1715), 『내재집』, 『한국문집총간』 187
권구(1672~1749), 『병곡집』, 『한국문집총간』 188
이시항(1672~1736), 『화은집』, 『한국문집총간』 속 57
이덕수(1673~1744), 『서당사재』, 『한국문집총간』 186
김영행(1673~1745), 『필운고』, 『한국문집총간』 속 58
이광정(1674~1756), 『눌은집』, 『한국문집총간』 187
조태억(1675~1728), 『겸재집』, 『한국문집총간』 189·190
남한기(1675~1748), 『기옹집』, 『한국문집총간』 속 58
김하구(1676~1762), 『추암집』, 『한국문집총간』 속 61
이하곤(1677~1724), 『두타초』, 『한국문집총간』 191
박태무(1677~1756), 『서계집』, 『한국문집총간』 속 59
권상일(1679~1759), 『청대집』, 『한국문집총간』 속 61
윤순(1680~1741), 『백하집』, 『한국문집총간』 192
조문명(1680~1732), 『학암집』, 『한국문집총간』 192
윤봉조(1680~1761), 『포암집』, 『한국문집총간』 193
이재(1680~1746), 『도암집』, 『한국문집총간』 194·195
심상정(1680~1721), 『몽오재집』, 『한국문집총간』 속 62
신정하(1681~1716), 『서암집』, 『한국문집총간』 197
정내교(1681~1757), 『완암집』, 『한국문집총간』 197
이익(1681~1763), 『성호전집』, 『한국문집총간』 198-200
신유한(1681~1752), 『청천집』, 『한국문집총간』 200
김시민(1681~1747), 『동포집』, 『한국문집총간』 속 62
이희지(1681~1722), 『응재집』, 『한국문집총간』 속 62
조상경(1681~1746), 『학당유고』, 『한국문집총간』 속 63

임창택(1682~1723), 『숭악집』, 『한국문집총간』 202
한원진(1682~1751), 『남당집』, 『한국문집총간』 201·202
조하망(1682~1747), 『서주집』, 『한국문집총간』 속 64
박창원(1683~1753), 『박담옹집』, 『한국문집총간』 속 64
김이만(1683~1758), 『학고집』, 『한국문집총간』 속 65
정식(1683~1746), 『명암집』, 『한국문집총간』 속 65
윤봉구(1683~1767), 『병계집』, 『한국문집총간』 203~205
임상덕(1683~1729), 『노촌집』, 『한국문집총간』 206
김성탁(1684~1747), 『제산집』, 『한국문집총간』 206
김시빈(1684~1729), 『백남집』, 『한국문집총간』 속 66
김진상(1684~1755), 『퇴어당유고』, 『한국문집총간』 속 66
심육(1685~1753), 『저촌유고』, 『한국문집총간』 207·208
신방(1686~1761), 『둔암집』, 『한국문집총간』 속 66
조영석(1686~1761), 『관아재고』, 『한국문집총간』 속 67
이기진(1687~1755), 『목곡집』, 『한국문집총간』 속 67
홍계영(1687~1705), 『관수재유고』, 『한국문집총간』 속 67
이영보(1687~1747), 『동계유고』, 『한국문집총간』 속 68
임징하(1687~1730), 『서재집』, 『한국문집총간』 속 68
강필신(1687~1756), 『모헌집』 『한국문집총간』 속 68
황택후(1687~1737), 『화곡집』, 『한국문집총간』 209
권만(1688~1749), 『강좌집』, 『한국문집총간』 209
서종급(1688~1762), 『퇴헌유고』, 『한국문집총간』 속 69
신수이(1688~1768), 『황고집』, 『한국문집총간』 속 69
윤봉오(1688~1769), 『석문집』, 『한국문집총간』 속 69
이정섭(1688~1744), 『저촌집』(국립중앙도서관 소장)
오광운(1689~1745), 『약산만고』, 『한국문집총간』 210·211
강박(1690~1742), 『국포집』, 『한국문집총간』 속 70
이광덕(1690~1748), 『관양집』, 한국문집총간 209
이기지(1690~1722), 『일암집』, 한국문집총간 속 70
조관빈(1691~1757), 『회헌집』, 『한국문집총간』 211
조현명(1691~1752), 『귀록집』, 『한국문집총간』 212·213
유척기(1691~1767), 『지수재집』, 『한국문집총간』 213

최성대(1691~1772), 『두기시집』, 『한국문집총간』 속 71
이철보(1691~1770), 『지암유고』, 『한국문집총간』 속 71
김치후(1692~1742), 『사촌집』, 『한국문집총간』 속 71
정간(1692~1757), 『명고집』, 『한국문집총간』 속 71
이종성(1692~1759), 『오천집』, 『한국문집총간』 214
조귀명(1693~1737), 『동계집』, 『한국문집총간』 215
정옥(1694~1760), 『우천집』, 『한국문집총간』 속 72
심조(1694~1756), 『정좌와집』, 『한국문집총간』 속 73
민우수(1694~1756), 『정암집』, 『한국문집총간』 215·216
조천경(1695~1776), 『이안당집』, 『한국문집총간』 속 74
신경(1696~1766), 『직암집』, 『한국문집총간』 216
남유상(1696~1728), 『태화자고』, 『한국문집총간』 속 74
이덕주(1696~1751), 『변정선생집』, 『한국문집총간』 속 75
정민교(1697~1731), 『한천유고』, 『한국문집총간』 속 75
남유용(1698~1773), 『뇌연집』, 『한국문집총간』 217·218
이천보(1698~1761), 『진암집』, 『한국문집총간』 218
원경하(1698~1761), 『창하집』, 『한국문집총간』 속 76
오원(1700~1740), 『월곡집』, 『한국문집총간』 218
김도수(1699~1742), 『춘주유고』, 『한국문집총간』 219
조재호(1702~1762), 『손재집』, 『한국문집총간』 220
김원행(1702~1772), 『미호집』, 『한국문집총간』 220
송명흠(1705~1768), 『역천집』, 『한국문집총간』 221
이광사(1705~1777), 『원교집』, 『한국문집총간』 221
김낙행(1708~1766), 『구사당집』, 『한국문집총간』 222
윤광소(1708~1786), 『소곡유고』, 『한국문집총간』 223
황경원(1709~1787), 『강한집』, 『한국문집총간』 224·225
이인상(1710~1760), 『능호집』, 『한국문집총간』 225
권정침(1710~1767), 『평암집』, 『한국문집총간』 속 79
김상채(1710~?), 『창암집』, 『한국문집총간』 속 79
송덕상(1710~1783), 『과암집』, 『한국문집총간』 229
이상정(1711~1781), 『대산집』, 『한국문집총간』 226·227
임성주(1711~1788), 『녹문집』, 『한국문집총간』 228

서명서(1711~1795), 『만옹집』, 『한국문집총간』 속 79
안정복(1712~1791), 『순암집』, 『한국문집총간』 229·230
신경준(1712~1781), 『여암유고』, 『한국문집총간』 231
신광수(1712~1775), 『석북집』, 『한국문집총간』 231
김이곤(1712~1774), 『봉록집』, 『한국문집총간』 속 80
강세황(1713~1791), 『표암집』, 『한국문집총간』 속 80
권헌(1713~1770), 『진명집』, 『한국문집총간』 속 80
김근행(1713~1794), 『용재집』, 『한국문집총간』 속 81
박내오(1713~1785), 『이계집』, 『한국문집총간』 속 82
이윤영(1714~1759), 『단릉유고』, 『한국문집총간』 속 82
임광택(1714~1799), 『쌍백당유고』, 『한국문집총간』 속 83
이최중(1715~17840, 『위암집』, 『한국문집총간』 속 83
이민보(1717~1799), 『풍서집』, 『한국문집총간』 232·233
서명응(1716~1787), 『보만재집』, 『한국문집총간』 233
강세진(1717~1786), 『경현재집』, 『한국문집총간』 속 84
이명환(1718~1764), 『해악집』, 『한국문집총간』 속 83
이헌경(1719~1791), 『간옹집』, 『한국문집총간』 234
채제공(1720~1799), 『번암집』, 『한국문집총간』 235·236
이복원(1719~1792), 『쌍계유고』, 『한국문집총간』 237
이광려(1720~1783), 『이참봉집』, 『한국문집총간』 237
김종후(1721~1780), 『본암집』, 『한국문집총간』 237·238
김이안(1722~1791), 『삼산재집』, 『한국문집총간』 238
김상정(1722~1788), 『석당유고』, 『한국문집총간』 속 85
정범조(1723~1801), 『해좌집』, 『한국문집총간』 239·240
김익(1723~1790), 『죽하집』, 『한국문집총간』 240
홍양호(1724~1802), 『이계집』, 『한국문집총간』 241·242
신국빈(1724~1799), 『태을암집』, 『한국문집총간』 속 88
이중경(1724~1754), 『운재유고』, 『한국문집총간』 속 88
오재순(1727~1792), 『순암집』, 『한국문집총간』 242
위백규(1727~1798), 『존재집』, 『한국문집총간』 243
목만중(1727~1810), 『여와집』, 『한국문집총간』 속 90
마성린(1727~1798), 『안화당사집』 상·하(국립중앙도서관 소장)

최유창(1727~?), 『동계유고』, 『한국문집총간』 속 91
송환기(1728~1807), 『성담집』, 『한국문집총간』 244·245
김종수(1728~1799), 『몽오집』, 『한국문집총간』 245
김도행(1728~1812), 『우고집』, 『한국문집총간』 속 91
황윤석(1729~1791), 『이재유고』, 『한국문집총간』 246
이삼환(1729~1813), 『소미산방장』, 『한국문집총간』 속 92
유언호(1730~1796), 『연석』, 『한국문집총간』 247
홍대용(1731~1783), 『담헌서』, 『한국문집총간』 248
성대중(1732~1809), 『청성집』, 『한국문집총간』 248
유한준(1732~1811), 『자저』, 『한국문집총간』 249
박윤원(1734~1799), 『근재집』, 『한국문집총간』 250
김양근(1734~1799), 『동야집』, 『한국문집총간』 속 94
신대우(1735~1809), 『완구유집』, 『한국문집총간』 251
박영석(1735~1801), 『만취정유고』, 『한국문집총간』 속 94
이동급(1738~1811), 『만각재집』, 『한국문집총간』 251
박지원(1737~1805), 『연암집』, 『한국문집총간』 252
이영익(1738~1789), 『신재집』, 『한국문집총간』 252
정종로(1738~1816), 『입재집』, 『한국문집총간』 253·254
박준원(1739~1807), 『금석집』, 『한국문집총간』 255
이수인(1739~1822), 『구암집』, 『한국문집총간』 속 96
이언진(1740~1766), 『송목관신여고』, 『한국문집총간』 252
김귀주(1740~1786), 『가암유고』, 『한국문집총간』 98
홍낙인(1740~1777), 『안와유고』, 『한국문집총간』 속 99
윤기(1741~1826), 『무명자집』, 『한국문집총간』 256
이덕무(1741~1793), 『청장관전서』, 『한국문집총간』 257~259
이가환(1742~1801), 『금대시문초』, 『한국문집총간』 255
이충익(1744~1816), 『초원유고』, 『한국문집총간』 255
남한조(1744~1809), 『우원집』, 『한국문집총간』 속 99
류범휴(1744~1823), 『손재집』, 『한국문집총간』 속 99
홍원섭(1744~1807), 『태호집』, 『한국문집총간』 속 100
황용한(1744~1818), 『정와집』, 『한국문집총간』 속 100
이명원(1745~1832), 『경와집』 권4, 『연이문고』 6

이채(1745~1820), 『화천집』, 『한국문집총간』 속 101
김재찬(1746~1827), 『해석유고』, 『한국문집총간』 259
유득공(1748~1807), 『영재집』, 『한국문집총간』 260
유득공(1748~1807), 『고운당필기』
서형수(1749~1824), 『명고전집』, 『한국문집총간』 261
박제가(1750~1806), 『정유각집』, 『한국문집총간』 261
정조(1752~1800), 『홍재전서』, 『한국문집총간』 262~267
이만수(1752~1820), 『기원유고』, 『한국문집총간』 268
차좌일(1753~1809), 『사명자시집』, 『한국문집총간』 269
이시원(1753~1809), 『은궤집』(국립중앙도서관 소장)
이서구(1754~1825), 『척재집』, 『한국문집총간』 270
임천상(1754~?), 『궁오집』, 『한국문집총간』 속 103
박종선(1756~1819), 『능양시집』 상·하(성균관대 대동문화연구원, 2017)
윤동야(1757~1827), 『현와집』, 『한국문집총간』 속 105
이조원(1758~1832), 『옥호집』(국립중앙도서관 소장)
서영보(1759~1816), 『죽석관유집』, 『한국문집총간』 269
장혼(1759~1828), 『이이엄집』, 『한국문집총간』 270
이옥(1760~1815), 『예림잡패』(국립중앙도서관, 古朝 93)
남공철(1760~1840), 『금릉집』, 『한국문집총간』 272
성해응(1760~1839), 『연경재전집』, 『한국문집총간』 273~279
신작(1760~1828), 『석천유고』, 『한국문집총간』 279
정약용(1762~1836), 『여유당전서』, 『한국문집총간』 281~286
윤행임(1762~1801), 『석재고』, 『한국문집총간』 287·288
조수삼(1762~1849), 『추재집』, 『한국문집총간』 271
서유본(1762~1834), 『좌소산인집』, 『한국문집총간』 속 106
서유구(1764~1845), 『풍석전집』, 『한국문집총간』 288
김조순(1765~1832), 『풍고집』, 『한국문집총간』 289
김려(1766~1821), 『담정유고』, 『한국문집총간』 289
심상규(1766~1838), 『두실존고』, 『한국문집총간』 290
강준흠(1768~1833), 『삼명시집』, 『한국문집총간』 속 110
이학규(1770~1835), 『낙하생집』, 『한국문집총간』 290
신위(1769~1845), 『경수당전고』, 『한국문집총간』 291

강이천(1769~1801), 『경암고』, 『한국문집총간』 속 111
박윤묵(1771~1849), 『존재집』, 『한국문집총간』 292
홍직필(1776~1852), 『연천집』, 『한국문집총간』 293~296
이지수(1779~1842), 『중산재집』, 『한국문집총간』 속 116
조인영(1782~1850), 『운석유고』, 『한국문집총간』 299
박영원(1791~1854), 『오서집』, 『한국문집총간』 302
이만용(1792~1863), 『동번집』, 『한국문집총간』 303
신좌모(1799~1877), 『담인집』, 『한국문집총간』 309
조면호(1803~1887), 『옥수집』, 『한국문집총간』 속 125
이유원(1814~1888), 『가오고략』, 『한국문집총간』 315·316
강위(1820~1884), 『고환당수초』, 『한국문집총간』 318
김윤식(1835~1922), 『운양집』, 『한국문집총간』 328
이만도(1841~1910), 『향산집』, 『한국문집총간』 속 144
이남규(1855~1907), 『수당유집』, 『한국문집총간』 349
『쇄편요록』(국립중앙도서관 소장 사본)
경금자, 『俚諺』(국립중앙도서관, 古朝 48)
이옥, 『예림잡패』(국립중앙도서관, 古朝 93)

강경훈, 「중암 강이천 문학 연구」(동국대 박사학위논문, 2003)
강성민, 「18世紀 朝鮮의 領土論 硏究」(동국대 박사학위논문, 2006)
강전섭, 「병와 이형상의 한역가곡 소고」, 『국어국문학』 102(국어국문학회, 1989)
강지혜, 「새로 발굴된 한문학 시가 자료의 동향과 전망」, 『문화와 융합』, Vol.38 No.5(한국문화융합학회, 2016)
고동환, 『조선시대 서울도시사』(태학사, 2007)
고정희, 『한국고전시가의 서정시적 탐구』(월인, 2009)
구지현, 『통신사 필담창화집의 세계』(보고사, 2011)
권두환, 「18세기의 '가객(歌客)' 과 시조문학」, 『진단학보』 55(진단학회, 1983)
김두헌, 「조선 후기 京衙前 書吏 가계 연구-承文院 書吏 馬聖麟(1727~1798) 가계의 사례-」, 『서울과 역사』 76(서울역사편찬연구원, 2010)
김만중, 『서포만필』 하, 홍익표 역주, 『서포만필』(일지사, 1987)

김명순, 「시조 한역의 성격과 의미:이형상의 작품을 중심으로」, 『문학과 언어』 12집(문학과언어연구회, 1991)
김문기·김명순, 『조선조 시가 한역의 양상과 기법』(태학사, 2005)
김병건, 『무명자 윤기 연구』(성균관대학교출판부, 2012)
김석회, 「〈농가〉의 본문비평」, 『한국고전시가작품론』(집문당, 1992)
김석회, 『존재위백규문학연구』(이회문화사, 1995)
김영수, 「천주가사의 갈래적 성격과 전개 양상」, 『천주가사자료집』 상(가톨릭대학출판부, 2000)
김영진, 「조선 후기의 明淸小品 수용과 小品文의 전개 양상」(고려대 박사학위논문, 2003)
김용숙, 「백화당가외 수편」, 『국어국문학』 25(국어국문학회, 1962)
김용철, 「『진청』〈무씨명〉의 분류체계와 시조사적 의의」, 『고전문학연구』 16집(한국고전문학회, 1999),
김유경, 「편지 왕래형 구애가사 연구」, 『연민학지』 5(연민학회, 1997)
김일근, 「신회우재 작 '단산별곡'의 작가고」, 『경기어문학』 7집(1986)
김진희, 『송강가사의 수용과 맥락』(새문사, 2016)
김창원, 「한양에서 축석령 재를 넘어간 사람들의 행적과 문학 세계」, 『고전시가의 지역성과 심상지리』(한국문화사, 2018)
김팔남, 「연정가사 〈승가〉의 실상 고찰」, 『어문학』 81(한국어문학회, 2003)
박경주, 「반/조 화전가 계열 가사에 대한 고찰」, 『규방가사의 양성성』(월인, 2007)
박노준, 『조선후기 시가의 현실인식』(고려대 민족문화연구원, 1998)
박요순, 『옥소 권섭의 시가 연구』(탐구당, 1987)
박철상 외, 『정조의 비밀어찰 정조가 그의 시대를 말하다』(푸른역사, 2011)
백승호, 「樊巖 蔡濟恭 文學 硏究」(서울대 석사학위논문, 2006)
백승호, 「正祖時代 政治的 글쓰기 硏究」(서울대 박사학위논문, 2013)
서현배, 「영조대 균역법의 재정사적 의미」, 『한국사론』 66(서울대 국사학과, 2020)
성균관대 동아시아학술원, 『정조어찰첩』(성균관대학교출판부, 2009)
성무경, 「주제별 분류 가곡 가집, 『고금가곡』의 문화도상 탐색」, 윤덕진·성무경 주해, 『고금가곡』(보고사, 2007)
신경숙, 『조선후기 시가사와 가곡 연행』(고려대 민족문화연구원, 2011)

신익철, 「18~19세기 연행사절의 북경 천주당 방문 양상과 의미」, 『교회사연구』 44(한국교회사연구소, 2014)
신현웅, 「옥국재 이운영 가사의 특성과 의미」(서울대 석사학위논문, 2010)
신현웅, 「백화당 야연의 성격과 "백화당가"의 형성 과정」, 『한국학논집』 65(계명대 한국학연구원, 2016)
안대옥, 「18세기 正祖期 朝鮮 西學 受容의 系譜」, 『동양철학연구』 71(동양철학연구회, 2012)
안대회, 「다산 정약용의 竹欄詩社 결성과 활동양상—새로 찾은 竹欄詩社帖을 중심으로」, 『대동문화연구』 83(성대 대동문화연구원, 2013)
안대회, 「연작가사 〈僧歌〉의 작자와 작품성격」, 『한국시가연구』 26집(2009)
윤덕진, 「『고금가곡』의 장가 체계」, 『고금가곡』(보고사, 2007)
이가원, 『이조한문소설선』(민중서관, 1975)
이경구, 「17-18세기 안동 김문이 조성한 공간들: 이념 실현과 탈속의 구현」, 『동아한학연구』 7(고려대 한자한문연구소, 2011)
이동연, 「화전가로서의 〈반조화전가〉」, 『규방가사의 작품세계와 미학』(역락, 2002)
이상원, 「18세기 가집 편찬과 『청구영언』 정문연본의 위상」, 『한국시가연구』 14집(한국시가학회, 2003)
이상원, 「조선후기 〈고산구곡가〉 수용 양상과 그 의미」, 『조선시대 시가사의 구도와 시각』(보고사, 2004)
이상원, 『조선후기 가집 연구』(고려대 민족문화연구원, 2015)
이승준, 「〈단산별곡(丹山別曲)〉의 창작 맥락과 전승 동인」, 한국시가학회 99차 학술발표논문집(2022.4)
이우성·임형택 역편, 『이조한문단편집』 상·중·하(일조각, 1978)
이원주, 「잡록과 〈반조화전가〉에 대하여」, 『한국학논집』 7(계명대 한국학연구소, 1980)
이은주, 『관서악부』(아카넷, 2018)
이정옥, 『주해 악학습령』(경진, 2017)
이진경, 「17,18세기 중화담론의 주체성 반성」, 『동서철학연구』 79(한국동서철학회, 2016)
이태진 외, 『서울상업사』(태학사, 2000)

이태희, 「조선시대 사군 산수유기 연구」(한국학중앙연구원 박사학위논문, 2015)

이혜화, 「『해동유요』 소재 가사고」, 『국어국문학』 96(국어국문학회, 1986)

임형택, 『이조시대 서사시』 상·하(창작과 비평사, 1992)

조해숙, 『조선후기 시조한역과 시조사』(보고사, 2005)

주채영, 「換局을 넘어 蕩平으로, 延礽君의 國王되기: 생존의 모색과 새로운 연대의 구축」, 『한국사학사학보』 42(한국사학사학회, 2020)

최규수, 『송강 정철 시가의 수용사적 탐색』(월인, 2002)

최동원, 「『청구가요』의 수록작가에 대한 고찰」, 『고시조논고』(삼영사, 1990)

최동원, 『고시조논고』(삼영사, 1990)

최동원, 『고시조론』(삼영사, 1980)

최동원, 『고시조연구』(형설출판사, 1977)

최성환, 「正祖代 蕩平政局의 君臣義理 연구」(서울대 박사학위논문, 2009)

최재남 외, 『조선후기 민요자료 정리와 분류』(보고사, 2008)

최재남, 「〈일동장유가〉의 표현과 내포」, 『진단학보』 126(진단학회, 2016)

최재남, 「〈청석령가〉와 〈작구가〉의 통합적 이해」, 『어문연구』 49권 제4호, 통권 192호(한국어문교육연구회, 2021)

최재남, 「분강가단 연구」, 『사림의 향촌생활과 시가문학』(국학자료원, 1997)

최재남, 「시적 구성의 관습성과 형상화의 보편성」, 『고전문학의 언어와 표현』(역락, 2018)

최재남, 「윤동야의 〈앙가〉의 구성과 모내기 노래의 수용 양상」, 『노래와 시의 울림과 그 내면』(보고사, 2015)

최재남, 「윤동야의 〈용가〉와 며느리 형상의 해석 방향」, 『조선후기 시가와 여성』(월인, 2005)

최재남, 「이형상의 삶과 시세계」, 『한국한시작가연구』 13집(한국한시학회, 2009.2)

최재남, 「조선후기 민요 연행의 실상과 서정시가의 향방」, 『한국시가연구』 26집(한국시가학회, 2009), 『노래와 시의 울림과 그 내면』(보고사, 2015)

최재남, 「조선후기 민요의 실상과 한시의 민풍 수용」, 『장르교섭과 고전시

가』(월인, 1999)
최재남, 「호아형 시조의 성격 변화」, 『서정시가의 인식과 미학』(보고사, 2003)
최재남, 『17세기 전반 정치·사회 변동과 시가사』(보고사, 2018)
최재남, 『17세기 후반 정치·사회 변동과 시가사』(보고사, 2021)
허경진, 『조선위항문학사』(태학사, 1997)
허경진 편역, 『악인열전』(한길사, 2005)
홍진옥, 「담정 김려 문학연구」(서울대 박사학위논문, 2021)
황수연, 「杜機 崔成大의 民謠風 漢詩 研究」(연세대 박사학위논문, 2000)
황수연, 「18세기 지식인의 교유와 문학적 담론 검토: 신유한과 최성대를 중심으로」, 『한국고전연구』 8(한국고전연구학회, 2002)

부록

18세기 시가사 연표

연도	정치·사회 변동	시가사의 특성
숙종 6(1680)	경신환국 숙종, 경복궁 옛터, 민정중·김수항 동행	
숙종 15(1689)	기사환국	
숙종 16(1690)		이윤문, 『영양역증』
숙종 17(1691)		채팽윤, 〈감은가〉 김창업, 〈동령백〉
숙종 20(1694)	갑술환국, 국본 동요 역률로 논할 것. 연잉군[영조] 태어남	
숙종 26(1700)	대가 자제 과거시험 부정	〈어사화 금은화〉(동요)
숙종 27(1701)	장희재 처형, 후궁 장씨 자진 비망기	
숙종 28(1702)		
숙종 29(1703)		서종태, 〈효아가〉 남극관, 〈속동도악부〉
숙종 30(1704)	이상격, 경복궁 수리 이어 상소	권섭, 〈영삼별곡〉 홍계영, 〈희설〉
숙종 31(1705)		이희지, 〈부강어부죽지사〉 5수
숙종 32(1706)	이잠 상소, '김춘택 처형, 이이명 유배'	정호, 「서호아집화첩발」 서문택 졸, 〈금강별곡〉, 시조 52수
숙종 33(1707)		김성최, 귀래정 봄놀이 위세직, 〈금당별곡〉
숙종 34(1708)		김춘택, 〈별사미인곡〉

연도	정치 · 사회 변동	시가사의 특성
숙종 35(1709)		임상덕, 〈칠실우국가후발〉 〈화로장사(禍老張死)〉(동요)
숙종 36(1710)		권익륭, 〈풍아별곡〉
숙종 37(1711)	북한산성 축조	〈남휘가 지휘하고〉(동요) 임수간, 「동사일기」
숙종 38(1712)	백두산 정계비 김창업 연행 참여, 천주당 방문	신유한, 〈군마황곡〉 3장 홍세태, 『해동유주』
숙종 39(1713)		직산(정주 관노), 〈만상별곡〉
숙종 41(1715)		수옹, 〈낙빈가〉(『유하집』) 김유기, 달성에서 한유신 등에게 가곡 교육 박권 졸, 시조 2수
숙종 42(1716)	병신 처분: 노론과 소론의 분열, 스승과 아버지의 차이	남유용 등, 서호선유 김창업, 행호선유, 〈금일곡〉, 김성기 만남, 〈행주곡〉 김유, 〈번율곡선생고산구곡가〉 남유용 고모, 〈납국가〉
숙종 43(1717)	숙종 이이명 독대	김춘택, 〈별사미인곡〉, 〈장진주사〉 한역 이익, 〈번도산십이곡〉
숙종 44(1718)	희빈 장씨 천장	
숙종 45(1719)		임상덕, 〈금성잡곡〉 신유한, 〈만황신악부〉, 〈남창사〉, 〈낭화여아곡〉
숙종 46(1720)	숙종 승하, 경종 즉위 이이명 고부사 이기지 천주당 방문, 「서양화기」	이섭, 〈마천별곡〉 이희지, 언문 가사 궁중 유입 황희만, 우성(羽聲) 노래
경종 1(1721)	신축환국 장씨 옥산부대빈 추존	

연도	정치·사회 변동	시가사의 특성
	연잉군 왕세제	
경종 2(1722)	남구만·윤지완·박세채· 최석정 숙종 묘정 배향 임인환국, 4대신 사약	이희지, 언문 가사 이희징, 〈춘면곡(시조별곡)〉
경종 3(1723)		
경종 4(1724)	경종 승하, 영조 즉위	
영조 1(1725)	4대신 관작 회복 화양서원 치제	
영조 2(1726)		
영조 3(1727)	정미환국	이진유, 〈속사미인곡〉 마악노초, 〈청구영언후발〉
영조 4(1728)	최규서 급변, 무신병란 밀풍군 이탄 추대	김천택, 『청구영언』 〈믿음이 없는 것은 아니다〉(가사) 〈그 상을 보면〉(동요) 〈한유의 석상에〉(동요)
영조 5(1729)		
영조 6(1730)	궁궐 방화, 역모 사건 이광좌, 민진원 화해 시도	
영조 7(1731)	조상경, 천주당 방문	채팽윤, 〈백년가〉 이유, 〈자규삼첩〉 김도수, 이언형 집 모임, 정내교 초청
영조 8(1732)	이의현 천주당 방문	이만부, 노래 3장
영조 9(1733)	19일의 하교, 민진원 이광좌 화해 시도	김희조(?), 〈임계탄〉 이형상 졸, 〈호파구〉(한역)
영조 10(1734)		윤유, 연광정 시조
영조 11(1735)	화평옹주 제택 수리 때 경복궁 소나무 벰 홍봉한 5년 정거	가련, 〈하청가〉 남도진 졸, 〈낙은별곡〉, 시조 3수 안서우 졸, 〈유원십이곡〉 등

연도	정치 · 사회 변동	시가사의 특성
영조 12(1736)		오광운, 〈백구가〉
영조 13(1737)		고시언, 채팽윤, 『소대풍요』 〈수통과부〉(동요) 오원 등, 〈종암수창록〉 가련, 〈하청가〉
영조 14(1738)		조명리, 〈성진에~〉 〈박색이 맹렬하게〉(동요)
영조 15(1739)	향로회(饗老會) 시행	노강석, 〈일야청청〉(가사) 이우신, 칠순연 박순우, 〈금강별곡〉, 시조 6수
영조 16(1740)		
영조 17(1741)	한림소시법 시행	
영조 18(1742)	강좌· 대산 사상 논쟁	
영조 19(1743)		영조 어제, 〈하황은〉 최성대, 〈소홀음잡절〉
영조 20(1744)	세자빈 혜경궁 입궐	오재순 등, 북동아회 가사(남문)
영조 21(1745)		이재, 〈시가요(市街謠)〉
영조 22(1746)		신광수, 〈관산융마〉 영조 어제, 〈지로행〉
영조 23(1747)		신유한, 〈죽지사〉
영조 24(1748)		조명채, 「봉사일본시문견론」 신유한, 〈일동죽지사〉
영조 25(1749)		심조. 〈사우가후〉 권구 졸, 〈병산육곡〉
영조 26(1750)	균역법 시행, 신만, 김상로, 조영국 · 홍계희 당상	정언유, 〈탐라별곡〉
영조 27(1751)		조명리, 〈설악산~〉
영조 28(1752)	김재로, 이종성 영의정	신유한, 〈산유화곡〉, 〈상수가〉

연도	정치·사회 변동	시가사의 특성
영조 29(1753)	김재로 영의정	이명환, 〈임형수오산가후〉 가련, 〈신번〉 심육 졸, 〈덕휘탄금, 위득신번수조〉 박창원 졸, 〈관동별곡〉 한역
영조 30(1754)	이천보 영의정 충량과	영조 친제 가사 〈산유화가〉(향랑)
영조 31(1755)	나주괘서사건(을해 역옥) 『천의소감』 완성	이익, 〈사우가후〉 김진상 졸, 〈번백사가〉
영조 32(1756)	송시열 문묘 종사	이광정, 〈향랑요〉 이광명, 〈북찬가〉
영조 33(1757)		
영조 34(1758)	유척기 영의정	이광사, 〈무인입춘축성가〉
영조 35(1759)	이천보, 김상로 영의정 계비 김씨 입궐	강세황 등, 해산아집 권섭 졸, 〈황강구곡가〉 등
영조 36(1760)		정선, 〈기우방우계도〉 이영익, 〈번문청기우방우계가〉
영조 37(1761)	홍봉한 영의정	신광수와 이세춘 여주 해후
영조 38(1762)	임오화변(사도세자 죽음), 신만 영의정	한유신, 『영언선』
영조 39(1763)	홍봉한 영의정	이긍익, 〈죽창곡〉
영조 40(1764)	갑신처분: 세손을 효장세자 후계 영조, '술직방요속항간유은(述職方謠俗巷閭幽隱)' 계미통신사행	홍양호, 〈홍주풍요시〉, 조엄, 「해사일기」 김인겸, 〈일동장유가〉 신광수, 「탐라록」
영조 41(1765)	홍대용 연행 참여 천주당 방문, 풍금 확인	영조 어제, 〈대풍가〉 2장
영조 42(1766)	윤동도, 서지수 영의정	이정보 졸, 『악보』 홍대용, 풍금 확인

연도	정치 · 사회 변동	시가사의 특성
영조 43(1767)	김치인, 서지수 영의정 친경, 친잠	홍이건, 〈영남루가〉 신국빈, 〈응천교방죽지사〉, 〈발선요〉, 〈후발선요〉
영조 44(1768)	홍봉한 영의정 서울의 근본 백성은 시민과 공인	신수이, 〈호탄가〉, 〈사생가〉, 〈자경가〉, 〈충신가〉 이유수 등, '동원아집'
영조 45(1769)		김익, 〈탐라 작〉 2수
영조 46(1770)	김치인 영의정	한익모, 〈훈민가〉 보급 망국동 망정승(민요) 권헌 졸, 〈담양태수죽고가〉
영조 47(1771)	한익모, 김상복 영의정	영조 어제, 〈기로연회가〉 안창후 졸, 시조 24수
영조 48(1772)	봄 양로령(養老令), 김상복, 신회, 한익모 영의정	김익, 〈능성 작〉 1수 송원아집(이명원 등 8인) 최성대 졸, 〈신성염곡〉
영조 49(1773)		채제공, 종남사 김상숙 · 성대중, 동음이호회
영조 50(1774)	신회 영의정	신광수, 〈관서악부〉 이세춘
영조 51(1775)	한익모, 김상철 영의정 홍인한, 삼불필지설(三不必知說) 왕세손 대리청정	김익, 〈동주 작〉 1수 노명선, 〈천풍가〉
영조 52(1776)	영조 승하, 정조 즉위 영의정, 김상철↔김양택 규장각 설치	안관제, 백성 가요를 서계에 포함 이용, 〈북정가〉
영조 시대 연대 미상		권만, 〈청석령가〉와 〈작구가〉 수습 남유용, 〈신사〉 정간, 〈어부사〉 언문 번역 가련, 「가련첩」 이정보, 〈ᄀ을 타작~〉

연도	정치 · 사회 변동	시가사의 특성
		김수장, 『해동가요』 김수장, 『청구가요』 장서각본 『청구영언』
정조 1(1777)	『명의록』 완성 동덕회 서얼소통절목	홍양호, 〈삭방풍요〉, 〈북새잡요〉
정조 2(1778)	대내 존현각 도둑 『속명의록』 이가환과 토론 이덕무 · 박제가, 불탄 천주당 방문	홍양호, 〈성경가〉 마성린, 시한재청유(김묵수 참석) 민우룡, 〈금루사〉
정조 3(1779)	홍국영 내침, 서명선, 김상철 영의정	김익, 〈치성 작〉 2수 유광익, 풍암아집 이벽, 〈천주공경가〉 정약전, 〈십계명가〉
정조 4(1780)	박지원 연행 참여	박이화, 〈낭호신사〉
정조 5(1781)	서명선 영의정	
정조 6(1782)		마성린, 시조 한역
정조 7(1783)	정존겸 영의정	홍대용 등, 유춘오악회 조재항, 농요 조작 사건 이방익, 〈홍리가〉 김시성, 〈송성요(頌聖謠)〉
정조 8(1784)		김도익 졸, 시조 3수 이가환, 〈경세가〉
정조 9(1785)		
정조 10(1786)		천수경 등, 송석원시사 유상량, 도문연과 매화지
정조 11(1787)		유박 졸, 〈화암구곡〉 등 시조 10수
정조 12(1788)	채제공 우의정	이민보 장악원 정, 채헌, 〈석

연도	정치 · 사회 변동	시가사의 특성
		문정가〉, 〈석문정구곡가〉, 시조 8수
정조 13(1789)	박명원 상소, 영우원 천장 결정	김용겸 졸, 시조 2수
정조 14(1790)		류도관, 〈경술가〉, 〈사미인곡〉
정조 15(1791)	신해박해(진산 사건)	비성아집(성대중 등) 죽란시사(정약용 등) 이기경, 〈심진곡〉, 〈낭유사〉 황윤석 졸, 〈목주잡영〉 28수
정조 16(1792)	영남 유생 이우 등 만인소, 사도세자 신원 요구	김상숙 졸, 〈사미인곡〉 한역(사부체) 성해응, 〈사미인곡〉 한역(잡가요체) 갑산 백성, 〈갑민가〉
정조 17(1793)	채제공 영의정, 김종수 좌의정 채제공 선세자 신원 상소	
정조 18(1794)		정약용 등, '죽란시사' 윤기, 〈염체〉 10수 이운영 졸, 〈수로조천행선곡〉 연안이씨, 〈쌍벽가〉
정조 19(1795)	정동준 배척 상소, 자결 혜경궁 회갑연(수원) 『한중록』 1편과 4편 이가환 충주목사, 정약용 금정찰방, 이승훈 예산 정배 심환지 이조판서 김재찬, 평안도관찰사	정조 어제, 〈장락장〉 정조 어제, 〈관화장〉 채제공, 〈화일곡〉 정조 어제, 〈노래의〉 정조 어제, 〈만년장〉 서명서 졸, 〈제송강관동별곡후〉 김재찬, 〈금조 8첩〉, 〈기성별곡〉 강응환 졸, 〈창성감고가〉, 〈무호가〉
정조 20(1796)	정조 심환지에게 비밀 편지, 24년 6월 15일까지 『존주록』 편찬	이방익, 〈표해가〉

연도	정치 · 사회 변동	시가사의 특성
정조 21(1797)	강이천 · 김려 등 소환, 유배	김응천 · 김한동 가요(남포) 천수경 등, 『풍요속선』 강이천, 〈한경사〉 김려, 〈황성리곡〉, 〈상원리곡〉, 〈문여하소사〉
정조 22(1798)	채제공에게 〈영남인물고〉를 엮게 하다.	위백규 졸, 〈농가〉 9장 안조원, 〈만언사〉
정조 23(1799)	이민보 졸, 김종수 졸, 채제공 졸, 이병모 영의정, 심환지 좌의정 정조 이병모와 차대에서 이가환 문제 논의	이민보 졸, 시조 8수 한역 김양근 졸, 〈동조〉(시조 한역)
정조 24(1800)	정조 승하, 순조 즉위 정순왕후 수렴청정	
정조 시대 연대 미상		윤동야, 〈앙가 9절〉 강준흠, 〈조산농가〉 이학규, 〈앙가 5장〉 『병와가곡집』 미상, 〈백화당가〉
순조 1(1801)	『한중록』 5편	
순조 2(1802)	『한중록』 6편	김기상, 김기서, 성해응, 동음 이호회 계속 양주익 졸, 시조 10수
순조 3(1803)		
순조 4(1804)		남극엽 졸, 〈애경당십이월가〉 12수
순조 5(1805)	『한중록』 2편과 3편 정순왕후 졸	
순조 6(1806)		신헌조, 〈봉래악부〉 시조 25수
순조 7(1807)		유심춘, 〈황명복수가〉(유성로) 발

연도	정치 · 사회 변동	시가사의 특성
순조 8(1808)		
순조 9(1809)		
순조 10(1810)		
순조 11(1811)	홍경래 난	
순조 12(1812)		
순조 13(1813)		
순조 14(1914)		
순조 15(1815)		이옥 졸, 〈염조〉 김상직 졸, 시조 3수
순조 16(1816)		
순조 시대 연대 미상		정약용, 〈장기농가〉, 〈탐진농가〉, 〈탐진어가〉,〈탐진촌요〉 이학규, 〈강창농가〉, 〈남호어가〉, 〈상동초가〉 강준흠, 〈조산농가〉
철종 1(1850)		박영원, 「가련첩발」

찾아보기

숫자

ㄱ

ㅅ

ㅎ

최재남崔載南

서울대학교 문학박사.

경남대학교, 이화여자대학교 교수 역임.

『사림의 향촌생활과 시가문학』(국학자료원, 1997), 『서정시가의 인식과 미학』(보고사, 2003), 『체험서정시의 내면화 양상 연구』(보고사, 2012), 『노래와 시의 울림과 그 내면』(보고사, 2015), 『17세기 전반 정치·사회 변동과 시가사』(보고사, 2018), 『17세기 후반 정치·사회 변동과 시가사』(보고사, 2021).

bukbau@naver.com

18세기 정치·사회 변동과 시가사

2025년 5월 30일 초판 1쇄 펴냄

지은이 최재남
발행인 김흥국
발행처 도서출판 보고사

등록 1990년 12월 13일 제6-0429호
주소 경기도 파주시 회동길 337-15 보고사
전화 031-955-9797(대표), 02-922-5120~1(편집), 02-922-2246(영업)
팩스 02-922-6990
메일 bogosabooks@naver.com
홈페이지 http://www.bogosabooks.co.kr

ISBN 979-11-6587-857-3 (93810)

정가 52,000원